隨園詩話箋注

上 册

〔清〕袁 枚 著
李洪程 箋注

浙江古籍出版社
Zhejiang Ancient Books Publishing House

圖書在版編目（CIP）數據

隨園詩話箋注 / (清) 袁枚著 ; 李洪程箋注 . -- 杭州 : 浙江古籍出版社，2024.7

ISBN 978-7-5540-2800-1

Ⅰ . ①隨… Ⅱ . ①袁… ②李… Ⅲ . ①《隨園詩話》—研究 Ⅳ . ① I207.22

中國國家版本館 CIP 數據核字（2023）第 231748 號

隨園詩話箋注

（清）袁　枚　著　李洪程　箋注

出版發行　浙江古籍出版社

（杭州市環城北路 177 號　電話：0571-85068292）

網　　址　https：//zjgj.zjcbcm.com

責任編輯　沈宗宇

責任校對　吴穎胤

封面設計　吴思璐

責任印務　樓浩凱

照　　排　浙江大千時代文化傳媒有限公司

印　　刷　浙江新華印刷技術有限公司

開　　本　880mm × 1230mm　1/32

印　　張　39.125

字　　數　1472 千字

版　　次　2024 年 7 月第 1 版

印　　次　2024 年 7 月第 1 次印刷

書　　號　ISBN 978-7-5540-2800-1

定　　價　220.00 圓（全三册）

箋注説明

我箋注這部詩話的動機，萌發於早年的喜愛。我上大學時即購得此書的民國版本，却不幸在特殊的年代無故遺失。後來，凡有不同版本的《隨園詩話》出版，我都儘量收藏。在閱讀過程中發現了原書的一些舛誤，特别是20世紀末出版的數種白話譯本，譯文疏誤時有所見。因此，我有意重新箋注此書。不辨不足以曉明文義，不注何見得讀通此書？於是我抱著一種敬畏古籍的心態，對此書下了一番“板凳寧坐十年冷”的功夫。

我在比較了各種版本之後，確定以嘉慶隨園藏版本爲底本，參校以光緒十八年勤裕堂交著易堂印本、民國十四年上海掃葉山房石印本、民國二十三年大達圖書供應社排印本、民國二十四年上海新文化書社排印本、1960年人民文學出版社顧學頡点校本、1993年江蘇古籍出版社《袁枚全集》本。在本書中，上列版本依次簡稱爲“嘉慶本”“光緒本”“民國三本”“人民文學本”“江蘇古籍本”。此外，偶爾涉及舒坤《批本隨園詩話》，簡稱“批本”。

版本情況：嘉慶本“補遺”卷八結於“其長子也”，後缺。“補遺”卷九到“前人吊張江陵相公”一則，不僅文字錯亂，而且其後全缺。光緒本“補遺”卷八“疏柳飄殘溝水急”句後注明“原缺”，又多出“鎮江都統”一則文字。“補遺”卷九“處州山水清嘉”一則後全缺。這就是説，嘉慶本“補遺”卷八比光緒本少數行文字，但“補遺”卷九又比光緒本多約20則文字。民國三本都與光緒版同，缺文一仍其舊。此中所缺的文字，直到人民文學出版社點校本，纔據乾隆庚戌和壬子隨園自刻本補足。所補即《隨園詩話》“補遺”卷九第40到第67則内容。

本書的箋注意圖，主要在於疏通詩文典故，注明詩人生平，校正原書中的史實訛誤及各排印本點校中的失誤。從正式入手到收筆，數易其稿，歷經二十餘個寒暑。

《隨園詩話》中所見人名及須解釋的詞語前後多有重複，一般在書中最先見處予以箋注，後見者注爲“見某某處”，即注明卷數、章節次序號、注文編碼，凡是《隨園詩話》前十六卷，注文中則省去“隨園詩話”四字，而《隨園詩話補遺》十卷，則只取“補遺”二字，如“見卷一・一一注 [1]”“見‘補遺’卷一・一一注 [1]”等。個别重複詞條，前後都加注者，是因爲内容的側重點有所不同。

箋注過程困難重重，我儘可能參考的前人成果是郭沫若的《讀隨園詩話札記》和錢鍾書的《談藝録》。有雷瑨箋注的掃葉山房石印本，我在完稿後纔見到，又特意對照了一遍，認爲該書失注較多，有的箋注與我不謀而合，有的存在差異，也有個别的補了我的欠缺。另有舒坤批注本，我認爲分量較輕，故而參考極少。最難的是注人名，難在名不見經傳者。一般來説，舉人以上的人物，方誌上通常可以查到，秀才和布衣的記載則寥若晨星。然而，樂於評介小人物的詩句與言行，雖往往片言只語，却正是隨園的可貴之處。不管是何等人物，我都儘力從方誌和筆記中鈎沉，直到完全無望時纔罷手。即便如此，生平未詳的人物仍然爲數不少，這是不能不引以爲憾的。

李洪程

2024 年 1 月於尋夢居

目　録

上　册

中　册

下　册

隨園詩話箋注　卷一

一

古英雄未遇時，都無大志，非止鄧禹希文學[1]，馬武望督郵也[2]。晉文公有妻有馬[3]，不肯去齊。光武貧時[4]，與李通訟逋租于嚴尤[5]。尤奇而目之。光武歸謂李通曰："嚴公寧目君耶？"窺其意，以得嚴君一盼爲榮。韓蘄王爲小卒時[6]，相士言其日後封王，韓大怒，以爲侮己，奮拳毆之。都是一般見解。鄂西林相公《辛丑元日》云[7]："攬鏡人將老，開門草未生。"《咏懷》云："看來四十猶如此，便到百年已可知。"皆作郎中時詩也。玩其詞，若不料此後之出將入相者。及其爲七省經略[8]，《在金中丞席上》云："問心都是酬恩客，屈指誰爲濟世才？"《登甲秀樓》絶句云[9]："炊煙卓午散輕絲，十萬人家飯熟時。問訊何年招濟火[10]，斜陽滿樹武鄉祠[11]。"居然以武侯自命，皆與未得志時氣象迥異。張桐城相公則自翰林至作首相[12]，詩皆一格。最清妙者："柳陰春水曲，花外暮山多。""葉底花開人不見，一雙蝴蝶已先知。""臨水種花知有意，一枝化作兩枝看。"《扈蹕》云[13]："誰憐七十龍鍾叟，騎馬踏冰星滿天。"《和皇上風箏》云："九霄日近增華色，四野風多仗寶繩。"押"繩"字韻，寄託遥深。

【箋注】

[1]鄧禹（2—58）：東漢南陽新野（今屬河南）人，字仲華。年十三能誦詩，篤于經書。歷官大司徒、右將軍，封高密侯，拜太傅。　[2]馬武（？—61）：東漢南陽湖陽（今河南唐河一帶）人，字子張。也是東漢功臣之一，被封爲侯。一次，光武帝宴飲群臣，問臣下早年的志向，鄧禹説："臣少嘗學問，可郡文學博士。"馬武説："臣以武勇，可守尉督盜賊。"詳見《後漢書·朱

景王杜馬劉傅堅馬列傳》。督郵：官名，漢置，郡的重要屬吏，督送郵書外，還代表太守督察縣鄉、宣達教令，兼司獄訟捕亡。 [3]晋文公：姬重耳（前697—前628），春秋時晋國國君。驪姬之亂，重耳出奔，在外十九年。《史記·晋世家第九》："齊桓公厚禮，而以宗女妻之，有馬二十乘，重耳安之。……留齊凡五歲。重耳愛齊女，毋去心。" [4]光武：劉秀（前5—57），字文叔。南陽蔡陽（今湖北棗陽一帶）人。漢高祖九世孫。王莽末起兵。建武元年稱帝，定都洛陽，統一全國。加强中央集權。在位三十三年，謚號光武。 [5]李通（？—42）：東漢南陽宛（今河南南陽一帶）人。初仕王莽，後與劉秀定計舉兵。光武即位，爲衛尉、大司農，位至大司空。逋（bū）：拖欠。嚴尤（？—23）：王莽時人，爲大司馬。免官。後降劉聖，亦爲大司馬。《後漢書·光武帝紀》云："初，光武爲春陵侯家訟逋租于尤，尤見而奇之。"《東觀漢記》云："時宛人朱福亦爲舅訟租于尤。尤止車，獨與上（劉秀）語，不視福。上歸戲福曰：'嚴公寧視卿耶？'"此處袁枚將"朱福"誤爲"李通"。朱福（？—48），原名朱祜（一作"祐"，爲避安帝諱改），字仲先。東漢南陽宛人。從劉秀起兵爲護軍，隨征河北。光武即位，拜建義大將軍，封鬲（gé）侯。[6]韓蘄（qí）王：韓世忠（1090—1151），字良臣。宋延安（今陝西綏德一帶）人。著名抗金將領，卒後追封蘄王。《宋史》本傳云："早年鷙勇絶人，能騎生馬駒，家貧無産業，嗜酒尚氣，不可繩檢。日者言當作三公，世忠怒其侮己，毆之。" [7]鄂西林：鄂爾泰（1677—1745），姓西林覺羅氏，字毅庵，號西林。清滿洲鑲藍旗人。曾爲軍機大臣，兼理侍衛内大臣。工爲詩，而不以詩自鳴，長於咏物，時有感慨。詩集有《西林遺稿》。卒謚文端。袁枚撰有《武英殿大學士太傅文端公鄂爾泰行略》。 [8]經略：明及清初有重要軍事任務時特設經略，職權在總督之上。 [9]甲秀樓：明萬曆建，在今貴陽市南明塘，天啟後改稱來鳳閣，清代屢有修葺。 [10]濟火（175—238）：三國蜀牂牁（今貴州遵義一帶）人。爲牂牁帥，善撫其衆。諸葛亮南征，濟火通道積糧以迎，被命爲先鋒。助亮平西南各部，擒孟獲。 [11]武鄉祠：諸葛亮受封武鄉侯，這裏指武鄉侯的祠堂。 [12]張桐城：張廷玉（1672—1755），字衡臣，號硯齋。清安徽桐城人。康熙三十九年進士。官至禮部尚書、保和殿大學士兼管吏部。前後任官五十年，爲三朝元老。任明史館總裁。詩文以應制、謝恩、酬酢之類爲多。有《澄懷園全集》《大禮記注》《皇清文穎》等。卒謚文和。[13]扈蹕：隨侍帝王車駕或出行至某處。

按：這部詩話，以志向開篇，可見袁枚對人生志向及詩言志傳統的重視。讀此則詩話，應知英雄起于平凡，志向與事業相關，且與時俱進，而不應只執著於職務的高低。同時可知袁枚偏愛稱許的是詩格清妙，寄託遥深。

二

楊誠齋曰[1]："從來天分低拙之人，好談格調，而不解風趣。何也？格調是空架子，有腔口易描；風趣專寫性靈，非天才不辦。"余深愛其言。須知有性情，便有格律；格律不在性情外。《三百篇》半是勞人思婦率意言情之事，誰爲之格？誰爲之律？而今之談格調者，能出其範圍否？况皋、禹之歌[2]，不同乎《三百篇》；《國風》之格，不同乎《雅》《頌》。格豈有一定哉？許渾云[3]："吟詩好似成仙骨，骨裏無詩莫浪吟。"詩在骨不在格也。

【箋注】

[1] 楊誠齋：楊萬里（1127—1206），字廷秀，號誠齋。宋吉州吉水（今屬江西）人。高宗紹興二十四年進士。官太常博士、太子侍讀、秘書監、江東轉運副使。工詩，以"誠齋體"著稱。有《誠齋集》。此處所引楊萬里語查無出處，不知所據。 [2] 皋：皋陶，傳説中遠古時人，舜命作掌刑之官，以正直稱。《尚書·益稷》中載其歌曰："元首明哉！股肱良哉！庶事康哉！""元首叢脞哉！股肱惰哉！萬事墮哉！"禹：或作夏禹、大禹，傳説中的夏代開國國君。《藝文類聚》載《吕氏春秋》曰："禹年三十未娶，行塗山，恐時暮失嗣，辭曰：'吾之娶，必有應也。'乃有白狐九尾而造于禹。禹曰：'白者，吾服也；九尾者，其證也。'於是塗山人歌曰：'綏綏白狐，九尾龐龐。成於家室，我都攸昌！'於是娶塗山之女。" [3] 許渾（約 791—約 858）：字用晦，一作仲晦。唐潤州丹陽（今屬江蘇）人，祖籍安陸（今屬湖北）。文宗太和六年進士。官監察御史，虞部員外郎，睦、郢二州刺史。後退居村舍。工律詩，爲晚唐名家。有《丁卯集》。檢《全唐詩》許渾無此聯詩，不知所出。許有一首《學仙》："商嶺采芝尋四老，紫陽收朮訪三茅。欲求不死長生訣，骨裏無仙不肯教。"

按：袁枚這部詩話正式提倡性靈，即從這裏開始。性靈之説，自古有之。《晋書·樂志》："夫性靈之表，不知所以發於咏歌；感動之端，不知所以關於手足。"《梁書·文學傳》曰："夫文者妙發性靈，獨拔懷抱。"歷來重視性靈者，異中有同，同中有異。袁枚在這裏把性靈與風趣聯繫在一起，而把風趣與格調對立起來。格調是外在的空架子，性靈是内在的，是素養，是風骨，是氣質。

三

前明門户之習[1]，不止朝廷也，於詩亦然。當其盛時，高、楊、張徐[2]，各自成家，毫無門户，一傳而爲七子[3]，再傳而爲鍾譚[4]，爲公安[5]，又再傳而爲虞山[6]，率皆攻排詆呵、自樹一幟，殊可笑也。凡人各有得力處，各有乖謬處，總要平心静氣，存其是而去其非。試思七子、鍾譚，若無當日之盛名，則虞山選《列朝詩》時，方將搜索於荒村寂寞之鄉，得半句片言以傳其人矣。敵必當王，射先中馬，皆好名者之累也！

【箋注】

[1]門户：此處指派别。 [2]高、楊、張、徐：指明初高啟（季迪）、楊基（孟載）、張羽（來儀）、徐賁（幼文）四位詩人。 [3]七子：此指明前後七子。明弘治、正德間，詩人李夢陽、何景明、徐禎卿、邊貢、康海、王九思、王廷相，于詩于文，倡論相同，主張復古，號爲前七子；嘉靖年間，李攀龍、王世貞、謝榛、宗臣、梁有譽、徐中行、吴國倫七人，言文必秦漢，詩必盛唐，稱爲後七子。前後七子文學主張大致相同，以復古爲革新，鼓吹尊情反理。[4]鍾譚：指鍾惺、譚元春，二人同爲湖北竟陵（今天門）人，引領明代後期一支文學流派竟陵派，反對擬古，主張矯七子之弊，倡以清真，但却變爲"幽深孤峭"。 [5]公安：明代後期的一支文學流派，以袁宏道、袁宗道、袁中道爲首，因三袁是公安（今屬湖北）人而得名。他們反對前後七子倡導的擬古風氣，主張文學"獨抒性靈，不拘格套"。 [6]虞山：錢謙益（1582—1664），字受之，一字牧齋。常熟（今屬江蘇）人。明萬曆三十八年進士。

官至禮部尚書。降清後，任禮部右侍郎。明末清初的文壇領袖。有《初學集》《有學集》《投筆集》等。

按：詩界各有門户，各存門户之見，也許是正常的，但不應相互攻排詆訶，應平心静氣，不走極端，存其是而去其非。這令人想到當今的詩壇。詩人不應心胸狹隘、唯我獨尊。

四

于耐圃相公構蔬香閣[1]，種菜數畦，題一聯云："今日正宜知此味，當年曾自咬其根。"鄂西林相公亦有菜圃對聯云[2]："此味易知，但須緑野秋來種；對他有愧，只恐蒼生面色多。"兩人都用真西山語[3]，而胸襟氣象，却迴不侔。

【箋注】

[1] 于耐圃：于敏中（1714—1780），字叔子，號耐圃。江蘇金壇人。乾隆二年進士及第，授修撰。累遷户部侍郎兼軍機大臣，官至文華殿大學士兼户部尚書。曾任《四庫全書》館正總裁。卒謚文襄。有《臨清紀略》。[2] 鄂西林：即鄂爾泰，見卷一・一注[7]。　[3] 真西山：真德秀（1178—1235），字景元、景希，號西山。宋建寧府浦城（今屬福建）人。慶元五年進士。官至户部尚書、資政殿大學士。有《真文忠公集》。《鶴林玉露》甲編卷二："真西山論菜云：'百姓不可一日有此色，士大夫不可一日不知此味。'"另，早於真西山的黄庭堅《題徐熙畫菜》有云："不可使士大夫不知此味，不可使天下之民有此色。"

按：引聯語入詩話，後亦羼入詞評，可見本《詩話》涉及面之寬。視此二聯，所示胸襟氣象不同，大約一内守一外照，一内潤一外朗，袁枚只指其有别，並不語帶褒貶。

五

落第詩，唐人極多。本朝程魚門云[1]："也應有淚流知己，只覺無顔對俗人。”陳梅岑云[2]：“得原有命他休問，壯不如人後可知。”家香亭云[3]：“共説文章原有價，若論僥倖豈無人？”又云：“愁看童僕凄凉色，怕讀親朋慰藉書。”王菊莊云[4]：“親朋共悵登程日，鄉里先傳下第名。”皆可與唐人頡頏。然讀姚武功云[5]：“須鑿燕然山上石，登科記裏是閑名。”則爽然若失矣。讀唐青臣云[6]：“不第遠歸來，妻子色不喜。黄犬恰有情，當門卧摇尾。”則吃吃笑不休矣。其他如：“不辭更寫公卿卷，恰是難修骨肉書。”[7]“失意雅不愜，見花如見仇。路逢白面郎，醉簪花滿頭。”[8]“枉坐公車行萬里，譬如閑看華山來。”[9]“鄉連南渡思菰米，淚滴東風避杏花。”[10]俱妙。

【箋注】

[1]程魚門：程晋芳（1718—1784），字魚門，號蕺園。清安徽歙縣人，遷徙江都（今江蘇揚州）。乾隆二十八年南巡，召試第一，賜中書舍人，三十六年成進士。歷官吏部文選司主事、翰林院編修。有《蕺園詩集》《勉行齋文集》等。 [2]陳梅岑：陳熙（1751—？），字梅岑。清浙江秀水人。官河南南河同知。有《騰笑軒詩鈔》。 [3]家：一般指同家族的人，古人有時也用以指僅同姓的人。香亭：袁樹（1730—？），字豆村，號香亭。浙江錢塘（今杭州）人。袁枚堂弟。乾隆二十八年進士。此處所引詩句出自他的《下第》詩，見《袁枚全集》附《紅豆村人詩稿》。 [4]王菊莊：王金英（1723—？），字淡人，號菊莊、秋士。江蘇江寧（今南京）人。乾隆二十七年舉人。以教諭主講河北永平書院。有《冷香山館詩鈔》。 [5]姚武功：姚合（777—843），字大凝。唐陝州硤石（今河南三門峽一帶）人。一説吴興（今浙江湖州）人。憲宗元和十一年進士。授武功主簿，官至秘書少監，世稱姚武功，其詩派也稱武功體。 [6]唐青臣：未詳。所引詩見潘圖《末秋到家》，文字稍有出入，見《全唐詩》卷七七〇。 [7]“不辭”二語：唐杜荀鶴《下第投所知》詩句。[8]“失意”四語：唐崔道融《春題二首》中語。字有不同。 [9]“枉坐”二語：唐平曾《謁華州李相不遇》詩句。前一句不同。 [10]“鄉連”二語：唐鄭谷《同志顧雲下第出京偶有寄勉》詩句。

六

余作詩，雅不喜叠韻、和韻及用古人韻[1]。以爲詩寫性情，惟吾所適。一韻中有千百字，憑吾所選，尚有用定後不慊意而別改者[2]，何以得一二韻約束爲之？既約束，則不得不湊拍[3]；既湊拍，安得有性情哉？《莊子》曰："忘足，履之適也。"[4]余亦曰："忘韻，詩之適也。"

【箋注】

[1]叠韻：這裏指用同樣的韻脚寫多首詩。和韻：指依照原詩體式韻脚唱和，或全依原唱韻字及其順序，或只用原唱韻字而不依其順序，或僅用與原唱相同的韻部。用古人韻：這裏指用古人原詩的韻。　[2]慊（qiè）意：滿意。[3]凑拍：凑合、拼凑。　[4]"忘足"句：引自《莊子·達生》。適，適宜。

七

常州趙仁叔有一聯云[1]："蝶來風有致，人去月無聊。"仁叔一生，只傳此二句。某《擬古》云："莫作江上舟，莫作江上月。舟載人別離，月照人離別。"其人一生，所傳亦只此四句。金聖歎好批小説[2]，人多薄之，然其《宿野廟》一絶云："衆響漸已寂，蟲於佛面飛。半窗關夜雨，四壁掛僧衣。"殊清絶。孔東堂演《桃花扇》曲本[3]，有詩集若干，佳句云："船衝宿鷺排檣起，燈引秋蚊入帳飛。"其他首未能稱是。

【箋注】

[1]趙仁叔：此誤，所引應爲趙闇叔句。其詩也並非只傳此二語。據史震林《西青散記》卷一，全詩："香嫋夢微消，春寒著細腰。蝶來風有致，人去月無聊。"又史震林《華陽散稿》卷下《程靜齋小傳》，謂程喜吟闇叔此聯。趙闇叔，號棲鸞。清江蘇毗陵姬山（今常州一帶）人。幼年失父母，家貧。終生布衣。與史震林同生活於清乾嘉時期。詩多存於《西青散記》。　[2]金聖歎：金人瑞（1608—1661），字聖歎。清江南吴縣（今江蘇蘇州）人。清代頗有影響的文學批評家。有《沉吟樓詩選》。　[3]孔東堂：孔尚任（1648—

1718），字聘之，一字季重，號東塘，别號岸堂。清山東曲阜人。代表作是著名傳奇《桃花扇》，詩文有《湖海集》《石門山集》《長留集》等。

按：《西青散記》卷二："闇叔胸次清幽，吟嘯自得。弱冠應督學試，懷筆登高而望，愀然不怡，而歌《離騷》曰：'製芰荷以爲衣兮，集芙蓉以爲裳。不吾知其亦已兮，苟余情其信芳。'遂飄然而返，課農滆湖之濱，心有所得散詞隻句，必書之。"如此性情中人，自然得到袁枚的賞識。當代詩人劉征，曾著短文回憶臧克家如何喜愛"蝶來"這兩句詩，只是記不清爲何人詩。詩人善於移情于風物，即使只傳此兩句，亦足感欣慰了。

八

嵩亭上人《題活埋庵》云[1]："誰把庵名號活埋，令人千古費疑猜。我今豈是輕生者，只爲從前死過來。"周道士鶴雛有句云[2]："大道得從心死後，此身誤在我生前。"兩詩於禪理俱有所得。

【箋注】

[1] 嵩亭上人：生平未詳。活埋庵：王船山自撰楹聯："六經責我開新面，七尺從天乞活埋。"嵩亭和尚效法王船山把自己的僧庵稱爲"活埋庵"，可見他憤世嫉俗，爲反抗清廷而出家。 [2] 周鶴雛：周鳴仙，字鶴雛。清江蘇上元（今南京）人。道士。

按：一個社會，如果不少人懷才不遇，有被"活埋"的感覺，不僅是個人的失落，也是社會的不幸。但人間正氣是埋没不了的，總會蒸騰出來。

九

乾隆丙辰，余二十一歲，起居叔父于廣西[1]。撫軍金震方先生一見有國士之目[2]，特疏薦博學宏詞[3]，首叙年齒，再誇文學，並云："臣朝夕觀其爲人，性情恬淡，舉止安詳。國家應運生才，必爲大成之器。”一時司道争來探問[4]。公每見屬吏，談公事外，必及余之某詩某句，津津道之，並及其容止動作。余在屏後聞之竊喜。探公見客，必隨而竊聽焉。呈七排一首，有句云：“萬里闕前修薦表，百官座上歎文章。”[5]蓋實事也。公有詩集數卷，殁後無從編輯，僅記其《答幕友祝壽》云：“浮生虚逐黄雲度，高士群歌白雪來。”[6]《題八桂堂》云：“盡日天香生畫戟，有時鶴舞到匡床。”[7]想見撫粤九年，政簡刑清光景。

【箋注】

[1]起居：問安、探望。叔父：袁鴻，字健磐。清浙江錢塘人。游幕客居廣西三十餘年。時在金撫軍幕中。有《鐵如意庵詩稿》。　[2]金震方（1678—1740）：金鉷，字震方，一字德山。清漢軍鑲白旗人，山東登州（今煙臺一帶）籍。監生。善兵法，歷任廣昌知縣，太原知府，粤西按察使、巡撫，補刑部侍郎。雍正五年卒。國士：國家傑出人才。　[3]博學宏詞：科舉名目的一種。曾因避乾隆諱“弘”字而改爲“博學鴻詞科”。也稱博學鴻儒。　[4]司道：隸屬於巡撫的專設機構。此指其中官員。　[5]闕前：宫廷或京都前。薦表：推舉人才的文表。　[6]黄雲：《史記·五帝本紀·索隱》：“蓋黄帝黄雲之瑞，故曰‘合符應於釜山’也。”《集解》：“應劭曰：‘黄帝受命，有雲瑞，故以雲紀事也。春官爲青雲，夏官爲縉雲，秋官爲白雲，冬官爲黑雲，中官爲黄雲。’”“張晏曰：‘黄帝有景雲之應，因以名師與官。’”後以黄雲爲祥瑞之氣。白雪：古琴曲名。後指高雅歌曲及詩詞。　[7]八桂堂：《廣西通志》載桂林府臨桂縣古迹：“八桂堂，在府東北隅揭帝塘上。宋紹聖中，知桂州程節治圃築堂，有熙春臺、流桂泉諸勝。李彦弼爲記。久廢。又，八桂堂在府治，明守羅用誠建。”畫戟：古兵器名。因有彩飾，故稱。常用作儀飾。匡床：安適方正的床。單人坐具。又叫“獨坐座”。《商君書·畫策》：“所謂明者，無所不見，則群臣不敢爲奸，百姓不敢爲非。是以人主處匡床之上，聽絲竹之聲，而天下治。”便是指這種代表着某種權威的坐具。

一〇

己未朝考題是“賦得因風想玉珂”[1]。余欲刻畫“想”字，有句云：“聲疑來禁院，人似隔天河。”諸總裁以爲語涉不莊，將置之孫山[2]。

大司寇尹公與諸公力争曰[3]："此人肯用心思，必年少有才者，尚未解應制體裁耳[4]，此庶吉士之所以需教習也[5]。倘進呈時，上有駁問，我當獨奏。"群議始息。余之得與館選，受尹公知，從此始。未幾，上命公教習庶吉士。余獻詩云："琴爨已成焦尾斷[6]，風高重轉落花紅。"

【箋注】

[1] 己未：這裏指乾隆四年（1739）。因風想玉珂：杜甫《春宿左省》中詩句。玉珂：馬絡頭上的玉製裝飾物。 [2] 孫山：宋范公偁《過庭録》："吴人孫山，滑稽才子也。赴舉他郡，鄉人托以子偕往。鄉人子失意，山綴榜末。先歸，鄉人問其子得失。山曰：'解名盡處是孫山，賢郎更在孫山外。'"後來稱考試不中爲名落孫山。 [3] 大司寇：清時對刑部尚書的别稱。尹公：尹繼善（1695—1771），章佳氏，字元長，號望山。滿洲鑲黄旗人。雍正元年進士。官至文華殿大學士兼軍機大臣。卒贈太保，謚文端。有《尹文端公詩集》。 [4] 應制：封建時代臣僚奉皇帝之命寫作詩文。唐以後應制詩大都爲五言六韻或八韻的排律。内容多爲歌功頌德，少數也陳述一些對皇帝的期望。 [5] 庶吉士：清代翰林院設庶常館，欽點新進士之優於文學書法者入館學習，稱爲翰林院庶吉士，也叫做庶常，學成後主事各部，或作編修，或選爲知縣。 [6] 琴爨（cuàn）：《後漢書·蔡邕傳》："吴人有燒桐以爨者，邕聞火烈之聲，知其良木，因請而裁爲琴，果有美音，而其尾猶焦，故時人名曰'焦尾琴'焉。"

按：袁枚每每提及這次朝考，感歎不已。疑玉珂聲來自皇宫庭院，自然切題，無可挑剔，問題在於後面的"天河"一語，涉及牛郎織女的愛情傳説，便被指摘爲"語涉不莊"。因尹公重才，爲其開脱，袁枚纔未失去進士資格，此事影響到了袁枚一生的命運。袁枚還曾咏詩道："依倚半生真我幸，挽回一命教公難。"我們説，這是袁枚性靈的基因對應制詩的一次突破。可惜全詩未存。

一一

尹文端公總督江南[1]，年纔三十，人呼"小尹"。海甯詩人楊守知[2]，字次也，康熙庚辰進士。以道員掛誤[3]，候補南河，年七十矣。尹知爲老名士，所以獎慰之者甚厚。楊喜，自指其鬢，歎曰："蒙公盛意，惜守知老矣！'夕陽無限好，只是近黄昏。'"[4]公應聲曰："不然，君獨不聞'天意憐幽草，人間重晚晴'乎？"[5]楊駭然，出語人曰："不謂小尹少年科甲，竟能吐屬風流。"

尹文端公好和韻，尤好疊韻，每與人角勝，多多益善。庚辰十月，爲勾當公事，與嘉興錢香樹尚書相遇蘇州[6]，和詩至十餘次。一時材官傔從[7]，爲送兩家詩，至於馬疲人倦。尚書還嘉禾，而尹公又追寄一首，挑之於吴江。尚書覆札云："歲事匆匆，實不能再和矣。願公遍告同人，説香樹老子，戰敗於吴江道上。何如？"適枚過蘇，見此札，遂獻七律一章，第五、六云："秋容老圃無衰色，詩律吴江有敗兵。"公喜，從此又與枚叠和不休。押"兵"字，有"消寒須用美人兵""莫向床頭笑曳兵"之句，蓋探枚方娶妾故也。其好諧謔如此。己卯八月，枚江北穫稻歸，飲於公所。酒畢，與諸公子夜談。公從後堂札示云："山人在外初回，家姬必多相憶，盍早歸乎？"[8]余題札後云："夜深手札出深閨，勸我新歸應早回。自笑公門懶桃李，五更結子要風催。"除夕，公賜食物。枚以詩謝，末首云："知公得韻便傳箋，倚馬才高不讓先。今日教公輸一著，新詩和到是明年。"公見之，大笑。

【箋注】

[1]尹文端：尹繼善，見本卷一〇注[3]。　[2]楊守知（1669—1730）：字次也，號致軒，别號晚研、稼亭、意園。浙江海寧人。康熙三十九年進士。官平凉知府，降中河通判。浙西四才子之一。咏物詩工，有佳句。著《致軒集》。[3]掛誤：受牽連而被處分。　[4]"夕陽"二語：唐李商隱《樂游原》中句。　[5]"天意"二語：李商隱《晚晴》中句。　[6]錢香樹：錢陳群（1686—1774），字主敬，號香樹、集齋、修亭、柘南居士。浙江嘉興人。康熙六十年進士，授翰林院編修，官至刑部右侍郎。卒謚文端。有《香樹齋集》。　[7]材官：武卒或供差遣的低級武職。傔（qiàn）從：侍從、僕役。　[8]山人：山野之人，通常爲文人的謙稱。此指袁枚。

按：袁枚竟然能與這樣的上層人物有這樣的交往，簡直不可想象。

一 二

托冢宰庸[1]，字師健，作江寧方伯時[2]，潘明府涵[3]，極言公風雅，强余入謁，果一見如平生歡。讀其《送人赴陝》詩云："潞河冰合悲風生，欲曙不曙烏飛鳴。寒山歷歷路不盡，班馬蕭蕭君獨行。公孫閣下正延士，博望關西方用兵。此去知君未即返，月明空有相思情。"[4]音節可愛。遂獻公二律，前四句云："七十神仙海鶴姿，六年人悔見公遲。學窮宋理談偏妙，詩合唐音自不知。"次日，公過訪隨園，坐定，忽正色曰："吾欲借君一貴重之物，未知肯否？"余愕然，問何物。公笑出袖中和韻詩，第二句仍是"六年人悔見公遲"七字耳。彼此囅然[5]。兩人詩都遺失，余只記押"心"字韻。尹相國和云："若非元老憐才意，争動閑雲出岫心[6]？"

【箋注】

[1]托庸（？—1773）：字師健，號瞻園，姓富察氏。清滿洲鑲黄旗人。官至吏部尚書。有《瞻園詩鈔》。冢宰：明清時亦作爲吏部尚書的别稱。[2]方伯：唐代以後地方官的泛稱。明清時稱布政使爲"方伯"。 [3]潘涵：字宇情。清浙江錢塘人。曾纂修《一統志》，議叙州判。後任江蘇六合知縣，以循吏稱。卒年五十九。明府：唐以後多專用以稱縣令。 [4]潞河：即今北京市通州區以下的白河。公孫：公孫弘（前200—前121），字季，一字次卿。西漢菑川薛（今山東壽光一帶）人。以賢良徵爲博士，曾出使匈奴。由布衣官至丞相，封平津侯。起客館，開東閣，以延賢人。延士：招攬士人、才子。博望：張騫，西漢漢中城固人。以校尉從衛青出擊匈奴，拜博望侯。後以中郎將出使烏孫，通好西域。官至大行。 [5]囅（chǎn）然：笑貌。 [6]出岫：出山，比喻出仕。

一 三

以昌黎之崛强，宜鄙俳體矣[1]，而《滕王閣序》曰[2]："得附三王之末[3]，有榮耀焉。”以杜少陵之博大[4]，宜薄初唐矣，而詩曰：“王楊盧駱當時體，不廢江河萬古流。”[5]以黄山谷之奥峭，宜薄西崑矣[6]，而詩云：“元之如砥柱，大年若霜鵠。王楊立本朝，與世作郛郭。”[7]今人未窺韓柳門户，而先掃六朝[8]；未得李杜皮毛，而已輕温李[9]。何蜉蝣之多也[10]！

【箋注】

[1]昌黎：韓愈（768—824），字退之。唐河南河陽（今河南孟州）人。郡望昌黎（今屬河北），世稱韓昌黎。德宗貞元八年進士。官四門博士、監察御史、國子博士、中書舍人、刑部侍郎、京兆尹等。卒謚文，世又稱韓文公。有《昌黎先生集》。俳體：這裏指駢體，這種文體以雙句爲主，講究對仗的工整和聲律的鏗鏘。 [2]滕王閣：一座歷史文化名樓，在今江西南昌。唐顯慶四年，太宗之弟滕王李元嬰都督洪州時營建。上元二年重修時，王勃過此作《滕王閣序》。 [3]三王：指唐朝王勃、王緒、王仲舒。滕王閣是王勃作序、王緒作賦、王仲舒作修閣記。韓愈《新修滕王閣記》中説：“竊喜載名其上，詞列三王之次，有榮耀焉。”袁枚所引稍有出入。 [4]杜少陵：杜甫（712—770），字子美，自稱杜陵布衣，又稱少陵野老。唐河南鞏縣（今河南鞏義）人。祖籍襄陽（今屬湖北）。曾官工部員外郎，世稱杜工部。後人又稱其爲詩聖。有《杜工部集》。[5]王楊盧駱：唐初四傑王勃、楊炯、盧照鄰、駱賓王。所引詩句見杜甫《戲爲六絶句》其二。 [6]黄山谷：黄庭堅（1045—1105），字魯直，號涪翁、山谷道人。宋洪州分寧（今江西修水）人。英宗治平四年進士。曾知宣州、鄂州、太平州。爲蘇門四學士之一。崇杜甫詩，開創江西詩派。有《豫章黄先生文集》。此所引詩句見《次韻楊明叔見餞十首》之一。西崑：西崑體，北宋初的一個重要詩派。代表人物爲楊億、錢惟演、劉筠等館閣詩人。楊億將當時宫廷侍臣、翰林學士等在秘閣唱和的詩作編爲《西崑酬唱集》。西崑原指西方崑崙群玉之山，相傳爲古帝王藏書之地。該派師法唐李商隱，詩風華麗典雅，對仗工整，好用典故。 [7]元之：王禹偁（954—1001），字元之。宋濟州鉅野（今屬山東）人。太平興國八年進士。歷官左司諫、禮部員外郎、知制誥。多次貶任地方官。以剛直敢言稱。詩風清麗平易，在北宋詩壇頗有影響。有《小畜集》《五代史闕文》。砥柱：喻人剛直堅定。大年：楊億（974—1020），字大年。宋建州（今福建建甌）人。淳化進士。累官知制誥、翰林學士兼史館修撰。曾與劉筠、錢惟演相唱和，編成《西崑酬唱集》，號西崑體。有《武夷新集》。霜鵠：白鶴。

鵠，通鶻。一作鶚。鶚好峙立，稱鶚立。喻楊億立朝耿介正直。郛郭：外城，引申爲保障。此言楊億能維護正義，抵禦奸邪。[8]韓柳：指唐韓愈、柳宗元。六朝：東吴、東晋和南朝的宋、齊、梁、陳，相繼建都建康（吴名建業，今南京），史稱爲六朝。包括了淮河秦嶺以南的廣大南方地區。六朝文風偏於綺靡。[9]李杜：李白、杜甫。温李：指唐温庭筠、李商隱。[10]蜉蝣：比喻淺薄狂妄的人或文辭。

一 四

"懷仁輔義天下悦，阿諛順旨要領絶"，子陵語也[1]。"崇山幽都何可偶，黄鉞一下無處所"，光武語也[2]。兩人同學，故言語相同，皆七古中硬句[3]。

【箋注】

[1]"懷仁"句：見《後漢書·逸民列傳》，意爲心懷仁義，主持正義，天下人都高興；奉迎拍馬，只知順承旨意不違拗，政綱全斷絶。子陵：即嚴光（前39—41），字子陵。漢會稽餘姚（今屬浙江）人。少與光武帝劉秀同遊學。劉秀稱帝，他變姓名逃遁，身披羊裘，釣於澤中。被人發現，請到京都，與劉秀同卧，足加帝腹。封官不就，復歸隱于富春山，終身不仕。[2]"崇山"句：見《後漢書·馮勤傳》，是光武帝劉秀賜給侯霸璽書上的兩句話，意爲曾經流放過驩兜和共工的崇山幽都怎麽可以再去，要知道黄鉞一落下去，人就無法容身。崇山，相傳舜放驩兜之處。《尚書·舜典》："流共工於幽州，放驩兜於崇山。"在今廣西凌雲縣和西林縣一帶。幽都：北方之地，陰氣所聚，故曰幽都。約在雁門以北。相傳爲流放共工的地方。黄鉞：象徵帝王權力的用黄金裝飾的長柄斧子。天子儀仗，亦用以征伐。光武：劉秀，見本卷一注[4]。[3]七古：七言古體詩的省稱。硬句：生硬的語句。此用褒義，指堅勁的語句。

一 五

古無類書，無志書，又無字彙[1]，故《三都》《兩京》賦[2]，言木則若干，言鳥則若干，必待搜輯群書，廣采風土，然後成文。果能才藻富艷，便傾動一時。洛陽所以紙貴者，直是家置一本，當類書、郡志讀耳。故成之亦須十年、五年。今類書、字彙，無所不備，使左思生於今日，必不作此種賦[3]。即作之，不過翻摘故紙，一二日可成。而抄誦之者，亦無有也。今人作詩賦，而好用雜事僻韻，以多爲貴者，誤矣！

【箋注】

[1]類書：輯録各門類或某一門類的資料，並依内容或字、韻分門别類編排，供尋檢、徵引的工具書。志書：記事之書。後指記載地方的疆域沿革、典章、山川、古迹、人物、物産、風俗的書。 [2]《三都》《兩京》賦：西晋左思作《蜀都賦》《吴都賦》《魏都賦》，合稱爲《三都賦》。東漢張衡作《東京賦》《西京賦》，合稱爲《二京賦》。 [3]左思（約250—約305）：字太沖。西晋齊臨淄（今山東淄博一帶）人。博學，兼善陰陽之術。代表作是《三都賦》與《咏史詩八首》。作《三都賦》，構思十年，賦成，貴盛之家競相傳寫，洛陽爲之紙貴。有《左太沖集》輯本。

一　六

“樂府”二字，是官監之名[1]，見霍光、張放兩傳[2]。其《君馬黄》《臨高臺》等樂章[3]，久矣失傳。蓋因樂府傳寫，大字爲辭，細字爲聲，聲詞合寫，易至舛誤。是以曹魏改《將進酒》爲《平關中》，《上之回》爲《克官渡》[4]，共十二曲，並不襲漢。晋人改《思悲翁》爲《宣受命》，《朱鷺》爲《靈之祥》[5]，共十二曲，亦不襲魏。唐太白、長吉知之[6]，故仍其本名，而自作己詩。少陵、張、王、元、白知之[7]，故自作己詩，而創爲新樂府。元稹序杜詩，言之甚詳。鄭樵亦言[8]：“今之樂府，崔豹以義説名，吴兢以事解目，與詩之失傳一也[9]。《將進酒》而李餘乃序烈女[10]，《出門行》而劉猛不言别離[11]，《秋胡行》而武帝云‘晨上散關山，此道當何難’[12]，皆與題無涉。”今人猶貿貿然抱《樂府解題》爲秘本[13]，而字摹句仿之，如畫鬼魅，鑿空無據。且必置之卷首，以撑門面，猶之自標門閥，稱乃祖乃宗絶大官銜，而不知其與己無干也。

【箋注】

[1] 樂府：古代主管音樂的官署，起於漢代。亦指樂府官署所采製的詩歌。後將可以入樂的詩歌以及仿樂府古題的作品統稱爲樂府。《漢書·禮樂志》："至武帝定郊祀之禮，祠太一於甘泉，就乾位也；祭后土于汾陰，澤中方丘也。乃立樂府，采詩夜誦，有趙、代、秦、楚之謳。" [2] 霍光（前140—前117）：字子孟。西漢河東平陽（今山西臨汾一帶）人。武帝時，爲奉車都尉。後爲大司馬、大將軍。昭帝年幼即位，受武帝遺詔輔政，封博陸侯。前後秉政達二十年。《漢書》有傳。張放（？—前7）：西漢京兆杜陵（今陝西西安一帶）人。《漢書》有傳。 [3]《君馬黄》：漢樂府《鐃歌》篇名，爲其十八曲之十。《臨高臺》：漢樂府《鐃歌》篇名，爲其十八曲之十六。 [4]《將進酒》：漢樂府《鐃歌》十八曲之九。《平關中》：《晋書·樂志》曰："改漢《將進酒》爲《平關中》，言曹公征馬超，定關中也。"《上之回》：漢樂府《鐃歌》十八曲之四。《克官渡》：《晋書·樂志》曰："改漢《上之回》爲《克官渡》，言曹公與袁紹戰，破之於官渡也。" [5]《思悲翁》：漢樂府《鐃歌》十八曲之二。《宣受命》：《樂府詩集》："古《思悲翁行》。《古今樂録》曰：'《宣受命》，言宣皇帝禦諸葛亮，養威重，運神兵，亮震怖而死。'"《朱鷺》：漢樂府《鐃歌》十八曲之一。《靈之祥》：《樂府詩集》："古《朱鷺行》。《古今樂録》曰：'《靈之祥》言宣皇帝之佐魏，猶虞舜之事堯也。既有石瑞之徵，又能用武以誅孟度之逆命也。'" [6] 太白：李白（701—762），字太白，號青蓮居士。唐隴西成紀（今甘肅天水一帶）人，生于安西都護府所屬碎葉城（位于今吉爾吉斯斯坦境内）。曾遷居蜀綿州昌隆縣青蓮鄉（今四川江油一帶），亦曾寓居山東。擊劍任俠，喜漫遊。經推薦，詔供奉翰林。又遭讒毁，離長安。因入永王李璘幕府，獲罪流放夜郎，中途遇赦東還。不久病卒。天才英特，一生吟咏，成就中國一大詩人。長吉：即李賀（790—816），字長吉。郡望隴西（今屬甘肅），福昌昌谷（今河南宜陽一帶）人。以錦囊得句著稱。辭尚奇詭，所得皆警邁。其詩歌多幻想意象，構思奇特，具有濃烈的感情色彩，語言多瑰美奇峭，有"昌谷體"之稱。善作樂府詞，稱"李長吉體"。有《昌谷集》。 [7] 少陵張王元白：即杜甫、張籍、王建、元稹、白居易。均長於新樂府。 [8] 鄭樵（1104—1162）：字漁仲，號溪西遺民。南宋興化軍莆田（今屬福建）人。不應科舉，居夾漈山下，力學三十年，學者稱夾漈先生。著述甚豐，以《通志》爲最著。按：袁枚此處所引並非原句。 [9] 崔豹：字正熊。西晋燕國（今北京一帶）人。撰有《古今注》。吴兢（670—749）：唐汴州浚儀（今河南開封）人。歷武周、

中宗、玄宗朝。官衛尉少卿，兼修文館學士，累遷太子左庶子。所著《貞觀政要》《樂府古題要解》《開元升平源》今傳於世。 [10]李餘：唐成都（今屬四川）人。長慶三年進士。《全唐詩》録其詩二首。 [11]劉猛：唐彭城（今江蘇徐州）人。元和十二年客居梁州。《全唐詩》録其詩三首。 [12]《秋胡行》：樂府篇名，屬《相和歌辭·清調曲》，詩的本事是《西京雜記》《列女傳》所載魯人秋胡與妻子的故事。古辭已亡，現存曹操、曹丕等人的同題擬作，内容與本事無關。武帝：此指魏武帝曹操。其《秋胡行》載于郭茂倩《樂府詩集》卷三六。[13]《樂府解題》：一般指題名唐吴兢的《樂府古題要解》，采録史傳與諸家文集有關樂府古題命名緣起的記載纂輯成書，材料豐富，考證詳實。

一　七

左氏[1]：“鄭伯享趙孟於垂隴[2]。七子賦詩，伯有賦《鶉奔》[3]。趙孟斥之曰：‘床笫之言不踰閾，非使人之所聞也[4]。’”然則其他之賦《野有蔓草》《有女同車》及《蘀兮》者[5]，其非淫奔之詩，明矣。

【箋注】

[1]左氏：左丘明，傳爲春秋戰國之際魯國史官。據《春秋》紀年集各國史料撰《左氏春秋》，即《左傳》。此處所引與原文有異，參看《左傳·襄公二十七年》。 [2]鄭伯：姬寤生（前757—前701），春秋時鄭國國君，史稱鄭莊公。享：設宴款待。趙孟（？—前541）：即趙武，亦稱趙文子，春秋時晋國人。趙朔之子。晋景公時，屠岸賈誅滅趙氏，朔妻莊姬（晋景公之姊）遺腹生趙武，賴程嬰和公孫杵臼之救得免死。後被立爲趙氏後嗣。晋悼公立，任爲卿。晋平公十年，執國政。卒謚文。垂隴：在今鄭州市稍西而北二十餘里，即滎陽縣東北。 [3]七子：亦稱七穆。指春秋鄭子展、子西、子産、伯有、子太叔、子石、伯石，皆爲掌握鄭國政權的世卿。鶉奔：指《詩經·鄘風·鶉之奔奔》。據《毛詩序》説，此詩爲刺衛宣姜淫亂而作。 [4]床笫（zǐ）：床和墊在床上的竹席，此指閨房之内、枕席之間。閾（yù）：門檻。使人：奉命出使的人。趙孟自指。 [5]《野有蔓草》《有女同車》《蘀兮》：都是《詩經·鄭風》中的篇目。朱熹《詩集傳》中認爲此三詩是淫邪之作，袁枚對朱熹的看法予以否定。

一八

“庚”字古音同“岡”，故字法“康”從“庚”，漢以前無讀“羹”者。“慶”字古音同“羌”[1]，漢以前無讀“磬”者[2]。“令”字古音同“連”，入“先”“仙”韻，轉去聲作“戀”，漢以前無讀“靈”者。

【箋注】

[1]羌：古陽部字。“慶”亦爲古陽部字。 [2]磬：古耕部字。

一九

《文選》詩，有五韻七韻者[1]。李德裕所謂“意盡而止，成篇不拘於隻偶”也[2]。

【箋注】

[1]《文選》：南朝梁蕭統所編詩文總集。五韻七韻：指一首詩中有五個或七個韻步。 [2]李德裕（787—850）：字文饒。唐真定贊皇（今屬河北）人。歷任翰林學士、浙西觀察使、西川節度使、兵部尚書、左僕射，在文宗和武宗朝兩度爲相。主政期間，與牛僧孺、李宗閔爲首的牛派之争後被稱爲“牛李黨争”。位極臺輔，讀書不輟。與詩人劉禹錫、元稹、李商隱、温庭筠、杜牧均有交往。一生著述甚富。隻偶：單雙，單數和雙數。李德裕的詩文集《李衛公會昌一品集》外集卷三《文章論》説：“古人辭高者蓋以言妙而工，適情不取於音韻，意盡而止，成篇不拘於隻偶，故篇無定曲，辭寡累句。”

按：到此，本卷已數次談到詩的形式與内容問題。第二則，談到格調、格律；第六則，談到不喜叠韻、和韻及用古人韻；第一五則，不主張僻韻；第一六則，否定字摹句仿。袁枚愛好詩歌形式的活潑不拘，這也是提倡性靈的一種必然。

二〇

陸放翁[1]：“燒灰除菜蝗。”“蝗”字作仄聲。徐騎省[2]：“莫折紅芳樹，但知盡意看。”“但”字作平聲。李山甫《赴舉别所知》詩[3]：“黄祖不憐鸚鵡客，志公偏賞麒麟兒[4]。”“麒”字作仄聲。王建《贈李僕射》詩[5]：“每日城南空挑戰。”“挑”字作仄聲。《贈田侍中》：“緑窗紅燈酒。”“燈”字作仄聲。皆本白香山之以“司”爲“四”[6]，“琵”爲“别”[7]，“凝脂”爲“佞”[8]，“紅橋三百九十橋”，“十”字讀“諶”也[9]。韓愈《岳陽樓》詩[10]：“宇宙隘而妨。”“妨”作“訪”音。《東都》詩：“新輩只朝評。”“評”作“病”音。元稹《東南行百韻》詩[11]：“征俸封魚租。”“封”音“俸”。《痁卧》詩：“一生長苦節，三省詎行怪。”“怪”音“乖”。《嶺南》詩：“聯遊虧片玉，洞照失明鑒。”“鑒”音“間”。《夜池》詩：“高屋無人風張幙。”“張”音“丈”。“苦思正旦酬白雪，閑觀風色動青旗。”“正旦”讀作“真丹”。又白居易《和令狐相公》詩：“仁風扇道路，陰雨膏閭閻。”“扇”平聲，“膏”去聲。李商隱《石城》詩[12]：“簟冰將飄枕，簾烘不隱鈎。”自注：“‘冰’去聲。”陸龜蒙《包山》詩[13]：“海客施明珠，湘蕤料浄食。”自注：“‘料’平聲。”朱竹垞《山塘紀事》詩[14]：“殷勤短主簿，端笏立阼階。”“阼”音“徂”。杜少陵用“中興”“中酒”“王氣”“貞觀”等字，忽平忽仄，隨其所便。大抵“相如”之“相”、“燈檠”之“檠”、“親迎”之“迎”、“親家”之“親”、“寧馨”之“馨”、“蒲桃”之“蒲”、“鄮侯”之“鄮”、“馬援”之“援”、“别離”之“離”、“急難”之“難”、“上應”之“應”、“判舍”之“判”、“量移”之“量”、“處分”之“分”、“范蠡”之“蠡”、“禰衡”之“禰”、“伍員”之“員”，皆平仄兩用。

【箋注】

[1]陸放翁：陸游（1125—1210），字務觀，號放翁。南宋越州山陰（今浙江紹興）人。賜進士出身。任樞密院編修、夔州通判、四川制置使司參議、禮部郎中等職，以寶謨閣待制致仕。有《劍南詩稿》《渭南文集》《南唐書》《老學庵筆記》。此處所引爲《杜門》中第三句。　[2]徐騎省：徐鉉（916—

991），字鼎臣。五代宋初文學家。原籍會稽，其父遷居廣陵（今江蘇揚州），遂爲廣陵人。初仕吴，後仕南唐。官至散騎常侍，世稱徐騎省。南唐亡，隨李煜歸宋。有《騎省集》。所引句出《離歌辭》。但，讀 tán。[3] 李山甫：晚唐詩人，生卒年、字號、居里不詳。流寓河朔間，曾入幕爲從事。《全唐詩》編其詩爲一卷。[4] 黄祖（？—208）：東漢末人。獻帝時爲江夏太守。一次大宴賓客，有人獻鸚鵡，讓禰衡作賦，衡揮筆而就，文不加點。後黄祖却因衡言不遜，把他殺了。志公：南朝名僧寶志（418—514）。《陳書·徐陵傳》載：徐陵母臧氏嘗夢五色雲化爲鳳，集左肩上，已而誕徐陵。時寶志上人有道，摩其頂曰："天上石麒麟也。"後以麒麟兒喻指聰慧子弟。[5] 王建（765—830）：字仲初。唐許州潁川（今河南許昌）人。有詩名，尤長樂府、宫詞，與張籍並稱。[6] 白香山：白居易（772—846），字樂天，晚號香山居士。唐華州下邽（今陝西渭南）人，祖籍太原（今屬山西）。德宗貞元十六年進士。歷任翰林學士、左拾遺、東宫贊善大夫以及中書舍人、秘書監、刑部侍郎。曾貶江州司馬，外任杭州刺史、蘇州刺史。分司東都後，遂居洛陽。以刑部尚書致仕。宣導新樂府運動。詩文與元稹齊名。有《白氏長慶集》。《容齋隨筆》："白樂天詩好以司字作入聲讀，如云'四十著緋軍司馬，男兒官職未蹉跎''一爲州司馬，三見歲重陽'是也。"[7] 琵：《容齋隨筆》："（白居易）以琵字作入聲讀，如云'四弦不似琵琶聲，亂瀉真珠細撼鈴''忽聞水上琵琶聲'是也。"[8] 凝：《升庵詩話》："《詩》：'膚如凝脂。'凝音佞。……白樂天詩：'落絮無風凝不飛。'又：'舞繁紅袖凝，歌切翠眉愁。'……今多作平音，失之音律，亦不協也。"[9] 十：《老學庵筆記》："白傅詩曰：'緑浪東西南北路，紅欄三百九十橋。'宋文安公宫詞曰：'三十六所春宫館，一一香風送管弦。'……則詩家亦以'十'爲'諶'矣。"[10] 韓愈：見本卷一三注 [1]。[11] 元稹（779—831）：字微之。唐河南（今河南洛陽）人。官至同中書門下平章事。元和初對策舉制科第一。詩與白居易齊名。[12] 李商隱（約 813—約 858）：字義山，號玉谿生。唐懷州河内（今河南沁陽）人。弱冠，以文謁令狐楚，楚奇其才，令與諸子遊，並親授駢體章奏法。工詩文，文采瑰麗，喜用典故，句意多隱晦迷離，富高情遠致。[13] 陸龜蒙（？—約 881）：字魯望，號江湖散人、天隨子、甫里先生。唐長洲（今江蘇蘇州）人。詩文賦並擅，與皮日休齊名，世稱"皮陸"。[14] 朱竹垞（chá）：朱彝尊（1629—1709），字錫鬯，號竹垞。清浙江秀水（今嘉興）人。康熙十八年應博學鴻詞科。有《日下舊聞》《經義考》《曝書亭集》《騰笑集》等。

二　一

宋人《雪》詩："待伴不嫌鴛瓦冷，羞明常怯玉鈎斜[1]。"已新矣。鄭所南《雪》詩[2]："拇戰素手白相敵，酒潮上臉紅不鮮[3]。"更新。蕭德藻《梅花》詩[4]："湘妃危立凍蛟背，海月冷掛珊瑚枝[5]。"已新矣。徐巢友《梅》詩[6]："過牆新水滴眠鶴，壓屋冷雲眠定僧[7]。"更新。

【箋注】

[1]"待伴"二語：宋王琪句。待伴：即待泮。謂冰雪未融化。鴛瓦：鴛鴦瓦。成對的瓦。屋瓦一俯一仰，因稱。玉鈎：喻新月。 [2]鄭所南：鄭思肖（1241—1318），字所南，號憶翁。宋末元初福州連江人。初以太學上舍應博學鴻詞科，會元兵南下，叩闕上書，不報。宋亡，隱居吴下。有詩集《心史》。此處所引爲《前雪歌》中詩句。 [3]"拇戰"二語：謂劃拳行令的手可與雪比白。拇戰，指猜拳，酒令的一種。鄭所南原句爲"詩戰素手白相敵"，其中含有一個"白戰"典故，指作"禁體詩"時禁用某些較常用的字。宋歐陽修爲潁州太守時，曾與客會飲，作咏雪詩，禁用玉、月、梨、梅、練、絮、白、舞、鵝、鶴、銀等字。後蘇軾繼作太守，一日適逢下雪，也邀客作咏雪的禁體詩。"白戰"本義爲徒手作戰，在這裏成了比喻。 [4]蕭德藻：字東夫，號千巖老人。宋福州閩清人。高宗紹興二十一年進士。工詩，極爲楊萬里所稱。此處所引見《古梅二絶》。 [5]湘妃：舜二妃娥皇、女英。相傳二妃没于湘水，遂爲湘水之神。此喻梅花。 [6]徐巢友：徐穎，字渭友，後改巢友，號玄洲。明浙江海鹽人。諸生。以詿誤，逃於僧，自楚入茅山爲道士。《檇李詩繫》卷十九收其詩。[7]定僧：坐禪入定的和尚。

二　二

《三餘編》言[1]："詩家使事，不可太泥[2]。"白傅《長恨歌》[3]："峨嵋山下少人行。"明皇幸蜀，不過峨嵋。謝宣城詩[4]："澄江净如練。"宣城去江百餘里，縣治左右無江。相如《上林賦》[5]："八川分流。"長安無八川。嚴冬友曰[6]："西漢時，長安原有八川，謂涇、渭、灞、滻、灃、滈、潦、潏也，至宋時則無矣。"

【箋注】

[1]《三餘編》：宋黄彦平著《三餘集》。 [2]使事：引用典故。泥：拘執，不變通。 [3]白傅：指白居易，見本卷二〇注[6]。白晚年曾官太子少傅，故稱。 [4]謝宣城：謝朓（464—499），字玄暉。南朝齊陳郡陽夏（今河南太康）人。官豫章王太尉行參軍、東海太守、宣城太守。長五言詩，爲"永明體"代表。與晋宋之際著名山水詩人謝靈運同宗，因而人稱"小謝"，謝靈運爲"大謝"。有《謝宣城集》。此處所引爲《晚登三山望京邑》中名句。 [5]相如：司馬相如（前179—前118），字長卿。西漢蜀郡成都（今屬四川）人。于臨邛遇新寡家居之卓文君，攜以同奔成都。漢武帝召爲郎，後官中郎將，通西南夷有功，拜孝文園令。工辭賦。《上林賦》是其名作之一。 [6]嚴冬友：嚴長明（1731—1787），字冬友（東有），一字用晦，號道甫。江蘇江寧人。乾隆二十七年舉人。歷官侍讀。有《歸求草堂詩集》《秋山紀行集》等。

二 三

人稱才大者，如萬里黄河，與泥沙俱下。余以爲此麤才[1]，非大才也。大才如海水接天，波濤浴日，所見皆金銀宮闕、奇花異草，安得有泥沙污人眼界耶？或曰："詩有大家，有名家。大家不嫌龐雜，名家必選字酌句。"余道："作者自命當作名家，而使後人置我于大家之中；不可自命爲大家，而轉使後人屏我于名家之外。"常規蔣心餘太史云[2]："君切莫老手頽唐，才人膽大也。"心餘以爲然。

【箋注】

[1]麤（cū）才：粗疏而少才學的人。麤，同"粗"。 [2]蔣心餘：蔣士銓（1725—1785），字心餘，一字苕生，號新畬、莘畬、藏園。江西鉛山人。乾隆二十二年進士，改庶吉士。與袁枚、趙翼以詩齊名，並稱乾隆三大家。有《忠雅堂全集》。因曾充任武英殿纂修官，供職國史館，被稱爲太史。太史爲清翰林的别稱。

二 四

凡神廟匾對，難其用成語而有味。或造倉頡廟[1]，求匾。侯明經嘉繙[2]，提筆書“始制文字”四字。人人叫絶。或求戲臺對聯。姚念兹集唐句云[3]：“此曲祇應天上有，斯人莫道世間無[4]。”又，張文敏公戲臺集宋句云[5]：“古往今來只如此，淡妝濃抹總相宜[6]。”蘇州戲館集曲句云：“把往事，今朝重提起；破工夫，明日早些來。”俱妙。或題諸葛廟，用“丞相祠堂”四字，亦雅切。

【箋注】

[1] 倉頡（jié）：傳説中遠古時人，爲古代整理文字之代表人物。《史記》據《世本》以爲是黄帝時的史官。《荀子・解蔽》：“好書者衆矣，而倉頡獨傳者壹也。”漢許慎《説文解字序》：“黄帝之史官倉頡，見鳥獸蹏迒之迹，知分理之可相别異也，初造書契。”《千字文》説：“龍師火帝，鳥官人皇。始制文字，乃服衣裳。”　[2] 侯嘉繙（1648—1746）：字元經，號夷門。清浙江天台人。乾隆元年薦舉博學鴻詞，未與試。後由拔貢生考職，得縣丞。署江南上元簿。調署江寧巡捕。年五十二卒。明經，是明清對貢生的尊稱。[3] 姚念兹（1705—？）：原名世鈺，字念兹，一作念慈。後名姚汝金，字改之。清浙江歸安（今湖州）人。雍正副貢。薦充三禮館纂修官，授長沙縣丞。有《孤笑集》《五臺山遊草》等。　[4]“此曲”句：出自杜甫《贈花卿》。“斯人”句：出處待考。元釋善住《漫興四首》中有詩句“夢裏生涯萬事殊，覺來莫道世間無”。　[5] 張文敏：張照（1691—1745），字得天，號涇南。清江南婁縣（今上海松江）人。康熙四十八年進士。官至刑部尚書。有《古香亭集》《天瓶齋詩鈔》《九九大慶》等。卒謚文敏。　[6]“古往”句：此處有誤，實爲杜牧《九日齊山登高》中句。“淡妝”句：出自蘇軾《飲湖上初晴後雨》。

二　五

余不喜黄山谷詩[1]，而古人所見有相同者。魏泰譏山谷[2]：“得機羽而失鵷鵬，專拾取古人所吐棄不屑用之字，而矜矜然自炫其奇，抑末也。”王弇州曰[3]：“以山谷詩爲瘦硬，有類驢夫脚跟、惡僧藜杖。”東坡云[4]：“讀山谷詩，如食蝤蛑[5]，恐發風動氣。”郭功甫云[6]：“山谷作詩，必費如許氣力，爲是甚底？”林艾軒云[7]：“蘇詩如丈夫見客，大踏步便出去。黄詩如女子見人，先有許多妝裹作相。此蘇、黄兩公之優劣也。”余嘗比山谷詩，如果中之百合、蔬中之刀豆也[8]，畢竟味少。

【箋注】

[1]黄山谷：黄庭堅，見本卷一三注[6]。黄詩講究修辭造句，强調“無一字無來處”。 [2]魏泰：字道輔。宋襄陽（今屬湖北）人。工文章，有《臨漢隱居集》《東軒筆録》。 [3]王弇州：王世貞（1526—1590），字元美，自號鳳洲，又號弇州山人。明南直隸太倉（今屬江蘇）人。嘉靖二十六年進士，官至刑部尚書。好古詩文，以復古號召一世。有《弇山堂别集》《弇州山人四部稿》等。 [4]東坡：蘇軾（1037—1101），字子瞻，一字和仲，號東坡居士。宋眉州眉山（今屬四川）人。仁宗嘉祐二年進士。歷仁宗、神宗、哲宗、徽宗等朝。任中書舍人、翰林學士兼侍讀。以龍圖閣學士知杭州。以端明殿翰林侍讀兩學士出知定州。曾貶黄州、惠州、瓊州。病逝常州。謚文忠。爲著名散文家、詩人、詞人，工書善畫。有《東坡七集》《東坡志林》《東坡樂府》等。 [5]蝤（yóu）蛑（móu）：一種海蟹，也叫梭子蟹。 [6]郭功甫：郭祥正（1035—1113），字功父。宋太平州當塗（今屬安徽）人。少有詩名。熙寧中以殿中丞致仕，後隱于當塗青山。有《青山集》。 [7]林艾軒：林光朝（1114—1178），字謙之，號艾軒。宋興化軍莆田（今屬福建）人。孝宗隆興元年進士。有《艾軒集》。其《讀韓柳蘇黄集》中説：“蘇黄之别，猶丈夫女子之應接。丈夫見賓客，信步出將去，如女子則非塗澤不可。” [8]百合：多年生草本植物。花供觀賞，地下鱗莖可食。刀豆：一種豆科植物。莢形似刀，故名。

二六

徐凝《咏瀑布》云[1]：“萬古常疑白練飛，一條界破青山色。”的是佳語。而東坡以爲惡詩[2]，嫌其未超脱也。然東坡《海棠》詩云：“朱唇得酒暈生臉，翠袖卷紗紅映肉。”似比徐詩更惡矣。人震蘇公之名，不敢掉罄[3]。此應劭所謂“隨聲者多，審音者少”也[4]。

【箋注】

[1]徐凝：唐睦州分水（今浙江桐廬一帶）人。工詩，憲宗元和中即有詩名，方干曾從之學詩。穆宗長慶中，赴杭州取解，大得刺史白居易賞識。後嘗至京洛，竟無所成。 [2]惡詩：蘇東坡云：“飛流濺沫知多少，不爲徐凝洗惡詩。”

[3]掉磬：争論。　[4]應劭（約151—約203）：字仲遠，一作仲瑗。東漢末汝南南頓（今河南項城一帶）人。有《漢官儀》《風俗通義》《漢書集解》。審音：謂識別清議之聲、輿論之聲。

按：此評公允。

二　七

某孝廉有句云[1]："立誓乾坤不受恩。"蓋自矜風骨也。余不以爲然，寄書規之，云："人在世間，如何能不受人恩？古人如陶靖節之高[2]，而以乞一頓食，至於冥報相貽。杜少陵以稷、契自許[3]，而感孫宰存恤[4]，至於願結弟昆。范文正公是何等人[5]，而以晏公一薦故，終生執門生之禮。蓋太上貴德，其次務施報[6]，聖人之所不諱也。"若商寶意太史之詩則不然[7]，曰："名心未了難遺世，晚景無多怕受恩[8]。"蔣苕生太史之詩亦不然[9]，曰："不是微禽敢辭惠，只愁無處覓金環[10]。"此皆不立身分，而身分彌高。

【箋注】

[1]孝廉：明清兩代舉人的别稱。　[2]陶靖節：陶淵明（365—427），一名潛，字元亮。世稱靖節先生。東晋潯陽柴桑（今江西九江一帶）人。他曾寫有一首《乞食詩》："飢來驅我去，不知竟何之。行行至斯里，叩門拙言辭。……感子漂母惠，愧我非韓才。銜戢知何謝，冥報以相貽。"　[3]稷契：唐堯與虞舜時代的兩個賢臣。杜甫曾在《自京赴奉先縣咏懷五百字》中咏道："許身一何愚，竊比稷與契。"　[4]孫宰：杜甫的友人。至德元載五月潼關失守，杜甫攜家從陝北白水縣逃難北走鄜州，路經彭衙同家窪，得孫宰熱情相待。杜甫曾在《彭衙行》中咏歎："故人有孫宰，高義薄層雲。……誓將與夫子，永結爲弟昆。"　[5]范文正：范仲淹（989—1052），字希文。宋蘇州吴縣（今江蘇蘇州）人。真宗大中祥符八年進士。晏殊薦爲秘閣校理。官終户部侍郎，知青州。卒謚文正。工詩文，晚年所作《岳陽樓記》爲世所傳誦。晏公：晏殊（991—1055），字同叔。撫州臨川（今江西撫州）人。北宋政治家、文學家，景德二年以神童召試，賜進士出身。官至同平章事。卒謚元獻。著有《珠玉詞》等。宋葉夢得《石林燕語》卷九載："范文正公以晏元獻薦入館，終身以門生事之，

後雖名位相亞亦不敢少變。” [6]“太上”二語：見《禮記·曲禮上》。意思是上古時代人們崇尚德，以德爲貴，只講究施惠而不求報答，後來則講究施惠也講究報答。 [7]商寶意：商盤（1701—1767），字寶意，號蒼雨。浙江會稽人。雍正八年進士。授編修，歷官雲南元江知府。工詩，善談笑，風流儒雅。有《質園詩集》。 [8]遺世：超脱塵世。晚景：晚年的境況。 [9]蔣苕生：蔣士銓，見本卷二三注[2]。 [10]微禽：微小的禽鳥。金環：指信物。古代有黄雀銜環報恩的傳説，事見南朝梁吴均《續齊諧記》，後用爲報恩的典故。

二八

山陰胡天游稚威[1]，以曠代才，受知于大宗伯任香谷先生[2]。其待之之厚，不亞于令狐相公之待玉谿生也[3]。館於其家。八月五日，宗伯指庭前蒲萄曰：“彼實垂垂矣。若能以‘儕’‘淮’險韻，刻劃其狀，當令某伶進酒爲歡。”稚威刻燭二寸，成四十韻。其警句云：“一樹微藏曉，添幽得小齋。”“拏藤高屋起，縛架碧霄排。翻水層篩網，行天爪擲釵[4]。”“枚驚千釘錯，結古百繩偕[5]。”“見擬通身膽，環雕出目蛙[6]。巧懸漚泡住，危累彈丸佳[7]。多覺欺鄰棗，貧猶敵庾鮭[8]。”“粉粘雲母膩，光逼水晶揩。軟謝金刀切，津宜貝齒喈。”“人窺雨餘館，凉破日斜階。”“寒別關門遠，肥憐壤性乖[9]。豈知根入塞，不比橘踰淮[10]。”一時傳誦。後乾隆辛卯冬日，嚴冬友侍讀在沈學士雲椒席上[11]，偶談及稚威以險韻咏蒲萄事。沈因指席間橄欖，命其門人陳梅岑云[12]：“汝能以十三覃韻賦此乎？”陳即席成二十韻。警句云：“青子當秋熟，評芳自嶺南。嘉名忠可喻，真意諫同參[13]。種類炎方別，林園壯月探[14]。陰還連野屋，高欲逼層嵐。摘去梯難架，收來杖易擔。求温憑箬裹，致遠藉筒函[15]。買或論千百，嘗應只二三。顰眉今莫訝，苦口舊曾諳。細共檳榔嚼，香逾豆蔻含。討尋偏耐久，風格在回甘。核試花生燭，仁挑粟綴簪。幸登君子席，佳話並傳柑[16]。”余亦在席上命門人楊蓉裳仿之[17]，咏錢云：“魚伯飛來後，平添利海波[18]。斫銅耶水曲，鑄幣歷山阿[19]。輕影翻鯨甲，花紋皺鳳羅。五銖工剪鑿，四柱細摩挲[20]。輪郭分烏漉，文章備隸蝌[21]。好從床脚繞，誰向夢中磨[22]？蕭庫懸標牓，吴宫衛甲戈[23]。營中贖才士，帳下買青娥。藏處同牛吼，行來倩馬馱[24]。無緣休慕孔，有癖定歸和[25]。積窖千緡朽，當筵一擲多[26]。裁皮嗤大業，剪葉記閹婆[27]。只我偏窮薄，終年歎轗軻[28]。逐貧空有賦，得寶不成歌[29]。壁立已如此，囊空將奈何！畫叉三十塊，掛壁羡東坡[30]。”陳、楊二君，年未弱冠。

【箋注】

[1] 胡天游（1696—1758）：榜姓方，一名騤，字稚威，一字雲持。清浙江山陰（今紹興）人。乾隆元年舉鴻博，因病未終場。工駢文。後客死山西。有《石笥山房集》。 [2] 大宗伯：禮部尚書的别稱。任香谷：任蘭枝（1677—1746），字香谷，號南樓，一號隨齋。清江蘇溧陽人。康熙五十二年進士。官至禮部尚書。門下士以文學著名者有胡天游等。有《南樓詩文集》。 [3] 令狐相公：令狐楚（766—837）。字慤士，自號白雲孺子。唐宜州華原（今陝西銅川一帶）人。唐元和年間曾爲右拾遺，任中書侍郎、同中書門下平章事。穆宗時進門下侍郎。敬宗時召爲尚書右僕射。卒于山南西道節度使。有《漆奩集》。玉谿生：李商隱，見本卷二〇注[12]。 [4] 翻水：喻緑葉如水波翻湧。爪擲釵：喻新抽出的嫩條如手擲出的玉釵。 [5] “枚驚”句：喻纔結出的小葡萄如千萬個釘子的上端交錯令人驚奇。“結古”句：喻葡萄的觸鬚如古代結繩記事一樣有序地纏繞在葡萄架上。 [6] “見擬”句：見，通“現”。擬，擬議、打算。喻葡萄的果實逐漸長大，像要顯示出通身是膽，因爲其形其色都像膽一樣。“環雕”句：喻透亮的果實如環雕青蛙鼓出的眼睛。 [7] 漚泡：喻水靈靈的果實如水泡。彈丸：喻果實累累狀。 [8] 庾鮭（xié）：南齊庾杲之爲尚書駕部郎，飯食常用的是三種韮類的菜，任昉戲之曰：“誰謂庾郎貧？食鮭常有二十七種。”三九二十七，音諧三韮。後來，便以庾鮭喻貧苦生活。鮭，古代魚類菜肴的總稱。 [9] “寒别”聯：《博物志》曰：張騫使西域還，得葡萄。《漢書·西域傳上·大宛國》：“漢使采葡萄、目宿種歸。”壤性乖：指土壤的性質特異。 [10] 橘踰淮：《周禮·冬官考工記》：“橘踰淮而爲枳……此地氣然也。” [11] 嚴冬友：嚴長明，見本卷二二注[6]。沈雲椒：沈初（1735—1799），字景初，號萃巖，又號雲椒。清浙江平湖人。乾隆二十八年進士。歷任禮兵吏部侍郎，左都御史，軍機大臣，兵、吏、户部尚書。有《蘭韻堂集》。 [12] 陳梅岑：陳熙，見本卷五注[2]。 [13] “嘉名”聯：《南方草木狀》説

橄欖“味雅苦澀，咀之芬馥”。民諺云：“一顆青果兩頭尖，皮又脆來味又鮮。開頭吃起有點苦，慢慢方知回味甜。”此處便以橄欖的這種特性比“忠誠”“諫言”。 [14]炎方：南方，橄欖産於南方數省，種類有别。壯月：八月。 [15]箬(ruò)：可供包物、編織等用的箬竹葉片。 [16]“佳話”句：《桯史》載：“戎州有蔡次律者，家於近郊，山谷嘗過之，延以飲，有小軒極華潔，檻外植餘甘子數株，因乞名焉，題之曰‘味諫’。後王子予以橄欖遺山谷，有詩曰：‘方懷味諫軒中果，忽見金盤橄欖來。想共餘甘有瓜葛，苦中真味晚方回。’時蓋徽祖始登極，國論稍還，是以有此句云。” [17]楊蓉裳（1753—1815）：楊芳燦，字才叔，號蓉裳。清江蘇金匱（今無錫）人。乾隆四十二年拔貢生。廷試得知縣。官至户部員外郎。有《直率齋稿》《芙蓉山館詩稿》《羅襦記》等。 [18]魚伯：《太平御覽》引漢劉安《淮南萬畢術》：“青蚨還錢：青蚨一名魚，或曰蒲，以其子母各等，置甕中，埋東行陰垣下，三日後開之，即相從。以母血塗八十一錢，亦以子血塗八十一錢，以其錢更互市，置子用母，置母用子，錢皆自還。”唐段成式《酉陽雜俎續集·支動》：“青蚨似蟬……一名魚伯。” [19]耶水：即若耶溪，在今浙江紹興南。《越絶書》卷十一《外傳記寶劍》：“赤堇之山破而出錫，若耶之溪涸而出銅……”歷山：被稱爲歷山的有多處。晋城歷山，在山西省沁水、翼城、垣曲和陽城四縣交界地域，又名舜王坪。傳説因舜王曾在此躬耕而得名。濟南歷山，又名舜山、舜耕山，今俗呼千佛山。以史籍考之，此地之命名爲最早。《管子·山權數第七十五》：“湯七年旱，禹五年水，民之無饘賣子者。湯以莊山之金鑄幣，而贖民之無饘賣子者；禹以歷山之金鑄幣，而贖民之無饘賣子者。” [20]五銖：五銖錢，漢武帝元狩五年始鑄，重五銖，上篆“五銖”二字，後用以指錢。四柱：《南史·梁敬帝紀》：“己卯，鑄四柱錢，一當二十。齊遣使通和。壬辰，改四柱錢，一當十。” [21]輪郭：指錢的内外邊緣，外圓爲輪，内方爲郭。文章：《舊唐書》曰：“初，開元錢之文，給事中歐陽詢製詞及書，時稱其工，其字含八分及隸體，其詞先上後下次左後右讀之，自上及左回環讀之，其義亦通，流俗謂之開通元寶錢。”蝌，指蝌蚪書、蝌蚪篆文。 [22]床脚繞：《世説新語·規箴第十》：“王夷甫雅尚玄遠，常嫉其婦貪濁，口未嘗言‘錢’字。婦欲試之，令婢以錢繞床，不得行。夷甫晨起，見錢閡行，呼婢曰：‘舉却阿堵物！’”夢中磨：《三國志》卷二十九：“（魏文）帝復問曰：‘吾夢摩錢文，欲令滅而更愈明，此何謂耶？’（周）宣悵然不對。帝重問之，宣對曰：‘此自陛下家事，雖意欲爾而太后不聽，是以文欲滅而明耳。’” [23]“蕭庫”句：《南史·梁臨川靖惠王宏傳》：“（蕭）巨集性愛錢。百萬一聚，黄榜標之；千萬一庫，懸一紫標。如此三十餘間，計錢三億餘萬。”“吴宫”句：《吴越春秋》：“闔閭既寶莫耶，復命于國中作金鈎，令曰：‘能爲善鈎者，賞之百金。’吴作鈎者甚衆，而有人貪王之重賞也，殺其二子，以血釁金，遂成二鈎，獻於闔閭，詣宫中而求賞。”[24]牛吼：《白孔六帖》：“五代袁正辭積錢盈室，室中常有聲如牛，人以爲妖，勸其散積以禳之，正辭曰：‘吾聞物之有聲，求其同類耳，宜益以錢，聲必止。’”[25]孔：方孔圓錢謂之孔方兄。和：晋朝西平人和嶠貪財，人謂之有錢癖。[26]“積窖”句：《史記》：“漢興七十餘年之間，國家無事……都鄙廩庾皆滿，而庫府餘貨財，京師之錢累巨萬，貫朽而不可校。”“當筵”句：王世貞《宛委餘編》曰：“何曾食日萬錢，子劭日二萬錢，任愷一食萬錢，和嶠日三萬錢，高陽王元雍一食數萬錢，杜岐公悰日五食一食萬錢，李衛公德裕至一杯羹二萬錢，韋侍郎陟至厨中棄遺直萬錢，元丞相載用食物椀器至三千事。”[27]“裁皮”句：《隋書・食貨志》：“大業已後，王綱弛紊，巨奸大猾，遂多私鑄，錢轉薄惡……或翦鐵鍱，裁皮糊紙以爲錢，相雜用之。”後因以“裁皮”指粗製濫造的錢幣。“剪葉”句：《宋史・列傳・闍婆國傳》：“闍婆國在南海中……剪銀葉爲錢博易，官以粟一斛二斗博金一錢。”[28]轗軻：道路坑窪不平，也比喻不得志。[29]逐貧：漢揚雄有《逐貧賦》。[30]“畫叉”二語：《蘇軾文集・答秦太虚七首》：“初到黄，廪入既絶，人口不少，私甚憂之。但痛自節儉，日用不得過百五十，每月朔便取四千五百錢，斷爲三十塊，掛屋樑上，平旦用畫叉挑取一塊，即藏去叉，仍以大竹筒別貯，用不盡者，以待賓客。此賈耘老法也。”此處以東坡自喻。

按：所咏只見知識和典故，而不見性情。其實這並不符合袁枚對性靈詩的主張，不過聊且贊其思維敏捷而已。

二　九

方望溪删改八家文[1]，屈悔翁改杜詩[2]，人以爲妄。余以爲八家、少陵復生，必有低首俯心而遵其改者，必有反復辨論而不遵其改者。要之，抉摘於字句間，雖六經頗有可議處，固無勞二公之舍其田而芸人之田也[3]。

【箋注】

[1]方望溪：方苞（1668—1749），字鳳九，號靈皋，晚號望溪。清安徽桐城人。康熙四十五年進士。累官翰林院侍講學士、内閣學士兼禮部侍郎。落職後辭歸。所爲古文，以法度爲主。人奉爲桐城派之初祖。著有《方望溪全集》《抗希堂全集》。八家：指唐宋八大家。 [2]屈悔翁：屈復（1668—約1744），字見心，號金粟，晚號悔翁。陜西蒲城人。乾隆元年舉博學鴻詞，不就。有《楚辭新注》《杜工部詩評》《玉谿生詩意》《弱水集》等。 [3]芸：同“耘”，耕耘。

三　〇

余甲戌春往揚州，過宏濟寺[1]，見題壁云：“隨着鐘聲入梵宫[2]，憑誰一喝耳雙聾？杪欏不解無言旨，孤負拈花一笑中[3]。”“山水争留文字緣，脚跟猶帶九州煙。現身莫問三生事，我到人間廿四年。”末無姓名，但著“苕生”二字。余録其詩。歸訪年餘，熊滌齋先生告以苕生姓蔣，名士銓，江西才子也[4]。且爲通其意。苕生乃寄余詩云：“鴻爪春泥迹偶存，三生文字繫精魂。神交豈但同傾蓋，知己從來勝感恩。”已而入丁丑翰林，假歸，僑寓金陵，與余交好。壬申春，余過良鄉[5]，見旅店題詩云：“滿地榆錢莫療貧，垂楊難繫轉蓬身。離懷未飲常如醉，客邸無花不算春。欲語性情思骨肉，偶談山水悔風塵。謀生消盡輪蹄鐵，輸于成都賣卜人[6]。”末亦無姓名，但書“篁村”二字。余和其詩，有“好叠花箋抄稿去，天涯沿路訪斯人”之句。隔十三年，勞宗發觀察來江南[7]，云渠宰良鄉時，見店壁有此二詩，爲館欽差故，主人將圬去，心甚愛之，抄詩請于制府方敏慤公[8]。方亦欣賞，諭令勿圬。然彼此不知篁村何許人。壬辰，在梁瑶峰方伯署中[9]，晤篁村。方知姓陶，名元藻，會稽諸生也[10]。以此語告陶。陶感三人之知己，而傷方、勞二公之已亡，重賦云：“匹馬曾從燕薊趨，橋霜店月已模糊。人如曠世星難聚，詩有同聲德未孤。自笑長吟忘歲月，翻勞相訪遍江湖。秦淮河上敦盤會[11]，應識今吾即故吾。”“三間老屋夕陽村，底事高軒過此門？飛蓋翠摇新蘸墨，華鐙紅照舊題痕。不教畫墁傭奴易[12]，便勝紗籠佛殿尊[13]。惆悵憐才青眼客[14]，幾番剪紙爲招魂。”

【箋注】

[1]宏濟寺：在今南京燕子磯。《熙朝新語》卷十載：“江寧燕子磯宏濟寺僧默默，於乾隆辛未年恭迎聖駕。” [2]梵宫：佛寺。 [3]桫（suō）欏（luó）：佛教謂釋迦牟尼佛八十歲時於拘尸那拉城外桫欏雙樹林圓寂。我國寺廟中多以七葉樹代替。拈花一笑：《五燈會元·七佛·釋迦牟尼佛》：“世尊在靈山會上，拈花示衆，是時衆皆默然，唯迦葉尊者破顔微笑。”後泛指佛教禪宗以心傳心、心心相印。 [4]熊滌齋：熊本，字藝成，號滌齋。爲熊蔚懷仲子。原籍江西南昌，後隨父移居金陵（今江蘇南京），有别業名“小西湖”。康熙四十五年進士，散館授編修。以事論死，赦。曾爲陳古漁《古漁詩概》作序。蔣士銓：見本卷二三注[2]。 [5]良鄉：西漢置良鄉縣，治所在今北京房山東南。五代唐移治今北京市西南良鄉鎮。袁枚《和良鄉題壁詩》：“天涯鴻爪認前因，壁上題詩馬上身。我爲浮名來日下，君緣何事走風塵？黄鸝語妙非求友，白雪聲高易感春。手叠花箋書稿去，江湖沿路訪斯人。” [6]成都賣卜人：漢人嚴君平在成都以卜筮爲生，得錢可自足，即閉簾讀書，著書十餘萬言。後用以比喻隱居自給自足的生活。 [7]勞宗發：浙江錢塘人。乾隆十年進士，官蘇松太道。觀察：清代用作對道員的尊稱。 [8]方敏慤：方觀承（1698—1768），字遐谷，號問亭，又號宜田。清安徽桐城人。雍正十一年，由監生加中書銜，官至直隸總督，加太子少保。工詩及書。卒謚恪敏，一作敏慤。有《東閭剩稿》《宜田匯稿》《問亭集》等。 [9]梁瑶峰：梁國治（1723—1786），字階平，號瑶峰，又號豐山。清浙江會稽人。乾隆十三年進士，授修撰。官至東閣大學士兼户部尚書。《四庫全書》館副總裁。有《敬思堂詩集》。 [10]陶元藻（1716—1801）：字龍溪，號篁村。清浙江會稽人。貢生。曾客揚州，後歸居杭州西湖。有《泊鷗山房集》《全浙詩話》《鳧亭詩話》等。 [11]敦盤：指玉敦和珠盤。古代天子和諸侯盟會所用的禮器。敦以盛食，盤以盛血，皆用木制，珠玉爲飾。後以敦盤指賓主聚會或使節交往。 [12]畫墁：謂在新粉刷的牆壁上亂畫，比喻勞而無用。語出《孟子·滕文公章句下》：“有人於此毁瓦畫墁，其志將以求食也，則子食之乎？”傭奴：傭人，受雇用的人，僕役。 [13]紗籠：碧紗籠。唐太原人王播少孤貧，曾寄寓揚州僧寺，隨僧齋餐。寺僧厭忌，故於飯後鳴鍾。後王播出鎮是邦，暇訪舊游，向所題句盡以碧紗籠其上。播繼以題詩曰：“二十年來塵撲面，如今始得碧紗籠。”事見《唐摭言》。

後用作詩文出衆的贊詞。 [14] 青眼客：喻指意氣相投的好友。

三 一

本朝王次回《疑雨集》[1]，香奩絶調[2]，惜其只成此一家數耳。沈歸愚尚書選國朝詩[3]，擯而不録，何所見之狹也！嘗作書難之云："《關雎》爲《國風》之首，即言男女之情。孔子删詩，亦存《鄭》《衛》。公何獨不選次回詩？"沈亦無以答也。唐李飛譏元白詩"纖艷不逞，爲名教罪人"[4]。卒之千載而下，知有元白，不知有李飛。或云，飛此言見於杜牧集中[5]。牧祖佑[6]，年老不致仕，香山有詩譏之，故牧假飛語以詆之耳。

【箋注】

[1] 王次回：王彦泓（1593—1642），字次回。明江南金壇（今屬江蘇）人。歲貢生。官華亭縣訓導。喜作艷體小詩。有《泥蓮集》《疑雲集》《疑雨集》。 [2] 香奩：香奩體又稱艷體，指晚唐詩人韓偓《香奩集》所代表及後之仿效者所表現的一種詩風。主要寫宫廷貴族和一般士大夫男女之情及閨閣生活，風格綺靡。 [3] 沈歸愚：沈德潛（1673—1769），字確士，號歸愚。清江蘇長洲人。乾隆四年進士。授翰林院編修。官至禮部尚書。卒謚文慤。編有《古詩源》《唐詩别裁》等。爲神韻詩派代表人物。 [4] 李飛：李戡，字定臣，原名飛。唐宗室子弟。元白：元稹和白居易。 [5] 杜牧（803—852）：字牧之。唐京兆萬年（今陝西西安）人。杜佑孫。唐文宗太和二年進士。官司勛員外郎、考功郎中、知制誥、中書舍人。工詩，世稱小杜，以别于杜甫。後得病，自爲墓誌。其《樊川文集》卷六《唐故平盧軍節度巡官隴西李府君墓誌銘》記戡之言曰："嘗痛自元和已來，有元白詩者，纖艷不逞。非莊士雅人，多爲其所破壞。流于民間，疏於屏壁。子父女母，交口教授。淫言媟語，冬寒夏熱，入人肌骨，不可除去。吾無位，不得用法以治之。" [6] 杜佑（735—812）：字君卿。唐京兆萬年人。曾任德宗、順宗、憲宗三朝的宰相。封岐國公，以太子太保致仕。著名的歷史文獻學家。著《通典》。所謂譏杜佑詩指白居易《秦中吟十首》中《不致仕》一詩。

按：袁與沈是同科進士，日後二人詩見分歧，際遇懸殊，却也是朋友。袁枚肯爲人鳴不平，亦可見其性情。

三　二

余戲刻一私印，用唐人“錢塘蘇小是鄉親”之句[1]，某尚書過金陵，索余詩册，余一時率意用之，尚書大加訶責。余初猶遜謝，既而責之不休，余正色曰：“公以爲此印不倫耶？在今日觀，自然公官一品，蘇小賤矣。誠恐百年以後，人但知有蘇小，不復知有公也。”一座囅然[2]。

【箋注】

[1] 蘇小：南朝齊著名歌妓蘇小小，家住錢塘（杭州）。樂府有《蘇小小歌》。“錢塘蘇小是鄉親”，爲唐韓翃《送王少府歸杭州》中句。 [2] 囅（chǎn）然：笑貌。

按：詩人竟敢這樣回敬高官，不怕報復麼？

三　三

高文良公夫人，名琬，字季玉[1]，蔡將軍毓榮之女、尚書珽之妹也[2]。其母國色，相傳爲吴宫舊人[3]。夫人生而明艷，嫻雅能詩。公巡撫蘇州，與總督某不合，屢爲所傾，而公卓然孤立。咏《白燕》第五句云“有色何曾相假借”，沉思未對。適夫人至，代握筆曰：“不群仍恐太分明。”蓋規之也。夫人博極群書，兼通政治。文良公之奏疏文檄等作，每與商定。詩集不傳。記其《咏九華峰寺》云[4]：“蘿壁松門一徑深，題名猶記舊鋪金[5]。苔生塵鼎無香火，經蝕僧厨有蠹蟫[6]。赤手屠鯨千載事，白頭歸佛一生心。征南部曲今誰是，剩有枯禪守故林。”此爲其父平吴逆後，獲咎歸空門而作也[7]。

【箋注】

[1] 高文良：高其倬（1676—1738），字章之，號芙沼。清漢軍鑲黄（一

作鑲白）旗人。康熙三十三年進士。歷官雲貴、浙閩、兩江總督，至工部尚書，後調户部。卒謚文良。少以詩名，稱一代作手。有《味和堂詩集》。蔡琬（1695—1755）：字季玉。清遼陽（今屬遼寧）人。有《蘊真軒詩鈔》。 [2] 蔡毓榮（1633—1699）：字仁庵。清漢軍正白旗人。康熙十八年授綏遠將軍，總統緑旗兵，進破昆明，旋調任雲貴總督。因事戍黑龍江，旋赦還。蔡珽（？—1743）：字若璞，號禹功。康熙三十六年進士。任四川巡撫、左都御史、吏部尚書、直隸總督、奉天府尹。有《守素堂集》。 [3] 吴：指吴三桂（1612—1678），字長伯。明末清初江南高郵（今屬江蘇）人，遼東（今遼寧一帶）籍。出身武舉，任寧遠總兵。引清兵入關，破李自成，受清封爲平西王。後在雲貴舉兵叛清，於衡州稱帝，不及半年即死。 [4] 九華峰寺：九華山，中國佛教四大名山之一，在安徽青陽西南。唐至德初建寺，建中初德宗賜名化城寺，爲九華山第一座寺廟。 [5] 鋪金：鋪翠銷金，謂用金玉裝飾。 [6] 蠹蟫（dù yín）：衣魚，也叫蠹魚，一種蛀書籍、衣物的小蟲。 [7] 空門：指佛教。

三　四

宋蓉塘《詩話》譏白太傅在杭州[1]，憶妓詩多於憶民詩。此苛論也，亦腐論也。《關雎》一篇，文王輾轉反側，何以不憶王季、太王[2]，而憶淑女耶？孔子戹于陳、蔡，何以不思魯君，而思及門耶[3]？

【箋注】

[1] 宋蓉塘《詩話》：此處存疑。人民文學出版社版《隨園詩話》標點爲"宋《蓉塘詩話》"。歷史上確有一部《蓉塘詩話》，但不是宋人所撰，而是明姜南撰。姜南，字明叔，自號蓉塘、半村野人。明浙江仁和（今杭州）人。約 1545 年前後在世。論詩專主性情。但遍檢《蓉塘詩話》，未見談及白居易憶妓詩。此處是依民國本。宋蓉塘，指宋犖，號蓉塘，又號匡廬居士。清江南長洲人，嘗居廬山。 [2] 王季：名季歷。商末人。周太王古公亶父幼子、文王父。武王時追封爲王季。太王：即周太王古公亶父，周族領袖。周文王姬昌的祖父。武王時追尊太王。 [3] 戹（è）：同"厄"，受困。陳蔡：春秋時兩個國名。孔子周遊列國時，從陳國到蔡國的途中被圍困，斷絶糧食。魯君：魯國國君。及門：在門下，指從學。事見《史記·孔子世家》《孟子·盡心下》。

按：可以同意此批評爲苛論，白居易不爲完人，在社會風氣放浪的時代確有污點，而仍不失爲偉大詩人，歷史人物不能苛求。然不能同意此爲腐論，批評者所持畢竟是嚴肅的人生態度。這與詩歌表現性靈不應對立起來。

三　五

詩人陳製錦[1]，字組雲，居南門外，與報恩寺塔相近[2]。樊明徵秀才贈詩云[3]："南郊風物是誰真？不在山巔與水濱。仰首陸離低首誦，長干一塔一詩人[4]。"陳嫌不佳。余曰："渠用意極妙，惜未醒耳。若改'仰首欲攀低首拜'，則精神全出，僅易三字耳。"陳爲雀躍。樊博學好古，尤精篆隸之學。余所得兩漢金石文字，皆所贈也。卒後，余挽聯云："地下又添高士伴；生前原當古人看。"

【箋注】

[1] 陳製錦：字組雲，一字楚筠，號又韓。清江蘇上元（今南京）人。諸生。工詩。 [2] 報恩寺塔：全名爲大報恩寺琉璃寶塔，是明代初年至清代前期南京的標誌性建築，被稱爲天下第一塔。今塔爲重建，位于南京中華門外。[3] 樊明徵：字聖模，一字軫亭。清江蘇句容人。僑居金陵。有《大易發揮》《軫亭詩集》《軫亭文集》《花嶼軒四六》等。 [4] 陸離：光彩絢麗貌。長干：南京古代地名，遺址在今内秦淮河以南、雨花臺以北，舊爲繁華商業區與佛教中心。

三　六

靖逆侯張勇[1]，字非熊。國初定鼎，即仗劍出關，求見英王[2]，王大奇之。提督甘肅，知吴三桂將反[3]，命子雲翼間道入都，首發其奸。聖祖親解御袍賜之[4]。功成後，謚襄壯。相傳其封公夢夏侯惇而生侯[5]。薨後葬墳，掘地得夏侯碑碣，亦一奇也！性好吟詩，《過崆峒》云[6]："蚩尤戰後久消兵，此處猶存訪道名[7]。萬里山河塵不起，松風常帶鳳鸞聲。"

【箋注】

[1] 張勇（1616—1684）：字非熊。明末清初陝西洋縣人，一作咸寧（今屬湖北）人。明副將，降清後屢擢至甘肅總兵，遷雲南提督。康熙初，還鎮甘肅。因軍功封一等侯，加太子太師。謚襄壯。 [2] 英王：英親王阿濟格，清太祖努爾哈赤第十二子，與明兵屢戰有功，封和碩英親王。 [3] 吴三桂：見本卷三三・注[3]。 [4] 聖祖：愛新覺羅・玄燁（1654—1722），清康熙帝。 [5] 封公：封翁，封建時代因子孫顯貴而受封典的人。夏侯惇（dūn）（？—220）：字元讓。三國魏沛國譙（今安徽亳州一帶）人。東漢末從曹操征伐，魏文帝立，拜大將軍。 [6] 崆峒：山名，在今甘肅平凉西。相傳是黄帝問道于廣成子之地。 [7] 蚩尤：傳説中上古黄帝時東方九黎部族首領，好兵喜亂。帝興師征之，戰于涿鹿。遂戮蚩尤。訪道：詢問治理國家的辦法。

三　七

人謀事久而不得，則意思轉淡。何士顒秀才《感懷》云[1]：“身非無用貧偏暇，事到難圖念轉平。”真悟後語也。其他如“貧猶買笑爲身累，老尚多情或壽徵[2]”“書因補讀隨時展，詩爲留删盡數抄[3]”，皆不愧風人之旨[4]。殁後，余聞信，飛遣人到其家，搜取詩稿，得三百餘首。爲付梓行世，板藏隨園。

【箋注】

[1] 何士顒（yóng）（1726—1787）：又名士容，字南園。清江蘇江寧人。諸生。袁枚輯其詩編爲《南園詩集》二卷。《感懷》：一作《除夕》。 [2]“貧猶”聯：爲《偶題》第二聯，字稍有出入。壽徵：長壽的徵兆。 [3]“書因”聯：詩題爲《漫興》。 [4] 風人：詩人。

按：袁枚愛才，竟然能爲一個窮秀才朋友編刻詩集。本書涉及何士顒的詩話就有十一處之多。袁枚的家族、親戚多人能詩。經袁枚親手編選的詩集有《南園詩選》（何士顒撰）、《碧腴齋詩》（袁枚大堂姐袁傑的丈夫胡德琳撰）、《續同人集》（友朋詩文總集）、《隨園女弟子詩選》（女弟子十九人詩文總集）、《紅豆村人詩稿》（堂弟袁樹撰）、《袁家三妹合稿》（袁棠、袁杼、袁機撰）、《湄君詩集》（外甥陸建撰）、《幽光集》（輯亡友詩作之總集）等。這種愛詩的熱情與付出，簡直是千古一人。

三　八

余宰沭陽時[1]，淮安諸生吕文光[2]，館于沭之吴姓家。其弟子某赴童子試，吕爲代倩文字[3]，被余偵獲，愛其能文，不加之罪，且延爲西席[4]，以姨妻之。和余《春草》云："綿力漫言承露薄，靈根自信濟人多。"又云："托根何必蓬萊上[5]，得氣均沾雨露中。"余笑曰："此縣令詩，不能作翰林者[6]。"已而果中辛未進士，出知滑縣。

【箋注】

[1]宰：治理。此指做知縣。　[2]吕文光：江南山陽（今江蘇淮安）人。乾隆十六年進士。二十四年任滑縣知縣。遷直隸同知，署香河令。　[3]代倩：謂科舉考試時請人或替人代筆作弊。　[4]西席：古人席次尚右，右爲賓師之位，居西而面東。此爲幕友尊稱。　[5]蓬萊：蓬萊宫，唐宫名。此代指清宫。[6]翰林：翰林院，翰林學士供職之外朝官署。

三　九

江西魏允迪[1]，字懋堂，豪邁不羈，官中書侍讀。以撫軍公子，而家資散盡，因之失官。咏《山中積雪》云："寂寞山涯更水濱，漫天匝地白如銀[2]。前村報道溪橋斷，可喜難來索債人。""干霄篁竹翠盈眸[3]，雪壓風欺撲地愁。莫訝此君無勁節，一經淪落也低頭。"又，《出門》云："憑着牽衣兒女送，只揮雙淚不回頭。"讀之令人神傷。與余同召試友也[4]。

【箋注】

[1]魏允迪：字功夏，號懋堂。江西廣昌人。雍正元年舉人。乾隆初舉鴻博，

未遇。官内閣侍讀，遷御史。有《誦芬堂草》。 [2]匝地：遍地。 [3]干霄：高入雲霄。 [4]召試：皇帝召來面試。爲封建時代選拔官吏的一種特殊方式。

四〇

蘇州舁山轎者最狡獪[1]，遊冶少年多與錢[2]，則遇彼姝之車[3]，故意相撞，或小停頓。商寶意先生有詩云[4]：“直得輿夫争道立，翻因小住飽看花。”虎邱山坡五十餘級，婦女坐轎下山，心怯其墜，往往倒抬而行。鮑步江《竹枝》云[5]：“妾自倒行郎自看，省郎一步一回頭。”

【箋注】

[1]舁（yú）：扛、抬。狡獪：詭詐。 [2]游冶：出游尋樂。 [3]彼姝：那美女。 [4]商寶意：商盤，見本卷二七注[7]。 [5]鮑步江：鮑皋（1708—1765），字步江，號海門。清江蘇丹徒（今鎮江）人。工詩善畫，尤以詩賦名。有《海門集》《京口文獻録》《筆耕録》等。

四一

李義山《咏柳》云[1]：“堤遠意相隨。”真寫柳之魂魄。與唐人“山遠始爲容”“江奔地欲隨”之句[2]，皆是嘔心鏤骨而成。粗才每輕輕讀過。吴竹橋太史亦有句云[3]：“人影水中隨。”

【箋注】

[1]李義山：李商隱，見本卷二〇注[12]。《贈柳》：“橋回行欲斷，堤遠意相隨。” [2]“山遠”句：未詳。“江奔”句：唐吴融《松江晚泊》中語。[3]吴竹橋：吴蔚光（1743—1803），字執虚，號竹橋。清江蘇常熟人。乾隆四十五年進士。有《素修堂文集》《小湖田樂府》《執虚詞抄》《閒居詩話》等。

四二

陸魯望過張承吉丹陽故居[1]，言：“祐善題目佳境，言不可刊置别處，此爲才子之最也。”余深愛此言。自古文章所以流傳至今者，皆即情即景，如化工肖物[2]，著手成春[3]，故能取不盡而用不竭。不然，一切語古人都已説盡，何以唐、宋、元、明，才子輩出，能各自成家而光景常新耶？即如一客之招、一夕之宴，開口便有一定分寸，貼切此人、此事，絲毫不容假借[4]，方是題目佳境。若今日所咏，明日亦可咏之；此人可贈，他人亦可贈之：便是空腔虚套，陳腐不堪矣。尹文端公在制府署中[5]，冬日招秦、蔣兩太史及余飲酒[6]，曰："今日席上，皆翰林，同衙門，各賦一詩。"蔣詩先成，首句云："卓午人停問字車[7]。"公笑曰："此教官請客詩也。"秦懼不肯落筆。余亦知難而退。公不許。乃呈一律云："小集平泉夜舉觴[8]，春風座上不知霜。偶然元老開東閣，難得群仙共玉堂[9]。"公大喜曰："開口已包括全題。白傅誚劉禹錫《金陵懷古》詩[10]，'前四句已探驪珠[11]，此之謂矣！"

【箋注】

[1]陸魯望：陸龜蒙，見本卷二〇注[13]。張承吉：張祜（792—854），字承吉。唐清河（今屬河北）人，一説南陽（今河南鄧州）人。寓居蘇州。宫詞及五律均有名篇。 [2]化工肖物：自然刻畫事物。 [3]著手成春：語出唐司空圖《二十四詩品·自然》。謂詩歌格調自然清新，亦指技藝精湛。[4]假借：假託，假冒。 [5]尹文端：尹繼善，見本卷一〇注[3]。 [6]秦：秦大士（1715—1777），字魯一，號澗泉，晚號秋田老人。江蘇江寧人。乾隆十七年狀元。官至侍講學士。蔣：蔣士銓，見本卷二三注[2]。 [7]問字：漢揚雄多識古文奇字，人常載酒肴來遊學問字。 [8]平泉：唐宰相李德裕别墅平泉莊。此喻指尹府。 [9]東閣：明清兩代大學士殿閣之一。玉堂：指翰林院。《小倉山房詩集》卷一有此詩，題爲"臘月五日相公招同秦學士大士蔣編修士銓小集西園各賦四詩"，此處所引爲前四句。 [10]白傅：白居易，見本卷二〇注[6]。劉禹錫（772—842）：字夢得。洛陽（今屬河南）人。德宗貞元進士，又登博學宏辭科。官監察御史，因參與王叔文政治革新，貶朗州司馬，遷連州刺史。後裴度薦爲太子賓客、檢校禮部尚書，世稱劉賓客。工詩，與白居易唱和，並稱"劉白"。驪珠：寶珠。傳説出自驪龍頷下。用《莊子·列禦寇》典。後喻詩文得題之神髓者爲探驪得珠。 [11]語見《全唐詩話》卷三。

按：此論作詩要切合題目佳境，且切且佳，纔爲得體。這是經驗之談，所有好詩，都與即情即景相關。橫向有比較，縱向有發展，抓住此情此景此人此事的特徵，纔最具詩人的眼光。這讓人想到論詩的一個佳話。宋蘇軾《書鄢陵王主薄所畫折技二首之一》說："賦詩必此詩，定知非詩人。"清趙翼《詩論》說："作詩必此詩，乃是真詩人。"其實這兩種説法並不矛盾，蘇軾反對的是一般化，趙翼强調的是特殊性。趙與袁枚同時代並同屬於性靈派詩人。

四　三

余每作咏古、咏物詩，必將此題之書籍，無所不搜，及詩之成也，仍不用一典[1]。常言：人有典而不用，猶之有權勢而不逞也。

【箋注】

[1] 典：典故。詩文中引用古代故事和有來歷出處的詞語，稱爲用典。

四　四

熊掌、豹胎，食之至珍貴者也，生吞活剥，不如一蔬一筍矣。牡丹、芍藥，花之至富麗者也，剪綵爲之[1]，不如野蓼山葵矣。味欲其鮮，趣欲其真，人必知此，而後可與論詩。

【箋注】

[1] 剪綵：剪裁花紙或彩綢，製成蟲魚花草之類的裝飾品。

四　五

襄勤伯鄂公容安[1]，好吟詩，如有宿悟[2]。《竹林寺》云[3]："初地相逢人似舊，前身安見我非僧？"《悼亡》云："傷心最是懷中女，錯認長眠作暫眠。"

《記》曰[4]："學然後知不足。"可見知足者，皆不學之人，無怪其夜郎自大也。鄂公《題甘露寺》云[5]：“到此已窮千里目，誰知才上一層樓。”方子雲《偶成》云[6]：“目中自謂空千古，海外誰知有九州？”

【箋注】

[1]鄂容安(1714—1755)：姓西林覺羅氏，字休如，號虚亭。鄂爾泰之子。滿洲鑲藍旗人。雍正十一年進士。襲三等襄勤伯爵。累官兩江總督，加太子少傅。謚剛烈。有《鄂虚亭詩草》。 [2]宿悟：靈思妙悟。 [3]竹林寺：此或指江蘇鎮江磨笄山竹林寺，昭明太子蕭統曾讀書于此。 [4]《記》：指《禮記·學記》。 [5]甘露寺：江蘇鎮江北固山後峰上的一座古寺。相傳建於三國東吴，後屢毁屢建。 [6]方子雲：方正澍（1743—1809），一名正添，字子雲，號玉溪。清安徽歙縣人。寓居南京。國子生。有《子雲詩集》《花韻軒詞》。

四　六

昔人言：白香山詩無一句不自在，故其爲人和平樂易[1]。王荆公詩無一句自在，故其爲人拗强乖張[2]。愚謂荆公古文直逼昌黎，宋人不敢望其肩項[3]；若論詩，則終身在門外。尤可笑者，改杜少陵“天闕象緯逼”爲“天閲象緯逼”；改王摩詰“山中一夜雨”爲“一半雨”[4]，改“把君詩過日”爲“過目”，“關山同一照”爲“同一點”。皆是點金成鐵手段。大抵宋人好矜博雅，又好穿鑿，故此種剜肉生瘡之説，不一而足。杜詩：“天子呼來不上船。”此指明皇白龍池召李白而言。船，舟也。《明道雜記》以爲[5]：“船，衣領也。蜀人以衣領爲船。謂李白不整衣而見天子也。”青蓮雖狂，不應若是之妄。東坡《赤壁賦》：“而吾與子之所共適。”適，閒適也。羅氏《拾遺》以爲[6]：“當是‘食’字。”引佛書以睡爲食，則與上文文義平險不倫。東坡雖佞佛，必不自亂其例。杜詩：“王母晝下雲旗翻。”此王母，西王母也。《清波雜誌》以“王母”爲鳥名[7]，則與雲旗杳無干涉。王勃《滕王閣序》[8]：“落霞與孤鶩齊飛。”此落霞，雲霞也，與孤鶩不類而類，故見妍妙。吴獬《事始》以落霞爲飛蛾[9]，則蟲鳥並飛，味同嚼蠟。杜牧《阿房宫賦》[10]：“未雲何龍。”用《易經》“雲從龍”也。《是齋日記》以爲用《左氏》“龍見而雩”[11]。宫中，非雩祭地也。《文選》詩：“掛席拾海月。”妙在“海月”之不可拾也。注《選》者，必以“海月”爲蚌蟜之類，則作此詩者，不過一摸蚌翁耳。少陵詩：“無風雲出塞，不夜月臨關。”其妙處在無風而雲，不夜而月故也。注杜者，以“不夜”“無風”爲地名，則何地無雲，何地無月，何必此二處纔有風、月耶？“三峽星河影動摇”，即景語也。注杜者必引《天官書》“星動爲用兵之象”[12]。未必太平時，星光不動也？宋子京手抄杜詩[13]，改“握節漢臣歸”爲“秃節”。“秃”字不如“握”字之有神也。劉禹錫《瀼西》詩[14]：“春水縠紋生。”明是春水方生之義。而晏元獻以“生”爲生熟之生[15]。豈織綺縠者，定用生絲，不用熟絲耶？東坡《雪》詩，用“銀海”“玉樓”，不過言雪色之白，以銀玉字樣襯托之，亦詩家常事。注蘇者必以爲道家肩、目之稱[16]。則當下雪時，專飛道士家，不到别人家耶？《明道雜誌》云：“坡詩：‘客行萬里半天下，僧卧一庵初白頭。’黄九以爲‘白’字不可對‘天’字[17]，遂妄改爲‘日’字。對則工矣，其如‘初日頭’三字文理不通？”袁瓘《秋日》詩[18]：“芳草不復緑，王孫今又歸。”此“王孫”，公子王孫之稱也。宋人云：“王孫，蟋蟀也。”引《詩緯》云[19]：“楚人名蟋蟀爲王孫。”又以爲“猿”，引柳子厚“憎王孫”爲證[20]。博則博矣，意味索然。《冷齋夜話》云[21]：“太白詩：‘昔作夫容花，今爲斷腸草。’本陶宏景《仙方注》‘斷腸草一名夫容’故也[22]。乃知詩人無一字閒話。”方密之笑曰[23]：“太白冤哉！草不妨同名，詩人何心作藥師父耶？”凡此種種，其病皆始于鄭康成[24]。康成注《毛詩》“美目清兮”[25]：“目上爲明，目下爲清。”然則“美目盼兮”[26]，“盼”又是何物？注“亦既覯止”[27]，爲“男女交媾”之“媾”。注“五日爲期”[28]，爲“妾年未五十，必與五日之御。五日不御，故思其夫”。注“胡然而天，胡然而帝”[29]，便是“靈威仰，赤熛怒”[30]。注“言從之邁”[31]，言“將自殺以從之”。其迂謬已作俑矣！堯之時，老人擊壤。壤，土也。周處《風土記》則曰[32]：“壤，以木爲之，長三尺四寸。”引皇甫元晏十七歲與從姑子擊壤于路爲證[33]。不知堯之時，安得有木壤？果有之，又何得歷夏、商、周而不一見於咏樂耶？要知周處《風土記》亦宋人僞作。

【箋注】

[1]白香山：白居易，見本卷二〇注[6]。樂易：快樂平易。 [2]王荆公：王安石（1021—1086），字介甫，小字獾郎，號半山。宋撫州臨川（今江西撫州）人。仁宗慶曆二年進士。熙寧間拜參知政事、同中書門下平章事。力主變法，力謀富國强兵。後兩度罷相。元豐三年，封荆國公。有《臨川集》《詩義鈎沉》等。 [3]昌黎：韓愈，見本卷一三注[1]。 [4]王摩詰：王維（693—761），字摩詰。唐河東蒲州（今山西永濟一帶）人。祖籍太原祁縣（今屬山西）。玄宗開元進士擢第。官至尚書右丞，世稱王右丞。有《王右丞集》《畫學秘訣》。[5]《明道雜記》：應爲《明道雜誌》，爲宋人張耒著的一部歷史瑣聞類筆記。[6]羅氏《拾遺》：宋人羅壁撰的一部筆記小説。 [7]《清波雜誌》：宋周煇撰的一部筆記小説。 [8]王勃（650—684）：字子安。唐絳州龍門（今山西河津）人。高宗麟德初對策高第。官虢州參軍。途經南昌，撰《滕王閣序》，爲世所稱。渡海墮水而卒。有詩名，與楊炯、盧照鄰、駱賓王合稱初唐四傑。[9]吴獬：字清臣，號省齋。宋漳州龍溪（今福建漳州）人。兩領鄉舉，又領漕舉。有《省齋集》《事始》。 [10]杜牧：見本卷三一注[4]。阿房宫：秦宫殿名，後毁於戰火。始築于秦始皇三十五年，在今陝西西安西南。 [11]《是齋日記》：毛奇齡撰《尚書廣聽録》卷一稱：“嘗見徐仲山傳《是齋日記》。”據此，《是齋日記》作者是徐咸清。徐咸清（？—689），字仲山。浙江上虞人。國子生。康熙十八年舉鴻博，罷歸。有《資治文字》百卷。雩（yú）：古代爲祈雨而舉行的祭祀。 [12]《天官書》：史官記録天文氣象的書。《史記》卷二十七爲《天官書》。 [13]宋子京：宋祁（998—1061），字子京。宋安州安陸（今屬湖北）人，徙開封雍丘（今河南杞縣）。仁宗天聖二年進士。官至工部尚書。卒謚景文。有《宋景文集》。 [14]劉禹錫：見本卷四二注[10]。 [15]晏元獻：晏殊，見本卷二七注[5]。 [16]肩、目之稱：宋趙德麟《侯鯖録》：“東坡在黄州日作《雪》詩云：‘凍合玉樓寒起粟，光摇銀海眩生花。’人不知其使事也。後移汝海過金陵，見王荆公論詩及此云：‘道家以兩肩爲玉樓，以目爲

銀海。是使此事否？'坡笑之，退謂葉致遠曰：'學荆公者，豈有此博學哉？'" [17]黄九：黄庭堅，見本卷一三注[6]。 [18]袁瓘：唐襄州襄陽（今屬湖北）人。開元十四年，官左拾遺。能詩，與孟浩然、儲光羲友善。 [19]《詩緯》：緯書是古代方士假託孔子，用詭秘語言解釋經義的著作。隋朝焚禁讖書，《詩緯》逐漸散佚失傳，只在少數古書中留有殘文。清人陳喬樅輯成專書《詩緯集證》四卷。 [20]柳子厚：柳宗元（773—819），字子厚。唐河東解（今山西永濟一帶）人。貞元九年進士。官禮部員外郎、永州司馬、柳州刺史。人稱柳柳州。與韓愈並稱"韓柳"，共倡古文運動。有《柳河東集》。 [21]《冷齋夜話》：宋釋惠洪撰的一部詩論著作。 [22]陶宏景：陶弘景（456—536），字通明，晚號華陽真逸。南朝梁丹陽秣陵（今江蘇鎮江一帶）人。曾任諸王侍讀，後隱居句曲山。梁武帝每遇大事，前往諮問。時人稱"山中宰相"。卒謚貞白先生。有《本草經集注》等。 [23]方密之：方以智（1611—1671），字密之，號鹿起。明末清初江南桐城（今屬安徽）人。有《通雅》《物理小識》《東西均》《浮山集》等。 [24]鄭康成：鄭玄（127—200），字康成。東漢北海高密（今屬山東）人。曾任農官。有《毛詩箋》，注《三禮》《周易》《尚書》《論語》等。[25]美目清兮：《詩經·齊風·猗嗟》中的詩句，意爲"美麗的眼睛多清亮呀"。[26]美目盼兮：《詩經·衛風·碩人》中的詩句，意爲"美麗的眼波閃動啊"。[27]亦既覯止：《詩經·召南·草蟲》中的詩句，意爲"如果我已見着了他"。[28]五日爲期：《詩經·小雅·采緑》中的詩句，據《鄭箋》，意爲"五月之日是約期"或"約期相會是五月之日"。 [29]胡然而天，胡然而帝：《詩經·鄘風·君子偕老》中的詩句，意爲恍如天神來到人間。 [30]靈威仰：即青帝，東方之神，春神。赤熛怒：南方之神，司夏天，變稱"赤帝"。 [31]言從之邁：《詩經·小雅·都人士》中的詩句，意爲"我願跟着他們同跑"。 [32]周處（？—297）：字子隱。西晋義興陽羡（今江蘇宜興一帶）人。官東觀左丞、御史中丞。後戰死，謚孝侯。 [33]皇甫元晏：皇甫謐（215—282），字士安，小時名静，晚年自號玄晏先生。西晋安定朝那（今甘肅靈臺一帶）人。編撰了我國第一部針灸學的專著《針灸甲乙經》，並著有《歷代帝王世紀》《高士傳》《逸士傳》《列女傳》《元晏先生集》等。

四 七

本朝有某孝廉獻吴逆詩云[1]："力窮楚覆求秦救，心死韓亡受漢封[2]。"聖祖愛其巧於用典，遣人訪之，其人逃。余以爲此仿宋汪彦章爲張邦昌雪罪表也[3]。其詞云："孔子從佛肸之召，卒爲尊周[4]；紀信乘漢王之車，將以誑楚[5]。"可謂善於文過者[6]。

【箋注】

[1]吴逆：吴三桂，見本卷三三注[3]。 [2]"力窮"句：《左傳》定公四年："初，伍員與申包胥友。其亡也，謂申包胥曰：'我必復楚國。'申包胥曰：'勉之！子能復之，我必能興之。'及昭王在隨，申包胥如秦乞師……秦哀公爲之賦《無衣》。九頓首而坐。秦師乃出。""心死"句：張良，其祖與父先後爲韓相，韓被秦滅亡，募力士于博浪沙狙擊秦始皇未中。後佐劉邦定天下。封留侯。[3]汪彦章：汪藻（1079—1154），字彦章。德興（今屬江西）人。崇寧二年進士。北宋末、南宋初文學家。張邦昌（1081—1127）：宋永静軍東光（今屬河北）人。舉進士。累官大司成、禮部侍郎。金兵犯汴京，與康王質於金，割地請和，爲河北路割地使。上書者攻其通敵，黜爲中太一宫使，罷割地議。靖康初京師陷，被金人册立爲帝。僭號大楚。高宗即位，特與免貸，責授昭化軍節度使，潭州安置。以其僭立時穢亂宫廷，賜死。 [4]佛（bì）肸（xī）：春秋末年晋卿趙鞅家臣，爲中牟大夫，據中牟叛，使人招孔子。《論語·陽貨》："佛肸召，子欲往。子路曰：'昔者由也聞諸夫子曰："親於其身爲不善者，君子不入也。"佛肸以中牟畔，子之往也如之何？'子曰：'然，有是言也。不曰堅乎？磨而不磷；不曰白乎？涅而不緇。吾豈匏瓜也哉？焉能繫而不食！'"[5]紀信（？—204）：西漢人，楚漢戰争中，事漢王劉邦爲將軍。項羽圍困滎陽，漢王危急。信僞裝漢王出東門降楚，使漢王從西門遁出。項羽怒，燒殺之。[6]文過：掩飾過錯。

四　八

有妓與人贈别云："臨岐幾點相思淚，滴向秋階發海棠。"情語也。而莊蓀服太史贈妓云[1]："憑君莫拭相思淚，留着明朝更送人。"説破，轉覺嚼蠟。佟法海弔琵琶亭云[2]："司馬青衫何必濕，留將淚眼哭蒼生。"一般殺風景語。

【箋注】

[1]莊蓀服：莊令輿（1662—1740），字蓀服，號阮尊。江蘇武進（今常

州一帶）人。康熙四十五年成進士。授翰林院編修。曾典浙江鄉試。有《雙松晚翠樓詩》。 [2] 佟（tóng）法海（1671—1737）：字淵若。遼陽（今屬遼寧）人。康熙三十三年進士。官至兵部侍郎。有《悔翁集》。琵琶亭：在江西九江境内的長江東南岸。唐白居易任江州司馬時，送客湓浦口，夜聞鄰舟琵琶聲，作《琵琶行》，後人因以名亭。

四九

有人哭一顯者云[1]："堂深人不知何病，身貴醫争試一方[2]。"説盡貴人患病情狀。

【箋注】

[1] 顯者：高貴顯赫人士。 [2] 方：指藥方，醫生治病所開的方劑。此爲宋劉克莊《哭梁運管伋》詩句："堂深外不知何病，醫雜人争試一方。"

五〇

吾鄉陳星齋先生《題畫》云[1]："秋似美人無礙瘦，山如好友不嫌多。"江陰翁徵士朗夫《尚湖晚步》云[2]："友如作畫須求淡，山似論文不喜平。"二語同一風調。

【箋注】

[1] 陳星齋：陳兆崙（1700—1771），字星齋，號句山。浙江錢塘人。雍正八年進士。有《紫竹山房文集》《紫竹山房詩集》。 [2] 翁朗夫：翁照（1677—1755），初名玉行，字朗夫，號霽堂，又號子静。江蘇江陰人。諸生。乾隆元年舉博學鴻詞，未與試。有《賜書堂集》。

五一

本朝開國時，江陰城最後降。有女子爲兵卒所得，紿之曰[1]："吾渴甚，幸取飲，可乎？"兵憐而許之。遂赴江死。時城中積尸滿岸，穢不可聞。女子齧指血題詩云："寄語路人休掩鼻，活人不及死人香。"

【箋注】

[1] 紿（dài）：誑騙、迷惑。

五 二

同徵友萬柘坡光泰[1]，精于五七古。程魚門讀之[2]，五體投地。近體學宋人，有晦澀之病。陳古漁專工近體，宗七子[3]，故聞魚門贊萬詩，大相抵牾。余爲作跋，釋兩家之憾，且摘柘坡近體之佳者，以曉古漁。其《題開元寺》云："古樹鳥巢密，疏寮客到稀。""鈴空隨瓦墜，碑斷入牆填。"《方鏡》云："自笑相逢同枘鑿，封侯誰有面如田[4]？"《金鼇玉蝀橋》云[5]："曉來濃翠東西映，也算蛾眉對仗班。"陳乃折服。

【箋注】

[1] 同徵友：指被舉薦應試而名字一同列入徵士録中的人。萬柘坡：萬光泰（1712—1750），字晴初、循初，號柘坡。浙江秀水（今嘉興）人。乾隆元年舉人。博學工詩文。有《轉注緒言》《柘坡居士集》等。 [2] 程魚門：程晋芳，見本卷五注[1]。 [3] 陳古漁：陳毅，字直方，號古漁。清江蘇江寧人，居古長干里。監生。有《古漁詩概》。七子：明七子，見本卷三注[3]。 [4] 枘鑿：榫頭與卯眼。枘圓鑿方或枘方鑿圓，難相容合。《楚辭·九辯》："圜枘而方鑿兮，吾固知其鉏鋙而難入。"《史記·孟子·荀卿列傳》："持方枘欲入圜鑿，其能入乎？"面如田：《南史》卷四十六《李安人傳》："明帝大會新亭樓，勞諸軍主。摴蒱官賭，安人五擲皆盧。帝大驚，目安人曰：'卿面方如田，封侯相也。'"宋吕本中《柳州開元寺夜雨》："面如田字非吾相，莫羡班超封列侯。"宋戴復古《送趙安仁之官上虞二首》："表表魁吾相，面如田字方。" [5] 金鼇玉蝀橋：北京北海上的一座白石長橋。

五 三

余長姑嫁慈溪姚氏。姚母能詩，出外爲女傅[1]。康熙間，某相國以千金聘往教女公子[2]。到府，住花園中，極珠簾玉屏之麗。出拜兩姝[3]，容態絶世。與之語，皆吴音。年十六七，學琴、學詩頗聰穎。夜伴女傅眠，方知待年之女，尚未侍寢于相公也。忽一夕，二女從内出，面微紅。問之。曰："堂上夫人賜飲。"隨解衣寢。未二鼓，從帳内躍出，搶地呼天，語啾啾不可辨，顛仆片時，七竅流血而死。蓋夫人賜酒時，業已酖之矣[4]！姚母踉蹌棄資裝[5]，即夜逃歸。常告人云："二女，年長者尤可惜，有《自嘲》一聯云：'量淺酒痕先上面，興高琴曲不和絃。'"

【箋注】

[1] 女傅：女師傅。 [2] 某相國：明清稱大學士。 [3] 姝：美女。 [4] 酖（zhèn）：以毒酒殺人。 [5] 資裝：出行所帶的錢物，即行李。

五 四

詠物已難，而和前人之韻則更難。近惟陳其年之和王新城《秋柳》[1]、奇麗川方伯之和高青邱《梅花》[2]，能不襲舊語，而自出新裁。陳云："盡日郵亭挽客衣，風流放誕是耶非[3]？將軍營裏年光晚，京兆街前信息稀[4]。愁黛忍令秋水見，柔條任與夜烏飛。舞腰女伴如相憶，爲報飄零願已違。""鵝黄搓就便相憐，記得金城幾樹煙[5]。未到阿那先篦簌[6]，任爲拋擲也纏綿。由來春好惟三月，待得花開又一年。此日秋山太迢遞，株株摇落畫樓邊。"又云："似爾陌頭還拂地，有人樓上怕開箱[7]。"俱妙。方伯云："枝頭何處認輕痕，霜亦精神雪亦温。一徑曉風尋舊夢，半林寒月失孤村。吟情欲鏤冰爲句，離恨難招玉作魂。寄語溪橋橋上客，莫從香裏誤柴門。""點額誰教入漢宫[8]，凍雲合處路難通。朧朧照去月疑落，瓣瓣擎來雪又空。無夢不隨流水去，有香只在此山中。松間竹外誰知己，地老天荒玉一叢。"又云："珊珊仙骨誰能近，字與林家恐未真[9]。""隴首祗今春意薄[10]，山中自昔故人稀。"其高淡之懷，梅花有知，當呼知己。

【箋注】

[1]陳其年：陳維崧（1625—1682），字其年，號迦陵。清江蘇宜興人。康熙中舉鴻博，授檢討，與修明史。有《陳迦陵文集》《湖海樓詩集》等。王新城：王士禛（1634—1711），字子真，號阮亭，晚號漁洋山人。新城（今山東桓臺）人。身後避世宗諱，改“禛”爲“禎”。順治十五年進士。官至刑部尚書。倡神韻之説，領袖詩壇近五十年。有《帶經堂集》《漁洋山人精華録》《漁洋詩話》《池北偶談》《居易録》《香祖筆記》等。 [2]奇麗川（1745—1806）：奇豐額，字麗川。清滿洲正白旗人。乾隆三十四年進士。歷官刑部河南司郎中、江蘇布政使、江蘇巡撫。高青邱：高啟（1336—1374），字季迪，號槎軒。明南直隸長洲人。曾隱居吴淞青丘，自號青丘子。洪武初，授翰林院國史編修官，後擢户部右侍郎。後獲罪被腰斬。有《高太史大全集》。 [3]“盡日”句：用古人折柳送别典故。風流：齊劉悛之爲益州刺史，獻蜀柳數株，枝條甚長，狀如絲縷。武帝植之於太昌靈和殿前，嘗喜玩之曰：“此楊柳風流可愛，好似張緒當年。” [4]將軍營：用漢周亞夫屯軍陜西細柳營而治軍嚴明的典故。“京兆”句：漢張敞爲京兆尹，走馬章臺街，街有柳，終唐世曰“章臺柳”。故杜甫詩有“京兆空柳色，尚書無履聲”句。 [5]“金城”句：晋桓温自江陵北伐，行經金城，見少爲琅琊時所種柳皆已十圍，慨然曰：“木猶如此，人何以堪？”攀枝執條，泫然流涕。 [6]阿（ē）那（nuó）：柔美貌。簏（lù）簌（sù）：下垂貌。 [7]怕開箱：宋代王陶《談淵》：“太原王仁裕家遠祖母約二百餘歲，形質渺小，長約三四尺許，兩眼白睛皆碧，飲啖至少，夜多不睡。每月餘，忽不見，數日復至，亦不知其往來之迹。床頭有柳箱，可尺餘，封鎖甚密，人未嘗得見其中物。嘗戒諸孫曰：‘如我出，慎勿開此箱，開即我不歸也。’諸孫中有一無賴者，一日，恃酒而歸，祖母不在，徑詣床頭取封鎖柳箱，開之，其中有一小鐵篦子，餘無他物。自此，祖母竟不回矣。” [8]“點額”句：《太平御覽》引《宋書》曰：“武帝女壽陽公主卧含章簷下，梅花落公主額上成五出花，拂之不去，皇后留之，自後有梅花妝。” [9]林家：林逋（967—1028），字君復，號和靖。宋杭州錢塘人。少孤力學，刻志不仕，結廬西湖孤山。不娶無子，所居多植梅畜鶴，泛舟湖中，客至，則放鶴致之，因謂梅妻鶴子。[10]隴首：《風雅翼》：“秦州有大隴山，亦曰隴首，其阪九曲。”晋陸凱寄梅花與范曄，詩云：“折梅逢驛使，寄與隴頭人。江南無所有，聊贈一枝春。”

五　五

康熙間，于清端公總督江南，舉其族弟襄勤公來守江寧[1]。二人俱名成龍，不以爲嫌，且俱以清節卓行，名震海内，洵聖朝佳話也。襄勤巡撫京畿，不避權貴，故演戲者有《紅門寺誅奸僧》一節，事雖附會，非無因也。其孫紫亭先生，名宗瑛者[2]，甲戌翰林，人品高逸，善畫工詩。余戊申游虞山[3]，紫亭之子静夫明府適宰昭文[4]，以《來鶴堂詩》見示。如《題畫》云："寒聲兩岸蟲，秋懷千頃荻。雨斷月初明，孤篷猶滴瀝。"《游馬氏園》云："隔樹未知處，緣溪已到門。"《折杏花贈某》云："燈紅人影摇芳樹，手動花陰落滿身。"《歸車》云："急雨驚風翻碧沼，歸雲學水亦東流。"皆超超元箸[5]，不食人間煙火。静夫云清端、襄勤二公亦有詩集，他日檢出，爲余寄來。

【箋注】

[1]于清端公：于成龍（1617—1684），字北溟，號于山。清山西永寧（今方山）人。康熙時官至兩江總督。爲官清廉，康熙稱爲"天下第一清官"。卒謚清端。襄勤公：于成龍（1638—1700），字振甲，號如山。清漢軍鑲紅旗人。康熙初自蔭生授樂亭知縣。歷官江寧知府、安徽按察使、直隸巡撫，官至河道總督。曾疏浚渾河，並修堤防。卒謚襄勤。　[2]于宗瑛（1722—1782）：號紫亭。清漢軍鑲紅旗人。乾隆十九年進士。散館授檢討，改監察御史。有《來鶴堂集》。　[3]戊申：這裏指乾隆五十三年（1788）。虞山：在今江蘇常熟西北，一名海隅山。　[4]于静夫：于鼇圖（1750—1811），字伯麟，號滄來、静夫。于宗瑛子。隸漢軍鑲紅旗人。乾隆三十五年舉人。官至江蘇按察使。輯《來鶴堂詩鈔》，撰《習静軒詩文集》。　[5]超超元箸：即"超超玄著"，謂言辭高妙、超然出塵。

五　六

李尚書雍熙學道[1]，散遣歌姬。王西樵責以詩云[2]："聽歌曾入忘憂界，不應忽縛枯禪戒。未是香山與病緣，何妨樊子同春在[3]。安石攜妓自不凡，處仲開閤終無賴[4]。誰爲公畫此策者，狂奴恨不鞭其背！”阮亭亦云[5]：“萬種心情消未盡，忍辭駱馬遣楊枝[6]？”余惜秦少游未聞此言[7]。

【箋注】

[1]李雍熙（1602—1668）：字淦秋。明末清初山東長山（今鄒平一帶）人。少習儒，以孝友稱，晚年好佛。學道：學習道行，指學仙或學佛。 [2]王西樵：王士禄（1626—1673），字子底，號西樵山人。清山東新城人。順治九年進士。官吏部考工員外郎。有《表微堂詩刻》《十笏草堂詩選》等。 [3]香山：白居易，見本卷二〇注[6]。樊子：樊素，白居易家的歌妓。 [4]安石：謝安（320—385），字安石。東晉陳郡陽夏（今河南太康一帶）人。早年寓居會稽，放情丘壑，每遊必攜妓自隨。年四十餘始出仕，淝水之戰時任征討大都督。官至尚書僕射。死後謚文靖，贈太傅，世稱謝太傅。處仲：王敦（266—324），字處仲。東晉琅邪臨沂（今山東費縣一帶）人。官揚州刺史，鎮壓杜弢起事，進征東大將軍。舉兵反晋，攻入建康，自爲丞相。開閣：漢公孫弘爲宰相，“起客館，開東閣以延賢人，與參謀議”。此指王敦自爲丞相後，到石崇家飲酒，美女行酒，王敦偏不喝，使石崇連斬三個美人事。 [5]阮亭：王士禛，見本卷五四注[1]。[6]駱馬：白鬃黑馬。白居易晚年病風，欲放還歌妓樊素，賣去多年所騎駱馬，馬留戀而長嘶，素慘然而泣下，白居易“且命回勒反袂”，於是作《不能忘情吟》。楊枝：樊素善歌《楊枝》，人多以曲名名之。 [7]秦少游：秦觀（1049—1100），字少遊，又字太虛，號淮海居士。宋揚州高郵（今屬江蘇）人。神宗八年進士。官太學博士、杭州通判。工詞，屬婉約派。爲蘇門四學士之一。有《淮海集》。

五　七

江西某太守將伐古樹，有客題詩於樹云：“遥知此去棟梁材，無復清陰覆緑苔。只恐月明秋夜冷，誤他千歲鶴歸來[1]。”太守讀之，愴然有感[2]，乃停斧不伐。

【箋注】

[1]鶴歸：傳説漢遼東人丁令威，學道於靈虛山，後成仙化鶴歸來，落城門華表柱上。時有少年，舉弓欲射之，鶴乃飛，徘徊空中而言曰：“有鳥有鳥

丁令威，去家千年今始歸。城郭如故人民非，何不學仙冢累累。”　[2] 愴然：悲傷貌。

按：一首小詩，能救一棵古樹，可謂人間勝事！

五　八

南宋宫嬪墓在越中者甚多[1]，鷊湖之濱、獅山之側[2]，塋址可識者，二十四處，俗傳“廿四堆”是也。山陰邵薑畦先生詩云[3]：“鷊湖湖水瑩如鏡，照出興亡事可哀。二十四堆春草緑，錢塘風雨翠華來[4]。”綽有深情。先生尤長五言，咏濟南趵突泉云：“倒翻廬阜瀑，長湧浙江潮[5]。”一時諸名士爲之擱筆。又有句云：“溪澄花影耦，山静屐聲孤。”

【箋注】

[1] 越中：即今浙江紹興，春秋時越國都城所在地。　[2] 鷊（xì）湖：在紹興府城西離渚。湖因立在這裏的唐康得言墓碑有石鷊而得名。獅山：紹興西南的一座小山。　[3] 邵薑畦：邵廷鎬，字鄰豐，號薑畦。清浙江山陰（今紹興）人。有《薑畦詩集》。　[4] 翠華：天子儀仗中以翠羽爲飾的旗幟或車蓋。[5] 廬阜：廬山。浙江潮：指錢塘江潮。

五　九

江南黄梅時節[1]，潮濕可厭。徐金粟云[2]：“不待雨來先地濕，並無雲處亦天低。”

【箋注】

[1] 黄梅時節：指江南五月梅子成熟的時節。此時多雨，稱梅雨。　[2] 徐金粟：未詳。

六　〇

丁巳前輩沈雲蜚先生館選後[1]，乞假歸娶，逾年入都，以習國書故，僦屋鄰余[2]，欲彼此宣究。未半年，以瘵疾亡[3]。余入奠，見紙墨叢殘，家僮殯殮，爲之泣下，哭以四絶句。五十年來，全不省記，忽内子誦之琅琅[4]，乃追録之，以存其人。詩云："仙山樓閣本茫茫，容易青年到玉堂[5]。底事曇花纔一現，已蒙上帝遣巫陽[6]。""明知病體頽唐甚，何事間關萬里來？想是神仙厭鄉土，特教玉骨葬蓬萊。""幾度蓬門歇小車，揮毫同習上清書[7]。而今難字從誰問，旅櫬灰停一寸餘[8]！""半年湯藥滯天涯，腰瘦何人報沈家？少婦昨宵家信到，催君迎看帝城花！"

【箋注】

[1] 丁巳：這裏指乾隆二年（1737）。沈雲斐：字梧瞻。清浙江烏程（今湖州）人。雍正十三年舉人。選庶吉士。乾隆二年進士。館選：被選任館職，即擔任修撰、編修等工作的官職。[2] 僦（jiù）屋：租賃房屋。[3] 瘵（zhài）疾：通常指肺結核病。[4] 内子：妻子。[5] 玉堂：此指翰林院。[6] 巫陽：傳説中的女巫，能招魂。[7] 上清書：指滿文。[8] 旅櫬（chèn）：客死者的靈柩。

六　一

錢塘洪昉思昇[1]，相國黄文僖公機之女孫婿也[2]。人但知其《長生》曲本，與《牡丹亭》並傳，而不知其詩才在湯若士之上[3]。《曉行》云："咿喔晨雞鳴，僕夫駕輪鞅[4]。四野絶無人，但聞征鐸響[5]。"《夜泊》云："竹篾隨潮落[6]，蒲帆逐月飛。維舟已深夜[7]，還上釣魚磯。"性落拓不羈。晚年渡江，老僕墜水，先生醉矣，提燈救之，遂與俱死。《送高江村宫詹入都》五排一百韻，沉鬱頓挫，逼真少陵[8]。

先生爲王貞女作《金環曲》云[9]："王家有女字秀文，少小綽約蘭蕙芬[10]。項郎名族學詩禮，金環爲聘結婚姻。十餘年來人事變，富兒那必歸貧賤。一朝别字豪貴家，三日悲啼淚如霰[11]。手摘金環自吞食，將死未死救不得。柔腸九曲斷還續，卧地祇存微氣息。詎料國工賜靈藥，吐出金環定魂魄。至性由來動彼蒼，一夜銀河駕烏鵲[12]。嗟哉此女貞且賢，項郎對之悲復憐。朝來笑倚鏡臺立，代繫金環雲鬢邊。”其事、其詩，俱足千古。篇終結句，餘韻悠然。

【箋注】

[1]洪昇(1645—1704)：字昉思。清浙江錢塘人。以詞曲著名，有《長生殿》《四嬋娟》等，另有《稗畦集》。 [2]黄機(1612—1686)：明末清初浙江錢塘人。順治四年進士，累遷爲禮部侍郎。康熙間進尚書，官至文華殿大學士。卒謚文僖。 [3]湯若士：湯顯祖(1550—1616)，號海若、若士。明撫州府臨川人。有《牡丹亭》《邯鄲記》等。 [4]輪鞅：車輪和馬脖套，泛指車馬。[5]征鐸：遠行車馬所掛的鈴。 [6]竹篾：竹片編的船。 [7]維舟：繫船停泊。[8]少陵：杜甫，見本卷一三注[4]。 [9]王貞女：王秀文。清嘉定人。少孤。與同邑項準約爲婚姻。後項氏家日落，秀文母悔其前言，以女他適。事見尤侗《西堂雜俎二集》卷六《王貞女傳略》。 [10]綽約：柔婉美好貌。蘭蕙：蘭與蕙。香草名，喻女子淑美善良的氣質。 [11]别字：另嫁。霰(xiàn)：雪珠。[12]彼蒼：代稱天。烏鵲：喜鵲。此以銀河架鵲橋指結成婚姻。

六　二

蘇州徐文靖公，明季殉難[1]。二子昭文、貫時[2]，俱守父志不仕。尤西堂爲貫時作傳[3]，言其“少時美好，自稱‘三十六帝外臣’”。《過平原有見》云：“玉面珠璫坐錦車，蟠雲作髻兩分梳[4]。春風解下貂回脖，露出蝤蠐雪不如[5]。”“曲水池頭倚玉闌，祓除初起曉妝寒[6]。新來傳得江南樣，也是梳頭學牡丹。”摩寫燕趙佳人，風流可想。貫時先生名柯。其孫龍飲，精賞鑒，與余交好。

【箋注】

[1]徐文靖公：徐汧(1597—1645)，字九一，號勿齋。明南直隸長洲人。崇禎元年成進士。授檢討。遷右庶子，充日講官。南京失守後，投水死。謚文靖。明季：明末。 [2]昭文：徐枋(1622—1694)，實字昭法，號俟齋，晚號秦餘山人。明末清初江南長洲人。崇禎十五年舉人。入清不仕。有《居易堂集》。貫時：徐柯(1627—1700)，字貫時，别號東海一老。徐枋之弟。諸生。有《一老庵文鈔》《一老庵遺稿》。其所自稱，典出李白語：“素受寶訣，爲

三十六帝之外臣。”　[3]尤西堂：尤侗（1618—1704），字同人，又字展成，號亦園、西堂等，晚號艮齋。清江南長洲人。康熙十八年舉博學鴻辭科，授檢討。有《西堂雜俎》《鶴棲堂文集》及傳奇《鈞天樂》、雜劇《吊琵琶》等。[4]玉面：美好的容貌。珠璫：綴珠的耳飾。蟠雲：一種髮髻。　[5]貂回脖：貂皮毛圍脖。蝤蠐：天牛的幼蟲，色白體長，比喻美女的頸項。　[6]祓（fú）除：指除灾去邪，洗濯沐浴。

六　三

洪昉思《咏燕女》云[1]：“燕姬生小習原野，春草茸茸獵城下[2]。身輕不許健兒扶，捉鞭自上桃花馬。”胡稚威亦咏此題[3]，中四句云：“蝤蠐明處緣裁領，荑手孅時爲攬妝[4]。雲髻半籠花壓額，巾羅斜掛水成行。”

【箋注】

[1]洪昉思：洪昇，見本卷六一注[1]。燕女：燕地女子。燕，今河北省北部和遼寧省西端一帶。　[2]茸茸：柔細濃密貌。　[3]胡稚威：胡天游，見本卷二八注[1]。　[4]荑（tí）：草木初生時的嫩芽，借指女子柔細的手。孅（xiān）：手纖細的樣子。

六　四

梅定九先生以演算法、易理受知聖祖[1]。人但知其樸學[2]，而不知詩故風雅。其《網藤坑夜雨》云：“萬壑連爲瀑，千峰撼欲平。虛堂漁艇似[3]，短燭月華明。”《答周崑來》云[4]：“墨妙時看珍共璧，心期今見托雙魚[5]。”周故奇士，舞刀奪槊，豪氣逼人。畫龍一幅，人以千金相購。識戴雪村學士于未濟時[6]，以女妻之。

【箋注】

[1]梅定九：梅文鼎（1633—1721），字定九，號勿庵。清安徽宣城人。精研曆算之學。有《績學堂詩文鈔》。　[2]樸學：指清代學者繼承漢儒學風而治經的考據訓詁之學。　[3]虛堂：高大的廳堂。　[4]周崑來：周璕（1649—1729），字崑來，號嵩山。清江蘇江寧人。工畫人物花卉龍馬。　[5]雙魚：

指書信。 [6]戴雪村：戴瀚（1686—1755），字巨川、鎮東，號雪村。清江蘇上元人。雍正元年進士。官至侍讀學士。有《探梅集》《雪村編年詩剩》。未濟：没有成就。

六 五

余翰林歸娶，長安贈行詩甚多[1]，記其佳者。鄒太和學士云[2]：“菊黄楓紫小春天，送爾南歸是錦旋[3]。才子掃眉宜赤管，洞房停燭有金蓮[4]。歸鞍尚帶同文課，時余方習清書。吟篋新添却扇篇[5]。此日和鳴誰不羡，鳳凰山下着神仙。”張南華宫詹云[6]：“艷雪飛新句，紅絲繫夙緣。人間留玉杵[7]，天上撤金蓮。官柳縈袍緑，宫花壓帽鮮。君恩許歸娶，仍彈曲江鞭[8]。”“遥識催妝日，金花艷擘箋[9]。湖山留粉黛，毫墨亂雲煙。兩美應空越，雙飛佇入燕[10]。緑窗眉畫早，銀燭看朝天。”沈椒園御史云[11]：“金閨才子愛袁絲，年少承恩出玉墀[12]。丹詔命趨雙鶴髮，綉幃交護兩瓊枝[13]。笙歌院落時衣錦，梅柳江村曉畫眉。佇看還朝成博議[14]，文章報國正相期。”蔣御史和寧[15]，時作諸生，云：“金蓮銀燭數行低，照見鴛鴦兩兩棲。風動流蘇侵夜漏，應疑鈴索海棠西。”魏允迪中翰[16]，以余文捷，戲云：“争傳才子擅文詞，頃刻千言不構思。若使畫眉須緩款，那容横掃筆尖兒？”大司空裘叔度[17]，時爲庶常，云：“袁郎走馬出京華，折得東風上苑花。一路香塵南國近，苧蘿村是阿儂家。”“畫壁旗亭句浪傳，藍橋歸去會神仙[18]。從今厭看閑花草，新種湖頭並蒂蓮。”蓋調余狎許郎也[19]。又云：“玉鏡臺前一笑時，石螺親爲畫雙眉。烏絲競艷催妝句，只恐流傳惱雪兒[20]。”“雙綰同心帶一條，華燈椽燭好良宵。錦衾宛轉留春住，莫忘鳴珂趁早朝[21]。”毘陵相國程聘三[22]，時作庶常，詩云：“金燈花下沸笙歌，寶帳流香散綺羅。此日黄姑逢織女，漫言人似隔天河。”蓋戲用余朝考句也[23]。座主蔣文恪公[24]，時爲學士，詩云：“群仙艷羡送天涯，重叠詩箋壓小車。馬上玉郎春應醉，滿身香雪落梅花。”“我聞堂上兩親居，晝荻含丸廿載餘[25]。此日江南花燭好，承歡同上紫泥書[26]。”

【箋注】

[1] 翰林：指在翰林院任庶吉士。長安：通稱京城。 [2] 鄒太和：鄒升恒（1675—1742），字泰和。清江蘇無錫人。康熙五十七年進士。官至侍講學士。有《惜柳軒詩》。 [3] 錦旋：猶言衣錦榮歸。 [4] 赤管：紅色的筆。金蓮：金飾蓮花形燈炬。代指天子對臣子的特殊禮遇。 [5] 同文課：語言文字的學習，此處指學習滿文。却扇：古代成親時新娘以扇遮面，行交拜禮後，即將扇子丟棄，稱爲“却扇”。多用以比喻成婚。 [6] 張南華：張鵬翀（1688—1745），字天扉，號南華。清江蘇嘉定（今屬上海）人。雍正五年進士。官至詹事。詩才敏捷，工畫，尤善山水。有《南華山房集》。 [7] 玉杵：唐長慶年間，秀才裴航于藍橋驛巧遇雲英，其容姿絶世，航乃重價求得玉杵臼爲聘，娶英爲妻，最後航夫婦俱入玉峰洞中，食丹仙化，成爲神仙眷侶。[8] 嚲（duǒ）：下垂的樣子。曲江：唐時進士放榜後大宴於曲江亭，代指進士受到的特殊禮遇。 [9] 催妝：舊俗新婦出嫁，必多次催促，始梳妝啟行。擘（bò）箋：裁紙。 [10] 越：代稱袁枚家鄉，因屬古越地。燕：燕地，代稱北京。催袁枚婚後早回。 [11] 沈椒園：沈廷芳（1702—1772），字椒園、畹叔。清浙江仁和（今杭州）人。乾隆元年由監生召試鴻博。官至山東按察使。有《十三經注疏正字》《隱拙齋集》《理學淵源》等。 [12] 金閨：指金馬門。亦代指朝廷。袁絲：袁盎（約前200—前150），字絲。西漢楚人。文帝時爲郎中。以直諫名重朝廷。此處代指袁枚。玉墀（chí）：宫殿前的石階，亦借指朝廷。 [13] 鶴髮：代指老人。瓊枝：喻新郎新娘。 [14] 博議：指內容豐富、氣勢宏暢的政論文。 [15] 蔣和寧（1709—1786）：字用庵、用安、耕叔，號榕庵、耦漁。清江蘇武進人。乾隆十七年進士。由庶吉士授編修，擢御史。[16] 魏允迪：見本卷三九注[1]。 [17] 裘叔度：裘曰修（1712—1773），字叔度，號漫士、諾皋等。清江西新建（今南昌）人。乾隆四年進士。改庶吉士，授編修。官至工部尚書。卒謚文達。有《裘文達文集》。 [18] 畫壁旗亭：指在聲色場所比試才華。浪傳：隨意流傳。藍橋：相傳唐代裴航落第，經藍橋驛，在此遇仙女雲英，求得玉杵臼搗藥，兩人結爲仙侶。後喻指戀人結成美好姻緣的途徑。 [19] 許郎：指袁枚當時所親近的一個伶人。 [20] 雪兒：宋孫光憲《北夢瑣言》“逸文”卷二：“雪兒者，李密之愛姬，能歌舞，每見賓僚文章有奇麗入意者，即付雪兒叶音律以歌之。”後代指歌女。 [21] 鳴珂：顯貴者所乘的馬以玉爲飾，行則作響。 [22] 程聘三：程景伊（1712—

1780），字聘三，號雲塘。清江蘇武進人。乾隆四年進士。官至文淵閣大學士兼吏部尚書。卒謚文恭。有《雲塘書屋詩稿》《文稿》《代言存草》。［23］“朝考”句：見本卷一〇。［24］蔣文恪：蔣溥（1708—1761），字質甫，一作實甫，號恒軒。蔣廷錫之子。清江蘇常熟人。雍正八年進士。官至東閣大學士兼領户部。卒謚文恪。有《恒軒詩鈔》。［25］畫荻：宋歐陽修四歲而孤，家貧，母鄭氏以荻管畫地寫字，教其讀書。此贊美袁枚母教。含丸：司馬光撰《家範》第三卷：“天平節度使柳仲郢，母韓氏，常粉苦參黄連，和以熊膽，以授諸子，每夜讀書，使噙之，以止睡。”［26］紫泥書：古人以泥封書信，泥上蓋印。皇帝詔書則用紫泥。

六六

余以翰林改官江南，一時送行詩甚多。其佳者如：劉文定公綸[1]，時官編修，詩云：“弱水神仙少定居，詞頭草罷領除書[2]。蔣山南去秦淮路，好雨絛絛梅熟初[3]。”“三載頭銜共冷官，幾人鄉夢出長安。君行若過吾廬外，五月江深草閣寒。”“定子當筵唱石城，離堂燭跋不勝情[4]。芰荷香動三千里，誰共編詩記水程？”宗伯齊公召南[5]，時爲侍講，詩云：“尊前言別重踟躇，一向推袁話豈虚？才子何妨爲外吏，名山况可讀奇書。攜將佳偶花能笑，吟得新詩錦不如。轉眼蒲帆催北上，未容風物戀鱸魚[6]。”“官河柳色雨餘新，故里風光更絶倫。書畫一船煙外月，湖山十里鏡中人。浣衣香裛芙蓉露，評史清澆竹葉春。回首同時趨直客[7]，蓬萊猶是在紅塵。”莊參政有恭[8]，時爲修撰，詩云：“廬陵事業起夷陵[9]，眼界原從閱歷增。况有文章堪潤色，不妨風骨露崚嶒。廉分杯水余同况，明徹晶籠爾獨能[10]。儒吏風流政多暇，新詩好與寄吴綾。”副憲申甫[11]，時爲孝廉，詩云：“鵷行驚失鳳池春，百里初除墨綬新[12]。簿領竟須煩史筆，朝廷原自重詞臣[13]。交情未免憐今別，公論尤應惜此人。終是讀書能有用，他時端不負斯民。”“鶴書到日廣求賢[14]，殿上揮毫各少年。遭遇未嘗非盛事，滯留或恐是前緣。公卿譽滿君猶出，僕婢詩成我自憐[15]。可憶僧窗風雨夜，燈花只爲一人妍。戊午榜發前一日，與張少儀諸人同飲，喜燈有花，惟君獲雋。”“平臺縹緲見煙巒，客至能令眼界寬。談笑每欣多舊雨[16]，杯盤常愧累貧官。由來氣類關偏切[17]，此後風流繼必難。説與能詩姚秘監[18]，豪情略爲洗儒酸。戲南青。”“臨期草草話難窮，高柳涼飄弄袖風。客裏驚心多聚散，酒邊分手又西東。對衙山色濃於染，繞郭溪光淡若空。此景江南曾不少，有人時在夢魂中。”其時長安諸公，以笏山四首爲獨絶[19]。少宗伯劉公星煒[20]，時爲諸生，仿昌谷體作七古一篇[21]，云：“壬之年，癸之月。一鯨驅雲雲不行，走上江南木蘭檝[22]。”詩長不能備録。

【箋注】

[1]劉文定：劉綸（1711—1773）。清江蘇武進人。乾隆元年以廩生舉鴻博，授編修。官至文淵閣大學士兼工部尚書。卒謚文定。　[2]弱水：河川名。神話傳説中稱險惡難渡的河海。詞頭：朝廷命詞臣撰擬詔敕時的摘由或提要。除書：拜官授職的文書。　[3]蔣山：即鍾山，在南京東北。翛（xiāo）翛：象聲詞。　[4]定子：杜牧《隋苑》：“紅霞一抹廣陵春，定子當筵睡臉新。”《樊川外集》原注：“定子，牛相小青。”據此知爲牛僧孺侍婢。這裏泛指歌女。離堂燭跋：餞别之堂的蠟燭燃盡。　[5]宗伯：指禮部之職。齊召南（1703—1768）：字次風，號瓊台，晚號息園。清浙江天台人。幼稱神童。雍正七年副貢。乾隆元年舉鴻博。官至禮部侍郎。有《水道提綱》《一統志》《寶綸堂詩文集》《賜硯堂詩文集》等。　[6]戀鱸魚：南朝宋劉義慶《世説新語·識鑒》：“張季鷹辟齊王東曹掾，在洛見秋風起，因思吴中蓴菜羹、鱸魚膾。”後以“憶蓴鱸”喻思鄉或歸隱之念。　[7]趨直：上朝、值班。　[8]莊有恭（1713—1767）：字容可，號滋圃、滋甫。清廣東番禺（今廣州）人。乾隆四年進士及第。官至協辦大學士。　[9]“廬陵”句：歐陽修（1007—1072），宋吉州廬陵（今江西吉安）人，早年著文爲范仲淹辯解，被貶爲夷陵令。一生事業從此困境中開始。這裏以喻袁枚。　[10]晶籠：即水晶燈籠，比喻對事情瞭解透徹。《宋史》卷三八二《孫道夫傳》：“移知蜀州，盜不敢入境。……遇事明瞭，人目爲水晶燈籠。”　[11]申甫（1706—1778）：字及甫，號笏山。清江蘇江都人，原籍浙江西安（今衢州）。乾隆元年薦舉博學鴻詞，六年成舉人，授中書舍人。官至都察院左副都御史。有《笏山詩集》。　[12]鵷行：指朝官的行列。鳳池：指禁苑中的池沼，唐詩多借指中書省所在地。百里：百里的管轄範圍，

指一縣，亦可借指縣令。墨綬：結在印鈕上的黑色絲帶，爲縣官及其職權的象徵。［13］簿領：官府記事的簿册或文書。詞臣：文學侍從之臣，此指翰林。［14］鶴書：書體名，也叫鶴頭書。指徵聘的詔書。［15］僕婢詩：唐孫光憲《北夢瑣言》卷十：唐咸通中，前進士李昌符有詩名，久不登第，常歲卷軸，怠於裝修。因出一奇，乃作婢僕詩五十首，於公卿間行之。……諸篇皆中婢僕之諱。浹旬，京城盛傳。是年登第。［16］舊雨：舊友。［17］氣類：意氣相投者。［18］姚秘監：姚範（1702—1771），字南青，號薑塢。清安徽桐城人。乾隆七年進士。充三禮館纂修。有《援鶉堂詩集》《援鶉堂文集》等。［19］笏山：即申甫，見前注［11］。［20］劉星煒（1718—1772）：字映榆，號圃三。清江蘇武進人。乾隆十三年進士。官至工部侍郎。有《思補堂集》。［21］昌谷體：唐李賀詩有“昌谷體”之稱，見本卷一六注［6］。［22］木蘭檝：原指用木蘭樹造的船，後爲船的美稱。

隨園詩話箋注　卷二

一

丁巳，余流落長安，寓刑部郎中王公諱琬者家[1]。同寓人常熟孝廉趙貴璞[2]，字再白，傾蓋相知[3]，西林相公門下士也[4]，欲薦余見西林，有尼之者[5]，因而中止。未幾，王公出守興化，余儽然無歸[6]，趙以寒士而留余仍住王公舊屋，供其饔飧，彼此倡和。趙詩才清警，《過仙霞嶺》云："萬竹掃天青欲雨，一峰受月白成霜。"其曾祖某，生天啟間，《題天聖閣》云："天在閣中看世亂，民從地上作人難。"

【箋注】

[1]丁巳：這裏指乾隆二年（1737）。長安：都城的通稱。王琬：一作王畹，字滋田，號復齋。清江蘇句容人。由貢生銓授雲南府同知。官至刑部安徽司郎中。 [2]趙貴璞：趙森（1707—1756），初名貴璞，字再白。清江蘇昭文（今常熟）人。雍正十三年舉人。乾隆九年授內閣中書。有《蔚子詩集》《大隱集》《俟秋吟稿》等。 [3]傾蓋：車上的傘蓋靠在一起，借指初次相逢或訂交。[4]西林：鄂爾泰，見卷一·一注[7]。 [5]尼：阻止。 [6]儽（léi）然：頹喪貌。無歸：無所歸宿。

二

丙子九月，余患暑瘧。早飲吕醫藥，至日昳[1]，忽嘔逆，頭眩不止。家慈抱余起坐[2]，覺血氣自胸僨起，性命在呼吸間。忽有同徵友趙藜村來訪[3]，家人以疾辭，曰："我解醫理。"乃延入，診脉看方，笑曰："容易。"命速買石膏，加他藥投之。余甫飲一勺，如以千鈞之石，將腸胃壓下，血氣全消。未半盂，沉沉睡去，額上微汗，朦朧中聞家慈喈曰[4]："豈非仙丹乎？"睡須臾醒，君猶在坐，問："思西瓜否？"曰："想甚。"即命買瓜，曰："憑君儘量，我去矣。"食片許，如醍醐灌頂[5]，頭目爲輕，晚便食粥。次日來，曰："君所患者，陽明經瘧也。吕醫誤爲太陽經，以升麻、羌活二味升提之，將君妄血逆流而上。惟白虎湯可治，然亦危矣！"未幾，君歸，余送行詩云："活我自知緣有舊，離君轉恐病難消。"先生亦見贈云："同試明光人有幾，一時公幹鬢先斑[6]。"

藜村《雞鳴埭訪友》云[7]："佳辰結良覿，言采北山杜[8]。雞鳴古埭存，登臨渾漫與。蕭梁此化城，貽爲初地祖[9]。六龍行幸過，金碧現如許。欲辨六朝蹤，風亂塔鈴語。江南山色佳，玄武湖澄澈。豁開几盎間，秀出庭木末[10]。延陵敦夙尚，藉以紓藴結[11]。山能使人澹，湖能使人闊。聊共發嘯吟，無爲慕禪悦。"趙名寧静，江西南豐人。

【箋注】

[1] 日昳（dié）：太陽偏西或日落。 [2] 家慈：對人稱自己的母親。 [3] 同徵友：同時應徵科舉者。趙藜村：趙寧静（1706—？），字方白，號藜村。清江西南豐人。乾隆元年薦舉博學鴻詞。充三禮館纂修。有《詩經解義》《行篋偶存詩卷》。 [4] 唶（jiè）：歎息。 [5] 醍（tí）醐（hú）灌頂：醍醐，從酥酪中提製出的油。用它灌人之頂，佛教喻以智慧灌輸於人，使人徹悟。這裏喻清凉舒適。 [6] 明光：漢明光殿名的省稱，後泛指宫殿。公幹：劉楨（？—217），字公幹。三國魏人。建安七子之一。此代指袁枚。 [7] 雞鳴埭：南京地名，在玄武湖畔。 [8] 良覿（dí）：歡聚。杜：香草名。 [9] 蕭梁：即南朝梁。因梁朝皇室姓蕭，故史稱蕭梁。梁武帝在雞鳴埭興建同泰寺，與宫城相對，使這裏成爲佛教勝地。化城：一時幻化的城郭。佛教用以比喻小乘境界，泛指佛寺。 [10] 几盎：几，古人坐時憑依或擱置物件的小桌，後專指放置小件器物的家具。盎，盆類盛器。 [11] 延陵：季札，春秋時吴國公子。淡泊權位，有遠見卓識。稱延陵季子。《禮記・檀弓下》："延陵季子，吴之習於禮者也。"夙尚：平素的志願或心願。紓：排解。藴結：積聚的憂愁、氣憤。

三

少陵云："多師是我師[1]。"非止可師之人而師之也，村童牧豎[2]，一言一笑，皆吾之師，善取之皆成佳句。隨園擔糞者，十月中，在梅樹下喜報云："有一身花矣！"余因有句云："月映竹成千个字，霜高梅孕一身花。"余二月出門，有野僧送行，曰："可惜園中梅花盛開，公帶不去！"余因有句云："只憐香雪梅千樹，不得隨身帶上船。"

【箋注】

[1]"多師"句：取自杜甫《戲爲六絶句》，原文："别裁僞體親風雅，轉益多師是汝師。"　[2]牧豎：指放牧人。

按：雖然這裏形成的詩句不一定有多妙，但這種向普通人留心學習語言的精神，是極其可貴的。

四

凡古人已亡之作[1]，後人補之，卒不能佳，由無性情故也。束晳補《由庚》[2]，元次山補《咸英》《九淵》[3]，皮日休補《九夏》[4]，裴光庭補《新宫》《茅鴟》[5]，其詞雖在，後人讀之者寡矣。

【箋注】

[1]亡：遺失。 [2]束晳（261—300）：字廣微。西晋陽平元城（今河北大名）人。博學多聞。官至尚書郎。有《五經通論》《發蒙記》等。《由庚》：《詩・小雅》逸篇名。　[3]元次山：元結（719—772），字次山。唐河南魯山人。編有《篋中集》。《咸》《英》：堯樂《咸池》與帝嚳樂《六英》的並稱。《九淵》：黄帝之子少昊時樂名。其辭早失傳。　[4]皮日休（約838—883）：字逸少，號鹿門子、醉吟先生。唐襄陽人。與陸龜蒙交遊唱和，人稱皮陸。有《皮子文藪》《松陵集》。《九夏》：周代九種樂歌的總稱。　[5]裴光庭（676—733）：唐絳州聞喜（今屬山西）人。官至侍中兼吏部尚書。《新宫》：《詩經・小雅》逸篇名。《茅鴟》：《左傳・襄公二十八年》："穆子不説，使工爲之誦《茅鴟》。"杜預注："工，樂師。《茅鴟》，逸詩，刺不敬。"

五

唐人咏柳云:“長條亂拂春波動，不許佳人照影看[1]。”宋人咏柳云:“愛把長條惱公子，惹他頭上海棠花[2]。”

【箋注】

[1]“長條”聯：徐鉉詩，題爲“柳枝辭”。徐鉉，見卷一·二〇注[2]。[2]“愛把”聯：成彦雄詩,《萬首唐人絶句》題爲“柳枝辭”,《尊前集》題爲“楊柳枝”。成彦雄，字文幹，南唐進士。

六

張燕公稱閻朝隱詩，“炫裝倩服，不免爲風雅罪人”[1]。王荆公因之作《字説》云[2]:“詩者，寺言也。寺爲九卿所居，非禮法之言不入，故曰‘思無邪’。”近有某太史恪守其説，動云“詩可以觀人品”。余戲誦一聯云:“‘哀箏兩行雁，約指一勾銀[3]。’當是何人之作？”太史意薄之曰:“不過冬郎、温、李耳[4]！”余笑曰:“此宋四朝元老文潞公詩也[5]。”太史大駭。余再誦李文正公昉贈妓詩曰[6]:“便牽魂夢從今日，再睹嬋娟是幾時？”一往情深，言由衷發，而文正公爲開國名臣，夫亦何傷於人品乎？《孝經·含神霧》云[7]:“詩者，持也。持其性情，使不暴去也[8]。”其立意比荆公差勝。

【箋注】

[1]張燕公：張説（667—731），字道濟，一字説之。唐河南洛陽人，祖籍河東。官至中書令，封燕國公。卒謚文貞。有《張燕公集》。閻朝隱：字友倩。唐趙州欒城（今屬河北）人。官至秘書少監。坐事貶通州别駕。炫裝倩服：華麗的裝束。 [2]王荆公：王安石，見卷一·四六注[2]。 [3]“哀箏”聯：出自宋文彦博《見山樓》詩。 [4]冬郎：韓偓（844—923），字致堯，小字冬郎。唐末京兆萬年（今陝西西安）人。官翰林學士承旨、中書舍人。詩多寫艷情，稱“香奩體”。温、李：温庭筠和李商隱。温庭筠（約812—約866），本名岐，字飛卿。唐太原祁（今山西祁縣）人。數舉進士不第。曾

任國子助教。其詩辭藻華麗，其詞風格濃艷。李商隱，見卷一・二八注[3]。[5]文潞公：文彦博（1006—1097），字寬夫。宋汾州介休（今屬山西）人。歷仕四朝，任將相五十年。有《潞公集》。 [6]李文正：李昉（925—996）。宋深州饒陽（今屬河北）人。仕漢周歸宋，三入翰林，太宗朝拜平章事。卒謚文正。奉敕撰《太平御覽》《文苑英華》《太平廣記》等。 [7]《孝經》：此有誤，應爲《詩緯》。唐孔穎達《毛詩正義・詩譜序》："《詩緯・含神霧》云：'詩者，持也。'然則詩有三訓，承也、志也、持也。" [8]暴去：指淫、傷、亂、愆，過度而不中節，即不合乎禮義法度。唐陸龜蒙《自遣詩三十首序》説："且詩者，持也。謂持其情性，使不暴去。"

按：看來袁枚是把陸龜蒙的話記混了。暴，亦可解爲急速、突然。暴去，可指急速失去，也即孔穎達説"爲詩所以持人之行，使不失隊(墜)"之義。然而袁枚在此强調的是"持其性情"，不在於禮法。

七

劉昭禹曰[1]："五律一首，如四十賢人，其中着一屠沽兒不得[2]。"余教少年學詩者，當從五律入手，上可以攀古風，下可以接七律。

【箋注】

[1]劉昭禹：字休明。五代時婺州（今浙江金華一帶）人。仕楚馬殷父子，官終嚴州刺史。 [2]屠沽兒：以屠牲沽酒爲業者，對出身微賤者的蔑稱，此處喻不倫不類者。

八

孔子與子夏論詩曰[1]："窺其門，未入其室，安見其奥藏之所在乎？前高岸，後深谷，泠泠然不見其裏[2]，所謂深微者也。"此數言，即是嚴滄浪"羚羊掛角""香象渡河"之先聲[3]。

【箋注】

[1]子夏：即卜商，字子夏。春秋末衛國人。孔子弟子。爲魯國莒父宰。

相傳作《詩序》。此節見《韓詩外傳》卷二。 [2] 泠泠然：清涼貌。 [3] 嚴滄浪：嚴羽，字儀卿，一字丹丘，號滄浪逋客。宋邵武（今屬福建）人。創以禪喻詩之説，强調妙悟與興趣。有《滄浪集》《滄浪詩話》。羚羊掛角：相傳羚羊夜宿，將角掛在樹上，使獵者無蹤可覓。禪師以此描繪禪的特點是無迹可尋，不是語言所能描繪的。嚴羽以此形容含蓄蘊藉的藝術效果，更多用來喻詩的意境超脱。香象渡河：《優婆塞戒經·三種菩提品》："如恒河水，三獸俱渡，兔、馬、香象。兔不至底，浮水而過。馬或至底，或不至底。象則盡底。"本喻佛法的廣大精深，這裏喻指詩文的透徹精美。

九

盧雅雨《塞外接家書》云[1]："料來狼狽原應爾[2]，便説平安那當真。"何南園《都中寄家書》云[3]："每因疾病愁家遠，强説平安下筆難。"

【箋注】

[1] 盧雅雨：盧見曾（1690—1768），字抱孫，自號雅雨山人。清山東德州人。康熙六十年進士。官兩淮鹽運使。有《雅雨堂集》《出塞集》等。 [2] 爾：如此、這樣。 [3] 何南園：何士顒，見卷一·三七注[1]。都中：京城。

一〇

《宋稗類抄》第一卷《遭際類》云："陳了翁之父尚書，與潘良貴義榮之父交好[1]。潘一日謂陳曰：'吾二人官職、年齒，種種相似，恨有一事不如公。'陳問之。潘曰：'公有三子，我乃無之。'陳曰：'吾有妾，已生子矣，可以奉借。他日生子，當即見還。'既而遣至，即了翁之母也。未幾，生良貴。後其母遂往來兩家。一母生二名儒，前所未有。"此事太通脱[2]，今人所斷不爲，而宋之賢者爲之，且傳爲佳話。高南阜太守題詩曰[3]："贈妾生兒古人有，兒生還妾古人無。宋賢豁達竟如此，寄語人間小丈夫！"杭州馮山公先生以春秋盧蒲嫳爲齊之忠臣[4]，云："替莊公報仇，要滅崔氏，非慶封不可[5]；欲輸心慶封，非易内不可。五倫中，君、父最大，夫、妻爲小。盧顧大倫，故不顧小倫也。”其言甚創，人多怪之。余按東漢《獨行傳》，犍爲任永避王莽之亂[6]，僞病青盲，妻淫于前，佯爲不見。似山公之言，未嘗無證。

【箋注】

[1]陳了翁：陳瓘（1057—1124），字瑩中，號了翁。宋南劍州沙縣（今屬福建）人。神宗元豐二年登進士甲科。有《了翁易説》《尊堯集》。潘良貴：初名京，字義榮，一字子賤，號默成。宋婺州金華（今屬浙江）人。累官中書舍人。有《默成文集》。[2]通脱：放達不拘小節。[3]高南阜：高鳳翰（1683—1749），字西園，號南村，晚號南阜山人。清山東膠州人。雍正初，以諸生薦得官，官歙縣縣丞、績溪知縣。有《硯史》《南阜集》。[4]馮山公：馮景（1652—1715），字山公。清浙江錢塘人。康熙間被薦鴻博，辭不就。有《解春集》《樊中集》等。盧蒲嫳：春秋時齊大夫，慶封之屬臣。[5]慶封（？—前538）：春秋時齊國人，靈公時爲大夫。與崔杼謀殺莊公，立景公。任左相。景公二年又滅崔氏，乃專國政。[6]任永：東漢犍爲（今屬四川）人。好學博古。公孫述累徵，待以高位，永托目疾不赴。及述誅，乃曰：“世適平，目即清。”光武聞而旌之。

一　一

唐翰林學士最榮，入值，許借飛龍厩馬[1]。白香山《贈錢翰林》詩曰：“分班皆命婦，對苑即儲皇[2]。”蓋最親宫禁也。是以韋綬，學士也，而覆以蜀襭之袍[3]；韓渥，學士也，而暗藏金蓮之燭[4]。《十國春秋》載：“後蜀王建待翰林過優，人尤之[5]。建曰：‘我昔值禁軍，見唐天子待翰林之厚，雖朋友不如也。我不過萬分之一耳。’”

【箋注】

[1]入值：謂官員入宫值班供職。飛龍厩：唐代御厩名。[2]“分班”聯：全題爲“渭村退居寄禮部崔侍郎翰林錢舍人詩一百韻”。“分班”應爲“分庭”。“對苑”應爲“對院”。分庭，指朝廷典禮中内外命婦各有其位，分處庭中，以禮節相見。命婦，古代有封號的婦女，享有各種儀節上的待遇。對院，指大明宫少陽院，爲太子所居。[3]韋綬（？—823）：唐京兆（今陝西西安一帶）人，擢明經第。德宗時，歷遷左補闕、翰林學士。帝嘗至其院，韋妃從，會綬

方寢，學士鄭絪欲馳告之，帝不許，時大寒，以妃蜀襭袍覆之而去。 [4]韓渥：見本卷六注[4]。宋鄭文寶《南唐近事》載："公（渥）爲學士日，常視草金鑾内殿，深夜方還翰苑，當時皆宫妓秉燭炬以送，公悉藏之。"另見《新唐書·令狐綯傳》："（綯）爲翰林承旨，夜對禁中，燭盡，帝以乘輿、金蓮華燭送還院，吏望見，以爲天子來，及綯至，皆驚。" [5]王建（847—918）：字光圖。許州舞陽（今屬河南）人。販私鹽起家，官至永平軍節度使。唐昭宗天復三年被封爲蜀王。後自立爲蜀帝，史稱前蜀。在位十六年。尢：驚異、奇怪。

一二

古稱狀元，不必殿試第一名。唐鄭谷登第後[1]，《宿平康里》詩曰："好是五更殘酒醒，耳邊聞唤狀元聲。"按：谷登趙昌翰榜，名次第八，非第一也。周必大有《回姚狀元穎啟》《回第二人葉狀元適啟》[2]。當時新進士，皆得稱狀元。惟南漢狀元不可作[3]。《十國春秋》載："劉龑定例，作狀元者，必先受宫刑[4]。"羅履先《南漢宫詞》云[5]："莫怪宫人誇對食，尚衣多半狀元郎[6]。"古稱探花，不必第三名。《天中記》："唐進士杏園初會，使少俊二人探花遊園，若他人先折名花，則二人被罰。"《蔡寬夫詩話》云："故事：進士朝集，擇年少者爲探花使。"是探花者，年少進士之職，非必第三名也。進士帽上多插花。太宗曰："寇準少年[7]，正插花飲酒時。"温公性嚴重[8]，不肯插花。或曰："君恩也。"乃插一枝。大概以年少者爲貴。某《及第》詩曰[9]："人老簪花不自羞，花應羞上老人頭。醉歸扶杖人多笑，十里珠簾半下鈎。"或又曰："平康過盡無人問，留得宫花醒後看[10]。"皆傷老之詞。熙寧間，余中請禁探花[11]，以爲傷風化，遂停此例。後中以贓敗，人咸鄙之。王弇州曰[12]："禁探花之説，譬如新婦入門，不許妝飾，便教績麻、造飯。理非不是也，而事太早矣。"余按李燾《長編》載[13]："陳若拙中進士第三名[14]，以貌陋，人稱瞎榜。"蓋宋以第三名爲榜眼，亦探花不必第三名之證。

【箋注】

[1] 鄭谷（約 851—約 910）：字守愚。唐末袁州宜春（今屬江西）人。僖宗光啟三年擢進士第。曾任都官郎中，世稱“鄭都官”。嘗賦鷓鴣警絶，人稱“鄭鷓鴣”。 [2] 周必大（1126—1204）：字子充。南宋吉州廬陵人。高宗紹興二十一年進士。淳熙十四年拜右丞相，進左丞相。後封益國公。以少傅致仕。卒謚文忠。有《玉堂類稿》《平園集》等。 [3] 南漢：五代時十國之一。唐天祐元年劉隱爲清海軍（今廣州）節度使。乾亨元年，其弟劉龑稱帝，建國號大越。次年，改國號漢，都廣州，史稱南漢。 [4] 劉龑（yǎn）（889—942）：初名巖，改名龔，又改龑。五代時南漢創立者。 [5] 羅履先：羅天尺（1686—1766），字履先。廣東順德人。乾隆間舉人。爲“惠門八子”之一。[6] 對食：指宫女與閹人結成的挂名夫妻。尚衣：官名，掌管帝王服飾之職，唐五代時由宦官充行。 [7] 寇準（961—1023）：字平仲。宋華州下邽（今陝西渭南）人。太平興國五年進士。真宗朝，累官同中書門下平章事、尚書右僕射、集賢殿大學士，封萊國公。有《寇忠愍公詩集》。 [8] 温公：司馬光（1019—1086），字君實。宋陝州夏縣（今屬山西）人。仁宗寶元元年進士。官至門下侍郎、右僕射。卒謚文正。編撰《資治通鑒》。 [9]《及第》詩：此爲蘇東坡詩，並非及第時作，題應爲“吉祥寺賞牡丹”。 [10]“平康”二語：宋初特奏狀元徐遹詩。遹，閩人，博學尚氣，累舉不第，久困場屋。崇寧二年，爲特奏名魁時已老矣，瓊林宴罷，過平康里，同年所簪花多爲群倡所求，惟遹至所寓花乃獨存。因戲題一絶云云。平康，唐代長安里名，亦稱平康坊，是妓女聚居之所。 [11] 熙寧：宋神宗趙頊年號（1068—1077）。余中：字行老。宋常州宜興（今屬江蘇）人。神宗熙寧六年進士第一。元豐二年爲太常丞，以收太學生賄賂貶秩。 [12] 王弇州：王世貞，見卷一・二五注 [3]。 [13] 李燾（1115—1184）：字仁甫，一字子真，號巽巖。宋眉州丹棱（今屬四川）人。宋高宗紹興八年進士。歷官州縣及朝廷史職多年。後以敷文閣學士致仕。卒謚文簡。有《續資治通鑒長編》。 [14] 陳若拙（955—1018）：宋幽州盧龍（今屬河北）人，太平興國五年進士。

一 三

商寶意有甥吴鑒南潢，爲詩人尊萊之子[1]，亦能詩。嚴海珊贈云[2]：“何無忌酷似其舅，嚴挺之乃有此兒[3]。”真巧對也。鑒南以主事從温將軍征金川，大軍潰于木果，中炮墜溪死。未死時，知不免，寫詩兩册，以一册付其妻叔周某逃歸，以一册自置懷中。今秋帆先生所刻者[4]，周帶回之一册也。與程魚門交好[5]。程誦其《陶然亭》云[6]："偶着芒鞋策策行，到來心迹喜雙清[7]。短蘆一片低如屋，空翠千層遠入城。野曠每留殘照久，地高先覺早凉生。老僧解得登臨意，勸聽殘蟬曳樹聲。"《贈人》云："波雖無恨終歸海，人到忘情却省才[8]。"與乃舅寶意"人因福薄纔生慧，天與才多恰費心"之句相似。

【箋注】

[1] 商寶意：商盤，見卷一・二七注[7]。吴鑒南：吴潢（1727—1773），一作"吴璜"，字方甸，號鑒南。清浙江山陰人。乾隆二十五年進士。有《黄琢山房集》。吴尊萊：字象超，號橡村。清浙江會稽人。有《橡村詩鈔》。此處有誤。吴璜實爲吴爚文子。據吴爚文《樸庭詩稿》之序及《黄琢山房集》之傳與序。爚文，字樸存，一字樸庭。清會稽諸生。有《樸庭詩稿》。 [2] 嚴海珊：嚴遂成（1694—？），字崧瞻，號海珊。清浙江烏程（今湖州）人。雍正二年進士。官雄州知州。有《海珊詩鈔》等。 [3] 何無忌（？—410）：東晋東海郯（今山東郯城一帶）人。官至鎮南將軍。桓玄謀反，舅父爲桓玄所害，無忌與劉裕密謀舉兵，擊走桓玄軍。封安成郡開國公。人稱酷似其舅劉牢之。嚴挺之：嚴浚（673—742），字廷之。唐華州華陰（今陝西華陰一帶）人。中宗神龍元年進士。官至尚書左丞。 [4] 秋帆：畢沅（1730—1797），字纕蘅，號秋帆、弇山、靈巖山人。清江蘇鎮洋（今太倉）人。乾隆二十五年庚辰科狀元。官至湖廣總督。有《山海經校注》《靈巖山人詩集》。 [5] 程魚門：程晋芳，見卷一・五注[1]。 [6] 陶然亭：北京的一處名勝，始建於康熙年間，位于今北京城内太平街一帶。 [7] 策策：象聲詞。雙清：謂思想及行事皆無塵俗氣。 [8] 忘情：此謂感情上不受牽掛。省才：節省才氣或才思。

一　四

近今風氣，有不可解者：士人略知寫字，便究心于《説文》《凡將》[1]，而束歐、褚、鍾、王於高閣[2]；略知作文，便致力於康成、穎達[3]，而不識歐、蘇、韓、柳爲何人[4]。間有習字作詩者，詩必讀蘇，字必學米[5]，侈然自足，而不知考究詩與字之源流。皆因鄭馬之學多糟粕[6]，省費精神；蘇米之筆多放縱，可免拘束故也。

【箋注】

[1]《説文》：《説文解字》，漢許慎著。《凡將》：字書，相傳爲漢司馬相如著。　[2]歐、褚、鍾、王：即唐書法家歐陽詢、褚遂良，魏書法家鍾繇、晋書法家王羲之。　[3]康成：鄭玄，見卷一·四六注[24]。穎達：孔穎達（574—648），字沖遠，一作仲達。冀州衡水（今屬河北）人。隋末進士。入唐，官至國子祭酒。曾奉唐太宗命，主編《五經正義》。　[4]歐、蘇、韓、柳：即文學家宋歐陽修、蘇軾，唐韓愈、柳宗元。　[5]蘇：蘇軾，見卷一·二五注[4]。米：米芾（1051—1107），字元章。宋湖北襄陽人。官至禮部尚書。著名書法家。　[6]鄭馬：鄭玄和馬融的並稱。鄭玄，見卷一·四六注[24]。馬融（79—166），字季長。扶風茂陵（今陝西興平）人。東漢著名經學家。糟粕：酒渣，喻指事物的粗劣無用的部分。

一　五

改詩難於作詩，何也？作詩，興會所至，容易成篇；改詩，則興會已過，大局已定，有一二字於心不安，千力萬氣，求易不得，竟有隔一兩月，于無意中得之者。劉彦和所謂“富於萬篇，窘於一字”[1]，真甘苦之言。荀子曰[2]：“人有失針者，尋之不得，忽而得之，非目加明也，眸而得之也。”所謂“眸”者，偶睨及之也。唐人句云：“盡日覓不得，有時還自來[3]。”即“眸而得之”之謂也。

【箋注】

[1]劉彦和：劉勰（465—？），字彦和。南朝梁文學理論批評家。所撰《文心雕龍》爲我國古代文學理論批評巨著。　[2]荀子（前340—前245）：荀况，尊稱荀卿。戰國末趙國人。曾任楚蘭陵令。著有《荀子》。　[3]“盡日”二語：《唐僧弘秀集》卷六貫休詩《咏吟》：“經天緯地物，動必計天才。盡日覓不得，有時還自來。真風含素發，秋色入靈臺。吟向霜蟾下，終須神鬼哀。”《全

唐詩》題爲“詩”。“盡日”爲“幾處”。

一六

香亭弟出守廣東[1]，余賦詩送行云：“君恩深處忘途遠，家運隆時惜我衰。”一時和者甚多。惟押“衰”字頗難。胡書巢妹夫和云[2]：“江南政績新遺愛，海外文章舊起衰。”余作書深美之。胡答書云：“爲押‘衰’字頗費心，今果見許，足徵兄之能知此中甘苦也。”書巢尤長五古，《途中望二華》云[3]：“連山如洪濤，一瀉不得住。散作平岡低，萬壑此争赴。奔騰勢未已，倔强有餘怒。數里漸逶迤，坡陀相錯互。草木何繁滋，容畜欽美度。落日下翠微，蒼蒼群峰暮。白雲幻奇形，屢顧有時誤。”《大散關》云[4]：“蜀門自此通，谷口望若合。日月互蔽虧，陰陽隱開闔。微徑臨深溪，馬蹄畏虚踏。泉流亂石中，砰硡肆擊磕[5]。時節已初春，氣候如殘臘。黄葉間青條，風吹鳴颯颯。時見采樵人，行歌互相答。”《朝天峽》云[6]：“旬月走雲棧，登頓勞下上。輿中困掀簸，厭聞馬蹄響。今晨改水涉，失喜聽雙槳。羌舟小如葉，羌水平如掌。健疑青鶻飛，疾類枋榆搶[7]。灘轉峽角來，雙峙袤千丈。石裂怒欲落，畏壓不敢仰。洞陰中慘栗，白日迷惝怳[8]。其深蟠蛟龍，其毒聚蛇蟒。側目望天關，閣道更渺茫[9]。行人偶失足，一墜詎可想！”《寄香亭》云：“携手天水橋，送我北新關。君歸我夜泊，咫尺不能攀。何況萬餘里，遠隔千重山。子來既無期，我行猶未還。至今夢寐中，橋下聞潺潺。流水無已時，思君如連環。”“森森九種竹，燦燦十樣箋。六六雙鯉鱗[10]，泠泠三峽泉。險易雖有殊，窮達何與焉？自惜結隆愛，金石貫貞堅。與子同一心，豈與時俗遷！寓書奈不達，在遠情空延。子即能我諒，我衷胡由宣？相思如萱草，憂忿何時捐[11]！”書巢受業于嘉禾布衣張庚[12]，而詩之超拔，青出於藍。因書巢全集未梓，爲代存數章。

【箋注】

[1] 香亭：袁樹，見卷一・五注[3]。 [2] 胡書巢：胡德琳，字碧腴，一字畫東，號書巢。清廣西臨桂人，原籍安徽休寧。乾隆十七年進士。官至東昌府知府。有《碧腴齋詩存》。 [3] 二華：指太華、少華二山。 [4] 大散關：關名，在今陝西寶雞西南的大散嶺上。 [5] 砰硡：象聲詞，形容聲音宏大。 [6] 朝天峽：在今四川廣元北，爲嘉陵江河谷，是古代秦蜀間的咽喉要道。 [7] 青鶻（gǔ）：即鶻鳩，似山鵲而小，有青毛冠。枋榆：枋樹與榆樹，比喻狹小的天地。 [8] 慘栗：寒極貌。 [9] 天關：比喻險要的關隘。閣道：此指懸崖絶壁間的棧道。 [10] 六六：鯉魚的别稱。《埤雅・釋魚》："鯉三十六鱗，具六六之數。" [11] 萱草：俗稱金針菜、黄花菜，古謂忘憂草。此處反用其意，即漢蔡琰《胡笳十八拍》"對萱草兮憂不忘"之意。[12] 張庚（1685—1760）：原名燾，字浦三、浦山，號瓜田逸史。浙江秀水人。乾隆元年舉博學鴻詞。著有《强恕齋詩文集》《瓜田詞》《畫徵録》《五經臆》《罔極草》等。

一　七

尹文端公論詩最細[1]，有"差半個字"之説。如唐人："夜琴知欲雨，晚簟覺新秋[2]。""新秋"二字，現成語也；"欲雨"二字，以"欲"字起"雨"字，非現成語也，差半個字矣。以此類推，名流多犯此病。必云"晚簟恰宜秋"，"宜"字方對"欲"字。

【箋注】

[1] 尹文端：尹繼善，見卷一・一〇注[3]。 [2]"夜琴"聯：温庭筠《初秋寄友人》詩句。簟（diàn）：供坐卧鋪墊用的葦席或竹席。

一　八

詩無言外之意，便同嚼蠟。杭州俞蒼石秀才《觀繩伎》云[1]："一綫騰身險復安，往來不厭幾回看。笑他着脚寬平者，行路如何尚説難？"又："雲開晚霽終殊旦，菊吐秋芳已負春。"皆有意義可思。嚴冬友壯年不仕[2]，《韋曲看桃花》云[3]："憑君眼力知多少，看到紅雲盡處無？"

【箋注】

[1] 俞蒼石：俞葆寅，字蒼石。清浙江仁和人。有《可儀堂詩偶存》。[2] 嚴冬友：嚴長明，見卷一·二二注[6]。[3] 韋曲：唐地名，位於長安城南郊三十里，因韋氏家族世居于此得名。後貴家園亭、侯王别墅，亦多在此。

一九

痘神之説，不見經傳。蘇州名醫薛生白曰[1]："西漢以前，無童子出痘之説。自馬伏波征交趾[2]，軍人帶此病歸，號曰'虜瘡'，不名痘也。"語見《醫統》。余考史書，凡載人形體者，妍媸各備，無載人面麻者。惟《文苑英華》載[3]："潁川陳黯，年十三，袖詩見清源牧[4]。其首篇咏河陽花。時痘瘢新落，牧戲曰：'汝藻才而花面，何不咏之？'陳應聲曰：'玳瑁應難比，斑犀點更嘉[5]。天憐未端正，滿面與妝花。'"似此爲痘瘢見歌咏之始。

【箋注】

[1] 薛生白：薛雪（1681—1770），字生白，號一瓢。清江蘇吴縣人。有《醫經原旨》《一瓢詩話》等。[2] 馬伏波：馬援（前14—49），字文淵。東漢扶風茂陵（今陝西興平）人。建武十七年拜伏波將軍，率軍征交趾，平之。封新息侯。部將染瘴疫，死者十有四五。交趾：亦作"交址"或"交阯"，泛指五嶺以南地區。[3]《文苑英華》：宋李昉、徐鉉等人共同編纂的類書。全書一千卷，上繼《文選》，起自蕭梁，下訖晚唐五代，選録作家兩千餘人，作品近兩萬篇。[4] 陳黯（約805—877）：字希孺。唐潁川郡（今河南禹州一帶）人。今存詩一首。牧：《尚書·虞書》有"覲四嶽群牧""咨十有二牧"句。漢成帝改州刺史置州牧之官，領一州民政、軍政、監察之大權於一身。後多代指地方首長。[5] 玳瑁：指用玳瑁甲殼製成的裝飾品。斑犀：雌犀牛角，因其角斑白分明，故名。

二〇

唐人有"南宫歌管北宫愁"之句，蓋賦體也[1]。不如方子雲《晚坐》

云[2]："西下夕陽東上月，一般花影有寒温。"以比興體出之[3]，更妙。

【箋注】

[1]"南宫"句：出自唐裴交泰《長門怨》詩。賦體：指直陳其事的詩歌表現方式。 [2]方子云：方正澍，見卷一・四五注[6]。 [3]比興體：指以物比物、以物起興的表現方式。此處所引，題爲"小亭獨坐"。

二一

安徽方伯奇麗川[1]，席間誦和親王《風箏》詩云[2]："風高欲上不得上，風緊求低不得低。"方伯咏梅云："淡影是雲還是夢，暗香宜雨亦宜煙。"風調相似。

【箋注】

[1]奇麗川：奇豐額，見卷一・五四注[2]。 [2]和親王：弘晝（1711—1772），雍正第五子，封和碩和親王。卒謚恭。有《稽古齋全集》。

二二

康熙間，曹練亭爲江寧織造[1]。每出，擁八騶[2]，必携書一本，觀玩不輟。人問："公何好學？"曰："非也。我非地方官，而百姓見我必起立，我心不安，故藉此遮目耳。"素與江寧太守陳鵬年不相中[3]，及陳獲罪，乃密疏薦陳。人以此重之。其子雪芹撰《紅樓夢》一部，備記風月繁華之盛。明我齋讀而羡之[4]。當時紅樓中有某校書尤艷[5]，我齋題云："病容憔悴勝桃花，午汗潮回熱轉加。猶恐意中人看出，强言今日較差些。""威儀棣棣若山河，應把風流奪綺羅[6]。不似小家拘束態，笑時偏少默時多。"

【箋注】

[1]曹練亭：曹寅（1658—1712），字子清，號楝亭。清内務府正白旗人。督理江寧織造，後兼巡視兩淮鹽政，累官至通政使。有《楝亭詩鈔》等。

[2] 八騶（zōu）：指貴官出行時八個騎馬前導的士卒。 [3] 陳鵬年（1662—1723）：字北溟，號滄州。清湖南湘潭人。康熙三十年進士。累擢江寧知府，以清廉著稱。官至河道總督、兵部侍郎。謚恪勤。有《歷仕政略》《滄洲詩集》《道榮堂文集》。不相中：不和睦、不融洽。 [4] 明我齋：明義，富察氏，號我齋。清滿洲鑲黄旗人。都統傅清子。官至參領，任上駟院侍衛。有《綠煙瑣窗集》，内有《題紅樓夢》詩二十首。 [5] 校書：原指薛濤（768—832），唐代蜀中能詩文的名妓，時稱女校書。後用爲對妓女的雅稱。 [6] 棣棣：雍容閒雅貌。奪綺羅：《新唐書·文藝傳中·宋之問》："武后游洛南龍門，詔從臣賦詩。左史東方虬詩先成，后賜錦袍。之問俄頃獻，后覽之嗟賞，更奪袍以賜。"後因稱競賽中獲勝爲"奪袍"。

二 三

青陽秀才陳蔚[1]，字豹章，能文，愛客，受業隨園。《江行雜咏》云："日沉遠樹青，煙起遥山失。何處艤孤舟[2]，一燈古渡出。昨發螃蟹磯，今泊針魚觜。秋風一夜生，吟冷半江水。"隨其兄芳郁庭遠行云[3]："江梅開遍雨霏霏，同駐郵亭整客衣。今日反嗟人似雁，一行齊向異鄉飛。"郁庭有《草堂雜咏》云："處士應門惟使鶴[4]，高人去榻更無賓。""小橋時有雲遮斷，不使遊人過水西。"兄弟俱耽吟咏，人以雙丁、二陸比之[5]。

莆田有吴荔娘者，庖人之女也[6]。性愛潔而能詩。豹章聘爲旁妻。未二年，卒。豹章爲寫其《蘭坡剩稿》。有《春日偶成》云："曈曈曉日映窗疏，荏苒韶光一枕餘。深巷賣花新雨後，開門插柳嫩寒初。鶯兒有語遷喬木，燕子多情覓舊廬。那用踏青郊外去，芊芊草色上階除。"又："深院不知春色早，忽驚牆外賣花聲。"

【箋注】

[1] 陳蔚：字豹章，號金霞、梅緣。清安徽青陽人。廪貢生。舉孝廉方正，不就。乾隆三十八年朱筠聘其校書。撰《梅緣詩鈔》。 [2] 艤（yǐ）：划船靠岸。[3] 郁庭：陳芳，字郁庭。清安徽青陽人。乾隆間諸生。有《華溪草堂集》。[4] 處士：本指有才德而隱居不仕的人，後亦泛指未做過官的士人。應門：照

應門户。指守候和應接叩門的人。　[5] 雙丁：指三國魏丁儀、丁廙兄弟，均以文學著稱。二陸：指晋陸機、陸雲兄弟，二人並有俊才。　[6] 吴荔娘（1787—1808）：字絳卿。清福建莆田人。其《蘭陂剩稿》附於陳蔚《梅緣詩鈔》後。庖人：厨師。

二　四

向讀金陵孫秀才韶咏小孤山云[1]："江心突兀聳孤巒，飄渺還疑月裏看。絶似淩雲一支筆，夜深横插水精盤。"後過此山，方知此句之妙。

【箋注】

[1] 孫韶（1752—1811）：字九成，一字水成，號蓮水居士。清江蘇上元人。諸生。有《春雨樓詩略》。小孤山：亦名小姑山。在安徽宿松縣城東南長江中。

二　五

河南撫軍畢秋帆先生簉室周月尊，字漪香，長洲人也[1]。酷嗜文墨，禮賢下士。咏水仙云："影疑浮夜月，香不隔簾櫳[2]。"《偶成》云："家如夜月圓時少，人似秋雲散處多。"夫人還吴門，先生《七夕寄詩》云："汴水吴山同悵望，今宵兩地拜雙星[3]。"

【箋注】

[1] 畢秋帆：畢沅，見本卷一三注 [4]。簉（zào）室：妾的别稱。周月尊：生平如上，餘未詳。　[2] 簾櫳（lóng）：亦作"簾籠"。窗簾和窗户，也泛指門窗的簾子。　[3] 汴水：隋唐運河流經河南的一段。吴山：泛指江南一帶的山。雙星：牽牛、織女二星。

二　六

泗州選貢毛俟園藻[1]，辛卯秋赴金陵鄉試，主試爲彭芸楣侍郎[2]。其友羅孝廉恕，彭門下士也[3]，寓書索觀近藝，戲爲催妝俳語[4]。毛答以詩云："月影空濛柳影疏，秦淮水漲石城隅。小姑獨處無郎慣，争似羅敷自有夫[5]？"榜揭，毛獲雋[6]。羅往賀，入門狂叫曰："今日小姑亦嫁彭郎矣[7]！"一時傳爲佳話。

【箋注】

[1]毛俟園：毛藻，字俟園。安徽泗州(今泗縣一帶)人。乾隆三十六年舉人。上元縣教諭。有《客山堂文集》。 [2]彭芸楣：彭元瑞（1731—1803），字掌仍，號芸楣。江西南昌人。乾隆二十二年進士。官至工部尚書、協辦大學士。與紀昀齊名。 [3]羅恕：號晝村。泗州盱眙（今屬江蘇）人。乾隆三十年舉人。門下士：此指主考官門下的科舉考試及第者。 [4]寓書：寄信。近藝：指近來的詩文辭章。催妝：舊俗，成婚前夕，賀者賦詩以催新婦梳妝。這裏借指催促寫文。俳語：戲笑嘲謔的言辭。 [5]羅敷：古代美女名。漢樂府《陌上桑》有"羅敷自有夫"句。此處用來與已成爲主考官門下士的羅恕開玩笑。[6]獲雋：指科舉考試得中。 [7]小姑、彭郎：本爲山名，見本卷二四注[1]。蘇東坡《李思訓畫長江絶島圖》："舟中賈客莫漫狂，小姑前年嫁彭郎。"這裏因主試姓彭，故開此玩笑。

二 七

古人官貴行舡多伐鼓[1]，少陵詩曰："打鼓發舡誰氏郎[2]？"白香山詩曰："兩岸紅燈數聲鼓，使君樓艓下巴東[3]。"皆伐鼓之證也。今人開舡鳴鉦[4]，未知起於何時。

【箋注】

[1]舡（chuán）：即"船"。伐：敲擊。 [2]"打鼓"句：見杜甫《十二月一日三首》。"誰氏"應爲"何郡"。 [3]"兩岸"二語：見白居易《入峽次巴東》。"岸"爲"片"，"燈"爲"旌"，"下"爲"上"。樓艓（dié）：一種輕便的快艇。 [4]鳴鉦：敲擊鉦、鐃或鑼。

二 八

劉曾燈下誦《文選》[1]，倦而就寢，夢一古衣冠人告之曰："魏晋之文，文中之詩也；宋元之詩，詩中之文也。”既醒，述其言于余。余曰：“此余夙論如此。”

【箋注】

[1] 劉曾：字啟昆，號悔庵。清江蘇上元人。有《習静山房集》。

二　九

余畫《隨園雅集圖》，三十年來，當代名流題者滿矣，惟少“閨秀”一門。慕澹香夫人之才[1]，知在吴門，修札索題，自覺冒昧。乃寄未五日，而夫人亦書來，命題《采芝小照》。千里外，不謀而合，業已奇矣。余臨《采芝圖》副本，到蘇州，告知夫人，而夫人亦將《雅集圖》臨本見示，彼此大笑。乃作詩以告秋帆先生曰：“白髪朱顔路幾重，英雄所見竟相同。不圖劉尹衰頽日，得見夫人林下風[2]。”

【箋注】

[1] 澹香：周月尊，畢秋帆的夫人，見本卷二五。[2] 劉尹：劉惔，字真長。東晋沛國相（今安徽宿州一帶）人。累遷丹陽尹，人稱劉尹。好老莊，放任自適。此借古人自指。林下風：稱頌婦女閒雅飄逸的風采。南朝宋劉義慶《世説新語·賢媛》：“王夫人神情散朗，故有林下風氣。”

三　〇

王夢樓太守[1]，精於音律。家中歌姬輕雲、寶雲，皆余所取名也。有柔卿者，兼工吟咏。成嘯厓公子贈以詩云[2]：“侍兒原是紀離容，紅豆拈來意轉慵[3]。時方示疾。一曲未終人不見，可堪江上對青峰[4]？”柔卿和云：“生小原無落雁容，秋風偶覺病身慵。掛帆公子金陵去，望斷青青江上峰！”

【箋注】

[1] 王夢樓：王文治（1730—1802），字禹卿，號夢樓。清江蘇丹徒（今

鎮江）人。乾隆二十五年一甲三名進士。官翰林院侍讀，出爲雲南臨安知府，罷歸。有《夢樓詩集》。 [2]成嘯厓：成延福，號嘯厓。江寧織造成善之子。[3]紀離容：《漢武内傳》："上元夫人即命女侍紀離容……出六甲、左右靈飛、致神之方十二事，欲以授劉徹。"唐李商隱："檢與神方教駐景，收將鳳紙寫相思。"漢武帝欲求神方延年益壽，仙女去後却又寫起相思之情來，依然貪戀女色。紅豆：又稱相思子，産於嶺南地區，此處象徵相思。 [4]"一曲"二語：用唐錢起《省試湘靈鼓瑟》"曲終人不見，江上數峰青"典。

三一

杭州孫令宜觀察，余世交也[1]。女公子雲鳳[2]，幼聰穎，八歲讀書。客出對云："關關雎鳩。"即應聲曰："噰噰鳴雁[3]。"觀察大奇之。和余《留别杭州》詩四首，録其二云："撲簾飛絮一春終，太史歸來去又匆。把菊昔爲三徑客，盟鷗今作五湖翁[4]。囊中有句皆成錦，閨裏聞名未識公。遥憶花間揮手别，片帆天外掛長風。""未曾折柳倍留連，縱得重來又隔年。遠水夕陽青雀舫[5]，新蒲春雨白鷗天。三千歌管歸花縣[6]，十二因緣屬散仙[7]。安得講筵爲弟子，名山隨處執吟鞭[8]！"

【箋注】

[1]孫令宜：孫嘉樂（1733—1800），字令儀，號春巖。清浙江仁和人。乾隆二十六年進士。歷任雲南按察使、四川按察使、禮部員外郎。世交：袁枚與孫嘉樂的祖父在鄉試時相識，故稱。 [2]孫雲鳳（1764—1814），字碧梧。清仁和人。孫嘉樂長女。袁枚女弟子。通音律，能畫花卉。有《湘筠館詞》《玉簫樓詩集》《湘蜀館遺稿》。 [3]噰噰（yōng）：群鳥和鳴聲。《詩經·邶風·匏有苦葉》："雝雝鳴雁，旭日始旦。" [4]三徑：漢蔣詡辭官不仕，隱于杜陵，閉門不出，舍中竹下三徑，只有羊仲與求仲出入。典出東漢趙岐《三輔决録》。後以三徑比喻隱士居處。五湖：春秋末越國大夫范蠡，輔佐越王勾踐，滅亡吴國，功成身退，乘輕舟以隱於五湖。見《國語·越語下》。後因以"五湖"指隱遁之所。 [5]青雀舫：古代江東華貴人家船頭常畫有一種水鳥青雀，名爲青雀舫。後泛指遊船。 [6]花縣：晋潘岳任河陽（今河南孟州一帶）縣令，于一縣遍種桃李，傳爲美談。北周庾信《枯樹賦》："若非金谷滿園樹，

即是河陽一縣花。”後以此作爲縣治的美稱。［7］十二因緣：亦稱十二緣起，爲釋迦牟尼所傳基本教義之一。是以十二個彼此成爲條件或因果聯繫的環節，對有情生命體的生死業報輪回原因和過程，以及如何纔能脱離，所做的系統説明，可説是佛教的人生觀。散仙：比喻放曠不羈、自由閒散的人。［8］講筵：講經、講學的處所。吟鞭：詩人的馬鞭。

三　二

羊后答劉曜語，輕薄司馬家兒，再醮之婦，媚其後夫[1]。所謂閨房之内，更有甚於畫眉者。床第之言不逾閾[2]，史官何以知之？楊妃洗兒事，新、舊《唐書》皆不載，而温公《通鑒》乃采《天寶遺事》以入之。豈不知此種小説，乃委巷讕言[3]，所載張嘉貞選婿，得郭元振[4]，年代大訛，何足爲典要，乃據以污唐家宫闈耶[5]？余咏玉環云：“唐書新舊分明在，那有金錢洗禄兒[6]？”蓋雪其冤也。第李義山《西郊百韻》詩[7]，有“皇子棄不乳，椒房抱羌渾”之句[8]。天中進士鄭嵎《津陽門》詩[9]，亦有“禄兒此日侍御側”“綉羽褓衣日贔贔”之句[10]，豈當時天下人怨毒楊氏，故有此不根之語耶？至於楊妃縊死佛堂，《唐書》《通鑒》俱無異詞，獨劉禹錫《馬嵬》詩云[11]：“貴人飲金屑，倏忽舜英暮[12]。”似貴妃之死，乃飲金屑，非雉經矣[13]。傳聞異詞，往往如是。

【箋注】

［1］羊后：羊獻容（？—322），晋惠帝司馬衷的皇后。泰山南城（今山東新泰一帶）人。晋太安元年立爲皇后。洛陽之陷，遂没於曜。曜僭僞位，立爲皇后。因問之曰：“吾何如司馬家兒？”羊后曰：“陛下開基之聖主，彼亡國之暗夫，何可並言？”見《十六國春秋》。劉曜（yào）（？—329）：十六國時前趙國君。匈奴族。劉淵侄。司馬家兒：指晋惠帝。再醮（jiào）：女子再嫁。［2］床第（zǐ）：指閨房之内、枕席之間。閾（yù）：門檻。［3］委巷：僻陋曲折的小巷，借指民間。讕言：没有根據、無從查證的話。［4］張嘉貞（666—729）：唐蒲州猗氏（今山西臨猗一帶）人。武則天時，官監察御史、中書舍人。玄宗時，官中書令、工部尚書。郭元振：郭震（656—713），字元振。

唐魏州貴鄉（今河北大名一帶）人。十八歲舉進士，授通泉尉。後任凉州都督、隴右諸軍州大使。封代國公。官至御史大夫、天下行軍大元帥。此所謂選婿事，見《開元天寶遺事》。 [5] 宫闈（kǔn）：後宫，亦指后妃。 [6] 金錢洗禄兒：《資治通鑒》卷二一六載："召禄山入禁中，貴妃以錦綉爲大繦褓，裹禄山，使宫人以彩輿舁之。上聞後宫喧笑，問其故，左右以貴妃三日洗禄兒對。上自往觀之，喜，賜貴妃洗兒金銀錢，復厚賜禄山，盡歡而罷。"袁枚不信有這種事。[7] 第：但是。李義山：李商隱，見卷一・二〇注 [12]。詩題爲"行次西郊作一百韻"。 [8] 乳：撫養。史載玄宗與武惠妃欲廢太子李瑛。椒房：后妃的宫殿用椒和泥塗壁。此指楊貴妃。羌渾：胡兒，指安禄山。 [9] 鄭嵎（yú）：字賓光，一作賓先。大中五年登進士第。事見《唐才子傳》。 [10] 贔（xì）屭（bì）：强有力貌。這裏指安禄山日益驕横。 [11] 劉禹錫：見卷一・四二注 [10]。 [12] 舜英：木槿花。《詩・鄭風・有女同車》："有女同行，顔如舜英。" [13] 雉（zhì）經：上吊縊死。雉，牛鼻繩。

三三

唐人詩話："李山甫貌美[1]。晨起方理髮，雲鬢委地，膚理玉映。友某自外相訪，驚不敢進。俄而山甫出，友謝曰：'頃者誤入君内。'山甫曰：'理髮者，即我也。'相與一笑。"余弟子劉霞裳有仲容之姣[2]，每遊山必載與俱[3]。趙雲松調之云[4]："白頭人共泛清波，忽覺沿堤屬目多[5]。此老不知看衛玠，誤誇看殺一東坡[6]。"

【箋注】

[1] 李山甫：見卷一・二〇注 [3]。 [2] 劉霞裳：劉志鵬，字霞裳。清江蘇江寧人。諸生。仲容之姣：《晋書》卷三十三："石苞，字仲容，渤海南皮人也。雅曠有智局，容儀偉麗，不修小節。故時人爲之語曰：'石仲容，姣無雙。'" [3] 與俱：偕同、在一起。 [4] 趙雲松：趙翼（1727—1814），字雲崧，號甌北。清江蘇陽湖（今常州）人。乾隆二十六年進士。官至貴西兵備道。詩與袁枚、蔣士銓齊名，稱"乾隆三大家"。有《甌北詩集》《甌北詩話》《廿二史札記》等。 [5] 屬（zhǔ）目：注目、注視。 [6] 衛玠（286—312）：字叔寶。西晋河東安邑（今山西夏縣一帶）人。才華出衆，好言玄理。英俊爽朗，風姿照人，出遊時，常傾城觀看。東坡：蘇軾，見卷一・二五注 [4]。這裏代指袁枚。

三　四

“忍凍不禁先自去，釣竿常被別人牽[1]。”宋人句也。默禪上人一聯云[2]：“水藻半浮苔半濕，浣紗人去不多時[3]。”俱眼前語，而餘韻悠然。

【箋注】

[1]“忍凍”聯：出自五代後蜀花蕊夫人《宫詞》。夫人姓徐，一説姓費。青城（今四川都江堰一帶）人。得幸於蜀主孟昶，賜號花蕊夫人。此詩前兩句：“漫揎紅袖指纖纖，學釣池魚傍水邊。”　[2]默禪上人：生平未詳。　[3]“水藻”聯：出自金劉瞻《所見》。前兩句：“傾攲石片插漣漪，上有蕭蕭楊柳枝。”劉瞻，字巖老。金亳州（今屬安徽）人。天德三年南榜登科，大定初召爲史館編修。自號攖寧居士。有集行於世。

按：所謂眼前語，即描寫眼前情景、眼前人物的詩語。這眼前情景，必須是有風趣、有内涵的情景。生動于目前，並餘韻悠然，引人遐想不盡，可以由眼前景象而聯想到已經不在目前的人物情景。如學釣人的天真、浣紗人的風情。特别是浣紗人，會令人想到勞動女兒的辛勤和美麗，甚至想到傳説中的春秋故事。

三　五

余過袁江，蒙河督李香林尚書將所坐舡親送渡河[1]。席間讀尚書詩，《野行》云：“香聞春酒熟茅店，紅惜秋花開野塘。”《宿永平》云：“樹樹鳥相語，山山水上看。”皆佳句也。又見贈二律，已梓入集中矣。其尊人湛亭尚書[2]，先督南河。《遥灣夜泊》云：“風雪荆山道，春帆滯水涯。幾聲深夜犬，知近野人家。”《赴南河》云：“過顙應知因搏致，徹桑須及未陰時[3]。”用《孟子》語，而治河之道，思過半矣。

【箋注】

[1]袁江：亦名秀江、袁水。源出今江西萍鄉羅霄山，東流至樟樹西南入贛江。李香林：李奉翰（？—1799），字薌林、香林。清漢軍正藍旗人。初捐貲授縣丞。歷官江南道總督、河東河道總督、兩江總督兼領南河事。封騎都尉世職。 [2]尊人：此指父親。湛亭：李宏（？—1771），字湛亭，一字濟夫。清漢軍正藍旗人，奉天（今遼寧瀋陽）人。官至河東河道總督。有《戢思堂詩鈔》。 [3]過顙：《孟子·告子上》："今夫水，搏而躍之，可使過顙；激而行之，可使在山。"。孟子以水爲喻，指出爲不善是逆性而行，往上流並非水性，而是搏擊使然。徹桑：語出《詩經·豳風·鴟鴞》。《孟子·公孫丑》："《詩》云：'迨天之未陰雨，徹彼桑土，綢繆牖户。'"大意是趁着天還没有下雨，趕快去啄剥桑樹根來修補好窗子和門户。

三　六

錢文端公少時[1]，鄉試落第，其科主試者趙侍郎也，別號長眉[2]。公觀演《小尼姑下山》，戲題云："三寸黄冠綰碧絲，裝成十六女沙彌[3]。無情最是長眉佛，訴盡春愁總不知。"毛西河選閨秀詩[4]，獨遺山陰女子王端淑[5]。王獻詩云："王嬙未必無顔色，争奈毛君筆下何[6]？"一藏其名，一切其姓。

【箋注】

[1]錢文端：錢陳群，見卷一·一一注[6]。 [2]趙長眉：如上，餘未詳。[3]沙彌：梵語音譯的略稱，指僧侣。 [4]毛西河：毛奇齡（1623—1716），字大可，别號河右，又號西河等。浙江蕭山人。康熙十八年舉博學鴻儒，授檢討。有《瀨中集》《當樓集》《西河合集》。 [5]王端淑：字玉映，號映然子，又號青蕪子。浙江山陰人。順治前後在世。王思任女、諸生丁肇聖妻。著《玉映堂集》《吟紅集》。 [6]王嬙：字昭君。西漢南郡秭歸（今屬湖北）人。元帝時以良家子選入宫中。匈奴呼韓邪單于入朝求親，遂入塞。卒葬匈奴，世稱青冢。相傳昭君不肯賄賂畫工毛延壽，入宫數歲，不得見帝，遂自請嫁於匈奴。元帝方知其美。此處以毛延壽戲指毛西河。

三　七

尹似村有句云[1]："自與情人和淚別，至今愁看雨中花。"蔣廷鎔有句云[2]："自從環佩無消息，簷馬丁東不忍聽[3]。"

【箋注】

[1] 尹似村：尹慶蘭（？—1788），字似村。清滿洲鑲黃旗人。尹繼善第六子。諸生。有《絢春園詩鈔》。　[2] 蔣廷鎔：生平未詳。　[3] 環佩：古人所繫的佩玉，後多指女子玉飾。簷馬：掛在屋簷下的風鈴。

按：一從視覺上聯繫，一從聽覺上聯繫，形容一種微妙的心理情態。爲詩法之一。

三　八

阮亭先生[1]，自是一代名家，惜譽之者既過其實，而毀之者亦損其真。須知先生才本清雅，氣少排奡[2]，爲王、孟、韋、柳則有餘，爲李、杜、韓、蘇則不足也[3]。余學遺山論詩一絶云[4]："清才未合長依傍，雅調如何可詆娸[5]？我奉漁洋如貌執[6]，不相菲薄不相師。"

【箋注】

[1] 阮亭：王士禛，見卷一・五四注[1]。　[2] 排奡（ào）：剛勁有力、豪宕。　[3] 王、孟、韋、柳：指唐王維、孟浩然、韋應物、柳宗元。均工山水田園詩，詩風清雅淡遠。李、杜、韓、蘇：指李白、杜甫、韓愈、蘇軾。[4] 遺山：元好問（1190—1257），字裕之，號遺山。金忻州秀容（今山西忻州）人。宣宗興定五年進士。官至行尚書省左司員外郎。金亡不仕。輯《中州集》，著《遺山集》。有《論詩三十首》。　[5] 詆（dǐ）娸（qī）：譭謗醜化。[6] 漁洋：王士禛，見卷一・五四注[1]。貌執：以禮貌接待。

三　九

本朝古文之有方望溪[1]，猶詩之有阮亭，俱爲一代正宗，而才力自薄。近人尊之者，詩文必弱；詆之者，詩文必粗。所謂佞佛者愚，辟佛者迂[2]。

【箋注】

[1]方望溪：方苞，見卷一・二九注[1]。 [2]佞（nìng）：沉迷、迷戀。辟（bì）：排除、排斥。迂（yū）：拘泥保守，不合時宜。

四　〇

鄭夾漈笑韓昌黎《琴操》諸曲爲兔園册子[1]，薄之太過。然《羑里操》一篇，末二句云："臣罪當誅，天王聖明。"深求聖人，轉失之僞。按《大雅》："文王曰咨，咨汝殷商！汝炰烋於中國，斂怨以爲德[2]。"文王並不以紂爲聖明也。昌黎豈不讀《大雅》耶？東坡言孔子不稱湯、武[3]。按《革卦・繫詞》："湯、武革命，順乎天而應乎人。"《繫詞》，孔子所作也，東坡豈不讀《易經》耶？劉後村爲吴恕齋作詩序云[4]："近世貴理學而賤詩賦，間有篇章，不過押韻之語録、講章耳。"余謂此風，至今猶存。雖不入理障[5]，而但貪序事、毫無音節者，皆非詩之正宗。韓、蘇兩大家，往往不免。故余《自訟》云："落筆不經意，動乃成蘇韓。"

【箋注】

[1]鄭夾漈：宋鄭樵，見卷一・一六注[8]。韓昌黎：韓愈，見卷一・一三注[1]。兔園册子：唐杜嗣先奉蔣王李惲之命編《兔園策府》，借漢梁孝王"兔園"以名書，纂古今事分爲四十八門，仿應科目策，自設問對，引經史爲訓注，皆對偶駢儷之語。後世遂將通俗淺顯之書統稱爲"兔園册子"。 [2]"文王"四句：出自《大雅・蕩》。咨，感歎聲。汝，你。炰（pāo）烋（xiāo），同咆哮。[3]湯武：指商湯、周武王。分别爲商朝、周朝的建立者。 [4]劉後村：劉克莊（1187—1269），字潛夫，號後村居士。宋興化軍莆田（今屬福建）人。淳祐六年賜同進士出身。官真州録事參軍、潮州通判、工部尚書兼侍講，以焕章閣學士致仕。詩學晚唐，爲江湖派詩重要代表。有《後村先生大全集》。吴恕齋：宋廬山（今屬江西）人，官至兵部侍郎。 [5]理障：佛家語。佛教認

爲邪見能障礙真知見，故曰理障。在古代詩評中，理障即指以概念化的義理障蔽了情思的表達交流。

四　一

爲人不可不辨者，柔之與弱也，剛之與暴也，儉之與嗇也，厚之與昏也[1]，明之與刻也[2]，自重之與自大也，自謙之與自賤也，似是而非；作詩不可不辨者，淡之與枯也[3]，新之與纖也[4]，樸之與拙也，健之與粗也，華之與浮也，清之與薄也[5]，厚重之與笨滯也，縱横之與雜亂也，亦似是而非。差之毫釐，失之千里。

【箋注】

[1] 厚：厚道。昏：昏瞶。　[2] 明：明智。刻：刻薄。　[3] 淡：素淡。枯：枯率。　[4] 新：新穎。纖：纖巧。　[5] 清：清朗。薄：淺薄。

四　二

明季以來，宋學太盛[1]，於是近今之士，競尊漢儒之學，排擊宋儒，幾乎南北皆是矣，豪健者尤争先焉。不知宋儒鑿空，漢儒尤鑿空也。康成臆説，如用麒麟皮作鼓郊天之類[2]，不一而足，其時孔北海、虞仲翔早駁正之[3]。孟子守先王之道[4]，以待後之學者，尚且周室班爵禄之制，其詳不可得而聞，又曰“盡信書，不如無書”，况後人哉？善乎楊用修之詩曰[5]：“三代後無真理學，六經中有僞文章[6]。”

【箋注】

[1] 宋學：主要指宋儒理學，同漢學相對。漢學專重訓詁，宋學以義理爲主，亦稱理學。以周敦頤、程頤、朱熹等爲代表。　[2] 康成：鄭玄，見卷一・四六注 [24]。郊天：古代一種宗教儀式，祭祀天地、日月、四望、山川。　[3] 孔北海：孔融（153—208），字文舉。魯國（今山東曲阜）人。孔子二十世孫。漢末文學家、“建安七子”之一。獻帝時曾任北海相，時稱孔北海。虞仲翔：虞翻（164—233），字仲翔。三國吴會稽餘姚（今屬浙江）人。

任騎都尉。訓注《老子》《論語》《國語》，尤精于《易》，著《易注》。[4]孟子：孟軻（前372—前289），字子輿。戰國時鄒（今山東鄒城）人。嘗至齊、宋、滕、魏等國遊説。爲孔子儒家學説繼承者。後被稱爲亞聖。有《孟子》。[5]楊用修：楊慎（1488—1559），字用修，號升庵。明四川新都人。正德六年進士第一。翰林學士。遣戍雲南永昌衛。有《升庵全集》。[6]三代：夏、商、周三朝。六經：指《詩》《書》《禮》《樂》《易》《春秋》六種典籍。

四　三

後之人未有不學古人而能爲詩者也。然而善學者，得魚忘筌[1]；不善學者，刻舟求劍。

【箋注】

[1]筌：捕魚器，引申指工具、手段。

四　四

韓侂冑伐金而敗[1]，與張魏公之伐金而敗[2]，一也。後人責韓不責張，以韓得罪朱子故耳[3]。然金人葬其首，謚曰忠繆，以其忠於爲國，繆於謀身也。錢辛楣少詹過安陽弔之曰[4]："匆匆函首議和親，昭雪何心及老秦[5]。一局殘棋偏汝著，千秋公論是誰伸？横挑强敵誠非計，欲報先仇豈爲身？一樣北征師挫衄，符離未戮首謀人[6]。"少詹又弔姚廣孝云[7]："空登北郭詩人社，難上西山老佛墳[8]。"

【箋注】

[1]韓侂（tuó）冑（1152—1207）：字節夫。南宋相州安陽（今屬河南）人。寧宗時以外戚執政十三年，曾排斥宰相趙汝愚，貶逐朱熹、彭龜年等大臣。嘉泰年間，見金王朝已衰，力主乘機收復中原。開禧二年，請寧宗下詔北伐，兵敗求和，金人不肯，再次用兵。次年被殺于宫内玉津園。　[2]張魏公：張浚（1097—1164），字德遠。南宋漢州綿竹（今屬四川）人。徽宗時進士。曾任宰相，起用岳飛。秦檜當政時，反對與金和議。重被起用後，封魏國公。孝宗時北伐攻金，兵敗去職。　[3]朱子：朱熹（1130—1200），字元晦，一字

仲晦，號晦庵、遁翁，别稱紫陽、雲谷老人。宋徽州婺源（今屬江西）人。晚年徙居建陽考亭。南宋高宗紹興十八年進士，任同安主簿。落職後，主持白鹿洞、岳麓書院，講學五十餘年。發展程顥、程頤學説，集宋代理學之大成。死後追謚文。有《四書章句集注》《詩集傳》《楚辭集注》《周易本義》《通鑒綱目》《朱子語類》等。 [4] 錢辛楣：錢大昕（1728—1804），字曉徵，一字辛楣，號竹汀。清江蘇嘉定（今屬上海）人。乾隆十九年進士。授編修，歷充鄉會試考官，提督廣東學政，官至少詹事。有《潛研堂文集》《十駕齋養新録》《二十二史考異》等。 [5] 函首：用匣子裝盛人頭，指將韓侂胄頭顱獻給金人。老秦：指秦檜。 [6] 挫衄（nǜ）：挫敗。符離：即張浚北伐時宋軍敗北之地，今屬安徽。 [7] 姚廣孝（1335—1418）：姚道衍，字斯道。明初長洲人。原出家爲僧，後輔佐朱棣起兵，録功第一，拜太子少師，恢復原姓，賜名廣孝。[8] 北郭詩社：元末明初，以高啟爲中心，結社于蘇州北郭的一個詩人群體。姚廣孝爲北郭十友之一，有《逃虚子詩集》。

四　五

唐僧大雅《半截碑》[1]，頌吴大將軍李夫人曰："圓儀替月，潤臉呈花[2]。"邯鄲淳作《孝女曹娥碑》曰[3]："令色孔儀，巧笑倩兮[4]。"頌其德，及其貌，皆涉輕佻，與題不稱。然大旨是仿《碩人》一章[5]。迂儒讀之，必起物議[6]。

【箋注】

[1] 半截碑：即吴文碑，或稱鎮國大將軍吴文碑，唐刻石。俗稱《興福帖》《興福寺半截碑》。僧大雅集晋王羲之行書。開元九年十月立，明萬曆間出土于陝西西安南城壕中，今存西安碑林。 [2] 圓儀：喻道德規範、風度儀表。[3] 邯鄲淳（約 132—221）：一名竺，字子叔。潁川人。東漢桓帝元嘉元年，曾在席上操筆而成《孝女曹娥碑》，被當時的大文學家蔡邕稱爲"絶妙好辭"。獻帝初平年間，客居荆州。後歸曹操，以博學多才而深受器重，成爲曹植文學侍從。曹丕即位，任博士給事中。有《花經》《笑林》。曹娥：東漢會稽上虞（今屬浙江）人。父曹盱不幸在舜江上祭祀潮神時落水而死，曹娥聞知後，晝夜沿江號哭，十七天後便投江尋父。孝行感動鄉里，立廟紀念，改舜江爲曹娥江。 [4] 令色孔儀：儀表容止美麗和悦。 [5]《碩人》：見《詩經・衛風》。[6] 物議：批評的輿論。

四　六

方敏慤公三妹能詩[1]，自畫牡丹，題云："菊瘦蘭貧植謝家[2]，愧無春色繪年華。剩來井底胭脂水[3]，學畫人間富貴花。"公咏清涼山桃花云："傾將一井胭脂水，和就六朝金粉香[4]。"似襲乃妹詩，而風趣轉遜。

敏慤公未遇時，祖、父俱以罪戍塞外。公南北奔走，備極流離。清涼寺僧號中州者[5]，知爲偉人，時周恤之。公贈詩云："須知世上逃名易，只有城中乞食難。"後官制府，爲中州弟子麗雅重建清涼寺，殿宇焕然。余過而有感，亦題詩云："細讀紗籠數首詩[6]，尚書回首憶前期。英雄第一心開事，揮手千金報德時。"蘇州薛皆三進士有句云[7]："人生只有修行好，天下無如吃飯難。"意與方公相似。

【箋注】

[1] 方敏慤（què）：方觀承，見卷一・三〇注[8]。　[2] 謝家：指閨房，用晋代才女謝道韞典。　[3] 胭脂水：泛指調和紅顔料的泉水。　[4] 六朝：見卷一・一三注[8]。　[5] 清涼寺：南京城西清涼山上的一座名刹。中州：海嶽，字中州。清代詩僧，俗家京江（今江蘇鎮江）張氏。遇山藏法嗣。歷主江寧清涼、海鹽金粟、海寧安國諸寺。有《緑蘿庵詩》。　[6] 紗籠：謂以紗蒙覆達官名士壁上題咏的手迹，表示崇敬，見卷一・三〇注[13]。　[7] 薛皆三：薛起鳳（1734—1774），字皆三（一作皆山）、家三，號香聞居士。清江蘇長洲人。有《香聞遺集》。

四　七

虞山王次山先生峻風骨嚴峭，館蔣文肅公家[1]，晚不戒於酒，肆口嫚駡。蔣家人群欲毆之，文肅呵禁。次日，待之如初。先生不自安，辭去。余己未會試，出文恪公門下[2]，聞此説而疑之。後讀先生《哭文肅公》詩云："回首却傷門下士，少時無賴吐車茵[3]。"方知此事信有，愈徵文肅之賢，而先生之不諱過也。先生少所許可，獨譽枚不絶於口。以故，枚雖報罷鴻詞科，而名聲稍起公卿間。惜無所樹立，以酬先生之知。而先生自劾罷都御史彭茶陵[4]，直聲震天下。後竟卧病不起，悲夫！

博陵尹元孚先生[5]，少孤貧，以母教成名。督學江南，好教人讀小學，宗程朱[6]。余時宰江寧，意趣不合。一日，先生騶唱三山街[7]，爲某大將軍家奴所窘，詐稱某王遣來，太守不敢詰，予收縛置獄，先生以此見重。適高相國斌有事來江寧[8]，先生面稱枚云："才如子建，政如子産[9]。"亡何，先生薨。予感知己之恩，將賦挽詩，見次山先生四章，不能再出其右，遂擱筆焉。其警句云："母教成三徙[10]，君恩厚兩朝。"又曰："士幸方知向，天何遽奪公！"

從古文人得功於母教者多，歐蘇其尤著者也[11]。次山題錢修亭《夜紡授經圖》曰[12]："辛勤篝火夜燈明，繞膝書聲和紡聲。手執女工聽句讀，須知慈母是先生。"

【箋注】

[1] 王次山：王峻（1694—1751），字次山，號艮齋。清江蘇常熟人。雍正二年進士，授編修。官御史，有直聲。後主講安定、雲龍、紫陽書院，以古學提倡後進。有《水經廣注》《漢書正誤》《艮齋詩文集》等。蔣文肅：蔣廷錫（1668—1732），字揚孫，號酉君、南沙、西谷。清江蘇常熟人。康熙四十二年進士。歷官至内閣學士、户部尚書兼兵部尚書、文華殿大學士加太子太傅。卒謚文肅。有《青桐集》《秋風集》《片雲集》等。　[2] 文恪公：蔣溥，見卷一・六五注[24]。　[3] 車茵：車上的草墊。《漢書・丙吉傳》："丙吉馭吏嗜酒，數逋蕩，嘗從吉出，醉嘔丞相車上。西曹主吏白，欲斥之，吉曰：'以醉飽之失去士，使此人將復何所容？西曹第忍之，此不過污丞相車茵耳。'"　[4] 彭茶陵：彭維新（1679—1769），字肇周，號餘山。清湖南茶陵人。康熙四十五年進士。授編修，官至協辦大學士、兵部侍郎、左都御史。有《墨香閣集》。　[5] 尹元孚：尹會一（1691—1748），字元孚，號健餘。清直隸博野（今屬河北）人。雍正二年進士。官至吏部侍郎。有《君鑒》《臣鑒》《士鑒》《健餘文集》《健餘詩草》。　[6] 程朱：指首創宋代理學的北宋二程（程顥、程頤）和集大成者南宋朱熹。　[7] 騶唱：駕御車馬的侍從引馬開道的傳呼。

[8] 高斌（1682—1755）：字右文，號東軒，高佳氏。滿洲鑲黄旗人。雍正間累官江寧織造、河道總督。乾隆間歷直隸和兩江總督、吏部尚書、文淵閣大學士。卒謚文定。 [9] 子建：曹植（192—232），字子建。三國魏沛國譙人。曹操第三子。後封陳王。謚思。有《曹子建集》。宋無名氏《釋常談》："謝靈運嘗曰：'天下才有一石，曹子建獨佔八斗，我得一斗，天下共分一斗。'"子産（？—522）：姓公孫，名僑，字子産。春秋時鄭國人。官至鄭國的執政大臣上卿。 [10] 三徙：用孟母三遷典。 [11] 歐蘇：宋代著名文人歐陽修與蘇軾。歐陽修，見卷一・六六注 [9]。蘇軾，見卷一・二五注 [4]。《宋史・歐陽修傳》："歐陽修，字永叔，廬陵人。四歲而孤，母鄭，守節自誓，親誨之學，家貧，至以荻畫地學書。幼敏悟過人，讀書輒成誦。及冠，嶷然有聲。"《宋史・蘇軾傳》："蘇軾，字子瞻，眉州眉山人。生十年，父洵遊學四方，母程氏親授以書，聞古今成敗，輒能語其要。程氏讀東漢《范滂傳》，慨然太息，軾請曰：'軾若爲滂，母許之否乎？'程氏曰：'汝能爲滂，吾顧不能爲滂母邪？'" [12] 錢修亭：錢陳群，見卷一・一一注 [6]。

四八

尹元孚先生任兩淮鹺務時，布衣鮑皋以詩受知[1]。今有《海門集》行世，皆先生爲之提倡。鮑奉陪先生泛海口詩云："蓬萊清切逢仙侣，蛟鱷威棱避顯官[2]。"其相得如此。因憶明大學士劉健好理學，惡人作詩[3]，曰："汝輩作詩，便造到李杜地位，不過一酒徒耳。"嘻！《記》云："不能《詩》，于禮繆[4]。"孔子教人學詩，在《論語》中，至於十一見。而劉公乃爲此言，不如尹公遠矣！

【箋注】

[1] 鹺（cuó）：鹽。鮑皋（1708—1765）：字步江，號海門。清江蘇丹徒人。國子生。乾隆三年舉博學鴻詞，託病不就。有《海門集》《京口文獻録》《筆耕録》。 [2] 威棱：威力、威勢。 [3] 劉健（1433—1526）：字希賢，號晦庵。明河南洛陽人。治理學。天順四年進士。官至禮部尚書兼文淵閣大學士、太子太傅，曾代爲首輔。卒謚文靖。 [4] 繆：通"謬"，錯誤。所引語見《禮記・仲尼燕居第二十八》。

四　九

隨園有對聯云："此地有崇山峻嶺茂林修竹，是能讀三墳五典八索九邱[1]。"故是李侍郎因培所贈[2]，懸之二十餘年。忽一日，岳大將軍鍾琪之子參將名濬者來謁[3]。入門先問此聯有否，現懸何處。予指示之。端睇良久，曰："此後書舍，可有蔚藍天否[4]？"予問："何以知之？"曰："余在四川時，夢先大人引游一園，有此聯額。且曰：'將我交此園主人。'濬驚醒，遍訪川中，無人知者。今來補官江寧，有人談及，故來相訪。"因出將軍行狀二十餘頁，稽首求傳。予讀之，雜亂舛錯，爲編纂七日方成。而岳又調往金川，不復再見矣。今年夏間，偶抄選鮑海門詩二十餘首[5]。其子之鍾適渡江來[6]，余告以選詩之事，問："尊人有餘集否？"鮑不覺泣下，曰："異哉！余今而知夢之有靈也！吾渡江前三日，夢與先人遊隨園，先人與公同修船，以紙補其窗槅。醒而不解。今思之：夫船者，傳也；紙者，詩之所附以傳者也。今公抄選先人之詩，豈不暗相胳合耶？"甚矣！鬼神之好名也[7]！

【箋注】

[1]"此地"聯：上聯出自王羲之《蘭亭序》，下聯出自《左傳》。[2]李因培（1717—1767）：字其才，號鶴峰。清雲南晋寧（今昆明一帶）人。乾隆十年進士。歷官户、禮、兵、刑四部侍郎，湖北、湖南、福建巡撫。有《鶴峰詩鈔》。[3]岳鍾琪（1686—1754）：字東美，號容齋。清四川成都人。康熙五十年由捐納同知改武職，官川陝總督、寧遠大將軍、太子少保、兵部尚書，封威信公。卒謚襄勤。有《薑園》《蛩吟》等。岳濬：岳鍾琪子。乾隆十八年舉人，選知縣，世襲一等輕車都尉，歷任安徽六安、四川遂寧等營參將，署協副將。[4]蔚藍天：室名，隨園中一處名勝，窗皆嵌全藍色玻璃。有詩曰："客來笑且驚，都成盧杞面。"即指此室。[5]鮑海門：鮑皋，見本卷四八注[1]。[6]鮑之鍾（1740—1802）：字論山，號雅堂。清江蘇丹徒人。乾隆三十四年進士。任四庫全書館編校，官至户部郎中。居官以風骨聞，詩有家法。有《論山詩稿》《山海經韻語》。[7]好名：愛好名譽、追求虚名。

五　〇

詩貴翻案：神仙，美稱也，而昔人曰："丈夫生命薄，不幸作神仙。"楊花，飄蕩物也，而昔人云："我比楊花更飄蕩，楊花只有一春忙[1]。"長沙，遠地也，而昔人云："昨夜與君思賈誼，長沙猶在洞庭南[2]。"龍門，高境也，而昔人云："好去長江千萬里，莫教辛苦上龍門[3]。"白雲，閑物也，而昔人云："白雲朝出天際去，若比老僧猶未閑[4]。""修到梅花"，指人也，而方子雲見贈云[5]："梅花也有修來福，着個神仙作主人。"皆所謂更進一層也。

【箋注】

[1]"我比"聯：出自宋石柔《柳花》。[2]"昨夜"二語：出自唐張祜《贈李修源》，一作温飛卿《赴方城》。賈誼（前200—前168）：西漢河南洛陽人。以文才出名，年二十餘，召爲博士，遷太中大夫。數上疏，言時弊，因遭讒被貶爲長沙王太傅，遷梁懷王太傅。世稱賈太傅，又稱賈長沙。有《新書》《賈長沙集》。[3]"好去"聯：出自唐竇鞏《放魚》。[4]"白雲"聯：出自唐陸龜蒙《山中僧》。[5]方子雲：方正澍，見卷一・四五注[6]。所録詩爲《憶隨園梅花並呈主人》："老幹柔枝各報春，鉛華洗盡畫難真。此間花有修來福，住個神仙作主人。""修到梅花"句出宋謝枋得《武夷山中》："十年無夢得還家，獨立青峰野水涯。天地寂寥山雨歇，幾生修得到梅花？"

五　一

苕溪女子姚益鱗，嫁嚴林溪[1]，以夭亡。《送姊之滏溪》云[2]："姊妹花窗下，相依兩意同。拈針五夜火，拜月一襟風[3]。忽逐分飛雁，都爲斷梗蓬。擬將苕水闊，送盡别離衷。"《閏七夕》云："微雲依約接銀河，一月佳期兩度過。倘把重逢歡較昔，翻教添得别愁多。"

【箋注】

[1]苕溪：浙江境内河流，一源于安吉，一源于臨安，至湖州合流，注入太湖。姚益鱗：字竹筠，號綉巖。清浙江烏程人。嚴林溪兆蓀妻。有《吟香樓遺草》。

[2] 浄溪：地名，在江蘇吴江。　[3] 五夜：五更，即天將明時。拜月：一種閨中風俗。

五　二

沈學子有女弟子徐瑛玉[1]，字若冰，崑山人，嫁孔氏。能詩，早亡。與王蘭泉夫人許雲清[2]，及吾鄉方宜照之女芷齋[3]，唱和甚多。和學子《送春》云："春光心事兩蹉跎，愁見飛花檻外過。漫説窮愁詩便好，算來詩不敵愁多。"《病起》云："重開鸞鏡施膏沐，卷上珠簾怯曉風。病起不知秋幾許，飛來黄葉滿庭中。"《七夕》云："銀漢横斜玉漏催，穿針瓜果飣妝臺[4]。一宵要話經年别，那得工夫送巧來？"

【箋注】

[1] 沈學子：沈大成（1700—1771），字學子，號沃田。清江蘇華亭（今屬上海）人。康熙時諸生。有《學福齋詩文集》《近遊詩鈔》。徐瑛玉：一作徐映玉（1728—1762），字若冰，號南樓。清浙江錢塘人。孔青崖妻。有《南樓吟稿》。　[2] 王蘭泉：王昶（1724—1806），字德甫，號蘭泉、述庵。清江蘇青浦人。乾隆十九年進士，官至刑部右侍郎。有《春融堂集》《金石萃編》。許雲清：許玉晨，字雲清。清江蘇華亭人。有《琴畫樓詞》。　[3] 方芷齋：方芳佩（1728—1808），字芷齋，號鳳池、懷蓼。清浙江錢塘人。宜照女、中丞汪新妻。工詩文。有《在璞堂吟稿》。　[4] 飣：指堆放。

五　三

顧東山有女[1]，美而不嫁，好服壞色衣，持念珠，作六時梵語。其母哂之[2]，曰："汝故是優婆夷耶[3]？"女微哂而已[4]。行年三十，操修益堅。父母知其志，爲築即是庵處之，因號即是庵主人。許太夫人題其庵云[5]："上界遭淪謫，人言萼緑華[6]。十年貞不字[7]，一室語無嘩。遣興惟吟絮[8]，逢春欲避花。結庵殊可羡，萱草傍蘭芽[9]。"

【箋注】

[1] 顧東山：生平未詳。 [2] 哂（shěn）：譏笑。 [3] 優婆夷：梵文的音譯，亦譯優婆斯、鄔婆斯迦，意譯近善女、信女、清净女。佛教稱謂，指接受五戒的女居士，亦通稱一切在家的佛教女信徒。 [4] 微哂：微笑。[5] 許太夫人：徐德音（1681—？），字淑則。清浙江錢塘人。漕運總督徐旭齡女、許迎年妻、開封同知許佩璜母。有《淥静軒詩鈔》。太夫人，對官吏之母的敬稱。 [6] 萼緑華：傳説中的女仙。 [7] 不字：不嫁。 [8] 吟絮：同咏絮。南朝宋劉義慶《世説新語·言語》："謝太傅寒雪日内集，與兒女講論文義。俄而雪驟，公欣然曰：'白雪紛紛何所似？'兄子胡兒曰：'撒鹽空中差可擬。'兄女曰：'未若柳絮因風起。'"後以"咏絮"爲稱揚女子能詩善文之典。[9] 萱草：借指母親。蘭芽：此處指女兒。韓愈："瑶環瑜珥，蘭茁其芽。"

五　四

嘉善曹六圃廷棟，少宰蓼懷之孫[1]，隱居不仕，自號慈山居士，自爲壽藏[2]，不下樓者二十年，著作甚富。余愛其晚年佳句，如："廢書只覺心無著，少飲從教睡亦清。""病教揖讓虚文減，老覺婆娑古意多[3]。""詩真豈在分唐宋，語妙何曾露刻雕。"余稱其詩，專主性情。慈山寄札謝云："老人生平苦心，被君一語道破。"屢招余往，而竟不遂其願。卒已八十五矣。

【箋注】

[1] 曹六圃：曹庭棟（1699—1785），字楷人，號六圃，又號慈山。清浙江嘉善人。諸生。有《易準》《婚禮通考》《逸語》《産鶴亭詩集》等。蓼懷：曹鑒倫（1655—1717），字彝士，號蓼懷、忝齋。清浙江嘉善人。康熙十八年進士。少宰：清時吏部侍郎的俗稱。 [2] 壽藏：生時所建的墓壙。 [3] 揖讓：賓主相見的禮儀。虚文：指無意義的禮節。婆娑：盤桓、逍遥。

五　五

余性不飲酒，又不喜唱曲，自惭窶人子[1]，故音律一途，幼而失學。偶讀桐城張文和公《元夕寄弟葯齋》詩云[2]："亦知令節休虚度，其奈疏慵本性何[3]？天與人間清净福，不能飲酒厭聞歌。”公爲大學士文端公之子[4]，一生富貴，而獨缺東山絲竹之好[5]，何耶？豈金星不入命之故耶[6]？余親家徐題客，健庵司寇孫也[7]，五歲能拍板歌。見外祖京江張相國[8]，相國愛之，抱置膝上。乳母在旁誇曰：“官官雖幼，竟能歌曲。”相國怫然曰：“真耶？”曰：“真也！”相國推而擲之，曰：“若果然，兒没出息矣！”兩相國性情相似。後徐竟坎懍[9]，爲人司音樂，以諸生終。《自嘲》云：“文章聲價由來賤，風月因緣到處新。”此語，題客親爲余言。

【箋注】

[1] 窶（jù）人子：貧家子弟。　[2] 張文和：張廷玉，見卷一・一注[12]。[3] 令節：佳節，此指元夕。疏慵：懶散。　[4] 文端公：張英（1637—1708），字敦復，號樂圃。張廷玉父。康熙六年進士。由編修累官文華殿大學士，兼禮部尚書。歷任《國史》《一統志》《淵鑒類函》《平定朔漠方略》總裁官。卒謚文端。有《周易衷論》《篤素堂詩文集》。　[5] 東山絲竹：東晋謝安閒居會稽東山，家有聲樂，馳名一時。後泛指音樂愛好。　[6] 金星：指琴上的金色軫，亦泛指音律。　[7] 徐題客：徐柱臣（1690—？），字題客，號雅宜、艮岑。清江蘇崑山人。晚年寓居揚州。諸生。有《艮岑樂府》《春雨樓集》《雅宜山樵稿》。徐健庵：徐乾學（1631—1694），字原一，號健庵。清江蘇崑山人。康熙九年進士。歷官至刑部尚書。有《通志堂經解》《讀禮通考》《傳是樓書目》《憺園集》等。　[8] 張相國：張玉書（1642—1711），字素存。清江蘇丹徒人。順治十八年進士。官至文華殿大學士兼户部尚書。　[9] 坎懍（kǎn lǎn）：困頓、不得志。

五　六

吾鄉孝廉王介眉，名延年[1]，少嘗夢至一室，秘帖古器，盎然横陳。榻坐一叟，短身白鬚，見客不起，亦不言。又有一人，頎而黑，揖介眉而言曰：“余漢之陳壽也[2]，作《三國志》，黜劉帝魏，實出無心，不料後人以爲口實。”指榻上人曰：“賴彦威先生以《漢晋春秋》正之[3]。汝乃先生之後身，聞方撰《歷代編年紀事》，夙根在此[4]，須勉而成之。”

言訖，手授一卷書，俾題六絶句而寤[5]。寤後僅記二句曰：“慚無漢晋春秋筆，敢道前身是彦威？”後介眉年八十餘，進呈所撰《編年紀事》，賜翰林侍讀。

【箋注】

[1] 王介眉：王延年，字介眉。清浙江錢塘人。雍正舉人。乾隆初，舉鴻博。官翰林院侍講。熟悉史學，增補《通鑒紀事本末》。 [2] 陳壽（233—297）：字承祚。西晋安漢（今四川南充一帶）人。在蜀漢爲觀閣令史。入晋後，歷任著作郎、治書侍御史。著《三國志》。黜劉：貶低蜀主劉備。帝魏：尊奉曹魏爲正統。 [3] 彦威：習鑿齒（317—384），字彦威。東晋襄陽（今屬湖北）人。東晋荆州刺史桓温召爲從事，後遷别駕。著《漢晋春秋》，推蜀爲正統，而貶曹魏爲篡逆，用以諷温。 [4] 夙根：前生的靈根。 [5] 俾（bǐ）：使。寤（wù）：醒。

五　七

同年儲梅夫宗丞[1]，能養生，七十而有嬰兒之色。乾隆庚辰，奉使祭告嶽瀆，宿搜敦郵旅店[2]。是夕，燈花散彩，倏忽變現，噴煙高二三尺，有風霧迴旋。急呼家童觀之，共爲詫異，相戒勿動。夢群仙五六人，招至一所，上書“赤雲岡”三字，呼儲爲雲麾使者。諸仙列坐聯句，有稱海上神翁者首唱，曰：“蓮炬今宵獻瑞芝。”次至五松丈人，續曰：“群仙佳會飄吟髭。”又次至東方青童，曰：“春風欲换楊柳枝。”旁一女仙曰：“此雲麾《過淩河》句也，汝何故竊之？”相與一笑，忽燈花如爆竹聲，驚而醒。

【箋注】

[1] 儲梅夫：儲麟趾（1702—1783），字梅夫，一字履醇。清江南荆溪（今江蘇宜興）人。乾隆四年進士。官至宗人府宗丞。有《雙樹軒集》。 [2] 嶽瀆：五嶽四瀆的省稱。五嶽是東嶽泰山、西嶽華山、南嶽衡山、北嶽恒山、中嶽嵩山。四瀆是長江、黄河、淮河、濟水。搜敦郵：地名。

按：袁枚《子不語》卷十五《儲梅夫府丞是雲麾使者》，與此處所記大同小異。

五　八

蔣苕生太史序玉亭女史之詩曰[1]："《離》象文明[2]，而備位乎中。女子之有文章，蓋自天定之。玉亭名慎容，姓胡，山陰人，嫁馮氏。所天非解此者[3]，遂一旦焚棄之，然其韻語，已流播人間，有《紅鶴山莊詩》行世。其女兄弟采齊、景素，亦皆能詩，俱不得志。玉亭尤鬱鬱，未四旬，歿矣！"其《病中》云："惚惚魂無定，飄飄若夢中。扶行驚地軟，倚卧覺頭空。放眼皆疑霧，聞聲似起風。那堪窗下雨，寂寞一燈紅。"《窺采齊曉妝》云："徘徊明鏡漫凝神，個裏伊誰解效顰[4]？一樹梨花一溪月，隔窗防有斷魂人。"《女郎詞》云："相呼同伴到簾幃，偷看新來客是誰。又恐被人先瞥見，却從紈扇隙中窺。"《殘梅》云："纔發疏林便褪妝，冰姿空對月昏黄。東風只顧吹零雨，那惜枝頭有暗香？"采齊，名慎儀[5]。《早起》云："一番花信五更風，那管春宵夢未終。起傍芳叢頻檢點，夜來曾否損深紅？"《夜眠》云："銀蟾朗徹有餘光[6]，静坐庭軒寄興長。地僻不知更漏永，瞥驚花影過東牆。"《贈苕生》云："沽酒每聞捐玉佩，濟人時復典宫袍。"殊貼切苕生之爲人。余問苕生："玉亭貌可稱其才否？"苕生乃誦其《菩薩蠻》一闋云："人言我瘦形同鶴，朝朝攬鏡渾難覺。但見指尖長，羅衣褪粉香。　若能吟有異，不管腰身細。清減肯如梅，凋零亦是魁。"可想見風調，使人之意也消。

《紅鶴山莊詩》，乃王菊莊孝廉爲之刊行[7]。玉亭作詞謝云："多謝詩人，深蒙才士，不憎戚末堪因倚[8]。吳頭楚尾一相逢[9]，白雲紅鶴傳千里。　南浦悲吟，西窗閑技，居然卷附秋香裏。寸心從此莫言愁，人間已有人知己。"其女思慧，嫁劉侍郎秉恬[10]，亦才女也。《過嶺》云："半嶺梅花成故舊，兩肩書本是行裝。"

【箋注】

[1]蔣苕生：蔣士銓，見卷一・二三注[2]。玉亭：胡慎容（？—1763），字玉亭，號卧雲、紅餘。清直隸大興（今北京）人，原籍浙江山陰（今紹興）。山陰諸生馮烜妻。有《紅鶴山莊詩鈔》。詩人胡天游之妹。胞姊慎淑、從姊慎儀俱能詩。　[2]《離》：《周易》卦名，南方之卦，卦象代表着光明。[3]所天：所依靠的人，指丈夫。　[4]個裏：此中。效颦：西施有心病而愛皺眉，鄰里醜女也摹仿皺眉。此處指誰能理解是真有憂愁還是效颦呢？　[5]胡慎儀：字采齊，號石蘭。清直隸大興人。駱烜妻。有《石蘭詩鈔》。　[6]銀蟾：古代傳説月宫中有蟾蜍，故以此代指明净的月亮。　[7]王菊莊：見卷一・五注[4]。　[8]戚末：雜物、小東西，此自喻其詩作。　[9]吴頭楚尾：泛指長江兩岸，九江至南京一帶，因是春秋時期吴國和楚國的分境，故稱。　[10]思慧：馮思慧，字睿之。清浙江秀水人。馮烜、胡慎容女。劉秉恬繼室。有《綉餘吟》。劉秉恬（1735—1800）：字德引，號竹軒。清山西洪洞（tóng）人。乾隆二十一年舉人。官福建道監察御史、吏部侍郎、雲南總督、兵部侍郎、倉場侍郎。有《竹軒詩稿》。

按：古代文化世族常有一家能詩者，而今天絶無僅有。大約舊詩好寫，新詩難作的緣故。舊詩有一定格式，而新詩全靠新穎獨到的構思。也許還有更值得探討的原因，需要深長思之。

五　九

孔葒谷扶乩[1]，有女仙，自稱袁莒君[2]，名沅，年十五，入蜀王昶宫中[3]，給事花蕊夫人[4]。未進御[5]，而唐兵下蜀，莒君匿民間，被人搜得，將獻之大帥，行次劍閣[6]，投水死，年才十八。今石壁間有垂紅珊瑚樹者，即其槁葬所也[7]。菊莊爲題詩云："劍閣崔巍萬古存，西川宫殿總成塵。可憐殉國磨笄者，不是昭陽寵幸身[8]！"

【箋注】

[1]孔葒（hóng）谷：孔繼涵（1739—1784），字體生、誦孟，號葒谷。清山東曲阜人。孔子六十九世孫。乾隆三十六年進士。官户部主事。有《春秋

氏族譜》《紅櫚書屋集》等。扶乩（jī）：舊時一種祈神顯靈的迷信活動。其法由二人共執一丁字形木架，下端置沙盤上，作法請神降臨附身，于沙上畫出字迹以顯示吉凶。因傳説神降臨時乘鸞，故亦稱“扶鸞”。 [2] 袁茝（zhǐ）君：如上，餘未詳。 [3] 蜀王昶：孟昶（919—965），别名仁贊，字保元。五代時後蜀國君。宋乾德三年宋兵入成都，國亡降宋。被封爲秦國公，卒謚恭孝。[4] 花蕊夫人：見本卷三四注 [1]。 [5] 進御：指爲君王所御幸。 [6] 劍閣：即今四川劍閣縣東北劍門關，地勢險要，爲古代戍守要地。 [7] 槁（gǎo）葬：草草埋葬。 [8] 磨笄（jī）：典出《史記·趙世家》。春秋晋趙襄子殺代王，併代地。趙襄子姐爲代王妻，聞代王死，摩笄自殺。昭陽：漢宫殿名，後泛指后妃所住的宫殿。

六　〇

蘇州楊文叔先生[1]，掌教吾鄉敷文書院，以實學教人。余年十九，即及門焉。後宰江寧，而先生掌教鍾山，又復追隨絳帳[2]。近聞其家式微[3]，詩稿遺失，僅傳《孝陵》二首[4]，云：“鼎湖龍去上升天，弓劍埋藏四百年[5]。金碗玉魚無恙在，不須清淚滴銅仙[6]。”“豎儒瞻拜舊山陵，落日平蕪百感生。欲奏通天臺下表，只憐才謝沈初明[7]。”先生名繩武，康熙癸巳翰林，維斗先生孫也[8]。

【箋注】

[1] 楊文叔：楊繩武（1595—1641），字文叔，號訥庵。清江蘇吴縣人。康熙五十二年進士。官翰林院編修。丁憂歸，不復出。曾掌教浙江敷文書院、江蘇鍾山書院。袁枚曾從受學。通經術，能詩文。有《古柏軒集》《訥庵詩存》《入蜀記》《文章鼻祖》《論文四則》等。 [2] 絳帳：典出《後漢書·馬融傳》：“馬融字季長，扶風茂陵人也。”“常坐高堂，施絳紗帳，前授生徒，後列女樂，弟子以次相傳，鮮有入其室者。”後因以“扶風帳”“絳帳”稱美師長、講席、學舍。 [3] 式微：衰落、衰微。 [4] 孝陵：即明孝陵，是朱元璋的陵墓，位於江蘇省南京紫金山南麓獨龍阜珠峰下。 [5] 鼎湖：上古傳説，黄帝鑄鼎于荆山下，鼎成，有龍垂胡髯下迎黄帝上天，群臣後宫從者七十餘人。後因名其處爲鼎湖。舊時用爲帝王逝去之典，亦用以稱帝王陵墓。杜甫《驪山》：“鼎湖龍去遠，銀海雁飛深。” [6] 銅仙：用漢武帝時所作以手

掌舉盤承露的仙人典。唐李賀《金銅仙人辭漢歌序》:“魏明帝青龍元年八月,詔宫官牽車西取漢孝武捧露盤仙人,欲立置前殿。宫官既拆盤,仙人臨載,乃潸然淚下。” [7]通天臺:漢武帝好神仙,元封二年作甘泉宫通天臺,臺高五十丈,去長安二百里,以候天神。上有承露盤,銅仙人掌玉杯承雲表之露。沈初明:沈炯(503—561),字禮明、初明。吴興武康(今浙江德清)人。南朝梁陳之際文學家。曾撰《經通天臺奏漢武帝表》。 [8]維斗:楊廷樞(1595—1647),字維斗。明末南直隸長洲人。崇禎舉人。復社要員。南京、蘇、常相繼失守,被清兵害于蘆墟泗洲寺。有《古柏軒集》。

六一

江寧方伯永公之子明新[1],字竹岩,性耽風雅。其弟亮,字鐵崖[2],亦聰穎。在江寧時,與余交好,選勝徵歌[3],時時不絶。後永公内用,竹岩留别詩云:“春風幾度坐瓊筵,玉屑霏霏細雨天。盛會忽然成往事,别情無那到尊前[4]。掛帆江上三秋雨,寫恨銀燈五色箋。此後夢魂來不易,琴聲重聽是何年?”鐵崖云:“雁唳空天氣泬寥,驪歌未唱已魂消[5]。兩年師弟情何重,一别關山路正遥。海上瑶琴驚忽斷,岩前叢桂悵難招。離懷此際憑誰説,只可長亭折柳條!”其師嚴翼祖孝廉[6],亦留别四首,末云:“子雲筆札君卿舌[7],到處聽人説感恩。”鐵崖《游河房》云:“水深不覺漁舟過,櫓動先看月影摇。”

【箋注】

[1]永公:姚永泰,字石庵。正白旗漢軍人。雍正三年,以筆帖式保舉知縣。曾任江寧布政使兼織造龍江關税務,後以老入都補盛京佐領,又授泰陵總管内務府大臣。明新:姚明新,字竹岩、春岩。姚永泰子。乾隆三十三年舉人。官泰州伍佑場大使。工詩書。 [2]鐵崖:姚明亮,字鐵崖。姚永泰子。 [3]選勝:尋游名勝之地。徵歌:謂徵招歌伎。 [4]無那:無奈。 [5]泬(xuè)寥:空曠無雲、天高氣清的樣子。驪歌:是“驪駒之歌”的簡稱。《驪駒》是逸詩的篇名,内容是表達離别之意的。後以“驪歌”代稱告别之歌或者書寫别情的詩文。 [6]嚴翼祖:生平未詳。 [7]子雲:谷永(約前70—約前10),本名並,字子雲。西漢京兆長安人。官太常丞、光禄大夫給事中、大司農等。博

學經書，工筆札，善奏記之文。君卿：樓護，字君卿。西漢末人。爲人短小精辯，議論常依名節。二人同爲五侯上客。《漢書·樓護傳》云："長安號曰'谷子雲筆札，樓君卿唇舌'，言其見信用也。"

六　二

咏物詩無寄託，便是兒童猜謎。讀史詩無新義，便成《廿一史彈詞》[1]。雖着議論，無雋永之味，又似史贊一派[2]。俱非詩也。余最愛常州劉大猷《岳墓》云[3]："地下若逢于少保，南朝天子竟生還[4]。"羅兩峰咏始皇云[5]："焚書早種阿房火，收鐵還留博浪椎[6]。"周欽來咏始皇云[7]："蓬萊覓得長生藥，眼見諸侯盡入關。"松江徐氏女咏岳墓云[8]："青山有幸埋忠骨，白鐵無辜鑄佞臣[9]。"皆妙。尤雋者，嚴海珊咏《張魏公》云[10]："傳中功過如何序？爲有南軒下筆難[11]。"冷峭蘊藉，恐朱子在九原，亦當乾笑。

海珊自負咏古爲第一，余讀之果然。《三垂岡》云[12]："英雄立馬起沙陀，奈此朱梁跋扈何[13]？赤手難扶唐社稷[14]，連城猶擁晋山河。風雲帳下奇兒在[15]，鼓角燈前老淚多。蕭瑟三垂岡下路，至今人唱百年歌[16]。"

【箋注】

[1]《廿一史彈詞》：明代楊慎作，作者以正史爲本，用淺近文言編寫唱詞，十字一句，體例與今天的彈詞相近。　[2]史贊：常附於古代史書篇末，藉以總結全篇、臧否人物，體例多爲四言韻語。　[3]劉大猷：字克敬。明江西南昌人。諸生。少孤，事母至孝。工古文詞。明季避兵新吴，尋卒。所著詩文毁於兵，人多惜之。　[4]于少保：于謙（1398—1457），字廷益，號節庵。明浙江錢塘人。永樂十九年進士。官至兵部尚書，加少保。力保京師，抗議南遷。英宗復辟後，因被誣謀逆，冤沉東市。萬曆時謚忠肅。有《于忠肅集》。此詩發出奇想：要是岳飛在地下與于謙相遇，戮力同心，説不定還能救回被金軍俘虜的"南朝天子"也即徽、欽二帝。　[5]羅兩峰：羅聘（1733—1799），字遁夫，號兩峰（一作"雨峰"）、衣雲。清安徽歙縣人，久居揚州。爲揚州八怪之一。工詩，精畫，詩韶婉，不爲畫掩。有《香葉草堂詩鈔》。乾隆四十六年，到南

京賣畫，寄居普濟寺，和袁枚往還甚密，曾爲袁枚畫像。 [6]阿（ē）房（páng）火：阿房，秦朝的宫名。故址在今陝西長安縣西北，秦惠王時開始修築，秦始皇擴建而成。秦亡，被項羽一火焚毁。博浪椎（chuí）：博浪沙，在今河南原陽東南。韓國被秦滅後，韓相後裔張良求客刺秦王，得力士，爲鐵椎重百二十斤，秦始皇東游，良與客狙擊于博浪沙中，誤中副車。 [7]周欽來：周準（1777—1858），字欽來，號虚室、迂村。清江蘇長洲人。諸生。能詩，尤善絶句。有《迂村文鈔》《虚室吟》等。 [8]徐氏女：生平未詳。 [9]"青山"聯：指杭州岳飛墓和墓前鐵鑄的秦檜等四人跪像。 [10]嚴海珊：嚴遂成，見本卷一三注[2]。張魏公：張浚，見本卷四四注[2]。 [11]南軒：張栻（1133—1180），字敬夫、樂齋，號南軒。南宋漢州綿竹（今四川梓潼）人，徙居衡陽。宰相張浚子。以蔭補官。官至吏部侍郎。與朱熹、吕祖謙齊名，時稱"東南三賢"。學者稱南軒先生。有《南軒易説》《南軒集》等。朱熹在《宋故右朝議大夫充徽猷閣待制贈少傅劉公神道碑》裏，曾多次提到友人張栻的父親張浚，褒獎有加，對他在軍事上的失誤略有貶意。所以説"下筆難"。 [12]三垂岡：又名三垂山，在今山西潞城縣西、屯留縣東南。西晋永嘉中王廣、韓柔敗劉聰將喬乘於此。五代梁開平二年，晋王李存勖率軍救援潞州，敗梁軍於此。 [13]英雄：指唐李克用。沙陀人。黄巢起義，李克用率沙陀軍助唐鎮壓，攻入長安，封晋王。沙陀：西突厥的别部，居新疆天山北路。朱梁：後梁太祖朱温。 [14]社稷：國家，此句説李克用無法阻止後梁廢唐自立。 [15]奇兒：指李克用子李存勖。李克用曾在三垂岡置酒誇子，後來李存勖果然在此又擊潰梁軍，最終建立後唐。[16]百年歌：李克用在三垂岡飲酒時曾令伶人奏《百年歌》。此乃唐俗曲，叙人自幼至老境遇。

按：毛澤東憑早年記憶曾手書這首《三垂岡》詩，1976年元旦在《人民日報》發表，後收入《毛澤東手書墨蹟選》。所録字句與《隨園詩話》中的相同。查乾隆十九年版《海珊詩抄》，第三句"赤手"爲"隻手"，第四句"猶擁"爲"且擁"，第七句"岡下"爲"岡畔"。這首詩曾得到多人好評。咏史詩寫到這種程度，自負似無不可。

六三

桐城張葯齋宗伯[1]，三任江南學政，獎擢名流，詩尤清婉。《題三妹澄碧樓》云："小軒近對碧波澄，隔着疏楊喚欲應。最好淡雲微月夜，半簾相望讀書燈。"《寄女》云："香爇洗手調晨膳，書案分燈補舊襦[2]。"《喜若需歸里》云[3]："一匹絹堪憐宦況，五車書足艷歸裝。"余以翰林改官，公向其兄文和公作元相語曰[4]："韓愈可惜！"

【箋注】

[1] 張葯齋：張廷璐（1675—1745），字寶臣，號葯齋。清安徽桐城人。張英子。康熙五十七年殿試一甲二名進士。授編修，官至禮部右、左侍郎。工詩，多按陳規爲詩。有《咏花軒制義》《咏花軒詩集》。 [2] 舊襦（rú）：穿舊的短上衣。 [3] 若需：張若需（1710—1753），字樹彤。清安徽桐城人。張廷璐子。乾隆二年進士。由編修累官左春坊左贊善。長於歌詩。有《見吾軒詩》。[4] 文和公：張廷玉，見卷一・一注[12]。元相：元稹，見卷一・二〇注[11]。《新唐書・韓愈傳》：鎮州亂，殺田弘正而立王廷湊，詔愈宣撫。既行，衆皆危之。元稹言："韓愈可惜。"穆宗亦悔，詔愈度事從宜，無必入。

六　四

崔念陵進士《鄱陽道中》云[1]："斑鳩呼雨兩三處[2]，毛竹編籬四五家。流水聲中行半日，熏風不動晚禾花。"《折柳》云："陌頭楊柳正垂絲，泣雨含風送別離。今日兒心正飄蕩，折枝休折帶花枝。"崔有如此才，而以微罪褫職[3]，漂泊江寧僧舍。當事者欲逐回籍，予力爲護持，久之乃行。

【箋注】

[1] 崔念陵：崔謨，字焕遠，號念陵、灌園。清江西九江湖口人。乾隆七年進士。有《方渠詩鈔》。 [2] 斑鳩：亦作班鳩，一種留鳥。相傳斑鳩鳴則雨。[3] 褫（chǐ）職：奪去職務。

六　五

年家子任進士大椿，詩學選體[1]，獨《了義寺》一首，脱盡齊、梁金粉[2]，詞曰："過塢指歸林，到寺停雙楫。風吹煙穗斜，入户氣騷屑[3]。境僻罕來蹤，日落見殘雪。不識此何人，隔竹聞僧説。"又有句云："抱琴看月去，吹鬢愛風來。"

【箋注】

[1]年家子：科舉時代，凡某科同年登榜的人彼此互稱同年或年家，同輩稱年兄，長輩稱年伯，而對同年的後輩則稱年家子。任大椿（1738—1789）：字幼植，又字子田。清江蘇興化人。乾隆三十四年進士。官禮部主事、監察御史，充《四庫全書》纂修官。有《字林考逸》《小學鈎沉》《子田詩集》等。選體：指南朝梁蕭統《文選》所選詩文的體式風格以及後世仿效這種體式風格的作品。總體上所謂"事出於沉思，義歸乎翰藻"，極講究辭藻華麗、聲律和諧。 [2]齊梁：南北朝時期偏安於南方的兩個王朝。由於政治腐敗，國勢不振，統治時間都很短。金粉：喻指繁華綺麗的生活。亦喻指詩風詞藻浮艷，而内容空泛。 [3]騷屑：凄清愁苦。

六　六

壬申冬，陽羨詩人汪溥落魄金陵[1]。余小有周濟，蒙贈詩云："邂逅得蒙青眼顧，此生今已屬明公[2]。"還家後，寄其弟玉珩《圌山草堂詩》來[3]，有"屋角響松濤，晴日長疑雨"之句。又《柳絮》云："明知綉閣多春思，故傍簾前款款飛。"

【箋注】

[1]壬申：這裏指乾隆十七年（1752）。汪溥：字澤周，號玉田。清江蘇宜興人。諸生。有《玉田山房詩鈔》。落魄：窮困失意。 [2]明公：古代對有名位者之尊稱。又爲官名之代稱。 [3]汪玉珩（1744—？）：字玉珍，號夷畦、朱梅軒。清江蘇宜興人。諸生。有《朱梅軒文鈔》《朱梅舫詩話》。圌（chuí）山：山名，在今江蘇鎮江。

六　七

竹筠女子早卒[1]，自焚詩稿，僅傳其《宫詞》云："中官宣詔按新箏[2]，玉指輕彈别恨聲。恰被東風吹散去，君王乍聽未分明。"高東井題云[3]："叢殘私字叠鴛鴦[4]，零亂殘脂盡斷腸。賴是六丁收不盡，一編擎出返魂香[5]。"

【箋注】

[1]竹筠：姚益鱗，見本卷五一注[1]。 [2]中官：宦官。 [3]高東井：高文照（1737—1775），字潤中，號東井。浙江武康人。乾隆三十九年舉人。一生遊蕩，縱情山水，倜儻不羈。晚年客死都門。有《闌清山房詩録》《七峰草堂詩鈔》《聽雨樓詩集》和阮雲臺、楊蓉裳所編《高東井先生詩選》。[4]叢殘：瑣碎、零亂。私字：《論語·爲政》："退而省其私，亦足以發。"這裏就是"退而省其私"的"私"字。所謂私者，他人所不知而自已獨知者。此爲竹筠女子焚燒詩稿而發。 [5]六丁：民間所敬之神，即丁卯、丁巳、丁未、丁酉、丁亥、丁丑六位陰神，即女神。返魂香：傳説中的一種香。謂點燃後能引導人見其親人亡靈。此處用爲比喻。

六　八

同年邵叔巖太史《玉芝堂四六》一編[1]，直逼齊、梁，詩亦高雅。掌教常州，余泊舟相訪。别後寄七律四章，有句云："興來不覺風吹帽，坐久方知露濕衣[2]。"《北歸》云："終朝濟水隨船尾，盡日淮山在眼中[3]。"

【箋注】

[1]邵叔巖：邵齊燾（1718—1769），字荀慈，號叔宀（mián）、叔寧。清江蘇昭文（今常熟）人。乾隆三年舉人、七年進士。選庶吉士，授編修。居詞館十年，後罷歸，主講于常州龍城書院。與汪中、洪亮吉並稱"駢文三大家"。有《玉芝堂詩文集》。四六：駢文的一體。因以四字六字爲對偶，故名。駢文以四六對偶者，形成於南朝，盛行於唐宋。 [2]此聯見於《玉芝堂詩集》卷下，

題爲“姚功安池上集”。文字略有不同。 [3]濟水：一作泲水。古爲四瀆之一。包括黄河南、北兩部分：河北部分今仍名濟水，源出河南濟源王屋山；河南部分原係黄河所分支派，其分流處在今河南滎陽縣北。淮山：又名第一山、慈氏山。在今江蘇盱眙縣城内。此聯見於《玉芝堂詩集》卷上，題爲“舟過濟寧順流揚帆有頃刻百里之勢喜而有作”。

六　九

曹學士洛禋言[1]：少時過市，買《椒山集》歸[2]。夜閲之，倦，掩卷卧。聞叩門聲，啟視，則同學遲友山也[3]。携手登臺聯句云：“冉冉乘風一望迷，遲 中天煙雨夕陽低。來時衣服多成雪，曹 去後皮毛盡屬泥。但見白雲侵月冷，遲 微聞黄鳥隔花啼。行行不是人間象，手挽蛟龍作杖藜。曹”吟罷，友山别去。學士歸語其妻，妻不答；呼僕，僕不應。復坐北窗，取《椒山集》，掀數頁，回顧，則身卧竹床上。大驚，始知夢也。少頃，友山訃至。

【箋注】

[1]曹洛禋：曹麟書，字洛禋。清安徽當塗人。雍正八年以保舉引見，授國子監助教。乾隆元年召試博學鴻詞，官侍讀學士。有《漁山堂詩文集》《秋蟲語》《萍寓草》《天放集》。 [2]《椒山集》：明朝楊繼盛的詩文集。[3]遲友山：生平未詳。

按：袁枚《子不語》卷十七亦載此則，有不同處。

七　〇

周少司空青原未遇時[1]，夢人召至一處，金字榜云“九天元女之府”[2]。周入拜，見元女霞帔珠冠，南面坐，以手平扶之，曰：“無他相屬，因小女有像，求先生詩。”出一卷，漢魏名人筆墨俱在，淮南王劉安隸書最工[3]，自曹子建以下，稍近鍾王風格[4]。周題五律四首。元女喜，命女出拜。神光照耀，周不敢仰視。女曰：“周先生富貴中人，何以身帶暗疾？我爲君除之，作潤筆資。”解裙帶，授藥一丸。周幼時誤吞鐵針，着腸胃間，時作隱痛。服後霍然。醒來，詩不能記，惟記一聯云：“冰雪消無質，星辰繫滿頭。”

【箋注】

[1] 周青原（？—1707）：亦作周清源，字雅楫，一字浣初，初號且樸，又號蝶園。清江蘇武進人。康熙十八年舉博學鴻詞科，官至工部侍郎。有《雁宕山遊記》《蓉湖集》。司空：清時工部侍郎的别稱。 [2] 九天元女：即九天玄女。傳説中的天上神女，曾授黄帝兵法，以制服蚩尤。爲道教所奉之神。 [3] 劉安（前179—前122）：西漢宗室，襲父爵爲淮南王。善爲文辭，才思敏捷。武帝時，暗整武備，舉兵未成，旋自殺。曾招致賓客方術之士作《鴻烈》，即《淮南子》。 [4] 曹子建：曹植，見本卷四七注[9]。曹植有自書《豐樂碑》墨蹟，半真半隸。鍾王：三國魏書法家鍾繇和晋書法家王羲之的並稱。

七一

尤琛者[1]，長沙人，少年韶秀。過湘溪野廟，見塑紫姑神甚美[2]，題壁云：“藐姑仙子落煙沙，冰作闌干玉作車[3]。若畏夜深風露冷，槿籬茅舍是郎家。”夜有叩門者，啟之，曰：“紫姑神也。讀郎詩，故來相就。”手一物與尤曰：“此名紫絲囊。吾朝玉帝時，織女所賜。佩之，能助人文思。”生自佩後，即登科出宰[4]。女助其爲政，有神明之稱。余按尤詩頗蕴藉，無怪神女之相從也。其始末甚長，載《新齊諧》[5]中。

【箋注】

[1] 尤琛：清湖南長沙人。歷官成都知縣。餘未詳。 [2] 紫姑神：《異苑》：“世有紫姑神，古來相傳云是人家妾，爲大婦所嫉，每以穢事相次役，正月十五日感激而死。故世人以其日作其形，夜於厠間或猪欄邊迎之。”按民間傳説，這應該是勞動婦女的神。 [3] 藐姑仙子：《莊子》：“藐姑射之山，有神人居焉，肌膚若冰雪，綽約若處子。”此指紫姑神。 [4] 出宰：由京城外放出任知縣。 [5]《新齊諧》：袁枚《子不語》書，亦名“新齊諧”。《莊子·逍遥遊》：“齊

諧者，志怪者也。”

按：袁枚《子不語》卷十《紫姑神》一文記述較詳。

七 二

先祖旦釜公有詩一册[1]，皆蠅頭草書。予幼時曾手録之。一行爲吏，屢移眷屬，竟爾遺失。僅記其《咏雪》云：“忽然捲幔如逢月，可惜開窗不見山。”《途中遇雪》云：“四望平林飛鳥絶，一肩行李店房疏。”《鞏縣幕中五十自壽·沁園春》二闋云：“自壽三杯，仰天稽首[2]，屈指徘徊。歎一經糟粕，掛名入泮[3]，八場傀儡[4]，逐隊登臺。漸漸消磨，人生老矣，富貴功名安在哉！休傷感，且搜尋秃管，别作生涯。

傭書事屬吾儕，權混迹藩籬學賣呆[5]。任紆青拖紫[6]，名齊北斗，論黄數白，富比長淮[7]。與我無干，事皆前定，何苦攢眉不放開？與君約，在醉鄉深處，不飲休來。”又云：“自壽三杯，從今客邸，追數年華。憶金燈縱飲，呼盧喝雉[8]，雕鞍馳射，問柳尋花。此興非遥，廿年前事，倏忽皤然老缺牙。憂來處，把唾壺敲缺，羯鼓頻撾[9]。　幾年浪迹天涯，若個是狂夫不憶家。看零丁弟妹，睁睁望我，嬌柔兒女，悄悄呼爺。恨不乘風，飄然歸去，可奈關河道路賒[10]！黄昏後，問有誰伴我，數點寒鴉。”先祖慈溪籍，前明槐眉侍御之孫[11]。槐眉與其父茂英方伯[12]，有《竹江詩集》行世。

【箋注】

[1] 旦釜公：袁錡（1638—1709），字旦釜。袁枚祖父。清初在世。平生遊幕。有詩一册。　[2] 稽首：古時一種跪拜禮，叩頭至地，是九拜中最恭敬者。　[3] 入泮（pàn）：《禮記·王制》：“大學在郊，天子曰辟雍，諸侯曰泮宫。”《詩經·魯頌·泮水》頌魯僖公能修泮宫。後以“泮宫”喻指地方郡縣之學宫，童生初入學爲生員則稱爲“入泮”。　[4] 傀儡：比喻科舉考試不能自主、受人操縱。　[5] 傭書：受雇爲人抄書。亦泛指爲人做筆札工作。吾儕（chái）：我輩、我們。藩籬：籬笆、柵欄。此喻局限範圍。　[6] 紆青拖紫：身上佩帶

青、紫色的印綬。比喻地位顯貴。　[7]論黄數白：惡意攻訐、誹謗批評。或云點數黄金白銀。此處當作後者解。長淮：指淮河。此處比喻坐擁豪富。[8]呼盧喝雉：形容賭博時的呼聲，亦指賭博。　[9]唾壺：小口闊腹的盛痰器皿。晋代王敦酒後往往歌咏魏武帝詩歌，並以如意敲打唾壺以和節拍，造成唾壺邊緣碎缺。羯（jié）鼓：打擊樂器的一種。起源於印度，從西域傳入。狀似小鼓，兩面蒙皮，均可擊打。　[10]賒：遠。　[11]槐眉：袁弘勛，袁枚的五代祖，曾爲崇禎朝侍御史。　[12]茂英：袁茂英（1563—？），袁枚的六代祖。明萬曆十四年進士。官至布政使。

七　三

叔父健磐公遊西粤三十餘年[1]，卒時，香亭弟年纔十歲[2]，以故詩多散失。余歸其喪，搜簏中[3]，僅存見寄五律云："獨向空庭立，詩思入沭陽[4]。才先施簡邑，俸可養高堂[5]。汝豈池中物[6]？吾愁鬢上霜。何時一尊酒，相對話滄桑？""吾生最飄泊，淚迹滿征衣。紫陌春猶在，青年事已非。水寬魚未活，樹密鳥難依。朽骨埋何處？秋原瘴雨飛。"

【箋注】

[1]袁健磐：袁鴻，見卷一・九注[1]。　[2]香亭：袁樹，見卷一・五注[3]。　[3]簏（lù）：竹編的盛器。　[4]沭陽：今屬江蘇，袁枚曾爲此地知縣。[5]簡邑：選任地方官。高堂：指父母。　[6]池中物：比喻蟄居無爲的人。《三國志・吴志・周瑜傳》："劉備以梟雄之姿，而有關羽、張飛熊虎之將……恐蛟龍得雲雨，終非池中物也。"

七　四

尹似村《小園》絶句云[1]："春草自來芟不盡[2]，與花無礙不妨多。"深得司馬温公所云"草非礙足不芟"包容氣象[3]。

【箋注】

[1]尹似村：見本卷三七注[1]。　[2]芟（shān）：刈除。　[3]司馬温公：

司馬光，見本卷一二注[8]。司馬光《邵興宗南園草盛不翦》詩云："謂言彼草木，於我何疏親。於間置取捨，豈得見天真。不若任其然，同受雨露恩。"宋王應麟《困學紀聞》卷二十："司馬公時至獨樂園，危坐讀書堂，嘗云：'草妨步則薙之，木礙冠則芟之，其他任其自然，相與同生天地間，亦各欲遂其生耳。'"

七　五

揚州郭元釪，字于宫，江左十五子之一也[1]。秋闈文卷[2]，偶誤一字，乃挖小孔，補綴書之。收卷官勘以違例，不許入場。于宫作《挖孔》詩云："吾道真成一喟然，仰高未已忽鑽堅[3]。甲午首題"仰之彌高"。似餐脉望三枚字，未補媧皇五色天[4]。眼底金鎞昏待刮，年來玉楮刻將穿[5]。海山伴侣飛騰盡，慚愧偏爲有漏仙[6]。""一鏬虧成抵海寬，功名贏得齒牙寒。世情畢竟吹毛易，筆力須知透背難。混沌畫眉良可已，虚空著楔本無端[7]。些些紕繆無多子[8]，勞動諸君反復看。"又："誰知百步穿楊手，如此誇張洞札工。""身世自憐還自笑，此生相誤只毛錐[9]。"真不愧才人吐屬。

【箋注】

[1] 郭元釪（1674—1722）：字于宫，號雙村。清江蘇江都人。出身鹽商家庭，廣有資産。康熙南巡，以諸生兩次獻詩，皆蒙嘉獎。取入纂修館，與修《佩文韻府》。官中書舍人，改授知縣。有《一鶴庵詩集》《牛鳴雙村集》。江左十五子：宋犖爲蘇州巡撫時，甄别境内能文之士王式丹等十五人，各選詩一卷刻之。名爲"江左十五子詩選"。這個由清初詩壇向清中葉詩壇過渡的詩歌群體由此得名。　[2] 秋闈：明清兩代鄉試例在八月舉行，故稱秋闈。闈，原義宫中之門，因科舉試院内分許多小房間，門户衆多，即稱考場爲闈。[3] 鑽堅：越是深加鑽研，越覺得艱深難通。兼指挖孔。　[4] 脉望：神話傳説中蠹魚所化成的東西。唐段成式《酉陽雜俎續集》卷二"支諾皋"："據仙經曰：蠹魚三食神仙字，則化爲此物，名曰脉望。"媧皇：即女媧氏。傳説煉五色石補天。此處暗寓難補"仰之彌高"之天。　[5] 金鎞（bī）：古代用來治療眼疾的手術用具。以金鎞刮其眼膜。玉楮（chǔ）：玉琢的楮葉，紙的美稱。[6] 有漏：佛教語。指世間一切有煩惱的事物。范成大《題醉道士圖》："朝來兀兀三杯後，且作人間有漏仙。"洪咨夔《會心》："不是非心佛，還疑有

漏仙。”　[7]混沌：古代傳説中央之帝混沌，又稱渾沌，生無七竅，日鑿一竅，七日鑿成而死。《南史·江夏王蕭鋒傳》：“鋒聞歎曰：‘江祏遂復爲混沌畫眉，欲益反弊耳。’”著楔：加木塞。喻故意加害於人。　[8]紕繆：指差錯。無多子：不多、很少。　[9]毛錐：即毛筆。

七　六

余在王孟亭太守處[1]，翻閲舊簏，得劉大山先生手書詩册[2]。賀其祖樓村修撰移居云[3]：“官如蠶受繭絲纏，鬱鬱惟將邸舍遷。家具無多移校易，街坊太遠住堪憐。月逢廟市剛三日，俸算詞林已六年。閉户忍饑都不患，只愁囊乏買書錢。”“碧山堂裏老尚書，二十年前此卜廬。任昉交遊今在否，羊曇涕淚痛何如[4]！頹廊有甓奔饑鼠[5]，廢圃無牆種野蔬。此日君居最相近，教余一到一躊躕。”大山名巖，江浦人，人但知其工作時文，而不知詩才清妙乃爾。所云碧山堂尚書者，即東海徐健庵司寇[6]，領袖名場者也[7]。查浦先生亦有詩云[8]：“分明萬壑歸東海，不到朝宗轉自疑[9]。”可謂善於推尊者矣。

【箋注】

[1]王孟亭：王箴輿（1693—1758），字敬倚，號孟亭。清江南寶應（今屬江蘇）人。康熙五十一年進士。歷官河南陳州知州、衛輝知府，多惠政。後應袁枚邀，寓南京。有《孟亭編年詩》。　[2]劉大山：劉巖（？—1716），原名枝桂，字大山，號無垢。清江蘇江浦（今南京一帶）人。康熙四十二年進士。官編修。以戴名世《南山集》案牽連，隸籍旗下。工詩文，持論有道學氣。有《大山詩集》《拙修齋稿》等。　[3]王樓村：王式丹（1645—1718），字方若，號方石、樓村。清江蘇寶應人。康熙四十二年進士。官翰林院編修，時已暮年。江左十五子之一。有《樓村詩集》。　[4]任昉（460—508）：字彦昇。南朝梁樂安博昌人。歷宋齊梁三朝。官至司徒右長史。曾與蕭衍等同爲竟陵王蕭子良西邸八友。以文才見知，時與沈約詩並稱“任筆沈詩”。羊曇：東晋太山人。謝安甥。安卒，輟樂彌年，行不由西州路。嘗大醉，不覺至州門，悲感不已。誦曹植詩：“生存華屋處，零落歸山丘。”慟哭而去。　[5]甓（pì）：磚。[6]徐健庵：徐乾學，見本卷五五注[7]。　[7]名場：名流會聚之所。　[8]查浦：查嗣瑮（1653—1734），字德尹，號查浦。清浙江海寧人。康熙三十九年進士。

官至翰林院侍講。因其弟文字獄謫戍陝西，死於戍所。有《查浦詩鈔》《查浦輯聞》等。 [9] 朝宗：指朝見帝王，以小水流注大水爲喻。

七 七

蕪湖范兆龍[1]，字荔江。館江寧宰陸蘭村署中[2]，時以詩見示，歸後身亡。記其《雨宿韓家廟》一首云："陰雲蔽空白日冥，疾風滿路驅雷霆。幸接招提投一宿，空廊寂寂飛鼯鼪[3]。齋厨無人煙火熄，佛前幾卷堆殘經。燃燈枯坐雙耳冷，側聽萬斛松濤傾。簷溜須臾聲漸止[4]，門外潺湲猶未已。開軒月露浩盈階，仰看天光净如洗。"

【箋注】

[1] 范兆龍：字仰山，號荔裳。清安徽蕪湖人。以選貢秉鐸蒙城。後應郡司馬高瀛洲聘，教授其署。 [2] 陸蘭村：陸允鎮（1717—？）。清甘肅靈州（今寧夏靈武）人。乾隆二十二年進士。曾任寶應知縣、江寧知縣、衛輝知府。 [3] 招提：佛教寺院的代稱。鼯鼪：鼯，飛鼠；鼪，黄鼠狼。此處並舉，應視爲指能飛的鼠類。 [4] 簷溜：指檐溝流水。

七 八

上虞陳少亭愛童二樹五言[1]，爲《摘句圖》，仿阮亭之摘施愚山也[2]。余尤喜其"早煙山際重，春霧水邊多""看花蜂立帽，問水鷺隨人""晴流鳴斷壑，山影卧空田"數聯。

【箋注】

[1] 陳少亭：生平未詳。童二樹：童鈺（1721—1782），字璞巖、二如，號二樹。清浙江山陰人。少棄舉業，專攻詩古文。卒于邗江。有《竹嘯集》《抱影廬詩鈔》《二樹山人集》等。 [2] 阮亭：王士禛，見卷一・五四注 [1]。施愚山：施閏章（1618—1683），字尚白，號愚山、蠖（huò）齋。清安徽宣城人。順治六年進士，康熙時舉博學鴻詞。任刑部主事、湖西道參議。官至侍讀。詩與宋琬齊名，號"南施北宋"。有《學餘堂詩文集》《矩齋雜記》《蠖齋詩話》等。

隨園詩話箋注　卷三

一

余嘗語人云："才欲其大，志欲其小。才大，則任事有餘；志小，則願無不足。孔北海志大才疏，終於被難[1]。邴曼容爲官不肯過六百石，没齒晏然[2]。"童二樹詩云[3]："所欲不求大，得歡常有餘。"真見道之言。

【箋注】

[1] 孔北海：孔融，見卷二・四二注[3]。孔融曾推薦禰衡給曹操，禰衡大駡曹操，曹操遷怒孔融。後因直諫曹操不可輕伐漢室宗親劉備，終爲曹操所殺。他被難的主要原因在於軍政見解與曹不同。《文心雕龍・詔策》中批評他"文教麗而罕於理，乃治體乖也"，認爲他違背了政治法度。　[2] 邴曼容：邴丹，字曼容。西漢琅琊（今屬山東）人。《漢書・兩龔傳》稱他"養志自修，爲官不肯過六百石，輒自免去"。六百石，指俸禄。没齒：終身、一輩子。晏然：安寧。　[3] 童二樹：童鈺，見卷二・七八注[1]。

二

夫用兵，危事也，而趙括易言之[1]，此其所以敗也。夫詩，難事也，而豁達李老易言之[2]，此其所以陋也。唐子西云[3]："詩初成時，未見可訾處[4]，姑置之，明日取讀，則瑕疵百出，乃反復改正之。隔數日取閱，疵累又出，又改正之。如此數四，方敢示人。"此數言，可謂知其難而深造之者也。然有天機一到，斷不可改者。余《續詩品》有云："知一重非，進一重境；亦有生金，一鑄而定。"

【箋注】

[1]趙括（？—前260）：戰國時趙將。空談其父兵法，留下一個“紙上談兵”的典故。趙國中秦反間計，用趙括代廉頗爲將，兵敗長平，趙軍四十萬被俘坑死。 [2]豁達李老：宋慶曆中，京師有民自號豁達李老，每好吟詩，而詞多鄙俚。事見宋吴處厚《青箱雜記》、宋江少虞《皇朝事實類苑》。 [3]唐子西：唐庚（1070—1120），字子西。宋眉州丹棱（今屬四川）人。哲宗紹聖間進士。官博士。除提舉京畿常平。後貶惠州。有《眉山集》。 [4]訾（zǐ）：指責。

按：此爲經驗之談。有不少詩歌理論家，多爲“紙上談詩”，自己却寫不出一首好詩來。所謂指導實踐的理論，必從實踐中來。

三

《西河詩話》載：曹能始先生《得家信》詩[1]：“騾驚函半損，幸露語平安。”以爲佳句。一客謂：“‘露’字不如‘賸’字之當。大抵‘平安’注函外，損餘曰‘賸’；若内露，不必巧值此字矣[2]。”人以爲敏。余獨謂不然。“賸”字與“半”字不相叫應，函不過半損，則剩者正多，不止“平安”二字。“幸露語平安”，正是偶然觸露，所以羈旅之情，爲之驚喜耳。若曰“不必巧值”，則又何以知其必不巧值耶？

【箋注】

[1]《西河詩話》：毛奇齡著。毛奇齡，見卷二・三六注[4]。曹能始：曹學佺（1574—1647），字能始，號石倉。明福建侯官（今福州）人。萬曆二十三年進士。授户部主事，累遷至廣西右參議。後家居二十年，潛心著書。南明時，破家起義，官至禮部尚書。清兵破閩，入山自縊死。 [2]值：碰上、對着。

按：不須列出條條所謂理由，就憑真正懂詩者的直感，在此“露”字比“賸”字要生動得多。爲詩者的感性，有時比學究的理性合情合理。袁枚的性靈感，必當優越在此。

四

盧雅雨先生與蔣蘿村副憲[1]，同謫塞外。蔣年老，慮不得歸。盧戲作文生祭之。文甚譎詭。尹文端公一日謂余曰[2]："汝見盧《出塞集》乎？"曰："見矣。"曰："汝最愛何詩？"余未答。公曰："汝且勿言，我猜必是《生祭蔣蘿村文》。"余不覺大笑，而首肯者再，喜師弟之印可也。其詞曰："先生之壽，七十有七。先生之壯，如其壯日。先生曠達，不諱其恤[3]。先生有教，乃載之筆。先生書來，示我云云。昔同轉運，與君爲寅[4]。今同謫戍，與君爲鄰。我欲生祭，乞君一言。僕謝不敏[5]，非甘懶惰。詛老咒生，無乃不可！既而思之，公非欺我。辱公之教，奈何弗果！爰卜吉日，乃駕黃驪。羔羊烝炙，酪酥淋漓。乾餱窨酒，載携載隨。造廬展笑，大放厥詞[6]。昔公早達，久食天禄。遭際堯廷，而登憲副。有其志之，非僕所録。僕識公晚，蓋始投荒。過公信宿，示我周行[7]。何以圖報，祝壽而康。今年聞公，報三周歲。憶公語我，軍臺有制。諸弛形徒，考績爲例；瓜代爲常[8]，喜而不寐。何期命宫，磨蝎流連[9]！帝聞臣罪，未聞臣年。草霜風燭，能否再延？有死之心，無生之氣。僕忝同群，敢忘敦慰[10]。言之違心，聽之無味。破涕用奇[11]，於是乎祭。世之祭者，羅鼎列牲。豈無酹奠，誰進一觥？豈無呼告，誰應一聲？禱爾曰誄[12]，莫若及生。我聞設臺，防厄魯特[13]。雪山爲窟，師老難克。鬼能爲厲，殊便殺賊。生不如人，死當報國。我聞西域，佛教常新。恒河沙數，皆不壞身。此去天竺，無間關津。一靈不昧，便入法門。我聞閻羅，即包孝肅[14]。其家廬州，僕曾爲牧。牧不負神，神應電矚。爲問年來，神頗憶不？我聞冥司，分隸城隍[15]。我輩頭銜，頗與相當。定容抗禮，謙尊而光。豈如井底，妄肆蛙張？我聞此地，李陵所竄[16]。苗裔及唐，猶通祖貫。遊子河梁[17]，妙絶詞翰。地下相逢，定非冰炭。我聞歸化，葬古昭君[18]。青冢表表，血食爲神。乃心漢闕，同鄉是親。死如卜宅，請傍佳人。凡諸幻想，謂死有覺。

有覺而死，不改其樂。若本無知，何嫌沙漠？滄桑以來，誰非委壑？公曰信哉，君言慨慷。君浮我白[19]，我奉君觴。飲既盡興，食亦充腸。飲食醉飽，是爲尚饗。”

【箋注】

[1]盧雅雨：盧見曾，見卷二・九注[1]。蔣蘿村：蔣國祥（？—1743），字蘿村。清順天寶坻人，隸漢軍鑲藍旗。浙江布政使蔣毓英子。監生。康熙五十五年任黃州府知府，雍正十二年任長蘆都轉鹽運使司鹽運使。副憲：清代都察院副長官左副都御史的别稱。 [2]尹文端：尹繼善，見卷一・一〇注[3]。 [3]恤：憂慮。 [4]寅：同僚。 [5]不敏：謙詞，猶不才。[6]廬：指簡陋居室。大放厥詞：此謂寫出大量優美的辭章。 [7]信宿：連宿兩夜。周行：至善之道。 [8]瓜代：指官吏任職期滿由他人接替。 [9]命宫：星命術士以本人生時加太陽宫，順數遇卯爲命宫。磨蝎：星宿名，“磨蝎宫”的省稱。舊時迷信星象者，謂生平行事常遭挫折者爲遭逢磨蝎。 [10]忝（tiǎn）：謙詞。敦慰：慰勉。 [11]用奇：指軍事上運用出人意料的策略，此處作比喻。[12]誄：指祈禱文。 [13]厄魯特：清代對西部蒙古的稱呼。 [14]包孝肅：包拯（999—1062），字希仁。廬州合肥（今屬安徽）人。仁宗天聖五年進士。官御史中丞、三司使、樞密副使。卒謚孝肅。斷訟正直，有“閻羅包老”之稱。[15]冥司：陰間的長官。城隍：原指城牆和護城河，此指城池的守護神城隍爺。[16]李陵（？—前74）：字少卿。西漢隴西成紀人。李廣孫。曾率部數敗匈奴，矢盡力竭而降。漢武帝滅其家族。居匈奴二十餘年，病死。 [17]“遊子”句：漢李陵《與蘇武》詩之三：“攜手上河梁，遊子暮何之？”代指蘇李五言贈答詩。 [18]昭君：王嬙，見卷二・三六注[6]。 [19]浮白：指對酒暢飲。

按：此爲詩體祭文，亦莊亦諧，頗見性情。

五

松江曹黄門先生陸夫人[1]，自號秀林山人。歸先生時，年纔十七，奩具旁皆文史也。尤愛《楚詞》，針黹暇[2]，必朗誦之。侍婢私語曰：“夫人所誦，與在家時何異？”先生因贈詩云：“幽意閒情不自知，碧窗吟遍楚人詞。添香侍女聽來慣，笑説書聲似舊時。”因戒夫人曰："卿愛屈子詞，此生不當得意。"已而果亡。先生爲梓其《梯山閣遺稿》。《冬日病起》云："病裏生涯百事賒，一弦一柱譜平沙[3]。彈來却怪人偷聽，閑倚欄杆看雪花。"《寄外》云："煙水迢迢泛木蘭[4]，寒風殘雪怯衣單。客裘自着江邊雨，莫作臨行淚點看。"余聞方問亭宫保[5]，少時亦愛《離騷》，自懺云："愛讀離騷便不祥。"其後功名顯赫。然則黄門先生之言，亦未必盡然與？先生諱一士，官御史。

【箋注】

[1] 曹黄門：曹一士（1678—1736），字諤廷，號濟寰。清江南青浦（今屬上海）人。雍正八年進士。官工科給事中。工詩文，有《四焉齋詩集》。黄門，指在宫禁門内任事者。掌管侍從皇帝、傳達詔命等事。陸夫人：陸鳳池（1680—1711），字秀林，室號梯仙閣。青浦人。閩縣知縣陸祖彬女、曹一士妻。有《梯仙閣集》。 [2] 針黹（zhǐ）：做針綫活。 [3] 賒：遲緩。平沙：古琴曲，即《平沙落雁》。 [4] 木蘭：指船。 [5] 方問亭：方觀承，見卷一・三〇注[8]。宫保：職官名，爲清代太子的老師之一。

六

人或問余以本朝詩誰爲第一，余轉問其人：《三百篇》以何首爲第一？其人不能答。余曉之曰：詩如天生花卉，春蘭秋菊，各有一時之秀，不容人爲軒輊[1]。音律風趣，能動人心目者，即爲佳詩，無所爲第一、第二也。有因其一時偶至而論者，如"不愁明月盡，自有夜珠來"一首，宋居沈上[2]；"文章舊價留鸞掖，桃李新陰在鯉庭[3]"一首，楊汝士壓倒元、白是也[4]。有總其全局而論者，如唐以李、杜、韓、白爲大家，宋以歐、蘇、陸、范爲大家是也[5]。若必專舉一人，以覆蓋一朝，則牡丹爲花王，蘭亦爲王者之香。人於草木，不能評誰爲第一，而况詩乎？

【箋注】

[1] 軒輊：褒貶抑揚。 [2] 宋居沈上：宋之問《奉和晦日幸昆明池應制》結句爲："不愁明月盡，自有夜珠來。"沈佺期《奉和晦日幸昆明池應制》結句爲："微臣凋朽質，羞覩豫章材。"對此同時同題所作二詩歷來有評曰："二詩工力悉敵，惜沈詩末句詞氣已竭。"見宋計敏夫《唐詩紀事》卷三。 [3] 鸞掖：宫庭。指曾作爲中書舍人的楊于陵、楊嗣復父子昔日在宫庭中的文章聲價。桃李：喻新科進士。鯉庭：孔子之子孔鯉受父訓處。《論語·季氏》："鯉趨而過庭。"此指楊于陵父子新昌里第。 [4] 楊汝士（778—？）：字慕巢。唐虢州弘農（今河南靈寶）人。元和四年進士及第，又登博學鴻詞科。累辟使府，官至刑部尚書。此處所引詩句出自《宴楊僕射新昌里第》一詩。《唐摭言》卷三："寶曆年中，楊嗣復相公具慶下繼放兩榜。時先僕射（楊嗣復父楊于陵）自東洛入覲，嗣復率生徒迎於潼關。既而大宴於新昌里第。僕射與所執坐於正寢，公領諸生翼坐於兩序。時元、白俱在，皆賦詩于席上，唯刑部楊汝士侍郎詩後成，元、白覽之失色。" [5] 李、杜、韓、白：李白、杜甫、韓愈、白居易。歐、蘇、陸、范：歐陽修、蘇軾、陸游、范成大。

七

王陽明先生云[1]："人之詩文，先取真意。譬如童子垂髫肅揖，自有佳致；若帶假面傴僂，而裝鬚髯，便令人生憎。"顧寧人與某書云[2]："足下詩文非不佳，奈下筆時，胸中總有一杜一韓放不過去，此詩文之所以不至也。"

【箋注】

[1] 王陽明：王守仁（1472—1529），字伯安。浙江餘姚人。明弘治十二年進士。嘗築室於紹興會稽山陽明洞側，學者稱陽明先生。官至南京兵部尚書。創"致良知"説，集陸九淵以來心學之大成，世稱其學爲"王學"。卒謚文成。有《王文成公全書》。 [2] 顧寧人：顧炎武（1613—1682），初名絳，字寧人。明末清初江南崑山（今屬江蘇）人。明諸生。入清不仕。居亭林鎮，學者稱亭林先生。學問淵博，開清代樸學風氣。有《日知録》《天下郡國利病書》《亭林文集》等。

八

王夢樓侍講云[1]："詩稱家數，猶之官稱衙門也[2]。衙門自以總督爲大，典史爲小。然以總督衙門之擔水夫，比典史衙門之典史，則亦寧爲典史，而不爲擔水夫。何也？典史雖小，尚屬朝廷命官；擔水夫衙門雖尊，與他無涉。今之學杜、韓不成，而矜矜然自以爲大家者，不過總督衙門之擔水夫耳。"葉横山先生云[3]："好摹仿古人者，竊之似，則優孟衣冠[4]；竊之不似，則畫虎類狗[5]。與其假人餘焰[6]，妄自稱尊，孰若甘作偏裨[7]，自領一隊？"

【箋注】

[1] 王夢樓：王文治，見卷二・三〇注[1]。　[2] 家數：流派風格。衙門：官吏辦事機關。　[3] 葉横山：葉燮（1627—1703），字星期，號已畦。江南吴江（今屬江蘇）人。一説浙江嘉善人。康熙九年進士。官寶應知縣，後落職。晚居吴縣之横山，時稱横山先生。有《已畦詩文集》《原詩》等。[4] 竊：謂非其有而取之。優孟衣冠：春秋時楚藝人優孟，滑稽多智，擅長諷諫。楚相孫叔敖死後，其子窮困無依，優孟著敖衣冠，仿其神態見楚莊王。莊王大驚，優孟乃趁機諷諫，使孫叔敖之子得到封地，保有富貴。後用以指登場演戲或假扮古人、模仿他人。　[5] 畫虎類狗：喻仿效失真，反而弄得不倫不類。[6] 假人：憑藉於人。　[7] 偏裨：偏將、副將。

九

東坡近體詩[1]，少蘊釀烹煉之功，故言盡而意亦止，絶無弦外之音、味外之味。阮亭以爲非其所長[2]，後人不可爲法，此言是也。然毛西河詆之太過[3]。或引"春江水暖鴨先知"，以爲是坡詩近體之佳者。西河云："春江水暖，定該鴨知，鵝不知耶？"此言則太鶻突矣[4]。若持此論詩，則《三百篇》句句不是。在河之洲者[5]，斑鳩、鳲鳩皆可在也，何必"雎鳩"耶？止丘隅者[6]，黑鳥、白鳥皆可止也，何必"黄鳥"耶？

【箋注】

[1]東坡：蘇軾，見卷一・二五注[4]。 [2]阮亭：王士禛，見卷一・五四注[1]。 [3]毛西河：毛奇齡，見卷二・三六注[4]。 [4]鶻（hú）突：混亂、不清楚。 [5]在河之洲：《詩經・關雎》："關關雎鳩，在河之洲。" [6]止丘隅：《詩經・綿蠻》："綿蠻黄鳥，止於丘隅。"

一〇

富貴詩有絶妙者。如唐人："偷得微吟斜倚柱，滿衣花露聽宫鶯[1]。"宋人："一院有花春晝永，八荒無事詔書稀[2]。""燭花漸暗人初睡，金鴨無煙却有香[3]。""人散秋千閑掛月，露零蝴蝶冷眠花[4]。""四壁宫花春宴罷，滿床牙笏早朝回[5]。"元人："宫娥不識中書令，問是誰家美少年[6]。""袖中籠得朝天筆，畫日歸來又畫眉[7]。"本朝商寶意云[8]："簾外濃雲天似墨，九華燈下不知寒。""那能更記春明夢[9]，壓鬢濃香侍宴歸。"湯西崖少宰云[10]："樓臺鶯蝶春喧早，歌舞江山月墜遲。"張得天司寇云[11]："願得紅羅千萬匹，漫天匝地綉鴛鴦。"皆絶妙也。誰謂"歡娱之言難工"耶？

【箋注】

[1]"偷得"聯：唐鄭谷《早入諫院二首》第二首詩句。 [2]"一院"聯：宋李昉《禁林春直》詩句。 [3]"燭花"聯：宋秦觀《和王直方夜坐》詩句。《王直方詩話》有評。 [4]"人散"聯：宋張頌詩句。 [5]"四壁"聯：《四庫全書・浙江通志》載："《西園雜記》：楊守陳爲學士，弟守址，從弟守隅、守隨，子茂元、茂仁，皆相繼登進士，同宦於京。好事者作春聯以侈之，云：半壁宫花春宴罷，滿床牙笏早朝回。"楊守陳，明詩文家。 [6]"宫娥"聯：元薩都剌《宫詞》中句。 [7]"袖中"聯：清葉方藹《張編修素存新婚戲贈三絶句》："袖中好帶朝天筆，畫日歸時便畫眉。"畫日：指爲帝王草擬詔令。 [8]商寶意：商盤，見卷一・二七注[7]。 [9]春明：指京都。 [10]湯西崖：湯右曾（1656—1722），字西崖。浙江仁和人。康熙二十七年進士。由編修累官吏部侍郎，兼掌院學士。詩才出衆，與朱彝尊並爲浙派首領。工畫，長於山水，高超灑落。書法工行楷。有《懷清堂集》。 [11]張得天：張照，見卷一・二四注[5]。

一　一

貧士詩有極妙者。如陳古漁[1]："雨昏陋巷燈無焰，風過貧家壁有聲。""偶聞詩累吟懷減，偏到荒年飯量加。"楊思立[2]："家貧留客干妻惱[3]，身病閒遊惹母愁。"朱草衣[4]："床燒夜每借僧榻，糧盡妻常寄母家。"徐蘭圃[5]："可憐最是牽衣女，哭説鄰家午飯香。"皆貧語也。常州趙某云："太窮常恐人防賊，久病都疑犬亦仙。""短氣莫書賒酒券，索逋先長扣門聲[6]。"俱太窮，令人欲笑。

【箋注】

[1] 陳古漁：陳毅，見卷一・五二注[3]。　[2] 楊思立：字近仁、卓溪，號横望山人。清江蘇江寧人。　[3] 干：招惹。　[4] 朱草衣：朱卉（1678—1757），字菱江，號草衣山人。清安徽休寧人，僑居蕪湖，入贅江寧。以教書糊口，晚年依女度日，死葬清凉山。袁枚爲題"清詩人朱草衣之墓"。有《草衣山人集》四卷。　[5] 徐蘭圃：徐善遷，字楚畹，號蘭圃。清浙江海寧人。嘉慶十五年舉人。官天台訓導。有《楚畹詩餘》一卷。　[6] 索逋：催討欠債。長（zhǎng）：多。民國本作"畏"。

一　二

楊花詩最佳者，前輩如查他山云[1]："春如短夢初離影，人在東風正倚闌。"黄石牧云[2]："不宜雨裏宜風裏，未見開時見落時。"嚴遂成云[3]："每到月明成大隱，轉因雲熱得佯狂。"薛生白云[4]："飄泊無端疑白也，輕盈真欲類虞兮[5]。"王菊莊云[6]："不知日暮飛猶急，似愛天晴舞欲狂。"虞東皋云[7]："飄來玉屑緣何軟？看到梅花尚覺肥。"意各不同，皆妙境也。近有人以此命題，燕以均云[8]："小院無端點緑苔，問他來處費疑猜。春原不是一家物，花竟偏能離樹開。質潔未堪污道路，身輕容易上樓臺。隨風似怕兒童捉，纔撲闌干又却回。"蔡元春云[9]："沾裳似爲衣添絮，撲帽應憐鬢有霜。""似我辭家同過客，憐君一去便無歸。"李葜云[10]："偶經墮地時還起，直到爲萍恨始休[11]。"楊芳燦云[12]：“掠水燕迷千點雪，窺窗人隔一重紗。”“願他化作青萍子，傍著鴛鴦過一生。”方正澍云[13]：“春盡不堪垂老別，風停亦解步虛行。”錢履青云[14]：“風便有時來硯北[15]，月明無影度牆東。”

【箋注】

[1]查他山：查慎行（1650—1727），初名嗣璉，字夏重，號查田、他山，晚年號初白老人。清浙江海寧人。康熙四十二年以舉人特賜進士出身，授編修。爲朱彝尊後東南詩壇領袖。有《他山詩鈔》《敬業堂集》《蘇詩補注》《經史正訛》等。 [2]黄石牧：黄之雋（1668—1748），字若木，改石牧，號㾕堂。清安徽休寧人，徙居華亭。康熙六十年進士，官編修，曾提督福建學政。坐事罷官。有《㾕堂集》《香屑集》等。 [3]嚴遂成：見卷二・一三注[2]。[4]薛生白：薛雪，見卷二・一九注[1]。 [5]白也：杜甫《春日憶李白》：“白也詩無敵，飄然思不群。”此處竟把楊花同李白的白及命運聯繫起來。虞兮：項羽《垓下歌》：“虞兮虞兮奈若何。”此處竟把楊花當作舞姿輕盈、命運悲慘的虞姬。 [6]王菊莊：見卷一・五注[4]。 [7]虞東皋：虞景興（1670—？），字東皋。清江蘇金壇人。康熙五十一年進士。官浙江上虞知縣、江蘇吴縣教諭。[8]燕以均：字山南。清江蘇江寧人。諸生。 [9]蔡元春（1727—1814）：字芷衫。清江蘇江寧人。諸生。有《在山堂集》。 [10]李葵：字芬宇，號瘦人。清江蘇上元人。有《瘦人詩詞集》。 [11]爲萍：蘇軾《水龍吟・次韻章質夫楊花》“曉來雨過，遺踪何在，一池萍碎。”自注云：“舊説楊花入水爲浮萍，驗之信然。”宋姚寬《西溪叢語》卷下認爲“東坡謂絮化爲浮萍誤矣”。[12]楊芳燦：見卷一・二八注[17]。 [13]方正澍：見卷一・四五注[6]。[14]錢履青：生平未詳。 [15]硯北：謂几案面南，人坐硯北。指從事著作。

一三

嚴海珊咏《桃花》云[1]：“怪他去後花如許，記得來時路也無？”暗中用典[2]，真乃絶世聰明。

【箋注】

[1]嚴海珊：嚴遂成，見卷二・一三注[2]。 [2]暗中用典：此處前句用宋劉禹錫詩《元和十一年自朗州召至京戲贈看花諸君子》中典，“玄都觀裏桃

千樹，盡是劉郎去後栽。”後句是暗用陶淵明《桃花源記》中典：“太守即遣人隨其往，尋向所志，遂迷，不復得路。”

一　四

最愛周櫟園之論詩曰[1]：“詩以言我之情也，故我欲爲則爲之，我不欲爲則不爲。原未嘗有人勉强之，督責之，而使之必爲詩也。是以《三百篇》稱心而言，不著姓名，無意於詩之傳，並無意于後人傳我之詩。嘻！此其所以爲至與！今之人，欲借此以見博學，競聲名，則誤矣！”

【箋注】

[1]周櫟園：周亮工（1612—1672），字元亮，號櫟園。河南祥符（今河南開封）人。居江寧。明崇禎十三年進士，授監察御史。降清後任户部右侍郎。曾被劾下獄。能詩善文。有《賴古堂集》《因樹屋書影》等。

按：周亮工對這個觀點的提出與袁枚對這個觀點的肯定，應該有振聾發聵的作用。爲詩言我之情，而無意於聲名。這是最高境界，也應是初心。寫詩，既是個人事，又不是個人事。其中有聲名，而不計聲名。説來容易而很難做到。

一　五

英夢堂相公[1]，詩才清絶。作裏河同知，與余遊揚州僧寺云：“蕭寺廊回水一層[2]，闌干閑處有人憑。書生自笑酸寒甚，不看春燈看佛燈。”後三十年，金陵弟子龔元超有一首云[3]：“煙蘿暗處石棱嶒[4]，翠竹玲瓏月作燈。聽是誰家吹玉笛，畫欄清冷夜深憑。”何其風韻之相似也！

【箋注】

[1]英夢堂：英廉（1714—1783），字計六，號夢堂，本姓馮。漢軍鑲黄旗人。雍正十年舉人。由筆帖式授内務府主事。累官内務府大臣、户部侍郎，

特授漢大學士。卒謚文肅。有《夢堂詩稿》。 [2] 蕭寺：唐李肇《唐國史補》卷中："梁武帝造寺，令蕭子雲飛白大書'蕭'字，至今一'蕭'字存焉。"後因稱佛寺爲蕭寺。 [3] 龔元超：字旭開，一字郎仙。清江蘇江寧人。國學生。 [4] 棱（léng）嶒（céng）：形容亂石突兀、重疊。

一六

合肥進士田實發[1]，庚戌會試，夢其母浴小兒于盆，意頗惡之。過黄河，資盡，不能雇車，意闌珊欲返。有驢夫苦勸前行。問夫："何姓？"曰："姓孟。"因憶夢中：兒者，子也；盆者，皿也。或者此行其有益乎？果以是科獲售[2]。咏曉鐘云："雨雲魂夢初驚後，名利心思未動前。"又："鳥立樹梢徐墜果，風來簷隙自翻書。"頗近放翁小品[3]。咏花下鴛鴦云："翠幄紅幬夢未闌[4]，頻傾香露不知寒。除非花上蜂兒落，纔肯抬頭仔細看。"

【箋注】

[1] 田實發（1671—？）：字玉禾，號梅璵。安徽合肥人。雍正八年進士。授知縣，改徐州府教授。有《玉禾山人集》。 [2] 獲售：猶得志。特指科舉考試得中。 [3] 放翁：陸游。見卷一・二〇注[1]。 [4] 幄（wò）幬（chóu）：帷帳。

一七

余嘗謂：詩人者，不失其赤子之心者也。沈石田《落花》詩云[1]："浩劫信於今日盡，癡心疑有别家開。"盧仝云[2]："昨夜醉酒歸，仆倒竟三五。摩挲青莓苔，莫嗔驚著汝。"宋人仿之，云："池昨平添水三尺，失却擣衣平正石。今朝水退石依然，老夫一夜空相憶[3]。"又曰："老僧只恐雲飛去，日午先教掩寺門[4]。"近人陳楚南《題背面美人圖》云[5]："美人背倚玉闌干，惆悵花容一見難。幾度喚他他不轉，癡心欲掉畫圖看。"妙在皆孩子語也。

【箋注】

[1]沈石田：沈周（1427—1509），字啟南，號石田、白石翁。明南直隸長洲人。善畫山水，自成風格。有《石田集》《江南春詞》《石田詩鈔》《石田雜記》等。 [2]盧仝（約795—835）：自號玉川子。唐濟源人，祖籍范陽（今北京一帶）。隱居少室山，後居洛陽，不求仕途，得韓愈厚遇。甘露之變，遇害。詩風奇特，多有憤世嫉俗之作。有《玉川子集》。此處所引，《全唐詩》題爲"村醉"，文字有出入。 [3]"池昨"四句：出宋人葛天民詩《絶句》，文字有不同。 [4]"老僧"聯：出宋僧惟茂詩《住天台山》，文字有出入。《容齋隨筆》所引："四面峰巒翠入雲，一溪流水漱山根。老僧只恐山移去，日午先教掩寺門。"而南宋俞桂《漁溪詩稿》卷二《虎邱》云："寺僧未晚山門閉，不放閑雲一片飛。"此處誤合二詩詞意爲一。 [5]陳楚南：陳浦，字楚南，號藥堂。清安徽休寧人。有《蟬吟集》《藥堂詩鈔》，存詩一千首有餘。

按：詩心在一定程度上爲童心。癡心即真心。在常人看來是虛語，其實爲真趣。把青莓苔當作人、由擣衣石而及擣衣人、怕雲飛去而掩寺門，皆爲癡情癡語。

一　八

詩有認假爲真而妙者。唐人《宿華山》云："危欄倚遍都無寐，猶恐星河墜入樓[1]。"宋人《咏梅花帳》云："呼童細掃瀟湘簟，猶恐殘花落枕旁[2]。"有認真爲假而妙者。宋人《雪中觀妓》云："恰似春風三月半，楊花飛處牡丹開[3]。"元人《美人梳頭》云："紅雪忽生池上影，烏雲半捲鏡中天[4]。"

【箋注】

[1]"危欄"聯：唐吴融詩《秋夕樓居》中句。 [2]"呼童"聯：未詳何人詩。 [3]"恰似"聯：宋曹組母王氏《樓上望妓行雪中》中句，一作元薩都剌《雪中妃子圖》中句。 [4]"紅雪"聯：元楊維楨詩《金盆沐髮》："翠雨亂跳花底月，黑雲半捲鏡中天。"

按：第一聯詩爲最好，確是以假爲真而妙。其中有神秘感，只能意會而得到。第二例有點牽强，後二聯不過是比喻。

一　九

黄梨洲先生云[1]："詩人萃天地之清氣，以月露、風雲、花鳥爲其性情。月露、風雲、花鳥之在天地間，俄頃滅没；惟詩人能結之於不散。"先生不以詩見長，而言之有味。

【箋注】

[1]黄梨洲：黄宗羲（1610—1695），字太沖，號南雷、梨洲先生。明末清初浙江餘姚人。通百家，精史學。有《明儒學案》《明夷待訪録》《宋元學案》等。

按：詩人可以使瞬間成爲永恒，這個瞬間，或是具有典型性、代表性的特殊瞬間，詩人遇到了並關注了；或是尋常的瞬間，詩人却有了不尋常的發現。

二　〇

江州進士崔念陵室許宜媖[1]，七歲《玩月》云："一種月團圞，照愁復照歡。歡愁兩不着，清影上闌干。"其父歎曰："是兒清貴，惜福薄耳！"宜媖不得于姑，自縊死。其《春懷》云："無窮事業了裙釵，不律閑拈小遣懷。按曲填詞調玉笛，摘詩編譜入牙牌[2]。淒凉夜雨謀生拙，零落春風信命乖。門外艷陽知幾許，兼花雜柳鳥喈喈。"《寄外》云："花缸對月相憐夜，恐是前身隔世人。"進士已早知其不祥，解環後，顏色如生。進士哭之云："雙鬟雙綰嬌模樣，翻悔從前領略疏。"崔需次京師，又聘女鸞媖爲妾。崔故貧士，歸來省親，媖之養父强售之於某千户，媖不從，詭呼千户爲爺，而訴以原定崔郎之故。千户義之，不奪其志，仍以歸崔。媖生時，母夢鳳集於庭。崔贈云："柳如舊皺眉，花比新啼頰。挑燈風雨窗，往事從頭説。"

崔有《灌園餘事》一集，載宜媖事甚詳。陳淑蘭女子閲之[3]，賦詩責崔云："可惜江州進士家，灌園難護一枝花。若能才子情如海，争得佳人一念差？""自説從前領略疏，阿誰牽繞好工夫？宜媖此後心宜淡，莫再人間挽鹿車[4]。"嗚呼！淑蘭吟此詩後十餘年，亦縊死，可哀也！然宜媖死于怨姑，淑蘭死於殉夫，有泰山、鴻毛之别矣。

【箋注】

[1] 崔念陵：崔謨，見卷二・六四注[1]。許宜媖：許權（？—1736），字宜瑛（一作媖）。清江西德化（今九江）人。工刺綉。能詩善畫。有《閨中小草》《問花樓詩集》。 [2] 牙牌：一種競技遊藝。用牙骨或竹木做成。此指把詩詞刻在牙牌上行令。 [3] 陳淑蘭：字蕙卿，號化鳳。清江蘇江寧人。嫁秀才鄧英堂。工詩善畫。隨園女弟子之一。有《化鳳軒詩稿》。其夫英堂無故自沉于水，淑蘭殉夫自縊。 [4] 挽鹿車：鹿車，古代一種小車。《後漢書・鮑宣妻傳》："妻乃悉歸侍御服飾，更著短布裳，與宣共挽鹿車歸鄉里。"後用共挽鹿車喻夫婦同心，安於清貧。

按：由此可見古代婦女的悲慘命運，袁枚給予同情，應該肯定，但這種同情是有限的，説有泰山鴻毛之别，仍是封建士大夫的一種腐朽觀念。

二　一

常寧歐永孝序江賓谷之詩曰[1]："《三百篇》，《頌》不如《雅》，《雅》不如《風》。何也？《雅》《頌》，人籟也，地籟也[2]，多后王、君公、大夫修飾之詞。至十五《國風》，則皆勞人、思婦、静女、狡童矢口而成者也[3]。《尚書》曰：'詩言志。'《史記》曰：'詩以達意。'若《國風》者，真可謂之言志而能達矣。"賓谷自序其詩曰："予非存予之詩也，譬之面然，予雖不能如城北徐公之面美[4]，然予寧無面乎？何必作窺觀焉[5]？"

【箋注】

[1] 歐永孝：此誤。應爲段永孝（1712—？），字之原，號小蝶。清湖南常寧人。著有《學庸講旨》。江賓谷：江昱（1706—1775），字賓谷，一字松泉。清江蘇甘泉（今揚州）人。乾隆時廩生。有《尚書私學》《瀟湘聽雨録》《清泉志》《松泉詩集》《梅鶴詞》等。 [2] 人籟：指人力精工製作的作品。地籟：原指風吹大地的孔穴而發出的聲響，此處喻指人力修飾還比較自然的作品。 [3] 狡童：姣美的少年。矢口：隨口。 [4] 城北徐公：徐公，相傳爲戰國時齊國的美男子。齊鄒忌一表人才，但自覺不如城北的徐公美，而他的妻妾朋友都説他美，他悟出一個道理，以此諷諫齊王，齊國因而大治。後遂以"城北徐公"爲美男子的代稱。 [5] 窺觀：從狹縫中看。謂所見狹小。

二 二

吾鄉吴修撰鴻[1]督學湖南。壬午科，湖南主試者爲嘉定錢公辛楣、陝西王公偉人[2]。諸生出闈後[3]，各以闈卷呈吴。吴所最賞者，爲丁甡、丁正心、張德安、石鴻翥、陳聖清五人[4]，曰："此五卷不售[5]，吾此後不復論文矣。"榜發日，吴招客共飲，使人走探。俄而抄榜來，自第六名至末，只陳聖清一人。吴旁皇莫釋[6]。未幾，五魁報至，則四生已各冠其經[7]，如聯珠然。吴大喜過望。一時省下傳爲佳話。先是，陳太常兆崙在都中[8]，以書賀吴云："今科楚南得人必盛。"蓋預知吴、錢、王三公之能知文，能拔士也。吴首唱一詩，云："天鼓喧傳昨夜聲，大宫小徵盡含鳴[9]。當頭玉筍排班出，入眼珠光照乘明[10]。喜極轉添知己淚，望深還慰樹人情。文昌此日欣連曜[11]，誰向西風訴不平？"一時和者三十餘人。後甲辰三月，余遊匡廬，遇丁君宰星子，爲雇夫役，作主人，相與序述前事，彼此慨然。且曰："正心管領廬山七年，來遊者先生一人耳。"

【箋注】

[1] 吴鴻（1725—1763）：字頡雲，號雲巖。清浙江仁和人。乾隆十六年狀元及第。授修撰。歷官侍講及湖南、廣東學政。有《吴雲巖稿》。 [2] 錢

辛楣：錢大昕，見卷二・四四注[4]。王偉人：王傑(1725—1805)，字偉人，一字惺園。清陝西韓城人。乾隆二十六年進士。授翰林院修撰，官至東閣大學士，總理禮部。有《葆淳閣賦頌》《賡揚集》《芸閣賦詩》《惺園易説》等。[3]出闈：出考場。科考時代稱考場爲闈。　[4]丁甡：字鹿友。清湖南清泉(今衡南)人。乾隆二十七年鄉試解元。任福建平和知縣。有《清沙吟草》一卷。丁正心：清湖南清泉人。乾隆二十七年舉人。任江西星子知縣。張德安：字幼敦。清湖南華容人。乾隆四十三年進士。任福建浦城知縣。著《居易堂詩》。石鴻翥：清湖南湘潭人。舉人。官刑部郎中。陳聖清：清湖南常寧人。舉人。官漢陽教授。　[5]不售：指考試不中。　[6]旁皇：同“彷徨”，因内心不安而徘徊不定貌。　[7]五魁：科舉鄉試中的前五名。分五經取士，每經第一名爲經魁。[8]陳兆崙：見卷一・五〇注[1]。太常：專掌祭祀禮樂之官。　[9]大宫小徵(zhǐ)：宫、徵爲五音中的二音，代指中國五聲音階及一切音樂。　[10]玉筍：典出《新唐書・李宗閔傳》。李宗閔典貢舉，所取多知名之士，世謂之“玉筍”。喻才士衆多，如筍林立。照乘：照乘珠，光亮能照明車輛的寶珠。　[11]文昌：文曲星。相傳文曲星主文才，喻有文才的人士。

二　三

錢香樹先生爲侍讀時出都[1]，泊濟寧，立船頭爲霜所滑，失足入水，家人救以篙，得不死。笑謂賓客曰：“吾聞墜水死者，必有鬼物憑之。倘昨夜遇李太白，便把臂去矣！”明日過李白樓[2]，題云：“昨夜未曾逢李白，今朝乘興一登樓。樓中人已騎鯨去[3]，樓影當空占上游。”

【箋注】

[1]錢香樹：錢陳群，見卷一・一一注[6]。　[2]李白樓：指今山東濟寧市舊城上的太白樓。傳説李白過采石磯(在安徽境内)，因醉入水捉月而死。故移用此典。　[3]騎鯨：杜甫《送孔巢父謝病歸遊江東兼呈李白》：“若逢李白騎鯨魚，道甫問訊今何如？”貫休《觀李翰林真二首》：“宜哉杜工部，不錯道騎鯨。”

二　四

予在轉運盧雅雨席上[1]，見有上詩者，盧不喜，余爲解曰：“此應酬詩，故不能佳。”盧曰：“君誤矣！古大家韓、杜、歐、蘇集中[2]，强半應酬詩也。誰謂應酬詩不能工耶？”予深然其說。後見粤西學使許竹人先生自序其《越吟》云[3]：“詩家以不登應酬作爲高。余曰：不然。《三百篇》行役之外，贈答半焉。逮自河梁[4]，洎李、杜、王、孟[5]，無集無之。己實不工，體于何有？萬里之外，交生情，情生文；存其文，思其事，見其人，又可棄乎？今而可棄，昔可無贈，毋寧以不工規我！”

【箋注】

[1] 盧雅雨：盧見曾，見卷二・九注[1]。 [2] 韓、杜、歐、蘇：韓愈、杜甫、歐陽修、蘇軾。 [3] 許竹人：許道基（1707—1767），初名開基，字勖宗，號竹人、霍齋。清浙江海寧人。雍正八年進士。官户部郎中、廣西學政。有《明志軒詩文集》《許氏四吟》。 [4] 河梁：河上橋梁。古人借指送别之地。李陵《與蘇武》詩之三：“携手上河梁，遊子暮何之。”此處代指漢朝李陵與蘇武的泣别贈答詩。洎（jì）：及、到。 [5] 李、杜、王、孟：李白、杜甫、王維、孟浩然。

二五

比來閨秀能詩者，以許太夫人爲第一[1]。其長嗣佩璜，與余同徵鴻博[2]。讀太夫人《緑净軒自壽》云：“自分青裙終老婦，濫叨紫綍拜鄉君[3]。”《元旦》云：“剩有濕薪同爆竹，也將紅紙寫宜春[4]。”《喜雨》云：“慭期休割乖龍耳，破塊粗安野老心[5]。不獨清凉宜翠簟，可知點滴盡黄金。”皆佳句也。夫人爲徐清獻公季女[6]，名德音，字淑則。王太倉相公掞出清獻之門[7]，其視學浙江也，遣人告墓。夫人有句云：“魚菽薦羹惟弱女，松楸酹酒屬門人。”

【箋注】

[1] 許太夫人：徐德音，見卷二・五三注[5]。 [2] 許佩璜：字渭符，號雙渠。清江蘇江都人。許迎年子。監生。官衛輝同知。乾隆元年薦舉博學鴻詞，旋升知府。有《抱山吟》。 [3] 紫綍（fú）：帝王詔書。鄉君：婦人封號名。

《舊唐書·職官志二》："勛官四品有封，母妻爲鄉君。其母邑號，皆加太字，各視其夫、子之品。"清代唯入八分鎮國公、輔國公女格格及貝勒側室所生女爲鄉君。　[4]宜春：舊俗在立春日用來祝賀新春，上有"宜春"二字的帖子。[5]愆（qiān）期：誤期。乖龍：傳説中的孽龍，苦於行雨，多方竄匿。破塊：謂雨水沾溉農田。　[6]徐清獻：徐旭齡（1630—1687），字元文，號敬庵。清浙江錢塘人。順治十二年進士。官刑部主事、禮部郎中、湖廣道御史、漕運總督。卒謚清獻。　[7]王太倉：王掞（1645—1728），字藻如、藻儒，號顓菴。清江蘇太倉人。康熙九年進士。授編修。官至文淵閣大學士兼禮部尚書。

二　六

尹望山制府在途中寄鄂夫人詩云[1]："正因被冷想裝綿，又接音書短榻前。暖閣遥思春雪冷，長途更犯曉冰堅。不言家事知予苦，頻寄征衣賴汝賢。依舊疏狂應笑否？偷閒時復聳吟肩[2]。"夫人爲鄂文端公之從女[3]，賢淑能詩。常侍尹、鄂兩公小飲。鄂公老矣，向尹公云："閣務殷繁，何日得抽身是好？"夫人正色曰："女聞聖人云'事君能致其身[4]'，其次則明哲保身[5]，未聞有抽身之説。"公爲莞然。

【箋注】

[1]尹望山：尹繼善，見卷一·一〇注[3]。　[2]吟肩：詩人的肩膀。因吟詩時聳動肩膀，故云。　[3]鄂文端：鄂爾泰，見卷一·一注[7]。從女：侄女。[4]"事君"句：《論語》中子夏語。意謂服侍君主能有獻身精神。　[5]明哲保身：此指明智的人不參與可能給自己帶來危險的事。

二　七

遼東三老者：戴亨，字遂堂[1]；陳景元，字石間[2]；馬大鉢，字雷溪[3]。三人皆布衣不仕，詩宗漢、魏，字學二王，不與人世交接，來往者李鐵君一人而已[4]。戴詩不傳[5]。陳有《崇兆寺》詩云："世外招提境[6]，浮生寄一時。鈴聲吟殿角，澗影落松枝。鳥語留歸念，山僧笑索詩。東方明月上，若遇此心期。"馬《聞西師振旅寄寧遠大將軍》云："雪飄組練歸榆海，花滿弓刀入玉關[7]。”《偶成》云：“曬藥偶然來竹外，修琴不復到人間。”石閭弟景鍾，字橘洲[8]，有《夜闌曲》云：“春夜頻傾金叵羅，胡姬按板對筵歌。低徊笑語牽紅袖，如此風光可奈何！”明七子論詩，蔽于古而不知今，有拘墟皮傅之見[9]。遼東三老，亦復似之。鐵君作《尚史》，專搜三代以上事，而竟不知本朝有馬驌之《繹史》[10]，亦囿於聞見之一端。然近今士人，先攻時文，通籍後始學爲詩[11]，大概從宋元入手，俗所稱“半路上出家”是也。源流不清，又不若三家之力争上乘矣。

鐵君名鍇，父爲總督，而能隱居不仕，自稱廌青山人，有《蜨螟齋集》行世。録其《梅花》云：“衆木正如夢，一枝方自春。遂令江水上，真見獨醒人。”《咏月》云：“清絶自成照，何曾掛樹生？有時通夜白，一片得秋明。遠水若相接，浮雲或並行。年年圓便缺，誰悟善持盈？”

【箋注】

[1]戴亨（1690—1758）：字通乾，號遂堂。清遼東瀋陽（今屬遼寧）人，原籍浙江錢塘。康熙六十年進士。官山東齊河知縣。有《慶芝堂詩集》。 [2]陳景元（1695—？）：字子文，號石閭。清遼東海城（今屬遼寧）人，隸漢軍鑲紅旗。耻言名利，以布衣終老其生。有《石閭詩稿》。 [3]馬大鉢：馬長海（1678—1744），姓哈達納喇，字匯川，號清癡，别號馬山人、馬大鉢。清滿洲鑲白旗人。鎮安將軍馬期之子。以布衣終生。有《雷溪草堂詩》。[4]李鐵君：李鍇（1686—1755），字鐵君，一字眉山，號廌青。清漢軍正黄旗籍，遼東鐵嶺（今屬遼寧）人。朝鮮族。生於四川。湖廣總督輝祖子，大學士索額圖之婿。有《睫巢詩文集》《春秋通義》《含中集》等。 [5]戴詩不傳：此説不確。其詩集今存復旦大學圖書館、南京圖書館。 [6]招提：梵語。其義爲“四方”。亦爲寺院的别稱。 [7]榆海：今洱海古稱葉榆海。玉關：即玉門關。在今甘肅敦煌縣西北，古代是通西域的要道。 [8]陳景鍾：多作陳景中，字橘洲。清遼東海城（今屬遼寧）人。 [9]明七子：見卷一・三注[3]。拘墟：孤處一隅，見聞狹隘。語本《莊子・秋水》：“井鼃（wā）不可語於海者，拘於虚也。”皮傅：見解膚淺、牽强附會。 [10]馬驌（1621—1673）：榜名馬綉，字宛斯、驄卿。清山東鄒平人。順治十六年成進士。康熙間，官淮安

推官，改靈璧知縣。《繹史》成書於康熙九年。 [11]時文：八股文的别名。通籍：進士初及第。

按：遼東三老：一作李鐵君、陳石閭、戴通乾，無馬長海。參見《慶芝堂詩集》序和跋。馬長海是"遼東四詩人"之一。

二 八

康熙初，吴兆騫漢槎謫戍寧古塔[1]。其友顧貞觀華峰館于納蘭太傅家[2]，寄吴《金縷曲》云："季子平安否？……諒絶塞、苦寒難受。廿載包胥曾一諾，盼烏頭馬角終相救。置此札，兄懷袖。""詞賦從今須少作，留取心魂相守。……歸日急翻行戍稿，把空名料理傳身後。言不盡，觀頓首。"太傅之子成容若見之[3]，泣曰："河梁生别之詩、山陽死友之傳，得此而三[4]。此事三千六百日中，我當以身任之。"華峰曰："人壽幾何？公子乃以十載爲期耶？"太傅聞之，竟爲地道[5]，而漢槎生入玉門關矣。顧生名忠者[6]，咏其事云："金蘭倘使無良友，關塞終當老健兒。"一説：華峰之救吴季子也，太傅方宴客，手巨觥，謂曰："若飲滿，爲救漢槎。"華峰素不飲，至是一吸而盡。太傅笑曰："余直戲耳！即不飲，余豈遂不救漢槎耶？雖然，何其壯也！"嗚呼！公子能文，良朋愛友，太傅憐才，真一時佳話。余常謂：漢槎之《秋笳集》，與陳卧子之《黄門集》[7]，俱能原本七子，而自出精神者。

【箋注】

[1]吴兆騫（1631—1684）：字漢槎，號季子。清江南吴江（今屬江蘇）人。順治十四年舉人。以科場案遣戍寧古塔（今黑龍江寧安）二十餘年。得友人顧貞觀爲之求援于納蘭性德、徐乾學，經性德之父明珠活動，於康熙二十年被允納資贖回。有《秋笳集》八卷。 [2]顧貞觀（1637—1714）：初名華文，字華峰，號梁汾。清江南無錫（今屬江蘇）人。康熙十一年舉人。官内閣中書。著有《纑堂集》《積書巖集》《彈指詞》等。納蘭太傅：納蘭明珠（1635—1708），字端範。滿洲正黄旗人。康熙年間重臣，官至吏部尚書，授武英殿

大學士。晚年遭彈劾失勢。 [3]成容若：納蘭性德（1655—1685），原名成德，字容若，號楞伽山人。納蘭明珠長子。康熙十五年進士。官至一等侍衛。有《通志堂集》《淥水亭雜識》《側帽詞》《飲水詞》等。 [4]河梁：指漢李陵與蘇武泣別贈詩，參本卷二四注[4]。山陽：今河南焦作一帶。晋向秀曾于此寫悼念亡友嵇康的《思舊賦》，爲抒寫友情的絶唱。 [5]地道：打招呼，爲之開通道路，使有安全之地。 [6]顧忠：字友京，號秋圃。清江蘇無錫人。諸生。有《秋圃詩鈔》。 [7]陳卧子（1608—1647）：陳子龍，字卧子，號大樽。明末松江華亭（今屬上海）人。崇禎進士。抗清被捕，投水而死。文學主張承後七子傳統。有《陳忠裕公全集》。

二　九

阮亭《池北偶談》笑元、白作詩[1]，未窺盛唐門户。此論甚謬。桑弢父譏之云[2]：“大辨才從覺悟餘，香山居士老文殊。漁洋老眼披金屑，失却光明大寶珠。”余按：元、白在唐朝所以能獨竪一幟者，正爲其不襲盛唐窠臼也。阮亭之意，必欲其描頭畫角若明七子，而後謂之窺盛唐乎？要知唐之李、杜、韓、白，俱非阮亭所喜，因其名太高，未便詆毁，於少陵亦時有微詞，况元、白乎？阮亭主修飾，不主性情。觀其到一處必有詩，詩中必用典，可以想見其喜怒哀樂之不真矣。或問：“宋荔裳有‘絶代消魂王阮亭’之説[3]，其果然否？”余應之曰：“阮亭先生非女郎，立言當使人敬，使人感且興，不必使人消魂也。然即以消魂論，阮亭之色，亦並非天仙化人，使人心驚者也。不過一良家女，五官端正，吐屬清雅；又能加宫中之膏沐，熏海外之名香，傾動一時，原不爲過。其修詞琢句，大概捃摭於大曆十子[4]，宋、元名家，取彼碎金，成我風格，恰不沾沾于盛唐，蹈七子習氣，在本朝自當算一家數。奈歸愚、子遜奉若斗山[5]，璵沙、心餘棄若芻狗[6]：余以爲皆過也。”

【箋注】

[1]阮亭：王士禛，見卷一・五四注[1]。 [2]桑弢父：桑調元（1695—1771），字伊佐，號弢甫。清浙江錢塘人。雍正十一年進士。官工部主事。

有《弢甫詩集》《弢甫文集》《弢甫五嶽詩集》。 [3]宋荔裳：宋琬（1614—1674），字玉叔，號荔裳。清山東萊陽人。順治四年進士。歷官户部郎中、隴右道僉事、浙江按察使、四川按察使等。有《安雅堂集》《二鄉亭詞》等。[4]捃（jùn）摭（zhí）：采集。大曆十子：指唐大曆初成名的一批詩人，有李端、盧綸、吉中孚、韓翃、錢起、司空曙、苗發、崔峒，耿湋、夏侯審。 [5]歸愚：沈德潛，見卷一·三一注[3]。子遜：許廷鑅（1676—1759），字子遜，號竹素。清江蘇長洲人。康熙五十九年舉人。授福建武平知縣。晚年掌鰲峰、暨陽諸書院，與沈德潛往來。有《竹素園詩鈔》八卷。斗山：北斗和泰山。比喻德高望重或成就卓越爲人們所敬仰的人。 [6]璵沙：錢琦（1709—1790），字相人，號璵沙。清浙江仁和人。乾隆二年進士。官至福建布政使。有《澄碧齋詩鈔》。心餘：蔣士銓，見卷一·二三注[2]。芻狗：古代祭祀時用草紮成的狗。後喻指微賤無用的事物或言論。

三　〇

杭州周汾[1]，字蓉衣，咏《春柳》云：“西湖送我離家早，北道看人得第多。”不脱不粘，得古人未有。惜客死於清江。

【箋注】

[1]周汾：字蓉衣，號秋雪。清浙江仁和人。

三　一

壬寅余過天台，齊侍郎召南亡久矣[1]。其昆季延余小飲[2]，捧侍郎全集，高尺許，乞作序。盡半日之暇，爲之翻擷，見其鴻富，美不勝收。僅記其咏漢武七律一首，後四句云：“親承文景昇平業，開闢唐虞未有天[3]。到底英雄晚能悔，輪臺一詔是神仙[4]。”其兄周南、弟世南，俱以甲科作廣文[5]，龐眉白髮，年八十餘。

【箋注】

[1]壬寅：此指乾隆四十七年（1782）。齊召南：見卷一·六六注[5]。[2]昆季：兄弟。長者爲昆，幼者爲季。 [3]文景：西漢的文帝與景帝。兩帝相繼，

治期社會比較安定富裕，史稱“文景之治”。唐虞：唐堯、虞舜二帝。堯舜時代是傳説中的“太平盛世”。 [4]輪臺一詔：輪臺，古地名。漢西域之地。本爲輪臺國，被李廣利所滅。漢武帝爲牽制匈奴，在此屯田。其地今屬新疆維吾爾族自治區。漢武帝悔輪臺之失而下詔書罷兵。 [5]齊周南：字首風，號河洲。齊周南之兄。乾隆六年舉人。官慈溪教諭。著《春秋三傳質疑》《瑞竹堂稿》《東野吟》。齊世南：字英風，號蓀圃、哦松。齊周南之弟。乾隆二十六年進士。官寧波府教授。有《玉芝堂詩文稿》。甲科：明清進士的通稱。廣文：明清時對教授、教官的别稱。

三二

陶篁村置屋孤山[1]。余月夜訪之，憐其孤寂，勸置燕玉[2]，爲暖老計。篁村以爲然，購一小鬟。梁山舟侍講調以詩云[3]：“病來久不見陶潛，隔著重城似隔天。昨夜中庭看星象，小星正在少微邊。”“見説榕江泛櫓枝，已成陰後未涼時。一根榔栗無人管，分付樵青好護持[4]。”“不比朝雲侍老坡，也如天女伴維摩[5]。對門有個林和靖[6]，冷抱梅花奈爾何？”“好將班管畫眉雙[7]，莫染星星鬢上霜。比似詩人張子野，鶯花還有廿年狂[8]。”山舟又有句云：“畢竟人間勝天上，不然劉阮不歸來[9]。”余適從天台山歸，誦此，爲之一笑。

【箋注】

[1]陶篁村：陶元藻，見卷一・三〇注[10]。 [2]燕玉：原指燕趙婦女如玉之美。後泛稱美女。古詩曰：“燕趙多佳人，美者顔如玉。”杜甫《獨坐》詩：“暖老思燕玉，充饑憶楚萍。” [3]梁山舟：梁同書（1723—1815），字元穎，晚號山舟。清浙江錢塘人。乾隆十七年特賜進士。授編修，累遷侍講。有《頻羅庵遺集》《集杜》《直語補正》等。 [4]榔栗：一種樹木，代稱拐杖。樵青：唐肅宗嘗賜張志和奴婢各一，志和配爲夫妻，名夫爲樵僮，妻爲樵青。後因以指女婢。 [5]朝雲：宋蘇軾的愛妾。維摩：維摩詰。佛經故事，當維摩詰和諸菩薩弟子議論佛法時，出現天女散花的景象。 [6]林和靖：林逋，見卷一・五四注[9]。 [7]班管：指毛筆。 [8]張子野：張先（990—1078），字子野。宋烏程（今浙江湖州）人。官至安陸知縣。爲著名詞人。據蘇軾詩，張子野年八十五尚聞買妾。 [9]劉阮：東漢劉晨和阮肇的並稱。相傳二人到浙江天台

山采藥迷路，在桃花樹下爲二仙女所邀，留半年始歸。後用作遊仙或男女幽會的典故。

三　三

余寓西湖漱石居，有徽州汪明府見訪[1]，名喬年，字綉林，年八十矣。適余外出，未獲相見。蒙其題壁云："無人不識元才子，今我來尋李謫仙[2]。底事閑雲無處捉？教儂空蕩釣魚船。"

【箋注】

[1]汪明府：汪喬年（1585—1642），字修齡，號綉林。清安徽壽州（今壽縣）人。善畫山水，尤長白描人物。有《碧玉壺天題畫詩》《綉園詩話》《金臺紀行》《梨花樓詩》。明府，縣令的别稱。 [2]元才子：唐元稹。李謫仙：李白。此以二人代指袁枚。

三　四

詩如言也，口齒不清，拉雜萬語，愈多愈厭。口齒清矣，又須言之有味，聽之可愛，方妙。若村婦絮談，武夫作鬧，無名貴氣[1]，又何藉乎？其言有小涉風趣，而嚅嚅然若人病危[2]，不能多語者，實由才薄。

【箋注】

[1]名貴氣：指名士顯貴的高雅氣韻。 [2]嚅（rú）嚅然：有話想説又不敢説，吞吞吐吐的樣子。

三　五

詩不可不改，不可多改。不改則心浮，多改則機窒[1]。要像初搨《黄庭》[2]，剛到恰好處。孔子曰："中庸不可能也[3]。"此境最難。予最愛方扶南《滕王閣》詩云[4]："閣外青山閣下江，閣中無主自開窗。春風欲搨滕王帖，蝴蝶入簾飛一雙。"歎爲絶調。後見其子某云："翁晚年嫌爲少作，删去矣。”予大驚，卒不解其故。桐城吴某告予云：“扶南三改《周瑜墓》詩，而愈改愈謬。”其少作云：“大帝君臣同骨肉，小喬夫婿是英雄[5]。”可稱工矣。中年改云：“大帝誓師江水緑，小喬卸甲晚妝紅。”已覺牽强。晚年又改云：“小喬妝罷胭脂濕，大帝謀成翡翠通。”真乃不成文理！豈非朱子所謂“三則私意起而反惑”哉[6]？扶南與方敏恪公爲族兄[7]。敏恪寄信，苦勸其勿改少作，而扶南不從。方知存幾句好詩，亦須福分。

【箋注】

[1]機窒：機趣窒息閉塞。 [2]初搨《黄庭》：《黄庭》，指《黄庭經帖》，曾爲學寫小楷字的範本。相傳有“初寫《黄庭》，恰到好處”之語，後來演變爲歇後語，意即恰到好處。 [3]中庸：儒家的政治、哲學思想。主張待人、處事不偏不倚，無過無不及。孔子此語的意思是，中庸的境界是很不容易達到的。[4]方扶南：方世舉（1675—1759），字扶南，號息翁。安徽桐城人。乾隆元年薦舉博學鴻詞，不就。著有《雜庸軒讀書雜録》《春及堂集》《蘭叢詩話》《世説考義》等。 [5]大帝：三國吴主孫權謚“大皇帝”，省稱“大帝”。小喬：漢末東吴名將周瑜之妻。東漢末，隨父避亂，定居于廬江皖縣（今安徽潜山）。其姐大喬嫁吴主孫堅之長子孫策。 [6]朱子：朱熹，見卷二・四四注[3]。[7]方敏恪：方觀承，見卷一・三〇注[8]。

三　六

詩雖奇偉，而不能揉磨入細，未免粗才。詩雖幽俊，而不能展拓開張，終窘邊幅。有作用人，放之則彌六合，收之則斂方寸[1]，巨刃摩天，金針刺綉，一以貫之者也。諸葛躬耕草廬，忽然統師六出[2]；蘄王中興首將，竟能跨驢西湖[3]。聖人用行舍藏，可伸可屈，於詩亦可一貫。書家北海如象，不及右軍如龍[4]。亦此意耳。余嘗規蔣心餘云[5]：“子氣壓九州矣，然能大而不能小，能放而不能斂，能剛而不能柔。”心餘折服曰：“吾今日始得真師。”其虚心如此。

【箋注】

[1]作用：作爲、用心。六合：天地四方。方寸：指心。 [2]六出：指諸葛亮統兵六出祁山。 [3]蘄王：韓世忠，見卷一・一注[6]。韓世忠晚年因反對秦檜被奪去要職，杜門謝客，跨驢携酒，從一二小童漫遊西湖。 [4]北海：李邕（678—747），字泰和。唐江都（今江蘇揚州）人。玄宗時任户部郎中、北海太守。世稱李北海。工文善書，尤長以行楷寫碑。右軍：王羲之（321—379），字逸少。晋琅邪臨沂人。官至右軍將軍、會稽内史，故人稱王右軍、王内史。東晋書法家，被後世尊爲書聖。明董其昌《跋李北海縉雲三帖》云："余嘗謂右軍如龍，北海如象。世必有肯予言者。"董意在把北海書法推崇到與右軍並列的地位，袁認爲北海不及右軍變化如龍。 [5]蔣心餘：蔣士銓，見卷一・二三注[2]。

按：詩人中的大才，並非粗才，袁枚一再强調這種觀念。卷一・二三所論，可與此相互參照。

三　七

夢中得詩，醒時尚記，及曉，往往忘之。似村公子有句云[1]："夢中得句多忘却，推醒姬人代記詩。"予謂此詩固佳，此姬人尤佳。魯星村亦云[2]："客裏每先頑僕起，夢中常惜好詩忘。"

【箋注】

[1]似村：慶蘭，見卷二・三七注[1]。 [2]魯星村：魯璸，字七衡，號星村。清安徽懷寧人。乾隆五十一年恩貢。歷任無爲州學正，改徽州府學教授。有《魯星村詩鈔》。

三　八

徐雨峰中丞士林[1]，巡撫蘇州。人以爲繼湯文正公之後[2]，一人而已。母喪去官，有詔奪情[3]，不起。其方正如此。然其詩極綿麗[4]。官中書時有句云："歸來惹得山妻問，侍女熏香近有無？"

【箋注】

[1] 徐雨峰：徐士林（1684—1741），字式儒，號兩峰，一作雨峰。清山東文登人。康熙五十二年進士。官至江蘇巡撫。有《蟫餘集》。 [2] 湯文正：湯斌（1627—1687），字孔伯，號潜庵。清河南睢州（今商邱）人。順治九年進士。官至工部尚書。卒謚文正。有《洛學編》《湯子遺書》《潜庵語録》等。 [3] 奪情：減少居喪期間的哀痛之情，指官員不回鄉居喪，留朝任事。或謂喪期未滿，詔令官員除去喪服，出任官職。 [4] 綿麗：猶靡麗，形容詞藻華美。

三 九

金陵僧葯根[1]，工楷法，住揚州某庵。商人洪姓者，欲買其庵旁隙地起花園。葯根意不欲，乃投以詩云："自笑蝸廬傍寺開，鄰園樹木迴崔巍。儂家院小難栽樹，但有青青一片苔。"洪知其意，乃不果買。葯根《泊瓜渚》云[2]："星光全在水，漁火欲浮天。"《喜晴》云："雨收亦似痊沉病[3]，日出渾如見故人。"

【箋注】

[1] 葯根：湛性，字葯根，俗姓徐。清江蘇丹徒人。幼棄家爲僧，晚年主青蓮禪院。生活於清乾隆年間。 [2] 瓜渚：即瓜洲。在今江蘇揚州市南。本長江中沙洲，唐中葉後與北岸陸地相連。 [3] 痊：病癒。沉病：重病。

四 〇

賢者多情，每離所官之地，動致留連。韓魏公離黄州[1]，依依不捨。尹太保四督江南[2]，三十餘年，乙酉入相，正值重九之時，先别棲霞，再辭蜀阜[3]，凄然泣下。公不能捨江南，猶江南之人亦不能捨公也。余送至清江浦[4]，每晚必見。及渡黄河，公猶教以明晨作别。臨期，余乍盥面，而公遣家人來，云："公已上馬行矣！"蓋恐面别之難爲情耳。後從京師寄詩云："歌到離亭聲斷續，人分淮浦影東西[5]。"又曰："三年只覺流光速，一别方知見面難。"

【箋注】

[1]韓魏公：韓琦（1008—1075），字稚圭。宋相州安陽（今屬河南）人。天聖年間中進士。歷官同中書門下平章事。封魏國公。　[2]尹太保：尹繼善，見卷一·一〇注[3]。　[3]棲霞：江蘇南京東北的一座佛教名山，此代指江寧。蜀阜：今江蘇揚州西北之蜀岡，此代指揚州。　[4]清江浦：在今江蘇淮安，爲水陸交通要道。　[5]淮浦：此指清江浦。

四　一

古之忠臣、孝子，皆情爲之也。胡忠簡公劾秦檜[1]，流竄海南，臨歸時，戀戀于黎倩[2]。此與蘇子卿娶胡婦相類[3]。蓋一意孤行之士，細行不矜。孔子所謂“觀過知仁”[4]，正此類也。乃朱子譏之云：“十年浮海一身輕，歸對黎渦恰有情[5]。世上無如人欲險，幾人到此誤平生？”高守村和云[6]：“批鱗一疏死生輕，萬死投荒尚有情[7]。不學遁翁捧著草，甘心箝口自偷生[8]。”

【箋注】

[1]胡忠簡：胡銓（1102—1180），字邦衡，號澹庵。宋吉州廬陵（今江西吉安）人。高宗建炎二年進士。後授樞密院編修官。紹興八年，力辟和議，遭迫害編管新州。孝宗時復官資政殿學士。有《澹庵集》。卒謚忠簡。　[2]黎倩：胡銓被貶十年浮海時的歌妓。　[3]蘇子卿：蘇武（前140—前60），字子卿。西漢名臣。杜陵（今陝西西安一帶）人。出使匈奴，單于脅降，迫使他到北海（今貝加爾湖）牧羊，居匈奴十九年，及歸，鬚髮盡白。居北海時曾與胡婦生子。[4]觀過知仁：語出《論語·里仁》。意爲察看一個人所犯過錯的性質就可以瞭解他的爲人。　[5]朱子：朱熹，見卷二·四四注[3]。黎渦：羅大經《鶴林玉露》：“胡澹庵十年貶海外，北歸，飲于湘潭胡氏園，題詩曰：‘君恩許歸此一醉，旁有黎頰生微渦。’謂侍妓黎倩也。”　[6]高守村：高爲阜，字上則，號守村。清江西鉛山人。雍正四年舉人。官至姚安知府。有《高守村詩稿》。袁枚《小倉山房文集》卷六有《高守村先生傳》。　[7]批鱗：鱗指龍喉下倒生的鱗片。傳説批龍頸下逆鱗必被咬死。批逆鱗引申爲直言諍諫。投荒：貶謫、流放至荒遠之地。　[8]遁翁：朱熹，見卷二·四四注[3]。著草：一種野草。

俗信蓍草長壽，知凶吉，用它可以卜筮。《周易·説卦》："幽贊於神明而生蓍"。此處"捧蓍草"，是尊奉儒家禮教的意思。箝口：閉口。不言或不敢言。

四 二

閨秀能文，終竟出於大家。張侯家高太夫人著《紅雪軒稿》[1]，七古排律至數十首，盛矣哉！其本朝之曹大家乎[2]？夫宗仁襲封靖逆侯[3]，家資百萬，以好客喜施，不二十年，費盡而薨。夫人暗埋三十萬金於後園，交其兒謙，始能襲職。其識力如此。夫人名景芳，父琦，爲浙閩總督。作女兒時，年十五，《晨妝》云："妝閣開清曉，晨光上畫欄。未曾梳寶髻，不敢問親安。妥貼加釵鳳，低徊插佩蘭。隔簾呼侍婢，背後與重看。"又《示謙兒》云："高捧名花求插髻，遍尋佳果勸嘗新。"

【箋注】

[1] 高太夫人：高景芳，字遠芬。清漢軍正紅旗人。浙閩總督高琦之女、一等侯江寧張宗仁之妻。誥封侯夫人。有《紅雪軒詩文集》。 [2] 曹大家（gū）：班昭（約99—120），一名姬，字惠班。史學家班固之妹，嫁曹世叔。就漢和帝詔于東觀藏書處續作《漢書》。號稱大家。後世以"曹大家"喻指有才德的女性。 [3] 宗仁：張宗仁。清江蘇江寧人，祖籍陝西咸寧（今西安一帶）。張雲翼子。康熙四十九年襲爵。

四 三

余不喜佛法，而獨取"因緣"二字，以爲足補聖經賢傳之缺。身在名場五十餘年，或未識面而相憎，或未識面而相慕，皆有緣、無緣故也。己亥省墓杭州，王夢樓太守來云[1]："商邱陳葯洲觀察[2]，願見甚切。"予不解何故。晤後，方知其尊人諱履中者[3]，曾在尹制府署中讀余詩而愛之，事已三十餘年。其夫人李氏見余名紙，詫曰："是子才耶？吾先君門下士也。"蓋夫人爲存存先生之女[4]。先生名惺，宰錢塘時枚年十二，應童子試，受知入泮[5]。因有兩重世好，歡宴月餘。

别後，觀察見懷云："早從仙佛參真諦，且向漁樵伴此身。"又曰："猶記何郎年少日，新詩賞共沈尚書[6]。"

【箋注】

[1]王夢樓：王文治，見卷二・三〇注[1]。 [2]陳葯洲：陳淮（1753—1810），字望之，號葯洲。清河南商邱人。乾隆拔貢。歷任湖北布政使，貴州、江西巡撫。書畫鑒賞名家。 [3]陳履中（1693—1769）：字執夫。陳淮之父。清康熙五十一年舉人。曾任工部員外郎、廣西道御史。有《四書臆解》《神州山水志》《樂府津梁》《雁橋詩鈔》《塵寶軒詩稿》等。 [4]存存：李惺（1785—1864），字存存，號紫髯。清永城（今屬河南）人。康熙六十年進士。官貴州糧驛道。 [5]入泮：入學。 [6]何郎：何遜（約472—約519），字仲言。南朝梁東海郯人。歷官諸王參軍、記室，兼尚書水部郎。以文學著稱。沈約嘗謂遜曰："吾每讀卿詩，一日三復，猶不能已。"此處喻袁枚。沈尚書：沈約（441—513），字休文。南朝梁吴興武康（今浙江德清一帶）人。至尚書令。謚號隱侯。與謝朓等創永明體詩，提出"聲韻八病"之説。後人輯有《沈隱侯集》。此處代指陳履中。

四　四

汪度齡先生中狀元時[1]，年已四十餘。面麻身長，腰腹十圍。買妾京師，有小家女陸氏，粗通文墨，觀彈詞曲本，以爲狀元皆美少年，欣然願嫁。結婚之夕，於燭下見先生年貌，大失所望，業已鬱鬱矣。是夕，諸同年嬲飲巨杯[2]，先生量宏興豪，沉醉上床，不顧新人，和衣酣寢，已而嘔吐，將新製枕衾盡污腥穢。陸女恚甚[3]，未五更，雉經而亡[4]。或嘲之曰："國色太嬌難作婿，狀元雖好却非郎。"

【箋注】

[1]汪度齡：汪應銓（1753—1823），字杜林，號度齡。清江蘇常熟人。清康熙五十七年狀元。官至左春坊贊善。有《閑緑齋文稿》《容安齋詩集》。 [2]嬲（niǎo）飲：糾纏而飲。 [3]恚（huì）：怨恨。 [4]雉（zhì）經：用繩索自勒其頸而死。

四　五

商寶意詩集刻成[1]，有人摘其疵累，余爲悵然。仲小海曰[2]：“但願人生一世，留得幾行筆墨，被人指摘，便是有大福分人。不然，草亡木卒，誰則知之？而誰議之？”余謂此言沉痛，深得聖人疾没世無名之意。然古來曹蜍、李志[3]，又轉以庸庸而得存其名，豈非不幸中之幸耶？寶意先生有句云：“明知愛惜終須割，但得流傳不在多。”

【箋注】

[1]商寶意：商盤，見卷一·二七注[7]。 [2]仲小海：仲蘊檠(1716—？)，字燭亭，號小海。清浙江錢塘人。乾隆二十年貢生。 [3]曹蜍：曹茂之，字永世，小字蜍。晋彭城（今江蘇徐州）人。仕至尚書郎。李志：字温祖。晋江夏鍾武（今湖南衡陽）人。仕至員外常侍、南康相。《世説新語·品藻》：“庾道季云：‘廉頗、藺相如雖千載上死人，懔懔恒如有生氣；曹蜍、李志雖見在，厭厭如九泉下人。’”黄庭堅《書右軍帖後》：“曹蜍、李志輩，書字政與右軍父子争衡，然不足傳也。所謂敗壁片紙皆傳數百歲，特存乎其人耳。”

四　六

黄允修云[1]：“無詩轉爲讀書忙。”方子雲云[2]：“學荒翻得性靈詩。”劉霞裳云[3]：“讀書久覺詩思澀。”余謂此數言，非真讀書、真能詩者不能道。

【箋注】

[1]黄允修：黄之紀，字星巖、允修。清江蘇上元人。監生。乾隆二十二年受雇給袁枚抄書。有《編緑堂詩文鈔》。 [2]方子雲：方正澍，見卷一·四五注[6]。 [3]劉霞裳：見卷二·三三注[2]。

四　七

諺云：“死棋腹中有仙著。”此言最有理。余平生得此益，不一而足。要之，能從人而不徇人[1]，方妙。樂取於人以爲善，聖人也；無稽之言勿聽，亦聖人也。作史三長：才、學、識，缺一不可。余謂詩亦如之，而識最爲先；非識，則才與學俱誤用矣。北朝徐遵明指其心曰[2]：“吾今而知真師之所在。”其識之謂歟？

【箋注】

[1] 徇人：一味順從於人。 [2] 徐遵明（475—529）：字子判。北魏華陰（今屬陝西）人。博通諸經。有《春秋義章》。所引指心事，出《魏書·儒林傳》。

按：識，究爲何物？似很抽象，不好理解。可從此處入於其中，死棋腹中有仙著，是識；能從人而不徇人，是識；樂取於人以爲善，是識；無稽之言勿聽，是識。人有識即有見解，有新見，有創見，有辯證之主見。有才學而欠識者，大有人在。識，是實踐中産物。

四　八

汪舟次先生作周櫟園詩序曰[1]：“《賴古堂集》欲小試神通，加以氣格，未必不可以怖作者，但添出一分氣格，定減去一分性情，於方寸中，終不愉快。”

【箋注】

[1] 汪舟次：汪楫（1626—1689），字舟次，號悔齋。清安徽休寧人，僑居揚州。康熙十八年舉鴻博，授翰林院檢討。官至福建布政使。有《悔齋集》《山聞正續集》。周櫟園：周亮工，見本卷一四注[1]。

按：氣格爲何物？原文中指的是“氣色”。周亮工《賴古堂集·汪舟次詩序》引汪舟次語曰：“楫意不欲先生與近人較也。人苦爲氣質所限，塗朱澤粉，都不得當。屈先生爲王李家言，寧不迥異？然楫終不欲先生與近人較也。《賴古》諸集，何嘗無氣色！若於天然氣色外，更欲小試神通，怖諸作者，未必不傳，第方寸中不大自在耳。添出一分氣色，定挫過一分性情。”看來，氣格或氣色，應分爲兩種，一種是天然的，一種是外加的，即“塗朱澤粉”。這裏指後者，具體是指以明七子王世貞與李攀龍的風格要求自己。所謂“怖諸作者”，指以壯聲嚇人，這是性靈詩所反對的。

四九

淡蓮洲明府稱蕪湖胡漱泉秀才[1]，有“日影度花輕”五字，得五言妙境。江君旭東亦賞沙斗初“花氣半湖陰”五字[2]，所見與蓮洲同。

【箋注】

[1]淡蓮洲：淡如水，字蓮洲，號霞山。清陝西大荔人。乾隆三年舉人。官蒙城、蕪湖知縣，亳州知州。胡漱泉：胡淳，字漱泉。清安徽蕪湖人。有《一房山詩集》。參見《隨園詩話補遺》卷一・四〇。 [2]江旭東：江昉（1727—1793），字旭東，號橙里，又號硯農。清江蘇江都人，安徽歙縣籍。有《練溪漁唱》《晴綺軒集》。沙斗初：沙維杓（？—1782），字斗初。清江蘇吴縣人。初隱于商，往來江西湖北間。乾隆間與張岡同居蘇州城西下津橋，號兩布衣。有《耕道堂集》《白岸詩集》。

五〇

詩境最寬，有學士大夫讀破萬卷，窮老盡氣，而不能得其閫奥者[1]；有婦人女子、村氓淺學，偶有一二句，雖李杜復生，必爲低首者。此詩之所以爲大也。作詩者必知此二義，而後能求詩於書中，得詩於書外。

【箋注】

[1]閫（kǔn）奥：深邃的内室，比喻學問或事理的精微深奥所在。

五一

陶悔軒方伯任衡陽時[1]，署中小池爲署外居民所買，先生贖歸，置軒其上。朱玉階督學贈句云[2]：“官廨買歸三徑内，夜窗補惜寸陰餘[3]。”一咏其事，一切其姓。石君文成爲序云[4]：“先失楚弓，旋歸趙璧[5]。汶陽田反，合浦珠還[6]。支公之鶴可高飛，子産之魚真得所[7]。鯤鵬待化，行看君去朝天；臺榭長存，知是誰來作主？”

【箋注】

[1]陶悔軒：陶易（1714—1778），字經初，號悔軒。清山東文登人。乾隆十七年恩科順天舉人。官至江寧布政使。在江寧時常與袁枚爲詩相唱和。本書卷五・六録其詩。　[2]朱玉階：朱佩蓮，字玉階，號東江、蒻塘。清浙江海鹽人。乾隆七年進士。官翰林院侍講。有《東江詩鈔》。　[3]三徑：見卷二・三一注[4]。晋陶淵明《歸去來辭》：“三徑就荒，松菊猶存。”寸陰：晋陶侃常語人曰：“大禹聖者，乃惜寸陰。至於衆人，當惜分陰。”[4]石文成：字聞琢，號曉堂。清安徽桐城人。官衡陽縣令。有《曉堂集》。[5]楚弓：《孔子家語・好生》：“楚王失弓，楚人得之，又何求之？”後“楚人弓”常用爲典，多比喻失而復得之物，表示對得失的達觀態度。趙璧：用“完璧歸趙”典，比喻將原物完好無損地歸還原主。　[6]汶陽田：春秋時期魯國屬地，在今山東泰安一帶。地近齊國，數爲齊所侵奪。後歸魯。合浦：古郡名。漢置，其地今屬廣西。縣境有珍珠城，以産珍珠著名。宰守貪采，珠遂漸徙於交趾郡界。還珠于民後，百姓皆返其業。後以“合浦珠還”比喻人去復歸或物歸舊主。[7]支公：支遁（約313—366），字道林，世稱林公、支公。東晋僧，河東林慮（今河南林州一帶）人。曾與王羲之、謝安等遊。擅草隸，好作詩，善談玄理。有輯本《支遁集》。支公好鶴，剪其翅羽，“鶴軒翥不復能飛，乃反顧翅，垂頭視之，如有懊悔意”。後來“令養其翮成，置使飛去”。此處用來比喻物性復得自由。子産：見卷二・四七注[9]。子産愛惜物命，向來不以魚享其口腹，而是養在池中，得其所哉。

五　二

癸酉春，余在王孟亭太守處[1]，見建德布衣徐鳳木席間吟一絶云[2]：“自笑不如原上草，春風吹到也開花。”《除夕在外》云：“閲歷深知客路難，非關白首戀江干。歲除一息争千古，莫作尋常旅夜看。”武進莊念農初宰建德[3]，即往相訪，贈詩云：“玉峰花影揚簾旌，罨户閑雲静不扃。未必山城無綺皓[4]，斯人即是少微星。”“粗官未敢師嚴武[5]，泥飲無由續舊題。劇喜少陵居杜曲，得閒還過浣花溪。”鳳木得詩喜，刻之集中。後莊歿十餘年，詩多散失，其子宸選搜尋不可得[6]，予於鳳木集中抄此與之。嗚呼！使無鳳木代爲之存，則人琴俱亡矣，豈非愛才之報乎？

【箋注】

[1]王孟亭：王箴輿，見卷二·七六注[1]。 [2]徐鳳木：徐紫芝，字鳳木，號玉巢。清安徽建德（今東至）人。有《玉巢詩草》。 [3]莊念農：莊經畬（1711—1765），字井五，號念農。清江蘇武進（今常州）人。乾隆二年進士。官至宣州知府。與袁枚任江寧知縣時結識。有《澹乙齋詩草》《硯農遺稿》。 [4]綺皓：秦末，有東園公、甪里先生、綺里季、夏黄公四人，年高望重，鬚眉皓白。爲避秦亂隱居商山，稱爲商山四皓。這裏以“綺皓”代指四皓，與下句的“少微星”，皆喻布衣徐鳳木。 [5]嚴武（726—765）：字季鷹。唐華州華陰（今屬陝西）人。初爲拾遺，後擢諫議大夫、給事中。安史之亂後，曾兩次任劍南節度使。與杜甫爲友。此處莊念農以嚴、杜之交將自己和徐鳳木之交相聯繫。 [6]莊宸選：莊念農子，餘未詳。

五　三

蔣用庵侍御罷官後[1]，與姚雲岫觀察同修《南巡盛典》[2]。《過隨園咏菊》云：“名花自向閑中老，浮世原宜淡處看。”後姚爲廣西巡撫，寄信來猶吟及之。

【箋注】

[1]蔣用庵：見卷一·六五注[15]。 [2]姚雲岫：姚成烈（1716—1786），號雲岫、依迦叟。清浙江錢塘人。乾隆十年進士。官至湖北巡撫。

五　四

余年二十三，館今相國嵇公家，教其幼子承謙[1]。今四十三年矣。承謙官侍讀，行走上書房，假滿赴都，過隨園，贈云：“萬事由來夙有緣，七齡問字記當年[2]。讀書好處心先覺，立雪深時道已傳[3]。每盼鳳巢阿閣上，果摩麟頂絳帷前[4]。德門善慶知無限，佇見驪珠顆顆圓[5]。”余附書相國云：“當日七齡公子，爲問字之佳兒；此時白髮詞臣，作青宫之師傅[6]。能無對之欣然，思之黯然也乎？”

【箋注】

[1]嵇承謙（1732—1784）：字受之，號晴軒。清江蘇無錫人。乾隆二十六年進士。官侍讀。有《一枝集》《直廬集》《使軺集》《蕉雨集》。其父爲嵇璜，雍正八年進士，官至文淵閣大學士。 [2]問字：漢揚雄精于小學，多識古文奇字，故從學問字者甚多。後來稱從人受業或請教爲“問字”。 [3]立雪：用程門立雪典故，喻指誠心求教。 [4]鳳巢阿閣：古代傳説，黄帝在位時，有鳳凰巢于阿閣。後指在朝爲官。阿閣，四面有棟和簷霤的樓閣，此指朝廷。“果摩”句：摩頂，撫摩頭頂，以示喜愛，並精心培育。麟，麟兒，小孩兒。絳帷，同絳帳，代指老師。參卷二・六〇注[2]。這句話是説，果然有了今天的成就，是由於自己幼時受到老師的精心培育。 [5]驪珠：傳説出自驪龍頷下的寶珠。《莊子・列禦寇》：“夫千金之珠，必在九重之淵，而驪龍頷下。”後用來比喻人才、學問。 [6]青宫：古代太子居住在東宫，東方屬木，木色爲青，東宫也稱“青宫”。

五　五

千古善言詩者，莫如虞舜[1]，教夔典樂曰[2]：“詩言志。”言詩之必本乎性情也。曰：“歌永言。”言歌之不離乎本旨也。曰：“聲依永。”言聲韻之貴悠長也。曰：“律和聲。”言音之貴均調也。知是四者，於詩之道盡之矣。

【箋注】

[1]虞舜：姓姚，名重華，是黄帝的七世孫，原先被封在虞，故又稱虞舜。爲傳説中的聖帝賢君，上古五帝之一。此處所引四語出《尚書・虞書・舜典》。[2]夔：相傳舜時的樂官。

五　六

每見熱中人鋭進不已[1]，身家交瘁，未嘗不隆隆而升，一旦化去，若烘開花，精神已竭，次年必萎。嘗咏《唐花》云[2]：“百花開落雖天定，倘不烘開落或遲。”又見媚長官者，損下益上，徒招怨尤，而於己毫無享受。《戲咏箸》云：“笑君攫取忙，送入他人口。一世酸鹹中，能知味也否？”

【箋注】

[1]熱中人：指熱衷於俗情世務的人。　[2]唐花：元人周密《齊東野語》記載，以人工暖室催花早開，宋時名堂花，後曰唐花。一説應爲煻字，是烘焙的意思。《日下舊聞考》：“其法自漢即有之。”此處以唐花喻熱中人，別有新意。

五　七

己未翰林五十人。蔣君麟昌，年才十九，大京兆晴厓公諱炳之長子也[1]，目空一世，嘗言：“同館中，吾服叔度、子才耳[2]。歸愚先生雖耆年重望[3]，意不屬也。”和皇上《消夏》詩，援筆立就，賜葛二匹。旁觀者疑君正籋青雲[4]，而竟一病以卒。余《別後寄懷》云：“干將莫邪虞缺折，我有數言贈李邕[5]。”乃成讖語。詩有奇氣，咏《七夕》云：“一報人間簫鼓喧，羊燈無焰秋雲碧[6]。”《中元》詩云：“兩岸紅沙多旋舞，驚風不定到三更。”劉相國綸序其詩曰[7]：“十八載夜熸太白，知臣則但問王公[8]。廿七年晝見緋衣，召汝而重呼阿嬭[9]。”“阿翁投杖，誰當荷此析薪[10]；稚子牽衣，未得預其元草[11]。”蓋静存亡時，大父猶存，子尚幼故也。同年金質夫哭之云[12]：“漸看豪氣籠人上，不料英年似夢中。”余哭之云：“一榜少年今剩我，九原才子又添君。”

【箋注】

[1]蔣麟昌（1721—1742）：字静存。江蘇陽湖人。乾隆四年進士，改庶吉

士，授編修。有《菱溪遺草》一卷。其父蔣炳（1698—1764），字曉滄，一字晴厓。官至河南巡撫。大京兆：指京都地區的行政長官。　[2] 叔度：裘曰修，見卷一・六五注 [17]。子才：即袁枚。　[3] 歸愚：沈德潛，見卷一・三一注 [3]。耆（qí）年：古人以六十歲爲"耆"，喻指年高。　[4] 籋（niè）：通"躡"。踐，踏。《漢書・禮樂志》："籋浮雲，晻上馳。"　[5] 干將莫邪：本指春秋時吴國善於鑄劍的夫婦，亦指他們所鑄的良劍。此處以劍喻人，劍雖鋒利，却易折損。李邕：見本卷三六注 [4]。這裏代稱蔣麟昌。　[6] 羊燈：古人以羊爲吉祥物，故做成羊形的燈。　[7] 劉綸（1711—1773）：字昚涵，號繩庵。清江蘇武進人。乾隆元年以廪生舉鴻博。官至文淵閣大學士，兼工部尚書。卒謚文定。有《繩庵内外集》。　[8] 夜熸太白：太白星落，熬盡長宵。形容十八年苦讀生活。熸（jiān）：熄滅、消失。　[9] 晝見緋衣：李商隱《李賀小傳》："長吉將死時，忽晝見一緋衣人，云當召長吉。笑曰：'帝成白玉樓，立召君爲記，天上差樂，不苦也。'少之，長吉氣絶。"見《全唐文》卷七百八十。阿嬭（nǎi）：母親。　[10] 荷此析薪：荷，承繼、擔任。析薪，劈柴，喻事業。意爲繼承先人的事業。　[11] 預其元草：指整理遺稿。預，參與。元草，文稿、書稿。元，通"玄"，避康熙帝諱改。　[12] 金質夫：金文淳，字質夫，號金門。清浙江仁和人。乾隆四年與袁枚同榜進士，改庶吉士。官至直隸順德知府。有《經濟齋詩集》《穿珠集》《蛾子録》《讀史卮言》。

五　八

某侍郎督學江蘇，羅致知名之士 [1]。所選五古最佳，七古則不拘何題，動輒千言，引典填書，如塗塗附 [2]，杳不知其命意之所在。程魚門閲之 [3]，掀髯笑曰："欲嚇人耶？此揚子雲所謂'鴻文無範也' [4]，吾不受其嚇矣！"

【箋注】

[1] 某侍郎：這裏指朱珪。朱珪（1731—1806），字石君，一字南崖，晚號盤陀老人。清順天大興（今北京）人。乾隆十三年進士。官至體仁閣大學士。有《知足齋集》。羅致：用網捕捉鳥類。後多喻招致人才。　[2] 如塗塗附：出自《詩經・小雅・角弓》："毋教猱升木，如塗塗附。"塗，泥。塗附，再以泥附着之。意謂毫無必要、白費功夫。　[3] 程魚門：程晉芳，見卷一・五注 [1]。　[4] 揚子雲：揚雄（前 53—18），字子雲。西漢蜀郡成都人。博覽群書，

長於辭賦。游京師，以文見召，奏《甘泉》《河東》《羽獵》《長楊》等賦。任給事黃門郎。著有《太玄》《法言》《方言》。

五　九

乾隆辛未，予在吴門[1]。五月十四日，薛一瓢招宴水南園[2]。座中葉定湖長楊、虞東皋景星、許竹素廷鑅、李客山果、汪山樵俊、俞賦拙來求[3]，皆科目耆英，最少者亦過花甲，惟余纔三十六歲，得遇此會。是夕大雨，未到者沈歸愚宗伯、謝淞洲徵士而已[4]。葉年八十五，詩云："瀟瀟風雨滿池塘，白髮清尊掃葉莊[5]。不有忘形到爾汝，那能舉座盡文章？軒窗遠度雲峰影，几席平分水竹光。最是葵榴好時節，醉吟相賞晝方長。"虞八十有二，句云："入座古風堪遠俗，到門新雨欲催詩。"俞六十有九，句云："社開今栗里，樹老古南園[6]。"次月，一瓢再招同人相會，則余歸白下，竹素還太倉，客山死矣。主人之孫壽魚賦云[7]："照眼芙蕖半開落，滿堂名士各西東。"

【箋注】

[1] 吴門：蘇州的别稱。　[2] 薛一瓢：薛雪，見卷二・一九注[1]。[3] 葉長楊（1667—1747）：一作葉長揚，字爾祥，一字定湖。清江蘇吴縣人。康熙五十七年進士。授編修。乾隆元年薦博學鴻詞。虞景星：見本卷一二注[7]。許廷鑅：見本卷二九注[5]。李果（1679—1751）：字實夫，一字碩夫，號客山、在亭。清江蘇長洲人。布衣。有《咏歸亭詩鈔》《在亭叢稿》。汪俊（？—1756）：字籲三，號山樵。清江蘇長洲人。康熙五十二年任醴泉知縣。俞來求：字賦拙。清江蘇太倉人。雍正元年進士。庶吉士。　[4] 沈歸愚：沈德潛，見卷一・三一注[3]。謝淞洲：字滄湄，號林村。清江蘇長洲人。布衣。曾以畫供奉内廷。徵士：舊時對受朝廷徵聘而不曾受職的名士之稱謂。　[5] 掃葉莊：薛一瓢書房名。　[6] 栗里：晋陶淵明隱居處，在今江西九江一帶。這裏喻薛一瓢居處。古南園：南園，在蘇州子城西南，吴越錢元璙所創。　[7] 薛壽魚：薛雪之孫。他後來在給祖父薛雪寫的墓誌銘中表現出重理學輕醫學的觀點，受到袁枚的批評。

六　〇

昇平日久，海内殷富，商人士大夫慕古人顧阿瑛、徐良夫之風[1]，蓄積書史，廣開壇坫[2]。揚州有馬氏秋玉之玲瓏山館[3]，天津有查氏心穀之水西莊[4]，杭州有趙氏公千之小山堂[5]、吴氏尺鳧之瓶花齋[6]，名流宴咏，殆無虚日。許珮璜刺史贈查云[7]：“庇人孫北海，置驛鄭南陽[8]。”其豪可想。此外，公卿當事，則有唐公英之在九江[9]、鄂公敏之在西湖[10]，皆以宏獎爲己任。不四十年，風流頓盡。唐公號蝸寄老人，司九江關，懸紙墨筆硯於琵琶亭，客過有題詩者，命關吏開列姓名以進。公讀其詩，分高下，以酬贈之。建白太傅祠，肖己像於旁。甲辰冬，余過九江，則太傅祠改作戲臺，唐公像亦不見。

【箋注】

[1]顧阿瑛：顧瑛（1310—1369），别名德輝，又名阿瑛，字仲瑛。崑山人。元末豪富。築别業曰玉山佳處。有《玉山璞稿》。徐良夫（1333—1395）：徐達佐，字良夫，號耕漁子、松雲道人。元末明初蘇州人。元末隱居鄧尉山中。入明任建寧府學訓導。有《金蘭集》《耕漁集》。　[2]壇坫（diàn）：指文人集會之所。　[3]馬秋玉：馬曰琯（1688—1755），字秋玉，號嶰谷。清徽州祁門縣人，後定居揚州。建有街南書屋、小玲瓏山館、七峰草堂，招待四方文朋畫友。有《沙河逸老集》。　[4]查心穀：查爲仁（1693—1749），字心穀，號蓮坡居士。清順天府宛平（今北京）人。原籍浙江海寧。年十九舉康熙辛卯鄉試第一。後因被訐得罪下獄，八年始釋。發憤讀書，居天津水西莊，往來名士甚多。有《蔗塘未定稿》《蓮坡詩話》。　[5]趙公千：趙昱（1689—1747），字功千，號谷林。清浙江仁和人。家有小山堂。有《愛日堂集》。[6]吴尺鳧：吴焯（1676—1733），字尺鳧，號綉谷，又號蟫花居士。清浙江杭州人。綉谷亭、瓶花齋藏書之名稱於天下。有《藥園詩稿》《陸渚鴻飛集》。[7]許珮璜：見本卷二五注[2]。　[8]孫北海：孫承澤（1594—1676），字耳北，一字北海，號退谷。明末清初山東益都人。明崇禎四年進士。由明入清，歷官兵、吏兩部侍郎。卒。其藏書處有研山齋、萬卷樓、玉鳧堂等。鄭南陽：鄭莊。漢初陳縣（今河南淮陽）人。孝景帝時，任太子舍人，每逢休假日，他都要備置馬匹，邀請賓朋。後世用“鄭驛”“鄭莊好客”，指主人熱情接待賓客。杜

甫詩："山陽無俗物，鄭驛正留賓。"此處許詩以孫北海、鄭南陽比查心穀。 [9]唐英（1682—1756）：字雋公，一字叔子，號蝸寄居士，人稱古柏先生。清奉天（今遼寧瀋陽）人，隸漢軍正白旗。乾隆間授內務府員外郎兼佐領，歷官九江和廣州海關監督。有詩文集《陶人心語》《可姬傳》，戲曲十七種合稱《古柏堂傳奇》。 [10]鄂敏（？—1749）：敕改名鄂樂舜，字鈍夫，號筠亭。清滿洲鑲藍旗人。保和殿大學士鄂爾泰的侄兒。做杭州太守時，修禊西湖，名流畢集，各有歌行。

六一

馬氏玲瓏山館，一時名士如厲太鴻、陳授衣、汪玉樞、閔蓮峰諸人[1]，爭爲詩會，分咏一題，裒然成集[2]。陳《田家樂》云："兒童下學惱比鄰，拋墮池塘日幾巡。折得松梢當旗纛，又來呵殿學官人[3]。"閔云："黄葉溪頭村路長，挫針負局客郎當[4]。草花插鬢偎籬望，知是誰家新嫁娘？"秋玉云："兩兩車乘轂觫輕[5]，田家最要一冬晴。秋田曬罷村醪熟，翻愛糟床滴雨聲。"汪《養蠶》云："小姑畏人房闥潛，采桑那惜春葱纖[6]。半夜沙沙食葉急，聽作雨聲愁雨濕。"陳云："蠶娘養蠶如養兒，性知畏寒饑有時。籬根賣炭聞蕩槳，屋後鄰園桑剪響。"皆可誦也。餘題甚多，不及備載。至今未三十年，諸詩人零落殆盡，而商人亦無能知風雅者。蓮峰年八十三歲，傫然尚存[7]，聞其饑寒垂斃矣！

【箋注】

[1]厲太鴻：厲鶚（1692—1752），字太鴻，一字雄飛，號樊榭。清浙江錢塘人。康熙五十九年舉人。館小玲瓏山館數年，多見宋人集，因撰《宋詩紀事》。詩詞皆工，爲浙派名家。有《樊榭山房集》等。陳授衣：陳章（1690—？），字授衣，號紱齋。清浙江錢塘人。布衣。乾隆初舉鴻博不就。僑居揚州，客小玲瓏山館，爲一時名士領袖。有《孟晉齋詩集》。汪玉樞（1688—1757）：字辰垣，號恬齋。清安徽歙縣人。有《恬齋遺詩》。閔蓮峰：閔華，字玉井，號廉風，一號蓮峰。清江蘇江都人。布衣。有《澄秋閣詩集》。 [2]裒（póu）然：聚集貌。 [3]呵殿：古代官員出行，前後都有隨從喝道，在前面的稱"呵"，在後面的稱"殿"。 [4]負局：背負磨鏡箱，亦指磨鏡。客郎當：指貨郎。

[5] 觳（hú）觫（sù）：因恐懼而顫抖的樣子。借指牛。語見《孟子·梁惠王上》。 [6] 房闥：閨房。春葱：喻女子手指。 [7] 傫（léi）然：頽喪貌。

六　二

金陵女徐氏，適桐城張某，夫久客不歸，寄詩云："殘漏已催明月盡，五更如度五重關。"又有魯月霞者[1]，嫁徽邑程生而寡，有《掃花》詩云："觸我朱欄三日恨，費他青帝一春功[2]。"陳淑蘭讀兩詩而慕之[3]，題其集云："吟來恍入班昭座[4]，恨我遲生二十年。"

【箋注】

[1] 魯月霞：生平未詳。 [2] 青帝：爲古人所祭的天神之一，是東方之神，也是司春之神。後亦指春季。 [3] 陳淑蘭：見本卷二〇注 [3]。 [4] 班昭：見本卷四二注 [2]。

六　三

本朝詩家，序事學古樂府《孔雀東南飛》而絶妙者，如陳元孝之《王將軍歌》[1]、許衡紫之《伍節女歌》[2]、馬墨麟之《戴烈婦歌》[3]、胡稚威之《孝女李三行》[4]，皆古藻淋漓。惜篇頁繁重，不能盡録。

【箋注】

[1] 陳元孝：陳恭尹（1631—1700），字元孝，初號半峰，晚號獨漉子。明末清初順德（今屬廣東）人。與屈大均、梁佩蘭並稱"嶺南三家"。有《獨漉堂集》。 [2] 許衡紫：許燦（1653—1716），字恒之、衡紫，號晦堂。清浙江嘉興人。諸生。有《晦堂詩鈔》《梅里詩輯》。 [3] 馬墨麟：馬維翰（1693—1740），字默臨，號墨麟、侶仙。清浙江海鹽人。康熙六十年進士。官至江南常鎮道參議。有《墨麟詩集》《墨麟古文》《舊雨集》。 [4] 胡稚威：胡天遊，見卷一·二八注 [1]。

六　四

乾隆初，杭州詩酒之會最盛。名士杭、厲之外[1]，則有朱鹿田樟、吴鷗亭城、汪抱樸臺、金江聲志章、張鷺洲湄、施竹田安、周穆門京[2]，每到西湖堤上，掎裳聯襼[3]，若屏風然。有明中、讓山兩詩僧留宿古寺[4]，詩成傳抄，紙價爲貴。南屏坐雨，朱云："一角山昏秋欲晚，滿窗葉戰雨來初。"張云："荷聲冷帶跳珠雨，鐸語遥飛潑墨山。"汪云："雲氣半遮山下塔，秋光早入水邊村。"施云："濃雲擁樹湖先暝，凉雨到窗山欲應。"讓山句如："多情無過鳥，到處似留人。""室敞許雲住，竹深無暑通。""樹聲滿壑秋初到，山影一池泉洗青。"明中句如："燒煙隔岸水猶静，初日到窗山自移。"皆可愛也。四十年來，儒、釋兩門，一齊寂滅，竟無繼起者。

【箋注】

[1] 杭、厲：杭，指杭世駿（1696—1773），字大宗，號堇浦。清浙江仁和人。雍正二年舉人。乾隆元年應試博學鴻詞，授翰林院編修。晚年主廣東越秀、揚州安定書院。有《道古堂集》。袁枚推其中《嶺南集》爲生平極盛之作。厲，指厲鶚，見本卷六一注[1]。　[2] 朱樟（1677—1757）：字亦純，號鹿田，又號慕樵，晚號灌畦叟。清浙江錢塘人。康熙三十八年舉人。官至澤州知府。有《觀樹堂集》。吴城（？—1780）：字敦復，號鷗亭。清浙江錢塘人。吴焯長子。監生。有《鷗亭小稿》《雲蠖齋詩話》《武林耆舊續集》。汪臺：字抱樸。清浙江仁和人。廪生。乾隆元年薦舉鴻博。金志章：初名士奇，字繪卣，號江聲。清浙江錢塘人。雍正元年舉人。由内閣中書遷侍讀，出爲直隸口北道。有《江聲草堂詩集》。張湄（1696—？）：字鷺洲，號南漪，又號柳漁。清浙江錢塘人。雍正十一年進士。官至兵科給事中。有《瀛壖百咏》《柳漁詩鈔》等。施安（1702—？）：字石友，號竹田、南湖老漁。清浙江錢塘人。有《舊雨齋詩》八卷。周京（1677—1749）：字西穆、少穆，號穆門，晚號東雙橋居士。清浙江錢塘人。廪貢生。考授州同知。乾隆間舉博學鴻詞，稱疾不就試。有《無悔齋集》。　[3] 掎（jǐ）裳聯襼（yì）：牽裙連袖，形容人多。[4] 明中：詩僧，俗姓施，字大恒，號烎（yín）虚。浙江桐鄉人。七歲祝髮于嘉興楞嚴寺，讀儒釋書。乾隆中主西湖天竺、净慈諸道場。與厲鶚、杭世駿等

結吟社。有《荗虛遺集》。讓山：釋篆玉（1705—1767），字讓山，號嶺雲，俗姓萬。清浙江仁和人。年十七始出家爲僧。有《話墮集》。

六　五

山陰吴修齡有句云[1]："雁將秋色去，帆帶好山移。"人因呼之曰吴好山。好山《晚晴》云："江皋收宿雨，征雁捲簾聞。野戍空千里，高秋無片雲。海明天落日，風響馬歸群。賦罷衫巾岸，應書白練裙。"與胡稚威交好[2]，兩序皆胡所作。胡和其《寒夜》一聯云："凍苦星辰白，霜明鼓角乾。"真乃不愧孟郊[3]。

【箋注】

[1]吴修齡（1611—1695）：字予延，號好山。清浙江山陰人。有《好山集》《橡村詩鈔》。　[2]胡稚威：胡天游，見卷一·二八注[1]。　[3]孟郊（751—814）：字東野。唐湖州武康（今浙江德清一帶）人。貞元年間進士。官溧陽尉。性狷介，與韓愈交誼甚密。一生困頓，其詩多寒苦之音。與賈島齊名，所謂"郊寒島瘦"。

六　六

或云："詩無理語。"予謂不然。《大雅》"於緝熙敬止"[1]"不聞亦式，不諫亦入"[2]，何嘗非理語，何等古妙！《文選》："寡欲罕所缺。"[3]"理來情無存。"[4]唐人："廉豈活名具，高宜近物情[5]。"陳後山《訓子》云[6]："勉汝言須記，逢人善即師[7]。"文文山《咏懷》云[8]："疏因隨事直，忠故有時愚[9]。"又，宋人："獨有玉堂人不寐，六箴將曉獻宸旒[10]。"亦皆理語，何嘗非詩家上乘？至乃"月窟""天根"等語[11]，便令人聞而生厭矣。

【箋注】

[1]於緝熙敬止：意爲（文王）行事光明正大，嚴肅謹慎。見《詩經·大雅·文王》。　[2]"不聞"二語：意爲（文王）辦事適度，從善如流。　[3]"寡欲"

句：謝靈運《鄰里相送方山詩一首》："積痾謝生慮，寡欲罕所闕。" [4]"理來"句：謝靈運《石門新營所住四面高山迴溪石瀨茂林修竹詩》："感往慮有復，理來情無存。" [5]"廉豈"聯：此處有誤。應爲清查慎行詩，《兒建新任東鹿縣令將挈諸孫赴署先寄詩二首》其二："廉豈沽名具，卑宜近物情。"（見《敬業堂詩集》） [6]陳後山：陳師道（1053—1102），字履常、無己，號後山居士。宋徐州彭城（今屬江蘇）人。任太學博士、潁州教授、秘書省正字。爲江西詩派代表詩人。有《後山集》《後山談叢》《後山詩話》等。 [7]"勉汝"聯：此處有誤。唐杜荀鶴《送舍弟》："勉汝言須記，聞人善即師。"非宋人陳師道詩。 [8]文文山：文天祥（1236—1283），字履善，一字宋瑞，號文山。宋吉州廬陵（今江西吉安）人。理宗寶祐四年進士第一。官至右丞相。抗元被俘，從容就義。 [9]"疏因"聯：一題作"己卯十月一日至燕越五日罹狴犴有感而賦"，此爲第十三首。 [10]玉堂：北宋太宗淳化年間，賜翰林"玉堂之署"四字，後遂用玉堂代稱翰林院。六箴：六項規諫勸戒之言，具體内容所指不一。宸旒（liú）：帝王所戴的冠帽，借指皇帝。 [11]月窟：月的歸宿處，借指極西之地。天根：星相術語。邵堯夫《擊壤集》卷十六《觀物吟》、卷十七《月窟吟》用其語。袁枚討厭以這類抽象玄秘的詞語入詩。

六七

詩家有不説理而真乃説理者。如唐人咏棋云："人心無算處，國手有輸時[1]。"咏帆云："恰認己身住，翻疑彼岸移[2]。"宋人："君王若看貌，甘在衆妃中[3]。""禪心終不動，仍捧舊花歸[4]。"雪詩："何由更得齊民暖，恨不偏于宿麥深[5]。"雲詩："無限旱苗枯欲盡，悠悠閑處作奇峰[6]。"許魯齋《即景》云[7]："黑雲莽莽路昏昏，底事登車尚出門？直待前途風雨惡，蒼茫何處覓煙村？"無名氏云："一點緇塵涴素衣[8]，瘢瘢駁駁使人疑。縱教洗遍千江水，争似當初未涴時？"

【箋注】

[1]"人心"聯：唐裴説詩。 [2]"恰認"聯：唐盧綸詩。 [3]"君王"二語：非宋人句，應爲唐盧綸《天長地久詞》中句。 [4]"禪心"二語：非宋人句，應爲唐僧皎然《答李季蘭》中句："禪心竟不起，還捧舊花歸。" [5]"何

由”二句：語出宋人韓維《奉和君俞佳雪二首》：“緣何更得閶闔暖，恨不偏于壟麥深。”　[6]“無限”二句：唐人來鵠詩。　[7]許魯齋：許衡（1209—1281），字仲平，號魯齋。元河内（今河南沁陽）人。官至集賢大學士。有《魯齋遺書》。　[8]緇（zī）塵：黑色灰塵。常喻世俗污垢。涴（wò）：污染。

按：這是存形象於生活中的理趣，當然也含情趣。發現了，而且恰當表現了，便是詩。這也是性靈詩人對理趣的要求。

六　八

蘇州黄子雲[1]，號野鴻，布衣能詩。有某中丞欲見之，黄不可，題一聯云：“空谷衣冠非易覯[2]，野人門巷不輕開。”《郊外》云：“村角鳥呼紅杏雨，陌頭人拜白楊煙[3]。”《上王虚舟先生》云[4]：“兩晋而還誰翰墨，九州之内獨聲名。”皆佳句也。子雲於城外構一草屋，客至，則具雞黍，夜留榻焉。父子終夜讀書。客歎其好學。曰：“非也。我父子只有一被，撤以供客，夜無以爲寢，故且讀書耳。”

【箋注】

[1]黄子雲（1691—1754）：字士龍，號野鴻。清江南崑山（今屬江蘇）人。少時曾泛海至琉球，中年後隱居靈巖山。有《野鴻詩稿》《長吟閣詩集》《野鴻詩的》。　[2]覯（gòu）：遇見。　[3]“陌頭”句：清明時節，人們上墳，祭拜在陌頭的一片白楊煙霧中。　[4]王虚舟：王澍（1668—1739），字若霖，號虚舟。清江蘇金壇人。康熙五十一年進士，以善書法，特命充《五經》篆文館總裁官。雍正間官至吏部員外郎。有《大學困學録》《白鹿洞規條目》《淳化秘閣考正》等。

按：此布衣詩人並非不通情理之人，而是有個性之人。某中丞是官，王虚舟也是官，分别對待，似必有因。而對待窮朋友，又是一番情景。一個成熟的社會，應有容於這種人，而不應冷眼相看。

六　九

己卯鄉試，丹陽貢生于震[1]，負詩一册，踵門求見，年五十餘矣。曰："苦吟半生，無一知己，今所望者惟先生，故以詩呈教。如先生亦無所取，則震將投江死矣。"余駭且笑，急讀之，是學前明七子者，于唐人形貌，頗能描摹，因稱許數言，其人大喜而去。黄星岩戲吟云[2]："虧公寬著看詩眼，救得狂人蹈海心。"

【箋注】

[1]己卯：這裏指乾隆二十四年（1759）。于震：應爲於震（1721—1774），字亦川，一作一川，號秋水。清江蘇丹陽人。諸武生。乾隆三十年南巡，召試二等。有《太阿秋水集》《亦川詩鈔》。　[2]黄星岩：黄之紀，見本卷四六注[1]。

七　〇

劉春池賦白牡丹云[1]："神仙隊裏風流易，富貴場中本色難。"陳紫瀾宫詹浩賦白桃花云[2]："後庭歌罷酲初醒，前度人來鬢已華[3]。"蔣用庵御史亦賦白桃云[4]："亡息國因紅粉累，避秦人是白衣尊[5]。"皆妙。

【箋注】

[1]劉春池：劉夢芳，字春池。清江蘇上元人。金陵織造府計吏。有《秋水堂詩鈔》。　[2]陳紫瀾：陳浩（1695—1772），字紫瀾。清順天昌平（今屬北京）人。雍正二年進士。授編修，官至少詹事。有《生香書屋稿》。[3]後庭歌：南朝陳後主製曲《玉樹後庭花》，因陳後主喜好聲色而終於亡國，此曲也成爲亡國之音的代表。酲：酒醉後神志不清。前度人：用劉禹錫詩典故："種桃道士歸何處？前度劉郎今又來。"　[4]蔣用庵：蔣和寧，見卷一・六五注[15]。　[5]"亡息"句：《左傳》莊公十四年載：蔡哀侯由於在莘地戰敗被俘，在楚文王面前贊美息媯，楚王於是滅了息國，把息媯帶到楚國。湖北黄陂縣東三十里有桃花夫人廟，即息夫人廟。王維《息媯怨》云："看花滿眼淚，

不共楚王言。”杜牧《題桃花夫人廟》詩云：“細腰宫裏露桃新，脉脉無言度幾春。”“避秦”句：晋陶潛《桃花源記》故事中的隱居者，自稱他們的祖先是爲“避秦時亂”纔來隱居。後世因以“避秦人”爲隱者的代稱。白衣，古代未入仕者穿白衣，因以白衣喻指没有官職的人。陶潛嗜酒，某年重陽無酒，恰有刺史王弘派白衣送酒。

七　一

山陰胡西垞素行詭激[1]，落魄揚州，屢謁盧轉運不得見[2]，乃除夕投詩云：“莽莽乾坤歲又闌，蕭蕭白髮老江干[3]。布金地暖回春易，列戟門高再拜難[4]。庾信生涯最蕭瑟，孟郊詩骨劇清寒[5]。自憐七字香無力，封上梅花閣下看。”雅雨先生見之，即呼騶往拜，饋朱提數笏[6]。

【箋注】

[1]胡西垞：胡裘錞（chún），號西垞。清浙江山陰人。官中書舍人。有《一室嘯歌》《胡舍人詩稿》。 [2]盧轉運：盧見曾，見卷二·九注[1]。 [3]江干：江邊。 [4]布金：《賢愚經》載：須達欲請佛祖，唯太子祇陀園宜起精舍，太子説：“汝若能以黄金布地，令無空者，便當相與。”須達布金欲滿，略欠少地。太子念言：“佛必大德，能使斯人，輕寶如是。”乃令止，勿出金，二人共立精舍。後以“布金之地”稱佛寺。列戟：戟是一種進攻型長兵器，在宅前儀衛中陳列兵器，以顯示王公貴人的身份等級。 [5]庾信（513—581）：字子山。北周南陽新野（今屬河南）人。官驃騎大將軍、開府儀同三司，世稱庾開府。有《庾子山集》。杜甫詩曰：“庾信生平最蕭瑟。”孟郊：見本卷六五注[3]。 [6]朱提：古縣名，以産銀著名，故可作銀的别稱。笏（hù）：二十四兩銀子或五十兩銀子爲一笏。

七　二

盧招人觀虹橋芍藥[1]，諸名士集二十餘人，獨布衣金司農詩先成[2]，云：“看花都是白頭人，愛惜風光愛惜身。到此百杯須滿飲，果然四月有餘春。枝頭紅影初離雨，扇底狂香欲拂塵。知道使君詩第一，明珠清玉比精神[3]。”盧大喜，一座爲之擱筆。

【箋注】

[1]盧：盧見曾，見卷二・九注[1]。虹橋：揚州瘦西湖上的一座著名橋梁。[2]金司農：金農（1687—1764），原名司農，字壽門，號冬心、金牛、古泉等。清浙江杭州人。善畫工詩。舉鴻博不就。爲揚州八怪之一。有《論畫詩鈔》《冬心隨筆》《冬心雜著》《冬心畫梅題記》等。[3]明珠清玉：比喻人的氣質秀異、品行高潔。

七三

詩家閨秀多，青衣少[1]。高明府繼允有蘇州薛筠郎[2]，貌美藝嫻，賦《秋月》云：“風韻亂傳杵，雲華輕入河[3]。”《旅思》云：“如何野店聞鐘夜，猶是寒山寺裏聲[4]。”《曉行》云：“並馬忽驚人在後，貪看山色又回頭。”皆有風調。筠郎隨主人入都，卒于保陽。高刻其遺稿，屬余題句。余書三絶，有云：“絶好齊梁詩弟子，不教來事沈尚書[5]。”

【箋注】

[1]閨秀：指大户人家的女兒。青衣：指穿青衣的婢女、侍僮。[2]高繼允：字潤南。清四川梁山（今重慶梁平）人。雍正十三年舉人。乾隆二十四年任山西太谷知縣。纂修《太谷縣誌》。薛筠郎：生平未詳。[3]杵：傳説月宫中搗藥之杵。河：銀河。[4]寒山寺：在今江蘇省蘇州市西楓橋鎮。相傳唐詩僧寒山子曾居於此，故名。唐張繼《楓橋夜泊》詩：“姑蘇城外寒山寺，夜半鐘聲到客船。”[5]“絶好”句：指其詩綺麗如南朝齊梁詩，故稱。沈尚書：沈約，見本卷四三注[6]。此處代稱高繼允。

七四

沈歸愚選《明詩别裁》[1]，有劉永錫《行路難》一首，云[2]：“雲漫漫兮白日寒，天荆地棘行路難。”批云：“只此數字，抵人千百。”予不覺大笑。“風蕭蕭兮白日寒[3]”，是《國策》語。“行路難”三字是題目。此人所作，只“天荆地棘”四字而已，以此爲佳，全無意義。須知《三百篇》如“采采芣苢，薄言采之”之類[4]，均非後人所當效法。聖人存之，采南國之風，尊文王之化，非如後人選讀本，教人摹仿也。今人附會聖經，極力贊歎。章艧齋戲仿云[5]：“點點蠟燭，薄言點之。點點蠟燭，薄言剪之。”注云：“剪，剪去其煤也。”聞者絶倒。余嘗疑孔子删詩之説，本屬附會。今不見於《三百篇》中，而見於他書者，如《左氏》之“翹翹車乘，招我以弓[6]”“雖有姬姜，無棄憔悴[7]”，《表記》之“昔吾有先正，其言明且清[8]”，古詩之“雨無其極，傷我稼穡”之類[9]，皆無愧於《三百篇》，而何以全删？要知聖人述而不作，《三百篇》者，魯國方策舊存之詩，聖人正之，使《雅》《頌》各得其所而已，非删之也。後儒王魯齋欲删《國風》淫詞五十章[10]，陳少南欲删《魯頌》[11]，何迂妄乃爾！

【箋注】

[1]沈歸愚：沈德潜，見卷一・三一注[3]。 [2]劉永錫（1599—1654）：字欽爾，號賸庵。明末清初直隸魏縣（今屬河北）人。明崇禎九年舉人。官江南長洲儒學教諭。南明亡，率妻子隱居相城，窮餓而終。詩集未傳。陳允衡《愛琴館詩慰》有選詩。 [3]“風蕭蕭”句：《戰國策》中荆軻所咏，後三字原爲“易水寒”。 [4]“采采”二句：見《詩經・國風・周南・芣苢》。[5]章艧齋：名袁梓，字艧齋。清浙江錢塘人。諸生。袁枚表弟。 [6]“翹翹”二句：見《左傳》莊公二十二年所引。 [7]“雖有”二句：見《左傳》成公九年所引。 [8]“昔吾”二語：《禮記・緇衣》引詩。 [9]“雨無”二語：據《四庫全書總目提要》對蘇轍《詩集傳》的評介，劉元世《元城語録》曰：“嘗記少年讀《韓詩》，有《雨無極》篇，序云：‘正大夫刺幽王也。’首云：‘雨無其極，傷我稼穡。’而《毛詩》此篇無此二句。”朱熹《詩集傳》説：“元城劉氏曰：‘嘗讀《韓詩》，有《雨無極》篇。序云《雨無極》正大夫刺幽王也。至其詩之文，則比《毛詩》篇首多“雨無其極，傷我稼穡”八字。’愚按：劉説似有理，然第一、二章，本皆十句，今遽增之，則長短不齊，非詩之例。”[10]王魯齋：王柏（1197—1274），字會之，號魯齋。宋婺州金華（今屬浙江）人。南宋經學家。有《魯齋集》《讀易記》《書疑》《詩疑》《研幾圖》。王魯齋欲删《國風》三十二篇。 [11]陳少南：陳鵬飛（1099—1148），字少南。宋温州永嘉人。高宗紹興十二年進士。授鄞縣主簿。歷官太學博士、崇政

殿說書，除禮部員外郎。以忤秦檜，謫居惠州。有《管見集》《羅浮集》等。《朱子語類》說："陳少南要廢《魯頌》，忒煞輕率。他作序却引'思無邪'之説，若廢了《魯頌》，却没這一句。"

七　五

宋人好附會名重之人，稱韓文杜詩，無一字没來歷。不知此二人之所以獨絶千古者，轉妙在没來歷。元微之稱少陵云[1]："憐渠直道當時事，不著心源傍古人[2]。"昌黎云[3]："惟古於詞必己出，降而不能乃剽賊[4]。"今就二人所用之典，證二人生平所讀之書，頗不爲多，班班可考，亦從不自注此句出何書、用何典。昌黎尤好生造字句，正難其自我作古，吐詞爲經。他人學之，便覺不妥耳。

【箋注】

[1]元微之：元稹，見卷一・二〇注[11]。　[2]"憐渠"二語：元稹《酬孝甫見贈十首》中詩句。心源：心性。佛教視心爲萬法之源，故稱。此語意謂：不執着於主觀而故意依傍古人。　[3]昌黎：韓愈，見卷一・一三注[1]。　[4]"惟古"二語：出自韓愈《南陽樊紹述墓誌銘》。

七　六

女寵雖自古爲患，而地道無成[1]，其過終在男子。使太宗不死，武氏何能爲禍？李白云："若教管仲身常在，宫内何妨更六人[2]！"楊誠齋云："但願君王誅宰嚭，不愁宫裏有西施[3]。"唐人咏明皇云："姚宋不亡妃子在，胡塵那得到中華[4]？"《僖宗幸蜀》詩云："地下阿瞞應有語，這回休更怨楊妃[5]。"范同叔云："吴國若教丞相在，越王空送美人來[6]。"此數首，皆爲美人開脱。余咏陳宫云："若教褒妲逢君子，都是周南傳裏人[7]。"亦此意也。唐人又有句云："吴王事事都顛倒，未必西施勝六宫[8]。"尤妙。

【箋注】

[1] 地道：《周易・坤卦・文言》曰："地道也，妻道也，臣道也，地道無成而代有終也。"意謂卑應於尊，下順於上，地道不自成功而奉天行事，自始至終。 [2]"若教"二語：非李白詩，實出自宋人李覯《齊世家》："莫以荒淫便責君，大都危亂爲無臣。若教管仲身長在，何患夫人更六人。"管仲（？—前 695）：即管夷吾、管敬仲，字仲。春秋初期潁上（今屬安徽）人。齊桓公時爲相，實行改革，治國有方，從此齊國大振，成爲强國。更六人：《春秋左傳・僖公十七年》："齊侯之夫人三：王姬，徐嬴，蔡姬。皆無子。齊侯好内，多内寵，内嬖如夫人者六人。" [3] 楊誠齋：楊萬里，見卷一・二注 [1]。"但願"二語：出自王安石《宰嚭》詩："謀臣本自繫安危，賤妾何能作禍基。但願君王誅宰嚭，不愁宫裏有西施。"宰嚭（pǐ）（？—前 473）：即太宰嚭、伯嚭，也叫帛喜、白喜，字子餘。春秋時吴國大臣，因善逢迎，深得吴王寵信。吴破越後，越王勾踐請和，吴王夫差同意，吴大夫伍子胥極力勸阻，越國以金錢美女收買太宰嚭，譖殺伍子胥。 [4]"姚宋"二語：出自宋人張齊賢《華清宫》詩："當時不是不窮奢，民樂升平少歎嗟。姚宋未亡妃子在，塵埃那得到中華。"姚宋，指唐姚崇、宋璟。玄宗開元年間，相繼爲相。 [5] 僖宗：李儇（862—888），晚唐皇帝，在位十五年。在黄巢起義時，他曾逃亡于成都。"地下"二語：唐羅隱《帝幸蜀》詩云："馬嵬山色翠依依，又見鑾輿幸蜀歸。泉下阿瞞應有語，這回休更怨楊妃。"一作唐狄歸昌《題馬嵬驛》詩。阿瞞，唐玄宗自稱阿瞞。 [6] 范同叔：未詳。丞相：指伍子胥。 [7]"若教"二語：出自袁枚《張麗華》詩："結綺樓邊花怨春，清溪栅上月傷神。可憐褒妲逢君子，都是周南傳裏人。"褒妲：即周幽王時的褒姒和殷紂王時的妲己。周南：《詩經》中的十五《國風》之首，舊説吟咏后妃之德。 [8]"吴王"二語：唐陸龜蒙《吴宫懷古》："香徑長洲盡棘叢，奢雲艷雨祇悲風。吴王事事須亡國，未必西施勝六宫。"

七　七

余雅不喜四皓事[1]，著論非之，且疑是子長好奇附會[2]，非真有其人也。後讀杜牧"四皓安劉是滅劉"、錢辛楣先生"安吕非安劉"二詩[3]，可謂先得我心。顧禄伯亦有詩誚之云[4]："垂老與人家國事，幾聞巢許出山來[5]？"

【箋注】

[1] 四皓：即商山四皓，見本卷五二注 [4]。 [2] 子長：司馬遷（前 145—前 87），字子長。西漢左馮翊夏陽（今陝西韓城）人。任太史令、中書令。發憤著書，寫成《史記》。 [3]“四皓”句：杜牧《題商山四皓廟》中句。秦時四皓隱于商山，修道潔己，非義不動。漢時吕后用張良計謀，迎出四皓，劉邦遂取消廢太子之議，朝野遂安。杜牧認爲太子懦弱，日後釀成吕后專權之禍。錢辛楣：錢大昕，見卷二·四四注 [4]。 [4] 顧禄伯：顧詒禄（1699—1768），字禄百，號花橋、瑗堂等。清江蘇長洲人。貢生。有《吹萬閣集》《瑗堂文述》《瑗堂詩話》等。 [5] 巢許：即巢父、許由，二人爲傳説中唐堯時代的隱士。

七八

己酉夏間，鰲静夫圖明府與張荷塘過訪隨園 [1]，蒙見贈云：“太史藏書地，因山得一園。西風吹蠟屐 [2]，凉雨叩蓬門。霜重楓將老，秋酣菊已繁。十年荒舊學，詩律待深論。”此詩雖成，逾年不寄。直至鰲公調任金山，余過松江，舟中相晤，方出以相示。予問：“何不早寄？”曰：“荷塘道不佳。”余笑曰：“此詩通首清老，一氣卷舒，不求工於字句間，古大家往往有之，頗可存也。想荷塘引《春秋》之義 [3]，必欲責備賢者，誘出君驚人之句耶？”彼此囅然。鰲第三句是“西風吹倦客”。荷塘道：“‘倦’字對不過‘蓬’字。”爲改作“西風蠟山屐”。余道：“‘蠟’字又與‘風’字不相聯貫，不如改‘西風吹蠟屐’，益覺清老也。”

【箋注】

[1] 己酉：這裏指乾隆五十四年（1789）。鰲圖：于鰲圖，見卷一·五五注 [4]。張荷塘：張五典（1555—1626），字叙百，號荷塘。清陝西涇陽人。乾隆二十五年舉人。官江蘇上元縣令。有《荷塘詩集》。 [2] 蠟屐：典出《世説新語》阮孚以蠟塗屐。屐，一種木底鞋。以蠟塗屐，可使之潤滑。後以“蠟屐”借指遊歷，也可用以形容寄情於某種癖好，悠然自得。 [3]《春秋》之義：

《春秋》，魯國史書，相傳爲孔子所修。經學家認爲它每用一字，必寓褒貶。《左傳・成公十四年》："《春秋》之稱，微而顯，志而晦，婉而成章，盡而不污，懲惡而勸善，非聖人誰能修之？"

七　九

奇麗川方伯[1]，篤友誼而愛風雅。辛亥清明後三日，寄札云："有惠山侯生，名光第，字枕漁者[2]，常携之同至黔中。詩多清妙，而身亡後，散失無存，向其家搜得古今體一卷，特耑函寄上[3]。倘得采録入《詩話》中，則鯫生附以不朽[4]，而余亦有以報故人也。"余讀之，頗近中唐風格，爲録其《送友之河南》云："親老難爲别，家貧耐遠行。東風吹客夢，落日已孤征。盡此一樽酒，相將無限情。梁園春正好，莫聽鷓鴣聲[5]。"《山塘竹枝詞》云："當壚十五鬌堆鴉[6]，稱體單衫淺碧紗。玉盞勸郎拚醉飲，更無花好似儂家。""陂塘春水碧於油，樹樹垂楊隱畫樓。樓上玉人春睡足，一簾紅日正梳頭。"其他佳句，五言如："蟬吟出高樹，山色落孤篷。""隔水犬争吠，斷橋僧獨歸。"七言如《弔李白》云："千載比肩惟杜甫，一生低首只宣城[7]。"《落花》云："丁寧落向春波去，不許東西兩處流。"

【箋注】

[1]奇麗川：奇豐額，見卷一・五四注[2]。　[2]侯光第：字枕魚。清江蘇無錫布衣。有《蘭圃詩稿》《醉紅詞》。　[3]耑（zhuān）函：書信常用語，謂特地寫信。耑，同"專"。　[4]鯫（zōu）生：小人，通常用作謙詞。[5]梁園：西漢景帝時，景帝的弟弟梁孝王劉武所建的花園賓館，亦稱梁苑、兔園。鷓鴣：形似雌雉，頭如鶉，胸前有白圓點，如珍珠。背毛有紫赤浪紋。足黄褐色。古人諧其鳴聲爲"行不得也哥哥"，詩文中常用以表示思鄉之情。　[6]堆鴉：形容女子髮黑而美。　[7]宣城：地名，在今安徽。此處代指南北朝時南齊著名詩人謝朓，他曾任宣城太守。李白有《秋登宣城謝朓北樓》。參卷一・二二注[4]。

隨園詩話箋注　卷四

一

凡作詩者，各有身分，亦各有心胸。畢秋帆中丞家漪香夫人有《青門柳枝詞》云[1]："留得六宫眉黛好，高樓付與曉妝人。"是閨閣語。中丞和云："莫向離亭争折取，濃陰留覆往來人。"是大臣語。嚴冬友侍讀和云[2]："五里東風三里雪，一齊排着等離人。"是詞客語[3]。夫人又有句云："天涯半是傷春客，飄泊煩他青眼看。"亦有慈雲護物之意[4]。張少儀觀察和云[5]："不須看到婆娑日，已覺傷心似漢南[6]。"則的是名場耆舊語矣[7]。

【箋注】

[1]畢秋帆：畢沅，見卷二・一三注[4]。漪香：即周月尊，見卷二・二五。[2]嚴冬友：嚴長明，見卷一・二二注[6]。　[3]詞客：指以詩文名世的人。　[4]慈雲護物：佛教用語，比喻慈心如雲般的廣大，庇蔭著一切衆生。[5]張少儀：張鳳孫（1706—1783），字少儀。清江南華亭人。雍正十年副貢生，乾隆元年舉博學鴻詞。先任貴州貴定知縣，後歷官雲南糧儲道，改刑部郎中。有《寶田詩鈔》《金沙廠記》等。觀察：清代對道員的尊稱。　[6]漢南：漢水以南。北周庾信《枯樹賦》："桓大司馬聞而歎曰：'昔年移柳，依依漢南；今看摇落，悽愴江潭。樹猶如此，人何以堪！'"　[7]名場耆舊：科場上年高而有才德的人。

二

惲南田壽平之父遜庵[1]，遭國變，父子相失，壽平賣杭州富商某爲奴。其故人諦暉和尚在靈隱坐方丈[2]，苦無救策。會二月十九日觀音生辰，天竺燒香者，過靈隱寺必拜方丈。諦暉道行高，貴官男女來膜拜者以萬數，從無答禮。富商夫人從蒼頭婢僕數十人[3]，來拜諦暉。諦暉探知頎而纖者，惲氏兒也，矍然起，跪兒前，膜拜不止，曰："罪過！罪過！"夫人驚問故。曰："此地藏王菩薩也，托生人間，訪人善惡。夫人奴畜之，無禮已甚，聞又鞭撲之，從此罪孽深重，奈何！"夫人惶急，歸告某商。次早，某商來，長跪不起，求開一綫佛門之路。諦暉曰："非特公有罪，僧亦有罪。地藏王來寺，而僧不知迎，僧罪大矣！請以香花清水，供養地藏王入寺，緩緩爲公夫婦懺悔，並爲僧自己懺悔。"某商大喜，佈施百萬，以兒付諦暉。諦暉教之讀書、學畫，一時聲名大起。壽平佳句，如："蟬移無定響，星過有餘光。""送迎人自老，新舊歲無痕。""只爲花陰貪坐久，不須歸去更熏衣。"皆清絶也。《十四夜望月》云："平開圖畫含千嶺，盡掃星河占一天。"真乃自喻其筆墨之高矣。其時，石揆僧與諦暉齊名[4]。石揆有弟子沈近思[5]，後官總憲。人問諦暉孰優。曰："近思講理學，不出周、程、張、朱範圍[6]；壽平作畫，能脱文、沈、唐、仇窠臼[7]。似惲優矣。"

【箋注】

[1]惲壽平（1633—1690）：初名格，字壽平，後以字行，改字正叔，號南田。明末清初江南武進（今屬江蘇）人。常州畫派開派人物。有《甌香館集》。遜庵：惲日初（1601—1678），字仲升，號遜庵。惲壽平父。崇禎六年副貢。有《遜庵詩文集》《見則堂四書講義語録》《野乘》。　[2]諦暉：釋慧輅（1627—1725），字諦暉，俗姓沈。浙江吴興（今湖州）人。自幼出家。遊學杭州靈隱。歷住興福、妙濟等寺。後住靈隱，康熙南巡，數召見之，賜寺雲林。[3]蒼頭：此指奴僕。《漢書·鮑宣傳》："使奴從賓客漿酒霍肉，蒼頭廬兒皆用致富。"顔師古注引孟康曰："漢名奴爲蒼頭，非純黑，以别於良人也。"　[4]石揆（1627—1697）：明萬歷時孝廉，後爲靈隱寺長老垂三十年。[5]沈近思（1671—1728）：字位山。清浙江錢塘人。康熙三十九年進士。歷官河南臨潁知縣、太僕寺卿兼吏部文選司郎中、左都御史。卒謚端恪。有《天鑒堂文集》。　[6]周、程、張、朱：宋理學家周敦頤、二程（程顥、程頤）、張載、朱熹。周開其端，二程和張載爲奠基者，朱爲集大成者。　[7]文、沈、唐、仇：明代文徵明、沈周、唐寅、仇英，均工繪畫，稱明四家，又稱吴門四大家。

三

詩用經書成語，有對仗極妙者。前輩盧玉岩云[1]："頭既責余余責頭，腹亦負公公負腹[2]。"近人吴文溥云[3]："人非磨墨墨磨人，我自注經經注我[4]。"姚念慈云[5]："野無青草霜飛後，菊有黄花雁到初[6]。"汪韓門云[7]："白鳧化後成衰老，黄雀飛來謝少年[8]。"胡稚威云[9]："春水緑波芳草色，雜花生樹亂鶯飛[10]。"朱鹿田《得子》云[11]："我求壯艾三年藥，汝似王瓜五月生[12]。"皆用經書、樂府成語也。余戲集樂府云："背畫天圖，子星歷歷。東升日影，雞黄團團[13]。"

【箋注】

[1]盧玉岩：盧存心（1690—1758），字敬甫，號玉岩。清浙江錢塘人。恩貢生，乾隆間舉鴻博，未中。有《白雲詩文集》。 [2]"頭既"二語：《世説新語》載：頭責秦子羽云："子曾不如太原温顒、潁川荀寓、范陽張華、士卿劉許、義陽鄒湛、河南鄭詡。此數子者，或謇吃無宫商，或尫陋希言語，或淹伊多姿態，或讙嘩少智諝，或口如含膠飴，或頭如巾齏杵，而猶以文采可觀、意思詳序，攀龍附鳳，並登天府。"宋吴坰《五總志》："古諺云：大將軍食飽，捫腹而歎曰：'我不負汝！'左右曰：'將軍固不負此腹，此腹負將軍，未嘗出少智慮也。'"宋方岳《滿庭芳・擘蟹》："停杯問，余其負腹，是腹負余耶？" [3]吴文溥（約1774—1844）：字博如，號澹川。清浙江嘉興人。乾隆二十三年貢生。有《南野草堂筆記》《所見録》《師貞備覽》《南野堂詩集》等。[4]"人非"二語：蘇東坡《和舒教授觀所藏墨》詩中有"非人磨墨墨磨人"語。陸九淵有"六經注我我注六經"説。 [5]姚念慈：一作姚念兹，見卷一・二四注[3]。 [6]"野無"聯：《左傳》僖公二十六年中有"室如懸罄，野無青草"語。《禮記・月令》有"季秋之月……鞠有黄華"語。 [7]汪韓門：汪師韓（1707—1780），字抒懷，號韓門，又號上湖、坦橋。清浙江錢塘人。雍正十一年進士。選庶吉士，散館授翰林編修。曾任湖南學政。有《韓門綴學》《談詩録》《詩學纂聞》《詩四家故訓》《上湖紀歲詩編》《上湖分類文編》《春星堂詩集》等。[8]"白鳧"聯：《北史》齊童謡云："中興寺内白鳧翁。"杜甫《白鳧行》："黄鵠高于五尺童，化爲白鳧似老翁。"《南齊書》："（顧）歡年六七歲，家貧，父使驅田中雀，歡作《黄雀賦》而歸，雀食過半，父怒，欲撻之，見賦乃止。"袁山松《後漢書》："陳弇學尚書，躬自耕種，常有黄雀飛來，隨弇翱翔。"

[9]胡稚威：胡天游，見卷一·二八注[1]。 [10]“春水”二語：江淹《别賦》：“春草碧色，春水緑波。送君南浦，傷如之何？”丘遲《與陳伯之書》：“暮春三月，江南草長，雜花生樹，羣鶯亂飛。” [11]朱鹿田：朱樟，見卷三·六四注[2]。[12]“我求”聯：《孟子·離婁上》：“今之欲王者，猶七年之病求三年之艾也。”《禮記·月令》：“孟夏王瓜生。” [13]“背畫”四語：《吴聲歌曲·讀曲歌》：“畫背作天圖，子將負星曆。”《西烏夜飛》：“日從東方出，團團雞子黄。”

四

題古蹟能翻陳出新最妙。河南邯鄲壁上或題云[1]：“四十年中公與侯，雖然是夢也風流。我今落魄邯鄲道，要替先生借枕頭。”嚴子陵釣臺或題云[2]：“一着羊裘便有心，虚名傳誦到如今。當時若著蓑衣去，煙水茫茫何處尋？”

凡事不能無弊，學詩亦然。學漢魏《文選》者，其弊常流於假；學李、杜、韓、蘇者[3]，其弊常失於粗；學王、孟、韋、柳者[4]，其弊常流於弱；學元、白、放翁者[5]，其弊常失於淺；學温、李、冬郎者[6]，其弊常失於纖。人能吸諸家之精華，而吐其糟粕，則諸弊盡捐。大概杜、韓以學力勝，學之，刻鵠不成，猶類鶩也[7]。太白、東坡以天分勝，學之，畫虎不成，反類狗也。佛云：“學我者死。”無佛之聰明而學佛，自然死矣。

【箋注】

[1]邯鄲：唐沈既濟《枕中記》載：盧生在邯鄲客店中遇道士吕翁，用其所授瓷枕，睡夢中歷數十年富貴榮華。及醒，店主炊黄粱未熟。後因以“邯鄲夢”喻虚幻之事。此反其義。 [2]嚴子陵：嚴光，見卷一·一四注[1]。[3]李、杜、韓、蘇：指李白、杜甫、韓愈、蘇軾。 [4]王、孟、韋、柳：指王維、孟浩然、韋應物、柳宗元。 [5]元、白、放翁：指元稹、白居易、陸游（放翁）。[6]温、李、冬郎：指温庭筠、李商隱、韓偓。 [7]鵠：體形似雁而較大，在水中能迅速劃行，姿態優雅，能高飛，且鳴聲洪亮。俗稱爲天鵝。鶩：鳥類中的游禽類，俗稱爲野鴨。

按：此則談到學詩，不容易一一具體釐析。所學對象、學者本身、時代與生活的變遷，聯繫起來是個很複雜的問題。無論向怎樣的大家、名家學詩，都只能活學，而不能死學。怎樣活學，也不是一句話可以說清楚的，只有在實踐中體悟。

五

昔人稱謝太傅“功高百辟，心在一丘[1]”。范希文經略西邊，猶戀戀於曩日之圭峰月下[2]，與友人書，時時及之。秋帆尚書巡撫陝西，有《小方壺憶梅》詩[3]，節其大概云：“仙人家住梅花村，寒香萬頃塞我門。門巷寂寂嵌空谷，冷艷繁枝環破屋。塵緣未了出山去，回頭別花花不語。北走燕雲西入秦，問梅精舍知何處？歲云暮矣風雪驟，驛使音稀斷隴首。天涯人遠乍黄昏，料得花還如我瘦。松林翠羽最相思，夢繞南枝更北枝。花神曩日盟言在，重訂還山在幾時？香落琴弦彈一曲，爾音千里同金玉。花如不諒余精誠，請問鄧尉山樵徐友竹[4]。”徐名堅，蘇州木瀆人，能詩工畫，余舊交也。張文敏公《題横山西廬》云[5]：“壺中長日静中緣，我亦曾經四小年[6]。不及蒼髯牆外叟，梅花看到菊花天。”與畢公同有“心在一丘”之想。

【箋注】

[1] 謝太傅：謝安，見卷一・五六注[4]。百辟：諸侯。一丘：即一丘一壑。語本《漢書・叙傳上》：“漁釣於一壑，則萬物不奸其志；棲遲於一丘，則天下不易其樂。”一丘一壑指隱居者所居住的地方。後亦用以比喻歸隱在野，縱情山水。 [2] 范希文：范仲淹（989—1052），字希文。蘇州吴縣（今屬江蘇）人。北宋大中祥符八年進士。歷任龍圖閣直學士、陝西經略安撫招討副使、參知政事。卒謚文正。有《范文正公集》。圭峰：在江西弋陽縣南部，地處三清山、龍虎山和武夷山之間，山上有塊奇石，形似圭板朝笏，故名。范文正《鄂郊友人王君墓表》云：“今兹方面，賓客滿坐，鐘鼓在廷，白髮憂邊，對酒鮮樂。豈如圭峰月下，倚高松，聽長笛，忘天下萬物之際乎？” [3] 秋帆：畢沅，見卷二・一三注[4]。 [4] 徐友竹：徐堅（1712—1798），字孝先，號友竹，

晚號澡雪老人、鄧尉山樵。清江蘇吴縣人。貢生。有《覞園詩鈔》《友竹詩鈔》。[5]張文敏：張照，見卷一・二四注[5]。　[6]壺中長日：《後漢書》："汝南人費長房，曾爲市掾。市中有老翁賣藥，懸一壺於肆頭，及市罷，輒跳入壺中。費異之，因往再拜奉酒脯，翁乃與俱入壺中。只見玉堂嚴麗，酒肴豐盛，共飲畢而出。"後以"壺中日月"或"壺中天地"代稱超塵脱俗的生活境界。

六

尹文端公年七十七而薨[1]。薨時，滿榻紛披，皆詩草也。病革[2]，聞皇上有駕臨之信，纔略收拾。前一月，命諸公子作送春詩。西席解吉庵賦云[3]："也知住已經三月，其奈逢須隔一年。遺愛只留庭樹好，餘暉空托架花鮮。"公甚賞之，動筆加圈。殁後，方知皆讖[4]。公第四公子樹齋爲尚書，應第三句[5]。又一聯云："千紅萬紫費安排，底事功成駕便回？"亦暗藏騎箕之意[6]，皆無心偶觸云。

【箋注】

[1]尹文端：尹繼善，見卷一・一〇注[3]。薨（hōng）：周代稱諸侯死爲薨，唐以後稱大臣死亦爲薨。　[2]病革：病危急。　[3]西席：舊時對家塾教師或幕友的敬稱。解吉庵：未詳。　[4]讖（chèn）：古人信仰中的災異吉凶的言論或徵兆。　[5]樹齋：慶桂（1735—1816），字樹齋。尹繼善四子。乾隆時以蔭生授户部員外郎充軍機章京。嘉慶間官至文淵閣大學士兼軍機大臣加太保。謚文恪。　[6]騎箕："騎箕尾"的省稱。箕、尾皆二十八星宿的星名。相傳武丁的宰相傅説死後升天，跨於二星之上。《莊子・大宗師》："傅説得之，以相武丁，奄有天下，乘東維，騎箕尾，而比於列星。"後以此比喻人死後升天，常用作輓辭。

七

副憲趙學齋先生提倡後學[1]，愛才如命。掌教萬松書院，識拔英俊少年，一時遂有《北史》張雕武之謗[2]。不數年，所識拔者，雲蒸霞起，如吴雲岩、葉登南輩[3]，皆作狀元詞翰，浮言始息。有項春臺秀才早卒[4]，先生哭之云："文章靈氣歸何處？師弟情緣結再生。"

余在京師，《送王卿華歸里》云[5]："風懷似我能憐我，客路逢君又別君。"先生讀之，謂卿華曰："此種才人，當鑄黄金事之[6]。"先生諱大鯨。

【箋注】

[1]趙學齋：趙大鯨（1682—1749），字横山，號學齋、古藤。清浙江仁和人。雍正二年進士。官至左副都御史。曾提督江西、直隸學政，主雲南、湖南、河南三省鄉試。有《使滇集》《歸覲集》《古藤書屋集》。副憲，左副都御史的别稱。　[2]張雕武：北齊中山北平（今河北滿城）人。通五經、《春秋》三傳。歷官平原太守、通直散騎常侍、涇州刺史，後入授經書，加國子祭酒，假儀同三司，待詔文林館。兼修國史，旋升侍中。爲人所誣陷，被殺。　[3]吴雲岩：吴鴻，見卷三・二二注[1]。葉登南：葉藩（1727—1806），字登南，號古渠、臯亭。清浙江仁和人。乾隆十六年進士。官廣西思恩知府。有《金山詩草》。[4]項春臺：如上，餘未詳。　[5]王卿華：王復旦，字卿華。清浙江仁和人。乾隆元年舉人。後會試不第，縊死京都。　[6]鑄黄金：《吴越春秋》："范蠡既去……越王乃使良工鑄金，象范蠡之形，置之坐側。"後以"鑄金"或"鑄黄金"表示敬重人才。

八

蔣南莊守潁州[1]，有句云："人原是俗非因吏，仕豈能優且讀書。"謙而藴藉。《過瀧喉》云[2]："亂石磨舟泉有骨，雙橈撥霧水生塵。"與徐鳳木布衣"水淺擱舟沙怒語，山彎轉舵月回眸"相似[3]。蔣名熊昌，常州人。

【箋注】

[1]蔣南莊：蔣熊昌，字澄川，號南莊。清江蘇陽湖人。乾隆二十八年進士。三十七年入直，官至安徽潁州知府。　[2]瀧（shuāng）喉：位于今廣東羅定境内，灘高水急，巨石横截中流，十分險要。　[3]徐鳳木：徐紫芝，見卷三・五二注[2]。

九

湯潛庵巡撫江蘇[1]，《出郭》云：“按部雨餘香稻熟，課農花發曉雲輕[2]。”人言公理學名儒，何詩之清婉也？余記座師孫文定公亦有《咏梅》云[3]：“天地心從數點見，河山春借一枝回。”詩不腐，而言外俱含道氣[4]。

【箋注】

[1]湯潛庵：湯斌（1627—1687），字孔伯，號荆峴，晚號潛庵。清河南睢州（今商邱一帶）人。順治九年進士。康熙十八年，應博學鴻詞科。歷官至内閣學士，出爲江寧巡撫，入爲禮部尚書、工部尚書。有《洛學編》《湯子遺書》。　[2]按部：巡按、御史稽察地方官吏。課農：勸諭農民不誤農時，精心耕耘。　[3]座師：明清時，進士、舉人稱本科總裁官或主考爲“座師”，亦稱“座主”。孫文定：孫嘉淦（1682—1752），字錫公，號懿齋。清山西興縣人。康熙五十二年進士。官至吏部尚書、協辦大學士。卒謚文定。有《孫文定全集》。　[4]道氣：超凡脱俗的氣質。

一〇

朱子立中丞[1]，高顴長髯，多權謀，人稱“雙料曹操”，與西林相公共事雲南[2]，彼此抵牾。朱有句云：“畏暑鋪長簟，思風去短屏。”頗閒雅，不類其爲人。康熙間，施澧帥諱世綸者[3]，亦剛不可犯，有句云：“愛山移舫對，隔水問花多。”與中丞同調。朱名綱。

【箋注】

[1]朱子立：朱綱（1674—1728），字子驄，號忝齋。清山東高唐人。貢生。捐納授兵部主事。官至福建巡撫。卒贈兵部尚書，謚勤恪。有《蒼雪山房稿》。雍正五年十月至六年三月曾任雲南巡撫，當時鄂爾泰爲雲貴廣西三省總督。查爲仁《蓮坡詩話》：“朱子常中丞綱詩最佳而不多見。有句云：‘畏暑鋪長簟，思風去短屏。’‘去’字極自然。”　[2]西林相公：鄂爾泰，見卷一・一注[7]。[3]施澧帥：施世綸（1659—1722），字文賢，一字文白，號潯江。清漢軍鑲

黄旗人。歷官泰州知州，揚州、江寧、蘇州知府，順天府尹。後授漕運總督，故稱漕帥。有《南堂集》。

一一

己未冬，余乞假歸娶，路過揚州，轉運使徐梅麓先生止而觴之[1]。席無雜賓，汪度齡應銓、唐赤子建中[2]，皆翰林前輩。余科最晚，年最少，終席敬慎威儀，不敢發一語。但見壁上有赤子先生《端午竹枝》云："無端鐃鼓出空舟，賺得珠簾盡上鈎。小玉低言嬌女避，郎君倚扇在船頭。"

【箋注】

[1]己未：這裏指乾隆四年（1739）。徐梅麓：徐大枚，字惟吉，號梅麓。漢軍正藍旗人。康熙五十七年進士。任太原府同知、盧州知府、蘇州知府，官至兩淮都轉鹽運使。 [2]汪應銓：見卷三·四四注[1]。唐建中：字赤子、作人。湖北天門人。康熙五十二年進士，選庶吉士。有《周易毛詩義疏》《國語國策糾正》等。

一二

湖南張少廷尉名璨[1]，字豈石，紫髯偉貌，議論風生，能赤手捕盜。與魯觀察亮儕，俱權奇自喜[2]。題所居云："南軒北牖又東扉，取次園林待我歸[3]。當路莫栽荊棘草，他年免掛子孫衣。"言可風世。又《戲題》云："書畫琴棋詩酒花，當年件件不離他。而今七事都更變，柴米油鹽醬醋茶。"殊解頤也[4]。又謂人云："見鬼莫怕，但與之打。"人問："打敗奈何？"曰："我打敗，纔同他一樣。"

【箋注】

[1]張璨（1673—1753）：字豈石，號湘門。清湖南湘潭人。康熙四十七年舉人。任無錫知縣。有治行，善决獄，旋内任大理寺少卿。因《戲題》詩，人稱"張打油"。 [2]魯亮儕：魯之裕（1665—1746），字亮儕，號偉堂。清湖北麻城人。康熙五十九年舉人。歷官直隸清河道、湖北安襄鄖道，署布政使。

有《經史提綱》《式馨堂文集》等。權奇：權謀奇策、奇特詭異。 [3]牖（yǒu）：窗户。取次：隨意。 [4]解頤：笑得下巴脱落，形容人開懷大笑。

一　三

馮古浦在西林相公席上咏牡丹云[1]：“詩到清平能動主[2]，花雖富貴不驕人。”西林喜，贈遺甚厚。此詩若在他人席上作，便覺無謂。

【箋注】

[1]馮古浦：馮柷，字古浦，一字夔宣，號棡堂。清江蘇婁縣（今崑山）人。布衣。爲鄂爾泰賞識。有《一椶居詩稿》。西林相公：鄂爾泰，見卷一・一注[7]。 [2]清平：指李白賦《清平調》三章，得唐玄宗賞識事。

一　四

丙辰，余在都中，受知于張鷺洲先生[1]。先生作御史，立朝侃侃，頗著風績。有《柳漁集》行世，余購得，被人攫去，時爲惱悶。甲午歲，余泊舟丹陽，旁有小舟相並，時天暑，彼此窗開。余艙中詩稿堆積几上。鄰舟一女子，容貌莊姝，每伺余出艙，便注目偷視，若領解者。余心疑之。問其家人，乃先生女，嫁汪文端公從子某[2]。因招汪入艙話舊。問先生詩，不能記。入問夫人，夫人乃誦其《巡臺灣作》云：“少寒多暖不霜天，木葉長青花久妍。真個四時皆是夏，荷花度臘菊迎年。”

【箋注】

[1]丙辰：這裏指乾隆元年（1736）。張鷺洲：張湄，見卷三・六四注[2]。乾隆六年出任臺灣御史。 [2]汪文端：汪由敦（1692—1758），字師茗，號謹堂，又號松泉居士。清浙江錢塘人，原籍安徽休寧。雍正二年進士。乾隆初入值上書房，歷官兵部侍郎、吏部尚書、協辦大學士。贈太子太師，謚文端。有《松泉詩文集》。

一　五

宛平黄崑圃先生，康熙辛未詞林予告後[1]，在長安主持風雅。人有一技一長，必爲揄揚，無須識面。李方伯渭來江南[2]，余往衙參，一見便云："崑圃先生交好耶？"余曰："未也。"方伯云："我出都時，黄公以足下再三託我。"方知先生憐才，有古人風。《庚午重赴鹿鳴》詩曰[3]："蕊榜新開敞盛筵[4]，漫勞車馬問衰年。雀羅門巷群相訝，鶴髮重聯桂籍仙[5]。"《辛未重赴瓊林》詩曰[6]："天鼓聲喧曉漏餘，春風吹雨灑庭除。婆娑老眼看新榜，仿佛青雲接敝廬。""鶴返故巢無宿侶，花開仙洞見新枝[7]。輶軒南國追疇昔，風雨橋山愴夢思[8]。"先生巡撫浙江，追感兩朝恩遇，故詩中及之。

【箋注】

[1] 黄崑圃：黄叔琳（1672—1756），字崑圃。清順天大興（今北京）人。康熙三十年進士。累官詹事，加侍郎銜。又稱黄北平先生。有《文心雕龍輯注》《詩經統説》《夏小正傳注》《硯北雜録》等。詞林：翰林的别稱。予告：有功官員准予休假或退休，亦泛指辭官歸里。 [2] 李渭（1685—1754）：字菉涯。清直隸高邑（今屬河北）人。康熙六十年進士。官至山東布政使。 [3] 重赴鹿鳴：清制，舉人於鄉試考中後滿六十周年，經奏准，與新科舉人同赴鹿鳴筵宴，稱爲"重赴鹿鳴"。 [4] 蕊榜：傳説中道教徒學道升仙，列名蕊宫。後亦將科舉考試中揭曉名第的榜示稱爲"蕊榜"。 [5] 桂籍仙：桂籍，科舉登第者的名籍。試官則被稱爲桂籍仙。 [6] 重赴瓊林：清制，進士於考中後滿六十周年，由禮部奏准，與新科進士同赴恩榮宴。 [7] 仙洞：喻指新進士居住之所。 [8] 輶（yóu）軒：輕車，周秦時天子派使臣采風問俗，即乘此車。後遂以輶軒代稱天子使臣。橋山：史載黄帝葬橋山，其地一説在陝西黄陵北。清雍正十一年，陝西黄陵設立橋山書院，乾隆十二年重修。

一　六

姜白石云[1]："人所易言，我寡言之；人所難言，我易言之。詩便不俗。"

【箋注】

[1]姜白石：姜夔（1155—1221），字堯章，號白石道人。宋饒州鄱陽（今江西鄱陽）人。寓居浙江武康。科舉未第，遂以布衣終身。卒于杭州。詞風以清空騷雅著稱。有《白石詩集》《詩説》《白石道人歌曲》等。

按：所謂詩語，是思維的成果。詩語不能只停留在一般化和普遍性的層面，應有特殊性和創造性纔可。此處所談，極爲精闢，是詩家至理名言。

一　七

古人詩有全篇用平聲者，天隨子《夏日》詩四十字皆平聲[1]。有全篇用仄聲者，梅聖俞《酌酒與婦飲》一篇皆仄聲[2]。有通首不用韻者，古《采蓮曲》是也[3]。有平仄各押韻者，唐末章碣以八句詩平仄各有一韻是也[4]。詩家變體，宋魏菊莊《詩人玉屑》[5]，言之最詳。

【箋注】

[1]天隨子：陸龜蒙，見卷一·二〇注[13]。《夏日閒居作四聲詩寄襲美》："荒池菰蒲深，閑階莓苔平。江邊松篁多，人家簾櫳清。爲書淩遺編，調弦誇新聲。求歡雖殊途，探幽聊怡情。"全詩皆爲平聲字。　[2]梅聖俞（1002—1060）：梅堯臣，字聖俞，世稱宛陵先生。宋宣州宣城人。賜進士出身。累遷尚書都官員外郎。詩風樸素，對宋詩革新曾起重要作用。有《宛陵集》。《舟中夜與家人飲》："月出斷岸口，影照别舸背。且獨與婦飲，頗勝俗客對。月漸上我席，瞑色亦稍退。豈必在秉燭，此景已可愛。"全詩皆爲仄聲字。　[3]《采蓮曲》：指《江南曲·江南可采蓮》。　[4]章碣（836—905）：唐末桐廬（今屬浙江）人，後遷居錢塘。唐僖宗乾符年間進士及第。詩擅七律，多憤激之音。他自創七律變體，即在七律中出句押仄韻，對句押平韻，即單句與雙句各自押韻，但平仄韻母相同，一度風行。如《變體詩》："東南路盡吴江畔，正是窮愁暮雨天。鷗鷺不嫌斜兩岸，波濤欺得逆風船。偶逢島寺停帆看，深羡魚翁下釣眠。今古若論英達算，鴟夷高興固無邊。"　[5]魏菊莊：魏慶之，字醇甫，號菊莊。南宋建安（今屬福建）人。其《詩人玉屑》在詩話中影響甚廣。

一 八

稅關巡攔書吏[1]，如捕役緝賊，虎視眈眈，但一見書册，興便索然。姚雲上作七古[2]，前四句云："劬勞王事前旌驅，咿唔星夜關山逾[3]。筍束牛腰橐負載[4]，關吏疾呼書書書！"此輩聲口宛然，讀之欲笑。南豐謝鳴篁有句云[5]："近海風濤壯，當關僕隸尊[6]。"或和云："客久囊雖破，船裝書便尊。"

【箋注】

[1] 稅關巡攔書吏：官府派往關卡口岸掌管稅務案牘和巡察的吏員。 [2] 姚雲上：生平未詳。 [3]"劬（qú）勞"句：爲帝王事業不辭勞苦地作爲前驅奔走。咿唔：讀書聲。 [4] 橐（tuó）：盛物的袋子。 [5] 謝鳴篁：字筠初。清江西南豐人。後家吴江。與兄鳴盛唱和吴下，吴人有二謝之目。著《蒼筤詩文稿》《川扇記》。 [6] 僕隸：傭人，此指官府雇用的稅關巡攔書吏。

一 九

鄭所南井中《心史》[1]，雖用鐵匣浸水中，然年歷二百，紙墨斷無不壞之理。所載元世祖剖割文天祥[2]，食其心肺，又好食孕婦腹中小兒，語太荒悖，殊不足信。惟四言詩一首殊妙，曰："今日之今，霍霍栩栩；少焉矚之，已化爲古[3]。"

【箋注】

[1] 鄭所南：鄭思肖，見卷一・二一注[2]。井中《心史》：據傳此書於元至元二十年以鐵函封存在蘇州承天寺枯井中，而於明崇禎十一年發現。内署"大宋孤臣鄭思肖百拜封"。一説爲元初人託思肖名所著。 [2] 元世祖：忽必烈（1215—1294），廟號世祖，爲元代開國君主。文天祥：見卷三・六六注[8]。 [3]"今日"四句：出自鄭所南雜言古風《春歌》。霍霍栩栩：生動活潑、閃爍晶瑩。

二　〇

女心外向，自古爲然。南越古蠻洞[1]，秦時最强，俗尤善弩，每發銅箭[2]，貫十餘人。趙佗畏之[3]。蠻王有女蘭珠，美而艷，製弩尤精。佗乃遣子某贅其家。不三年，盡得其製弩、破弩之法。遂起兵伐之，虜蠻王以歸。此事見《粵嶠志》。余賦詩云："趙王父子開邊界，賴種蘭珠一朵花。銅弩三千隨婿去，女兒心太爲夫家。"按後世開邊，往往收功於婦人。洪武時，貴州宣慰使靄翠妻奢香[4]，爲都督馬聘所裸撻[5]，乃走愬京師。太祖問："朕爲汝報仇，何以報我？"曰："願立龍場九驛，通黔、蜀之道。"後果如其言。吴明卿詩云[6]："君不見蜀道之辟五丁神，犍爲萬卒迷無津[7]。帳中坐叱山河走，誰道奢香一婦人？"

【箋注】

[1] 南越：古國名，在今廣東、廣西一帶。秦末趙佗所建，漢武帝元鼎六年（公元前 111 年）滅亡。　[2] 銅箭：底本此處漫漶，據光緒十八年本補。　[3] 趙佗（前 240—前 137）：西漢真定（今河北正定）人。秦時任南海龍川縣令。秦始皇三十三年，平定嶺南，設置郡縣，趙佗是統一嶺南的第一個關鍵人物。秦亡後，自立爲南越武王。　[4] 靄翠（1347—1381）：元末明初貴州彝族土司。元末官封四川等處行中書省左丞並順元宣撫使、八番順元沿邊宣慰使，明初皆授原職，加封懷遠將軍。年老後，由妻奢香代掌宣慰事。奢香（1356—1396）：原姓君亨，彝名舍兹。祖籍四川永樂宣撫司（今四川叙永、古藺一帶）。十四歲嫁給黔西水西"黔部"第六十六世土官靄翠爲妻。夫死，代幼子襲職。曾入朝，揭發貴州都督馬煜逼民造反等事。率民開闢兩條驛道、九個驛站，溝通内地與邊區。被封爲"大明順德夫人"。　[5] 馬聘：史書上一作馬煜，一作馬曄。歷官騎尉、瓊州訓導、貴州都督。因裸撻奢香，激怒諸羅。明太祖爲使奢香及諸羅歸順，誅殺馬聘。事詳《炎徼紀聞》《明史紀事本末》《貴州通志》等。　[6] 吴明卿：吴國倫（1524—1593），字明卿，號川樓。明湖廣興國（今湖北陽新一帶）人。嘉靖二十九年進士。由中書舍人擢兵科給事中。官至河南左參政。工詩，爲"後七子"之一。有《甔甀洞稿》。　[7] 五丁：神話傳説中的五個力士，曾開蜀道。犍爲：漢武帝開夜郎，置犍爲郡，因山立名。

初治鼈縣，後徙治僰道，東漢徙治武陽。其地在今雲南、貴州一帶。

二一

古來奇女子，如馮嫽及冼夫人[1]，事載史書，惜見於詩者絶少。惟石柱土司之秦良玉[2]，能爲國殺賊，明懷宗賜詩云[3]："桃花馬上請長纓。"又云："試看他年麟閣上，丹青先畫美人圖。"本朝朱鹿田先生作七古美之[4]，警句云："一時巾幗盡鬚眉，馬上紅旗馬前酒。蜀亡不肯樹降旗，殘疆猶爲君王守。"又曰："緑沉槍舞春星轉，花桶裙拖錦帶紅。"

【箋注】

[1] 馮嫽：西漢解憂公主侍女。公主嫁烏孫昆彌，馮嫽隨行入烏孫。受公主派遣，持漢節出使西域各國，擴大了西漢在西域的影響，被各國尊稱爲"馮夫人"。冼夫人：冼英（約 513—602）。高凉（今廣東陽江一帶）人。南朝梁陳至隋初嶺南少數民族領袖。與梁高凉太守漢族人馮寶結婚，稱冼夫人。屢次平定叛亂，成爲隋朝統一中國後的嶺南首領，號爲"聖母"。 [2] 秦良玉（1574—1648）：明代巾幗英雄。忠州（今重慶忠縣）人，曾任重慶府石砫宣撫使、土家族土司。平叛抗清，戰功累累，被明廷封爲一品夫人、太子太保。[3] 懷宗：朱由檢（1611—1644），字德約。明朝最後一個皇帝，年號崇禎，廟號懷宗。在位十七年。李自成攻克北京時，于萬歲山壽皇亭自縊。 [4] 朱鹿田：朱樟，見卷三・六四注 [2]。

二二

僧無稱"郎"之理，而北魏諺云："支郎眼中黄[1]，形軀似智囊。"是僧可稱"郎"之一證。魏有三高僧：支謙、支諒、支讖也[2]。

【箋注】

[1] 支郎：支謙，字恭明。三國時月支國高僧。來游漢境，博學多藝，翻譯經文。其人細長黑瘦，眼多白而睛黄，時人稱道："支郎眼中黄，形軀雖細是智囊。"後因用作和尚的雅稱。 [2] 支諒：支亮，字紀明。東漢僧。從支

讖受學，又以所學授支謙，世稱三支。支讖：支婁迦讖。月氏人。東漢僧。漢靈帝時，游於洛陽，傳譯梵文。

二　三

香山詩："楊柳小蠻腰[1]。"妓名也。後《寄禹錫》詩："携將小蠻去，招得老劉來。"自注云："小蠻，酒榼也[2]。""小蠻"竟有二解。

【箋注】

[1] 小蠻：唐白居易的舞妓名。 [2] 酒榼（kē）：圓形的酒器。

二　四

汪舒懷先生云[1]："錢箋杜詩，穿鑿附會，令人欲嘔。如以黄河十月冰爲櫝蓋之冰[2]，煎弦續膠爲美饌愈疾[3]，以《洗兵馬》《收兩京》二篇爲刺肅宗，比之商臣、楊廣[4]，此豈少陵忠君愛國之心耶？尤可笑者，跋元人汪水雲詩[5]：'客中忽忽又重陽，滿酌葡桃當菊觴。謝后已叨新聖旨，謝家田土免輸糧。''第二筵開八九重，君王把酒勸三宫。酡酥割罷行酥酪，又進椒盤剥嫩葱。'就此二首，遂以爲謝后有失節之事。按《宋史》，理宗謝后寶慶三年册立，垂四十年，而度宗嗣位，尊爲太皇太后，已老病不能聽政。德祐二年，宋亡，徙越，七年而崩，壽七十四。是至燕時，已六十七矣，寧有劉曜、羊后之慮哉[6]？水雲又咏宋宫人分嫁北匠云：'君王不重色，安肯留金閨？'則世祖爲人可知。《元史》又稱宏吉剌皇后見幼主入朝而不樂[7]，爲全太后不習水土，代奏乞放還江南。帝雖不許，而封幼主爲瀛國公。則别置邸第，完全眷屬可知。水雲詩云：'昭儀别館香雲暖，手把詩書授國公。'是王昭儀亦未入元宫也[8]。"

【箋注】

[1] 汪舒懷：汪師韓，見卷四・三注[7]。 [2] 黄河十月冰：是杜甫《故武衛將軍挽歌三首》其二中的一句。錢謙益在《錢注杜詩》中注“冰”爲“櫝丸蓋”，即箭筩的蓋。認爲黄河十月，軍士乏水，而以箭筩之蓋取飲，極狀其苦寒。袁枚認爲非是。 [3] 煎弦續膠：杜甫《病後遇王倚飲贈歌》：“麟角鳳嘴世莫識，煎膠續弦奇自見。”古傳將鳳喙麟角煎合爲膠，可以粘連弓弦劍弩。錢注喻王生以美饌愈疾，如仙膠之續絶弦。袁枚亦以爲非是，其實錢説有可取之處。以此喻王倚的爲人和作爲朋友的交情，是新穎而富有深意的。[4] 商臣（？—前614）：熊氏，名商臣，即楚穆王。成王子。聞成王欲廢其太子位，發動宫廷政變，弒父自立。楊廣（569—618）：隋煬帝。隋文帝楊堅的次子。弒父殺兄，自立爲帝。 [5] 汪水雲：汪元量（1241—1317），字大有。錢塘人。原爲宋宫廷琴師。元滅宋，隨帝后被擄北去，作《拘幽十操》。南歸後，去留無迹，自號水雲子。有《水雲集》《湖山類稿》。 [6] 劉曜（？—329）：字永明。新興（今山西忻州）匈奴人。十六國時前趙國君。羊后：羊獻容（？—322），晋惠帝司馬衷的皇后，泰山南城（今山東寧陽）人。劉曜僭位稱帝後，把他所俘的晋惠帝皇后羊獻容立爲皇后。 [7] 幼主：趙㬎（1271—1323），南宋恭帝。降元後授封瀛國公。度宗子，母爲全皇后。 [8] 王昭儀：王清惠。南宋度宗趙禥宫中昭儀。元兵入杭，宋少帝率謝、全兩后及嬪妃皆赴北。同時被俘的王昭儀，寫了一首《滿江紅》，題於驛壁，一時廣爲傳頌。後自請爲女道士，號沖華。

二　五

陳後山吟詩最刻苦[1]，《九日》云：“人事自生今日意，寒花只作去年香。”鄭毅夫云[2]：“夜來過嶺忽聞雨，今日滿溪都是花。”此種句，似易實難。人能知易中之難，可與言詩。

【箋注】

[1] 陳後山：陳師道，見卷三・六六注[6]。 [2] 鄭毅夫：鄭獬（1022—1072），字毅夫。北宋安陸（今湖北雲夢）人。皇祐五年進士第一。知制誥。神宗時，拜翰林學士，權知開封府。後以侍讀學士出知杭州，徙青州。有《鄖溪集》。

按：初讀後山聯，極爲平易。其實必是一位飽經滄桑的人纔會有此感慨，重陽節到了，人事變遷，花香依舊，家事、國事、人的心事，如何呢？令人遐思不盡。

二　六

雍正甲寅，海寧陳文簡公予告在家[1]，來遊西湖。人知三朝元老，觀者如堵。余年十九，猶及仰瞻風采。先生仙風道骨，年已八十，猶替人題陳章侯《蓮鷺圖》云[2]："墨花吹得緑差差，小景分來太液池。白鷺不飛蓮不謝，摇風立雨已多時。"書法絶似董香光[3]。余生平所見翰林前輩，如徐蝶園相國[4]、陳文簡公、黄崑圃中丞[5]、熊滌齋太史[6]，皆魯靈光也[7]。

【箋注】

[1] 甲寅：這裏指雍正十二年（1734）。陳文簡：陳元龍（1652—1736），字廣陵，號乾齋。清浙江海寧人。康熙二十四年榜眼。授編修，歷官翰林院掌院學士、廣西巡撫，至文淵閣大學士兼禮部尚書。卒謚文簡。有《愛日堂集》。 [2] 陳章侯：陳洪綬（1598—1652），字章侯，號老蓮，亦稱老遲。明末清初浙江諸暨人。爲著名版畫家。 [3] 董香光：董其昌（1555—1636），字玄宰，號思白、香光居士。明南直隸華亭人。萬曆進士。官至南京禮部尚書。卒謚文敏。精書法，善畫山水。有《容臺集》《畫禪室隨筆》《畫眼》等。 [4] 徐蝶園：徐元夢（1655—1741），字善長，一字蝶園。舒穆禄氏。清滿洲正黄旗人。康熙十二年進士。累官禮部侍郎、太子少保。爲官六十餘年，歷事三朝。 [5] 黄崑圃：黄叔琳，見本卷一五注[1]。 [6] 熊滌齋：熊本，見卷一・三〇注[4]。 [7] 魯靈光：西漢景帝之子劉餘，封魯王。喜造宫室，在魯國都城曲阜造靈光殿。後來漢室衰微，兵火連綿，所建宫殿多毁於兵燹，惟靈光殿巋然獨存。後以"魯靈光殿"或"魯殿靈光"稱碩果僅存的人或事物。

二　七

諺云："讀書是前世事。"余幼時，家中無書，借得《文選》，見《長門賦》一篇[1]，恍如讀過，《離騷》亦然。方知諺語之非誣。毛俟園廣文有句云[2]：“名須没世稱纔好，書到今生讀已遲。”

【箋注】

[1]《長門賦》：西漢司馬相如的辭賦名作。 [2]毛俟園：毛藻，見卷二・二六注[1]。

二 八

凡作人貴直，而作詩文貴曲。孔子曰：“情欲信，詞欲巧。”孟子曰：“智譬則巧，聖譬則力。”巧，即曲之謂也。崔念陵詩云[1]：“有磨皆好事，無曲不文星。”洵知言哉！

或問：詩如何而後可謂之曲？余曰：古詩之曲者，不勝數矣！即如近人王仔園《訪友》云[2]：“亂烏棲定夜三更，樓上銀燈一點明。記得到門還不扣，花陰悄聽讀書聲。”此曲也。若到門便扣，則直矣。方蒙章《訪友》云[3]：“輕舟一路繞煙霞，更愛山前滿澗花。不爲尋君也留住，那知花裏即君家。”此曲也。若知是君家，便直矣。宋人咏梅云：“緑楊解語應相笑，漏泄春光恰是誰[4]？”咏紅梅云：“牧童睡起朦朧眼，錯認桃林欲放牛[5]。”咏梅而想到楊柳之心、牧童之眼，此曲也，若專咏梅花，便直矣。

【箋注】

[1]崔念陵：崔謨，見卷二・六四注[1]。 [2]王仔園：王賓（1628—1682），字仔園。清揚州府江都人。能文，善書法。康熙二年舉人。 [3]方蒙章：方殿元（1636—1697），字蒙章，號九谷。廣東番禺（今廣州）人。康熙三年進士。歷任山東郯城、江蘇江寧知縣。有《九谷集》。 [4]“緑楊”聯：《詩話總龜》載臧謀《梅花》詩云：“緑楊解語應相笑，漏泄春光却是誰？” [5]“牧童”聯：宋吕徽之《紅梅》：“疏影離奇色更柔，誰將紅粉點枝頭。牧童睡起朦朧眼，錯認桃林欲放牛。”

按：曲意逢迎不好，曲意爲詩可行。這裏所舉的數例，須細細品味。並非故弄玄虛，而是尋常事中的曲意，應善於發現。通幽的曲徑，還在生活中。

二　九

詩雖貴淡雅，亦不可有鄉野氣。何也？古之應、劉、鮑、謝、李、杜、韓、蘇[1]，皆有官職，非村野之人。蓋士君子讀破萬卷，又必須登廟堂[2]，覽山川，結交海内名流，然後氣局見解，自然闊大，良友琢磨，自然精進。否則，鳥啼蟲吟，沾沾自喜，雖有佳處，而邊幅固已狹矣。人有鄉黨自好之士[3]，詩亦有鄉黨自好之詩。桓寬《鹽鐵論》曰[4]："鄙儒不如都士[5]。"信矣！

【箋注】

[1]應、劉、鮑、謝：應瑒（？—217），字德璉。三國魏人。辟爲丞相掾，後爲五官將文學。劉楨（？—217），字公幹。三國魏人。辟爲丞相掾屬。建安七子之一。鮑照（416—466），字明遠。南朝宋東海人。臨海王劉子頊鎮荆州時，任前軍參軍、刑獄參軍。長於樂府詩。有《鮑參軍集》。謝靈運（385—433），南朝宋會稽始寧（今浙江上虞）人，祖籍陳郡陽夏（今河南太康）人。謝玄孫。襲封康樂公，世稱謝康樂。官永嘉太守、臨川内史。有《謝康樂集》。李、杜、韓、蘇：李白、杜甫、韓愈、蘇軾。　[2]廟堂：宗廟殿堂，原指太廟的明堂，古代帝王祭祀、議政事的處所。後多用以指代朝廷，亦指做官參政。　[3]鄉黨自好之士：鄉里自以爲美好的人。　[4]桓寬：字次公。西漢汝南（今屬河南）人。官至廬江太守丞。　[5]鄙儒不如都士：僻野的儒生不如都城的人士。

按：讀此則，袁枚似主張一個詩人要懂得廟堂與民間、廟堂與山林的關係，既要有民間生活，也要有高層體驗，既要有鄉野之情，也要有廟堂之思。人如此，詩亦如此。

三　〇

吾鄉宋笠田明府女，名右妍[1]，能詩，有"殘溜積來頻洗硯，爐灰撥去屢添香”之句。嫁婿徐金粟[2]，亦少年能詩。《七夕》云：“一灣河漢影，萬國女兒情。”《晚坐》云：“風帶殘雲歸遠岫，樹搖餘滴亂斜陽。”

【箋注】

[1]宋笠田：宋樹穀，字笠田。清浙江錢塘人。乾隆十七年副貢。官鳩江、蕪湖、兩當知縣。因事謫戍黑龍江。參卷一三・二四。宋右妍：如上，餘未詳。[2]徐金粟：生平未詳。

三一

丙辰以布衣薦鴻詞者，海内四人：一江西趙寧静[1]，一河南車文[2]，一陝西屈復[3]，一嘉禾張庚[4]。車之著作，余未經見。張善畫，長於五古，人亦樸誠。獨屈叟傲岸，自號悔翁，出必高杖，四童扶持。在京師，見客，南面坐。公侯學詩者，入拜床下。專改削少陵，訾詆太白，以自誇身份。耳食者抵死奉若神明[5]。山左顔懋倫心不平[6]，獨往求見。坐定，即問曰：“足下詩，有《書中乾蝴蝶》二十首，此委巷小家子題目，李、杜集中，可曾有否？”屈默然慚。人以爲快。沈歸愚刻《别裁集》[7]，僅録屈《王母廟》一首[8]，云：“秦地山河留落日，漢家宫闕見孤燈。如今應是蟠桃熟，寂寞何人薦茂陵[9]？”

【箋注】

[1]丙辰：這裏指乾隆元年（1736）。趙寧静：見卷二・二注[3]。 [2]車文：字彬若。清河南太康人。乾隆二十五年舉人。 [3]屈復（1668—1749）：字見心，號悔翁、金粟道人。清陝西蒲城人。十九歲童子試第一。乾隆元年以布衣薦舉博學鴻詞，不赴。有《弱水集》《江東瑞草集》《楚辭新注》《杜工部詩評》《玉溪生詩意》《唐詩成法》等。 [4]張庚：見卷二・一六注[12]。[5]耳食：以耳吃食，比喻不加思索輕信傳聞。 [6]顔懋倫（1704—？）：字樂清。清山東曲阜人。由拔貢薦授四氏學教授，擢鹿邑令。乾隆元年九月薦舉博學鴻詞，應試落選。有《瓦研山房集》。 [7]沈歸愚：沈德潛，見卷一・三一

注[3]。 [8]王母：仙人名，即神話中的西王母。 [9]蟠桃：謂仙桃。據班固《武帝内傳》，西王母曾以仙桃四顆給漢武帝，此桃三千年一熟。茂陵：古地名，在今陝西興平東北，原名茂鄉，武帝葬此，因曰茂陵。

三　二

慶兩峰玉觀察蕪湖[1]，因舊署荒蕪，前任劉公未加修葺，兩峰抵任，爲培花樹，戲題一絶寄劉云："笑殺河陽舊吏來[2]，地無青草長莓苔。嶺梅岩桂江干竹，都是劉郎去後栽[3]。"

【箋注】

[1]慶玉（？—1787）：字璞齋，號兩峰（一作"雨峰"）。清鑲黄旗滿洲人。尹繼善第三子。乾隆二十一年舉人。官至湖北按察使。 [2]河陽舊吏：見卷二・三一注[6]。 [3]劉郎：唐劉禹錫《玄都觀桃花》："玄都觀裏桃千樹，儘是劉郎去後栽。"這裏借以戲稱"前任劉公"，不無幽默意味。

三　三

辛未，聖駕南巡，西湖僧某迎於聖因寺，上以手撫其左腕，其僧遂綉團龍于袈裟之左偏。客來相揖者，以右手答之，而左臂不動。杭堇浦嘲之云[1]："維摩經院境清嘉，依舊紅塵送歲華[2]。誇道賜衣曾借紫[3]，竹邊留客曬袈裟。"

【箋注】

[1]杭堇浦：杭世駿，見卷三・六四注[1]。 [2]維摩：維摩詰。佛經中人物。是大乘佛教中最爲重要的居士，嘗以患病爲由，向釋迦遣來問訊的舍利弗和文殊師利等宣揚教義。爲佛典中現身説法、辯才無礙的代表。後常用以泛指修大乘佛法的居士。維摩經院指高僧説經傳法的佛寺。紅塵：繁華世俗人生。[3]借紫：唐宋官階三品以上著紫服，未及三品而特許服紫者稱借紫。此處借用，語含諷刺。

三　四

丙辰徵士王藻[1]，字載揚，吴江人，販米爲業。《偶題桃源圖》云：“相看何物同塵世？只有秦時月在天。”以此受知于沈艑翁先生[2]，四處揄揚，遂棄業讀書。吴大宗伯荆山薦舉鴻詞科[3]，廷試報罷，往來揚州，與詩人結社吟咏。貌瑣瘦急遽，小聲音，好蓄宋板書、青田石印章。有友借觀，誤墮地碎，載揚垂泣三日。其風趣如此。《讀梅村集》云[4]：“百首淋浪長慶體，一生慚愧義熙民[5]。”《剪梅》云：“大抵端相求入畫，最難割愛似删詩。”

【箋注】

[1] 丙辰：這裏指乾隆元年（1736）。徵士：舊時對受朝廷徵聘而不曾受職的名士之稱謂。王藻（1693—？）：字載揚，别號梅沜。清江蘇吴江平望人。初販米爲業，後游京師。乾隆元年薦舉鴻詞博學，官至國子監學正。有《鶯脰湖莊詩集》。　[2] 沈艑（lún）翁：沈樹本（1671—1743），字厚餘，號操堂，晚號艑翁。清浙江歸安人。康熙五十一年進士。選庶吉士，授編修。有《竹溪詩略》《艑翁詩集》《玉玲瓏山館詞》等。　[3] 吴荆山：吴士玉（1665—1733），字荆山。清江蘇吴縣人。康熙四十五年進士。雍正間官至禮部尚書。參與修撰《佩文韻府》。卒謚文恪。有《吹劍集》《蘭藻堂集》。　[4] 梅村：吴偉業（1609—1671），字駿公，號梅村。明末清初江南太倉人。明崇禎四年進士。官至少詹事。入清，累官國子監祭酒。有《梅村集》《太倉十子詩選》。[5] 長慶體：指唐元稹、白居易所作以鋪陳情事爲主要特色的長篇七言歌行詩體。後人此類詩作亦稱長慶體。義熙：東晋安帝年號（405—418）。東晋後期，内亂迭起，外患頻繁，晋安帝義熙元年陶淵明辭官歸隱。晋恭帝元熙二年晋宋易代。陶淵明成了東晋遺民。在劉宋朝生活了七年，卒。義熙民，代指陶淵明。此處喻指吴偉業。吴是明崇禎四年榜眼，曾蒙崇禎帝常識，入清後十年在野，后被迫出仕。

三　五

余少時過江西瀘溪，舟中把書吟咏。岸上兒童指曰：“此學士船也。”余喜而成句，云：“衣冠僧識江南客，翰墨兒呼學士舟。”後三十年，讀無錫顧公奎光《赴辰州》詩云[1]：“村民久識瀘溪令，笑指篷窗滿几書。”兩意相同，而俱成於瀘溪，亦奇。顧咏《傀儡》云：“閑來惟掛壁，用我也登場。”《過沅江》云：“名場似弈無同局[2]，吏道如詩有别才。”

【箋注】

[1]顧奎光（？—1764）：字星五。清江蘇無錫人。乾隆十年進士。歷任瀘溪、桑植知縣。有《春秋隨筆》等。　[2]名場：泛指追逐聲名的場所。

三　六

陳滄州先生守蘇州，《重遊虎邱》詩云[1]：“雪艇松龕閲歲時[2]，廿年蹤迹鳥魚知。春風再掃生公石，落照仍銜短簿祠[3]。雨後萬松全遝匝[4]，雲中雙塔半迷離。夕佳亭上憑闌處，紅葉空山繞夢思。”“塵鞅删餘半晌閑[5]，青鞋布襪也看山。離宫路出雲霄上，法駕春留紫翠間[6]。代謝已憐金氣盡，再來偏笑石頭頑[7]。楝花風後遊人歇[8]，一任鷗盟數往還。”其時總督噶禮[9]，以詩爲誹謗，句句旁注，而劾奏之，摘印下獄。聖祖詔云：“詩人諷咏，各有寄託。豈可有意羅織，以入人罪[10]？”命復其官。尋擢霸昌道。

【箋注】

[1]陳滄州：陳鵬年，見卷二・二二注[3]。虎邱：蘇州西北的一座山邱，亦名海湧山。相傳吴王闔閭葬此。　[2]雪艇：南朝宋劉義慶《世説新語・任誕》：“王子猷居山陰，夜大雪……忽憶戴安道。時戴在剡，即便夜乘小船就之。經宿方至，造門不前而返。人問其故，王曰：‘吾本乘興而行，興盡而返，何必見戴。’”後成爲訪友的典故。松龕（kān）：松林中的佛龕。龕，供奉神佛或神位的石室或小閣。此處泛指遊覽佛寺或登山。　[3]生公石：虎丘山的中心有一塊大磐石，石的北面有一座生公即高僧竺道生的講壇。此即生公石，亦稱千人石。據傳生公聚石講經，有“生公説法，頑石點頭”之説。短簿祠：晋王珣的祠廟，在蘇州虎邱山。王珣爲人短小，任主簿、尚書右僕射，以才學文章見暱於晋武帝。嘗夢人以大筆如椽與之。後封東亭侯。累官散騎常侍。[4]遝（tà）匝：紛亂貌。　[5]塵鞅：指世俗事務的束縛。鞅，套在馬頸上的皮帶。

[6] 離宫：正宫之外供帝王出巡時居住的宫室。古蘇州建有館娃宫，相傳是吴王夫差爲西施所建。法駕：皇帝出行時的一種儀仗。 [7] 金氣：據《越絶書》云："闔廬冢在吴縣閶門外，名曰虎丘。下池廣六十步，水深一丈五尺，桐棺三重……卒十餘萬人治之，取土臨湖。葬之三日，白虎居其上，故號曰虎丘。""再來"句：傳説虎丘千人坐旁有石點頭，生公講道於此，無信之者，乃聚石爲徒，與談至理，石皆爲點頭。此反用其義。 [8] 楝花風：舊説是二十四番花信風的最後一番，此時楝樹花開，正當暮春初夏。 [9] 噶禮（？—1714）：姓楝鄂。清滿洲正紅旗人。官至兩江總督。爲官貪婪，所到之處縱吏虐民。噶禮認爲"代謝已憐金氣盡"是誣謗大清氣數將盡，因爲"金"是大清原來的國號。"一任鷗盟數往還"中的"鷗盟"二字，乃陰通臺灣鄭氏集團的證據，所以上奏彈劾陳鵬年"心蓄異志，語涉大逆"。康熙置之不理。後來曾説："朕閲其詩，並無干礙。朕纂輯群書甚多，詩中所用典故朕皆知之，即末句鷗盟二字，不過托意漁樵。" [10] 入：謂定以罪名，使受刑罰。

三　七

杭州趙鈞臺買妾蘇州[1]。有李姓女，貌佳而足欠裹。趙曰："似此風姿，可惜土重。"土重者，杭州諺語，脚大也。媒嫗曰："李女能詩，可以面試。"趙欲戲之，即以"弓鞋"命題[2]。女即書云："三寸弓鞋自古無，觀音大士赤雙趺[3]。不知裹足從何起，起自人間賤丈夫！"趙悚然而退。

【箋注】

[1] 趙鈞臺：生平未詳。 [2] 弓鞋：舊時纏足婦女穿的一種鞋，形如彎弓，故名。因鞋底高，亦稱高底鞋。 [3] 觀音大士：佛教菩薩名，是慈悲的化身、救苦救難之神。趺（fū）：脚背，亦指脚。

三　八

古閨秀能詩者多，何至今而杳然？余宰江寧時，有松江女張氏二人，寓居尼庵，自言文敏公族也[1]。姊名宛玉，嫁淮北程家，與夫不協，私行脱逃。山陽令行文關提[2]。余點解時[3]，宛玉堂上獻詩云："五湖深處素馨花，誤入淮西估客家[4]。得遇江州白司馬，敢將幽怨訴琵琶[5]？”余疑倩人作，女請面試。予指庭前枯樹爲題，女曰：“明府既許婢子吟詩[6]，詩人無跪禮，請假紙筆立吟，可乎？”余許之。乃倚几曰：“獨立空庭久，朝朝向太陽。何人能手植，移作後庭芳[7]？”未幾，山陽馮令來。予問：“張女事作何辦？”曰：“此事不應斷離[8]。然才女嫁俗商不稱，故釋其背逃之罪，且放歸矣[9]。”問：“何以知其才？”曰：“渠獻詩云：‘泣請神明宰，容奴返故鄉。他時化蜀鳥，銜結到君旁[10]。’”馮故四川人也。

【箋注】

[1]文敏公：張照，見卷一・二四注[5]。　[2]關提：古代拘提逃匿他地犯法者的一種形式。即在當地罪犯逃亡他地以後，當地官府公文照會逃亡地有關官署代行逮捕、引渡。　[3]點解：點名起解。　[4]五湖：指太湖。范蠡携西施隱迹於五湖。後泛指隱迹之處。素馨花：一種木樨科常緑花木。花潔白，富香氣，夜開，畏寒。古詩中多有吟咏。此爲自比。估客：往返各地從事販運的商人。　[5]白司馬：白居易。他做江州司馬時，曾作《琵琶行》，咏琵琶女的不幸遭遇。此處代指江寧知縣袁枚。　[6]明府：此處是對太守、縣令的尊稱。　[7]後庭：房室的後園。　[8]斷離：官府斷令離婚。　[9]放歸：此指放歸母家，是不需官府判决就視爲自動離異，不離者法律纔加干涉。[10]銜結：即銜環結草，比喻感恩報德，至死不忘。

三　九

雍正間，京師伶人劉三色藝冠時[1]，獨與翰林李玉洲先生交好[2]。蘇州張少儀觀察爲諸生時，封公謫戍軍臺[3]，徒步入都，爲父贖罪。一時有三子之稱，蓋云公子、才子、孝子也。沿門托鉢[4]，尚缺五百餘金。偶于先生席上言及此事，劉慨然曰：“此何難？公子有此孝心，我能相助。”遂遍告班中人云：“諸君助張，如助我也。”擇日設席江南會館，請諸豪貴來，己乃纏頭而出，一座傾靡，擲金錢者如雨，果得五百餘金。盡以與張，而封公之難遂解。余丙辰入都，在先生處見劉，則已老矣。但聞先生未第時甚貧，劉愛其才，以身事之。余疑而不信，偶過薙髮鋪[5]，壁上無名氏題云："欲得劉三一片心，明珠十斛萬黄金。一錢不費偏傾倒，妒殺江南李翰林。"方知果實事也。先生在吴門，《與朱約岑送采官北上》云[6]："莫惜當筵舞鬢斜，多情曾爲損才華。玉郎此會成長别，飛盡江南陌上花[7]。"朱和之，有"春燈紅照一枝花"之句。朱爲張匠門先生之故人[8]，相見京師，年已八十，惡見髮鬚之白，日日薙之，與翁霽堂同癖[9]。

【箋注】

[1] 劉三：生平未詳。曾編《得意緣》《胭脂虎》《奇女福》等劇。 [2] 李玉洲：李重華（1682—1755），字實君，號玉洲。清江南吴江人。雍正二年進士。改翰林院庶吉士，散館授編修。有《貞一齋集》《貞一齋詩説》《三經附義》。 [3] 張少儀：張鳳孫，見卷四・一注[5]。封公：封翁，封建時代因子孫顯貴而受封典的人。此指張之頊。 [4] 托缽：手托缽盂。泛謂貧困求人。[5] 薙（tì）髮：剃髮。薙，同"剃"。 [6] 朱約岑：疑爲朱志廣，字葯岑、剪淞，號卧谷老人。清江蘇吴江人。 [7] 玉郎：琢玉郎。唐盧仝《與馬異結交詩》："白玉璞裏琢出相思心，黄金礦裏鑄出相思淚。"後借爲對男子的美稱。陌上花：五代時，吴越國王錢鏐給回到杭州鄉下娘家的吴妃寫信説："陌上花開，可緩緩歸矣。"於是杭州傳唱一首《陌上花緩緩曲》。後成爲詩詞中表達離情别意的常語。 [8] 張匠門：張大受（1658—1722），字日容。清江蘇嘉定（今屬上海）人，居蘇州匠門溪上。康熙四十八年進士。授檢討，充四川鄉試正考官，旋督學貴州。有《匠門書屋集》。 [9] 翁霽堂：翁照，見卷一・五〇注[2]。

四　〇

乾隆己未，京師伶人許雲亭名冠一時[1]。群翰林慕之，糾金演劇[2]。余雖年少，而敝車羸馬[3]，無足動許者。許流目送笑，若將暱焉。余心疑之，未敢問也。次日侵晨，竟叩門而至，情款綢繆[4]。余喜過望，贈詩云："笙清簧暖小排當，絶代飛瓊最擅場[5]。底事一泓秋水剪，曲終人反顧周郎[6]？"

【箋注】

[1]己未：這裏指乾隆四年（1739）。許雲亭：生平未詳。 [2]糾金：聚錢。 [3]敝車羸（léi）馬：破舊的車和瘦弱的馬。 [4]綢繆：情意纏綿。 [5]笙清簧暖：形容字正而聲清越。小排當：亦稱“帽兒排”，指節日或祝壽前進行的排練試演。飛瓊：許飛瓊，仙女名，相傳爲西王母侍女。《漢武帝内傳》：“許飛瓊鼓震靈之簧。”此處伶女也姓許，恰好作比。 [6]一泓秋水剪：形容女子目光的美麗多情。唐人崔珏《有贈》：“一泓秋水照人寒。”顧周郎：《三國志·吴書·周瑜傳》：“瑜少精意於音樂，雖三爵之後，其有闕誤，瑜必知之，知之必顧。故時人謡曰：‘曲有誤，周郎顧。’”周郎顧，是周郎回頭看；這裏所云顧周郎，是反用其意，言看向周郎，請周郎校正。

四　一

李桂官與畢秋帆尚書交好[1]。畢未第時，李服事最殷，病則秤藥量水，出則授轡隨車。畢中庚辰進士，李爲購素册，界烏絲[2]，勸習殿試卷子，果大魁天下。溧陽相公[3]，康熙前庚辰進士也，重赴櫻桃之宴[4]，聞桂郎在坐，笑曰：“我揩老眼，要一見狀元夫人。”其名重如此。戊子年，畢公官陝西，李將往訪，路過金陵，年已三十，風韻猶存。余作長歌贈之，序其勸畢公習字云：“若教内助論勛伐，合使夫人讓誥封[5]。”

【箋注】

[1]李桂官：字秀章。清江蘇吴縣人。乾隆年間京師寶和部的崑曲旦角。容貌俊美，同畢沅暱好。畢氏掄魁後，李桂官聲名大著，被清大臣史貽直等稱爲“狀元夫人”。袁枚作長歌，趙翼有《李郎曲》記述此事。畢秋帆：畢沅，見卷二·一三注[4]。 [2]素册：白紙或素絹的書册。界烏絲：打上烏絲欄，即以黑格綫作爲界道行欄以備繕寫。 [3]溧陽相公：史貽直（1682—1763），字儆弦，號鐵崖。清江蘇溧陽人。康熙三十九年進士。歷康雍乾三朝，先後總督福建、兩江、湖廣、直隸等地，官兵部、户部、工部、吏部諸部尚書，授文淵閣大學士，加太子太保。卒謚文靖。 [4]櫻桃宴：科舉時代慶賀新進士及第的宴席。 [5]勛伐：功勞、功績。誥封：朝廷對官員及其先代、妻室授予爵位或稱號。

四　二

今人論詩，動言貴厚而賤薄，此亦耳食之言[1]。不知宜厚宜薄，惟以妙爲主。以兩物論，狐貉貴厚，鮫綃貴薄[2]。以一物論，刀背貴厚，刀鋒貴薄。安見厚者定貴，薄者定賤耶？古人之詩，少陵似厚，太白似薄；義山似厚，飛卿似薄[3]。俱爲名家。猶之論交，謂深人難交[4]，不知淺人亦正難交。

【箋注】

[1]耳食：謂不加省察，輕信傳聞。　[2]狐貉：指製衣的狐和貉的毛皮。鮫綃：傳説中鮫人所織的絲絹、薄紗，亦指絲質的手帕、手絹。　[3]義山：李商隱，見卷一・二〇注[12]。飛卿：温庭筠，見卷二・六注[4]。　[4]深人：識見深遠的人。《孔叢子・抗志》："不撞不發，如大鐘然，天下之深人也。"淺人：言行淺薄、識見短淺的人。《孔叢子・抗志》："有龍穆者，徒好飾弄辭説，觀於坐席，相人眉睫，以爲之意，天下之淺人也。"

按：論詩須辯正。狐貉不同鮫綃，刀背不同刀鋒，怎樣爲厚，怎樣爲薄，不宜一概而論。

四　三

庚寅元旦，皇上登保和殿受朝賀，望見遠處有煙騰空而起，問大學士曰："得毋民間有失火者乎？"首相舒文襄公奏曰[1]："似煙非煙[2]。"諸公服其吐屬典雅。古語："似煙非煙，是謂慶雲。"

【箋注】

[1]舒文襄：舒赫德（1711—1777），舒穆魯氏，字伯雄、伯容，别字明亭。清滿洲正白旗人。授内閣中書。乾隆間，從征金川，有功。官至武英殿大學士。卒謚文襄。　[2]似煙非煙：後周王褒《上祥瑞表》："若霧非霧，天道叶至德之符；似煙非煙，觸石表嘉祥之氣。"

按：如此高官，只管吐屬風雅，逢迎朝廷，不顧百姓安危，是何用心？

四 四

杭人土音，呼“朋”作“蓬”之本音，“崩”爲“蓬”之陽音，皆“一東”韻也。韻書都收入“十烝”，則與“一東”遠矣。然《左傳》：“翹翹車乘，招我以弓。豈不欲往，畏我友朋[1]。”《三國志》：“張昭作陶謙哀詞，曰[2]：‘喪覆失恃[3]，民知困窮。曾不旬月，五郡潰崩[4]。’”是將“朋”“崩”二字，俱押入“一東”也。

【箋注】

[1]“翹翹”四句：《左傳·莊公二十二年》，齊侯讓陳敬仲做卿大夫，敬仲推辭，引用這四句詩。意謂：高高的車子上，您用弓招呼我，難道我不想前往嗎？只怕朋友譏笑啊！　[2]張昭（156—236）：字子布。漢末彭城（今江蘇徐州）人。渡江後，任孫策長史、撫軍中郎將。後輔孫權。累遷軍師、輔吴將軍，封婁侯。卒謚文侯。陶謙（132—194）：漢末丹陽（今安徽當塗）人。獻帝時拜安東將軍、徐州牧，封溧陽侯。曹操因父爲陶謙部將所殺，兵攻陶謙，謙爲操所敗。　[3]喪覆失恃：指跟隨陶謙的百姓受到嚴重的打擊而失去依靠。[4]旬月：一個月、滿月。《三國志》裴松之注原文作“旬日”。五郡：徐州所屬的五個郡縣。

四 五

彭城李涓，字蓉涓，以選拔入京師[1]。一日，欲救某友之窘，賣所乘小駟贈之，賦詩云：“從此蹣跚懶行步，好花都讓别人看。”亡何，不第而亡。人以爲讖。蓉涓貌美。揚州綢鋪女兒，有國色，好養鸚鵡，每早喂食，一日方提籠，而目有所睇，不覺籠落於地。旁人咸訝之，察所睇，則蓉涓方過其門故也。劉霞裳聞而賦詩云[2]：“貪看野鴛鴦，忘墮手鸚鵡。可惜此時情，鸚鵡不能語。”

【箋注】

[1]李涓：如上，餘未詳。　[2]劉霞裳：袁枚弟子，見卷二·三三注[2]。

四 六

陸陸堂、諸襄七、汪韓門三太史[1]，經學淵深，而詩多澀悶，所謂學人之詩，讀之令人不歡。或誦諸詩："秋草馴龍種，春羅狎雉媒[2]。""九秋易灑登高淚，百戰重經廣武場[3]。"差爲可誦，他作不能稱是。相傳康熙間，京師三前輩主持風雅，士多趨其門。王阮亭多譽[4]，汪鈍翁多毁[5]，劉公㦷持平[6]。方望溪先生以詩投汪[7]，汪斥之。次以詩投王，王亦不譽。乃投劉，劉笑曰："人各有性之所近，子以後專作文不作詩可也。"方以故終身不作詩。近代深經學而能詩者，其鄭璣尺、惠紅豆、陳見復三先生乎[8]？

【箋注】

[1] 陸陸堂：陸奎勛（1663—1738），字聚緱、坡星，號陸堂。清浙江平湖人。康熙六十年進士。授檢討，充《明史》纂修官。病退後主持廣西秀峰書院。有《陸堂易學》《春秋義存録》《陸堂詩文集》《陸堂詩學》等。諸襄七：諸錦（1686—1769），字襄七，號草廬。清浙江嘉興人。雍正二年進士，乾隆初舉鴻博。官至左贊善。有《毛詩論》《饗禮補正》等著述。汪韓門：汪師韓，見本卷三注[7]。 [2] 龍種：駿馬、良馬。春羅：一種絲織品。雉媒：獵者養雉子，至長狎人，能招引野雉，因而獵取之，故名曰雉媒。 [3] 廣武場：項羽、劉邦曾在廣武城率兵對峙。《魏氏春秋》説阮籍曾登廣武，慨歎："時無英雄，遂使豎子成名。" [4] 王阮亭：王士禛，見卷一・五四注[1]。 [5] 汪鈍翁：汪琬（1624—1691），字苕文，號鈍翁。清江南長洲人。順治十二年進士。有《汪鈍翁文鈔》。 [6] 劉公㦷：劉體仁（1617—1676），字公㦷，號蒲庵。清江南潁州（今安徽阜陽）人。順治十二年進士。官吏部主事。有《七頌堂集》《蒲庵集》。 [7] 方望溪：方苞，見卷一・二九注[1]。 [8] 鄭璣尺：鄭江（1682—1745），字璣尺，晚號筠谷。清浙江錢塘人。康熙五十七年進士。官至翰林院侍講。有《筠谷詩鈔》《書帶草堂詩鈔》等。惠紅豆：惠士奇（1671—1741），字天牧、仲儒，晚號半農，鄉人因其齋名稱紅豆先生。清江蘇吴縣人。康熙四十八年進士。授編修，後提督廣東學政。雍正間削籍，乾隆初再起爲侍讀。有《易説》《禮説》《春秋説》《半農人詩》《紅豆齋小草》等。陳見復：陳祖範（1675—1753），字亦韓，號見復。清江蘇常熟人。

雍正舉人。乾隆中薦經學，授國子監司業銜。有《經咫》《掌録》《司業集》。

按：袁枚反對以經入詩，以經論詩，此爲一例。再者，詩有别材，學問深不一定詩好。

四　七

吟詩自注出處，昔人所無。歐公譏元稹注《桐柏觀碑》[1]，言之詳矣。況詩有待於注，便非佳詩。韓門先生《蚊煙詩》十二韻[2]，注至八行，便是蚊類書，非蚊詩也。《贈友》云："知來匪鵲休論往，爲主如鴻喜得賓。"上句注："《淮南子》：'乾鵲知來而不知往[3]。'"下句注："《孔疏》：'鴻以先至者爲主，後至者爲賓。'"作詩何苦乃爾？惟張雪子雲南典試歸[4]，將近長安而殁，先生哭之云："路紆雙節重[5]，天近一星沉。"便覺清妙。又有咏柳絮一絶云："沾襟撩袖自矜妍，未化爲萍絶可憐[6]。歎息春風竟何意，團揉無處不成綿。"

【箋注】

[1] 歐公：歐陽修（1007—1072），字永叔，號醉翁、六一居士。宋吉州廬陵（今屬江西）人。仁宗天聖八年進士。任翰林學士、樞密副使、參知政事，曾知滁、揚、潁、亳、青、蔡等州。能詩詞文各體，爲當時古文運動領袖。爲唐宋八大家之一。平生獎掖後進，曾鞏、王安石、蘇洵父子俱受其稱譽。與宋祁等修《新唐書》，自撰《新五代史》，有《歐陽文忠公集》。此處指歐陽修《唐元稹修桐柏宫碑跋》。元稹：見卷一・二〇注[11]。　[2] 韓門：汪師韓，見卷四・三注[7]。　[3] 乾鵲：喜鵲。古傳喜鵲知道未來的事情，而不知道以往的景況。　[4] 張雪子：張映斗（？—1748），字雪子。清浙江烏程人。雍正十一年進士。官編修。乾隆十二年主四川鄉試。有《秋水齋詩集》。　[5] 路紆：道路曲折。紆，通紆。雙節重：出行時的儀仗顯得沉重。雙節，泛指高官的儀仗。　[6] 化爲萍：古傳柳絮入水爲萍。李漁《閒情偶寄》："花已謝而辭樹，其命絶矣，乃又變爲一物，其生方始。殆一物而兩現其身者乎？人以楊花喻命薄之人，不知其命之厚也。"

四　八

惲南田少時受知王太倉相國[1]。有監司某延之作畫[2]，不即赴，乃迫致蘇州，拘官廳所，明旦將辱之。南田以急足至婁水乞援[3]，時已二更，相國急命呼舟，將出，復擊案曰："馬最速，舟不如。"遽跨馬，命僕以竹竿挑燈縛背上，行九十里，抵郡城，尚未五鼓也。守門者知爲相國，遽啟門，直詣監司署，問南田所在，携之以歸。監司隨詣太倉謝過，乃釋。南田畫《拙修堂宴集圖》[4]，題詩云："花殘江國滯征纓[5]，緑浦紅潮柳岸平。芳草有心抽夜雨，東風無力轉春晴[6]。艱難抱子還鄉國，落拓浮家仗友生[7]。只爲躊躇千里別，歸期臨發又重更。"

【箋注】

[1] 惲南田：惲壽平，見本卷二注[1]。王太倉：王掞，見卷三·二五注[7]。 [2] 監司：負有監察之責的官吏。 [3] 急足：指急行趕路傳送信件的人。 [4] 拙修堂：王掞的室名。 [5] 征纓：遠行的車馬。 [6] 芳草：喻賢德之人。全聯意謂：芳草有心在夜雨裏抽芽旺長，東風無力把雨後的晴日春光改變。語似淡而立意新警。 [7] 抱子：史載周公旦曾抱子攝朝，此喻王太倉之位居相國。浮家：即浮家泛宅。《新唐書》："志和來謁，真卿以舟敝漏請更之，志和曰：'願爲浮家泛宅，往來苕霅間。'"原指以船爲家，後喻漂泊不定的生活，此喻惲南田自己。

按：作爲畫家詩人，能如此拒一上官，並能如此獲救，也是有幸。

四　九

黄莘田妻月鹿夫人，與莘田同有研癖[1]。先生罷官時，囊餘二千金，以千金市十研，以千金購侍兒金櫻以歸。有二女：長曰淑窕，字姒洲；次曰淑畹，字紉佩[2]。題《杏花雙燕圖》云："艷陽天氣試輕衫，媚紫嬌紅正鬥酣。記得春明池館静[3]，落花風裏話呢喃。""夕陽亭院曲欄東，語燕時飛扇底風。不管春來與春去，雙雙長在杏花中。”金櫻明艷，能詩。許子遜酒間舉其《夜來香》絶句云[4]：“知隔絳紗帷暗坐，謝娘頭上過來風[5]。”

【箋注】

[1]黄莘田：黄任（1683—1768），字莘田，號十硯老人。清福建永福（今永泰）人。康熙四十一年舉人。工詩善書，詩有《香草齋集》《秋江詩集》。康熙間福州文人嗜硯成風，以黄任爲最。月鹿：此處有誤。應爲金陵朱豹章妻，名張季琬，字宛玉，號月鹿侍史。清福建閩縣（今福州）人。能詩。黄莘田妻應爲莊氏，亦能詩。見《閩川閨秀詩話》。研癖：藏硯的嗜好。研，磨墨的用具，同“硯”。 [2]黄淑窕（1705—1772）：字姒洲。清福建永福人。知縣黄任長女。工繪事。適諸生游藝。黄淑畹：字紉佩。清福建永福人。知縣黄任次女。諸生林春起室。工詩。著有《綺窗餘事》。 [3]春明：指唐都長安春明門，因以指代京都。 [4]許子遜：許廷鑅，見卷三・二九注[5]。 [5]謝娘：此典有兩個出處：一是東晋有才名的女詩人謝道韞，一是唐朝有美色藝能的歌妓謝秋娘。後成爲美好女性的代稱，在詩詞中或分其意而用，或合其意而用。

五　〇

白雲禪師作偈曰[1]：“蠅愛尋光紙上鑽，不能透處幾多難。忽然撞著來時路，始覺平生被眼瞞。”雪竇禪師作偈曰[2]：“一兔横身當古路，蒼鷹纔見便生擒。後來獵犬無靈性，空向枯樁舊處尋。”二偈雖禪語，頗合作詩之旨。

【箋注】

[1]白雲禪師（？—1072）：宋代名僧，俗名葛守端。衡陽（今屬湖南）人。偈：指釋家雋永的詩作。 [2]雪竇禪師（980—1052）：俗名李重顯，字隱之。宋遂州（今四川遂寧）人。自幼出家，遍參名宿，駐錫四明雪竇山。此偈收入元釋念常撰《佛祖歷代通載》。

按：禪與詩，都必須從平凡的事物中突然悟出新意，在産生靈悟這一點上是有相同之處的。吴可《學詩詩》：“學詩渾似學參禪，竹榻蒲團不計年。直待自家都了得，等閒拈出便超然。”

五　一

冬友侍讀出都，過天津查氏，晤佟進士濬[1]，言其母趙夫人苦節能詩[2]，《祭竈》云：“再拜東厨司命神，聊將清水餞行塵。年年破屋多灰土，須恕夫亡子幼人。”查恂叔言其叔心穀《悼亡姬》詩[3]，和者甚衆，有佟氏姬人名艷雪者，一絶甚佳，其結句云：“美人自古如名將，不許人間見白頭。”此與宋笠田明府“白髪從無到美人”之句相似[4]。

【箋注】

[1]冬友：嚴長明，見卷一·二二注[6]。佟濬：正藍旗漢軍人。乾隆二年進士。任山西潞安府潞城知縣。　[2]苦節：堅守節操。　[3]查恂叔：查禮（1716—1783），字恂叔，一字儉堂，號鐵橋、魯存。清順天宛平（今北京）人。乾隆間，官至四川布政使，升湖南巡撫。有《銅鼓書堂遺稿》《銅鼓書堂詞話》等。心穀：查爲仁，見卷三·六〇注[4]。　[4]宋笠田：宋樹穀，見本卷三〇注[1]。

五　二

乙丑歲，予宰江寧[1]。五月十日，天大風，白日晦冥。城中女子韓姓者，年十八，被風吹至銅井村，離城九十里。其村氓問明姓氏，次日送女還家。女已婚東城李秀才之子，李疑風無吹人九十里之理，必有奸約，控官退婚。余曉之曰：“古有風吹女子至六千里者，汝知之乎？”李不信。予取元郝文忠公《陵川集》示之[2]，曰：“郝公一代忠臣，豈肯作誑語者？第當年風吹吴門女，竟嫁宰相，恐汝子没福耳！”秀才讀詩大喜，兩家婚配如初。制府尹公聞之[3]，曰：“可謂宰官必用讀書人矣[4]！”其詩曰：“八月十五雙星會，花月摇光照金翠。黑風當筵滅紅燭，一朵仙桃落天外。梁家有子是新郎，芈氏負從鍾建背[5]。争看燈下來鬼物，雲鬟攲斜倒冠佩。須臾舉目視旁人，衣服不同言語異。自説吴門六千里，恍惚不知來此地。甘心肯作梁家婦，詔起高門牓天賜。幾年夫婿作相公，滿眼兒孫盡朝貴。須知伉儷有因緣，富者莫求貧莫棄。”

【箋注】

[1] 乙丑：這裏指乾隆十年（1745）。 [2] 郝文忠：郝經（1223—1275），字伯常。金澤州陵川（今屬山西）人。金亡後，遷順天。元世祖忽必烈即位後，爲翰林侍讀學士，充國信使至宋，被羈十六年方歸。卒謚文忠。 [3] 制府：清代總督的别稱。尹公：尹繼善，見卷一・一〇注[3]。 [4] 宰官：本泛稱官吏，後多指稱縣令。 [5] “芈氏”句：《左傳・定公》載，吴王攻入楚國國都，楚昭王逃亡時，楚國大夫鍾建背著楚王的小妹季芈隨從。後來小妹便以“鍾建負我”爲故，嫁給鍾建。此句以此典故喻大風吹來的女子。

按：郝文忠的這首詩，《元詩選》上題爲“天賜夫人詞”，與此處稍有異文。

五　三

或問：“明七子摹仿唐人，王阮亭亦摹仿唐人[1]。何以人愛阮亭者多，愛七子者少？”余告之曰：“七子擊鼓鳴鉦，專唱宫商大調[2]，易生人厭；阮亭善爲角徵之聲[3]，吹竹彈絲，易入人耳。然七子如李崆峒[4]，雖無性情，尚有氣魄；阮亭於氣魄、性情，俱有所短。此其所以能取悦中人，而不能牢籠上智也[5]。”

【箋注】

[1] 明七子：見卷一・三注[3]。王阮亭：王士禛，見卷一・五四注[1]。 [2] 宫商：本指我國古代音樂的五聲音階的第一、第二音階。後用以論詩，指境界闊大、氣勢磅礴、深穩雅健之作。 [3] 角（jué）徵（zhǐ）：本指五聲的第三、第四音階，後用以指寒澀緊促、清峭空靈、柔和幽婉的詩作。 [4] 李崆峒：李夢陽（1473—1530），字天錫、獻吉，自號空同子。明陝西慶陽（今屬甘肅）人。後徙居河南扶溝。弘治七年進士。官户部郎中、江西提學副使。

後革職居家二十年之久。倡言文必秦漢、詩必盛唐，爲明前七子領袖人物。有《空同集》。　[5]中人：中等資質的人。牢籠：籠絡。上智：具有上等智力的人。

五　四

近有《聲調譜》之傳，以爲得自阮亭[1]，作七古者，奉爲秘本。余覽之，不覺失笑。夫詩爲天地母音[2]，有定而無定，到恰好處，自成音節。此中微妙，口不能言。試觀《國風》、《雅》、《頌》、《離騷》、樂府，各有聲調，無譜可填；杜甫、王維七古中，平仄均調，竟有如七律者；韓文公七字皆平，七字皆仄[3]。阮亭不能以四仄三平之例縛之也。倘必照曲譜排填，則四始六義之風掃地矣[4]。此阮亭之七古所以如杞國伯姬[5]，不敢挪移半步。

【箋注】

[1]阮亭：王士禛，見卷一・五四注[1]。　[2]天地母音：指真實生動的天賦才性和自然規律。有定，是有規律；無定，是無人爲的固定規律。有定無定，都順乎天性，順乎人情。如平仄規則，在袁枚看來，也應是有定而無定。只强調有定，便成爲束縛。　[3]韓文公：韓愈，見卷一・一三注[1]。七字皆平：如晚唐詩人崔魯《春日長安即事》："一百五日又欲來，梨花梅花參差開。"有人評論説："第二句七字皆平，而天然入妙，不覺音節之乖。七平句當以此種爲式。"七字皆仄：如杜甫句"有客有客字子美"。沈德潛《説詩晬語》："七字每平仄相間。而義山《韓碑》一篇中，'封狼生貙貙生羆'七字，平也；'帝得聖相相曰度'七字，仄也。氣盛，則言之短長與聲之高下皆宜。"　[4]四始：《關雎》爲《風》始，《鹿鳴》爲《小雅》始，《文王》爲《大雅》始，《清廟》爲《頌》始。六義：一曰風，二曰賦，三曰比，四曰興，五曰雅，六曰頌。歷來對四始六義的闡發，或同中有異，或異中有同，但重視詩歌的内容和形式的統一是根本的要求。袁枚在這裏批評的是只重形式。　[5]伯姬：《春秋穀梁傳・襄公三十年》載，宋伯姬住處失火，左右之人勸她躲避，她却認爲師傅和保姆不在，按婦人之義，夜裏不能走出房間，終爲大火燒死。此處言杞伯姬，誤。

五　五

南朝人云："鵝性最傲，鶴更甚焉[1]。"余嘗畜一鶴，偶過池堤甚窄，鶴故意張翅攔之，頗爲所窘。後讀陸甥詩云[2]："境仄鶴妨人去路，窗虛雲攪雨來天。"方賞其詞之工。

【箋注】

[1]"鵝性"二語：疑非原句。《南史》卷七十二引卞彬《禽獸决録》云："鵝性頑而傲。"至於鶴，有云"鶴性善警""鶴性高潔""鶴性不易馴""孤鶴傲岸誰能羈"等。 [2]陸甥：袁枚的外甥陸建（一作陸逵）（1730—1764），字湄君，號豫亭。浙江錢塘人。諸生。父早卒，由袁枚撫養。有《湄君詩集》。

五　六

詩雖小技，然必童而習之。入手先從漢、魏、六朝，下至三唐、兩宋，自然源流各得，脉絡分明。今之士大夫，已竭精神於時文八股矣，宦成後，慕詩名而强爲之，又慕大家之名而挾取之，於是所讀者，在宋非蘇即黄，在唐非韓則杜，此外付之不觀。亦知此四家者，豈淺學之人所能襲取哉？於是專得皮毛，自誇高格，終身由之，而不知其道。《書》曰："德無常師，主善爲師。"子貢曰[1]："夫子焉不學？而亦何常師之有？"此作詩之要也。陶篁村曰[2]："先生之言固然，然亦視其人之天分耳。與詩近者，雖中年後，可以名家；與詩遠者，雖童而習之，無益也。磨鐵可以成針，磨磚不可以成針。"

【箋注】

[1]子貢（前520—前456）：姓端木，名賜，字子貢。春秋末期衛國（今河南濮陽一帶）人。孔子弟子。經商于曹、魯，歷仕魯、衛。能言善辯，爲宣傳孔學不遺餘力。 [2]陶篁村：陶元藻，見卷一・三〇注[10]。

五　七

余於古人之詩，無所不愛，恰無偏嗜者；於今人之詩，亦無所不愛，恰於高文良公《味和堂集》、黄莘田先生《香草齋詩》[1]，有偏嗜焉。豈亦性之所近耶？

【箋注】

[1]高文良：高其倬，見卷一·三三注[1]。黄莘田：黄任，見本卷四九注[1]。

五　八

丙戌年，慶樹齋、雨林兩公子過蘇州[1]，余招飲唐氏棣華書屋，一時都知、録事佳者雲集[2]，三人各有所屬。雨林即席云："度曲花猶遮半面，迎眸春已透三分。"别後又寄詩云："天河落向碧窗紗，十二瑶臺霧不遮。香暖綉幃春似海，一鴛鴦抱一枝花。"友人陶夔典贈余一姬[3]，載還家，方知已有娠，乃送還之。雨林所暱，以事到官，有困於株木之慘[4]。雨林和余《懊惱詞》云[5]："無奈别春何，詩筒驢背馱。花開仍散影，水小亦生波。頓改繁華夢，惟餘懊惱歌。金釵雖十二，難解此情多。""滄浪煙水際，無復蕩舟來。完璧仍歸趙，明珠别有胎。倚欄頻繾綣，對月暗低徊。環佩聲偏遠，銷魂又幾回？""猶記旗亭夜，紅燈語不休。芙蓉經雨損，風蝶爲花愁。薄命原應爾，無情笑此流。心同天外月，空自照蘇州。"又寄《遊仙》一首云[6]："吹殘瓊樹卜蓬萊，自斷仙緣萬念灰。底事無風花也落？方知立地有輪迴。"樹齋公子後一年爲威遠將軍，出鎮伊犁，予寄七律三章，末二句戲云："倘奪胭脂好顔色，江南兒女要平分。"

【箋注】

[1]丙戌：這裏指乾隆三十一年（1767）。慶樹齋：慶桂，見本卷六注[5]。雨林：慶霖（？—1806），字晴村。慶桂弟。滿洲正黄旗人。嘉慶時官至福

州將軍。[2]都知：這裏是舊時對妓院中班頭的稱謂。録事：勸酒監酒令的人，多指妓人。[3]陶夔典：蘇州人，餘未詳。[4]株木：刑杖。指臀部受刑杖。[5]《懊惱詞》：收在袁枚《小倉山房詩集》中，題爲"惆悵詞二月二十八日作"。[6]《遊仙》：遊仙詩，詩體的一種。原爲借描繪仙境寓詩人之志趣的詩歌，後多叙兒女情懷及仙人遊戲人間之事。

按：爲封建文士此類情事費這麽多筆墨，可見性靈派走到了另一個極端。

五　九

乙丑，余知江寧，救火水西門，見喧嚷時，一美少年着單縑衣[1]，貌頗閒雅，異而問焉。曰："秀才也。姓龔，名如璋，號雲若。"次日，以文作贄，來往甚歡。後十年，中進士，改名孫枝[2]。過隨園見贈云："早結山堂水竹緣，朝簪重脱未華顛。有詩何但稱循吏[3]，不老方知是謫仙。細雨漸消寒食候，穠花争放麴塵天[4]。謝公墩外峰峰好[5]，屐齒逡巡又一年。"龔後出宰山西榆次縣，王師西征，烹羊享兵，得奇句云："拔刀割肉目眥裂，太平時羊亂時妾。"

【箋注】

[1]乙丑：這裏指乾隆十年（1745）。縑（jiān）衣：縑製之衣。縑，一種較緻密的絲織品。[2]龔孫枝：初名如璋，字貴寶，後改今名，字雲若，一字梧生。清江蘇江寧人。乾隆十九年進士。官至曹州知府。有《夕可齋集》《讀史識小録》《浚恒堂日記》。[3]循吏：善良守法的官吏。[4]麴塵：酒麴上産生的菌，色微黄如塵。亦用以指淡黄色。[5]謝公墩：在南京城北半山園，原爲東晋謝安居處，宋王安石也在此居住過。

六　〇

詩得一字之師，如紅爐點雪[1]，樂不可言。余祝尹文端公壽云[2]："休誇與佛同生日，轉恐恩榮佛尚差。"公嫌"恩"字與佛不切，應改"光"字。

咏落花云："無言獨自下空山。"邱浩亭云[3]："空山是落葉，非落花也。應改'春'字。"《送黄宫保巡邊》云："秋色玉門凉。"蔣心餘云[4]："'門'字不響，應改'關'字。"《贈樂清張令》云："我慚靈運稱山賊[5]。"劉霞裳云[6]："'稱'字不亮，應改'呼'字。"凡此類，余從諫如流，不待其詞之畢也。浩亭詩學極深，惜未得其遺稿。

【箋注】

[1] 紅爐點雪：紅爐上著一點雪，立即融化。比喻一經點撥，立即解悟。[2] 尹文端：尹繼善，見卷一・一〇注[3]。 [3] 邱浩亭：邱謹（1687—1756），字庸謹，號浩亭。清江蘇山陽人。雍正元年拔貢。授六合教諭。有《浩觀亭詩集》。 [4] 蔣心餘：蔣士銓，見卷一・二三注[2]。 [5] 山賊：謝靈運退居會稽時，尋山陟嶺，必造幽峻。嘗自始寧南山伐木開徑，直至臨海，從者數百人，臨海太守王琇驚駭，謂爲"山賊"，徐知是靈運，乃安。 [6] 劉霞裳：見卷二・三三注[2]。

按：詩得一字之師，如紅爐點雪。好喻！詩能從諫如流，好胸襟！

六一

苕生分校禮闈[1]，作詩云："再燃丹炬照波心，恐有遺珠碧海沉。記得當時含水石，十年辛苦作冤禽[2]。"朱香南太史有句云[3]："寄語群公高着眼，青衫明日淚痕多[4]。"余甲子分校，亦有句云："帶入秋闈示同伴，當時落第淚痕衫。"

【箋注】

[1] 苕生：蔣士銓，見卷一・二三注[2]。分校：科舉時校閲試卷的各房官。禮闈：亦稱禮部試。清代科舉會試，每三年一次在京城舉行，由禮部主持。試院稱闈，故名禮闈。 [2] 含水石：比喻像含水石一樣讀書，汲取知識。冤禽：指精衛鳥。相傳爲炎帝女，因遊東海溺死，化爲精衛，常銜西山木石以填東海。比喻士子十年寒窗却葬身于書海成爲冤禽。 [3] 朱香南（？—1750）：朱荃，字子年，號香南。清浙江桐鄉人。乾隆二年補試博學鴻詞。授編修。嘗任四川

學政。有《香南詩鈔》。　[4]青衫：指學子、書生。

六　二

桐城女子方筠儀嫁左君文全而寡[1]，年二十有六，即守節以終。有《含貞閣集》。其《偶檢先夫遺草》云："鸚鵡才高屈數奇[2]，未開篋笥淚先垂。平生映雪囊螢力，不見騰蛟起鳳時。獄底龍埋光詎掩，墓門鶴返事難期[3]。九京應悔嘔心血，百卷文章待付誰？"

【箋注】

[1]方筠儀：清安徽桐城人。孝豐知縣方將女、貢生同邑左文全妻。年二十六，文全卒，守志以終。有《含貞閣詩集》。　[2]鸚鵡才高：三國禰衡作《鸚鵡賦》。攬筆而作，文不加點。故稱"鸚鵡才高"。而禰衡終爲才累，罵曹操，侮劉表，激怒江夏太守黄祖，遂被殺。後喻才高文士之遭遇不幸。數奇：指命運不好、遇事不利。　[3]獄底龍埋：龍泉寶劍埋藏在牢獄的地下。比喻賢人被埋没、被壓抑。典出《晋書・張華傳》。墓門鶴返：《搜神後記》載，遼東人丁令威得道成仙，化身爲鶴返歸故里，看見墳冢累累。

六　三

春江公子[1]，戊午孝廉，貌如美婦人，而性倜儻，與妻不睦，好與少俊遊，或同卧起，不知烏之雌雄[2]。嘗賦詩云："人各有性情，樹各有枝葉；與爲無鹽夫，寧作子都妾[3]。"其父中丞公見而怒之。公子又賦詩云："古聖所制禮，立意何深妙！但有烈女祠，而無貞童廟。"中丞笑曰："賤子强詞奪理，乃至是耶！"後乙丑入翰林，妻楊氏亡矣。再娶吴氏，貌與相抵，遂歡愛異常。余贈詩云："安得唐宫針博士，唤來趙國綉郎君[4]。"嘗觀劇于天禄居，有參領某，誤認作伶人而調之，公子笑而避之。人爲不平。公子曰："夫狎我者，愛我也。子獨不見《晏子春秋》'諫誅圉人'章乎[5]？惜彼非吾偶耳，怒之則俗矣。"參領聞之，踵門謝罪。

【箋注】

[1]春江公子：如上，餘未詳。 [2]烏之雌雄：語出《詩經·小雅·正月》。[3]無鹽：無鹽女。即戰國時齊宣王后鍾離春。因是無鹽人，故名。爲人有德而貌醜。後常用爲醜女的代稱。子都：古美男子名。《孟子·告子上》："至於子都，天下莫不知其姣也。" [4]針博士：醫官名。唐代置。掌教針灸醫病之事。綉郎君：即衣綉郎君，爲御史的代稱。 [5]諫誅圉人：此處"圉人"爲"羽人"之誤。典出《晏子春秋·外篇下十二》："景公蓋姣，有羽人視景公僭者。……晏子不時而入見曰：'蓋聞君有所怒羽人。'公曰：'然。色寡人，故將殺之。'晏子對曰：'嬰聞拒欲不道，惡愛不祥，雖使色君，於法不宜殺也。'"

六　四

詩少作則思澀，多作則手滑；醫澀須多看古人之詩，醫滑須用剥進幾層之法。

按：多看古人之詩，可以激發形象思維，即詩的思維，但這只是一種醫法，且須有一定的生活基礎，補充生活體驗纔是最根本的。詩寫得太容易，太濫，太淺，必下狠心用剥進幾層法，這是經驗之談。構思如剥筍，一層層剥進，纔能得到筍心，纔能得到最精、最新、最靈的詩思，也纔能得到最精、最新、最靈的詩語。寫詩切勿淺嘗輒止，要多否定幾次，層層深入。

六　五

蕭子顯自稱[1]："凡有著作，特寡思功；須其自來，不以力構。"此即陸放翁所謂"文章本天然，妙手偶得之"也[2]。薛道衡登吟榻構思[3]，聞人聲則怒；陳後山作詩[4]，家人爲之逐去貓犬，嬰兒都寄別家。此即少陵所謂"語不驚人死不休"也。二者不可偏廢，蓋詩有從天籟來者，有從人巧得者，不可執一以求。

【箋注】

[1] 蕭子顯（487—537）：字景陽。南蘭陵（今江蘇常州一帶）人。由齊入梁，累官至吏部尚書、侍中，終於吴郡太守。有《南齊書》。此處所引，載《南史》，文字略有不同。 [2]“文章”二句：陸游《劍南詩稿》載，題爲“文章”，“天然”，作“天成”。 [3] 薛道衡：字玄卿。河東汾陰（今山西萬榮一帶）人。歷仕北齊、北周。入隋，官司隸大夫。因才名爲隋煬帝所忌，被縊死。 [4] 陳後山：陳師道，見卷三・六六注 [6]。

六　六

己未殿試，予儆諸同年云：“霓裳三百都輸我[1]，此處曾來第二回。”蓋試鴻博曾在保和殿也。同徵友蘧雲墀曾與章藻功太史、蔣文肅相公[2]，同時角逐名場，而流落不偶[3]，誓不登科不娶妻，寓京師晋陽庵五十餘年而卒。康熙庚子中北闈副車[4]。妻年五十，竟以處女終。余有詩弔之云：“五十四年蕭寺老，終身一曲雉朝飛[5]。”雲墀名駿，常熟人。

雲墀七十生日，金江聲觀察率同人携樽晋陽庵[6]，即席賦詩云：“卅年京洛已成翁，經學人推馯子弓[7]。酒熟漫將孤影勸，詩成先揀妙香烘[8]。龕燈清晝同彌勒，慧業前生定玉童[9]。天眼視君多道氣，紛紛真愧可憐蟲！”

圖東張學林爲京江相公之孫[10]，守河南時，雲墀薦余司記室事，公欣然相延。余以道遠，不果往。記其贈蘧云：“征塵纔拂卸行縢[11]，亟叩禪扉訪舊朋。七度春明惟剩爾[12]，卅年蕭寺竟同僧。賣文自昔家懸磬[13]，愛士於今局似冰。我亦棲棲倦行役，二毛相對感髯髻[14]。”公暮年陞觀察，閲河工，憊甚。有女六歲，泣曰：“爺何不歸家？”婢戲云：“作官豈不好耶？”女答曰：“大家原好，爺一個獨苦耳。”公凄然泣下，賦詩云：“恩重難抽七尺身，愧他黄口語酸辛。”

【箋注】

[1] 霓裳：喻朝服。代指同榜進士。袁枚於丙辰乾隆元年試鴻博，於己未

乾隆四年舉進士，曾兩次參加殿試。［2］蘧雲墀：蘧駿，字雲墀。江蘇常熟人。康熙五十九年中順天副榜。章藻功（1656—？）：字豈績。浙江錢塘人。康熙四十二年進士，改庶吉士。有《思綺堂集》。蔣文肅：蔣廷錫，見卷二·四七注［1］。［3］不偶：不遇。［4］北闈副車：北闈，指在北京舉行的順天府鄉試。副車，指在鄉試録取名額以外列入備取的副貢。［5］蕭寺：也作"蕭家寺"。唐李肇《唐國史補》卷中："梁武帝造寺，令蕭子雲飛白大書'蕭'字，至今一'蕭'字存焉。"後因稱佛寺爲蕭寺。雉朝飛：樂府琴曲名。相傳戰國時齊人牧犢子，年七十無妻，出薪於野，見飛雉雌雄相隨，意動心悲，乃作此曲。［6］金江聲：金志章，見卷三·六四注［2］。［7］馯（hán）子弓：即馯臂子弓，楚人，學《易》守其師説者。史書説，孔子傳《易》於商瞿，商瞿傳《易》於馯臂子弓。［8］妙香：佛教謂殊妙的香氣。亦指花香。［9］龕（kān）燈：佛龕、神龕前的長明燈。彌勒：未來佛。我國的彌勒塑像胸腹袒露，面帶笑容。慧業：佛教語，指智慧的業緣。玉童：仙童。［10］張學林（1689—1770）：字念耕，號圌（chuí）東。清江蘇丹徒人。諸生。歷官河陝汝道。有《圌東學詩》。京江相公：張玉書（1642—1711），字素存，號京江。清江蘇丹徒人。順治十八年進士。官至文華殿大學士兼户部尚書。卒謚文貞。［11］行幐：指行裝。［12］春明：指京都。［13］懸磬：形容空無所有，極貧。［14］二毛：指斑白的頭髮。髼（péng）鬙（sēng）：頭髮散亂貌。

六七

康熙中年，金陵詩人有三布衣：一馬秋田[1]，一袁古香[2]，一芮瀛客[3]。古香年老，在都中館康親王府[4]。芮年少後至，意頗輕之，常短袁于王前。一日，王命宦者封一紙出付客，題是"賀人新婚"，韻限"階""乖""骸""埋"四字，外銀二封，一重一輕。能作此詩者取重封，留邸；不能者持輕封，作路費歸。芮辭不能，而袁獨咏云："裴航得踐遊仙約[5]，簇擁紅燈上緑階。此夕雙星成好會，百年偕老莫相乖。芝蘭氣吐香爲骨，冰雪心清玉作骸。更喜來宵明月滿，團圓不爲白雲埋。"王大欣賞。芮慚沮，即日辭歸。馬客中有句云："二更聞雁月在水，半夜打鐘天有霜。"

【箋注】

[1]馬秋田：馬幾先，字祖修、秋田，號天闕山樵。清江蘇江寧人。 [2]袁古香：袁瑛，字五修、古香。清江蘇上元人。 [3]芮瀛客：芮嶼，字瀛客。清江蘇上元人。 [4]康親王：愛新覺羅・杰書（1645—1697）。禮親王代善孫、康熙皇帝的堂兄。 [5]裴航：唐傳奇小説中人物。小説云：唐長慶間秀才裴航于藍橋驛遇一仙女雲英，以玉杵臼爲聘，終成眷屬。

六　八

宋王禹偁咏月波樓[1]，自注："不知月波出處。"按漢樂府"月穆穆以金波"[2]，昌黎詩"微風吹空月舒波"[3]，已用之矣。

【箋注】

[1]王禹偁：見卷一・一三注[7]。 [2]"月穆穆"句：出自《樂府詩集・漢郊祀歌・天門》。 [3]"微風"句：出韓愈《八月十五夜贈張功曹》詩，文字略有不同。

六　九

松江張夢喈之妻汪氏，名佛珍[1]，能詩而有幹才。夢喈外出，有偷兒入其室，汪佯爲不知，喈曰[2]："今夕賴得某在家相護，可無憂矣。"某者，其戚中之有勇力者也。偷兒聞之潛逃。夫人佳句，如《對月》云："萬户恍臨城不夜，千年惟有兔長生。"《對雪》云："自携尊酒酬滕六[3]，莫損籬邊竹外枝。"兩子興載、興鏞，皆能詩[4]。來江寧秋試，興載見贈云："海内論交皆後輩，江南何福着先生？"興鏞見贈云："絶地通天雙管擅，登山臨水一筇先。"人誇其妙，不知皆母訓也。興載云："桐鄉有程拱宇者[5]，畫《拜袁揖趙哭蔣圖》，其人非隨園、心餘、雲松三人之詩不讀[6]。"想亦唐時之任華、荆州之葛清耶[7]？程字墨浦，廪膳生。

【箋注】

[1] 張夢喈（jiē）：字鳳於，號玉壘。清江南華亭（今屬上海）人。入貲候選同知。有《塔射園詩鈔》。汪佛珍：清安徽休寧人。通判松江張夢喈室、舉人興鏞母。有《貽孫閣集》。 [2] 喈（jiè）：歎息。 [3] 滕六：傳説中的主雪之神，後用作咏雪的代稱。 [4] 張興載（1757—1807）：字坤厚，號悔堂。清江蘇華亭人。貢生。候補訓導。有《寶稧軒詩集》。張興鏞（1762—1837）：一作張興墉，字遠春，一字金冶。清江蘇華亭人。官太倉州學正。嘉慶六年舉人。有《紅椒山館詩鈔》。 [5] 程拱宇：字墨浦，一字函玖，號蘭舟。清浙江桐鄉人。庠生。兩淮候補鹽知事。有《邗上閑吟草》。 [6] 隨園：指袁枚。心餘：蔣士銓，見卷一・二三注[2]。雲松：趙翼，見卷二・三三注[3]。[7] 任華：唐散文家。青州樂安（今山東博興）人。早年隱于林泉，後入仕爲秘書省校書郎。大曆初，任桂州刺史參佐。葛清：中唐時，荆州人葛清自頸以下遍刺白居易詩，凡刻三十餘首，體無完膚。人呼爲“白舍人行詩圖”。

七〇

李敏達公撫浙時[1]，威不可犯，獨能敬讀書人。設志局修書，所延皆一時名士。公餘之暇，放艇西湖，屢開文宴。汪西顥沆賦詩云[2]：“西湖大好作春遊，環佩如雲簇水頭[3]。誰似尚書能愛士，日斜堤外未回舟。”其時，余纔九歲。後五十年，西顥在莊相國席上見贈云[4]：“花卮同泛小山堂[5]，回首星霜三載强。野叟尚能誇舊政，群公每見譽文章。君卿老去言逾妙，陶令歸來樂未央。莫道隨園秋色淡，萱庭日月閉門長[6]。”與余在席上論元次山文[7]，有《惡圓》一篇，余道：“天體尚圓，何可見惡？”西顥因指身上衣袖冠領、席上盤碗壺碟，曰：“諸物皆圓，纔適於用。”彼此大笑。

【箋注】

[1] 李敏達：李衛（1688—1738），字又玠。清江蘇碭山（今屬安徽）人。入貲爲户部郎，雍正時官至直隸總督。卒謚敏達。 [2] 汪沆（1704—1784）：字師李、西顥，號槐堂。清浙江錢塘人。諸生。乾隆十二年舉博學鴻詞科。有《槐堂詩文稿》《水香園遺詩》《小眠齋讀書日札》等。 [3] 環佩：

女子佩戴的圓形玉飾。後用以指代美女。　[4]莊相國：莊有恭，見卷一・六六注[8]。　[5]花卮：花色的酒器。　[6]萱庭：指母親。　[7]元次山：元結，見卷二・四注[3]。

七　一

詩文用字，有意同而字面整碎不同、死活不同者，不可不知。楊文公撰宋主與契丹書[1]，有"鄰壤交歡"四字。真宗用筆旁抹批云："鼠壤？糞壤？"楊公改"鄰壤"爲"鄰境"，真宗乃悦。此改碎爲整也。范文正公作《子陵祠堂記》，初云[2]："先生之德，山高水長。"旋改"德"字爲"風"字，此改死爲活也。《荀子》曰："文而不采。"《樂記》曰："聲成文謂之音。"今之詩流，知之者鮮矣！

【箋注】

[1]楊文公：楊億，見卷一・一三注[7]。　[2]范文正：范仲淹，見卷一・二七注[5]。

七　二

昔人有"王琨回面避家姬"之句[1]，嗤其迂也。元相燕帖木兒侍妾數百[2]，一日宴侍郎趙世延家[3]，見簾内人，驚爲絶色，竄取至家，即其第二十九房妾也。虞啟[4]，蜀秀才，題其事云："一簾相隔未模糊，上眼心驚即故夫。絶似采桑相遇處，大元宰相作秋胡[5]。"

【箋注】

[1]王琨（1877—1946）：南朝宋琅琊臨沂（今屬山東）人。宋孝建中，爲建威將軍、平越中郎將、廣州刺史。《山堂肆考》載："齊王琨性謹慎，顔師伯豪貴設女樂邀琨，傳酒行炙皆命妓，每行至琨，琨令置床上，回面避之，然後取。坐上皆笑。"　[2]燕帖木兒（1285—1333）：又作燕鐵木兒。欽察人。元文宗時權臣，官拜太師。　[3]趙世延（1260—1336）：字子敬。元汪古部人。家成都。官至中書平章政事。　[4]虞啟：如上，餘未詳。　[5]秋胡：劉向《烈

女傳》載，春秋時，魯國秋胡婚後五天就到陳國去做官。五年後回家探望，在路上遇見一個采桑女，百般挑逗，遭到斥責。回到家，纔知其妻原來就是采桑女。妻投河自盡。

七 三

《唐書》載："賀知章在禮部選挽郎[1]，取捨不公，門蔭子弟喧鬧盈門[2]。知章不敢出，乃於後園舁一梯[3]，出頭牆外以决事。"康熙辛丑會試，李穆堂先生用通榜法[4]，所取皆一時名士。落第者糾衆作鬧，新進士無由入謁，或呈一詩云："門生未必敢升堂，道路紛紛鬧未央。我獻一梯兼一策，牆頭高立賀知章。"丙辰，予在都中，見先生白鬚偉貌，有泰山巖巖氣象。待後輩，當面必訓斥，逢人必贊揚，人以故畏而服之。余謂此張乖厓待彭公乘法也[5]，前輩率真，亦可不必。

【箋注】

[1] 賀知章（659—744）：字季真，自號四明狂客。唐越州永興（今浙江蕭山一帶）人。武后證聖元年進士。玄宗開元年間，歷任太常少卿、禮部侍郎、集賢院學士、工部侍郎、秘書監員外，官終太子賓客、秘書監。後歸老鏡湖。爲吴中四士之一。挽郎：又名挽僮。帝后出殯時牽引靈車唱挽歌之少年。應選的是年輕貌美的貴族子弟。 [2] 門蔭：是古代一種藉父祖的門第資歷、官職功勛而分别對其子孫授與不同官職的庇蔭制度。 [3] 舁（yú）：扛、抬。[4] 李穆堂：李紱（1673—1750），字巨來，號穆堂。清江西臨川（今撫州）人。康熙四十八年進士。官至内閣學士。有《穆堂類稿》《陸子學譜》等。通榜：唐時科舉不糊名，由主試者定去取。試前，有預列知名之士，得中者往往出於其中，謂之"通榜"。 [5] 張乖厓：張咏（946—1015），字復之，自號乖崖。宋鄄城（今屬山東）人。太平興國進士。官至吏部尚書，出知陳州。彭公乘：宋益州（今屬四川）人。曾任翰林學士、集賢校理、起居舍人。此處所述事見宋釋文瑩《湘山野録》。

七 四

周青原云[1]："不知誰把芙蓉摘，枝上分明見爪痕。"劉悔庵云[2]：

“鏡影不知雙鬢白，書聲寧識此翁衰？”余謂不知得妙。王至淳云[3]：“水邊紅影一燈過，知有人從堤上行。”楊子載云[4]：“忽驚雨後青龍爪，知是蒼松倒掛枝。”余謂：“知得妙。”喬慕韓云[5]：“夢回枕上窗微白，知是天明是月明。”余謂：“似知非知得妙。”

【箋注】

[1]周青原：周發春（1738—1811），字卉舍，號青原、惠涵。清江蘇江寧人。乾隆三十年帝南巡，召試一等，賜舉人，授内閣中書舍人。旋入直軍機處，以詿吏議歸。卷二・七〇所提及周青原爲另一人。　[2]劉悔庵：劉曾，見卷二・二八注[1]。　[3]王至淳：字樸山。清江蘇江寧人。善寫梅。　[4]楊子載：楊垕（1723—1766），字子載，號耻夫。清江西南昌人。乾隆十八年拔貢生。有《耻夫詩鈔》《耻夫紀聞》。　[5]喬慕韓：喬億（1723—1766），字慕韓，號劍溪。清江蘇寶應人。國學生。有《小獨秀齋詩》《窺園吟稿》《江上吟》《三晋遊草》《惜餘存稿》《夕秀軒遺草》《劍溪文略》。

七　五

宜興儲氏多古文經義之學，少吟詩者。吾近今得二人焉：一名潤書[1]，字玉琴。《贈梅岑》云：“一曲吴歌酒半醺，當筵争識杜司勛[2]。天花作骨絲難綉[3]，春水如情剪不分。話到西窗剛近月，人於東野願爲雲。應知此後相思處，日日江頭倚夕曛。”又句云：“山氣作寒啼鳥外，春陰如夢落花初。”其一名國鈞[4]，字長源。《梁溪》云：“紙鳶輕揚午晴開，雜遝遊人傍水隈。多半畫船猶未攏，知從池上飼魚來。”《即目》云：“日午横塘緩棹過，風吹花氣蕩層波。依篷不肯輕回首，近水樓臺茜袖多[5]。”晚年飄泊，《六十自壽》云：“誰言老去離家慣？轉恐歸來卒歲難[6]。”窘狀可想。他如“樹凉宜散帙[7]，梅盡始熏衣”“煙消松翠淡，雪墮柳枝輕”“酒旗翻凍雪，土銼燎征衣[8]”“嵐翠忽從亭午變，扇紈都向嫩晴開”“銀箏度曲徐牽舫，鏡檻懸燈不隔紗”，皆詩人之詩。歿後，知之者少矣！

【箋注】

[1] 儲潤書（1745—1811）：字玉琴。清江蘇宜興人。貢生。僑寓揚州三十餘年，一意於詩，貧而好客。有《秋蘭館燼餘剩稿》。 [2] 杜司勛：杜牧，見卷一・三一注[5]。此喻陳梅岑，陳氏生平見卷一・五注[2]。 [3] 天花：這裏指雪花。 [4] 儲國鈞（1701—1761）：字長源，號石亭。清江蘇宜興人。監生。有《抱碧齋集》。 [5] 茜（qiàn）袖：紅袖，代指少女。茜，草名，根可染紅色。 [6] 卒歲：度過歲月。 [7] 散帙：打開書帙。借指讀書。[8] 土銼：土鍋。如今之砂鍋，可供煮茶之用。

七六

余宰江寧時，查宣門居士開贈《蔗塘詩》一集[1]，蓋其族人心穀先生爲仁所作[2]。本籍海寧，寓居天津。十九歲即經患難，在獄八年，始得釋歸。憐才愛士，置驛通賓[3]。其詩清妙，蓋深得初白老人之教者[4]。《同友集空谷園》云："郊居塵埃少，幽訪共沿回。柳下孤篷泊，花間白版開[5]。高人還掩卧，稚子識曾來。小立窺鷗鷺，忘機客不猜。"《秋夜病中》云："巷尾迢迢報柝聲[6]，虛堂如水斷人行。雲移一朵月吞吐，竹嘯幾聲風送迎。不向枚生求七發，只憑麯部覓三清[7]。調糜煮藥經旬卧，白髮蕭蕭又幾莖。"他如"酒無千日醉，事有百年忙""風愁撼樹響，鼠厭數錢聲""爲問亭邊三五樹，春來花發幾多枝"，皆可誦也。己未余乞假歸娶，杭堇浦前輩爲余通書[8]，先生命其子儉堂禮登船厚贐，至今未敢忘也。

先生有《蓮塘詩話》，載初白老人教作詩法云[9]："詩之厚在意不在辭，詩之雄在氣不在句，詩之靈在空不在巧，詩之淡在妙不在淺。"其言頗與吾意相合，特録之。

【箋注】

[1] 查宣門：查開，字宣門，號香雨。清浙江海寧人。由諸生官河南中牟縣丞，擢武陟知縣。有《吾匏亭詩集》《蘇詩三家注定本》。 [2] 查心

穀：查爲仁，見卷三・六〇注[4]。 [3]置驛通賓：郵送文書，接待客人。[4]初白老人：查慎行，見卷三・一二注[1]。 [5]白版：不施油漆的木門。[6]報柝（tuò）：報更。柝，古代巡夜人敲以報更的木梆。 [7]枚生：枚乘（前210—前138）。西漢著名辭賦家。淮陰（今屬江蘇）人。今存賦《七發》等三篇。麯部：指酒。三清：即玉清、上清、太清，爲道家幻想的仙境。[8]杭堇浦：杭世駿，見卷三・六四注[1]。 [9]《蓮塘詩話》：應爲《蓮坡詩話》。查爲仁號蓮坡。

隨園詩話箋注　卷五

一

余春圃、香亭兩弟[1]，詩皆絶妙。而一累於官，一累於畫，皆未盡其才。春圃有《揚州虹橋》二律云："出郭聊爲汗漫遊，虹橋曉放木蘭舟。芰荷香氣宜初日，鷗鷺情懷赴早秋。自喜琴尊今雨共，敢誇風雅昔賢儔[2]。盈盈緑水依依柳，暫擬名園作小留。""雁落平沙古調稀，冰弦聲徹樹間扉[3]。荷亭避暑茶煙颺，竹院尋僧木葉飛[4]。山雨暗移遊客舫，水風凉上酒人衣[5]。林鴉櫪馬都喧散，賓從傳呵子夜歸[6]。"又："山堂勝迹先賢重，蓮界慈雲大士尊[7]。"皆佳句也。

【箋注】

[1] 春圃：袁鑒，字澍甘，號春圃。清浙江錢塘人。乾隆二十二年進士。授編修。歷官江寧布政使，降江寧府知府。能詩。香亭：袁樹，見卷一・五注[3]。[2] 琴尊：指琴與酒樽，爲文士悠閒生活的象徵。今雨：唐杜甫《秋述》："秋，杜子卧病長安旅次，多雨生魚，青苔及榻，常時車馬之客，舊，雨來；今，雨不來。"意爲賓客以往下雨亦來，如今下雨却不來了。後用"舊雨"指老朋友，"今雨"指新朋友。儔（chóu）：相比。　[3] 雁落平沙：亦即"平沙落雁"，古琴曲名。最早見於《古琴正宗》。此曲意在借大雁之遠志，寫逸士之心胸。冰弦：琴弦的美稱。　[4] 避暑：隨園藏版原刻作"逭（huàn）暑"，義同。[5] 酒人：好酒的人。　[6] 賓從：賓客和僕從。傳呵：導引傳呼。　[7] 慈雲：佛教用語，比喻慈心如雲般的廣大，庇蔭著一切衆生。大士：特指觀世音菩薩。

二

戊辰秋[1]，余初得隋織造園，改爲隨園。王孟亭太守，商寶意、陶西圃二太史[2]，置酒相賀，各有詩見贈。西圃云："荒園得主名仍舊，平野添樓樹盡環。作吏如何耽此事，買山真不乞人錢[3]。”寶意云：“過江不愧真名士，退院其如未老僧[4]。領取十年卿相後，幅巾野服始相應[5]。”蓋其時，余年纔過三十故也。惟孟亭詩未録，只記“萬木槎枒緑到簷”一句而已。嗟乎！余得隨園之次年，即乞病居之。四十年來，園之增榮飾觀，迥非從前光景，而三人者，亦多化去久矣！

【箋注】

[1]戊辰：這裏指乾隆十三年（1748）。此年袁枚購得南京隋氏織造廢園，此即隨園之前身。 [2]王孟亭：王箴輿，見卷二・七六注[1]。商寶意：商盤，見卷一・二七注[7]。陶西圃：陶鏞，字序東，號西圃。清安徽蕪湖人。乾隆四年進士。官至湖南同知。 [3]“買山”句：《世説新語・排調》：“支道林因人就深公買印山，深公答曰：‘未聞巢由買山而隱。’”原是深公諷刺支道林的話，後用以比喻歸隱之志。《何氏語林・豪爽》：“于頔鎮襄陽，廬山符載齎書就于，乞買山錢百萬，于即時與之。” [4]退院：指僧人脱離寺院。[5]幅巾野服：指村野平民服裝。

三

西林鄂公爲江蘇布政使[1]，刻《南邦黎獻集》，沈歸愚尚書時爲秀才[2]，得與其選。後此本進呈御覽，沈之受知，從此始也。公《春風亭會文贈華豫原》一律，中四句云：“謬以通家尊世講[3]，敢當老友列門生。文章報國科名重，洙泗尋源管樂輕[4]。”其好賢禮士，情見乎詞。公亡後，門下生楊潮觀梓其詩五百餘首[5]。《苦熱》云：“未能作霖雨，何敢怨驕陽？”《偶成》云：“楊柳情多因帶水，芭蕉心定不聞雷。”《題某寺》云：“飛雲倚岫心常住，明月沉潭影不流。”《别貴州》云：“身名到底都塵土，留與閒人袖手看。”嗚呼！公出將入相，垂二十年，經略七省，諸郎君兩督、兩撫，故吏門生亦多顯貴，而平生詩集，終傳於一落托書生。檀默齋詩云[6]：“不有三千門下客，至今誰識信陵君[7]？”

【箋注】

[1]西林鄂公：鄂爾泰，見卷一・一注[7]。 [2]沈歸愚：沈德潛，見卷一・三一注[3]。 [3]通家：世代交好之家。世講：對友朋後輩的通稱。 [4]洙泗：二水之名，在山東曲阜匯合。此地爲孔子的家鄉和講學之地。因以“洙泗”代稱儒家或儒學。管樂：指春秋時的管仲、戰國時的樂毅。管仲，齊之名相。樂毅，燕之名將。 [5]楊潮觀（1712—1788）：字宏度，號笠湖。清江蘇金匱（今無錫）人。乾隆元年舉人。歷官山西、河南、雲南、四川等地知縣、知府。有《吟鳳閣詩鈔》《吟鳳閣詞稿》《周禮指掌》《左鑒》等。 [6]檀默齋：檀萃（1725—1801），字豈田，號默齋，晚號廢翁。清安徽望江人。乾隆二十六年進士。歷官貴州青溪、雲南禄勸知縣。有《滇南詩前集》《草堂外集》《滇南草堂詩話》《楚庭稗珠録》等。 [7]信陵君：戰國時，魏國的公子無忌被封爲信陵君，他爲人厚道而尊重士人，門下養賓客三千。後世以“信陵君”稱居高位而好客的人。

四

揚州孝廉馬力畚[1]，自負古文作家。與汪可舟會於盧轉運席上[2]。汪雖布衣，詩才實出馬上，馬意頗輕之，汪又不肯自下，於是二人終席不交一語。後五日，馬病卒，沙斗初戲可舟曰[3]：“汝與馬君前日席間，已陰陽分界矣。”汪《送方守齋之白下兼懷隨園》云[4]：“此邦賴有舊神君，除却斯人孰與群？久卧林泉猶未老，只談風月别無聞。山中白石同誰煮[5]？座上名香待爾焚。聽説扁舟去吴會，料應歸看早秋雲。”

【箋注】

[1]馬力畚：馬榮祖（1686—1761），字力畚，號石蓮。清江蘇江都人。雍正十年舉人。乾隆元年舉博學鴻詞。先後任河南閿鄉、鹿邑知縣。有《亭雲堂稿》。 [2]汪可舟：汪舸（1702—1770），字可舟，號礰岉山人，晚號客吟老人。清安徽婺源（今屬江西）人。有《礰岉山人集》。盧轉運：盧見曾，見卷二・九注[1]。 [3]沙斗初：沙維杓，見卷三・四九注[2]。 [4]方守齋：生平未詳。 [5]山中白石：晋葛洪《神仙傳》載，仙人白石生煮白石爲糧，就白石山而居。此喻袁枚居小倉山隨園。

五

丁丑，余覓一抄書人，或薦黄生，名之紀、號星岩者，人甚樸野[1]。偶過其案頭，得句云："破庵僧賣臨街瓦，獨井人争向晚泉。"余大奇之，即餉米五斗[2]。自此欣然大用力於詩。五言句云："雲開日脚直，雨落水紋圓。""竹鋭穿泥壁，蠅酣落酒尊。""釣久知魚性，樵多識樹名。""筆殘蘆並用，墨盡指同磨。"七言云："小窗近水寒偏覺，古木遮天曙不知。""舊生萍處泥猶緑，新落花時水亦香。""舊甓恐閑都貯水[3]，破牆難補盡糊詩。""有簾當檻雲仍入，無客推門風自開。"

【箋注】

[1]黄生：黄之紀，見卷三・四六注[1]。　[2]餉（xiǎng）：贈送。[2]舊甓（pì）：陳舊的陶器。

按：袁枚能記載下一位普通寒士這麽多既樸素又新穎且體察入微的詩句，實屬難能可貴。

六

曾南村好吟詩[1]，作山西平定州刺史，仿白香山將詩集分置聖善、東林故事[2]，乃將《上黨咏古》諸作，命門人李珍聘書藏文昌祠中[3]。身故十餘年，陶悔軒來牧此州[4]，過祠拈香，見此藏本，既愛詩之清妙，而又自憐同爲山左人，乃序而梓之，並附己作於後。曾《過盤石關》云："盤石關前石路微，離離黄葉小村稀。斜陽忽送奇峰影，千叠層雲屋上飛。"陶咏《遺詩軒》云："一代文章擅逸才，開軒吟罷興悠哉。官閑且喜能醫俗，爲與詩人坐卧來。"陶又咏嘉山書院云："新開藝苑育群英，文學風傳古艾城[5]。借得公餘無俗累，携朋來聽讀書聲。"

【箋注】

[1]曾南村：曾尚增（1708—1760），字謙益，號南村。清山東長清（今

濟南一帶）人。乾隆二年進士。改庶吉士。歷官湖南郴州知州。有《平定雜詩》《桐川官舍聯吟草》《舟行雜詩》。 [2]聖善、東林：聖善寺是唐代東都洛陽城内最大的寺院之一。東林寺位于廬山西北麓。白居易生前把自己的文集藏于廬山東林寺、蘇州南禪院和東都聖善寺、香山寺四處。 [3]李珍聘：生平未詳。文昌祠：位于山西代縣，建於明代中期。 [4]陶悔軒：陶易，見卷三·五一注[1]。 [5]古艾城：艾邑，在今山東沂源西南，春秋時其地屬齊。此代指曾南村。

按：故後得知音，也是詩家之幸。可惜晚矣！

七

吴門名醫薛雪[1]，自號一瓢，性孤傲。公卿延之不肯往，而予有疾，則不招自至。乙亥春，余在蘇州，庖人王小餘病疫不起，將掩棺，而君來，天已晚，燒燭照之，笑曰："死矣！然吾好與疫鬼戰，恐得勝亦未可知。"出藥一丸，搗石菖蒲汁調和，命輿夫有力者，用鐵箸鍥其齒灌之。小余目閉氣絶，喉汩汩然似咽似吐。薛囑曰："好遣人視之，雞鳴時當有聲。"已而果然。再服二劑而病起。乙酉冬，余又往蘇州，有厨人張慶者，得狂易之病[2]，認日光爲雪，啖少許，腸痛欲裂，諸醫不效。薛至，袖手向張臉上下視曰："此冷痧也，一刮而愈，不必診脉。"如其言，身現黑瘢如掌大，亦即霍然[3]。余奇賞之。先生曰："我之醫，即君之詩，純以神行，所謂'人居屋中，我來天外'是也[4]。"然先生詩亦正不凡，如《夜别汪山樵》云[5]："客中憐客去，燒燭送歸橈。把手各無語，寒江正落潮。異鄉難跋涉，舊業有漁樵。切莫依人慣，家貧子尚嬌。"《嘲陶令》云："又向門前栽五柳，風來依舊折腰枝[6]。"《咏漢高》云："恰笑手提三尺劍，斬蛇容易割雞難[7]。"《偶成》云："窗添墨譜摇新竹，几印連環按覆盂[8]。"

【箋注】

[1]薛雪：見卷二·一九注[1]。 [2]狂易：精神失常。 [3]霍然：突然。

爲"霍然而愈"的省略。[4]人居屋中，我來天外：此爲"下筆如有神""神來之筆"的最好注脚。[5]汪山樵：汪俊，見卷三・五九注[3]。[6]五柳：陶淵明著《五柳先生傳》，後人稱陶爲"五柳先生"。折腰：陶淵明言"不爲五斗米折腰"，此處既言柳又喻人，語意雙關。[7]斬蛇：劉邦一次行至芒碭山南麓，見一大蛇攔路，拔劍斬爲兩段。後用以喻建立帝王大業。割雞：原喻縣令之職，亦指處理小事。典出《論語・陽貨》。[8]連環：回文詩。覆盂：倒扣著的圓形器皿。

按：《偶成》一聯描述的場景：窗紗上添了一幅水墨畫譜，那是摇動著的新竹；茶几上映印出連環字，那是按序倒扣著的盂皿上的回文詩。一聯詩寫出了窗明几净的家居環境和喜愛這一切的室主人的生活情趣。

八

張文敏公以書法掩詩名[1]。余見手書《春鶯囀》云[2]："綢壓香筒墜宿雲[3]，花魂愁殺月如銀。獨聽魚鑰西風冷[4]，又是深秋一夜人。"

【箋注】

[1]張文敏：張照，見卷一・二四注[5]。[2]《春鶯囀》：曲調名。唐崔令欽《教坊記》："《春鶯囀》，高宗曉聲律，晨坐聞鶯聲，命樂工白明達寫之，遂有此曲。"[3]香筒：帳中燒香器。[4]魚鑰：魚形的門鎖。唐丁勝晦《芝田録》："門鑰必以魚形，取其不瞑目守夜之義。"

九

方敏恪公勛位隆赫[1]，而詩情極佳。未第時，《途中看花》三絶云："數枝紅艷困輕塵，隴後風前別有春。袖底飛英吹特地[2]，似憐驢背有詩人。""女兒裝罷鬢鬖鬖[3]，鬢底桃花一面酣。結伴前村携手去，每逢花處又重簪。""稽首茅庵古白華[4]，道旁人獻道旁花。慈雲座下無多願，每到花時婿在家。"

【箋注】

[1]方敏恪：方觀承，見卷一·三〇注[8]。 [2]特地：突然。 [3]鬖（sān）鬖：頭髮下垂貌。 [4]稽首：叩拜。白華：白色的花。亦指婦人之德，《詩經·小雅》中有《白華》篇。

一〇

己卯夏，蔣秦樹中翰偶過金陵[1]，篋中藏海寧許衡紫名燦者詩一卷[2]。《湖上》云：“秋思動孤往，淩波遂渺然。湖雲多上樹，山雨忽如煙。白鷺來菱外，紅蕖落檻前。淡妝西子笑，風急莫回船。”作《河西雜詩》，有明七子氣魄，如：“龍沙掃雪秋馳馬，兔魄凝霜夜照旗[3]。”“邊丁日課屯田麥，使者星馳屬國瓜[4]。”皆極雄健。又絶句云：“鐵馬寒風日日秋，綉旗獵獵卷蚩尤[5]。何緣身作平安火，一夜東還過肅州。”余慕其人，遍訪卅年，卒無知者。

【箋注】

[1]己卯：這裏指乾隆二十四年（1759）。蔣秦樹：蔣雍植（1720—1770），字秦樹，號漁村、待園。清安徽懷寧（今安慶）人。乾隆二十六年進士。乾隆南巡，召試，授内閣中書舍人。 [2]許衡紫：許燦，見卷三·六三注[2]。 [3]龍沙：《後漢書·班固傳》：“坦步葱雪，咫尺龍沙。”後以龍沙指塞外荒漠之地。此指荒漠風沙。兔魄：月亮的别稱。 [4]屯田：由政府劃定國有荒地組織勞力開墾。分軍屯、民屯、商屯三種。屬國：附屬國。 [5]蚩尤：相傳是上古時代九黎族的首領。蚩尤好戰，常侵略别的部落。此指叛亂失敗者。

按：能遍訪三十年，可見愛才之心。卒無知者，淒涼之甚。

一一

丙辰秋，召試者同領月俸於户部。同鄉程鄜渠指一人笑曰[1]：“此吾家‘娘子秀才’也。”入學時，初名默，寓居金陵，工詩，今遁而窮經，改名廷祚[2]，别字綿莊，以其閒静修潔，故號“程娘子”。因與數言而别。

讀其《海淀園林》一絶云："隔岸迢遥御路明，林間倒影見人行。朝天多少朱輪過，添入山泉作水聲。"《京中憶女》云："三齡幼女縈離夢，一自能言未得看。戲罷頗聞知記憶，書來漸解問平安。慰情欲比真男子，努力應加遠客餐。啼笑更教聽隔舍，茫茫愁思到更闌。"《武林懷古》云[3]："一自休兵國怨除，君王酣醉九重居。雲開鳳嶺笙歌滿，夢冷龍城驛使疏[4]。海日忽驚宫漏盡，春潮猶笑將壇虚。誰知立馬吴山客，不惜千金買諫書[5]。"詩甚綿麗，不作經生語。後蘇撫雅公薦先生經學，卒報罷[6]。年七十七，無子而卒。著書盈尺，俱付隨園。

【箋注】

[1]程鄘渠：程川，字鄘渠，號春臺。清浙江錢塘人。雍正中拔貢，乾隆元年薦試博學鴻詞，未中。後官縣丞。有《朱子五經語類》《運木集》。[2]程廷祚（1691—1767）：原名黔，字啟生，號綿莊，晚年號青溪居士。清江蘇江寧人。有《易通》《尚書通義》《青溪詩説》《春秋識小録》等。[3]武林：杭州的别稱，因武林山而得名。[4]鳳嶺：即鳳凰山，在今浙江杭州南。龍城：這裏指京城。[5]立馬吴山：金朝的海陵王完顏亮在南下伐宋之前派人畫的一張西湖圖上題詩："提兵百萬西湖上，立馬吴山第一峰。""不惜"句：《宋史·胡銓傳》："銓之初上書也，宜興進士吴師古鋟木傳之，金人募其書千金。"[6]蘇撫：江蘇巡撫。雅公：覺羅雅爾哈善（？—1759）。清滿洲正紅旗人。雍正三年，由翻譯舉人授内閣中書。乾隆十三年，署江蘇巡撫。報罷：落第、未被録取。

一二

乙亥秋，余弔於綿莊家[1]。綿莊指一少年告我曰："此嚴冬友秀才也，年未弱冠[2]，前日學使問笙詩有聲無辭[3]，生條舉十六家之説，以辨其非。"余心敬之。已而見過，以《秀容小草》相示。《晚眺》云："别院鳴鐘鼓，登樓報晚晴。一山清有待，千樹暖無聲。漸得東風信，彌傷旅客情。滄洲明發早，應負好春生。"《舟次仇湖》云："際天雙岸失，出霧一帆輕。"

【箋注】

[1]乙亥：這裏指乾隆二十年（1755）。綿莊：程廷祚，見本卷一一注[2]。[2]嚴冬友：嚴長明，見卷一·二二注[6]。弱冠：古時以男子二十歲爲成人，初加冠，因體猶未壯，故稱弱冠。 [3]笙詩：《詩經·小雅》中《南陔》《白華》《華黍》《由庚》《崇丘》《由儀》六篇佚詩的合稱。其曲皆以笙吹奏，故名。有人認爲原有聲無辭。有人認爲本應有文辭，已佚。

一　三

通州保井公[1]，工填詞，自號四鄉主人，蓋言睡鄉、醉鄉、温柔鄉、白雲鄉也[2]。咏崔鶯鶯一闋[3]，甚佳，末二句云："交相補過，還他一嫁。"癸酉秋[4]，見訪隨園，相得甚歡。别三十年，余遊狼山[5]，井公久亡矣。其子款接甚殷。壁上糊余手札數行，視之，乃遊客某所假也，然已厚贐之矣[6]。其兩代之好賢若此。

【箋注】

[1]保井公：保培基（1693—？），字岐庵，號西垣，自號四鄉主人，一作四鄉古人。江蘇通州（今南通）人，居井谷園。雍正十三年官嘉興府同知。著《西垣集》。 [2]睡鄉：睡夢中境界。蘇軾有《睡鄉記》。醉鄉：酒醉中境界。王績有《醉鄉記》。温柔鄉：比喻美色迷人之境。典出《飛燕外傳》。白雲鄉：古人以爲神仙、天帝住在天上白雲間，故稱仙鄉爲白雲鄉。典出《莊子·天地》："乘彼白雲，至於帝鄉。" [3]崔鶯鶯：唐傳奇小説人物。唐元稹有《鶯鶯傳》，記述鶯鶯與張生相戀，後爲張所棄而他嫁的故事。元王實甫作雜劇《西廂記》，改述其事，使鶯鶯終於與張生結合。 [4]癸酉：這裏指乾隆十八年（1753）。[5]狼山：今江蘇南通的一座小山。 [6]假：僞託、假冒。厚贐（jìn）：豐厚的贈送。

一　四

陝州鞏、洛間[1]，人多鑿土而居。余自西秦歸，遇雨，住窑中三日，吟詩未成。後二十年，年家子沈孝廉琨有《過陝》一聯云[2]："人家半鑿山腰住，車馬都從屋上過。"直是代予作也。又《過高淳湖》云：

“凉生宿鷺眠初穩，風静遊魚聽有聲。”

【箋注】

[1] 鞏洛：鞏縣、洛陽，均屬今河南。 [2] 沈琨（1745—1808）：字兼三，號舫西。沈桊昌子。清浙江歸安人。乾隆三十六年舉人。官山東泰安知府。有《小筠詩集》《嘉蔭堂詩存》。

一　五

宋維藩字瑞屏[1]，落魄揚州。盧雅雨爲轉運[2]，未知其才，拒而不見。余爲代呈《曉行》云：“客程無晏起[3]，破曉跨驢行。殘月忽墮水，村雞初有聲。市橋霜漸滑，野店火微明。不少幽居者，高眠夢不驚。”盧喜，贈以行資。蘇州浦翔春《曉行》云[4]：“早出弇山口，秋風襆被輕[5]。背人殘月落，何處曉雞聲。客久影俱瘦，宵闌氣更清。行行遠樹裏，紅日自東生。”二人不相識，而二詩相似，且同用八庚韻，亦奇。浦更有佳句云：“舊塔未傾流水抱，孤峰欲倒亂雲扶。”又：“醉後不知歸路晚，玉人扶着上花驄。”

【箋注】

[1] 宋維藩：字價人，一字瑞屏。清浙江建德人。貢生。候補州同。康熙間，召試鴻博，未用。有《白雲閣詩集》。 [2] 盧雅雨：盧見曾，見卷二・九注 [1]。[3] 晏：遲。 [4] 浦翔春：字鶴天，號東橋、流槎老人、梅花村人。清江蘇寶山（今屬上海）人。諸生。有《老去吟》《去思吟》《梅花村稿》。 [5] 弇（yān）山：在今江蘇省太倉市境内，爲明王世貞所築。廣七十餘畝，中叠三峰。襆被：鋪蓋卷、行李。

一　六

杭州宴會，俗尚盲女彈詞。予雅不喜，以爲女之首重者目也，清矑不盼[1]，神采先無。有王三姑者，雅好文墨，對答名流，人人如其意之所出。王夢樓侍講作七古一章[2]，中有八句云：“成君浮磬子登璈，金醴曾經侍玉霄[3]。謫降道緣猶未滅，不將青眼看塵囂。紈質由來兼黠慧[4]，傳神豈待秋波媚？輕雲冉冉月宜遮，香霧濛濛花愛睡。”杭堇浦贈詩云[5]：“曉妝梳掠逐時新，巧笑生春又善顰[6]。道客勝常知客姓[7]，目中莫謂竟無人。”“檀槽圓股曉生寒，也學曹剛左手彈[8]。衆裏自嫌衰太甚，幸無老態被卿看[9]。”

【箋注】

[1]清矑（lú）：眼珠。 [2]王夢樓：王文治，見卷二・三〇注[1]。[3]成君：傳説中的西王母帳下的仙女范成君。浮磬：泗濱浮石做成的打擊樂器。子登璈（áo）：即八琅璈。《漢武内傳》：“王母乃命侍女王子登彈八琅之璈，又命侍女董雙成吹雲和之笙。”璈，古彈奏樂器。金醴：瓊漿玉液。 [4]紈質：謂白晳細潔，如紈素之質。 [5]杭堇浦：杭世駿，見卷三・六四注[1]。[6]善顰：這裏是以西施皺眉之美喻王三姑。 [7]勝常：超過平常。問候用語。[8]檀槽：琵琶上用檀木做的槽狀音箱。亦代指琵琶。曹剛：唐朝中期唐武宗年間西域曹國人。出自音樂世家，善長右手，左手稍差。爲琵琶演奏大師。白居易、劉禹錫都贊賞過他的琵琶演奏。 [9]卿：指王三姑。

一七

乾隆戊寅，盧雅雨轉運揚州[1]，一時名士，趨之如雲。其時劉映榆侍講掌教書院[2]，生徒則王夢樓、金棕亭、鮑雅堂、王少陵、嚴冬友諸人[3]，俱極東南之選。聞余到，各捐餼廩延飲于小全園[4]。不數年，盡入青雲矣。鮑見贈《玉堂仙人篇》，不及省記。僅記夢樓《偕全公魁使琉球》二首云[5]：“一行金埒響瓊琚[6]，公子群過水竹居。丱髮也須千萬值，綺年多是十三餘[7]。將離更唱紅蘭曲，相憶應看青李書[8]。鸚鵡香醪斟酌遍，不知涼月透交疏。”“那霸清江接海門[9]，每隨殘照望中原。東風未與歸舟便，北里空銷旅客魂。盡夜華燈舞鸜鵒[10]，三秋荒島狎鯨鯤。他時若話悲歡事，衣上濤痕並酒痕。”余按：琉球國王貴戚子弟，皆傅脂粉，錦衣玉貌，能歌，以敬天使，故移尊度曲。汪舟次先生集中所咏[11]，與夢樓同。

【箋注】

[1] 戊寅：這裏指乾隆二十三年（1758）。盧雅雨：盧見曾，見卷二·九注[1]。 [2] 劉映榆：劉星煒（1718—1772），字映榆，號圃三。清江蘇武進人。乾隆十三年進士。官至工部左侍郎。有《思補堂集》。 [3] 王夢樓：王文治，見卷二·三〇注[1]。金棕亭：金兆燕（1718—1791），字鍾越，號棕亭。清安徽全椒人。乾隆三十一年進士。官揚州教授，遷國子監博士。有《棕亭古文鈔》《棕亭詩鈔》《棕亭詞鈔》等。鮑雅堂：鮑之鍾，見卷二·四九注[6]。王少陵：王嵩高（1735—1800），字少林，號海山。清江蘇寶應人。乾隆二十八年進士。官廣西平樂府知府。著有《小樓詩集》。嚴冬友：嚴長明，見卷一·二二注[6]。 [4] 餼（xì）廩（lǐn）：古代指薪資。 [5] 全魁：尼奇哩氏，字斗南，號穆齋。清滿洲鑲白旗人。乾隆十六年進士。歷官盛京户部侍郎，降侍講學士。 [6] 金埒：《世説新語·汰侈》載，晋人王武子性豪侈，以錢幣編成馬射場的界牆，人稱金埒。後因用以喻指豪侈的馬場。瓊琚：精美的玉佩。 [7] 丱（guàn）髮：代指兒童。綺年：美好的年華。 [8] 紅蘭曲：一種寄託相思之情的曲子。青李書：王羲之有《青李來禽帖》，爲行書。以首句有“青李”字樣得名。後以“青李書”指代用行書寫的信函。 [9] 那霸：琉球群島上的一座城市，有衆多的古代琉球王朝的遺留建築。琉球國，古稱中山，光緒五年被日本吞併，改稱沖繩。 [10] 舞鸜鵒：舞名。鸜鵒，即八哥。《晋書·謝尚傳》載，謝尚能爲鸜鵒舞，瀟灑大方。後人用“鸜鵒舞”喻優美瀟灑的舞姿。 [11] 汪舟次：汪楫，見卷三·四八注[1]。

一　八

有某太史以《哭父》詩見示[1]。余規之曰：“哭父，非詩題也。《禮》：‘大功廢業。’而況於斬衰乎[2]？古人在喪服中，三年不作詩。何也？詩乃有韻之文，在哀毁時[3]，何暇揮毫拈韻？況父母恩如天地，試問古人可有咏天地者乎？六朝劉晝賦六合，一時有疥駱駝之譏[4]。歷數漢唐名家，無哭父詩。非不孝也，非皆生於空桑者也[5]。《三百篇》有《蓼莪》，古序以爲刺幽王作。有‘陟岵’‘陟屺’[6]，其人之父母生時作。惟晋傅咸、宋文文山有《小祥哭母》詩[7]。母與父似，略有間，到小祥哀亦略減，然哭二親，終不可爲訓。”

【箋注】

[1]某太史：指黄之雋。其《哭父》詩云："病中日日呼兒聲，今日呼耶耶不應。夜臺幽處不可步，何不呼兒持漆燈！"郭麐《樗園銷夏録》與平步青《霞外攟屑》論及此，認爲居哀偶作韻語，以抒哀思，前有先例，亦無不可。[2]大功廢業：服大功之喪要停止學業，以免干擾哀思。斬衰：舊時五種喪服中最重的一種。用粗麻布製成，左右和下邊不縫。服制三年。 [3]哀毁：因親喪悲哀而瘦損異常。晋王戎、和嶠同遭親喪，司馬炎對劉毅説："和嶠雖備禮，神氣不損；王戎雖不備禮，而哀毁骨立。"語見《世説新語·德行》。後常作居喪盡禮之辭。 [4]劉晝（514—565）：字孔昭。北齊渤海阜城（今河北泊頭一帶）人。舉秀才，應試不第。多次直言上書，終不爲用，潦倒而卒。著有《六合賦》《高才不遇傳》《金箱璧言》等。六合：即天地四方。疥駱駝：生疥瘡的駱駝，喻不爲人喜愛的事物。《北史·劉晝傳》："子才曰：'君此賦，正似疥駱駝，伏而無嫵媚。'" [5]空桑：傳説夏末有一采桑女子，在空心桑樹裏拾得一個嬰兒，長大後即是商代政治家伊尹。 [6]陟岵、陟屺：《詩·魏風·陟岵》："陟彼岵兮，瞻望父兮。""陟彼屺兮，瞻望母兮。"表達征人思親的情感。 [7]傅咸（239—294）：字長虞。西晋北地泥陽（今陝西銅川一帶）人。傅玄之子。西晋泰始九年任太子洗馬。咸寧四年襲父爵清泉侯。官至司隸校尉。明人輯有《傅中丞集》。文文山：文天祥，見卷三·六六注[8]。《小祥哭母》：文天祥哭母詩有兩首。一首爲《邳州哭母小祥》，寫於母喪禮一周年；一首爲《哭母大祥》，寫於母喪禮二周年。小祥，古時父母喪後周年的祭名。大祥，古時父母喪後兩周年的祭禮。

一　九

常州莊蓀葄太史《冬日》詩云[1]："磨來凍墨無濃色，典後朝衣有皺痕[2]。"揚州程午橋太史贈唐改堂前輩云[3]："春生秋扇隨新令，霉久朝衣檢舊斑。"

【箋注】

[1]莊蓀葄：莊令輿，見卷一·四八注[1]。 [2]朝衣：君臣上朝時穿的禮服。 [3]程午橋：程夢星（1678—1755），字午橋，號洴江，一號香溪。清江南江都（今江蘇揚州）人。康熙五十一年進士。授翰林院編修。有《平山堂

志》《李義山詩集箋注》《今有堂集》《茗柯詞》等。唐改堂：唐紹祖（1669—1746），字次衣，號改堂。清江南江都人。康熙四十八年進士。

二　〇

常州顧文煒有《苦吟》一聯云[1]：“不知功到處，但覺誦來安。”又云：“爲求一字穩，耐得半宵寒。”深得作詩甘苦。

【箋注】

[1]顧文煒：字盈來，號牧云。清浙江嘉興人。有《搜殘詩集》八卷。

按：在寫詩的過程中，應該反復吟咏，在反復吟咏中，往往會發現可改之處，直到改得滿意了，纔能心安。這是詩人常有的體驗。天分高者，也必下此功夫。初學者，更不妨一試。

二　一

人畏冷，卧必彎身。高翰起司馬《宿明港驛》云[1]：“燈昏妨睡頻移背，衾薄愁寒屢曲腰。”野行者嘗見牛背上負群鳥而行。魯星村云[2]：“春田牛背鳩争落，野店牆頭花亂開。”船小者，人不能起立。程魚門云[3]：“别開新樣殊堪哂，跪著衣裳卧讀書。”

【箋注】

[1]高翰起：高瀛洲，字翰起，號願圃。清浙江仁和人。乾隆三年舉人。由内閣中書官太平同知。有《小稱意齋集》。　[2]魯星村：魯璸，見卷三·三七注[2]。　[3]程魚門：程晋芳，見卷一·五注[1]。

二　二

黄星巖《隨園偶成》云[1]：“山如屏立當窗見，路似蛇旋隔竹看。”厲樊榭咏崇先寺云[2]：“花明正要微陰襯，路轉多從隔竹看。”二人不謀而合。然黄不如厲者，以“如”字與“似”字犯重。竹垞爲放翁摘出百餘句[3]，後人當以爲戒。

【箋注】

[1]黄星巖：黄之紀，見卷三·四六注[1]。 [2]厲樊榭：厲鶚，見卷三·六一注[1]。 [3]竹垞：朱彝尊，見卷一·二〇注[14]。放翁：陸游，見卷一·二〇注[1]。

二 三

戊戌九月，余寓吴中[1]。有嘉禾少年吴君文溥來訪[2]，袖中出詩稿見示，云將就陜西畢撫軍之聘[3]，匆匆别去。予讀其詩，深喜吾浙後起有人，而歎畢公之能憐才也。録其《遊孤山》云[4]："春風欲來山已知，山南梅萼先破枝。高人去後春草草，萬古孤山迹如掃。巢居閣畔酒可沽，幸有我來山未孤。笑問梅花肯妻我，我將抱鶴家西湖。"其他佳句，如"不知新月上，疑是水沾衣""底事春風欠公道，兒家門巷落花多"，深得唐人風味。

【箋注】

[1]戊戌：這裏指乾隆四十三年（1778）。 [2]吴文溥：見卷四·三注[3]。 [3]畢撫軍：畢沅，見卷二·一三注[4]，乾隆三十六年任陜西按察司使。 [4]孤山：在浙江杭州西湖中，孤峰獨聳，秀麗清幽。宋林逋曾隱居於此，喜種梅養鶴，有梅妻鶴子之説。

二 四

巢縣湯郎中，名懋綱[1]，性高淡，如其吟咏。《早起》云："老杏著東風，紅芳幾回變。何必遠尋春，日日牆頭見。昨夜雨無聲，地上青苔遍。早起快登樓，鈎簾進雙燕。"他如"溪清山影入，風動竹陰移""遊山心在山，合眼飛嵐繞"，真得静中三昧者[2]。其子擴祖能詩[3]，有父風。過隨園見訪不值，寄詩云："花含宿雨柳含煙，隱士園林别有天。高卧白雲人不見，一家雞犬翠微巔。"

【箋注】

[1] 湯懋綱：字維三，號奕園居士。清安徽巢縣（今巢湖）人。乾隆初年官刑部郎中。有《亦暢樓文集》《奕園詩集》。 [2] 三昧：奥妙。 [3] 湯擴祖：字德宣，號勉堂。清安徽巢縣人。有《勉堂詩集》。

二　五

杭州符郎中，名曾[1]，字幼魯，詩主高淡。嵇相國爲余誦其"三日不來秋滿地，蟲聲如雨落空山"一聯[2]。余同召試，記其《齋宫》云："寒雲添暝色，老屋聚秋聲。"咏唐花云[3]："當時不藉吹噓力，少待陽和也自開。"《哭揚州馬秋玉》云[4]："心死便爲大自在[5]，魂歸仍返小玲瓏。"小玲瓏山館者，馬氏花園也。屬對甚巧。《賀周石帆學士納妾》云[6]："藥爐經卷都拋却，只向燈前唤夜深。"尤藴藉。

【箋注】

[1] 符曾（1688—1760）：字幼魯，號葯林。清浙江錢塘人。監生。乾隆元年舉博學鴻詞，不與試。後薦爲户部郎中。有《春鳬集》。 [2] 嵇相國：嵇曾筠（1670—1738），字松友，號禮齋。清江南長洲人。康熙四十五年進士。累官文華殿大學士兼吏部尚書，督江南河道。有《師善堂集》。 [3] 唐花：見卷三·五六注[2]。 [4] 馬秋玉：馬曰琯，見卷三·六〇注[3]。 [5] 大自在：佛教語。《法華經·五百弟子授記品》："復聞諸佛有大自在神通之力。"後多用來指高度解脱的自由自在、無掛無礙的境界。 [6] 周石帆：周長發（1696—1761），字蘭坡，號石帆。清浙江山陰人。雍正二年進士，乾隆初召試鴻博，官至侍講學士。有《賜書堂集》。

二　六

吴中七子[1]，有趙損之而無張少華[2]。二人交好，忽中道不終，都向余嘖嘖有言，而余亦不能爲兩家騎驛也[3]。未十年，張一第而卒，趙亦殉難金川。史彌遠云[4]："早知泡影須臾事，悔把恩仇抵死分。"信哉！少華《蘇堤》三首云："拍堤新漲碧於羅，堤上遊人連臂歌。

笑指紛紛水楊柳，那枝眠起得春多。”“碧琉璃净夜雲輕，簫管無聲露氣清。好是柳陰花影裏，月華如水踏莎行。”“沙棠銜尾按箏琶[5]，鄰舫停橈静不嘩。雲母窗中雙鬟影，亭亭低映小紅紗。”《消夏》云：“水厄不辭茶七碗，火攻愁對燭三條[6]。”

【箋注】

[1]吴中七子：清代詩人曹仁虎、王鳴盛、王昶、錢大昕、趙文哲、吴泰來、黄文蓮的合稱。沈德潛編有《吴中七子詩》，故名。 [2]趙損之：趙文哲（1725—1773），字損之，號璞函。清江蘇上海人。乾隆時獻詩行在，召試賜舉人。授中書，官至户部主事。從尚書温福征大金川，兵敗死難。有《媕雅堂集》《娵隅集》等。張少華：張熙純（1725—1767），字策時，號少華。清江蘇上海人。乾隆三十年召試舉人。賜内閣中書。有《曇華閣詞》《華海堂集》。[3]騎驛：驛站的車馬，借指傳遞消息的人。 [4]史彌遠（1164—1233）：字同叔。宋明州鄞縣（今浙江寧波）人。孝宗淳熙十四年進士。官至右丞相兼樞密使。死後追封衛王，謚忠獻。此處所引一聯，見《西湖志餘》載史彌遠鬼魂《示子婦》一詩。爲傳説性質。 [5]沙棠銜尾：華貴的沙棠舟首尾相接。[6]水厄：晋司徒長史王蒙，喜飲茶，客來必令同飲，當時北方士大夫還不習慣飲茶而心生畏怯，就戲稱“今日有水厄”。後因以“水厄”代指飲茶。火攻：中醫用熱性藥或灼艾治病的方法。

二　七

王道士至淳有句云[1]：“東風大是無知物，吹老春光晝轉長。”黄星岩有句云[2]：“飯餘一睡都成例，五月何曾覺晝長。”陳古漁有句云[3]：“静坐晴冬晝亦長。”三押“長”字，俱妙。

【箋注】

[1]王至淳：見卷四·七四注[3]。 [2]黄星岩：黄之紀，見卷三·四六注[1]。[3]陳古漁：陳毅，見卷一·五二注[3]。

按：讀詩留心，可得佳妙。點點滴滴，在於積累。

二　八

朱草衣《哭槎兒》云[1]："羅浮南海歷秋冬[2]，煙水雲山隔萬重。前日寄書書面上，紅籤猶寫汝開封。"洪鑾《贈徐小鶴》云[3]："早離講席賦離居，知己逢難别易疏。正是開門逢去使，接君三月十三書。"嚴冬友《憶女》云[4]："料得此時依母坐，看封書札寄長安。"三詩人傳誦以爲天籟，不知藍本皆出於王次回[5]。其《過婦家感舊》云："歸寧去日淚痕濃[6]，鎖却妝樓第二重。空剩一行遺墨在，丙寅三月十三封。"[7]

【箋注】

[1]朱草衣：朱卉，見卷三・一一注[4]。　[2]羅浮：山名，在廣東省東江北岸。晋葛洪曾在此山修道，道教稱爲"第七洞天"。　[3]洪鑾：字步宸，號阮溪。清安徽蕪湖人。乾隆二十八年進士。官山東博山知縣、東平州知州。有《悔綺堂詩集》。　[4]嚴冬友：嚴長明，見卷一・二二注[6]。　[5]王次回：王彦泓，見卷一・三一注[1]。　[6]歸寧：指女子回娘家看望父母。　[6]掃葉山房本《疑雨集注》所收此詩文字略有不同，"第二重"作"第一重"，"三月"作"十月"。

二　九

余掛冠四十年，久不閲《縉紳》[1]，偶有送者，擷之都非相識。偶讀趙秋谷《題縉紳》云[2]："無復堪容位置處，漸多不識姓名人。"爲之一笑。先生康熙己未翰林，至乾隆己未，而身猶强健，惟兩目不能見物，與余爲先後同年。相傳所著《談龍録》痛詆阮亭[3]，余索觀之，亦無甚抵牾[4]。先生名執信，以國忌日演戲被劾[5]，故有句云："可憐一曲長生殿，直誤功名到白頭！"

【箋注】

[1]掛冠：指辭官、棄官。《縉紳》：指《縉紳録》，舊時書坊刊行的全

國職官録。［2］趙秋谷：趙執信（1662—1744），字伸符，號秋谷。清山東益都（今青州）人。康熙十八年進士。曾官右春坊右贊善，並任《明史》纂修官。有《飴山詩集》《談龍録》。［3］阮亭：王士禛，見卷一·五四注［1］。［4］抵牾：抵觸。［5］國忌日演戲：此指康熙佟皇后病逝期間，趙至友人洪昇家觀看《長生殿》演出，爲言者彈劾而削籍事。

三〇

祝太史芷塘以詩集見示[1]，予小獻芻蕘[2]，太史深爲嘉納。别後從京師寄懷云："蓋世才名大，遊仙福量深[3]。江河不廢業，松柏後凋心。酌兕祈難老[4]，將雛得好音。平生行樂處，古少莫論今。""孤蹤淹丙舍[5]，公亦返鄉閭。一見笑談劇，廿年傾倒餘。定文丁敬禮，賦海木元虚[6]。何日秦淮曲，相逢重起予[7]？"

【箋注】

［1］祝芷塘：祝德麟（1742—1798），字趾堂，號芷塘。清浙江海寧人。未冠登第，乾隆二十八年進士。官至湖廣道御史。有《悦親樓詩集》《賡雲初集》。［2］芻蕘：指淺陋的見解，自謙之詞。［3］遊仙：漫遊仙界。指過逍遥自在的生活。［4］酌兕（sì）：酌酒。兕，飲酒器。［5］丙舍：此指簡陋的房舍。［6］定文：改定文章。丁敬禮：丁廙（yì）（？—219），字敬禮。三國魏沛郡（今安徽濉溪一帶）人。建安中爲黄門侍郎。是曹植的摯友。後被曹丕所殺。曹植《與楊德祖書》云："世人著述，不能無病，僕常好人譏彈其文，有不善者，應時改定。昔丁敬禮嘗作小文，使僕潤飾之，僕自以才不過若人，辭不爲也。敬禮謂僕：'卿何所疑難，文之佳惡，吾自得之，後世誰相知定吾文者耶？'吾常歎此達言，以爲美談。"木元虚：木華，字玄虚。西晋渤海廣川（今河北景縣一帶）人。晋惠帝時，爲太傅楊駿府主薄。擅長辭賦，今僅存《海賦》一篇。元，同"玄"，避康熙帝諱改。［7］起予：啓發自己。《論語·八佾》："子曰：'起予者，商也，始可與言《詩》已矣。'"

三一

咏古詩有寄託固妙，亦須讀者知其所寄託之意，而後覺其詩之佳。

盧雅雨先生長不滿三尺[1]，人呼“矮盧”，故《題李廣廟》云[2]：“明禋自有千秋貌[3]，不在封侯骨相中。”薛皆三進士[4]，門生甚少，《題桃源圖》云：“桃花不相拒，源路自家尋。”余起病補官，年未四十，《題邯鄲廟》云：“黃粱未熟天還早[5]，此夢何妨再一回？”

【箋注】

[1]盧雅雨：盧見曾，見卷二・九注[1]。 [2]李廣（？—前119）：西漢隴西成紀人。曾任驍騎都尉、隴西太守、右北平太守。屢立戰功，未得封侯。 [3]明禋（yīn）：敬神時明潔誠敬的獻享。 [4]薛皆三：薛起鳳，見卷二・四六注[7]。 [5]黃粱未熟：唐沈既濟《枕中記》載：盧生在邯鄲客店中遇道士吕翁，用其所授瓷枕，睡夢中歷數十年富貴榮華。及醒，店主炊黃粱未熟。

三　二

從古權貴在朝，未有能和協者。宋人《登山》詩云：“直到天門最高處，不能容物只容身[1]。”唐人《閨情》云：“若非形與影，未必肯相容[2]。”《宫詞》云：“聞有美人新進入，六宫無語一齊愁[3]。”又曰：“三千宫女如花貌，幾個春來没淚痕[4]？”皆可謂説盡世情。

【箋注】

[1]“直到”二語：宋蘇耆《泗州僧伽塔》詩中句。天門：塔頂。容物：指氣量大。容身：指保全自身。 [2]“若非”二語：明袁中道《美人臨鏡》詩中句。 [3]“聞有”二語：唐王建《宫詞》詩中句。 [4]“三千”二語：唐白居易《後宫詞》詩中句。

三　三

人有滿腔書卷，無處張惶[1]，當爲考據之學，自成一家。其次，則駢體文，盡可鋪排，何必借詩爲賣弄？自《三百篇》至今日，凡詩之傳者，都是性靈，不關堆垜[2]。惟李義山詩[3]，稍多典故，然皆用才情驅使，不專砌填也。余續司空表聖《詩品》[4]，第三首便曰《博習》，言詩之必根於學，所謂“不從糟粕，安得精英”是也。近見作詩者，全仗糟粕，瑣碎零星，如剃僧髪，如拆襪綫[5]，句句加注，是將詩當考據作矣。慮吾説之害之也，故續元遺山《論詩》[6]，末一首云：“天涯有客號詅癡[7]，誤把抄書當作詩。抄到鍾嶸詩品日[8]，該他知道性靈時。”

【箋注】

[1] 張惶：顯揚。 [2] 堆垛：堆砌典故。 [3] 李義山：李商隱，見卷一・二〇注 [12]。 [4] 司空表聖：司空圖（837—908），字表聖。唐末虞鄉（今山西永濟一帶）人。咸通進士。官至知制誥、中書舍人。後隱居中條山王官谷。有《司空表聖集》。所作《詩品》對後代詩論影響頗大。 [5] 拆襪綫：唐孫光憲《北夢瑣言》載：韓昭仕蜀，至禮部尚書、文思殿大學士，粗有文章，至於琴棋書算射法，悉皆涉獵。以此承恩於後主。時有朝士李台嘏曰：“韓八座事藝，如拆襪綫，無一條長。” [6] 元遺山：元好問，見卷二・三八注 [4]。 [7] 詅（líng）癡：稱文拙而好刻書行世的人，亦作“詅癡符”“詅符”。 [8] 鍾嶸（約 468—約 518）：字仲偉。潁川長社（今河南長葛）人。南朝梁文學理論批評家。齊時官至司徒行參軍。入梁，歷任中軍臨川王行參軍和衡陽王、晋安王記室。所著《詩品》具有較大影響。

按：此則詩話更進一步提倡性靈，闡明性靈與博習典故的辯證關係。特别是又一次以《詩經》爲例證，更增强了提倡性靈的説服力。

三 四

宋人論詩，多不可解。楊蟠《金山》詩云[1]：“天末樓臺横北固[2]，夜深燈火見揚州。”的是金山，不可移易。而王平甫以爲是牙人量地界詩[3]。嚴維[4]：“柳塘春水慢，花塢夕陽遲。”的是静境，無人道破。而劉貢父以爲“春水慢”不須“柳塘”[5]。孟東野咏吹角云[6]：“似開孤月口，能説落星心。”月不聞生口，星忽然有心，穿鑿極矣，而東坡贊爲奇妙。皆所謂好惡拂人之性也[7]。

【箋注】

[1]楊蟠(約1017—1106):字公濟。章安(今浙江臨海一帶)人。宋仁宗慶曆六年進士。任密、和二州推官。後通判杭州,知温州、壽州。與蘇軾唱酬頗多。歐陽修嘗稱其詩:"卧讀楊蟠一千首,乞渠秋月與春風。" [2]天末:天的盡頭,指極遠的地方。 [3]王平甫:王安國(1028—1076),字平甫。宋臨川(今江西撫州)人。王安石弟。賜進士出身,官至大理寺丞。牙人:舊時商品貿易中爲買賣雙方説合交易並抽取傭金的中間商。 [4]嚴維(?—約784):字正文。唐越州山陰(今浙江紹興)人。肅宗至德二年進士。任諸暨尉、秘書郎、右補闕。 [5]劉貢父:劉攽(1023—1089),字貢父,號公非。北宋臨江新喻(今江西新余)人。仁宗慶曆六年,與兄劉敞同登進士。爲州縣官二十年,官至中書舍人。與司馬光同修《資治通鑒》。有《東漢刊誤》《彭城集》《公非先生集》《中山詩話》等。此處所引,見劉貢父的《中山詩話》,原文:"細較之,夕陽遲則繫花,春水漫何須柳也。" [6]孟東野:孟郊,見卷三·六五注[3]。此處所引應爲《曉鶴》詩,並非咏角。錢鍾書《談藝録》認爲袁枚理解有誤:"'月口'非謂月有口,乃指口形似月;'星心'非謂星有心,乃指星形類心。" [7]拂性:違反人的本性或本意。

三 五

余素慕山左高鳳翰之名[1],不得一見。初之樸太守爲誦其《送人》一首[2],云:"君胡爲者昨日來?青燈緑酒歡無涯。君胡爲者今日去?挽斷征鞭留不住。君來君去總傷神,不如悠悠陌路人。"高字南阜,晚年病臂,以左手作書。盧雅雨哭之云[3]:"再散千金仍托缽,已殘一臂尚臨池。"高珍藏衛青印一方[4],臨終,贈陝中劉介石刺史[5]。斗紐方寸[6],篆法雖佳,而玉已經火炙。余見之,頗不當意。按《明史》亦有衛青[7],此印未必便是漢大將軍之物。

【箋注】

[1]高鳳翰:見卷二·一〇注[3]。 [2]初之樸(1727—1807):字懷素,號懋堂。清山東萊陽人。歷官户部貴州司主事,雲南司員外郎,徐州、潁州、南昌知府。 [3]盧雅雨:盧見曾,見卷二·九注[1]。 [4]衛青(?—

前 106）：字仲卿。西漢河東平陽（今山西臨汾西南一帶）人。官至大司馬。前後七次出擊匈奴，屢立戰功。 [5] 劉介石：劉瑍，字介石。清陝西長安人。監生。曾任泰州、壽州知州。袁枚《子不語》記有劉介石故事三則。 [6] 斗紐：指印章。 [7] 衛青（？—1436）：字明德。明南直隸華亭（今屬上海）人。官至都督僉事。

三 六

蘇州袁秀才鉞[1]，自號青溪先生，嫉宋儒之學，著書數千言，專駁朱子，人以怪物目之。年八十餘，猶生子。善醫工書，詩多自適，不落古人家數。《明覺寺題壁》云："燈火熒熒滿法堂[2]，僧家愛静却偏忙。亦知世上逍遥客，踏月吟詩到上方[3]。"《夏日寫懷》云："風過静聽松子落，雨餘閒數藥苗抽。"《冬暖》云："似閔敝裘留質庫[4]，爲開薄霧送朝暾。"頗見性情。青溪解"唯求則非邦也與""唯赤則非邦也與"，皆夫子之言，非曾點問也[5]，人以爲怪，不知《論語》何晏古注[6]，原本作此解。宋王旦怒試者解"當仁不讓於師"[7]，"師"字作"衆"字解，以爲悖古，不知説本賈逵[8]，並非杜撰。少所見之人，以不怪爲怪。

【箋注】

[1] 袁鉞：字震業，號青溪，又號匏隱。清江蘇長洲人。乾隆年間諸生。 [2] 法堂：佛寺中演説佛法、皈戒集會的地方。 [3] 上方：代稱佛寺。 [4] 質庫：當鋪。 [5] 曾點：字子皙，亦稱曾皙。春秋末魯國南武城（今山東平邑一帶）人。爲孔子高足。曾參之父。此處所引"唯求""唯赤"二語，出《論語·先進》中。求，指冉有，名求，字子有。春秋時魯國人。有治政之術。爲季氏宰。赤，指公西華，名赤，字子華。春秋時魯國人。他們都是孔子的學生。 [6] 何晏（？—249）：字平叔。三國魏南陽宛縣（今河南南陽一帶）人。少以才秀知名，好老莊言。官至侍中、吏部尚書。今存《論語集解》。 [7] 王旦（957—1017）：字子明。北宋大名莘縣（今屬山東）人。太平興國五年進士。"當仁"句：當做事合乎仁義的時候，就是對老師也不必謙讓。語出《論語·衛靈公》。《宋史·列傳第四十一》："李迪、賈邊有時名，舉進士，迪以賦落韻，邊以

《當仁不讓於師論》以‘師’爲‘衆’，與注疏異，皆不預。主文奏乞收試，旦曰：‘迪雖犯不考，然出於不意，其過可略。邊特立異説，將令後生務爲穿鑿，漸不可長。’遂收迪而黜邊。”［8］賈逵（174—228）：字景伯。東漢扶風平陵（今陜西咸陽一帶）人。著名經學家。有《經傳義詁》《論難》等。

三　七

元遺山譏秦少游云[1]：“有情芍藥含春淚，無力薔薇卧晚枝。拈出昌黎山石句[2]，方知渠是女郎詩。”此論大謬。芍藥、薔薇，原近女郎，不近山石，二者不可相提而並論。詩題各有境界，各有宜稱。杜少陵詩光焰萬丈，然而“香霧雲鬟濕，清輝玉臂寒”“分飛蛺蝶原相逐，並蒂芙蓉本是雙”，韓退之詩横空盤硬語，然“銀燭未銷窗送曙，金釵半醉座添春”，又何嘗不是女郎詩耶[3]？《東山》詩：“其新孔嘉，其舊如之何[4]？”周公大聖人[5]，亦且善謔。

【箋注】

［1］元遺山：元好問，見卷二・三八注［4］。秦少游：秦觀，見卷一・五六注［7］。［2］昌黎：韓愈，見卷一・一三注［1］。［3］“香霧”聯：出自杜甫《月夜》。“分飛”聯：出自杜甫《進艇》。“銀燭”聯：出自韓愈《醉中留别襄州李相公》。［4］“其新”二語：出自《詩經・豳風・東山》。［5］周公：姬旦，亦稱叔旦。周文王之子、武王之弟。輔佐武王伐紂，封于魯。武王崩，又佐成王，東征平定三叔之亂。歸而制禮作樂，天下大治。

三　八

抱韓、杜以淩人[1]，而粗脚笨手者，謂之權門托足；仿王、孟以矜高[2]，而半吞半吐者，謂之貧賤驕人；開口言盛唐及好用古人韻者，謂之木偶演戲；故意走宋人冷徑者，謂之乞兒搬家[3]；好叠韻、次韻[4]，刺刺不休者，謂之村婆絮談。一字一句，自注來歷者，謂之骨董開店[5]。

【箋注】

[1]韓杜：韓愈、杜甫。 [2]王孟：王維、孟浩然。 [3]乞兒搬家：意謂寒酸而意味貧乏。 [4]叠韻：見卷一・六注[1]。次韻：指古代贈答詩中，依仿他人詩中的韻字次第作詩回贈，亦稱爲“步韻”。 [5]骨董開店：意謂堆砌陳舊典故。

三　九

余咏春草，一時和者甚多，獨徐緒和人字韻云[1]：“踏青渺渺前無路，埋玉深深下有人[2]。”余爲歎絶。其他則周青原云[3]：“拾翠暗遺金鈿小[4]，踏青微礙綉裙低。”嚴冬友云[5]：“坐來小苑同千里，夢去朱門又一年。”龔元超云[6]：“春回地上人難測，緑到門前柳未知。”李參將烔云[7]：“曠野有人知醉醒[8]，荒園無主自高低。”諸作雖佳，皆不如徐之沉着也。惟程魚門有“長共春來不共歸”[9]，七字殊覺大方，惜忘其全首。

【箋注】

[1]徐緒：參見卷一三・七，餘不詳。 [2]埋玉：晋代名士庾亮去世，何充參加葬禮，感歎道：“埋玉樹著土中，使人情何能已已！”見《世説新語・傷逝》。後以“埋玉”代指優秀人物的逝去。 [3]周青原：見卷四・七四注[1]。[4]拾翠：指婦女遊春。金鈿：指嵌有金花的婦人首飾。 [5]嚴冬友：嚴長明，見卷一・二二注[6]。 [6]龔元超：見卷三・一五注[3]。 [7]李烔（1705—1775）：字澹成。清江蘇元和人。乾隆十七年進士。授廣東茂名知縣。有《古愚堂稿》。 [8]“曠野”句：屈原《漁父》：“舉世皆濁我獨清，衆人皆醉我獨醒，是以見放。”王逸注：“棄草野。” [9]程魚門：程晋芳，見卷一・五注[1]。全詩：“倚欄新草正霏霏，似共春來不共歸。灞岸雨低人漸遠，蘇堤煙淺燕争飛。青袍較色年年舊，遊迹回頭種種非。一片斷霞千里色，爲誰清瘦减腰圍。”

四　〇

作古體詩[1]，極遲不過兩日，可得佳構；作近體詩[2]，或竟十日不成一首。何也？蓋古體地位寬餘，可使才氣卷軸[3]；而近體之妙，須不着一字，自得風流，天籟不來，人力亦無如何。今人動輕近體，而重古風，蓋於此道，未得甘苦者也。葉庶子書山曰[4]："子言固然。然人功未極，則天籟亦無因而至。雖云天籟，亦須從人功求之。"知言哉！

【箋注】

[1] 古體詩：亦稱古風，包括古詩和樂府。格式自由，不拘平仄、對偶，句不必整齊，韻可以轉换，篇幅可長可短。　[2] 近體詩：一稱今體詩，是唐代興起的格律詩，爲絶句、律詩和排律的通稱。要求句有定式，字有定數，律有定聲，對偶有定格。　[3] 卷軸：可卷舒的帶軸的畫和書籍，此處比喻才氣的可卷可舒。　[4] 葉書山：葉酉（1689—？），字書山，號花南。清安徽桐城人。乾隆四年進士。歷官貴州、湖南學政。有《日下草》《春秋究遺》《詩經拾遺》等。

四　一

詩人家數甚多[1]，不可硜硜然域一先生之言[2]，自以爲是，而妄薄前人。須知王、孟清幽[3]，豈可施諸邊塞？杜、韓排奡[4]，未便播之管弦。沈、宋莊重[5]，到山野則俗。盧仝險怪，登廟堂則野[6]。韋、柳雋逸[7]，不宜長篇。蘇、黄瘦硬[8]，短於言情。悱惻芬芳，非温、李、冬郎不可[9]。屬詞比事，非元、白、梅村不可[10]。古人各成一家，業已傳名而去。後人不得不兼綜條貫，相題行事。雖才力筆性，各有所宜，未容勉强，然寧藏拙而不爲則可，若護其所短，而反譏人之所長，則不可。所謂以宫笑角、以白詆青者[11]，謂之陋儒。范蔚宗云[12]："人識同體之善，而忘異量之美[13]，此大病也。"蔣苕生太史《題隨園集》云[14]："古來只此筆數枝，怪哉公以一手持。"余雖不能當此言，而私心竊嚮往之。

【箋注】

[1] 家數：流派風格。 [2] 硜（kēng）硜然：形容固執淺陋。域：局限。[3] 王、孟：王維、孟浩然。詩以天然興象見長。 [4] 杜、韓：杜甫、韓愈。排奡（ào）：矯健的樣子。唐韓愈《薦士詩》："横空盤硬語，妥貼力排奡。"指詩文筆力奔放率勁，不受拘束。 [5] 沈、宋：沈佺期、宋之問。唐時宫廷詩人，多應制奉和之作。 [6] 盧仝：見卷三·一七注 [2]。 [7] 韋、柳：韋應物、柳宗元。詩風淡雅，境界高遠。 [8] 蘇、黄：蘇軾、黄庭堅。蘇詩波瀾富而句律疏，黄詩鍛煉精而情性遠。 [9] 温、李、冬郎：指唐温庭筠、李商隱、韓偓。均以詩作綺麗精巧見稱。 [10] 元、白、梅村：元稹、白居易、吴偉業。三人的詩作均善於排比叙事。 [11] 宫：原指古代音樂五聲的第一音階，後用來指磅礴雅健之作。角：原指古代音樂五聲的第三音階，後用來指清峭幽婉之作。 [12] 范蔚宗：范曄（398—445），字蔚宗。南朝宋史學家。順陽（今河南淅川一帶）人。著《後漢書》。 [13] "人識"二語：魏劉劭《人物志·接識第七》："是故能識同體之善，而或失異量之美。"異量：指特異度量、不同風格。 [14] 蔣苕生：蔣士銓，見卷一·二三注 [2]。

按：此段論述，最爲精警。對當今詩評家，應是當頭一棒。詩評家往往氣量偏狹，只持一端，唯我獨尊。對當今詩人，也是猛藥一劑。詩人常是硜硜然域一先生之言，自以爲是，而妄薄他人，識同體之善，而忘異量之美。這些話正説到他們的骨子裏。作爲一個古人，袁枚做得怎麽樣，已成往事；我們今人，對百花之美、百家之鳴，應心嚮往之。

四 二

古人門户雖各自標新，亦各有所祖述。如《玉臺新咏》、温、李、西崑[1]，得力於《風》者也。李、杜排奡[2]，得力於《雅》者也。韓、孟奇崛[3]，得力於《頌》者也。李賀、盧仝之險怪[4]，得力於《離騷》《天問》《大招》者也。元、白七古長篇，得力於初唐四子[5]；而四子又得之於庾子山及《孔雀東南飛》諸樂府者也[6]。今人一見文字艱險，便以爲文體不正，不知"載鬼一車""上帝板板"[7]，已見於《毛詩》《周易》矣。

【箋注】

[1]《玉臺新咏》：是繼《詩經》《楚辭》之後的重要詩歌總集。南朝徐陵所編。温、李、西崑：指唐温庭筠、李商隱，和宋初楊億、劉筠、錢惟演等西崑體詩人。其詩對仗工整，屬辭精巧。 [2]排奡（ào）：指李白、杜甫詩剛勁有力、磅礴豪宕。 [3]奇崛：指唐韓愈、孟郊詩奇特勁健。 [4]險怪：指李、盧詩偏於艱澀怪異。 [5]初唐四子：王勃、楊炯、盧照鄰、駱賓王。[6]庾子山：庾信，見卷三·七一注[5]。《孔雀東南飛》：漢樂府長篇叙事詩篇名。原題爲"古詩爲焦仲卿妻作"，是我國反映愛情婚姻悲劇的傑作。 [7]載鬼一車：出自《周易》。描寫一車打扮成鬼怪的人，不是强盗，而是求婚者。上帝板板：意謂上帝行爲乖張。語出《詩經·大雅·板》。

按：此則所談詩之傳承，有所發明，可供研究，是否的論，值得探討。如説《玉臺新咏》、温、李、西崑某些方面得力於《詩經·國風》，尚可；而言其總體，則過其實。説李、杜得力於《雅》，亦然。

四　三

詩宜樸不宜巧，然必須大巧之樸；詩宜淡不宜濃，然必須濃後之淡。譬如大貴人，功成宦就，散髮解簪[1]，便是名士風流；若少年紈袴[2]，遽爲此態，便當笞責。富家雕金琢玉，别有規模；然後竹几籐床，非村夫貧相。

【箋注】

[1]解簪：解去簪纓，指離開官場。 [2]紈袴（kù）：細絹製的褲子，借指富貴人家子弟。

按：所論大體如此，而後面用人作比，是一副士大夫腔調。我們説，濃、淡、巧、樸，各有層次，學詩開始階段宜巧宜濃，知巧知濃、能巧能濃後，由巧入樸，由濃而淡，纔不致拙陋枯澀，而是高淡大樸。

四　四

牡丹詩最難出色。唐人“國色朝酣酒，天香夜染衣”之句[1]，不如“嫩畏人看損，嬌疑日炙消”之寫神也[2]。其他如“應爲價高人不問，恰緣香甚蝶難親”，别有寄託[3]；“買栽池館疑無地，看到子孫能幾家”，别有感慨[4]。宋人云：“要看一尺春風面。”俗矣[5]！本朝沙斗初云[6]：“艷艷嚴妝常自重，明明薄醉要人扶。”裴春臺云[7]：“一欄並力作春色，百卉甘心奉盛名。”羅江村云[8]：“未必美人多富貴，斷無仙子不樓臺。”胡稚威云[9]：“非徒冠冕三春色，真使能移一世心。”程魚門云[10]：“能教北地成香界，不負東風是此花。”此數聯，足與古人頡頏。元人貶牡丹詩云[11]：“棗花似小能成實，桑葉雖粗解作絲。惟有牡丹如斗大，不成一事又空枝。”晁無咎《並頭牡丹》云[12]：“月下故應相伴語，風前各自一般愁。”

【箋注】

[1]“國色”聯：一説爲李正封詩句，一説爲王建詩句。　[2]“嫩畏”聯：唐姚合《和王郎中召看牡丹》：“嫩畏人看損，鮮愁日炙融。”　[3]“應爲”聯：出自唐魚玄機《賣殘牡丹》。　[4]“買栽”聯：出自唐羅鄴《牡丹》。　[5]“要看”句：出自宋朱弁《謝范祖平朝散惠姚花》。　[6]沙斗初：沙維杓，見卷三·四九注[2]。[7]裴春臺：生平未詳。　[8]羅江村：生平未詳。　[9]胡稚威：胡天游，見卷一·二八注[1]。　[10]程魚門：程晋芳，見卷一·五注[1]。　[11]貶牡丹詩：指宋王曙《咏牡丹》，見宋吴處厚《青箱雜記》卷七，有異文。　[12]晁無咎：晁補之（1053—1110），字無咎。北宋鉅野（今屬山東）人。元豐時舉進士。官至國史編修實録檢討。後罷官還家，自號歸來子。有《雞肋集》《琴趣外篇》。

四　五

詩以比興爲佳。王孟亭箴輿守懷慶時[1]，與盧中丞焯同寅[2]。王被劾罷官。二十年後，盧爲浙江巡撫。王往見之，盧相待甚優，許其薦舉。而王自傷老矣，不欲再談往事。《西湖小集》詩云：“再移畫舫春應老，重撥朱弦恨轉生。”

【箋注】

[1] 王箴輿：見卷二・七六注[1]。　[2] 盧焯（zhuō）（1693—1767）：字光植，一作克值，號漢亭。清山東益都人，隸漢軍鑲黄旗。歷官河南布政使、湖北巡撫。有《觀津録》《秉臬中州録》《撫浙略》等。中丞：明清時對巡撫的稱呼。同寅：同僚。

四　六

江陰翁明經照[1]，字朗夫。館嵇相國家[2]，相公非朗夫倡和不吟詩，人呼爲“詩媒”。雍正乙卯，以鴻博薦。朗夫謝詩云：“此身得遇裴中令，不向香山老一生[3]。”一時傳誦。朗夫有《春柳》云：“千里因依惟夜月，一生消受是東風。迎來桃葉如相識，猜得楊枝是小名。”皆佳句也。平生有謙癖，拜起紆遲。年登八十，猶熏衣飾貌，寸髭不留。余初相見，知其多禮，乃先跪叩頭，逾時不起。先生愕然。余告人曰：“今日謙過朗夫矣！”

【箋注】

[1] 翁照：見卷一・五〇注[2]。　[2] 嵇相國：嵇曾筠，見本卷二五注[2]。[3] 裴中令：裴度（765—839），字中立。唐河東聞喜（今屬山西）人。德宗貞元五年進士。先後侍憲宗、穆宗、敬宗、文宗四朝，官至中書令。封晉國公。與白居易關係密切，常相倡和。此爲代指嵇相國。香山：洛陽伊河對岸的一座山，爲白居易晚年閑居之地。

四　七

李嘯村《虎邱竹枝詞》[1]，已極新艷，而楊次也先生《西湖竹枝》[2]，乃更過之。李云：“橫塘七里路西東，侍女如雲踏軟紅[3]。纔到寺門歡喜地，一時花下筍輿空。”“仰蘇樓畔石梯懸，步步弓鞋劇可憐。五十三參心暗數[4]，欹斜扶遍阿娘肩。”“佛座燒香一瓣新，慈雲低覆落花塵。不妨訴盡癡兒女，那有如來更笑人[5]？”“女冠裝裏認依稀，只少穿珠百八圍。豈是閨人真好道，阿儂愛着水田衣[6]。”楊云：“自翻黄曆揀良辰，幾日前頭約比鄰。郎自乞晴儂乞雨，要他微雨散閒人。”“斟酌衣裳稱體難，回時暄熱去時寒。侍兒會得人心意，半臂輕綿隔夜安。”“乍晴時節好天光，紈綺風來撲地香。花點胭脂山潑黛，西湖今日也濃妝。”“烏油小轎兩肩扶，紕縵窗紗有若無。裏面看人原了了，不知人看可模糊？”“時樣梳妝出意新，鄂王墳上小逡巡[7]。抬頭一笑匆匆去，不避生人避熟人。”“遊人魚貫各分行，就裏妍媸略自量。老婢當頭娘押尾，垂髫嬌女在中央。”“珠翠叢中逞别才，時新衣服稱身裁。誰知百襉羅裙上[8]，也畫西湖十景來？”“白石敲光細火紅，綉襟私貯小金筒。口中吹出如蘭氣，僥倖何人在下風。”“苔陰小立按雙鬟，貼地弓鞋一寸彎。行轉長堤無氣力，累人攙着上孤山。”“白舫青尊挾妓遊，語音輕脆認蘇州。明知此地湖山勝，偏要違心譽虎邱。”“悄密行蹤自戒嚴，朱藤轎子緑垂簷。輕風畢竟難防備，故揀人叢揭轎簾。”“朋儕遊興略相同，裏外湖橋宛轉通。覿面幾番成一笑，剛纔分路又相逢。”“畫舫人歸一字排，半奩春水净如揩。斜陽獨上長堤立，拾得花間小鳳釵。”黄莘田先生《虎邱竹枝》云[9]：“昏崖老樹落朱藤，漏出紅紗隔葉燈。不畏霓裳有風露，吹笙樓上坐三層。”“斑竹熏籠有舊恩，湘妃節節長情根。吴娘酷愛衣香好，個個將錢買淚痕[10]。”“千點琉璃八角亭，劍池寒水浸華星[11]。天生一片笙歌石，留與千人廣坐聽。”“畫鼓紅牙節拍繁，崑山法部鬥新翻[12]。順郎年少何戡老[13]，海燕亭前較一番。”“樓前玉杵搗紅牙，簾下銀燈索點茶。十五當壚年少女，四更猶插滿頭花。”“湘簾畫楫趁新凉，衣帶盈盈隔水香。好是一行烏桕樹，慣遮珠舫坐秋娘。”又《西湖竹枝》云：“畫羅紈扇總如雲，細草新泥簇蝶裙。孤憤何關兒女事，踏青争上岳王墳。”“梨花無主草堂青，金縷歌殘翠黛凝。魂斷蕭蕭松柏路，滿天梅雨下西陵。”三人《竹枝》，皆冠絶一時。又，程太史午橋《虹橋竹枝》云[14]：“青溪碧草兩悠悠，酒地花場易惹愁。月暗玉鈎人散後，冷螢飛上十三樓[15]。”“米家舫子只琴書[16]，秋水新添二尺餘。一帶管弦歸棹晚，橋邊簾幕上燈初。”“遊人争唤酒家船，兒女心情更可憐。未出水關三四里，家家開閣整花鈿[17]。”“不厭朝陰愛曉晴，園林相倚百花生。梨紅杏白休輕唤，簾底防人認小名。”“法海橋頭酒半闌，水嬉煙火盡餘歡。笑他避客雙環女，一半搴簾側鬢看[18]。”

【箋注】

[1] 李嘯村：李葂（691—1755），字讓泉，號嘯村。清安徽懷寧人。寓居揚州賀園。雍正間諸生。乾隆元年薦舉博學鴻詞不第。有《嘯村近體詩》。[2] 楊次也：楊守知，見卷一·一一注[2]。 [3] 軟紅：指飛揚的塵土。[4] 五十三參：佛教傳説，善財童子受文殊菩薩指點，南行五十三處，參訪名師，聽受佛法，終成正果。 [5] 如來：佛祖的别名。 [6] 水田衣：一種以各色碎布織錦拼合縫製成的服裝。因整件服裝織料色彩互相交錯、形如水田而得名。 [7] 鄂王墳：岳王墳，在杭州西湖旁。 [8] 百襉（jiǎn）：百褶裙幅。[9] 黄莘田：黄任，見卷四·四九注[1]。 [10] 買淚痕：即買斑竹。斑竹又名湘妃竹。相傳舜之二妃娥皇、女英聞舜死，淚灑青竹，留下斑痕。 [11] 劍池：在江蘇蘇州虎邱山。相傳秦始皇東巡至此求吴王寶劍，虎當墳而踞，擊之不及，誤中於石，乃陷成池。 [12] 崑山法部：崑山腔樂曲。 [13] 順郎：唐代貞元中有田順郎，曾爲宫中著名女歌唱家御史娘的弟子。何戡：中唐時期元和、長慶間著名歌唱家，尤善於唱《渭城曲》。 [14] 程午橋：程夢星，見本卷一九注[3]。 [15] 十三樓：宋代杭州名勝，亦泛指供遊樂的名樓。[16] 米家舫子：借用“米家船”典。北宋書畫家米芾，常乘舟載書畫遊覽江湖。[17] 花鈿（diàn）：用金翠珠寶製成的花形首飾。 [18] 搴（qiān）：撩起。

四　八

岳大將軍鍾琪[1]，爲一代名將，容狀奇偉，食飲兼人，而工於吟詩。丙辰赦歸後，種菜於四川之百花洲。尹文端公贈詩云[2]：“他日玉書傳詔日，江天何處覓漁翁？”未幾，王師征金川，果復起用。《過邯鄲題壁》云：“只因未了塵寰事，又作封侯夢一場。”周蘭坡學士祭告西嶽[3]，所過僧壁山岩，見題詩甚佳，字亦奇古，款落“容齋”，不知即岳公也。

【箋注】

[1]岳鍾琪：見卷二・四九注[3]。 [2]尹文端：尹繼善，見卷一・一〇注[3]。 [3]周蘭坡：周長發，見本卷二五注[6]。

四　九

明將軍瑞殉節緬甸[1]，賜謚忠烈，工於吟詩。《雨中過石門》云：“自憐馬上櫜鞬客[2]，獨立溪邊問渡船。”《元夜歸省》云：“陌上晚煙飛素練，渡頭殘雪踏銀沙。”《送弟瑶林使烏斯藏》云：“寒分百戰袍，渴共一刀血。”皆名句也。弟明義[3]，字我齋，詩尤嫻雅。其《醉後聽歌》云：“官柳蕭蕭石路平，歡場回首隔重城。可憐驕馬情如我，步步徘徊不肯行。”“凉風吹面酒初醒，馬上敲詩鞭未停。寄語金吾城慢閉[4]，夢魂還要再來聽。”又，《偶成》云：“東風不解瞞人度，纔入竹來便有聲。”《早起》云：“平明鐘鼓嚴寒夜，不負香衾有幾人？”

將軍三娶名媛，皆見逐於姑，有放翁之恨[5]。最後娶都統常公季女，伉儷甚篤。征緬時，夫人送行詩，有“但願同凋並蒂蓮”之句。公果死節，而夫人亦自縊。

【箋注】

[1]明瑞（？—1768）：字筠亭，號北窗，姓富察氏。滿洲鑲黄旗人。乾隆年間，屢建戰功。任副都統、伊犁將軍、雲貴總督，官至兵部尚書、議政大臣。有《北窗吟稿》。 [2]櫜（tuó）鞬（jiàn）客：帶弓箭的征人。櫜鞬，古時騎兵盛弓箭的器具，櫜以藏弓，鞬以藏箭。 [3]明義：見卷二・二二注[3]。 [4]金吾：官名。負責皇帝大臣警衛、儀仗以及儌循京師、掌管治安的武職官員。 [5]放翁之恨：陸游因愛妻唐琬爲母親所不容，被迫離異，造成終生遺憾。

五　〇

京師故事：凡縉紳陪吊於喪家者[1]，聞前輩至，則易吉服相見；然有易有不易者，以來客之未必皆前輩也。余陪吊于座主甘大司馬家[2]，忽聞徐蝶園相公來[3]，則滿堂盡吉服矣。公名元夢，康熙癸丑進士，與韓慕廬同年[4]，滿朝公卿，皆其後輩。時年九十餘，短身赤鼻，面少鬚髯。詩宗盛唐，《送人出塞》云："君到居庸北，應憐一雁回。沙平疑地盡，山豁訝天開。落日重關閉，秋風萬馬來。勉旃從此役[5]，莫上望鄉臺。"大學士舒公赫德，其孫也[6]。

【箋注】

[1]縉紳：指官宦。　[2]座主：進士稱其本科主考官爲座主，也稱座師。[3]徐蝶園：徐元夢，見卷四・二六注[4]。　[4]韓慕廬：韓菼（tǎn）（1637—1704），字元少，號慕廬。江蘇長洲人。康熙十二年狀元。官至禮部尚書兼掌院學士。有《有懷堂文稿》《有懷堂詩稿》。　[5]勉旃（zhān）：即"勉之焉"，勸人盡力於某事。　[6]舒赫德（1710—1777）：舒穆魯氏，字伯雄，别字明亭。滿洲正白旗人。乾隆間由筆帖式授中書舍人。官至武英殿大學士。卒謚文襄。

五　一

蘇州逸園，離城七十里，在西磧山下，面臨太湖，古梅百株，環繞左右，溪流潺潺，渡以石橋。登騰嘯臺，望飄渺諸峰，有天際真人想[1]。主人程鍾[2]，字在山，隱士也。妻號生香居士[3]。夫婦能詩。有絶句云："高樓鎮日無人到，只有山妻問字來。"可想見一門風雅。予探梅鄧尉[4]，往訪不值。次日，程君入城作答，鬚眉清古，勸續前遊，而予匆匆解纜。逾年再至蘇州，程君已爲異物[5]。記其《雜咏》一首云："樵者本在山，山深没樵徑。不見采樵人，樵聲谷中應。"

【箋注】

[1]真人：修真得道者。《世説新語・容止第十四》："諸君莫輕道，仁

祖企脚北窗下彈琵琶，故自有天際真人想。”［2］程鍾（？—1776）：字在山。清江蘇吴縣人。舊有園在西磧山下，移家園中，名之曰逸園。［3］生香居士：顧信芳（1708—1771），字湘英，號生香居士。清江蘇吴縣人。庶吉士顧秉直女。著有《生香閣詩鈔》。［4］鄧尉：鄧尉山，位於江蘇蘇州光福鎮東南，相傳東漢太尉鄧禹曾隱居於此，故名。此地植梅歷史悠久，有“鄧尉梅花甲天下”的美譽。［5］異物：指已死的人。

五　二

詩家活對最妙。宋人贈某云：“每憐民若子，還喜稻成孫[1]。”真山民咏杜鵑云[2]：“歸心千古終難白，啼血萬山都是紅。”華亭李進哭友云[3]：“誄詞作自先生婦，遺稿歸於後死朋[4]。”王介祉咏牡丹云[5]：“相公自進姚黄種，妃子偏吟李白詩[6]。”李穆堂賀安溪相公生子云[7]：“其間原必有，幾日辨之無[8]。”沈椒園登陶然亭云[9]：“每來此地皆重九，有約同遊至再三。”胡宗緒祭酒贈友云[10]：“兩人拍手齊大笑，一路同行到小姑[11]。”皆活對也。

【箋注】

［1］“每憐”聯：宋劉筠《召入翰林别同僚》：“政懦每憐民若子，歲豐還喜稻成孫。”刈稻後，其根得雨再生餘穗，謂之“稻孫”。［2］真山民：建寧浦城（今屬福建）人。或云名桂芳，括蒼（今浙江麗水一帶）人。宋末進士。宋亡隱迹。或云宋大儒真德秀之孫。存有《真山民集》。［3］李進：字亦吾。清江南華亭人。諸生。有《西枝詩稿》。［4］誄詞：悼念死者的文章。劉向《列女傳》：“下惠之妻，賢明有文。柳下既死，門人必存。將誄下惠，妻爲之辭。陳列其行，莫能易之。”［5］王介祉：王陸禔，字介祉。清江蘇常熟人。補諸生，官教諭。長沙令聘爲記室。有《藜石草》《介祉詩鈔》。［6］姚黄：洛陽牡丹名貴品種，據説是姚姓人家培育出的黄牡丹。李白詩：指李白《清平調》，咏唐明皇與楊貴妃在興慶宫沉香亭前賞牡丹事。［7］李穆堂：李紱，見卷四・七三注［4］。安溪相公：李光地（1642—1718），字晋卿，號厚庵。清福建安溪人。康熙九年進士。官至直隸巡撫、文淵閣大學士。謚文貞。有《榕村全集》。［8］辨之無：白居易《與元九書》：“僕始生六七月時，乳母抱弄于書屏下，有指‘之’字、‘無’字示僕者，僕口未能言，心已

默識。後有問此二字者，雖百十其試，而指之不差。” [9]沈椒園：沈廷芳，見卷一・六五注[11]。 [10]胡宗緒（1670—1740）：字襲參，號嘉遯。清安徽桐城人。雍正八年進士，授編修，遷國子監司業。有《九九淺説》《環隅集》等。 [11]小姑：指小孤山，見卷二・二四注[1]。

五　三

揚州爲鹽賈所居，風尚侈靡。崔尚書應階詩云[1]："青山也厭揚州俗，多少峰巒不過江。"鄭板橋詩云[2]："千家生女先教曲，十里栽花當種田。"

【箋注】

[1]崔應階（1699—1780）：字吉升，號拙圃，晚號研露老人。清湖北江夏（今武昌）人。浙江處州鎮總兵崔相國之子。蔭生。歷官山東巡撫、閩浙總督、刑部尚書、左都御史。有《拙圃詩草》《黔游紀程》《研露樓三種曲》《官鏡録》等。 [2]鄭板橋：鄭燮（1693—1765），字克柔，號板橋。清江蘇興化人。乾隆元年進士。曾任范縣、濰縣知縣。後居揚州，爲揚州八怪之一。有《鄭板橋全集》。

五　四

常熟陳見復先生爲海内經師[1]，而詩極風韻。《悼亡》云："出門交寡入門求，晤語居然近士流。寂寞於陵停織屨，他時誰與謚黔婁[2]？""何必他生訂會期，相逢即在夢來時。烏啼月落人何處？又是一番新別離。"中進士，不殿試而歸，曰："馬力健知遊冀北，櫓聲柔覺到江南。""題名浪逐看花伴，去國還同落第人[3]。"

【箋注】

[1]陳見復：陳祖範，見卷四・四六注[8]。 [2]於陵：古邑名，在今山東淄博一帶。借指陳仲子。戰國時齊人陳仲子因兄爲齊卿，以爲不義，逃到楚國，自謂於陵子仲。楚王欲聘以爲相，他入室與箕帚之妻商量，妻以爲不可，遂相與逃而爲人灌園。身織屨，妻辟纑，以維持生活。謚黔婁：春秋時齊國隱士黔婁先生，修身清節，不求仕進。魯恭公賜粟三千鍾請他爲相，不受。齊威

王又以黄金百斤聘他爲卿，仍不就。著書論道，安貧自守以壽終。死後因被子太短，連遺體都蓋不住。曾子建議把被子斜過來蓋。黔婁妻子説："寧可正而不足，也不斜而有餘。"曾子哭著説："先生之終，何以爲謚？"其妻説："以康爲謚。"事見漢劉向《列女傳·魯黔婁妻》、晋皇甫謐《高士傳·黔婁》。[3]題名：指中進士後題記姓名。看花：指新進士進行遊賞。唐孟郊《登第後》詩："春風得意馬蹄疾，一日看盡長安花。"去國：離開京都或朝廷。

五　五

錢稼軒司寇之女，名孟鈿[1]，嫁崔進士龍見[2]，爲富平令。嚴侍讀從長安歸[3]，夫人厚贈之。嚴問："至江南，帶何物奉酬？"曰："無他求，只望寄袁太史詩集一部。"其風雅如此。因誦其五言云："啼鳥空繞樹，殘夢只隨鐘。"有《浣青集》行世。其號"浣青"者，欲兼浣花、青蓮而一之也[4]。夫人通音律，嘗在秋帆中丞座上，聽客鼓琴，曰："角聲多，宫聲少[5]，且多殺伐之音。何也？"問客，果從塞外軍中來。余庚申夏，乘舟北上，遇稼軒南歸，時未中狀元也，見其手抱幼女，纔周晬[6]，今四十八年矣。在杭州見夫人，談及此事，夫人笑云："所抱者，即年侄女也[7]。"余故題其詩册有云："而翁南下賦歸歟，值我新婚北上初。水面匆匆通數語，懷中正抱女相如[8]。"

【箋注】

[1]錢稼軒：錢維城（1720—1772），字幼安，一字宗盤，號稼軒、茶山。清江蘇武進人。乾隆十年進士第一。由修撰累官刑部左侍郎。卒謚文敏。有《鳴春小草》《茶山詩鈔》《茶山文鈔》。錢孟鈿（1765—1820）：字冠之，號浣青。從母金氏受詩，遂諳吟咏。爲詩宗唐賢。有《浣青詩草》《浣青詩餘》《鳴秋合籟集》。　[2]崔龍見（1741—1817）：字翹英，號曼亭。清山西永濟人。乾隆二十六年進士。官浙江杭州府通判、湖北分巡荆宜施道等。曾修《江陵縣誌》。[3]嚴侍讀：嚴長明，見卷一·二二注[6]。　[4]浣花、青蓮：杜甫因避安史之亂，流寓成都，居浣花溪草堂。因以浣花代指杜甫。李白因家居四川江油青蓮鄉，故自稱青蓮居士。　[5]角聲、宫聲：傳統音樂記譜法中五聲音階之二。《宋書·樂志一》："宫聲正方而好義，角聲堅齊而率禮。"　[6]周晬（zuì）：

嬰兒周歲。[7]年侄女：明清科舉中式者對同年之女兒的稱謂。[8]女相如：相如，即漢代辭賦家司馬相如。此將錢孟鈿比作女中相如。

五　六

詩有有篇無句者，通首清老[1]，一氣渾成，恰無佳句令人傳誦。有有句無篇者，一首之中，非無可傳之句，而通體不稱[2]，難入作家之選。二者一欠天分，一欠工夫。必也有篇有句，方稱名手。

【箋注】

[1]清老：清新而老練。[2]不稱：不相稱。

按：有篇兼有句，當然好。有句更爲重要，名句更宜傳誦。有篇無句，難以傳誦。作者由有名句而再加錘煉，可以使全篇圓滿。如果不能造出名句，也很難得到名篇。當今詩人，有名句流傳者不多，大約是因爲不够重視。

五　七

杭州布衣吴穎芳[1]，字西林，博學多聞，嘗自序其詩曰："古人讀書，不專務詞章，偶爾流露謳吟，僅抒所蓄之一二，其胸中所貯，淵乎其莫測也。遞降而下，傾瀉漸多。逮至元、明，以十分之學，作十分之詩，無餘藴矣。次焉者，或溢其量以出。故其經營之處，時露不足，如舉重械，雖同一運用，而勞逸之態各殊。古人勝於近代，可準是以觀。"予嘗試武童[2]，見有開弓至十石而色變手戰者[3]，曉之曰："汝務十石之名，而醜態盡露；何若用五石、六石之從容大方乎？"頗與吴言相合。

西林與杭、厲諸公同時角逐[4]，及諸公俱登科第，而西林如故也，故咏《笋臘》結句云："回頭看同隊，一一上雲煙[5]。"又，《答客至》曰："田間住却携鋤手，來與諸公話白雲[6]。"

【箋注】

[1]吴穎芳（1702—1781）：字西林，號樹虚、臨江鄉人。清浙江仁和人。有《臨江鄉人詩集》《歓齾録》《説文理董》《童韻討論》等。此處所引實爲吴《臨江鄉人詩·自叙》中所引毛睿中語。 [2]武童：明清時應武科生員之試者，稱“武童生”，亦省稱爲“武童”。 [3]十石（dàn）：約指千斤之力。石，重量單位，一石爲一百二十斤。 [4]杭、厲：杭世駿，見卷三·六四注[1]；厲鶚，見卷三·六一注[1]。 [5]上雲煙：竹笋長高，喻指人的地位升高。[6]白雲：代指歸隱。

五　八

詩須善學，暗偷其意，而顯易其詞。如《毛詩》“嗟我懷人，置彼周行[1]”，唐人學之，云“提籠忘采葉，昨夜夢漁陽”是也[2]。唐人詩云[3]：“憶得去年春風至，中庭桃李映瑣窗。美人挾瑟對芳樹，玉顔亭亭與花雙。今年花開如舊時，去年美人不在兹。借問離居恨深淺，只應獨有庭花知。”宋人學之云[4]：“去年除夕歸自北，行李到門天已黑。今年除夕客南方，雪滿關山歸不得。老妻望我眼將穿，只道今年似去年。古樹夕陽鴉影亂，猶同小女立門前。”

【箋注】

[1]“嗟我”二句：出自《詩經·周南·卷耳》。 [2]“提籠”聯：出自唐張仲素《春閨思三首》。漁陽，古郡名，在今北京密雲一帶。原指古戰場，此指親人出征的前綫。 [3]唐人詩：此指獨孤及《和贈遠》。 [4]宋人：此未詳何人。

五　九

白香山詩云[1]：“周公恐懼流言日，王莽謙恭下士時[2]。若使當時身早死，兩人真僞有誰知？”宋人反其意[3]，曰：“少年胯下安無忤，老父圯邊愕不平[4]。人物若非觀歲暮，淮陰何必減文成[5]？”

【箋注】

[1] 白香山詩：指白居易《放言五首》。 [2] 周公：見本卷三七注 [5]。周成王時，有人懷疑周公有篡權野心。但後來歷史證明他輔佐成王，並無二心，又奉命東征，成就大業。王莽（前 45—23）：字巨君。西漢末魏郡元城（今河北大名東）人。漢元帝皇后侄。早年表現得謙和恭順，折節讀書，結交名士，聲譽甚盛。平帝死，立孺子嬰爲帝，王莽自稱攝政王。後篡位代漢稱帝，國號"新"。[3] 宋人：此指楊萬里。詩句出自《過淮陰縣題韓信廟》。 [4] 少年胯下：少年時的韓信爲了實現遠大志向，不惜在淮陰少年胯下受辱。老父圯邊：張良在圯下爲黄石公拾履，經再三考驗，黄石公將《太公兵法》傳授給張良。事詳《史記・留侯世家》。 [5] 淮陰：韓信（？—前 196）。西漢淮陰（今江蘇淮安）人。貧賤時曾釣魚城下，從食漂母。先投項羽，不受重用，後歸劉邦。任大將軍、相國，爲齊王。西漢立，改封楚王，遭受猜忌，被降爲淮陰侯。終被吕后以謀反罪殺害於未央宫。文成：張良（？—前 180），字子房。西漢沛郡城父（今安徽亳州一帶）人。早年曾募力士于博浪沙狙擊秦始皇而未中。後爲劉邦主要謀士。封留侯。晚好黄老，從赤松子遊，避疑隱退。卒謚文成。這聯詩的意思：評價歷史人物如果不觀察他們的暮年，韓信何必就不如張良呢？

六　〇

毗陵王藝山明府[1]，女玉瑛，字采薇，嫁孫星衍秀才[2]，伉儷甚篤，年二十四而夭。秀才求予志墓。其《舟過丹徒》云："幽行已百里，村落半柴扉。隻鳥時依樹，孤螢不上衣。月高人影小，潮定櫓聲稀。沿水星星火，歸鷺宿鷺飛。"其他佳句，如："户低交葉暗，徑小受花深。""研墨污羅袖，看魚落翠鈿。""蟲依香影垂簾網，蛾怯晨光墮帳紗。""一院露光團作雨，四山花影下如潮。"皆妙絕也。秀才後中丁未榜眼，采薇竟不及見，悲夫！

【箋注】

[1] 王藝山：王光燮（1712—1780），字藝山。清江蘇武進人。乾隆二年進士。官江蘇毗陵知縣。 [2] 王玉瑛：王采薇（1753—1776），字薇玉，一字玉瑛。清江蘇武進人。王光燮女、孫星衍妻。有《長離閣集》。孫星衍（1753—

1818）：字淵如，又字季仇。清江蘇陽湖（今常州）人。乾隆五十二年榜眼。授編修。改刑部主事。官至山東布政使。有《問字堂集》《岱南閣集》《平津館文稿》《王松園文稿》等。

按：上海商務印書館于1937年曾出版《長離閣集》。《春夕》詩中有“一院”聯，可謂名句。

六一

李北海見崔顥投詩曰“十五嫁王昌”[1]，罵曰：“小兒無禮！”秦少游見孫莘老[2]，投詩曰：“平康在何處？十里帶垂楊[3]。”孫罵曰：“小子又賤發！”二前輩方嚴相似[4]，而考其生平，均非能作詩者。

【箋注】

[1]李北海：李邕，見卷三・三六注[4]。崔顥（704—754）：唐汴州（今河南開封）人。開元十一年進士。天寶中爲尚書司勳員外郎。“十五”句：句出崔顥《王家少婦》。李邕曾途經汴州，聞崔顥美名，於館中召見，及其獻文，首章曰“十五嫁王昌”，以爲輕薄，乃斥去。事詳李肇《國史補》。 [2]秦少游：秦觀，見卷一・五六注[7]。孫莘老：孫覺（1028—1090），字莘老。宋高郵（今屬江蘇）人。仁宗皇祐元年進士。官至龍圖閣學士兼侍講。有《春秋經解》等。[3]“平康”二語：是秦觀《贈參寥》詩末聯。平康，指唐長安丹鳳街平康里，後代指妓女聚居之地。 [4]方嚴：方正嚴肅。

六二

鎮江布衣李琴夫咏佛手云[1]：“白業堂前幾樹黄[2]？摘來猶似帶新霜。自從散得天花後[3]，空手歸來總是香。”咏佛手至此，可謂空前絕後矣。

【箋注】

[1]李琴夫：李御（1712—1790），字琴夫，號蘿村，晚號小花山人、小花樵長。清江蘇鎮江人。乾隆間諸生。有《八松庵吟草》《北征消醉夜鈔》《丁

香集》《丁香館遺集》《恒山志略》《八松庵詩集》等多種。佛手：芸香科常綠灌木，我國南方各地均有栽培。果端形狀有兩種：一如手指張開，稱開佛手；一聚合如拳，稱閉佛手。［2］白業堂：詩人家中的一個堂名。白業，佛教語，指善業。［3］天花：佛教語。諸佛菩薩説法時，常有天女散花其上，以爲贊歎供養。佛經中多有描述，如《維摩經·觀衆生品》："時維摩詰室有一天女……見諸大人聞所説法，便現其身，即以天華散諸菩薩大弟子上。"

六　三

余少貧不能買書，然好之頗切，每過書肆，垂涎翻閲，若價貴不能得，夜輒形諸夢寐。曾作詩曰："塾遠愁過市，家貧夢買書。"及作官後，購書萬卷，翻不暇讀矣。有如少時牙齒堅强，貧不得食，衰年珍羞滿前[1]，而齒脱腹果[2]，不能饜飫[3]，爲可歎也！偶讀東坡《李氏山房藏書記》，甚言少時得書之難，後書多而轉無人讀，正與此意相同。

【箋注】

［1］珍羞：珍貴而鮮美的食物。羞，同"饈"。［2］腹果：腹飽。［3］饜（yàn）飫（yù）：此指多食貪食。

按：人常常對書三歎：一歎少時無錢購書，二歎老時無力讀書，三歎有書子孫不讀。

六　四

黄石牧太史言[1]："秦禁書，禁在民，不禁在官，故内府博士所藏，並未亡也。自蕭何不取，項羽燒阿房[2]，而書亡矣。"年家子高樹程咏蕭相云[3]："英風猶想入關初，相國功勛世莫如。獨恨未離刀筆吏[4]，只收圖籍不收書。"

【箋注】

［1］黄石牧：黄之雋，見卷三·一二注［2］。［2］蕭何（？—前 193）：

漢開國名相。沛縣（今屬江蘇）人。劉邦入關，諸將皆争奪金帛財物，蕭何獨收取秦相府律令圖籍，掌握全國山川險要、郡縣户口，却不收儒經、諸史、百家之書。項羽（前232—前202）：名籍，字羽。秦末下相（今江蘇宿遷一帶）人。參加陳勝起義反秦，秦亡後，與劉邦争衡，困於垓下，突圍至烏江自刎。相傳進軍關中後，曾焚毁阿房宫。 [3]高樹程：字蘄玉，號邁庵，自稱煙蘿子。清浙江仁和人。乾隆四十二年副貢。 [4]刀筆吏：古代對文書員的稱謂。因須刻寫木簡、竹簡，文書員常携一支筆與一把刀，故稱。《史記·蕭相國世家贊》："蕭相國何，於秦時爲刀筆吏，碌碌未有奇節。"

六五

揚州轉運使朱子穎[1]，工畫能詩。王夢樓爲誦其佳句云[2]："一水漲喧人語外，萬山青到馬蹄前[3]。"

【箋注】

[1]朱子穎：朱孝純（1729—1784），字子穎，號思堂、海愚。清漢軍正紅旗人。乾隆二十七年舉人。歷官重慶知府、泰安知府、兩淮鹽運使。有《海愚詩鈔》。 [2]王夢樓：王文治，見卷二·三〇注[1]。 [3]"一水"聯：據説，紀昀隨乾隆皇帝從京城往避暑山莊時，在路旁小店的牆壁上看到這兩句詩。後來取意寫進自己的《嚴江舟中》："濃似春雲淡似煙，參差緑到大江邊。斜陽流水推篷坐，翠色隨人欲上船。"朱原爲紀的弟子，可謂"藍出於青"。而邵坡《送王耘渠入蜀》詩云："秦樹碧分鴻爪外，蜀山青到馬蹄前。"邵乃康熙四十一年舉人，又在朱氏前。見《兩浙輶軒録》卷十六。

六六

老年之詩多簡練者，皆由博返約之功[1]。如陳年之酒、風霜之木、藥淬之匕首[2]，非枯槁簡寂之謂[3]。然必須力學苦思，衰年不倦。如南齊之沈驎士[4]，年過八旬，手寫三千紙，然後可以壓倒少年。

【箋注】

[1]由博返約：指學成廣博之後，撮其精要，歸於簡約。 [2]匕首：《史

記·刺客列傳》："太子豫求天下之利匕首，得趙人徐夫人匕首，取之百金，使工以藥焠之，以試人，血濡縷，人無不立死者。"　[3]簡寂：此指簡淡沉寂。[4]沈麟士（419—503）：南朝時吴興武康（今浙江湖州）人。晋太中大夫。年過八十，燈下細書，成三千卷。

六　七

上官儀詩多浮艷[1]，以忠獲罪。傅玄善言兒女之情[2]，而剛正嫉惡，臺閣生風[3]。揚子雲自擬《周易》，乃附新莽[4]。余中請禁探花[5]，而後以贜敗。席豫一生不作草書，而薦安禄山公正無私[6]。

【箋注】

[1]上官儀（608—665）：字游韶。唐陝州陝縣（今河南三門峽一帶）人。貞觀進士。官弘文館學士、秘書郎、西臺侍郎。武后專權，他爲帝草詔，欲廢武后，爲人告發，下獄死。詩沿襲齊梁餘風，婉媚工整，稱爲"上官體"。[2]傅玄（217—278）：字休奕。西晋北地泥陽（今陝西銅川一帶）人。官至司隸校尉。　[3]臺閣生風：在朝廷官署之間的聲勢氣魄令人敬畏。　[4]揚子雲：揚雄，見卷三·五八注[4]。新莽：指開創新朝的王莽。揚雄在王莽篡漢後曾爲中散大夫。　[5]余中：見卷二·一二及注[11]。　[6]席豫（680—748）：字建侯。唐襄州襄陽（今屬湖北）人。徙家河南。進士出身，歷任襄邑尉、陽翟尉、監察御史、樂壽令、大理丞等，累官考功員外郎，官終禮部尚書。不作草書：指寫字不寫草體。薦安禄山：《新唐書·列傳·逆臣上》："席豫爲河北黜陟使，言禄山賢。"

六　八

余門生談羽儀[1]，字毓奇，家富而好買書，自署一聯曰："閉户自知精力减，貯書還望子孫賢。"

【箋注】

[1]談羽儀：字毓奇，室號生香書屋。清江蘇上元人。以諸生入貲爲刑部郎中。有《忞崖集》《生香書屋詩稿》。

六 九

宋嚴有翼詆東坡詩[1]："誤以葱爲韭，以長桑君爲倉公[2]，以摸金校尉爲摸金中郎[3]。"所用典故，被其捃摘，幾無完膚。然七百年來，人知有東坡，不知有嚴有翼。

【箋注】

[1]嚴有翼：建安（今福建建甌）人。生活於南北宋之交。著《藝苑雌黄》。[2]長桑君：戰國時代的醫學家。將畢生醫療經驗和所集醫方盡傳給扁鵲。倉公：漢臨淄人。爲齊太倉長，世稱倉公。精於醫。[3]摸金校尉：東漢末曹操所設官職，專司挖墳掘金。陳琳《爲袁紹檄豫州》文："操又特置發丘中郎將、摸金校尉，所過隳突，無骸不露。"

按：有人認爲蘇詩此類例子於理無害、於詩意無妨，可以變通。也有人認爲蘇之長處在於才華絶代，短處在於粗枝大葉。我們認爲，蘇軾的總體成就，非嚴有翼可比。但嚴氏作爲學者，自有其事業，所言亦有可取。

七 〇

用事如用兵，愈多愈難。以漢高之雄略，而韓信只許其能用十萬[1]，可見部勒驅使[2]，談何容易！有梁溪少年作懷古詩[3]，動輒二百韻，予笑曰："子獨不見唐人咏蜀葵詩乎[4]？"其人請誦之。曰："能共牡丹爭幾許，被人嫌處只緣多。"

【箋注】

[1]漢高、韓信：漢高祖劉邦、淮陰侯韓信。《史記·淮陰侯列傳》："上問曰：'如我能將幾何？'信曰：'陛下不過能將十萬。'" [2]部勒：部署。[3]梁溪：水名，亦爲無錫别稱。[4]咏蜀葵：此指唐陳標《蜀葵》詩。

七　一

某太史掌教金陵，戒其門人曰："詩須學韓、蘇大家，一讀温、李[1]，便終身入下流矣。"余笑曰："如温、李方是真才，力量還在韓、蘇之上。"太史愕然。余曰："韓、蘇官皆尚書、侍郎，力足以傳其身後之名。温、李皆末僚賤職，無門生故吏爲之推挽，公然名傳至今，非其力量尚在韓、蘇之上乎？且學温、李者，唐有韓偓，宋有劉筠、楊億[2]，皆忠清鯁亮人也。一代名臣，如寇萊公、文潞公、趙清獻公[3]，皆西崑詩體[4]，專學温、李者也，得謂之下流乎？"

【箋注】

[1]韓、蘇：韓愈、蘇軾。温、李：温庭筠、李商隱。　[2]韓偓：見卷二・六注[4]。劉筠（971—1031）：字子儀。北宋大名（今屬河北）人。咸平進士。官至翰林學士承旨兼龍圖閣直學士。詩與楊億齊名。有《册府應言》《榮遇》《三入玉堂》等。楊億：見卷一・一三注[7]。北宋文學家。曾與劉筠、錢惟演相唱和，編成《西崑酬唱集》，號西崑體。　[3]寇萊公：寇準，見卷二・一二注[7]。文潞公：文彦博，見卷二・六注[5]。趙清獻公：趙抃（1008—1084），字閲道。北宋衢州西安（今浙江衢州）人。景祐進士。累官殿中侍御史，以太子少保致仕，卒謚清獻。有《趙清獻集》。　[4]西崑體：見卷一・一三注[6]。

七　二

"傳"字"人"旁加"專"，言人專則必傳也。堯、舜之臣只一事[1]，孔子之門分四科[2]，亦專之謂也。唐人五言工，不必七言也；近體工，不必古風也。宋以後，學者好誇多而鬥靡[3]。善乎方望溪云[4]："古人竭畢生之力，只窮一經；後人貪而兼爲之，是以循其流而不能溯其源也。"

【箋注】

[1]一事：宋陳經撰《尚書詳解》："後人以天人分爲二事，不知堯所以命官，天人只作一事也。雖分掌四時，其實只一事。"宋王應麟《困學紀聞》："堯、

舜之世，名臣止任一事；仲尼之門，高第皆爲一科。故曰：‘無求備於一夫。’”[2]四科：儒家評論人物的分類。《論語·先進》舉孔門十人分爲德行、言語、政事、文學，後因而以四科之稱品評人物。[3]鬥靡：以詞藻華麗競勝。[3]方望溪：方苞，見卷一·二九注[1]。

七　三

乾隆丙辰，召試博學宏詞，海内薦者二百餘人，至九月而試保和殿者一百八十人。詩題是“山雞舞鏡”七排十二韻，限“山”字。劉文定公有句云[1]：“可能對語便關關[2]。”上深嘉獎，親拔爲第一。遂以編修，致身宰相。二百人中，年最高者萬九沙先生諱經[3]，最少者爲枚。全謝山庶常作《公車徵士録》[4]，以先生居首，枚署尾。己亥枚還杭州，先生之少子名福者[5]，持先生小像索詩。余題一律，有“當年丹詔召耆英，驥尾龍頭記得清”之句[6]。詩載集中。

【箋注】

[1]劉文定：劉綸（1711—1773），字畬涵，號繩庵。清江蘇武進人。乾隆元年舉博學鴻詞，試第一，授編修。後入值南書房，任軍機大臣。歷兵、户、吏、工部尚書，文淵閣大學士。卒謚文定。有《繩庵内外集》。[2]關關：鳥鳴聲，語出《詩經》首篇《關雎》首句“關關雎鳩”。[3]萬九沙：萬經（1659—1741），字授一，號九沙。清浙江鄞縣（今寧波）人。康熙四十二年進士。選庶吉士，授編修。乾隆元年舉博學鴻詞。[4]全謝山：全祖望（1705—1755），字紹衣，號謝山。清浙江鄞縣人。乾隆元年進士。選翰林院庶吉士。後主蕺山、端溪書院講席，爲浙東學派重要代表。有《鮚埼亭文集》。庶常：指庶吉士。[5]己亥：這裏指乾隆四十四年（1779）。[6]耆英：高年碩德者之稱。指萬九沙。驥尾：喻指追隨先輩或名人之後以留名者。龍頭：指傑出首領。全詩見《小倉山房詩集》卷二六《題萬九沙先生小像》。

七　四

明洪紫溪自言[1]：“三十年讀書，纔消得胸中‘狀元’二字。”陋哉言乎！如欲狀元之名副其實，則“狀元”二字，胸中不可一日忘也；

如倚狀元爲驕人之具，則“狀元”二字，胸中不可一日不忘也。何待讀書三十年哉？味其言，紫溪自以爲忘，正其終身不忘之證。同年錢文敏公《臚唱第一口號》云[2]：“自慚才出劉蕡下，獨對春風轉厚顔[3]。”其胸襟出紫溪上矣！

【箋注】

[1]洪紫溪：生平不詳。袁枚在《答澗泉》中也提及此人。明劉宗周《人譜類記》卷上：“羅念庵先生嘗自言：‘二十年苦功，方磨得狀元兩字。此兩字去，然後可以用世，可以出世。’”清趙吉夫《寄園寄所寄》卷上亦有相似記載。羅洪先（1504—1564），字達夫，號念庵。明江西吉水人。嘉靖八年進士第一。官至春坊左贊善。有《冬遊記》《念庵集》等。 [2]錢文敏：錢維城，見本卷五五注[1]。臚唱：指天子宣旨傳召新科進士入見。 [3]劉蕡（fén）（？—848）：字去華。唐幽州昌平（今北京一帶）人。敬宗寶曆二年進士。博學善屬文，尤精《左氏春秋》。文宗大和二年，應制舉賢良方正能直言極諫科，對策言論激切，指陳時政得失，直言宦官專橫。考官嘆服，而不敢取。詔下，李郃曰：“劉蕡下第，我輩登科，能無厚顔！”後授秘書郎，而宦官誣以罪，貶柳州司户參軍。厚顔：慚愧、難爲情。

七　五

鄭夾漈極誇杜征南之注《左傳》、顔師古之注《漢書》[1]，妙在不强不知以爲知。杜不長於鳥獸蟲魚，顔不長於天文地理，故俱缺之，不假他人以訾議也。余謂作詩亦然，青蓮少排律，少陵少絶句，昌黎少近體[2]，善藏其短，而長乃愈見。

【箋注】

[1]鄭夾漈：鄭樵，見卷一・一六注[8]。杜征南：杜預（222—285），字元凱。西晋京兆杜陵（今陝西西安一帶）人。曾任征南大將軍。有《春秋左氏經傳集解》。顔師古（581—645）：唐京兆萬年（今陝西西安一帶）人。祖籍琅邪臨沂。歷官中書舍人、秘書少監、弘文館學士。有《匡謬正俗》《漢書注》《急就章注》等。 [2]青蓮：李白。少陵：杜甫。昌黎：韓愈。

七六

《大雅》“文王在上”[1]，《毛傳》稱文王受命而作，然則文王生而謚文乎？自以爲“于昭于天”乎[2]？鄭箋“平王之孫”爲“平正之王”[3]，“成王不敢康”爲“成此王功，不敢自安逸”[4]，“不顯成康”亦解爲“成安祖考之道”[5]，皆捨先王之謚法[6]，而逞其穿鑿之臆説。朱子駁而正之[7]，是矣。

【箋注】

[1] 文王在上：語出《大雅·文王》。意謂周文王之靈在昊天之上。文王，姬昌，周王朝的締造者。《吕氏春秋》認爲此詩是周成王時周公旦所作。[2] 于昭于天：出處同上。意謂文王在天上十分顯耀。 [3] 鄭箋：指漢鄭玄爲《毛詩》作箋。平王之孫：語出《國風·召南·何彼襛矣》。意謂周平王的孫女。 [4] 成王不敢康：語出《周頌·昊天有成命》。意謂周成王不敢圖安樂。[5] 不顯成康：語出《周頌·執競》。意謂周成王周康王大顯榮耀。“不”，猶“丕”，訓“大”。 [6] 謚法：一種禮法制度，指古代對帝王、貴族、大臣等重要人物一生功過作總評價，在其死後給予稱號。 [7] 朱子：朱熹，見卷二·四四注[3]。

七七

顧寧人曰[1]：“夫其巧於和人者[2]，其胸中本無詩，而拙於自言者也。”又曰：“舍近今恒用之字，而借古字之通用以相矜者，此文人之所以自文其陋也[3]。”

【箋注】

[1] 顧寧人：顧炎武，見卷三·七注[2]。 [2] 和人：指依照他人詩的韻脚作詩。 [3] 相矜：相互炫耀。自文其陋：文飾自己的庸陋。

七八

人悦西施，不悦西施之影。明七子之學唐[1]，是西施之影也。

【箋注】

[1] 明七子：見卷一・三注[3]。

七　九

臯陶作歌，禹、稷無聞[1]；周、召作詩，太公無聞[2]；子夏、子貢可與言詩，顔、閔無聞[3]。人亦何必勉强作詩哉？

【箋注】

[1] 臯陶：見卷一・二注[2]。禹：見卷一・二注[2]。稷：掌管農事的官，周朝的先祖。　[2] 周、召：指周初周公和召公。二人分陝而治，皆有美政。據説《詩經》中周公所作詩有《七月》《鴟鴞》《四牡》《常棣》《思文》《大武》等篇，召公作詩有《泂酌》《卷阿》《公劉》等篇。太公：姜太公，姜姓，吕氏，名尚，字子牙，封於齊。無作詩傳聞。　[3] 子夏：見卷二・八注[1]。子貢：見卷四・五六注[1]。《論語・學而》載，子貢曰："詩云：'如切如磋，如琢如磨。'其斯之謂與？"子曰："賜也，始可與言詩已矣！告諸往而知來者。"《論語・八佾》載，子夏問曰："'巧笑倩兮，美目盼兮，素以爲絢兮。'何謂也？"子曰："繪事後素。"曰："禮後乎？"子曰："起予者商也！始可與言詩已矣。"顔：顔回，字子淵。春秋末魯國人。以德行修養著稱。閔：閔子騫，春秋末年魯國人。以孝行名聞天下。顔、閔皆未見有關於詩的言論。

八　〇

《宋史》："嘉祐間，朝廷頒陣圖以賜邊將[1]。王德用諫曰[2]：'兵機無常，而陣圖一定。若泥古法，以用今兵，慮有僨事者[3]。'"《技術傳》："錢乙善醫[4]，不守古方，時時度越之，而卒與法會。"此二條，皆可悟作詩文之道。

【箋注】

[1] 陣圖：戰争布列軍陣之圖。　[2] 王德用（979—1057）：字元輔。北宋鄭州管城人。任環慶路指揮使、殿前都虞候、保静軍節度使、集慶軍節度使、何陽三城節度使等軍事要職。官至樞密使，後封魯國公。　[3] 僨（fèn）事：

敗事。 [4] 錢乙（1032—1113）：字仲陽。宋代名醫。祖籍浙江錢塘，遷居山東鄆城。《宋史·方技傳》："乙爲方不名一師，於書無不窺，不靳靳守古法，時度越縱舍，卒與法會。"

八一

崔念陵進士[1]，詩才極佳，惜有五古一篇，責關公華容道上放曹操一事，此小説演義語也，何可入詩？何屺瞻作札[2]，有"生瑜生亮"之語[3]，被毛西河誚其無稽[4]，終身慚悔。某孝廉作關廟對聯，竟有用"秉燭達旦"者[5]，俚俗乃爾。人可不學耶？

【箋注】

[1] 崔念陵：崔謨，見卷二·六四注[1]。 [2] 何屺瞻：何焯（1661—1722），字屺瞻，號茶仙。學者稱義門先生。清江蘇常州人。康熙四十二年賜進士。改庶吉士，授編修。有《義門先生集》。 [3] 生瑜生亮：語出《三國演義》第五十七回。 [4] 毛西河：毛奇齡，見卷二·三六注[3]。 [5] 秉燭達旦：語出《三國演義》第二十五回："關公乃秉燭立於户外，自夜達旦，毫無倦色。"

八二

宋曾致堯謂李虚己曰[1]："子詩雖工，而音韻猶啞。"《愛日齋詩話》曰[2]："歐公詩[3]，如閨中孀婦，終身不見華飾。"味此二語，當知音韻、風華，固不可少。

【箋注】

[1] 曾致堯（947—1012）：字正臣。宋撫州南豐（今屬江西）人。太平興國八年進士。官至户部郎中。有《西陲要紀》等。李虚己：字公受。宋福建建安人。第進士。官至工部侍郎。有《雅正集》。 [2]《愛日齋詩話》：未詳，疑爲《愛日齋叢鈔》，宋葉寘著。 [3] 歐公：歐陽修，見卷四·四七注[1]。

八　三

某太史自誇其詩："不巧而拙，不華而樸，不脆而澀。"余笑謂曰："先生聞樂，喜金絲乎[1]，喜瓦缶乎[2]？入市，買錦綉乎，買麻枲乎[3]？"太史不能答。

【箋注】

[1]金絲：金石與絲竹的省稱，代指雅樂。　[2]瓦缶：粗陋的打擊樂器。[3]麻枲（xǐ）：一種麻科植物。其莖皮纖維可織夏布。

隨園詩話箋注　卷六

一

王荆公作文，落筆便古[1]；王荆公論詩，開口便錯。何也？文忌平衍，而公天性拗執，故琢句選詞，迥不猶人[2]；詩貴温柔，而公性情刻酷，故鑿險縋幽，自墮魔障[3]。其平生最得意句云："青山捫虱坐，黄鳥挾書眠[4]。"余以爲首句是乞兒向陽，次句是村童翹課。然荆公恰有佳句，如"近無船舫猶聞笛，遠有樓臺只見燈[5]"，可謂生平傑作矣。

【箋注】

[1]王荆公：王安石，見卷一・四六注[2]。古：古樸蒼勁。 [2]迥不猶人：卓然超絶、不同於人。 [3]鑿險縋幽：向奇險幽深之處開鑿、探索。魔障：指邪道、障礙、磨難。 [4]"青山"聯：有時與青山面對面坐著捉蝨子，有時挾着書卷在黄鶯的鳴聲裏悠然地睡去。此聯僅見於葉夢得《石林詩話》，王安石集中無。 [5]"近無"聯：語出王安石《次韻平甫金山會宿寄親友》。

二

宋沈朗奏[1]："《關雎》，夫婦之詩，頗嫌狎褻，不可冠《國風》。"故别撰《堯》《舜》二詩以進。敢翻孔子之案，迂謬已極，而理宗嘉之，賜帛百匹。余嘗笑曰："《易》以《乾》《坤》二卦爲首，亦陰陽夫婦之義，沈朗何不再别撰二卦以進乎？"且《詩經》好序婦人，咏姜嫄則忘帝嚳[2]，咏太任則忘太王[3]，律以宋儒夫爲妻綱之道，皆失體裁。

【箋注】

[1]沈朗：宋石埭（今安徽石臺）人。長沙府推官。《毛詩》博士。 [2]姜嫄：有邰氏之女，傳説履上帝之足迹而生后稷，爲周族的女性始祖。帝嚳（kù）：

傳説爲黄帝的曾孫、周朝王室的先祖。姜嫄是帝嚳的妃子。　[3] 太任：商代摯國任氏之女、周國君季歷妃、周文王母。端莊而有德性。《詩經・大雅・大明》和《旱麓》等篇咏太任。太王：即古公亶父，爲古代周族領袖，傳爲后稷第十二代孫、周文王的祖父。《詩經・大雅・綿》追述了太王亶父自邠遷岐而振興周族的業績。《詩經・頌・閟宫》也咏及太王亶父。

三

顧寧人言[1]："《三百篇》無不轉韻者[2]，唐詩亦然，惟韓昌黎七古，始一韻到底。"余按《文心雕龍》云："賈誼、枚乘[3]，四韻輒易；劉歆、桓譚[4]，百韻不遷。亦各從其志也。"則不轉韻詩，漢、魏已然矣。

【箋注】

[1] 顧寧人：顧炎武，見卷三・七注 [2]。 [2] 轉韻：指古體詩賦篇中的换韻。[3] 賈誼：見卷二・五〇注 [2]。枚乘：見卷四・七六注 [7]。　[4] 劉歆（？—23）：字子駿，後改名秀，字穎叔。西漢沛（今江蘇沛縣）人。漢高祖弟楚元王交五世孫，劉向之子。經學家、目録學家。桓譚（前 23—56）：字君山。東漢哲學家。沛國相（今安徽宿州一帶）人。後人輯有《桓子新論》。

四

今詩稱"篇什"者，本《左傳》所謂"以什其車，必克"之義[1]。"什"者，十人爲耦也[2]。《國風》詩少，可以同卷；《雅》《頌》篇多，故每十爲卷，而即以卷首之篇爲什[3]。

【箋注】

[1] "以什"句：出自《左傳・昭西元年》，"其"應爲"共"字。意謂用十個步兵共同對付一輛戰車，一定能取勝。　[2] 耦：原指兩人並耕，此指十人爲一組耕作。　[3] 什：十篇爲什，也即一卷之意，以卷首之篇爲名。

五

晏子以二桃殺三士[1]，事本荒唐，後人演爲《梁父吟》[2]，尤無意味，而孔明好吟之，殊不可解。秋胡一妒婦[3]，劉知幾《史通》詆之甚力，乃樂府外，前人又有詩云[4]：“郎心葉蕩妾冰清，郎説黄金妾不應。若使偶然通一語，半生誰信守孤燈？”

【箋注】

[1]二桃殺三士：《晏子春秋·内篇諫下第二》載，齊景公有三個勇士，皆恃功而驕，成爲“危國之器”。晏嬰獻計，勸景公給三勇士兩個桃子，論功行賞，三人互不相讓，結果都自殺身亡。 [2]《梁父吟》：古樂府，亦作“梁甫吟”。現傳古辭寫的是春秋時期齊相晏嬰以“二桃殺三士”的故事，傳爲諸葛亮作，中有“一朝被讒言，二桃殺三士”句。見近人逯欽立輯校《先秦漢魏晋南北朝詩》。 [3]秋胡一妒婦：劉知幾《史通·内篇·品藻第二十三》：“按：劉向《列女傳》載魯之秋胡妻者，尋其始末，了無才行可稱，直以怨懟厥夫，投川而死。輕生同于古冶，殉節異于曹娥，此乃兇險之頑人、强梁之悍婦，輒與貞烈爲伍，有乖其實者焉。” [4]前人詩：此詩見於《宋詩紀事》，爲錢穎所作，題爲“秋胡子”。

六

楊用修笑今之儒者[1]，皆宋儒之應聲蟲。吾以爲孔穎達真鄭康成之應聲蟲也[2]。最可笑者，鄭注“曾孫來止，以其婦子[3]”，以“曾孫”爲成王，“婦子”爲王后太子，王肅非之云[4]：“勸農不必與王后太子同行。”而孔穎達以爲：“聖賢所訓，與日月同懸。”其識見之謬如此，安得不誤認王世充爲真主乎[5]？

【箋注】

[1]楊用修：楊慎，見卷二·四二注[5]。 [2]孔穎達：見卷二·一四注[3]。鄭康成：鄭玄，見卷一·四六注[24]。 [3]“曾孫”二語：出自《詩經·小雅·甫田》和《大田》篇。曾孫：周王相對於他的祖先和其他的神，自稱爲曾孫。按鄭注，意爲曾孫興致勃勃地來到田間，帶著妻子和兒女。按王肅注，意爲曾孫來到田間視察，遇見農婦和孩子們。 [4]王肅（195—256）：字子雍。東海郯（今山東郯城北）人。三國時期魏經學家。與鄭玄學派對立，稱“王學”。[5]王世充（？—621）：隋末新豐（今陝西臨潼一帶）人。煬帝時任江都郡丞、

通守、兵部員外郎。楊侗爲帝時，拜尚書左僕射，後自稱相國。廢殺侗，代隋自立爲帝，國號鄭。真主：真命天子。指賢明的皇帝。

七

安徽方伯陳密山先生[1]，諱德榮，人淳樸而詩極風趣。每瞻園花開，必招余遊賞，不以屬吏待。適階下蟻鬥，公用扇拂之，作詩云："退食展良覿[2]，逍遥步深院。樹根見群蟻，紛紛方交戰。呼童前布席，拂以蒲葵扇。頃刻緣草根，求穴各奔竄。伊有記事臣[3]，載筆應上殿。大書某日月，兩軍正相見。忽然風揚沙，師潰互踏踐。收隊各依壘，蓄鋭更伺便。人生亦倮蟲，擾擾盈赤縣[4]。嗜欲各有求，情僞遞相煽。吞噬蠢然動，吉凶見常變。豈無飛仙人，乘鸞注遐盼？"余按宋人詩云[5]："蟭螟殺敵蚊眉上，蠻觸交争蝸角中[6]。何異諸天觀下界，一微塵裏鬥英雄？"即此意也。先生《郊行》云："芳園青草緑離離[7]，好是人家祭掃時。何處紙錢燒不盡，東風吹上野棠枝。"又，《女兒曲》云："睡眼朦朧春夢覺，不知額上有梅花。"

【箋注】

[1] 陳密山：陳德榮（1689—1747），字廷彦，號密山。清直隸安州（今河北安新）人。康熙五十一年進士。官武英殿纂修。歷任湖北枝江知縣、貴陽知府、安徽布政使、江西巡撫。著《葵園詩集》。[2] 退食：退朝或公餘休息。良覿（dí）：良晤、歡聚。[3] 伊：他。[4] 倮蟲：無鱗甲羽毛的動物，指人。赤縣：借指中原或中國。[5] 宋人詩：有誤，所引實爲唐白居易《禽蟲十二章》詩。[6] 蟭螟：傳説中一種微蟲名。《抱朴子外篇·刺驕》："蟭螟屯蚊眉之中而笑彌天之大鵬。"蠻觸：《莊子·則陽》説："有國于蝸之左角者曰觸氏，有國於蝸之右角者曰蠻氏，時相與争地而戰，伏尸數萬，逐北旬有五日而後反。"後指爲卑小細微的事大動干戈，作無謂的争鬥。[7] 離離：濃密貌。

八

魯星村《得雨》詩云[1]："一雨人心定，歌聲四野聞。"何南園《春雨》詩云[2]："芳草不知春，一雨猛然省。"曹澹泉《偶成》云[3]："東風力尚微，一雨衆山緑。"同用"一雨"二字，俱可愛。

【箋注】

[1]魯星村：魯璸，見卷三·三七注[2]。 [2]何南園：何士顒，見卷一·三七注[1]。 [3]曹澹泉：曹言路，字澹泉，號嗣康。清江蘇上元人。諸生。

九

福建鄭王臣[1]，爲蘭州太守，年未六十，以弟喪乞病歸。《留别寅好》云[2]："畏聞使過頻移疾，懶答人言但托聾[3]。"《閨情》云："最憐待月湘簾下[4]，銀燭煙多怕點燈。"俱暗用故事，使人不覺。杭堇浦題其《歸來草》云[5]："東京風俗由來厚，每爲期功便去官[6]。陳實譙玄吾目汝，蓴鱸人錯比張翰[7]。""東皋舒嘯復西疇，人較柴桑更遠遊[8]。《七録》異時標别集，竟應題作鄭蘭州[9]。"在隨園小住，一日，買書兩船，打槳而去。

【箋注】

[1]鄭王臣：字慎人，號蘭陔、黄石山人。清福建莆田人。乾隆二十一年中副舉人。任蘭州知府。奉使西藏，引疾歸。有《蘭社詩稿》《黄石山人詩集》《蘭陔詩話》。 [2]寅好：有交情的同僚。 [3]移疾：上書稱疾，多爲居官者求退的婉辭。唐李商隱《有懷在蒙飛卿》："薄宦頻移疾，當年久索居。"托聾：宋劉克莊《送實之倅廬陵二首》："吏白文書但托聾。" [4]待月：唐元稹《鶯鶯傳》崔鶯鶯詩句："待月西廂下，迎風户半開。" [5]杭堇浦：杭世駿，見卷三·六四注[1]。 [6]東京：指定都洛陽的東漢。期功：本爲古代三種喪服的合稱，也指本族親近的人。期爲服喪一年，大功服喪九個月，小功服喪五個月。 [7]陳實（104—187）：字仲弓。東漢潁川許縣（今河南長葛一帶）人。譙玄（前45—35）：字君黄。東漢巴郡閬中（今屬四川）人。官拜議郎，遷中散大夫。後王莽攝政，隱遁歸家。張翰：字季鷹。西晋吴郡（今江蘇蘇州一帶）人。齊王司馬冏執政時任大司馬東曹掾。因秋風四起，思念故鄉蓴羹、鱸魚，於是作《思吴江歌》，遂歸吴。 [8]"東皋"二語：以陶淵明比鄭王臣。

柴桑，古縣名，是陶淵明的故鄉。　[9]《七録》：南朝梁目録學家阮孝緒私撰書目，在目録學方面有重要地位。

一〇

湖州徐溥雨亭，在金陵爲人司織局[1]。每吟詩，與機聲相和。《錢塘竹枝》云[2]："芳心脉脉夜迢迢，郎在江南第幾橋？欲寄尺書寫腸斷，西湖只恨不通潮。""落盡楊花郎未歸，空煩刀尺製羅衣。人前怕卷珠簾看，蝴蝶一雙相對飛。"《虎邱題壁》云："好景半藏峰頂寺，美人多住水邊樓。"

【箋注】

[1]徐溥（1428—1499）：一作徐浦，字雨亭。清浙江歸安（今湖州）人。有《金陵遊草》《卧雲軒詩草》。織局：紡織店鋪。　[2]竹枝：一種地方民歌。後詩人仿作，多咏當地風土或兒女柔情。語言通俗，音調輕快。

一一

常熟王介祉之弟，名岱，字次岳，能繼其家風[1]。宿隨園見贈云："貧分鶴俸還留客，老惜鴻才尚著書[2]。"其他句云："片雨前村過，微雲半嶺陰。""故山解慰歸人望，隔水先迎一髻青[3]。"《清明》云："忽忽春光過半時，浴蠶天氣雨如絲。無端柳色侵書幌[4]，憶着河橋折處枝。"

【箋注】

[1]王介祉：王陸禔，見卷五·五二注[4]。王岱（1742—？）：字雲上，一字次岳。王陸禔之弟。貢生。有《情田詞草》。　[2]鶴俸：即官俸，亦稱鶴料。鴻才：大才，卓越的才華。鴻，本指大雁，與上聯"鶴"形成借對。　[3]一髻：形容如髮髻的山峰。　[4]書幌：書齋的帷帳，借指書齋。

一二

錫山鄒世楠過孟廟[1]，夢懸對句云："戰國風趨下，斯文日再中[2]。"

覺而異之。遍觀廊廡，無此十字。後數年過蘇州，得黃野鴻集讀之[3]，乃其集中句也。豈孟子愛之，而冥冥中書以自娱耶？田實發《題孟廟》云[4]：“孔門功冠三千士，周室生虛五百年[5]。”似遜黃作。黃以論詩忤沈歸愚，故吴人多擯之[6]。然其佳句，自不可掩。《夜歸》云：“兒童喧笑各紛紛，未解燈前刺綉紋。夜半醉歸人不覺，叩門獨有老妻聞。”

【箋注】

[1]鄒世楠：字廷楚。江蘇無錫人。清康熙六十年進士。 [2]風趨下：儒家認爲戰國時已“世風日下”。斯文：禮樂制度文化，亦指儒家學説。[3]黃野鴻：黃子雲，見卷三·六八注[1]。 [4]田實發：見卷三·一六注[1]。[5]三千士：世傳孔子有弟子三千，稱三千士。此指孟子在三千士中功勞最高。生虛：應爲“生當”，見梁章鉅《楹聯叢話》。五百年：《孟子·公孫丑下》：“五百年必有王者興，其間必有名世者。” [6]沈歸愚：沈德潛，見卷一·三一注[3]。

一三

在都，余與金質夫文淳、裘叔度曰修居最相近[1]。金棋劣于裘，而偏欲饒裘[2]。金移居，裘以詩賀云：“追趨秘閣兩年餘，一日何曾賦索居[3]？雪苑對裁新著稿，風簾同校舊抄書。吟筒惠我寧嫌數，棋局饒人實自譽。早有聲華傳白下，故知名士定無虛。”余作七古一首，中四句云：“我願同年如春樹，枝枝葉葉相依附。不願同年如落花，鸞漂鳳泊飛天涯。”裘讀而歎曰：“子才終竟有性情。”嗚呼！此皆四十年前事。今裘官至尚書，聲施赫奕；而質夫爲太守，兩遭罪遣，謫戍以死。豈亦如花之飛茵飛溷[4]，各有前因耶？金死後，余搜其遺詩，了不可得，僅得其《遊張園》云：“緑楊門外板橋横，新水如船接岸平。三月春寒花尚淺，一簾煙重雨初成。欹危瘦竹扶衰步，高下疏畦入晚晴。莫便酒闌催晚棹，野懷吾欲與鷗盟。”《偶成》云：“一蟲吟到曉，兩客淡無言。”

【箋注】

[1]金質夫：金文淳，見卷三·五七注[12]。裘叔度：裘曰修，見卷一·六五注[17]。　[2]饒：讓。　[3]秘閣：指宫中收藏珍貴圖書之處。索居：孤獨地散處一方。　[4]飛茵飛溷（hùn）：飄落到茵席上或掉到污穢的糞池裹，喻指人的命運。《南史·范縝傳》載，子良問曰："君不信因果，何得富貴貧賤？"縝答曰："人生如樹花同發，隨風而墮，自有拂簾幌墜于茵席之上，自有關籬牆落於糞溷之中。墜茵席者，殿下是也；落糞溷者，下官是也。貴賤雖復殊途，因果竟在何處？"

一　四

閻百詩云[1]："百里不同音，千年不同韻。《毛詩》凡韻作某音者，乃其字之正聲，非强爲押也。"《焦氏筆乘》載[2]：古人"下"皆音"虎"。《衛風》云"于林之下"[3]，上韻爲"爰居爰處"；《凱風》云"在浚之下"，下韻爲"母氏勞苦"；《大雅》云"至於岐下"，下云"率西水滸"。"服"皆音"迫"。《關雎》云"寤寐思服"，下韻爲"輾轉反側"；《候人》云"不濡其翼"，下句爲"不稱其服"；《離騷》云"非時俗之所服"，下句爲"依彭咸之遺則"。"降"皆音"攻"。《草蟲》云"我心則降"，下句爲"憂心忡忡"；《旱麓》云"福禄攸降"，上韻爲"黄流在中"。"英"皆音"央"。《清人》云"二矛重英"，下句爲"河上乎翱翔"；《有女同車》云"顔如舜英"，下句爲"珮玉將將"；《楚詞》云"華采衣兮若英"，下句爲"爛昭昭兮未央"。"風"皆讀"分"[4]。《緑衣》云"凄其以風"，下句爲"實獲我心"；《晨風》云"鴥彼晨風"[5]，下句爲"郁彼北林"；《烝民》云"穆如清風"，下句爲"以慰其心"。"憂"皆讀"嘤"[6]。《黍離》云"謂我心憂"，上句爲"中心摇摇"；《載馳》云"我心則憂"，上句爲"言至於漕"；《楚詞》云"思公子兮徒離憂"，上韻爲"風颯颯兮木蕭蕭"。其他則"好"之爲"吼"，"雄"之爲"形"，"南"之爲"能"，"儀"之爲"何"，"宅"之爲"托"，"澤"之爲"鐸"，皆玩其上下文及他篇之相同者而自見。"風"字，

《毛詩》中凡六見，皆在“侵”韻，他可類推。朱子不解此義，乃以後代詩韻强押《三百篇》，誤矣！至於“委蛇”二字有十二變，“離”字有十五義，“敦”字有十二音，徐應秋《談薈》言之甚詳[7]。

【箋注】

[1]閻百詩：閻若璩（1636—1704），字百詩，號潛丘。清山西太原人，寄籍江蘇山陽（今淮安）。曾助徐乾學修《清一統志》。有《古文尚書疏證》《四書釋地》《潛丘札記》。 [2]《焦氏筆乘》：明焦竑撰，内容爲筆記雜録。焦竑（1540—1620）：字弱侯，號漪園、澹園。南京（今屬江蘇）人，原籍山東。萬曆十七年殿試第一。授翰林修撰。曾侍講東宫，主順天鄉試，遭誣劾貶福寧州同知。有《澹園集》《國朝獻徵録》《焦氏筆乘》等。 [3]《衛風》：此處有誤，所引爲《詩經·邶風·擊鼓》。 [4]風：郭沫若認爲“‘風’不讀‘分’”，詳其《讀隨園詩話札記》十九。 [5]鴥（yù），形容飛得很快的樣子。 [6]喓（yāo）：蟲叫的樣子。 [7]徐應秋：字君義，號雲林。明浙江西安（今衢州）人。萬曆四十四年進士。官至福建左布政使。有《玉芝堂談薈》《駢字憑霄》。

一五

王氏《續通考》言[1]：“唐武夷山人吴棫深惡沈約、周顒之韻[2]，以爲穿鑿無理。乃稽考《毛詩》《周易》《尚書》，而别爲韻書，分‘麻’‘遮’，‘歸’‘飛’爲二；合‘東’‘冬’，‘江’‘陽’爲一。”予以爲此《洪武正韻》之先聲也[3]。然積習已久，雖帝王之力，尚不能挽，况其下乎？文公逆祀，去者三人；定公順祀，叛者三人[4]。商鞅廢井田而天下怨，王莽復井田而天下怨[5]，一改舊習，人以爲怪。從前解經者，河北宗王，河南宗鄭[6]；今之經解，專宗程、朱[7]，亦詩韻類耳。

【箋注】

[1]王氏：王圻（1530—1615）。明代上海人。嘉靖四十四年進士。歷官陝西布政參議。《續通考》：此指《續文獻通考》。 [2]吴棫（1100—1154）：字才老。宋福建建安人。宣和六年進士。官太常丞。有《韻補》，分

古韻爲九部，認爲古人用韻較寬，立古韻通轉之説。沈約：見卷三・四三注[6]。周顒（？—493）：字彦倫。南朝齊汝南安城（今河南正陽一帶）人。音韻學家、佛學家。嘗作《三宗論》《四聲切韻》。 [3]《洪武正韻》：明洪武八年頒行的官方韻書，主編爲樂韶鳳、宋濂。 [4]“文公”四語：出自《春秋公羊傳・定公八年》。意謂魯文公不按順序祭祀，因諫不從棄官而去的有三人；魯定公按順序祭祀，叛離他的有三人（一作五人）。 [5]“商鞅”二語：出自司馬光《上仁宗論謹習》：“昔秦廢井田而民愁怨，王莽復井田而民亦愁怨。”商鞅（約前390—前338），即公孫鞅，戰國時期著名政治家。入秦後，任左庶長，實行變法，因功封商（今陝西商縣一帶），稱爲商君、商鞅。王莽：見卷五・五九注[2]。井田：井田制，是中國上古時期的一種土地制度。《孟子・滕文公上》：“方里而井，井九百畝。其中爲公田，八家皆私百畝，同養公田。公事畢，然後敢治私事。” [6]河北宗王，河南宗鄭：東漢時期鄭玄，遍注群經，號稱“鄭學”。到三國末期，王肅新注群經，形成“王學”。其後南朝宗王，北朝宗鄭。實則都屬於古文經學派。 [7]程朱：二程和朱熹，見卷二・四七注[6]。

一 六

山左朱文震，字青雷，在慎郡王藩邸[1]，善畫，能詩，兼工篆刻。偶宿隨園，爲鎸小印二十餘方。余驚其神速，君笑曰：“以鐵畫石，何所不靡？凡遲遲云者，皆故作身份耳。”記其《紅橋晚步》云：“西風開遍野棠花，垂柳絲絲數點鴉。多少畫船歸欲盡，夕陽偏戀玉鈎斜[2]。”《過揚子江》云：“笑對篷窗酒一罌，黄梅時節恰揚舲[3]。憑君説盡風波惡，貪看金焦漫不聽[4]。”《雨霽》云：“雨霽碧天闊，夕陽蟬復吟。偶然行樹下，餘點濕衣襟。”

【箋注】

[1]朱文震：字青雷，號去羑，别號平陵外史、去羑道人。清山東歷城（今濟南）人。有《雪堂詩稿》。慎郡王：允禧（1711—1758），字謙齋，號紫瓊、春浮居士。康熙第二十一子。封慎郡王，謚靖。有《花間堂詩鈔》《紫瓊崖詩鈔》。藩邸：藩王第宅。 [2]玉鈎斜：相傳爲隋煬帝葬宫人處，在江蘇揚州。 [3]罌（yīng）：小口大腹的瓶。舲：有窗户的小船，亦泛指船。 [4]金焦：兩山名，在江蘇鎮江。金山，本名浮玉山，因裴頭陀開山得金，改名金山。焦

山與金山對峙，相距十里許，因東漢處士焦光隱居于此而得名。

一七

楊公子揩，父笠湖公，刺邛州[1]。公子自任上歸，其弟蓉裳索蜀中土宜[2]，公子贈蜀椒、雅蓮，附詩云："宦久並無囊，土物置何許？且開藥籠看，贈子辛與苦[3]。"有《雨後》一聯云："坐吹紫玉樹聲雜[4]，行近白蓮人影香。"《漁父詞》云："若使樵青絶世，閑身願作漁童[5]。"

【箋注】

[1]楊揩（1746—1822）：字藴山。清江蘇金匱（今無錫）人。歲貢生。有《雙梧桐館集》。笠湖公：楊潮觀（1712—1788），字宏度，號笠湖。清常州無錫人。乾隆元年中舉。歷晋豫川等地十六任縣令，遷知簡、邛二州。晚年奉調瀘州。在四川邛崍爲官時，得卓文君妝樓舊址，遂建小樓吟風閣，與朋友吟嘯其間。作雜劇三十二種，總名"吟風閣雜劇"。 [2]楊蓉裳：楊芳燦，見卷一·二八注[17]。土宜：土産品。 [3]辛與苦：指蜀椒辛辣、雅蓮味苦，妙在語意雙關。 [4]紫玉：代指簫笛。古人多截紫竹爲簫笛。 [5]樵青、漁童：唐肅宗賜張志和以奴婢各一，志和配爲夫婦，奴號漁童，婢號樵青。人問其故，曰："漁童使捧釣收綸，蘆中鼓枻；樵青使蘇蘭薪桂，竹裏煎茶。"

一八

隨園西有放生庵，余偶至其地，見僦居一寒士，衣敝履穿，几上有詩稿，題是"夏日雜吟"，云："香焚寶鴨客吟哦，萬軸牙籤手遍摩。此事未知何日了，著書翻恨古人多。"余驚問姓名。曰："丁珠[1]，字貫如，懷寧人，訪親不值，流落於此。"因小有饋贈，勸其攻詩。作札薦與安慶太守鄭公時慶[2]。鄭拔作府案首入學，次年即舉鄉試[3]。記其《遣懷》云："我口所欲言，已言古人口。我手所欲書，已書古人手。不生古人前，偏生古人後。一十二萬年，汝我皆無有。等我再來時，還後古人否？"咏淮陰侯云[4]："淮陰當窮時，乞食一餓殍。及其封王後，被誅尤草草。窮不能自保，達不能自保。萬古稱人傑，爲之一笑倒。"

陳古漁尤愛其“江心浪險鷗偏穩，船裏人多客自孤”之句[5]。

【箋注】

[1]丁珠：字貫如，號西溪、星樹。清安徽潛山人。乾隆三十五年舉人。官靈州知州，改靈璧訓導。有《西溪詩草》。　[2]案首：指明清兩代縣府科舉考試及院試中的第一名。鄉試：明清時每三年一次在各省城舉行鄉試。中式者稱舉人。　[3]鄭時慶：字華臣。清山西文水人。雍正十一年進士。官金匱知縣、鳳陽知縣、安慶府知府、山東運河兵備道。　[4]淮陰侯：韓信，見卷五·五九注[5]。　[5]陳古漁：陳毅，見卷一·五二注[3]。

按：又是一個幸運者。詩有詼諧之趣。

一　九

乙酉鄉試，徽州汪秀才廷昉[1]，以詩受業。《路過淳安》云：“扁舟一葉枕江濱，邑小如村俗尚淳。出郭千家圍竹木，浪遊五日識風塵。雲垂有脚疑成雨，水落無聲欲斷津。僂指故園歸信早，天涯極目倚閭人[2]。”俄而竟以丁憂歸[3]。

【箋注】

[1]乙酉：這裏指乾隆三十年（1765）。汪廷昉：汪廷鉞，原名廷昉，字曉山，號研薌。清安徽休寧人。乾隆四十二年拔貢。官蘇州知府。　[2]僂（lǚ）指：屈指而數。倚閭：倚門，指父母望子歸來心切。　[3]丁憂：指遭逢父母喪事。

二　〇

盧抱經學士，有《張遷碑》[1]，搨手甚工。其同年秦澗泉愛而乞之[2]，盧不與。一日，乘盧外出，入其書舍，攫至袖中。盧知之，追至半途，仍篡取還。未半月，秦暴亡。盧往奠畢，忽袖中出此《碑》，哭曰：“早知君將永訣，我當時何苦如許吝耶？今耿耿於心，特來補過。”取帖出，向靈前焚之。予感其風義，爲作詩云：“一紙碑文贈故交，勝他十萬紙錢燒。延陵掛劍徐君墓[3]，似此高風久寂寥。”

【箋注】

[1] 盧抱經：盧文弨（1717—1795），字召弓，號磯漁，又號抱經。清浙江餘姚人。乾隆十七年進士。歷官左春坊左中允、翰林院侍讀學士、廣東鄉試正考官、提督湖南學政。有《抱經堂集》《龍城札記》等。《張遷碑》：即《漢故穀城長蕩陰令張君表頌》，亦稱“張遷表頌”。碑原立於無鹽（今山東東平），現存於山東泰安岱廟。此處指碑帖。 [2] 秦澗泉：秦大士，見卷一・四二注[6]。[3]“延陵”句：《史記・吴太伯世家》載，春秋吴國延陵季子出使路過徐國，徐國國君很愛他的劍，季子已心許，打算等出使回來時送給他，不料那時候徐君已死了，季子就把劍掛在徐君的墓樹上。後來成爲對亡友守信的典故。

二一

盧抱孫先生轉運揚州[1]，名流畢集，極東南壇坫之盛[2]。己卯十月，余飲署中，見其少子謨[3]，年甫十五六，玉雪可念[4]。後三十年，家籍没矣。公子雖舉孝廉，而飄泊無歸。《上渤海公》二首，云：“城旦餘生剩藐孤[5]，十年飄泊到江湖。桐花久墮懷中羽，香飯誰抛屋上烏[6]？踽踽葛衣留凍骨，棲棲蹇足耐征途。年來雞鶩同爭食，不是當年小鳳雛。”“拂拭知誰眼獨青？褵褷弱鳥許梳翎[7]。量來碧海輸愁淺，嗅到黄粱感涕零。將母誰憐棲逆旅，忍饑猶勉誦殘經。簫聲吹徹吴門市，敢望山陽舊雨聽[8]？”

【箋注】

[1] 盧抱孫：盧見曾，見卷二・九注[1]。 [2] 壇坫（diàn）：指文壇。[3] 己卯：這裏指乾隆二十四年（1759）。盧謨：盧見曾次子、紀曉嵐婿。清山東德州人。監生。 [4] 玉雪可念：生得潔白，如玉似雪，令人愛憐。[5] 城旦：晨起築城。刑罰名，始於秦。盧見曾曾官兩淮鹽運使，後伏法死，家人受累。藐孤：幼弱的孤兒。 [6] 桐花：唐李商隱詩句：“桐花萬里丹山路，雛鳳清於老鳳聲。”屋上烏：舊題漢伏勝《尚書大傳・牧誓・大戰》：“愛人者，兼其屋上之烏。”後爲成語“愛屋及烏”。 [7] 褵（lí）褷（shī）：羽毛離

披散亂的樣子。 [8] 山陽舊雨：山陽，晋嵇康、向秀、王戎等經常聚會之地，在河南修武境内，後代指故友聚會或懷念故友。舊雨，指舊友。

二 二

用巧無斧鑿痕，用典無填砌痕[1]，此是晚年成就之事。若初學者，正要他肯雕刻，方去費心；肯用典，方去讀書。

【箋注】

[1] 用典：運用典故。

按：此爲經驗之談。一般來説，每一個詩人，都應該有這樣的經歷。

二 三

寶山范秀才起鳳，字瘦生，有詩癖[1]。咏梅云："微月雲際升，獨鶴踏花影。"又："風急衆香齊渡水，夜深孤月獨當天。"皆可喜也。萬華峰應馨贈云[2]："瘦真同鶴立，命若與仇謀。"其困躓可想[3]。《送别》云："酒惟可化當前淚，詩尚能傳别後情。"咏桃源云："樹木自生無税地，子孫常讀未燒書。""避地不知誰日月，成仙可惜廢君臣。"范後遭奇禍，竟得脱免，終落托以死[4]。

【箋注】

[1] 范起鳳：字紫庭，號瘦生。清江蘇寶山（今屬上海）人。諸生。有《瘦生詩鈔》。 [2] 萬華峰：萬應馨，字黍維。清江蘇宜興人。乾隆五十四年進士。官廣東仁化知縣。有《味餘樓賸稿》《雞肋編》。 [3] 困躓（zhì）：受挫於困境，顛沛窘迫。 [4] 落托：同"落拓"。貧困失意，景况凄凉。

二 四

吴下進士蘇汝礪，宰黄陂[1]。有句云："水面星疑落，船頭樹似行。"與宋人"山遠疑無樹，湖平似不流"相似[2]。吾鄉王麟徵有句云[3]："鳥翻仍戀樹，波定尚摇人。”與宋人“窺魚光照鶴，洗鉢影摇僧”相似[4]。李鐵君[5]：“鬥禽雙墮地，交蔓各升籬。”與唐人“驚蟬移別樹，鬥雀墮閒庭”相似[6]。

【箋注】

[1] 蘇汝礪（1720—1762）：字商弼、商卿，號漱亭。清江蘇常熟人。乾隆十八年選貢。任遠安、枝江、黄陂知縣。有《操縵集》《月當樓文鈔》《呺瓠雜録》。 [2]“山遠”聯：《古今詩删》和《唐詩紀事》皆説是唐韋承慶《凌朝浮江旅思》詩。《石倉歷代詩選》説是唐馬周《凌朝浮江旅思》詩。 [3] 王麟徵：王曾祥（1699—1756），字麟徵，號茨簷。清浙江仁和（今杭州）人。諸生。有《静便齋集》。 [4]“窺魚”聯：出自宋魏野《疑山石泉》。 [5] 李鐵君：李鍇，見卷三·二七注[4]。 [6]“驚蟬”聯：作者闕考。

二　五

詩情愈癡愈妙。紅蘭主人《歸途贈朱贊皇》云[1]：“大漠歸來至半途，聞君先我入京都。此宵我有逢君夢，夢裏逢君見我無？”許宜媖《寄外》云[2]：“柳風梅雨路漫漫，身不能飛着翅難。除是今宵同入夢，夢時權作醒時看。”

【箋注】

[1] 紅蘭主人：岳端（1670—1704），或作藴端、袁端，字正子，一字兼山，號玉池生，又號紅蘭主人。清宗室，初封多羅勤郡王，降貝子，坐事革爵。有《玉池生稿》《紅蘭集》《蓼汀集》《出塞詩》《揚州夢》等。 [2] 許宜媖：許權，見卷三·二〇注[1]。

二　六

吴竹橋太史見訪湖上[1]，贈詩，有“湖氣逼人將上樓”之句。范瘦生《觀梅太湖》亦云[2]：“湖光都欲上樓來。”兩意相同。吴《題揚州天寧寺》云：“鈴聲得露清如語，塔勢隨雲遠欲奔。”尤妙。

【箋注】

[1] 吴竹橋：吴蔚光，見卷一・四一注 [3]。　[2] 范瘦生：范起鳳，見本卷二三注 [1]。

二　七

歐公學韓文[1]，而所作文全不似韓，此八家中所以獨樹一幟也。公學韓詩，而所作詩頗似韓，此宋詩中所以不能獨成一家也。

【箋注】

[1] 歐公：指歐陽修。韓文：韓愈的古文。

按：袁枚主張學習古人，要得其精神、忘其形式，而不是機械模仿。否則，將不能流露真情，自成一家。

二　八

七律始于盛唐，如國家締造之初，宫室粗備，故不過樹立架子，創建規模，而其中之洞房曲室、網户罘罳[1]，尚未齊備。至中、晚而始備，至宋、元而愈出愈奇。明七子不知此理，空想挾天子以臨諸侯，於是空架雖立，而諸妙皆捐。《淮南子》曰[2]：“鸚鵡能言，而不能得其所以言。”

【箋注】

[1] 網户：有鏤空花欞的門。罘（fú）罳（sī）：宫闕中花格似網的屏風。[2]《淮南子》：見卷二・七〇注 [3]。

二　九

朱竹君以學士降編修[1]，分校得老名士程魚門[2]，京師傳爲佳話。殁後，張中翰塤哭以一律[3]，後四句云：“丹旐書銘前學士[4]，青山送葬老門生。從今前輩無人哭，拚與先生淚盡傾。”瘦銅詩多雕刻，而此獨沉着。

【箋注】

[1] 朱竹君：朱筠（1729—1781），字美叔，又字竹君，號笥河。清直隸大興（今北京）人。乾隆十九年進士。授編修。進至日講起居注官、翰林院侍讀學士。有《笥河文集》。 [2] 分校：稱科舉時校閲試卷的各房官。程魚門：程晉芳，見卷一·五注[1]。 [3] 張塤（xūn）（1640—1695）：字商言，號瘦銅、吟薌。清江蘇吴縣人。乾隆三十四年進士。官内閣中書。有《竹葉庵文集》《瘦銅詩草》《西征録》等。 [4] 丹旐（zhào）：舊時出喪所用寫明死者身份姓名的紅色旗幡。

三　〇

鄭板橋愛徐青藤詩[1]，嘗刻一印云“徐青藤門下走狗鄭燮”。童二樹亦重青藤[2]，《題青藤小像》云：“抵死目中無七子，豈知身後得中郎[3]？”又曰：“尚有一燈傳鄭燮，甘心走狗列門牆。”

【箋注】

[1] 鄭板橋：鄭燮，見卷五·五三注[2]。徐青藤：徐渭（1521—1593），字文長，號天池山人、青藤道士。明山陰（今浙江紹興）人。諸生。有《徐文長集》《四聲猿》《歌代嘯》《南詞敘録》等。 [2] 童二樹：童鈺，見卷二·七八注[1]。 [3] 七子：見卷一·三注[3]。中郎：袁宏道（1568—1610），初字孺修，改字中郎，號石公。明湖廣公安（今屬湖北）人。萬曆二十年進士。官終吏部驗封司郎中。爲公安派領袖，是晚明文學革新思潮代表。有《袁中郎全集》。

三　一

二樹名鈺，山陰詩人[1]。幼時，女史徐昭華抱置膝上[2]，爲梳髻課詩。及長，少所許可，獨於隨園詩，矜寵太過。奈從未謀面。今春在揚州，特渡江見訪。適余遊天台，相左。嗣後，寄聲欲秋間再來，余以將往揚州，故作札止之。旋爲他事滯留，到揚時，則童已殁十日矣。聞其臨終時，簾開門響，都道余之將至也。故余入哭，作輓聯云："到處推袁，知君雅抱千秋鑒；特來訪戴[3]，恨我偏遲十日期。"童病中夢二叟，自稱紫閣真人、浮白老人，手牽鶴使騎。童辭衣裝未備。真人曉以詩曰："昔從赤身來，今從赤身去。一絲且莫掛，何論麻與絮？不若五銖衣[4]，隨風自高舉。"童答云："多謝群真招我歸，殷勤持贈五銖衣。相從化鶴吾真願，要傍先人隴上飛。"吟畢，求寬期。紫閣真人立二指示之。果越二十日而卒。

二樹臨終，滿床堆詩，高尺許。所以殷殷望余者，爲欲校定其全稿而加一序故也。余感其意，爲編定十二卷。作序外，録其《黄河》云："一氣直趨海，中含萬古聲。劃開神禹甸，横壓霸王城[5]。幾見榮光出，剛逢徹底清[6]。浮槎如可借，應犯斗牛行[7]。"《金山》云："三山名勝豈尋常，彼岸居然一葦航。重叠樓臺知地少，奔騰江海覺天忙。梵音只許魚龍聽，佛面時分水月光。回首蓬萊應不遠，幾聲長嘯極蒼茫。"五言如："落花隨棹轉，隔樹看山移。""蟻閑緣水過，蜂健負花歸。""山遠雲平過，天空月直來。"《觀潮》云："一氣自開闢，衆星相動摇。"《齒落》云："無煩重漱石，所恨不關風[8]。"七言如："秋聲如雨不知處，落月帶霜還照人。""風梅落紙畫猶濕，松雪撲弦琴一鳴。""客感每從孤館集，老懷常覺暮秋多。""茶聲響雜花梢雨，簾影晴通竹塢煙。""詎有庚寅同正則？敢誇丁卯是前生[9]。""花猶解媚開如笑，水不忘情去有聲。"皆可傳也。二樹畫梅，題七古一篇，叠"鬚"字韻八十餘首，神工鬼斧，愈出愈奇。余雅不喜叠韻，而見此詩，不覺歎絶。易簀時[10]，令兒扶起，畫梅贈我。梅成，題詩三句而氣絶矣。余裝潢作跋，傳子孫，以表不識面之交情，拳拳如此。

【箋注】

[1]二樹：童鈺，見卷二・七八注[1]。　[2]徐昭華：字伊壁，號蘭癡、楓溪女史。清浙江上虞人。徐咸卿女、駱加采妻。爲毛奇齡女弟子。有《徐都講詩》。　[3]訪戴：見卷四・三六注[2]。　[4]五銖衣：輕衣，傳説神仙所服。

[5] 神禹甸：夏禹時，分中國爲九州，稱爲禹甸。霸王城：在河南滎陽廣武山上，傳説是項羽所築。 [6] 榮光：彩色雲氣。古以爲祥瑞。《初學記》引《尚書中候》："榮光出河，休氣四塞。"《拾遺記》曰："黄河千年一清，聖人之大瑞也。" [7] 浮槎：傳説中來往于海上和天河之間的木筏。典出西晋張華《博物志》。 [8] 漱石：原爲"枕石漱流"，語本《世説新語》，即以山石爲枕，以溪流漱口，形容高潔之士的隱居生活。晋孫楚年少時欲隱居不仕，將"枕石漱流"誤説成"漱石枕流"。 [9] 詎有：豈有、哪里有。庚寅：古人視庚寅爲吉日。屈原《離騒》："惟庚寅吾以降。"丁卯：指晚唐許渾自編《丁卯集》。 [10] 易簀（zé）：原意爲調换寢席，後指人病重將死。曾參病危時，讓曾元换下季孫賜給的華美的竹席。按禮制，簀只用於大夫，曾參未曾爲大夫，不當用，所以臨終時要更换床席。見《禮記・檀弓上》。

三二

蕪湖觀察張莀亭先生[1]，性耽風雅，工詩善書。有《散步》一首云："霜林落葉點人衣，散步郊原趁夕暉。禾熟更經新雨潤，雀馴常傍舊簷飛。餘霞近水添紅艷，遠岫排空接翠微。洗却纖塵天宇近，閑吟不覺帶星歸。"乙酉秋，來江寧監試[2]。余以竹葉裹粽饋之，附詩云："勸公莫負便便腹，不嚼紅霞嚼緑雲。"公和云："倘得携筇親奉訪[3]，管教嚼盡嶺頭雲。"

【箋注】

[1] 張莀（zhǐ）亭：張士範（1730—1793），字仲謨，號莀亭，又號澹園。清陝西蒲城人。乾隆二十一年舉人。官安徽池陽郡守、蕪湖觀察。有《芝亭詩草》《澹園詩草》。 [2] 乙酉：這裏指乾隆三十年（1765）。 [3] 筇（qióng）：竹杖。

三三

漢軍董元鏡在京師市上買端硯[1]，中有黄氣一縷，即《硯譜》中所謂"黄龍"也。旁題云："雖有虹貫日，竟無客入秦。可憐易水上，愁殺白衣人[2]。"

【箋注】

[1]董元鏡：字觀我，一字用晦，號石芝。清漢軍正黄旗人。曾任都察院都事、户部陝西司員外。　[2]“雖有”四語：《史記·魯仲連鄒陽列傳》：“昔者荆軻慕燕丹之義，白虹貫日。”此處喻硯及硯中的一縷黄氣，並由此而發出以下的吟咏。視硯如見白虹貫日而不見荆軻，又由紙和筆聯想到白衣人太子丹等。戰國末年衛國人荆軻奉燕太子丹之命刺殺秦王，臨行之際太子丹率衆著白衣白冠送别于易水之濱，荆軻慷慨悲歌而行。

三　四

尹文端公於近體詩[1]，推敲最細。常招陳太常星齋、申副憲笏山小集[2]。申和“廉”字云：“得天厚只論詩刻[3]，待客豐惟自奉廉。”余按：宋人亦有句云：“詩律傷嚴似寡恩[4]。”

【箋注】

[1]尹文端：尹繼善，見卷一·一〇注[3]。　[2]陳星齋：陳兆崙，見卷一·五〇注[1]。申笏山：申甫，見卷一·六六注[11]。　[3]刻：苛刻、嚴格。[4]“詩律”句：出自宋唐庚《遣興》詩。

三　五

唐有無名氏詩云：“烈風拔大樹，未拔根已露。上有寄生草，依依猶未悟[1]。”明季國事危矣，姚雪庵大司馬在朝[2]，有友畫猴兒抱藤眠枯樹上寄之，題云：“猴兒要醒而今醒，莫待藤枯樹倒時。”

【箋注】

[1]“烈風”詩：宋晁迥撰《法藏碎金録》卷八：“予思壯歲歷官之日，嘗見公館之壁上有題詩云：‘猛風拔大樹，其樹根已露。上有寄生草，青青猶未悟。’不審何人之作也。因知物理自昔而然，先覺形言警戒多矣。”《詩人玉屑》《唐才子傳》《全唐詩》説這是唐人唐備詩。唐備，昭宗龍紀元年進士。《詩話總龜》《紀纂淵海》説這是唐于濆詩。另《宋詩紀事》收此詩。　[2]姚雪庵：疑指姚子蓉，字梅長，號曉白。廣東惠州人。曾官南明兵部司務。明亡後隱居

惠州姚坑清醒泉畔。有《醒泉詩集》。然姚子蓉並不號雪庵，亦未任兵部尚書，疑爲袁枚誤記或故作隱曲。

三　六

白門張啟人句云[1]："書爲重看多折角，詩因待酌暫存雙[2]。"陳古漁亦有句云[3]："却恐好書輕看過，摺將餘頁待明朝。"

【箋注】

[1]張啟人：生平未詳。　[2]待酌：待推敲。　[3]陳古漁：陳毅，見卷一·五二注[3]。

三　七

桐城張文端公[1]，賀同館翰林某新婚云："坐對玉人無辨處，只分雲鬢與花鈿。"可想見其人之美。余故史文靖公門生，而其子抑堂少司馬[2]，則兒女親家也。壬寅二月，訪抑堂於溧陽，席間出文靖公《玉堂歸娶圖》命題。畫美少年騎馬行親迎禮於揚州許氏。事在康熙庚辰，公纔十九歲，至今八十餘年矣。抑堂笑謂余曰："親家當日亦係翰林歸娶，何不歸娶人題《歸娶圖》乎？"卷中前輩詩之最佳者，郭元釪云[3]："彩燈十道簇香輪，花滿游繮踏路塵。似有路人傳盛事，公然許史是天親[4]。"徐葆光云[5]："華燈夾道擁鳴騶，詔許乘鸞衣錦遊。十里珠簾春盡捲，誰家少婦不登樓？"蔣仁錫云[6]："宴罷紅綾樂事賒[7]，翩翩走馬帽檐斜。似聞却扇先私語，誰奪迎門利市花[8]？"余題四絶，末一首云："愧作彭宣拜後堂，絶無衣缽繼安昌[9]。算來只有歸迎事，曾學黄粱夢一場。"

【箋注】

[1]張文端：張英，見卷二·五五注[4]。　[2]史文靖：史貽直，見卷四·四一注[3]。史抑堂：史奕昂（1712—1791），字吉甫，號抑堂。史貽直次子、袁枚次婿之父。官至兵部右侍郎。　[3]郭元釪：見卷二·七五注[1]。　[4]許史：漢宣帝時外戚許氏和史氏的並稱。許爲宣帝許皇后家，史爲宣帝祖母娘家。

[5] 徐葆光（1671—1740）：榜姓潘，字亮直，號澄齋。清江蘇吴縣人。康熙五十一年進士。官編修。曾出使琉球。有《中山傳信録》《二友齋集》《海舶集》。[6] 蔣仁錫：清直隸大興（今北京）人。王士禎弟子。有《緑楊紅杏軒集》。[7] 紅綾樂事：《類説》引《紀異録》："唐僖宗食餅餡美，進士有聞喜宴，上各賜紅綾餅餡一枚。" [8] 却扇：指完婚。古代婚禮中新婦用扇遮臉，交拜後去之。利市：喜錢。 [9] 彭宣：字子佩。西漢淮陽陽夏（今河南太康）人。官至御史大夫、大司空，封長平侯。《漢書》："張禹有弟子彭宣、戴崇。崇至，禹邀入後堂飲食，婦女相對，優人弦索，昏夜乃罷。宣來，禹於便坐議論經義，未嘗得至後堂。"安昌：張禹（？—前5），字子文。河内軹（今河南濟源一帶）人。經學家，專治《論語》，兼治《易》。成帝時，任丞相，封安昌侯。

按：此類詩袁枚濫收不少。津津樂道於士大夫們的風流韻事，並不見佳，毫無必要流傳。不過從中也可見當時風氣之一斑。

三　八

人問："妓女始于何時？"余云："三代以上，民衣食足而禮教明，焉得有妓女？惟春秋時，衛使婦人飲南宫萬以酒[1]，醉而縛之。此婦人當是妓女之濫觴。不然，焉有良家女而肯陪人飲酒乎？若管仲之女閭三百[2]，越王使罷女爲士縫袵[3]，固其後焉者矣。"戴敬咸進士[4]，過邯鄲，見店壁題云："妖姬從古説叢臺[5]，一曲琵琶酒一杯。若使桑麻真蔽野，肯行多露夜深來？"用意深厚，惜忘其姓名。

【箋注】

[1] 南宫萬（？—前682）：春秋時宋大夫。後弑君叛宋奔陳，陳使人將其灌醉後送回，被宋人誅死。 [2] 管仲：見卷三・七六注[2]。女閭：官伎。[3] 罷（pí）女：指無行的女子。《國語・齊語》："罷士無伍，罷女無家。"[4] 戴敬咸：戴祖啟（1728—1783），字敬咸，别字東田，號未堂。清安徽休寧人。乾隆四十三年進士。官國子監學正。有《尚書涉傳》《春秋測義》《師華山房文集》等。 [5] 叢臺：在今河北邯鄲，相傳戰國趙武靈王爲觀看歌舞和軍隊操練，建築了一系列相連的高臺，稱叢臺。

三　九

霞裳從余遊琴溪歸[1]。次日，同游之盛明經復初以二律見投[2]。余問："盛公何句最佳？"霞裳應聲云："惟'赤鯉去千載[3]，青山留一峰'。"余曰："然。果近太白。"後三日，路遇雨。霞裳曰："偶得'雨過濕雲忙'五字。"余極稱其得雨後雲走之神，代作出句云："風停乾鵲噪。"家春圃觀察曰[4]："'噪'字對不過'忙'字，爲改'喜'字。"霞裳《過鄱陽湖》云："風能扶水立，雲欲帶山行。"亦佳。

【箋注】

[1]霞裳：劉霞裳，見卷二・三三注[2]。琴溪：在今安徽省涇縣東北，因流經琴高山而得名。　[2]盛復初：字子亨，號春谷。清浙江秀水人。乾隆四十年掌教稷山書院，四十七年主涇縣雲龍書院。有《春谷小草》《春谷詩鈔》《且種樹齋詩鈔》。　[3]赤鯉：相傳戰國時期趙國琴高，因能鼓琴而成爲宋康王舍人，浮游冀州涿郡間二百餘年，後入涿水取龍子，諸弟子待于水旁，到約定日期，高果乘赤鯉而出，觀者萬餘人，留一月，復入水去。見宋人朱長文《琴史》。　[4]春圃：袁鑒，見卷五・一注[1]。

四　〇

余在安慶許司獄席上，見小伶扇上畫一白頭公[1]，題曰："山中一隻鳥，獨立心悄悄。所歡胡不來[2]，相思頭白了。"又題蠟嘴鳥云[3]："世味嚼來渾似蠟，莫教開口向人啼。"

【箋注】

[1]白頭公：即白頭翁鳥。老時頭部羽毛變白，故名。　[2]所歡：所愛的情侶。　[3]蠟嘴鳥：一種鳥類，因嘴粗大呈黃色如蠟而得名。

四　一

高文端公第七公子，字雨亭[1]，從京師寄小照索題，畫美少年，着縑單衣，坐松石上。余題就寄去，而公子死矣。其弟廣德搜其遺稿，屬余爲序。録其《七夕》一首，云："女伴穿針乞巧時，半彎新月動相思。天邊星宿人間客，一樣明朝有别離。"咏柳云："柳色連溪碧，依依傍玉臺。門前無知己，青眼爲誰開[2]？"又："懷人隨夢去，隔世帶愁來。"皆不似富貴人語。

【箋注】

[1]高文端：高晋(1707—1779)，高佳氏。清滿洲鑲黄旗人。由國子監入仕，官至兩江總督、文華殿大學士兼禮部尚書。治河能臣。卒謚文端。高雨亭：高晋子，餘未詳。 [2]青眼：初生的柳葉如人眼，因以爲稱。

四　二

有某以詩見示，題皆"雁字""夾竹桃"之類。余謂之曰："尊作體物非不工，然享宴者，必先有三牲五鼎[1]，而後有葵菹蚳醢之供[2]；造屋者，必先有明堂大厦，而後有曲室密廬之備。似此種題，大家集中非不可存，終不可開卷便見。韓昌黎與東野聯句[3]，古奥可喜。李漢編集[4]，都置之卷尾。此是文章局面，不可不知。"

【箋注】

[1]享宴：古謂帝王飲宴群臣。三牲：牛、羊、豕。 [2]葵菹(zū)：腌葵菜。蚳(chí)醢(hǎi)：蟻子醬。 [3]韓昌黎：韓愈。東野：孟郊。 [4]李漢：字南紀。隴西成紀(今甘肅秦安一帶)人。少事韓愈，通古學。第進士。累遷左拾遺。宣宗召拜宗正少卿。曾編《昌黎先生集》。

四　三

凡作詩，寫景易，言情難。何也？景從外來，目之所觸，留心便得；情從心出，非有一種芬芳悱惻之懷，便不能哀感頑艷[1]。然亦各人性之所近：杜甫長於言情，太白不能也；永叔長於言情，子瞻不能也[2]。王介甫、曾子固偶作小歌詞[3]，讀者笑倒，亦天性少情之故。

【箋注】

[1] 芬芳悱惻：温婉纏綿。南朝梁裴子野《雕蟲論》："古者四始六藝，總而爲詩，既形四方之風，且彰君子之志，勸美懲惡，王化本焉。後之作者，思存枝葉，繁華蘊藻，用以自通。若悱惻芳芬，楚騷爲之祖；靡漫容與，相如扣其音。" [2] 永叔：歐陽修。子瞻：蘇軾。 [3] 王介甫：王安石。曾子固：曾鞏。

按：此所言情，似出於性靈派的偏見。只以"芬芳悱惻"四字，恐不足以涵蓋一切情懷。

四四

甬東顧鑒沙[1]，讀書伴梅草堂，夢一嚴裝女子來見，曰："妾，月府侍書女[2]，與生有緣。今奉敕賫書南海，生當偕行。"顧驚醒，不解所謂。後作官廣東，於市上買得葉小鸞小照[3]，宛如夢中人，爲畫《横影圖》索題。錢相人方伯有句云[4]："怪他纔解吟詩句，便是江城笛裏聲。"余按：小鸞，粤人[5]，笄年入道，受戒於月朗大師。佛法，受戒者，必先自陳平生過惡，方許懺悔。師問："犯淫否？"曰："徵歌愛唱求凰曲，展畫羞看出浴圖。""犯口過否？"曰："生怕泥污嗤燕子，爲憐花謝罵東風。""犯殺否？"曰："曾呼小玉除花虱，偶掛輕紈壞蝶衣。"

【箋注】

[1] 顧鑒沙：顧枬（1726—？），字嵩喬，號松橋、鑒沙。清浙江慈溪人。乾隆間諸生。有《伴梅草堂詩存》《秋竹詩稿》等。 [2] 月府：即月宫。[3] 葉小鸞（1616—1632）：字瓊章、瑶期。明南直隸吴江（今屬江蘇）人。葉紹袁、沈宜修之季女。工詩詞，善琴藝。十七歲許崑山張立平爲妻，未嫁而卒。有《疏香閣遺集》。 [4] 錢相人：錢琦，見卷三·二九注[6]。 [5] 粤人：葉小鸞實爲吴江人，此爲袁枚誤記。

四　五

余在杭州，杭人知作《詩話》，争以詩來，求摘句者，無慮百首。余只愛朱亦籛《春晚書懷》云[1]：“春當三月原如客，人過中年欲近僧。”沈菊人一聯云[2]：“雙雀露濃移別樹，孤螢風静引歸人。”福建女子林氏《賀黄莘田重赴鹿鳴》云[3]：“丹桂花開六十秋，振衣人到廣寒遊[4]。嫦娥細認曾相識，前度人來竟白頭。”

【箋注】

[1]朱亦籛（jiān）：朱彭（1731—1803），字亦籛，號青湖。清浙江錢塘人。歲貢生。有《南宋古迹考》《吴山遺事詩》《西湖遺事詩》《抱山堂詩集》。　[2]沈菊人：沈萌，字遇春，號菊人。清浙江仁和人。　[3]黄莘田：黄任，見卷四・四九注[1]。　[4]丹桂：指登科及第之人。相傳月中有桂樹，因以月中折桂比喻科舉及第。

四　六

周德卿之言曰[1]：“文章徒工于外者，可以驚四筵，不可以適獨坐。”斯言也，余頗非之。文章非比陰德[2]，不求人知。景星慶雲[3]、明珠美玉，誰不一見即知寶貴哉？吟蛩唧唧、囈語愔愔，彼雖自鳴得意，豈足傳之不朽？得之雖苦，出之須甘；出人意外者，仍須在人意中。古名家皆然。況四座之驚，有知音，有不知音；獨坐之適，有敝帚之享，有寸心之知[4]。不可一概而論。

【箋注】

[1]周德卿：周昂（約1162—1211），字德卿。金真定（今河北正定）人。年二十四中進士。官沁南軍節度同知。詩學杜甫，文崇韓愈。《中州集》録其詩百首。　[2]陰德：暗中做的有德於人的事。　[3]景星慶雲：吉星祥雲，比喻吉祥的徵兆。　[4]敝帚：語出曹丕《典論・論文》：“里語曰：‘家有敝帚，享之千金。’斯不自見之患也。”寸心：語出杜甫《偶題》：“文章千古事，得失寸心知。”

按："文章工於外而拙於內者，可以驚四筵，而不可以適獨坐；可以取口稱，而不可以得首肯。又云：文章以意爲主，以言語爲役。主强而役弱，則無令不從。今人往往驕其所役，至跋扈難制，甚者反役其主，雖極辭語之工，而豈文之正哉！"這是元好問編《中州集》介紹周昂的一段完整的文字，讀此有助於理解原意。

四 七

司空表聖論詩[1]，貴得味外味。余謂今之作詩者，味内味尚不能得，况味外味乎？要之，以出新意、去陳言，爲第一著。《鄉黨》云[2]："祭肉不出三日，出三日，則不食之矣。"能詩者，其勿爲三日後之祭肉乎！

【箋注】

[1]司空表聖：司空圖，見卷五·三三注[4]。 [2]《鄉黨》：《論語》中的一篇。

四 八

博士賣驢，書券三紙，不見"驢"字[1]，此古人笑好用典者之語。余以爲，用典如陳設古玩，各有攸宜[2]。或宜堂，或宜室，或宜書舍，或宜山齋，竟有明窗净几，以絶無一物爲佳者，孔子所謂"繪事後素"也[3]。世家大族，夷庭高堂[4]，不得已而隨意横陳，愈昭名貴；暴富兒自誇其富，非所宜設而設之，置械窬於大門，設尊罍於卧寢[5]，徒招人笑。吴西林云[6]："詩以意爲主，以辭采爲奴婢。苟無意思作主，則主弱奴强，雖僮指千人[7]，唤之不動。古人所謂詩言志，情生文，文生韻，此一定之理。今人好用典，是無志而言詩；好叠韻，是因韻而生文[8]；好和韻，是因文而生情[9]。兒童鬥草[10]，雖多亦奚以爲！"

【箋注】

[1]博士賣驢：事詳《顔氏家訓》。 [2]攸宜：所適宜。 [3]繪事後素：

語出《論語·八佾》。謂先以粉地爲質，而後施五采，猶人有美質，然後可加文飾。這裏喻指不用一典，重在美質，不加文飾。［4］夷庭：平正的庭院。［5］樾（wēi）窬（yú）：馬桶。尊罍（léi）：泛指酒器。［6］吴西林：吴穎芳，見卷五·五七注［1］。［7］僮指：奴婢。［8］叠韻：見卷一·六注［1］。［9］和韻：見卷一·六注［1］。［10］鬥草：古代端午節的一種遊戲。以草爲比試之物，或鬥草的韌性，或鬥品種多寡，或巧對花草名。

四　九

欲作佳詩，先選好韻。凡其音涉啞滯者、晦僻者，便宜棄捨。“葩”即“花”也，而“葩”字不亮；“芳”即“香”也，而“芳”字不響。以此類推，不一而足。宋、唐之分，亦從此起。李、杜大家，不用僻韻，非不能用，乃不屑用也。昌黎鬥險，掇《唐韻》而拉雜砌之[1]，不過一時遊戲，如僧家作盂蘭會[2]，偶一佈施窮鬼耳，然亦止于古體、聯句爲之。今人效尤務博，竟有用之於近體者。是猶奏雅樂而雜侏儒[3]，坐華堂而宴乞丐也，不已傎乎[4]！

【箋注】

［1］昌黎：韓愈。《唐韻》：一種韻書，唐孫緬撰。［2］盂蘭會：即盂蘭盆會。佛教徒傳統節日，農曆七月十五日。盂蘭，梵語意爲“救倒懸”。此日設壇放焰，梵唄鐘鼓，念經祭祀，賑孤施食，爲亡魂超度。［3］侏儒：古代表演雜伎或以滑稽動作引人笑樂的矮小藝人。［4］傎（diān）：荒唐。

五　〇

唐人近體詩，不用生典[1]。稱公卿，不過臯、夔、蕭、曹[2]；稱隱士，不過梅福、君平[3]；叙風景，不過夕陽、芳草；用字面，不過月、露、風、雲。一經調度，便日月嶄新。猶之易牙治味[4]，不過雞猪魚肉；華陀用藥[5]，不過青粘漆葉。其勝人處，不求之海外異國也。余《過馬嵬弔楊妃》詩曰：“金鳥錦袍何處去，只留羅襪與人看[6]？”用《新唐書·李石傳》中語，非僻書也，而讀者人人問出處。余厭而删之，故此詩不存集中。

【箋注】

[1]近體詩：見卷五·四〇注[2]。生典：生僻典故。 [2]臯、夔：指遠古傳説中的臯陶和夔，均爲舜時之臣，臯爲刑官，夔爲樂正。蕭、曹：指漢初蕭何、曹參，均爲開國功臣。 [3]梅福：字子真。西漢九江壽春（今安徽壽縣）人。少學于京城長安，爲郡文學，補南昌縣尉。後辭官歸里。王莽專權後，乃棄妻子隱居南昌西北飛鴻山。人以梅仙稱之。君平：嚴遵（前87—約前6），字君平。蜀郡（今四川成都）人，西漢隱士，以卜筮自養。閉門著書，一生不仕。有《道德真經指歸》。 [4]易牙：又名狄平。春秋時齊桓公的幸臣，以善於烹飪著稱。[5]華陀（約145—208）：名敷，字元化。東漢名醫。沛國譙（今安徽亳州一帶）人。 [6]金烏錦袍：典出《舊唐書》卷一百七十三："朕聞前時内庫唯二錦袍，飾以金烏，一袍玄宗幸温湯御之，一即與貴妃。"羅襪：此指楊貴妃死後留下的絲羅襪。劉禹錫《馬嵬行》："不見巖畔人，空見淩波襪。"

五一

王夢樓云[1]："詞章之學，見之易盡，搜之無窮。今聰明才學之士，往往薄視詩文，遁而窮經注史。不知彼所能者，皆詞章之皮面耳。未吸神髓，故易於決捨。如果深造有得，必愁日短心長，孜孜不及，焉有餘功旁求考據乎？"予以爲君言是也。然人才力各有所宜，要在一縱一横而已。鄭、馬主縱[2]，崔、蔡主横[3]，斷難兼得。余嘗考古官制，檢搜群書，不過兩月之久；偶作一詩，覺神思滯塞，亦欲於故紙堆中求之。方悟著作與考訂兩家，鴻溝界限，非親歷不知。或問："兩家孰優？"曰："天下先有著作，而後有書，有書而後有考據。著述始於三代六經[4]，考據始於漢、唐注疏。考其先後，知所優劣矣。著作如水，自爲江海；考據如火，必附柴薪。'作者之謂聖'，詞章是也；'述者之謂明'，考據是也[5]。"

【箋注】

[1]王夢樓：王文治，見卷二·三〇注[1]。 [2]鄭、馬：指東漢鄭玄、馬融，均以治經著稱。 [3]崔、蔡：指東漢崔駰、蔡邕，均以文章著稱。 [4]三代：

指夏、商、周三朝。六經：指詩、書、禮、樂、易、春秋。［5］作者、述者：《禮記·樂記》："故知禮樂之情者能作，識禮樂之文者能述。作者之謂聖，述者之謂明。"

按：寫詩與做學問，鴻溝界限，非親歷不知。談得好。從以上數則，可以看出袁枚的詩觀，可圈可點。

五　二

余任江寧時，送尹文端公移督廣州[1]，云："天上本無常照月，人間還有再來春。"未五年，果仍督江南。

【箋注】

［1］尹文端：尹繼善，見卷一·一〇注［3］。

五　三

元相稱韓舍人詩[1]："欲得人人服，能教面面全。"又曰："玉磬聲聲徹，金鈴個個圓。"韓舍人，即昌黎也。昌黎硬語橫空，而元相以此二聯稱之。此中消息，非深於詩者不知。

【箋注】

［1］元相：元稹，見卷一·二〇注［11］。此處所引二聯出自元稹《見人咏韓舍人新律詩因有戲贈》一詩。

按：深於詩者，纔知詩藝的偏中之全、澀中之圓。全中得偏，偏表現爲特色；圓中得澀，澀表現爲陌生。然偏與澀終不離全與圓，此即韓愈的盤空硬語。

五　四

懷古詩，乃一時興會所觸，不比山經地志，以詳核爲佳。近見某太史《洛陽懷古》四首，將洛下故事搜括無遺，竟有一首中使事至七八者[1]。編湊拖沓，茫然不知作者意在何處。因告之曰："古人懷古，只指一人一事而言。如少陵之《咏懷古迹》，一首武侯，一首昭君，兩不相羼也。劉夢得《金陵懷古》，只咏王濬樓船一事[2]，而後四句，全是空描。當時白太傅謂其'已探驪珠，所餘鱗甲無用[3]'，真知言哉！不然，金陵典故，豈王濬一事？而劉公胸中，豈止曉此一典耶？"

【箋注】

[1]使事：用典故。 [2]劉夢得：劉禹錫，見卷一·四二注[10]。王濬（206—286）：字士治。西晋弘農湖縣（今河南靈寶）人。晋武帝伐吴，濬與杜預等主戰，大造艦船，訓練水軍。後用計謀使吴軍鐵鎖沉江，率軍順江東下，直抵建業。吴亡。 [3]白太傅：白居易。驪珠：寶珠，傳説出自驪龍頷下。此處喻精華内容。

五　五

松江有徐媛者，十峰先生之女[1]。黄石牧太史述其《續綉餘集》一絶云[2]："仰視天無星，俯視月如霜。月正人影短，月斜人影長。"其母張夫人能詩[3]，所云"續綉餘"者，以母夫人先有此集名也。

【箋注】

[1]徐媛：徐賢，字省齋。清江南華亭人。徐基女、貢生沈迪德妻。著《續綉餘草》。十峰：徐基，字宗項，號十峰、後坡。清江南華亭人。由嘉定學廪貢生官蕭縣訓導。有《十峰集》。 [2]黄石牧：黄之雋，見卷三·一二注[2]。[3]張夫人：張汝傳。張淵懿從女、徐基妻。著《綉餘草》二卷。

五　六

黄石牧太史未遇時，館于青浦盛氏。范笏溪先生訪之，爲閽人所阻[1]，懊惱而返。華亭至青浦，已百里矣。黄知之，深不自安，贈詩云："高鴻渺渺過無迹，凡鳥匆匆去未題[2]。妒殺緑楊絲萬縷，曾牽范舸在長堤[3]。"後海寧陳文簡公延石牧於家[4]，范所薦也。范於黄爲先輩。

范卒後，黄爲序其《四香樓詩集》，而述其在葉忠節公席上贈欠山詩云[5]："有客夜歸迷舊路，隔村樹黑遠疑山。"

【箋注】

[1]范笏（hù）溪：范纘（zuǎn）（1651—1710），字武功，號笏溪。清江蘇婁縣（今屬上海）人。太學生。有《四香樓集》。閽人：守門人。 [2]凡鳥：西晋時吕安訪問好友嵇康，恰巧康不在家。康兄嵇喜出來迎接，吕安因嵇喜平庸而未進門，在門上寫了一個"鳳"字就走了。"鳳"字可拆成"凡鳥"二字，暗喻嵇喜爲凡鳥，即平庸之輩。後因用"題鳳""題凡鳥"喻指訪友不遇。 [3]范舸：指范笏溪所乘船。 [4]陳文簡：陳元龍，見卷四·二六注[1]。[5]葉忠節：葉映榴（1642—1688），字蒼巖，號丙霞。清上海人。順治十八年進士。官至湖北糧儲道。康熙二十七年，死夏逢龍之役。贈工部右侍郎，謚忠節。有《葉忠節公遺稿》。

五　七

余幼時家貧，除"四書""五經"外，不知詩爲何物。一日，業師外出[1]，其友張自南先生携書一册[2]，到館求售，留札致師云："適有亟需，奉上《古詩選》四本，求押銀二星[3]。實荷再生，感非言罄。"予舅氏章升扶見之，語先慈曰[4]："張先生以二星之故，而詞哀如此，急宜與之。留其詩可，不留其詩亦可。"予年九歲，偶閲之，如獲珍寶。始《古詩十九首》，終於盛唐。伺業師他出，及歲終解館時，便吟咏而摹仿之。嗚呼！此余學詩所由始也。自南先生其益我不已多乎！

【箋注】

[1]業師：教育過自己的老師。此指袁枚的啟蒙老師史玉瓚，參卷九·一六。[2]張自南：生平未詳。 [3]二星：二兩。 [4]先慈：已經過世的母親。

按：袁枚對此念念不忘，也印證了他成名後的詩學觀念，學詩當從幼年開始，從而一生得其沾溉。

五　八

阮亭尚書自言一生不次韻[1]，不集句[2]，不聯句[3]，不叠韻[4]，不和古人之韻[5]。此五戒，與余天性若有暗合。

【箋注】

[1]阮亭：王士禛，見卷一・五四注[1]。次韻：指依他人詩中的韻字次第作詩。 [2]集句：采集古人現成詩句以成詩。 [3]聯句：詩人輪流分吟詩句，聯合而成的集體創作形式。 [4]叠韻：此指用相同的韻字寫多首詩。 [5]和古人韻：依照古人詩之原韻作詩。

五　九

甲辰秋，余在廣州，有傳蔣苕生物故者[1]。未幾，接苕生手書，方知訛傳。到桂林，告岑溪令李獻喬明府[2]。李喜，口號一絶云："狂生有待兩公裁，未便先期一嶽摧。豈爲路逢章子厚，端明已自道山回[3]。"李心折袁、蔣兩家詩，與趙雲松同癖[4]。

【箋注】

[1]蔣苕生：蔣士銓，見卷一・二三注[2]。物故：死亡。 [2]李獻喬：字子喬、義堂，號少鶴。清山東高密人。乾隆三十年拔貢，四十一年召試舉人。官岑溪知縣、歸順知府。袁枚遊廣西，見其詩，歎爲今之蘇軾，與之唱酬。有《少鶴内集》《鶴再南飛集》《龍城集》《賓山續集》等。 [3]章子厚：章惇（1035—1105），字子厚。北宋建州浦城（今屬福建）人。舉嘉祐進士。官至尚書左僕射，兼門下侍郎。端明：指蘇東坡。蘇軾曾歷端明殿、翰林侍讀兩學士。馮夢龍《古今笑史》："蘇東坡在惠州，天下傳其已死。後七年，北歸，時章丞相方貶雷州。東坡見南昌太守葉祖洽。葉問曰：'世傳端明已歸道山，今尚爾遊戲人間耶？'坡曰：'途中見章子厚，乃回返耳。'"道山：仙山，此指人死魂歸之處。 [4]趙雲松：趙翼，見卷二・三三注[4]。

六　〇

余在桂林，淑蘭女弟子偶過隨園[1]，題壁見懷云："爲訪桃源偶駐車，仙雲何處落天涯？喜看幾筆簪花字，猶領春風護絳紗[2]。""幾度蒙招未得過，居然人似隔天河。偷公朝考句。非關學得嵇康懶[3]，半爲風多半病多。"

【箋注】

[1]淑蘭：陳淑蘭，見卷三·二〇注[3]。　[2]簪花字：古代書體的一種，後泛指書法娟秀工整者。　[3]嵇康懶：三國魏名士嵇康在《與山巨源絶交書》中自稱"疏懶"。

六　一

戊辰秋，余宰江寧[1]，將乞病歸，適長沙陶士璜方伯調任福建[2]，路過金陵，謂余曰："子現題陞高郵州，憲眷如此[3]，年方三十，忽有世外之志，甚非所望於賢者也。"余雖未從其言，而至今感其意。甲辰在廣州[4]，遇方伯之孫誦乃祖《買書歌》曰："十錢買書書半殘，十錢買酒酒可餐。我言舍酒僮曰否，咿唔萬卷不療饑。斟酌一杯酒適口，我感僮言意良厚。酒到醒時愁復來，書堪咀處味逾久。淳于豪飲能一石，子建雄才得八斗[5]。二事我俱遜古人，不如把書聊當酒。雖然一編殘字半蠹魚，區區蠡測我真愚[6]。秦灰而後無完書！"

【箋注】

[1]戊辰：這裏指乾隆十三年（1748）。宰：宰治、管理。此指任江寧知縣。[2]陶士璜（？—1752）：一作"陶士僙"。字中少，號毅齋。清湖南寧鄉人。雍正元年舉人。歷官福建布政使。有《鳳岡詩鈔》《豫章集》等。　[3]題陞高郵州：兩江總督尹繼善、江蘇布政使王師曾舉薦袁枚爲高郵知州，後因事受阻而未果。憲眷：上官的恩賜。　[4]甲辰：這裏指乾隆四十九年（1784）。[5]淳于：淳于髡（kūn），戰國齊贅婿，滑稽多辯。髡勸齊威王罷長夜之飲時曾説："當此之時，髡心最歡，能飲一石。"見《史記·滑稽列傳》。子建：曹植，

見卷二・四七注[9]。　[6]蠹魚：一種蛀書的蟲。蠡測：用瓠瓢來測量海水的深度，比喻見識短淺。

六　二

同年李湖[1]，字又川，巡撫廣東，以清嚴爲政。輿人歌云[2]：“廣東真樂土，來了李巡撫。”聖眷甚隆，而積勞成疾。薨時，香亭往送入殮[3]，見公面目手足作黄金色，光耀照人，亦一奇也！巡撫貴州，《入境口號》云：“雙旌遥指貴陽城，紫蓋紅旗夾道迎。自愧書生當重任，不知何以報昇平！”

【箋注】

[1]李湖（？—1781）：字又川。清江西南昌人。乾隆四年進士。官至巡撫。謚恭毅。有《李恭毅遺稿》。　[2]輿人：衆人。《國語・楚語上》：“近臣諫，遠臣謗，輿人誦，以自誥也。”　[3]香亭：袁樹，見卷一・五注[3]。

六　三

周櫟園論詩云[1]：“學古人者，只可與之夢中神合，不可使其白晝現形[2]。”至哉言乎！

【箋注】

[1]周櫟園：周亮工，見卷三・一四注[1]。此處爲襲用明人倪元璐語。《倪文貞集》卷七《陳再唐海天樓書藝序》云：“夫用古如懷遠人，可使其夢中神合，不可使其白晝形見魅出。”　[2]“只可”二語：意爲只能取其神，不能僅取其形；只能活學，不能照搬。夢中神合，是一種活的形象；白晝現形，只是鬼影綽綽。

六　四

乙丑[1]，余宰江寧。有張漱石名堅者，持故人陳長卿札[2]，求見，贈云：“他年霖雨知何處，記取煙波有釣徒[3]。”後歲丙子，同楊洪序來隨園[4]，年七十餘，喜所居不遠，月下時時過從。别三十年，杳無音耗。丙午二月[5]，過洪武街，遇老人，乃其子也，方知先生八十三歲，委化陝中[6]。爲黯然者久之。次日，其子抱先生全集，屬爲點定。《偶成》云："細雨瀟瀟欲曉天，半床花影伴書眠。朦朧正作思鄉夢，隔院棋聲落枕邊。"鄂文端公爲蘇藩司[7]，選《南邦黎獻集》，擢君第三。

【箋注】

[1] 乙丑：這裏指乾隆十年（1745）。 [2] 張漱石：張堅（1681—1771），字齊元，號漱石、洞庭山人。清江蘇上元人。有《玉燕堂四種》。陳長卿：陳滋，字長卿。清江蘇陽湖人。 [3] 霖雨：康熙《賜大學士馮溥》："望切巖廊重，人思霖雨賢。"此喻袁枚。煙波釣徒：唐詩人張志和曾自稱"煙波釣徒"，後因以喻隱士，此爲張堅自比。 [4] 楊洪序：生平未詳。 [5] 丙午：這裏指乾隆五十一年（1786）。 [6] 委化：隨順自然的變化，婉指死亡。[7] 鄂文端：鄂爾泰，見卷一·一注[7]。藩司：明清時布政使的别稱。

六　五

苕生携婦遊攝山[1]，余寄詩調之。苕生答云："樵夫汲婦互穿雲，老佛低眉苦不分。客路偶然携眷屬，遊蹤未必感星文[2]。漫勞史筆傳佳話，却被山靈識細君[3]。誰與洪厓描小影？鹿皮冠伴水田裙[4]。"

【箋注】

[1] 苕生：蔣士銓，見卷一·二三注[2]。 [2] 星文：星象、星神。[3] 山靈：山神，山的精靈。細君：古稱諸侯之妻，後爲妻室的通稱。《漢書·東方朔傳》："歸遺細君，又何仁也？"注："細君，朔妻之名也。一説：細，小也。朔則自比於諸侯，謂其妻曰小君。" [4] 洪厓：傳説爲黄帝的樂官伶倫的仙號，其人修成仙道，在堯的時代已經三千歲了。後泛指超然世外、遨遊四方的人。此爲苕生自喻。鹿皮冠：古代隱士所戴的鹿皮帽。水田裙：以各色零碎錦料縫製而成的裙子。

六　六

余得紹興十八年《題名碑》[1]，朱子乃五甲進士也[2]。王葑亭中翰戲題云[3]：“若使當時無五甲，先生也合落孫山。”朱子小名沈郎，亦載碑中。

【箋注】

[1]《題名碑》：進士及第後題名的碑石拓本。　[2]朱子：朱熹，見卷二·四四注[3]。五甲進士：宋代科舉考試分進士等第爲五等，稱五甲。第一甲，賜進士及第並文林郎；第二甲，賜進士及第並從事郎；第三、四甲，賜進士出身；第五甲，賜同進士出身。清代只有三甲。　[3]王葑亭：王友亮（1742—1797），字景南，號葑亭。清安徽婺源（今屬江西）人。乾隆四十六年進士。官至太僕寺少卿、通政司副使。有《葑亭文集》《雙佩齋集》《金陵雜咏》等。

六　七

武將能詩，皆由天授。劉大刀名綎，本姓龔，湖廣人[1]。其七世孫某來作江寧都司，誦其先人遺句云：“剪髮接繮牽戰馬，拆袍抽綫補旌旗。胸中多少英雄淚，灑上雲藍紙不知[2]！”戚繼光亦有警句云[3]：“風塵已老塞門臣，欲向君王乞此身。一夜秋霜零短鬢，明朝不是鏡中人！”

【箋注】

[1]劉綎（1556—1619）：字省吾。都督劉顯子。明江西南昌人。以蔭爲指揮使。所用鑌鐵刀一百二十斤，馬上輪轉如飛，世稱“劉大刀”。以功累官左都督。出關攻後金，力戰死。　[2]雲藍紙：一種常用來寫信寫詩的紙，藍色而有雲狀圖案。　[3]戚繼光（1528—1587）：字元敬，號南塘。明山東登州（今煙臺一帶）人。抗倭名將、軍事家。官至總兵。有《紀效新書》《止止堂集》。

六　八

乾隆丙辰，唐公莪村爲太常寺卿[1]。余鴻詞報罷後，袖詩走謁，公奇賞之。次日，即托其西席朱君佩蓮道意[2]，欲以從女見妻[3]。余以聘定辭，公爲惋惜。至今感不能忘，垂五十年矣。甲辰到端州，見公《贈關廟瑞公上人》一律云："何因來古寺，冷落二年羈。性拙宜僧樸，身危仗佛慈。險夷無定象，夢幻有醒時。一笑成今別，前途最汝思。"紙尾注云："甲子冬，緣事來肇慶，羈棲二年。今丙寅夏，將之任山左，賦詩留别。"蓋公任廣西方伯時，待鞫到此所作[4]。後巡撫江西，三仕三已，以官壽終。名綏祖，揚州人。

【箋注】

[1] 唐莪（é）村：唐綏祖（1686—1754），字孺懷，號莪村。清江蘇江都人。雍正元年舉人。曾授太常寺少卿，官至西安布政使。　[2] 西席：家庭教師。朱佩蓮：字玉階，號東江、稼經。清浙江海鹽人。　[3] 從女：侄女。[4] 待鞫（jú）：等待審訊。

六　九

余過永州，時值冬月，遠望禿樹上立數鷺鷥[1]，疑是木蘭花開，方憶戴雪村先生"高湍散作低田雨，白鳥棲爲遠樹花"二句之妙[2]。

【箋注】

[2] 鷺鷥：即鷺，一種體型較大的涉禽，其頭頂、胸、肩、背部皆生長毛如絲。　[2] 戴雪村：戴瀚，見卷一・六四注 [6]。高湍：高處急流的水。

按：雖是小景小語，留心而得，也頗爲可喜。

七　〇

周元公云[1]："白香山詩似平易，間觀所存遺稿，塗改甚多，竟有終篇不留一字者。”余讀公詩云：“舊句時時改，無妨悦性情[2]。”然則元公之言信矣。

【箋注】

[1]周元公：此處有誤。周元公，通常指北宋著名理學家周敦頤，卒謚元公。但未見周敦頤有此論。汪立名編《白香山詩集》中《詩解》一詩後的按語云：“平園周必大曰：‘香山詩語平易，疑若信手而成者，間觀遺稿，則竄定實多，觀此詩信然。’”另，宋胡仔《漁隱叢話前集》卷八：“張文潛云：‘世以樂天詩爲得於容易，而未嘗於洛中一士人家，見白公詩草數紙，點竄塗之，及其成篇，殆與初作不侔。’”宋魏慶之《詩人玉屑》所載亦同。至於“有終篇不留一字者”，據多處記載，是評論歐陽修作文之語。 [2]“舊句”聯：出自白居易《詩解》。

七一

王荆公矯揉造作[1]，不止施之政事也。王仲圭“日斜奏罷長楊賦，閑拂塵埃看畫牆”句[2]，最渾成。荆公改爲“奏賦長楊罷”，以爲如是乃健。劉貢父“明日扁舟滄海去，却從雲裏望蓬萊”[3]，荆公改“雲裏”爲“雲氣”，幾乎文理不通。唐劉威詩云[4]：“遥知楊柳是門處，似隔芙蓉無路通。”荆公改爲“漫漫芙蓉難覓路，蕭蕭楊柳獨知門。”蘇子卿咏《梅》云[5]：“祗應花是雪，不悟有香來。”荆公改爲“遥知不是雪，爲有暗香來。”活者死矣，靈者笨矣！

【箋注】

[1]王荆公：王安石，見卷一・四六注[2]。 [2]王仲圭：疑指王欽臣（約1034—約1101），實字仲至。宋應天府宋城（今河南商丘）人。以父蔭入官。文彦博薦試學士院，賜進士及第。有《廣諷味集》。 [3]劉貢父：劉攽，見卷五・三四注[5]。 [4]劉威：唐會昌時詩人，其詩多羈旅失意之悲，餘不詳。[5]蘇子卿：南朝時陳人，今存詩五首，餘不詳。

按：從政事到詩文，袁枚對王安石的看法不無偏頗，這裏所舉王詩數例，談不上矯揉造作、文理不通。

七　二

余遊南嶽，往謁衡山令許公。其僕人張彬者[1]，沅江人，年二十許，見余名紙，大喜，奔告諸幕府，以得見隨園叟爲幸。既而許公招飲，命彬呈所作詩，有“湖邊芳草合，山外子規啼”“遠岫碧雲高不落，平湖螢火住還飛”之句，果青衣中一異人也[2]。性無他嗜，酷好吟咏，主人賞婚費，乃不聘妻，而盡以買書。

【箋注】

[1] 張彬：生平如上，餘不詳。　[2] 青衣：僕人。

七　三

全祖望字謝山[1]，以丙辰春闈先入詞館，故九月間不與鴻博之試。丁巳散館外用，謝山不樂，賦詩呈李穆堂侍郎云[2]：“生平坐笑陶彭澤，豈有牽絲百里才[3]？秫未成醪身已去，先幾何待督郵來[4]？”有乩仙傳謝山爲錢忠介公後身者[5]，故有《舉子》詩云：“釋子語輪回[6]，聞之輒加嗔。有客妄附會，云我具夙根。琅江老督相[7]，於我乃前身。一笑妄應之，燕説謾云云[8]。”按謝山年三十六，方娶滿洲學士春臺之女[9]，逾年舉子。時忠介公後人名芍亭者，侵晨入賀。謝山驚曰：“何知之神耶？”芍亭曰：“夜來寒影堂中，不知何人揚言曰：‘謝山得子。’故來賀耳。”此事，朱心池爲余言之[10]。余悔在都見謝山時不曾一問。

【箋注】

[1] 全祖望：見卷五·七三注[4]。　[2] 李穆堂：李紱，見卷四·七三注[4]。[3] 陶彭澤：陶潛，曾爲彭澤令。牽絲：五代王仁裕《開元天寶遺事》卷上載，唐宰相張嘉貞想擇郭元振爲婿，因命五個女兒各牽一色絲綫，請郭元振在幔外牽絲爲定，結果選中第三個女兒。後因以代稱婚姻締結。百里才：舊指能治理一縣的人才。全祖望爲乾隆元年進士，選翰林院庶吉士。因受大學士張廷玉排斥，以知縣用。遂辭官歸里。所以他發牢騷説：“我哪有郭元振那般能被宰相

相中的才華，又哪里有治理一縣的才能？” [4]秫未成醪：粱米還未做成酒。陶淵明做彭澤令時，讓官田都種秫，以便做酒。酒未做成，他就辭官歸里。先幾：預先洞知細微。督郵：郡太守的屬吏，在督送郵書外，還代表太守督察縣鄉，宣達教令，兼掌獄訟捕亡等事。 [5]乩（jī）仙：扶乩時請托的神靈。錢忠介：錢肅樂（1606—1648），字希聲，一字虞孫，號止亭。明浙江鄞縣人。崇禎十年進士。累官刑部員外郎。杭州陷，擁魯王抗清。官東閣大學士兼吏部尚書。卒殯琅江，謚忠介。有《正氣堂集》。 [6]“釋子”句：佛教有生死輪回之説。故有人相傳全祖望是同鄉錢忠介托生而來。全祖望不信此説。 [7]琅江老督相：指錢忠介。琅江堂，即正氣堂，錢忠介室名。 [8]燕説：“郢書燕説”的省稱。郢人夜書燕相國書，火不明，謂持燭者云：“舉燭。”因誤將“舉燭”書入，而燕相則解釋爲尚明、任賢之義。典出《韓非子·外儲説》。後比喻穿鑿附會、扭曲原意。 [9]春臺：字錫祺，姓索佳氏。清滿洲正黄旗人。康熙五十二年進士。官至翰林院侍讀學士。 [10]朱心池：朱錦，字心池。清湖南芷江（今懷化）人。乾隆三十年拔貢。官廣西上林知縣。

七　四

余在粤，自東而西，常告人曰：“吾此行，得山西一人、山東一人。”山西者，普寧令折君遇蘭[1]，字霽山；山東者，岑溪令李君憲喬[2]，字義堂。二人詩有風格，學有根柢，皆風塵中之麟鳳也。折君見贈五首，録其二云：“南國多芙蓉，北地饒冰雪。風土固自殊，氣類有差别。如何邂逅間，投契若符節[3]？蘭馨蕙自芬，松茂柏乃悦。物理有如斯，心知不容説。”“經年廢吟咏，對客類喑啞。豈無風人懷？所嗟和者寡。今逢袁夫子，方寸有爐冶。隻字精搜羅，篋衍重包裹[4]。敬宗詎不聰[5]，能知世有我。自慚苦窳姿[6]，一顧成碩果。於我雖無加，益以成公大。誰能充是心，用以宰天下？”李君於余起行時，道送不及，到泉州後寄詩云：“岸邊雙樹林，來對兀沉沉。掛席去已遠，别醪空自斟。煙寒過客少，江色暮樓深。誰識此時際，寥寥千載心[7]？”《湘上》云：“孤月無人處，扁舟先雁來。”皆高淡可喜。

【箋注】

[1] 折遇蘭（？—1793）：字佩湘，號霽山。清山西陽曲人。乾隆二十五年進士。官廣東揭陽、普寧等知縣。有《看雲山房詩草》。 [2] 李憲喬：見本卷五九注 [2]。 [3] 符節：古代符信之一種，以金玉竹木等製成，上刻文字，分爲兩半，使用時以兩半相合爲驗。 [4] 篋衍：方形竹箱，是盛物之器。[5] 敬宗：許敬宗（592—672），字延族。杭州新城（今富陽一帶）人。唐十八學士之一。官至中書令、右相、太子少師。宋朱勝非撰《紺珠集》卷三："唐許敬宗性輕，見人多忘之，或謂其不聰，乃曰：'卿自難記，若遇曹、劉、沈、謝，暗中摸索亦可識也。'" [6] 苦窳（yǔ）：器物粗劣、多疵病，詩人自比。[7] 寥寥：寂寞。

七　五

己亥三月[1]，小住西湖。有李明府名天英者[2]，號蓉塘，四川詩人，特來見訪。録其《雪後寄施南田》云："雪汁初融瓦，寒光已在天。大江回望處，清影兩蕭然。忽發山陰興，思乘訪戴船[3]。風濤夜未息，目斷小姑前[4]。"他如："遠夢摇孤榜[5]，殘星落酒旗。""野鷗時避槳，旅雁自爲群。"李松圃郎中稱其詩有奇氣[6]。信然。

【箋注】

[1] 己亥：這裏指乾隆四十四年（1779）。 [2] 李天英（1733—1803）：字星九，號約庵、蓉塘。清四川永川（今重慶一帶）人。乾隆二十一年舉人。官貴州開泰知縣。有《居易堂詩鈔》《平山堂倡和詩》。 [3] 訪戴：見卷四・三六注 [2]。 [4] 小姑：見卷二・二四注 [1]。 [5] 孤榜：孤舟。榜，船槳。 [6] 李松圃：李秉禮（1748—1830），字松圃、敬之，號韋廬。清江西臨川（今撫州一帶）人。官刑部江蘇司郎中。有《韋廬詩内外集》。

七　六

金陵閨秀陳淑蘭[1]，受業隨園，綉詩見贈云："儂作門生真有幸，碧桃種向彩雲邊[2]。"張秋厓孝廉見而和云[3]："書生未列扶風帳[4]，慚愧佳人賦彩雲。”秋厓詩筆清雅，《鄴城九日》句云：“楓葉落殘孤閣雨，菊花開盡故鄉心。”

【箋注】

[1] 陳淑蘭：見卷三·二〇注[3]。 [2] 儂：我。“碧桃”句：典出唐高蟾詩《下第後上永崇高侍郎》：“天上碧桃和露種，日邊紅杏倚雲栽。” [3] 張秋厓：生平未詳。孝廉：明清兩代對舉人的稱呼。 [4] 扶風帳：見卷二·六〇注[2]。

七 七

明鄭少穀詩學少陵[1]，友林貞恒譏之曰[2]：“時非天寶，官非拾遺[3]，徒托於悲哀激越之音，可謂無病而呻矣！”學杜者不可不知。

【箋注】

[1] 鄭少穀：鄭善夫（1485—1523），字繼之，號少穀。明福建閩縣（今福州）人。明孝宗弘治十八年進士。有《鄭少谷集》。《四庫全書總目提要》：“林貞恒《福州志》病其時非天寶，地遠拾遺，爲無病而呻吟。然武宗時奄豎內訌，盜賊外作，詩人蒿目，未可謂之無因。” [2] 林貞恒：林爊（1524—1580），字貞恒。明福建閩縣（今福州）人。嘉靖進士。萬曆中官至南京禮部尚書。有《學士集》。 [3] 天寶：唐玄宗的第三個年號。其間發生安史之亂，唐朝由盛轉衰。拾遺：諫官。杜甫曾任左拾遺。

七 八

康熙間，杭州林邦基妻曾如蘭能詩[1]。邦基死，招之相從。曾矢之曰：“有如皎日[2]。”後立其兄子光節，葬畢舅姑，吞金而亡。吟詩曰：“鏡裏菱花冷[3]，三年淚未乾。已終姑舅老[4]，復咽雪霜寒。我自歸家去，人休作烈看。西陵松柏古[5]，夫子共盤桓。”一時和者數百人。未死前十日，先具牒錢塘令周公。周加批，用駢語慰留之，竟不從而死。可謂從容之至矣！

【箋注】

[1] 曾如蘭：曾子駿女。清初福建長樂人。嫁後，長期寓居杭州。夫亡，誓以身殉，被家人和縣令勸阻。三年後，公公去世，喪葬畢，遂絶食十四日題詩而卒。 [2] 皎日：明亮的太陽。古常用於誓辭。 [3] 菱花冷：菱花鏡已長期不用，意謂無心梳妝打扮。 [4] 姑舅：丈夫的父母，公婆。公婆都已被侍奉到老。 [5] 西陵：在杭州西湖的西畔，亦作“西泠”。

按：作爲詩人，對於生命，不能從這個極端，走向那個極端。

七　九

詩分唐、宋，至今人猶恪守。不知詩者，人之性情；唐、宋者，帝王之國號。人之性情，豈因國號而轉移哉？亦猶道者，人人共由之路，而宋儒必以道統自居[1]，謂宋以前直至孟子，此外無一人知道者。吾誰欺？欺天乎？七子以盛唐自命[2]，謂唐以後無詩，即宋儒習氣語。倘有好事者，學其附會，則宋、元、明三朝，亦何嘗無初、盛、中、晚之可分乎？節外生枝，頃刻一波又起。《莊子》曰：“辨生於末學[3]。”此之謂也。

【箋注】

[1] 道統：儒家傳道的系統。 [2] 七子：明七子，見卷一・三注[3]。 [3] 辨生於末學：《莊子》一書實無此語。韓愈《讀墨子》：“余以爲辯生於末學，各務售其師之説，非二師之道本然也。”

八　〇

余引泉過水西亭[1]，作五律，起句云：“水是悠悠者，招之入户流。”隔數年，改爲“水澹真吾友，招之入户流”。孔南溪方伯見曰[2]：“求工反拙，以實易虚，大不如原本矣！”余憬然自悔，仍用前句。因憶四十年來，將詩改好者固多，改壞者定復不少。

【箋注】

[1] 水西亭：隨園内的一處景點。 [2] 孔南溪：孔傳炣（1713—1779），字振斗，號曜南、南溪。清山東曲阜人。乾隆四年進士。曾任揚州、淮安、蘇州知府，官至江寧布政使。

按：這可以作爲一個範例，引以爲戒。體物在於自然，近於天籟，看似容易，却爲難得。不用心處，却勝於用心；故意用心處，却落入常套。寫詩改詩，不可不知。

八一

詩人用字，大概不拘字義。如“上下”之“下”，上聲也；“禮賢下士”之“下”，去聲也。杜詩：“廣文到官舍，系馬堂階下[1]。”又：“朝來少試華軒下，未覺千金滿高價[2]。”是借上聲爲去聲矣。王維：“公子爲嬴停四馬，執轡愈恭意愈下[3]。”是借去聲爲上聲矣。

【箋注】

[1]“廣文”聯：出自杜甫《戲簡鄭廣文兼呈蘇司業》一詩。 [2]“朝來”聯：出自杜甫《驄馬行》一詩。 [3]“公子”聯：出自王維《夷門歌》一詩。

八二

時文之學[1]，有害於詩；而暗中消息，又有一貫之理。余案頭置某公詩一册，其人負重名。郭運青侍講來[2]，讀之，引手横截於五七字之間，曰：“詩雖工，氣脉不貫[3]。其人殆不能時文者耶？”余曰：“是也。”郭甚喜，自誇眼力之高。後與程魚門論及之，程亦韙其言[4]。余曰：“古韓、柳、歐、蘇，俱非爲時文者，何以詩皆流貫？”程曰：“韓、柳、歐、蘇所爲策論應試之文，即今之時文也。不曾從事於此，則心不細，而脉不清。”余曰：“然則今之工于時文而不能詩者，何故？”程曰：“莊子有言：‘仁義者，先王之蘧廬也；可以一宿，而不可以久處也[5]。’

今之時文之謂也。”

【箋注】

[1]時文：八股文的别名。明、清兩代科舉考試所規定的應考文體。應試者須敷陳經義，代聖賢立言。文章結構可分爲破題、承題、起講、提比、虚比、中比、後比、大結八部分，全文對格式、體裁、用語、字數有嚴格規定。[2]郭運青：疑即郭肇鐄（1714—1753），字韻清，一字奉墀。安徽全椒人。乾隆二年進士。散館授檢討，官至侍講。著有《佛香閣詩文集》《鳳池詩集》。[3]氣脉：謂詩文的氣勢、結構、脉絡。 [4]程魚門：程晋芳，見卷一·五注[1]。韙（wěi）：同意。 [5]“仁義者”數語：出自《莊子·天運》，意謂仁義是先王的旅舍，只可以停留一宿，而不可以久居。蘧廬，古代驛傳中供人休息的房子，猶今言旅館。

八　三

前朝番禺黎美周[1]，少年玉貌，在揚州賦《黄牡丹》詩，某宗伯品爲第一人，呼爲“牡丹狀元花主人”。鄭超宗[2]，故豪士也，用錦輿歌吹，擁“狀元”遊廿四橋，士女觀者如堵。還歸粤中，郊迎者千人。美周被錦袍，坐畫舫，選珠娘之麗者，排列兩行，如天女之擁神仙。相傳有明三百年真狀元，無此貌，亦無此榮也。其詩十章，雖整齊華贍，亦無甚意思，惟“窺浴轉愁金照眼，割盟須記赭留衣”一聯[3]，稍切“黄”字。後美周終不第，陳文忠薦以主事[4]，監廣州軍，死明亡之難。《絶命詞》云：“大地吹黄沙，白骨爲塵煙。鬼伯舐復厭，心苦肉不甜。”一時將士爲之隕涕。此外，尚有“蓮花榜眼”，其詩不傳。

【箋注】

[1]黎美周：黎遂球（1602—1646），字美周。明廣東番禺（今廣州）人。崇禎舉人。明末出任兵部職方司主事，提督廣東，率兵援贛州時，城破殉節，贈兵部尚書，謚忠愍。有《蓮鬚閣詩文集》《易史》等。 [2]鄭超宗：鄭元勛（1598—1645），字超宗，號惠東。明末徽州歙縣（今安徽黄山一帶）人。僑居揚州。結納文士，以詩文自適。崇禎十六年進士。 [3]窺浴：喻爲楊貴

妃沐浴於驪山温泉。唐開元中禁中重牡丹，沉香亭月前花下，唐玄宗命宣賜李白，李白應詔進《清平樂》詞三章，詩中以牡丹比楊貴妃。金照眼：切“黄牡丹”。張俞《驪山記》：“民間獻黄牡丹花，面幾一尺，高數寸，帝未及賞，爲鹿銜去。”割盟：割臂盟，指男女相愛而私下訂立婚約。［4］陳文忠：陳子壯（1596—1647），字集生，號秋濤。明廣東南海（今廣州）人。萬曆四十七年進士及第。授翰林編修，官至東閣大學士，兼兵部尚書。抗清兵敗，不屈而死。贈番禺侯，謚文忠。有《練要堂集》《秋痕集》《南宫集》等。

八　四

廣西岑溪縣最小且僻，有諸生謝際昌者，送其邑宰李少鶴云[1]：“官貧歸棹易，民愛出城難。”此生可謂陽山之區册矣[2]。或《贈查聲山宫詹》云[3]：“地高投足險，恩重乞身難[4]。”

【箋注】

［1］謝際昌：生平未詳。李少鶴：李憲喬，見本卷五九注［2］。［2］區册：唐南海（今廣東廣州一帶）人。貞元十九年，韓愈貶陽山令，册冒險往陽山師愈。［3］查聲山：查升（1662—1707），字仲韋，一字漢中，號聲山。清浙江海寧人。康熙二十七年進士。累官至少詹事。有《淡遠堂集》。［4］乞身：官員請求退職。

八　五

甲戌春，余與張司馬芸墅遊棲霞[1]，見僧雛墨禪[2]，纔七歲。其時，山最幽僻，遊者絶稀，惟揚州商人構静室數間，春秋一到而已。自尹文端公請聖駕巡幸[3]，乃增榮益觀。方修葺時，余屢從公遊，有“山似人才搜更出”之句。其時墨禪漸長成，花前燈下，時時以一聯相示。隨入京師。别十餘載，丁未秋相見於紫峰閣下，則年已三十九矣。追談往事，彼此愴然。誦其《盤山》詩云：“偶來浮石上，疑是泛滄浪。一鳥墮寒翠，千峰明夕陽。無人垂釣去，有約看雲忙。即此愜真賞，蕭然世慮忘。”其他如“樹隨厓脚斷，山到寺門深”“月白鳥疑晝，山空樹欲秋”“樹偏繞曲折，僧不礙逢迎”，皆可愛也。相別又一年，遽示寂而去[3]。

【箋注】

[1] 甲戌：這裏指乾隆十九年（1754）。張芸墅：張汝霖（1709—1769），字雲樹，一字芸墅，號榴園、柏園、西阪。清安徽宣城人。雍正十三年拔貢。歷任廣東河源、香山、陽春知縣，澳門同知。善詩文。有《張汝霖詩文集》《張氏詩説》。司馬：官名，明清時期指同知。　[2] 墨禪：生平未詳。[3] 尹文端：尹繼善，見卷一・一〇注[3]。　[3] 示寂：佛教語，指高僧身死。

八　六

尹公三次迎鑾[1]。幽居庵、紫峰閣諸奇峰，皆從地底搜出，刷沙去土，至三四丈之深。所用朱龍鑒、莊經畬、潘涵等州縣官[2]，皆一時名士。又嫌攝山水少，故於寺門外開兩湖，題曰“彩虹”“明鏡”。余戲呈詩云：“尚書抱負何曾展，展盡經綸在此山[3]。”

【箋注】

[1] 迎鑾：迎接皇帝。鑾，皇帝的車駕。　[2] 朱龍鑒：字又雲，號蒙溪。清江蘇婁縣人。由望江知縣擢池州通判。莊經畬：見卷三・五二注[3]。潘涵：見卷一・一二注[3]。　[3] 經綸：整理絲縷，編絲成繩，喻指治理國家的抱負和才能。

八　七

揚州四十年前，平山樓閣寥寥，溝水一泓而已。自高、盧兩榷使[1]，費帑無算，浚池簣山，別開生面，而前次遊人，幾不相識矣！劉春池有句云[2]：“兩堤花柳全依水，一路樓臺直到山。”

【箋注】

[1] 高、盧：指兩淮都轉鹽運使高恒、盧見曾。高恒（？—1768），字立齋。滿州鑲黄旗人。大學士高斌之子、乾隆孝賢皇貴妃之兄。乾隆二十二年官兩淮

鹽政。後犯法論死。盧見曾，見卷二·九注[1]。 [2]劉春池：劉夢芳，見卷三·七〇注[1]。

八　八

山陰陶篁村得汪氏舊莊于葛嶺下[1]，葺而新之。自云："詩不能寫者，付之於畫；畫不能寫者，付之於詩。"號曰泊鷗山莊。題云："高士門庭雲亦懶，荷花世界夢俱香。"四詩甫成，忽奉有官檄，佔去養馬，如催租人敗興一般。

【箋注】

[1]陶篁村：陶元藻，見卷一·三〇注[10]。葛嶺：在杭州市寶石山西面，因東晋葛洪在此結廬煉丹而得名。

八　九

永州太守王蓬心，爲麓臺司農之後[1]，工詩畫。余遊南嶽，過永州，與其子訪愚溪、鈷母潭諸處。夕歸，太守出小像索詩，而自畫《芝城話舊圖》見贈。題云："一别東吴思舊雨，重來南楚鬢添霜。談天猶是蘇玉局，縮地難逢費長房[2]。江水悠悠不知遠，山風習習漸加凉。兩人情態都如昨，作畫吟詩愛夜長。"彼此落筆時，各挑燈倚几。蓬心笑謂余曰："此夕光景，可似五十年前，同赴童子試耶[3]？"記其書齋對聯云："豈易片言清積牘[4]，還留一息理殘書。"

【箋注】

[1]王蓬心：王宸（1720—1797），字紫凝，號瀟湘翁、蓬心。清江蘇太倉人。乾隆二十五年舉人。官至湖南永州知府。有《繪林伐材》。麓臺：王原祁（1642—1715），字茂京，號麓臺。清江蘇太倉人。康熙九年進士。官至户部侍郎。[2]蘇玉局：蘇軾，因曾任玉局觀提舉，故有此稱。費長房：東漢方士，汝南（今河南平輿一帶）人，傳説有縮地之術。 [3]童子試：簡稱童試，是明清兩代考取生員的三個階段入學考試的總稱。 [4]積牘：積累的公文、書函。

九　〇

沈子大先生[1]，夢至一處，上坐二儒者，皆姓周，素不識面，笑向沈云：“‘羲畫破天煩妹補[2]’，君可對之。”沈沉吟良久，忽唐孫華太史從外來[3]，曰：“我代對‘羿弓饒月待妻奔[4]’，何如？”兩周爲之拍手。唐字實君，沈之業師也。

【箋注】

[1]沈子大：沈起元（1685—1763），字子大，號敬亭。清江蘇太倉人。康熙六十年進士，選庶吉士。官至直隸布政使。 [2]“羲畫”句：傳説伏羲畫卦，乾坤並建。伏羲和女媧是兄妹，女媧補天。 [3]唐孫華（1634—1723）：字實君。清江蘇太倉人。康熙二十七年進士。曾官禮、吏二部主事。 [4]羿弓：後羿之弓。羿爲古代神話中的射日英雄，他饒了月亮而不射，是爲了讓妻子嫦娥有月可奔。

九　一

陳古漁嘗爲余誦“馬過聞沙響，掩霜看雁飛”之句[1]，余甚愛之。後知是曲沃詩人秦紫峰明府所作[2]。紫峰有句云：“看花須看花盛時，盛時難再花亦知。”尤妙。紫峰與客觀方竹[3]，客戲云：“世有方竹無方人。”紫峰曰：“有。”問：“何人？”曰：“子貢。”問：“何以知之？”曰：“《論語》云：‘子貢方人[4]。’”

【箋注】

[1]陳古漁：陳毅，見卷一・五二注[3]。 [2]秦紫峰：秦武城，字于鎬，號紫峰。清山西曲沃人。乾隆二十五年舉人。官甘肅兩當知縣。有《笑竹集》。[3]方竹：竹之一種，外形微方，可製手杖。 [4]子貢方人：語出《論語・憲問篇》，意謂子貢常對别人進行比較評論。

九　二

吾鄉金長儒先生以時文名[1]，世不知其能詩也。有人爲述其《禹廟》云："授笈儼陪蒼水使[2]，奉香猶剩白頭僧。"《晚步》云："打頭黄葉忽飄墜，知是隔林松鼠來。"

【箋注】

[1] 金長儒：金虞（1681—？），字長孺，號小樹。清浙江錢塘人。康熙五十九年舉人。官湖北孝感知縣。有《小樹軒集》。 [2] 授笈：傳授學問。笈，書箱，代指學業。蒼水使：典出《吴越春秋》。傳説禹登衡山，夢神人蒼水使者前來候命，並告以取山神金簡玉書之法。

九　三

梅耦長咏緑梅云[1]："聞説緑珠真絶世[2]，我來偏見墜樓時。"歸安有五亭山人者，姓吴，名斯洺[3]，咏桐子云："墮地緑珠人不見，至今但覺畫樓高。"二詩相似。又，嘲牡丹云："蝶使蜂媒齊用力，萬花叢裏看擒王[4]。"可云奇絶。

【箋注】

[1] 梅耦長：梅庚（1640—1716），字耦長，號雪坪、聽山居士。清江南宣城（今屬安徽）人。康熙二十年舉江南鄉試。曾知浙江泰順知縣。有《知我録》《漫興集》《天逸閣集》等。 [2] 緑珠：晋著名舞伎。石崇以三斛珠買爲妾。趙王倫欲奪之，石崇不許，趙王僞以皇帝命令逮捕石崇，緑珠遂墜樓自盡。歷代詩人多咏此事。 [3] 吴斯洺：字琳巖，號小樵、五亭山人。清浙江歸安人。康熙五十年舉人。有《補閣詩鈔》。 [4] 王：指牡丹。

九　四

乾隆己未，余乞假歸娶，諸公卿有送行詩册，題籤者爲吴江陸虔石先生[1]。今五十餘年矣。甲辰，其子朗夫[2]，巡撫湖南。余從西粤過長沙，中丞款接甚殷，云："當初先人題籤時，我年才十七，侍旁磨墨。"余感其意，到家寄詩謝之。不料詩未到而中丞已亡。僅傳其《夢中自贈》云："能開衡岳千重雲，只飲湘江一杯水。"至今楚人受德者，揮淚誦之。名曜，吴江人。

【箋注】

[1]陸虔石：陸瓚（1693—1756），初名無咎，又名廷瓚，字虔實，號蘆虛、無咎。清江蘇吴江人。監生。乾隆十二年議叙三禮館繕寫。後任保德州吏目。[2]朗夫：陸耀（1723—1785），字朗夫，一字青來。清江蘇吴江人。乾隆十七年舉順天鄉試，考授中書，入直軍機處。累官湖南巡撫。有《甘薯録》《切問齋古文》《朗夫詩集》。

九 五

蘇州惠天牧先生[1]，督學廣東，訓士子以實學，一時英俊，多在門牆[2]。去後，人立生祠，如潮州之奉韓愈也[3]。先生以《珠江竹枝詞》試士。何夢瑶賦云[4]：“看月誰人得月多，灣船齊唱浪花歌。花田一片光如雪，照見賣花人過河。”公喜，延入幕中。此雍正年間事。後吾鄉杭堇浦太史掌教粤東[5]，與何唱和。《嘲杭病起》云：“門外久疏參學侶，簾前漸立犯齋人[6]。”《咏史》云：“趙宋若生燕太子，肯將金幣事仇人[7]？”余慕何君之名，到海南訪之，則已逝矣。

【箋注】

[1]惠天牧：見卷四·四六注[8]。[2]門牆：《論語·子張》：“夫子之牆數仞，不得其門而入，不見宗廟之美、百官之富。得其門者或寡矣。”後因稱師門爲“門牆”。[3]韓愈：見卷一·一三注[1]。愈曾爲潮州刺史，當時潮人未知學，愈聘師倡教，文行始興。潮人爲立廟於府治後以祀。[4]何夢瑶（1693—1764）：字贊調，一字報之，號西池，晚號研農。清廣東南海人。雍正八年進士。官遼陽知州。有《算迪》《匊芳園詩鈔》諸書。[5]杭堇浦：杭世駿，見卷三·六四注[1]。[6]參學：遊學，指前來求學的人。犯齋人：妨礙齋戒的人。《後漢書·儒林傳》：“周澤常卧疾齋宫，妻哀其老病，窺問所苦。澤大怒，以妻干犯齋禁，遂收送詔獄謝罪。”[7]燕太子：戰國末年燕王喜之子，名丹。曾以荆軻爲計，命其入秦刺殺秦王。金幣：指金人經常向南宋大索歲幣，南宋屢屢遣使乞和。

九　六

沈方舟《磁溪早發》云[1]："北風獵獵水茫茫，多謝吴門鼓枻娘[2]。鐵鹿長檣四千里[3]，送人夫婿早還鄉。"方問亭宫保未遇時[4]，在漢上，亦有句云："寄語湘波連夜發，十年我是未歸人。"

【箋注】

[1] 沈方舟：沈用濟，字方舟，號芳洲。清浙江錢塘人。康熙間國子監生。有《方舟集》《荆花集》《漢詩説》等。 [2] 鼓枻（yì）娘：撑船女。枻，船槳。[3] 鐵鹿：船上收放篷帆的鐵轆轤。檣，桅杆。 [4] 方問亭：方觀承，見卷一・三〇注 [8]。

九　七

英夢堂相公，與裘文達公同在户部[1]，謂裘曰："有句云：'官久真成强弩末，歸遲空望大刀頭[2]。'君猜是何人之作？"裘以爲放翁逸詩。已而知是桐城石曉堂[3]，乃大驚歎。石屢欲訪余，以官楚南路遠，時時托方綺亭明府寄聲道意[4]。方誦其《舟行》云："擊汰過簰洲[5]，人在煙中語。中流一舟來，空濛數聲櫓。少婦善操舟，小兒能蕩槳。漁翁不捕魚，船頭坐補網。"曉堂，名文成。

曉堂亡後，其子某抱遺集來，索余作序，云："先人志也。"余摘其佳句，五言如"角聲沉暮雨，雁影起寒沙""水喧村碓急，雲墮寺門低"，七言如"沙邊水退猶存迹，煙際帆遥似不行""買田陽羨宵宵夢，作客并州處處家[6]""窺魚淺渚翹雙鷺，待渡斜陽立一僧""入店已非前度主，拂牆猶有舊題詩""僮嫌解橐尋詩稿[7]，客忌登舟算水程"，皆妙。

【箋注】

[1] 英夢堂：英廉，見卷三・一五注 [1]。裘文達：裘曰修，見卷一・六五注 [17]。 [2] 大刀頭：《漢書・李廣蘇建傳》載：漢昭帝派任立政出使匈奴，

招李陵歸漢。在宴會上，任摸着大刀頭上的環，用眼睛暗示李陵，借助“刀環”之“環”與“歸還”之“還”的諧音關係，勸李陵歸漢。後人遂以“大刀頭”指代還家。　[3] 石曉堂：石文成，見卷三・五一注 [4]。　[4] 方綺亭：方求義（約 1684—？），字質夫，號綺亭。清浙江上元人，安徽桐城籍。曾官上猶知縣。　[5] 擊汰：拍擊水波，謂划船前行。簰（pái）洲：地名，在湖北嘉魚境内。　[6] 陽羨：今江蘇宜興。蘇軾云：“買田陽羨吾將老。”并州：今山西太原西南。唐賈島《渡桑乾》詩：“無端更渡桑乾水，却望并州是故鄉。”　[7] 解橐（tuó）：解開袋子。

九　八

張君五典[1]，字叙百，秦中人，九世同居，蒙恩題獎。作宰上元時，時攏詩袖中，入山見訪，絶非今之從政者。《祁陽訪友》云：“示病手揮群吏散，著書心喜好朋來。”《示安奴》云：“孺人日課郎君讀[2]，去就書聲認畫船。”孺人亡，乃悼之云：“好我果能長入夢，把君竟可當長生。”安奴者，遣接家眷船也。

【箋注】

[1] 張五典：見卷三・七八注 [1]。　[2] 孺人：明清時七品官的母親或妻子封孺人。後成爲古人對母親或妻子的尊稱。日課：每天督促學習。郎君：女子對自己丈夫的稱呼。

九　九

杭州方夫人芷齋[1]，名芳佩，適汪又新太史[2]。翁霽堂徵君向余誦其《西湖》佳句云[3]：“曉市花間摇短幟，夕陽柳外數歸舟。”“煙迷山失浮圖影，風緊帆歸盞飯僧[4]。”皆有畫意。隨太史入都，《憶西湖》云：“清凉世界水晶宫，亞字闌干面面風。今夜若教身作蝶，只應飛入藕花中。”《贈霽堂》云：“四海長留知己感，一生惟有愛才忙。”有《在璞草堂集》，一時唱和者，許太夫人而外[5]，杭堇浦之妹清之[6]，嫁趙萬暻上舍[7]，寡居守志。有句云：“盡日支床深擁被[8]，不知户外幾峰青。”同一能詩女子，方榮貴而杭艱辛，何耶？

【箋注】

[1] 方芷齋：方芳佩，見卷二・五二注[3]。 [2] 汪又新：汪新（1726—1798），字又新，號芍陂。清浙江仁和人。乾隆三十二年進士。由編修累遷掌印給事中。 [3] 翁霽堂：翁照，見卷一・五〇注[2]。 [4] 浮圖：佛塔。盋飯：和尚所食的齋飯。和尚沿門索食或取米一盋，故稱。 [5] 許太夫人：徐德音，見卷二・五三注[5]。 [6] 杭董浦：杭世駿，見卷三・六四注[1]。杭清之：杭澄，字清之，一字筠圃，號定水老人。清浙江仁和人。有《卧雪軒吟草》《伏枕吟》。 [7] 趙萬暻：生平未詳。上舍：明清監生的别稱。 [8] 支床：典出《世説新語・德行》，即“雞骨支床”。雞骨，形容消瘦。支，支離，形容憔悴。意指哀痛過度而消瘦疲憊于床席之上。

一〇〇

王陽明集中云[1]，正德庚辰八月，夢見郭璞[2]，極言王導奸邪在王敦之上[3]。故公詩責導云：“事成同享帝王貴，事敗仍爲顧命臣[4]。”璞亦有詩云：“倘其爲我一表揚，萬世萬世萬萬世。”余按此説，與蘇子瞻夢中人告以唐楊綰之好殺[5]，陶貞白《真誥》言晋太尉郗鑒之貪酷[6]，皆與史册相反。

【箋注】

[1] 王陽明：王守仁，見卷三・七注[1]。所引語意及詩句見王守仁《紀夢並序》。 [2] 郭璞（276—324）：字景純。晋河東聞喜人。注《爾雅》《方言》《山海經》《穆天子傳》等書。道教奉之爲神仙。王敦曾用郭璞爲記室參軍，璞畏不敢辭。後終被王敦所殺害。 [3] 王導（276—339）：字茂弘。晋琅邪臨沂人。輔助司馬睿稱帝，創立東晋，自任丞相。歷仕三朝，官至太傅。王敦：見卷一・五六注[4]。 [4] 顧命臣：帝王臨終前托以治國重任的大臣。 [5] 蘇子瞻：蘇軾，見卷一・二五注[4]。楊綰（718—777）：字公權。唐華州華陰（今屬陝西）人。玄宗天寶進士，官至同中書門下平章事。 [6] 陶貞白：陶弘景，見卷一・四六注[22]。郗鑒（336—377）：字道徽。晋高平金鄉（今山東嘉祥一帶）人。歷晋惠帝、元帝、明帝、成帝數朝，官至司空、太尉。

按：《王陽明集》中有《紀夢》一篇，記夢中得郭璞詩二十八句。此處所引爲最後二語。此事令人難以置信。這或許是特異人物在特異精神狀態下的夢中才情，或許是出於虛擬而借夢表達自己的某種史觀。

一〇一

《樂府解題》云[1]：“《毛詩》之‘兮’、《楚詞》之‘些’，曹操所不喜。”余頗以操爲知音。蓋詩有關咏歎者，不得不用虛字以伸長其音；若直叙鋪陳，一用虛字，便成敷衍。近有作七古者，排比未終，無端忽插“兮”字，以致調軟氣鬆，全無音節。

【箋注】

[1]《樂府解題》：見卷一・一六注[13]。

一〇二

劉霞裳之弟某[1]，風貌遠不及其兄，而際遇甚奇。有揚州女子姓陳名素蓮者[2]，與交好，抽簪勸學[3]，臨別贈詩云：“深閨獨醒起常遲，愁上眉峰有鏡知。縱使天風能解意，萍蹤吹聚又何時？”

【箋注】

[1]劉霞裳：見卷二・三三注[2]。 [2]陳素蓮：生平未詳。 [3]抽簪：指辭官退居。

一〇三

酒肴百貨，都存行肆中[1]。一旦請客，不謀之行肆，而謀之於厨人。何也？以味非厨人不能爲也。今人作詩，好填書籍，而不假爐錘[2]，別取真味，是以行肆之物享大賓矣。

【箋注】

[1] 行肆：泛指商店。 [2] 爐錘：指用於冶煉的爐火鐵錘。比喻詩人要有熔鑄事物、提煉詩意的能力。

一〇四

杭州沈觀察世濤妻陳氏，名素安[1]，字芝林。咏賣花聲云："房櫳寂寂閉春愁，未放雕梁燕出樓。應怪賣花人太早，一聲聲似促梳頭。"《水墨裙》云："百疊波紋縐墨痕，疏花細葉淡生春。窈娘病後腰肢減，鈿尺休量舊日身[2]。"《病起》云："幾日無心課小娃，晴窗睡起自分茶。重簾不捲紗幃静，落硯何來數點花？"

【箋注】

[1] 沈世濤（約1722—？）：一作沈世燾。清浙江仁和人。乾隆二十八年進士。官龍安知府、荆州道臺。陳素安：字定林、芝林。清浙江仁和人。沈世燾繼室。有《生秋閣吟稿》。 [2] 窈娘：武則天時左司郎中喬知之的婢女，被寵臣武承嗣奪去，喬送詩寄憤，窈娘讀詩殉情投井。後代指色藝俱全而多情的女子。鈿（diàn）尺：用金粟填嵌的尺子。

一〇五

王梅坡妻張氏[1]，能詩。幼子汝翰[2]，初上學，嫌衣服不華。張訓以詩云："簞食應知顔子樂，緼袍誰笑仲由寒[3]？"其他佳句，如"花因寒重難舒蕊，人爲愁多易斂眉"。生女美絶，年十三，時皇太后駕過見之，抱置膝上，賞藏香一枝。

【箋注】

[1] 王梅坡：生平未詳。 [2] 汝翰：王汝翰，字西林。清江蘇江寧人。諸生。袁枚弟子。 [3] 顔子：顔回，見卷五·七九注[3]。《論語·雍也》："一簞食，一瓢飲，在陋巷。人不堪其憂，回也不改其樂。"仲由：子路，參"補遺"卷一·六〇注[3]。《論語·子罕》："衣敝緼袍，與衣狐貉者立，而不耻者，其由也與？"

緼袍，破舊袍子。

一〇六

鄧英堂秀才偕妻陳淑蘭[1]，各畫蘭竹數枝，贈毛俟園廣文[2]。毛謝以詩，曰："閨中清課剪冰紈，夫寫篔簹婦寫蘭[3]。料得圖中愛雙絶，水精簾下並肩看[4]。"未幾，英堂無故自沉于水。越三月，淑蘭殉夫自縊。毛追憶詩中"雙絶"二字、"水精簾"三字，早成詩讖[5]，歎悔莫及。余作《陳烈婦傳》，兼梓其詩。

【箋注】

[1]鄧英堂：字宗洛。清江蘇江寧人。諸生。陳淑蘭：見卷三・二〇注[3]。[2]毛俟園：毛藻，見卷二・二六注[1]。[3]冰紈：鮮潔如冰的白絹。篔（yún）簹（dāng）：一種皮薄、節長而竿高的竹子。[4]雙絶：此處本指所畫的蘭竹非常出色，因發生異常，又指夫婦雙雙絶世。水精簾：如水晶般透明的簾子，形容簾子的華貴精美。因有"水"字，與"自沉于水"又聯繫起來。[5]詩讖（chèn）：詩中預兆災異吉凶的言語文字，古人的一種迷信。

按：袁枚多次談及詩讖之類，可見其對人生命運存有疑惑。其實這不過是一種巧合，或出於牽强附會。

一〇七

四川崇寧縣蔡酣紫先生[1]，好道術，與漢陽太守王某交好。王年九十餘，能馭空而行，言元時玉山堂主人顧阿瑛已成地仙[2]，至今猶在青城山中。引蔡見之，緑鬢朱顔，不食不飲，談笑不異常人，説元末明初之事尤詳。王善畫古松，題云："煙墨一螺香一炷，寫出長松兩三樹。月明老鶴忽飛來，踏枝不着空歸去。"

【箋注】

[1]蔡酣紫：《崇寧縣誌》作"蔡紫瞻"。 [2]顧阿瑛：顧德輝（1310—

1369），字仲瑛。松江人。元末豪富，亦稱名士。

一〇八

有人咏《風箏美人》詩曰：“薄憐妾命風吹紙，瘦到腰肢骨是柴。”魯星村云[1]：“切則切矣，何窮薄乃爾！”因誦台怡庵句云[2]：“紅綫只今爲近侍，飛瓊當日是前生[3]。”是何等風華！

【箋注】

[1] 魯星村：魯璸，見卷三・三七注[2]。 [2] 台怡庵：生平未詳。 [3] 紅綫：唐潞州節度使薛嵩家青衣。左右手俱有紋，隱若紅綫，因號爲紅綫。魏博節度使田承嗣有異圖，欲併潞州，募武勇超絶者三千人，號外宅男。嵩甚爲憂。紅綫得知後，夜到魏郡，入寢所，持金盒出。嵩遺書承嗣，以金盒還之。承嗣大懼，散外宅男，河北遂寧。紅綫在薛家十九年方辭嵩去，不可留，乃餞別。事出唐人袁郊《甘澤謡》。飛瓊：傳説爲王母侍女，後泛指仙女。

一〇九

魯温卿席上嫌酒不佳[1]，調主人云：“詩近老成多帶辣，酒逢寒士不嫌酸。”俞又陶喜席上酒佳[2]，謝主人云：“疏花似月將殘夜，好友如醇欲醉時。”

【箋注】

[1] 魯温卿：生平未詳。 [2] 俞又陶：生平未詳。

按：大約此類詩話，只爲存其一點意趣。對吟咏者生平無一字提及，雖存其名，也等於無。

一一〇

余屢娶姬人，無能詩者，惟蘇州陶姬有二首[1]，云：“新年無處不張燈，笙鼓元宵響沸騰。惟有學吟人愛静，小樓坐看月高升。”“無心閒步到蕭齋[2]，忽有春風拂面來。行過小橋池水活，梅花對我一枝開。”生女，嫁蔣氏。姬年三十而亡。

【箋注】

[1] 陶姬：袁枚有《哭陶姬》詩，小序言其爲亳州（今屬安徽）人，工棋善綉。 [2] 蕭齋：梁武帝造寺，命蕭子雲於寺壁寫一個“蕭”字。寺毀後，刻字的殘壁仍存。見唐李肇《唐國史補》卷中。後稱寺廟、書齋爲“蕭齋”，佛寺亦稱“蕭寺”。

一一一

康熙間，蘇州名妓張憶娘[1]，色藝冠時。蔣綉谷先生爲寫《簪花圖小照》[2]。乾隆庚午，余在蘇州，綉谷之孫漪園，以圖索題。見憶娘戴烏紗髻，着天青羅裙，眉目秀媚，以左手簪花而笑，爲當時楊子鶴筆也[3]。題者皆國初名士。萊陽姜垓云[4]：“十年前遇傾城色，猶是雲英未嫁身[5]。今日相逢重問姓，尊前愁殺白頭人。”蘇州尤侗云[6]：“當場一曲浣溪紗，可是陳宫張麗華[7]？恰勝狀元新及第，瓊林宴裏去簪花。”沈歸愚云[8]：“曾遇當年冰雪姿，輕塵短夢悵何之。卷中此日重相見，猶認春風舞柘枝[9]。”“綉谷留春春可憐，傾城名士總寒煙。老夫莫怪襟懷惡，觸撥閒情五十年。”余題數絶，有“國初諸老鍾情甚，袖角裙邊半姓名”之句，人皆莞然。按萊陽兩姜先生，以孤忠直節，名震海内，而詩之風情如此。聞憶娘與先生本舊相識，一别十年，尊前問姓，故詩中不覺情深一往云。

【箋注】

[1] 張憶娘：清蘇州名妓，色藝冠時。因受巨室蔣某的欺壓，被迫出家爲尼，最終貧窘自縊而死。袁枚《子不語》叙其事。 [2] 蔣綉谷：蔣深（1668—1737），字樹存，號蘇齋，一號綉谷。清江蘇長洲人。以纂修《書畫譜》得官，官至朔州知州。有《綉谷詩集》《鴻軒集》《黔南竹枝詞》《雁門餘草偶存》等。 [3] 楊子鶴：楊晋（1644—1728），字子鶴，號西亭。清江蘇常熟人。

善畫山水人物。 [4]姜垓（1614—1653）：字如須。山東萊陽人。姜埰弟。明思宗崇禎十三年進士。官行人。入清不仕，與兄隱居吴門，人稱“二姜先生”。有《篔簹集》。 [5]雲英：典出唐人羅隱《贈妓雲英》：“鍾陵醉別十餘春，重見雲英掌上身。我未成名君未嫁，可能俱是不如人。” [6]尤侗：見卷一·六二注[3]。 [7]張麗華：南朝陳後主叔寶最寵愛的貴妃。 [8]沈歸愚：沈德潛，見卷一·三一注[3]。 [9]柘枝：《柘枝舞》的省稱。一種唐宋時期流行的健舞。

一一二

前人《過虎邱》句云[1]：“妒他怒馬隨車客，出色花枝不避人[2]。”陸湄君《過彭城》句云[3]：“休誇洛浦能投枕，不是天台懶看花[4]。”一羨之，一厭之，兩人心事，易地則皆然。

【箋注】

[1]前人：指查慎行。引句出自其《豐臺看芍葯同家次谷兄陳元之甥四首》其二。 [2]怒馬隨車：原爲“誤馬隨車”：韓愈《嘲少年》詩：“只知閑信馬，不覺誤隨車。”秦觀《望海潮》：“長記誤隨車。”意謂無意中錯隨別家女眷的車輛。 [3]陸湄君：陸建，見卷四·五五注[2]。彭城：今江蘇徐州。《湄君詩集》中此詩題爲“再訪紅豆村人于彭城郡齋”，此聯上句爲“漫過洛浦憐投枕”。 [4]洛浦：洛水之濱。代指洛陽。陸湄君在彭城郡齋所作《紅豆村人詩稿序》中說：“時君更依劉，我還入洛。”晉太康末，陸雲同兄陸機一起赴洛陽，受到名流張華等人的稱賞。後常用“入洛”指代揚名。此處爲陸湄君自喻。天台：山名，在今浙江天台一帶。亦泛指仙境。相傳漢劉晨、阮肇入天台山采藥，遇二女子，留居半年，回家時已經過了七世，乃知二女子是仙女。

一一三

“君子思不出其位[1]。”又曰：“素其位而行[2]。”余雅不喜解組人好説在官事蹟[3]。錢璵沙方伯有句云[4]：“劇憐到處皆爲客，生怕逢人尚説官。”余讀之，距躍三百[5]。

【箋注】

[1]君子思不出其位：孔子的弟子曾參説的話。出自《論語·憲問》。意謂君子心之思慮，不要超出自己所處的地位。 [2]素其位而行：語出《禮記·中庸》第十四章。意謂按照自己的身份地位去做應該做的事。 [3]解組：指辭去官職。組，印綬。 [4]錢璵沙：錢琦，見卷三·二九注[6]。 [5]距躍三百：形容高興得跳躍起來。三百，形容次數多。

隨園詩話箋注　卷七

一

同年葉書山太史，掌教鍾山[1]。生平專心經學，而尤長於《春秋》，自稱啖助、趙匡[2]，不足多也。注《毛詩》"佻兮達兮"一章爲兩男子相悦之詩，人多笑之。然作詩頗有性情。《出都》云："行年七十古來稀，東馬嚴徐事已非[3]。檢點良方醫老病，所須藥物是當歸[4]。""白石清泉故自佳，九衢車馬漫紛拏。欲知此後春相憶，只有豐臺芍藥花。""行色匆匆鬢影疏，騎驢猶憶入京初。蒯緱一劍酸寒甚[5]，今日歸裝有賜書。"太史諱酉，桐城人。

【箋注】

[1]葉書山：葉酉，見卷五・四〇注[4]。鍾山：此指江蘇江寧（今南京）的鍾山書院。　[2]啖（dàn）助（724—770）：字叔佐。唐趙州（今河北趙縣）人。後移居關中。天寶末，調臨海縣尉、丹陽主簿。趙匡：字伯循。唐河東（今山西永濟一帶）人。啖助弟子。以治《春秋》著名。曾爲啖助《春秋集解》《春秋統例》作補訂。　[3]東馬嚴徐：指漢武極盛時期的東方朔、司馬相如、嚴安、徐樂四人。　[4]當歸：一種中草藥。此處語意雙關，指當歸故里。　[5]蒯（kuǎi）緱（gōu）：用草繩纏結劍柄，代指劍。戰國時期，齊國的孟嘗君禮賢下士，廣招賓客。門客馮驩很窮，只有一把劍，劍柄用小草繩纏著。

二

壬戌歲，余改官金陵[1]，寓王俣岩太史家[2]。遇戚晴川太守，言[3]："書生初任外吏，參見長官，不慣屈膝，匆遽間，動致聲響。"余試之果然。戲吟云："書銜筆慣字難小[4]，學跪膝忙時有聲。"戚《宿承恩寺》句云：

"瓦溝落月印孤榻，簷隙入風吹短檠[5]。"殊泠峭。戚諱振鷺，湖州人。

【箋注】

[1]壬戌：這裏指乾隆七年（1742）。此年袁枚由翰林院改官江寧，任溧水縣令。 [2]王俁岩：據《小倉山房文集》中《吉安府知府王君墓誌銘》一文，知王俁岩弟爲王毓川。檢《上元縣誌》，在"選舉"卷上可查到王毓川名以秀，其兄爲王以式，二人同爲雍正七年舉人。由此可推知王以式即王俁岩。再據袁枚《祭商寶意太守文》："予再改官，萍蹤得合。俁岩太史，同官先達。"可推知王俁岩的大致生平：王以式，字翼周，號俁岩。雍正七年舉人。庶吉士。上元人。曾任浙江石門知縣。 [3]戚晴川：戚振鷺（約1694—？），字我雝，號晴川。浙江德清人。雍正八年進士。任安徽青陽知縣、六安直隸州知州，河南歸德知府，江西饒州知府、撫州知府。有《晴川詩鈔》。 [4]書銜：簽報姓名和職稱，參見上司要恭寫蠅頭小楷，袁枚不習慣寫那種小字。 [5]瓦溝：房屋上仰蓋的瓦所形成的一道道溝。短檠（qíng）：矮燈架，借指小燈。

三

舒城任自舉學坡，爲莊明府記室[1]，好吟咏。一日余訪莊公，聞書齋中高唱拍案，細聽之，乃余詩也。莊出笑曰："幸而任先生大賞公詩，如其大駡，則奈何？"後任死，伏魄時口號别親友云[2]："六旬失足下蓬瀛，今日纔欣返玉京[3]。直以聰明還造化，但憑樵牧話平生。花當春盡應辭樹，鳥際冬殘合罷聲。見説群仙同抗手，遲余受代主蓉城[4]。"

【箋注】

[1]任自舉：字學坡，號鰲築。安徽舒城人。乾隆間歲貢。有《聽山堂古文》《拳勺詩集》。明府：官名，唐以後多指稱縣令。記室：官名，掌記録收轉等秘書事宜。 [2]伏魄：古代一種招魂術，亦稱"復魄"。 [3]蓬瀛：蓬萊、瀛洲二山的合稱。傳説中的仙人住地。返玉京：返回天上的都城，意即辭世。[4]見説：告知、説明。抗手：舉手而拜。主蓉城：歐陽修《祭石曼卿文》云，傳説石曼卿死後，上帝封他做了芙蓉城主。

四

通州李方膺晴江[1]，工畫梅，傲岸不羈。罷官，寓江寧項氏花園，日與沈補蘿及余遊覽名山[2]，人觀者號“三仙出洞”。《題畫梅》云：“寫梅未必合時宜，莫怪花前落墨遲。觸目横斜千萬朵，賞心只有兩三枝。”《秋葵》云：“肅瑟風吹永巷長，采衣非復舊時黄。到頭只覺君恩重，常自傾心向太陽。”晴江牧滁州，見醉翁亭古梅，伏地再拜。其風趣如此。

【箋注】

[1] 李方膺（1695—1755）：字虬仲，號晴江、秋池。清江蘇南通人。爲“揚州八怪”之一，善畫松竹梅蘭。雍正初舉人。歷官樂安、蘭山、潛山、合肥知縣。有《梅花樓詩鈔》。　[2] 沈補蘿：沈鳳（1685—1755），字凡民，號補蘿、謙齋、凡翁。清江蘇江陰人。官南河同知。工鐵筆，善山水。隨園聯額皆其手書。有《謙齋印譜》行世。

五

上猶令方綺亭[1]，名求義，聵於耳而聰於心。與人言，必大聲高呼，諧謔百出，而一本於天真。《辭官歸里》云：“三年政罷喜忘機，老去仍思竹裹扉。携取清風隨棹去，添來白髮滿頭歸。不妨琴鶴爲行李[2]，那計妻孥説是非。力倦眼昏貪穩卧，誤傳高尚遂初衣[3]。”死後，余爲銘墓。陳古漁哭之云[4]：“不見白頭憑几坐，尚疑朱履出堂來[5]。”

【箋注】

[1] 方綺亭：方求義，見卷六·九七注[4]。　[2] 琴鶴：僅以琴鶴相隨，比喻爲官清貧。《宋史·趙抃傳》：“卿匹馬入蜀，以一琴一鶴自隨。”後借指爲官清廉剛正。　[3] 初衣：入仕前的衣服，此處婉指辭官退職。　[4] 陳古漁：陳毅，見卷一·五二注[3]。　[5] 朱履：紅色鞋子，古代顯貴者所著，此借指方綺亭。

按：此《辭官歸里》詩可吟可誦。一身清貧，一派詼諧，活得天真，不失爲性情中人。

六

予過蘇州，常寓曹家巷唐静涵家[1]。其人有豪氣，能羅致都知録事[2]，故尤狎就之。兩家妻女無嫌，如龐公之于司馬德操[3]，不知誰爲主客也。静涵有句云："苔痕深院雨，人影小窗燈。"《花朝分韻》云："薄醉微吟答歲華，春寒十日掩窗紗。多情昨夜樓頭雨，吹出滿牆紅杏花。"其少子七郎咏落花云[4]："零落嫣紅歸不得，楊花相約過鄰家。"真佳句也。長子湘畇居隨園[5]，吟云："小住名園又一年，石闌干畔聽流泉。夜深怕作還鄉夢，月到南窗尚未眠。""小窗閑坐夕陽斜，對此教人不憶家。喜見香荷纔出水，一枝高葉一枝花。"從來荷葉高出水者，必有花，湘畇居園久，故知之。静涵有姬人王氏，美而賢，每聞余至，必手自烹飪。先數年亡，余挽聯云："落葉添薪，心傷元相貧時婦[6]；爲誰截髮，腸斷陶家座上賓[7]。"

【箋注】

[1]唐静涵：袁枚蘇州友人。袁有《哭唐静涵十二首》。 [2]羅致：招致人才。都知録事：原爲官名，這裏指風月場所的執事者。 [3]龐公：東漢隱士龐德公，南郡襄陽人，居住在峴山之南，没有進過城府。荆州刺史劉表請他做官，終不屈從。後采藥鹿門山，不知所終。司馬德操：與龐德公同爲襄陽隱士，德操少德公十歲，以兄事之。據《襄陽記》：司馬德操嘗詣龐德公，值其上冢，徑入室，呼德翁妻子，使速作黍。須臾，德翁還，直入相就，不知何者是客。 [4]七郎：生平未詳。 [5]湘畇：生平未詳。 [6]元相：元稹，見卷一・二〇注[11]。元稹悼念他的貧時夫人韋氏的《三遣悲懷》詩中云："野蔬充膳甘長藿，落葉添薪仰古槐。" [7]截髮：據《晋書・列女傳・陶侃母湛氏傳》：陶侃年輕時家境貧寒，一次范逵來家投宿，無物待客，母親湛氏剪下頭髮賣給鄰人，换了酒菜招待了客人。後以"截髮留賓"稱頌賢母。

七

元人詩曰："老不甘心奈鏡何[1]！"李益《覽鏡》云[2]："縱使逢人見，猶勝自見悲。"本朝鄭璣尺先生云[3]："朱顏誰不惜？白髮爾先知。"皆嫌鏡之示人以老也。宋人云："貧女如花衹鏡知[4]。"又曰："鏡裏自應諳素貌，人間只解看紅妝[5]。"又曰："自家憐未了，臨去復徘徊[6]。"本朝高夫人有句云[7]："乍見不知誰覿面[8]，細看真覺我憐卿。"是鏡有恩於女子，有怨于老翁也。容成侯何容心哉[9]？

【箋注】

[1]元人詩：此詩爲宋人范成大作，題爲"北山堂開爐夜坐"。 [1]李益（746—829）：字君虞。唐隴西姑臧（今甘肅武威）人。大曆四年進士。官終禮部尚書。邊塞題材作品最爲著名。 [3]鄭璣尺：鄭江（1682—1745），字璣尺，晚號筠谷。清浙江錢塘人。康熙五十七年進士。改庶吉士。官至右春坊右贊善。有《春秋集義》《詩經集詁》《禮記集注》《筠谷詩鈔》《書帶草堂詩鈔》等。 [4]"貧女"句：唐施肩吾《上禮部陳侍郎陳情》詩："晴天欲照盆難反，貧女如花鏡不知。" [5]"鏡裏"聯：出自唐李山甫《貧女吟》。[6]"自家"二語：出自唐楊容華《新妝詩》。 [7]高夫人：蔡琬，見卷一·三三注[1]。 [8]覿（dí）面：見面。 [9]容成侯：指鏡子。唐司空圖寫過一篇遊戲文章《容成侯傳》，以擬人化手法，把鏡子稱爲容成侯，又叫壽光先生。

八

蘇州楓橋西沿塘，有余本家漁洲居士[1]，乃前明六俊之後[2]，愛客能詩。家有漁隱園，水木明瑟[3]，余爲作記，鐫石壁間。每過姑蘇，必泊舟塘下，與其叔春鋤、弟又愷，爲剪燭之談[4]。年甫五十而亡。有《新柳》一律云："二月韶光媚，春風嫩柳條。含煙初作態，浥露不勝嬌。腰細柔難舞，眉疏淡欲描。丰神與誰並？好女乍垂髫。"

【箋注】

[1]漁洲居士：袁廷檮（yǒu）（1736—1786），字啟蕃，號漁洲。清江

蘇吴縣人。［2］六俊：明蘇州人袁敬的六個孫子，即袁褧與兄袁表，弟袁褒、袁帙及伯父之子袁衮、袁裘，時號爲“袁氏六俊”。［3］水木明瑟：形容風景清明潔净。木，樹木。瑟，潔净鮮明的樣子。北魏酈道元《水經注·濟水》：“池上有客亭，左右楸桐，負日俯仰，目對魚鳥，水木明瑟，可謂濠梁之性，物我無違矣。”［4］春鋤：生平不詳。又愷：袁廷檮（chóu）（1764—1810），一作袁廷榜，字壽階，號又愷。江蘇吴縣人。監生。家有藏書樓小山叢桂館，後改名五硯樓。乾隆間著名藏書家。有《金石書畫所見記》《漁隱録》《紅蕙山房詩集》。剪燭：指深夜坐談。李商隱詩：“何當共剪西窗燭，却話巴山夜雨時。”

九

香亭弟偶吟[1]，往往如吾意所欲出，不愧吾家阿連也[2]。余三十年前，選妾姑蘇，所需花封甚輕[3]，今動至數金。香亭《過吴門》云：“傳聞近日選花枝，百兩纏頭費莫支。争及當年吴市好，一錢便許看西施。”《消夏雜咏》云：“科頭赤足徜徉過，一領蕉衫尚覺多。不信熱場人不熱，紅燈圍著聽笙歌。”

【箋注】

［1］香亭：袁樹，見卷一·五注［3］。［2］阿連：指南朝宋詩人謝靈運之從弟謝惠連，幼有奇才。後因以代指賢能的幼弟。［3］花封：此指給媒婆的酬金。

一〇

《南史》言：“阮孝緒之門閥[1]、諸葛璩之學術[2]，使其好仕，何官不可爲？乃各安於隱退，豈非性之所近，不可强歟？”近今吾見二人焉：一爲尹文端公之六公子似村[3]，一爲傅文忠公從子我齋[4]。似村舉秀才，終日閉户吟詩；我齋雖官參領、司馬政，而意思蕭散，不希榮利。有人從都中來，誦其《環溪别墅》詩云：“將官當隱稱畸吏[5]，未老先衰號半翁。”又曰：“不是門前騎馬過，幾忘身現作何官。”

【箋注】

[1] 阮孝緒（479—536）：字士宗。南朝梁陳留尉氏（今屬河南）人。梁鄱陽王妃弟。所編《七録》爲中國目録學重要文獻。 [2] 諸葛璩（？—508）：字幼玟。琅琊陽都（今山東臨沂）人。南朝齊梁學士、隱士。 [3] 似村：尹慶蘭，見卷二・三七注[1]。 [4] 我齋：明義，見卷二・二二注[4]。 [5] 畸（jī）吏：有獨特志行的官吏。

一 一

長洲女子陶慶餘[1]，嫁大司馬彭公孫希洛[2]，年二十二而亡。有《瓊樓吟》行世。咏鸚鵡云："一夢喚回唐社稷，千秋留得漢文章[3]。"《婢去》云："院從汝去長青苔，小榻香消午夢回。不覺疏簾摇樹影，風前誤認摘花來。"

【箋注】

[1] 陶慶餘：陶善，字慶餘，號月溪。清江蘇長洲人。主事彭希洛室、編修蘊輝母。有《璚樓吟稿》。 [2] 彭公：彭啟豐（1701—1784），字翰文，號芝庭，又號香山老人。清江蘇長洲人。雍正五年廷試第一，授修撰。乾隆間歷吏部兵部侍郎、左都御史、兵部尚書。晚年主講紫陽書院。有《芝庭詩文集》。彭希洛（1758—1806）：字景川，號瑶圃、簡緣。清江蘇長洲人。乾隆五十二年進士。官兵部主事、郎中，升福建道御史。 [3]"一夢"聯：《朝野僉載》曰："則天夢鸚鵡兩翅俱折，仁傑云：'鵡者陛下姓也，兩翅折者廬陵相王也。陛下起此二子，則兩翅全矣。'"開元年間，唐玄宗、楊貴妃養了一隻嶺南人獻的白鸚鵡，記誦精熟，洞曉人意。傳説鸚鵡夜夢爲鷙鳥所搏。東漢抒情小賦有禰衡的《鸚鵡賦》。

一 二

己卯秋，在揚州遇萬近蓬秀才[1]，屬題《紅袖添香圖》。近蓬少時托李硯北寫此圖[2]，虚擬娉婷，實無所指。裘姓友見畫中人，驚笑，以爲絶似其家婢，遂延近蓬至其家，出婢贈之。婢姓花。一時題者紛然。余獨愛吴玉墀詩曰[3]："紅樓翠被知多少，如此消魂定姓花。"又曰："聘錢若許名流斂，第一須酬作畫人。”廿年後，余至杭州，花姬已下世矣。近蓬訪余湖上，不值，投詩云：“惜花人早出，載酒客遲來。”

【箋注】

[1]己卯：這裏指乾隆二十四年（1759）。萬近蓬：萬福，字玉蒼，號近蓬。清浙江鄞縣人。諸生。有《玉蒼詩鈔》。 [2]李硯北：生平未詳。 [3]吴玉墀（1737—1817）：字蘭陵，號小谷、二雨。清浙江錢塘人。乾隆三十五年舉人。官太平教諭，遷貴陽府長寨同知。有《味乳亭集》。

一 三

辛丑秋，忽有浙中校官入山見訪，方知即玉墀[1]，字小谷，是吾鄉尺凫先生之少子、鷗亭居士之季弟[2]。予少時，乞假歸娶，飲於鷗亭之瓶花齋，其時小谷纔四歲。故見贈云：“園林心契卅年餘，今日真來大隱居。修贄忙於投要路[3]，扣門快比訪奇書。相看共訝鬚眉古，久別渾忘問訊疏。細認雙瞳點秋水，依然竹馬識君初。”嗚呼！四十餘年鄉里故人，二十年前詩中知己，彼此茫茫，絶無晤期，而天必爲兩人作合，文章有神，信矣！小谷在隨園賞芙蓉，賦五古千言，以太長，不能全録。托羅兩峰畫《板橋遺迹》[4]，題云：“談罷羅家鬼趣圖，去尋舊院影模糊。蘆根瑟瑟如人語，中有鶯鶯燕燕無？”“緑蕪一片衆香埋，半没橋身半没街。艷迹但餘殘礎在，也曾親近玉人鞋。”“此柏婆娑似舊人，盤桓幾度板橋春。只憐生長煙花裏，猶作亭亭倩女身。”“者番遊緒已愴然，又對風斜雨細天。畫最凄涼天最慘，看君筆上起蒼煙。”

【箋注】

[1]辛丑：這裏指乾隆四十六年（1781）。校官：此指掌管學校的官員。玉墀：即吴玉墀，見本卷一二注[3]。 [2]尺凫先生：吴焯，見卷三·六〇注[6]。鷗亭居士：吴城，見卷三·六四注[2]。 [3]修贄：携帶禮物求見。 [4]羅兩峰：羅聘，見卷二·六二注[5]。板橋遺迹：此指南京鈔庫街武定橋，是秦淮官妓住處。

一　四

余自幼詩文不喜平熟。丙辰，諸徵士集京師，獨心折于山陰胡天游稚威[1]。嘗言：“吾於稚威，則師之矣；吾於元木、循初[2]，則友之矣；其他某某，則事我者也。”元木者周君大樞，循初者萬君光泰也。稚威駢體文，直掩徐、庾[3]；散行，耻言宋代[4]，一以唐人爲歸。詩學韓、孟[5]，過於澀拗。今録其近人者，如《明妃》云[6]：“天低海水西流處，獨有琵琶堪解語。斷絲枯木本無情，猶勝人心百千許。”咏諫果云[7]：“苦口衆所揮，餘甘幾人賞。置蜜鋸鋙端，或者如舐掌[8]。”贈某營將云：“大聲當鼓急，片影落槍危。劍血看生瘦，天狼對持髭[9]。”皆奇句也。亦有風韻獨絶者，《曉行》云：“夢闌鶯唤穆陵西[10]，驛吏催詩雨拂衣。行客落花心事別，無端俱趁曉風飛。”

丁巳春[11]，予與元木、循初同在稚威寓中，夜眠聽雨，元木見贈一篇云：“文章之家無不有，袁郎二十膽如斗。”詩甚奇詭，不能備録。壬申歲，余起病至長安[12]，元木再贈七古，起句云：“憶昔相見長安邸，志氣如虹掛千里。狂飛大句風雨來，頭没酒杯笑不已。”真乃替余少時寫照。元木廷試報罷，果毅公訥親延爲上客[13]。每公餘之暇，命講《通鑑》數則，亦想見當日公卿風雅也。元木詩最堅瘦，獨咏桃花頗婉麗，其詞曰：“寂寂朱塵度歲華，又驚春色到桃花。五陵遊客知何限[14]，只有漁人最憶家。”《管仲墓》云：“浪説儒門羞五尺，至今江左幾夷吾[15]？”

《早行》詩，二人同調，而皆有妙境。梁葯亭云[16]：“鴻雁自南人自北，一時來往月明中。”元木云：“行人飛鳥都何事，一樣衝寒度曉堤。”

周蘭坡學士多髯[17]，冬日同元木咏雪，和東坡尖叉韻[18]。元木押“鹽”字韻云：“修髯繞作離離竹，妙句清於昔昔鹽[19]。”

【箋注】

[1] 丙辰：這裏指乾隆元年（1736）。胡天游：見卷一・二八注[1]。

[2]元木：周大樞（1699—？），字元木、元牧，號園牧。浙江山陰人。乾隆十七年中舉人。官平湖教諭。有《居易堂稿》《存吾春軒詩鈔》《周易井觀》《鴻爪録》《調香詞》等。循初：萬光泰，見卷一・五二注[1]。[3]駢體文：以偶句爲主，講究對仗和聲律。徐、庾：指南北朝時期徐摛、徐陵父子與庾肩吾、庾信父子。均爲重要的宫體詩人，文尚駢儷。[4]散行：散體文。[5]韓、孟：韓愈、孟郊。[6]明妃：王嬙，見卷二・三六注[5]。[7]諫果：即橄欖，亦名忠果、青果等。味澀，久食則甘。宋王元之作詩，把此果比爲逆耳忠言。[8]錕鋙：即錕鋙劍。西周時西戎向周求和，獻錕鋙之劍，練鋼赤刃，削玉如泥。見《列子・湯問》。舐掌：《埤雅》："熊冬蟄不食，饑則自舐其掌，故其美在掌。"後喻指貪婪的樣子。[9]生癭：《三國志・賈逵傳》注引《魏略》曰："逵前在弘農，與典農校尉争公事不得理，乃發憤生癭。"癭，頸肩部腫塊，此指氣憤而生腫塊。天狼：星名，大犬星座的主星。爲不吉祥、貪殘的象徵。持鬣：毛髮直竪張散的樣子。[10]穆陵：在今山東沂山南麓小泰山山頂，傳説西周穆王葬宫嬪於此。[11]丁巳：這裏指乾隆二年（1737）。[12]壬申：這裏指乾隆十七年（1752）。袁枚上京，準備復仕。[13]訥親（？—1749）：鈕祜禄氏。清滿洲鑲黄旗人。額亦都曾孫。雍正間襲果毅公爵。乾隆間歷鑲白旗都統、兵部尚書、軍機大臣，官至保和殿大學士。[14]五陵：漢高帝長陵、惠帝安陵、景帝陽陵、武帝茂陵、昭帝平陵，皆在渭水北岸，即今陝西興平至咸陽東北七八十里内，合稱五陵。居民以關東豪富移民爲主，以市肆繁榮、風俗奢縱著稱。後亦泛指豪門貴族聚居之地。[15]儒門羞五尺：《荀子・仲尼》："然而仲尼之門人，五尺之竪子言羞稱乎五伯，是何也？曰：然。彼非本政教也，非致隆高也，非綦文理也，非服人之心也。"夷吾：管仲，見卷三・七六注[2]。[16]梁葯亭：梁佩蘭（1630—1705），字芝五，號葯亭。清廣東南海人。順治鄉舉第一。康熙時舉進士，選庶吉士。與陳恭尹、屈大均，號"嶺南三家"。有《六瑩堂詩文集》。[17]周蘭坡：周長發，見卷五・二五注[6]。[18]尖叉韻：蘇東坡《雪後書北臺壁二首》，一用尖韻，一用叉韻，其中有"不知庭院巳堆鹽"句。後爲險韻的代稱。[19]《昔昔鹽》：樂府舊題，以薛道衡之作最爲著名。

一　五

予宰江寧時，俞來溪秀才見贈云[1]："誰道樓前多鼓響，只聞花外有琴聲[2]。"余道："不如宋人'雨後有人耕緑野，月明無犬吠花村'[3]。"

又有人贈云:“事到眼前亮於雪,民從心上養如春。”余道:“不如余《沭陽雜興》云‘獄豈得情寧結早,判防多誤每刑輕’。”

【箋注】

[1]俞來溪:生平未詳。 [2]鼓響:指擊鼓喊冤。琴聲:指鳴琴而治。春秋末期魯國人宓子賤,是孔子的高第,曾做單父宰,鳴琴治邑。後以“琴治”喻指知縣善政。 [3]“雨後”聯:宋李拱詩句。《增修詩話總龜》引《翰府名談》評之曰:“意清句雅。又見令之教化仁愛,民樂于豐年之耕耨,且無盜賊之警,不見治術之迹。”

一六

人言通天文者不祥。四川高太史名辰,字白雲,向爲岳大將軍西席[1]。嘗在金陵觀星象,言山東有事。次年,果有王倫之逆[2],而太史已先亡矣。過隨園,命其子受業門下,贈詩云:“名重隨園詎偶然,興來神妙寫毫顛。已知葛井來勾漏,豈但香山數樂天[3]?入座嵐光時拱揖,依人鶴影自翩躚。荀香近處瞻先輩,慰我調飢三十年[4]。”《過定軍山弔武侯》云[5]:“三代而還論出處,兩朝之際見權宜。”

【箋注】

[1]高辰(?—1772):字元右、景衡,號白雲。清四川金堂人。乾隆十六年進士。官至安徽鳳陽府同知。有《樹耕堂詩草》《晚成録》《白雲山房詩文全稿》《平生堂唱和集》等。岳大將軍:岳鍾琪,見卷二·四九注[3]。[2]王倫(?—1774):清山東陽穀人。清水教首領。於乾隆三十九年率衆夜襲壽張城,陷堂邑、陽穀,破臨清,與清軍激戰,兵敗自焚死。 [3]葛井:西湖葛井,乃晋葛洪煉丹所在。勾漏:山名,在今廣西北流縣東北。葛洪聞交趾出丹砂,求爲勾漏令。 [4]荀香:東漢荀彧官至尚書令,傳説他以異香熏衣,三日不散。調飢:即“惄如調飢”的省略,語出《詩經·周南·汝墳》:“未見君子,惄如調飢。”意謂想念傾慕的心情如飢似渴。 [5]定軍山:在今陝西勉縣東南,傳爲諸葛亮葬處。

一　七

孫過庭《書譜》云[1]："學書者，初學先求平正，進功須求險絶，成功之後，仍歸平正。"予謂學詩之道，何以異是？

【箋注】

[1] 孫過庭（646—691）：字虔禮。唐吴郡人。官率府録事參軍。唐書法家。草書學王羲之、王獻之父子。著《書譜》。

按：何爲平正，何爲奇絶，何爲復歸平正，各人的體會可能有所不同。本卷十四曾説"余自幼詩文不喜平熟"，豈不有點矛盾？對此，需要靈活體察領會。平正、平順、平熟，是初學者的基本功，經過這一個階段，纔有可能奇絶。這等於説須先學會走，再學跑。跑好了，可以走得更輕快自然。但這只是一般而論，或者説是就大多詩人自我比較而言。至於平正得如何，奇絶得怎樣，必然各有不同。

一　八

爲人，不可以有我，有我則自恃佷用之病多[1]，孔子所以"無固""無我"也[2]。作詩，不可以無我，無我則剿襲敷衍之弊大，韓昌黎所以"惟古於詞必己出"也[3]。北魏祖瑩云[4]："文章當自出機杼，成一家風骨，不可寄人籬下。"

【箋注】

[1] 自恃：過分自信而驕傲自滿。佷（hěn）用：兇狠且剛愎自用。　[2] 無固、無我：語出《論語·子罕》。無固，不固執己見。無我，不自私利己。[3] 惟古於詞必己出：語出韓愈《南陽樊紹述墓誌銘》。意謂古來作詩爲文，必須寫出自家風格，有獨到之處。　[4] 祖瑩（？—535）：字元珍。北魏范陽郡遒縣（今河北淶水一帶）人。歷任冀州鎮東府長史、國子博士、國子祭酒、秘書監等職。

按：此論精闢。

一　九

詩有現前指點語最佳[1]。香樹尚書《題紅葉》云[2]："一夜流傳霜信遍，早衰多是出頭枝。"程魚門《觀打漁》云[3]："旁人束手休相怪，空網由來撒最多。"張哲士《觀弈》云[4]："笑渠斂手推枰後，始羨從旁攏袖人。"

宋人詩云："無事閉門防俗客，愛閑能有幾人來[5]？"哲士《月夜》云："恐有閒人能見訪，滿庭涼影未關門。"兩意相反，而皆有味。

【箋注】

[1]現前指點語：即指點眼前情景的詩語，具有最新最近的時間性。 [2]香樹：錢香樹，見卷一・一一注[6]。 [3]程魚門：程晋芳，見卷一・五注[1]。 [4]張哲士：張四科（1711—？），字哲士，號漁川。清陝西臨潼人。貢生。雍正六年捐州同職。有《寶閑堂集》《響山詞》。 [5]"無事"一聯：出自宋吕夷簡《天華寺》詩。

二　〇

唐以前，未有不熟精《文選》理者，不獨杜少陵也[1]。韓、柳兩家文字[2]，其濃厚處，俱從此出。宋人以八代爲衰[3]，遂一筆抹摋，而詩文從此平弱矣。漢陽戴思任《題文選樓》云[4]："七步以來誰抗手，六經而外此傳書[5]。"

【箋注】

[1]《文選》：南朝梁蕭統所編選的先秦至梁各體文章的總集。杜甫《宗武生日》："熟精文選理，休覓綵衣輕。" [2]韓、柳：唐韓愈和柳宗元。[3]八代：指東漢、魏、晋、宋、齊、梁、陳、隋。 [4]戴思任：戴喻讓，字思任，號景皋。清湖北漢陽（今屬武漢）人。乾隆六年舉人。官山東惠民知縣。有《春深堂詩初集》《春深堂文集要》。 [5]七步：指魏曹植作《七步詩》事。六經：

六部儒家經典，即《詩》《書》《禮》《樂》《易》《春秋》。

二　一

近日文人，常州爲盛。趙懷玉字映川，能八家之文[1]；黄景仁字仲則，詩近太白[2]；孫星衍字淵如，詩近昌谷[3]；洪君亮吉字稚存，詩學韓、杜[4]。俱秀出班行[5]。黄不幸早亡。録其《前觀潮行》云："客有不樂遊廣陵[6]，卧看八月秋濤興。偉哉造物此巨觀，海水直挾心飛騰。龍堂誰作天吴介，對此茫茫八埏隘[7]。纔見銀山動地來，已將赤岸浮天外。砰崖磓岳萬穴號，雄呿雌吟六節摇[8]。是豈乾坤共呼吸，乃與晦朔爲盈消。殷天怒爲排山入，轉眼西追日輪及。一信將無渤澥空，再來或恐鴻濛濕[9]。唱歌踏浪輸吴儂，曾將何物賚海童[10]。答言三千水犀弩[11]，至今猶敢攖其鋒。我思此語等兒戲，員也英靈實難避[12]。只合回頭撼越山，那因抉目仇吴地[13]。吴顛越蹶曾幾時，前胥後種誰見知[14]？潮生潮落自終古，我欲停杯一問之。"《後觀潮行》云："海風捲盡江頭葉，沙岸千人萬人立。怪底山川忽變容，又報天邊海潮入。鷗飛艇亂行雲停，江亦作勢如相迎。鵝毛一白尚天際，側耳已是風霆聲。江流不合幾回折，欲折潮頭如折鐵。一折平添百丈飛，浩浩長空捲晴雪。星馳電掣望已遥，江塘十里隨低高。此時萬户同屏息，但見飀𩙪齊動摇。濤頭障天天亦暮，蒼茫却望潮來處。前陣纔平羅刹磯，後來又没西興樹[15]。獨客弔影行自愁，大地與身同一浮。願乘世外鹿盧蹻，孰職就裏陰陽鞲[16]。賦罷觀潮長太息，我尚輸潮歸即得[17]。回首重城鼓角哀，半空純作魚龍色[18]。"

【箋注】

[1] 趙懷玉（1747—1823）：字億孫、味辛，號映川。清江蘇武進人。乾隆四十五年舉人。授内閣中書。官至山東青州府海防同知，署登州、兖州知府。有《亦有生齋集》《荃提室詞》。八家：指唐宋八大家。　[2] 黄景仁（1749—1783）：字漢鏞，一字仲則，號鹿菲子。清武進人。諸生。乾隆四十一年，

應高宗南巡召試，取爲二等，授武英殿書籤官。後納資爲縣丞。有《兩當軒集》。 [3] 孫星衍：見卷五・六〇注 [2]。昌谷：李賀，見卷一・一六注 [6]。 [4] 洪亮吉（1746—1809）：字君直、稚存，號北江。清江蘇陽湖人。乾隆五十五年榜眼，授編修。充國史館纂修官。有《北江詩話》《毛詩天文考》《春秋左傳詁》等。 [5] 班行：同輩。 [6] 廣陵：指江蘇揚州。古人常於陰曆八月十五在此觀看長江潮水。枚乘《七發》："將以八月之望，與諸侯遠方交遊兄弟，並往觀濤乎廣陵之曲江。" [7] 龍堂：龍宫。天吴介：水神的領域。天吴，水神。介，界限。八埏：八方邊遠之地。 [8] "雄呿（qù）"句：《易緯辨終備》："雄雌呿吟，六節摇通。"鄭康成注："雄雌，天地。呿吟，闔閉也。六節，六子也。摇通，言六子動行天地之氣。《繫》曰：'閉户謂之坤，辟户謂之乾。'又曰：'天地定位，山澤通氣也。'" [9] 渤澥：即渤海。鴻濛：指太古天地未分時的宇宙。 [10] 海童：古代神話中的海神，乘白馬，出則天下大水。 [11] 水犀弩：用水犀角做的弓箭，亦借指披水犀甲的弩手。 [12] 員：伍員（前 559—前 484），字子胥。春秋時楚國人。父與兄爲平王所殺，因逃亡吴，佐吴王闔閭破楚。後被奸佞太宰嚭讒害而死，傳説死後化作潮神。 [13] 抉目：伍子胥將死曰："抉吾眼，懸之吴東門，以觀越之滅吴也。"事詳《史記》卷三十一。 [14] 前胥：指伍子胥，屈死後驅水爲濤。後種：文種（？—前 472），字少禽。春秋時楚國人。協助越王勾踐滅吴後，被越王勾踐賜劍自殺，葬在會稽西山。傳説伍子胥從海上駕潮而來，衝開文種的墳墓，把他帶走，同游於海上。因此，前潮爲伍子胥，後潮爲文種。 [15] 羅刹磯：指江中險要的磯石。羅刹，佛教傳説中的惡鬼。 [16] 鹿盧蹻（jué）：一種登高涉險的用具。"孰職"句：费解。《兩當軒集》中這一聯改成了"乘槎未許到星闕，采藥何年傍祖洲"。 [17] "我尚"句：意謂"我還不能像潮那樣想回去就回去"。 [18] 魚龍色：意謂顔色變化不定。

二 二

余嘗謂孫淵如云[1]："天下清才多[2]，奇才少。君，天下之奇才也。"淵如聞之，竊喜自負。《登千佛樓》云："城東佛樓幾年閉，塞徑秋穇刺芒利[3]。飛燐射屋鳥啄牆，鬼風吹簷斷佛臂。此間非墓非戰原，豈有厲魄號煩冤？青狸捧骨夜窺月，日氣不足羅神奸[4]。迎廊一僧病枯瘠，見慣妖蹤訝人迹。老莎出户曲復斜[5]，反鎖空堂晝深黑。

樓前慘碧竹作圍，逼袖細影明寒暉。殘霖滴階漬幽血，敗粉剥壁生陰苔。竹梢朦朧上無路，疑墮中宵夢遊處。回頭不憶隔世來，過眼復恐今生去。檐牙壓肩樓脚摇，驚起穴棟千年鴞。屏聲獨立瓦争落，失勢一墜魂難招。原頭日落樹蒼莽，既下心神久惝怳[6]。林端却顧寺角移，那得騰身立平壤。”又，《妻病》云：“眉痕只覺瘦來濃，指爪都從病後長。”抑何哀艷！

【箋注】

[1] 孫淵如：孫星衍，見卷五・六〇注[2]。 [2] 清才：清俊優越之才。[3] 穤：音義未詳，疑應作“槈”，同“榛”。 [4] 神奸：老奸巨猾的怪異鬼神。[5] 老莎：老莎草，多年生草本，葉細長質硬，深緑色。 [6] 惝（chǎng）怳（huǎng）：惆悵、心神不安。

二 三

洪稚存題某官《散賑圖》云[1]：“河流東來不可當，憶昨魚鱉升君堂。官卑方攝丞簿尉[2]，天險欲合江淮黄。河流决城已旬日，散賑遂呼尉官出。尉官耳聾年六十，驗粟呼人百無失。大者屋角狂狐奔，小者樹底饑鷹蹲。頭顛頸縮三日餓，共聞賑粟來空邨。持瓢舉釜復携斗，已見千人立沙阜。黄衫小吏足不停，村後村前更招手。深泥没髁無肩輿[3]，尉來村北跨一驢。行籌散盡整鞭去，不遣索米來豪胥[4]。淮陰太守知君績，早晚臺端奏賢迹[5]。君今所補非寸尺，不見遺黎活千百？”

【箋注】

[1] 洪稚存：洪亮吉，見本卷二一注[4]。散賑：爲賑濟災民而分發糧食。[2] 丞簿尉：指州郡佐官。 [3] 肩輿：轎子。 [4] 豪胥：豪强胥吏。 [5] 臺端：御史臺官署中主持臺中事務者。

二 四

裴晉公笑韓昌黎恃其逸足，往往奔放[1]。近日才人，頗多此病。惟王太守夢樓能揉之使遒，煉之使警[2]，篇外尚有餘音。録其《在西湖寄都中同年》云："星河雲海望迢迢，八度花朝與雪朝。徼外蠻煙空目極，楚南芳草易魂銷。抽身我本疏慵慣，奮翅君方搏擊遥。豈是升沉關氣類，輕舟相繼返林皋。""增城瓊苑蕊珠宫[3]，香案西偏紫閣東。夢裏似曾聞廣樂，歸來但覺任樵風[4]。蓬瀛消息無青鳥，煙水生涯有雪鴻。近日愈諳禪悦味，繁華清净兩俱空。""每向東華散玉珂，相於花下酌紅螺[5]。歐梅自許賢豪聚，蘇李偏教闊别多[6]。棋局居然更甲子，酒壚真自邈山河[7]。何戡解話當年事[8]，也與樽前唤奈何。""棧道連雲粤海霏，星軺先後有光輝[9]。去歲芷塘典試四川，頊竹虚典試廣東。吟詩喜得江山助，問字欣添玉筍圍[10]。舊雨定知縈遠夢，野雲端不耐高飛[11]。年來自署西湖長，佔取蘇堤作釣磯。"

【箋注】

[1] 裴晉公：裴度，見卷五・四六注[3]。逸足：指才能。奔放：此指肆縱、不可羈束。 [2] 王夢樓：王文治，見卷二・三〇注[1]。 [3] 增城：高大的城。古代神話傳説中，崑崙山有增城九重，高一萬一千餘里。蕊珠宫：仙宫。道家謂上清境有蕊珠殿。 [4] 廣樂：《史記》卷一百五："簡子寤，語諸大夫曰：'我之帝所甚樂，與百神游於鈞天，廣樂九奏萬舞，不類三代之樂，其聲動心。'"樵風：宋施宿等撰《會稽志》卷十："舊經云：'漢鄭弘少時采薪得一遺箭，頃之有人覓箭，問何弘所欲。弘識其神人也，答曰常患若邪溪載薪爲難，願朝南風，暮北風。後果然。世號樵風。'" [5] 東華：指京都東華門。清國史館設在東華門内。玉珂：玉製的馬勒上的裝飾。紅螺：即紅螺觴，古酒器。宋陸游《雜興》之四："酌以紅螺觴。"錢仲聯注引《嶺表異録》："紅螺大小亦類鸚鵡螺，殼薄而紅，堪爲酒器。" [6] 歐、梅：指歐陽修、梅堯臣。蘇、李：指蘇武、李陵。《文選》中題名蘇武、李陵的有七首五言詩，皆爲送行贈别而作。 [7]"棋局"句：指時間過得很快。傳説晋樵者王質入山伐木，見二童子對奕，質置斧於坐而觀，童子與質一物，如棗核，食之不飢。局終，童子指示之曰："汝

斧柯爛矣。”質歸鄉閭，已及百歲，無復時人矣。“酒壚”句：《世説新語·傷逝》：“（王戎）經黄公酒壚下過，顧謂後車客：‘吾昔與嵇叔夜、阮嗣宗共酣飲於此壚，竹林之遊，亦預其末。自嵇生夭、阮公亡以來，便爲時所羈紲。今日視此雖近，邈若山河。’”後用爲追憶舊友的典故。［8］何戡（kān）：中唐時期元和、長慶間著名歌唱家。劉禹錫《與歌者何戡》：“二十餘年别帝京，重聞天樂不勝情。舊人唯有何戡在，更與殷勤唱渭城。”［9］星軺（yáo）：使者乘坐的車子，亦代指使者。［10］玉笋：喻指才士衆多，如笋林立。唐李宗閔任中書舍人，主持貢舉考試，所選取的門生都是當時知名之士，人稱之“玉笋”。［11］舊雨：見卷五·一注［2］。野雲：蘇東坡《和孫莘老次韻》：“去國光陰春雪消，還家蹤迹野雲飄。”“野雲”對“舊雨”，新穎且工穩。

二　五

唐人句云：“鄉心正無限，一雁度南樓[1]。”宋人句云：“正思秋信到，一葉墜中庭[2]。”古今人下筆，往往不謀而合。

【箋注】

［1］“鄉心”二語：出唐趙嘏《寒塘》。［2］“正思”二語：未詳何人詩。

二　六

吴中詩人，沙斗初、張崑南外[1]，有張玉穀[2]，詩工古風。在家漁洲處一見後[3]，遂成永訣。僅記其《烏夜啼》云：“參横月落庭烏啼，窗前有女猶鳴機。聞聲停梭低頭思，烏何夜啼想烏饑。老烏辛苦饑常忍，小烏啾啾老烏憫。勸烏且莫啼高聲，嬌兒甫眠恐驚醒。”玉穀尤長樂府。有義婦袁氏因夫作竊，勸之不從，乃沉水死。其事其詩，俱足千古。惜太長，不能備録。

【箋注】

［1］沙斗初：沙維杓，見卷三·四九注［2］。張崑南：張崗，字崑南，號古樵。清江南長洲人。有《鶴健堂詩鈔》。［2］張玉穀（1721—1780）：字蔭嘉。清江蘇吴縣人。諸生。有《樂圃詩鈔》《樂圃詞》《古詩賞析》。［3］家漁洲：

袁廷檮，見本卷八注[1]。

二　七

佳句有無心而相同者。張寶臣宗伯《晚步》云[1]：“竹枝風影更宜月，荷葉露香偏勝花。”厲樊榭《游智果寺》云[2]：“竹陰入寺緑無暑，荷葉繞門香勝花。”王夢樓《游曲院》云[3]：“煙光自潤非關雨，水藻俱香不獨花。”梁守存《看新荷》云[4]：“似經雨過風猶颭，未到花時葉早香。”

【箋注】

[1]張寶臣：張廷瑑，見卷二·六三注[1]。 [2]厲樊榭：厲鶚，見卷三·六一注[1]。 [3]王夢樓：王文治，見卷二·三〇注[1]。 [4]梁守存：梁啟心（1695—1758），初名詩南，字首存，號薞林。清浙江錢塘人。乾隆四年進士。選庶吉士，授編修。有《南香草堂詩集》。

二　八

周幔亭[1]：“山光含月淡，僧影入松無。”魯星村[2]：“酒中萬愁散，詩外一言無。”方子云[3]：“香篆舞來簷際斷[4]，水痕圓到岸邊無。”陳古漁[5]：“花陰拂地香方覺，橋影横波動即無。”四押“無”字，俱妙。前人咏始皇云：“憐君未到沙丘日，知道人間有死無[6]？”尤奇。

【箋注】

[1]周幔亭：周榘（jǔ），字子平，號幔亭。清福建莆田人。居江蘇上元。有《廿二史諱略》《清涼小志》。 [2]魯星村：魯璸，見卷三·三七注[2]。 [3]方子雲：方正澍，見卷一·四五注[6]。 [4]香篆：指焚香時所起的煙縷。因其曲折似篆文，故稱。 [5]陳古漁：陳毅，見卷一·五二注[3]。 [6]“憐君”二語：出自唐羅隱詩《秦紀》。沙丘：指博浪沙，見卷二·六二注[6]。

按：讀詩留心，方得此妙。

二　九

七夕，牛郎織女雙星渡河，此不過“月桂”“日烏”“乘槎”“化蝶”之類[1]，妄言妄聽，作點綴詞章用耳。近見蔣苕生作詩[2]，力辨其誣，殊覺無謂。嘗調之云：“譬如贊美人‘秀色可餐’，君必争‘人肉吃不得’，算不得聰明也。”高郵露筋祠，説部書有四解。或云：“鹿筋，梁地名也，有鹿爲蚊所齧，露筋而死，故名。”或云：“路金者，人名也，五代時將軍，戰死于此，故名。”或云：“有遠商二人，分金於此，一人忿争不已，一人悉以贈之，其人大慚，置金路上而去。後人義之，以其金爲之立祠，故名路金，訛爲露涇。”所云“姑嫂避蚊者[3]”，乃俗傳一説耳。近見雲松觀察詩[4]，極褒貞女之貞，而痛貶失節之婦，笨與苕生同。不如孫豹人有句云[5]：“黄昏仍獨自，白鳥近如何[6]？”李少鶴有句云[7]：“湖上天仍暮，門前草自春。”與阮亭“門外野風開白蓮”之句[8]，同爲高雅。

【箋注】

[1]月桂：傳説月中有桂，高五百丈。西河人吴剛學仙有過，謫伐桂，隨創隨合。詳段成式《酉陽雜俎》。日烏：傳説日中有三足烏，見《淮南子》。乘槎：傳説天河與海通，有人乘槎而上天河。詳張華《博物志》。化蝶：莊周夢化爲蝴蝶，詳《莊子·齊物論》。 [2]蔣苕生：蔣士銓，見卷一·二三注[2]。[3]姑嫂避蚊：據王象之《輿地紀勝》載，有姑嫂二人深夜過江蘇高郵，天陰蚊盛，有耕夫田舍在焉。其嫂止宿，姑曰：“吾寧死，不肯失節。”遂以蚊死，其筋見焉。後人建露筋祠以祭貞潔。 [4]雲松：趙翼，見卷二·三三注[3]。[5]孫豹人：孫枝蔚（1620—1687），字豹人，號溉堂。清陝西三原人。康熙十八年舉博學鴻詞，不應試。授内閣中書銜。有《溉堂集》。所引詩句出自《露筋祠》：“花貌丹青古，靈旗風雨多。黄昏仍獨自，白鳥近如何？巫曲迎神罷，官船打鼓過。廟門對湖水，香氣但聞荷。” [6]白鳥：蚊的别名。 [7]李少鶴：李憲喬，見卷六·五九注[2]。 [8]阮亭：王士禛，見卷一·五四注[1]。所引詩句出自《再過露筋祠》：“翠羽明璫尚儼然，湖雲祠樹碧於煙。行人繫纜月初墮，門外野風開白蓮。”

按：牛郎織女雙星渡河之類，不應該認爲只是點綴詞章而用，而應該有所寄託。袁枚在此所批評的大約是蔣士銓的《七夕戲作二首》(見《忠雅堂文集》卷十六）。袁批評蔣總是過於狠切，這可能是因爲蔣性情謙和且二人關係非同一般。

三〇

詩有幹無華，是枯木也；有肉無骨，是夏蟲也；有人無我，是傀儡也[1]；有聲無韻，是瓦缶也[2]；有直無曲，是漏卮也[3]；有格無趣，是土牛也[4]。

【箋注】

[1]傀（kuǐ）儡（lěi）：土木製成的偶像。 [2]瓦缶（fǒu）：小口大腹的瓦器。 [3]漏卮：滲漏的酒器。 [4]土牛：泥捏的牛。

三一

古詞奇奧，多不可解，大抵本其時之方言，而流傳失真。如《盤庚》之“弔由靈”[1]，《國語》之“暇豫之吾吾”[2]，《巾舞歌》之“來吾嬰”[3]，《伯牙》之“歍欽傷宮”[4]，古樂府之“收中吾”“羊無夷”“何何”“吾吾”，《尚書大傳》之“舟張辟雍，鶬鶬相從”，皆是也。北魏繆襲仿其體[5]，作《尤射經》，拗澀不可句讀，殊覺無謂。

【箋注】

[1]《盤庚》：《尚書》中的一篇。 [2]《國語》：是按國别分編先秦時代古人言論的一部書，又稱“春秋外傳”。相傳爲左丘明作。 [3]《巾舞歌》：即《公莫巾舞歌行》，是自《宋書·樂志》載録以來長期無人能圓滿解讀的一篇奇文。 [4]《伯牙》：指琴曲《伯牙水仙操》。 [5]繆襲（186—245）：三國魏東海蘭陵人。官至尚書、光禄勛。

三　二

選詩如用人才，門户須寬，采取須嚴。能知派别之所由，則自然寬矣；能知精采之所在，則自然嚴矣。余論詩似寬實嚴，嘗口號云："聲憑宫徵都須脆[1]，味盡酸鹹只要鮮。"

【箋注】

[1] 宫徵（zhǐ）：五音中的宫音和徵音，代指中國五聲音階及一切音樂。此用來喻指詩歌的音樂性。

按：選詩門户寬而采取嚴，説時容易做時難。個人的偏見，甚至私情，都能回避，做到大致公允，就應該稱道了。袁枚在此自詡論詩似寬實嚴，做對一半就算不錯了。

三　三

楊、劉詩號西崑體[1]，詞多綺麗。《宋史》楊文公之正直，人皆知之。劉筠知制誥時，不肯草丁謂復相之詔[2]。真宗不得已，命晏元獻草之[3]。後晏見劉自慚，至掩扇而過。其剛正不在楊下。可見"桑間濮上"之音[4]，未必非賢人所作。

【箋注】

[1] 楊劉：指楊億、劉筠。楊億，見卷一・一三注[7]。劉筠，見卷五・七一注[2]。西崑體：見卷一・一三注[6]。　[2] 丁謂（966—1037）：字謂之、公言。宋蘇州長洲人。淳化進士。官至宰相，封晋國公。　[3] 晏元獻：晏殊，見卷一・四六注[15]。　[4] 桑間濮上：此泛指男女幽會之地。《漢書・地理志下》："衛地有桑間濮上之阻，男女亦亟聚會，聲色生焉。"

三　四

楊龜山先生云[1]："當今祖宗之法，不必分元祐與熙豐也[2]。國家但取其善者而行之可也。”予聞人論詩，好争唐、宋，必以先生此語曉之。

【箋注】

[1] 楊龜山：楊時（1053—1135），字中立，號龜山先生。宋福建將樂人。神宗熙寧九年進士。曾以“程門立雪”精神從學於程顥、程頤。官至工部侍郎，兼侍讀，授以龍圖閣直學士，提舉杭州洞霄宫。後隱於故鄉龜山讀書講學。有《龜山集》《二程粹言》等。 [2] 元祐：宋哲宗趙煦年號（1086—1094）。元祐年間，高太后垂簾聽政．因反對變法而被貶逐的司馬光、吕公著、蘇轍、蘇軾等相繼被召回京師。協助王安石推行新法的官員吕惠卿等人相繼受到排擠打擊。王安石、宋神宗推行的一系列新法也被逐一否定、廢黜。歷史上稱這一清算新法的轉變爲“元祐更化”。熙豐：宋神宗趙頊年號熙寧（1068—1077）、元豐（1078—1085）的合稱。熙豐前後，學派林立，有張載的關學、二程的洛學、王安石的新學、司馬光的涑水學、邵雍的象數學、蘇軾的蜀學等。這一時期，主要以王安石和熙豐變法爲歷史特徵。

三　五

從古講六書者，多不工書[1]。歐、虞、褚、薛[2]，不硜硜于《説文》《凡將》[3]。講韻學者，多不工詩。李、杜、韓、蘇，不斤斤於分音列譜[4]。何也？空諸一切，而後能以神氣孤行；一涉箋注，趣便索然。

【箋注】

[1] 六書：古人所講的漢字造字理論，即象形、指事、會意、形聲、轉注、假借。工書：精工於書法。 [2] 歐、虞、褚、薛：指唐歐陽詢、虞世南、褚遂良、薛稷。均以工書著稱。後人稱貞觀四家，又稱唐初四大書法家。 [3] 硜（kēng）硜：固執的樣子。《説文》：東漢許慎《説文解字》。《凡將》：西漢司馬相如所作雜字書。 [4] 李、杜、韓、蘇：指李白、杜甫、韓愈、蘇軾。袁枚將此四人並稱，打破了唐宋界限。

按：所謂空諸一切，必吸收了一切適於自己的營養精髓而後纔能做到。所謂神氣獨行，是有了綜合識力、創造力之後所形成的一種神情氣質，進而表現爲特立獨行、戛戛獨造。同時證明，學問家與詩人所循行的是兩條不同的路徑，二者兼得是不容易的。

三 六

《三百篇》不著姓名，蓋其人直寫懷抱，無意於傳名，所以真切可愛。今作詩，有意要人知有學問、有章法、有師承，於是真意少而繁文多。予按《三百篇》有姓名可考者，惟家父之《南山》[1]、寺人孟子之《萋菲》[2]、尹吉甫之《崧高》[3]、魯奚斯之《閟宫》而已[4]。此外，皆不知何人秉筆。

【箋注】

[1]家父：西周詩人。家氏，名父。周幽王時大夫。《詩經·小雅·節南山》末章云："家父作誦，以究王訩。" [2]寺人孟子：西周詩人。寺人，閹人。《詩經·小雅·巷伯》末章云："寺人孟子，作爲此詩。"此詩首句爲"萋兮斐兮"。 [3]尹吉甫（前852—前775）：西周大臣、詩人。即兮伯吉父。兮氏，名甲，字伯吉父。尹是官名。《詩經·大雅·崧高》末章云："吉甫作誦，其詩孔碩。"另《烝民》末章云："吉甫作誦，穆如清風。"可知二詩爲吉甫所作。因而可知他是中國文學史上第一個有姓名記載的詩人。 [4]魯奚斯：春秋時魯國公子目夷，又稱子魚。與魯僖公同時。《詩經·魯頌·閟宫》："奚斯所作，孔曼且碩，萬民是若。"

三 七

人但知寥寥短章之才短，而不知喋喋千言之才更短；人但知滿口公卿之人俗，而不知滿口不趨公卿之人更俗。予嘗箴一名士云："吟詩羞作野才子，行己莫爲小丈夫[1]。"

【箋注】

[1]小丈夫：庸俗而見識短的人。

三　八

阮亭《詩話》[1]，道晚唐人之“布穀啼春雨，杏花紅半村[2]”，不如盛唐人之“興闌啼鳥緩，坐久落花多[3]”。余以爲真耳食之論[4]。阮亭胸中，先有晚、盛之分，故不知兩詩之各有妙境。若以渾成而言，轉覺晚唐爲勝。

【箋注】

[1] 阮亭：王士禛，見卷一·五四注[1]。著有《漁洋詩話》。 [2]“布穀”聯：出自宋人梁相《春日田園雜興》。 [3]“興闌”聯：出自唐人王維《從岐王過楊氏别業應教詩》。 [4] 耳食：謂不加省察，徒信傳聞。《史記·六國年表序》：“學者牽於所聞，見秦在帝位日淺，不察其終始，因舉而笑之，不敢道。此與以耳食無異。”司馬貞《索隱》：“言俗學淺識舉而笑秦，此猶耳食，不能知味也。”

三　九

或言八股文體制[1]，出於唐人試帖，累人已甚。梅式庵曰[2]：“不然。天欲成就一文人、一儒者，都非偶然。試觀古文人如歐、蘇、韓、柳[3]，儒者如周、程、張、朱[4]，誰非少年科甲哉？蓋使之先得出身，以捐棄其俗學[5]，而後乃有全力以攻實學[6]。試觀諸公應試之文，都不甚佳，晚年得力於學之後，方始不凡。不然，彼方終日用心於五言八韻、對策三條，豈足以傳世哉？就中晚登科第者，只歸熙甫一人[7]，然古文雖工，終不脱時文氣息，而且終身不能爲詩，亦累於俗學之一證。”

【箋注】

[1] 八股文：見卷六·八二注[1]。 [2] 梅式庵：梅鈖（1732—1777），字二如，號式庵。安徽宣城人。乾隆十五年副榜貢士。 [3] 歐、蘇、韓、柳：韓愈、柳宗元、歐陽修、蘇軾。唐宋古文運動的宣導者。 [4] 周、程、張、朱：周敦頤、程顥、程頤、張載、朱熹。宋代理學家。 [5] 俗學：不務實際而嚴重影響士習風俗之學。 [6] 實學：實體達用之學。 [7] 歸熙甫：

歸有光（1507—1571），字熙甫，號震川。明南直隸崑山（今屬江蘇）人。晚年始成進士。官至南京太僕寺丞。有《震川集》《三吳水利録》。

四 〇

休寧布衣陳浦[1]，字楚南，白髯偉貌。壬辰年，與陳古漁同來[2]，投一册詩而去。余當時未及卒讀，庋之架上，蠹蝕者過半。庚子春，偶擷讀之[3]，乃學唐人能得其神趣者。問古漁。曰："死數年矣。"余深悔交臂而失詩人。其《廬山瀑布》云："噴雪萬峰巔，風吹直下天。長懸一匹練，飛作百重泉。松近無晴鬣[4]，村遥有濕煙。因知元化大，江海與周旋。"《秋月》云："秋月一何皎，照人生遠哀。閉門不忍看，自上紙窗來。"《孤雁》云："月因孤影冷，夜以一聲長。"《鄱陽湖》云："岸闊山沉水，天低浪入雲。"七言如："遠水無邊天作岸，亂帆一散影如鴉。""割愛折花因贈妾，攢眉入社爲吟詩。"皆不凡也。其可憐者，《醉後題壁》云："貧歸故里生無計，病卧他鄉死亦難。放眼古今多少恨，可憐身後識方干[5]。"嗚呼！余亦識方干於死後，能無有愧其言哉？

【箋注】

[1]陳浦：見卷三・一七注[5]。 [2]壬辰：這裏指乾隆三十七年（1772）。陳古漁：陳毅，見卷一・五二注[3]。 [3]庚子：這裏指乾隆四十五年（1780）。[4]晴鬣：指不沾水滴的松葉。鬣，指松鬣，即松葉。 [5]方干（836—888）：字雄飛。唐新定（今浙江建德）人。始舉進士，錢塘太守姚合視其貌醜，覽卷而變容。科場失意後，隱居會稽鏡湖，貧困以終。而詩著名江南，詩風與賈島相似，以苦吟著稱。死後十多年，宰臣張文蔚奏名儒不第者，賜一官。後以"身後識方干"比喻生前無人賞識死後纔被重視的人。

按：古今布衣詩人多有，大都命運不濟，一生窮困，尚可留詩於後人，應該爲世所重。袁枚能有方干之歎，自責有愧，其心亦可貴。

四一

明季秦淮多名妓，柳如是、顧横波[1]，其尤著者也。俱以色藝受公卿知，爲之落籍。而所適錢、龔兩尚書，又都少夷齊之節[2]。兩夫人恰禮賢愛士，俠骨棱嶒。閻古古被難[3]，夫人匿之側室中，卒以脱禍。厲樊榭詩云[4]：“蛾眉前後皆奇絶，莫怪群公欠致身[5]。”較梅庚“蘼蕪詩句横波墨，都是尚書傳裏人”之句[6]，更覺蘊藉。

【箋注】

[1] 柳如是：柳是（1618—1664），本姓楊，名愛，字如是，又字蘼蕪。明末清初浙江嘉興人。常熟錢謙益側室，稱河東君、河東夫人。有《湖上草》《河東君集》。顧横波：顧湄（1619—1664），字眉生，號横波。明末清初江南上元人。嫁龔芝麓，改姓徐，號梅生。人稱横波夫人、徐夫人。有《柳花閣集》。[2] 錢：錢謙益，見卷一・三注[5]。龔：龔鼎孳（1615—1673），字孝升，號芝麓。江南合肥（今屬安徽）人。明崇禎七年進士。授兵科給事中。入清後，康熙間歷任刑、兵、禮部尚書。有《定山堂集》《香嚴詞》等。夷齊：指商末伯夷、叔齊兄弟。孤竹君之二子。武王伐紂，勸諫。武王滅商後，隱居首陽山采薇，不食周粟而死。以品行高潔著稱。 [3] 閻古古：閻爾梅（1603—1679），字國卿，號古古、白耷山人、蹈東和尚。明末清初江南沛縣（今屬江蘇）人。明崇禎舉人。爲復社鉅子。改姓名稱翁藏若。有《白耷山人集》。[4] 厲樊榭：厲鶚，見卷三・六一注[1]。 [5] 欠致身：指有愧於做官。[6] 梅庚：見卷六・九三注[1]。

四二

或問:“太白樂府‘元氣是文康之老親’作何解[1]？”余按: 周舍《上雲樂》曰[2]：“西方老胡，厥名文康。”此其所本。然樂府語多不可解，如《烏棲曲》之“目作宴瑱飽，腹作宛惱饑”“刀作離婁僻”，措語奥僻。又曰：“既死明月魄，無復玻瓈魂。”“明月魄”，可解也；“玻瓈魂”，不可解也。周宣王時《采薪歌》曰：“金虎入門吸元泉。”“金虎”“元泉”，的是何物？

【箋注】

[1]“元氣”語：出自李白《上雲樂》：“大道是文康之嚴父，元氣乃文康之老親。”元氣，指形成天地萬物的原始物質。文康，傳説中神仙名。 [2]周舍（469—524）：字升逸。南朝梁汝南安成（今屬河南）人。起家齊太學博士。入梁，召拜尚書祠部郎，官至右驍騎將軍。博學多通，以有辯才著稱。

四　三

聯句，始《式微》[1]。劉向《列女傳》謂[2]：“《毛詩》‘泥中’‘中露’，衛二邑名。《式微》之詩，二人同作。”是聯句之始。《文心雕龍》云：“聯句共韻，柏梁餘制[3]。”

【箋注】

[1]聯句：見卷六·五八注[3]。《式微》：《詩經·邶風》中的一篇，劉向認爲是二人同作，即每章的前一節爲女方問，後一節爲男方答。亦即二人聯句而成一首詩。 [2]劉向（前77—前6）：本名更生，字子政。西漢沛（今屬江蘇）人。曾任諫議大夫、中壘校尉、光禄大夫。著《洪範五行傳》《列女傳》《新序》《説苑》等。 [3]柏梁：即柏梁體。指每句用韻的七言古詩。創于漢武帝時。漢武宴柏梁臺，與群臣共賦七言詩，人各一句，句皆用韻（平聲韻），後人遂以每句用韻的七言詩爲柏梁體。餘制：指傳留下來的詩文體制。

四　四

集句，始傅咸[1]。傅咸有《回文反復詩》。又作《七經詩[2]》，其《毛詩》一篇，皆集經語。是集句所由始矣。

【箋注】

[1]集句：見卷六·五八注[2]。傅咸：見卷五·一八注[7]。 [2]七經詩：《詩紀》云：“《春秋正義》曰：‘傅咸《七經詩》，王羲之寫。今所存者六經耳。’”有《孝經詩》《論語詩》《毛詩詩》《周易詩》《周官詩》《左傳詩》。見於唐徐堅等撰《初學記》。

四　五

詩文集之名，始東京[1]。《隋經籍志》曰："集之名，東京所創。"蓋指班史某人文幾篇[2]，某人詩幾篇而言。後人集之，非自爲集也。齊、梁間始有自爲集者，王筠以一官爲一集[3]，江淹自名前後集[4]，是也。有一人之集，止一題者：《阮步兵集》五言八十篇，四言十三篇，題皆曰"咏懷"[5]，應休璉詩八卷，總名曰"百一詩"[6]，是也。亦有一集止爲一事者：梁元帝爲《燕歌行》，群臣和之，爲《燕歌行集》[7]，唐睿宗時，李適送司馬承禎《還山詩》，朝士和者三百餘人，徐彦伯編而序之，號《白雲記》[8]，是也。有一集止一體者：崔道融《唐詩》二卷，皆四言，是也[9]。有數人唱和而成集者：元、白之《因繼集》[10]，皮、陸之《松陵集》[11]，温飛卿之《漢上題襟集》[12]，是也。

【箋注】

[1]東京：指洛陽。東漢建都洛陽。此以東京代東漢。　[2]班史：《漢書》之別稱。《漢書》爲班固所作，故有此稱。　[3]王筠（1784—1854）：字元禮，一字德柔。南朝梁琅琊臨沂人。歷任尚書殿中郎、太子洗馬、中書舍人、太子詹事等。有《洗馬》《中書》《中庶》《吏部》《左佐》《臨海》《太府》《尚書》等集，後皆散佚。明人輯有《王詹事集》。　[4]江淹（444—505）：字文通。南朝梁濟陽考城（今河南蘭考）人。歷仕宋、齊、梁三朝。官至金紫光禄大夫，封醴陵侯。據《梁書·江淹傳》，江淹有著述百餘卷，自編爲前後集。《隋書·經籍志》載有《江淹集》九卷、《江淹後集》十卷。　[5]阮步兵：阮籍（210—263），字嗣宗。三國魏陳留尉氏（今屬河南）人。任散騎常侍、步兵校尉，封關内侯。世稱阮步兵。後人輯有《阮步兵集》。　[6]應休璉：應璩（qú）（190—252），字休璉。汝南（今屬河南）人。三國時魏文學家。官至侍中。所作《百一詩》，譏諷時事，語言通俗。　[7]梁元帝：蕭繹（508—555），字世誠，小字七符，自號金樓子。南蘭陵（今江蘇常州一帶）人。南朝梁武帝第七子。初封湘東王，後即位於江陵。著作今存《金樓子》。　[8]李適：字子至，自號東山子。唐京兆萬年（今陝西西安）人。武后時舉進士，調猗氏縣尉。官至工部侍郎。司馬承禎（639—735）：字子微，法號道隱。唐河内温縣（今屬河南）人。隱於天台山，自號天台白雲子。　[9]崔道融：自號東甌散人。唐荆州（今

湖北江陵）人。唐末避亂永嘉。昭宗時爲永嘉令。唐亡，避戰亂入閩。存詩一卷。　[10]《因繼集》：白居易生前多次編集，《元白唱和因繼集》《劉白唱和集》爲別出單行的作品集，後收入全集中。　[11]《松陵集》：唐陸龜蒙編。爲陸龜蒙與皮日休等在蘇州松陵唱和之詩集。　[12]《漢上題襟集》：唐段成式編，收其于唐宣宗大中十年至十四年間游徐商襄陽幕，與温庭筠、温庭皓、余知古、徐商等唱和作品及諸人往來書札。

四　六

余嘗鑄香爐，合金、銀、銅三品而火化焉。爐成後，金與銀化，銀與銅化，兩物可合爲一；惟金與銅，則各自凝結，如君子小人不相入也。因之，有悟于詩文之理。八家之文、三唐之詩，金、銀也，不攙和銅、錫，所以品貴；宋、元以後之詩文，則金、銀、銅、錫，無所不攙，字面欠雅馴，遂爲耳食者所擯[1]，並其本質之金、銀而薄之，可惜也！余《哭鄂文端公》云："魂依大祫歸天廟[2]。"程夢湘争云[3]："'祫'字入《禮》不入《詩》。"余雖一時不能易，而心頗折服。夫六經之字，尚且不可攙入詩中，况他書乎！劉禹錫不敢題"糕"字[4]，此劉之所以爲唐詩也；東坡笑劉不題"糕"字爲不豪[5]，此蘇之所以爲宋詩也。人不能在此處分唐、宋，而徒在渾含、刻露處分唐、宋，則不知《三百篇》中，渾含固多，刻露者亦復不少。此作僞唐詩者之所以陷入平庸也。

【箋注】

[1] 耳食：見本卷三八注[4]。　[2] 大祫（xiá）：古時天子、諸侯宗廟祭禮之一。集遠近祖先的神主于太祖廟合祭。　[3] 程夢湘：字荆南，號衡帆。清江蘇丹徒人。乾隆三十年拔貢。官湖南桂陽、清泉知縣。有《松寥山館詩鈔》。[4] 劉禹錫：見卷一·四二注[10]。　[5]"東坡"句：此處有誤，應爲宋祁詩，其《九日食糕》詩云："飆館輕霜拂曙袍，糗餈花飲鬥分曹。劉郎不敢題糕字，空負詩中一世豪。"宋熊朋來《經説》卷四、宋羅大經《鶴林玉露》卷九、宋邵博撰《聞見後録》卷十九、宋蒲積中編《歲時雜咏》卷三十七，都持此説。劉禹錫不敢用"糕"字，是以爲六經中無此字。宋祁認爲《周禮》疏"糗餌粉餈"即爲糕類。其實，六經中有無，不應作爲詩中用字的標準。與劉禹錫經常

唱和的白居易已經在詩中用過“糕”字：“移坐就菊叢，糕酒前羅列。”

四　七

無題之詩，天籟也[1]；有題之詩，人籟也[2]。天籟易工，人籟難工。《三百篇》《古詩十九首》，皆無題之作，後人取其詩中首面之一二字爲題，遂獨絶千古。漢魏以下，有題方有詩，性情漸漓[3]。至唐人有五言八韻之試帖[4]，限以格律，而性情愈遠。且有“賦得”等名目[5]，以詩爲詩，猶之以水洗水，更無意味。從此，詩之道每况愈下矣。余幼有句云：“花如有子非真色，詩到無題是化工。”略見大意。

【箋注】

[1]天籟：指天然渾成，得自然之趣的詩文。 [2]人籟：指人力追琢而近于天然巧成的作品。 [3]漓：淺薄。 [4]試帖：科舉時代考試時所作的詩，多用古人詩句命題，冠以“賦得”二字，在詩中自成一體，稱爲“試帖”。 [5]賦得：除試帖詩題首多冠以“賦得”二字外，古人還有分題定韻賦詩，分到題目稱爲“賦得”。後遂將“賦得”視爲一種詩體。即景賦詩者也往往以“賦得”爲題。

四　八

秦澗泉修撰將朝考[1]，關廟求籤，得句云：“静來好把此心捫。”不解所謂。朝考題是“松柏有心賦”，通篇忘押“心”字韻，總裁列之高等，被上看出，乃各謫罪。上笑曰：“狀元有無心之賦，試官無有眼之人。”按：宋莒公試《德車結旂賦》[2]，亦忘押“結”字。《謝表》云：“掀天破浪之中，舟人忘楫；動地鼓鼙之下，戰士遺弓。”

【箋注】

[1]秦澗泉：秦大士，見卷一·四二注[6]。 [2]宋莒（jǔ）公：宋庠（996—1066），字公序、伯庠。祖籍安州安陸（今屬湖北），徙開封雍丘（今河南杞縣）。宋仁宗大聖二年舉進士第一。入爲翰林學士。累遷檢校太尉、同平章事

充樞密使，封莒國公。以司空致仕。卒謚元憲。有《宋元憲集》。

四　九

香亭宰南陽[1]，大將軍明公瑞之弟諱仁者[2]，領軍征西川，路過其邑，於未到前三日，飛羽檄寄香亭，合署大駭，拆視，乃詩一首，云："雙丁二陸聞名久[3]，今日相逢在道途。寄問南陽賢令尹，風流得似子才無？"嗚呼！枚與公絶無一面，蒙其推挹如此。因公在京時，曾托尹似村索詩[4]，枚書扇奉寄，而公已歿軍中。故哭公云："團扇詩才從北寄，雕弓人已賦西征。"

【箋注】

[1]香亭：袁樹，見卷一·五注[3]。 [2]明瑞：見卷五·四九注[1]。明仁（？—1775）：清滿洲鑲黄旗人。傅清子。初襲一等子爵，授三等侍尉。 [3]雙丁：指三國魏丁儀、丁廙兄弟，均以文學著稱。二陸：指晋陸機、陸雲兄弟，並有俊才。此以代指袁枚、袁樹。 [4]尹似村：慶蘭，見卷二·三七注[1]。

五　〇

襄城劉芳草先生[1]，名青芝，雍正丁未翰林。與兄青藜友愛[2]，築江村七一軒同居。所謂"七一"者，仿歐陽"六一居士"之義[3]，多一弟，故名"七一"。先生初入詞館，即請假省兄。座主沈近思留之曰[4]："頃閱子《上張儀封書》《與王豐川札》，知君有經濟之人，何言歸也？"先生誦其兄寄詩云："今生不盡團圞樂，那有來生未了因？"沈憐而許之。丙辰秋，同徵友張雄圖引見先生于僧寺中[5]，鬚已盡白，德容粹然。秀水張布衣庚爲之立傳[6]。初，先生與張訣，脱佩玉爲贈。後聞訃，張奉玉爲位以哭云[7]。

【箋注】

[1]劉芳草：劉青芝（1676—？），字芳草，號江村山人。清河南襄城人。

雍正五年進士。改翰林院庶吉士。有《學詩闕疑》《尚書辨疑》《續錦機》《江村隨筆》《江村山人文稿》等。 [2] 劉青藜（1839—1900）：字太乙，號嘯月，又號卧廬。清河南襄城人。康熙四十五年進士，選庶吉士。有《高陽山人集》。[3] 六一居士：宋歐陽修自號六一居士，曰："吾藏書一萬卷，集三代以來金石遺文一千卷，有琴一張、棋一局，而常置酒一壺，以吾一翁老於此五物之間，是爲六一。"詳《六一居士傳》。 [4] 沈近思：見卷四・二注 [5]。 [5] 張雄圖：字礪山，號慕堂。清河南洛陽人。乾隆六年舉人，賜國子監學正。有《慕堂集》。 [6] 張庚：見卷二・一六注 [12]。 [7] 爲位：陳設於靈位前。

五 一

或誦詩句云："鳥聲穿樹日當午，燈影隔簾人讀書。"問："當是何人之句？"余曰："似宋元名家。"其人曰："非也。近人李松圃所作[1]。"

【箋注】

[1] 李松圃：李秉禮，見卷六・七五注 [6]。

五 二

雲南蒙化有陳把總，名翼叔[1]。《即景》云："斜月低於樹，遠山高過天。"《從軍》云："壯士從來有熱血，秋深不必寄寒衣。"有如此才，而隱於百夫長[2]，可歎也！陳鑿一山洞，命子俟其死，藏而封焉。

【箋注】

[1] 陳翼叔：陳佐才（1627—1697），字翼叔，别號睡隱子，俗稱陳仙人。明雲南蒙化（今巍山）人。少時習文，後投在黔國公沐天波下受武職，官把總。明亡不仕。其妻安氏輯其遺詩爲《天叫集》《是何庵集》《寧瘦居集》《石棺集》。 [2] 百夫長：統率百人的小頭目。

按：好詩不能不得全璧。翻遍字迹模糊的《陳翼叔詩集》，於卷六檢得《邊行》："邊關萬里隔邦畿，瘴雨蠻煙過客稀。壯士從來有熱血，深秋不必送寒衣。”“斜月”聯在卷二，題爲“春夜”。

五 三

廣東珠娘皆惡劣[1]，無一可者。余偶同龍文弟上其船[2]，意致索然。問何姓名，龍文笑曰：“皆名春色。”余問：“何以有此美名？”曰：“春色惱人眠不得！”

【箋注】

[1]珠娘：閩粵一帶對女孩或婦人的美稱。 [2]龍文：袁枚堂弟，官廣西州同，餘未詳。

按：此類詩話爲糟粕。

五 四

唐殷璠選《河嶽英靈集》[1]，不選杜少陵；高仲武選《中興間氣集》[2]，不選李太白。所謂各從其志也。

【箋注】

[1]殷璠：唐丹陽（今屬江蘇）人。天寶間鄉貢進士。編選盛唐開元、天寶間詩人常建至閻防二十四人的作品二百三十四首，爲《河嶽英靈集》。 [2]高仲武：唐渤海（今山東濱州一帶）人。至德初年開始選唐人詩，迄大曆末年編成《中興間氣集》。選録安史之亂後肅宗、代宗“中興”時期的詩歌。間氣，謂傑出之人才秉五行之氣而生。集中所收包括自錢起至張南史共二十六人，計詩一百三十四首。編選範圍在時間上大體與《河嶽英靈集》銜接。志在展示大曆氣韻。

五 五

吴中多閨秀。崔夫人之子景儼娶婦莊素馨[1]，能詩，早卒。夫人爲梓其《蒙楚閣遺草》。咏蟬云：“吟風雙翅薄，飲露一身輕。”《新月》云：

“簾捲西風小院門，玉階凉動近黄昏。蛾眉一曲横天半，疑是嫦娥指爪痕。”洪稚存爲志墓云[2]：“景儼感逝既殷，傷心屢賦。十二時之内，欲廢黄昏；《三百篇》之間，竟删《蒙楚》。”彭希涑孝廉之妻顧韞玉[3]，亦能詩，早卒。咏白燕云：“銀剪輕風送曉寒，穿來飛絮訝春殘。那知暫向林間宿，猶作枝頭霽雪看。”《舟行》云：“鳥啼知月上，犬吠報村來。”

【箋注】

[1]莊素馨（1768—1790）：清江蘇武進人。濟南府知府莊斅坡季女、杭州府水利通判崔曼亭次子崔景儼妻。有《蒙楚閣集》。 [2]洪稚存：洪亮吉，見本卷二一注[4]。 [3]彭希涑（1761—1793）：字樂園。彭啟豐孫。乾隆五十一年舉人。有《樂園詩稿》。顧韞玉（1759—1787）：字絳霞。清江蘇崑山人。爲翰林院侍詔顧芥亭之女、主事彭希涑之妻。有《芸暉閣吟草》。

五　六

味甜自悦口，然甜過則令人嘔；味苦自螫口，然微苦恰耐人思。要知甘而能鮮，則不俗矣；苦能回甘，則不厭矣。凡作詩獻公卿者，頌揚不如規諷。余有句云：“厭香焚皂莢，苦膩慕蒿芹[1]。”

【箋注】

[1]皂莢：喬木皂莢樹的果實。味苦，可入藥，有殺菌作用。蒿芹：兩種可食用的草本植物。蒿，葉子帶有某種特殊氣味，初生嫩苗可食。芹，伞形科塘蒿屬，一年生或二年生草本。嫩葉及莖可供食用。韓愈《陪杜侍御遊湘西兩寺獨宿有題》：“澗蔬煮蒿芹，水果剥菱芡。”

按：頌揚不如規諷之説，如能做到，真好！

五　七

古無小照，起于漢武梁祠畫古賢烈女之像[1]。而今則庸夫俗子，皆有一行樂圖矣[2]。古無别號，起于史衛王[3]，紈袴子弟創“雲麓”“十洲”之號，互相稱栩。而今則市井少年，皆有一别字矣。索題者累百盈千，余不得已，隨手應酬。嘗口號云：“别號稱非古，題圖詩不存。”偶然翻擷《全集》，存者尚多，可見割愛甚難，然所存亦十分中之一二。

【箋注】

[1]漢武梁祠：東漢時期的一座祠堂，位於山東嘉祥武翟山北麓。石室四壁刻古帝王、忠臣義士、孝子賢婦畫像，各以小字識其旁。 [2]行樂圖：此指肖像畫。 [3]史衛王：史彌遠，見卷五・二六注[4]。

五　八

東坡云：“作詩必此詩，定知非詩人。”此言最妙。然須知作此詩而竟不是此詩，則尤非詩人矣。其妙處總在旁見側出，吸取題神，不是此詩，恰是此詩。古梅花詩佳者多矣！馮鈍吟云[1]：“羡他清絶西溪水，纔得冰開便照君。”真前人所未有。余咏蘆花詩，頗刻劃矣。劉霞裳云[2]：“知否楊花翻羡汝，一生從不識春愁。”余不覺失色。金壽門畫杏花一枝[3]，題云：“香驄紅雨上林街[4]，牆内枝從牆外開。惟有杏花真得意，三年又見狀元來。”咏梅而思至於冰，咏蘆花而思至於楊花，咏杏花而思至於狀元，皆從天外落想，焉得不佳?

【箋注】

[1]馮鈍吟：馮班（1602—1671），字定遠，號鈍吟。江蘇常熟人。明諸生。有《鈍吟雜録》《定遠集》《鈍吟詩文稿》《評點才調集》。 [2]劉霞裳：見卷二・三三注[2]。 [3]金壽門：金農，見卷三・七二注[2]。 [4]上林：此指皇家園林。新中進士要舉行杏花園初會，謂之探花宴，使遍遊名園，看誰先折得名花。

按：此可與卷一・四二所論參照。這裏的詩例更爲生動有趣。

五 九

余家藏古剌水一罐[1]，上鎸："永樂六年，古剌國熬造，重一斤十三兩。"五十年來，分量如故。鑽開試水，其臭香，色黄而濃，裹面皆黄金包裹。方知水歷數百年而分量不減者，金生水故也。《池北偶談》："左蘿石《咏古剌水》云[2]：'瓶中古剌水，製自文皇年[3]。……列皇飲祖澤，旨之如羹然。'又曰：'再拜嘗此水，含之不忍咽。'"似乎古剌水可飲也。明人《宫詞》云："聞道内人新浴罷，一杯古剌水横陳。"似乎宫人浴罷染體之水也。厲太鴻詩曰[4]："一灑羅衣常不滅，氤氲願與君恩終。"又似乎熏灑衣服之用矣。三君子者，不知何考耶。嚴分宜籍没時[5]，其家有古剌水十三罐，人以爲奇。則此水之貴重可知。

【箋注】

[1]古剌：或稱大古剌，中國史籍亦稱爲白古、擺古。在雲南孟養西南，濱南海。爲古代緬甸南部孟族所統治，同中國關係密切。古剌水，即薔薇水，是一種花露水，自唐宋以來，從大食傳入我國。 [2]《池北偶談》：清代筆記，王士禛著。左蘿石：左懋第（1601—1645），字仲及，號蘿石。明山東萊陽人。崇禎四年進士。 [3]文皇：此指唐太宗李世民。 [4]厲太鴻：厲鶚，見卷三·六一注[1]。 [5]嚴分宜：嚴嵩（1480—1567），字惟中，號介溪。明江西分宜人。弘治十八年進士。明世宗時官禮部尚書、武英殿大學士、華蓋殿大學士。後被罷相抄家，寄食墓舍而死。

六 〇

骨董家相傳，雨過天青色磁，始于柴世宗[1]。按晚唐早有之，陸龜蒙詩曰[2]："九天風露越窑開[3]，奪得千峰翠色來。"

【箋注】

[1]柴世宗：柴榮（921—959）。五代後周皇帝。邢州龍岡（今河北邢臺一帶）人。廟號世宗。 [2]陸龜蒙：見卷一·二〇注[13]。 [3]越窑：唐至宋代著名青瓷窑之一。窑址在今浙江餘姚上林湖一帶。古代屬越州，因名。

六　一

宋人詞云："斜陽何處最消魂？樓上黄昏，馬上黄昏。[1]"陳古漁《咏月》云[2]："閨中少婦關山客，樓上無眠馬上看。"《清波雜誌·咏望後月》云[3]："昨夜三更後，嫦娥墮玉簪。馮夷不敢受[4]，捧出碧波心。"本朝楊文叔先生《咏十六夜月》云[5]："休言三五團圞好，二八嬋娟更可憐。"《玉壺清話·咏新月》云："一二初三四，蛾眉影尚單。待奴年十五，正面與君看。"近人方子雲《咏新月》云[6]："宛如待嫁閨中女，知有團圞在後頭。"心思之妙，孰謂今人不如古人耶？

【箋注】

[1]"斜陽"三語：出宋劉仙倫《一剪梅》，原作："一般離思兩銷魂。馬上黄昏。樓上黄昏。" [2]陳古漁：陳毅，見卷一·五二注[3]。[3]《咏望後月》：《錦綉萬花谷》和《詩話總龜》皆載爲宋王禹偁《白蓮》詩。 [4]馮夷：傳説爲水神河伯。 [5]楊文叔：楊繩武，見卷二·六〇注[1]。[6]方子雲：方正澍，見卷一·四五注[6]。

六　二

前朝廣東惠州，有蘇神童《咏月》三十首[1]，其最佳者，《初一月》云："氣朔盈虚又一初，嫦娥底事半分無。却於無處分明有，渾似先天太極圖[2]。"《初二月》云："三足金烏已斂形，且看兔魄一絲生[3]。嫦娥底事梳妝懶，終夜蛾眉畫不成。"《初三月》云："日落江城半掩門，城西斜眺已黄昏。何人伸得披雲手，錯把青天搦一痕。"《初四月》云："禁鼓纔聞第一敲，忽看新月掛林梢。誰家寶鏡新藏匣，蓋小參差掩不交。"《十八月》云："二九良宵此夜當，鏡輪雖破有餘光。勸君夜飲停杯待，二鼓初敲管上窗。"《二十一月》云："破鏡緣何少半規，陽精倒迫若相催。弓弦過滿知何似，正是彎弓欲射時。"《二十二月》云："三更半夜未成眠，殘月今宵正下弦。若有遠行人早起，也應相伴五更天。”神童年十四而卒。人問幾時再生，應聲曰：“五百年。”

【箋注】

[1] 蘇神童：蘇福（1372—1385）。明潮陽（今廣東汕頭一帶）人。洪武間舉童子科。早年常隨父在惠州經商。八歲賦初月詩。 [2] 太極圖：又稱“先天圖”或“天地自然之圖”。周敦頤《太極圖說》：“無極而太極。太極動而生陽，動極而靜，靜而生陰，靜極復動。一動一靜，互爲其根。分陰分陽，兩儀立焉。”邵雍稱：“伏羲之易，初無文字，只有一圖矣，寓其象數。而天地萬物之理、陰陽始終之變具焉。” [3] 金烏：相傳日中有三足烏。此代指太陽。兔魄：相傳月中有玉兔。此代指月亮。

按：這是吟咏不盡的月亮，這是中國人的月情結。

六 三

吴雲巖殿撰在潮州眷一妓[1]。妓持紙乞詩，吴書一絶云：“濤箋親捧剪輕霞[2]，小立當筵蹙錦靴。休訝老坡難忍俊，多因無奈海棠花[3]。”此妓聲價頓增，人呼“狀元嫂”[4]。

【箋注】

[1] 吴雲巖：吴鴻，見卷三・二二注[1]。 [2] 濤箋：唐代女詩人薛濤創製的一種深紅色的小彩紙，以作詩文。此代指女子使用的精美紙張。 [3] 老坡：此是以蘇東坡自喻。海棠：東坡在黄岡，每用官奴侑觴，群姬持紙乞歌詞，獨李琦未蒙賜，一日有請，坡乘醉書：“東坡五載黄州住，何事無言贈李琦。”移時續以“却似城南杜工部，海棠雖好不吟詩”足之。其人自此聲價增重。事見宋《清波雜誌》《庚溪詩話》《春渚紀聞》。 [4] 狀元嫂：吴雲巖曾在乾隆十六年中狀元，故有此稱。

六 四

譚默齋進士掌教嶺南[1]。其同年謝興士新納寵[2]，不肯告人。譚寄詩調之，云：“玉指丹唇鴉髻盤，東山絲竹妙吹彈[3]。定知鍾得夫人愛，簾捲常教太傅看[4]。”謝笑曰：“既吾家有此故事，敢不自首？”譚著《楚庭稗珠録》，皆遊黔、粵所得。自序云：“人有到南海得大蟻尺許者，漬鹽帶歸，以誇示人。東坡食蠔而甘[5]，戒其子勿告人，慮有公卿謀謫南海，以奪其味者。余爲此書，當蟻以誇人，不學東坡之饞，慮人奪味也。”其言甚雋。譚名萃。

【箋注】

[1] 譚默齋：當指檀萃（1725—1801），字豈田，號默齋。清安徽望江人。乾隆二十六年進士。服官黔粵四載，撰成《楚庭稗珠録》。另有《滇南文集》《滇南詩話》等。 [2] 謝興士：疑指謝天衢（1604—1684）。廣東嘉應（今梅縣）人。乾隆二十六年進士。 [3] 東山：代指晋謝安所居之地。 [4] 太傅：謝安，見卷一・五六注[4]。這裏代指謝興士。 [5] 食蠔而甘：東坡在海南食蠔而美，貽書叔党曰：“無令中朝士大夫知，恐争謀南徙，以分此味。”事見《格致鏡原》。

六　五

杜雲川太史[1]，送周震夫之天長[2]，僕馬俱已戒途[3]，口號一首云：“招尋有約竟何嘗，判袂匆匆語未遑[4]。半晌花前嫌日短……”至第四句久停，乃疾書曰：“一帆江上到天長。”真巧對也！

【箋注】

[1] 杜雲川：杜詔（1666—1736），字紫綸，號雲川，别號晚花詞客、蓉湖詞隱，學者稱豐樓先生。清江蘇無錫人。康熙五十一年進士。改庶吉士。薦舉博學鴻詞。有《雲川閣詩》《鳳髓詞》《浣花詞》《蓉湖魚笛譜》。與杜庭珠合編《唐詩叩彈集》。 [2] 周震夫：生平未詳。 [3] 戒途：出發、啟程。[4] 招尋：相邀。判袂：别離。

六　六

詩難其真也，有性情而後真，否則敷衍成文矣；詩難其雅也，有學問而後雅，否則俚鄙率意矣。“太白斗酒詩百篇”，東坡“嬉笑怒罵皆成文章”[1]，不過一時興到語，不可以詞害意。若認以爲真，則兩家之集，宜塞破屋子，而何以僅存若干？且可精選者，亦不過十之五六。人安得恃才而自放乎？惟糜惟芑[2]，美穀也，而必加舂揄揚簸之功；赤堇之銅[3]，良金也，而必加千辟萬灌之鑄[4]。

【箋注】

[1]“太白”句：引杜甫詩。“東坡”句：引黄庭堅語。 [2]糜：糜子，泛指黍類。芑（qǐ）：白粟。 [3]赤堇（qín）：今紹興東南的一座山，相傳春秋時期越國人歐冶子鑄劍采金銅之精於山下。 [4]灌辟：猶煉鑄。

六 七

用典一也，有宜近體者[1]，有宜古體者[2]，有近古體俱宜者，有近古體俱不宜者。用典如水中著鹽，但知鹽味，不見鹽質。用僻典如請生客入座，必須問名探姓，令人生厭。宋喬子曠好用僻書，人稱“孤穴詩人”[3]，當以爲戒。或稱予詩云：“專寫性情，不得已而適逢典故；不分門户，乃無心而自合唐音。”雖有不及，不敢不勉。

【箋注】

[1]近體：近體詩，見卷五・四〇注[2]。 [2]古體：古體詩，見卷五・四〇注[1]。 [3]喬子曠：見元陶宗儀《説郛》。孤穴：應爲“狐穴”。《太平御覽》卷六一八：“伏滔《北征記》曰：‘皇天塢北，古時陶穴。晋時有人逐狐入穴，行十里許，得書二千餘卷。’”後以“狐穴”喻僻典。

六 八

高青邱笑古人作詩[1]，今人描詩。描詩者，像生花之類，所謂優孟衣冠，詩中之鄉愿也[2]。譬如學杜而竟如杜，學韓而竟如韓，人何不觀真杜、真韓之詩，而肯觀僞韓、僞杜之詩乎？孔子學周公，不如王莽之似也[3]；孟子學孔子，不如王通之似也[4]。唐義山、香山、牧之、昌黎，同學杜者[5]，今其詩集，都是别樹一旗。杜所伏膺者，庾、鮑兩家[6]，而集中亦絶不相似。蕭子顯云[7]：“若無新變，不能代雄。”陸放翁曰：“文章切忌參死句。”黄山谷曰：“文章切忌隨人後。”皆金針度人語[8]。《漁隱叢話》笑歐公“如三館畫筆，專替古人傳神[9]”，嫌其描也。五亭山人《嘲鸚鵡》云[10]：“齒牙餘慧雖偷拾，那識雷同轉可羞。”又曰：“争似流鶯當百囀，天真還是一家言。”

【箋注】

[1]高青邱：高啟，見卷一・五四注[2]。　[2]優孟衣冠：楚相孫叔敖死，優孟著孫叔敖衣冠，摹仿其神態動作，楚莊王及左右不能辨，以爲孫叔敖復生。後用來指藝術上單純地模仿，只在外表、形式上相似。鄉愿：指鄉中貌似謹厚，而實與流俗合污的僞善者。　[3]王莽：見卷五・五九注[2]。　[4]王通（？—617）：字仲淹，門人私謚文中子。隋河東郡絳州龍門（今山西萬榮）人。王勃的祖父。曾任蜀郡司户書佐。後棄官退居於河汾之間，以講學著述爲業。著《中説》。　[5]義山：李商隱。香山：白居易。牧之：杜牧。昌黎：韓愈。　[6]庾、鮑：鮑照、庾信。杜甫：“清新庾開府，俊逸鮑參軍。”　[7]蕭子顯：見卷四・六五注[1]。　[8]金針度人：謂將某種技藝的訣竅傳授給别人。宋釋覺范《石門文字禪》卷十五《與韓子蒼六首》其四：“鴛鴦綉出從教看，莫把金針度與人。”[9]《漁隱叢話》：宋胡仔撰《苕溪漁隱叢話》。三館：宋代弘文館、集賢館、史館的合稱，負責藏書、校書、修史等事項。　[10]五亭山人：吴斯洺，見卷六・九三注[3]。

按：此處皆金針度人語，爲詩者不能不知。當今詩壇有人提倡怪異、晦澀，只能是誤入岐途。

六　九

人莫不有五官百體，而何以男誇宋朝[1]，女稱西施？昌黎《答劉正夫》云：“足下家中百物，皆賴而用也，然其所珍愛者，必非常物。”皇甫持正亦云[2]：“虎豹之文必炳，珠玉之光必耀。”故知色彩貴華也。聖如堯舜，有山龍藻火之章[3]；淡如仙佛，有瓊樓玉宇之號。彼擊瓦缶、披短褐者，終非名家。

【箋注】

[1] 宋朝：春秋時宋國公子朝。《論語·雍也》："子曰：'不有祝鮀之佞，而有宋朝之美，難乎免於今之世矣！'" [2] 皇甫持正：皇甫湜（777—835），字持正。唐睦州新安（今浙江淳安）人。出於韓愈門下，是中唐著名散文家。憲宗元和元年擢進士第，爲陸渾尉。仕至工部郎中。有《皇甫持正集》。[3] 山龍藻火：指衮服或旌旗上綉製的山、龍、水藻及火焰圖案。

七　〇

老學究論詩，必有一副門面語。作文章，必曰有關係[1]；論詩學，必曰須含蓄。此店鋪招牌，無關貨之美惡。《三百篇》中有關係者，"邇之事父，遠之事君"是也[2]；有無關係者，"多識於鳥獸草木之名"是也。有含蓄者，"棘心夭夭，母氏劬勞"是也[3]；有説盡者，"投畀豺虎""投畀有昊"是也[4]。

【箋注】

[1] 關係：指關乎到風俗教化，有政治功用。 [2]"邇之"二語：出自《論語·陽貨》。意謂近可以從詩中得到教益來事奉父母，遠可以用來服事君上。 [3]"棘心"二語：出自《詩經·邶風·凱風》。棘心，酸棗樹初發芽時心赤，喻兒子初生。夭夭，樹木嫩壯貌，喻兒子茁壯。劬（qú）勞，勞累辛苦，以喻母親。[4]"投畀（bì）"二語：出自《詩經·小雅·巷伯》。意謂拋給豺狼虎豹，交給蒼天去懲辦。表達對搬弄是非的人的憤恨。

七　一

鍾、譚論詩入魔[1]，李崆峒作詩落套[2]。然其佳句，自不可掩。鍾云："子侄漸親知老至，江山無故覺情生。"《慰人下第》云："似子何須論富貴，旁人未免重科名。"皆妙。李《遊黃曾嶺》云："搔首黃曾霄漢近，舊題應被紫苔封。"《舟飲》曰："貪數岸花杯不記，已衡江雨纜猶牽。”《春暮》云：“荷因有暑先擎蓋，柳爲無寒漸脱綿。”俱有風味，不似平時闊落[3]。

【箋注】

[1]鍾、譚：鍾惺、譚元春。見卷一·三注[4]。　[2]李崆峒：李夢陽，見卷四·五三注[4]。　[3]闊落：空闊。

七　二

乙未冬，余在蘇州太守孔南溪同年席上[1]，談久夜深。余屢欲起，而孔苦留不已，曰：“小坐强於去後書。”予爲黯然。問是何人之作，曰：“任進士大椿《别友》詩也[2]。首句云‘無言便是别時淚’。”

【箋注】

[1]乙未：這裏指乾隆四十年（1775）。孔南溪：孔傳炣，見卷六·八〇注[2]。　[2]任大椿：見卷二·六五注[1]。

七　三

人有生而瀟灑者，不關學力也。傅玉笥先生有句云[1]：“鶯花日辦三春課[2]，風月天生一種人。”

【箋注】

[1]傅玉笥（sì）：傅王露（1678—？），字良木，號玉笥，又號閬林，晚號信天翁。清浙江會稽人。康熙五十四年進士。雍正時薦鴻博，不與試。官翰林院編修。有《玉笥山房集》。　[2]鶯花：鶯啼花開，指春景。課：任務、職事。

七　四

嚴冬友最愛陳梅岑“怕鋤野草傷新笋，偶檢殘書得舊詩”之句[1]，以爲閑中鋤地、翻卷，往往有之。

【箋注】

[1]嚴冬友：嚴長明，見卷一·二二注[6]。陳梅岑：陳熙，見卷一·五注[2]。

七五

張南華先生[1]，畫白頭鳥立桃花上。題者難之。李玉洲先生云[2]："桃花紅滿三千歲，青鳥飛來也白頭[3]。"

【箋注】

[1]張南華：張鵬翀，見卷一·六五注[6]。 [2]李玉洲：李重華，見卷四·三九注[2]。 [3]"桃花"句：《太平廣記》卷三引《漢武帝内傳》："又命侍女更索桃果，須臾，以玉盤盛仙桃七顆。……母曰：'此桃三千年一生實。'"青鳥：神話傳説中爲西王母取食傳信的神鳥。

七六

程魚門多鬚。納妾[1]。尹公子璞齋戲賀云[2]："鶯囀一聲紅袖近，長髯三尺老奴來。"文端公笑曰[3]："阿三該打！"

【箋注】

[1]程魚門：程晋芳，見卷一·五注[1]。 [2]尹璞齋：尹繼善第三子，餘不詳。 [3]文端公：即尹繼善，見卷一·一〇注[3]。

七七

熊蔗泉觀察咏蘭云[1]："伴我三春消永晝，垂簾一月不燒香。"予謂第二句並非蘭花，的是蘭花。

【箋注】

[1]熊蔗泉：熊學驥（1736—？），字蔗泉。清湖北江陵人，祖籍江西南昌。乾隆十五年舉人。授刑部主事，曾入直軍機處。有《蔗泉詩集》《硯雨齋詩集》。

七　八

桐城孫容克《題采石》詩云[1]："從古江山閑不得，半歸名士半英雄。"蓋一指太白，一指常開平也[2]。虞山陳見復先生《過桐城》云[3]："彌天險手高人筆，如此村墟大有人。"一指姚廣孝，一指李公麟也[4]。

【箋注】

[1]孫容克：生平未詳。 [2]太白：指李白。他曾浪遊四方，最後葬于采石。常開平：常遇春（1330—1369），字伯仁。安徽懷遠人。爲明朝開國名將。率軍渡江，曾在采石磯大破元軍。 [3]陳見復：陳祖範，見卷四・四六注[8]。[4]姚廣孝：姚道衍，見卷二・四四注[7]。李公麟（1049—1106）：字伯時。北宋廬州舒城（今屬安徽）人。熙寧三年進士。曾任中書門下省刪定官、御史臺檢法和朝奉郎等。有《西園雅集圖》《龍眠山莊圖》《五馬圖》《歸去來兮圖》等。

七　九

方制府問亭栽棉花[1]，招幕府吟詩，多至數十韻。桐城馬蘇臣曰[2]："我止兩韻。"提筆云："五月棉花秀，八月棉花乾。花開天下暖，花落天下寒。"方公擊節不已。常州楊公子搢一聯云[3]："誰知姹紫嫣紅外，衣被蒼生别有花？"

【箋注】

[1]方問亭：方觀承，見卷一・三〇注[8]。 [2]馬蘇臣：字湘靈。清安徽桐城人。諸生。有《偶景齋詩鈔》《湘靈詩鈔》。 [3]楊搢（jìn）：見卷六・一七注[1]。

按：留下這則詩壇佳話，應爲袁枚特别記上一功。

八　〇

同年舒瞻[1]，字雲亭，作宰平湖，招吾鄉詩人施竹田、厲樊榭諸君[2]，流連倡和，極一時之盛。同時，杭郡太守鄂筠亭先生[3]，亦修禊西湖[4]，名流畢集，各有歌行。臨去時，布衣丁敬送哭失聲[5]。雲亭《偶成》一首云："芳草青青送馬蹄，垂楊深處畫樓西。流鶯自惜春將去，銜住飛花不忍啼。"鄂公《修禊序》云："詩者，先王之教也。山水清音，此邦爲最。無與合之則調孤，有與倡之則和起。余安得拘俗吏之規規乎？此擬《蘭亭》之所由作也[6]。"嗚呼！似此賢令尹、賢太守，何可再得？鄂公名敏，上改名樂舜。

【箋注】

[1]舒瞻（？—1757）：字雲亭，姓他塔喇氏。清滿洲正白旗人。乾隆四年進士。官平湖知縣。有《蘭藻堂集》。 [2]施竹田：施安，見卷三・六四注[2]。厲樊榭：厲鶚，見卷三・六一注[1]。 [3]鄂筠亭：鄂敏，見卷三・六〇注[10]。 [4]修禊：古代民俗於農曆三月上旬的巳日到水邊嬉戲，以祓除不祥，稱爲修禊。 [5]丁敬（1695—1765）：字敬身，別號硯林、鈍丁、龍泓外史、孤雲石叟、雲壑布衣。清浙江錢塘人。有《武林金石録》《硯林詩集》《硯林印譜》等。 [6]蘭亭：亭在浙江紹興西南蘭渚山上。東晋永和九年王羲之等人修禊同遊於此，羲之作《蘭亭集序》。

八一

丙辰入都，一時耆士中，得見前輩甚少[1]。惟翁霽堂照曾見西河、竹垞，謝皆人芳蓮曾見阮亭[2]。謝風調和雅，如春風中人。阮亭有《香祖筆記》，故自號香祖。其詩淡潔，而蹊徑殊小。尚荼洋比部稱爲盆景詩[3]。《溪村早起》云："早起杏花白，飯牛人出門。野田多傍水，深柳自爲村。比屋盡耕稼，服疇皆弟昆。炊煙猶未散，林鳥亂朝暾。"其弟子王繼祖敬亭能傳其派[4]。《曉起》云："曉起臨幽檻，無人一徑清。淡煙縈竹翠，微露點花明。梁燕梳新羽，林鴉雜乳聲。偶然忘盥櫛[5]，得句且怡情。"敬亭與余同校甲子科鄉試，闈中自誦其《過古墓》云："古墓鬱嵯峨，荒鴟立華表[6]。當時會葬時，車馬何擾擾！"余不覺其佳。王笑云："君且閉目一想。"

敬亭牧泰州，爲太守楊重英所劾[7]。落職後，《遊朝陽洞》云："洞古層崖上，藤蘿掛石扉。白雲時出没，一半濕僧衣。"《雨過》云："陰雲初過雨，一半夕陽開。閑立豆棚下，蜻蜓去復來。"

【箋注】

[1] 丙辰：這裏指乾隆元年（1736）。耆士：年高望重者。 [2] 翁照：見卷一・五〇注[2]。西河：毛奇齡，見卷二・三六注[4]。竹垞：朱彝尊，見卷一・二〇注[14]。謝芳蓮：謝芳連，字皆人，號香祖，别號硯香真人。清江南宜興（今屬江蘇）人。有《香祖詩庸》。阮亭：王士禛，見卷一・五四注[1]。 [3] 尚茶洋：尚廷楓（1712—？），字岳師，號茶洋、賀蓮。清江西新建（今南昌）人。乾隆元年薦試博學鴻詞，不遇。以父蔭官户部主事。有《賀蓮集》。 [4] 王繼祖：字敬亭。清漢軍正黄旗人。乾隆間舉人。任江蘇泰州知州、通州知州。有《讀可齋初集》。 [5] 盥（guàn）櫛（zhì）：梳洗整容。[6] 華表：此指墓碑。 [7] 楊重英（？—1788）：雲貴總督楊應琚之子。官至江蘇按察使。後以知府銜從軍。乾隆三十二年遣往緬方通使議和，被執留，在緬獨居佛寺二十餘年，不改華服。歸還後，授道員銜。

八　二

常州陳明善[1]，字亦園。鄉居甚富，家有園亭，性好吟咏。《種蔬》云："閑種半畦蔬，芳葉紛滿目。天意答小勤，盤餐遂余欲。"亦清才也。錫山邵辰焕主其家[2]。有《柳枝詞》云："前溪煙雨後溪晴，桃葉桃根慣送迎[3]。誰似小紅橋畔柳，繫儂畫舫過清明。"亦園忽有仕宦之志，盡賣其田，出仕遠方，家業蕩然，園歸他姓。余爲誦白傅詩曰[4]："我有一言君應記，世間自取苦人多。"

【箋注】

[1] 陳明善（1736—1803）：字服旃，號亦園、野杭。清江蘇武進人。歷任代、朔、吉三州知州。輯注《唐八家詩鈔》。 [2] 邵辰焕：字星城。清江蘇金匱（今無錫）人。書法家。主其家：寓居其家。 [3] 桃葉、桃根：桃葉，晋王獻之妾，桃根爲其妹，二人皆善歌。後作歌女、侍姬的代稱。 [4] 白傅：

指白居易。此處所引爲《感興二首》中句。

八　三

詩占身份，往往有之。莊容可未遇時[1]，咏蠶云："經綸猶有待，吐屬已非凡。"後果以狀元致官亞相。唐郭代公元振咏井云[2]："鑿處若教當要路，爲君常濟往來人。"亦此意也。齊次風宗伯[3]，年十二登巾子山云[4]："江水連天白，人煙滿地浮。巾山山上望，一覽小東甌[5]。"龍爲霖太史改官爲令[6]，咏大樹云："但教能覆地，何必定參天！"陸雙橋貧困[7]，《有感》云："老驥尚懷千里志，枯桐空抱五音材。"

【箋注】

[1] 莊容可：莊有恭，見卷一・六六注[8]。　[2] 郭元振：郭震，見卷二・三二注[4]。　[3] 齊次風：齊召南，見卷一・六六注[5]。　[4] 巾子山：在浙江鎮海東北。　[5] 小東甌：覺得東甌狹小。東甌，今浙江温州一帶。　[6] 龍爲霖（1689—1756）：字雨蒼，號鶴坪。清四川巴縣（今屬重慶）人。康熙四十八年進士。官雲南石屏知州、廣東潮州知府。有《松蔭堂文集》《本韻一得》。　[7] 陸雙橋：陸檏，字天誠，號雙橋。清江蘇吴江人。

八　四

馬觀察維翰[1]，字墨麟，嘉興人，貌不逾中人，而抱負甚大。中康熙辛丑進士，内大臣看驗時，諸人皆跪，公不可。九門提督隆科多呵之[2]，公夷然不動。隆轉笑曰："不料渺小丈夫，乃風骨如許！"公曰："區區一跪，尚未見維翰風骨也。"隆大奇之。從部郎擢四川建昌道。忤總督某，直揭部科，被逮入都。皇上登極，授江南常鎮道。在都時，余以後輩禮見，蒙有"三異人"之稱。其二，則尚君廷楓、萬君光泰也[3]。公《南行漫興》云："西方多説無生法[4]，但演刀山即下乘。"咏梅云："雅值心知原欲笑，淡無人賞亦終開。"其心胸可想。與盧雅雨同年[5]，一時號“南馬北盧”。亡後，盧哭之云：“前輩典型亡北斗，中原旗鼓失南軍。”

【箋注】

[1] 馬維翰：見卷三・六三注[3]。 [2] 隆科多（？—1728）：一等公佟國維第三子。滿洲鑲黄旗人。官至吏部尚書，加太保。 [3] 尚廷楓：尚荼洋，見本卷八一注[3]。萬光泰：萬柘坡，見卷一・五二注[1]。 [4] 無生法：佛教名詞。認爲一切現象之生滅變化，都是世間衆生虚妄分别的産物。 [5] 盧雅雨：盧見曾，見卷二・九注[1]。

八　五

眼前欲説之語，往往被人先説。余冬月山行，見桕子離離[1]，誤認梅蕊，將欲賦詩，偶讀江岷山太守詩云[2]：“偶看桕子梢頭白，疑是江梅小著花。”杭堇浦詩云[3]：“千林烏桕都離殼，便作梅花一路看。”是此景被人説矣。晚年好游，所到黄山、白嶽、羅浮、匡廬、天台、雁宕、南岳、桂林、武夷、丹霞，覺山水各自争奇，無重複者。讀門生邵玘詩云[4]：“探奥搜奇興不窮，山連霄漢水連空。較量山水如評畫，畫稿曾無一幅同。”知此意又被人説過矣。

【箋注】

[1] 桕子：即烏桕樹的子粒，如胡麻子。離離：盛多貌。 [2] 江岷山：江源（1695—？），字敬齋，號岷山。浙江仁和人。雍正二年舉人。曾任廣西寧明州知州、直隸正定府晋州知州。 [3] 杭堇浦：杭世駿，見卷三・六四注[1]。 [4] 邵玘（1375—1430）：字㮋庭，一作玨庭，又字以先，號西樵。清江蘇青浦（今屬上海）人。乾隆九年貢生。有《西樵詩稿》《寶樹堂雜集》《花韻館詞鈔》等。

八　六

商寶意先生咏菜花云[1]：“小朵最宜村婦鬢，細香時簇牧童衣。”

其同鄉劉鳴玉翻其意云[2]："半畝只邀名士賞，一生不上美人頭。"鳴玉與童二樹、陳芝圖[3]，號"越中三子"。

【箋注】

[1] 商寶意：商盤，見卷一・二七注[7]。 [2] 劉鳴玉（約1710—約1752）：字楓山，一字封山，號鳳崗。清浙江山陰人。諸生。有《梅芝館集》。[3] 童二樹：童鈺，見卷二・七八注[1]。陳芝圖：陳法乾（1716—1774），又名芝圃，字錫夫，號月泉。清浙江山陰人。有《丹棘園詩》。

八七

《宋詩紀事》載："有羅穎者[1]，題漢高祖廟云：'果然公大度，容得辟陽侯[2]。'夜夢高祖召而責之，旦遂病卒。"異哉！果有此事，彼僞撰《天寶遺事》者[3]，明皇何以不誅？

【箋注】

[1] 羅穎：南昌（今屬江西）人。由南唐入宋。原句："嫚侮群豪誇大度，可憐容得辟陽侯。" [2] 辟陽侯：審食（yì）其（jī）（？—前177）。西漢沛郡人。高祖六年封辟陽侯。 [3]《天寶遺事》：《開元天寶遺事》，五代王仁裕撰。所記皆唐明皇開元天寶時事。宋洪邁認爲是他人託仁裕名爲之。

八八

論詩區別唐、宋，判分中、晚，余雅不喜。嘗舉盛唐賀知章《咏柳》云[1]："不知細葉誰裁出，二月春風似剪刀。"初唐張謂之《安樂公主山莊》詩[2]："靈泉巧鑿天孫錦，孝笋能抽帝女枝[3]。"皆雕刻極矣，得不謂之中、晚乎？杜少陵之"影遭碧水潛勾引，風妒紅花却倒吹[4]""老妻畫紙爲棋局，稚子敲針作釣钩[5]"，瑣碎極矣，得不謂之宋詩乎？不特此也，施肩吾《古樂府》云[6]："三更風作切夢刀，萬轉愁成繞腸綫。"如此雕刻，恰在晚唐以前。耳食者不知出處，必以爲宋元最後之詩。

【箋注】

[1]賀知章：見卷四·七三注[1]。 [2]張謂：字正言。唐河内(今河南沁陽)人。天寶二年進士。官至太子左庶子、禮部侍郎。 [3]“靈泉”聯：應爲唐趙彦昭《奉和幸安樂公主山莊應制》詩。 [4]“影遭”二語：出自杜甫《風雨看舟前落花戲爲新句》，是以花言志。 [5]“老妻”聯：出自杜甫《江村》詩。 [6]施肩吾(780—861)：字希聖，號華陽、東齋、棲真子。唐睦州(今浙江桐廬一帶)人。元和十五年進士。有《西山集》。

八 九

元微之《自嘲》云[1]：“飯來開口似神鴉[2]。”姚武功《某寺》云[3]：“無齋鴿看僧。”二句皆摹神之筆。

【箋注】

[1]元微之：元稹，見卷一·二〇注[11]。 [2]神鴉：古人把以祭品爲食品的烏鴉視爲神鴉。 [3]姚武功：姚合，見卷一·五注[5]。

九 〇

《古樂府》：“羞澀佯牽伴[1]。”五字寫盡女兒情態。唐人因之有“强語戲同伴，希郎聞笑聲”之句[2]。他如“從來不墜馬，故遣髻鬟斜[3]”“小膽空房怯，長眉滿鏡愁[4]”“密約臨行怯，私書欲報難[5]”，皆不愧淫思古意矣[6]。近時楊公子揺一聯云[7]：“行來躑躅渾無力，不倚闌干定倚人。”

【箋注】

[1]“羞澀”句：唐韓偓《無題》：“羞澀佯牽伴，嬌嬈欲泥人。” [2]“强語”聯：出自韓偓詩《三憶》。 [3]“從來”聯：出自劉禹錫詩《同樂天和微之深春二十首》。 [4]“小膽”聯：出自唐人常理詩《古離别》。 [5]“密約”聯：出自韓偓詩《幽窗》。 [6]淫思：沉思。 [7]楊揺：見卷六·一七注[1]。

九　一

唐人咏小女詩云：“見爺不相識，反走牽娘裾[1]。”是畫小女之神。“髮覆長眉側，花簪小髻旁[2]。”是畫小女之貌。“學語渠渠問，牽裳步步隨[3]。”是畫小女之態。“愛拈爺筆墨，閑學母裁縫[4]。”是寫小女之憨。

【箋注】

[1]“見爺”二語：出自清查慎行《將有南昌之行示兒建》詩。上句應作“見爺不識面”。 [2]“髮覆”聯：出自清洪升《遥哭亡女四首》。 [3]“學語”聯：出自宋梅堯臣《將赴表臣會呈杜挺之》。渠渠：殷勤貌。 [4]“愛拈”聯：出自清洪昇《遥哭亡女四首》。

九　二

東坡詩，有才而無情，多趣而少韻，由於天分高，學力淺也；有起而無結，多剛而少柔，驗其知遇早、晚景窮也[1]。

【箋注】

[1]知遇早：指蘇軾年紀輕輕中進士，受重用。晚景窮：指蘇軾中年以後屢屢被貶，晚年流落海南。

九　三

離別詩最佳者，如“路長難算日，書遠每題年。無復生還想，終思未別前[1]”“醉中忘却身爲客，意欲仍同送者歸[2]”，皆讀之令人欲泣。又宋人云：“西窗分手四年餘，千里殷勤慰索居。若比九原泉路別，只多含淚一封書。[3]”

【箋注】

[1]“路長”四語：唐李約《從軍行》的後四句，文字稍有差異。 [2]“醉

中”二語：出自明張元凱《楓橋與送者别》。原句：“酒酣不識身爲客，意欲元同送者歸。” [3]“西窗”四語：未詳何人詩。

九 四

唐人《女墳湖》云[1]：“應是離魂雙不得，至今沙上少鴛鴦[2]。”宋人《青樓》詩云[3]：“與郎酣夢渾忘曉，雞亦流連不肯啼[4]。”

【箋注】

[1]女墳湖：在今江蘇蘇州西北。 [2]“應是”二語：出自唐陸龜蒙《和襲美女墳湖》詩。 [3]青樓：裝飾華美的樓。南朝梁劉邈《萬山見采桑人》詩：“倡妾不勝愁，結束下青樓。” [4]“與郎”二語：出自唐史鳳《神雞枕》詩。

九 五

陸釴曰[1]：“凡人作詩，一題到手，必有一種供給應付之語，老生常談，不召自來。若作家[2]，必如謝絶泛交，盡行麾去，然後心精獨運，自出新裁。及其成後，又必渾成精當，無斧鑿痕，方稱合作[3]。”余見史稱孟浩然苦吟，眉毫脱盡；王維構思，走入醋甕。可謂難矣。今讀其詩，從容和雅，如天衣之無縫。深入淺出，方臻此境。唐人有句云：“苦吟僧入定，得句將成功[4]。”

【箋注】

[1]陸釴（yì）（1495—1534）：字舉之，號少石子。明浙江鄞縣（今寧波）人。正德十六年進士。授編修。曾任山東按察副使。有《少石集》《賢識録》《病逸漫記》等。 [2]作家：行家、高手。 [3]合作：謂書畫詩文等合於法度。[4]“苦吟”聯：出自唐裴説詩。

九 六

溧陽相公爲大司寇時[1]，奉旨教習庶吉士，到任庶常館，而此科狀元莊容可以在南書房[2]，故不偕諸翰林來。史公怒曰：“我二十年老南書房，不應以此紿我[3]。”將奏召之。彭芝庭侍講爲之通其意甚婉[4]，遂爲師弟如常。彭故史公本房弟子，而莊又彭公本房弟子也。莊獻詩云：“絳帳自然應侍立，蓬山未到總支吾[5]。”

溧陽公館課，出“春日即事”題。同年管水初一聯云[6]：“兩三點雨逢寒食，廿四番風到杏花。”公擢爲第一，同人以“管杏花”呼之。公七十壽旦，某庶常獻百韻詩。公讀之，笑曰：“把老夫做題，也還耐得百韻，可惜無一句搔癢處，都是祝嘏浮詞[7]，不敢領情。”蓋公總督八省，兼領六卿故也。記許刺史佩璜有句云[8]：“三朝元老裴中令，百歲詩篇衛武公[9]。”余有句云：“南宫六一先生座，北面三千弟子行[10]。”俱爲公所許可。

【箋注】

[1]溧陽相公：史貽直，見卷四・四一注[3]。 [2]莊容可：莊有恭，見卷一・六六注[8]。南書房：在北京故宫乾清宫西南隅，本清康熙帝早年讀書處。後選調翰林或翰林出身之官員到裏面當值，除應制撰寫文字外，並遵照皇帝旨意起草詔令，一度成爲發佈政令的地方。 [3]紿（dài）：欺誑。 [4]彭芝庭：彭啟豐，見本卷一一注[2]。 [5]絳帳：對師門、講席的敬稱。蓬山：秘書省的别稱。支吾：躊躇、窘迫。 [6]管水初：管一清，字配寧，號穆軒、半塘。清江蘇江都人。乾隆四年進士。授廣州增城知縣，官至浙江海寧州知州。有《穆軒詩》。 [7]祝嘏（gǔ）：祝賀壽辰。 [8]許佩璜：見卷三・二五注[2]。[9]裴中令：裴度（765—839），字中立。唐河東聞喜（今屬山西）人。貞元進士。由監察御史累遷御史中丞，官至集賢殿大學士、中書令。衛武公：姬和（約前852—前758），春秋衛君。相傳九十五歲尚健，仍在朝，恭敬謹慎。此因而指代史公。 [10]南宫：尚書省官署，後作爲宰相衙門的美稱。六一先生：指宋代著名文學家歐陽修。

九七

余雅不喜杜少陵《秋興》八首，而世間耳食者，往往贊歎，奉爲標準。不知少陵海涵地負之才，其佳處未易窺測，此八首，不過一時興到語耳，非其至者也。如曰“一繫”，曰“兩開”，曰“還泛泛”，曰“故飛飛”[1]，習氣大重，毫無意義。即如韓昌黎之“蔓涎角出縮，樹啄頭敲鏗”[2]，此與《一夕話》之“蛙翻白出闊，蚓死紫之長”何殊[3]？今人將此學韓、杜，便入魔障。有學究言：“人能行《論語》一句，便是聖人。”有紈袴子笑曰：“我已力行三句，恐未是聖人。”問之，乃“食不厭精”“膾不厭細”“狐貉之厚以居”也。聞者大笑。

【箋注】

[1]“如曰”數語：杜甫《秋興》八首中的名句：“叢菊兩開他日淚，孤舟一繫故園心。”“信宿漁人還泛泛，清秋燕子故飛飛。” [2]“蔓涎”句：《城南聯句》中韓愈的句子，造語生硬。“樹啄”句：《城南聯句》中孟郊的句子，造語同樣生硬。 [3]《一夕話》：即《山中一夕話》，明李贄編。“蛙翻”聯：意爲青蛙翻著肚子像一個寬扁的白色的“出”字，蚯蚓死在地上像一個紫色的細長的“之”字。爲宋哲宗朝宗室子所作的鄙俚不文的詩。事出元鬫然子《拊掌録》。

九　八

余嘗教人：古風須學李、杜、韓、蘇四大家[1]；近體須學中、晚、宋、元諸名家[2]。或問其故。曰：“李、杜、韓、蘇，才力太大，不屑抽筋入細，播入管弦，音節亦多未協。中、晚名家，便清脆可歌。”

【箋注】

[1]古風：見卷五・四〇注[1]。李、杜、韓、蘇：李白、杜甫、韓愈、蘇軾。 [2]近體：見卷五・四〇注[2]。中、晚：指中唐與晚唐。

九　九

《高惠功臣表》，班氏以“符”與“昭”押韻[1]。《西南夷兩粵贊》，班氏以“區”與“驕”押韻。王岐公爲人作碑銘[2]，俱仿此例。

【箋注】

[1]班氏：班固（32—92），字孟堅。東漢扶風安陵人。官蘭臺令史、典校秘書、玄武司馬、中護軍。曾潛心二十餘年，修成《漢書》。有《兩都賦》《通幽賦》等。此引兩文見《漢書》。 [2]王岐公：王珪（1019—1085），字禹玉。宋華陽（今四川雙流）人，徙舒縣（今安徽廬江）。仁宗慶曆二年進士。歷任大理平事、太子中允、翰林學士、開封知府，累擢至尚書左僕射、門下侍郎，封岐國公。有《華陽集》。

一〇〇

蔡孝廉有青衣許翠齡[1]，貌如美女，而夭。記性絶佳，嘗過染坊，戲焚其簿，坊主大駭，翠齡笑取筆爲默出之。某家染某色，及其價值，絲毫不差。主人亡，翠齡哭以詩云："雙淚啼殘遺僕在，一燈青入旅魂來。"初，孝廉在蘇州安方伯幕中請乩[2]，有女仙劉碧環下降[3]，贈詩云："升沉已定君休戚，他日長安道上人。"孝廉喜，以爲東野"看遍長安花"之意[4]，後竟死於陝西。

【箋注】

[1]許翠齡：生平未詳。 [2]請乩（jī）：舊時迷信者求神降示的一種方法。[3]劉碧環：生平未詳。 [4]東野：孟郊，見卷三・六五注[3]。其《登科後》云："春風得意馬蹄疾，一日看遍長安花。"

一〇一

福建歌童名點點者[1]，柔媚能文。有客行酒政，要一句唐詩、一句曲牌名，曰："閑看兒童捉柳花[2]。合手拿。"點點應聲曰："有約不來過夜半[3]。奴心怒。"點點又唱曰："柳下惠風和[4]。"合席噤口，以爲絶對。

【箋注】

[1]點點：如上，餘未詳。 [2]"閑看"句：見宋楊萬里《閒居初夏午睡

起》。 [3]“有約”句：見宋趙師秀《有約》。 [4]柳下惠風和：柳下惠，春秋時魯國人。此句後來有人對上聯，有“東方朔日暖”“李東陽氣暖”等。

一〇二

余已選楊次也、李嘯村《竹枝》[1]，自謂妙絶矣。近又得程望川《揚州竹枝》云[2]：“準備明朝謁梵宫[3]，癡情不與别人同。熏籠徹夜衣香透，故意鈎人立上風。”“巧髻新盤兩鬢分，衣裝百蝶薄棉温。臨行自顧生憎色，袖底何人潑酒痕？”“長旛飄動繞爐香，攝級同登拜上方。此去下坡苔露滑，儂扶小妹妹扶娘。”“綉花簾下靄晴煙，特漏全身到客前。忽聽後艙人贊好，安排鬭眼看來船[4]。”四首皆眼前事，而筆足以達之，殊可愛也。望川名宗洛，桐城人。

【箋注】

[1]楊次也：楊守知，見卷一・一一注[2]。李嘯村：李葂，見卷五・四七注[1]。《竹枝》：本爲巴渝一帶民歌。後人仿作多咏當地風土或兒女柔情。 [2]程望川：程宗洛，字望川。清安徽桐城人。乾隆年間曾寓居揚州。 [3]梵宫：指佛寺。 [4]安排：準備、打算。鬥眼：唐施肩吾《贈采藥叟》：“却教年少取書卷，小字燈前鬥眼明。”元吴當《中秋對月口號》：“舉頭不辨山河影，坐看兒童鬥眼明。”

一〇三

吴俗以六月二十四爲荷花生日，士女出遊。徐朗齋作《竹枝詞》云[1]：“荷花風前暑氣收，荷花蕩口碧波流。荷花今日是生日，郎與妾船開並頭。”“赤日當天駐火輪，龍船旗幟一時新。東家女笑西家女，橋上人看橋下人。”“葑門城門門繞湖[2]，湖光一片白模糊。荷花生日年年去，若問荷花半朵無。”“丹陽段郎官長清，天然詩句自然成。怪郎面似荷花好，郎是荷花生日生。”

【箋注】

[1]徐朗齋：徐鏾慶（1758—1802），字朗齋，原名嵩。清江蘇金匱人，原籍崑山。乾隆五十一年舉人。官至蘄州知州。有《玉山閣集》。 [2]葑（fèng）門：蘇州城東門。葑門外有荷花宕。

隨園詩話箋注　卷八

一

諷世語最蘊藉者，某《遊春》云[1]：“地濕莎青雨後天，桃花紅近竹林邊。遊人本是農桑客，記得春深要種田。”《咏桑》云[2]：“采采東風葉滿籃，禦寒功已在春蠶。世間多少閑花草，無補生民亦自慚。”《雨中作》云：“布被裝棉夢黯然，曉看遥岫鎖輕煙。蹇驢盡避當風馬，也有香泥濕錦韉[3]。”

【箋注】

[1]《遊春》：唐薛能《宋氏林亭》詩。 [2]《咏桑》：清薛雪《一瓢詩話》中亦載此詩，前兩句：“采采西風雪滿籃，禦寒功已倍春蠶。”不是咏桑，而是咏棉。作者未詳。 [3]蹇（jiǎn）驢：跛蹇駑弱的驢子。常用來比喻駑鈍的人。錦韉（jiān）：錦製的襯托鞍子的坐墊。

按：開卷三首好詩，關心民生民情。

二

西崖先生云[1]：“詩話作而詩亡。”余嘗不解其説，後讀《漁隱叢話》[2]，而歎宋人之詩可存，宋人之話可廢也。皮光業詩云[3]：“行人折柳和輕絮，飛燕含泥帶落花。”詩佳矣。裴光約訾之曰[4]：“柳當有絮，燕或無泥。”唐人：“姑蘇城外寒山寺，夜半鐘聲到客船。”詩佳矣。歐公譏其夜半無鐘聲。作詩話者，又歷舉其夜半之鐘，以證實之。如此論詩，使人夭閼性靈，塞斷機括[5]，豈非“詩話作而詩亡”哉？或贊杜詩之妙。一經生曰：“‘濁醪誰造汝？一醉散千愁。’酒是杜康所造，而杜甫不知，安得謂之詩人哉？”癡人説夢，勢必至此。

【箋注】

[1] 西崖：湯右曾，見卷三・一〇注[10]。 [2]《漁隱叢話》：即《苕溪漁隱叢話》，宋胡仔著。 [3] 皮光業（876—943）：字文通。晚唐詩人皮日休之子。蘇州人。賜進士及第。天福二年，拜丞相。卒謚貞敬。有《皮氏見聞録》。 [4] 裴光約：生平未詳。所引二語，原文應爲“柳當有絮，泥或無花”。[5] 夭（yāo）閼（è）：受阻折而中斷。機括：心機、計謀。

按：這是對宋詩話而言。袁對宋詩話不感興趣，其實宋詩話也應一分爲二，不能全盤否定。畢竟詩話仍然有作，而詩也未亡。

三

天長詩人陳燭門進士[1]，名以剛。余宰江寧，蒙其過訪。余愛買書，而官廨甚小，都堆簽押處；故贈詩云：“六朝山立簾鈎外，萬卷書横簿領中[2]。”即姚武功“印朱沾墨研，户籍雜經書”之意[3]。

【箋注】

[1] 陳燭門：陳以剛，字長荃，一作近荃，號燭門。清安徽天長龍崗鎮人。康熙五十一年進士。乾隆元年舉博學鴻詞科。歷任青田、嘉善知縣，池州府教授，雲南迷瑶州知府。有《清詩品》《梅花庵詩》《燭門詩》《覓閑草》《退思堂咏菊》等。 [2] 簿領：登記的文簿。 [3] 姚武功：姚合，見卷一・五注[5]。

四

有箍桶匠老矣，其子時時凍餒之。子又生孫，老人愛孫，常抱於懷。人笑其癡。老人吟云：“曾記當年養我兒，我兒今又養孫兒。我兒餓我憑他餓，莫遣孫兒餓我兒！”此詩用意深厚，較之“因子不孝，抱孫圖報仇”者，更進一層。

按：此詩真用意精深，下語平淡，道盡辛酸。箍桶之功用於箍詩，絶妙，絶妙！

五

詩讖從古有之[1]。宋徽宗咏金芝生詩[2]，曰：“定知金帝來爲主[3]，不待春風便發生。”已兆靖康之禍。後蜀主孟昶題桃符貼寢宫云[4]：“新年納餘慶，嘉節號長生。”後太祖滅蜀，遣吕餘慶知成都[5]。王陽明擒宸濠[6]，勒石廬山，有“嘉靖我邦國”五字。亡何，世宗即位，國號嘉靖[7]。揚州城内有康山，俗傳康對山曾讀書其處[8]，故名。康熙間，朱竹垞游康山[9]，有“有約江春到”之句。今康山主人潁長方伯[10]，修葺其地，極一時之盛，姓江名春，亦一奇矣！

【箋注】

[1]詩讖（chèn）：謂所作詩無意中預示了後來發生的事。 [2]金芝：亦名黄芝，靈芝的一種。 [3]金帝：五行神之一，即少皞。此與金朝入主中原巧合。 [4]孟昶：見卷二・五九注[3]。 [5]吕餘慶（927—976）：原名胤，字餘慶。幽州安次（今屬河北）人。官至參知政事。 [6]王陽明：王守仁，見卷三・七注[1]。宸濠：朱宸濠（？—1521），明宗室。弘治中襲封寧王。正德十四年謀反。巡撫南贛都御史王守仁俟其出兵，進攻南昌，宸濠回救，兵敗被擒。誅於通州。 [7]嘉靖：明世宗朱厚熜的年號（1522—1566）。[8]康對山：康海（1475—1540），字德函，號對山。明陝西武功（今興平）人。弘治十五年狀元。任修撰。與李夢陽等提倡文學復古，爲前七子之一。有《中山狼》《王蘭卿貞烈傳》《沜東樂府》《對山集》。 [9]朱竹垞（chá）：朱彝尊，見卷一・二〇注[14]。 [10]潁長：江春（1721—1789），字潁長，號鶴亭。清安徽歙縣人，僑居揚州。乾隆南巡命其總理鹽業，授布政使銜。有《隨月讀書樓詩集》《水南花墅吟稿》。

六

乾隆初，江西有四子，楊、汪、趙、蔣是也。趙山南早夭[1]，詩失傳。汪輂雲名軔[2]，少孤貧，爲人執炊。有句云：“積晦雲疑門[3]，新晴草欲焚。”楊子載名垕[4]，才最高，與蔣心餘相抗[5]。其先本雲南土司[6]，改籍江西。五言云：“山鬼常聯臂，溪虹倏現身。”“早霞隨日上，敗葉擁潮行。”“有客嫌庭仄，無書覺晝長。”七言云：“寒星欲滅見漁火，小雨無聲添落花。”“欄邊花草牛羊路，寺裏人家杵臼聲。”“客少長留不鳴雁，睡酣翻喜失晨雞。”

【箋注】

[1]趙山南：趙由儀（1725—1747），字山南。清江西南豐人。 [2]汪輦雲：汪軔（1723—1785），字魚亭，號輦雲。清江西武寧人。優貢生。官吉水訓導。有《魚亭詩鈔》。 [3]積晦：長夜。 [4]楊子載：楊垕（hòu），見卷四·七四注[4]。此處所引實爲何在田詩，見張維屏《國朝詩人徵略初編》卷三十三。 [5]蔣心餘：蔣士銓，見卷一·二三注[2]。 [6]土司：指西北、西南地區設置的由少數民族首領充任並世襲的官職。

七

又有何在田者[1]，《偶成》云：“月借日光成半面，雨收雲氣泛餘絲。”《郊外》云：“野徑無人問，隨牛自得村。”“近市原非隱，能詩豈是才。”“樵室薪爲榻，魚舟網作帆。”皆可傳之句也。甲辰三月，余赴粵東，過南昌，心餘病風[2]，口不能言，猶以左手書此數聯。

【箋注】

[1]何在田（1730—1762）：字鶴年。清江西廣昌人。乾隆二十一年舉人。有《玉耕堂詩集》。 [2]心餘：蔣士銓，見卷一·二三注[2]。病風：患風播或風痹病。

八

心餘手持詩集廿卷向余云：“知交遍海内，作序只托隨園。”余感其意，臨別涕下。其子知讓見贈五古[1]，灑灑千言，合少陵、香山而一之，篇什太長，故未抄録。與余論古尤合，又贈三律，有句云：“公所讀書人亦讀，不如公處只聰明。”

心餘書舍，有揚州汪端光孝廉贈句云[2]：“置酒好招鄉父老，解衣平揖漢公卿[3]。”汪字劍潭，少年玉貌。佳句如“水定漁燈出，風驕戍鼓沉”“路長行應獨，舟小買宜雙”“月明又是無邊水，半照行人半照魚”，皆有别趣。

【箋注】

[1]蔣知讓（1756—？）：字師退。清江西鉛山人。乾隆四十一年舉人。官唐縣知縣。有《妙吉祥室詩鈔》。　[2]汪端光（1748—1826）：字劍潭，號睦叢。清江蘇儀徵人。乾隆三十六年舉人。官廣西鎮安知府。　[3]解衣：即“解衣推食”。慷慨贈人衣食，謂施惠於人。

九

魚門《哭董東亭》云[1]：“然疑未定先抛淚[2]，日月都真旋得書。”雲松《哭韓廷宣》云[3]：“久客不歸無異死，故人入夢尚如生。”

【箋注】

[1]魚門：指程晋芳，見卷一・五注[1]。董東亭：董潮（1729—1764），字曉滄，號東亭，又號臞仙。清江蘇陽湖人。移居浙江海鹽。乾隆二十八年進士。選庶吉士。乞假歸，主修《武進縣誌》《陽湖縣誌》。有《紅豆詩人集》《東亭詩選》《漱花集詩餘》《東臯雜鈔》。　[2]然疑：將信將疑。　[3]雲松：趙翼，見卷二・三三注[4]。韓廷宣：應爲杭廷宣，趙翼父親老友杭應龍的侄兒。

一〇

廬州守備徐椒林[1]，每到金陵，與余款洽。在滿洲城夜飲，詩云：“爲侍將軍司鎖鑰[2]，幾番痛飲月沉西。”

【箋注】

[1]徐椒林：徐紹，字椒林。清正藍旗漢軍武舉人。乾隆二十七年任廬州衛守備。後任貴州參將。　[2]鎖鑰：喻軍事重鎮。

一一

士大夫宦成之後，讀破萬卷，往往幼時所習之“四書”“五經”，都不省記。癸未召試時，吴竹嶼、程魚門、嚴冬友諸公畢集隨園[1]。余偶言及“四書”有韻者，如《孟子》“師行而糧食”一段，五人背至“方命虐民”之下，都不省記。冬友自撰一句足之，彼此疑其不類，急翻書看，乃“飲食若流”四字也。一座大笑。外甥王家駿有句云[2]：“因留僧話通吟偈[3]，爲課兒功熟舊書。”

甥多佳句，如“乍見波微白，方知月驟明”“一編如好友，宜近不宜疏”“衣因亂叠痕常縐，書爲頻翻卷不齊”“宿雲似幕能遮月，細雨如煙不損花”“停足恰逢曾識寺，入門先問舊交僧”“曲引急流歸遠港，微删密葉顯新花”“伏枕苦吟無好句，描詩容易做詩難”，皆有放翁風味。

【箋注】

[1]吴竹嶼：吴泰來（1722—1788），字企晋，號竹嶼。清江蘇長洲人。乾隆二十五年成進士。二十七年召試賜内閣中書，不赴。曾主講陝西關中書院、河南大梁書院。爲吴中七子之一。有《硯山堂詩集》《凈名軒集》《曇花閣琴趣》。程魚門：程晋芳，見卷一・五注[1]。嚴冬友：嚴長明，見卷一・二二注[6]。

[2]王家駿：字健庵，號桐庵，又號筱池。清浙江仁和人。有《漱霞閣偶吟》。

[3]偈（jì）：梵語“偈佗”的簡稱，即佛經中的唱頌詞。

一二

錢文端公庚午典江西試[1]。寫榜吏陳巨儒鬚鬢如雪[2]，求公贈手迹爲榮。自陳年七十，手寫文武試三十二榜。公贈詩云：“桂籍憑伊腕力傳，白頭從事地行仙[3]。自言作吏中書省，曾侍朱衣四十年[4]。”十月，復寫武榜，解首則其孫騰蛟也[5]。名初唱，掀髯一笑，筆墮於地。中丞阿公喜極[6]，遣牙校馳箋，索藩司彭公家屏贈詩[7]。彭方有劇務，幕中客擬數首，不稱公意。遣吏飛馬請蔣苕生來[8]。蔣方與友飲酒肆，戀不肯行。吏敦促至再，扶鞭上馬。比至，則促召之使已四輩矣[9]。彭公遽起，告以中丞索詩之使立馬簷下。蔣笑曰：“某不知公有此急也。”濡筆立題一絶云：“榜頭題處笑開眉，六十年來鬢若絲。官燭兩行人第一，夜闌回憶抱孫時。”彭公得詩狂喜，復酌苕生，送輕紗四端。

苕生太夫人鍾氏，名令嘉，晚號甘荼老人[10]。生心餘四歲，即斷竹絲作波磔[11]，教之識字。嘗登太行山云：“絶磴馬蕭蕭，群峰氣勢驕。蒼雲横上黨，寒色滿中條[12]。極目河如帶，攔車雪未消。龍門劃諸水，禹力萬年昭。”乙酉歲，心餘奉母出都，畫《歸舟安穩圖》，一時名公卿，題滿卷中。尹文端公謂余曰[13]：“此卷中無佳作，惟太夫人自題七章、陸健男太史四首[14]，足傳也。”惜未抄録。

【箋注】

[1] 錢文端：錢陳群，見卷一・一一注[6]。　[2] 陳巨儒：生平未詳。　[3] 桂籍：科舉考試登第人員的名籍。地行仙：漫遊人間的神仙，比喻人的行蹤不定。　[4] 中書省：官署名。中央政務中樞。韓愈《毛潁傳》稱毛筆爲中書令。此處借爲戲言。朱衣：歐陽公知貢舉，坐後常覺一朱衣人點頭，然後其文入格。嘗有句云：“惟願朱衣一點頭。”事見趙令畤《侯鯖録》。　[5] 騰蛟：《江西府志》《南昌縣誌》均作“黄騰蛟”。生卒年不詳。江西南昌人。乾隆十六年辛未武科會試解元，曾任省塘務。　[6] 阿公：阿思哈（1710—1776），薩克達氏。清滿洲正黄旗人。雍正四年，由官學生考授内閣中書。乾隆間歷任江西、廣東巡撫、雲貴總督。　[7] 彭家屏（1692—1757）：字樂君。清河南夏邑人。康熙六十年進士。歷官直隸清河道，江西、雲南、江蘇布政使。乾隆二十二年，得罪，賜自盡。　[8] 蔣苕生：蔣士銓，見卷一・二三注[2]。　[9] 四輩：此指四個人。　[10] 鍾令嘉（1706—1775）：字守箴，號甘荼老人。清江西餘干人。鉛山蔣堅之妻、詩人蔣士銓母。有《柴車倦遊草》。　[11] 波磔（zhé）：書法中的右下捺筆。一説左撇曰波，右捺曰磔。亦泛指書法筆劃。　[12] 中條：中條山，在今山西西南部。　[13] 尹文端：尹繼善，見卷一・一〇注[3]。[14] 陸健男：陸錫熊（1734—1792），字健男，號耳山。清江蘇上海人。乾隆二十六年進士。累遷副都御史。有《篁村詩鈔》《寶奎堂文集》《炳燭偶鈔》《陵陽獻徵録》等。

一　三

尹文端公和余“飛”字韻云[1]：“鳥入青雲倦亦飛。”吟至再三，唏嘘不已，想見當局者求退之難。古漁有句云[2]：“未遊五嶽心雖切，便到重霄劫又多。”

【箋注】

[1]尹文端：尹繼善，見卷一·一〇注[3]。 [2]古漁：陳毅，見卷一·五二注[3]。

一　四

尹文端公督兩江時，愛才如命。宛平王發桂以主簿派管行宮[1]，有句云：“愧我銜官無一事，宮門持帚掃閑花。”公見而大喜，即超遷貳尹[2]。秀才解中發有句云[3]：“多讀詩書命亦佳。”公於某扇上見之，即聘作西席[4]。

【箋注】

[1]王發桂（？—1870）：字香巖。清直隸正定人。以乾隆六年貢生補江南溧陽縣丞，後任海州州判。主簿：主管文書、辦理事務的官。行宮：京城以外供帝王出行時居住的宫室。 [2]貳尹：縣丞的俗稱，或府、縣長官的副職。 [3]解中發：字節庵。籍失考。諸生。乾隆年間隱居清凉山下。曾入高其倬幕，亦曾在尹繼善家就館教書。 [4]西席：舊時對家塾教師或幕友的敬稱。

一　五

或問：“李師中將出兵，在韓魏公席上賦詩云[1]：‘歸來不願封侯印，只向君王覓愛卿。’不知所用何典。”余按：《宋史·王景傳》：“景仕唐，歸晋，高祖厚遇之，問其所欲。對：‘受恩已厚，無所欲。’固問之。乃曰：‘臣爲小卒，常負胡床從隊長過官妓侯小師家彈唱，心頗慕之。今得小師爲妻，足矣。’高祖大笑，即以賜之，封楚國夫人。”

疑師中即指此事。後蔡攸出兵[2]，指帝座劉妃求賞，其事在後。或云："愛卿者，即魏公席上之妓名。"

【箋注】

[1]李師中（1013—1078）：字誠之。宋楚丘（今山東曹縣一帶）人，後徙居鄆。舉進士，累官太子中允。宋神宗時，拜天章閣待制，後知秦州。有《李誠之集》。韓魏公：韓琦，見卷三·四〇注[1]。　[2]蔡攸（1077—1126）：字居安。宋興化軍仙遊（今屬福建）人。蔡京長子。賜進士出身。領樞密院。曾從徽宗南逃，還都後貶官，終被欽宗遣使誅殺。

一　六

梅鈖爲文穆公第六子[1]，弱冠時，從張芸墅遊隨園[2]，云："隨園耳久熟，遊歷自今初。買得小山隱，名仍太傅餘[3]。主人能愛客，高士幸攜余。幽徑入蘿薜，知應世味疏。"又曰："岸分雙沼水，壁滿一朝詩。"嗚呼！式庵學醇行端，年未五十竟亡，詩多散失矣。

【箋注】

[1]梅鈖：見卷七·三九注[2]。文穆公：梅瑴成（1681—1763），字玉汝，號循齋。清江南宣城（今屬安徽）人。康熙五十四年進士。授編修，任算學館彙編官。官至左都御史。卒謚文穆。　[2]張芸墅：張汝霖，見卷六·八五注[1]。　[3]太傅：白居易爲太子少傅，後隱居香山。此喻袁枚隱居小倉山，詩名亦如白居易。

一　七

余幼時《咏史》云："若道高皇勝項羽，試將吕后比虞姬[1]。"後見益都王中丞遵坦有句云[2]："垓下何必更悲歌，虞兮吕兮較若何[3]？"兩意相同。王又有句云："亞父不用乃壽終，淮陰枉死未央宫[4]。"意亦新。

【箋注】

[1]高皇：漢高祖劉邦。吕后：劉邦的皇后，名雉，字娥姁。劉邦死後，吕雉監國攝政。虞姬：楚霸王項羽的愛妾。項王兵敗垓下，悲歌數闋，虞姬和之，歌罷刎頸殉節。[2]王遵坦（？—1647）：字太平。清山東益都（今壽光）人。順治四年，隨肅王平蜀。官至四川巡撫。有《墨甲堂集》《願學齋集》。[3]垓下：在今安徽靈璧一帶。漢高祖劉邦曾圍困項羽於此。[4]亞父：指楚霸王的重要謀士范增。項羽尊范增爲亞父。後陳平用反間計，使項羽猜疑范增，范增於是"願請骸骨歸"，疽發背而死。淮陰：指韓信，見卷五·五九注[5]。

一　八

馬驌宛斯作《繹史》[1]，叙三代事，極博雅，而詩筆甚清。《池上》云："種魚有術尋漁父，斷酒無心學醉翁。"漁洋題其像云[2]："今日黄山山下路，只餘書帶草青青[3]。"

【箋注】

[1]馬驌（1621—1673）：字宛斯，又字驄御。清山東鄒平人。順治十六年進士。任淮安推官、靈壁知縣。著《左傳事緯》《繹史》。[2]漁洋：王士禛，見卷一·五四注[1]。[3]書帶草：《後漢書》注引晋伏琛《三齊記》曰："鄭玄教授不其山，山下生草大如薤，葉長一尺餘，堅韌異常，士人名曰'康成書帶'。"俗名爲沿階草，取其束書，故名書帶草。後用此典贊博學多書。

一　九

陳古漁云[1]："今人不知詩中甘苦，而强作解事者，正如富貴之家，堂上喧鬧，而牆外行人，抵死不知。何也？未入門故也。"宋人《栽竹》詩云："應築粉牆高百尺，不容門外俗人看[2]。"

【箋注】

[1]陳古漁：陳毅，見卷一·五二注[3]。[2]"應築"聯：宋孫倖《栽竹詩》曰："更起粉牆高百尺，莫令牆外俗人看。"事見《詩話總龜》。

二　〇

余游九華山，青陽沈正侯字倫玉[1]，少年韶秀，延候於五溪，已三日矣。見贈云："大抵高人能下士，於今童子得瞻師。"又句云："風狂欲折依牆竹，菊萎猶開卧地花。"又，陳明經名芳者[2]，相待于陵陽鎮。呈詩云："岸曲橋橫草樹萋，書堂佛寺水東西。溪亭日映欄干外，九十九峰影盡低[3]。"兩人俱不事科舉，以吟咏自娱。

【箋注】

[1]沈正侯：字倫玉，號書城。清安徽青陽人。乾隆間諸生。有《書城詩鈔》。　[2]陳芳：見卷二・二三注[3]。明經，明清貢生的俗稱。　[3]九十九峰：指九華山，在安徽青陽縣境，相傳有大小九十九峰。

二　一

詩雖新，似舊纔佳。尹似村云[1]："看花好似尋良友，得句渾疑是舊詩。"古漁云[2]："得句渾疑先輩語，登筵初僭少年人[3]。"偶過西湖，見陳莊題壁云："一葉蜻蜓似缺瓜[4]，年年蕩槳水雲涯。叉魚射鴨嬌無力，笑入南湖摘藕花。""蘇小樓頭楊柳風，小姑鬥草語芳叢。阿儂家住胭脂嶺，怪底花枝映日紅。"末署"竹嶼"二字，蘇州吴進士泰來也[5]。新安江寺見題壁云："昨與鄰舟姊妹逢，香風暖處話從容。低頭怕有漁郎至，不看蓮花只看儂。""灘頭漠漠起炊煙，折罷蓮花正暮天。却怪鴛鴦不解事，偏依儂艇並頭眠。"末署"魯鳳藻"三字[6]。

【箋注】

[1]尹似村：尹慶蘭，見卷二・三七注[1]。　[2]古漁：陳毅，見卷一・五二注[3]。　[3]初僭（jiàn）：初次超越本分。僭，用作謙詞。　[4]蜻蜓：指蜻蜓舟，一種小船。缺瓜：指瓜皮船兒，亦指一種小船。　[5]吴泰來：見本卷一一注[1]。　[6]魯鳳藻：清安徽安慶人，餘未詳。

按：詩雖新，似舊纔佳。此話不好理解。大致意謂詩需要陌生化，但不能陌生得怪異，晦澀難解。要人人心中有，個個筆下無。或者説讀詩應如賈寶玉初次見到林黛玉，覺得曾經見過一樣。

二　二

黄莘田落第[1]，賦《無題》云："秃尖成冢還成陣，未抵靈犀一點通。"吴竹橋落第[2]，賦《無題》云："聞説千金纔買笑，紫騮休繫莫愁家[3]。"王介祉落第[4]，亦有《無題》云："盼得纖兒還蕩子[5]，傳來小婢又夫人。"

【箋注】

[1]黄莘田：黄任，見卷四・四九注[1]。　[2]吴竹橋：吴蔚光，見卷一・四一注[3]。　[3]千金買笑：謂不惜代價，博取美人歡心。莫愁：古樂府中傳説石城的女子。一説爲洛陽人，爲盧家少婦。　[4]王介祉：王陸禔，見卷五・五二注[5]。　[5]纖兒：指小兒，是輕詆之詞。蕩子：遊蕩四方的人。

二　三

古漁《路上》詩云[1]："年來一事真堪笑，只見來船是順風。"戴喻讓云[2]："莫羡上流風便好，好風也有卸帆時。"榮方伯名柱者[3]，有句云："風自横來無順逆，水當漲處失江湖。"余則云："東窗闔後西窗啟，猶喜風無兩面來。"

【箋注】

[1]古漁：陳毅，見卷一・五二注[3]。　[2]戴喻讓：戴思仁，見卷七・二〇注[4]。　[3]榮柱（？—1802）：字鐵齋，號采芝生。伊爾根覺羅氏。清滿洲正白旗人。官至盛京刑部侍郎。

二　四

甲子秋[1]，余遺失詩册，心鬱鬱者一年。古漁云："癸巳冬[2]，得詩百篇，懷之訪人，帶寬落地，竟無覓處。乃題云：‘拈斷吟髭費苦猜，已抛偏又上心來。關情似與良朋别，撒手如沉拱璧回[3]。薄祭可能分酒脯？孤飛未必出塵埃[4]。多應擲地無聲響，一墮人間便永埋。’”

【箋注】

[1] 甲子：這裏指乾隆九年（1744）。 [2] 癸巳：這裏指乾隆三十八年（1773）。 [3] 拱璧：兩手合圍的大璧，泛指珍貴之物。 [4] 薄祭：此指以祭奠之禮表達失去詩篇的惋惜心情。孤飛：喻詩篇的遺失。

二　五

朱竹垞先生詩名蓋世[1]，而自稱本朝第二。故揚州方近雯觀察詩云[2]：“駢體莫輕嗤沈宋，古音休易許曹劉[3]。試看前輩詩如此，只負皇朝第二流。”商寶意先生云[4]：“詩品官階兩不高。”前輩之虚心如此。王葑亭御史亦有句云[5]：“宦情似墨磨常短，詩境如棋著不高。”

【箋注】

[1] 朱竹垞：朱彝尊，見卷一・二〇注[14]。 [2] 方近雯：方觀（1681—1730），字近雯，號石川。清江南江都人。康熙四十八年進士。官陝西布政使。曾從學於朱彝尊。有《石川詩鈔》。 [3] 沈宋：沈佺期、宋之問。曹劉：曹植、劉楨。 [4] 商寶意：商盤，見卷一・二七注[7]。 [5] 王葑亭：王友亮，見卷六・六六注[3]。

二　六

“莫憑無鬼論，終負托孤心[1]。”何言之沉痛也！“升沉閣下意，誰道在蒼蒼[2]！”何求之堅切也！“知親每相見，多在相門前[3]。”何刺之輕薄也！“生應無輟日，死是不吟時[4]。”何吟之溺苦也！俱非唐人不能作。李少鶴《哭人》云[5]：“世緣猶有子，死日始無詩。”亦本於唐。

【箋注】

[1]“莫憑”二語：出自唐李商隱《過故崔兖海宅與崔明秀才話舊因寄舊僚杜趙李三掾》。無鬼論：漢王充、晋阮修等曾有無鬼之論。見《論衡·論死篇》。托孤：以遺孤相托，語出《論語·泰伯》。 [2]“升沉”二語：出自唐楊巨源《上劉侍中》。蒼蒼：蒼天。 [3]“知親”二語：出自宋初徐鉉《寄駕部郎中》。[4]“生應”聯：出自唐杜荀鶴《苦吟》。 [5]李少鶴：李憲喬，見卷六·五九注[2]。

二　七

查他山先生詩[1]，以白描擅長，將詩比畫，其宋之李伯時乎[2]？近繼之者，錢璵沙方伯、光禄卿申笏山[3]。笏山卒後，畢秋帆尚書梓其全集[4]。五言云：“雨聲凉入硯，花氣潤侵簾。”《看桂》云：“香於半路先迎客，花已全開正及時。”

【箋注】

[1]查他山：查慎行，見卷三·一二注[1]。白描：指文字平白如話、不加渲染烘托的寫作風格。 [2]李伯時：李公麟，見卷七·七八注[4]。李作畫多不設色。 [3]錢璵沙：錢琦，見卷三·二九注[6]。申笏山：申甫，見卷一·六六注[11]。 [4]畢秋帆：畢沅，見卷二·一三注[4]。

二　八

謝茂秦云[1]：“凡作近體，誦之流水行雲，聽之金聲玉振，觀之朝霞散綺，講之異繭繅絲[2]。”

【箋注】

[1]謝茂秦：謝榛（1495—1575），字茂秦，號四溟山人。明山東臨清人。終生不仕。“後七子”之一。有《四溟集》《四溟詩話》。 [2]異：區别、分開。繅：抽絲。

二　九

萬柘坡《贈錢坤一》云[1]："雨中聽屐到，燈下出詩看。"程南溟有句云[2]："佳句奚囊盛不住[3]，滿山風雨送人看。"

【箋注】

[1]萬柘坡：萬光泰，見卷一·五二注[1]。錢坤一：錢載（1708—1793），字坤一，號籜石。清秀水（今浙江嘉興）人。乾隆十七年進士。官至禮部左侍郎。有《籜石齋集》。　[2]程南溟：字軼青。清江蘇吴江人。清畫家，善寫意花果。　[3]奚囊：原指李賀的詩囊，後喻指盛詩稿的器具或詩集。

三　〇

近人佳句有相同者。董曲江太史《歷城》詩云[1]："寺塔插天雲外影，人煙近市日中聲。"江于九太守《遊九華山》云[2]："松竹分巒翠，雲煙隔寺聲。"陳梅岑句云[3]："津鼓聲沉寒雨急[4]，漁燈影亂夜潮來。"蔣心餘句云[5]："守堠兵多官舫過[6]，拔篙聲緩亂灘來。"李竹溪句云[7]："相逢馬上摇頭者，得句知他勝得官。"李懷民句云[8]："思苦如中酒，吟成勝拜官。"

【箋注】

[1]董曲江：董元度（1712—1787），字寄廬，號曲江。清山東平原人。乾隆十七年進士。入翰林，由庶吉士改東昌教授。有《舊雨堂詩集》。　[2]江于九：江恂（1709—1786），字于九、禹九，號蔗畦、蔗田。清安徽歙縣人，居江蘇儀徵。乾隆十八年拔貢。官至徽州知府，署蕪湖廬鳳道。有《蔗畦詩稿》。[3]陳梅岑：陳熙，見卷一·五注[2]。　[4]津鼓：古代渡口設置的信號鼓。[5]蔣心餘：蔣士銓，見卷一·二三注[2]。　[6]堠（hòu）：古代瞭望敵情的土堡。[7]李竹溪：李棠（1714—1786），字召林，號竹溪、思樹軒。清直隸河間人。乾隆七年進士。官惠州知府。有《思樹軒詩稿》。　[8]李懷民：李憲噩（1738—1793），以字行，號石桐、十桐、敬仲。清山東高密人。乾隆諸生。有《石桐詩鈔》《十桐草堂集》。

三一

近日詩僧甚少。余游天台，得梅谷[1]；到净慈寺，得佛裔[2]；遊九華，得亦葦[3]；遊粵東，得澄波、懷遠、寄塵[4]。亦葦《野步》云："傍晚欲歸尋別徑，忽驚沙鳥出苗飛。"澄波《折木樨》云："莫怪靈山留一笑，如來原是賣花人。"懷遠《江行》云："片帆高趁大江風，過眼雲山笑轉蓬。行盡斷堤楊柳岸，夕陽猶在板橋東。"佛裔者，讓山弟子也。有句云："魚亦憐儂水中影，誤他争唼鬢邊花。"綺語自佳，恰不似方外人所作。懷遠云："雍正間，廣東有詩會。好事者張飲分題，聘名流品題甲乙，首選者贈綾絹，其次贈筆墨。亦佳話也。"寄塵本姓彭，工詩、能畫。《遊長壽寺》云："净壇風掃地，清課月爲燈。"

【箋注】

[1]梅谷：清僧行悦，字梅谷，號呆翁，俗姓曹。江蘇婁東（今崑山）人。有《北遊集》等。 [2]佛裔：清僧實蔭，字佛裔，俗姓鍾。湖北漢陽（今武漢）人。歷主乾峰、聖因、净慈諸寺。有語録四卷。 [3]亦葦：清僧超岸，字亦葦，俗姓李。江西吉州（今吉安）人。 [4]澄波：未詳。懷遠：未詳。寄塵：清湖南湘鄉人。有《載將書畫到江南圖》。

三二

山陰邵太守大業[1]，字厚庵，治蘇有惠政，以忤大府罷官[2]。有《口號》一聯云："江山見慣新詩少，世味嘗深感慨多。"又"老來兒女費周旋"七字，亦頗是人情。

【箋注】

[1]邵大業（1710—1771）：字在中，又字思餘，號厚庵。清浙江會稽人。雍正十一年進士。歷湖北黄陂知縣、開封府同知、蘇州知府、六安知州，官終徐州知府。有《謙受堂集》。 [2]大府：總督、巡撫的代稱。

三　三

吾鄉任武承太史[1]，名應烈，出守懷慶。中年乞病，買鑒湖快閣以居，乃陸放翁舊地[2]。作詩四首，和者如雲。先生句云："叠石略存山意思，蒔花聊破睡工夫。""風流何處追狂客，踪迹重教記放翁。"甲戌歲[3]，札來索和，並招往遊。余寄詩奉答，終不果往。壬寅遊天台[4]，始登快閣，先生亡久矣。精舍數間，全覽鑒湖之勝。想在日清福，不减賀知章[5]。

【箋注】

[1]任武承：任應烈（1693—1768），字武承，一字處泉。清浙江錢塘人。雍正八年進士，授編修。官南陽等地知府。　[2]鑒湖快閣：浙江紹興鑒湖是南宋詩人陸游的故里，快閣位處東跨湖橋以西的鑒湖北岸，是陸游中年賦詩讀書處，後改爲陸放翁祠。　[3]甲戌：這裏指乾隆十九年（1754）。　[4]壬寅：這裏指乾隆四十七年（1782）。　[5]賀知章：見卷四・七三注[1]。

三　四

康熙戊戌探花傅玉笥先生[1]，名王露，年八十餘，同在湖船，自誦《陪申尚衣遊西湖絶句》云："正是金牛紀瑞年，小春風景似春天[2]。蓬萊原近孤山寺，遊舫多停六一泉[3]。""一到湖心眼界寬，雲光霮䨴接風湍[4]。三朝恩澤深如許，莫作瑶池清淺看。"先生耳聾，與談者以手畫字，即能通解。癸未春，來遊攝山，與之談，聲振屋瓦。

【箋注】

[1]傅玉笥：傅王露，見卷七・七三注[1]。　[2]金牛：《西湖遊覽志》："西湖故明聖湖也，周繞三十里，三面環山，溪谷縷注，下有淵泉百道，瀦而爲湖，漢時金牛見湖中，人言明聖之瑞，遂稱明聖湖，以其介於錢塘也，又稱錢塘湖。"小春：陰曆十月，天氣暖和如春，故稱爲"小春"，亦稱"小陽春"。[3]孤山寺：西湖名勝之一，位于西湖西北角。六一泉：在孤山南麓，蘇軾任杭州刺史時爲紀念老師歐陽修六一居士而命名。　[4]霮（dàn）䨴（duì）：雲貌，濃雲。

三　五

學士春臺典試福建[1]，過吳下買妾方大英[2]，美貌能詩。以南北地殊，服食不慣，雉經而亡。搜其遺稿，有句云："户閉新蛛網，梁空舊燕泥。"

【箋注】

[1] 春臺：字錫祺，姓索佳氏。清滿洲正黄旗人。康熙五十二年進士。官至翰林院侍讀學士。 [2] 方大英：見上，餘未詳。

按：舊禮教吃人又一事例。存其詩兩句，是憫其人，還是愛其詩?

三　六

孫補山尚書[1]，先以中翰從傅文忠公征緬甸[2]。《見虜氛日惡口號一首付諸同事》云："軍容荼火盛，不戢便成災[3]。水土本來惡，烏鳶曉便來[4]。功成原有數，我死愧無才。腰下防身劍，摩挲日幾回？"嗚呼！先生當艱險時，賦詩如此，豈料日後之總督兩廣，晉爵宫保，世襲輕車都尉哉[5]？《孟子》云："天之將降大任。"信然！

【箋注】

[1] 孫補山：孫士毅（1720—1796），字智冶，又字致遠，號補山。清浙江仁和人。乾隆二十六年進士。歷官至兵部尚書兼軍機大臣、文淵閣大學士兼禮部尚書，先後出任兩廣、兩江、四川總督。有《百一山房詩集》。 [2] 傅文忠：傅恒（1722—1770），字春和，富察氏。清滿洲鑲黄旗人。李榮保的第十子，高宗孝賢純皇后弟。由侍衛歷總管内務府大臣、户部侍郎、軍機大臣，至保和殿大學士，封一等忠勇公。謚文忠。 [3] 荼火：《國語》卷十九："萬人以爲方陣，皆白裳、白旗、素甲、白羽之矰，望之如荼。……左軍亦如之，皆赤裳、赤旗、丹甲、朱羽之矰，望之如火。"不戢（jí）：不收斂。《左傳・隱公四年》："夫兵如火也，弗戢，將自焚也。" [4] 烏鳶：烏鴉和老鷹。均爲貪食之鳥。 [5] 宫保：清代指太子的老師。輕車都尉：清代三、四品武職官名。

三　七

或戲村學究云[1]："漆黑茅柴屋半間，猪窩牛圈浴鍋連。牧童八九縱横坐，天地元黄喊一年[2]。"末句趣極。

【箋注】

[1]村學究：舊時稱鄉村私立學校教師。 [2]天地元黄：《千字文》的第一句。元，原爲"玄"，爲避康熙名玄燁之諱改。

三　八

尹文端公妾張氏[1]，封一品夫人，與内廷恩宴。大將軍某與忠勇公在上前戲尹云[2]："張有貴相，十指皆箕斗，無羅紋[3]。"會伊里平定，諸功臣畫像内廷，例有贊語。上命公自爲張夫人贊。尹應聲云："繼善小妻，事臣最久。貌雖不都[4]，亦不甚醜。恰有貴相，十指箕斗。遭際天恩，公然命婦[5]。上相簪花，元戎進酒[6]。同畫凌煙[7]，一齊不朽。"忠勇公曰："欲戲尹某，反爲尹某戲耶！"上大笑。

【箋注】

[1]尹文端：尹繼善，見卷一・一〇注[3]。 [2]大將軍：指兆惠（1708—1764），字和甫，吴雅氏。清滿洲正黄旗人。定邊將軍。封一等武毅謀勇公。官至協辦大學士兼刑部尚書，加太子太保。忠勇公：傅恒，見本卷三六注[2]。 [3]箕斗：簸箕形的指紋。羅紋：螺圈形的指紋。 [4]不都：不美好。[5]命婦：封建時代受封號的婦人。 [6]上相：指大臣。元戎：大軍統帥。[7]凌煙：凌煙閣。封建王朝爲表彰功臣而建築的繪有功臣圖像的高閣。

三　九

壬午春，迎鑾淮上[1]，雨久不止。錢文端公戲尹相國云[2]："閣下燮理陰陽[3]，只燮陰而不燮陽，何也？"按《西清詩話》載："宋時，宋琪、沈義倫俱在黄閣[4]，久旱得雨，雨復不止。琪苦之，戲沈曰：'可謂“燮成三日雨”。’沈應聲曰：‘調得一城泥。’”

【箋注】

[1]壬午：這裏指乾隆二十七年(1762)。[2]錢文端：錢陳群，見卷一·一一注[6]。尹相國：尹繼善，見卷一·一〇注[3]。[3]燮(xiè)理：協和治理。亦特指宰相的政務。[4]宋琪(917—996)：字叔寶。宋幽州薊(今屬北京)人。由後晋、後周入宋，官至昭文館學士、吏部尚書、右僕射。沈義倫(909—987)：字順宜。宋陳留泰康(今河南太康)人。宋太祖開寶六年拜相，任中書侍郎、同平章事、集賢殿大學士。黄閣：指宰相官署。

四〇

丁酉七月，慶兩峰赴湖北臬使之便[1]，《過隨園留别》云：“天外飛鴻迹又過，衡門深處叩煙蘿[2]。交情共指青山在，别意相看白髮多。祖帳一杯江上酒[3]，秋風八月洞庭波。才人老去須珍重，漫把遺編日苦摩。”到湖北後，又寄紅抹肚與阿遲[4]，繫以詩云：“一個錦兜寄兒著，要他包裹五車書[5]。”自此一别，兩峰出鎮塞外，遂永訣矣。余哭之云：“平原自是佳公子，劉秩終非曳落河[6]。”傷其不耐塞外之風霜也。其詩集甚多，不知流落何所。

【箋注】

[1]丁酉：這裏指乾隆四十二年(1777)。慶兩峰：慶玉，見卷四·三二注[1]。臬使：即按察使。[2]衡門：横木爲門。借指隱者所居。煙蘿：借指幽居之處。[3]祖帳：古代送人遠行，在郊外路旁爲餞别而設的帷帳。亦指送行的酒筵。[4]抹肚：護胸腹的兜肚。阿遲：袁枚的小兒子。[5]五車書：《莊子·天下》：“惠施多方，其書五車。”後用以形容讀書多。[6]平原：即戰國時趙國貴族公子趙勝，號平原君。禮賢下士，有食客數千人。此處喻指慶兩峰爲人。劉秩：唐人。字祚卿，劉知幾子。安史之亂中，房管曾爲招討節度使，請自將兵收復兩京，而用劉秩爲參謀。並説：“彼曳落河雖多，能當我劉秩乎？”而劉秩是儒生，不習軍旅。結果大敗于陳濤斜。此處喻指對慶兩峰用之不當。曳落河：當時的胡人語，壯士、健兒的意思。

四　一

對聯有解頤者[1]。康熙時，廣東詩僧石蓮[2]，住海珠寺，交通公卿。寺塑金剛與彌勒環坐[3]，題對聯云："莫怪和尚們這般大樣；請看護法者豈是小人。"楊蘭坡題倒坐觀音像云[4]："問大士緣何倒坐，恨世人不肯回頭。"江西某題養濟院云[5]："看諸君腦滿腸肥，此日共餐常住飯[6]；想一樣鐘鳴鼎食，前生都是宰官身[7]。"

【箋注】

[1]解頤（yí）：謂開顔歡笑。 [2]石蓮：釋大汕（1636—1705），又名石濂和尚，字庵翁，又字石蓮，號石頭，俗姓徐。清江蘇吴縣人。有《潮行近草》《離六堂詩集》《燕遊稿》等。 [3]金剛：佛的侍從力士。彌勒：未來佛，往往被塑造成胸腹袒露、面帶笑容的形象。 [4]楊蘭坡：楊國霖，號蘭坡。清順天固安（今屬河北）人。監生。任山東歷城、肥城、惠民、恩縣、嶧縣知縣，廣東英德、高要知縣，廣州府通判。 [5]養濟院：舊時收養鰥寡孤獨的窮人的場所。 [6]常住：僧、道稱寺舍、田地、什物等爲常住物，簡稱常住。 [7]鐘鳴鼎食：擊鐘列鼎而食，形容富貴豪華。宰官：泛指官吏。

四　二

古詩人遭際，有幸不幸焉。唐宰相鄭畋之女[1]，愛讀羅隱詩[2]，後隔簾窺其貌寢[3]，遂終身不復再誦。明謝茂秦眇一目[4]，貌不揚，而趙穆王愛其詩[5]，酒闌樂作，出所愛賈姬，光華奪目，奏琵琶，歌謝所作《竹枝詞》，即以贈之。宋真宗時[6]，宋子京乘車[7]，路遇宫人，知爲狀元，呼曰："小宋耶？"子京賦詩，有"更隔蓬山一萬重"之句，流傳禁中。真宗知之，賜以宫女，曰："蓬山不遠。"正德南巡[8]，翰林謝政年少美貌[9]，迎駕西江，見宫眷船，誤爲御舟，跪迎報名，適宫人開窗潑水，見之一笑。謝賦詩云："天上果然花絶代，人間竟有笑因緣。"亦復流傳宫禁。武宗怒，削籍遣歸。

【箋注】

[1]鄭畋（tián）（825—887）：唐滎陽（今屬河南）人。會昌二年中進士。僖宗、昭宗朝兩次入相。 [2]羅隱（833—909）：字昭諫，自號江東生。唐新登（今屬浙江）人。官錢塘令、節度判官、給事中。有《羅昭諫集》。 [3]貌寢：相貌醜陋。 [4]謝茂秦：謝榛，見本卷二八注[1]。 [5]趙穆王：朱常清（1555—1614），第七代趙王，封地在河南安陽。 [6]宋真宗：此有誤，應爲宋仁宗。 [7]宋子京：宋祁，見卷一・四六注[13]。 [8]正德：明武宗朱厚照年號（1505—1521）。 [9]謝政：生平未詳。

四三

兒童翹課，似非佳子弟。然唐相韋端己詩云[1]：“曾爲看花偷出郭，也因翹課暫登樓。”文潞公幼時[2]，畏父督課，逃西鄰張堯佐家，後有燈籠錦之貽[3]。蓋與貴妃本屬世交，常通縞紵故也[4]。可見詩人、名相，幼時亦嘗翹課矣。阿通九歲[5]，能知四聲，而性貪嬉戲。重九日，余出對云：“家有登高處。”通應聲曰：“人無放學時。”余不覺大笑，爲請于先生而放學焉。其師出對云：“上山人斫竹。”通云：“隔樹鳥含花。”

【箋注】

[1]韋端己：韋莊（836—910），字端己。長安杜陵（今陝西西安一帶）人。五代時前蜀詩人。唐亡，王建在蜀稱帝，以莊爲相。有《浣花集》。 [2]文潞公：文彦博，見卷二・六注[5]。 [3]張堯佐：字希元。宋河南永安（今鞏義一帶）人。仁宗張貴妃伯父。燈籠錦：用金綫織成燈籠圖案的錦緞。宋梅堯臣《碧雲騢》：“張貴妃以近上元，令織異色錦。文彦博遂令工人織金綫燈籠載蓮花。”宋邵伯温《聞見前録》卷二：“燈籠錦者，潞公夫人遺張貴妃，公不知也。” [4]縞紵：縞帶與紵衣，指朋友間的互相饋贈。 [5]阿通：袁通（1775—1829），字達夫，號蘭村。袁枚的嗣子。堂弟袁樹之子。官河南汝陽知縣。有《捧月樓詩詞稿》。

四 四

諱老染鬚，似非高人所爲。南朝陸展有“媚側室”之譏[1]。然司空圖清風亮節[2]，唐季忠臣，其詩曰：“髭鬚强染三分折，弦管聽來一半愁。”可知染鬚亦無傷於雅士。

【箋注】

[1]陸展：南朝宋吴郡人。以染髮媚妾，而爲同僚何長瑜作詩譏謔。 [2]司空圖：見卷五・三三注[4]。

四 五

黄石牧先生以翰林中允[1]，督學閩中，因公落職。吾鄉徐文穆公薦舉博學鴻詞[2]，與余同試保和殿。先生年過七旬，神明衰矣，以不完卷，累薦主議處。蓋馬伏波自忘其老之過也[3]。《唐堂詩集》生新超雋，美不勝收。姑録短句，以志一臠之嗜。《芭蕉》云：“日不紅三伏，天惟緑一庵。”《北路買餅》云：“駐馬一錢交易，羈留三刻行程。”《玫瑰花》云：“生來合是依人命，從不容渠在樹看。”集中七古，遠勝潘稼堂[4]。

【箋注】

[1]黄石牧：黄之雋，見卷三・一二注[2]。中允：官名，正六品。 [2]徐文穆：徐本（？—1747），字立人，號是齋。清浙江錢塘人。康熙五十七年進士。授編修。官至東閣大學士兼禮部尚書、太子太保兼户部尚書，加太子太傅致仕。卒謚文穆。有《文穆遺集》。 [3]馬伏波：馬援，見卷二・一九注[2]。其名言爲“窮當益堅，老當益壯”。 [4]潘稼堂：潘耒（1646—1708），字次耕，號稼堂。清江蘇吴江人。康熙十八年，以布衣舉博學鴻詞。授職檢討。纂修《明史》。曾受業於顧炎武。有《遂初堂集》。

四　六

余泛舟横塘，有踏摇娘蕊仙者[1]，素矜身份，隔窗對語，不肯進艙侍飲，而頗知文墨。客許重贈纏頭，拒而不受。少頃，月出矣，蕊仙持扇求詩。余戲題云："横塘宵泛酒如淮[2]，十里桃花四面開。只恨錦帆竿上月，夜深不肯下艙來。"蕊仙一笑進艙。

【箋注】

[1]踏摇娘：原指一種民間歌舞。唐劉餗《隋唐嘉話·補遺》："隋末有河間人，皻鼻使酒，自號郎中，每醉必毆擊其妻。妻美而善歌，每爲悲怨之聲，輒摇頓其身。好事者爲假面以寫其狀，呼爲踏摇娘。"此處借指歌女。 [2]酒如淮：《左傳》中語："有酒如淮"。極言酒的豐盛。

四　七

孝感程蔚亭先生[1]，名光鉅，甲辰翰林，出爲杭州糧道。有《閨詞》云："東家姊妹與西鄰，聽説相招去踏春。料得今年花事好，晚歸都語畫眉人。""青衫薄薄襯宫緋，上綉鴛鴦並翅飛。勉强著來都不稱，可身還是嫁時衣。"余已未歸娶，先生留飲，云："老夫次首[2]，有不慣外任、仍思内用之意。"

【箋注】

[1]程蔚亭：程光鉅（？—1747），字二至，號蔚亭。清湖北孝感人。雍正二年進士。入翰林。出爲杭州糧道。 [2]次首：指此處所舉第二首《閨詞》。

四　八

詩人少達而多窮。汪可舟舸[1]，自稱客吟先生，詩筆清絶，而在揚州竟無知者。己丑除夕，忽過白門[2]，意大不適，有漢江之行。余堅留之，不肯小住，遂成永訣。未十年，其子中也[3]，家業大昌，買馬氏玲瓏山館，造亭臺，招延名士，而可舟不及見矣。其《聽雨》詩云：

“檐外幾聲纔淅瀝，胸中何事不分明？”又曰：“側身已在江湖外，繞屋寧堪竹樹多。但覺有聲皆劍戟，不知何物是笙歌。”其紆鬱可想[4]。仲小海《聽雨》云[5]：“明知關我心何事，只覺撩人夢不成。”宋人有小詞云：“薄暮投村急，風雨愁通夕。窗外芭蕉窗裏人，分明葉上心頭滴[6]。”

【箋注】

[1] 汪可舟：汪舸，見卷五・四注[2]。　[2] 己丑：這裏指乾隆三十四年（1769）。　[3] 中也：汪畚（běn），字中也，號雪礓。清江蘇江都人。山水仿倪高士，花卉學惲南田，尤精金石學。　[4] 紆鬱：憂憤抑鬱。　[5] 仲小海：仲蘊檠，見卷三・四五注[2]。　[6]“薄暮”數語：出宋無名氏《眉峰碧》詞。

四　九

余行路見遠樹，疑爲塔尖。高翰起司馬云[1]：“平疇見喜塍成綉，遠樹看疑塔露尖。”每見門神相對，似怒似笑。趙雲松云[2]：“無言似厭人投刺，含笑應羞客曳裾[3]。”

【箋注】

[1] 高翰起：高瀛洲，見卷五・二一注[1]。　[2] 趙雲松：趙翼，見卷二・三三注[4]。　[3] 投刺：投遞名帖以求見。曳裾：拖着衣襟。此爲“曳裾王門”的省稱。指依附權貴門下，仰承鼻息。

五　〇

文尊韓，詩尊杜，猶登山者必上泰山，泛水者必朝東海也。然使空抱東海、泰山，而此外不知有天台、武夷之奇[1]，瀟湘、鏡湖之勝[2]，則亦泰山上之一樵夫、海船上之舵工而已矣。學者當以博覽爲工。

【箋注】

[1] 天台：天台山，在浙江省台州一帶。武夷：武夷山，位于福建崇安一帶。[2] 瀟湘：二水名。在今湖南。鏡湖：位于浙江紹興，亦名鑒湖。

五一

王次回有句云[1]："天台再許劉晨到，那惜千回度石梁[2]。"竇意先生反其意[3]，作《秋霞曲》云："天台已入休嫌暫，尚有終身未到人。"

【箋注】

[1] 王次回：王彦弘，見卷一·三一注[1]。 [2] 劉晨：見卷三·三二注[9]。石梁：天然石橋。 [3] 竇意：商盤，見卷一·二七注[7]。

五二

近日書院一席，全以薦者之榮落，定先生之去留。蔣春農掌教真州[1]，移主揚州梅花書院。《留别諸生》云："自慚頭腦太冬烘，兩載鑾江作寓公[2]。提舉原如宫觀例，量移還與職官同[3]。痕留雪爪棲難定，老困鹽車步未工[4]。却憶來時春正晚，海棠飛雨墮階紅。""風雪交加臘盡時，臨歧握手意遲遲。豐碑昔拜文丞相，遺像今瞻史督師[5]。山長頭銜聊復爾[6]，英雄末路合如斯。諸生莫作攀轅計，撰杖重游未可知[7]。"

【箋注】

[1] 蔣春農：蔣宗海（1720—1796），字星巖，號春農，晚號冬民、歸求老人。清江蘇丹徒人。乾隆十七年進士。授内閣中書，軍機處行走。有《索居集》《南歸叢稿》《蔣春農文集》。 [2] 冬烘：迂腐。鑾江：江蘇儀徵的别稱。寓公：古指失其領地而寄居他國的貴族，後代指流亡寄居他鄉或别國的官僚、士紳。[3] 提舉：官名。原意是管理。主管專門事務的職官，即以提舉相稱。多爲安置閒員。宫觀：官員年老不能任事或退休，多被任爲宫觀使等官，實無職事，

只領俸禄。量移：指調遷。［4］雪爪：即“雪泥鴻爪”。宋蘇軾《和子由澠池懷舊》：“人生到處知何似，應似飛鴻踏雪泥。雪上偶然留爪印，鴻飛那復計東西。”後用來比喻往事留下的痕迹。鹽車：《戰國策·楚策四》：“夫驥之齒至矣，服鹽車而上太行。……白汗交流，中阪遷延，負轅不能上。”後多用於比喻賢才屈居於賤役。［5］文丞相：文天祥，見卷三·六六注[8]。史督師：史可法（1602—1645），字憲之，號道鄰。明河南祥符（今開封）人。南京兵部尚書，福王時拜東閣大學士，清軍南下，自請督師揚州，遇難。［6］山長：書院設山長，講學兼領院務。［7］攀轅：挽留、眷戀。撰杖：指執教。

五　三

東坡云：“無事此静坐，一日如兩日。若活七十年，便是百四十。”京口解李瀛善畫[1]，有人聘往寫真，而主人久卧不出。解戲改蘇詩贈云：“無事此静卧，卧起日將午。若活七十年，只算三十五。”山陰人有三乳者，金上清進士調之[2]，云：“胸羅星宿素襟披，下字成文亦太奇[3]。四乳曾聞男則百[4]，君應七十五男兒。”

【箋注】

［1］解李瀛：如上，餘未詳。［2］金上清（約1736—？）：亦作金尚清。清浙江山陰人。乾隆三十一年進士。官五河知縣。［3］星宿：此指參星。宋喻良能《香山集·挽周子及》：“胸羅星宿富多文。”下字：草書下字爲三點。［4］四乳：謂身上有四隻乳房。古代傳説周文王有四乳，其子衆多，迷信者附會爲仁聖之相。

五　四

程魚門云[1]：“時文之學，有害於古文[2]；詞曲之學，有害於詩。”余謂：“時文之學，不宜過深，深則兼有害於詩。前明一代，能時文，又能詩者，有幾人哉？金正希、陳大士與江西五家[3]，可稱時文之聖，其於詩，一字無傳；陳卧子、黄陶庵不過時文之豪[4]，其詩便有可傳。《荀子》曰‘藝之精者不兩能’也。”

【箋注】

[1] 程魚門：程晋芳，見卷一・五注 [1]。 [2] 時文：指科舉應試文體的通稱。古文：原指先秦兩漢以來用文言寫的散體文，相對六朝駢體而言。後則相對科舉應用文體而言。唐韓愈、宋歐陽修等皆曾大力提倡古文，反對駢驪的文體與文風。 [3] 金正希：金聲（1589—1645），字正希，號赤壁。明安徽休寧人。崇禎元年進士。官至右都御史、兵部右侍郎。有《金正希時文》《尚志堂文稿》。陳大士：陳際泰（1567—1641），字大士。明汀州武平（今屬福建）人。崇禎七年進士。有《易經説易》《四書讀》《五經讀》《太乙山房集》。江西五家：未詳。一般稱江西四家，即陳際泰、艾南英、章世純、羅萬藻，曾刻《四大家稿》行於世。 [4] 陳卧子：陳子龍，見卷三・二八注 [7]。黄陶庵：黄淳耀（1605—1645），字蘊生，一字松厓，號陶庵。明南直隸嘉定（今屬上海）人。崇禎十六年進士。有《黄陶庵先生全集》。

五　五

黄陶庵先生，性嚴重[1]，館牧齋家，不肯和柳夫人詩[2]。然其詩極有風情，《竹枝歌》云："東湖西湖蓮菂開[3]，一日摇船采一回。蓮葉田田無限好，只因曾見美人來。""柳條不繫玉蹄騧[4]，拗作長鞭去路斜。春色也隨郎馬去，妝樓飛盡别時花。"

【箋注】

[1] 嚴重：嚴肅穩重。 [2] 牧齋：錢謙益，見卷一・三注 [6]。柳夫人：柳如是，見卷七・四一注 [1]。 [3] 菂（dì）：蓮子。 [4] 騧（guā）：黑嘴的黄馬，泛指馬。

五　六

戊申春，余阻風燕子磯[1]，見壁上題云："一夜山風歇，僧掃門前花。"又云："夜聞榢杙聲[2]，知有孤舟泊。"喜其高淡，訪之，乃知是邵明府作[3]。未幾，以詩見投，長篇不能盡録。記《竹枝》云："送郎下揚州，留儂江上住。郎夢渡江來，儂夢渡江去。""若耶湖水似西泠[4]，蓮葉波光一片青。郎唱吴歌儂唱越，大家花下並船聽。”又夢中得句云：“澗泉分石過，村樹接煙生。”皆妙。邵名颿，字無恙，山陰人。

【箋注】

[1] 戊申：這裏指乾隆五十三年（1788）。燕子磯：位于南京北郊，因石峰突兀江上，三面臨空，遠望若燕子展翅欲飛而得名。 [2] 椓（zhuó）杙（yì）：捶釘木樁。 [3] 邵明府：邵颿（fān）（1750—？），字無恙，號夢餘。清浙江山陰人。乾隆三十五年舉人。官江蘇桃源、阜寧、金匱等縣知縣。有《夢餘詩鈔》《鏡西閣詩選》。 [4] 若耶湖：即紹興鑒湖。西泠：橋名，在今浙江杭州市西湖上。

五 七

許子遜先生有女孟昭[1]，《寒夜曲》云：“金剪生寒夜漏長，玉人纖手懶縫裳。素娥偏耐秋光冷，肯照鴛鴦瓦上霜[2]？”江賓谷有室陳氏[3]，哭某夫人云：“忽駕青鸞返碧虚，瓊花吹折痛何如[4]？修文應是才人盡，徵到嫦娥舊侍書[5]。”

【箋注】

[1] 許子遜：許廷鑅，見卷三・二九注 [5]。許孟昭：字景班。清江蘇元和人。諸生沈之源妻。 [2] 素娥：嫦娥，此代稱月亮。鴛鴦瓦：成對相疊的瓦。 [3] 江賓谷：江昱，見卷三・二一注 [1]。 [4] 青鸞：傳説中的神鳥。瓊花：潔白而名貴的花，喻女子。 [5] 修文：傳説蘇韶死而復甦，弟節問地下事，韶曰：“顔淵、卜商爲地下修文郎。”事見王隱《晋書》。侍書：侍從文官名。此處喻指某夫人爲嫦娥的侍書。

五 八

明季誤國臣馬、阮[1]，皆庸人也，奸而不雄，較之曹操，直奴才耳！宿遷女子倪瑞璿嘲之云[2]：“賣國仍將身自賣，奸雄兩字惜稱君。”《憶母》句云：“暗中時滴思親淚，只恐思兒淚更多。”

【箋注】

[1]馬、阮：指馬士英、阮大鋮。馬士英（約1591—1646），字瑶草。明貴州貴陽人。官至東閣大學士兼兵部尚書。在位援引阮大鋮，打擊東林黨人。後被清兵所殺。阮大鋮（1586—1646），字集之，號圓海，又號百子山樵。明南直隸懷寧（今安徽安慶）人。萬曆四十四年進士。官至兵部尚書兼右副都御史。後降清。猝死。有《咏懷堂詩集》和《燕子箋》《春燈謎》傳奇多種。[2]倪瑞璿：字玉英。清江蘇宿遷人。庠生倪紹瓚女、宜興徐起泰妻。主要生活於康熙年間。有《篋存詩稿》《静香閣詩草》。

按：詩不凡，足見人不凡。不愧女中英傑。

五　九

綏安孝廉諸邦協，值耿逆之變[1]，率家人避兵石窠砦。賊兵過，索犒，不與，怒焚其砦，全家灰没。族人國樞哭以詩云[2]：“三年抗節萬山行，密箐深林母子並[3]。誰遣多生逢浩劫，直教一死重科名。闔門皆决朝探磧，枯骨灰飛夜請兵。青草年年寒食路，招魂惟有杜鵑聲。”

【箋注】

[1]諸邦協：字克一。清福建綏安人。康熙十一年孝廉。耿逆之變：指耿精忠之變。耿於康熙十年襲爵爲靖南王。十三年據福建反叛，回應吴三桂，自稱兵馬大元帥，攻佔閩浙贛等部分地區。十五年降清。十九年召入京都，二十一年被殺。　[2]諸國樞：字在紫。清福建漳浦人。官順昌司訓。有《青山别墅藏稿》。　[3]箐（qìng）：山間大竹林。

六　〇

閩人崔褷十三歲[1]，有《遇雨》一絶云：“葉香亂打冷霏霏，輿夢尋秋雁影稀[2]。煙雨滿溪行不了，渡頭扶傘一僧歸。”雅有畫意。

【箋注】

[1]崔褷：字殿生。清福建閩縣（今福州）人。十三能詩，自號西竺村童。

有《耕秋詩》。　[2] 輿夢：在車中所做的夢。

六　一

堇浦先生曰[1]："馮鈍吟右西崑而黜西江，固矣[2]！夫西崑沿于晚唐，西江盛於南宋。今將禁晋、魏之不爲齊、梁，禁齊、梁之不爲開元、大曆[3]，此必不得之數。風會流傳，人聲因之。合三千年之人，爲一朝之詩，有是理乎？二馮可謂能持詩之正[4]，未可謂遂盡其變者也。"

【箋注】

[1] 堇浦：杭世駿，見卷三・六四注[1]。　[2] 馮鈍吟：馮班，見卷七・五八注[1]。西崑：見卷一・一三注[6]。西江：指江西詩派。北宋後期的詩歌流派。尊黄庭堅爲詩派之宗，因黄爲江西人，成員中亦江西人爲多，故名。諸家學杜，主張作詩無一字無來處，講求活法，反俗尚奇。固：愚妄固陋、不知變通。[3] 開元：唐玄宗年號（713—741）。大曆：唐代宗年號（766—779）。[4] 二馮：明末清初馮舒、馮班兄弟。馮舒（1593—1649），字已蒼，號默庵，又號癸巳老人。明末清初江南常熟人。諸生。因議賦役觸怒知縣，被誣下獄死。有《默庵遺稿》。馮班，見卷七・五八注[1]。兄弟俱工詩，爲虞山派詩人。其詩出入于李商隱、杜牧、温庭筠之間。

六　二

吾鄉多才女。河督吴公樹屏，有女名苕華[1]，《留别淮陰官署》云："三載依依玉鏡前，舊梳妝處最相憐。不知今後紅窗裹，又是何人點翠鈿[2]？"《古鏡》云："閲世興亡疑有眼，辨人好醜總無聲。"

【箋注】

[1] 吴樹屏：吴嗣爵（1707—1779），字尊一，號樹屏。清浙江錢塘人。雍正八年進士。歷官河道總督、吏部侍郎。苕華，疑爲"若華"。吴瑛（1735—1752），字若華。清浙江錢塘人。吴樹屏女、平湖諸生屈恬波室。有《芳蓀書屋存稿》。　[2] 翠鈿：即翠靨，婦女的面飾。

六　三

山陰古無吼山，因采石者屢鑿不休，遂成一小湖。遠望山如列城，山頂種禾麥，中開一洞，摇船而入，別有天地。大魚長一二丈者，紛然游泳。邵無恙誦某“船進有魚聽”五字[1]，以爲貼切。余曰：“方宫保泊岳州[2]，亦有句云：‘莫使火驚孤雁宿，且吟詩與大魚聽。’”

【箋注】

[1] 邵無恙：邵颿，見本卷五六注 [3]。　[2] 方宫保：方觀承，見卷一・三〇注 [8]。

六　四

羅兩峰誦人《孔廟》詩云[1]：“陽虎可能同面目，祖龍空自倒衣裳[2]。”顧立方《法藏寺》云[3]：“拂衣人柳碧，覆瓦佛桑青[4]。”以“龍”對“虎”，以“人”對“佛”，皆工對也。孔廟著筆尤難。

【箋注】

[1] 羅兩峰：羅聘，見卷二・六二注 [5]。　[2] 陽虎：春秋後期魯國季氏的家臣，挾制季氏獨攬魯國朝政。後來陽虎事敗，逃往晋國。《史記》云“孔子狀類陽虎”。祖龍：指秦始皇。漢王充《論衡・實知篇》：“孔子將死，遺讖書曰：‘不知何一男子，自謂秦始皇，上我之堂，踞我之床，顛倒我衣裳，至沙丘而亡。’”　[3] 顧立方：顧敏恒（1748—1792），字立方，號笠舫、辟疆園。清江蘇無錫人。乾隆五十二年進士。官蘇州府學教授。有《笠舫詩稿》。[4] 人柳：即檉柳。《三輔舊事》：“漢武帝苑中有柳狀如人，號曰人柳，一日三眠三起。”佛桑：唐劉恂《嶺表録異》：“嶺表朱槿花，莖葉皆如桑樹，葉光而厚，南人謂之佛桑。”

六　五

滿洲永公名福[1]，字用五，守湖州。作《吴興竹枝》云：“香雪西崦處處栽，終朝結社賞梅來[2]。兒家門户敲不得，留待月明人静開。”“練裙如雪浣中單[3]，二月風多草色寒。片雨過窻紅日現，家家樓上晒衣竿。”公禮賢愛士，蒙見訪杭州，于公事如麻時，苦留宴飲，遣人以手板到大府處[4]，乞假談詩。

【箋注】

[1]永福：字用五，一字蘊山。清滿洲正黄旗人。由筆帖式捐納通判。官浙江湖州知府。 [2]西崦（yān）：西山。終朝：整天。 [3]中單：泛指襯衣。[4]手板：明清時門生見座師或下官見上官時所用的名帖，亦稱手本。

六　六

《漫齋語録》曰[1]：“詩用意要精深，下語要平淡。”余愛其言，每作一詩，往往改至三五日，或過時而又改。何也？求其精深，是一半工夫；求其平淡，又是一半工夫。非精深不能超超獨先，非平淡不能人人領解。朱子曰[2]：“梅聖俞詩[3]，不是平淡，乃是枯槁。”何也？欠精深故也。郭功甫曰[4]：“黄山谷詩[5]，費許多氣力，爲是甚底？”何也？欠平淡故也。有汪孝廉以詩投余[6]，余不解其佳。汪曰：“某詩須傳五百年後，方有人知。”余笑曰：“人人不解，五日難傳，何由傳到五百年耶？”

【箋注】

[1]《漫齋語録》：宋佚名撰，久佚，佚文散見於《詩人玉屑》《竹莊詩話》《修辭鑒衡》等書。 [2]朱子：朱熹，見卷二・四四注[3]。 [3]梅聖俞：梅堯臣，見卷四・一七注[2]。 [4]郭功甫：郭祥正，見卷一・二五注[6]。[5]黄山谷：黄庭堅，見卷一・一三注[6]。 [6]汪孝廉：生平未詳。

按：當今詩壇，不乏汪孝廉一類人物。不過，現代汪孝廉們的所謂詩可能會傳些時間，因爲今天的傳播手段先進許多，三五追隨者也總會有的，但前景也同樣不樂觀。

六　七

吾鄉沈方舟用濟[1]，詩宗老杜。常來金陵，與姚雨亭、袁古香諸人唱和[2]。余宰江寧時，先生已老，不復來矣。杭人有謀梓其詩者，託余訪之歸愚尚書[3]。尚書云："聞其全稿藏張少弋家。"少弋已亡，竟難搜葺。雨亭之子記其《留别》云："青尊斷送流光易，白社重尋舊雨難[4]。"自此永訣。

【箋注】

[1]沈方舟：沈用濟，見卷六·九六注[1]。 [2]姚雨亭：姚瑩（1785—1853），字文潔，號玉亭。清江蘇江寧人，祖籍安徽桐城。桐城派後期代表人物。袁古香：袁瑛，見卷四·六七注[2]。 [3]歸愚：沈德潛，見卷一·三一注[3]。 [4]青尊：盛酒的酒杯。酒别名緑蟻，故稱。白社：此指隱士或隱士所居之處。舊雨：見卷五·一注[2]。

六　八

青田才女柯錦機[1]，有宣文夫人之風[2]，絳幃問字者數十人[3]。同鄉韓太守錫胙猶及見之[4]，誦其《送夫應試》云："劍匣書囊自檢詳，冬裘夏葛賦行裝。西風忽送來朝别，明月休沉此夜光。見説試文容易作，須知客感最難防。莫誇司馬題橋柱[5]，富貴何如守故鄉？"《調郎》云："午夜剔銀燈，蘭房私事急。熏豬郎不知[6]，故故偎儂立。"又云："合綫煩君申食指，拾釵爲我屈儒躬。"《自題小像》云："焚香合受檀郎拜，一幅盤陀水月身[7]。"

【箋注】

[1]柯錦機：清浙江青田人。《國朝閨秀正始集》收其詩一首，題爲"送外應省試"，即此《送夫應試》。 [2]宣文夫人：即宣文君。姓宋，名失傳，籍貫不詳。生卒年無考。十六國時前秦女經學家。太常韋逞之母。家傳《周官禮注》。 [3]絳幃問字：謂拜師請教。 [4]韓錫胙（zuò）（1716—1776）：字介屏、介圭，號湘巖。清浙江青田人。乾隆十二年中舉。官至蘇

松督糧道。有《滑疑集》等。　[5] 題橋柱：漢司馬相如未達時，離鄉赴長安，途經升仙橋，題云："不乘高車駟馬不過此橋。"事見《成都記》。後遂用以比喻立志求取功名富貴。　[6] 熏蕕（yóu）：香草和臭草。　[7] 檀郎：晋潘岳小名檀奴，姿容美好，嘗乘車出洛陽道，路上婦女慕其丰儀，手挽手圍之，擲果盈車。事見《晋書·潘岳傳》《世説新語·容止》。後因稱美男子或秀美情人爲檀郎。盤陀：曲折迴旋貌，形容香煙繚繞。水月身：指水月觀音的法身，喻儀容清俊秀逸。

六　九

汪大紳道余詩似楊誠齋[1]。范瘦生大不服[2]，來告余。余驚曰："誠齋一代作手，談何容易！後人嫌太雕刻，往往輕之，不知其天才清妙，絶類太白，瑕瑜不掩，正是此公真處。至其文章氣節，本傳具存。使我擬之，方且有愧。"

【箋注】

[1] 汪大紳：汪縉（1725—1792），字大紳，號愛廬。清江蘇吴縣人。以貢生官候補訓導。有《讀書四十偈私記》《讀易老私記》《汪子詩録》。楊誠齋：楊萬里，見卷一·二注[1]。　[2] 范瘦生：范起鳳，見卷六·二三注[1]。

七　〇

王弇州推尊李于鱗[1]，而弇州之才，實倍于李。予愛其《短歌》數句云："不必名山藏，不必千金懸。歸去來，一壺美酒抽一編，讀罷一枕床頭眠。天公未唤債未滿，自吟自寫終殘年。"《棄官》云："人生求官不可得，我今得官何棄之？六月綉襦黄金垂[2]，行人拍手好威儀。與君説苦君不信，請君自衣當自知。"本傳稱先生論詩，呵斥宋人，晚年臨終，猶手握《蘇子瞻集》。此二詩，果似子瞻。

【箋注】

[1] 王弇（yān）州：王世貞，見卷一·二五注[3]。李于鱗：李攀龍（1514—

1570），字于鱗，號滄溟。明山東歷城（今濟南）人。嘉靖二十三年進士。累遷河南按察使。與王世貞同爲明後七子之魁首。有《古今詩删》《李滄溟集》。[2] 綉襦（rú）：用彩綫綉制的短襖，此指官吏所服之衣。

七一

嚴滄浪借禪喻詩[1]，所謂“羚羊掛角”“香象渡河[2]”“有神韻可味”“無迹象可尋”。此説甚是，然不過詩中一格耳。阮亭奉爲至論[3]，馮鈍吟笑爲謬談[4]，皆非知詩者。詩不必首首如是，亦不可不知此種境界。如作近體短章，不是半吞半吐，超超元箸[5]，斷不能得弦外之音、甘餘之味。滄浪之言，如何可詆？若作七古長篇、五言百韻，即以禪喻，自當天魔獻舞，花雨彌空，雖造八萬四千寶塔，不爲多也，又何能一“羊”一“象”，顯“渡河”“掛角”之小神通哉？總在相題行事，能放能收，方稱作手。

【箋注】

[1] 嚴滄浪：嚴羽，見卷二・八注[3]。 [2] 羚羊掛角、香象渡河：見卷二・八注[3]。 [3] 阮亭：王士禛，見卷一・五四注[1]。 [4] 馮鈍吟：馮班，見卷七・五八注[1]。 [5] 超超元箸：謂言辭高妙，不同凡俗，超然出塵。

七二

余雅不喜苛論古人。阮亭駡杜甫無耻[1]，以其上明皇《西岳賦表》云：“惟岳授陛下元弼，克生司空[2]。”指楊國忠故也[3]。不知表奏體裁，君相並美，非有心阿附。况國忠亂國之迹，日後始昭，當初相時，杜甫微臣，難遽斥爲奸佞。即如上哥舒翰詩[4]，亦極推尊，安能逆料其將來有潼關之敗哉？韓昌黎《贈鄭尚書序》，鄭權也[5]；顔真卿《争坐位帖》，與郭英乂也[6]。本傳皆非正人，而兩賢頗加推奉。行文體制，不得不然。宋人訾陸放翁爲韓侂胄作記[7]，以爲黨奸；魏叔子責謝叠山作《却聘書》[8]，以伯夷自比，是以殷紂比宋[9]。皆屬吹毛之論。孔子“與上大夫言，誾誾如也[10]”，所謂“上大夫”者，獨非季桓子、叔孫武叔一輩人乎[11]？

【箋注】

[1]阮亭：王士禛，見卷一・五四注[1]。 [2]元弼：宰相。司空：工部尚書或侍郎的别稱。此處皆指楊國忠。 [3]楊國忠（？—756）：本名釗。楊貴妃族兄。唐山西蒲城人。天寶年間代右相。後安禄山以誅國忠爲名叛亂，國忠隨玄宗西奔，至馬嵬驛，兵變被殺。 [4]哥舒翰（？—757）：唐天寶年間大將。世居安西（今新疆庫車一帶），是西突厥别部突騎施哥舒部後裔。唐肅宗至德元年，討安禄山時兵敗潼關。 [5]韓昌黎：韓愈，見卷一・一三注[1]。鄭權：汴州開封（今屬河南）人。唐穆宗時，鄭權以工部尚書爲嶺南節度使，卿大夫相率爲詩送之。韓愈亦作序稱道其貴而能貧。然而，鄭權到廣州後，盡以公家珍寶赴京師以酬恩地，成爲貪邪之士。 [6]顔真卿（709—784）：字清臣。唐琅邪臨沂（今屬山東）人。玄宗開元二十二年進士。歷遷尚書右丞、吏部尚書、太子太師，封魯郡公，世稱顔魯公。工書法，創爲“顔體”。郭英乂（？—766）：字元武。唐瓜州晋昌（今甘肅安西一帶）人。官至尚書右僕射、劍南節度使，封定襄郡王。日益驕侈，爲政苛暴。顔真卿在唐廣德二年作《争座位帖》，又名“與郭英乂書”。信中指責了郭在朝廷上違反禮儀，同時亦不乏贊頌之辭。 [7]陸放翁：陸游，見卷一・二〇注[1]。韓侂胄：見卷二・四四注[1]。 [8]魏叔子：魏禧（1624—1681），字冰叔，號叔子。明江西寧都人。明末諸生。有《魏叔子文集》。謝叠山：謝枋得（1226—1289），字君真，號叠山。宋信州弋陽（今屬江西）人。南宋寶祐四年進士。官至江東提刑、江西招諭使，知信州，率兵抗元。門人私謚文節。後人輯有《叠山集》。 [9]伯夷：見卷七・四一注[2]。殷紂：商代最後一個君主，以殘暴著稱。 [10]誾（yìn）誾如：和悦地直言勸告的樣子。 [11]季桓子（？—前492）：季孫斯。春秋時魯國大夫。叔孫武叔：春秋時魯國大夫，名州仇。

七　三

隨園席間咏六月菊，儲秀才潤書云[1]：“秋士偶然輕出處，高人原不解炎凉。”余歎爲獨絶。何南園一聯云[2]：“隱士静宜荷作侣，東籬閑愛日如年。”雖差遜，而心思自佳。

何南園《望晴》詩云："風都有意收殘暑，雲尚多情戀太陽。莫怪人間無易事，一晴天且費商量。"春過隨園，見遊女，又云："送與名園助春色，水邊來往麗人多。"

【箋注】

[1]儲潤書：見卷四・七五注[1]。 [2]何南園：何士顒，見卷一・三七注[1]。

按：咏菊二詩，皆切"六月菊"之題，"秋士""高人"喻指秋菊。"出處"，指花開之時節，也暗指處世方式。"炎凉"，氣候與世態雙關。"隱士""東籬"亦切菊之典故。"荷作侶"，切六月；"日如年"，切夏日之長。《望晴》一首，也不乏意趣。

七 四

《北史》稱，庾自直爲隋煬帝改詩[1]，許其詆呵，帝必削改至於再三，俟其稱善而後已。煬帝雖非令主[2]，如此虛心，亦云難得。第"改章難於造篇，易字艱於代句"，劉勰所言[3]，深知甘苦矣。

【箋注】

[1]庾自直（？—618）：隋潁川鄢陵人。仕陳，陳亡，入關。晉王楊廣聞之，引爲學士。大業初，授著作佐郎。隋煬帝：楊廣，見卷四・二四注[4]。 [2]令主：賢德的君主。 [3]劉勰：見卷二・一五注[1]。

七 五

余己未同年，多出任封疆、内調鼎鼐者[1]，可謂盛矣！近都薨逝。惟余以奉母故，空山獨存。想勤勞王事者，畢竟耗心力、損年壽耶？嵇康有"圉馬不乘，壽高群廐"之語[2]，似亦有理。宋人吟《古樹》云[3]："四邊喬木盡兒孫，曾見吴宫幾度春。若使當時成大厦，也應隨例作灰塵。"《閨詞》云："羡他村落無鹽女[4]，不寵無驚過一生。"

【箋注】

[1] 己未：這裏指乾隆四年（1739）。同年：科舉時代稱同榜或同一年考中者。封疆：即封疆大吏。清代的總督、巡撫總攬一省或數省的軍政大權，類似古代分封疆土的諸侯，故稱。鼎鼐：喻指宰相等執政大臣。　[2] 嵇康（224—263）：字叔夜。三國魏譙郡銍（今安徽宿縣一帶）人。主張“越名教而任自然”，一面是恬静寡欲，一面是剛腸疾惡。終於被司馬氏殺害。圉馬：畜養的馬。厩：馬房。　[3] 宋人：指方惟深（1040—1122），字子通。宋福建泉州人。以詩知名。詩題應爲“古柏”。　[4] 無鹽：見卷四・六三注 [3]。這裏泛指醜女。

七　六

文、沈、唐、仇，以畫名前朝[1]。仇畫從無題咏。唐能詩，恰無佳句。詩畫兼工者，惟文、沈二公。而筆情超脱，則沈爲獨絶。《落花》云：“美人天遠無家别，逐客春深盡族行[2]。”“苦戒兒童莫摇樹，空教行路欲窺牆[3]。”“漁艇再來非舊徑，酒家重訪是空村[4]。”《咏影》云：“算來只有鰥夫稱[5]，老去猶堪作伴行。”《金山》云：“過江如隔世，入寺不知山。”有《愛日歌》《七十自壽》兩篇奇絶，惜篇長難録。

【箋注】

[1] 文、沈、唐、仇：文徵明、沈周、唐寅、仇英。均工繪事，稱吴門四大家。　[2] 逐客：遭流放貶謫者，此喻落花。盡族：全族。指滿樹的花。　[3] 窺牆：指愛慕，典出宋玉《登徒子好色賦》。　[4]“漁艇”聯：沈周《石田詩選》所載爲“漁楫再尋非舊路，酒家難認是空村”。　[5] 鰥（guān）夫：老而無妻的人。

七　七

楊刺史潮觀[1]，字笠湖，與予在長安交好，以運四川皇木，故再見于白門[2]，垂四十年矣。《山行遇雨》云：“廣厦千萬間，不免炎暑熱。蓋頭一把茅，亦避風雨雪。”《馬跑泉》云：“十月冰霜潔，真陽坎内全[3]。任教無底凍，不到有源泉。”所言皆有道氣。笠湖在中州作宰，鄉試分房，夢淡妝女子褰簾私語曰：“桂花香卷子，千萬留意。”醒而大驚。搜落卷，有“杏花時節桂花香”一卷，蓋謝恩科表聯[4]，其年移秋試在二月故也。主司是錢東麓司農[5]，見之大喜，遂取中焉。拆卷，乃侯元標，是侯朝宗之孫也[6]。楊悚然笑曰：“入夢求請者，得非李香君乎[7]？”一時傳李香君薦卷，以爲佳話。

【箋注】

[1]皇木：皇家的木材。 [2]楊潮觀：見卷五·三注[5]。 [3]真陽：道家和中醫認爲真陽是腎生理功能的動力，是人體熱能的源泉。坎内：傳統氣功學術語，亦謂丹田之内，喻身中元氣。此處以人和大自然相互比喻。[4]謝恩科表：文體名。爲臣子向君主表達感激而寫。 [5]錢東麓：錢汝誠（1722—1779），字立之，號東麓。清浙江嘉興人。乾隆十三年進士。先後在南書房行走，主持江南鄉試。官歷兵、刑、户諸部侍郎。 [6]侯元標：河南商丘人。乾隆十七年中舉。侯朝宗：侯方域（1618—1654），字朝宗。河南商丘人。明末復社文人。入清後，中順治副榜。與名妓李香君相戀。有《壯悔堂文集》《四憶堂詩集》。 [7]李香君：原名李香，字香君。明末著名秦淮歌妓。明亡後，遁入空門，隱居棲霞。孔尚任《桃花扇》取材於李香君事蹟。

七 八

尹文端公與陳文恭公同年交好[1]，各任封疆四十餘年，先後入相。乾隆己丑[2]，尹公卧病，陳以老乞歸。尹在枕席間，力疾贈詩云[3]：“聞公予告出都門[4]，白髮還鄉錦滿身。早歲霓裳分咏句，卅年玉節共班春[5]。到家緑酒斟應滿，回首黄粱夢豈真？我老頽唐難出餞，將詩和淚送行人。”未數日，尹公薨[6]。陳在天津，聞信欲回舟作弔，家人止之。未幾，舟至德州，亦薨。

【箋注】

[1]尹文端：尹繼善，見卷一·一〇注[3]。陳文恭：陳宏謀（1696—1771），字汝咨，號榕門。清廣西臨桂人。雍正元年以恩科舉鄉試第一，中進士。官至東閣大學士兼工部尚書。卒謚文恭。有《五種遺規》《培遠堂稿》。

[2]己丑：這裏指乾隆三十四年(1769)。[3]力疾：勉强支撑病體。[4]予告：大臣因病、老准予休假或退休。[5]玉節：信物名，玉製的符節，是官員身份的標誌。班春：指頒佈春令。古代春季來臨，朝廷、官府要頒佈有關農事安排的政令。[6]薨（hōng）：死的别稱，用於有一定身份地位的人。

七　九

或有句云："唤船船不應，水應兩三聲[1]。"人稱爲天籟。吾鄉有販鬻者[2]，不甚識字，而强學詞曲，哭母云："叫一聲，哭一聲，兒的聲音娘慣聽。如何娘不應？"語雖俚，聞者動色。

【箋注】

[1]水應：水浪的應聲。[2]販鬻（yù）：販賣。此處指小攤販。

八　〇

詩人愛管閒事，越没要緊則愈佳，所謂"吹皺一池春水，干卿底事"也[1]。陳方伯德榮《七夕》詩云[2]："笑問牛郎與織女，是誰先過鵲橋來？"楊鐵崖《柳花》詩云[3]："飛入畫樓花幾點，不知楊柳在誰家。"

【箋注】

[1]"吹皺"二語：南唐馮延巳作《謁金門》云："風乍起，吹皺一池春水。"元宗李璟嘗戲延巳："吹皺一池春水，干卿何事？"延巳曰："未如陛下'小樓吹徹玉笙寒'。"[2]陳德榮（1689—1747）：字廷彦，號密山。清直隸安州（今河北安新）人。康熙五十一年進士。官至貴州布政使、安徽布政使。有《菩提棒》雜劇。[3]楊鐵崖：楊維楨（1296—1370），字廉夫，號鐵崖、東維子。元浙江諸暨人。元泰定四年進士。授天台縣尹，官至建德路總管府推官。元末隱居。有《東維子文集》《鐵崖先生古樂府》《鐵崖先生復古詩集》等。

八　一

虞山王次岳妻席氏能詩[1]。《端陽日寄次岳》詩曰："菖蒲斟玉斝，獨泛已三年[2]。”亡何，夭亡。次岳哭云：“蛾眉月易沉天際，鳥爪仙難住世間[3]。”“舊雨每來先治饌，殘燈欲灺尚論詩[4]。”“幾夕殯宫移榻伴，還如同病對床眠。”

【箋注】

[1]王次岳：王岱，見卷六·一一注[1]。席氏：席筠（1741—1776），字琴德。清江蘇常熟人。偕夫出遊時，卒于楚。 [2]菖蒲：此指菖蒲酒。用菖蒲葉浸釀而成的酒。古時多於端午節將菖蒲浸入酒中，相傳喝了可以避邪及免疫。玉斝（jiǎ）：酒杯的美稱。 [3]鳥爪仙：女仙。古傳有麻姑仙，手指纖細如鳥爪。此比亡妻席氏。 [4]灺（xiè）：熄滅。

八 二

人有邂逅相逢，慕其風貌，與通一語，不料其能詩者，已而以詩見投，則相得益甚。丙辰冬，余遊土地廟[1]，見美少年，揖而與言，方知是李玉洲先生第三子，名光運，字傅天[2]。問余姓名，欣然握手。次日見贈云：“燕地逢仙客，新交勝故知。高才偏不偶，大遇合教遲。書劍懷儔侶，風霜感歲時。慚予初學步，何以慰相思？”時予纔弱冠，廣西金撫軍疏中首及其年[3]，傅天閱邸報，先知余故也。丙戌二月，余遊寒山[4]，一少年甚閒雅，問之，姓郭，名淳，字元會[5]，吴下秀才，素讀予文者。次日，與沙斗初同來受業[6]，方與語時，易觀手中所持扇，臨別，彼此忘歸原物。次日，詩調之云：“取來紈扇置懷中，忘却歸還彼此同。摇向花前應一笑，少男風變老人風。”秀才見贈五古一篇，洋洋千言，中有云：“琴書得餘閒，判花作御史[7]。飛絮泥不沾，太清雲不滓[8]。多情乃佛心，泛愛真君子。禪有歡喜法，聖無緇磷理[9]。所以每到處，風花纏杖履。”乙酉三月[10]，尹文端公扈駕墜馬，余往問疾，在軍門外，遇美少年，眉目如畫，未敢問其姓名，悵悵還家。俄而户外馬嘶，則少年至矣，曰：“先生不識東興阿乎[11]？阿乃總鎮七公兒。幼時，先生到館，曾蒙贈詩。興阿和韻云：‘蒙贈珠璣幾行字，也開智慧一分花。’先生忘之乎？”余驚喜，問其年。曰：“十八矣，已舉京兆。”

【箋注】

[1]丙辰：這裏指乾隆元年（1736）。 [2]李玉洲：李重華，見卷四・三九注[2]。李光運：字傅天，號蕁溪。清江蘇吴江人。以詩與袁枚友善。 [3]金撫軍：金鉷，見卷一・九注[2]。 [4]丙戌：這裏指乾隆三十一年（1766）。 [5]郭淳：字元會、曉泉。清江蘇蘇州人。乾隆五十五年進士。 [6]沙斗初：沙維杓，見卷三・四九注[2]。 [7]判花：指判詞文書。御史：官名。明清時御史行使糾察之職。 [8]太清：天空。 [9]緇磷：緇，染黑；磷，磨損。喻操守不堅貞。《論語・陽貨》：“子曰：‘不曰堅乎，磨而不磷；不曰白乎，涅而不緇。’” [10]乙酉：這裏指乾隆三十年（1765）。 [11]東興阿：乾隆年間舉人。

八三

松江顧小厓先生[1]，諱成天，康熙丁酉舉人。世宗簿録某大臣家，得其哭聖祖詩，有“已增虞舜巡方歲，竟少唐堯在位年[2]”之句。遂欽賜編修，上書房行走[3]。乾隆二年，以老乞歸，上加侍講銜，年八十二而卒。亦詩人異數也[4]。

【箋注】

[1]顧小厓：顧成天（1663—1744），字良哉，號小厓。清江蘇婁縣人。康熙五十六年舉人。因詩特賜進士。有《離騷解》《楚辭九歌解》《金管集》《花語山房詩文小鈔》等。 [2]虞舜：見卷三・五五注[1]。巡方：出巡四方。相傳虞舜在位三十九年，五年出巡一次。唐堯：古帝名。帝嚳之子，姓伊祁（亦作伊耆），名放勛。初封于陶，又封于唐，號陶唐氏。以子丹朱不肖，傳位於舜。相傳唐堯在位七十年。 [3]上書房：清代皇子讀書之處。 [4]異數：特殊的禮遇。

八 四

乾隆間以老受恩得官者，當塗有二人焉。徐位山名文靖[1]，曹洛禋名麟書[2]。徐同余丙辰召試，而曹乃丙辰同盟友也。徐年九十餘，授翰林院檢討。甲戌秋，寄所注《竹書紀年》、詩一册來。《湖居》云："天將幽致敞湖濱，共我盤桓幾十春。守業願爲清白吏，著書羞傍草玄人[3]。妻緣貧慣無交謫，子未驕成肯負薪。那得向平婚嫁畢，三江煙雨任垂綸[4]？""白駒幾向隙間過，荏苒年華長薜蘿[5]。閑極有時評北苑，愁來無夢寄南柯[6]。文標司馬尊元狩，帖檢來禽署永和[7]。湖上遊行湖上立，頽唐老大竟如何？"又："雲生漸覺桐弦潤，潮上徐看釣艇斜。""酒緣齋日陳三雅，茶爲眠時試一槍[8]。"皆典雅可誦。曹官至侍讀學士，少時與魯之裕亮儕奪槊舞劍，權奇倜儻[9]。後行走上書房，予告歸。戊寅年，入山話舊[10]。有《留影雜記》一編，即生平行述也。曾入黄山，遇老人傳道，年九十餘，行走如飛。詩亦清矯。《金山》云："日月不離水，荻蘆難辨霜。"《飲昭亭》云："泉細但聞響，山香不見花。"《題泰山》云："日觀天門上幾回，層雲雪海蕩胸開。年來懶讀人間字，曾探金泥玉簡來[11]。"《寄樊姬》云："天外雲寒暮雨多，音書何處寄煙波？他鄉動覺愁千種，小小雙魚載幾何？"古漁贈以詩云[12]："黄山早有神仙遇，白首纔蒙聖主知。"余題其《留影》册子云："人天蹤迹兩漫漫，欲畫飛仙影最難。只有上清曹學士[13]，自家留影自家看。""我亦人間有半生，三山五岳等閒行。雪中爪迹分明在，可惜飛鴻記不清[14]。"人問先生："納交之道，從子夏乎？從子張乎[15]？"先生曰："皆從。"問："何以皆從？"曰："朝廷之上，從子夏；鄉黨之間[16]，從子張。"

【箋注】

[1] 徐位山：徐文靖（1667—1756），字位山。清安徽當塗人。雍正元年舉江南鄉試。乾隆初，以所著《山河兩戒考》《管城碩記》進呈，賜國子監學

正。　[2]曹洛禋：見卷二・六九注[1]。　[3]清白吏：《後漢書・楊震列傳第四十四》："（楊震）性公廉，不受私謁。子孫常蔬食步行，故舊長者或欲令爲開産業，震不肯，曰：'使後世稱爲清白吏子孫，以此遺之，不亦厚乎！'"草玄：西漢揚雄不攀附權貴，以草撰《太玄》自守。後因以"草玄"喻人之襟懷淡泊，專情於著述。　[4]向平：向長，字子平。東漢河内朝歌（今河南淇縣一帶）人。隱居不仕。在子女嫁娶事完成後即不再過問家事，與好友雲遊五嶽名山，不知所終。典出《後漢書》。後以向平之願指兒女婚嫁事。垂綸：垂釣。亦指隱居。　[5]白駒：比喻流逝的時間。荏苒：形容時光易逝。薜蘿：薜荔和女蘿。借指隱者住所。　[6]北苑：南唐宫苑，當時畫家董源嘗任北苑使。後借指畫壇。南柯：比喻繁華美夢。　[7]元狩：漢武帝的年號（前122—前117）。來禽：晋王羲之《與蜀郡守朱書帖》的别稱。因其首有"青李來禽"，故名。永和：東晋穆帝年號（345—356）。永和九年三月三日，王羲之與謝安、孫綽等四十一人，會于會稽山陰的蘭亭，衆人賦詩，羲之當場以繭紙、鼠須筆書寫詩序，即著名的《蘭亭集序》。　[8]三雅：古酒具。東漢劉表子弟以盛酒多少分伯雅、仲雅、季雅，稱三爵，亦稱三雅。一槍：世謂茶之始生而嫩者則爲一槍。　[9]魯之裕：見卷四・一二注[2]。權奇：奇譎非凡。　[10]戊寅：這裏指乾隆二十三年（1758）。入山：指來小倉山相見。　[11]金泥玉簡：多作"金泥玉檢"。以水銀和金爲泥作飾、用玉製成的檢。指封禪所用的告天書函。　[12]古漁：陳毅，見卷一・五二注[3]。　[13]上清：道家所稱的三清境之一。　[14]爪迹：即飛鴻雪爪，見本卷五二注[4]。　[15]子夏：見卷二・八注[1]。子張：孔子弟子，名顓孫師，陳國人。《論語・子張》："子夏之門人問交于子張。子張曰：'子夏云何？'對曰：'子夏曰可者與之，其不可者拒之。'子張曰：'異乎吾所聞。君子尊賢而容衆，嘉善而矜不能。我之大賢與，于人何所不容？我之不賢與，人將拒我，如之何其拒人也？'"　[16]鄉黨：鄰里、家鄉。

八　五

己未，余在孫文定公署中，見亮儕先生[1]。其時觀察清河，年七十餘，銀髯垂腹，口若懸河，向制府述水利，娓娓萬言，無一澀語閑字。使屏後侍史録之，即可作奏疏讀也。初從河南縣令起家，忤總督田文鏡[2]，每被劾一次，世宗召見，必陞一官。真奇士也。作令不用牌票，書片紙召吏民[3]。作府道不用文檄，書尺牘諭下屬[4]。有令必行，無情不燭[5]。

《登黄鶴樓》云："名勝迹隨頹浪捲，孤危身托畫欄憑。好把江波成地醴[6]，遍教溝瘠飲天漿。"其抱負可想。

【箋注】

[1]己未：這裏指乾隆四年（1679）。孫文定：孫嘉淦，見卷四·九注[3]。亮儕（chái）：魯之裕，見卷四·一二注[2]。 [2]田文鏡（1662—1732）：字抑光。祖居廣寧（今遼寧北鎮）。康熙二十二年以監生授福建長樂縣丞，官至吏部員外郎，授御史。卒謚端肅。田文鏡任河南總督時，認爲中牟縣李知縣爲官失職，讓魯亮儕前去革掉其官職，代理知縣。魯經查訪，認爲李爲官清正，純屬冤案。於是未能奉命，使田總督勃然大怒。魯據理禀明實情後，田不得不收回成命。 [3]牌票：舊時官方爲某具體目的而填發的固定格式的書面命令，差役執行時持爲憑證。 [4]文檄：即檄文，用於徵召或聲討的文書。尺牘：書信。 [5]燭：明察、洞悉。 [6]地醴：大地上流出的美酒。

八六

詩有極平淺，而意味深長者。桐城張徵士若駒《五月九日舟中偶成》云[1]："水窗晴掩日光高，河上風寒正長潮。忽忽夢回憶家事，女兒生日是今朝。"此詩真是天籟。然把"女"字换一"男"字，便不成詩。此中消息，口不能言。

【箋注】

[1]張若駒（1704—？）：字志袁，號北軒。清安徽桐城人。雍正廩貢生。乾隆元年薦舉博學鴻詞，不赴。有《北軒詩集》。徵士：指不接受朝廷徵聘的隱士。

按：確是好詩。這種詩可遇而不可求，是入人肺腑、動人心弦的詩。這應該是性靈詩中的最佳作品之一。

八七

許太監者，名坤[1]，杭州人，在京師頗有氣焰，而性愛文士。嘗過杭太史堇浦家[2]，采野莧一束去[3]，報以人參一斤。欲交鄭太史虎文[4]，鄭不與通。人疑鄭故孤峭者，然其咏紅豆詩，頗有宋廣平賦梅花之意[5]。詞云："記取靈芸別後身，玉壺清淚血痕新[6]。傷心略似燃於釜，繞宅何緣幻作人[7]？一點紅宜留玉臂，十分圓欲上櫻唇。只嫌不及榴房子，空結團圞未了因。"梁瑶峰少宰和云[8]："采緑何曾勝采藍[9]？猩紅端合摘江南。且看沉水星星活，得似靈犀點點含[10]。秋漢可煩橋更駕，朝雲應有夢同甘[11]。石榴消息分明是，朱鳥窗前仔細探[12]。"按：紅豆生於廣東。乾隆丙戌，鄭督學其地，梁爲糧道，故彼此分咏此題。

【箋注】

[1]許坤：如上，餘未詳。　[2]杭堇浦：杭世駿，見卷三・六四注[1]。[3]野莧（xiàn）：野生莧菜，一年生草本植物。　[4]鄭虎文（1714—1784）：字炳也，號誠齋。清浙江秀水人。乾隆七年進士。改庶吉士，授編修。先後任湖南、廣東學政。有《吞松閣集》。　[5]宋廣平：宋璟（663—737），字廣平。祖籍廣平（今河北雞澤），徙居邢州南和（今屬河北）。唐高宗時進士。任監察御史、鳳閣舍人、吏部尚書，開元四年繼姚崇爲相。以《梅花賦》知名于時。　[6]靈芸：魏文帝所愛美人薛靈芸。常山（今河北正定）人。被選入宫，聞别父母，淚下沾衣。臨别上路，以玉唾壺盛淚，盡成紅色。[7]燃於釜：改用曹植《七步詩》意。幻作人：《晋書・列傳第四十二》："（郭）璞將促裝去之，愛主人婢，無由而得，乃取小豆三斗，繞主人宅散之。主人晨見赤衣人數千圍其家，就視則滅。"　[8]梁瑶峰：梁國治，見卷一・三〇注[9]。[9]"采緑"句：《詩經・小雅・采緑》："終朝采緑，不盈一匊。""終朝采藍，不盈一襜。"寫女子怨别之思。　[10]沉水：《太平御覽》卷九八二引《南州異物志》："沉水香出日南。欲取，當先斫壞樹著地。積久，外皮朽爛。其心至堅者，置水則沉，名沉香。"《樂府詩集》卷四九載《楊伴兒》歌云："蹔出白門前，楊柳可藏烏。歡作沉水香，儂作博山爐。"靈犀：舊説犀角中有白紋如綫，直通兩頭，感應靈敏。因用以比喻兩心相通。　[11]秋漢：秋天的銀河。朝雲：巫山神女名。後以朝雲暮雨比喻男女歡會。　[12]石榴消息：唐李商隱《無題》："曾是寂寥金燼暗，斷無消息石榴紅。"朱鳥：傳説中的鸞鳥。

八　八

戊戌秋，余小住閶門[1]。詩人張崑南每晚必至[2]，年七十三矣。誦其《登靈巖》云："振衣同上落虹亭，古塔雲深入杳冥。香徑草荒秋露白，山村雨過暮煙青。天空一雁來胥口[3]，木落諸峰見洞庭。莫向西風更懷古，菱歌清絶起遥汀[4]。"予歎曰："此中唐佳境也。"崑南喜，次日呈詩三册，屬余輪替觀之。其佳句如"潮痕沙岸落，露氣渚蘭聞""松間細路通僧寺，花裏微風揚酒旗"，皆妙。崑南别去，後錢景開來[5]，又誦其《虎邱》詩云："蘼蕪亦解憐傾國，多傍貞娘墓上生[6]。"《春去》云："月上簾钩風太急，落花如雨不聞聲。"

【箋注】

[1] 戊戌：這裏指乾隆四十三年（1778）。閶門：蘇州城西的一座城門，爲商業繁華之地。　[2] 張崑南：張崗，見卷七・二六注[1]。　[3] 胥口：蘇州西南的一處地名，爲胥江入太湖處。　[4] 遥汀：遠處的小洲。　[5] 錢景開：錢時霽，字景凱、景開，號聽默。清湖州人，寓居蘇州。乾嘉間開設萃古齋于白堤，爲書友中巨擘。　[6] 蘼蕪：草名。即芎藭嫩苗，葉有香氣。貞娘：唐名妓，墓在虎邱西側。

八　九

常熟孝廉邵君培德[1]，每秋試，必以詩見投。記其《觀燈》云："紅羅碧綺間琉璃，遠近龍鸞一望齊[2]。樓下花鈿樓上曲[3]，留人偏在畫橋西。"《路上》云："昨日晴和今日雨，蕭蕭篷底作春寒。分明即是來時路，頓覺煙波别樣看。"

【箋注】

[1] 邵培德（1739—1799）：字元直，號因其。清江蘇昭文（今常熟）人。乾隆四十九年進士。官麗水知縣。有《避葵吟》。　[2] 龍鸞：指龍鸞一類形狀的花燈。　[3] 花鈿：婦女的額飾，此代指盛妝艷抹的女子。

九　〇

遊仙詩大半出於寄託[1]。方南塘居士云[2]：“到底劉安未絶塵，昨宵相與共朝真[3]。漫將富貴誇同列，手板橫腰道寡人。”此刺暴貴兒作態者也。陸陸堂太史云[4]：“尋真臺上紫雲高，阿母宵分降節旄[5]。臣朔讀書破萬卷[6]，不甘呵叱小兒曹。”此刺妄庸人傲士者也。方近雯觀察云[7]：“一痕輕緑畫春山，冰剪雙眸玉煉顔。不解大羅天上事，蘭香何過謫人間[8]？”此惜詞臣外用之詩也。

【箋注】

[1] 遊仙詩：是借仙境描繪、寓詩人情志的一種詩體。 [2] 方南塘：方貞觀（1679—1747），本名世泰，字貞觀，以字行。一字履安，號南堂。清安徽桐城人。因戴名世《南山集》案牽連，流徙邊塞十年。乾隆元年舉博學鴻詞不赴。有《南堂詩鈔》。 [3] 劉安：見卷二・七〇注[3]。朝真：道家修煉養性之術。 [4] 陸陸堂：陸奎勳，見卷四・四六注[1]。 [5] 尋真臺：傳説漢武帝齋于尋真臺，夜二更後西王母至。阿母：傳説中的西王母。節旄：旌節、信符。 [6] 朔：東方朔（約前161—前93），字曼倩。西漢平原人。武帝時，官常侍郎、太中大夫。滑稽有急智，善直言切諫。有辭賦《答客難》《非有先生論》等。 [7] 方近雯：方覲，見本卷二五注[2]。 [8] 大羅天：道教所稱三十六天中的最高一重天，是道境極地。蘭香：即杜蘭香，漢時人，相傳原爲仙女，有過謫人間。

九　一

桐城姚康伯有《閨怨》云[1]：“分明賺得兩眉開，手折黄花上鏡臺。侍女無端忙報道，鄰家昨夜遠人回。”

【箋注】

[1] 姚康伯（1576—1653）：姚士晋，更名康，字伯康，號休那。明末清初江南桐城人。明諸生。有《休那遺稿》。

九　二

蔣苕生與余互相推許[1]，惟論詩不合者：余不喜黄山谷，而喜楊誠齋[2]；蔣不喜楊，而喜黄。可謂和而不同。

【箋注】

[1]蔣苕生：蔣士銓，見卷一・二三注[2]。[2]黄庭堅：見卷一・一三注[6]。楊萬里：見卷一・二注[1]。

九　三

孫文定公爲冢宰時[1]，余以秀才修士相見禮[2]，投詩云："百年事在奇男子，天下才歸古大臣。"又曰："一囊得飽侏儒粟，三上應無宰相書[3]。"公讀之，忻然延入曰："滿面詩書之氣。"已而，戊午科出公門下[4]。

【箋注】

[1]孫文定：孫嘉淦，見卷四・九注[3]。冢宰：稱吏部尚書。[2]秀才：此指入府州縣學生員。修士：修身之士。[3]侏儒粟：《漢書・東方朔傳》："朱儒長三尺餘，奉一囊粟，錢二百四十。臣朔長九尺餘，亦奉一囊粟，錢二百四十。朱儒飽欲死，臣朔饑欲死。"後借指對國家貢獻甚小的人的俸禄。三上：韓愈爲了自薦，希望得到賞識，曾一月之内三上宰相書。此處反用其典。[4]戊午：這裏指乾隆三年（1368）。此年袁枚中舉。

九　四

王崑繩曰[1]："詩有真者，有僞者，有不及僞者。真者尚矣，僞者不如真者。然優孟學孫叔敖[2]，終竟孫叔敖之衣冠尚存也。使不學孫叔敖之衣冠，而自著其衣冠，則不過藍縷之優孟而已[3]。譬人不得看真山水，則畫中山水，亦足自娱。今人詆呵七子[4]，而言之無物，庸鄙粗啞，所謂不及僞者是矣。"

【箋注】

[1] 王崑繩：王源（1648—1710），字崑繩。清直隸大興（今屬北京）人。清哲學家。有《易傳》《兵論》《居業堂文集》等。 [2] 優孟：春秋時楚國的宫廷藝人，常通過談笑進行諷諫。楚相孫叔敖去世後，其子貧困，去找優孟。優孟穿上孫叔敖的衣冠，琢磨他的舉止一年之久。在楚莊王一次設宴時，他模仿著孫叔敖上前祝酒。莊王大驚，以爲孫叔敖復生，想任用他爲相。優孟説，孫叔敖爲相清廉，死後妻兒窮困不堪，楚相没什麽好當的。莊王醒悟，封孫叔敖的兒子于寢丘。事見《史記·滑稽列傳》。 [3] 藍縷：衣服破舊。 [4] 七子：見卷一·三注[3]。

九　五

謝梅莊諱濟世[1]，廣西潯州人。作御史三日，即奏劾河東總督田文鏡[2]。朝廷疑有指使，交刑部嚴訊。先生稱指使有人。問："爲誰？"曰："孔子、孟子。"問："何爲指使？""讀孔、孟書，便應盡忠直諫。"世宗憐其騃，謫軍前效力[3]。時雍正丙午十二月初七日也。先生《次東坡獄中寄子由韻寄從弟佩蒼》云："嚴霜初隕陡回春，留得銜寒冒雪身。綸綍乍傳渾似夢[4]，親朋相慶更爲人。敢愁弓劍趨戎幕，已免銀鐺禮獄神[5]。早晚扶歸君莫慟，嫛婗勃窣亦前因[6]。""尚方借劍心何壯，牘背書辭氣漸低[7]。已分黄泉埋碧血，忽聞丹闕放金雞[8]。花看上苑期吾弟，萱樹高堂仗老妻。且脱南冠北庭去，大宛東畔賀蘭西[9]。"今上登極，赦還原職。先生疏求外用，授湖南糧道。長沙士人，感其遺愛，片紙隻字，俱珍重之，故傳此二首。先生不信風水之説，《題金山郭璞墓》云[10]："雲根浮浪花[11]，生氣來何處？上有古碑存，葬師郭璞墓。"曉世之意，隱然言外。

【箋注】

[1] 謝梅莊：謝濟世（1688—1755），字石霖，號梅莊。清廣西全州人。康熙五十一年進士。授檢討。雍正四年考選御史。不久因彈劾巡撫田文鏡獲罪，流放阿勒泰軍前效力。官至湖南糧儲道、驛鹽道。有《纂言》《西北域記》等。

[2] 田文鏡：見本卷八五注 [2]。 [3] 騃（ái）：愚、呆。 [4] 綸（lún）綍（fú）：皇帝的詔書。 [5] 銀鐺：應爲“鋃鐺”，鐵鎖鏈。 [6] 嫛姗勃窣：指艱難坎坷的樣子。 [7] 尚方：指尚方劍，皇帝用來封賜大臣的劍，表示授權，持劍者可以便宜行事。牘背：書板的背面。漢周勃被誣陷下獄，受獄吏虐待，後送獄吏千金，獄吏在牘背上寫字給他以啟示。終於取得公主幫助而獲釋。後以“牘背千金”爲冤獄的典故。 [8] 丹闕：借指皇宫。金雞：一種金首雞形儀仗。爲頒佈赦詔時所用。 [9] 南冠：借指囚犯。北庭：泛指塞北隴右。大宛：古國名，爲西域三十六國之一。賀蘭：賀蘭山，在今寧夏回族自治區西北。[10] 郭璞：見卷六・一〇〇注 [2]。 [11] 雲根：山石。

九　六

贛州總兵王公，字午堂，名集[1]，工詩、善書。與余相慕二十年，終不得一晤。弟香亭過贛，公寄我鵝研一方[2]，集古句一聯云：“中天懸明月，絶代有佳人。”

【箋注】

[1] 王集：字午堂。清滿洲正紅旗人。官贛州總兵。 [2] 香亭：袁樹，見卷一・五注 [3]。鵝研：鵝形寶硯。世傳有東坡鵝硯。

九　七

過潤州[1]，見僧壁對聯云：“要除煩惱須成佛，各有來因莫羨人。”過九華寺[2]，有一對云：“非名山不留仙住，是真佛只説家常。”

【箋注】

[1] 潤州：今江蘇鎮江。 [2] 九華寺：安徽池州境内九華山上的一座名寺。

九　八

香亭以雪獅爲題[1]，令諸少年分咏，而糊名易書，屬余評定。余奇賞二句云：“蹲伏尚能驚百獸，强梁可惜不多時[2]！”拆封，乃胡甥吉光所作，書巢之子也[3]。詩人有後，信哉！

【箋注】

[1]香亭：袁樹，見卷一·五注[3]。 [2]强梁：强横兇暴。此正切雪獅之題。有獅形獅威，但可惜不久即融化而盡。 [3]胡吉光：清廣西臨桂人，餘未詳。胡書巢：見卷二·一六注[2]。

九　九

朱竹君學士曰[1]："詩以道性情。性情有厚薄，詩境有淺深。性情厚者，詞淺而意深；性情薄者，詞深而意淺。"

【箋注】

[1]朱竹君：朱筠，見卷六·二九注[1]。

按：正身心，富閱歷，而後性情可以深厚。不可只從詩中求得，必於詩裏詩外獲取。

一〇〇

番禺何夢瑶工詼諧[1]，爲催租吏所窘，戲爲《牛郎贈織女》云："巧妻常爲拙夫忙，多謝天孫製七襄[2]。舊借聘錢過百萬，織來雲錦可能償？"《織女答》云："織錦空勞問報章[3]，近來花樣費商量。人間債負都堪抵，第一天錢不易償。"

【箋注】

[1]何夢瑶：見卷六·九五注[3]。 [2]七襄：典出《詩經·小雅·大東》："跂彼織女，終日七襄。雖則七襄，不成報章。"七襄，指織女星一天移位七次。後亦以七襄比喻反復推敲而成的詩文。 [3]報章：謂杼柚往復，織成花紋。

一〇一

夏醴谷督學廣東[1]，有門生鄭齊一者[2]，年少貌美。舟中妓醉而逼之，鄭勃然怒曰："使不得！"夏贈以詩云："柔情似水從頭抹，硬語如刀帶酒聽。”程魚門北上[3]，旅店主人招妓侑酒。魚門與同飲，而却其眠，作詩曰：“花明野店春無主，月黑秋林幸有燈。”潘筠軒笑曰[4]：“次句，有小説秉燭達旦之意。”

【箋注】

[1] 夏醴谷：夏之蓉（1698—1785），字芙裳，號醴谷。清江蘇高郵人。雍正十一年進士。官鹽城教諭。乾隆元年舉博學鴻詞，授檢討。曾提督廣東、湖南學政，主鍾山麗正書院。有《半舫齋文集》《半舫齋詩鈔》。 [2] 鄭齊一：生平未詳。 [3] 程魚門：程晉芳，見卷一·五注[1]。 [4] 潘筠軒：潘乙震，字筠軒。清浙江山陰人。雍正十三年舉廣西鄉試第一，乾隆元年特賜進士。改庶吉士，散館授編修。歷升侍講學士。有《意田詩集》。

一〇二

蔡持正貧時[1]，寓僧寺，僧厭之。蔡題松樹云：“常在眼前君莫厭，化爲龍去見應難。”黄之紀寓隨園[2]，或輕之。黄亦題松樹云：“寄人籬下因春好，聽我風聲在老來。”

【箋注】

[1] 蔡持正：蔡確（1037—1093），字持正。宋福建晋江人。宋仁宗嘉祐四年進士。神宗元豐五年拜尚書右僕射兼中書侍郎，掌理朝政。哲宗元祐中罷相。卒於貶所。此處所引詩句實爲題竹而作。泰山松有化龍的傳説，筍與新竹有龍孫之稱。轉而喻人。 [2] 黄之紀：見卷三·四六注[1]。

隨園詩話箋注

中　册

〔清〕袁　枚　著
李洪程　箋注

浙江古籍出版社
Zhejiang Ancient Books Publishing House

隨園詩話箋注　卷九

一

白下布衣朱草衣[1]，少時有“破樓僧打夕陽鐘”之句，因之得名。晚年無子，卒後葬清凉山。余爲書“清故詩人朱草衣先生之墓”，勒石墳前。余宰溧水，蒙見贈云：“叠爲花縣一江分[2]，來往惟携兩袖雲。待客酒從朝起設，告天香每夜來焚。自慚龍尾非名士，肯把猪肝累使君[3]？却喜循良人説遍，填渠塞巷盡傳聞。”《郊外》云：“亂鴉多在野，深樹不藏村。”《與客夜集》云：“羈身同海國，歸夢各家鄉。”《大觀亭》云：“長江圍地白，老樹隔朝青[4]。”《晚行》云：“土人防虎門書字，水屋叉魚樹有燈。”《贈某侍御》云：“朝罷宫袍多質庫[5]，時清諫紙盡鈔書。”

【箋注】

[1]朱草衣：朱卉，見卷三·一一注[4]。 [2]花縣：見卷二·三一注[6]。 [3]龍尾：裴注《三國志·魏書》卷十三：“《魏略》曰：（華）歆與北海邴原、管甯俱遊學，三人相善，時人號三人爲‘一龍’，歆爲龍頭，原爲龍腹，甯爲龍尾。”猪肝：閔貢客居安邑，家貧，日買猪肝一片，屠者或不肯。安邑令聞之，勑吏常給。仲叔聞而歎曰：“閔仲叔以口腹累安邑耶？”遂去客沛。事見《高士傳》。後爲喻人品性高潔之典。 [4]隔朝：隔着朝代。 [5]質庫：典押當鋪。唐杜甫《曲江》詩之二：“朝回日日典春衣，每日江頭盡醉歸。”

按：對布衣詩人特别予以同情，不能不説是袁枚的一種品德。

二

隨園地曠，多樹木，夜中鳥啼甚異，家人多怖之。予讀王葑亭進士

《平溝早發》云[1]：“怪禽聲類鬼，暗樹影疑人。”先得我心矣！其他佳句，如“大星高出樹，殘月細流溪”“月斜人影忽在水，風過秋聲正滿山”“滿帽黄花逢醉客，一肩紅葉識歸樵”，皆妙。

【箋注】

[1]王葯亭：王友亮，見卷六・六六注[3]。

三

湖州潘進士立亭[1]，名汝晟，詩宗韓、杜，五古尤佳。《偶成》云：“静士難爲介，静女難爲媒[2]。嫁容静女醜，交面静士羞[3]。盛年易晼晚，獨抱無驛郵[4]。桃李非我春，蒲柳非我秋。鶴老心萬里，鵬怒翼九州。未免笑樊援，豈屑伍喧啾[5]？搜春潤章句[6]，摘卉膏吟哦。非無蘭茝玩[7]，風騷旨已譌。詩濤與詩骨，韓孟兩嵯峨[8]。昆體逮鐵體[9]，滔滔同一波。金天削秀華，碧海鳴神鼉[10]。義色少姚佚，吉詞無淫頗[11]。褏中南風手，請爲南風歌[12]。寥寥發古響，羯鼓如予何[13]？”潘宰直隸某縣，以迂緩故，幾被劾矣。適傅忠勇公平金川歸[14]，潘獻《鐃歌》，公大誇賞，乃改爲卓薦[15]。

【箋注】

[1]潘立亭：潘汝晟（shèng），一作“汝誠”，字立亭。清浙江歸安人。乾隆二年進士。官福建松溪知縣。[2]静士：沉静穩重的男子。介：居間牽引傳達。静女：嫻雅貞静的女子。[3]“嫁容”句：憑容貌嫁人，静女以爲是醜事。“交面”句：與他人表面交往，静士以爲是羞耻。[4]晼晚：形容日落昏暗的樣子。此指盛年易衰。“獨抱”句：獨自有所懷抱。[5]樊援：即籬笆。援，同“楥”，籬柱。借指樊籬間的燕雀。喧啾：喧鬧嘈雜，此指喧鬧嘈雜者。[6]搜春：韓愈《薦士》：“搜春摘花卉，沿襲傷剽盜。”[7]蘭茝：蘭花。此喻詩文風格小巧美麗。[8]韓孟：韓愈和孟郊。[9]昆體：西昆體，見卷一・一三注[6]。鐵體：即鐵崖體。元楊維楨自號“鐵崖”。在元代後期詩風趨向委瑣靡弱之際，楊鐵崖提倡古樂府。詩風耽嗜瑰奇，風格險怪，有浪漫主義色彩。[10]金天：秋天。神鼉（tuó）：揚子鰐。[11]義色：莊重

的容色。姚佚：輕浮放蕩的習氣。淫頗：邪僻不正。［12］褎：古“袖”字。南風：古樂曲名，相傳曲爲虞舜所作。［13］羯鼓：西域樂器。傳入中國，盛行于唐開元、天寶年間，玄宗親作數十首羯鼓獨奏曲。如予何：能對我怎麽樣？［14］傅忠勇：傅恒，見卷八·三六注[2]。［15］卓薦：因卓異而被舉薦。

四

鮑進士之鍾，字雅堂，詩人步江之子[1]。詩有父風，而清逸處，往往突過前人。《秋雨乍晴》云：“箬帽芒鞋準備秋[2]，稍晴便擬看山遊。江潮入郭無三里，溪水到門容一舟。亭午白雲開野徑[3]，夕陽黄葉下僧樓。閒身自笑如閒鶴，欲度前峰却又休。”五言如：“一鳥掠溪鏡，四山明畫簾。”“魚跳重湖黑，蒲喧急雨來。”七言如：“道心静似山藏玉，書味清于水養魚。”“翻書細檢遺忘事，撥火閒尋未過香。”“岸柳帶鴉明遠照，塔鈴和月語清宵。”皆可愛也。雅堂嘗言：“作七古詩，雅不喜一韻到底。”余深然其言。顧寧人云[4]：“詩轉韻方活，《三百篇》無不轉韻。”

【箋注】

［1］鮑之鍾：見卷二·四九注[6]。鮑步江：鮑皋，見卷一·四〇注[5]。［2］箬帽：以箬竹葉和篾編成的寬邊帽。芒鞋：以芒莖皮編織成的草鞋。［3］亭午：正午。［4］顧寧人：顧炎武，見卷三·七注[2]。

五

秦中詩人楊子安鸞見訪[1]，適余外出，歸後見貽一册。《雪霽》云：“寒瘦自性情，苦吟工未能。晚晴窗上日，先曬硯池冰。”《聞砧》云[2]：“滿院苔痕合[3]，重門樹影深。”

【箋注】

［1］楊鸞（1712—1778）：字子安，號迂谷，别號可詩老人。陝西潼關人。乾隆四年進士。歷任四川犍爲、湖南長沙等縣知縣。有《邈雲樓詩文集》。

[2] 砧：洗衣時用來輕搥衣服的杵石，此指砧聲。 [3] 苔痕合：指人跡稀少。

六

余宰江寧時，所賞識諸生秦澗泉、龔雲若、涂長卿[1]，俱登科第。而流落不偶者，惟車静研與沈瘦岑[2]。沈工古文，不爲詩。車詩有可存者。《河南道中》云：“三月春陽淡不濃，老冰如石漱寒風。蹇驢覓路人家遠，日暮山坳虎眼紅。”《農家》云：“築場如鏡草堆山，繞屋黄花映碧潭。閒倚茅簷看客過，南人北去北人南。”

【箋注】

[1] 秦澗泉：秦大士，見卷一・四二注[6]。龔雲若：龔孫枝，見卷四・五九注[2]。涂長卿：涂逢豫（1712—1800），字長卿，一字蒓溪，號懌堂。清江蘇上元人。乾隆二十四年舉人。官眉州知州。有《林於閣詩鈔》。 [2] 車静研：車研，字静年、善源。清江蘇上元人。有《緑松花石山房集》。沈瘦岑：沈石麟，字瘦岑。清江蘇江寧人。

七

寶應王孟亭太守，爲樓村先生之孫[1]。丁卯，見訪江寧，携胡床坐門外[2]，俟主人請見乃已，遂相得甚歡。聘修江寧志書，朝夕過從。嘗言樓村先生教人作詩，以“三山”爲師：一香山、一義山、一遺山也[3]。有從子嵩高[4]，字少林，少年倜儻，論詩不服乃伯，而服隨園。《大梁懷古》云[5]：“摇落偏驚旅客魂，秋風回首眺中原。三花樹色開神岳，萬里河聲下孟門[6]。形勝鬱盤終古在，英雄慷慨幾人存？信陵策士俱黄土，獨有侯生解報恩[7]。”太守諱箴輿。

【箋注】

[1] 王孟亭：王箴輿，見卷二・七六注[1]。樓村：王式丹，見卷二・七六注[3]。 [2] 丁卯：乾隆十二年。胡床：一種可以折叠的輕便坐具。 [3] 三山：香山白居易、義山李商隱、遺山元好問。 [4] 王嵩高（1735—1800）：字海

山，號少林。清江蘇寶應人。乾隆二十八年進士。官至廣西慶遠知府。有《小樓詩集》。［5］大梁：古地名，在今河南開封一帶。［6］三花樹：即盤多樹，又名思維樹，原産印度。《齊民要術》卷十引録《嵩山記》曰："嵩寺中忽有思惟樹，即貝多也。有人坐貝多樹下思惟，因以名焉。漢道士從外國來，將子於山西脚下種，極高大。今有四樹，一年三花。"孟門：古山名。《水經注》引《淮南子》曰："龍門未辟，呂梁未鑿，河出孟門之上，大溢逆流，無有丘陵，高阜滅之，名曰洪水。大禹疏通，謂之孟門。"［7］信陵：戰國時魏昭王之少子無忌，封在信陵，故稱信陵君。謙恭好士，門客三千。曾竊符救趙。侯生：戰國魏隱士侯嬴，家貧，七十歲，在大梁夷門做看門人。信陵君謙恭下士，待侯嬴爲上賓。侯生以倨傲爲"禮"，終以奇計獻信陵君竊符救趙。信陵君依計而行，侯嬴遂刎頸自殺，爲知己者死。

八

揚州張哲士與蔣秋涇交好[1]。蔣尤自負，作《遊山》一首，程魚門誇爲"小謝"[2]。勃然怒曰："分明'大謝'，何小之有？"《留别哲士》云："竟掛秋帆決計行，關心天末倚閭情[3]。便歸只好留三月，浪跡無端已半生。人世乘除蒼狗幻[4]，名山期許白頭成。殷勤相屬還相慰，愁聽西風雁一聲。"哲士《寄懷》云："戀友心空切，寧親去敢遲？纔爲三夕别，已是百回思。避日簾仍下，追涼榻未移。不知江上路，秋暑可曾衰？"哲士咏胭脂云："南朝有井君王入，北地無山婦女愁[5]。"以此得名，人呼"張胭脂"。

【箋注】

［1］張哲士：見卷七·一九注［4］。蔣秋涇：蔣德（1713—1766），字敬持，號秋涇。清浙江秀水人。雍正十三年舉人。有《秋涇集》。［2］程魚門：見卷一·五注［1］。小謝：謝脁，見卷一·二二注［4］。［3］倚閭：倚門，謂父母望子歸來之心殷切。［4］蒼狗：白雲蒼狗，典出杜甫詩"天上浮雲如白衣，斯須改變如蒼狗"。比喻世事變化無常，出人意料。［5］"南朝"句：隋兵攻占金陵時，陳後主與寵妃張麗華等匿于胭脂井中，遂被俘。"君王入"一作"君王辱"。"北地"句：《史記索隱》引《西河舊事》曰："匈奴既失二山，乃歌云：'亡我祁連山，使我六畜不蕃息。失我燕支山，使我婦女無顔色。'"

九

中州李竹門過隨園[1]，見贈云："園在六朝山色裏，一筇先要問高臺[2]。碧梧葉響秋將至，紅藕花香客正來。"其詩頗清。惜年甫三十而卒。余愛其《咏鞭》云："一事思量轉惆悵，不能行到祖生先[3]。"《郊外》云："山勢趁潮多北向，人心如雁只南飛。"

【箋注】

[1] 李竹門：李長生，字竹門。清河南夏邑人。 [2] 筇（qióng）：筇竹做的手杖，代指行蹤。 [3] 祖生：祖逖（266—321），字士稚。東晋范陽人。與劉琨同爲司州主簿，中夜聞雞起舞，並有英氣。西晋末大亂，南徙後，爲豫州刺史，力求北伐。曾率部渡江，中流擊楫，誓復中原。終因憂憤而卒。劉琨曾與親舊書曰："吾枕戈待旦，志梟逆虜，常恐祖生先吾著鞭耳。"事見《世説新語·賞譽下》。後因以"祖生鞭"勉人努力進取。

一〇

蕪湖施長春，曼郎少年，有衛叔寶之稱[1]。余宰江寧時，秦澗泉屢爲致意[2]，云："將渡江求見。"已而病亡。有《上冢歌》云："白楊樹，城東路，野草萋萋葬人處。挈榼提壺出郭行[3]，可憐今日又清明。富家冢高高傍嶺，貧家冢低低亞畛[4]。冢中貧富人不同，一樣酒澆不能飲。暝煙慘澹日西斜，挈榼提壺還返家。一綫陰風旋不定，紙錢飛上棠梨花。"

【箋注】

[1] 施長春：施之勳（？—1835），室號長春草堂。清江蘇鎮洋人。有《長春草堂遺詩選》。曼郎：曼麗男子。衛叔寶：衛玠，見卷二·三三注[4]。 [2] 秦澗泉：秦大士，見卷一·四二注[6]。 [3] 挈榼（kē）提壺：指携帶酒食。榼，古時盛酒的器具。 [4] 畛（zhěn）：田間的小路。

一　一

吴門顧星橋進士，詩才清冠等夷[1]，家有月滿樓，藏書萬卷，海内知名之士，無不交投縞紵[2]，予目爲今之鄭當時[3]。《龍潭》一律云："微風緩緩送江聲，最好龍潭道上行。碧樹數叢堪作障，青山一半不知名。閒情轉向塵中得，幽景偏宜客裏生。晚覓茅齋投一宿，花前試看酒旗輕。"進士名宗泰。

【箋注】

[1] 顧星橋：顧宗泰（1749—？），字景嶽，號星橋。清江蘇元和人。乾隆四十年進士。官高州知府。有《月滿樓集》。冠等夷：在同輩中居於第一。 [2] 縞（gǎo）紵（zhù）：縞，白絹。紵，苧麻布。春秋吴公子季札與鄭國子産一見如故，季札以縞贈子産，子産以紵贈季札。見《左傳·襄公二十九年》。後以此指深厚友誼。 [3] 鄭當時：字莊。西漢陳郡（今河南淮陽一帶）人。景帝時任太子舍人，常置驛馬于長安諸郊，延留故友，請謝賓客。

一　二

姚申甫方伯與沈永之觀察[1]，本中表親，姚姊嫁沈。二人年少時，與余同肄業書院，每見方伯家遣僮擔盒，供其子婿。二人同登鄉、會科。沈寄姚詩云："辛勤二老訓喃喃，愛婿猶如愛長男。甘脆每教常健飯，苦吟猶記許分甘[2]。"沈殿試二甲第三，姚二甲第二。自後官階沈必差姚一級。姚爲觀察，沈爲太守；沈爲觀察，則姚爲方伯矣。沈又寄詩云："平生每好居人後，今日還應讓弟先。"余將赴廣西金撫軍之聘[3]，姚賦詩相留曰："就使將軍重揖客[4]，何如南國有詞人？"後四十年，姚竟巡撫廣西。余寄書云："不料當日所謂將軍，即此時之閣下，惜我不能來作揖客耳！"永之在書院寄内詩云："深院蝶嬌無語坐，小園花嫩捲簾看。"爲掌教楊文叔先生所賞[5]。

【箋注】

[1]姚申甫：姚成烈，見卷三・五三注[2]。沈永之：沈榮昌，字永之，號省堂。清浙江歸安人。乾隆十年進士。歷官蘭州知府、平凉知府、陝西督糧道、雲南驛鹽道、江西督糧道。有《成吉堂詩集》。 [2]分甘：本謂分享甘美之味，後亦以喻慈愛、友好、關切等。 [3]金撫軍：金鉷，見卷一・九注[2]。[4]揖客：指僅行拱手禮而不行跪拜的人。 [5]楊文叔：楊繩武，見卷二・六〇注[1]。

一　三

余在都時，永之引見滿洲學士春臺[1]。春自云："年三十時，目不識丁。從一禪師静坐三月，頗以爲苦。一夕，提刀欲殺禪師。仰頭見月，忽然有悟，賦詩便工。"《塞外》云："野水吞人面，青山甕馬聲[2]。浮雲連帽起，殘雪帶鞭行。"殊雄偉。公愛永之與枚，以爲兩少年必貴。每至，必留飲留宿，遣妾捧觴。

【箋注】

[1]春臺：見卷六・七三注[9]。 [2]甕：一種小口大肚瓦器，此喻青山。

一　四

桐城相公七十生辰[1]，余與諸翰林祝壽。宴罷，各賜詩扇一柄，詩寫《田園雜興》云："不識風塵勞擾，但知雲水盤桓。買畚偶來城市[2]，祀神一著衣冠。""小橋流水村近，疏柳長堤路斜。車馬不聞叩户，雞豚自識還家。""煙生茅屋雲白，雨過菱塘水新。今歲秋田大稔[3]，稻苗高過行人。""竹屋正臨流水，槿籬曲繞閒亭。此是吾廬本色，被人偷作丹青。""作苦最憐田婦，布衣椎髻無華。饁餉並携稚子[4]，采桑不摘閒花。"公終身富貴，而詩能淡雅若此。

【箋注】

[1] 桐城相公：張廷玉，見卷一·一注[12]。此所録詩見《澄懷園詩選》卷九。 [2] 畚（běn）：撮土或垃圾等物的用具。 [3] 大稔（rěn）：大豐收。[4] 饁（yè）餉（xiǎng）：往田野送飯食。

一五

嚴公瑞龍作湖北布政使，續《漢上題襟集》[1]，招諸詩人唱和，亦公卿雅事也。傅辰三《感春》云[2]："恰恰春分二月半，分春妙手愛東君[3]。但愁過却花朝後，一日春容減一分。""月落參横夜向晨[4]，半醺花意欲留人。夜闌莫怯風吹袂，爲愛梅花不惜身。"《大雨戲作》云："雨師一夕興淋漓[5]，筆尖亂點西窗紙。初猶落落蝌蚪分，繼則盈盈垂露似[6]。須臾漫漶一片濕，直似秦碑没字體。"殊有東坡風趣。沈樹德《落花》云[7]："飛燕蹴歸簾影裏，遊魚吹起浪花中。"葉聲木《送人》云[8]："吹酒涼風穿樹過，破煙水月隔樓生。"

【箋注】

[1] 嚴瑞龍（？—1751）：字淩雲。清（四川）閬中人。康熙五十九年進士。由翰林院改御史，轉給事中。後以鴻臚寺卿授山西按察使，遷湖北、湖南布政使，升湖北巡撫。《漢上題襟集》：即唐温庭筠、段成式、余知古在漢水旁以詩相唱酬所得詩集名。 [2] 傅辰三：字星烈，號未孩。清浙江仁和人。[3] 東君：司春之神。 [4] 參（shēn）：參星，即獵户座的七顆亮星。一説天空中明亮而接近的三星。 [5] 雨師：古代傳説中司雨的神。 [6] 蝌蚪：蝌蚪書，古文字體的一種。筆劃多頭大尾小，形如蝌蚪。垂露：垂露書，指筆劃如垂露之象。 [7] 沈樹德（1698—？）：字申培，號畏堂。清浙江歸安人。乾隆九年舉人。有《慈壽堂詩文集》。 [8] 葉聲木：葉誠，字聲木，號皋亭。清浙江仁和人。乾隆三十七年進士。官寧波府教授。有《瑞石山房詩文集》。

一六

康熙壬寅，余七歲，受業于史玉瓚先生[1]。雍正丁未，同入學[2]。

先生不甚作詩，而得句殊雋。《偶成》云：“好鳥鳴隨意，幽花落自然。”《病中》云：“廿年辛苦黔婁婦，半世酸辛伯道兒[3]。”終無子。余爲葬于葛嶺[4]。

【箋注】

[1] 壬寅：這裏指康熙六十一年（1722）。史玉瓚：史中，字玉瓚。清浙江杭州人。祖籍溧陽。諸生。在袁枚家教私塾十年。 [2] 丁未：這裏指雍正五年（1727）。此年袁枚與史先生同補博士弟子，入縣學。 [3] 黔婁婦：戰國時魯國人黔婁的妻子，寧願嫁給貧寒的黔婁爲妻。此自喻其妻。伯道兒：鄧攸（？—326），字伯道。東晋平陽襄陵（今山西襄汾一帶）人。歷任河東吴郡和會稽太守，官至尚書右僕射。永嘉末，因避石勒兵亂，携子侄逃難，途中屢遇險，恐難兩全，乃全其侄，棄其子，縛於樹而去。終竟無嗣。後用作歎人無子之典。此爲自歎。 [4] 葛嶺：浙江杭州西湖之北寶石山西側的一處名勝。

一七

沈歸愚尚書[1]，晚年受上知遇之隆，從古詩人所未有。作秀才時，《七夕悼亡》云：“但有生離無死别，果然天上勝人間。”《落第咏昭君》云：“無金贈延壽[2]，妾自誤平生。”深婉有味，皆集中最出色詩。六十七歲，與余同入詞林。《紀恩》詩云：“許隨香案稱仙吏，望見紅雲識聖人[3]。”

【箋注】

[1] 沈歸愚：沈德潛，見卷一・三一注[3]。 [2] 延壽：毛延壽。西漢京兆杜陵人。善畫人像，美醜逼真。相傳元帝曾命畫宫女像，諸宫女皆賄賂之，獨王嬙（昭君）不肯，乃醜化其像。 [3] 香案：此指香案吏，宫廷中隨侍帝王的官員。仙吏：仙界的執事人員。聖人：對帝王的尊稱。

按：袁枚與沈德潛詩觀不合，但仍存友誼之情，也並不否認其人有好詩。

一　八

與余同薦鴻詞者[1]，有户部主事尚庭楓[2]，號茶洋，陝西人。爲人詭誕不羈，忽而結駟連騎[3]，忽而布衣藍褸。賦詩有奇氣，如："落花平地二尺厚，芳草如天萬里青。""月華照樹有烏鵲，雲氣上天如白羊。"皆警句也。

【箋注】

[1]鴻詞：即博學宏詞，見卷一・九注[3]。　[2]尚庭楓：多作尚廷楓，見卷七・八一注[3]。　[3]結駟：指乘駟馬高車，足見顯貴。

一　九

余愛誦金壽門"故人笑比庭中樹，一日秋風一日疏"之句[1]。杭堇浦先生曰[2]："此句本唐人高蟾：'君恩秋後葉，一日一回疏。'[3]不足爲壽門奇。壽門佳句，如'佛煙聚處都成塔，林雨吹來半雜花'，咏苔云'細雨偏三月，無人又一年'，乃真獨造。"余按古人佳句，都有所本。陳元孝[4]："池花對影落，沙鳥帶聲飛。"本李群玉[5]："沙鳥帶聲飛遠天。"梁葯亭[6]："龍虎片雲終王漢，詩書餘火竟燒秦。"仿唐人："半夜素靈先哭楚，一星遺火下燒秦[7]。"楊誠齋[8]："不知落得幾多雪，作盡北風無限聲。"仿唐人："流到前溪無一語，在山作得許多聲[9]。"

【箋注】

[1]金壽門：金農，見卷三・七二注[2]。[2]杭堇浦：杭世駿，見卷三・六四注[1]。　[3]高蟾：唐河朔人。僖宗乾符三年進士。昭宗乾寧間爲御史中丞。《全唐詩》卷一〇收其詩。　[4]陳元孝：陳恭尹，見卷三・六三注[1]。[5]李群玉（808—862）：字文山。唐澧州（今湖南澧縣）人。舉進士不第，薦詩于宣宗，授弘文館校書郎。　[6]梁葯亭：梁佩蘭，見卷七・一四注[14]。[7]"半夜"聯：出自唐彦謙《新豐》詩。　[8]楊誠齋：楊萬里，見卷一・二

注[1]。所引詩句出自《慶長叔招飲一杯未釂雪聲璀然即席走筆賦十詩》其一。[9]“流到”聯：此處爲袁枚誤記。此聯仍爲楊誠齋詩，題爲“宿靈鷲禪寺”。

二〇

閨秀李金娥咏路上柳云[1]：“折取一枝城裏去，教人知道是春深。”湖州高氏小女有一聯云[2]：“也知春色歸人早，鄰女釵邊有杏花。”

【箋注】

[1]李金娥：生平未詳。所引詩句一説爲元貢性之《湧金門見柳》詩，一説爲明僧左省《咏柳》詩。 [2]高氏小女：生平未詳。

二一

相傳江寧南城外瑞相院後叢竹中，爲馬湘蘭墓[1]。望江魯雁門題詩云[2]：“葉飄難禁往來風，未肯輸懷向狡童[3]。畫到蘭心留素素，死依僧院示空空。知音卓女情雖切，薄幸王郎信未終[4]。一點憐才真意在，青青竹節夕陽中。”“絶世英雄寄女妝，荆家曾説十三娘[5]。年來文士動相擠，始識伊人不可忘。零露似熏香豆蔻，百花想見繡衣裳。平生除拜要離冢[6]，到此纔焚一瓣香。”嚴侍讀冬友曰[7]：“瑞相院前之墓，少時亦誤以爲湘蘭，後往訪之，見題碣云‘新安貞女某氏之墓’，碑陰載爲某商人之妾，商人不歸，守貞而死。以爲湘蘭，有玷逝者矣！”陳楚筠製錦曾效長吉體[8]，爲詩證明其事，云：“古釵耿耿蝕黄土，千歲老蟾嘯秋雨。蒼茫落日掩平坡，風入黄蒿作人語。新安山高江水遥，卷葹原不生倡條[9]。貞魂夜號月光曉，兒童莫賦西陵草[10]。”

【箋注】

[1]馬湘蘭：馬守真（1548—1604），字月嬌，號湘蘭。金陵人。明代詩人、畫家。秦淮歌伎。有《湘蘭子集》《三生傳》等。 [2]魯雁門：魯筆（1621—1704），字雁門，號蘸青，一號榆谷。清安徽望江人。諸生。有《見南齋詩文集》《楚辭達》。 [3]狡童：滑頭少年。 [4]卓女：漢朝卓文君聞琴知音，夜

奔司馬相如，終生相托，當壚賣酒爲生。此喻馬女。王郎：魏晋美男子王昌。南朝樂府《河中之水歌》："人生富貴何所望，恨不嫁與東家王。"此喻馬湘蘭所屬意的王穉登。　[5]十三娘：唐朝蘇州女商荆十三娘，因慕進士趙中行，遂同載歸揚州。趙有一友人，愛妓被人奪去。荆娘得知後，以豪俠之氣爲友人一舉報仇。　[6]要離：春秋時吴國人。吴公子光既弑王僚，又謀殺王子慶忌。要離獻謀，使吴斷其右手，除其妻子，然後詐以負罪出奔，見慶忌于衛。取得信任，刺中慶忌要害後，離亦自盡。　[7]嚴冬友：嚴長明，見卷一・二二注[6]。[8]陳製錦：見卷一・三五注[1]。長吉體：指唐代詩人李賀作品所獨有的風格意境。李賀詩熔鑄詞采，善於運用神話傳説，語言新奇瑰麗。　[9]卷葹：亦作卷施，一種小草。晋郭璞《卷施贊》："卷施之草，拔心不死。屈平嘉之，諷咏以比。"倡條：婀娜多姿的楊柳枝條。常用來喻指歌妓的身材與舞姿，亦婉指歌妓。　[10]西陵：此指西泠，在錢塘江之西，爲南齊蘇小小埋葬地。

二　二

余過京口，丹徒宰徐天球[1]，字天石，貴州人，見示詩集。一别之後，遂永訣矣。余愛其《風箏》一絶云："誰向天邊認塞鴻，但憑一紙可騰空。任他風信東西轉，百丈遊絲在掌中。"

【箋注】

[1]徐天球：字卿石，號未庵。清湖北廣濟人。乾隆十年進士。官威縣知縣、四川順慶府同知，終丹徒縣令。有《未庵詩鈔》。

二　三

沈光禄子大、許明府子遜[1]，二人齊名。沈如："竹光晨露滑，池静夜泉生。"許如："鐘聲凉引月，江氣夕沉山。"真少陵也。行役絶句，有相同者。沈云："惟有夢魂吹不斷，月明猶自逆風歸。"許云："明月有情應識我，年年相見在他鄉。"子遜先生與余爲忘年交，論詩尊唐黜宋，失之太拘。有某少年，故意抄宋詩之有聲調者試之，先生誤以爲唐，少年大笑。余贈云："前生合是唐宫女，不唱開元以後詩[2]。"

【箋注】

[1]沈子大：沈起元，見卷六・九〇注[1]。許子遜：許廷鑅，見卷三・二九注[5]。　[2]開元：唐玄宗年號（713—741），其間政局穩定，經濟繁榮，文化昌盛，國力富强。史稱開元之治。

二　四

松江王太守名祖庚，與乃祖文恭公同日生[1]，故號生同。丁未進士，終身以不入詞館爲恨。兩子皆入翰林，而先生不樂也。與彭芝庭尚書，同出尹文端公門下[2]。有《納凉聞笛》云："碧空如水凈無雲，斗轉參横夜欲分。長笛不知何處起，好風偏送此間聞。江梅片片傷春暮，岸柳絲絲綰夕曛。曲罷無端倍惆悵，階前凉露濕紛紛。"亦同余召試友也[3]。

【箋注】

[1]王祖庚（1700—1762）：字孫同，一字南汀，號礪齋。清江蘇華亭人。雍正五年進士。乾隆時舉鴻博不遇。乾隆十二年任平定知州，官至甯國知府。有《礪齋詩鈔》。文恭公：王頊齡（1642—1725），字顓士，號瑁湖。清江蘇華亭人。康熙十五年進士。累官至武英殿大學士、太子太傅。有《四恩堂集》等。　[2]彭芝庭：彭啟豐，見卷七・一一注[2]。尹文端：尹繼善，見卷一・一〇注[3]。　[3]召試：皇帝召來面試。此指同應鴻博科。

二　五

學人之詩，吾鄉除諸襄七、汪韓門二公而外[1]，有翟進士諱灝、字晴江者[2]，《咏煙草五十韻》警句云："藉艾頻敲石[3]，圍灰尚撥爐。乍疑伶秉籥[4]，復效雁銜蘆。墨飲三升盡[5]，煙騰一縷孤。似矛驚焰發，如筆見花敷。苦口成忠介，焚心異鬱紆[6]。穢驚苓草亂，醉擬碧筩呼[7]。吻燥寧嫌渴，唇津漸得腴。清禪參鼻觀，沆瀣潤嚨胡[8]。幻訝吞刀並，寒能舉口驅[9]。餐霞方孰秘，厭火國非誣[10]。繞鬢霧徐結，蕩胸雲叠鋪。

含來思渺渺，策去步于于[11]。”典雅出色，在韓慕廬先生《煙草》詩之上[12]。又，《薄暮驟雨》云：“黑雲齾齾西南來[13]，狂飆挾勢驚奔雷。夕陽倉卒收不及，劃住半壁青天開。”句殊奇險。

【箋注】

[1] 諸襄七：諸錦，見卷四・四六注[1]。汪韓門：汪師韓，見卷四・三注[7]。 [2] 翟灝（hào）（？—1788）：字大川，號晴江。清浙江仁和人。乾隆十九年進士。官金華、衢州府學教授。有《無不宜齋詩文稿》《通俗編》《湖山便覽》等。 [3]“藉艾”句：憑藉艾葉做的艾絨頻頻敲擊火石點燃火媒。[4] 秉籥（yuè）：手持吹籥。籥，古代一種管樂器，此喻煙槍之類器具。 [5]“墨飲”句：《通典》載，北齊策秀才，書有濫劣者，飲墨水一升。山谷《次韻楊明叔》云：“睥睨紈袴兒，可飲三斗墨。”此藉以諷刺吸煙者。 [6] 鬱紆：愁苦蘊結於胸中。 [7] 碧筩（tǒng）：指碧筩杯。碧筩是對荷葉柄的形象説法。唐段成式《酉陽雜俎》：“取大蓮葉置硯格上，盛酒二升，以簪刺葉，令與柄通，屈莖上輪菌如象鼻，傳吸之，名爲碧筩杯。”此處擬吸煙。 [8] 鼻觀：鼻尖。此指嗅覺。沆（hàng）瀣（xiè）：清露、清凉飲品，喻吸煙後的清爽感覺。嚨胡：喉嚨。 [9]“幻訝”句：幻覺幻象之間，驚訝好像是在進行吞刀吐火的雜技表演。“寒能”句：喻吐煙狀。 [10] 餐霞方：指修煉神仙的法術。厭火國：古傳在讙朱國的南邊，其人猴身黑色，口中能吞火吐火，吃的全是火炭。此處喻吸煙的景象。 [11] 于于：徐徐而行、自得自足的樣子。 [12] 韓慕廬：韓菼，見卷五・五〇注[4]。 [13] 齾（yà）齾：參差起伏的樣子。

二 六

余自幼聞姨母章氏，嫁非其偶，時誦“巧妻常伴拙夫眠”之句，不知何人所作。後閱謝在杭集[1]，方知故是謝詩。其詞曰：“癡漢偏騎駿馬走，巧妻常伴拙夫眠。世間多少不平事，不會作天莫作天。”

【箋注】

[1] 謝在杭：謝肇淛（zhè）（1567—1624），字在杭，號武林、小草齋主人。明福建長樂人。萬曆二十年進士。歷官工部郎中、廣西右布政使。有《北河紀略》《文海披沙》《五雜俎》《小草齋集》《小草齋詩話》等。

按：此處袁枚誤記。謝肇淛《五雜俎·事部四》："近時唐伯虎亦有詩云：'駿馬每馱癡漢走，巧妻常伴拙夫眠。世間多少不平事，不會作天莫作天。'"另，《包待制智賺生金閣》雜劇第一折："這渾家十分標緻。便好道：巧妻常伴拙夫眠。"這是否爲元代的作品尚有争論，但年代應早於唐伯虎。

二 七

從弟鳳儀《旅店》云[1]："迎面有山皆客路，問心無日不家鄉。"吕柏岩有句云[2]："天果有涯行易盡，家雖無路夢常通。"

【箋注】

[1]袁鳳儀：生平未詳。 [2]吕柏岩：吕宣曾（1695—1765），字揚祖，號伊蔚、柏岩。清河南新安人。康熙五十三年舉人。授湖南永興知縣，擢直隸靖州知州。有《儀禮箋》《柏岩文集》《伯岩詩集》等。

二 八

余知江寧時，和尹公"通"字韻云："身如雨露村村到，心似玲瓏面面通。"史文靖公聞之[1]，笑曰："畫出一個尹元長[2]。"

【箋注】

[1]史文靖：史貽直，見卷四·四一注[3]。 [2]尹元長：尹繼善，見卷一·一〇注[3]。

二 九

長沙太守陳淼[1]，陝西人，與余在蘇州花宴甚歡。口號云："此地若教行樂死，他生應不帶愁來。"未二年，竟卒。然他生無愁，亦可知矣！

【箋注】

[1] 陳焱（yàn）：陝西盩（zhōu）厔（zhì）人。陳慶門子。監生。官蘇州海防同知。

三　〇

某公子惑溺狹斜[1]，幾於得疾，其父將笞之，公子獻詩云："自憐病體輕於葉，扶上金鞍馬不知。"父爲霽威[2]。所惑者亦有句云："朝朝梳洗臨江水，一路芙蓉不敢開。"又曰："世間未有無情物，蠟燭能癡酒亦酸。"

【箋注】

[1] 惑溺：指男女感情上的迷惑沉溺。狹斜：原指小街曲巷，後指娼妓活動的地方。　[2] 霽威：收斂威怒。

三　一

方敏恪公六十一歲生兒[1]，當八月十四日，賦得子詩云："與翁同甲子[2]，添汝作中秋。"

【箋注】

[1] 方敏恪：方觀承，見卷一・三〇注 [8]。　[2] 同甲子：古代以天干和地支遞次相配紀年，六十年爲一輪循環。生在同一個循環點上爲同甲子。

三　二

余酒席歌場乘人鬭捷之作，多不載集中。乙未二月，避生日于蘇州，有舊識女校書任氏[1]，以扇索詩。余題云："來年相見倍關情，樓上金燈樓下箏。難得相逢好時節，再遲三日是清明。""小市長陵路狹斜，當簷一樹碧桃花。果然六十非虛度，半醉天台玉女家[2]。"校書喜，次日引余見其第四妹。妹亦持扇索詩。余題云："玉立長身窈窕姿，相逢從此惹相思。雲翹更比雲英弱[3]，知是瑶臺第四枝。”“若非月姊通消息，争得玄霜見少君[4]？一樣珍珠兩行字，替他題上藕絲裙。”嗣後，任家姊妹逢能文之客，必歌此四章，不落一字，亦慧人也。余初意慶六旬，欲仿康對山集名妓百人[5]，唱《百年歌》，而不料稱觴之日[6]，僅得五人。御史蔣用庵同席[7]，後將往杭州，留詩見贈云：“喜是尋芳到未遲，唐昌觀裏正花時[8]。芝蘭九畹春如許[9]，却讓謂芝仙校書芝房第一枝。”“風月東南屬主盟，買花親自載花行。未知桃葉曾迎否，先占揚州小杜名[10]。”“壽域歡場不易全，介眉見説有初筵[11]。分明一樣稱觴酒，纖手扶來便欲仙。”“館娃回首夢虚無[12]，又掛風帆西子湖。不識玉釵羅袖畔，可曾閒憶到狂夫？”余後四年，再過蘇州，任氏姊名翠筠者，持舊扇相示，紙已破矣，猶裝裹護持，爲余唱曲。余感其情，再題二絶云：“四年前贈扇頭詩，多謝佳人好護持。不是文君才絶世，相如琴曲有誰知？”“爲儂重唱玉瓏玲，嚦嚦鶯聲繞畫屏。一曲歌終人一世，那堪頭白客中聽？”

【箋注】

[1] 乙未：這裏指乾隆四十年（1775）。女校書：對有才華的女歌舞藝人的美稱。 [2]“半醉”句：相傳東漢劉晨、阮肇二人到浙江天台山采藥迷路，遇二仙女，半年始歸。 [3] 雲翹、雲英：皆爲傳説中的仙女。樊雲翹，三國時吴人劉綱妻，精通道術。雲英，即與唐朝裴航秀才藍橋相會之雲英。雲翹曾賦詩向裴航預示藍橋會雲英。此處泛指仙女，喻稱任氏姊妹。 [4] 月姊：嫦娥，喻女校書任氏。玄霜：傳説中的一種仙藥。唐代裴鉶《傳奇・裴航》：“一飲瓊漿百感生，玄霜擣盡見雲英。” [5] 康對山：康海，見卷八・五注 [8]。 [6] 稱觴：舉杯祝酒。 [7] 蔣用庵：蔣和寧，見卷一・六五注 [15]。 [8] 唐昌觀：寺廟名。唐代建，在京城長安安業坊内，以唐玄宗之女唐昌公主命名。舊有玉蕊花。相傳有女子携小僕取花，舉轡百餘步，已在半天矣。方悟神仙之游。此處借喻名妓遊隨園。 [9] 芝蘭：芷和蘭，皆香草。九畹：指蘭花所生之地。 [10] 桃葉：晋王獻之妾名。此喻指多情女子。揚州小杜：指唐杜牧，此喻袁枚。 [11] 壽域：謂人人得盡天年的太平盛世。介眉：祈求長壽。 [12] 館娃：指館娃宫。吴王夫差專爲西施在蘇州靈巖山建造的避暑離宫。

三 三

蘇州太守孔南溪[1]，風骨冷峭，權貴不敢以情干[2]。青樓金蕊仙以事掛法[3]，一時交好，無能爲之地道。乃遣人至白下，求余關説。余與金甚疏，僅半面耳，竊念書中語倘不佯爲親狎，轉生孔之疑，乃寄札云："僕老矣，三生杜牧，萬念俱空，只花月因緣，猶有狂奴故態。今春到治下，欲爲尋春之舉，而吴宫花草，半屬虚名，接席銜杯，了無當意。惟女校書金某，含睇宜笑，故是矯矯於庸中，遂同探梅鄧尉而别[4]。刻下接蕭娘一紙[5]，道爲他事牽引，就鞫黄堂[6]，將有月缺花殘之恨。其一切顛末，自有令甲[7]，憑公以惠文冠彈治之[8]，非僕所敢與聞。只念此小妮子，蕉葉有心，雖知卷雨；而楊枝無力，只好隨風。偶茵溷之誤投[9]，遂窮民而無告。似乎君家宣聖復生[10]，亦當在'少者懷之'之例，而必不'以杖叩其脛'也[11]。且此輩南迎北送，何路不通？何不聽請于有力者之家，而必遠求數千里外之空山一叟[12]？可想見夫子之門牆，壁立萬仞，而非僕不足以替花請命耶？元微之詩云[13]：'寄與東風好抬舉[14]，夜來曾有鳳凰棲。'敬爲明公誦之。"孔得札後，覆云："鳳鳥曾棲之樹，托抬舉于東風。惟有當作召公之甘棠[15]，勿剪勿伐而已。"二札風傳一時。未二年，余又往蘇州。過京口，已解纜矣，丹徒徐令挽舟相留[16]，道："妓戴三與太守淮樹章公司閽者狎[17]，章知之，逐閽人，而不罪戴。戴往城隍廟焚香還願，一廟讙然。章怒其張揚，嚴檄拘訊，將使荷校以徇[18]。"徐婉求不聽，乞余解圍。余召見戴三，則霧鬢風鬟，春秋老矣，然馬骨千金[19]，不可以不援手也。草札與太守云："昔錢穆父刺常州[20]，宴客將笞一妓，妓哀請。錢云：'得座上歐陽永叔一詞，故當貸汝[21]。'歐公爲賦一闋，遂釋之。僕雖非永叔，而公則今之穆父也。請爲二章，以當小調。詞曰：'東風吹散野鴛鴦，私爇神前一瓣香。爲祝長官千萬福，緣何翻惱長官腸？''樊川行矣一帆斜，那有情留子夜家[22]？只問千秋賢太守，可曾幾個斫桃花[23]？’”交書徐公，即掛帆還白下。終不得消息，心殊惓惓。半月後，章寄函來，開看只七字曰：“桃花依舊笑東風[24]。”

【箋注】

[1] 孔南溪：孔傳炣，見卷六・八〇注[2]。 [2] 干：請求。 [3] 金蕊仙：生平未詳。 [4] 鄧尉：山名，在今蘇州市西南，以產梅著稱。 [5] 蕭娘：女子的泛稱，此指金蕊仙。 [6] 鞫（jū）：審訊。黄堂：指太守衙中的正堂。 [7] 令甲：指法令。 [8] 惠文冠：冠名，相傳爲趙惠文王創制。 [9] 茵溷：墊褥與糞坑。以飛花喻人生，見卷六・一三注[6]。 [10] 宣聖：漢平帝元始元年追謚孔子爲“褒成宣尼公”，後世多稱孔子爲宣聖。 [11] 以杖叩其脛：用手杖敲他（指原壤）的小腿，語出《論語・憲問》。 [12] 空山一叟：袁枚自稱。 [13] 元微之：元稹，見卷一・二〇注[11]。 [14] 抬舉：扶持、照料。 [15] 召公：《史記・燕召公世家》：“召公巡行鄉邑，有棠樹，決獄政事其下，自侯伯至庶人各得其所，無失職者。召公卒，而民人思召公之政，懷棠樹不敢伐，歌咏之，作《甘棠》之詩。”後遂以“甘棠”稱頌循吏的美政和遺愛。 [16] 徐令：徐天球，見本卷二二注[1]。 [17] 章公：章攀桂（1736—1804），字華國，一字淮樹。清安徽桐城人。乾隆中官甘肅知縣，累擢江蘇松太兵備道。有《選擇正宗》。司閽（hūn）：守門人。 [18] 荷校：頸上戴枷。徇：示衆。 [19] 馬骨千金：喻憐惜人才，用燕昭王求賢才典。 [20] 錢穆父：錢勰（1034—1091），字穆父。宋杭州臨安人。曾任翰林學士。 [21] 歐陽永叔：歐陽修，見卷四・四七注[1]。貸汝：寬恕你。 [22] 樊川：杜牧，見卷一・三一注[4]。子夜：樂府吴聲歌曲中女子名。 [23] 桃花：語意雙關，既指樹，亦喻人。 [24]“桃花”句：唐崔護《題都城南莊》詩中句，寫對一位女子的懷戀。

三 四

漢陽戴喻讓詩[1]，有奇氣，出吾鄉陳星齋先生門下[2]。有《臨漳曲》云：“暮雲深，霸橋逝[3]。水天横，歌臺廢。玉龍金鳳已千年，古瓦還鎸銅雀字[4]。賣履分香兒女情[5]，讀書射獵英雄氣。如何横槊對東風，老年想作喬家婿[6]？”末二句，老瞞在九泉亦當笑倒[7]。又，《咏雪》云：“未添庾嶺三分白，預借章臺一月花[8]。”

【箋注】

[1] 戴喻讓：見卷七・二〇注[4]。 [2] 陳星齋：見卷一・五〇注[1]。[3] 暮雲：唐温庭筠《過陳琳墓詩》："石麟埋没藏春草，銅雀荒凉對暮雲。"霸橋：一作灞橋。在今陝西西安市東郊灞河上。《三輔黄圖》卷六："漢人送客至此橋，折柳贈别。" [4] 銅雀：曹操于建安十五年春，造銅雀臺成，設宴慶賀。臺正臨漳河，左邊名玉龍臺，右邊名金鳳臺。 [5] 賣履分香：曹操《遺令》："餘香可分與諸夫人，不命祭。諸舍中無所爲，可學作組、履賣也。"指曹操臨死時掛念所愛的姬妾。 [6] 横槊：横持長矛。唐元稹《唐故檢校工部員外郎杜君墓繫銘》："曹氏父子鞍馬間爲文，往往横槊賦詩。"形容能文能武的豪邁氣概。喬家婿：傳説曹操征伐東吴是爲了得到大喬、二喬這兩位美人。《三國演義》第四十八回，曹操横槊賦詩時説："吾今年五十四歲矣……新構銅雀臺于漳水之上，如得江南，當娶二喬置之臺上，以娱暮年，吾願足矣。"[7] 老瞞：曹操的小名。 [8] 庾嶺：即大庾嶺，以盛開梅花著稱，又稱梅嶺，得梅最先。章臺：爲漢代長安一條繁華的街道。

三　五

邵子湘作《韻略》[1]，以"江""陽"爲必不可通。余讀《史記・龜筴傳》、韓昌黎《此日足可惜》及李翺《祭韓公》諸篇[2]，"江""陽"皆通。猶以爲彼固合"東""青""庚"，而通之甚廣，未足據也。及讀岑嘉州《陪狄員外早秋登府西樓》一篇云[3]："常愛張儀樓，西山正相當。車馬隘百井，里閈盤三江[4]。"此短篇五古也，唐人用韻甚嚴，何濫通乃爾？因而廣考之，方知子湘之陋。《尚書》："論道經邦，燮理陰陽。"《戴記》："無服之喪，以畜萬邦。"此"六經"通"江""陽"之證也。《孔雀東南飛》云："東家第三郎[5]，窈窕世無雙。"樊毅《西嶽碑》云[6]："其德休明，則有禎祥。荒淫膿穢，篤災必降。"《柳敏碑》云[7]："山陵元室，建斯邦兮。不飭不凋，隕履霜兮。"《三國志》楊戲《蜀君臣贊》云[8]："保據河江，家破軍亡。"《晋語》云："二陸三張，中興過江。"《宋書・大社之祝》曰："地德普施，惠存無疆。乃建大社，以保萬邦。"漢《紫玉歌》云："一日失雄，三年感傷。雖有衆鳥，不爲匹雙。”荀勖《正德舞歌》云[9]：“焕炳其章，光乎萬邦。”庾信《柳遐墓銘》云[10]：“起兹禮數，峻此戎章。長離宛宛，刷羽淩江。”《吴越春秋·河梁歌》云：“諸侯怖懼皆恐惶，聲傳海内威遠邦。”吕温《昭陵功臣贊》云[11]：“經綸八方，晏海澄江。”李翰《裴旻射虎贊》云[12]：“弧矢之説，以威四方。群虎既夷，狄人來降。”此漢、唐樂府通“江”“陽”之證也。至宋諸大家，尤不勝屈指。

【箋注】

[1] 邵子湘：邵長蘅（1637—1704），字子湘，自號青門山人。清江蘇武進人。以古文辭有聲於世。有《青門集》。 [2] 李翱（772—841）：字習之。唐隴西成紀（今甘肅秦安一帶）人。唐貞元十四年進士。官至山南東道節度使。從韓愈學古文，自成一家。著《復性書》。卒謚文，世稱李文公。有《李文公集》。 [3] 岑嘉州：岑參（718—769），唐荆州江陵（今湖北荆州）人。曾出任嘉州刺史。以邊塞詩名世。有《岑嘉州集》。 [4] 里閈（hàn）：里巷、鄉里。三江：原詩爲“二江”，指岷江支流郫江、汶江。 [5] 東家：應爲“云有”二字。 [6] 樊毅：字仲德。後漢河南人。曾任弘農太守，復華山下民租，漢靈帝光和二年十月立華嶽碑。 [7] 柳敏碑：東漢建寧二年十月立於忠州（今重慶忠縣）。今見傳世碑文：“山陵玄室，建斯邦兮。先人修質，尚約清兮。汶餙不雕，隩處臧兮。” [8] 楊戲（？—261）：字文然。三國蜀犍爲武陽（今四川眉山一帶）人。著有《季漢輔臣傳》。 [9] 荀勖（xù）：字公曾。西晋潁川潁陰（今河南許昌）人。魏末，參司馬昭軍事。司馬炎代魏，官尚書左僕射。著《中經新簿》。 [10] 庾信：見卷三·七一注[5]。 [11] 吕温（772—811）：字和叔，一字化光。唐河中（今山西永濟）人。貞元十四年進士。官至户部員外郎。有《吕衡州集》。此處所引出自《淩煙閣勳臣頌》：“爲爪翼肺腸，經綸八方。自南徂東，晏海澄江。” [12] 李翰：字子羽。唐趙州贊皇（今屬河北）人。善古文，博涉經籍。此處所引“弧矢之説”，《全唐文》作“弧矢之設”，文章全名爲“裴旲將軍射虎圖贊”。旲，一作“旻”。

三　六

余作駢體文，押“曹丕”“丕”字爲上聲，爲人所嗤，不知“丕”

與“不”通，又與“負背”通，不止“攀悲切”也[1]。《書》曰：“是有丕子之責於天。”《史記》作“負”字。《索隱》引鄭氏曰：“丕讀爲負。”《石經》《尚書》亦作“負子”。惟今之韻書，捃摭淺漏，未經收拾。沈存中笑香山押“餓殍”爲“夫”[2]，又笑杜牧之《杜秋》詩“厭飫不能飴”[3]，誤“飴糖”之“飴”，作飲噉用。不知杜牧之用“飴”字，本東漢《童謡》：“飴我大豆烹芋魁。”又，《晉·盛彦傳》：“婢使蠐螬炙飴之。”香山之押“殍”作平聲，本《唐韻》“敷”字下收“殍”，作“撫俱切”。猶之今平韻不收“糾”字，而嵇康《琴賦》亦竟作平聲押也[4]。

【箋注】

[1]丕：《集韻》攀悲切，平聲，脂韻。《廣韻》敷悲切。不：方久切，上聲，有韻。 [2]沈存中：沈括（1031—1095），字存中。宋錢塘人。仁宗嘉祐八年進士。任翰林學士。有《夢溪筆談》。香山：白居易。殍：《廣韻》平表切，上聲，小韻。又芳無切，幽部。又《廣韻》符鄙切，上聲。 [3]杜牧之：即杜牧。飴：《廣韻》與之切，平聲。作糖漿、美食解。亦通“貽”，作贈送解。[4]糾：《廣韻》居黝切，上聲，黝韻。《集韻》舉夭切，上聲，小韻。上古音，皆爲幽部。嵇康：見卷八・七五注[2]。

三　七

《玉臺新咏》實《國風》之正宗[1]。然有不可學者，如湘東王《春日》[2]，一句用兩“新”字。鮑泉、沈約有詩八首[3]，以五言一首爲題，如“秋衰悲落桐”之類，反復千言，殊覺可憎。爲唐人試帖賦得題所自仿也[4]。

【箋注】

[1]《玉臺新咏》：是繼《詩經》《楚辭》之後的重要詩歌總集，南朝徐陵編。[2]湘東王：蕭繹，見卷七・四五注[7]。 [3]鮑泉（？—551）：字潤嶽。南朝梁東海（今山東郯城一帶）人。少爲湘東王通直侍郎。後任信州刺史、郢

州長史。湘東王《春日》詩，每句都有一個或兩個“春”字；鮑泉應制唱和詩，每句都有一個或兩個“新”字。沈約：見卷三・四三注[6]。[4]試帖賦得：見卷七・四七注[4]、注[5]。

三　八

人無酒德，而貪杯勺，最爲可憎。有某太守在隨園賞海棠，醉後，竟弛下衣，溲於庭中。余次日寄詩戲之云：“客是當年夷射姑，不教虎子挐花奴[1]。但驚贏者此陽也，誰令軍中有布乎[2]？頭禿公然幘似屋，心長空有腹如瓠[3]。平生雅抱時苗癖，日縛衣冠射酒徒[4]。”

【箋注】

[1]夷射姑：春秋時魯定公二年（前555），邾莊公與夷射姑飲酒，夷射姑出外小解，曾敲守門人，後守門人以水灑於庭中，説是清洗夷射姑的尿，想讓邾莊公給以報復。虎子：便壺。花奴：唐南卓《羯鼓録》：“明皇嘗聽琴，未終，遽止之曰：‘速令花奴持羯鼓來，爲我解穢。’”汝南王李璡小名花奴，善羯鼓。[2]“但驚”句：用《國語》“陽人不服晋侯”典，“此赢者陽也，未狎君政”，“武不可覿，文不可匿”。詩中以此典與某太守開玩笑，語含戲謔。“誰令”句：蘇軾詩《董卓》中有句“豈信車中有布乎”，原意謂王允與吕布謀誅卓，有人書“吕”字於布，荷而行市，歌曰“布乎”，有告卓者，卓不悟。[3]幘（zé）似屋：幘，包頭巾。竹林七賢之一劉伶迎客時赤身裸體，把房屋當作他的衣服。腹如瓠：陸游《莫辭酒》：“愁去疾亦平，便腹如瓠壺。”[4]時苗（150—220）：字德胄。三國時鉅鹿（今河北平鄉一帶）人。出爲壽春令，居官歲餘，牛生一犢，及去官，以犢是淮南所生，留之。射酒徒：《獨異志》：“漢時苗爲壽春令，謁治中蔣濟。濟醉不見之。歸而刻木人，書‘酒徒蔣濟’，以弓矢射之。”

三　九

年家子龔友[1]，青年好學，來誦其《白門小住》云：“秋生黄葉聲中雨，人在清溪水上樓。”余爲歎賞。臨别，忽向余正色云：“友不好名，先生切勿以友詩告人。”余雅不喜，曰：“此子矜情作態，局面太小。”已而竟不永年。

【箋注】

[1]年家：科舉時代同年登科者兩家之間的互稱。龔友：字劍戍。清江蘇宜興人。

四　〇

余《哭鄂制府虛亭死節》詩云[1]：“男兒欲報君恩重，死到沙場是善終。”乙酉天子南巡，傅文忠公向莊滋圃新參誦此二句[2]，曰：“我不料袁某才人，竟有此心胸。聞係公同年，我欲見之，希轉告之。”余雖不能往謁，而心中知己之感，惻惻不忘。第念平生詩頗多，公何以獨愛此二句？後公往緬甸，受瘴得病歸，薨。方知一時感觸，未嘗非讖云。

鄂公拈香清涼山，過隨園門外，指示人曰：“風景殊佳。恐此中人，必爲山林所誤。”有告余者。余不解所謂。後見宋人《題吕仙》一絶曰：“覓官千里赴神京，得遇鍾離蓋便傾[3]。未必無心唐社稷，金丹一粒誤先生。”方悟鄂公“誤”字之意。

【箋注】

[1]鄂制府：鄂容安，見卷一・四五注[1]。制府爲總督的尊稱。鄂容安駐守伊犂時平叛不勝，自盡。 [2]乙酉：這裏指乾隆三十年（1765）。傅文忠：傅恒，見卷八・三六注[2]。莊滋圃：莊有恭，見卷一・六六注[8]。 [3]鍾離：指八仙之一鍾離權，又稱漢鍾離，字雲房，號正陽子。唐咸陽（今屬陝西）人。世傳吕洞賓詣京師應舉，遇鍾離翁於岳陽，便傾蓋相交。此處所引詩見《鶴林玉露》。

四　一

宋劉子儀爲夏英公先得樞密[1]，乃咏《堠子詩》曰[2]：“空呈厚貌臨官道，更有人從捷徑過。”本朝朱草衣《咏雪》云[3]：“正愁前路迷樵徑，先有人行路一條。”陳古漁《看桃花》云[4]：“回頭莫羡人行處，曾向行人行處來。”

【箋注】

[1]劉子儀：劉筠，見卷五・七一注[2]。夏英公：夏竦（985—1051），字子喬。宋江西德安人。累官樞密使，封英國公，卒謚文莊。有《文莊集》。[2]堠（hòu）子：古時築在路旁用以分界或計里數的土壇。 [3]朱草衣：朱卉，見卷三・一一注[4]。 [4]陳古漁：陳毅，見卷一・五二注[3]。

四二

同年李竹溪棠，性誠慤[1]，而詩獨清超。《感懷》云：“罷官便有閒人集，才老旋生後輩嫌。”《得家書》云：“急開翻惱緘封密[2]，朗誦頻教句讀差。”其子燧年十歲時[3]，余命屬對“水仙花”，渠應聲曰“羅漢松”。平仄雖不協，而意境極佳，遂大奇之。歸河間後見懷云：“韋司風味陶潛節[4]，野鶴閒雲伴此身。四海聲名雙管筆，六朝花柳一家春。鬚眉每向詩中見，函丈偏從夢裹親[5]。此日著書深幾許，瓣香心事屬何人[6]？”末二句，其自命亦不凡矣。

【箋注】

[1]李棠：見卷八・三〇注[7]。誠慤（què）：厚誠、樸實。 [2]緘（jiān）：書函。 [3]李燧（1753—1825）：字東生，號青墅。清直隸河間（今屬河北）人。官浙江下砂頭場鹽課大使。有《青墅詩稿》。 [4]韋司：韋應物（737—791？），唐京兆萬年人。官至蘇州刺史，世稱韋蘇州。以田園詩著稱，高雅閒淡，自成一家。此所録見懷詩題爲“寄袁簡齋先生”。 [5]函丈：本指講席，後亦爲弟子對老師的敬稱。 [6]瓣香：一瓣心香。佛教用語，指心中虔誠能感通佛祖，就同焚香一樣。後亦指對某人師承或敬仰的虔誠心情。

四三

杭州張有虔先生[1]，年九十三，皇上欽賜舉人。余自幼蒙提携，故求其詩，不得。得其子名濟川號南皋生者《微雨》云[2]：“無聲著林木，有色引莓苔。”《欲雪》云：“風號平野急，雲重暮山連。”

【箋注】

[1] 張有虔：生平如上，餘未詳。 [2] 張濟川：字東之，號南皋生。清浙江仁和人。諸生。有《南皋詩鈔》。

四　四

有人誦常州汪玉珩《咏淚》佳句云[1]：“江干斑竹牆陰草，壺内紅冰鏡裏潮[2]。”余以爲不如其第一首云“商女含愁歌一曲，楚妃無語過三年”更覺耐想[3]。又《偶成》云：“高閣對層巒，屋角煙蘿接。山雨欲來時，蕭蕭下黄葉。”

【箋注】

[1] 汪玉珩（1744—？）：字玉珍，號夷畦、朱梅軒。清江蘇宜興人。諸生。有《朱梅軒文鈔》。 [2] 斑竹：一種莖上有紫褐色斑點的竹子，也叫湘妃竹。晋張華《博物志》卷八：“堯之二女，舜之二妃，曰湘夫人，帝崩，二妃啼，以涕揮竹，竹盡斑。”紅冰：喻淚水。五代王仁裕《開元天寶遺事》：“楊貴妃初承恩召，與父母相别，泣涕登車，時天寒，淚結爲紅冰。” [3] 商女：指唱悲凉歌曲的歌女。楚妃：指春秋時息國君主的夫人息嬀。楚文王滅息，納之，生二子，然終未嘗與文王通一言。參卷三・七〇注[5]。

四　五

胡稚威云[1]：“詩有來得、去得、存得之分。來得者，下筆便有也；去得者，平正穩妥也；存得者，新鮮出色也。”

【箋注】

[1] 胡稚威：胡天游，見卷一・二八注[1]。

按：來得者，下筆便有。這絶不是一種草率的寫作態度，而是一種興會所至的寫作狀態，是寫詩的最佳境界。杜甫説："讀書破萬卷，下筆如有神。"陸游説："文章本天成，偶然而得之。"存得者，新鮮出色。這好理解。去得者，平正穩妥。這就有點費解了。所謂"平正穩妥"，指的是一般化、無特色、無創意。這樣的作品要捨得放棄。這是一般人很難做到而應該做到的。

四　六

劉霞裳與余論詩曰[1]："天分高之人，其心必虚，肯受人譏彈。"余謂非獨詩也，鐘鼓虚，故受考；笙竽虚，故成音。試看諸葛武侯之集思廣益，勤求啟誨。此老是何等天分？孔子入太廟，每事問。顏子以能問于不能，以多問于寡[2]。非謙也，天分高，故心虚也。

【箋注】

[1]劉霞裳：見卷二・三三注[2]。　[2]顏子：顏淵，見卷五・七九注[3]。"以能""以多"二語實屬曾子，見《論語・泰伯》，此誤歸顏子。

四　七

梁文莊公之兄啟心[1]，字守存，入翰林後，即乞歸養。其子山舟侍講[2]，亦早乞病，使其弟敦書仕於朝[3]。一門家風如此。守存除夕約同人游吴山，不果，乃寄詩云："何堪歲盡復遷延，夙約都爲俗事牽。多謝分吟留一席，不妨屬和待明年。空山響答千門爆，落日寒迷萬瓦煙。想見諸公高會處，下方人指地行仙[4]。"《除夕》云："舊賜官袍聊一著，新頒春帖懶重書。"《晚過山庵》云："清依古佛原無夢，老笑秋蟲尚有絲。"山舟性不近婦人，不宴客，亦不赴人之宴。惟余還杭州，則具華饌，一主一賓，相對而已。故余《寄懷》云："一飯矜嚴常選客，半生孤冷不宜花。"山舟有《反遊仙》云："漫説長生有秘傳，餐芝絶粒幾經年。登仙直是尋常事，雞犬由來亦上天。""瑶林瓊樹生來有，玉宇雲樓望裏深。上界不聞阿堵貴[5]，道人偏要煉黄金。”“曾侍朝正三殿來，遥瞻旌節下蓬萊[6]。如何一片飛鳧影[7]，也被人間網得回？”“賺他劉阮是何人[8]，畢竟迷樓莫當真。我是天台狂道士，桃花多處急抽身。”“擾擾蜉蝣奈若何[9]，寸田尺宅竟蹉跎。自從偷吃嵇康髓，只覺胸中塊壘多[10]。”

【箋注】

[1]梁文莊：梁詩正（1697—1763），字養正，一字養仲，號薌林。清浙江錢塘人。雍正八年進士。歷任户部、兵部、刑部、吏部尚書，官至東閣大學士，加太子太傅。卒謚文莊。有《錢録》《矢音集》《西清古鑒》等。梁啟心（1695—1758）：初名詩南，字首存，一字葭林。梁文濂之子、梁詩正之兄。乾隆四年進士，乞養不復出，即家授編修。有《南香草堂詩集》。　[2]梁山舟：見卷三・三二注[3]。　[3]梁敦書（1725—1786）：字冲泉，號鐵幢。梁詩正之子、梁同書之弟。乾隆間由蔭生累遷員外郎。歷任知府、鹽驛道、按察使、布政使。官至署兵部右侍郎。　[4]地行仙：語出佛書《楞嚴經》。五代張筠居洛陽，以聲色自娱，人稱地仙。後常指遊戲人間、逍遥自得的人。　[5]阿堵：指稱詞，相當於“這個”，多指金錢。　[6]三殿：清宫三殿爲太和殿、中和殿、保和殿。蓬萊：唐代大明宫内有紫宸、蓬萊、含元三殿，統稱爲蓬萊三殿。此借指清宫。　[7]飛鳧（fú）影：《後漢書・方術傳・王喬》載，河東人王喬爲葉令，傳説每月朔望自縣裏去謁見皇帝，而不見車騎，乃密令太史伺察，總是有一雙野鴨從東南飛來。派人舉網捕圍，却得到一隻舄（鞋）。後用此典稱地方官。[8]劉阮：見卷三・三二注[9]。　[9]蜉蝣：比喻淺薄狂妄的人。　[10]嵇康：見卷八・七五注[2]。《晋書・嵇康傳》：“（嵇）康又遇王烈，共入山，烈嘗得石髓如飴，即自服半，餘半與康，皆凝而爲石。”塊壘：比喻胸中鬱結的愁悶或不平之氣。

四　八

尹望山相公[1]，四督江南。諸公子隨任未久，多仕於朝。惟似村以秀才故不當差[2]，常侍膝下，詩才清絶。余駢體序中，已備言之。猶記其訂余往過云：“清談相訂菊花期，正慰幽懷入夢時。空谷傳書鴻屢至[3]，閒庭掃徑僕先知。關心尚憶他鄉客時以詩寄三兄，因病翻添數首詩。聞道芒鞋將我過，倚欄只恨月圓遲。”《絢春園》云：“莫喚池邊貪睡犬，隔林恐有看花人。”乙酉别去，庚子八月忽奉太夫人就蕪湖觀察兩峰之養[4]，重過隨園。見和云：“迎人雞犬閒如舊，滿架琴書賣欲無。”《臨别》云：“故人垂老别，歸舫任風移。退一步來想，斯遊本不期。”似村，名慶蘭。

【箋注】

[1]尹望山：尹繼善，見卷一·一〇注[3]。 [2]似村：慶蘭，見卷二·三七注[1]。 [3]空谷：空曠幽深的山谷，多指賢者隱居的地方。 [4]乙酉：這裏指乾隆三十年（1765）。庚子：這裏指乾隆四十五年（1780）。兩峰：慶玉，見卷四·三二注[1]。

四九

張松園方伯不甚作詩[1]，而落筆新穎。見張素雲女校書扇上有余贈詩[2]，乃題其後云：“小住青樓醉好春，偶教蹤跡落紅塵。昨宵月下看歌扇，忽見文星照美人。”

【箋注】

[1]張松園：張朝縉（約1744—？），字毓屏，號松園。清江蘇如皋人。官至浙江布政使。 [2]張素雲：生平未詳。

五〇

嘉禾徵士曹廷樞古謙，與葛卜元同教習宗學[1]。葛北方人，長於考據，自負博雅。而曹專工詞章。二人不相能。虞山蔣公、滿洲世公[2]，各有所庇，遂相參劾。古人洛、蜀之分[3]，皆由門下士起也。曹詩自佳，咏春雨云：“兩兩溪邊水鳥呼，漸看檐際濕模糊。憑欄花重紅疑滴，隔座山横翠欲無。吟苦莫愁春冷淡，病多偏穩睡工夫。捲簾自愛虚無景，未要瀟湘入畫圖[4]。”

【箋注】

[1] 曹廷樞（1706—？）：字古謙，號六薌、謙齋。浙江嘉善人。乾隆時舉博學鴻詞。有《謙齋詩集》。葛卜元：生平未詳。宗學：滿族宗室子弟讀書之所。 [2] 蔣公：蔣溥，見卷二・四七注[2]。世公：未詳。 [3] 洛、蜀之分：指二程（程顥、程頤）洛學與三蘇（蘇洵、蘇軾、蘇轍）蜀學之差異。 [4] 瀟湘：湘江與瀟水的並稱，多借指今湖南地區。宋代宋迪以瀟湘風景畫了八幅山水畫，時稱"瀟湘八景"。

五　一

杭州柴南屏先生，名謙[1]，作中書時，和聖祖《冬至》詩[2]，有"雪花欲共梅花落，春意還同臘意舒"之句。聖祖謂有翰苑才，超陞御史。余與其曾孫景高交[3]，先生年八十餘矣，咏西湖云："月出慣留歌舞席，風生不送别離船。"

【箋注】

[1] 柴謙：字存抑，號南屏。清浙江仁和人。康熙五十五年由貢生考授內閣中書，遣刑部主事，擢福建道監察御史。有《儆曙齋詩稿》。 [2] 聖祖：康熙帝。 [3] 柴景高：字行之，號鹿柴。清浙江仁和人。乾隆十六年進士。官貴州安南知縣。

五　二

世有口頭俗句，皆出名士集中。"世亂奴欺主，時衰鬼弄人"，杜荀鶴詩也[1]。"今朝有酒今朝醉，明日無錢明日愁"，羅隱詩也[2]。"一朝權在手，便把令來行"，崔戎《酒籌》詩也[3]。"閉門不管窗前月，分付梅花自主張"，南宋陳隨隱自述其先人詩也[4]。"大風吹倒梧桐樹，自有旁人説短長"，宋人笑趙師睪欲附范文正公祠堂詩也[5]。"晚飯少吃口，活到九十九"，古樂府也，見《七修類稿》所引。"難將一人手，掩得天下目"，曹鄴詩也[6]。"易求無價寶，難得有情郎"，女真蕙蘭詩也[7]。"一舉首登龍虎榜，十年身到鳳凰池"，張唐卿詩也[8]。

“平生不作皺眉事，世上應無切齒人”，邵康節詩也[9]。“兒孫自有兒孫福，莫與兒孫作馬牛”，徐守信詩也[10]。“是非只爲多開口，煩惱皆因强出頭”“自家掃去門前雪，莫管他家瓦上霜”，並見《事林廣記》[11]。“黄泉無客店，今夜宿誰家[12]”，見唐人逸詩。

【箋注】

[1]杜荀鶴（約846—約904）：字彦之。唐末池州石埭（今安徽石臺）人。大順二年進士。工律絶，詩風淺易。有《唐風集》。 [2]羅隱：見卷八·四二注[2]。 [3]崔戎（764—834）：字可大。唐博陵安平（今屬河北）人。舉明經。官至兖海沂密觀察使。 [4]陳隨隱：陳世崇（1148—1222），字伯仁，號隨隱。宋撫州崇仁（今屬江西）人。入元不仕。有《隨隱漫録》。此處所引爲其父陳郁詩句。 [5]趙師睪（zé）（1148—1217）：字從善。宋宗室。孝宗淳熙二年進士。官至工部尚書。以諂附權貴，爲時論所鄙。所引詩句，是宋人朱萬年作。 [6]曹鄴（約816—875）：字業之。唐桂林陽朔（今屬廣西）人。宣宗大中四年擢進士第。歷官太常博士、吏部郎中、洋州刺史等。 [7]女真：女道士。蕙蘭：魚玄機（約844—868），唐代女道士，曾入咸宜觀爲女道士。所引詩《三水小牘》謂是玄機獄中作。 [8]張唐卿（1010—1037）：字希元。青州（今屬山東）人。北宋仁宗景祐元年進士。 [9]邵康節：邵雍（1012—1077），字堯夫。宋河北范陽（今涿州一帶）人。創“先天學”。卒謚康節。有《皇極經世》《觀物篇》《先天圖》《伊川擊壤集》等。 [10]徐守信（1032—1108）：宋海陵（今江蘇泰州一帶）人。年十九入天慶觀爲道士。徽宗崇寧二年賜號虛静冲和先生。 [11]《事林廣記》：宋陳元靚編。所引在卷九“警世格言”中。 [12]“黄泉”句：語出五代江爲《臨刑詩》，一説出明孫蕡《臨刑詩》。

五三

河督姚小坡，作別駕時[1]，以“祭葬”二字命題。余宰江寧時，無子，《咏祭》云：“血食滿天下，但看所樹恩[2]。羞將好魂魄，饑飽仗兒孫。”

【箋注】

[1]姚小坡：姚立德（？—1783），字次功。清浙江仁和人。乾隆元年以

蔭生授主事，歷官江寧通判、景州知州、山東按察使、河東河道總督，加兵部尚書銜。別駕：官名，漢設，原指州刺史的佐吏，清代通常指通判。［2］血食：所謂鬼神享受牲牢的祭祀。所樹恩：指在世時所建樹的恩德。

五　四

余作庶常時，寓年家花園[1]。同年吴自堂與其兄飛池借寓園中[2]。飛池與吴女金娘有三生之約[3]，畏妻不敢聘。金寄詩云："殘淚未消和影拭，舊書重展背人看。"詩既佳，書法亦秀媚。

【箋注】

［1］庶常：官名，即翰林院庶吉士。年家：科舉時代同年登科者之間的互稱。［2］吴自堂：吴嗣富，字鄭公，號昆田。清浙江錢塘人。乾隆四年進士，選庶吉士。散館授編修。有《玉壺齋稿》。吴飛池：吴龍光（約1715—？），字彦和，號飛池、斗墟。清浙江錢塘人。官南路同知。有《澶州吟稿》《寶田堂詩文遺稿》《定林詩草》。［3］金娘：生平未詳。

五　五

雲間沈大成[1]，字學子。皓首窮經，多聞博學。嘗見古廟有九原丈人之碑，不知所出。後閱《十洲記》，始知乃海神，司水者也。因作《九原丈人考》一篇。《贈邵檀波》云："異書勘後兼金重，古硯磨多似臼深[2]。"《即事》云："樓頭風定鐘初動，湖上雲開舫漸行。"

【箋注】

［1］沈大成：見卷二・五二注［1］。［2］臼（jiù）：泛稱搗物的臼狀容器。

五　六

浙中遂昌教諭王世芳[1]，字芝圃，年一百十歲，入都祝太后萬壽，賜翰林侍講銜。還鄉，陳太常星齋贈詩云[2]："華皓何來雲水頭？寵加新秩返扁舟[3]。酒錢未卜憑誰與？壺藥翻叨爲我投。薄宦夢驚山北檄，散仙行逐海東鷗。獨留佳話傳臺閣，曾與耆英大父游[4]。”王面長尺許，腰若植鰭[5]。自言：“少居鄉，遭耿逆之變[6]。與諸妹豆棚閒坐，一妹頭忽不見，蓋爲飛炮擊去也。”與第三子同來，白髮飄蕭，背轉傴僂。問其長子，曰：“不幸夭亡矣。”問夭亡之年，曰：“八十五歲。”乾隆辛未，聖駕南巡，有湖南湯老人來接駕，年一百四十歲，皇上先賜匾額云“花甲重周”，又賜云“古稀再度”。

【箋注】

[1]王世芳（1669—1808）：字芝圃，又字徽德，别號南亭。清浙江天台人。以長壽著稱，據説活了一百四十一歲。少時有勇力，應募爲兵，年四十九補博士弟子員，五十八歲成諸生，八十一歲出貢，九十六官遂昌訓導，一百零三授國子監司業，加翰林院侍講。 [2]陳星齋：陳兆崙，見卷一・五〇注[1]。[3]新秩：新官職。 [4]耆英：年老德高之英才。大父：祖父。 [5]植鰭：竪起的魚鰭，形容人枯瘦背脊弓曲貌。 [6]耿逆：耿精忠，見卷八・五九注[1]。

五　七

余夏間惡蚊，常誤批頰，甚痛，而蚊乃飛去。偶讀葉聲木《譙蚊》詩[1]，不覺大快。詞曰：“虎狼偶食人，人猶寢其皮。獨怪蚤虱咬，嗜人甘如飴。蟣虱我自生，自孽將怨誰？蚤出塵土間，跳梁亦暫時。爾蚊何爲者？薨薨聲殷雷[2]。訂盟如點將，歃血遣佽飛[3]。聚昏更爲市，利析秋毫微。穿衣巧刺繡，中膚驚卓錐[4]。深入石飲羽[5]，潛侵劍切泥。三伏涼夜好，清風吹滿懷。時方愛露坐，鳴鏑一聲來。誤憤自批頰，悵望空徘徊。亦或中老拳，磔裂殲渠魁。無奈苦搔癢，汗黏變瘡痍。咄咄幺麽蟲[6]，陰毒乃如斯。長喙不擇肉，呼吸若乳兒。怪底入夏瘦，毛孔成漏卮。安得通身手，左右時交揮！”葉諱誠，錢塘孝廉。

【箋注】

[1]葉聲木：葉誠，見本卷一五注[8]。譙（qiào）：譴責。 [2]薨（hōng）薨：象聲詞，衆蟲齊飛聲。 [3]佽（cì）飛：舊指古代劍士，後多取其輕便若飛

之意，亦爲武士之通稱。［4］卓椎：直插錐子。［5］飲羽：指中箭深入到箭尾上的羽毛。《吕氏春秋·季秋紀·精通》："養由基射兕中石，矢乃飲羽。"［6］幺（yāo）麽（mó）：微小、細小，亦指微不足道的小人。

五　八

王安昆，字平圃[1]。予少在都中，與交好，常宿其家，見其題尤貢甫墨竹云[2]："幾個琅玕幾點苔[3]，勝他五色筆花開。分明滿幅蕭蕭響，似帶江南風雨來。"《買竹》云："南郊過雨緑生香，底事勞人買竹忙？我一出城君入市，兩邊風味各分嘗。"又，《送羅兩峰歸邗上兼示舍弟瘦生》云："别時冰雪到時春，萬樹寒梅照眼新。邂逅若逢江上客，已歸須勸未歸人。"

【箋注】

［1］王安昆：字平圃。清河北河間人。［2］尤貢甫：尤蔭（1732—1812），字貢甫，號半人、水村等，後自稱半灣詩老。清江蘇儀徵人。乾隆中從和碩禮親王出塞，有《出塞詩鈔》，袁枚爲之作序。另有《黄山集》。［3］琅玕：傳説中的仙樹，此處喻所畫竹。

五　九

余宰沭陽，有宦家女依祖母居，私其甥陳某，逃獲。訊時值六月，跪烈日中，汗雨下，而膚理玉映。陳貌寢[1]，以縫皮爲業。余念"燕婉之求，得此戚施[2]"，殊不可解。問女何供。女垂淚云："一念之差，玷辱先人，自是前生宿孽[3]。"其祖母怒甚，欲置之死，余以卓茂語再三諭之[4]。笞甥，而以女交還其家。搜其篋，有《閨詞》云："蕉心死後猶全捲，蓮子生時便倒含。"亦詩讖也[5]。隔數月，聞被戚匪胡豐賣往山東矣。予至今惜之。嘗爲人題畫册云："他生願作司香尉，十萬金鈴護落花[6]。"

【箋注】

[1] 貌寢：相貌醜陋。 [2]“燕婉”句：語出《詩經·邶風·新台》，原意爲想追求美滿的婚姻，却得到一個駝背醜陋的人。 [3] 宿孽（niè）：舊有的罪孽。 [4] 卓茂（？—28）：字子康。漢南陽宛（今河南南陽）人。官至太傅，封褒德侯。他爲人寬仁恭愛，認爲“律設大法，禮從人情”。諭：告知。[5] 詩讖（chèn）：指所作詩無意中預示了後來發生的事。 [6] 司香：負責燒香等事宜的小吏。金鈴：護花鈴。唐玄宗時，寧王李憲好聲樂，風流蘊藉，每逢春天，就讓人在後花園中用紅絲在花枝上密綴金鈴，令園吏拉動絲繩，驚走鳥鵲。後用此典指惜花。

六〇

宰江寧時，有南鄉錢貢甫之子某[1]，買張某妻陳氏爲妾，得價後，屢詐不遂，遂來控官。余召訊之。錢燒窯，張爲其採煤者也，貌如石炭，妻嫣然窈窕。錢美少年，能詩。余意天然佳偶，欲配合之，而格於例，乃發官媒[2]，免其笞。有役某素黠，探知官意，密授錢計，仍買歸焉。錢故鄉居，事過後，余不便再問消息。後十餘年，余游牛首山，路見鬑鬑者[3]，率三嬰兒，捧香伏地。問何人，曰：“錢某也。年來妻亡，扶陳氏爲正室。此三兒皆其所生。某亦入上元學矣。妻聞公遊山，命我來謝。”獻詩云：“酬恩兩個山村雀，含著金環没處尋[4]。緑葉成陰滿枝子，費公多少種花心！”

【箋注】

[1] 錢貢甫：生平未詳。 [2] 官媒：舊時衙署中擔任媒妁等事的婦女。[3] 鬑（lián）鬑：鬢髮疏長的樣子。 [4] 金環：漢時楊寶曾救治一隻遭鴟梟襲擊的黄雀，後黄雀傷癒飛走。某夜有黄衣童子贈楊寶白環四枚。後以黄雀銜環比喻報恩。

六一

李笠翁詞曲尖巧[1]，人多輕之，然其詩有足采者，如《送周參戎之浦陽》云："儒將從來重，君其髯絶倫。三遷無喜色[2]，百戰有完身。灰裏求遺史，刀邊活故人。仙華名勝地，細柳正堪屯[3]。"《婺寧庵》云："誰引招提路[4]，隨雲上小峰。飯依香積煮[5]，衣倩衲僧縫。鼓吹千林鳥，波濤萬壑松。楞嚴聽未闋[6]，歸計且從容。"尤展成贈云[7]："十郎才調本無雙[8]，雙燕雙鶯話小窗。送客留髡休滅燭，要看花影照銀釭[9]。"

【箋注】

[1]李笠翁：李漁（1611—1680），原名仙侶，字謫凡，號天徒，後改名漁，字笠鴻，又號笠翁。祖籍浙江蘭溪，生長於江蘇如皋。明末清初文學家、戲劇家、戲劇理論家、美學家。有《笠翁十種曲》《閒情偶寄》等。　[2]三遷：指提拔升遷迅速。　[3]細柳：漢文帝時，周亞夫率軍駐紮在長安附近的細柳，以軍容莊嚴著名。後以細柳營爲軍營之美稱。　[4]招提：原爲四方僧的住處，後泛指寺院或僧房。　[5]香積：香積厨，寺裏的厨房，取香積佛國香飯之意。[6]楞嚴：指佛經《楞嚴經》。　[7]尤展成：尤侗，見卷一・六二注[3]。[8]十郎：指唐詩人李益，這裏借指李漁。　[9]留髡（kūn）：漢淳于髡一日參加宴會，會後主人送走其他客人獨留淳于髡痛飲，這裏指留下重要的客人。銀釭（gāng）：銀燈。

六　二

杭州姚君思勤、黄君湘圃、吴君錫麒八九人[1]，同作《新年百咏》，俱典雅，而吴詩尤超。《門神》云："問爾侯門立，能知深幾重？"倪經培云[2]："爵封萬户外，秩滿一年中。"姚咏《拜年》云："履吉弓鞋换[3]，催妝歲燭然。勝常稱再四，利市乞團圓[4]。"《風菱》云："面目爲誰槁？心腸到底甜。"黄《咏爆竹》云："買來還縮手，畢竟讓人工。"《面鬼》云："一半頭銜用，幾重顔甲生[5]。"皆佳句也。金雨叔宗伯爲題辭云[6]："回首辭家十載餘，舊鄉風土夢華胥[7]。卷中重認新年景，却認初來占籍居[8]。"

【箋注】

[1]姚思勤（？—1793）：字春漪，號桂棠。清浙江仁和人。有《東河棹歌》一卷。黄湘圃：室號桐華館。清浙江錢塘人。有《夏中正分箋》。吴錫麒（1746—1818）：字聖徵，號穀人。清浙江錢塘人。乾隆四十年進士。官至國子祭酒。曾主講于廣陵、安定等書院。有《有正味齋集》。 [2]倪經培：倪懷經，原名經培，榜名經鋤，字右觀，號竹觀。清浙江錢塘人。乾隆四十四年舉人。任景寧教諭。 [3]履吉：踐履吉祥，常用作新春祝頌。 [4]勝常：超過平常，問候用語。利市：吉利、好運氣。 [5]顔甲：臉皮如鐵甲，指臉皮厚。[6]金雨叔：金甡（shēn）（1702—1782），字雨叔。清浙江錢塘人。乾隆七年狀元。官至禮部待郎。 [7]華胥：古代神話中無爲而治的理想國家，常比喻夢境。 [8]占籍：上報户口，入籍定居。

六　三

《清波雜誌》載[1]：“元祐間，新正賀節，有士持門狀遣僕代往，到門，其人出迎，僕云：‘已脱籠矣。’諺云‘脱籠’者，詐閃也[2]。温公聞之[3]，笑曰：‘不誠之事，原不可爲！’”及前朝文衡山《拜年》詩曰[4]：“不求見面惟通謁，名紙朝來滿敝廬。我亦隨人投數紙，世情嫌簡不嫌虚。”可見賀節投虚帖，宋朝不可，明朝不以爲非。世風不古，亦因年代而遞降焉。

【箋注】

[1]《清波雜誌》：宋代史料筆記，周煇著。 [2]脱籠：弄虚作假。這裏指春節拜訪不親自前往，讓僕人拿着馬嚼子，每到一家，就敲幾聲門，把名帖留下，表示已登門。詐閃：詐僞欺騙。 [3]温公：司馬光，見卷二·一二注[8]。[4]文衡山：文徵明（1470—1559），初名壁，字徵明，以字行，更字徵仲，號衡山居士。南直隸長洲（今江蘇蘇州）人。明代書畫家、文學家。有《甫田集》等。

六　四

余有詩不入集中者，嫌其少作未工也。然終竟是爾時一種光景，棄之可惜，乃追憶而録之。九歲《咏盤香》云："空梁無燕泥常落，古佛傳燈影太孤。"十五歲《咏懷》云："也堪斬馬談方略，還是騎牛讀漢書[1]。"《題田古農賣書買劍圖》云："丈夫窮後疑無路，猶有神仙作退步。"《舟行》云："山云猶辨樹，江雨暗移春。"《咏柳》云："新絲買得剛三月，舊雨吹來似六朝。"《落花》云："莫訝萬枝隨雨盡，須知一片自天來。"《無題》云："紅豆相思多入骨，緑蘿着處便生根。"在都中，《爲徐相國耕藉應制》云[2]："水到公田龍脉轉，風翻仙仗杏花飛[3]。"頗爲相公稱許。《和金沛恩咏昭君紙鳶》云："玉門春老恨難忘[4]，猶逐東風謁漢王。環珮影沉天漠北，琵琶聲在白雲鄉[5]。素絲解作留仙帶，細雨彈成墜馬妝[6]。莫怪洛城多紙貴，畫圖終日對斜陽。"

【箋注】

[1] 斬馬：漢代有寶劍名"斬馬"，《漢書·朱雲傳》："願賜尚方斬馬劍，斷佞臣頭，以厲其餘。"有受君王重託，建功立業之意。騎牛讀漢書：《新唐書·李密傳》："（李密）聞包愷在緱山，往從之。以蒲韉乘牛，掛《漢書》一帙角上，行且讀。"　[2] 耕藉：古時每年春耕前，天子、諸侯舉行儀式，親耕藉田，種植供祭祀用的穀物，並以示勸農。歷代皆有此制，稱爲耕藉禮或藉田禮。　[3] 公田：公家之田，官府控制的土地。仙仗：指皇家或高官的儀仗。[4] 玉門：玉門關，代指邊關。李白《王昭君二首》："一上玉關道，天涯去不歸。"[5] 白雲鄉：見卷五·一三注[2]。　[6] 留仙帶：留仙裙的帶子。留仙裙，有縐折的裙。典出《趙后外傳》。墜馬妝：斜綰在一邊的髮髻。

六　五

丁卯冬，余宰江寧，以公事往揚州，阻風燕子磯[1]。宏濟寺僧默默[2]，年九十餘，導余遊山，並出西林、桐城兩相國及諸公卿詩相示[3]。余亦贈四律而别。後辛未南巡，默默接駕[4]。上問其年，奏曰："一百二歲。"上笑曰："和尚還有二十年壽。"隨賜紫衣。默默謝恩而出。乾隆二十年，竟圓寂矣。方知天語之成讖也。高文定公贈以詩云[5]："默默僧年八十餘，麥塍猶愛荷春鋤。抬頭見客心先喜，款坐烹茶意自如。千尺娑羅庭外樹[6]，兩朝丞相壁間書。救生舟送風帆穩，利涉長江信不虛[7]。”

【箋注】

[1] 丁卯：這裏指乾隆十二年（1747）。燕子磯：見卷八・五六注[1]。[2] 默默：如上，餘未詳。 [3] 西林：鄂爾泰，見卷一・一注[7]。桐城相國：張廷玉，見卷一・一注[12]。 [4] 辛未：這裏指乾隆十六年（1751）。接駕：迎接皇帝。 [5] 高文定：高斌，見卷二・四七注[8]。 [6] 娑羅：相傳釋迦牟尼逝世于娑羅樹下，故佛教視爲聖樹。 [7] 利涉：指舟楫順利渡水。

六六

陶貞白云[1]：“仙人九障[2]，名居一焉。”余不幸負虛名。丁丑，過書肆[3]，見有作《金陵懷古》詩者，姓王，名顛客，假余序文。詩既不佳，序亦相稱，余一笑置之。後三年，再過書肆，見《清溪唱酬集》一本，載上海彭金度、碭山汪元琛、太倉畢瀧等[4]，共三十餘人。前駢體序，亦假我姓名。詩、序俱佳，不能無訝。因買歸，示程魚門[5]。程笑曰：“名之累人如此。雖然，如魚門之名，求其一假，尚未可得。”後十年，集中王陸禔、曹錫辰、徐德諒、范云鵬四人[6]，都來相見。而諸君子則終未謀面。姑録數首，以志暗中因緣。范《采菱曲》云：“采蓮莫采菱，菱角刺儂手。采菱莫采蓮，蓮心苦儂口。刺手苦儂苦不深，苦口兼欲苦儂心。”汪《金陵雜詩》云：“清江一曲鴨頭波，相約湔裙踏淺莎[7]。雙槳月明桃葉渡，但聞人語不聞歌。”

【箋注】

[1] 陶貞白：陶弘景，見卷一・四六注[22]。 [2] 九障：指影響得道的多種障礙。 [3] 丁丑：這裏指乾隆二十二年（1757）。 [4] 彭金度：字若春，號皖畫。清江蘇上海人。有《平分煙靄草堂詩稿》《東皋吟》《北堂覆瓿稿》，纂《臨清州志》。汪元琛：清江蘇碭山（今屬安徽）人，餘未詳。畢瀧（shuāng）（1733—1797）：字澗飛，號竹癡。清江蘇鎮洋人。畢沅弟。 [5] 程魚門：

程晋芳，見卷一·五注[1]。 [6]王陸禔：見卷五·五二注[5]。曹錫辰（1736—1793）：字北居，自號艮壘山人。清江蘇上海人。監生。輯《國朝海上詩鈔》，著《艮壘山人稿》。徐德諒：字尹遠。清崑山諸生。有《五知堂集》。范雲鵬：字湊滄，號立堂、緑君。清江蘇寶山（今屬上海）人。有《百城樓詩集》。[7]鴨頭波：緑波。鴨頭色緑，形容水色。湔（jiān）裙：在水邊洗裙子，古代的一種風俗。《北史·竇泰傳》：“（竇泰母）遂有娠。期而不産，大懼。有巫曰：‘度河湔裙，産子必易。’”

六　七

王西莊光禄[1]，爲人作序云：“所謂詩人者，非必其能吟詩也。果能胸境超脱，相對温雅，雖一字不識，真詩人矣。如其胸境齷齪，相對塵俗，雖終日咬文嚼字，連篇累牘，乃非詩人矣。”余愛其言，深有得於詩之先者。故録之。

【箋注】

[1]王西莊：王鳴盛（1722—1797），字鳳喈、禮堂，别字西莊，晚號西沚。清江蘇嘉定（今屬上海）人。乾隆十九年進士。官至禮部侍郎。有《十七史商榷》《蛾術編》《耕養齋詩文集》《西沚居士集》等。

按：此論應該震醒世人。那些所謂寫過幾首好詩的人，當其表現出心胸狹隘、行爲齷齪的時候，已經不能再稱爲詩人了。

六　八

丙辰，余將赴廣西[1]。吾鄉有孔先生者，年八十餘，贈詩云：“畫眉聲裏推篷坐[2]，不是看山便讀書。”

【箋注】

[1]丙辰：這裏指乾隆元年（1736）。此年袁枚赴廣西投靠正在金鉷幕中的叔父袁鴻。 [2]篷：車船篷窗。

六　九

張宫詹鵬翀受今上知最深[1]。侍值乾清門，方宣召，而張已歸。上以詩責之云：“傳宣學士爲吟詩，勤政臨軒未退時。試問羔羊三首内，幾曾此際許委蛇[2]？”命依韻和呈，聊當自訟[3]。張奉旨呈詩，上喜，賜以克食[4]。張進謝恩詩，有“温語更欣天一笑，翻教賜汝得便宜”之句。後數日，和上《柳絮》詩，托詞見意云：“空階匀積似鋪霜，忽起因風上玉堂[5]。縱有别情供管領，本無才思敢輕狂。散來欲着仍難起，飛去如閒恰又忙。剩有鬢絲堪比素，蜂黏雀啄底何妨？”《嘲春風》云：“封姨十八正當家，牆角朱幡弄影斜[6]。掃盡亂紅無興緒，强將餘力管楊花。”先生咏物詩，尤爲獨絶。如集中《泥美人》《雁字》《粉團》《玉環》諸題，皆能不脱不黏、出人意表。少時遊楚南，太守張蒼厓懋贈以序云[7]：“好窮七澤之游，勿遽吞吾雲夢[8]；試問郢中之客，誰能和汝陽春[9]？”

【箋注】

[1]張鵬翀（chōng）：見卷一・六五注[6]。　[2]羔羊：《詩經・召南・羔羊》：“退食自公，委蛇委蛇。”委蛇（yí）：雍容自得貌。　[3]自訟：自責。[4]克食：即克什，滿語，意謂恩、賜予，指皇帝恩賜之物。　[5]玉堂：宫殿的美稱，宋以後多指翰林院。　[6]封姨：神話裏的風神。朱幡：相傳從元旦起，作一面繪有日月五星圖文的朱紅旗幡，立在苑東，可以免災。　[7]張蒼厓：張懋。清直隸（今河北）人。康熙六十年任長沙府知府。　[8]雲夢：古藪澤名。司馬相如《子虚賦》：“吞若雲夢者八九，其于胸中曾不蔕芥。”[9]郢（yǐng）中：郢都，古楚國的都城，借指古楚地。陽春：戰國時楚國的高雅歌曲，後泛指高雅的曲子。

七　〇

康熙庚子，常熟杜昌丁入藏[1]，過瀾滄百里，其部落曰猓猔[2]，有小女名倫幾卑，聰慧明豔，能通漢語。昌丁來往，屢主其家，見輒呼“木瓜呀布”。“木瓜”者，尊稱也；“呀布”者，猶言好也。彼此有情。臨行，以所掛戒珠作贈，揮淚而别。歸語士大夫，咸爲憮然。沈子大先生作詩云[3]：“猓猔小女年十六，生長胡鄉服胡服。紅罽窄衫小垂手，白毹貼地雙趺足[4]。漢家天子撫窮邊，門前節使紛蟬聯。慧性早能通漢語，含情何處結微緣？杜郎七尺青雲士，仗劍辭家報知己。匹馬翩翩去復回，暫借猓猔息行李。解鞍入户詫嫣然，萬里歸心一笑寬。笑迎板屋藏春暖，絮問遊蹤念夏寒。自言去日曾相見，君自無心妾自憐。妾心如月常臨漢，君意如雲欲返山。私語閒將番字教，烹茶知厭酪漿膻。雨意綢繆俄十日[5]，誰言十日是千年？留君不住歸東土，恨無雙翼隨君舉。聊解胸前瑪瑙珠，將淚和珠親贈與。一珠一念是妾心，百回不斷珠中縷。塵起如煙馬如電，珠在君懷君不見。黄河東流黑水西，脉脉空懸情一綫。”

【箋注】

[1]庚子：這裏指康熙五十九年（1720）。杜昌丁（？—1756）：字望之、松風，號蔗林。清江南青浦（今屬上海）人，家江南太倉（今屬江蘇）。雍正四年順天副貢生。任福建浦城知縣、永春知州。有《藏行紀程》。　[2]猓（kǔ）猔（zòng）：古代藏區的一個部落，分布于雲南附近。　[3]沈子大：沈起元，見卷六・九〇注[1]。　[4]紅罽（jì）：紅色毛織品。小垂手：古樂舞，舞者舞而垂其手。白毹（shū）：白色的毯子。雙趺足：雙脚盤在膝上，指打坐。[5]雨意綢繆：雲情雨意，親密纏綿。民國本“雨”作“兩”，亦通。

七　一

郭暉遠寄家信[1]，誤封白紙。妻答詩曰：“碧紗窗下啟緘封[2]，尺紙從頭徹尾空。應是仙郎懷别恨[3]，憶人全在不言中。”

【箋注】

[1]郭暉遠：生平未詳。　[2]緘封：書信封口。　[3]仙郎：對丈夫的美稱。

七　二

蘇州謝滄湄老于遊幕[1]，爲淮關榷使年希堯之上客[2]。有得意句云："惟有鄉心消不得，又隨一雁落江南。"每旅夜高吟，則聲淚俱下。《過惠山》云："路轉弓彎三里賒[3]，好風猶趁半帆斜。鶯聲滿店二泉酒[4]，春雨維舟一樹花。白髮來遊嗟已晚，青山如畫欲移家。幾時來傍禪燈宿，惠麓雲中汲井華[5]。"

【箋注】

[1]謝滄湄：謝淞洲，字滄湄，號林村。清江蘇長洲人。布衣。雍正時召至内府鑒别書畫。遊幕：指離鄉做幕賓。　[2]年希堯（1671—1738）：字允恭。清廣甯（今遼寧北鎮）人，隸漢軍鑲黄旗。官至内務府總管。後削職。有《視學精蕴》《算法纂要總圖》等。　[3]賒：遠。　[4]二泉：江蘇無錫西郊惠山東麓之泉，相傳由陸羽品定爲"天下第二泉"。　[5]井華：清晨新汲的水，相傳可以療病利人。

七　三

徵士王載揚[1]，吟詩以對仗爲工，有句云："百五正逢寒食節，十千誰醉美人家[2]？"愛余《滕王閣》詩"阿房有焦土，玉樓無故釘[3]"一聯。湖州徐階五先生《贈沈椒園》詩云[4]："詩派同初白，官情共軟紅[5]。"以沈乃初白先生外孫故也。王亦愛而時時誦之。徐知予于未遇時。記其《關山月》一首云："大牙旗捲夕陽殘，旋見城邊湧玉盤[6]。鼓角無聲霜氣肅，山河流影鏡光寒。白頭漢將占星立，紅淚胡姬倚馬看[7]。净掃煙塵天闕迥[8]，清輝多處是長安。"先生名以升，雍正癸卯翰林，官臬使。

【箋注】

[1]王載揚：王藻，見卷四・三四注[1]。　[2]百五：《荆楚歲時記》："冬至後一百五日，即有疾風甚雨，謂之寒食，禁火三日。"十千：曹植《名都篇》：

“美酒斗十千。” [3]阿房：秦宫殿名，相傳爲項羽焚毁。 [4]徐階五：徐以升（1694—？），字階五，號恕齋。清浙江德清人。雍正元年進士。官至廣東按察使。有《南陔堂詩集》。 [5]初白：查慎行，見卷三・一二注[1]。軟紅：軟紅塵，原指帝都車馬揚起來的紅色塵土，後用來泛指都市的繁華喧鬧。[6]大牙旗：指旗竿上飾以象牙的大旗，多爲主帥標識旗，亦爲儀仗用旗。玉盤：月亮。 [7]占星：根據星辰推算命運。胡姬：指邊關地區少數民族少女。[8]天闕：京城、帝都。

七　四

興化鄭板橋作宰山東[1]，與余從未識面，有誤傳余死者，板橋大哭，以足蹋地。余聞而感焉。後廿年，與余相見于盧雅雨席間[2]。板橋言：“天下雖大，人才屈指不過數人。”余故贈詩云：“聞死誤抛千點淚，論才不覺九州寬。”板橋深于時文，工畫，詩非所長。佳句云：“月來滿地水，雲起一天山。”“五更上馬披風露，曉月隨人出樹林。”“奴藏去志神先沮，鶴有飢容羽不修[3]。”皆可誦也。板橋多外寵[4]，常言欲改律文笞臀爲笞背。聞者笑之。

【箋注】

[1]鄭板橋：鄭燮，見卷五・五三注[2]。 [2]盧雅雨：盧見曾，見卷二・九注[1]。 [3]“奴藏”聯：此爲滿洲人常建極的詩句，鄭板橋在濰縣時曾書寫並懸於書齋，此誤爲鄭詩。 [4]外寵：男寵。

七　五

戴雪村學士典試順天[1]，爲忌者所傷，落職家居。其飲酒如長鯨吸海，卒以此成疾，亡沅州。《立秋》云：“沅州秋信悄然生[2]，旅思無煩雁到驚。月落尚餘山桂白，露零先著海棠清。夢如蝶不離紋簟，静覺蛩都就畫楹[3]。愧是上方旬日住，禪觀曾未遣微情[4]。”《鎮遠》云[5]：“泉脉自來簷可接，箐端時暝雨旋傾[6]。只愁歸説人難信，安得吟成更畫成？”

【箋注】

[1] 戴雪村：戴瀚，見卷一・六四注 [6]。 [2] 沅州：清代府名，治所在龍標（今湖南洪江一帶）。 [3] 紋簟（diàn）：帶花紋的竹席。蛩（qióng）：蟋蟀的别名。 [4] 上方：住持僧居住的佛室，亦借指佛寺。微情：隱藏而不顯露的感情。 [5] 鎮遠：縣名，爲黔東門户。 [6] 箐（jīng）：一種小竹。

七六

杜茶村爲國初逸老[1]，人多重其五律。余以爲襲杜之皮毛[2]，甚覺無味。獨愛其《咏海棠》一句云："全樹開成一朵花。"

【箋注】

[1] 杜茶村：杜濬（1611—1687），字于皇，號茶村。明末清初湖廣黄岡（今屬湖北）人。明崇禎十二年鄉試副榜。有《變雅堂詩文集》。 [2] 襲杜：沿襲杜甫。

七七

晁君誠詩[1]："小雨愔愔人不寐，卧聽羸馬齕殘芻[2]。"真静中妙境也。黄魯直學之云[3]："馬齕枯萁喧午夢[4]，誤驚風雨浪翻江。"落筆太狠，便無意致。

【箋注】

[1] 晁君誠：晁端友（1029—1075），字君成。北宋鉅野（今山東巨野）人。進士及第。官著作佐郎。有《晁氏新城集》。 [2] 愔（yīn）愔：安和、深静。齕（hé）：咬、吃。芻（chú）：餵養牲畜的草料。 [3] 黄魯直：黄庭堅，見卷一・一三注 [6]。前人對此聯詩，有不同看法。宋葉夢得《石林詩話》云："一日憩於逆旅，聞傍舍有澎湃鞺鞳之聲，如風浪之歷船者，起視之，乃馬食于槽，水與草齟齬於槽間而爲此聲，方悟魯直之好奇。然此亦非可以意索，適相遇而得知也。" [4] 萁：應爲"萁"字之誤。

七　八

隱仙庵道士周明先善琴[1]，能詩，離隨園甚近，年未五十亡。余録其佳句云："神仙樂事君知否，只比人間多笑聲。""竹間樓小窗三面，山裏人稀樹四鄰。""壁琴風過聞天籟，香椀灰深裊篆煙[2]。""雨中破壁蝸留篆，醉後餘腥蟻起兵。"又，"新笋成時白晝長"七字亦妙。

【箋注】

[1] 周明先：生平未詳。　[2] 篆煙：繚繞彎曲如篆字紋般的輕煙。

七　九

姑蘇隱者殷如梅[1]，字羽調，《咏桃花》云："望去分明臨水岸，開殘容易逐楊花。"《咏梅》云："自是歲寒松竹伴，無心要占百花先。"《謝人惠佛手柎》云[2]："數來千指，屈伸總是無名；看去兩枝，大小豈能垂手？"《憎蚊》云："以啟其毛，何堪供汝流歠[3]？不濡其味，亦且驚我虛聲。"

【箋注】

[1] 殷如梅：一作殷如海。字羽調，號果園。清江蘇元和（今蘇州）人。乾隆間諸生。有《緑滿山房集》。　[2] 佛手：即佛手柑。果實狀如半握之手。可入藥。　[3] 流歠（chuò）：大口喝湯而湯水從口角流下。

八　〇

杭州多高士。梁秋潭先生因從子詩正貴[1]，後遂不鄉試，恥以官卷中故也。《垂釣》云："一溪新漲失前汀，照見青山處處青。香餌自香魚不食，釣竿只好立蜻蜓。"《題采芝圖》云："山間石上爛生光，曾受青城道士方。自采自餐還自壽，不來朝市説珍祥。"宋杏洲先生《咏槐花》云[2]："寄語世間諸舉子，不應才到此時忙[3]。"周徵士西穆《湖上》

云[4]："野鷗導我有閒意，新柳笑人成老夫。"施文學竹田《湖心亭》云[5]："六時但有蘋風至[6]，五月來看梅雨晴。"

【箋注】

[1]梁秋潭：梁文泓，字秋潭，號龍泓，又號深甫。清浙江錢塘人。諸生。從子：侄兒。詩正：梁詩正，見本卷四七注[1]。 [2]宋杏洲：生平未詳。 [3]"寄語"聯：唐李淖《秦中歲時記》："進士下第，當年七月復獻新文，求拔解，曰：'槐花黃，舉子忙。'" [4]周西穆：周京，見卷三・六四注[2]。 [5]施竹田：施安，見卷三・六四注[2]。 [6]六時：古人將一天劃分爲六時，故可以"六時"指代一整天。蘋風：秋風。因蘋很輕，容易摇動，古人以爲是起風的地方，而蘋開花的季節是秋天，故用來指稱秋風。此處又借指凉爽的風。

八一

余讀《漢書》，雅不喜董廣川[1]，而最喜賈太傅[2]。偶讀錢竹初《洛中懷古》云[3]："南來莫再尋遺宅，第一人才是賈生。"蘇州薛皆山云[4]："一篇鵩賦離形相，才子回頭是道人[5]。"二詩皆推崇太傅，實獲我心。

【箋注】

[1]董廣川：董仲舒（前179—前104）。西漢廣川（今河北棗强）人。漢代哲學家、政治家。主張罷黜百家，獨尊儒術。曾任江都相、膠西王相。有《春秋繁露》《舉賢良對策》等。 [2]賈太傅：賈誼，見卷二・五〇注[2]。 [3]錢竹初：錢維喬（1739—1806），字樹參，號竹初。清江蘇武進人。乾隆二十七年舉人。知鄞縣。有《竹初詩文鈔》及傳奇《鸚鵡媒》《乞食圖》。 [4]薛皆山：薛起鳳，見卷二・四六注[7]。 [5]鵩（fú）賦：《鵩鳥賦》，賈誼的作品。鵩，一種鳥，古人認爲是不祥之鳥。

八二

余幼時遊西湖，見酒樓號五柳居者，壁上題詩甚多，不久即圬去。惟西穆先生一首，墨瀋淋漓，字寫《争坐位帖》[1]，歷七八年如新。酒樓主人及來游者皆護存之，敬其爲名士故也。題是"冬日同樊榭放舟湖上念欒城赤梟都已下世彌覺清遊之足重也分韻同作”[2]，云：“一角西山雪未消，鏡光清照赤闌橋。小分寒影看梅色，半入春痕是柳條。閒裏安排塵外跡，酒邊珍重故人招。孤煙落日空臺榭，歲晚重來話寂寥。”後四十年，余再至湖上，則壁詩無存。西穆、樊榭，久歸道山，而酒樓主人，亦不知名士爲何物矣！惟陳莊壁上有蔣用庵侍御《酬王夢樓招遊》一首云[3]：“六朝風物正妍和，珍重烏篷載酒過。一串歌珠人似玉，四圍巒翠水微波。狂夫興不隨年減，舊雨情于失路多。争奈嚴城宵漏急[4]，未知今夜月如何。”

【箋注】

[1] 西穆：周京，見卷三・六四注[2]。墨瀋（shěn）：猶墨跡。《争坐位帖》：唐顔真卿行草書精品，此指用此帖之字體書寫。 [2] 樊榭：厲鶚，見卷三・六一注[1]。欒城：沈嘉轍，字欒城。清浙江錢塘人。諸生。與人同撰《南宋雜事詩》。赤梟：吴焯，見卷三・六〇注[6]。 [3] 蔣用庵：蔣和寧，見卷一・六五注[15]。[4] 嚴城：戒備森嚴的城池。宵漏：指代夜間。漏，古計時器。

八　三

吾鄉詩有浙派，好用替代字，蓋始于宋人，而成于厲樊榭[1]。宋人如：“水泥行郭索，雲木叫鈎輈[2]。”不過一蟹一鷓鴣耳。“歲暮蒼官能自保，日高青女尚橫陳[3]。”“含風鴨緑鱗鱗起，弄日鵝黄裊裊垂[4]。”不過松、霜、水、柳四物而已。廋詞謎語[5]，了無餘味。樊榭在揚州馬秋玉家[6]，所見説部書多，好用僻典及零碎故事，有類《庶物異名疏》《清異録》二種。董竹枝云[7]：“偷將冷字騙商人。”責之是也。不知先生之詩，佳處全不在是。嗣後學者，遂以“瓶”爲“軍持”，“橋”爲“略彴”，“箸”爲“挾提”，“棉”爲“芮温”，“提燈”爲“懸火”，“風箱”爲“扇隤”，“熨斗”爲“熱升”，“草屨”爲“不借”。其他“青奴”“黄奶”“紅友”“緑卿”“善哉”“吉了”“白甲”“紅丁”之類，數之可盡，味同嚼蠟。余按《世説》：“郝隆爲桓温南部參軍[8]。三月三日作詩曰：

'娵隅躍清池[9]。' 桓問何物。曰：'魚也。' 桓問：'何以作蠻語？' 曰：'千里投公，纔得蠻部參軍，那得不作蠻語？'" 此用替代字之濫觴。《文選》中詩，以"日"爲"耀"，"靈風"爲"商飆"，"月"爲"蟾魄"，皆此類也。唐陳子昂出[10]，始一洗而空之。

【箋注】

[1] 厲樊榭：厲鶚，見卷三·六一注[1]。 [2] "水泥"二語：宋林逋句。"水泥"當作"草泥"。郭索：蟹爬行時的聲音，借指蟹。鈎輈（zhōu）：鷓鴣鳴聲，代指鷓鴣。 [3] "歲暮"二語：出宋王安石《紅梨》詩。蒼官：松柏的别稱。青女：傳説中掌管霜雪的女神，借指霜雪。 [4] "含風"二語：出宋王安石《南浦》詩。鴨緑：指水波。鵝黄：指柳條。 [5] 廋（sōu）詞：隱語。 [6] 馬秋玉：馬曰琯，見卷三·六〇注[3]。 [7] 董竹枝：董偉業，字恥夫，號愛江。祖籍瀋陽，流寓揚州甘泉。生活於乾隆年間。作《揚州竹枝詞》九十九首，人稱"董竹枝"。 [8] 郝隆：字佐治。東晋汲郡（今河南衛輝）人。爲征西大將軍桓温南蠻參軍。曾有仰卧袒腹"曬書"故事。桓温：字元子。東晋譙國龍亢（今河南永城一帶）人。官琅邪太守、荆州刺史，都督荆、司等四州諸軍事。後以大司馬專擅朝政。 [9] 娵（jū）隅：古代南方少數民族對魚的稱謂。 [10] 陳子昂（659—700）：字伯玉。唐梓州射洪（今屬四川）人。文明元年進士。官終右拾遺。世稱陳拾遺。爲初唐詩歌革新之先驅。

八　四

寶意先生[1]："恩同花上露，留得不多時。"萬柘坡[2]："相逢似春雪，一夜不能留。"元微之[3]："傷心落殘葉，猶識合昏期。"三詩意味相似。

【箋注】

[1] 寶意：商盤，見卷一·二七注[7]。 [2] 萬柘坡：萬光泰，見卷一·五二注[1]。 [3] 元微之：元稹，見卷一·二〇注[11]。此處所引爲《感小株夜合》中的詩句。合昏：指合歡樹至暮而合其葉，亦諧音"合婚"，反襯自己喪偶。

八　五

李穆堂先生詩，以少作爲佳[1]，位尊後，有率易之病。予所喜者，皆其未第時及初入翰林之作。《東平州看杏花》云："斷雲斜日過東平，楊柳風來葉葉輕。莫爲春陰便惆悵，杏花如雪更分明。"《落葉》云："寒來千樹薄，秋盡一身輕。"《即事》云："欲問春深淺，桃花淡不言。"《湯泉》云[2]："漢井炎方熾，周京德肯涼？"《日暮》云："鳥聲隔屋山初暗，燈影當窗紙未溫。"《驛鋪》云："短堞一空雞絶唱，敗槽百齧馬無聲。"晚年不屑爲此種詩，亦不能爲此種詩。

【箋注】

[1]李穆堂：李紱，見卷四・七三注[4]。少作：年輕時的作品。　[2]《湯泉》：南朝宋劉義恭《湯泉詩》："秦都壯溫谷，漢京麗湯泉。英德資遠液，喧波起斯源。"此處化用其意。

八　六

王阮亭尚書未遇時，受知于先達某[1]，故詩集卷首即録其所贈五古一篇，用"蕭豪"韻。穆堂未遇時，受知于阮亭[2]，故哭阮亭五古一篇，亦用"蕭豪"韻。姜西溟哭徐健庵司寇詩[3]，用張文昌哭昌黎韻[4]，想見古人聲應氣求、後先推挽之盛[5]。

【箋注】

[1]王阮亭：王士禛，見卷一・五四注[1]。先達：有學問、道德的前輩。[2]穆堂：李紱，見卷四・七三注[4]。　[3]姜西溟：姜宸英（1628—1699），字西溟，號湛園。浙江慈溪人。康熙三十六年進士，授編修。後以科場案牽連下獄，病死獄中。有《湛園詩稿》《葦間詩集》《西溟文鈔》。徐健庵：見卷二・五五注[7]。　[4]張文昌：張籍（766？—830？），字文昌。唐代吴郡（今江蘇蘇州一帶）人，少時僑寓於和州烏江（今安徽和縣）。官至國子司業。有《張司業集》。　[5]聲應氣求：指情投意合或志同道合的人彼此間相互呼應唱和。《易・乾》："同聲相應，同氣相求。"推挽：原意爲前

牽後推，使物體向前。後引申爲引薦、薦舉。

八七

吾鄉文學曹芝[1]，字荔帷，以好名貧其家。中年遽亡，詩稿甚富。宿隨園，見贈云："蓬藋年年静掩扉，好風吹上芰荷衣[2]。青山一覺鶴同夢，白髮滿頭花打圍[3]。肯與凡禽争飲啄，果然天馬脱鞍鞿。陶歸邴罷關何事，出處如公世所稀[4]。"

【箋注】

[1]曹芝（1720—1774）：字莖九，號荔帷。清浙江錢塘人。諸生。有《洗句亭詩鈔》。[2]蓬藋（diào）：兩種草名，借指貧者所居。芰荷衣：屈原《離騷》："製芰荷以爲衣兮，集芙蓉以爲裳。"後世遂以芰荷衣爲高士的象徵。[3]打圍：四面圍起來。[4]陶歸邴罷：陶淵明歸隱，邴丹罷官，指前賢不仕的高潔行跡。邴丹，字曼容。漢琅琊人。養志自修，爲官不肯過六百石，輒自免去。

八八

丁丑春，陳古愚袖詩一册來告予曰[1]："得一詩人矣。"適黄星岩在山中[2]，三人披讀，乃常州董潮字東亭者所作也[3]。其《京口渡江》云[4]："輕帆如葉下吴頭[5]，晚景蒼茫動客愁。雲净蕪城山過雨，江空瓜步雁横秋[6]。鈴音幾處煙中寺，燈影誰家水上樓？最是二分明月好，玉簫聲裏宿揚州。"想見其人倜儻[7]。癸未閲邸抄，知與香亭同中進士，入詞館[8]。予方喜相交之日正長，不料散館後，竟病卒。余因思未見其人，先吟其詩而相慕者，一爲蔣君士銓，一爲陶君元藻[9]，皆隔十餘年，欣然握手。惟董君則始終隔面，渠未必知冥冥中有此一知己也，嗚呼！

【箋注】

[1]丁丑：這裏指乾隆二十二年（1757）。陳古愚：陳本直，字畏三，號古愚。清江蘇元和人。貢生。有《覆瓿詩草》。[2]黄星岩：黄之紀，見卷三·四六注[1]。[3]董潮：見卷八·九注[1]。[4]京口：江蘇鎮江的古稱。

[5]吴頭：吴、楚兩國的交界，這裏指鎮江一帶。　[6]蕪城：江蘇揚州的别稱。瓜步：今江蘇六合東南的一座山，古時南臨大江。　[7]倜（tì）儻（tǎng）：豪爽灑脱而不受世俗禮法拘束。　[8]癸未：這裏指乾隆二十八年（1763）。邸抄：中國古代抄發皇帝諭旨、臣僚奏議等政治情報的抄本。香亭：袁樹，見卷一・五注[3]。詞館：指翰林院。　[9]蔣士銓：見卷一・二三注[2]。陶元藻：見卷一・三〇注[10]。

八　九

曹澹泉詩[1]："含雨花如抱恨人。"方子雲云[2]："向日花如暴富人。"陳古愚云[3]："新緑樹如人少年。"三人調同而各妙。

【箋注】

[1]曹澹泉：曹言路，見卷六・八注[3]。　[2]方子雲：方正澍，見卷一・四五[6]。　[3]陳古愚：見本卷八八注[1]。

九　〇

湖廣彭湘南廷梅，與長沙陳恪敏公交好[1]，過隨園時，年已七十，即席賦詩，有"落日紅未盡，遥山青欲來"之句，余愛賞之。在秦淮河口占云："秦淮河畔亂沙汀，芳草魂生六代青。春去雨中人不惜，杜鵑啼與落花聽。"湘南畫小像，一叟坐室中，旁有偷兒，持斧穴洞而窺，號"竊比于我老彭圖"[2]。見者大笑。《秋夕宿憑虚閣》云："尋幽住此山，秋聲即吾性。一閣銜夕陽，半江紅不定。淡淡暮云低，漠漠松陰暝。遥見隔林燈，寒空生遠映。"

【箋注】

[1]彭廷梅：字湘南。清湖南攸縣人。曾任天津府南皮縣丞。有《擊空吟集》。陳恪敏：陳鵬年，見卷二・二二注[3]。"恪敏"爲"恪勤"之誤。　[2]老彭：《論語・述而》："述而不作，信而好古，竊比于我老彭。"老彭，説法不一。有説是商賢大夫，蓋信古而傳述者；有説是兩個人，即老子與彭祖。

九　一

昔人稱王粲精思，不能有加於宿構[1]，故拙速不如巧遲。此言是也。然對客揮毫，文不加點，亦是樂事。余平生所見敏於詩者四人：前輩中，一爲宫詹張南華鵬翀，一爲學士周蘭坡長發[2]；同學中，一爲侯夷門嘉繙，一爲金進士兆燕[3]。俱可以擊鉢聲終，萬言倚馬。乙丑，予宰江寧，侯爲貳尹，招之小飲，侯即席有"龍蟠虎踞江山助，璧合珠聯文字交"之句，惜忘其全篇。後得狂易之疾，死鎮江黄太守署中。秦澗泉哭以詩云[4]："客傳京口訃音來，無際愁雲望不開。妻子半船歸海嶠，圖書千帙付蒿萊[5]。龍蛇應有前生夢[6]，宇宙誰爲曠世才？懊惱人天今異路，新詩定已滿泉臺[7]。"又曰："若使九原真及第，勝教五斗戀微官[8]。"

【箋注】

[1] 王粲（177—217）：字仲宣。東漢末山陽高平（今山東鄒城）人。官至侍中。爲建安七子之一，所作《七哀詩》《登樓賦》頗著名。宿構：亦作"夙構"，已經寫成的詩文。　[2] 張南華：張鵬翀，見卷一・六五注[6]。周蘭坡：周長發，見卷五・二五注[6]。　[3] 侯夷門：侯嘉繙，見卷一・二四注[2]。金兆燕：見卷五・一七注[3]。　[4] 秦澗泉：見卷一・四二注[6]。　[5] 海嶠：海邊多山的地方。蒿萊：雜草。此指拋棄。　[6] 龍蛇：此指"歲在龍蛇"。《後漢書・鄭玄傳》："五年春，夢孔子告之曰：'起，起！今年歲在辰，來年歲在巳。'既寤，以讖合之，知命當終。"後以"歲在龍蛇"指賢人年壽將盡。[7] 泉臺：墳墓。　[8] 九原：九泉，傳説人死後居住的地方。五斗：五斗米，代指小官的官俸。

九　二

余散館出都，走别南華先生[1]。先生取紙，疾書《送别》云："清時重民牧，臨御簡良才[2]。經術平生裕，文章我輩推[3]。醉辭鵷鷺侶，吟向鳳凰臺[4]。民力東南急，君其保障哉。""眷言桑梓近，鄭重惜分襟。

暫輟三都筆，將聽五袴吟[5]。風流爲政美，愷悌入人深[6]。千里同明月，相思寄好音。”

【箋注】

[1]南華：張鵬翀，見卷一・六五注[6]。 [2]民牧：此指治理民衆的地方長官。臨御：君王治理朝政。簡：選擇。 [3]推：推崇、推重。 [4]鵷鷺：鵷與鷺飛行時排列整齊有序，比喻朝官整齊的行列。鳳凰臺：相傳劉宋元嘉間有異鳥集於山，當時被看作鳳凰，遂築此臺。其故址在今南京，此指袁枚將要去江寧做知縣。 [5]三都筆：西晋左思博學善文，作《三都賦》，時人争相傳抄，致使洛陽紙貴。此比袁枚。五袴（kù）吟：東漢廉范遷蜀郡太守，舊制禁民夜作，以防火災。范乃毀削先令，但嚴使儲水而已。百姓以爲便，歌之曰：“廉叔度，來何暮。不禁火，民安作。昔無襦，今五袴。” [6]愷（kǎi）悌（tì）：和樂寬厚，平易近人。

九　三

癸酉夏五，周蘭坡、潘筠軒兩學士同飲隨園[1]，見案上有東坡詩，擷之，笑曰：“我即用其仇池石韻[2]，序今日事，可乎？”余曰：“幸甚。”磨墨申紙，日影未移，詩已畢矣。曰：“千章夏木清[3]，一雨洗濃緑。前月遊隨園，林巒看未足。北牖貪晝眠，人誚邊韶腹[4]。雲開峰黛妍，水長波紋蹙。窈窕離市廛，疏狂狎樵牧。恐費十千沽，何曾再三瀆[5]？榴火吐紅蕤，林篁削青玉。老友中州歸，陳人案前伏[6]。相約飲無何，聯吟日可卜。爲愛好軒楹，不辭屢徵逐[7]。絶類仲蔚園，恍入子真谷[8]。無酒君須謀，有魚我所欲。看鋤邵圃瓜，敢顧周郎曲[9]。劇喜天已晴，莫訝客不速。”

【箋注】

[1]癸酉：這裏指乾隆十八年（1753）。夏五：農曆夏五月。周蘭坡：周長發，見卷五・二五注[6]。潘筠軒：潘乙震，見卷八・一〇一注[4]。 [2]仇池石：蘇軾對所藏仇池石，寫了數首同韻詩。此處即用其韻。 [3]千章：千株大樹。 [4]邊韶腹：漢代邊韶曾白天睡覺，弟子嘲笑他肚子大，懶得讀書且只想睡覺。

邊韶聽了回答弟子，肚子大是裝滿五經，飽讀書籍，睡覺是在想事情。 [5]瀆：貪求。 [6]陳人：舊人、故人，此爲自指，猶言老朽。 [7]征逐：謂交往過從。[8]仲蔚園：東漢張仲蔚，平陵人。博學多才，安貧樂道，隱居不仕，住的地方長滿蓬蒿。後以仲蔚園爲貧士隱居的典故。子真谷：揚雄《法言》："谷口鄭子真，耕於巖石之下，名震京師。"後以"子真谷口"喻指隱士隱居之處。[9]邵圃瓜：漢代廣陵人邵平，原爲秦東陵侯，入漢後隱居在長安城東郊種瓜，瓜有五色，很甘美。人稱邵瓜，或東陵瓜。顧周郎曲：《三國志·吴書·周瑜傳》："瑜少精意於音樂，雖三爵之後，其有闕誤，瑜必知之，知之必顧，故時人謡曰：'曲有誤，周郎顧。'"後遂以"顧曲"爲欣賞音樂、戲曲之典。

九　四

棕亭在江氏秋聲館即席和余四絶云[1]："坐對名山列綺筵，籬花争豔暮秋天。百年傳得詩人宅，先把黄金鑄浪仙[2]。""近郭遥峰左右當，帆檣歷歷遠天長。女牆穿過疏林外[3]，放出殘霞襯夕陽。""山腰奇石最伶俜，矮作闌干曲作屏。選得雲根坐吹笛[4]，新聲分與萬家聽。""惠郎中酒眼波斜[5]，一曲清歌遏衆嘩。安得將身作幺鳳[6]，香叢長伴刺桐花？"

【箋注】

[1]棕亭：金兆燕，見卷五·一七注[3]。秋聲館：揚州富商江春家的一處館名。江春，見卷八·五注[10]。 [2]浪仙：賈島（779—843），字閬仙，一作浪仙。唐范陽人。初爲僧，名無本。後還俗。官長江縣主簿、普州司倉參軍。工詩，與孟郊齊名。其詩以苦吟著稱，愛琢字煉句，爲賈浪仙體。賈島詩對清代"浙派"也頗有影響。 [3]女牆：庭院四周的短牆。 [4]雲根：山石。 [5]惠郎：乾隆三十九年，揚州鹽商江春於秋聲館中主持蔣士銓所著傳奇《四弦秋》的首演。座上袁枚、金兆燕贈詩旦角惠郎。 [6]幺（yāo）鳳：一種體態輕盈的五色鳥。愛集於桐花，以飲朝露。古人摹擬它的動作，創幺鳳舞。

九　五

善寫客情者，昔人詩如："只因相見近，轉致久無書[1]。""近鄉心更怯，不敢問來人[2]。”善寫别情者，如：“可憐高處望，猶見故人車[3]。”“相看尚未遠，不敢遽回舟[4]。”

【箋注】

[1]“只因”聯：唐張蠙《寄友人》：“長疑即見面，翻致久無書。” [2]“近鄉”聯：出唐人宋之問《渡漢江》。一作李頻詩，一作沈佺期詩。 [3]“可憐”聯：出唐岑參《夏初醴泉南樓送太康顔少府》。 [4]“相看”聯：唐祖咏《别怨》：“相看尚不遠，未可即回舟。”

九　六

“爲學心難足，知君更掩扉”，項斯《贈友》詩也[1]。“一點村前火，誰家未掩扉”，唐山人《村行》詩也[2]。兩押“扉”字，均妙。

【箋注】

[1]項斯：字子遷。唐台州臨海（今屬浙江）人。會昌四年進士。官丹徒縣尉。此處所引爲《送歐陽衮歸閩中》詩中句。 [2]唐山人：唐求（約880—約907），唐末西川隱士，有詩名，時人稱之爲唐山人。此處所引應實爲嚴維《秋夜船行》詩，一作儲嗣宗詩。

九　七

何南園館于汪氏[1]，其尊人禮之甚至[2]，後其子非解事者，而苛責館課轉嚴。南園賦詩云：“急管繁弦子夜聲，宫商强半不分明[3]。老夫聽慣開元曲，聽到殘唐刻刻驚[4]。”

【箋注】

[1]何南園：何士顒，見卷一·三七注[1]。館：就館，教私塾。 [2]尊人：長輩，尤指父親。甚至：至極、達到極點。 [3]子夜：指《子夜歌》。樂府吴聲歌曲。相傳晋時女子名子夜者造此聲。宫商：五音中的宫、商二音，引申爲音樂、音律。 [4]開元：唐玄宗的年號（713—741），此指盛唐。殘唐：唐朝將盡時，此喻汪氏之子不能成材，會使家族衰落。

九　八

詩有音節清脆，如雪竹冰絲，非人間凡響，皆由天性使然，非關學問。在唐則青蓮一人[1]，而温飛卿繼之[2]。宋有楊誠齋[3]，元有薩天錫[4]，明有高青邱[5]。本朝繼之者，其惟黄莘田乎[6]？

【箋注】

[1]青蓮：李白。　[2]温飛卿：温庭筠，見卷二・六注[4]。　[3]楊誠齋：楊萬里，見卷一・二注[1]。　[4]薩天錫：薩都剌（1272—1355），亦作“薩都拉”，字天錫，號直齋。回族。元雁門（今山西代縣）人。後遷居京師大都。泰定丁卯右榜三甲進士，從此宦游二十餘年。有《雁門集》。　[5]高青邱：高啟，見卷一・五四注[2]。　[6]黄莘田：黄任，見卷四・四九注[1]。

九　九

吴魯齋賢[1]，宰甘泉，有惠政。不幸無子，四十而殂[2]。其詩稿失散，僅記其《送友》云：“遥知白髮相思苦，馬上逢人便寄書。”《過洛陽》云：“最羨少年能挾策[3]，至今天子重書生。”《衙齋偶成》云：“候吏解投山客刺，奚童不掃印床花[4]。”《京江》云[5]：“揚子江頭月正明，夜深風露怯淒清。鄰舟有客横吹笛，似説故人離别情。”

【箋注】

[1]吴賢：字思焉，號魯齋。清安徽休寧人。乾隆二十一年舉人。曾任丹陽、荆溪、江都、金匱、元和五縣知縣。　[2]殂（cú）：死亡。　[3]挾策：手拿書本，喻勤奮讀書。　[4]候吏：地方衙署職掌整治道路、稽查奸盜和迎送賓客的官吏。山客：山居之人，此處指平民。刺：名帖、名片。奚童：僮僕。印床：放印章的文具。　[5]京江：指長江流經今江蘇鎮江的一段。因鎮江古稱京口而得名。

一〇〇

偶見晚唐人辭某節度七律一首[1]，前四句云：“去違知己住違親，欲策羸驂屢逡巡。萬里家山歸養志，十年門館受恩身。”讀之一往情深，必士君子中有至性者也。恨不友其人于千載以上。惜不能記其全首與其姓名。他日翻擷《全唐詩》，自能遇之。

【箋注】

[1] 此爲唐黄滔《下第東歸留辭刑部鄭郎中諴》詩：“去違知已住違親，欲發羸蹄進退頻。萬里家山歸養志，數年門館受恩身。鶯聲歷歷秦城曉，柳色依依灞水春。明日藍田關外路，連天風雨一行人。”

按：讀前人詩讀到一往情深，恨不友其人于千載以上。只有這樣，纔真正讀到心靈深處了。讀今人詩，亦然！

隨園詩話箋注　卷一〇

一

江寧吴模[1]，字元理，應童子試時，年纔十三，舉止端肅。因唤入署，啖以果餌。旋即入泮[2]。邑中名士沈瘦岑[3]以女妻之。嗣後十年，不復相見。詩人李晴洲告予曰[4]："元理小秀才，近詩日佳。比其外舅，駸駸欲度驊騮前矣[5]。"誦其《迎秋》一首云："碧天靄靄暮山晴，一片秋心趁月明。暑退漸教葵扇棄，風高已覺葛衫輕。繞階草色籠煙淡，隔樹蟬聲咽露清。爲讀離騷更漏永，幽蘭時有暗香迎。"未幾，元理來，讀余《外集》，呈二律云："陶令無官通刺易，崔儦有室入門難[6]。"又曰："傳有其人應久待，我生雖晚未嫌遲。"是年，與周青原同受知于學使李鶴峰[7]，拔貢入都。予喜，賀以詩云："人誇籍湜居門下，我道班揚在意中[8]。"

【箋注】

[1]吴模：字元理。清江蘇江寧人。乾隆三十三年舉人。　[2]入泮：古代學宫之内有泮水，故稱學宫爲"泮宫"，童生初入學爲生員則稱爲"入泮"。[3]沈瘦岑：見卷九・六注[2]。　[4]李晴洲：李朗，清代詩人，曾任教官，在揚州時常與詩友王孟亭、秦澗泉等唱和。　[5]"駸駸"語：東晋王珉，少有才藝，善行書，名出兄珣右。王獻之戲語説："弟書如騎騾，駸駸欲度驊騮前。"　[6]陶令：以陶潛喻袁枚。通刺：通報傳遞來訪者的名片。崔儦（biāo）（532—603）：字岐叔。南北朝時期清河武城（今屬山東）人。少以讀書爲務，嘗署其户曰："不讀五千卷書者，無得入此室。"北齊時歷殿中、膳部、員外三曹郎中。入隋後官至員外散騎侍郎。用此典贊袁枚讀書之多。　[7]周青原：周發春，見卷四・七四注[1]。李鶴峰：李因培，見卷二・四九注[2]。[8]籍湜：唐代文學家張籍、皇甫湜的並稱，兩人都是韓愈的學生。班揚：漢班固、揚雄的並稱，兩人是漢代的賦家。

二

余以紫玻璃鑲窗，一時咏者甚多。太倉聞省謙云[1]：“一天花氣鏡邊浮，朵朵晴霞入望收。檻外電光何處雨，山中暮色最宜秋。”尤貢父云[2]：“四面有山皆夕照，一年無日不花光。”

【箋注】

[1]聞省謙：聞益（1737—1812），字省謙，一字錦峰，號星聚。清江蘇鎮洋人。由廩貢歷任含山教諭、清河訓導。 [2]尤貢父：尤蔭，見卷九·五八注[2]。

三

江寧高廟僧亮一工栽菊[1]，能使月月有花。戊辰秋，席武山别駕招余同蔣用庵侍御、姚雲岫觀察[2]，同往賞花。用庵分得“有”字韻，詩云：“天地之大何不有？造化乃出山僧手。山僧一手種菊花，花高十尺大如斗。四時群卉遞凋殘，僧寮月月如重九。石頭城外普陀庵，相思半載遊終負。初冬髯八書相招，盍簪花下中山酒[3]。座客呼僧相愕眙[4]，問訊神方乞誰某。僧云我絶勘師傳，蘊崇只在三時厚[5]。料寒量燠細鋤泥，剔穢芟蕪重縛帚。雨無苦濕晴無乾，如期各有神明壽。此言雖小可喻大，士夫身世宜遵守。萬物從來栽者培，枯菀紛紛都自取[6]。東風桃李劇芳妍，此時可保穠華否？經得冰霜受得春，畢竟此花能耐久。坐中聽者大軒渠[7]，花亦從旁如點首。街鼓催人月到窗，籃輿還帶餘香走[8]。”

【箋注】

[1]亮一：如上，餘未詳。 [2]戊辰：這裏指乾隆十三年（1748）。席武山：如上，餘未詳。蔣用庵：蔣和寧，見卷一·六五注[15]。姚雲岫：姚成烈，見卷三·五三注[2]。 [3]髯八：應指席武山。盍簪：指朋友相聚。中山酒：指濃鬱香醇、可使人久醉不醒的美酒。 [4]愕眙（chì）：驚視的樣子。

[5] 尠（xiǎn）：同“鮮”，很少。藴崇：積聚、堆積。三時：春、夏、秋三季，爲農作之時。 [6] 枯菀（yù）：茂盛與枯萎，比喻優劣榮辱。 [7] 軒渠：歡笑的樣子。 [8] 籃輿：竹轎。

四

“關防”二字[1]，見《隋書・酷吏傳》，原非作官者之美名。故余知江寧時，記室史正義苕湄[2]，時出狎遊，予愛其才而不禁也。其《南歸留别得青字》云：“浪跡深慚水上萍，漫勞今夜餞郵亭。鬢從久客無多緑，燈入離筵分外青。海國歸帆隨候雁，天涯知己剩晨星。何時載得蘭陵酒，重向紅橋共醉醒[3]？”又曰：“酒沽雙屐雨，人坐一庭煙。”

【箋注】

[1] 關防：防範，這裏指苛察。 [2] 記室：官名，東漢置，掌章表書記文檄。清代指官員私人聘請的幕賓。史正義（1717—1802）：字苕湄，號雲麓。清浙江海寧人。貢生。有《雲麓詩存》《捕蝗要法》。 [3] 蘭陵酒：李白《客中作》：“蘭陵美酒鬱金香，玉碗盛來琥珀光。”紅橋：揚州遊覽勝地，代指揚州。

五

六安秀才夏寶傳[1]，生而任俠，出雅雨盧公門下[2]。盧謫戍軍臺，僮僕無肯隨者。夏奮曰：“我願往。”竟策馬出塞。三年後，與盧同歸。盧再任轉運，爲捐學正一官，所以報也。程魚門題其《橐中集》云[3]：“磨刀冰作石，暖客火爲衣。”盧亦有句云：“手僵常散轡，淚凍不沾衣。”可想見塞外之苦矣。乾隆庚子科，以年過八十，欽賜舉人。陳古漁贈句云[4]：“八旬鄉榜無消息，一紙天書有姓名。”又曰：“三徵尚却連城聘，一諾能輕萬里行[5]。”

【箋注】

[1] 夏寶傳：夏之璜（1699—1785），原名畹，字湘人，一字寶傳，晚號考夫。清安徽六安人。年八十二欽賜舉人。有《塞外橐中集》。 [2] 雅雨：盧見曾，

見卷二・九注[1]。 [3]程魚門：程晋芳，見卷一・五注[1]。 [4]陳古漁：陳毅，見卷一・五二注[3]。 [5]三徵：朝廷多次徵召。

六

蘇州顧禄百[1]，張匠門先生外孫也[2]。晚年不遇，爲歸愚先生權記室[3]。凡先生酬應之作，皆顧捉刀。咏紅葉云："秋樹忽春色，曉山皆暮霞。"余常歎陸放翁臨終時，猶望九州恢復，而終於國亡家破，不遂其願。禄百有句云："散關鐵馬平生願，愁絶他年家祭時。"

【箋注】

[1]顧禄百：顧詒禄（1699—1768），字禄百，號花橋、瑗堂。清江蘇長洲人。貢生。有《虎丘山志》《寒讀偶編》《吹萬閣集》《瑗堂文述》《瑗堂詩話》。 [2]張匠門：張大受，見卷四・三九注[8]。 [3]歸愚：沈德潛，見卷一・三一注[3]。

按：此詩全篇爲："吴江楓落後，罨畫一溪斜。秋樹忽春色，曉山皆暮霞。娟娟明遠寺，颯颯下平沙。倒影滄波里，珊瑚拂釣槎。"雖全詩不稱，但有此一聯，對偶見巧思，堪稱絶妙。

七

蔣心餘太史居金陵時[1]，除夕，夢與余登清凉山，得句云："三春花鳥空陳跡，六代江山兩寓公[2]。"聞山寺鐘鳴，擲筆而寤。

【箋注】

[1]蔣心餘：蔣士銓，見卷一・二三注[2]。 [2]寓公：古稱失其領地而寄居他國的諸侯。後泛指寄居他鄉且具有官吏身份的人。此指蔣與袁。

八

唐人詩曰："欲折垂楊葉，回頭見鬢絲[1]。"又曰："久不開明鏡，多應爲白頭[2]。”皆傷老之詩也。不如香山作壯語曰：“莫道桑榆晚，餘霞尚滿天[3]。”又，宋人云：“勸君莫惱鬢毛斑，鬢到斑時也自難。多少朱門年少子，被風吹上北邙山[4]！”

【箋注】

[1]“欲折”二語：未詳何人詩。宋徐鉉《柳枝詞十首座中應制》其七：“醉折垂楊唱柳枝，金城三月走金羈。年年爲愛新條好，不覺蒼華也似絲。”與此意味相類。 [2]“久不”二語：出唐王建《望行人》。 [3]“莫道”二語：出唐劉禹錫《酬樂天咏老見示》，非白居易詩。 [4]“勸君”四語：元蔣正子《山房隨筆》載爲蔣復軒《鑷白髮》詩。

九

杭州布衣何琪[1]，字東甫，《咏簾鈎》云：“高牽纏臂金無色，誤觸搔頭玉有聲[2]。”《金銀花》云：“可能華屋開常好，只恐柴門種亦難[3]。”

【箋注】

[1]何琪：字東甫，號春渚、湘硯生、小山居士、南灣漁叟。清浙江錢塘人。布衣。有《小山居詩集》。 [2]纏臂金：手鐲子。搔頭玉：玉搔頭，玉製的髮簪。[3]華屋：華美的房屋，代指豪富人家。柴門：代指貧窮人家。

一〇

學問之道，四子書如户牖[1]，九經如廳堂[2]，十七史如正寢[3]，雜史如東西兩厢，注疏如樞闑[4]，類書如厨櫃[5]，説部如庖湢井匽[6]，諸子百家詩文詞如書舍花園。廳堂正寢，可以合賓；書舍花園，可以娱神。今之博通經史而不能爲詩者，猶之有廳堂大厦而無園榭之樂也。能吟詩詞而不博通經史者，猶之有園榭而無正屋高堂也。是皆不可偏廢。

【箋注】

[1] 四子書：即四書，爲《論語》《孟子》合以《禮記》中的《大學》《中庸》二篇。 [2] 九經：九種儒家經籍，多指《易經》《書經》《詩經》《周禮》《儀禮》《禮記》《春秋》《孝經》《論語》。 [3] 十七史：指《史記》《漢書》《後漢書》《三國志》《晋書》《宋書》《南齊書》《梁書》《陳書》《魏書》《北齊書》《後周書》《南史》《北史》《隋書》《唐書》《五代史》的統稱。 [4] 注疏：對經書章句的注解和再疏解之學。樞闑（niè）：泛指門户。樞，門户的轉軸。闑，門橛，古代門中央所竪的短木。 [5] 類書：輯録各門類或某一門類的資料，並依内容或字、韻分門别類編排，供尋檢、徵引的工具書。 [6] 説部：指古代小説、筆記、雜著一類書籍。庖湢（bì）：即厨房浴室等生活設施。井匽：排除污水穢物的水池和水溝。

按：據錢鍾書《談藝録》，此條應有所本。明田藝蘅《玉笑零音》："人之爲學：四書其門牆也，五經其堂奥也，子史其廊廡也，九流百家其器用也。居不可以不廣，學不可以不博。"

一 一

江寧涂爽亭[1]，善小兒醫，能詩，年九十餘。有句云："船底水鳴風力大，蘆中雁語月光高。"余小女病危，爽亭活之，因來往甚歡。辛丑九月[2]，以書來訣，一切身後事，親自檢校。予挽聯云："過九秩以考終[3]，從古名醫，都登上壽；痛三號而未已，傷吾老友，更失詩人。"

【箋注】

[1] 涂爽亭：涂澂如，字爽亭。清江蘇上元人。有《爽亭詩集》。 [2] 辛丑：這裏指乾隆四十六年（1781）。 [3] 九秩：九十。考終：享盡天年。

一 二

或傳程魚門《京中移居》詩云[1]："勢家歇馬評珍玩[2]，冷客攤錢問故書。”予笑曰：“此必琉璃廠也[3]。”詢之，果然。因記商寶意移居[4]，周蘭坡與萬晴初訪之[5]，見門對云：“豈有文章驚海内，從無書札到公卿[6]。”萬笑曰：“此必商公家矣。”詢之果然。

【箋注】

[1]程魚門：程晉芳，見卷一・五注[1]。 [2]勢家：有權勢的人家。[3]琉璃廠：北京和平門外的一處市場，以販賣古玩、字畫、古籍等文化産品著稱。[4]商寶意：商盤，見卷一・二七注[7]。 [5]周蘭坡：周長發，見卷五・二五注[6]。萬晴初：萬光泰，見卷一・五二注[1]。 [6]“豈有”聯：前句是杜甫《有客》中句，後句是方干《書桃花塢周處士壁》中句，應爲“更無書札答公卿”。

一三

王菊莊孝廉[1]，名金英，性孤冷而工詩，有“殘雪墜仍起，如塵空際盤”之句。余尤愛其《楊柳店夢歸》云：“征騎尚棲楊柳岸，歸魂已到菊花莊。杖藜父老聞聲喜，停織山妻設饌忙。生菜摘來猶帶露，新醅篘得已聞香[2]。堪憐稚女都齊膝，羞澀牽衣立母旁。”《掌教永平書院》云：“生徒散後庭階静[3]，知己逢來禮法疏。”《邗溝》云[4]：“負郭人家堤下住，酒簾飏出樹梢頭。”

【箋注】

[1]王菊莊：見卷一・五注[4]。 [2]醅（pēi）：酒。篘（chú）：過濾（酒）。[3]生徒：學生、門徒。 [4]邗（hán）溝：也稱邗水、邗溟溝等。爲春秋時吴王夫差開鑿的古運河，後多指京杭大運河的揚州段。

一四

魯星村“貓迎落花戲，魚負小萍移”[1]，與宋笠田“護籬小犬吠生客，曝背老翁調幼孫”之句[2]，皆詩中有畫。魯《沙橋道上》云：“山下竹林林下屋，門前溪水帶花流。”王蘭泉方伯《雲陽驛》云[3]：“明月似霜霜似雪，雲陽驛外夜三更。”二句相似。

【箋注】

[1]魯星村：魯璸，見卷三·三七注[2]。 [2]宋笠田：宋樹穀，見卷四·三〇注[1]。 [3]王蘭泉：王昶，見卷二·五二注[2]。

一 五

予有句云："開卷古人都在眼，閉門晴雨不關心。"龔旭開《登石臺》詩云[1]："短牆南畔接煙林，啼罷山禽又海禽。甚日晴明甚日雨，不曾出户不關心。"抑何暗合耶？龔有《連理枝》詞云："曉尚衣衫薄，未許開簾幕[2]。小婢來言，東風料峭，動花鈴索[3]。海棠軒外石闌邊，有風箏吹落。"

【箋注】

[1]龔旭開：龔元超，見卷三·一五注[3]。 [2]簾幕：用於門窗處的簾子與帷幕。 [3]花鈴：指用以驚嚇鳥雀的護花鈴。

一 六

山陰布衣茅商隱[1]，客死汴城，桑弢甫爲梓其詩[2]。《晚村》云："帶聲鴉易樹，偶語客歸村。"《山行》云："郭外髑髏眠野草，墳前翁仲戴山花[3]。"皆佳句也。越中故事：娶新婦至，必選處女迎之，號曰"伴姑"。茅吟曰："十六作伴姑，含情語鄰姆。今日新嫁娘，問年才十五！"

【箋注】

[1]茅商隱：茅逸（1711—1750），字商隱，號少菊。清浙江山陰人。有《轉蓬集》《少菊詩鈔》。 [2]桑弢甫：見卷三·二九注[2]。 [3]翁仲：傳説秦始皇初兼天下，有巨人見於臨洮，鑄金人以象之，稱爲"翁仲"。後多指墓道石像。此詩見《兩浙輶軒録》卷二十八，題爲"郭外"，五律，無"郭外""墳前"四字。

一　七

王進士又曾[1]，字穀原，詩工遊覽。《同人看白蓮》云："船窗六扇拓銀紗，倚槳風前落晚霞。依約前灘涼月曬，但聞花氣不看花。""皋亭來往省年時，香飲蓮筒醉不辭[2]。莫怪花容渾似雪，看花人亦鬢成絲。"《遊陶然亭》云："岸蘆迸筍妨遊屐，林蝶翻灰涴袷衣[3]。""春濃轉怕形人老，官冷真宜伴佛閑。"皆傳誦一時。有《丁辛老屋集》。

【箋注】

[1]王又曾（1706—1762）：字受銘，號穀原。清浙江秀水人。乾隆十九年進士。官刑部主事。有《丁辛老屋集》。 [2]省年：過年時探望、問候尊長。蓮筒：碧筒杯。碧筒是對荷葉柄的形象説法，見卷九・二五注[7]。 [3]遊屐（jī）：出遊時穿的木屐，代指遊蹤。袷（jiá）衣：夾衣。

按：所録後詩，題爲"臨平道中同人看白荷花六首"。所録前詩，題應爲"三月初十日同人讌集陶然亭補修禊事即席作二首"。

一　八

岳水軒名夢淵，爲督撫上客[1]，居與隨園相近。丁丑秋，忽作詩會，大集名流，其豪氣猶勃勃可想。《江行》云："荻港人維雪裏舟，雪花飛較荻花稠。篷窗人醉荻中卧，時被雪花飛上頭。"《荷花》云："蘭舟載麗人，摇入荷花蕩。亭亭紅粉姿，花與人相仿。其中有蓮的[2]，心苦惟儂賞。欲以擲奉郎，生憎金釧響[3]。"兩詩有古樂府遺音。

【箋注】

[1]岳水軒：岳夢淵（1699—？），字嶼渟，號水軒，又號白門倦翁。清河南湯陰人，僑居江蘇上元。乾隆時諸生。有《海桐書屋詩鈔》。督撫：總督和巡撫的並稱。 [2]蓮的：亦作蓮菂，即蓮實。 [3]生憎：偏恨、生怕。

一九

金江聲觀察[1]，名志章，在吾鄉與杭、厲齊名[2]。《壬子月夜登虎邱》云[3]：“一片深宵月，明明照虎邱。松杉交影静，蘋藻上階流。夜舫吹簫客，春燈賣酒樓。他鄉有朋好，竟夕此淹留。”庚辰年，余過虎邱，山僧出此詩見示，不知余故觀察年家子也[4]。尤愛其《過冷水鋪》云：“白鷗傍槳自雙浴，黄蝶逆風還倒飛。”《宿靈隱》云：“窗虚暗覺雲生壁，夜静時聞雨滴階。”

【箋注】

[1] 金江聲：金志章，見卷三・六四注[2]。 [2] 杭、厲：杭世駿、厲鶚，見卷三・六四注[1]。 [3] 虎邱：江蘇蘇州的一處名勝，相傳吴王闔閭葬此。[3] 庚辰：這裏指乾隆二十五年（1760）。

二〇

或問：“劉勰言陸機‘亦有鋒穎，而腴詞勿剪，終累文骨[1]’。近日才人，如寶意、魚門[2]，時蹈此病。”余曉之曰：“韋端已云[3]：‘屈、宋亦有蕪詞，應、劉豈無累句[4]？但須精選斯文者，食馬留肝，烹魚去乙可耳[5]。此《極玄集》之所由作也[6]。’”

【箋注】

[1] 劉勰：見卷二・一五注[1]。陸機（261—303）：字士衡。西晋吴郡華亭（今屬上海）人。曾任平原内史，世稱陸平原。重要著作爲《文賦》。鋒穎：指才幹卓越、氣勢淩厲。腴詞：繁冗的文辭。 [2] 寶意：商盤，見卷一・二七注[7]。魚門：程晋芳，見卷一・五注[1]。 [3] 韋端已：韋莊（約836—910），字端己。唐末五代時京兆杜陵人。晚年入蜀中，任王建政權的宰相。有《浣花集》。 [4] 屈宋：指戰國時楚國詩人屈原和宋玉。應劉：指東漢末應瑒、劉楨，均工詩文，名列建安七子。 [5] 食馬留肝：《漢書・儒林傳・轅固傳》：“上曰：‘食肉毋食馬肝，未爲不知味也；言學者毋言湯武受命，不爲愚。’”乙：魚腮骨。《禮記・内則第十二》：“魚去乙。”注：“乙，魚

體中害人者名也，今東海鰫魚有骨名乙，在目旁，狀如篆乙，食之鯁人，不可出。” [6]《極玄集》：一種唐詩總集，唐姚合編選。所選多爲中唐五言詩，偏于大曆才子清雋一路詩風。

二一

漢杜欽兄弟，任二千石者十人[1]。欽官最小，名最著。韓文公之孫袞中狀元後[2]，人但知布衣方干[3]，不知狀元韓袞。甚矣！人傳不在官位也！唐人詩曰：“孟簡雖持節，襄陽屬浩然[4]。”簡之名自在浩然下。然余到桂林，見獨秀峰有簡題名，筆力蒼古。今之持節者，如孟簡其人亦少矣。

【箋注】

[1]杜欽：字子夏。西漢南陽杜衍（今河南南陽一帶）人。盲一目，故不好爲吏，以優遊不仕卒。二千石：漢制，郡守俸禄爲二千石，即月俸百二十斛。世因稱郡守爲“二千石”。 [2]韓袞：字獻之。河南河陽（今河南孟縣一帶）人。韓愈的孫子。唐懿宗咸通七年狀元及第。事不詳。 [3]方干：見卷七·四〇注[4]。 [4]孟簡（？—823）：字幾道。唐德州平昌（今山東商河一帶）人。舉進士、宏辭連中，累遷倉部員外郎。元和中，官至山南東道節度使。浩然：孟浩然（689—740），唐襄州襄陽（今屬湖北）人。世稱孟襄陽。山水田園詩派代表人之一，與王維齊名。此引二詩句爲張祜《題孟處士宅》中語。

二二

薛中立幼時見蝴蝶[1]，咏詩云：“佳人偷樣好[2]，停却繡鴛鴦。”大爲乃翁生白所賞[3]。且云：“宋時某童子有句云：‘應是子規啼不到，致令我父不還家[4]。’都是就一時感觸，竟成天籟。”

【箋注】

[1]薛中立：清江蘇吴縣人，薛雪子，餘不詳。 [2]偷樣：取爲繡花用的底樣。 [3]生白：薛雪，見卷二·一九注[1]。 [4]“應是”二語：宋張介詩句。張介，字吉父，鄱陽（今屬江西）人。神宗熙寧間多次至蜀尋父，事

見《能改齋漫録》卷一一。

二　三

閨秀少工七古者，近惟浣青、碧梧兩夫人耳[1]。碧梧咏李香君媚香樓云[2]："秦淮煙月板橋春，宿粉殘脂膩水濱。翠黛紅裙競妝裹，垂楊勾惹看花人。香君生長貌無雙，新築紅樓唤媚香。春影亂時花弄月，風簾開處燕歸梁。盈盈十五春無主，阿母偏憐小兒女。弄玉雖居引鳳臺，蕭郎未遇吹簫侣[3]。公子侯生求燕好，輸金欲買紅兒笑[4]。桃花春水引漁人，門前繫住遊仙棹。奄党纖兒想納交，纏頭故遣狡童招[5]。那知西子含顰拒，更比東林結社高[6]。樓中剛耀雙星色，無奈風波生頃刻。易服悲離阿軟行，重房難把臺卿匿[7]。天涯從此別情濃，錦字書憑若個通？桐樹已曾棲彩鳳，繡幃争肯放遊蜂？因愁久已拋歌扇，教坊忽報君王選。啼眉擁髻下妝樓，從今風月憑誰管？柘枝舊譜唱當筵，部曲新翻燕子箋[8]。總爲聖情憐靦腆，桃花宫扇賜簾前。天子不知征戰苦，風前且擊催花鼓。阿監潛傳鐵鎖開[9]，美人猶在瓊臺舞。銀箭聲殘火尚温，君王匹馬出宫門。西陵空自宫人泣，南内誰招帝子魂[10]？最是秦淮古渡頭，傷心無復媚香樓。可憐一片清溪水，猶向門前嗚邑流[11]。"碧梧即孫雲鳳，和余《留别》詩者。有妹蘭友，名雲鶴[12]，亦才女也。咏指甲作《沁園春》云："雲母裁成，春冰碾就，裹住葱尖。憶緑窗人静，蘭湯悄試，銀屏風細，絳蠟輕彈。愛染仙葩，偶調香粉，點上些兒玳瑁斑。支頤久，有一痕鉤影，斜映腮間。　摘花清露微粘，剖繡綫，雙虹掛月邊。把霓裳暗拍，代他象板，藕絲白雪，搯個連環。未斷先愁，將修更惜，女伴燈前比並看。消魂處，向紫荆花上，故逞纖纖。"

【箋注】

[1]浣青：錢孟鈿，見卷五·五五注[1]。碧梧：孫雲鳳，見卷二·三一注[2]。[2]李香君：見卷八·七七注[7]。　[3]弄玉：人名，相傳爲春秋秦穆公女，嫁善吹簫之蕭史，日就蕭史學簫作鳳鳴，穆公爲作鳳臺以居之。後夫妻乘鳳飛

天仙去。此處比李香君。蕭郎：即蕭史。相傳爲春秋秦穆公時人，善吹簫，能致孔雀白鶴於庭。穆公以女弄玉妻之。後借指情郎。［4］侯生：侯朝宗，見卷八·七七注［6］。紅兒：猶紅顔，指美女。［5］奄黨：以宦官爲主結成的幫派。這裏指晚明時期的魏忠賢一黨。纖兒：猶小兒，含鄙視意。此指魏忠賢党阮大鋮，屏居金陵時，謀結交侯方域。事詳《李姬傳》。纏頭：舊時指贈送給歌妓的財物。狡童：這裏指浮華少年。［6］東林：明萬曆間，吏部郎中顧憲成革職還鄉，倡議重修無錫東林書院，並與高攀龍等人在書院講學，對朝政多所評議，而名流回應，聲名大著，因被目爲“東林黨”。天啟中，宦官魏忠賢專權。東林諸人堅決與之相抗，並遭到嚴酷迫害。［7］阿軟：唐長安著名妓女。此喻指李香君。臺卿：東漢趙岐字臺卿，嘗逃難四方，自匿姓名，遇安丘孫嵩，藏於複壁中數年。此指侯方域。［8］柘枝：《柘枝詞》，一種古樂府舞曲歌辭。燕子箋：《燕子箋》，明末佞臣阮大鋮所著傳奇劇本。阮大鋮，見卷八·五八注［1］。［9］鐵鎖：鐵鎖沉江，典出《晋書·王濬傳》。後用來表示雖防禦嚴密却不能扭轉敗亡之勢。［10］西陵：此指明帝王陵墓。南内：指明皇城中的小南城。［11］嗚邑：形容聲音低沉凄切。［12］孫雲鶴（？—1816）：字蘭友，一字仙品。清浙江錢塘人。按察使孫嘉樂女，嫁縣丞金瑋。詩文與姊雲鳳齊名。有《春草閣詞》《聽雨樓詞》。

二 四

梁文莊公弟夢善[1]，字午樓，生富貴家，而娟潔静好，《孟子》所謂“無獻子之家者也”[2]。年十五，舉於鄉，六上春闈[3]，不第，出宰蠡縣，非其志也。年過四十而卒。《出都》一首，便覺不祥。其詞云：“何處人間有雁聲？暮雲無際且南征。西風禾黍臨官道，落日牛羊近古城。生意漸如衰柳盡，浮生只共片帆輕。勞勞蹤跡年年是，凄絶天涯此夜情。”《咏熏爐》云：“夢去恰疑懷墮月，抱來錯認玉爲煙。”《飲沈椒園太史家》云：“微吟韻許追前輩，中酒身還耐薄寒。”《述懷》云：“洗馬清羸潘令鬢[4]，外人剛認一愁無。”皆清詞麗句，楚楚自憐。亦有壯語，如：“出塞不辭三萬里，著書須計一千年。”恰不多也。

【箋注】

[1]梁文莊公：梁詩正，見卷九·四七注[1]。梁夢善（1739—？）：字兼士，號午樓。清錢塘人。乾隆十八年舉人。官河北省蠡縣知縣。有《木雁齋詩鈔》。[2]無獻子之家者：語見《孟子·萬章下》。自己心目中並不存有自己家世的觀念。孟獻子，魯國大夫仲孫蔑，謚號獻。 [3]春闈：唐宋禮部試士和明清京城會試，均在春季舉行，故稱春闈。 [4]洗（xiǎn）馬：官職名，原義爲在馬前作前驅，爲太子的侍從官。這裏指衛玠。衛玠（286—312），字叔寶。河東郡安邑（今山西夏縣）人。官至太子洗馬。爲著名美男子，身體羸弱而早卒。潘令鬓：晋潘岳《秋興賦》序："余春秋三十有二，始見二毛。"後因以"潘鬢"謂中年鬢髮初白。潘岳（247—300），字安仁。西晋滎陽中牟（今屬河南）人。舉秀才。任河陽、懷縣令。後累遷爲給事黄門侍郎。後世輯有《潘黄門集》。

二　五

國初逸老某《贈妾》云："香能損肺熏宜少，露漸沾花采莫頻。"王健庵妻張瑶英《示兒》云[1]："教兒寶鴨休添火，龍腦香多最損花[2]。"瑶英有《繡墨詩集》，余已爲刊刻矣，兹再録其佳句。《送健庵》云："縱無多路情難别，須念衰親遊有方。"《病目》云："豈爲愁多清淚落，却緣煙重午炊遲。"《偶成》云："無夢不愁雞唱早，有書只望雁飛過。""荒院草删三徑闊，破窗風入一燈危。""蛛知網濕添絲急，月待雲開到檻遲。"

【箋注】

[1]王健庵：見卷八·一一注[2]。張瑶英：字巘舟，室號繡墨齋。清浙江仁和人。嫁王健庵。隨園女弟子。袁爲其刻印《繡墨詩集》。 [2]寶鴨：即香爐。因作鴨形，故稱。龍腦香：龍腦香樹樹幹中所含的油脂的結晶。味香，其純粹者，無色透明，俗稱冰片。

二　六

戊戌春[1]，余在杭州。兩姬置酒，招女眷遊西湖。瑶英以詩辭云："呼女窗前看刺鳳，課兒燈下學塗鴉[2]。韶光一刻難虛擲，那有閑看湖上花？”既而，遣人劫之[3]，曰：“娘子不來，怕作詩耶？”果飛輿而至。到湖心亭，書二十八字云：“釀花天氣雨新晴，一片清光兩岸平。最好湖心亭上望，滿堤人似水中行。”

【箋注】

[1]戊戌：這裏指乾隆四十三年（1778）。 [2]刺鳳：指描花繡鳳，做女紅。塗鴉：胡亂畫畫或寫字，多爲謙稱。 [2]劫：這裏指追迫。

二 七

李宏猷秀才設帳尹制府署中[1]。咏新竹云：“節已淩雲未出頭。”未幾病重，薦其友周青原入署相代[2]。青原來見，袖中出《西園池上》詩云：“目不窺園已浹旬[3]，小池春漲緑鱗鱗。得魚鳥勝垂綸客，臨水花如照鏡人。欲掃閒庭苔莫損，偶攀芳樹蝶相親。笑余三月裘還着，只爲調停病起身。”末句余略爲酌改，周欣然辭出。良久，聞門外尚有吟哦聲，則以肩輿未至，故得意而徐步呻吟也，其風趣如此。後官中書，在京師寄懷云：“我如脱銜駒，恣意騁原隰[4]。不讀五千卷，輒入崔儦室[5]。又如餂丹鼠，吐腸還自悼[6]。空得成連師，未諳水仙操[7]。川雖難學海，磁則曾引針。千秋一瓣香，頂禮優鉢林[8]。”

【箋注】

[1]李宏猷：生平未詳。設帳：指設館授徒。尹制府：尹繼善，見卷一·一〇注[3]。 [2]周青原：周發春，見卷四·七四注[1]。 [3]浹旬：滿一旬，即十天。 [4]銜：馬嚼子。一種放在馬口中，用以制馭馬的器具。原隰（xí）：廣平與低濕之地，此泛指原野。 [5]崔儦：見本卷一注[6]。 [6]餂丹鼠：唐鼠。東漢成固人唐公房學道得仙，入雲臺山，合丹服之，白日升天。雞鳴天上，狗吠雲中。惟以鼠惡，留之，鼠乃感激，以月晦日，吐腸胃更生。故時人謂之唐鼠也。餂（tiǎn）：誘取。自悼：獨自追悔。 [7]成連：春秋時著名琴師。傳説伯牙曾學琴于成連，三年未能精通。成連因與伯牙同往東海中蓬萊山，使

聞海水激蕩、林鳥悲鳴之聲，伯牙歎曰："先生將移我情。"從而得到啟發，技藝大進，終於成爲天下妙手。水仙操：伯牙所作琴曲名。操，曲類名稱，如散、弄、序、引之類。 [8]優鉢林：即指優鉢羅、優鉢剌，梵語音譯，意謂青蓮花、黛花、紅蓮花，佛家視爲清净智慧的象徵。

二　八

金陵妓郭三爲訟事[1]，江寧王令拘訊之。香亭爲關説求免[2]。王覆札云："昨承簡翰，誠恐狼藉花枝；欲于園中立五彩幡，使封家十八姨莫逞其勢[3]。然弄郭郎者，只是逢場作戲；須俟上臺時，看作如何扮演，再理會下場，可耳。"香亭乃寄詩云："一波才定又生波，屢困風姨可奈何？不是花奴偏惹事[4]，總緣柳弱受風多。""登場更比下場難，牛鬼威風色已寒。要識李夫人面目，何如留待帳中看[5]？"

【箋注】

[1]郭三：生平未詳。 [2]香亭：袁樹，見卷一·五注[3]。 [3]封家十八姨：神話傳説中的風神。 [4]花奴：唐玄宗時汝南王李璡的小名。璡嘗戴砑綃帽打曲，上自摘槿花一朵，置於帽上。著處二物皆極滑，久之方安。遂奏《舞山花》一曲，花不墜。 [5]李夫人：漢李延年妹。妙麗善舞，得幸于漢武帝。早卒，帝乃圖其形，掛于甘泉宫，思念不已。方士少翁言能致其神，夜張燈設幃，令帝坐他帳中遥望，見一妙齡女子如李夫人貌。

二　九

秦郵沈均安[1]，字際可。官江右，以廉潔稱。能詩工書。由贛邑令擢蓮花廳司馬。《留别邑人》云："民稱張旭書堪寶，我比時苗犢並無[2]。"

【箋注】

[1]秦郵：江蘇高郵的别稱。秦時於此築臺置郵亭，故名。沈均安：字際可，號朗齋。清江蘇高郵人。隨祖入京。中乾隆六年順天鄉試副車。官江西蓮花廳同知。 [2]張旭（685—759）：字伯高。唐吴人。官左率府長史。精通楷法，

以草書知名，世稱“草聖”。時苗：見卷九・三八注[4]。

三　〇

真州鄭中翰澐[1]，字晴波。新婚北上，《留别閨中》云：“來年春到江南岸，楊柳青青莫上樓[2]。”其同年周舍人發春喜誦之[3]。時有陳庶常濂[4]，與周相善，而未識鄭。一日公宴處，周、鄭俱在，陳忽語周曰：“昨聞有人贈内之句，情韻絶佳，當是晚唐人手筆。”周急叩之。則所稱者，即鄭詩也。鄭聞而愕然。周因指鄭示陳曰：“此即賦‘楊柳青青’之晚唐人矣！”三人大笑。真州程灌夫亦有句云[5]：“春風自緑垂楊色，何事羈人怕倚樓[6]？”

【箋注】

[1]鄭澐（yún）（？—1795）：字晴波，號楓人。清江蘇儀徵人。乾隆二十七年舉人。三十年南巡召試，賜内閣中書。歷官杭州知府、浙江督糧道、温州知府。有《玉句草堂詩集》《夢餘集》《鷗翥集》。　[2]“楊柳”句：暗用唐王昌齡《閨怨》詩意：“閨中少婦不知愁，春日凝妝上翠樓。忽見陌頭楊柳色，悔教夫婿覓封侯。”　[3]周發春：見卷四・七四注[1]。　[4]陳濂：字澄之，一字周庵，號春田。清河南商邱人。乾隆三十一年進士。散館授編修。[5]程灌夫：疑爲程元基。字邑東，號蘭渚。清江蘇儀徵人。乾隆三十四年進士。授庶吉士，散館授檢討，充咸安宫總裁。有《蘭渚制藝》《西翠軒詩鈔》《桐風蕉雨山房集》。　[6]羈人：即旅人。此處暗用唐趙嘏《長安秋望》中詩句：“殘星幾點雁横塞，長笛一聲人倚樓。”

三　一

竇意先生告余云[1]：“己卯秋，過龍潭，見旅壁題詩四絶，清麗芊綿[2]，後書‘桂堂’二字，横胸中數十載，終不知其爲誰。題作“秦淮偶興”，云：‘淡黄楊柳曉啼鴉，絲雨温香濕落花。應有鮰魚吹雪上[3]，水邊亭子正琵琶。’‘水榭湘簾特地清，朝煙上與曲欄平。舊時紅豆抛殘處，只恐風吹子又生。’‘籬門過雨緑煙鋪，檀板金尊俗有無[4]？小艇已將煙月去，人間空説女兒湖[5]。’‘鱗鱗碧瓦照春萊，眢井宵深鳥語哀[6]。第一林泉誰省得[7]，數枝猶發舊宫槐。’”

【箋注】

[1]寶意：商盤，見卷一·二七注[7]。[2]己卯：這裏指乾隆二十四年（1759）。芊綿：謂富有文采。[3]鮰（huí）魚：也稱鮠魚、鱯魚。一種食用淡水魚。[4]檀板：樂器名，檀木製的拍板。金尊：酒尊的美稱。[5]女兒湖：高啟《題劉松年畫》："日斜出遊女兒湖。"[6]春萊：春天叢生的雜草。眢（yuān）井：枯井。[7]第一林泉：明鄭普《恭跋第一林泉後》："（明太祖）遊息之所，南京苑外花園，修竹千竿，老樹百餘本，土山一堆，環湖石數層，上有御亭，一屋僅數楹，旁立'第一林泉'一石。"爲明代皇家園林，清代僅剩遺址。

三二

冬友自言[1]："九歲時，侍先大父過淮[2]，舟中人限'吞'字韻爲詩，多未穩。予有句云：'横橋風定帆全卸，小艇潮來勢欲吞。'大父曰：'此子將來必無患苦。'或問其故，曰：'凡詩押啞韻而能響者[3]，其人必貴；押險韻而能穩者[4]，其人必安。生平以此衡人，百不失一。'大父諱馨，字星標[5]。"

【箋注】

[1]冬友：嚴長明，見卷一·二二注[6]。[2]大父：祖父。[3]啞韻：讀起來不響亮的韻，如四支、十四鹽等部。[4]險韻：險僻難押之韻。[5]嚴馨：字星標。清江蘇江寧人。曾在年羹堯幕府。

三三

吴中七子中[1]，趙文哲損之詩筆最健[2]。丁丑召試，與吴竹嶼同集隨園[3]，愛誦余"無情何必生斯世？有好都能累此身"一聯。後從温將軍征金川，死難軍中。過襄陽時，以《懷諸葛故居》詩四首見寄云：

“洵美躬耕地，千秋一草廬。勳名微管亞，出處有莘如[4]。巾服漁樵裏，川原戰陣餘。西風渭濱路，尚憶沔南居[5]。”“四海占龍卧，蕭條一畝宫。泊如明厥志，行矣慎吾躬。變化遭非偶，棲遲道豈窮？可知出師表，慷慨本隆中。”“崔徐二三子[6]，來往定欣然。逸事風塵外，高評月旦前。襟期梁甫曲，生計漢陰田。當日如終隱，鴻妻亦最賢[7]。”“宇宙聲名大，遺蹤錦水長。人歌千尺柏，公念百枝桑[8]。涕尚沾遺老，魂應戀故鄉。溪毛如可薦[9]，此地合祠堂。”

【箋注】

[1]吴中七子：指清蘇州一帶的詩人曹仁虎、王鳴盛、王昶、錢大昕、趙文哲、吴泰來、黄文蓮。因沈德潛選《吴中七子詩選》行世而得名。 [2]趙文哲（1725—1773）：字升之，一作損之，號璞庵。清江蘇上海人。乾隆帝南巡，召試獻詩，賜舉人，授内閣中書，入直軍機處。官至户部主事。後從軍滇蜀時殉難。有《媕雅堂集》《娵隅集》等。 [3]丁丑：這裏指乾隆二十二年（1757）。吴竹嶼：吴泰來，見卷八・一一注[1]。 [4]微管：没有管仲。春秋時，管仲相齊桓公，尊王攘夷。孔子曰：“微管仲，吾其被髮左衽矣。”語見《論語・憲問》。後遂用爲頌揚功勳卓著的大臣的典故。有莘：古國名。宋李光撰《讀易詳説》：“如伊尹耕有莘之野，必待三聘而後行。諸葛亮卧草廬之中，必待三顧而後見。蓋先則迷惑而失道，後則順而得常。此人臣進退去就之大節也。” [5]沔南：沔水之南，指諸葛亮隱居地隆中之所在。沔水，漢江的古稱。《水經注》云：“沔水又東徑隆中，歷孔明舊宅北。”諸葛亮的岳父黄承彦爲沔南名士。 [6]崔徐：崔，即崔州平，東漢涿郡安平人。太尉崔烈子。建安初曾與諸葛亮遊。徐，即徐庶，三國時潁川人。東漢初平中，客居荆州，與諸葛亮相友善。 [7]鴻妻：《後漢書・逸民傳・梁鴻》載，梁鴻之妻孟光，有賢德，鴻食，光舉案齊眉。後以“鴻妻”借指賢德之妻。此指諸葛亮妻黄氏女。 [8]百枝桑：《三國志・蜀書》：“初，亮自表後主曰：‘成都有桑八百株、薄田十五頃，子弟衣食，自有餘饒。至於臣在外任，無别調度，隨身衣食，悉仰於官，不别治生，以長尺寸。若臣死之日，不使内有餘帛，外有贏財，以負陛下。’及卒，如其所言。” [9]溪毛：溪邊野菜，語出《左傳・隱公三年》：“苟有明信，澗溪沼沚之毛……可薦於鬼神，可羞于王公。”

三 四

江賓谷在楚中寄信托家人山莊栽樹云[1]："老去菟裘身後冢[2]，他年都要此中來。"何言之親切而有味也！《漢上喜晤汪丈》云："他鄉執手感前盟，白髪垂肩閱變更。問舊可堪皆後輩，抱書猶記拜先生。漸成安土如秦贅[3]，别後添丁盡楚聲。客况中年復誰遣，一尊寒雨故人情。"

【箋注】

[1]江賓谷：江昱，見卷三・二一注[1]。 [2]菟（tù）裘：地名，在今山東省泗水縣。《左傳・隱公十一年》："羽父請殺桓公，將以求大宰。公曰：'爲其少故也，吾將授之矣。使營菟裘，吾將老焉。'"後因以稱告老退隱的居處。 [3]安土：安居本土。秦贅：秦代男子家貧無以爲婚者，得入贅婦家。後因以借指贅夫。

三 五

香亭弟隨叔父健磐公生長廣西[1]。叔父亡後，余迎歸故里。年十五，即見贈云："坐無尼父爲師易，家有元方作弟難[2]。"又，《即目》云："山氣騰空欲化雲。"余早知其能詩也。孤甥陸建[3]，號豫庭，字湄君，幼爲余所撫養，與香亭同歲。己巳春，余辭官，挈兩人讀書隨園，時相唱和。後予官秦中，二人過隨園見憶。香亭云："共尋幽徑訪柴扉，遥見高臺出翠微。蠟屐重臨秋色冷，青山如故客情非。枯荷帶雨碧連水，荒蘚盈庭緑染衣。滿樹寒鴉鳴不已，斜陽煙草更依依。"豫庭云："自别青山兩載餘，風光較昔更何如？竹梅添種階前樹，詩史空堆架上書。窗外葉飛人去後，天邊月冷雁來初。灞橋此日秋風早[4]，應向江南憶故廬。"豫庭贅于宿州刺史張公處。張名開士[5]，字軼倫，杭州壬戌進士，歷任有循聲。謂豫庭曰："作時文則我教卿，作詩則卿教我。"豫庭年三十餘，以瘵亡[6]。張忽忽不樂，如支公之喪法虔也[7]，月餘亦亡。

豫庭贈婦翁云："喜我絳紗深有託，半爲嬌客半門生[8]。"贈婦云："未有肉能憑我割，不妨酒更向卿謀。"張詩亦佳，《宿華嚴寺》云："竹裏琴聲秋澗落，定中燈火石床分[9]。"《感懷》云："臣心自問清如水，世道尤難直似弦。"

【箋注】

[1]香亭：袁樹，見卷一·五注[3]。健磐公：袁鴻，見卷一·九注[1]。去世時，其子袁樹僅十歲。 [2]尼父：對孔子的尊稱。《晋書》載，東晋謝尚八歲神悟夙成。或曰："此兒一坐之顔回也。"尚答曰："坐無尼父，焉別顔回？"席賓莫不歎異。元方：劉義慶《世説新語·德行》載，東漢陳寔有兩個兒子，陳紀字元方，陳諶字季方。元方之子與季方之子各論其父的功德，相争不下。去問陳寔，寔説："元方難爲兄，季方難爲弟。"意思是兩人見識才智難分高下。此處所云"作弟難"，是袁樹謙稱自己不如袁枚。 [3]陸建：見卷四·五五注[2]。 [4]灞橋：長安名勝，爲送往迎來的必經之處。袁枚於乾隆十七年赴官秦中，曾居長安。 [5]張開士：字軼倫。清浙江仁和人。乾隆七年進士。官銅陵知縣、宿州知州，擢常德府知府。未之官卒。 [6]瘵（zhài）：病，多指癆病。 [7]支公：支遁，見卷三·五一注[7]。法虔：晋僧，爲支道林莫逆之交。《世説新語·傷逝》："支道林喪法虔之後，精神隕喪，風味轉墜。常謂人曰：'冥契既逝，發言莫賞，中心蘊結，余其亡矣！'" [8]嬌客：女婿。門生：弟子、學生。 [9]定中：指參禪入定之中，是僧人修行所追求的一種境界。

三　六

余三妹皆能詩，不愧孝綽門風[1]，而皆多坎坷，少福澤。余已刻《三妹合稿》行世矣，兹又抄三人佳句，以廣流傳。三妹名機[2]，字素文。《秋夜》云："不見深秋月影寒，只聞風信響闌干。閒庭落葉知多少，記取朝來著意看。"《閒情》云："欲卷湘簾問歲華，不知春在幾人家。一雙燕子殷勤甚，銜到窗前盡落花。"他如："女嬌頻索果，婢小懶梳頭。""怕引遊蜂至，不栽香色花。"皆可誦也。遇人不淑，卒於隨園。香亭弟哭之云："若爲男子真名士，使配參軍信可人[3]。無家枉説曾招婿，有影終年只傍親。”豫庭甥哭之云[4]：“誰信有才偏命薄，生教無計奈夫狂。”“白雪裁詩陪道韞，青燈説史侍班姑[5]。”

【箋注】

[1] 三妹：袁棠、袁杼、袁機。袁枚編有《袁家三妹合稿》。孝綽：劉孝綽（481—539），本名冉，字孝綽，小字阿士。南朝梁彭城（今江蘇徐州）人。官至秘書監。三個妹妹分别嫁琅邪王叔英、吴郡張嵊、東海徐悱，並有才學。[2] 袁機（1720—1759）：字素文。清浙江錢塘人。袁枚第三妹。端麗爲姊妹之冠。嫁如皋高繹祖。高氏躁戾佻險，袁機常遭毆打，且將負而鬻。訟官後，歸居母家。長齋至卒。年僅四十。手編《列女傳》三卷，有《素文女子遺稿》。[3] 可人：稱人心意。 [4] 豫庭：陸建，見卷四·五五注[2]。 [5] 道韞：謝道韞。東晋陳郡陽夏（今河南太康）人。是謝安的侄女、安西將軍謝奕之女、左將軍王凝之妻。幼時因有咏雪名句“未若柳絮因風起”，以“咏絮才”見稱。後用作女子有詩才之典。班姑：班昭（49—120）。東漢史學家班固之妹。字惠班，一名姬。扶風郡（今陜西咸陽一帶）人。嫁曹世叔。有博才，入召東觀藏書閣，並爲皇后、貴人師，號稱曹大家（音 gū，通“姑”）。

三　七

四妹名杼[1]，字静宜。《遊雞鳴寺》云[2]：“蒼蒼煙樹帶斜暉，石塔層巒傍翠微。無復蕭梁宫殿在，臺城猶見紙鳶飛。”《秋園踏月》云：“藹藹山光映碧空，參差樹影亂西風。蘆花幾朵明如雪，吹在横橋曲澗中。”他可誦者，如：“描花嫌紙窄，學字借書抄。”“賓鴻雲作路[3]，蟋蟀草爲城。”“畫閣偏聞雛燕語，亂書常被懶貓眠。”《課女》云：“花簪一朵休嫌少，字課三張莫厭多。”《挽葛姬》云：“斷綫幾條猶委地，南樓一榻已生塵。”

【箋注】

[1] 袁杼（1720—1795）：字静宜，又字綺文。嫁松江諸生韓思永，其夫客死異鄉，兒子又病故。後遷居隨園，清修禮佛。其詩多悲凉之音。有《樓居小草》。 [2] 雞鳴寺：南京城北的一座名刹，北臨玄武湖，西倚鼓樓。相傳

南朝梁武帝蕭衍曾在此建同泰寺。後毀於兵火。 [3]賓鴻：即鴻雁。語本《禮記·月令》："季秋之月……鴻雁來賓。"賓，作客、客居。

三　八

堂妹棠[1]，字秋卿，嫁揚州汪楷亭[2]。家頗温飽，伉儷甚篤。《咏燕》云："春風燕子今年早，歲歲梁間補舊草。華堂叮囑主人翁，珍重香泥莫輕掃。吁嗟乎！千年田土尚滄桑，那得雕梁常汝保？"余讀之不樂，曰："詩雖佳，何言之不祥也！"已而竟以娩難亡。又二年，楷亭亦卒。妹《寄二兄香亭》云："鵬程人與白雲齊，君獨年年借一枝[3]。聞道故交多及第，更憐歸客尚無期。琴書別後遥相憶，雪月窗前寄所思。常對芙蓉染衣鏡，堪嗟儂不是男兒。"《于歸揚州》云："不堪回憶武林春，嬌養曾爲膝下身。未解姑嫜深意處，偏郎愛作遠遊人。""緑楊堤畔行遊子，紅粉樓中冷翠帷。爲問秦淮江上月，今宵照得幾人歸？"亡後，香亭哭以詩云[4]："最苦高堂念，懷中小女兒。至今傳死信，未敢與親知。書遠摹多誤，人稠語屢歧。調停兩邊意，暗泣淚如絲。"

【箋注】

[1]袁棠（1733—1770）：字去扶，號秋卿。清浙江錢塘人。貢生健磐女、袁枚堂妹。適揚州汪楷亭。年三十八以難娩亡。有《繡餘吟稿》《盈書閣遺稿》。 [2]汪楷亭：汪孟翊（1712—1773），字楷亭，一字慵園。清揚州人，祖籍徽歙。補博士弟子。 [3]一枝：《莊子·逍遥遊》："鷦鷯巢于深林，不過一枝。"後用以比喻棲身之地。 [4]香亭：袁樹，見卷一·五注[3]。

三　九

余在蘇州，四妹寄懷云[1]："長路迢迢江水寒，蕭蕭梅雨客身單。無言但勸歸期速，有淚多從別後彈。新暑乍來應保重，高堂雖老幸平安。青山寂寞煙雲裏，偶倚闌干忍獨看？"余讀之凄然，當即買舟還山。四女琴姑[2]，從妹受業。妹贈以詩云："有女依依喚阿姑，忝爲女傅教之無[3]。欲將古典從容說，失却當年記事珠。”妹嫁韓氏，生一兒，名執玉[4]，十四歲咏夏雨云：“潤回青簟色，凉逼采蓮人。”學使竇東皋先生愛之[5]，拔入縣學。未一年，得暴疾亡。目將瞑矣，忽坐起問阿母曰：“唐詩‘舉頭望明月’，下句若何？”曰：“低頭思故鄉。”歎曰：“果然！”遂點頭而仆。故妹哭之云：“傷心欲拍靈床問，兒往何鄉是故鄉？”

【箋注】

[1] 四妹：袁杼，見本卷三七注[1]。 [2] 琴姑：袁枚第四女。嫁江蘇浦口汪履青。 [3] 忝（tiǎn）：有愧於，常用作謙詞。 [4] 執玉：袁宗琦，初名執玉，字雲卿。諸生。十五歲夭亡。 [5] 竇東皋：竇光鼐（1720—1795），字元調，號東皋。清山東諸城人。乾隆七年進士。官至左都御史。有《省吾齋詩文集》。

四〇

詩有情至語，寫出活現者。許竹人先生督學廣西[1]，《接弟石榭凶問》云[2]：“望書眼欲穿，拆書手欲争。抱書心忽亂，隔紙字忽明。揮手急屏置，忍淚雨暗傾。老親中庭立，念遠心懸旌[3]。病訊百計匿，矧可聞哭聲[4]？違心方飾貌，哀抑喜且盈。趨言夢弟至，所患行已平[5]。”

【箋注】

[1] 許竹人：許道基，見卷三・二四注[3]。 [2] 凶問：噩耗。 [3] 懸旌：掛在空中隨風飄蕩的旌旗，喻心神不安。 [4] 矧（shěn）可：怎麽能够？ [5] 平：平復、康復。

四一

隨園每至春日，百花齊放。家中内子及諸姬人，輪流置酒，爲太夫人壽。太夫人亦嘗設席作答。余有句云：“高堂戒我無他出[1]，阿母明朝作主人。”蓋實事也。香亭《同賞梅》詩云[2]：“爲愛梅花敞綺筵，闔家春聚畫堂前。忽憐香氣傳風外，却喜花開在雨先。人影共分千竹翠，簾光高捲一山煙。知他萬片隨雲去，還赴瓊樓宴列仙。”嗚呼！自先慈亡後，此席永斷，而香亭亦遠宦粵中矣。

【箋注】

[1] 他出：外出，往其他地方。 [2] 香亭：袁樹，見卷一·五注 [3]。

四 二

江寧城中，每至冬月，江北村婦多渡江爲人傭工[1]，皆不纏足，間有佳者。秦芝軒方伯席上集唐句戲云[2]：“一身兼作僕，兩足白於霜[3]。”

【箋注】

[1] 傭工：受雇爲人做工。 [2] 秦芝軒：秦承恩（？—1809），字芝軒。清江蘇江寧人。乾隆二十六年進士。官至刑部尚書署直隸總督。參預纂修《會典》。 [3]“一身”句：未詳何人詩。“兩足”句：出李白《浣紗石上女》。

四 三

桐城詩人分咏古鏡。方正瑗云[1]：“絶代應憐顔色少，六宫曾識舊人多。”姚孔鋅云[2]：“相對不知何代物，此中曾老幾朝人？”皆佳句也。姚又有句云：“病後精神當酒怯，静中情性與香宜。”

【箋注】

[1] 方正瑗（yuàn）：字引除，號方齋。清江南桐城（今屬安徽）人。康熙五十九年舉人。官至潼商道。有《連理山人詩鈔》《方齋補莊》。 [2] 姚孔鋅（1691—1757）：字道冲，號歸園。清江南桐城人。歷韶州、贛州知府。有《抱影軒詩選》《南陔詩選》《叱馭集》《心香齋詩選》。

四 四

余己未座主爲泰安相國趙公仁圃[1]。公以長垣令有政聲，受知世宗，晋秩卿貳[2]。平生愛時文[3]，雖入綸扉，猶手校成宏諸大家[4]，孜孜不倦。《晚泊小米灘》一絶云："回橈艤艇傍平沙[5]，客路停舟便是家。坐久鳥驚山吐月，話長人喜燭生花。"作令時以勘災故，足浸水中三日，故病跛。每入朝，許給扶以行[6]。諱國麟，山東人。

【箋注】

[1] 己未：這裏指乾隆四年（1739）。座主：明清時，舉人、進士稱其本科主考官或總裁官爲座主，或稱師座。趙仁圃：趙國麟（1673—1751），字仁圃。山東泰安人。康熙四十五年進士。官至文華殿大學士兼禮部尚書。 [2] 卿貳：次於卿相的朝中大官。 [3] 時文：時下流行的文體，舊時對科舉應試文體的通稱，明清時特指八股文。 [4] 綸扉：猶内閣。成宏：明代年號成化與弘治的並稱。此處爲避乾隆名諱，改"弘"爲"宏"。成化年間，經王鏊、謝遷、章懋等人提倡，八股文逐漸形成比較嚴格的程式；到弘治年間，有錢福、董圮等名家，形成八股文的黄金時期。 [5] 艤艇：使船靠岸。 [6] 給扶：給予扶侍之人，古時君主賜給大臣的一種禮遇。

四 五

余習國書[1]，讀十二烏朱，受業于鄒泰和學士[2]。記其《丁香》一首云："春空煙鎖綴星星，兩樹瓊枝占一庭。交綱月穿珠絡索，小鈴風動玉冬丁。傍簷結密人難折，拂座香多酒易醒。只恐天花散無跡，擬將湘管寫娉婷[3]。"又《白雲寺》云："飛鳥没邊孤塔見，亂山缺處夕陽明。"先生戊戌翰林，和雅謙謹。有愛貓之癖，每宴客，召貓與兒孫側坐，賜孫肉一片，必賜貓一片，曰："必均，毋相奪也。"督學河南，按臨商丘畢，出署，失一貓，嚴檄督縣捕尋。令苦其煩，用印文詳報云："卑職遣幹役四人，挨民家搜捕，至今逾限，憲貓不得[4]。"

【箋注】

[1]國書：本國的文字，這裏指滿文。十二烏珠：滿文的十二個字頭。烏珠，滿語，意爲頭。 [2]鄒泰和：鄒升恒，見卷一・六五注[2]。 [3]湘管：以湘竹製作的毛筆。 [4]憲：此爲對上司的尊稱。

四 六

陝西薛寧庭太史[1]，與江寧令陸蘭村爲同年[2]。丙戌到白門相訪，偕公子雨莊與其師高東井泛舟秦淮[3]，作詩云："衣帶一條水，蘭舟小亦佳。南朝留勝覽，北客壯吟懷。綽約虹橋束，參差畫檻排。衝炎偶然出，記取始秦淮。""誰與偕來者？詩人高達夫[4]。看山揮玉麈[5]，忘暑對冰壺。乍可清談足，寧教佳句無？士龍君弟子，架筆也珊瑚[6]。"

【箋注】

[1]薛寧庭（1718—1792）：一作薛寧廷，字補山，號雒間山人。陝西雒南人。乾隆二十二年進士，改庶吉士。有《雒間山人詩鈔》。 [2]陸蘭村：陸允鎮，見卷二・七七注[2]。 [3]丙戌：這裏指乾隆三十一年（1766）。高東井：高文照，見卷二・六七注[3]。 [4]高達夫：高適（704—765），字達夫。唐渤海蓨（今河北景縣）人。唐中期名臣、詩人。此處代指高東井。 [5]玉麈（zhǔ）：玉柄麈尾，東晋士大夫清談時常執之。 [6]士龍：陸雲（262—303），字士龍。西晋吴郡吴縣人。官至大將軍右司馬。此喻指江寧縣令陸蘭村。珊瑚：喻俊才。

四 七

金陵承恩寺僧行犖[1]，能詩。有句云："雨晴雲有態，風定水無痕。"其師闇乘有五絶云[2]："香氣透窗紗，風輕日未斜。午堂春睡起，雙燕下含花。"又有句云："才展金剛經了了，金剛經夾小吟箋[3]。"余嘗云："凡詩之傳，雖藉詩佳，亦藉其人所居之位份。如女子、青樓，山僧、野道，苟成一首，人皆有味乎其言，較士大夫最易流布。"

【箋注】

[1]行舉：字偉然，號介庵。清安徽全椒人。居金陵承恩寺。有詩數千首。[2]闡乘：如上，餘未詳。[3]了了：清楚、明白。吟箋：寫詩用的紙。

四 八

余改官江南，賦《落花》詩，祁陽中丞内幕程南耕愛而和之[1]。記數聯云："燕壘漫教留粉在[2]，馬蹄幾度踏香來。""升沉我已參名理，落莫人還惜異才[3]。"程名嗣章，綿莊先生之弟[4]，中年病聾。每來，則以筆代口，先以一函相訂。故余贈句云："見面預安雙管筆，焚香先捧一函書。"

【箋注】

[1]祁陽中丞：陳大受（1702—1751），字占咸，號可齋。湖南祁陽人。雍正十一年進士。曾任安徽、江蘇、福建巡撫，官至軍機大臣。有《陳文肅奏議》。中丞，清代多指巡撫。程南耕：程嗣章（1693—？），字元樸，號南耕。清江蘇上元人。有《明儒講學考》。[2]燕壘：燕子的窩。[3]落莫：冷落、寂寥。[4]程綿莊：程廷祚，見卷五·一一注[2]。

四 九

朱學士筠[1]，字竹君。考據博雅，不甚吟詩。有《登湖樓》一律云："載月來登湖上樓，飄然便可御風遊[2]。帆如不動暮天没，岸竟欲斜秋水流。何寺一聲孤磬遠，長空萬點亂鴉愁。酒杯頻勸君何苦，未使春波負秀州。"

【箋注】

[1]朱筠：見卷六·二九注[1]。[2]御風：乘風飛行。

五〇

姊夫王貢南，名裕琨[1]。《雨過富春》云："歷亂如絲小雨微，相呼舟子授蓑衣。魚争新水穿萍出，鳥怯寒風貼地飛。宿霧半藏臨澗屋，好花多落釣魚磯。紛紛魚艇隨波散，撒網閑歌何處歸？"《寄内》云："好奉慈姑勤菽水，莫同邱嫂戛杯羹[2]。"余時年十四，愛而記之。即健庵父也[3]。

【箋注】

[1] 王裕琨：字貢南。杭州人。袁枚的大姐夫。 [2] 菽水：豆與水，形容生活清苦。詩文中常以"菽水"指晚輩對長輩的供養。邱嫂：長嫂、大嫂。戛杯羹：碰擊用具和食品，喻指鬧彆扭。 [3] 健庵：王家駿，見卷八・一一注[2]。

五一

海寧許鐵山惟枚[1]，與余同官金陵，一時有"二枚"之稱。余已薦牧高郵，而許猶有待，意有所感，和余《河房宴集》詩云："朱簾斜捲晚風前，楊柳蕭疏隔岸煙。一樣樓臺都近水，向南明月得來先[2]。"《園梅》云："臘盡還微雪，春來尚薄寒。迎風飛片易，背日坼苞難。疏蕊明高閣，低枝韻小欄。莫教吹短笛，我正倚闌干。"許性嚴重，秦淮小集，坐有歌郎[3]，君義形於色，將責其無禮而笞之。余急揮郎去，而調以詩云："惱煞隔簾紗帽客，排衙花底打鴛鴦[4]。"

【箋注】

[1] 許鐵山：許惟枚（1689—1752），字鐵山，號南臺。清浙江海寧人。康熙五十六年進士。歷上元、崇明縣令。有《味菜軒詩鈔》。 [2] "一樣"二語：宋范仲淹知杭州，兵官皆被薦，獨蘇麟爲外邑巡檢，未見收録，乃上詩曰："近水樓臺先得月，向陽花木易爲春。"公即薦之。事見宋俞文豹《清異録》。 [3] 歌郎：這裏指年輕男性戲曲演員，舊時常於席上侑酒。 [4] 排衙：舊時主官升座，衙署陳設儀仗，僚屬依次參謁，分立兩旁，謂之排衙。此爲開玩笑。

五二

同試鴻博陳魯章士璠[1]，杭州人，以諸生中式，即授庶常[2]。《途中紀事》云："月映湖光分外明，蘆花影裏一舟横。夜深聞有鄉音在，曉起開篷問姓名。"

【箋注】

[1] 陳士璠（1690—1756）：字魯章，號魯齋、泉亭。清浙江錢塘人。乾隆元年由諸生應鴻博試，官至瑞州知府。有《夢碧軒詩鈔》。 [2] 諸生：指已入學的生員。中式：科舉考試合格。庶常：即翰林院庶吉士。

五三

毛西河言[1]："古人詩題，所云'遥同'者，即遥和也[2]。謝朓《同謝咨議銅雀臺詩》、盧照鄰《同紀明孤雁詩》[3]，皆是和詩，非同遊也。"

【箋注】

[1] 毛西河：毛奇齡，見卷二・三六注[4]。 [2] 遥和：謂在遠處和答他人詩作。 [3] 謝朓：見卷一・二二注[4]。盧照鄰（約636—約695）：字升之，自號幽憂子。唐幽州范陽人。曾爲新都縣尉。初唐四傑之一。有《盧升之集》。

五四

見吴小仙畫《騎驢圖》，題云[1]："白頭一老子，騎驢去飲水。岸上蹄踏蹄，水中嘴對嘴。"顧赤芳題云[2]："張果倒騎驢[3]，不知是何故。爲恐向前差，忘却來時路。"慶兩峰《落齒》云[4]："無端一齒落，探口不知故。且喜剛者亡，免與世齟齬[5]。"

【箋注】

[1] 吴小仙：吴偉（1459—1508），字士英、次翁，號魯夫、小仙。明湖北江夏人。工畫人物山水。 [2] 顧赤芳：顧景星（1621—1687），字赤方，號黄公。湖北蕲州人。明貢生，入清不仕。有《白茅堂集》《黄公説字》《讀

書集論》等。 [3] 張果：張果老，八仙中年紀最大的一個。本爲唐玄宗時一江湖術士。俗傳其倒騎毛驢，乃附會宋潘閬之事。 [4] 慶兩峰：慶玉，見卷四·三二注[1]。 [5] 齟（jǔ）齬（yǔ）：不相投合、抵觸。

五 五

乙亥年，高文端公爲江寧方伯[1]，過訪隨園。余上詩云："鄰翁争羨高軒過[2]，上客偏憐小住佳。"亡何，巡撫皖江，將瞻園牡丹移贈隨園[3]。余謝云："忘尊偏愛山林客[4]，贈别還分富貴花。"兩詩俱以摺扇書之。後戊子年，公總制兩江，招飲，席間出二扇，宛然如新。余問："公何藏之久也？"公笑曰："才子之詩，敢不寶護？"余自念平日受人詩扇，不下千百，都已拉雜摧燒，而公獨能愛惜如此，不覺感歎，因再作詩獻。有句云："舊物尚存憐我老，愛才如此歎公難。"後公薨于黄河工所，口吟云："夢中還有夢，家外豈無家？"

【箋注】

[1] 乙亥：這裏指乾隆二十年（1755）。高文端：高晋，見卷六·四一注[1]。 [2] 高軒過：唐李賀在東都寓居時，韓愈、皇甫湜前來造訪。李賀援筆輒就《高軒過》詩，自此有名。 [3] 瞻園：南京著名園林，原爲明中山王徐達府邸花園，清改爲藩司衙門花園。 [4] 忘尊：忘掉自己的尊貴身分。

五 六

張葯齋宗伯予告還桐城[1]，兄文和公爲首相[2]，作詩送云："七十懸車事竟成，輕車遠稱秩宗清[3]。幾人引退能如願，先我歸休覺不情。圖籍開緘珍手澤，墓田作供好躬耕。阿兄他日還初服[4]，拄杖花前一笑迎。"周長發太史和云[5]："從古人倫重老成，秩宗真不愧寅清[6]。引年久切歸田志[7]，予告翻增戀闕情。萬卷縹緗藏古篋[8]，一犁煙雨課春耕。龍眠山色春如黛，知有群仙抗手迎[9]。"清真綿麗，一時和者，皆不能及。

【箋注】

[1]張葯齋：張廷瑑（1675—1745），見卷二・六三注[1]。予告：大臣得到休假或退休的許可。[2]文和公：張廷玉，見卷一・一注[12]。[3]懸車：致仕。古人一般至七十歲辭官家居，廢車不用，故云。秩宗：掌宗廟祭祀的官。[4]初服：未入仕時的服裝，與“朝服”相對。[5]周長發：周蘭坡，見卷五・二五注[6]。[6]寅清：語出《尚書・虞書・舜典》：“夙夜惟寅，直哉惟清。”後世多以“寅清”爲官吏箴戒之辭，謂言行敬謹、持心清正。[7]引年：以稱年老辭官。[8]縹緗：指書卷。縹，淡青色；緗，淺黄色。古時常用淡青、淺黄色的絲帛作書囊書衣，因以指代書卷。[9]龍眠：山名，在安徽桐城西北。抗手：舉手施禮。

五　七

乾隆癸酉，尹文端公總督南河[1]。趙雲松中翰入署[2]，見案上有余詩册，戲題云：“八扇天門詄蕩開[3]，行間字字走風雷。子才果是真才子，我要分他一斗來[4]。”

【箋注】

[1]癸酉：這裏指乾隆十八年（1753）。尹文端：尹繼善，見卷一・一〇注[3]。[2]趙雲松：趙翼，見卷二・三三注[4]。[3]八扇天門：這裏指八句詩的墨蹟。詄（dié）蕩：瀟灑不羈貌。[4]一斗：宋無名氏《釋常談・八斗之才》：“文章多謂之八斗之才，晋謝靈運嘗曰：‘天下才有一石，曹子建獨佔八斗，我得一斗，天下共分一斗。’”

五　八

先師史玉瓚先生[1]，以朱筆書《僕固懷恩傳》後云[2]：“懷恩本不負君恩，青史何曾照覆盆[3]？萬里靈州荒草外[4]，至今夜夜泣英魂。”余時七歲，偷讀而記之。

【箋注】

[1]史玉瓚：史中，見卷九・一六注[1]。[2]僕固懷恩（？—765）：

唐肅宗、代宗時大將。鐵勒族僕骨部人。在平安禄山叛亂中，懷恩隨從郭子儀屢立戰功。官至開府儀同三司、尚書左僕射兼中書令、上柱國、大寧郡王。其一門子弟均效忠唐朝,戰死者多達四十六人。但最後却引吐蕃兵反唐,卒於軍中。歷史上一種觀點是僕固懷恩居功自傲，因未獲重用而懷恨。另一種觀點是僕固懷恩受程元振一夥宦官羅織陷害,又因代宗處事不公,纔被逼反叛。［3］覆盆：覆置的盆，謂陽光照不到覆盆之下，喻無處申訴的沉冤。［4］靈州：古州名，轄地約在今寧夏回族自治區靈武一帶。

五　九

余紹祉布衣有《黄山》詩四首[1]，警句云：“松生絶壁不知土，人住深厓只見煙。”又曰：“山中人習聞天樂，石上松曾見古皇[2]。”余遊黄山，至佳處，歎其言之果然。

【箋注】

［1］余紹祉（1596—1648）：字子疇，號元邱、凝庵居士。清安徽婺源（今屬江西）人。有《晚聞堂集》。［2］天樂：這裏指自然界和諧的音響，即天籟。古皇：亦稱“古皇氏”，傳説中的有巢氏之號。此處是形容松之古老。

六　〇

余過蘇州，許穆堂侍御極誇方大章名燮者之詩[1]，蒙以詩册見投。七古學少陵，頗有奇氣；七律似明七子[2]。録其《題内子桃源放舟小照》云[3]：“碧桃灣裏聽鳴榔[4]，水複山重路渺茫。過此便爲仙世界，來時還著嫁衣裳。雲中雞犬應同聽，月下房櫳好對床。願種秫秔三十畝，畫眉窗下話羲皇[5]。”尹文端公有紫騮馬，騎三十年矣，憐其老斃，以敝帷瘞之[6]。穆堂吊以詩云：“萬里雲霄空悵望，一生筋力盡馳驅。”又曰：“朽骨漫留賢士口，敝帷應念主人恩。”尹公讀之泣下。

【箋注】

［1］許穆堂：許寶善（1732—1804），字斆虞，一字穆堂。清江蘇青浦（今

屬上海）人。乾隆二十五年進士。官福建道監察御史。有《穆堂詞曲》《自怡軒樂府》。方大章：方燮，字大章、子和，號臺山。清福建南安人，僑居吴中。諸生。 [2] 少陵：杜甫，見卷一·一三注 [4]。明七子：見卷一·三注 [3]。[3] 内子：古代稱己之妻或人之妻爲内子。 [4] 鳴榔：敲擊船舷使作聲，用以驚魚，使入網中，或爲歌聲之節。 [5] 秫（shú）：粱米、粟米之黏者，多用以釀酒。秔（jīng）：同“粳”，一種黏性較小的稻。羲皇：即伏羲氏，古代傳説中的三皇之一。 [6] 敝帷：破舊的帷帳。宋蘇軾《别黄州》詩：“病瘡老馬不任鞿，猶向君王得敝幃。”瘞（yì）：埋葬。

六　一

人閒居時，不可一刻無古人；落筆時，不可一刻有古人。平居有古人[1]，而學力方深；落筆無古人，而精神始出。

【箋注】

[1] 平居：平日、平素。

按：此指爲詩既要繼承古人，又不能依傍古人。繼承與創新，妙在辯證統一。

六　二

萍望張宏勳名棟[1]，自號看雲山人，工詩善畫，與余在長安，有車笠之好[2]。同譜中，如沈椒園、張少儀、曹麟書[3]，俱顯貴，莊容可官至大學士[4]，而宏勳終不一第，晚依揚商汪怡士以終[5]。有《看雲樓詩集》。《閨怨》云：“鏡臺寂寂掩芳塵，又换深閨一度春。除却殷勤花上鳥，他鄉應少勸歸人。”《郊外》云：“春來是處足春遊，風轉長堤草色柔。客過不須頻勒馬，花扶人影出牆頭。”

【箋注】

[1] 張宏勳：張棟（1705—1778），字鴻勳，一字玉川，號看雲。清江蘇吴江人。國子生。有《看雲吟稿》。 [2] 車笠：喻貴賤貧富不移的深厚友誼。

[3] 沈椒園：沈廷芳，見卷一・六五注 [11]。張少儀：張鳳孫，見卷四・一注 [5]。曹麟書：見卷二・六九注 [1]。 [4] 莊容可：莊有恭，見卷一・六六注 [8]。 [5] 汪怡士：生平未詳。

六三

余有汪甥蘭圃[1]，名庭萱，亦能詩，爲貧所累，未盡其才。有句云："潮落岸從洲外露，風高雲向嶺頭平。"又："楊柳護田蒙緑霧，桃花隔水墜紅雲。"皆妙。

【箋注】

[1] 汪蘭圃：汪庭萱，字蘭圃。附貢生。即袁枚四堂妹袁棠子。父爲揚州汪楷亭。

六四

余在端州，豐川令彭翥[1]，字竹林，雲南人，以詩來見。有句云："一官手板隨人後，萬里鄉心入雁先。"余擊節不已。竹林喜，見贈云："盛世歲星終執戟，南華隱吏有隨園[2]。""雲裏笻纔雙足峙[3]，鷗邊舫已萬花扶。"

【箋注】

[1] 端州：隋置。唐宋沿用其名。今廣東肇慶、高要、高明等地。彭翥：字少鵬，一字南池，號竹林。清乾隆年間雲南蒙化人。乾隆三十五年舉人，曾任香山知縣。著《海天吟詩集》。 [2] 歲星：古稱木星爲歲星，所在主福，故亦稱福星。常用來比喻給人帶來幸福和希望的人。執戟：秦漢時的宫廷侍衛官，因值勤時手持戟，故名。南華：南華真人的省稱，即莊子。喻指袁枚。 [3] 笻：笻竹宜於製杖，故用以泛稱手杖。

六五

高要令楊國霖蘭坡[1]，作吏三十年，兩膺卓薦[2]，傲兀不羈。與余相見端江[3]，束脩之饋[4]，無日不至。聞余遊羅浮歸，乞假到鼎湖延候[5]，以詩來迎云："山麓峰巒秀色殊，如何海内姓名無？全憑大雅如椽筆，爲我湖山補道書[6]。"道書海内洞天二十四，福地三十六，鼎湖不與焉。"杖履閑從天上來，教人喜極反成猜。飛騎爲報湖山桂，不到山門不許開。"及余歸時，送至十里外，臨别泣下，口號云："送公自此止，思公何時已？有淚不輕彈，恐溢端江水。"

【箋注】

[1]楊國霖：見卷八・四一注[4]。 [2]卓薦：因才能卓異而被舉薦。[3]端江：西江流經端州（今廣東高要縣）的一段。 [4]束脩：指饋贈的一般性禮物。 [5]羅浮：羅浮山，在今廣東博羅西北。鼎湖：在今廣東肇慶東北。[6]道書：道家或佛家的典籍。

六　六

余丙辰到廣西，蒙金撫軍薦入都[1]，今五十年矣。因訪親家汪太守，故重至焉。吴樹堂中丞垣引余至署[2]，周歷舊遊。余席間稱金公任藩司時，作官廳對聯云："坐此似同舟，宦情彼此關休戚；須臾參大府[3]，公事何妨共酌商。"用意深厚，有名臣風味。公因誦其鄉人徐公士林作臬司題庭柱云[4]："看階前草緑苔青，無非生意；聽牆外鵲啼雀噪[5]，恐有冤魂。"真仁人之言。樹堂見和一律，有"洞簫聲重三千玉，銅鼓詞傳五十春"之句[6]。所云"銅鼓"者，丙辰余試鴻博賦題也。金公刻入省志藝文類中，今五十載矣。重得披覽，恍若前生。

【箋注】

[1]丙辰：這裏指乾隆元年（1736）。金撫軍：金鉷，見卷一・九注[2]。[2]吴垣（？—1786）：字薇次，號樹堂。清山東海豐（今無棣）人。尚書吴紹詩之子。歷官給事中、吏部侍郎、廣西巡撫、湖北巡撫。 [3]大府：泛指上級官府。明清時亦稱總督、巡撫爲"大府"。 [4]徐士林（1684—1741）：字式儒，號兩峰。清山東文登人。康熙五十二年進士。官至江蘇巡

撫。 [5]鵑啼雀噪：相傳杜鵑啼血，舊以鵑啼雀噪皆爲冤魂所化。 [6]洞簫：漢王褒有《洞簫賦》。唐黄滔《漢宫人誦洞簫賦賦》："十二瓊樓，不唱鸞歌於夜月；三千玉貌，皆吟鳳藻於春風。"此處借來稱讚袁枚的《銅鼓賦》。銅鼓：西南邊境雲南廣西等處，有銅鼓出土。或言諸葛亮所造，或言後漢馬援所遺。

六 七

桂林向有詩會。李松圃比部[1]、馬嵰山中翰[2]、浦柳愚山長[3]、朱心池明府[4]、朱蘭雪布衣[5]，時時分題吟咏。余到後，得與文酒之會，同訪名山古刹。臨行時，五人買舟相送，依依不捨，見贈篇什，不能盡録。僅記心池云："五十年前跨鶴行，重來無復舊同群。一囊新句千絲雪，萬叠青山兩屐雲。好古不求唐後碣，論文誰撼岳家軍[6]？靈皋健筆漁洋句[7]，才力輸公尚十分。""卅載心驚絶代才，何緣杖履得追陪？文章真處性情見，談笑深時風雨來。一棹方回仙掌外[8]，片帆又掛楚江隈。湘靈也解延名士，九面奇峰次第開。"柳愚云："筋力登臨老尚優，每逢佳處輒勾留。誰能鶴髮六千里，來證鴻泥五十秋？舊事略知餘白足僧明遠能談金中丞遺事[9]，殘碑盡搨付蒼頭。聞公欲掛湘帆去，又向衡山作勝遊。"蘭雪云："六朝偶戀煙花跡，一代先收翰墨勳。"

松圃父丹臣先生少貧[10]，以筆一枝、傘一柄，至廣西，不二十年，致富百萬。松圃詩才清絶，不慕顯榮。父子皆奇士也。《曉行》云："朦朧曙色噪歸鴉，風撼疏林一徑斜。滿地白雲吹不起，野田蕎麥亂開花。""蘆荻飛花白滿汀，停車小憩水邊亭。前林一綫炊煙起，畫斷遥山半角青。"《秋思》云："凉笛聲兼風葉下，歸鴉影帶夕陽來。"

【箋注】

[1]李松圃：李秉禮，見卷六・七五注[5]。 [2]馬嵰（qiǎn）山：馬俊良，字嵰山。清浙江石門（今桐鄉一帶）人。乾隆二十六年進士，官内閣中書。有《易家要旨》《禹貢圖説》《嵰山詩草》等。 [3]浦柳愚：浦銑，字光卿，號柳愚。清代中葉浙江嘉善人。有《歷代賦話》《復小齋賦話》等。 [4]朱心池：朱錦，見卷六・七三注[10]。 [5]朱蘭雪：朱依真，字小岑，號蘭雪。

清廣西臨桂縣人。有《九芝草堂詩存》等。 [6]岳家軍：《宋史·岳飛傳》："撼山易，撼岳家軍難。" [7]靈皋：方苞，見卷一·二九注[1]。漁洋：王士禛，見卷一·五四注[1]。 [8]仙掌：漢鑄承露金人之掌，指代帝王宫闕。[9]白足：晋時高僧曇始有異跡，足白，沾水不濕，人稱白足和尚。這裏泛指高僧。[10]李丹臣：李宜民（1704—1798），字丹臣，號厚齋。清江西臨川（今撫州一帶）人，後定居廣西桂林。爲兩廣著名鹽商。

六 八

余試鴻詞報罷，蒙歸安吴小眉少司馬最爲青盼[1]。五十年來，其家式微[2]。今年遊粤東，過飛來寺，見先生題詩半山亭云："西徑崎嶇上，東峰宛轉行。半山山過半，飛鳥一身輕。"讀之，如重見老成眉宇。先生諱應棻，弟諱應枚[3]。其封君夢蘇眉山兄弟而生[4]，故一字小眉，一字小穎。小眉巡撫湖北，平反麻城冤獄[5]，爲海内所稱。小穎亦官至禮部侍郎。

【箋注】

[1]吴小眉：吴應棻（？—1738），字小眉，號眉庵。清浙江歸安人。康熙五十四年進士。官至兵部侍郎。有《青瑶草堂詩集》。 [2]式微：衰敗。[3]吴應枚：字小穎，號穎庵。雍正二年進士。官大理寺少卿。有《客槎集》《墨香幢詩》。 [4]封君：因子孫顯貴而受封典者。蘇眉山兄弟：即蘇軾與蘇轍。宋眉州眉山人。 [5]麻城冤獄：指湖北麻城涂如松冤案，事詳袁枚《小倉山房文集·書麻城獄》。

六 九

李懷民與弟憲橋選《唐人主客圖》[1]，以張水部、賈長江兩派爲主[2]，餘人爲客，遂號所咏爲"二客吟"。懷民《贈人盆桂》云："送花如嫁女，相看出門時。手爲拂朝露，心愁摇遠枝。"《送張明府》云："在縣常無事，還家只有身。隨行一舟月，出送滿城人。"憲橋《咏鶴》云："縱教就平立，總有欲高心。""不辭臨水久，只覺近人難。"《歷下廳》

云[3]："馬餐侵皂雪[4]，吏掃過階風。"《送流人》云："再逢歸夢是，數語此生分。"二人果有賈、張風味。

【箋注】

[1] 李懷民：見卷八·三〇注[8]。李憲橋：見卷六·五九注[2]。據《唐詩紀事》，唐末江南詩人張爲著《詩人主客圖》。李氏兄弟仿其例，搜集元和以後諸家五律，重訂《中晚唐詩人主客圖》。 [2] 張水部：張籍，見卷九·八六注[4]。賈長江：賈島，見卷九·九四注[2]。 [3] 歷下廳："廳"應爲"亭"。在山東濟南。歷下，濟南的古稱。 [4] 皂：牛馬的食槽，亦泛指牲口欄棚。

七　〇

余過大庾，邑宰袁鏡伊欣然相接[1]，自言傾想者三十年。同遊丫山[2]，又親送過梅嶺[3]。自誦《雪》詩云："遠近枝橫千樹玉，往來人負一身花。"《贈人》云："雪調静聽孤唱遠，雲程遥望一痕青。"本籍宣化，故有句云："山排雲朔從天下，水合桑溈入地無[4]。"皆佳句也。鏡伊名錫衡，乙酉孝廉。有勳貴過境[5]，傔從毆傷平民[6]，鏡伊縛置獄中，取保辜限狀[7]。嗣後過者肅然。

【箋注】

[1] 袁鏡伊：袁錫衡，字鏡伊。宣化（今河北張家口一帶）人。乾隆三十年舉人。曾任大庾縣知縣。 [2] 丫山：即雙秀山，在江西南安府城東北二十里。[3] 梅嶺：即大庾嶺，在今江西大余、廣東南雄二縣之間。 [4] 雲朔：雲州、朔州，今山西北部大同、朔州一帶。桑溈：桑乾河和媯水。媯水在山西永濟縣南，源出歷山，西入黄河。 [5] 勳貴：功臣權貴。 [6] 傔（qiàn）從：侍從、僕役。 [7] 取保：使被告提供擔保者。辜限：責令被告爲傷者治療的限期。

七　一

山左朱海客先生，名承煦[1]，素無一面。忽遣人投書，署云"上天下大才子某"。余感其意，過京口時，訪于海岳書院。先生已七十矣，留飲再四。余因風揚帆，不克小住。未半年，先生竟歸道山[2]。又六年，遇其子鑾坡于廣州，急索乃翁詩稿，得《示内》二句云：“剪刀聲歇栽花後，井臼功餘問字初[3]。”

【箋注】

[1]朱承煦（1712—1782）：字海客，一作海容，號鶴亭。清山東益都（今青州一帶）人。乾隆十二年舉人。曾任湖北大冶知縣。有《鶴亭詩稿》。[2]歸道山：歸仙山，死亡的婉稱。[3]井臼：汲水舂米，泛指操持家務。問字：漢代揚雄多識古文奇字，劉棻曾向揚雄學奇字。後來稱從人受學或向人請教爲“問字”。

七二

余病廣州，樂昌令吴公世賢[1]，每公事稍暇，必至床前問訊。余愛其詩筆清麗，可作陳琳之檄[2]。《咏釣竿》云：“淇園籊籊折新枝，人到忘機鷗鷺知[3]。風雪寒江應憶我，英雄末路悔抛伊。”《羽扇》云[4]：“常使指揮天下事，不羞憔悴月明中。”《皮蛋》云：“個中偏藴雲霞彩，味外還餘松竹煙。”吴號古心，松江人。

【箋注】

[1]吴世賢：字古心，號掌平。清江蘇南匯（今屬上海）人。乾隆十三年進士。知湖南靖州。有《古心堂诗文稿》《香草齋集》。[2]陳琳（？—217）：字孔璋。漢末廣陵射陽（今江蘇寶應一帶）人。《三國志》裴松之注引《典略》曰：“琳作諸書及檄，草成呈太祖。太祖先苦頭風，是日疾發，卧讀琳所作，翕然而起曰：‘此愈我病。’”[3]淇園：古代衛國園林，産竹，在今河南省淇縣西北。《詩經·衛風·淇奥》：“瞻彼淇奥，緑竹猗猗。”周朝衛武公有美德，衛人賦緑竹爲興。籊（tì）籊：長而尖削貌。《詩·衛風·竹竿》：“籊籊竹竿，以釣於淇。”忘機：消除機巧之心。[4]羽扇：古代儒將常持的羽毛扇，形容謀士儀態從容。蘇軾《念奴嬌·赤壁懷古》：“羽扇綸巾，談笑間，檣櫓灰飛煙滅。”

七　三

海陽令邱公學敏[1]，聞余到端州，即馳書與香亭[2]，必欲一見。果不遠千里，假公事到省，暢談竟日，饋遺殊厚。記其佳句云："山連齊魯青難了，樹入淮徐緑漸多[3]。"

【箋注】

[1] 邱學敏：邱學勄（mǐn）（？—1796），字至山，一字河東。浙江鄞縣人。乾隆二十一年舉人。官直隸正定知府。　[2] 香亭：袁樹，見卷一・五注[3]。[3] 齊魯：戰國時期齊國和魯國的簡稱，亦代稱山東。杜甫《望嶽》："岱宗夫如何，齊魯青未了。"淮徐：今江蘇徐州、淮安一帶。

七　四

魚門太史於學無所不窺[1]，而一生以詩爲最。余寄懷云："平生絶學都參遍，第一詩功海樣深。"寄未一月，而魚門自京師信來，亦云"所學，惟詩自信"，不謀而合，可謂知己自知，心心相印矣。屢託余買屋金陵，爲結鄰計。不料在廣州，孫補山中丞招飲[2]，告以魚門殁于陝西畢撫軍署中[3]。彼此泣下，銜杯無歡。因思畢公一代宗工，必能收其遺稿，然魚門所刻《蕺園集》，僅十分之三耳。記其未梓者，《書懷》云："才難問生産，氣不識金銀。"《題阮吾山行卷》云："無勞歎行役，行役是閒時。"《對雪》云："鬧市收聲歸闃寂，虚堂斂抱對寒清[4]。"《乞假》云："官書百卷從擔去，病牒三行有印鈐[5]。"嗚呼！此乾隆三十五年，假歸寓隨園，以近作見示，而余所抄存者也。不意竟成永訣！

【箋注】

[1] 魚門：程晋芳，見卷一・五注[1]。　[2] 孫補山：孫士毅，見卷八・三六注[1]。　[3] 畢撫軍：畢沅，見卷二・一三注[4]。撫軍：官名，明清時巡撫的别稱。　[4] 虚堂：空闊清静的廳堂，亦用於比喻虚心、不帶成見。

[5] 病牒（dié）：請病假的文書。

七五

余戊午秋闈，與錫山李君時乘同寓馬姓家[1]，同登秋榜，垂五十年。今歲在粤東，其子邕來見訪，出詩見示。録《山居》二首云："一從疏世事，終日把犁鋤。村色牛羊外，秋砧水石餘。山深遲刈麥，潭冷不生魚。倘有詩人至，猶堪剪韭蔬。""閑雲上小樓，落日林塘幽。溪雨蛙聲聚，山風槲葉秋[2]。一囊方朔米，卅載晏嬰裘[3]。便欲煙霞外，將身作隱侯[4]。"

【箋注】

[1] 戊午：這裏指乾隆三年（1738）。秋闈：亦稱秋試，明清時鄉試例在秋季八月舉行，故稱。李時乘：江蘇無錫人。清乾隆三年順天榜舉人。官鄒縣知縣、東平知州。 [2] 槲（hú）：即柞櫟，一種落葉喬木。 [3] 方朔米：東方朔曾用索米的滑稽方法向漢武帝表達勸諫之意。後以此典喻指在京城謀生。晏嬰裘：春秋時齊國輔相晏子崇尚節儉，一件狐皮大衣穿了三十多年，只在出國或參加盛典時穿。 [4] 隱侯：南朝梁沈約的謚號。沈約居處儉素，立宅東田，矚望郊阜。

七六

余宰江寧時，侯君學詩葦原[1]，年十四，應童子試。後夏醴谷先生屢稱其能詩[2]，終未見也。今宰新會，余往相訪，同遊圭峰望海。讀其詩，長於古風，蓋深于杜、韓、蘇三家者。佳句云："緑遮人外柳，紅落渡前花。""狂藥看人頻動色，樗蒱到老不知名[3]。"

【箋注】

[1] 侯學詩（1726—1792）：字叔起，號葦園。清江蘇江寧人。乾隆三十六年進士。官至撫州知府。有《梅花草堂詩集》。 [2] 夏醴谷：夏之蓉，見卷八·一〇一注[1]。 [3] 狂藥：此爲酒的别稱。樗蒱：即"樗蒲"。古代一種博戲。

七七

風情之事，不宜於老，然借老解嘲，頗可强詞奪理。康節先生《妓席》云[1]："花見白頭花莫笑，白頭人見好花多。"余仿其意云："若道風情老無分，夕陽不合照桃花。"方南塘六十歲娶妾[2]，云："我已輕舟將出世，得君來作掛帆人。"

【箋注】

[1]康節先生：邵雍，見卷九·五二注[9]。[2]方南塘：方貞觀，見卷八·九〇注[1]。

七八

余幼居杭州葵巷，十七歲而遷居。五十六歲從白下歸，重經舊廬。記幼時遊躍之場，極爲寬展；而此時觀之，則湫隘已甚[1]。不知曩者何以居之恬然也[2]？偶讀陳處士古漁詩曰[3]："老經舊地都嫌小，晝憶兒時似覺長。"乃實獲我心矣。

【箋注】

[1]湫（jiǎo）隘（ài）：地勢低窪狹小。[2]曩者：從前、以往。恬（tián）然：不在意貌。[3]陳古漁：陳毅，見卷一·五二注[3]。

七九

掌科丁田澍先生乞假歸[1]，《留別都人》云："亦知葑菲才無棄，其奈桑榆影漸低[2]？""論事偶然分洛蜀，交情原自比雷陳[3]。""曉鐘催去朝天客[4]，過巷車聲枕畔聽。"皆妙。

【箋注】

[1]掌科：清代置掌科中書，爲内閣屬官，掌繕書皇帝誥敕。丁田澍（1723—？）：一作丁田樹，字晋占，室號雙桂堂。清安徽懷寧人。乾隆

十六年進士。官至兵部郎中。有《粤遊草》《蜀遊草》《北遊草》。 [2]葑菲：蕪菁與葍，皆屬普通菜蔬，葉與根可食，但其根有時略帶苦味，有人因其苦而棄之。後因以“葑菲”爲有一德可取之謙辭。桑榆：日落時光照桑榆樹端，因以比喻晚年。 [3]洛蜀：指洛黨和蜀黨，爲宋哲宗時元祐黨争中的兩黨，洛學以程頤爲代表，蜀學以蘇軾爲代表。雷陳：後漢雷義與陳重，二人友誼深厚。[4]朝天：朝見天子。

八　〇

蘇州繆孝廉之惠妻王氏《咏馬》云[1]：“死有千金骨[2]，生無一顧人。”《漫興》云：“天有風雲常欲暮，山無草木不知秋。”

【箋注】

[1]繆之惠：字敏中，清蘇州人，乾隆十二年舉人。 [2]千金骨：戰國時，燕昭王欲求賢才，郭隗以買千里馬爲喻，説古代有君王懸賞千金買千里馬，三年後得一死馬，用五百金買下馬骨，於是不到一年，得到三匹千里馬。

八　一

桐城馬相如、山陰沈可山[1]，少年狂放，路逢親迎者，不問主人，直造其家，索紙筆。《替新婦催妝》云[2]：“江南詞客太翩躚，打鼓吹簫薄暮天。應是天孫今夕嫁[3]，碧空飛下雨雲仙。”“隨郎共枕心猶怯，别母牽衣淚未乾。玉筯休教褪紅粉，金蓮燭下有人看[4]。”娶婦家頗解事，讀之大喜，飲以玉爵，各贈金花一枝。

【箋注】

[1]馬相如：馬樸臣（1683—1738），字相如，一字春遲，號漁山。清安徽桐城人。雍正十年舉人。官中書舍人。有《報循堂詩鈔》。沈可山：沈堡，字可山，晚號漁莊先生。清浙江蕭山人。諸生。有《漁莊詩草》《步陵詩鈔》《嘉會堂集》等。 [2]催妝：舊俗新婦出嫁，必多次催促，始梳妝啟行。賀者賦詩以催新婦梳妝，叫催妝詩。 [3]天孫：傳説中巧于紡織的仙女。[4]玉筯：喻眼淚。金蓮燭：一種蓮花形的燈燭。

八二

余最愛言情之作，讀之如桓子野聞歌，輒喚奈何[1]。録汪可舟《在外哭女》云[2]："遥聞臨逝語堪哀，望我殷殷日百回。死别幾時曾想到，歲朝無路復歸來。絶憐艱苦爲新婦，轉幸逍遥入夜臺[3]。便即還家能見否，一棺已蓋萬難開。"《過朱草衣故居》云："路繞叢祠鳥雀飛，依然門巷故人非。憶尋君自初交始，每渡江無不見歸。問疾榻前纔轉盼，談詩窗外剩斜暉。絶憐童僕相隨慣，未解存亡欲扣扉。"沙斗初《經亡友别墅》云[4]："千石魚陂占水鄉，四時煙景助清光。弟兄不隔東西屋，賓主無分上下床。斗酒幾番當皓月，題詩多半在修篁。今朝獨棹扁舟過，回首前歡墮渺茫。"厲太鴻《送全謝山赴揚州》云[5]："生來僧祐偏多病，同往林宗又失期[6]。兩點紅燈看漸遠，暮江惆悵獨歸時。"王孟亭《歸輿》云[7]："漫理輕裝唤小舠，何緣歸輿轉蕭騷[8]。老來最怕臨歧語，燈半昏時酒半消。"宗介颿《别母》云[9]："垂白高堂八十餘，龍鍾負杖倚門閭。泣惟張口全無淚，話到關心只望書。"某婦《送夫》云："君且前行莫回顧，高堂有妾勸加餐。"

【箋注】

[1] 桓子野：桓伊，字叔夏，小字子野。東晋譙國銍縣（今安徽宿州一帶）人。官至護軍將軍。喜音樂，善吹笛。每聞清歌，輒唤"奈何"。 [2] 汪可舟：汪舸，見卷五・四注[2]。 [3] 夜臺：墓穴。 [4] 沙斗初：沙維杓，見卷三・四九注[2]。 [5] 厲太鴻：厲鶚，見卷三・六一注[1]。全謝山：全祖望，見卷五・七三注[4]。 [6] 僧祐：王僧祐，字胤宗。南朝宋琅琊臨沂人。《南史》卷二十一："雅好博古，善《老》《莊》，不尚繁華。……謝病不與公卿遊。齊高帝謂王儉曰：'卿從可謂朝隱。'答曰：'臣從非敢妄同高人，直是愛閑多病耳。'"林宗：郭泰（128—169），字林宗。太原介休（今屬山西）人。東漢儒師。曾在遊歷途中遇雨，折頭巾一角遮雨，衆人争相仿效，稱爲"林宗巾"。此喻指全謝山。 [7] 王孟亭：王箴輿，見卷二・七六注[1]。 [8] 小舠（dāo）：小船。蕭騷：蕭條凄涼。 [9] 宗介颿：宗聖垣（1735—1815），字芥颿。清浙江會稽人。乾隆三十九年舉人。官至廣東雷州知府。有《九曲山房詩文集》。

按：愛言情詩，應該是性靈詩人的主要特徵。這裏所舉的言情詩，都是言人之常情，如親情、友情、鄉情、愛情，但咏來並不平淡。這樣的真情、美情、善情，是家國凝聚力之本。

八　三

壬辰年，王光禄禮堂來白下[1]，訪江寧令陸蘭村[2]。予問："有新詩否？"光禄書《贈内》云："幾載東華不自聊[3]，緑窗並坐感蕭騷。寒閨刀尺陪宵讀，瓦鼎茶湯候早朝。馬磨勞生還憶共，犬臺殘魄可能招[4]？却嗤割肉容臣朔，但把清齋學細腰[5]。""一室流塵玉漏窮，更闌深掩小房櫳[6]。何妨放誕時卿婿[7]，聽唱風波欲惱公。天畔登樓長客裏，燈前擁髻只愁中。一龕低處雙棲穩，雪北香南結托同[8]。"又《從圍》句云："日占戊好軍容壯，牡奉辰多典禮偕[9]。""霜濃牛馬通身白，林凍烏鴉閉口喑[10]。"一用《毛詩》，一用《北史》，俱典雅。

【箋注】

[1]壬辰：這裏指乾隆三十七年（1772）。王禮堂：王鳴盛，見卷九·六七注[1]。 [2]陸蘭村：陸允鎮，見卷二·七七注[2]。 [3]東華：明清時中樞官署設在宫城東華門内，因以借稱中央官署。 [4]馬磨：三國時許靖，受其從弟排擠，不得任官，以馬磨米自給度日。後以此典形容貧寒。犬臺：犬臺宫，漢代宫室名，在上林苑中，江充曾被召見于犬臺宫。 [5]朔：東方朔。漢武帝時，一次給大臣分肉，東方朔不待詔拔劍割肉而去，詼諧自譽，反受賞賜。細腰：楚靈王喜歡細腰之人，所以靈王的臣下就每日只吃一頓飯。 [6]房櫳：窗櫺。 [7]卿婿：《世説新語·惑溺》："王安豐婦，常卿安豐。安豐曰：'婦人卿婿，於禮爲不敬，後勿復爾。'婦曰：'親卿愛卿，是以卿卿；我不卿卿，誰當卿卿？'"卿，此指夫妻間親暱的稱呼。 [8]雪北香南：多雪的北方和花木飄香的南方。 [9]日占戊好：《詩經·南有嘉魚之什·吉日》："吉日維戊，既伯既禱。"意謂戊日是好日子，先要祈禱和祭馬神。這是寫周王畋獵的詩。牡奉辰多：《詩經·秦風·駟驖（tiě）》："奉時辰牡，辰牡孔碩。"意謂獵官供奉公鹿以作祭祀，公鹿個個碩大肥壯。這是描寫秦君狩獵盛况的詩。

辰牡，按時節進獻的雄獸。 [10]“霜濃”句：《北史·列傳第十二》：“（王）晧字季高，少立名行，爲士友所稱。遭母憂，居喪有至性。儒緩亦同諸兄。嘗從文宣北征，乘赤馬，旦蒙霜氣，遂不復識。自言失馬，虞候爲求覓不得。須臾日出，馬體霜盡，繫在幕前，方云：‘我馬尚在。’”

八　四

安慶詩人，以“二村”爲最，一李嘯村葂，一魯星村瓚[1]。魯五言如：“久客神常倦，還家似在舟。”“鳥散雪辭竹，煙消山到門。”“風竹不留雪，冰池時集鴉。”七言如：“舟行忽止冰初合，窗暗還明月未沉。”“避雪野禽低就屋，忘機小鼠漸親人。”皆可誦也。又：“雀浴乘冰缺。”五字亦佳。

嘯村工七絶，其七律亦多佳句，如：“馬齒坐叨人第一[2]，蛾眉窗對月初三。”“賣花市散香沿路，踏月人歸影過橋。”“春服未成翻愛冷，家書空寄不妨遲。”皆獨寫性靈，自然清絶。腐儒以雕巧輕之，豈知鈍根人，正當飲此聖藥耶？乾隆丙寅，觀補亭閣學科試上江[3]，點名至嘯村，笑曰：“久聞秀才詩名，此番考不必作《四書》文，作詩二首，可也。”題是“賣花吟”。李有句云：“自從賣落行人手，瓦缶金尊插任君[4]。”又曰：“自笑不如雙粉蝶，相隨猶得入朱門。”閣學喜，拔置一等。

【箋注】

[1]李葂：見卷五·四七注[1]。魯瓚：見卷三·三七注[2]。 [2]馬齒：看馬齒可知馬的年齡，故常以謙稱自己的年齡。叨：表示承受之意，常用作謙詞。[3]丙寅：這裏指乾隆十一年（1746）。觀補亭：觀保（1711—1777），字伯容，號補亭，姓索綽絡。滿洲正白旗人。乾隆二年進士。官至禮部尚書。有《補亭遺稿》。閣學：内閣學士。上江：明代安徽、江蘇合稱江南，江蘇爲下江，安徽爲上江。 [4]瓦缶（fǒu）：小口大腹的瓦器。金尊：金製器具。

按：按袁枚的詩觀，獨寫性靈時，詩不妨雕巧。如這裏的“香沿路”“影過橋”之類，有一種幽美的情味在其中。

八　五

朱竹君學士督學皖江[1]，任滿，余問所得人才。公手書姓名，分爲兩種，樸學數人[2]，才華數人。次日，即率黄秀才名戊字左君者來見[3]，美少年也。其《京邸夜歸》云："入城燈市散，有客正還家。新僕欲通姓，嬌兒不識爺。春光滿茅屋，喜氣上燈花。乍見翻無語，徘徊月正華。"七言如："小艇自流初住雨，夾衣難受嫩晴風。"殊有風流自賞之意。

【箋注】

[1]朱竹君：朱筠，見卷六·二九注[1]。　[2]樸學：清代繼承漢儒學風，致力於經史子的訓詁考據，被稱爲"質樸之學"，簡稱"樸學"，也稱"考據學"。　[3]黄戊：指黄鉞（1750—1841），字左君、左田。清安徽當塗人。乾隆五十五年進士。官至户部尚書。有《壹齋集》。

八　六

乾隆丙辰，予于李敏達公處，見厲子大先生[1]，時爲少司寇。以冢宰文恭公之子[2]，未弱冠即入翰林，詩才清妙。《歲除和韻》云："一年清課爲花忙，無事花間倒百觴。日落歸鴉喧古木，家貧饑鶴唳空倉。楸枰静設遲棋客，彩筆吟成和省郎[3]。官柳未黄桃已爛，春風早晚亦何嘗。"《獨酌》云："萍分雲散故人離，尊酒應憐獨酌時。夜漏漸沉燒燭短，殘書未了引眠遲。羅江春信盆梅報，紙帳宵寒鶴夢知。皎皎庭除餘落月，屋梁相照此心期。"

【箋注】

[1]李敏達：李衛，見卷四·七〇注[1]。厲子大：勵宗萬（1705—1759），字滋大（子大），號衣園。清直隸静海（今屬天津）人。康熙六十年進士。官至禮部侍郎。"厲"爲"勵"字之誤。　[2]文恭公：勵廷儀（1669—1732），字令式，號南湖。清直隸静海人。康熙三十九年進士。官至刑部尚書。

卒謚文恭。有《雙清閣詩稿》。 [3] 楸枰：棋盤，古時常用楸木製作，故稱。省郎：指中樞諸省的官吏。

八七

金陵曹淡泉秀才[1]，以“一夕春風暖，吹紅上海棠”一聯，爲予所賞，遂刻意爲詩。《贈妹》云：“吾妹何賢淑，能箴女史詞[2]。倩人教織素，隨嫂學烝梨。母病緇經早，家貧得婿遲。天然心愛好，常誦阿兄詩。”《傘山道中》云[3]：“南陌草萋萋，新秋插未齊。投村先問路，隔隴但聞雞。壩斷溪聲急，山高日影低。夜來經雨過，牛跡滿荒堤。”他如：“老牛舐犢沿修埂，雛燕分巢過別家。”“歲逢閏月春來早，山背朝陽雪化遲。”俱妙。

【箋注】

[1] 曹淡泉：曹言路，見卷六・八注[3]。 [2] 女史：對知識婦女的美稱。[3] 傘山：南京棲霞山的別稱。

八八

桐城劉大櫆耕南[1]，以古文名家。程魚門讀其全集[2]，告予曰：“耕南詩勝於文也。”《聽琴》云：“香臺初上日[3]，簷鐸受風微。好友不期至，僧廬同叩扉。彈琴向佛坐，餘響入雲飛。余亦忘言説，烏棲猶未歸。”《獨宿》云：“江村黄葉飛，猶掩蕭齋卧[4]。時有捕魚人，櫓聲窗外過。”真清絶也。《哭弟》云：“死別漸欺初日諾，長貧難作托孤人[5]。”

【箋注】

[1] 劉大櫆（1698—1779）：字才甫，又字耕南，號海峰。清安徽桐城人。有《海峰詩集》《海峰文集》。 [2] 程魚門：程晋芳，見卷一・五注[1]。[3] 香臺：燒香之臺。 [4] 蕭齋：見卷六・一一〇注[2]。 [5] 托孤：死者以遺留下來的孤兒相托。

八 九

蘇州孝廉薛起鳳[1]，字皆三，性孤冷。亡後，彭尺木進士爲梓其遺詩[2]。《過范文正公祠》云[3]：“憂樂平生事，虀鹹志在斯[4]。由來天下任，只在秀才時。”《對雪》云：“天風剪水水爭飛，飛上寒山浣石衣[5]。一夜雪深迷磵道，不知何處叩巖扉[6]。”

【箋注】

[1]薛起鳳：薛皆三，見卷二・四六注[7]。 [2]彭尺木：彭紹升（1740—1796），字允初，號尺木，又號知歸子。清江蘇長洲人。乾隆三十四年進士。有《二林居集》《一行居集》等。 [3]范文正：范仲淹，見卷一・二七注[5]。 [4]虀（jī）鹹：細切的醃菜之類，喻指清貧的生活。 [5]石衣：苔藻。[6]磵（jiàn）道：山谷中的道路。巖扉：巖洞的門，借指隱士的住處。

按：高消費時代，也應生活簡樸，懂得先天下之憂而憂，後天下之樂而樂。當今的莘莘學子，應抱有“由來天下任，只在秀才時”的志向。

九 〇

金陵龔秀才元超[1]，字旭開，余詩弟子也。《月夜》云：“江水洗江月，荻花寒不飛。林園足煙景，屋宇湛霜輝。戍角宵將半，溪船漁未歸。沿堤采芳芷，似勝北山薇[2]。”《送從兄酌泉夜歸》云：“前番不識路，聞語碧蘿叢。此次逢招飲，銜杯紅葉中。山深花木好，客妙性情同。歸路誰先醉，應扶白髮翁。”《漁家》云：“輕縠紋生玉溆斜[3]，晚風吹雨濕桃花。紅裙雙腕急摇櫓，前面垂楊是妾家。”

【箋注】

[1]龔元超：見卷三・一五注[3]。 [2]芳芷：香草名。北山薇：北山，此指鍾山。薇，菜名，也稱野豌豆。 [3]輕縠（hú）：輕細的縐，此喻水波。玉溆（xù）：水濱的美稱。

九　一

杭州吴飛池，學詩于樊榭先生[1]。先生愛其“紅蓼花深冷葛衣”一句[2]，謂可鎸入印章。其《澶州雜詩》云[3]：“晨光黯黯樹稀微，雲帶炊煙濕不飛。多少人家秋色裏，滿天白露漫柴扉。”《過洛陽問牡丹》云：“花濃洛下種應真，我却來時不是春。到耳盡誇顔色好，未開先賞斷無人。”他如：“林間一鳥過，池面數花攲[4]。”“岸仄疑無路，燈明似有村。”“曉月光微難辨樹，西風吹冷不知衣。”皆清脆可喜。

【箋注】

[1] 吴飛池：吴龍光，見卷九・五四注[2]。樊榭：即厲鶚，見卷三・六一注[1]。　[2] 葛衣：用葛布製成的夏衣。　[3] 澶（chán）州：古地名，今河南濮陽一帶。　[4] 攲（qī）：傾斜。

九　二

余祖居杭州艮山門内大樹巷[1]。鄰有隱者桑文侯[2]，鬻粽爲業。性至孝，父病膈[3]，文侯合羊脂和粥以進。父死，乃抱鐺而哭[4]。人爲繪《抱鐺圖》，徵詩。萬君光泰詩最佳[5]，其詞曰：“羊脂數合米一掬，病父在床惟啖粥[6]。父能啖粥子亦甘，粒米勝於五鼎肉[7]。升屋皋某無歸魂[8]，束薪斷火鐺寡恩。床前呼父鐺畔哭，抱鐺三日鐺猶温。嗚呼！恨身不作鐺中米，臨殁猶能進一匕，謂鐺不聞鐺有耳。”

文侯之子弢甫先生[9]，性孤癖，能步行百里，棄主事官，裹糧遊五岳。《留别袁石峰》云[10]：“莫定畸人物外蹤[11]，夢魂飛入碧霞重。浮雲形似世情幻，秋樹色添遊興濃。白練横過天際馬，烏藤直上嶺頭龍。憑將一斗隃糜汁[12]，灑遍天門日觀峰。”《過華山》云：“華山門下雨盈盈，玉女秋期會玉京。十萬雲鬟梳洗罷，漫空盆水一齊傾。”《嵩洛雜詩》云：“鐵梁大小石縱横，似步空廊屧有聲[13]。世外多情一明月，直陪孤影到三更。”非深于遊山者不能言。先生名調元。

【箋注】

[1]艮山門：杭州城東北門。 [2]桑文侯：桑天顯(1655—1733)，字文侯。清浙江餘姚人。精醫術。 [3]膈（gé）：膈膜，胸腔和腹腔之間的膜狀肌肉。[4]鐺（chēng）：古代的鍋，有耳和足。 [5]萬光泰：見卷一・五二注[1]。[6]啖（dàn）：同“啖”，吃。 [7]五鼎：喻高官貴族的豪奢生活。 [8]升屋皋某：即爲死者招魂。《禮記・禮運第九》：“及其死也，升屋而號，告曰：‘皋！某復。’” [9]弢甫：桑調元，見卷三・二九注[2]。 [10]袁石峰：袁一智，字廩峰，號石峰。清安徽休寧人。 [11]畸（jī）人：特立獨行的人。 [12]隃（yú）糜（mí）：漢置縣名，以産墨著稱，後世因借指墨或墨跡。[13]屧（xiè）：本指木底鞋中的襯墊，後即用指木屐。

九　三

姬傳姚太史云[1]：“詩文之道，凡志奇行者易爲工，傳庸德者難爲巧[2]。”理固然也。然亦視其人之用筆何如耳。吾族柳村有側室韓氏[3]，年逾二十，即守節教子[4]，居竹柏樓十五年而卒。子又愷請旌於朝[5]，又畫《樓居圖》志痛。一時士大夫咏其事者如雲，號《霜哺遺音集》[6]。此庸行也[7]。余獨愛少詹錢辛楣七古云[8]：“郊居岑蔚竹柏交，秋霜轢物群英凋[9]。小樓一燈青不摇，課兒夜誦聲咿咬。柳村嶽嶽古英豪，山邱華屋如驚泡。淑姬寤言矢終宵[10]，手持刀尺敢憚勞？離鸞别鵠哀弦操[11]，可憐荻影風蕭蕭。熊丸茹苦勝珍肴，湛侃復見良足褒[12]。竚看紫誥慶所遭，烏頭綽楔榮光高[13]。何圖蕙草謝一朝[14]，樓存人去魂難招！郎君玉立森蘭茝[15]，春暉未報心忉忉。音徽追溯倩畫描，披圖展拜恒號咷[16]。我爲歌咏輝風騷。”又，無錫進士顧鈺五律第二首云[17]：“非擬懷清築[18]，蕭然坐一林。竹森環户翠，柏古落庭陰。畫荻慈親志，登樓孝子心[19]。當年紡績處，傾聽有遺音。”柳村名永涵，蘇州人。

【箋注】

[1] 姬傳：姚鼐（1731—1815），字姬傳，一字夢穀，室名惜抱軒。祖籍浙江餘姚，宋元之際遷安徽桐城。乾隆二十八年進士。歷官兵部主事、刑部廣東司郎中。有《惜抱軒全集》等。 [2] 奇行：不同于凡俗的行爲。庸德：平凡普通的道德情操。 [3] 柳村：袁永涵，號柳村。清江蘇長洲人。 [4] 守節：舊指寡婦不再嫁。 [5] 又愷：袁廷檮，見卷七・八注 [4]。旌：表彰。[6] 霜哺：即母守寡、兒盡孝之意。清初袁重其有《霜哺篇》 [7] 庸行：時常保持平凡的行事方式，以有利於人。 [8] 錢辛楣：錢大昕，見卷二・四四注 [4]。 [9] 岑蔚：深茂的草木叢。轢（lì）：欺淩。 [10] 寤言：對語。矢：陳述。 [11] 離鸞别鵠：比喻夫妻離散。 [12] 熊丸：以熊膽製成的藥丸。唐柳仲郢幼嗜學，其母曾和熊膽丸，使夜咀咽，以苦志提神。見《新唐書・柳仲郢傳》。後用爲賢母教子的典故。湛侃：指晋代陶侃母子。侃即陶侃，見卷七・六注 [7]。湛即陶侃的母親湛氏。 [13] 紫誥：指詔書。古時詔書盛以錦囊，以紫泥封口，上面蓋印，故稱。烏頭：黑色頭髮，借指年少。綽楔：古時樹於正門兩旁，用以表彰孝義的木柱。 [14] 蕙草：又稱香草、熏草，古人認爲可以熏除邪氣，亦喻君子美德。 [15] 蘭苕（tiáo）：蘭花。 [16] 音徽：音容。號咷：放聲大哭。 [17] 顧鈺（1755—1798）：字式度，號蓉莊。清江蘇無錫人。乾隆五十二年進士。官至御史。有《蓉莊遺稿》。 [18] 懷清：指女懷清臺，俗名貞女山，在四川永安東北。據《史記》，巴郡有個名叫“清”的寡婦，擁有祖上傳下來的大量丹砂礦，秦始皇視其爲守業守節的女子，特邀她到咸陽，待以上賓之禮，並築了一座女懷清臺。 [19] 畫荻：宋歐陽修四歲而孤，家貧，母親以荻管畫地寫字，教其讀書。後以“畫荻”爲稱頌母教之典。登樓：指登母親生前所居竹柏樓。亦指畫《樓居圖》志痛。

按：上兩則詩話，彰顯的是中華傳統美德，這應該説是性靈詩的精髓。性靈詩不都是風流韻事，按今天的話來説，性靈詩不能不被賦予相當的正能量。

隨園詩話箋注　卷一一

一

古陶太尉、歐陽少師之母[1]，俱以教子貴顯，名傳千古。然兩母之著述不傳。即宣文夫人講解經義[2]，幾與孔子並稱，而吟咏亦無聞焉。近惟畢太夫人[3]，兼而有之。夫人名藻，字于湘，印江令笠亭先生之女[4]，余同徵友少儀觀察之妹也[5]。偶咏梅云："出身首荷東皇賜，點額親添帝女裝[6]。"首句本出無心，未幾，秋帆尚書果殿試第一[7]，繼王沂公而起[8]。古人之詞，便成詩讖[9]，事亦奇矣。太夫人雖在閨閣，而通達政體。尚書出撫陝西，太夫人作詩箴之云："讀書裕經綸，學古法政治。功業與文章，斯道非有二。汝宧久秦中，洊膺封圻寄[10]。仰沐聖主慈，寵命九重賁[11]。日夕爲汝祈，冰淵慎惕厲。譬諸欂櫨材[12]，斲小則恐敝。又如任載車，失誡則懼躓[13]。捫心五夜慚，報答奚所自？我聞經緯才，持重戒輕易。教敕無煩苛，廉察無猥細。勿膠柱糾纏，勿模棱附麗。端己勵清操，儉德風下位。大法則小廉，積誠以去僞。西土民氣淳，質樸鮮糜費。豐鎬有遺音[14]，人文鬱炳蔚。況逢郅治隆，陶鈞綜萬類[15]。民力久普存，愛養在大吏。潤澤因時宜，樽節善調理[16]。古人樹聲名，根柢性情地。一一踐履真，實心見實事。千秋照汗青，今古合符契。不負平生學，不存温飽志。上酬高厚恩，下爲家門庇。我家祖德詒，箕裘罔或墜[17]。痛汝早失怙[18]，遺教幸勿棄。歎我就衰年，垂老筋力瘁。曳杖看飛雲，目斷秦山翠。"讀其詩，可謂訓詞深厚，不減顏家庭誥[19]。未幾，太夫人就養官署，一路關心，訪察政聲。聞長安父老俱稱尚書之賢，太夫人喜，抵署又賦詩曰："駸駸乍解路三千，風物琴川慰眼前[20]。到處聽來人語好，頻年豐樂使君賢[21]。”“連朝話舊到更深，不盡婁江望遠心[22]。莫怪老人添白髮，兒童幾輩换鄉音。”“周遭竹嶼與花潭，檻外雲光映翠嵐。盡有瑣窗詩料在，不須回首憶江南。”太夫人受封極品，考終官署。庚子，上巡江浙，尚書居憂里門，謁於行在，具陳母氏賢行。上賜“經訓克家”四字。尚書建樓于靈巖别業，以奉宸章[23]，當世榮之。有《培遠堂詩集》行世。

《培遠堂集》中，美不勝收。摘其尤者[24]，五古如《靈巖山館夜坐》云：“圓景下絶壁[25]，山館忽已暝。石磴静張琴，雪泉清瀹茗[26]。不知夜已深，月上青松頂。”五律如《正月十二夜》云：“銀釭暗畫堂[27]，坐數漏偏長。雁影半牆月，雞聲萬瓦霜。夜吟多遣興，春夢不離鄉。庭下微風起，梅花入幕香。”《落葉》云：“微霜零木葉，秋氣乍蕭森。亂逐西風下，多隨涼雨深。紙窗延皎月，苔磴失層陰。偶爾憑欄立，平林露遠岑。”七律如《小園》云：“小園半畝寄西城，每到春深信有情。花裏簾櫳晴放燕，柳邊樓閣曉聞鶯。漢書舊讀文猶熟，晋帖初臨手尚生。自笑争心猶未忘，閑招鄰女對棋枰。”七絶如《探梅》云：“光福寺前日欲曛，上陽村外望絪縕[28]。千林萬壑浩無際，不辨湖光與白雲。”《春殘》云：“斐几熏爐百衲琴[29]，緑陰門巷晝沉沉。春來小苑無人掃，花落窗前一寸深。”《松徑》云：“曲徑彎環石級高，滿亭山色緑周遭。松風似厭泉聲小，自寫雲門百尺濤[30]。”五排如《雁字》云：“一片雲藍紙，鴻文絶點瑕。禽經殊古雅，羽檄等紛拏[31]。每作纏聯起，何曾叙次差？銜蘆如運筆，遊霧類塗鴉。凡鳥徒貽誚[32]，家雞詎用誇？緘情來塞北[33]，傳信向天涯。四出驚風急，低横遠岫遮。諧聲呼伴侣，破體遇弓靫。行斷疑從缺，書空點不加[34]。奇姿多縹緲，取勢故攲斜。斂翰停摛藻[35]，臨池戲劃沙。鵝群猶遜巧，鳳策足聯華[36]。水映騰清稿，煙籠護碧紗。掞天才不愧[37]，逸興寄雲霞。”五言絶如《雨夜》云：“向晚花冥冥，獨坐理琴譜。一縷茶煙生，疏簾散春雨。”六言絶如《夏日作》云：“撥火爐香颺來，捲簾梁燕飛去。吴門六月猶寒，雨在江南何處？”皆有清微淡遠之音，真合作也[38]。其他名句，五言如《望華》云：“日生常夜半，雲到只山腰。”《嘗新茶》云：“未乾春露氣，猶帶曉雲香。”《虎邱》云：“隔花皆有閣，入寺始知山。”《江村寓目》云：“山吞將落日，風抵欲來潮。”七言如《梅花》云：“獨與白雲如有約，遥疑積雪亦生香。”《聞蟲》云：“花徑雨過苔乍冷，豆棚風定月初明。”《野望》云：“雨餘霜葉紅於染，風定炊煙白欲凝。”《靈巖懷古》云：“香徑花開人去後，屧廊風響月明中[39]。”《登澄觀樓》云：“積雪明多能淡日，遠山寒極不生煙。”

【箋注】

[1] 陶太尉：陶侃（259—334），字士行。東晋廬江潯陽人。母姓湛，豫章新淦人。侃少孤貧，母勤紡績以資供給。侃爲縣吏，母使交結勝己者。後官至荆、江二州刺史，都督交、廣、甯、江等八州軍事。封長沙郡公。卒謚桓。歐陽少師：歐陽修，見卷四・四七注[1]。 [2] 宣文夫人：宣文君，姓宋，名字失傳，是太常韋逞之母。南北朝前秦女經學家。 [3] 畢太夫人：張藻（1712—1779），字于湘。清江蘇青浦人。知縣張之頊女。畢禮妻、巡撫畢沅母。有《培遠堂集》。 [4] 笠亭：張之頊，字孟堅，號笠亭。雍正間以歲貢教習，選貴州印江知縣。 [5] 少儀：張鳳孫，見卷四・一注[5]。 [6] 東皇：指司春之神。點額：據説，南朝宋武帝的女兒壽陽公主，於正月初七在含章殿的屋簷下躺着，有梅花落在額上。宫女紛紛模仿，稱爲梅花妝。此處指吉祥之兆。 [7] 秋帆：畢沅，見卷二・一三注[4]。 [8] 王沂公：王曾（978—1038），字孝先。宋青州益都（今山東青州）人。狀元及第。官至樞密使，拜相。封沂國公。 [9] 詩讖：謂所作詩無意中預示了後來發生的事。 [10] 洊膺：多次受到。封圻：封畿，代指朝廷。 [11] 賁（bì）：華美光彩。 [12] 欂櫨：柱上承托棟樑的方形短木，即斗拱。 [13] 懼躓：害怕處於困境。 [14] 豐鎬：周的舊都豐與鎬的合稱。 [15] 郅治：指以文德使天下大治。陶鈞：指施展治國之才。 [16] 樽節：節制、節約。 [17] 詒（yí）：遺留。箕裘：《禮記・學記》：“良冶之子，必學爲裘，良弓之子，必學爲箕。”後以箕裘比喻祖上的事業。 [18] 失怙（hù）：喪父。 [19] 顔家庭誥：南朝宋顔延之所著家訓，亦泛指家教。 [20] 驂騑：指駕車之馬。琴川：江蘇常熟的别名。 [21] 使君：對州郡長官的尊稱。 [22] 婁江：即今江蘇瀏河，亦爲太倉州的别稱。 [23] 靈巖：山名，在蘇州木瀆。宸章：皇帝所作的詩文。 [24] 尤：最優異。 [25] 圓景：

月亮。[26] 瀹（yuè）茗：煮茶。[27] 銀釭：銀白色的燈盞。[28] 絪緼：指天地陰陽二氣交融的狀態。[29] 斐几：帶有文彩的放置小件器物的家具。[30] 寫：傾瀉。[31] 羽檄：古代軍事文書，插鳥羽以示緊急。紛拏（rú）：紛雜。[32] 詒誚：讓人笑話。[33] 緘情：猶含情。[34] 書空：雁在空中成列而飛，其行如字，故稱。[35] 摛藻：比喻施展文才。[36] 鳳策：文辭華美的奏章。[37] 掞（yàn）天：光芒照天。[38] 合作：指詩文書畫合於法度。[39] 屧（xiè）廊：即響屧廊。春秋時吴宫廊名，廊中地面用梓木板鋪成，行走有聲。

二

仁和沈椒園庭芳，查聲山學士外孫也[1]。其尊甫麟洲先生[2]，宰文昌，被累，戍寧夏。母查太淑人留居嘉善，不從行。椒園每歲南北省親，極行路之苦。有詩云："秋生紅豆辭南國，春到青銅赴朔方。"青銅者，寧夏山名。又："雲影有心隨望眼，淚痕和綫綻征衣。"爲厲樊榭孝廉所賞[3]。沈歿後，張少儀有詩哭之[4]，云："塞上草枯雙淚白，瀛州雲净一襟清。"草枯，用裴子野事[5]，蓋紀實也。觀察尊甫笠亭先生，宰印江，與沈同戍。觀察徒跣萬里，號呼求救，卒獲安全。嗚呼！三君皆與余同舉詞科，而沈、張兩觀察，又同舉詩社于李玉洲先生家[6]，往來尤狎。今皆先後化去[7]。追思六十年中，升沉聚散，音塵若夢，可爲於邑[8]！張母顧恭人若憲，即畢太夫人母也[9]，有《挹翠閣集》。與武林林以寧、顧姒齊名[10]。隨官牂牁[11]，卒於官所。太夫人有《得黔中信》二首最凄惻，詩云："黔中驛使到，腸斷血沾襟。絶域懷歸意，頻年憶女心。不曾虚藥物，猶爲寄華簪[12]。凄絶離亭語，迢遥遂至今。""官舍千山外，飄飄丹旐懸[13]。望雲空白髪，繞膝待黄泉[14]。猶有清吟在，應教彤管傳[15]。阿兄歸日近，負土在明年[16]。"其後，尚書迎養秦關[17]，少儀自滇中解組來署[18]，白頭兄妹，唱和終朝。太夫人又作云："千里迢遥客乍回，相逢歲盡笑眉開。廿年髮逐梅花白，一夜春隨爆竹來。誰料異鄉逢雁序，細談舊事劃壚灰[19]。殷勤傳語司更者，漏箭城頭莫浪催[20]。"

【箋注】

[1] 沈廷芳：見卷一・六五注[11]。查聲山：查昇，見卷六・八四注[3]。[2] 尊甫：對他人父親的敬稱。麟洲先生：沈元滄（1666—1733），字麟洲，號東隅。清浙江仁和人。康熙四十四年、五十六年兩舉副貢生。曾官廣東文昌知縣，以事戍寧夏。有《滋蘭堂詩集》。[3] 厲樊榭：厲鶚，見卷三・六一注[1]。[4] 張少儀：張鳳孫，見卷四・一注[5]。[5] 裴子野（469—530）：字幾原。河東聞喜（今屬山西）人。南朝梁武帝時官至著作郎兼中書通事舍人，終鴻臚卿。[6] 李玉洲：李重華，見卷四・三九注[2]。[7] 化去：指死亡。[8] 於邑：憂鬱煩悶。[9] 顧恭人：顧英，字若憲，號蘭谷。清江蘇長洲人。知縣張之項室，道員鳳孫母。有《挹翠閣詩鈔》。畢太夫人：張藻，見本卷一注[3]。[10] 林以寧（1655—？）：字亞清。清浙江錢塘人。進士林綸之女。有《墨莊詩文鈔》《鳳簫樓集》等。顧姒（1665—1705）：字啟姬。清浙江杭州人。少尹顧策雲女。諸生鄂曾室。有《靜御堂集》《翠園集》。[11] 牂（zāng）牁（kē）：古郡名，在今貴州貴陽附近。[12] 華簪：華貴的冠簪，爲貴官所用，故常用以指顯貴的官職。[13] 丹旐：紅色銘旌。[14] 繞膝：多用於形容子女侍奉父母。黄泉：舊指人亡後的陰間。[15] 彤管：通常指女子的文墨。[16] 負土：背土築墳，古代認爲是一種孝義的行爲。[17] 尚書：指畢沅，見卷二・一三注[4]。迎養：謂迎接尊親同居一起，以便孝養。[18] 解組：謂辭免官職。[19] 雁序：比喻兄弟。劃壚灰：憶舊的典故。唐羅鄴《冬日旅懷》："幾多悵望無窮事，空畫爐灰坐到明。"[20] 司更：巡夜打更。漏箭：古代漏壺的部件，用作計時。

三

吴中詩學，婁東爲盛[1]。二百年來，前有鳳洲，繼有梅村[2]，今繼之者，其弇山尚書乎[3]？《過吴祭酒舊邸》詩云："我是婁東吟社客，瓣香私淑不勝情[4]。"其以兩公自命可知。然兩公僅有文學，而無功勳，則尚書過之遠矣！尚書雖擁節鉞[5]，勤王事，未嘗一日釋書不觀，手披口誦，刻苦過於諸生。詩編三十二卷，曰"靈巖山人詩集"。靈巖者，尚書早歲讀書地也。

【箋注】

[1]婁東：江蘇太倉舊稱。　[2]鳳洲：王世貞，見卷一·二五注[3]。梅村：吴偉業，見卷四·三四注[4]。　[3]弇山尚書：畢沅，見卷二·一三注[4]。[4]瓣香私淑：私自敬仰而未得到直接的傳授。　[5]節鉞：符節和斧鉞。古代授予將帥，作爲加重權力的標誌。

四

蔣用庵有句云[1]："花以春秋分早晚，天於才命各升沉。"斯言是也。然有才無命，終不能展布經綸。徐英公遣將[2]，必用方面大耳者，曰："取彼福力，成我功名。"余按：嵩陽，毒地也，代公到而龍遠徙[3]。樂陽，苦泉也，房豹臨而味變甘[4]。此其明效也。天子知弇山尚書最深[5]，故中州奇荒，移公于秦中；荆州水災，移公于楚省。公所到處，便能變醨養瘠[6]，元氣昭回。古今人若合一轍。然非有至誠慘怛之懷[7]，亦不能上格天心，而下孚民望。公有《荆州述事》詩十首，仁人之言，不愧次山《舂陵行》[8]。今録其八，云："一色長天接混茫，登高無地問蒼蒼。突如禍比焚巢慘，蠢爾危於破釜忙。海市應開新聚落，渚宫重見小滄桑[9]。最憐豸繡烏臺客，披髮何由訴大荒[10]？魯侍御贊之，全家陷没。""凉飆日暮暗凄其，棺翣縱横滿路歧[11]。饑鼠伏倉餐腐粟，亂魚吹浪逐浮屍。神鐙示現天開網聞水患前數日，江上時有神燈來往，息壤難堙地絶維[12]。那料存亡關片刻，萬家骨肉痛流離。""浪頭高壓望江樓，眷屬都羈水府囚。人鬼黄泉争路出，蛟龍白日上城遊。悲哉極目秋爲氣，逝者傷心淚迸流。不是乘桴便升屋，此生始信即浮漚[13]。""生生死死萬情牽，騷客酸吟哀郢篇[14]。慈筏津迷登彼岸，濫觴勢蹶竟滔天[15]。不知骨化泥塗内，只道身經降割前[16]。此去江流分九派，魂歸何處識窮泉[17]？""雲夢蒼茫八九吞，半皆餓口半遊魂。鮫綃有淚珠應滴，鰲足無功極恐翻[18]。救急城填成死劫，劈空刀落得生門。若非帝力宏慈福，十萬蒼靈幾個存？""手敕親封遣上公，勤民堂陛一心通[19]。

金錢内府催加賑，版築冬官記考工[20]。直欲犀然窮罔象，肯教鶉結哭鴻蒙[21]？宵衣五夜批章奏，飢溺真如一己同。”“大工重議築方城，免使蚩氓祝癸庚[22]。涼月千家嫠婦淚[23]，清霜萬杵役夫聲。蟻生漸整新槐穴，虎旅重開舊柳營[24]。我有孝侯三尺劍[25]，誓將踏浪斬長鯨。”“江水茫茫煙靄深，紙錢吹滿掛楓林。冤埋魚腹彈湘怨，哀譜鴻嗚寫楚吟。南國鄭圖膏雨逮，西風潘鬢鏡霜侵[26]。莫嗟病骨支離甚，康濟儒生本素心。”

【箋注】

[1]蔣用庵：蔣和寧，見卷一・六五注[15]。 [2]徐英公：徐世績（594—669），字懋功。唐開國功臣，賜國姓李，封英國公。 [3]嵩陽：嵩山之南。代公：指唐郭子儀。唐肅宗至德二載，郭子儀於新店大敗嚴莊、張通儒等十五萬人，迫使安慶緒渡黄河，退回相州。東都洛陽光復。郭子儀以功加司徒，封代國公。郭子儀（697—781），唐華州鄭縣（今屬陝西）人。平定安史之亂的主要將領。曾任朔方節度使、兵部尚書、太尉、中書令，封汾陽郡王，稱郭汾陽，亦稱郭令公。傳説嵩陽西南岡嘗出毒霧爲災，田穀不秋，郭汾陽率軍登其上以壓之，毒因以息，里人遂立廟紀念。 [4]房豹：字仲幹。北齊清河人。任樂陵太守時，郡治瀕海，水味多鹹苦，豹命鑿一井，遂得甘泉，遐邇以爲政化所致。 [5]弇山尚書：畢沅，見卷二・一三注[4]。 [6]變醨（lí）養瘠：謂使薄酒變醇，瘠土養得肥沃。比喻改變不良狀況。 [7]慘怛：憂傷、悲痛。[8]次山：元結，見卷二・四注[3]。 [9]渚宫：春秋楚國宫名，代指湖北江陵。 [10]豸繡烏臺：借指監察、執法官。大荒：荒遠的地方、邊遠地區。[11]棺翣（shà）：古代棺木和狀如掌扇的棺飾。 [12]息壤：古代傳説中的一種能自動生長、永不減耗的土壤。堙（yīn）：堵塞洪水。 [13]乘桴：乘坐竹木小筏。浮漚：比喻生命如浮在水面上的泡沫，易生易滅。 [14]哀郢：屈原哀念楚國社稷、同情郢都百姓流離失所的作品。 [15]濫觴：此指泛濫。[16]降割：降災。 [17]窮泉：猶九泉，指墳墓。 [18]鮫綃：傳説中鮫人所織的絹紗。鰲足：傳説中女媧用作天柱的大龜四足。 [19]勤民堂陛：勞苦百姓與朝廷。 [20]版築：指土木工程的營造。冬官：指按古制設置掌管工程的官職。考工：指按照《考工記》之類書的要求記述職官考工的工種和具體内容。 [21]犀然：犀燃燭照，指洞察幽微。然，通“燃”。罔象：傳説中

的水怪。鶉結：鶉衣百結，形容衣服破爛不堪。鴻蒙：大水泛濫、天地混沌。[22]方城：長城。蚩氓：敦厚老實的人。癸庚：原是軍糧的隱語，也泛指口糧。祝癸庚：意謂禱告着借貸錢糧。［23］嫠（lí）婦：寡婦。［24］虎旅：勇猛的軍隊。柳營：漢周亞夫將軍治軍謹嚴，駐軍細柳，號細柳營。後因稱嚴整的軍營爲"柳營"。［25］孝侯：周處，見卷一・四六注[32]。［26］鄭圖：《宋史・鄭俠傳》載，鄭俠任監安上門職務時，以所見居民流離困苦之狀，令畫工繪成流民圖上奏，宋神宗看了以後，第二天下了責躬詔，罷去"方田""保甲""青苗"諸法。後以"鄭俠圖"代稱流民圖，省稱鄭圖。潘鬢：晋潘岳三十二歲雙鬢斑白，後因以"潘鬢"謂中年鬢髮初白。

五

古名臣共事一方，賡唱叠和[1]，最爲佳話。唐白太傅刺杭州[2]，而元相觀察浙東[3]，彼此以詩往來，爲昇平盛事。近日，秋帆尚書總督兩湖[4]，適蒙古惠椿亭中丞來撫湖北[5]，致相得也[6]。尚書知余作《詩話》，因寄中丞詩見示，讀之欽爲名手。僅録其《過哈密》云："西扼雄關第一區，鞭絲遥指認伊吾[7]。當年雁磧勞戎馬[8]，此日人煙入版圖。路向車師雲黯淡[9]，天連吐谷雪模糊[10]。寒威陣陣催征騎，不問村醪尚有無。"《過潼關》云："百二秦關萬古雄[11]，片帆黄水渡西風。馬嘶沙岸寒濤外，人倚山城夕照中。眼界一時窮古磧，爪痕三度笑飛鴻余自湟中往返，並此凡三次[12]。來朝又入華陰道，飽看霜林幾樹紅。"《果子溝》云："山勢嶙峋水勢西，過溝百里屬伊犁。斷橋積雪迷人跡，古澗堆冰礙馬蹄。驛騎送迎多舊雨[13]，征衫檢點半春泥。數間板閣風燈裏，猶有閒情倚醉題。"中丞早歲工詩，後即立功青海、伊犁及天山南北，凡古之月支、鄯善，足跡殆遍。以故以所見聞，彰諸吟咏，宜其沉雄古健，足可上淩七子[14]，下接黄門矣[15]。

中丞詩不專一體，亦有清微委婉得中唐神味者。如：《静坐》云："夕陽留戀最高枝，簾影垂垂小困時。夢裏不忘身是客，鏡中怕見鬢如絲。黄花秋綻東籬早，紫塞人憐北雁遲。悄爇一爐香静坐[16]，篆煙縷縷結相思[17]。”《秋宵》云：“離懷輕易豈能休，打叠新愁换舊愁。宿酒大都隨夢醒，殘燈多半爲詩留。月扶花影偏憐夜，風得棋聲亦帶秋。漸覺宵寒禁不起，笑披鶴氅也温柔。”《過華峰題壁》云：“主人愛客獨超群，小隊招邀過渭汾。三十六峰無所贈，隨緣分與一溪雲。”《題畫》云：“誰家亭子碧山巔，白板橋通屋幾椽。遠樹層層山半角，杖藜人立夕陽天。”其他佳句，如“柳圍雙沼水，花掩一房山”“渡口雲連春草碧，波心浪湧夕陽紅”，皆可傳也。

【箋注】

[1] 賡唱叠和：以詩歌相贈答唱和。 [2] 白太傅：白居易。 [3] 元相：元稹。 [4] 秋帆：畢沅，見卷二・一三注[4]。 [5] 惠椿亭：惠齡（？—1804），薩爾圖克氏，字椿亭，號瑶圃。清蒙古正白旗人。由翻譯官至川陝總督。謚勤襄。曾任右都御史，乾隆五十八年巡撫湖北。 [6] 相得：彼此投合。 [7] 伊吾：古地名，故城在今新疆哈密。 [8] 雁磧：北方邊塞地區。 [9] 車師：古西域國名。 [10] 吐谷（yù）：吐谷渾，古鮮卑族所建立的王朝名，居今青海省北部和新疆東南部地區。 [11] 百二秦關：指關中山河險固之地。 [12] 爪痕：以“鴻爪”比喻往事留下的痕跡。 [13] 舊雨：老友的代稱。 [14] 七子：見卷一・三注[3]。 [15] 黄門：陳子龍，見卷三・二八注[7]。黄門，官名，明清時爲給事中的别稱。 [16] 爇（ruò）：焚燒。 [17] 篆煙：爐香的煙縷。

六

湖北陳望之方伯[1]，爲其年檢討之後人[2]，詩才清妙，綽有家風。官楚時，適與畢、惠兩公共事，可謂天與詩人作合也。第方伯詩[3]，余只録見贈佳句入三卷中，此外未窺全豹。忽有松江廖某持《養鶴圖》見題，中有方伯一絶云：“美人自結歲寒盟，入座雲山照眼明。料理鶴糧門盡掩[4]，松花如雨撲簾旌。”清脆絶塵。嘗鼎一臠，亦可知味矣。

【箋注】

[1] 陳望之：陳淮（1731—1810），字望之。清河南商丘人。乾隆十八年拔貢。累官湖北布政使，擢貴州巡撫、江西巡撫。方伯：明清時布政使稱方伯。 [2] 陳其年：陳維崧（1625—1682），字其年，號迦陵。清江蘇宜興人。康熙間舉鴻博一等，授檢討。與修《明史》。有《湖海樓詩集》《迦陵文集》《迦陵詞》。 [3] 第：只是。 [4] 鶴糧：指隱居修道者的口糧。

七

畢尚書宏獎風流[1]，一時學士文人，趨之如鶩。尚書已刻黄仲則等八人詩[2]，號“吴會英才集”。此外，尚有吴下張琦[3]，字映山者，亦在幕中。生平不甚讀書，而工作韻語。五言如《咏簾》云：“西北小紅樓，湘簾懶上鈎。織成千縷恨，添得一層愁。夜逗玲瓏月，風穿瑣碎秋。爐香隔不斷，偷出畫簷浮。”七律如《登妙高臺》云[4]：“海門中折大江開，浩浩風濤白雪堆。樓閣自盤飛鳥上，淮徐争送好山來。千秋吊古空搔首，二月懷人正落梅。滿池江湖雙白眼，與誰同覆掌中杯？”《夏日感懷》云：“笠澤湖邊是我家[5]，釣竿魚艇足生涯。酒泉戀酒不歸去，開過幾番菡萏花？”《和人寒食憶舊》云：“春好因尋方外交[6]，小樓高出萬松梢。山童遥指向予笑，開士作家如鳥巢[7]。”“六橋春水曲還通，載酒舟行夕照中。指點鶯聲好樓閣，小桃斜出一枝紅。”“醉筆燈前雜草行，已聞遥巷一雞鳴。登床倘有夢歸去，好趁半街殘月明。”《遊靄園》云[8]：“峰巒曲折水淙淙，花映藩籬竹映窗。最好小亭東北望，青山缺處露秋江。”五言絶句《咏温泉》云：“欲訪阿房跡[9]，平原煙樹昏。楚人一炬後，贏得水長温。”

映山弟名瑗[10]，字慕蘧。予于吴門見之，聽其言，令人不衣自暖。詩有家風，《道中》云：“人家屈曲居山腹，客騎盤旋走樹頭。”《舟中》云：“遠灘沙漲疑分港，順水帆飛似逆流。”《應山道中》云[11]：“危峰有路人煙少，破廟無門水鳥棲。”《黄鶴樓》云：“巴蜀浪歕天欲濕，荆襄雲起樹全無。”《題高校書小照》云：“胭脂山接楚王宫[12]，人好先知境不同。一閣岧岧闌曲曲[13]，春深門閉百花中。”

【箋注】

[1]畢尚書：畢沅，見卷二·一三注[4]。 [2]黄仲則：黄景仁，見卷七·二一注[2]。 [3]張琦：字映山。清江蘇吴縣人。有《蒼雪山房集》。 [4]妙高臺：江蘇鎮江的一處古跡，在金山最高峰妙高峰上。 [5]笠澤：太湖的别名。[6]方外：指仙境或僧道的生活環境，此指方外之人。 [7]開士：對僧人的敬稱。[8]竊園：即湖北武昌府城内劉園。 [9]阿房：阿房宫，秦朝著名宫殿，故址在今陝西西安附近，相傳爲項羽焚毁。 [10]張瑗（1671—1734）：字蘧若，一字慕蘧。清安徽祁門人。康熙三十年進士。官至江南道監察御史。有《潛虬齋續刻大小題稿》《寶廉堂集》。 [11]應山：在湖北省中部，今廣水。 [12]胭脂山：在安徽天長縣城西北隅，日光掩映，赤色燦爛，故名。[13]岧（tiáo）岧：高貌。

八

王夢樓從雲南歸[1]，嘗誦寶意先生《憶舊》一絶云[2]：“鶯花庭院綺羅年[3]，箏語琴心記不全。剩有舊時金屈戌[4]，畫樓深鎖五更天。”

【箋注】

[1]王夢樓：王文治，見卷二·三〇注[1]。 [2]寶意：商盤，見卷一·二七注[7]。 [3]綺羅：指繁華生活。 [4]金屈戌：門窗上銅制的環鈕、搭扣。

九

上元有任東白者[1]，《哭方行之》云：“此日曾無杯酒奠，夜臺應諒故人貧[2]。”陳古漁爲予誦而傷之[3]，未幾任亦死。

【箋注】

[1]任東白：任燮，字東白，一字理堂。清江蘇上元人。庠生。 [2]夜臺：陰間。 [3]陳古漁：陳毅，見卷一·五二注[3]。

按：全詩爲："空齋一過一傷神，撒手塵寰竟十旬。世俗但求言語巧，交遊誰重性情真。雄文尚漬生前淚，壯志難酬病後身。此日曾無杯酒奠，夜臺應諒故人貧。"質樸的情誼、質樸的語言，無一字不質樸，而深摯感人。

一〇

隱僻之典，作詩文者不可用，而看詩文者不可不知。有人誦明季楊維斗先生詩[1]，曰："'吾宮蘿蔔火，咳唾地榆生'，所用何書？"余按：《北史》："魏昭成皇帝所唾處，地皆生榆。""蘿蔔火"不知所出。後二十年，閱《洞微志》[2]："齊州有人病狂，夢見紅裳女子，引入宮中，歌曰：'五靈樓閣曉玲瓏，天府由來是此中。惆悵悶懷言不盡，一丸蘿蔔火吾宮。'旁一道士云：'君犯大麥毒也。少女心神，小姑脾神，知蘿蔔制麵毒，故曰火吾宮。火者，毀也。'狂者醒而食蘿蔔，病遂愈。"夏醴谷先生督學楚中[3]，歲試題"象日以殺舜爲事"[4]。有一生文云："象不徒殺之以水，而並殺之以火也。不徒殺之於火，而又殺之以酒也。"幕中閱文者大笑，欲批抹而置之劣等。夏公不可，曰："恐有出處，且看作何對法。"其對比云："舜不得於母，而遂不得于父也；舜雖不得于弟，而幸而有得于妹也。"通篇文亦奇警。夏公改置一等，欲召而問之，而其人已遠出矣。余按：舜妹敤首與舜相得[5]，載《帝王世紀》。祖君彦檄煬帝云[6]："蘭陵公主逼幸告終[7]，不圖敤首之賢，反蒙齊襄之恥[8]。"是此典六朝人已用之。惟以酒殺舜，不知何出。又十餘年，讀馬驌《繹史》[9]，方知象飲舜以藥酒，見劉向《列女傳》[10]。

【箋注】

[1]楊維斗：楊廷樞，見卷二・六〇注[8]。 [2]《洞微志》：志怪小說，北宋錢易著。 [3]夏醴谷：夏之蓉，見卷八・一〇一注[1]。 [4]象：舜異

母弟，很得其父瞽叟的寵愛，性情桀傲，日以殺舜爲事。[5]敤（kě）首：名嫘。舜妹。瞽叟屢欲殺舜，敤首常保護。[6]祖君彥（？—618）：隋散文家。范陽（今河北涿州一帶）人。曾爲李密記室，書檄多出其手。此處所引檄文題爲“爲李密檄洛州文”。[7]蘭陵公主（573—604）：字阿五，是高祖隋文帝的第五個女兒，楊廣妹。煬帝即位，逼其改嫁，不從，憂憤而卒。[8]齊襄：指春秋時齊國國君齊襄公（？—前686），女弟爲魯桓公夫人，二人私通。[9]馬驌：見卷三·二七注[10]。《繹史》成書於康熙九年（1670）。[10]劉向：見卷七·四三注[2]。

按：不用典，而不輕視典；用典，而不輕視不用典。知典而不用典，或慎用典，活用典，是最好的做法。

一一

許太夫人《夜坐》云[1]：“瘦削吟肩詩滿腔，春燈獨坐影幢幢。可憐落月橫斜照，畫稿分明印紙窗。”畢太夫人《夜坐》云[2]：“晚睡才興理鬢鴉[3]，侍兒擎到雨前茶。愛看寫月桃花影[4]，移上紅窗六扇紗。”兩題兩詩，工力悉敵。

【箋注】

[1]許太夫人：徐德音，見卷二·五三注[5]。[2]畢太夫人：張藻，見本卷一注[3]。[3]鬢鴉：形容鬢髮黑如鴉色。[4]寫：映照。

一二

嚴東有選《宋人萬首絶句》[1]，採取最博。余流覽説部，嫌有遺珠，爲録數十首，以補其缺。未及交付，東有已亡。乃仿王漁洋《池北偶談》採宋絶句之例以補之[2]。其題、其作者姓名，俱不省記也。其詩云：“鎮日尋春不見春，芒鞋踏遍隴頭雲。歸來偶過梅花下，春在枝頭已十分。”[3]“昨日厨中乏短供，嬌兒啼哭飯籮空。阿娘摇手向兒道，爺有新詩上相公。”[4]“十年山館始圍牆，竹裏開門筍最長。一輛小車行得過，不愁花露濕衣裳。”[5]“行盡疏籬見小橋，綠楊深處有紅蕉。分明眼界無分别，安置心頭不肯消。”[6]“白頭波上白頭翁，家逐船移浦浦風。一尺鱸魚新釣得，兒孫吹火荻蘆中。”[7]“桃花雨過碎紅飛，半逐溪流半染泥。何處飛來雙燕子？一時含到畫梁西。”[8]“金針刺破南窗紙，偷引寒梅一陣香。螻蟻也知春富貴，倒拖花片上宫牆。”[9]“白雲山上白雲泉，泉自無心雲自閑。何必奔流下山去，又添波浪在人間。”[10]“與郎相期月上時，及至月上郎不知。妾在平地見月早，郎在深山見月遲。”[11]“風急雲驚雨不成，覺來春夢甚分明。當時苦恨銀屏影，遮隔仙娥只聽聲。”[12]“寄語沙邊鷗鷺群，也須從此斷知聞。諸公有意除鈎黨，甲乙推排恐到君。”[13]“浪静風平月正中，自摇柔櫓駕孤篷。若非三萬六千頃，把甚江湖著此翁？”[14]“小桃無主自開花，煙草茫茫帶晚霞。幾處敗垣圍故井，向來一一是人家。”[15]“校獵山陰幾度春，雕弓羽箭不離身。於今老去渾無力，看見飛鴻指示人。”[16]“鳴髇直上三千尺，風緊秋高雪正乾。碧眼胡兒三百騎，盡提金勒向雲看。”[17]“花前灑淚臨寒食，醉裏回頭問夕陽。不管相思人老盡，朝朝容易下西牆。”[18]“桑麻不擾歲常登，邊將無功吏不能。四十二年如夢醒，春風吹淚過昭陵。”[19]“繡袖翻翻上翠裀，舞姬猶是舊精神。座中莫怪無歡意，我與將軍是故人。”[20]“相思無路莫相思，風裏楊花只片時。惆悵深閨獨歸客，曉鶯啼斷落花枝。”[21]“囑咐花香莫過牆，隔牆人正繡鴛鴦。聞香定要停針綫，繡不成雙不寄將。”[22]“花飛一片減春光，恰逐春風送夕陽。莫放珠簾遮燕子，好教含得上雕梁。”[23]“春風永巷閉娉婷，長使青樓誤得名。不惜捲簾通一顧，怕君著眼未分明。”[24]“南鄰北舍牡丹開，年少尋芳日幾回。惟有君家老松樹，春風來似未曾來。”[25]“霧裏江山看不真，只憑雞犬認前村。渡船滿板霜如雪，印我青鞋第一痕。”[26]“牛渚磯邊渺渺秋，笛聲吹月下中流。西風不識張京兆，畫得蛾眉如許愁！”[27]“未得霜晴不是晴，霜晴無復點雲生。鷺鷥不遣魚驚散，移脚惟愁水作聲。”[28]“竹裏茅茨竹外溪，粼粼白日護魚磯。想因日日來垂釣，石上蓑衣不帶歸。”[29]“春山靈草百花香,誰識仙家日月長。滿院莓苔緑陰匝,棋聲何處隔宫牆?”[30]“田家汩汩水流渾，一樹高花明遠村。雲意不知殘照好，却將微雨送黄昏。”[31]“小白長紅又滿枝，築毬場外獨支頤。春風自是人間客，主張繁華得幾時。”[32]“月團新碾瀹花瓷，飲罷呼兒課楚詞。風定小軒無落葉，青蟲相對吐秋絲。”[33]“夜凉吹笛千山月，路暗迷人百種花。棋罷不知人换世，酒闌無奈客思家。”[34]“胡虜安知鼎重輕，指蹤先自漢公卿。襄陽耆舊惟龐老，受禪碑中無姓名。”[35]“欲掛衣冠神武門，先尋水竹渭南村。却將舊斬樓蘭劍，買得黄牛教子孫。”[36]“一年春事又成空，擁鼻微吟半醉中。夾道桃花新雨過，馬蹄無處避殘紅。”[37]“簾裹孤燈覺晚遲，獨眠留得畫殘眉。珊瑚枕上驚殘夢，認得蕭郎馬過時。”[38]“淡黄越紙打殘碑，都是先王御製詩。白髮内人含淚讀，爲曾親見寫詩時。”[39]

【箋注】

[1]嚴東有：嚴長明，見卷一·二二注[6]。[2]王漁洋：王士禛，見卷一·五四注[1]。[3]此爲宋某尼《悟道詩》，據《鶴林玉露》。[4]此爲宋張球《上吕申公詩》，據《青瑣詩話》。[5]此爲明劉麟《山居》。[6]此爲唐李茂復《馬上有見》。[7]此爲唐鄭谷《淮上漁者》。[8]此爲宋劉次莊《敷淺原見桃花》。[9]此爲《宫人詩》，據趙翼《簷曝雜記》。[10]此爲唐白居易《白雲泉》，字句有出入。[11]此爲明代民歌。[12]此爲傳説中唐明皇夢楊貴妃所作詩。[13]此爲宋唐庚《白鷺》。鉤黨：謂相牽引爲同黨。[14]此爲宋張端義《賦秋江圖》。[15]此爲宋戴復古《淮村兵後》詩。[16]此爲唐李山甫《贈宿將》。[17]此爲宋柳開《塞上》。[18]此爲唐韓偓《夕陽》。[19]此爲宋劉信叔《過仁宗陵》。[20]此爲宋邵伯温《李代席上有感》。[21]此詩出《侯鯖録》。[22]出處未詳。[23]出處未詳。[24]此爲宋陳師道《放歌行》。[25]此爲宋張在《題青州龍興寺老柏院》。[26]此爲宋楊萬里《庚子正月五日曉過大皋渡》。[27]此爲宋姜夔《過垂虹》。[28]宋楊萬里《城頭秋望》。[29]宋路德章《遊寒岩釣磯》。[30]此爲宋尤袤《遊閤皂山》。[31]此爲宋鄭獬（xiè）《絶句》。[32]此

爲宋晏幾道《與鄭介夫》。[33]此爲宋秦觀《秋日》。[34]此爲宋歐陽修《夢中作》。[35]此爲宋吕本中《無題》。[36]此爲宋姚嗣宗《題閺中驛舍》。[37]此爲宋晏幾道《晚春》。[38]此爲宋丘氏《寄夫》。[39]此爲宋高翥《恭跋思陵宸翰拓本卷後》。

一三

唐開元之治，輔之者宋璟以德[1]，姚崇以才[2]，張説以文[3]，皆稱賢相。本朝巡撫蘇州者湯潛庵以德[4]，宋牧仲以文[5]，皆中州人也。近日中州胡雲坡司寇秉臬蘇州[6]，繼二公而起，政簡刑清，屢開文宴，一時名士如平瑶海太史、顧星橋進士[7]，時時過從。余至吴門，必招赴會。公領尚書後，都中猶寄懷云："過江名士久推袁，吴下相逢月滿軒。鸞掖文章留舊價[8]，倉山著述綜群言。平生契合惟元老，半世棲遲爲壽萱[9]。我上燕臺每南望[10]，最關情處是隨園。"後又寄《扈從紀事詩》十二首來，不作頌揚泛語，自出心裁。《從圍》云："一望燈光列星斗，始知身在五雲邊。"想見待漏晨趨，身傍九霄之光景。"策馬上山尋别路，忽聞絶壑響松濤。"想見熱處冷行，不争衝要之識力。至於"才過殘月又新月，幾度排班看打圍"，則又明寫湛露龍光、晝日三接之恩榮焉[11]。有札命余和韻，余以詩貴清真，目所未瞻，身所未到，不敢牙牙學語，婢作夫人，故不敢作也。

【箋注】

[1]宋璟：見卷八・八七注[5]。[2]姚崇（650—721）：字元之。唐陝州硤石（今河南三門峽一帶）人。歷三朝宰相。與宋璟並稱姚宋。卒謚文獻。[3]張説：見卷二・六注[1]。[4]湯潛庵：湯斌，見卷四・九注[1]。[5]宋牧仲：宋犖（1634—1713），字牧仲，號漫堂、西陂。清河南商邱人。歷任黄州通判、江蘇巡撫，官至吏部尚書，加太子少師。有《西陂類稿》《筠廊偶筆》《綿津山人詩集》等。[6]胡雲坡：胡季堂（1729—1800），字升夫，號雲坡。清河南光山人。乾隆時以蔭生授順天府通判。歷官刑部尚書、兵部尚書、直隸總督。卒謚莊敏。有《培蔭軒文集》。秉臬：執掌刑法。[7]平瑶

海：平聖台，字瑶海，號確齋。清浙江山陰人。乾隆十九年進士。歷官金溪知縣、廣州府同知。有《掊黑豆集》。顧星橋：顧宗泰，見卷九・一一注[1]。[8]鸞掖：猶鸞臺，門下省的别稱。唐楊汝士詩句：“文章舊價留鸞掖，桃李新陰在鯉庭。” [9]元老：指尹繼善。壽萱：奉養母親。 [10]燕臺：指戰國時燕昭王所築的黄金臺。故址在今河北省易縣東南。相傳燕昭王築臺以招納天下賢士，故也稱賢士臺、招賢臺。 [11]湛露龍光：《詩經・小雅・湛露》：“湛湛露斯，匪陽不晞。”又《小雅・蓼蕭》：“既見君子，爲龍爲光。”此處指皇帝的恩澤和風采。晝日三接：一日之間，三度接見。

一　四

檇李顧牧雲流寓襄陽[1]。一日獨遊隆中，憑吊武侯遺跡，避雨臨龍岡，見山腰有茅庵，一叟出迎，風貌奇古。正欲與言，則庵側蹲一猛虎，顧驚且仆。老翁笑曰：“子無懼，此虎已歸依我作弟子矣。”且曰：“知子能詩，盍題數言見贈[2]？”顧辭以目疾。翁取几上芋與食，命瞑坐一刻，開眼，果察秋毫。顧異之，即題石壁云：“一衣一鉢一軍持[3]，雲水天涯任所之。莫笑道人無侣伴，新收猛虎作童兒。”“偶向山前咒毒龍，風雷欲拔萬株松。須臾明月當空起，歸到茅簷打晚鐘。”翁留宿庵中，臨别曰：“明年正月上寅日[4]，吾開丹爐，與子服一粒，體輕成仙，勿忘此囑！”次年，及期赴約，行未十里，風雪大作，山無行徑，又恐老翁不在，猛虎獨存，悵悵而返。後十餘年，目漸昏，體漸衰，悔從前向道之心不勇，又賦詩云：“老堪嗟，駐顔何處覓丹砂？老堪惱，五官雖具無一好。凋零渾似過時花，憔悴不殊霜後草。手頻戰，頭屢顛，行來蹩躠足不前[5]。自憎容貌改，人惡性情偏。吁嗟乎！我今八十已如此，愁煞蓬萊千歲仙。”

【箋注】

[1]檇（zuì）李：又作“醉李”“就李”，爲嘉興别稱。顧牧雲：顧文煒，見卷五・二〇注[1]。 [2]盍（hé）：何不。 [3]軍持：澡罐或净瓶，僧人遊方時携帶，貯水以備飲用及净手。 [4]上寅：農曆每月上旬之寅日。

[5]蹩（bié）躠（xiè）：行走歪斜的樣子。

一　五

《毛詩·伐木》章有“求其友聲”之語，杜陵有“文章有神”之句，余初不信此言，後歷名場五十年，方知古人非欺我也。戊申八月，年家子許香岩告余云[1]，其同鄉程蔵園明府[2]，宰武進，六月望後，苦熱，移榻桑影山房，讀《小倉山房詩》而愛之，夜夢題後云：“吟壇甌北及新畬[3]，盟主當時讓本初[4]。摶古爲丸知力大，愛才若命見心虚。仙人偶戲蓬壺頂[5]，下士争酣墨瀋餘[6]。格調不能名一體，香山竊比意何如？”滿洲詩人法時帆學士與書云[7]：“自惠《小倉山房集》，一時都中同人借閲無虚日，現在已抄副本。洛陽紙貴，索詩稿者坌集[8]，幾不可當。可否再惠一部，何如？”外題拙集後云：“萬事看如水，一情生作春。公卿多後輩，湖海有幽人[9]。筆陣驅裙屐[10]，詞鋒怖鬼神。莫驚才力猛，今世有誰倫？”此二人者，素不識面，皆因詩句流傳，牽連而至。豈非文字之緣，比骨肉妻孥尤爲真切耶？又有皖江魯沂者[11]，見贈云：“此地在城如在野，其人非佛亦非仙。”却切隨園。蔵園名明愫，孝感人。時帆名式善，滿洲人。

【箋注】

[1]戊申：這裏指乾隆五十三年（1788）。許香岩：許兆桂，字香岩。清湖北雲夢人。廪貢生。有《夢雲樓集》。　[2]程蔵園：程明愫（1728—？），字蔵園。清湖北孝感人。乾隆二十六年進士。曾任浙江餘姚知縣、江蘇華亭知縣、山東萊州府平度州知州。　[3]甌北：趙翼，見卷二·三三注[3]。新畬：蔣士銓，見卷一·二三注[2]。　[4]本初：袁紹（？—202），字本初。東漢末年軍閥，曾被推爲盟主。此喻指袁枚。　[5]蓬壺：即蓬萊。古代傳説中的海上仙山。[6]墨瀋：猶墨蹟。　[7]法時帆：法式善（1752—1813），姓烏爾濟氏，原名運昌，字開文，號時帆、梧門。清蒙古正黄旗人。乾隆四十五年進士。官翰林院侍講學士、國子祭酒。有《陶廬雜録》《清秘述聞》《槐廳載筆》《存素堂詩文集》《八旗詩話》。　[8]坌（bèn）集：聚集。　[9]幽人：幽居之士。

[10]裙屐：借指衣着時髦的富家子弟。[11]魯沂：安徽當塗人。乾隆年間拔貢。官邳州知州。

一六

有僧見阮亭先生[1]，自稱應酬之忙，頗以爲苦。先生戲云："和尚如此煩擾，何不出家？"聞者大笑。余按：楊誠齋有句云[2]："袈裟未着嫌多事，着了袈裟事更多。"

【箋注】

[1]阮亭：王士禛，見卷一·五四注[1]。[2]楊誠齋：楊萬里，見卷一·二注[1]。此詩題爲"送德輪行者"。

一七

虞山趙再白孝廉作詩[1]，如武侯出師，志吞吴魏，而氣力不足。摘其《中秋呈鄂文端公》云[2]："樓虚貯月光常滿，水闊涵星影自稀。"可謂頌揚得體。《真州朝陽樓》云："萬重山去圍如海，千里江來折到樓。"《自嘲》云："名士本來如畫餅，古人原不好真龍[3]。"又《渡江》有"水立不動天無容"七字[4]，殊奇。曾爲余誦鄂公未遇時句云："一飯便留客，得錢仍與人。"相公氣局之大，早可想見。

【箋注】

[1]趙再白：趙森，見卷二·一注[2]。[2]鄂文端：鄂爾泰，見卷一·一注[7]。[3]"名士"聯：用畫餅充飢和葉公好龍典。[4]無容：原指儀容不加修飾，此指驚恐失色。杜甫文有"九天之雲下垂，四海之水皆立"句。

一八

齊田駢不屑仕宦[1]，而家甚富。或戲之曰："臣鄰女貌稱不嫁，行年三十而有七子，不嫁則不嫁，然而嫁過畢矣；今先生設爲不宦[2]，訾養千鍾[3]，不宦則不宦，而宦過畢矣。"孫芷亭仿其意[4]，《咏息夫人》云[5]："無言空有淚，兒女粲成行[6]。"

【箋注】

[1]田駢：戰國時代齊國人，爲稷下學者之一。 [2]設爲不宦：發誓決不做官。 [3]訾養千鍾：錢財俸禄很多。鍾，古代計量器具或單位。[4]孫芷亭：孫廷銓（1616—1674），别號沚亭。明山東益都人。崇禎進士。入清後官至吏部尚書。有《顔山雜記》《漢書臆》等。 [5]息夫人：春秋時息國君主的妻子，出生于陳國嬀姓，又名息嬀。後楚王滅了息國，將她擄去，在楚宫生有二子，終日默默無言，含恨至死。此處所引詩句，出以詼嘲語氣。[6]粲：衆多。

一九

沈永之與余同榜[1]，五十年，官雲南驛鹽道，乞病歸，途中信來，道生一女，適余生阿遲。念二人俱是幺豚暮鷇[2]，遂相訂爲婚。沈寄詩云："天留蔗境與公嘗[3]，六十逾三學弄璋[4]。"又曰："蘭譜同年交最舊[5]，錦綳合璧事尤奇[6]。"未幾，沈來山中，云："女爲旁妻殷氏所出，本籍江寧，父某，康熙間作雲南守備，僑居滇中，年八十餘，聞沈失配，願以女供箕帚[7]。沈辭年老，殷强嬲不已[8]，問何故，曰：'我本江南人，墳墓現在金陵。公南人也，以女從公，庶幾留江南一脉耳。'"吁！當殷翁起念時，豈料真有余之僑居江寧者一段因緣哉？天下事巧湊之奇，往往如此。爲賦《感婚》長篇，中數句云："果然此老嬉遊處，安置他家女外孫。萬里合教青鳥使，一函先報白頭人。"殷夫人號稱國色，携其女來隨園相婿，故又云："嬌娃抱出珠相似，阿母同來花見羞。"沈得詩，以示梁瑶峰相公[9]。公連讀此二句，音較響。胡雲坡尚書在座[10]，不覺大笑。

【箋注】

[1]沈永之：沈榮昌，見卷九·一二注[1]。沈與袁枚乾隆三年同榜中舉。

[2] 幺（yāo）豚（tún）暮鷚（liù）：喻晚年所生的子女。豚，猪。鷚，小雞。 [3] 蔗境：喻人的美好晚景。 [4] 弄璋：指生兒子。 [5] 蘭譜同年：指同年登科者。 [6] 錦繃：指錦製的繈褓。 [7] 箕帚：掃除工具，古人借指操持家務的妻妾。 [8] 嬲（niǎo）：糾纏。 [9] 梁瑶峰：梁國治，見卷一・三〇注 [9]。 [10] 胡雲坡：胡季堂，見本卷一三注 [6]。

二 〇

金陵太守謝鍠[1]，抵任時，索余對聯。余贈云：“太守風清，江左依然迎謝傅[2]；先生來晚，山中久已卧袁安[3]。”陳省齋先生繼其父[4]，署守鎮江。余代作對聯云：“守郡繼先人，問江水長流，剩幾個當年父老；析薪綿世澤[5]，願黄堂少住[6]，留一枝此日甘棠[7]。”

【箋注】

[1] 謝鍠：清順天府大興人。雍正八年進士。任江寧知府。 [2] 謝傅：謝安，見卷一・五六注 [4]。此代指謝鍠。 [3] 袁安（？—92）：字邵公，東漢汝陽（今屬河南）人。曾爲河南尹、太僕、司徒。此處袁枚戲稱自己。 [4] 陳省齋：陳景淳（1704—？）。清浙江嘉興秀水人。貢生。官至廣西柳州知府。 [5] 析薪：此指獨立門户。 [6] 黄堂：太守的廳堂，代指太守，明清時指知府。 [7] 甘棠：見卷九・三三注 [15]。

二 一

偶過竹林寺，見題壁云：“曉來一雨動新凉，獨展殘編坐竹房。無數風枝墮殘滴，紅闌干外即瀟湘[1]。”或云：“此近人趙魯瞻詩也[2]。”

【箋注】

[1] 瀟湘：湘江與瀟水一帶，爲産斑竹之地，今湖南一帶。 [2] 趙魯瞻：趙泰，字魯瞻，號怡雲。清浙江錢塘人。諸生。官平湖訓導。有《怡雲集》。

二 二

李方膺明府善畫梅[1]，性傲岸，而與余交好。殁後，其子某見贈云：

"記得先君交兩友，一子才子一梅花[2]。"殊有風趣。有郭耕禮者[3]，嫌其稱父執之字爲不恭[4]。余曰："'仲尼祖述堯、舜。'[5]子思且字其祖矣[6]，何不恭之有？"

【箋注】

[1]李方膺：見卷七·四注[1]。 [2]一子才子：前一"子"字不合律，疑誤。 [3]郭耕禮：清陝西涇陽人。康熙五十二年舉人。曾任宿遷縣丞。[4]父執：父親的朋友。 [5]語見《禮記·中庸第三十一》。 [6]子思：即孔伋（前483—前402）。戰國時魯國陬邑人。孔子之孫。後被尊爲"述聖"。

二三

桐城張文和公七十壽辰[1]，上賜對聯云："潞國晚年猶矍鑠[2]，吕端大事不糊塗[3]。"梁文莊公乞假養親[4]，上賜詩云："翻祝還朝晚，卿家慶更深[5]。"常州陳文恭公某相國挽聯云[6]："執笏無慚真宰相[7]，蓋棺還是舊書生[8]。"

【箋注】

[1]張文和：張廷玉，見卷一·一注[12]。 [2]潞國：文彥博，見卷二·六注[5]。 [3]吕端（935—1000）：字易直。宋幽州安次（今河北廊坊一帶）人。宋太宗時累拜右諫議大夫、參知政事。卒謚正惠。經歷北宋太祖、太宗、真宗三朝。有人認爲他糊塗，太宗説："端小事糊塗，大事不糊塗。"上二典比張文和。 [4]梁文莊：梁詩正，見卷九·四七注[1]。 [5]卿家：你家。[6]陳文恭：陳宏謀，見卷八·七八注[1]。 [7]執笏：古時行君臣之禮時手執笏板。 [8]蓋棺：指亡故，習語"蓋棺論定"通常指一個人的是非功過到死後纔能做結論。

二四

予幼時，大母常爲予言[1]：大父旦釜公[2]，性豪俠，與沈遹聲秀才交好[3]。秀才中表楊大姑，有文君夜奔之事，托先祖爲之地道[4]。楊纖足，夜行不能逾溝。先祖助沈，爲扶而過之。事發，藏匿余家。

大姑纖腰美盼，吐屬嫻雅。大母亦憐愛之。母家訟於官。太守某惡其越禮，鬻與駐防旗下[5]。大姑佯狂披髮，自啖其溺。旗人不能容。沈暗遣人買歸，終爲夫婦，生一女而亡。後閲《香祖筆記》載此事，稱武林女子王倩玉者[6]，蓋即楊氏，諱其姓爲王也。其寄沈《長相思》一曲云："見時羞，別時愁，百轉千回不自由，教奴爭甘休！懶梳頭，怕凝眸，明月光中上小樓，思君楓葉秋！"

【箋注】

[1]大母：祖母。 [2]大父：祖父，袁枚祖父見卷二·七二注[1]。[3]沈遹聲：沈豐垣，字遹聲，號柳亭。清浙江錢塘人。諸生。有《蘭思詞》。[4]地道：代人事先疏通，以留餘地。 [5]鬻：賣。旗下：此指編入滿清旗籍的人。[6]王倩玉：清浙江武林人，沈豐垣表妹，本姓楊。

二　五

戊申過虞山[1]，竹橋太史薦士六人[2]。孫子瀟《長干里》云[3]："門前春風其來矣，珠箔無人自捲起[4]。"《對酒》云："黄金能買如花人，不能買取花時春。"陳聲和《西莊草堂》云[5]："水高帆過當窗影，風起花傳隔岸香。"《偶成》云："生怕曉風吹絮落，願爲殘燭照花眠。"皆少年未易才也[6]。

【箋注】

[1]戊申：這裏指乾隆五十三年（1788）。虞山：在今江蘇常熟城西北。 [2]竹橋：吴蔚光，見卷一·四一注[3]。 [3]孫子瀟：孫原湘（1760—1829），字子瀟，晚號心青。清江蘇昭文（今常熟）人。嘉慶十年進士。爲翰林院庶吉士、武英殿協修官。有《天真閣集》。 [4]珠箔：珍珠綴成的簾子。[5]陳聲和：字葉宫，號筠樵。清江蘇常熟人。乾隆間廪貢生。有《響琴齋集》《筠樵詩鈔》《綺園吟》等。 [6]未易才：難得的人才。

二 六

余不耐學詞，嫌其必依譜而填故也。然愛人有佳作。老友何獻葵之長郎名承燕者[1]，其《壽内》云[2]："紙閣蘆簾偕老，欣欣十載於兹。算百年荏苒，三分去矣，半生辛苦，兩個同之。弄杼秋宵，檢書寒夜，常伴窗前月半規。慚相對，把青雲穩步，望了多時。 今宵喜溢雙眉，是三十平頭設帨期[3]。記去年壽我，一杯新釀，我今壽爾，一曲清詞。爾本荆釵[4]，我非紈袴[5]，風味儒家類若斯。還堪笑，笑梅花繞屋，又放枝枝。"《春雨》云："簾外輕寒傍曉多，試問鸚哥，春色如何？爲言昨夜雨婆娑，紅了庭柯，緑了簷蘿。 流水茫茫卷逝波，春事蹉跎，花事蹉跎。尋芳休待楚雲過，放下香螺[6]，披上煙蓑。"《留鬚》云："馬齒頻加[7]，鵬程屢蹶，還容爾面添何物？丈夫欲表必留鬚[8]，試問那個些兒没？窺鏡多慚，染羹誰拂[9]？鬑鬑博得羅敷悦[10]。從今但擬學詩人，閑吟便好將他捋。"《咏眼鏡》云："非關四十視茫茫，也欲借君光。自從與子，囊中相處，一鑒休亡。 誰爲白眼誰青眼，相對總無妨。閲人世上，觀書燈下，只怕心盲。"《吸煙美人》云："吐納櫻唇，氛氳蘭氣，玉纖握處堪憐。脂香粉澤，分外覺清妍。豈是陽臺行雨，剛來自十二峰邊？闌干外，風鬟霧鬢，猶自繞雲煙。 流連，怎禁得相思暗結，閑悶難捐？算消遣春愁，此最爲先。怪底鴛鴦繡倦，停針坐，便爾情牽。恰喜有知心小婢，一笑遞嬋娟。"《無題》云："遮遮掩掩，心下難抛秋一點。微露鞋尖，妾隔珠簾郎轎簾。 簾垂人遠，只道西風吹不捲。風更風流，不捲簾兒誓不休。"記黄仲則有《禽言》斷句云[11]："誰是哥哥，莫唤生疏客。"尖新至此，令人欲笑。

【箋注】

[1]何獻葵：何廷模，字獻葵，號西舫。清浙江仁和人。乾隆十二年順天舉人。官如皋知縣、海州知州。長郎：舊時尊稱他人長子。何承燕：字以嘉，號春巢、六橋詞客。清浙江仁和人。乾隆三十九年順天副貢。官東陽教諭。有《春巢詩鈔》。

[2] 壽内：爲妻子祝壽。 [3] 平頭：整、不帶零頭。帨（shuì）：佩巾。古代女子出嫁時，母親所授的一種巾飾。 [4] 荆釵：荆枝做成的釵，借指貧家女。[5] 紈袴：指富貴人家子弟。 [6] 香螺：指酒杯。 [7] 馬齒：對自己年齡的謙稱。 [8] 表：特出，迥異於衆貌。 [9] 染羹：本指以手指染羹品嘗，用《左傳・宣公四年》"染指"典故，後泛指品嘗食品。 [10] 鬑（lián）鬑：鬚髮稀疏貌。《陌上桑》："爲人潔白皙，鬑鬑頗有鬚。"羅敷：古代美女名。[11] 黄仲則：黄景仁，見卷七・二一注 [2]。

二 七

皇甫古尊在金陵市上[1]，得金字扇一柄，乃前朝名妓徐翩翩所書[2]，扇尾署名曰："金陵蕩子婦某。"古尊喜甚，求題于厲太鴻先生[3]，得《賣花聲》一闋，云："花月秣陵秋[4]，十四妝樓[5]。青溪回抱板橋頭。舊日徐娘無覓處[6]，芳草生愁。 金粉一時休，團扇誰留？殢人只有小銀鈎[7]。句尾可憐書蕩婦，似訴漂流。"余讀之，不覺魂消，亦以《揮扇士女圖》索題。先生爲填《南鄉子》，云："思夢髻慵梳，鸜鵒驚回依井梧。扇影似人人似月，圓初。十六盈盈十五餘。 並蒂點紅蕖[8]，更有關心好句書。不用近前頻掩面，生疏。水院雲廊見也無？"

【箋注】

[1] 皇甫古尊：生平未詳。 [2] 徐翩翩：字飛卿，一字驚鴻。明代金陵人。晚嫁江陰郁生。夫亡後還秣陵爲尼。 [3] 厲太鴻：厲鶚，見卷三・六一注 [1]。[4] 秣陵：南京的古稱。 [5] 十四妝樓：明洪武中，南京官妓所居有十四樓。[6] 徐娘：指南朝梁元帝妃徐昭佩。相傳她與侍者暨季江私通，季江曰："徐娘雖老，猶尚多情。"後用此典喻指女子年老而風韻猶存。此指徐翩翩。[7] 殢（tì）：滯留。銀鈎：比喻遒媚剛勁的書法。 [8] 紅蕖：紅蓮。

二 八

心餘未入翰林時[1]，彼此相慕未見，寄長調四首來。其《賀新凉》

云："記向秦淮水。問何人、小樓吹笛，勸人愁死。雨皺嵐皴多偃蹇[2]，我與蔣山相似[3]。白下柳、又添憔悴[4]。却到江山奇絶處，遇雙鬟、都唱袁才子[5]。情至者，竟如此！　羅衫團扇傳名字，比風流、淮南書記，蘇州刺史[6]。常聽東華故人説[7]，腸斷江南花底。何苦較、天都人世[8]。樓閣虚無平等看，謫塵寰、終是神仙耳。花落恨，莫提起。"《百字令》云："才人爲政，羨宦成、三十居然不朽[9]。互聽參觀如善射，轉側皆能入彀[10]。遊戲奇情，循良小傳[11]，千里傳人口。西清餘子[12]，旁觀且袖雙手。　底事拋擲西湖，勾留南國，展放林端牖？六代青山横淺黛，都做袁家新婦。酒客清豪，名姬窈窕，小令歌紅豆。香名豔福，幾人兼此消受？"《夢芙蓉》云："忽拜魚書貺[13]，有十分思憶，十分惆悵。不曾相識，相識如何様。泛詞源春漲，十隊飛仙旗仗[14]。情至文生，縱編珠組繡[15]，排比亦清曠。　眼底金剛紛變相[16]，問誰能寂坐蓮幢上[17]？低首前賢，焉敢角瑜亮[18]？幾人憐跌宕，難覓酒樓歌舫。一卷新詞，待求君按節[19]，分遣小紅唱[20]。"《邁陂塘》云："揀鄉山、絶無佳處[21]，躬耕又乏南畝。塵容俗狀真難耐，待覓灌夫行酒[22]。尋犀首[23]。奈淚灑黄壚[24]，漸失論文友。小人有母，但北望京華，徘徊小院，寂寞倚南斗。　食肉者、俊物粗才都有。半是望秋蒲柳。東塗西抹年華改，説甚色絲虀臼[25]。牛馬走、約丁字簾前[26]，共剪春盤韭。故人歸否？唱山抹微云[27]，大江東去[28]，準備捉秦九[29]謂磵泉同年。"

【箋注】

[1]心餘：蔣士銓，見卷一・二三注[2]。　[2]皴（cūn）：皺縮。偃蹇：委曲、屈曲。　[3]蔣山：即南京鍾山，又名紫金山。　[4]白下：南京的别稱。　[5]袁才子：指袁枚。　[6]淮南書記：杜佑，見卷一・三一注[5]。這裏用來比袁枚的文名。蘇州刺史：指白居易。劉禹錫有詩句："蘇州刺史例能詩。"（《白舍人曹長寄新詩有遊宴之盛因以戲酬》）這裏用來比袁枚的詩名。　[7]東華：借稱中央官署。　[8]天都：天上、帝都。　[9]三十：指袁

枚三十歲左右已成就聲名。[10]入彀（gòu）：此指合乎一定的程式和標準。[11]循良：善良。[12]西清：清代宫内南書房的别稱。餘子：其餘的人。[13]魚書貺（kuàng）：指他人給的書信或詩文。[14]飛仙旗仗：喻詩文豐富多彩、超俗不凡。[15]編珠組繡：形容文采華麗。[16]金剛：喻指衆同僚、世人。[17]蓮幢：諸佛的蓮花座位，這裏指穩居自己的位置。[18]瑜亮：三國周瑜、諸葛亮。此指才力相當。[19]按節：擊節、打拍子。[20]小紅：指歌女。[21]鄉山：家鄉的山，借指故鄉。[22]灌夫（？—前131）：漢代人。武帝時爲淮陽太守。性任俠，愛交遊，剛直好酒。[23]犀首：這裏指公孫衍，戰國時魏國人，爲縱横家，曾助秦破魏。《史記·張儀列傳》曾提及犀首好飲，後亦指無事好飲之人。[24]黄壚：原指黄公酒壚，爲魏晋名士群體竹林七賢的會飲之處。後用爲悼念亡友之辭。[25]色絲齏臼：用《世説新語》"黄絹幼婦，外孫齏臼"典，意謂絶妙好辭。[26]牛馬走：自謙之詞。丁字簾：地名，在南京利涉橋畔，爲歌舞藝人聚居地。[27]山抹微雲：秦觀《滿庭芳》句。[28]大江東去：蘇軾《念奴嬌》句。[29]秦九：原指宋秦觀。此借指秦磵泉，見卷一·四二注[6]。

二 九

乾隆戊辰，李君宗典權知甘泉[1]，書來，道女子王姓者，有事在官，可作小星之贈[2]。予買舟揚州，見此女於觀音庵，與阿母同居，年十九，風致嫣然，任予平視，挽衣掠鬢，了無忤意[3]。欲娶之，而以膚色稍次，故中止。及解纜，到蘇州，重遣人相訪，則已爲江東小吏所得。余爲作《滿江紅》一闋云："我負卿卿，撑船去、曉風殘雪。曾記得，庵門初啟，嬋娟方出。玉手自翻紅翠袖，粉香聽摸風前頰。問姮娥，何事不嬌羞，情難説。　既已别，還相憶。重訪舊，杳無跡。説廬江小吏[4]，公然折得。珠落掌中偏不取，花看人採方知惜。笑平生，雙眼太孤高，嗟何益！"

【箋注】

[1]戊辰：這裏指乾隆十三年（1748）。李宗典：字鴻遠。清安徽懷寧人。監生。乾隆十四年任甘泉知縣，補徐州通判，擢金山海防同知。[2]小星：

妾的代稱。［3］忤意：違逆心意。［4］廬江小吏：樂府詩《古詩爲焦仲卿妻作》："廬江爲小吏。"此借指上文提及的"江東小吏"。

三〇

隨園四面無牆，以山勢高低，難加磚石故也。每至春秋佳日，士女如雲；主人亦聽其往來，全無遮攔。惟緑净軒環房二十三間，非相識者，不能遽到[1]。因摘晚唐人詩句作對聯云："放鶴去尋三島客[2]，任人來看四時花。"

【箋注】

［1］遽：遂、就。［2］三島：傳説中的蓬萊、方丈、瀛洲三座海上仙山。此指遠地。所摘詩句是杜荀鶴《題衡陽隱士山居》第二聯。

三一

舒城沈生本陛[1]，字季堂，年已艾矣[2]。戊申秋，以詩求見。各體俱工。古風如《白石山》《古柏行》等篇，詩長不能備録。五言如《西施洞》云："香草美人遠，春山古洞寒。"見贈云："記吟詩句從黄口[3]，得傍門牆已白頭[4]。"俱妙。餘三首，已采入《續同人集》中。其祖名長祚者[5]，康熙間舉鴻博，有《竹香園集》。《過友人草堂》云："春雲遮不盡，柳色認君家。到徑聽微雨，開門見落花。古心徵直諒[6]，閑語及桑麻。飯量年來減，村醪莫更賒。"《哭友》云："修短難將理問天[7]，人間福慧應難全。他生好向空王乞[8]，少占才華自永年。"

【箋注】

［1］沈本陛：字季堂。清安徽舒城人。增廣生。［2］艾：年長、老。［3］黄口：兒童。［4］門牆：高師之門。［5］沈長祚（zuò）：字芝田。康熙南巡召試欽取一等，南書房辦事。有《竹香園集》。［6］徵：求。嘉慶本作"微"。直諒：正直誠信的人。［7］修短：長短，指人的壽命。［8］空王：佛的尊稱。

三二

張南垣以畫法壘石[1]，見者疑爲神工。吴梅村、黄梨洲皆爲之傳[2]，載文集中。太倉藾賌園，爲王麟洲奉常别業[3]，園中假山，南垣遺製。後歸弇山尚書[4]，爲奉母地，更名静逸園。畢太夫人《秋日閒居詩》題五律云[5]："勝跡留城市，幽居得小園。吾生澹相寄，往事漫追論。人憶烏衣舊[6]，名憐香草存[7]。只今耽静逸，秋景滿邱樊[8]。""字摹王内史[9]，詩愛鄭都官[10]。石色青書幌[11]，花陰冷畫闌。池魚一二寸，庭竹兩三竿。于此端居好，身閑夢亦安。""地迥人稀到，風清暑罷侵。竹簾香細細，桐閣緑愔愔[12]。隱几時看畫[13]，安弦静譜琴。夜凉明月上，掃石坐深林。""磴小花枝密[14]，廊深書舍藏。有時翻秘帙[15]，隨意坐匡床[16]。詩遇前春稿，爐凝隔夜香。庭前蹲石丈[17]，親見歷滄桑。"

【箋注】

[1]張南垣：張漣（1587—1671），字南垣，以字行。明南直隸華亭人，後定居浙江秀州。爲明代畫家、園藝建築大師。 [2]吴梅村：吴偉業，見卷四・三四注[4]。黄梨洲：黄宗羲，見卷三・一九注[1]。 [3]王麟洲：王世懋（1536—1588），字敬美，别號麟州。明嘉靖三十八年進士。官至南京太常少卿。别業：别墅。 [4]弇山尚書：畢沅，見卷二・一三注[4]。 [5]畢太夫人：張藻，見本卷一注[3]。 [6]烏衣：東晋時期王、謝等大族居住的烏衣巷，代指世家。 [7]香草：比喻寄情深遠的詩篇。 [8]邱樊：指園圃。 [9]王内史：王羲之，見卷三・三六注[4]。 [10]鄭都官：鄭谷，見卷二・一二注[1]。 [11]書幌：書帷，亦指書房。 [12]緑愔愔：緑得幽深。 [13]隱几：伏在几案上。 [14]磴：石徑、石級。 [15]秘帙：稀見的書籍。 [16]匡床：方正安適的床。 [17]石丈：奇石的代稱，用宋人米芾"拜石"典。

三三

金陵秋試之年，上下江名士畢集。余止而觴之[1]，各有贈詩，約三千餘首。其尤佳者，梓入《續同人集》矣。尚有斷句可采者，如虞山王陸禔云[2]："叢叢著述皆千古，草草功名只十年。"長洲顧星橋云[3]：

“渡江名士推前輩，扶輦門生半少年[4]。”王又云：“休誇翁子乘車日[5]，已是懸車十七年[6]。”三押“年”字，俱妙。金陵管松年云[7]：“四海文章經口貴，百年心事問花知。”無錫徐嵩云[8]：“姓氏直疑前代客，語言妙是一家詩。”青陽程蔚云[9]：“一將治績乘時著，便把塵緣當夢看。”

【箋注】

[1]觴：以酒待人。 [2]王陸禔：見卷五・五二注[5]。 [3]顧星橋：顧宗泰，見卷九・一一注[1]。 [4]扶輦：扶車，此指從政。 [5]翁子：朱買臣（？—前115），字翁子。西漢會稽吴（今江蘇蘇州）人。漢武帝時官會稽太守、丞相長史，爲文學侍從之臣。 [6]懸車：指退休或隱居不仕。 [7]管松年：清江蘇上元人。乾隆五十四年貢生。官南匯教諭。 [8]徐嵩：見卷七・一〇三注[1]。 [9]青陽：戰國楚邑名，在今湖南長沙一帶。程蔚：生平未詳。

三四

以部婁擬泰山[1]，人人知其不倫。然在部婁，私心未嘗不自喜也。秋帆尚書德位兼隆[2]，主持風雅。枚山澤之癯[3]，何能及萬分之一？乃詩人好相提而並論。孫淵如太史云[4]：“惟有先生與開府[5]，許教人吐氣如虹。”徐朗齋孝廉云[6]：“弇山制府倉山叟[7]，海内龍門兩扇開。”

【箋注】

[1]部婁：小山丘。 [2]秋帆：畢沅，見卷二・一三注[4]。 [3]山澤之癯：山野清癯退隱之士。 [4]孫淵如：孫星衍，見卷五・六〇注[2]。 [5]開府：古代有權設置官署的官員。此指畢秋帆。 [6]徐朗齋：徐鑅慶，見卷七・一〇三注[1]。 [7]制府：明清兩代的總督稱制府。此指畢秋帆。倉山叟：指袁枚。因居江寧小倉山隨園而自號。

三五

壬戌年[1]，余改官外出，客送詩者，動以王嫱見戲[2]。余因口號云[3]：

“琵琶一曲靖邊塵，欲報君恩屢顧身。只是内家妝束改[4]，回頭羞見漢宫人。”後十年，再入朝，則鳳池諸客[5]，都非舊人。又戲吟云：“曉日曈曨玉殿開，春風回首認蓬萊[6]。三千宫女如花貌，都是明妃去後來[7]。”

【箋注】

[1] 壬戌：這裏指乾隆七年（1742）。 [2] 王嬙：王昭君，見卷二・三六注 [5]。此處以昭君遠嫁塞外戲比袁枚改官外放。 [3] 口號：猶口占。作詩文不起草稿，隨口吟誦而成。 [4] 内家：指宫人。袁枚戲稱自己。 [5] 鳳池：鳳凰池，見卷一・六六注 [12]。 [6] 蓬萊：指蓬萊宫，唐宫名，此代指清宫。 [7] 明妃：王昭君，晋代爲避司馬昭諱，改稱明君，後人又稱之爲明妃。

三　六

張文敏公同南華先生上朝[1]，值春雪初霽，南華見午門外簷下冰柱，賦七律一章。文敏公疑爲宿構[2]。南華請面試。文敏出所佩小玉羊爲題。南華應聲云：“宛爾成形質，居然或寢訛[3]。”方欲續下，而皇上有旨，命和《湯圓》詩。南華在朝房，立進二十四韻。警句云：“甘白俱能受[4]，升沉總不驚。”文敏嘆服曰：“不料倉卒間，先生猶能自見身份也[5]。”爲序其集云：“春雨著物，萬花怒開；神工鬼斧，不可思議。似之者病，學之者死。”

【箋注】

[1] 張文敏：張照，見卷一・二四注 [5]。南華先生：張鵬翀（chōng），見卷一・六五注 [6]。 [2] 宿構：預先構思、草擬。 [3] 寢訛：用《詩經・小雅・無羊》典，後以“寢訛”指牛羊的卧息與活動。 [4] 甘白：《禮記・禮器》：“甘受和，白受采，忠信之人，可以學禮。”甘味可以調和出五味，白色可以調和出五彩，忠誠信實之人可以遵禮合道。 [5] 身份：指出身、人格、地位。

三　七

秋帆尚書撫陝時[1]，有《上元燈詞》十首[2]，莊重高華，是金華殿上語[3]。一時幕中學士文人，俱不能和。爲録四章云："碧榭紅闌萬點明[4]，戟門蓮漏轉三更[5]。交春便抱祈年意，不聽歌聲聽雨聲。""鼓鉦殷地走輕雷，寶焰千枝百戲開。瞥見廣場波浪直[6]，雙龍争挾火珠來。""仙館明輝麗絳霄，銅駝四角綴瓊翹[7]。夜長樺燭添寒焰，春曉終南雪未消[8]。""十年持節駐秦關，夢斷蓬瀛供奉班[9]。記得披香頻侍宴[10]，紅雲萬朵駕鰲山[11]。"

【箋注】

[1]秋帆：畢沅，見卷二·一三注[4]。　[2]上元：元宵節。　[3]金華殿上語：《世説新語·言語第二》："劉尹與桓宣武共聽講《禮記》。桓云：'時有入心處，便覺咫尺玄門。'劉曰：'此未關至極，自是金華殿之語。'"[4]紅闌：紅欄杆。　[5]戟門：此指官署。蓮漏：蓮花漏，古代狀如蓮花的漏水計時器。　[6]直：長。　[7]瓊翹：玉石鳥羽裝飾品。　[8]終南：終南山。　[9]蓬瀛：蓬萊和瀛洲。　[10]披香：漢宫殿名，借指清宫。　[11]鰲山：指堆疊成鰲形的燈山，爲舊時元宵的一種燈景。

三　八

裴二知中丞[1]，巡撫皖江，每至隨園，依依不去。舉家工琴，閨閣中淡如儒素[2]。其子婦沈岫雲能詩[3]，著有《雙清閣集》。《途中日暮》云："薄暮行人倦，長途景尚賒[4]。條峰疏夕照[5]，汾水散冰花[6]。春暖香迎蝶，天空陣起鴉。此身圖畫裏，便擬問仙家。"《在滇中送中丞柩歸》云[7]："丹旐秋風返故鄉[8]，長途凄惻斷人腸。朝行野霧籠殘月，暮宿寒雲掩夕陽。蝴蝶紙錢飄萬里，杜鵑血淚落千行。軍民沿路還私祭，豈獨兒孫意慘傷？"讀之，不特詩筆清新，而中丞之惠政在滇，亦可想見。余方采閨秀詩，公子取其詩見寄[9]，而夫人不欲以文翰自矜。公子戲題云："偷寄香閨詩册子，妝臺佯問目稍嗔。"亦佳話也。中丞名宗錫，山西人。公子字端齋。

【箋注】

[1] 裴二知：裴宗錫（1712—1779），字午橋，自號二知。清山西曲沃人。乾隆間曾任青州、濟南知府，安徽、貴州、雲南巡撫等。 [2] 儒素：讀書人家。 [3] 沈岫雲：沈在秀，字岫雲。清江蘇高郵人。有《雙清閣詩鈔》。 [4] 賖：空闊。 [5] 條峰：指中條山，在山西省西南部。 [6] 汾水：汾河，黄河第二大支流，在山西省中部。 [7] 中丞：指裴宗錫。 [8] 丹旐（zhào）：舊時出喪所用紅色旗幡。 [9] 公子：指裴二知之子裴正文，字端齋。即沈在秀夫婿。官户部山東司員外郎。曾繼前輩編刻《裴氏世譜》。

三 九

韓慕廬尚書[1]，雖爲徐健庵司寇所識拔[2]，而在朝中立不倚，于牛李之黨[3]，兩無所附，然官爵崇隆，終身平善，可知仕途之不須奔競也。近今張警堂先生[4]，以縣令起家，官至監司，皆委懷任運[5]，不營求而自得。詩才清妙。《過盧生廟》云[6]：“快馬衝風急，添衣禦曉寒。平生無好夢，醒眼過邯鄲。”其襟懷之淡，定可知矣！又《宜城夜行》云：“夜半張燈起，披衣上馬鞍。月明如欲曙，風斂不知寒。此景人誰見，長途心轉安。襄陽舊遊處，明日且盤桓。”劉霞裳秀才出公門下[7]，仿其意作《鉛山夜行》云：“車比鼋尤仄[8]，心閑坐頗安。清冰明似鏡，凍月小於丸。燈遠知村到，更深唤渡難。漸看浮草白，霜重夜將闌。”可謂工於竊比者矣[9]。先生《又過銅雀臺》云：“可憐腸斷分香日[10]，輸與開門放婢人[11]。”使老瞞在九原[12]，爲之汗下。先生名銘，江西己卯孝廉。

【箋注】

[1] 韓慕廬：韓菼，見卷五·五〇注[4]。 [2] 徐健庵：徐乾學，見卷二·五五注[7]。 [3] 牛李：以唐朝牛僧孺和李德裕之争喻清朝明珠與索額圖兩黨之争。 [4] 張警堂：張銘（約1734—？），字新盤，號警堂。清江西南城人。

乾隆二十四年舉人。官江南蘇松太兵備道。有《警堂漫存詩草》。 [5]委懷任運：隨意寄情，聽憑命運安排。 [6]盧生：爲唐傳奇小説《邯鄲記》中的人物。 [7]劉霞裳：見卷二・三三注[2]。 [8]龕：供奉神與佛的小閣子。[9]竊比：謙詞，私自比擬。 [10]分香：陸機《吊魏武帝文序》引曹操遺令："餘香可分與諸夫人，諸舍中無所爲，學作履組賣也。"表現出曹操死前對衆妾的依戀之情。 [11]放婢：東晋權臣王敦貪戀女色，身體受害，開閤放婢十數人。[12]老瞞：曹操小名阿瞞，後人稱老瞞。

四〇

金陵張止原居士[1]，立身端謹，爲秋帆尚書所重[2]，以家政托之。嘗臘底冒雨招余遊靈巖山館，其襟懷可想。舟中誦其《春暮書事》云："山苑濃陰覆緑苔，意行敷坐自徘徊[3]。池邊柳弱鶯難駐，庭畔花殘蝶未回。酒盞怕空先料理，柴門喜静且長開。人生得喪何須計[4]，一任浮雲過眼來。"《步尚書青門柳枝韻》云："緑煙漠漠裊晴嵐，紫陌輕陰月正三。怕上樂游原上望，引人離恨到江南。"居士名復純，兼通醫理，工賞鑒。

【箋注】

[1]張止原：張復純，字止原，號仁齋。清江蘇江寧人。諸生。善鐫刻，工書法。有《潘宋夏承碑》傳於世。 [2]秋帆：畢沅，見卷二・一三注[4]。[3]意行：信步。敷坐：設坐休息。 [4]得喪：得失。

四一

壬寅冬[1]，余遊雉皋[2]。何春巢引見其親家徐湘圃司馬[3]。其人吐氣如虹，不可一世。家有園亭之勝，招致名姝，宴飲竟夜。見贈云："一病經年喜再生，西風吹客過江城。虎溪大笑酬前願[4]，雁宕閒遊寄遠情[5]。荒徑漫勞携杖訪，傾心不待整冠迎。夜來天際文星聚，珠玉驚聞擲地聲。""颯颯空林亂葉聲，相逢慰我寂寥情。多邀紅袖同行酒，小摘寒蔬爲煮羹。對月且拼三五夜，看花莫問短長更。幽懷萬種愁千斛[6]，不遇先生不肯鳴。”

【箋注】

[1]壬寅：這裏指乾隆四十七年（1782）。 [2]雉皋：即今江蘇如皋。[3]何春巢：何承燕，見本卷二六注[1]。徐湘圃：徐觀政，字憲南，號湘浦。清如皋人。官浙江鹽運副使。有《洋程日記》。 [4]虎溪：溪名，在今江西九江南廬山東林寺前。宋陳舜俞《廬山記》卷二：“昔遠師送客過此，虎輒號鳴，故名焉。陶元亮居栗里，山南陸修静亦有道之士，遠師嘗送此二人，與語合道，不覺過之，因相與大笑。”此處用來喻指交往之情誼。 [5]雁宕：浙江東南的一處名山。 [6]斛（hú）：爲古代量器。此處形容愁多。

隨園詩話箋注　卷一二

一

戴喻讓有句云[1]："夜氣壓山低一尺。"周蓉衣有句云[2]："山影壓船春夢重。"皆妙在可解不可解之間。

【箋注】

[1]戴喻讓：見卷七·二〇注[4]。 [2]周蓉衣：周汾，見卷三·三〇注[1]。

二

人人共有之意、共見之景，一經説出，便妙。盛復初《獨寐》云[1]："燈盡見窗影，酒醒聞笛聲。"符之恒《湖上》云[2]："漏日松陰薄，摇風花影移。"女子張瑶英《偶成》云[3]："短垣延月早，病葉得秋先。"鄭璣尺《雪後游吴山》云[4]："人來飢鳥散，日出凍雲升。"顧文煒《立夏》云[5]："病骨先愁暑，殘花尚戀春。"女子孫雲鳳《巫峽道中》云[6]："煙瘴寒雲起，灘聲驟雨來。"沈大成《登浄慈寺》云[7]："花氣隨雙屐，湖光納一窗。"姜西溟《野行》云[8]："橋欹眠折葦，檻倒坐雙鳧。"

【箋注】

[1]盛復初：見卷六·三九注[2]。 [2]符之恒（1706—1738）：字聖幾，號南竹、南村。清浙江仁和人。諸生。厲鶚弟子。有《秋聲館吟稿》。[3]張瑶英：見卷一〇·二五注[1]。 [4]鄭璣尺：鄭江，見卷四·四六注[8]。 [5]顧文煒：見卷五·二〇注[1]。 [6]孫雲鳳：見卷二·三一注[2]。[7]沈大成：見卷二·五二注[1]。 [8]姜西溟：姜宸英，見卷九·八六注[3]。

三

有全首在人意中者，門生蔡家璋《舟中》云[1]：“孤客心情急去旌，榜人帶月趁宵征[2]。去舟時共來舟語，殘夢依稀聽不明。”汪舟次《田間》云[3]：“小婦扶犁大婦耕，隴頭一樹有啼鶯。兒童不解春何在，只向遊人多處行。”此種詩，兒童老嫗，都能領略。而竟有學富五車者，終身不能道隻字也。他如湯擴祖之“事當失路工成拙，言到乖時是亦非”[4]，方子雲之“優孟得時皆貴客，英雄見慣亦常人”[5]“酒常知節狂言少，心不能清亂夢多”，吴西林之“貧士出門非易事，豪門投刺豈初心”[6]，皆使聞者人人點頭。

【箋注】

[1]蔡家璋：生平未詳。 [2]旌：軍旗。借指軍士。此處比喻孤客在外急於趕路的心情。榜人：船夫。 [3]汪舟次：汪楫，見卷三・四八注[1]。[4]湯擴祖：見卷五・二四注[2]。失路：喻不得志。乖時：違背時勢。[5]方子雲：方正澍，見卷一・四五注[6]。優孟：春秋時楚國樂人，長八尺，多辯，常以談笑諷諫。這裏指代戲劇演員等舊時身份低微的人。 [6]吴西林：吴穎芳，見卷五・五七注[1]。

按：袁枚多次談到讀書與寫詩的關係，應該説讀書多的人更應寫好詩，但往往也有例外，這與生活相關，也與人的性情相關。缺乏生活情趣的人，不論讀多少書，也無濟於詩。這就是有學富五車者，終身寫不出一首甚至一句好詩的原因。

四

吾鄉鄭璣尺先生[1]，名江，康熙戊辰翰林。幼孤貧，里中有商人張静遠者[2]，助其讀書。先生貌寢[3]，眇一目，湛深經學，而詩獨風騷。《自嘲》云：“自號小冠杜子夏[4]，人嗤一目江東王[5]。”藏花片於書中，題云：“卷裏崔徽帳中李[6]，何如通替見殷妃[7]？”

【箋注】

[1] 鄭璣尺：鄭江，見卷四・四六注[8]。 [2] 張静遠：生平未詳。[3] 貌寢：相貌醜陋。 [4] 杜子夏：漢代杜欽與杜鄴，同字子夏，皆以文才稱于世，時人因二杜齊名，同姓同字，無從區别，遂稱杜欽爲“盲杜子夏”。杜欽恨人説他短處，特地自製小冠，戴着遊行都市，又被稱爲“小冠杜子夏”。[5] 江東王：蕭繹，見卷七・四五注[7]。他幼年時封湘東王，盲一目，人稱湘東一目。 [6] 崔徽：唐歌妓名，曾與裴敬中相愛，既别，托畫家寫其肖像寄敬中曰：“崔徽一旦不及畫中人，且爲郎死。”後抱恨而卒。事見唐元稹《崔徽歌並序》。帳中李：用漢武帝在李夫人死後觀皮影招魂的故事。《太平御覽》卷六百九十九引桓譚《新論》：“置武帝李夫人神影于帳中，令帝觀見之。”[7] 通替：指通替棺，一種像抽屜一樣可以隨意開閉的棺木。《南史・後妃傳上・宋孝武殷淑儀》：“及薨，帝常思見之，遂爲通替棺，欲見輒引替覩屍，如此積日，形色不異。”殷妃：即殷淑儀。

五

咏雲者，吴尺鳧焯有句云[1]：“蘆花摇雪礙船過，雲葉隨風逐雁飛。”陳心田寅有句云[2]：“一雁披霜千樹冷，片雲移日半山陰。”嫌飯遲者，劉悔庵云[3]：“冷早秋衣薄，天陰午飯遲。”顧牧雲云[4]：“衣輕曉寒逼，薪濕午炊遲。”咏新僕者，汪舟次云[5]：“見事先人往，應門答語輕[6]。”吴野人云[7]：“長者尊難近，新名答尚疑。”四人皆無心之雷同而俱妙。又張哲士咏老僕云[8]：“曠職身常病，應門語每訛。”亦趣。

【箋注】

[1] 吴焯（zhuō）：見卷三・六〇注[6]。 [2] 陳寅（1740—1834）：字心田，號亦山。清浙江海寧人。乾隆三十六年舉人。歷任鹽官、廣東知縣。有《向日堂詩集》《亦山小草》。 [3] 劉悔庵：劉曾，見卷二・二八注[1]。[4] 顧牧雲：見卷五・二〇注[1]。 [5] 汪舟次：汪楫，見卷三・四八注[1]。[6] 應門：照應門户、應接叩門。 [7] 吴野人：吴嘉紀（1618—1684），字賓賢，號野人。江蘇泰州人。明諸生，入清不仕。有《陋軒集》。 [8] 張哲士：見卷七・一九注[4]。

六

六合彭厚村[1]，家資百萬，慷慨好施，年六十，而家資罄矣。不得已，辭家遠出，卒于乃弟孝豐署中。葛筠亭哭以詩云[2]："頭盈白髮翻爲客，手散黄金可築臺[3]。"又曰："俠傳衆口難爲富，患在無錢不認貧。"真厚村小傳。其弟迪庵，葛弟子也。葛往訪之，贈詩云："笑隨童叟來聽政，要借雲山去賦詩。"《在西湖夜望》云："月光山色静窗扉，夜景空明水四圍。多少漁燈風不定，滿湖心裏作螢飛。"葛詩筆絶佳，半生爲時文所累[4]，然高達夫五十吟詩[5]，故未遲也。

【箋注】

[1]彭厚村：如上，餘未詳。其弟彭克惠，字迪庵。清江蘇六合(今南京一帶)人。乾隆三十六年順天鄉試舉人。官孝豐縣知縣。 [2]葛筠亭：葛國玢，字筠亭。清江蘇江寧人。乾隆甲辰歲貢生。有《白下草》。 [3]築臺：戰國時期燕昭王高築黄金臺招賢納士。 [4]時文：此指舊時科舉應試的文體。 [5]高達夫：高適（704—765），字達夫。唐渤海蓨（今河北景縣）人。少貧寒。後遊河西，入哥舒翰幕爲書記。官終散騎常侍，封渤海縣侯。世稱高常侍。以邊塞詩著稱，與岑參齊名。

七

有人畫七八瞽者[1]，各執圭、璧、銅、磁、書、畫等物[2]，作張口争論狀，號《群盲評古圖》，其誚世也深矣[3]！劉鳴玉題云[4]："耳聾偏要逢人聒，足跛轉喜登山滑。可惜不逢周師達[5]，眼珠個個金篦刮[6]。"

【箋注】

[1]瞽：目失明。 [2]圭：古代帝王諸侯所用玉製禮器。磁：瓷器。 [3]誚世：譏諷世事。 [4]劉鳴玉：見卷七·八六注[2]。 [5]周師達：唐文宗時，同州（今陝西大荔）有石公集和周師達兩個民間醫生，專治白内障。 [6]金篦（bì）：古代治眼病的工具，用來刮眼膜。

八

又有人畫《牽車圖》，將妻子、奴婢、器具、食物，盡放車中，一枯瘦男子，牽長繩背負而走。空中一鬼，持鞭驅之。亦醒世意也[1]。余題云："人世肩頭各一擔，梅花馱過杏花殘。暗中何必長鞭打，就作神仙懶亦難。"

【箋注】

[1] 醒世：使人世驚醒。

九

寶意先生有女曰可[1]，字長白，有才而夭。《咏苔》云："昨宵疑有雨，深院久無人。"《題畫》云："黄雪褵褷點翠環，秋光一抹上房山[2]。彩雲飛盡碧天遠，半夜月明響佩環[3]。"寶意編其詩，號"曇花一現集"。

【箋注】

[1] 寶意：商盤，見卷一·二七注[7]。商可：字長白。清會稽人。商盤長女，同縣王氏聘室。有《曇花一現集》。 [2] 黄雪：喻月光。褵（lí）褷（shī）：離披散亂貌。翠環：環繞的山巒。房山：指山牆，上部呈山尖形的横牆。[3] 佩環：一種環狀飾品，喻月亮。

一〇

張麟圃計偕入都[1]，與某同寓。夢至大海，四望皆五色牡丹，鸞麟翔躍[2]。有女郎容貌絶世，袖中出碧玉版，如桐圭[3]，曰："此'女媧箋'也[4]，求郎題詩。"張題一絶。女曰："郎詩固佳，未慊妾意[5]。須倩某郎爲之。"所云某者，即其同寓友也。次早起行，述所夢相同。是科張竟落第，而某捷南宫矣[6]。某所題僅記二句云："淚花逗雨鮫珠死[7]，畫屏幾疊扶桑紫[8]。"

【箋注】

[1] 張麟圃：張逢堯，字天民，號麟圃。清直隸滄州人。雍正六年舉人。曾官江西、四川、貴州布政使。有《鶴汀草堂詩稿》。計偕：指舉人赴京會試。 [2] 鸞麟：鸞鳥與騏麟，古人視爲祥瑞。 [3] 桐圭：桐葉剪成圭狀，用周成王封唐叔虞典。後指帝王封拜的符信。 [4] 女媧箋：女媧所使用的信箋，這裏是渲染神話氣氛。 [5] 未慊（qiè）：不滿足。 [6] 捷南宫：指科舉及第。南宫指尚書省。 [7] 鮫珠：傳説中鮫人淚珠所化的珍珠。 [8] 扶桑：傳説中的東方神樹。

一一

山陰女子陳淑旂《晚思》云[1]："弱質怯春寒，名花帶月看。惜花兼惜影，不忍倚闌干。"

【箋注】

[1] 陳淑旂（qí）：字繡莊。清浙江上虞人。諸生陳志學女，山陰戴學連妻。有《繡莊詩草》。

一二

余乙卯科試[1]，考列前茅。其時，在帥學使幕中閲卷者[2]，邵君昂霄也[3]。相遇湖上，有所贈云："韻到梅花清有骨，軟于楊柳怯當風。"余有知己之感，故至今誦之。

【箋注】

[1] 乙卯：這裏指雍正十三年（1735）。此年袁枚十九歲。 [2] 學使：提督學政，朝廷派往各省負責考試童生及生員的官員。 [3] 邵昂霄：字麗寰、子政。浙江餘姚人。拔貢生。清朝天文曆算學家。有《萬青樓詩文殘編》。

一三

山陰沈冰壺[1]，字清玉，有《古調獨彈集》。以新樂府論古事，極有見解。如辨永王璘之非反[2]，李白之受誣，作《夜郎行》；雪李贊皇之非黨[3]，作《崖州行》；笑隋主誅宇文[4]，身死于宇文，作《南氏怨》[5]。以何平叔之不父曹瞞爲孝[6]，不從司馬爲忠，其粉白不離手之説[7]，即梁冀誣李固之胡粉飾貌也[8]。人言崔浩毁佛遭禍[9]，乃咏《崔浩》云："仙不能救，佛豈能阸[10]？"尤爲超脱。

【箋注】

[1]沈冰壺：字心玉、清玉，號梅史。清浙江山陰人。貢生。乾隆元年舉博學鴻詞。有《抗言在昔集》《古調自彈集》。 [2]永王璘：李璘（？—757），唐玄宗第十六子。封永王。安禄山反，詔爲四道節度使、江陵大都督。起兵不久即被指責爲反叛而敗亡。李白因助永王璘，曾被流放夜郎。 [3]李贊皇：李德裕，見卷一・一九注[2]。主政期間，與牛僧儒、李宗閔爲首的牛派發生政治鬥争，史稱牛李黨争。 [4]宇文：宇文化及（？—619），隋代郡武川（今屬内蒙古）人。隋煬帝時任右屯衛將軍。後叛殺煬帝，自立爲帝。[5]南氏：古國名。《逸周書・史記解》："昔有南氏有二臣貴寵，力鈞勢敵，競進争權，下争朋黨，君弗能禁，南氏以分。"此處喻指宇文氏。 [6]何平叔：何晏（？—249），字平叔。三國魏南陽宛（今河南南陽）人。累官侍中尚書。美姿容，面白。尚魏公主。後欲反逆，爲司馬懿所殺。 [7]粉白：白粉，妝飾用品。裴松之注引三國魏魚豢《魏略》："晏性自喜，動静粉白不去手，行步顧影。" [8]梁冀（？—159）：字伯卓。東漢安定烏氏（今寧夏固原一帶）人。居官暴恣驕横，後被誅。李固（94—147）：字子堅。東漢漢中南鄭（今陝西城固）人。官至太尉。後被梁冀所誣，下獄死。《後漢書・李固傳》梁冀等誣諂李固的匿名文書中説："大行在殯，路人掩涕。固獨胡粉飾貌，搔首弄姿。" [9]崔浩（381—450）：字伯淵，小字桃簡。北魏清河東武城（今河北故城）人。曾封爵東郡公，拜太常卿。製定《五寅元曆》，引薦道士寇謙之，助道抑佛。後因北人怨恨被誅。 [10]阸（è）：困厄。

一　四

湯中丞莘來聘《湖上》云[1]："小橋隔岸時通馬，細柳如煙不礙鶯。"江西楊子載《偶成》云[2]："漁燈欲滅見漁火，細雨無聲添落花。"

【箋注】

[1] 湯聘（？—1769）：字莘來，號稼堂。清浙江仁和人。乾隆元年進士。官至湖北巡撫。有《稼堂漫存稿》。 [2] 楊子載：楊垕，見卷四・七四注[4]。此處所引有誤，卷八・六亦載此詩句，爲“寒星欲滅見漁火，小雨無聲添落花”。此詩實爲何在田作，題爲“晚景”，“寒星欲滅”爲“寒星欲失”，見《江西詩徵》卷七十九。

一五

胡偉然《釣臺》云[1]：“在昔披裘客[2]，浮名著意逃。江流日趨下，益見釣臺高。”錢相人方伯《釣臺》云[3]：“圖畫功名安在哉，高風千古一漁臺。此情惟有江潮解，流到灘前便急回。”余過釣臺，見石刻林立，獨愛此二首。

【箋注】

[1] 胡偉然：字益新。清浙江蕭山人。有《永思集》。釣臺：即東漢隱士嚴子陵釣臺，在富春江岸，有清高不仕的象徵意義。 [2] 披裘：東漢嚴光歸隱披羊裘垂釣，後以披裘指歸隱。 [3] 錢相人：錢琦，見卷三・二九注[6]。

一六

題畫詩最妙者，徐文長《畫牡丹》云[1]：“毫端頃刻百花開，萬事惟憑酒一杯。茅屋半間無住處，牡丹猶自起樓臺。”唐六如《畫山水》云[2]：“領解皇都第一名[3]，猖披歸卧舊茅衡[4]。立錐莫笑無餘地，萬里江山筆下生。”余之掃墓杭州也，蘇州陸生鼎畫扇贈云[5]：“一枝蘭槳鴨頭波[6]，兩個漁翁載酒過。好看舊山似新婦，迎門先爲掃雙蛾[7]。”

【箋注】

[1] 徐文長：徐渭，見卷六・三〇注[1]。 [2] 唐六如：唐寅（1470—1524），字伯虎，號六如居士。明江蘇吴縣人。明四家之一。有《六如居士集》。[3] 領解：鄉試中舉。 [4] 猖披：放蕩不羈的樣子。茅衡：茅舍衡門，指簡

陋的房屋。 [5] 陸鼎（1756—？）：字玉調，號鐵簫。清江蘇吴縣人。有《吾知録》《梅葉閣詩鈔》。 [6] 鴨頭波：緑色水波。 [7] 雙蛾：美女的雙眉，此處喻山色。

一　七

詩中用“虎”點綴者最少。吴尊萊有句云[1]：“樵聲密雲隔，虎跡落花封。”雪嶠大師有句云[2]：“殘雪枝頭雪未消，熟眠老虎始伸腰。”唐人句云[3]：“夜深童子唤不起，猛虎一聲山月高。”

【箋注】

[1] 吴尊萊：見卷二·一三注[1]。 [2] 雪嶠大師：圓信（1571—1647），字雪嶠，號語風，俗姓朱。明僧。浙江寧波人。出主臨安徑山、會稽雲門等寺。 [3] 唐人句：應是宋俞紫芝句，詩題爲“宿蔣山棲霞寺”。另明薛瑄有句：“武溪溪上烏臺夜，猛虎一聲山月高。”

一　八

崔尚書應階督浙閩[1]，自稱研露老人。書扇贈歌者櫻桃云[2]：“柳嚲花嬌已斷魂[3]，春風空自與温存。歌筵一曲當年事，猶識金環舊指痕[4]。”

【箋注】

[1] 崔應階：見卷五·五三注[1]。 [2] 櫻桃：歌女名，生平不詳。 [3] 嚲（duǒ）：下垂、摇曳。 [4] 金環：金製的環，一種飾品，常用作信物。

一　九

松江何嘯客有《西湖詩》四十首[1]，或誦二首云：“秦亭山頭暖氣匀[2]，秦亭山下早梅新。嫁郎願嫁秦亭住，占得梅花第一春。”“長短蘭橈拂渚汀[3]，聲聲簫鼓集西泠[4]。爲誰唱出桃花曲，儘著蕭郎簾外聽[5]。”

【箋注】

[1]何嘯客：何時，字嘯客。清江蘇松江人。有《嘯客詩鈔》。 [2]秦亭山：杭州西南方的一處名山，山下的西溪自唐以來是賞梅勝地。 [3]蘭橈：小舟的美稱。渚汀：近水的小塊平地。 [4]西泠（líng）：杭州西湖與孤山之間的地名。 [5]蕭郎：美好男子或女子愛戀的男子。

二 〇

詩改一字，界判人天，非個中人不解[1]。齊己《早梅》云[2]：“前村深雪裏，昨夜幾枝開。”鄭谷曰[3]：“改‘幾’字爲‘一’字，方是早梅。”齊乃下拜。某作《御溝》詩曰[4]：“此波涵帝澤，無處濯塵纓。”以示皎然[5]。皎然曰：“‘波’字不佳。”某怒而去。皎然暗書一“中”字在手心待之。須臾，其人狂奔而來，曰：“已改‘波’字爲‘中’字矣。”皎然出手心示之，相與大笑。

【箋注】

[1]個中人：此中人，指在某方面體驗頗深和熟知内情的人。 [2]齊己（863—937）：唐僧，潭州長沙人，有《白蓮集》。 [3]鄭谷：見卷二・一二注[1]。 [4]御溝：流經宫苑的河道。此爲唐王貞白詩，一題爲“御溝水”。[5]皎然（730—799）：唐僧，吴興人，謝靈運十世孫。著有《詩式》。

二 一

沈存中云[1]：“詩徒平正，若不出色，譬如三館楷書[2]，不可謂不端整，求其佳處，到死無一筆。”此言是也。然求佳句，詩便難作。戴殿撰有祺句云[3]：“但得閒身何必隱，不耽佳句易成詩。”

【箋注】

[1]沈存中：沈括，見卷九・三六注[2]。 [2]三館：唐有弘文、集賢、史館三館，爲朝廷所設編著之所。後泛指歷代館閣。其楷書多求工整。[3]戴有祺（1657—1711）：字丙章，號瓏巖。清安徽休寧人。康熙三十年進士。

授修撰。有《尋樂齋詩集》。

二二

宋人《咏五月菊》云："爲嫌陶令醉，來就屈原醒[1]。"《咏十月桃》云："劉郎再來歲云暮，王母一笑天爲春[2]。"兩用事，俱清切。近日姜紹渠《咏諸葛菜》云[3]："至味於今思淡泊，軍行到處寓農桑。"

【箋注】

[1]"爲嫌"二語：宋人趙伯琳句，後句第二字應作"伴"。陶令，指陶淵明。南朝宋檀道鸞《續晋陽秋·恭帝》："王宏爲江州刺史，陶潛九月九日無酒，于宅邊東籬下菊叢中摘盈把，坐其側。未幾，望見一白衣人至，乃刺史王宏送酒也。即便就酌而後歸。"屈原（前340—前278）：戰國時楚國人，名平。曾任左徒、三閭大夫。被楚襄王放逐於沅湘一帶，投汨羅江而死。有《離騷》《九章》《九歌》等。屈原《漁父》："舉世皆濁我獨清，衆人皆醉我獨醒，是以見放。" [2]"劉郎"二語：元李材詩句，"天爲春"應作"天回春"。劉郎，指唐劉禹錫。其詩句有："種桃道士歸何處，前度劉郎今又來。"王母：傳説中地位崇高的女神。《太平廣記》卷三引《漢武内傳》載："西王母降，以仙桃四顆與帝……曰：'此桃三千年一生實。'" [3]姜紹渠：字敬銘，號醴堂。清江蘇華亭人。附監生。有《高鴻堂詩稿》。諸葛菜：《劉賓客嘉話録》："諸葛（亮）所止，令兵士獨種蔓菁。"此爲諸葛菜名之由來。

二三

己卯秋[1]，陳竹香從都門來[2]，替余長女成姑議婚。所議者曹來殷舍人也[3]，誦其句云："水連鐵甕無邊白[4]，山到金陵不斷青。"余極賞之。陳以書寄曹，曹欣然允諾。兩家已有成説矣，適蘇州故人蔣誦先剔嬲不已[5]，遂定蔣而辭曹。嫁未半年，女與婿俱亡。數之不可挽也如是！曹旋入詞林[6]。

【箋注】

[1]己卯：這裏指乾隆二十四年（1759）。 [2]陳竹香：陳鳳翔（1751—

1812），字竹香。清江西崇仁人。由監生充國史館謄録，官至江南河道總督。都門：指京都。 [3]曹來殷：曹仁虎（1730—1786），字來殷，號習庵。清江蘇嘉定人。乾隆二十六年進士。官至侍讀學士。有《宛委山房集》《蓉鏡堂文稿》等。 [4]鐵甕：即鐵甕城，三國吴所築京口子城，後爲江蘇鎮江城的别稱。[5]蔣誦先：蔣棨，字誦先。清江蘇長洲人。康熙五十八年從徐赤授經家塾。乾隆元年購拙政園中部，改名復園。剔嬲：糾纏。 [6]詞林：翰林院的别稱。

二　四

聖人稱詩"可以興"，以其最易感人也。王孟端友某在都娶妾[1]，而忘其妻。王寄詩云："新花枝勝舊花枝，從此無心念别離。知否秦淮今夜月[2]，有人相對數歸期？"其人泣下，即挾妾而歸。

【箋注】

[1]王孟端：王紱（1362—1416），字孟端，號友石生。明南直隸無錫（今屬江蘇）人。永樂中以薦入翰林爲中書舍人。有《王舍人詩集》。 [2]秦淮：河名，流經南京，是南京名勝之一。

二　五

杭州汪秋御夫人程慰良[1]，《咏秧針》云："陌旁柳綫穿難定，水面羅紋刺不禁。"可謂巧而不纖。又有句云："事從悟後言皆物，詩到工時心更虚。"真學者之言。有二女，皆能詩。長女妽[2]，和母句云："松留石下千年藥，雨引池中二寸魚。"次女妌，云[3]："皓日穿窗飛野馬，平池貯水數浮魚。"

【箋注】

[1]汪秋御：汪繩祖，字秋御。清浙江錢塘人。秀才。程慰良：字弱藻，清江蘇嘉定人。徵士宗傳女、汪繩祖繼妻。有《吾土軒稿》。 [2]汪妽：字巽爲，號順哉。清浙江錢塘人。汪繩組前室女。 [3]汪妌：程慰良女。與其姊同承慈訓，皆以詩名。

二 六

王生同太守母夫人楊氏[1]，江都人，爲昭武將軍諱捷者之女孫[2]。《咏琴》云："遊魚浮水聽，大蟹出沙行。"年十九，生生同十四日而亡。故生同有《十四日兒譜》行世。

【箋注】

[1]王生同：王祖庚，見卷九・二四注[1]。 [2]楊捷（1617—1690）：字元凱。明末清初遼寧義州（今義縣）人，祖籍江蘇寶應。降清後，授山西撫標中軍遊擊，累遷爲副將。後任山東提督、福建提督。授爲昭武將軍、光禄大夫兼太子太保。卒謚敏壯。

二 七

余入學，年纔十二。龔立夫名本者[1]，亦髫年[2]。同覆試時，立夫著繡領紅袴，爲學使王交河先生所呵[3]。今五十餘年矣，老而不遇[4]。有人傳其《看庭桂》一首，云："牡蠣牆陰碧蘚封[5]，連蜷古幹影重重。曉風吹過葉微動，夜雨漬來香更濃。好就曲欄敷坐具，時從幽境策吟筇[6]。天香滿院娱清晝，一任泥深斷客蹤。"

【箋注】

[1]龔立夫：龔本，字立夫，號東塢。清浙江仁和人。副貢。官仙居教諭。[2]髫年：幼年。 [3]王交河：王蘭生（1679—1737），字振聲，一字信芳，號坦齋。清直隸交河（今河北泊頭一帶）人。由諸生召直南書房，康熙六十年賜進士。官至刑部侍郎。有《律吕正義》《數理精蘊》《交河集》。 [4]不遇：不得志。 [5]牡蠣：一種帶殼的軟體動物，其殼堅硬。 [6]吟筇：舊指詩人所携之杖。

二 八

余泊高郵，邑中詩人孫芳湖、沈少岑、吴螺峰招遊文遊臺[1]，是東坡、莘老、少游、定國四人遺跡[2]。席間，沈自誦其《春草》云："山經燒後痕猶淺，雪到消時色已濃。”余甚賞之。屏上有王樓村詩[3]，云：“落日倒懸雙塔影，晚風吹散萬家煙。”真臺上光景。螺峰云：“樓村以七律一聯，受知于宋商邱中丞[4]，遂聘在門牆，列江左十五子中[5]，大魁天下。詩云：‘尊中臘酒翻花熟，案上春聯帶草書。’不過對仗巧耳。前輩之愛才如此。”十五子中，宰相、尚書，不一而足，惟李百藥一人以諸生終[6]，而詩尤超絶。

【箋注】

[1] 孫芳湖：孫仝銓，字芳湖。清江蘇高郵人。嘉慶十三年歲貢。有《筆山吟稿》，今存《映珠堂詩鈔》。沈少岑：沈荆漳，字廷璞，號東田、少岑。清江蘇高郵人。庠生。有《東田詩鈔》。吴螺峰：吴兆萱，字孝芳，號螺峰。清江蘇高郵人。乾隆四十八年舉人。以大挑授金壇訓導。有《依緑園詩鈔》。文遊臺：今江蘇高郵的一處名勝，原爲東岳廟的廟臺，相傳爲蘇軾與秦鍾等著名文士的聚會地。 [2] 東坡：蘇軾，見卷一・二五注[4]。莘老：孫覺（1028—1090），宋高郵人，字莘老。官至御史中丞。少遊：秦觀，見卷一・五六注[7]。定國：王鞏（1048—1117），字定國。宋莘縣（今屬山東）人。歷官太常博士、宗正寺丞等。 [3] 王樓村：王式丹，見卷二・七六注[3]。 [4] 宋商邱：宋犖，見卷一一・一三注[5]。 [5] 江左十五子：康熙四十二年宋犖編選出版《江左十五子詩選》。此十五人成爲清初江南詩壇上一個群體，有王式丹、吴廷楨、宫鴻瀝、徐昂發、錢名世、張大受、楊棆、吴士玉、顧嗣立、李必恒、蔣廷錫、繆沅、王圖炳、徐永宣、郭元釪。 [6] 李百藥：李必恒，字北岳，改字百藥，號樗巢。清江蘇高郵人。諸生。有《三十六湖草堂詩集》《樗巢詩選》。

二　九

熊觀察學驥[1]，字蔗泉，自楚中歸，兩目盲矣。其晋接周旋[2]，較勝有目者。居秦淮水閣，與余晨夕過從。死前半月，賦《秦淮雜咏》，云：“秦淮三月畫簾開，便有遊人打槳來。燕子不歸春又暮，幾家閑煞好樓臺。”“笑語勾留畫舫停，紅妝緑鬢影娉婷。簾前燈映樓頭月，十里人家一畫屏。”亡後，余哭之哀，作挽聯云：“生祭有祠，楚國至今歌善政；風騷無主，秦淮那可喪斯人！”

【箋注】

[1] 熊學驥：見卷七・七七注 [1]。 [2] 晋接：進見、交接。

三〇

六合孝廉張廷松[1]，清才不壽。詩不多，而饒有唐音。《古意》云："荷葉風香隔水涯，吴姬蕩槳濕裙紗[2]。晚來滿載新蓮子，月上横塘正到家[3]。"

【箋注】

[1] 張廷松：清江蘇六合人。乾隆三十九年舉人。官咸安官教習。 [2] 吴姬：泛指吴地之女。 [3] 横塘：堤名，在南京西南。

三一

金壇虞廣文景星[1]，康熙壬辰進士，年八十餘，與余相遇蘇州。詩才清妙，都未付梓。《偶成》云："貧不賣書留子讀，老猶栽竹與人看。""將雪論交人尚暖，與梅相對我猶肥。"《解組》云[2]："人情驗自休官後，我意渾如出夢時。"《訓兒》云："偶然爲汝父，未免愛吾兒。"

【箋注】

[1] 虞景星：虞景興，見卷三・一二注 [7]。廣文是"廣文先生"的簡稱。泛指清苦閒散的儒學教官。 [2] 解組：辭免官職。

三二

壬戌[1]，余與陶西圃鏞[2]，俱以翰林改官。陶先乞病。庚午[3]，余亦解組隨園[4]。陶與余同踏月，云："偷得閒身是此宵，白門何處不瓊瑶[5]？芒鞋醉踏三更月，猶認霜華共早朝。"壬申[6]，余從陝西歸，陶方起病赴都，見贈云："草草銷魂過白門，故人招我住隨園。同看昨歲此時雪，仍倒空山累夕尊。竹壓千竿青失影，峰鋪四面白無痕。君行萬里詩奇絶，何意重逢一快論！”余置酒，出路上詩相示。陶讀至《扁鵲墓》云：“一坏尚起膏肓疾，九死難醫嫉妒心[7]。”不覺淚下。詢其故，爲一愛姬被夫人見逐故也。余欲安其意，適家婢招兒[8]，年將笄矣[9]，問：“肯事陶官人否？”笑曰：“諾。”遂以贈之。正月七日，方毓川掌科、王孟亭太守、朱草衣布衣、吕星垣進士[10]，添箱贈枕，各賦《催妝》。陶有詩云：“脱贈臨歧感故人[11]，相携風雪不嫌貧。當他意處無多少，未老年華欲仕身。”余和云：“故人臨别最銷魂，萬里携囊襆被身[12]。欲折長條無别物，自家山裏一枝春。”十餘年後，陶從山右遷楚中司馬，挈招兒再過隨園，則子女成行矣。子時行，小名佛保[13]，亦能詩。《聽雨》云：“連朝三日碧苔生，疏館蕭條夜氣清。紅燭當筵花拂帽，愛聽春雨到天明。”《雨窗》云：“照眼花枝亞短牆[14]，曉看風雨太顛狂。生憎簾捲危簷近，點點飄來濺筆床。”佛保入泮後[15]，年二十，以瘵疾亡。

【箋注】

[1]壬戌：這裏指乾隆七年（1742）。[2]陶鏞：見卷五・二注[2]。[3]庚午：這裏指乾隆十五年（1750）。[4]解組：解下印綬，謂辭免官職。[5]瓊瑶：美玉，此形容月色。[6]壬申：這裏指乾隆十七年（1752）。[7]坏（pī）：土丘，此指墳墓。扁鵲：姓秦氏，名越人。戰國初齊國勃海鄭人。名醫。相傳扁鵲的冢土能療病方。[8]招兒：婢女名。[9]將笄（jī）：指女子將到十五歲成年的年紀。[10]方毓川：方世儁（？—1769），字毓川。清安徽桐城人。乾隆四年進士。官户部主事、太僕寺少卿、陝西布政使、貴州湖南巡撫。後因貪污伏法。王孟亭：王箴輿，見卷二・七六注[1]。朱草衣：朱卉，見卷三・一一注[4]。吕星垣（1753—1821）：字叔訥，一字叔諾，號應尾、映薇、湘臯。清江蘇陽湖人。乾隆間廪貢生。歷官直隸贊皇、河間知縣。有《白雲草堂集》。[11]臨歧：原意爲面臨歧路，後亦用爲贈别之辭。[12]襆被：鋪蓋卷、行李。[13]時行：如上，餘不詳。[14]亞：低垂。[15]入泮：《禮記・王制》：“大學在郊，天子曰辟雍，諸侯曰泮宫。”故稱學校爲泮宫，科舉時代學童入學爲生員稱爲“入泮”。

三　三

山東曾南村尚增[1]，風貌偉然，以庶常改知蕪湖[2]。嘗詩戲西圃云[3]："幾載柴桑爲刺史[4]，當年元亮是州民[5]。"因西圃居蕪湖故也。同舟訪余白下[6]，一路唱和，云："潮通燕子趨京口[7]，帆帶峨眉認小姑[8]。""風微漁火重生焰，寺僻鐘聲半代更。"皆佳句也。後刺郴州，署中不戒於火，女以救母故，與母俱焚。郴人爲立孝女祠，南村亦以悸卒。

【箋注】

[1]曾南村：曾尚增，見卷五・六注[1]。　[2]庶常：庶吉士的代稱。明永樂後專屬翰林院，選進士文學優等及善書者爲之。清沿明制，設庶常館。[3]西圃：陶鏞，見卷五・二注[2]。　[4]柴桑：地名，在今江西九江一帶，爲陶淵明故里。　[5]元亮：陶淵明的字，與"柴桑"均喻指陶西圃。[6]白下：南京别稱。　[7]燕子：指燕子磯，在今南京東北。京口：今江蘇鎮江。[8]峨眉：此指江西彭澤北峨眉洲。小姑：小孤山，俗名小姑山，原在江西彭澤北，後陷入江中。

三　四

漕帥楊清恪公錫紱[1]，德望冠時，而詩才清妙。《夜行》云："好風潛入夜，明月正當頭。宇碧兼空闊，舟輕足泳遊。微涼雙袖薄，小照一螢流。此意憑誰識，前磯有釣鈎。"《楊村》云："微雲不成雨，片月復宵明。柳外煙無際，河邊市有聲。飛流緣漲急，氣肅爲秋清。咫尺楊村近，吾宗有送迎。"《泊北夏口》云："舟維涼雨後，人坐晚燈初。葉濕全低柳，波寒不上魚。攬衣嫌葛細，得酒愛更餘。亦有耽吟客，瑶篇孰起予[2]？"《夕陽》云："一棹秋風裏，行行又夕陽。飛還鴉影亂，舞罷柳絲黄。客意銜山急，帆陰卧水涼。何人方獨立？覓句向蒼茫。"

【箋注】

[1]楊錫紱（1703—1769）：字方來，號蘭畹。清江西清江（今樟樹）人。雍正五年進士。官至漕運總督。卒謚勤慤。有《漕運全書》《四知堂文集》。[2]“瑶篇”句：（想寫出）秀美的詩篇，誰能給我以啟發呢？起予，給我的啟發。《論語·八佾》：“子曰：‘起予者商也，始可與言詩已矣。’”

三　五

裘文達公曰修[1]，與余同出蔣文恪公門下[2]。己未入都，過阜城[3]，悦女校書采玉[4]，意殊拳拳。後乞假歸覲[5]，余《送行》詩戲云：“阜陽女兒名采玉，當筵一曲歌楊柳。今日臨邛負弩迎[6]，可還杜牧尋春否[7]？”又十年，余入都補官，裘典試江南，相逢茌平道上[8]。見贈云：“車中遥指影翩翩，忽訝相逢古道邊。粗問行藏知大概，諦觀顔色勝從前。南來我愧山濤鑒[9]，北去君誇祖逖鞭[10]。後會分明仍有約，歸程期在暮春天。”是夜，宿旅店，見余壁上有詩，和其後云：“漫空飛絮攪春情，十日都無一日晴。水斷虹橋迷古渡，雲埋雉堞隱孤城[11]。故人已别心猶惜，舊壁來看眼忽明。我正聳肩閑覓句，不勞津吏遠相迎。”己卯秋，裘又典試江南，到山中爲余誦之。

公出使伊犁，襄贊軍事。《在黄制府行臺即席有作》云：“使相鈞衡大將旗[12]，西來賓閣喜追隨。談深席上杯行數，坐久窗間日過遲。任事肩無旁卸處，安邊功是已成時。天兵討叛非勤遠，此意須教萬姓知。”又《元旦試筆》云：“年年染翰揮毫手，乍喜金鞭控鐵驄。”嗚呼！以一書生，而能走萬里，贊軍機，與沈文慤公以詩人而受帝寵者[13]，皆近今所未有。可稱吾榜中得人最多，張乖厓不得擅美於前[14]。

【箋注】

[1]裘文達：裘曰修，見卷一·六五注[17]。　[2]蔣文恪：蔣溥，見卷一·六五注[24]。　[3]己未：這裏指乾隆四年（1739）。阜城：安徽阜陽。[4]女校書：唐名妓薛濤有文才，時人稱爲女校書。後亦喻女才子。　[5]歸覲：

此指歸鄉看望父母。 [6]臨邛：今四川邛崍。負弩：背負弓箭，爲迎接貴賓之禮。漢司馬相如拜中郎將，建節至蜀，太守以下郊迎，臨邛縣令負弩矢先驅。[7]尋春：此戲用杜牧《歎花》意："自是尋春去校遲，不須惆悵怨芳時。狂風落盡深紅色，緑葉成陰子滿枝。" [8]茌平：今屬山東。 [9]山濤鑒：西晉山濤善於選拔人才。 [10]祖逖鞭：見卷九・九注[3]。 [11]雉堞：城牆。 [12]使相：清代用以稱呼兼大學士的總督。鈞衡：比喻擔負國家重任。[13]沈文慤：沈德潛，見卷一・三一注[3]。 [14]張乖厓：張咏，見卷四・七三注[5]。

三六

盧雅雨先生轉運揚州[1]，以漁洋山人自命[2]，嘗賦《紅橋修禊》四章，一時和者千餘人，余俱未見。而先生原唱，余亦不甚愛誦也。及其致仕[3]，《留别揚州》詩，竟成絶調。真所謂歡愉之詞難工，感愴之言多妙耶？其詞曰："脱却銀黄敢自憐[4]，不才久任受恩偏。齒加孫冕餘三歲[5]，歸後歐公又九年[6]。犬馬有情仍戀主，參苓無效也憑天[7]。養疴得請懸車日[8]，五福誰云尚未全？""平山回望更關愁[9]，標勝家家醉墨留[10]。十里亭台通畫舫，一年簫鼓到深秋。每看絳雪迎朱旆[11]，轉似青山戀白頭[12]。爲報先疇墓田在，人生未合死揚州[13]。""長河一曲繞柴門，荒徑遥憐松菊存。從此風波消宦海，始知煙月足家園。歲時社集牛歌好，鄉里筵開鶴髮尊。癡願無多應易遂，杖朝還有引年恩[14]。"嗚呼！後公果將杖朝矣，乃竟不得考終[15]。余吊之曰："潘岳閒居竟不終[16]，褚淵高壽真非福[17]。"《列子》云："當生而生，福也；當死而死，福也。"其信然歟！

【箋注】

[1]盧雅雨：盧見曾，見卷二・九注[1]。 [2]漁洋山人：王士禛，見卷一・五四注[1]。王曾爲揚州推官，輒召賓客，與諸詞人賦詩。 [3]致仕：辭去官職。 [4]銀黄：指高官所佩之銀印與金印。 [5]孫冕：字伯純。宋臨江軍新淦（今江西新干）人。官尚書禮部郎中。後出守蘇州，剛到養老告

退的年齡，即歸隱。［6］歐公：歐陽修，見卷四・四七注［1］。他於六十五歲以觀文殿學士、太子少師致仕。［7］參苓：人參與茯苓，有滋補健身作用。［8］懸車：指辭官家居。［9］平山：平山堂，揚州西北郊的一處名勝。［10］標勝：指高尚之道。［11］絳雪：喻紅色花朵。朱旆（pèi）：紅色旌旗。［12］青山戀白頭：指揚州青山似留戀我這白頭老人。［13］先疇：先人留下的田地。唐張祜《縱遊淮南》："人生只合揚州死，禪智山光好墓田。"［14］杖朝：原指八十歲可拄杖出入朝廷，後爲八十歲的代稱。引年：這裏指以年高爲由辭官。［15］考終：享盡天年。［16］潘岳：見卷一〇・二四注［4］。司馬倫執政時，其親信孫秀與潘有宿怨，誣以謀反誅之。［17］褚淵（435—482）：字彦回。南朝宋、齊時河南陽翟人。曾與尚書令袁粲同輔蒼梧王，後又背袁粲助蕭道成代宋建齊。時人恥其背宋無節操，譏之云："寧爲袁粲死，不作彦回生。"

三　七

余髫年入泮［1］，人來相賀，而余不知其何以賀也。讀宋人李昉《贈賈黄中童子》云［2］："見榜不知名字貴，登筵未識管弦歡。"方知古人措詞之切。

【箋注】

［1］髫（tiáo）年：幼年。入泮：科舉時代學童入學爲生員。［2］李昉：見卷二・六注［6］。賈黄中（940—996）：字媧民。宋滄州南皮（今屬河北）人。六歲舉童子科，十五歲舉進士。太宗時官至禮部侍郎兼秘書監。

三　八

聲音不同，不但隔州郡，並隔古今。《穀梁》云［1］：吴謂"善伊"爲"稻緩"［2］。淮南人呼"母"爲"社"［3］。《世説》：王丞相作吴語曰："何乃渹［4］？"《唐韻》："江淮以'韓'爲'何'。"今皆無此音。

【箋注】

［1］《穀梁》：即《春秋穀梁傳》。［2］"吴謂"句：吴地人將"善伊"

説成“稻緩”。此處爲袁枚對《穀梁傳》的理解有誤。原文：“吴謂‘善’‘伊’，謂‘稻’‘緩’。”意思是吴地人將“善”説成“伊”，將“稻”説成“緩”。[3]“淮南”句：見《説文解字》：“淮南謂母曰社。” [4]王丞相：王導，見卷六・一〇〇注[3]。瀞（qìng）：古吴方言謂“冷”。

三九

偶見坊間俗韻，有以“真元”通“庚青”者，意頗非之。及讀《三百篇》，爽然若失。“山榛”“隰苓”，“十蒸”通“九青”。“有鳥高飛，亦傅於天。彼人之心，於何其臻。曷予靖之，居以凶矜。”[1]是“一先”“十一真”“十蒸”俱通也。《楚辭》“肇錫余以佳名”“字余曰靈均”，“八庚”通“十蒸”也[2]。其他《九歌》《九辨》，俱“九青”通“文”“元”。無怪老杜與某曹長詩[3]，“末”字韻旁通者六；東坡與季長詩[4]，“汁”字韻旁通者七。

【箋注】

[1]“有鳥”數語：《詩經・小雅・菀柳》中句。 [2]“十蒸”：嘉慶己巳年刊隨園藏版原刻中爲“十真”，誤。 [3]與某曹長詩：詩題爲“七月三日亭午已後校熱退晚加小凉穩睡有詩因論壯年樂事戲呈元二十一曹長”，可參閱。 [4]與季長詩：題爲“岐亭五首”，是蘇軾贈給好友陳慥之詩，第一個韻字即“汁”。

四〇

余祝彭尚書壽詩，“七虞”内誤用“餘”字[1]，意欲改之。後考唐人律詩，通韻極多，因而中止。劉長卿《登思禪寺》五律，“東”韻也，而用“松”字[2]。杜少陵《崔氏東山草堂》七律，“真”韻也，而用“芹”字[3]。蘇頲《出塞》五律，“微”韻也，而用“麾”字[4]。明皇《餞王晙巡邊》長律，“魚”韻也，而用“符”字[5]。李義山屬對最工，而押韻頗寬，如“東”“冬”，“蕭”“肴”之類，律詩中竟時時通用。唐人不以爲嫌也。

【箋注】

[1]餘：在“六魚”韻部。 [2]松：在“二冬”韻部。 [3]芹：在“十二文”韻部。 [4]麾：在“四支”韻部。 [5]符：在“七虞”韻部。

四一

沈總憲近思[1]，在都無眷屬，項霜泉嘲之[2]，云：“三間無佛殿，一個有毛僧。”魯觀察之裕[3]，性粗豪而屋小，署門曰：“兩間東倒西歪屋，一個南腔北調人。”薛徵士雪善醫而性傲[4]，署門曰：“且喜無人爲狗監[5]；不妨喚我作牛醫[6]。”

【箋注】

[1]沈近思：見卷四・二注[5]。總憲，官名，明清時對都察院左都御史的别稱。 [2]項霜泉：項溶（1656—1718），字霜田，一作霜泉。清浙江錢塘人。沈近思内兄。 [3]魯之裕：魯亮儕，見卷四・一二注[2]。觀察，官名，清代用作對道員的尊稱。 [4]薛雪：見卷二・一九注[1]。 [5]狗監：漢代主管皇帝獵犬與食犬的官。司馬相如曾得狗監楊得意薦引。 [6]牛醫：典出《後漢書・黄憲傳》：“世貧賤，父爲牛醫。”這裏代指貧賤的營生。

四二

同年成衛宗[1]，宰南安。小婢春桂於後園獲石印，文曰“忠孝傳家”，成題云：“孔龜張鵲難重覯[2]，此石摩挲亦頗宜。愧我平生期許在，盡教世守作良規。”余宰江寧時，聘史苕湄爲記室[3]，成識之於署中。後爲臺灣司馬，史館馮觀察家[4]，相見甚歡。秩滿將西渡[5]，留别史云：“卅年舊雨各西東[6]，忽漫相逢大海中。自是壯懷同作客，不堪衰鬢已成翁。世情轉燭貧交久[7]，物態浮雲老眼空。他日故園應聚首，一樽相對話松風。”

【箋注】

[1]成衛宗：成城（1715—？），字衛宗，號成山。清浙江仁和人。乾隆

三年與袁枚同榜舉人，二十五年進士。官郎中。晚年主講松林書院。有《慕嘯軒集》《渤海吟》《玉磬山齋詩文集》。[2]孔龜：《搜神記》："（孔）愉少時，嘗經行餘不亭，見籠龜于路者，愉買之，放于餘不溪中。龜中流，左顧者數過。及後以功封餘不亭侯，鑄印而龜鈕左顧，三鑄如初，印工以聞。愉乃悟其爲龜之報，遂取佩焉。"張鵲：張華《博物志》卷七："常山張顥爲梁相，天新雨後，有鳥如山鵲，飛翔近地，市人擲之，稍下墮，民争取之，即爲一圓石。言縣府，顥令捶破之，得一金印，文曰'忠孝侯印'。"覯（gòu）：遇見、看見。[3]史茗湄：史正義，見卷一〇·四注[1]。記室：掌章表書記文檄之類的官，這裏指幕僚。[4]館：教私塾。[5]秩滿：官吏任期屆滿。[6]舊雨：喻指老朋友。[7]轉燭：風摇燭火，比喻艱險困苦的處境。

四　三

寇萊公夢中詩云[1]："渡海只十里，過山已萬重。"後貶雷州渡海[2]，方悟前詩成讖[3]。范文正公咏月云[4]："已知千里共，猶訝一分虧。"後終於參知政事[5]。

【箋注】

[1]寇萊公：寇凖，見卷二·一二注[7]。[2]雷州：治所在今廣東海康。[3]讖（chèn）：預言、預兆。[4]范文正：范仲淹，見卷一·二七注[5]。[5]參知政事：宋代官名，位僅次於宰相。

四　四

姑母嫁沈氏，年三十而寡，守志母家。余幼時，即蒙撫養。凡浣衣盥面，事皆依賴于姑。姑通文史，余讀《盤庚》《大誥》[1]，苦聱牙，姑爲同讀，以助其聲。嘗論古人，不喜郭巨[2]，有詩責之云："孝子虚傳郭巨名，承歡不辨重和輕。無端枉殺嬌兒命，有食徒傷老母情。伯道沉宗因縛樹[3]，樂羊罷相爲嘗羹[4]。忍心自古遭嚴譴，天賜黄金事不平。"余集中有《郭巨埋兒論》，年十四時所作，秉姑訓也。

【箋注】

[1]《盤庚》《大誥》：皆《尚書》篇名。 [2]郭巨：西漢河内隆慮（今河南林州）人。家貧，每供饌食，母必分與孫。郭巨欲埋其子，掘地而得黄金。 [3]伯道：鄧攸，見卷九・一六注[2]。 [4]樂羊：戰國時魏人。樂羊爲魏將而攻中山。其子在中山，中山之君烹其子而遺之羹。樂羊坐於幕下而啜之，盡一杯。後來，魏文侯賞其功而疑其心。

四 五

江西帥蘭皋先生，名念祖[1]，督學浙江，一時名宿[2]，都入網羅[3]，半皆蘇耕餘廣文爲之先容[4]。蘇故癸巳進士[5]，長於月旦[6]，吾鄉名士，多出其門。惟余年幼未往。帥公來時，余年十九，考古學，賦《秋水》云："映河漢而萬象皆虚，望遠山而寒煙不起。"公加歎賞。又問："'國馬''公馬'，何解？"余對云："出自《國語》，注自韋昭。至作何解，枚實不知。"繳卷時，公閲之，曰："汝輕年，能知二馬出處足矣，何必再解説乎？"曰："'國馬''公馬'之外，尚有'父馬'，汝知之乎？"曰："出《史記・平準書》。"曰："汝能對乎？"曰："可對'母牛'，出《易經・説卦傳》。"公大喜，拔置高等。蘇先生聞之，招往矜寵[7]，以不早識面爲恨。先輩之愛才如此。後帥公爲陝西布政使，竄死臺上。余賦五古哭之，末四句曰："青蠅宦海飛[8]，白骨沙場抛。何當抱孤琴，塞外將魂招？"

【箋注】

[1]帥念祖：字宗德，號蘭皋。清江西奉新人。雍正元年進士。官禮科給事中、陝西布政使。緣事謫戍軍臺，卒於塞外。有《樹人堂詩》。 [2]名宿：素有名望的人。 [3]網羅：聯絡、包羅。 [4]蘇耕餘：蘇滋恢，字茂宏，一字耕餘。清浙江餘姚人。康熙五十二年進士。官杭州教授。先容：原謂先加修飾，後引申爲事先致意或介紹、推薦。 [5]癸巳：這裏指康熙五十二年（1713）。[6]月旦：品評人物。 [7]矜寵：特别寵愛。 [8]青蠅：喻指讒佞。

四　六

詩有正喻夾寫[1]，似是而非之語，最妙。王介祉《咏鐵馬》云[2]：“依人簷宇下，底作不平鳴？”香亭《阻風》云[3]：“想通天上銀河易，力挽人間風氣難。”周之桂《咏秋暑》云[4]：“傍曉燈偏光焰大，罷官人更熱中多[5]。”董曲江太史《過十八灘》云[6]：“漫誇利涉乘風便，始信中流立脚難。”周詩成時，適有罷官者冒酷暑入都，讀者愈覺其佳。

【箋注】

[1]正喻夾寫：指一種正面喻示又夾有他意的巧妙曲折的表達方式，似是而非，似非而是，有味外味、旨外旨。 [2]王介祉：王陸禔，見卷五・五二注[5]。 [3]香亭：袁樹，見卷一・五注[3]。 [4]周之桂：字小山，一字玉犀。清江蘇上元人。乾隆五十九年舉人。以大挑知縣，分安徽，歷署歙縣、蒙城知縣。 [5]熱中：急切追逐名利權勢。 [6]董曲江：董元度，卷八・三〇注[1]。

按：正喻夾寫，袁枚把此古文筆法引入詩法，頗爲新穎。例句也頗爲精彩，可以借鑒。清人李雲程編《古文筆法百篇》在唐代韓愈《送溫處士赴河陽軍序》題解中評曰：“此從將軍取士上立論，真大手眼——蘇氏行文每從此出，是爲正喻夾寫之祖。”李雲程，字鵬九，一作扶九。雲南臨安府石屏州增廣生。乾隆十九年進士。

四　七

余少時氣盛跳蕩，爲吾鄉名宿所排。惟柴秀才名致遠號耕南者[1]，一見傾心。乙卯春，柴讀書孤山[2]，余寄札云：“秋將至矣，頗欲掩帷；春實佳哉，未能端坐。”餘數行泛論友朋。柴答云：“赤熛未來[3]，青春可愛。足下端坐未能[4]，僕且懶索香熏矣。來書惓惓人物[5]，此間俗子如春萍，何從覓佳客？昨無聊，閒步登孤山之巔，折梅誰贈？可憐可憐！某某輩，僕不能定其爲人。鄙意以仲翔針芥之言求知己[6]，以君子全交之道待泛交，如是而已。晴日早來，當以此論質之逋老[7]。”余愛其措詞雋雅，有谷子雲筆札之妙[8]，藏篋中五十餘年。耕南《夜遊孤山》有句云：“月行疑踏水，花坐當熏衣。”後客死廣西。己亥年[9]，余至其家，夫人出見，白髮蕭然，有陸魯望重過張處士故居光景[10]。

丙辰春[11]，余欲西行，苦無路資。適耕南之兄東升就館高安[12]，挈余同至署中，贈金一笏，裁得裹糧至粵。一路舟中聯句。過鄱陽湖，野有樹，大可蔽牛，已朽折委地矣。旁一小枝，穿根而出，高十丈餘。相傳明太祖與陳友諒戰時[13]，此樹代受炮，故封爲“將軍”，至今尚有燒灼痕。柴首唱云：“大樹兵火餘，枯根尚委地。”余續云：“曾抱紀信忠[14]，一死代漢帝。”柴云：“輪囷根盤存，焦枯枝葉棄。”余云：“叢叢莓苔痕，鬱鬱霜露氣。”柴云：“祖幹扶桑傾[15]，孫枝小龍繼。”余續云：“穿出盤古墳，猶作拏雲臂。”東升歎曰：“二語險絶，可不必續成矣。”彼此一笑而罷。東升贈余五古，僅記二句云：“浩氣盤九疑，晴襟豁萬谷[16]。”嗚呼！當日無柴君，則余何由得見金公[17]？又何由得從粵西至都下哉[18]？後戊戌年[19]，余往杭州訪柴。鄰人云：“全家都在廣東。”東升亡後，未曾歸葬。余哭以詩，載集中。

【箋注】

[1]柴致遠：號耕南。清浙江錢塘人。諸生。乾隆二十九年病故。[2]乙卯：這裏指雍正十三年（1735）。[3]赤熚：指夏天。[4]足下：古代同輩相稱的敬詞。[5]惓惓：深切思念。[6]仲翔：虞翻，見卷二・四二注[3]。針芥之言：《三國志》裴松之注引《吴書》曰：“翻少好學，有高氣。年十二，客有候其兄者，不過翻，翻追與書曰：‘僕聞虎魄（琥珀）不取腐芥，磁石不受曲針，過而不存，不亦宜乎！’”求知己：《三國志》裴松之注引《虞翻别傳》，言翻被放逐南方，云：“自恨疏節，骨體不媚，犯上獲罪，當長没海隅，生無可與語，死以青蠅爲吊客，天下一人知己者，足以不恨。”[7]逋老：林逋，見卷一・五四注[9]。[8]谷子雲：谷永，見卷二・六一注[7]。《漢書・樓護傳》：“長安號曰：‘谷子雲筆札，樓君卿唇舌。’言其見信用也。”[9]己亥：這裏指乾隆四十四年（1779）。[10]陸魯望：陸龜蒙，見卷一・二

○注[13]。張處士：張祜，見卷一·四二注[1]。故居在丹陽。 [11]丙辰：這裏指乾隆元年（1736）。 [12]柴東升：清杭州處士。據袁枚《訪柴東升墓不得》詩，曾在李賸舟家就館授徒。 [13]陳友諒（1320—1363）：元沔陽玉沙縣人。曾稱帝於采石磯，國號漢，盡有江西、湖廣。與朱元璋軍決戰，兵敗，中流矢卒。 [14]紀信：見卷一·四七注[5]。 [15]扶桑：神話中的樹名。亦指日出處。 [16]晴襟：開朗的胸懷。 [17]金公：金鉷，見卷一·九注[2]。 [18]都下：京都。 [19]戊戌：這裏指乾隆四十三年（1778）。

四八

余弱冠時[1]，與王復旦卿華爲至交[2]。其父星望公官御史[3]。丙辰春，余從廣西入都。卿華舉浙江鄉試。漏盡，作家信，報其尊人[4]，猶再三道余不置[5]。已而同到京師，彼此失意，往來更密。其大父子堅先生[6]，亦以國士相待[7]。次年八月，卿華歸娶，同騎馬至彰儀門外，兩人泣别。戊午秋，星望公病篤，猶讀余闈墨[8]，許爲第一。初十日榜發，余獲雋[9]，而先生即於是日委化[10]。余感生平知己之恩，往視含殮，顔色慘凄。其戚唐某疑余落第，再三道屈，坐客無不掩口而笑。卿華贈余改官云：“朝士盡將韓愈惜[11]，都人争作李邕看[12]。”又數年，聞其再落第，縊死長安。余哭以七古一章，載集中。己亥春，余歸杭州，訪其墓，則四至埏道[13]，被勢家侵佔。爲告之官，而斷還其後人。

【箋注】

[1]弱冠：古時稱男子二十歲。 [2]王復旦：見卷四·七注[5]。 [3]王星望：王文璿，字星望，號誠齋。浙江錢塘人。雍正八年進士。官至湖廣道監察御史。 [4]尊人：對他人或自己父母的敬稱。 [5]不置：不止。 [6]大父：祖父。子堅：見卷一六·四四注[3]。 [7]國士：一國中才能最優秀的人物。 [8]戊午：這裏指乾隆三年（1738）。闈墨：指清代鄉試會試前，由主試者選刊中式者之作。 [9]獲雋：會試得中。 [10]委化：死亡的婉詞。 [11]“朝士”句：韓愈年輕時曾三次應進士試不第，及第後又三試博學宏詞未遇。四舉而後有成，亦未得仕。 [12]“都人”句：《舊唐書·文苑中·李邕》：“人間素有聲稱，後進不識，京洛阡陌聚觀，以爲古人。或將眉目有異，衣冠望風，

尋訪門巷。”《新唐書·文藝列傳·李邕》：“邕蚤有名，重義愛士，久斥外，不與士大夫接。既入朝，人間傳其眉目瑰異，至阡陌聚觀，後生望風内謁，門巷填隘。” [13]己亥：這裏指乾隆四十四年（1779）。埏（yán）道：墓道。

四　九

余六十三歲，方生阿遲。時家弟春圃觀察在蘇州[1]，勾當公事，接江寧方伯陶公飛檄文書[2]，意頗驚駭，拆之，但有紅箋十字云：“令兄隨園先生已得子矣。”常州趙映川舍人詩云[3]：“佳問有人馳驛報，賀詩經月把杯聽[4]。”

【箋注】

[1]春圃：袁鑒，見卷五·一注[1]。 [2]陶公：陶鏞，見卷五·二注[2]。[3]趙映川：趙懷玉，見卷七·二一注[1]。 [4]驛報：由驛站傳遞的文報。把杯：端著杯子。

五　〇

余弱冠在都，即聞吴江布衣徐靈胎有權奇倜儻之名[1]，終不得一見。庚寅七月[2]，患臂痛，乃買舟訪之，一見歡然。年將八十矣，猶談論生風。留余小飲，贈以良藥。門鄰太湖，七十二峰，招之可到。有佳句云：“一生那有真閑日，百歲仍多未了緣。”《自題墓門》云：“滿山靈草仙人藥，一徑松風處士墳。”靈胎有《戒賭》《戒酒》《勸世道情》，語雖俚，恰有意義。《刺時文》云：“讀書人，最不齊。爛時文，爛如泥。國家本爲求才計，誰知道，變做了欺人技。三句承題，兩句破題，擺尾摇頭，便道是聖門高弟。可知道‘三通’‘四史’，是何等文章[3]，漢祖唐宗，是那一朝皇帝？案頭放高頭講章，店裏買新科利器。讀得來肩背高低，口角噓唏。甘蔗渣兒嚼了又嚼，有何滋味？孤負光陰，白白昏迷一世。就教他騙得高官，也是百姓朝廷的晦氣！”

【箋注】

[1]徐靈胎：徐大椿（1693—1771），曾名大業，字靈胎。清江蘇吴江人。著名醫學家。有《洄溪道情》。權奇倜儻：卓異非凡、豪爽灑脱。 [2]庚寅：這裏指乾隆三十五年（1770）。 [3]三通：指杜佑《通典》、鄭樵《通志》、馬端臨《文獻通考》。四史：指《史記》《漢書》《後漢書》《三國志》。

五一

唐當治平時[1]，或咏所見，曰："可惜數枝紅艷好，不知今夜落誰家[2]？"及世亂矣，或咏所見，曰："無窮紅艷煙塵裏，驟馬分香散入營[3]。"

【箋注】

[1]治平：政治清平、社會安定。 [2]"可惜"二句：出韋莊《丙辰年鄜州遇寒食城外醉吟五首》。 [3]"無窮"二句：出司空圖《南北史感遇十首》。

五二

廣東稱妓爲"老舉"，人不知其義。問土人，亦無知者。偶閱唐人《北里志》，方知唐人以老妓爲都知[1]，分管諸姬，使召見諸客，一席四鐶[2]，燭上加倍，新郎君更加倍焉。有鄭舉舉者[3]，爲都知，狀元孫偓頗惑之[4]。盧嗣業贈詩云[5]："未識都知面，先輸劇罰錢[6]。"廣東至今有"老舉"之名，殆從此始。

【箋注】

[1]都知：這裏指舊時妓院中的班頭，分管諸妓。 [2]鐶（huán）：銅錢。[3]鄭舉舉：唐妓名。善令章，巧談諧。 [4]孫偓（wò）（844—919）：字龍光。唐武邑（今屬河北）人。僖宗乾符五年狀元。累官户部侍郎、同中書門下平章事、門下侍郎、禮部尚書。 [5]盧嗣業：唐河中蒲（今山西永濟）人。盧綸之孫。僖宗乾符五年進士。少有詞藝，無操守之譽。官都統判官、檢校禮部郎中。 [6]劇：應爲"醵"，籌集。

五　三

謝深甫云[1]："詩之爲道，標舉性靈，發舒懷抱，使人易於矜伐[2]。"此言是也。然如杜審言臨終謂宋之問曰[3]："不見替人[4]，久壓公等。"袁嘏自稱己所作詩[5]，"須以大材迮之[6]，不爾，飛去"。言雖誇，尚有風趣。漢桓帝時，馬子侯自謂知音[7]，彈《陌上桑》，左右盡笑，而子侯猶摇頭自得，則蚩獰太過矣[8]。今之未偕競病而詩狂欲上天者[9]，毋乃類是[10]？

【箋注】

[1]謝深甫（1139—1204）：字子肅。宋台州臨海（今屬浙江）人。官至右丞相，封魯國公。[2]矜伐：恃才誇耀。[3]杜審言（？—708）：唐詩人。祖籍襄陽（今屬湖北），遷居河南鞏縣（今鞏義一帶）。杜甫的祖父。高宗咸亨進士。累官修文館直學士。宋之問（656—712）：唐詩人。汾州（今山西汾陽一帶）人。高宗上元二年進士。官至考功員外郎。詩與沈佺期齊名。[4]替人：接替的人。[5]袁嘏（gǔ）：南朝齊陳郡人。曾任諸暨令。所引見《南齊書》卷五十二。[6]迮（zé）：以重物鎮壓使穩固。[7]馬子侯：漢桓帝時郎官。應璩《百一詩》云："漢末桓帝時，郎有馬子侯。自謂識音律，請客鳴笙竽。爲作陌上桑，反言鳳將雛。左右僞稱善，亦復自摇頭。"[8]蚩獰：庸劣、醜惡。[9]偕：諧和。競病：指作詩押險韻。《南史・曹景宗傳》："詔令約賦韻。時韻已盡，唯餘競、病二字。景宗便操筆，斯須而成，其辭曰：'去時兒女悲，歸來笳鼓競。借問行路人，何如霍去病？'帝歎不已。"[10]毋乃：豈非。

按：提倡性靈，並非袁枚獨創，而是從他對歷代詩歌與詩論的研究得來。此又一例。標舉性靈，發抒懷抱，必然是一種精神世界的解放，免不了會使詩人恃才誇耀。看來袁枚是對此持贊同和欣賞態度的，但他也察覺到其負面作用，即未偕競病而狂欲上天，性靈詩人不應"蚩獰太過"。

五　四

孫興公説曹輔佐[1]："如白地光明錦[2]，裁爲負版褲[3]，雖邊幅頗闊，而全乏剪裁。"宋詩話云："郭功甫如二十四味大排筵席[4]，非不華侈，而求其適口者少矣。"一以衣喻文，一以食喻詩，作者俱當録之座右。

【箋注】

[1] 孫興公：孫綽（314—371），字興公。東晋太原中都（今山西平遥）人。詩人、辭賦家、駢文家。曾任著作佐郎、參軍長史、廷尉卿。此處引語出自《世説新語》，文字有出入。曹輔佐：曹毗（pí），字輔佐。東晋譙國（今安徽亳州）人。累遷太學博士、光禄勳。 [2] 地：質地、底子。光明錦：應爲明光錦，指明潔閃光之錦。 [3] 負版褲：指粗製的衣服。 [4] 郭功甫：郭祥正，見卷一·二五注[6]。引語出自宋趙與時《賓退録》，文字有出入。

五　五

淮南程氏雖業鹍莢甚富[1]，而前後有四詩人：一風衣，名嗣立[2]；一夔州，名崟[3]；一午橋，名夢星[4]；一魚門，名晋芳[5]。四人俱與余交，而風衣、夔州，求其詩不得。魚門雖呼午橋爲伯父，意頗輕之。余曰："午橋先生古風力弱，近體風華，不可没也。"如《看花不果》云："蠟屐也思新草色[6]，病酲偏負曉鶯聲[7]。"《贈僧》云："樓前常設留賓榻，巖下多栽獻佛花。"《桐廬》云："百里煙深因近水，一年秋早爲多山。"皆佳句也。

【箋注】

[1] 鹍莢：合算、合計，指經商。鹍，同"偶"。 [2] 程嗣立（1698—1744）：字風衣，號篁村。清江蘇山陽（今淮安）人。貢生。有《水南遺稿》。[3] 程崟（yín）（1687—1767）：字平川，一字夔州，號二峰。清江蘇山陽人。康熙五十二年進士。官刑部郎中。有《二峰詩稿》。 [4] 程夢星：見卷五·一九注[3]。 [5] 程晋芳，見卷一·五注[1]。 [6] 蠟屐：以蠟塗木屐。南朝宋劉義慶《世説新語·雅量》："或有詣阮（阮孚），見自吹火蠟屐，因歎曰：'未

知一生當著幾量屐！’神色閑暢。”後指悠閒、無所作爲的生活。 [7]病酲：醉酒。

五 六

齊武帝於興光樓上施青漆[1]，謂之“青樓”。是青樓乃帝王之居，故曹植詩“青樓臨大路”[2]，駱賓王詩“大道青樓十二重”[3]，言其華也。今以妓爲青樓，誤矣。梁劉邈詩曰[4]：“倡女不勝愁[5]，結束下青樓。”殆稱妓居之始。

【箋注】

[1]齊武帝：蕭賾（zé）（440—493），字宣遠。南朝齊皇帝。南蘭陵（今江蘇常州一帶）人。 [2]曹植：見卷二·四七注[9]。 [3]駱賓王（626—687）：字觀光。唐婺州義烏（今屬浙江）人。七歲時即景賦《咏鵝》詩。歷任武功主薄、侍御史等職。爲“初唐四傑”之一。有《駱賓王文集》。 [4]劉邈：南朝梁彭城（今江蘇徐州）人。與侯景同時代。存詩數首。 [5]倡女：以歌舞娱人的妓女。

五 七

《小雅》：“惟桑與梓[1]，必恭敬止。”考上下文，並無鄉里之説。張衡《南都賦》[2]：“永世克孝[3]，懷桑梓焉。真人南巡[4]，睹舊里焉。”後人因之，遂以桑梓爲鄉里。

【箋注】

[1]桑梓：古代桑、梓多植於住宅附近，見之自然思鄉懷親。後遂成爲故鄉的代稱。 [2]張衡（78—139）：字平子。東漢南陽西鄂（今河南南陽一帶）人。官太史令、侍中、河間相、尚書。作《東京賦》《西京賦》。有輯本《張河間集》。 [3]克孝：能盡孝。 [4]真人：舊稱真命天子，此指漢光武帝。

五　八

宋潛溪曰[1]：“人皆云：‘陶淵明不肯用劉宋年號[2]，故編詩但書甲子[3]。’此誤也。陶詩中凡十題甲子，皆是晋未亡時，最後丙辰[4]，安帝尚存[5]，瑯琊王未立[6]，安得棄晋家年號乎？其自題甲子者，猶之今人編年纂詩，初無意見[7]。”

【箋注】

[1]宋潛溪：宋濂（1310—1381），號潛溪。明初浙江浦江人。曾任翰林學士、侍講學士，知制誥。有《宋學士全集》。　[2]劉宋：南朝宋。劉裕于公元420年廢晋恭帝，稱帝，國號宋，年號永初。　[3]甲子：古人以天干和地支遞次相配，用以紀日或紀年。　[4]丙辰：這裏指東晋義熙十二年(416)。陶淵明有《丙辰歲八月中於下潠田舍獲》一詩。　[5]安帝：司馬德宗（382—419）。東晋末期皇帝。　[6]瑯琊王：司馬德文（386—421）。安帝弟。初封瑯琊王，歷中軍將軍、大司馬。後劉裕立爲帝，在位二年，又爲裕所殺。[7]意見：對事情的一定的看法或想法。

五　九

黄魯直詩“月黑虎夔藩”[1]，用少陵《課伐木》詩序[2]，云“有虎，知禁”“必昏黑撑突，夔人屋壁[3]”。夔者，夔州人也。魯直以“夔”字當“窺”字解，爲益公《題跋》所譏[4]。

【箋注】

[1]黄魯直：黄庭堅，見卷一・一三注[6]。此句引自《宿觀音院》詩。藩：藩籬。　[2]少陵：杜甫。　[3]撑突：衝撞。杜甫《課伐木》詩序原文：“山有虎，知禁，若恃爪牙之利，必昏黑搪突。夔人屋壁，列樹白菊，鏝爲牆，實以竹，示式遏。”　[4]益公：周必大，見卷二・一二注[2]。譏黄庭堅者，實爲朱熹，《晦庵集》載有此説，題爲“跋黄山谷詩”。

六〇

郭注《爾雅》[1]：“閼逢攝提格[2]，未詳。”司馬貞《索隱》以《爾雅》爲近今所作[3]，所記年名不符古，鐘鼎從未有以閼逢攝提紀年者。鄭夾漈曰[4]：“今人編年，好用《爾雅》，名甲爲閼逢，乙爲旃蒙，是以一元大武爲牛也[5]。夫隱語爲眢井逃難之言[6]，豈可施於簡編乎？”顧寧人有古人不以甲子紀歲之説[7]。又云：“古人不以王父字爲字[8]。”按《通志》歷舉春秋時以王父字爲字者八十餘條。顧最博雅，竟不曾見過《通志》，何耶？

【箋注】

[1]《爾雅》：是我國現存的第一部訓詁專著。東晉郭璞注。 [2] 閼逢攝提格：閼（yān）逢，是十干（甲、乙、丙、丁、戊、己、庚、辛、壬、癸）中“甲”的别稱。攝提格，是十二地支（子、丑、寅、卯、辰、巳、午、未、申、酉、戌、亥）中“寅”的别稱。 [3] 司馬貞（679—732）：唐朝史學家。字子正，河内（今河南沁陽）人。弘文館學士。著《史記索隱》。 [4] 鄭夾漈（jì）：鄭樵，見卷一·一六注 [8]。 [5] 一元大武：古代祭祀用牛的别稱。[6] 眢（yuān）井：枯井。此處用《左傳·宣公十二年》典：“目于眢井而拯之。”指用眢井作爲藏身處的隱語。 [7] 顧寧人：顧炎武，見卷三·七注 [2]。[8] 王父：祖父。此處所説“以王父字爲字”，與《通志》所説“以王父字爲氏”概念實不同。

六一

吴冠山先生言[1]：“散體文如圍棋，易學而難工；駢體文如象棋[2]，難學而易工。”余謂古詩如象棋[3]，近體如圍棋[4]。

【箋注】

[1] 吴冠山：吴華孫，字冠山，號翼堂。清安徽歙縣人。雍正八年進士。乾隆六年提督福建學政。 [2] 駢體文：以偶句爲主、講究對仗和聲律的文體。[3] 古詩：古體詩，見卷五·四〇注 [1]。 [4] 近體：見卷五·四〇注 [2]。

六　二

何南園《咏野菊》云[1]：“絶無人處偏逢我，不寄籬邊獨羡君。”寫“野”字妙。李琴夫《咏瓶菊》云[2]：“未許園林終晚節，不妨風雨到重陽。”寫“瓶”字妙。李又有“風定雨絲直”五字亦佳。

【箋注】

[1]何南園：何士顒，見卷一·三七注[1]。 [2]李琴夫：李御，見卷五·六二注[1]。

六　三

魚門太史云[1]：“古文有可讀者[2]，有可觀者[3]。”余謂詩亦然，有可讀者，有可觀者。可觀易，可讀難。

【箋注】

[1]魚門：程晋芳，見卷一·五注[1]。 [2]可讀：似指文章富有聲韻節奏美，且富内涵，聲情並茂。 [3]可觀：此指以外觀美取勝。

六　四

鮑雅堂之妹，詩人步江女也，名季姒[1]，工吟詩。金棕亭贈云[2]：“續史正堪兄作伴，工吟恰好父爲師。”

【箋注】

[1]鮑雅堂：鮑之鍾，見卷二·四九注[6]。步江：鮑臯，見卷一·四〇注[5]。季姒：即鮑之芬（1761—1808），字佩芳，又字浣雲。清江蘇丹徒人。鮑臯第三女，刺史徐彬室。有《葯續吟稿》《海天萍寄吟稿》《三秀齋詩詞鈔》等。[2]金棕亭：金兆燕，見卷五·一七注[3]。

六　五

己卯冬，余在揚州，見門生劉伊有《游平山詩册》[1]，作者十餘人，俱押“卮”韻。余獨賞如皋顧秀才駉“清響忽傳樓外笛，嚴寒争避手中卮”之句[2]。後官湖北歸，卜築於如皋百步。余過其居，主人感二十年前知己，欣然款接，宴飲水窗，出新詩相示。《西湖》云：“白沙堤外蕩舟行，煙雨空濛畫不成。忽見斜陽照西嶺，半峰陰間半峰晴。”“花塢斜連花港遥，夾堤水色淡輕綃。外湖艇子裏湖去，穿過湖西十二橋[3]。”《虎邱》云：“片石尚留金虎跡[4]，千花都是玉人魂[5]。”

【箋注】

[1] 己卯：這裏指乾隆二十四年（1759）。劉伊（1721—1803）：字莘儒，號澹竺。清江蘇南通人。乾隆十七年進士。有《傳經堂詩集》。　[2] 顧駉（1733—？）：字牧原，號木原。清江蘇如皋人。乾隆二十六年進士。歷署鄖陽、安陸知府。　[3] 十二橋：蘇堤有六橋，宋蘇軾時建，名跨虹、東浦、壓堤、望山、鎖瀾、映波；裏湖有六橋，明楊孟時建，名環璧、流金、卧龍、隱秀、景行、浚源。共十二橋。　[4] 金虎：《越絶書》：吴王闔閭葬虎邱山下，“葬三日，金精上騰爲白虎，蹲踞於上”。詳見卷四・三六注[7]。　[5] 玉人魂：虎邱有唐代名妓真娘墓，墓多花草，以蔽其上。詩人多題咏。

六　六

余過如皋，訪冒辟疆水繪園[1]。荒草廢池，一無陳跡，惟敗壁上有斷句云：“月因戀客常行緩，風爲吹花不忍狂。”劉霞裳有句云[2]：“一片亂紅吹滿地，看來最忍是東風。”正與此意相反。

【箋注】

[1] 冒辟疆：冒襄（1611—1694），字辟疆，號巢民。江蘇如皋人。崇禎十五年副榜貢生。明末清初文學家。有《宣爐歌注》《影梅庵憶語》《巢民詩集》等多種。　[2] 劉霞裳：見卷二・三三注[2]。

六　七

杭州何春巢年少耳聾[1]，而風情獨絶。有《秦淮竹枝》云："猩紅一點着櫻唇，淡抹春山黛色匀[2]。壓鬢素馨三百朵，風來香撲隔河人。""遠近聽來笑語聲，板橋西畔泛舟行。尋常一柄芭蕉扇，摇動春葱便有情[3]。""蘭橈最是晚來多[4]，萬點紅燈映碧波。我已三更鴛夢醒[5]，猶聞簾外有笙歌。""夕陽兩岸畫樓臺，紅藕香中一棹回。别有芳心卿不解，扁舟豈爲納凉來？"

【箋注】

[1]何春巢：何承燕，見卷一一・二六注[1]。 [2]春山：春日山色黛青，喻女子秀眉。 [3]春葱：喻女子手指。 [4]蘭橈：小舟的美稱。 [5]鴛夢：比喻夫妻相會的夢境。

六　八

吾鄉王百朋先生《過李白廟》云[1]："氣吞高力士[2]，眼識郭汾陽[3]。"只此十字，可以概太白生平。

【箋注】

[1]王百朋：王錫，字百朋。清浙江仁和人。諸生。康熙四十六年應南巡召試。有《嘯竹堂集》。此處有誤。這聯詩應爲舒遜《李謫仙》中詩句。遜爲元明間徽州績溪人，字士謙，號可庵。有《搜括集》。 [2]高力士（690—762）：唐朝宦官。高州良德（今廣東高州）人。受唐玄宗寵信。段成式《酉陽雜俎》："李白名播海内。玄宗於便殿召見。神氣高朗，軒軒然若霞舉。上不覺忘萬乘之尊。因命納履。白遂展足與高力士曰：'去靴。'力士失勢，遽爲脱之。"[3]郭汾陽：郭子儀，見卷一一・四注[3]。晚唐裴敬《翰林學士李公墓碑》："又嘗有知鑒，客并州，識郭汾陽于行伍間，爲免脱其刑責而奬重之。後汾陽以功成官爵，請贖翰林（按指其從永王一案），上許之，因免誅，其報也。"

六 九

郭明府起元[1]，字復堂，閩中孝廉，受業于蔡聞之宗伯[2]。蔡爲理學名儒，而郭以任俠聞。蔡有家難，郭爲證佐，至受官刑，交臂歷指[3]，口無二辭。後宰盱眙，與余同官。有《客中秋思》一絶云："銷魂何處盼仙槎[4]，客鬢逢秋白更加。遥指斷橋垂柳岸，前年曾宿那人家。"《贈方南堂》云："一瓢自可輕千乘[5]，三徑還堪抵十洲[6]。"《比舍》云："熏衣香出紅窗外，鬬草聲喧緑樹邊[7]。"其母夫人陳玉瑛[8]，自稱左芬侍史[9]。佳句云："欲别難爲别，吞聲古渡頭。妾心如此水，相送下渝州。"

【箋注】

[1]郭起元：字復齋，一作復堂。清福建閩縣人。諸生。乾隆元年，舉博學鴻詞，不就。督學周學健以賢良方正薦，授安徽舒城知縣。歷官盱眙知縣、泗州知州、宿虹同知。有《介石堂詩文集》。 [2]蔡聞之：蔡世遠（1682—1733），字聞之，號梁村。清福建漳浦人。康熙四十八年進士。官至禮部侍郎。有《二希堂文集》《朱子家禮輯要》。 [3]交臂：罪人雙手被交叉地綁在背後。歷指：一種夾手指的酷刑。 [4]仙槎：神話中能來往于海上和天河之間的竹木筏。 [5]一瓢：《論語·雍也》："賢哉，回也！一簞食，一瓢飲，在陋巷，人不堪其憂，回也不改其樂。"後因以喻清貧生活。千乘：擁有千乘車馬的諸侯，泛指位尊權重者。古以一車四馬爲一乘。 [6]三徑：指歸隱者的家園。十洲：道教稱大海中神仙居住的十處名山勝境，亦泛指仙境。 [7]鬬草：也稱鬬百草，一種遊戲，以花草爲比賽物件。 [8]陳玉瑛：號左芬侍史。清福建侯官人。郭起元母。有《蘭居吟草》。 [9]左芬：字蘭芝。西晋齊國臨淄（今山東淄博）人。左思妹。富才華，爲晋武帝貴嬪。

七 〇

劉悔庵有句云[1]："石交惟舊硯[2]，火伴是寒爐[3]。"陳古漁《吊六朝松》云[4]："劇憐兒輩不及見，真似古人難再生。"俱有東坡風味。

【箋注】

[1]劉悔庵：劉曾，見卷二・二八注[1]。 [2]石交：交誼堅固的朋友。[3]火伴：北魏時，軍中以十人爲火，共灶炊食，故稱同火者爲火伴。後泛指同伴。[4]陳古漁：陳毅，見卷一・五二注[3]。

按：警句得於巧思。此亦爲正喻夾寫妙例。

七一

霞裳與其父役于慈湖[1]，舟覆江中，時當臘月，兩人賴衣裘故，浮水不沉。有救船至，父曰："我老矣，速救我兒！"兒曰："不救吾父，我不受救！"父子推讓，適又有船來，遂得兩全。陶京山明府贈以詩曰[2]："本是龍門客[3]，龍宫今到來[4]。孝慈應默佑，風浪不爲災。"其孫涣悦亦贈云[5]："從今吸盡西江水，吐屬文章更不同。"

【箋注】

[1]霞裳：劉霞裳，見卷二・三三注[2]。 [2]陶京山：陶紹景（1716—？），字京山，號慕庭。清江蘇上元人。乾隆三年戊午舉人，官臺灣知縣，升淡水同知。[3]龍門客：劉義慶《世説新語・德行》載，李膺不妄交接，有被其容接者爲登龍門。後因稱高門上客爲"龍門客"。 [4]龍宫：指水域。 [5]陶涣悦：字觀文，號怡雲。清江蘇江寧人。諸生。嘉慶十二年舉人。官至户部郎中。有《自怡軒詩》。

七二

程魚門《覆舟》詩原稿[1]，寫眼前驚悸情景最真。後改本有意修飾，轉不如前。今特録其原作云："揚州西去一宵程，小艇無端夜忽傾。制命不煩滄海潤[2]，澡身先試暮流清。詩書失後無餘本，戚友來時話再生。莫歎遭逢磨蝎重[3]，世間風浪幾曾平？""客舟猛疾勢如風，南北相持力不同。絶叫已驚身在水，舉頭猶見月如弓。慈航倏至關天幸[4]，隻履飄然悟大空時失去一履。攬芷搴裳平日願[5]，險隨騷魄葬珠宫[6]。”余賦詩調之云：“水經注疏河渠考[7]，此後輸君閱歷深。”

【箋注】

[1]程魚門：程晋芳，見卷一·五注[1]。 [2]制命：此指敕命，明清贈封六品以下官職的命令稱敕命。 [3]磨蝎：星宿磨蝎宫的省稱。舊時謂生平行事常遭挫折者爲“遭逢磨蝎”。 [4]慈航：佛教語，謂菩薩以慈悲之心度人，如航船濟衆，使脱離生死苦海。 [5]攬芷搴裳：喻指高潔行爲。攬芷，採摘白芷；搴裳，提起衣裳，指涉水。 [6]騷魄：《離騷》之魂，指屈原精神。珠宫：水神所居的用珍珠裝飾的宫殿。 [7]水經：中國第一部記述河道水系的專著。自唐以後，郭璞注本失傳。此書遂專附酈道元《水經注》流傳。

七　三

善寫風水之險者，吾鄉糧道程公光鉅有《華陽行》云[1]：“滔滔汩汩長江水，扁舟一葉天涯子。船頭船尾白浪高，片雲黑處狂風起。舟子喧呼語未終，布帆半曳浪澆篷。桅竿百尺横斜立，欲卧不卧奔濤中。濤湧如山高莫比，青山頭落江心裏。一傾一仄强撑風，欲上船舷見船底。小兒無知向母啼，大兒解事欲登堤。面面相看心膽折，男號女哭一齊歇。翻身挣立唤鄰舟，鄰舟早向潮頭没。須臾岸回風勢順，回首驚魂纔一瞬。電掣雷轟萬馬驅，舉頭已到華陽鎮。華陽已到驚未平，老妻尚有念佛聲。”

【箋注】

[1]程光鉅（？—1747）：字二至，號蔚亭。清湖北孝感人。雍正二年進士。官至江南蘇松糧道。

七　四

金陵張秀才培饒有風貌[1]。正月間，與畫師鄒若泉來[2]，余心識之。亡何[3]，又與常君得禄來[4]。余轉問：“可認張某乎？”已而知即前人，自慚老眼之昏。乃誦劉悔庵詩曰[5]：“閑行那可忘携杖，欲揖還愁錯認人。”

【箋注】

[1] 張培：字香巖。清江蘇上元人。嘉慶六年拔貢。官蒙城知縣。有《香巖詩存》。 [2] 鄒若泉：鄒擴祖，字若泉。清安徽巢縣（今巢湖）人，僑金陵。[3] 亡何：不久。 [4] 常得禄：生平未詳。 [5] 劉悔庵：劉曾，見卷二・二八注 [1]。

七五

杭州孫中翰傳曾[1]，與余三世通家[2]，詩才清逸。《春朝》云："鶯啼迎曉霽，蝶夢怯花寒。"《上巳》云[3]："人臨曲水偏愁雨，天惜桃花忽放晴。"

【箋注】

[1] 孫傳曾：字誦芬，號燭溪。清浙江仁和人。乾隆三十九年舉人。官内閣中書。有《碧山棲稿》。 [2] 通家：世代有交情。 [3] 上巳：傳統節日。漢以前以農曆三月上旬巳日爲上巳，魏晋以後亦指三月三。

七六

近人起句之妙者，新安張節《夜坐》云[1]："雨霽月忽滿，牆陰樹影摇。"陳月泉《舟中》云[2]："獨起對江月，滿船聞睡聲。"某《春早》云："不待清明近，鶯花已自忙。"[3] 三起俱超。結句之妙者："月中無事立，草上一螢飛。"[4]"殷勤語江嶺，歸夢莫相妨。"[5]"遠山深樹裏，鐘斷有餘聲。"三結俱超。惜忘題目及作者姓名。

【箋注】

[1] 張節：字心在，號夢畹。清安徽歙縣人。嘉慶間歲貢生。有《夢畹詩集》。[2] 陳月泉：陳法乾，見卷七・八六注 [3]。 [3]"不待"聯：出宋蕭彦毓《西湖雜咏》。 [4]"月中"二語：宋桂林僧景淳《絶句》。"上"一作"際"。[5]"殷勤"二語：出五代宋初人徐鉉《將過江題白沙館》。

七　七

丁未，余游武夷，夜泊江山[1]，聞鄰舟有客説鬼，口杭音。余喜語怪，乃揖而進之。其人姓陸，名夢熊[2]，字瑩若，乃吾鄉詩人也。别後蒙寄《晚香堂詩》二十餘卷。《曉起見雪》云："夜静無風冷莫支，簷前凍雀早應知。關心喜見頭番雪，掃徑先扶竹樹枝。紅友有情還愛我[3]，緑梅無夢亦相思。斷橋久廢衝泥屐，欲踏瓊瑶訪莫遲[4]。"《鵝湖寺》云："地寒花未放，僧樸語無多。"皆妙。

【箋注】

[1]丁未：乾隆五十二年（1787）。江山：地名，清屬浙江衢州府。[2]陸夢熊：字瑩若，號古漁。清浙江錢塘人。恩貢，官西安訓導。有《晚香堂詩》《黄鶴山農集》。　[3]紅友：酒的别稱。　[4]瓊瑶：以美玉喻雪。

七　八

讀詩不讀史，便不知作者事何所指。李燾《長編》載[1]，宋真宗爲李沆還債三十萬[2]。故宋人詩云："新祠民祭祀，舊債帝償還。"[3]《唐書》載，王毛仲奏明皇[4]："願得宋璟爲客[5]。"帝許之。故徐騎省《贈陳侍郎花燭》云[6]："坐客亦從天子賜，更籌須爲主人留。"

【箋注】

[1]李燾（1115—1184）：字仁甫，號巽巖。南宋眉州丹棱（今屬四川）人。紹興進士。官至敷文閣學士。有《續資治通鑒長編》。　[2]李沆（947—1004）：字太初。宋洺州肥鄉（今屬河北）人。太平興國進士。官至參知政事。[3]"新祠"聯：爲魏野詩，所咏並非李沆，而是雷有終。吴處厚《青箱雜記》："有終有將略，自平蜀後，人爲立祠。又嘗以私財犒士，貧不能足，貸錢以給。比捐館時，猶逋三萬緡，真宗特出内帑償之。故魏野哭有終詩曰：'聖代賢臣喪，何人不慘顔！新祠民祭祀，舊債帝填還。……'"宋魏野《東觀集》同。[4]王毛仲（？—731）：唐朝將領，高麗人。原爲李隆基家奴。後任武衛大將軍、太僕卿。深得唐明皇歡心。爲宦官忌嫉，遠貶自殺。　[5]宋璟：見卷八・八七

注[5]。 [6]徐騎省：徐鉉，見卷一・二〇注[2]。《騎省集》與《全唐詩》中此詩題爲“陳侍郎宅觀花燭”。坐客：座上的客人。更籌：古代夜間報更用的計時竹籤。

七　九

高文端公之父嵩瞻都統[1]，《贈弟斌》云[2]：“與君一世爲兄弟，今日相逢第二場。”[3]想見勳貴家“國爾忘家”之義[4]。有《積翠軒詩集》。文端公屬余爲注釋，編上下兩卷。

【箋注】

[1]高文端公：高晋，見卷六・四一注[1]。高嵩瞻：高述明（？—1723），字東瞻，一作嵩瞻。清滿洲鑲黄旗人。官至凉州總兵。有《積翠軒詩集》。[2]高斌：見卷二・四七注[8]。 [3]“與君”二語：意謂雖爲兄弟，難得一見。[4]國爾忘家：一心爲國，不顧家庭。《漢書・賈誼傳》：“則爲人臣者主耳忘身，國耳忘家，公耳忘私，利不苟就，害不苟去，唯義所在。”

八　〇

雅謔自佳[1]。或以詩示仲小海[2]。仲曰：“詩佳矣，可惜太甜。”其人愕然問故。曰：“有唐氣，焉得不甜？”蔡芷衫好自稱“蔡子”[3]，以詩示汪用敷[4]。汪曰：“打油詩也[5]。”蔡怒曰：“此《文選》正體，何名打油？”曰：“菜子不打油，何物打油？”

【箋注】

[1]雅謔：趣味高雅的戲謔。 [2]仲小海：仲藴檠，見卷三・四五注[2]。[3]蔡芷衫：蔡元春，見卷三・一二注[9]。 [4]汪用敷：生平未詳。 [5]打油詩：舊體詩的一種，内容和詞句通俗詼諧，不拘於平仄韻律，相傳爲唐代張打油所創。

八　一

前朝説部，有俚語可存者[1]，如嘲學仙者云：“服藥求長生，莫如孤竹子[2]。一食西山薇，萬古長不死。”戒溪刻者云[3]：“幸門如鼠穴[4]，也須留一個。若皆堵塞之，好處都穿破。”刺暴貴者，咏鴟吻云[5]：“而今抬在青雲上，忘却當年窯内時。”嘲官昏者，咏傘云[6]：“常時撑向馬前去，真個有天没日頭。”刺好譖人者，咏蟬云[7]：“莫倚高枝縱繁響，也應回首顧螳螂。”刺代人劾友者，咏金云：“黄金自有雙南貴[8]，莫與遊人作彈丸。”

【箋注】

[1]説部：古代指小説、筆記、雜著一類書籍。 [2]孤竹子：商朝孤竹君之二子伯夷、叔齊。他們西山采薇不食周粟的故事，傳爲史話。此爲元盧摯《采薇圖》詩。 [3]溪刻：苛刻、刻薄。此處所引《庚溪詩話》以爲唐王梵志詩。 [4]幸門：奸邪小人或僥倖者進身的門路。 [5]鴟（chī）吻：古代宫殿屋脊正脊兩端的一種飾物。初作鴟尾之形，象徵辟除火災。後來式樣改變，折而向上似張口吞脊，因名鴟吻。鴟，鷂鷹。此詩載《水東日記》卷二十一。 [6]咏傘：此處所引爲元柏子庭詩。 [7]譖（zèn）人：讒毁他人。此處所引爲宋陸蒙老詩。 [8]雙南：雙南金，指優質銅，亦指優質黄金。此處所引爲宋夏竦詩。

八二

元人《吊脱脱丞相》云[1]：“百千萬貫猶嫌少，堆積黄金北斗邊[2]。可惜太師無脚費，不能搬運到黄泉。”

【箋注】

[1]脱脱（1314—1356）：亦作托克托，字大用，蔑里乞氏。蒙古族。元朝末年任同知宣政院事、中政使、同知樞密院事、御史大夫、中書左丞相。後被彈劾，流放雲南，元順帝派人毒死。 [2]北斗：指北斗七星。

按：元陶宗儀《輟耕録》載，此爲譏刺元巴延太師之詩。

八　三

楊子載《漫興》云[1]："客中恍過曾遊境，夢裹常逢未見書。"郭麐秀才見贈云[2]："園疑曩昔曾窺處[3]，人似生平未見書。"

【箋注】

[1]楊子載：楊垕，見卷四·七四注[4]。 [2]郭麐（1767—1831）：字祥伯，號頻迦、復翁、復生，晚號蘧庵。江蘇吴江人。嘉慶間貢生。有《靈芬館詩集》《樗園消夏録》等。 [3]曩昔：往日、從前。

八　四

耿上舍湘門《題素齋舫壁》云[1]："背郭臨河静不嘩，一軒深築抵山家。茶煙出户常蒙樹，池水過籬欲漂花。小睡手中書欲墮，半酣窗下字微斜。叢蘭不合留香久，勾引遊蜂入幕紗。"

【箋注】

[1]耿上舍湘門：耿國藩，字介夫，號湘門。清湖南長沙人。監生。有《素舫齋詩鈔》。上舍，此處爲監生的别稱。

八　五

海寧陳心田寅[1]，與諸友以禁體咏梅云[2]："已看無不憶，未見必先探。"汪秋白云[3]："一枝懷故宅，幾度憶前生。"陳谷湖云[4]："交枝香不斷，一白樹難分。"顧竹坡咏緑梅云[5]："窺春自怯荷衣薄，倚竹誰憐翠袖寒？"俱妙。又有梅花宜稱諸咏[6]。《夕陽》云："殘香漠漠山家暝，猶作宫人半額黄[7]。"《疏籬》云："有客來探門未啟，先從廌眼認瓊枝[8]。"《微雪》云："料峭寒凝天半黄，霏煙漠漠集池塘。是梅是雪兩三點，飛絮因風想謝娘[9]。"《枰下》云[10]："花底消閒對弈時，稜稜石角擁寒枝。微風吹墮兩三朵，絶似山人落子時[11]。"

【箋注】

[1] 陳寅：見本卷五注[2]。 [2] 禁體：一種遵守特定禁例寫作的詩。[3] 汪秋白：汪大經（1741—1809），字書年，號秋白。清浙江秀水人。諸生。有《借秋山房集》。 [4] 陳谷湖：陳培慶，字受宜，號谷湖。清浙江海寧人。 [5] 顧竹坡：顧增光（1754—1829），字淩雲，號竹坡。清江蘇長洲人。[6] 宜稱：適當的。 [7] 額黄：古代婦女的一種美容妝飾。初始是以黄色染料塗抹於額上，而後亦有以黄色花瓣飾物黏貼於額上，稱爲花黄。 [8] 麂(jǐ)眼：即麂眼籬，籬格斜方如麂眼，故名。瓊枝：喻嘉樹美卉。 [9] 謝娘：謝道韞，見卷一〇・三六注[5]。 [10] 枰：棋盤。 [11] 山人：隱于山中的士人。

八　六

戊寅二月[1]，過僧寺，見壁上小幅詩云："花下人歸喧女兒，老妻買酒索題詩。爲言昨日花纔放，又比去年多幾枝。夜裏香光如更好，曉來風雨可能支？巾車歸若先三日，飽看還從欲吐時。"詩尾但書"與内子看牡丹"[2]，不書名姓。或笑其淺率。余曰："一片性靈，恐是名手。"乃録稿，問人，無知者。後二年，王孟亭太守來看牡丹[3]，談及此詩，方知是國初逸老顧與治所作[4]。余自負賞識之不誤。王因云："國初前輩，不登仕途，與老妻相對，往往有此清妙之作。"因誦吴野人《壽内》云[5]："潦倒邱園二十秋，親炊葵藿慰余愁[6]。絶無暇日臨青鏡[7]，頻過荒年到白頭。海氣荒凉門有燕，溪光摇盪屋如舟。不能沽酒持相祝，依舊歸來向爾謀。"覺風趣更出顧詩之上。

【箋注】

[1] 戊寅：這裏指乾隆二十三年（1758）。 [2] 内子：自稱其妻。[3] 王孟亭：王箴輿，見卷二・七六注[1]。 [4] 顧與治：顧夢遊（1599—1660），字與治。江南江寧人。明貢生，入清不仕。有《茂緑軒集》。[5] 吴野人：吴嘉紀，見本卷・五注[7]。 [6] 邱園：家園，轉稱隱居之地。葵藿：葵與藿，均爲菜名。 [7] 青鏡：青銅所做之鏡，亦即明鏡。

按：袁枚最喜愛的似乎就是這樣的一片性靈，淺率而有風趣。我們讀來也覺得詩味純净、富於生活氣息。這樣的詩，應聊備一格。

八　七

尹文端公曰[1]："言者，心之聲也。古今來未有心不善而詩能佳者。《三百篇》，大半賢人君子之作。溯自西漢蘇李五言[2]，下至魏、晋、六朝、唐、宋、元、明，所謂大家、名家者，不一而足。何一非有心胸、有性情之君子哉？即其人稍涉詭激，亦不過不矜細行、自損名位而已。從未有陰賊險狠、妨民病國之人。至若唐之蘇渙作賊[3]、劉叉攫金[4]、羅虬殺妓[5]，須知此種無賴，詩本不佳，不過附他人以傳耳。聖人教人學詩，其效可睹矣。"余笑問："曹操何如？"公曰："使操生治世，原是能臣。觀其祭喬太尉[6]、贖文姬[7]，頗有性情，宜其詩之佳也。"

【箋注】

[1]尹文端：尹繼善，見卷一·一〇注[3]。　[2]蘇李：蘇武，見卷三·四一注[3]；李陵，見卷三·四注[16]。　[3]蘇渙（？—775）：唐蜀（今四川）人。曾在巴蜀一帶殺富濟貧，有"白蹠""弩蹠"之稱。後專心讀書，考中進士。累遷侍御史。至潭州，刺史崔瓘辟爲幕府從事。　[4]劉叉：號彭城子。唐詩人。少任俠，能爲歌詩。聞韓愈接天下士，步歸之，後因不滿意韓愈爲諛墓之文，攫取其爲墓銘所得之金而去，曰："此諛墓中人所得耳，不若與劉君爲壽。"[5]羅虬：唐台州（今屬浙江）人。與羅隱、羅鄴齊名，世號三羅。累舉不第。爲鄜州從事，對官妓杜紅兒愛而不得，竟"手刃紅兒，既而追其冤"。有《比紅兒詩》。　[6]喬太尉：橋玄（110—184），字公祖。東漢梁國睢陽（今河南商邱）人。官縣功曹、太守、司徒、太尉。　[7]文姬：蔡琰，字文姬。東漢末陳留圉（今河南杞縣一帶）人。蔡邕之女。中原戰亂，爲南匈奴所俘，困十二年。後被曹操遣使以金璧贖還。著有《悲憤詩》《胡笳十八拍》。

按：此種詩觀，應該認爲是至當之理。所舉例證不一定貼切，但對曹操的評價還是頗有見地的。當然，作爲一個社會中的詩人，一生可能是複雜的，也會有偽善者，言與行不相符合，但從整體來説，終竟是“言爲心聲，古今來未有心不善而詩能佳者”。

八　八

余以雍正丁未年入泮[1]，今又丁未矣，戲仿重赴鹿鳴故事[2]，作《重赴泮宫詩》，云：“記得垂髫泮水遊[3]，一時佳話遍杭州。青衿乍著心雖喜[4]，紅粉争看臉尚羞[5]。夢裏榮華如頃刻，人間花甲已重周。諸公可當同年看，替採芹香插白頭[6]。”杭州同入學者，只錢璵沙方伯一人[7]，和云：“歲歲黌門文運開[8]，劉郎老去又重來[9]。壺中日轉前丁未[10]，册上名存舊秀才。兩領青衫真法物[11]，一頭白髮笑于慧[12]。平生幾枕邯鄲夢[13]，屈指黄粱第一回。”此外，和者百餘人，如毛俟園廣文云[14]：“久于館閣推前輩，又向宫牆領後生。”梅衷源云[15]：“錦袍笑赴青衿會，似把靈光照泮宫[16]。”盧元珩云[17]：“子衿一賦年周甲[18]，聖闕重來歲又丁。”

【箋注】

[1]丁未：這裏指雍正五年（1727）。到乾隆丁未（1787），整六十年。入泮：科舉時代學童入學。[2]鹿鳴：即鹿鳴宴。科舉時代，鄉舉考試後，州縣長官宴請得中舉子的宴會。[3]垂髫：兒童或童年。[4]青衿：古代學子和明清秀才的常服。[5]紅粉：借指美女。[6]採芹：古時入學則可採泮水之芹以爲菜，故稱入學爲“採芹”。後亦指考中秀才，成了縣學生員。[7]錢璵沙：錢琦，見卷三・二九注[6]。[8]黌（hóng）門：學宫之門，借指學宫、學校。[9]“劉郎”句：化用唐劉禹錫詩句“前度劉郎今又來”，取“又來”一義。[10]壺中：計時器漏壺中。[11]法物：宗教禮器。[12]于慧（sāi）：亦作于思、于腮，指鬍鬚。[13]邯鄲夢：唐沈既濟《枕中記》載：盧生在邯鄲客店中遇道士吕翁，用其所授瓷枕，睡夢中歷數十年富貴榮華。及醒，店主炊黄粱未熟。後因以“邯鄲夢”喻虚幻之事。[14]毛俟園：毛藻，見卷二・二六注[1]。[15]梅衷源：生平未詳。袁枚《小倉山房尺牘》中有《與梅衷源》。[16]靈光：以魯靈光殿比喻碩果僅存的人或事物。[17]盧元珩：生平未詳。[18]子矜：指青年學子。

八　九

余不喜時文[1]，而平生頗得其力。壬寅遊天台[2]，渡錢塘江，到客店，無舟可雇，遇查廣文耕經有赴任船[3]，用名紙借之。欣然來見，曰："向讀先生文登第，讓船所以報也。"余贈詩云："一隻孝廉船肯讓，期君還作後來人。"到新昌，邑令蘇公曜[4]，素不相識，遣車遠迎，供張甚餙[5]。余駭然，詢其故，如查所語。余贈詩云："羈旅忽逢傾蓋客[6]，文章曾是受知人。"蘇宣化孝廉，作官有惠政，解餉入都[7]，後任反其所爲，民苦之。余到時，適蘇回任，邑人争迎，上匾云"還我使君"，對聯云："三春花雨重携鶴；百里笙歌早入雲。"不料新昌僻縣，竟有文人頌揚甚雅。

【箋注】

[1] 時文：時下流行的文體。舊時對科舉應試文體的通稱。明清時特指八股文。　[2] 壬寅：這裏指乾隆四十七年（1782）。天台：此指浙江天台縣北天台山，綿延寧海、東陽、新昌、奉化等縣市界。　[3] 查耕經：生平未詳。[4] 蘇曜：直隸宣化（今河北張家口一帶）人。乾隆四十一年任新昌知縣。袁枚另有《謝新昌明府蘇公》詩。　[5] 餙（chì）：同"飭"，齊備。　[6] 傾蓋：指初次相逢或訂交。　[7] 解餉：運送銀糧。

九　〇

余過處州[1]，想遊仙都峰[2]，以路遠中止。出縣城，到黄碧塘，將止宿矣，望前村瓦屋睾如[3]，隨緩步焉。與主人虞姓者，略通數語，即還寓。將弛衣眠，聞户外人聲嗷嗷，詢之，則虞氏見余名紙，兄弟六七人來問："先生可即袁太史耶？"曰："然。"乃手燭上下照，詫曰："我輩讀《太史稿》[4]，以爲國初人。今年僅花甲，是古人復生矣，豈容遽去？願作地主[5]，陪遊仙都。"於是少者解帳，長者卷席，諸奴肩行李，相與舁至其家。余留詩謝云："我是漁郎無介紹，公然三夜宿桃源。"

【箋注】

[1]處州：今浙江麗水一帶。 [2]仙都峰：一名縉雲山，相傳黄帝煉丹於此，在今浙江縉雲。 [3]睪如：高貌。睪，通“皋”。 [4]《太史稿》：袁枚著《袁太史稿》，爲時文結集。 [5]地主：當地的主人。

九一

遊仙之夢，斑竹最佳[1]。離天台五十里[2]，四面高山亂灘，青樓二十餘家，壓山而建。中多女郎，簪山花，浣衣溪口，坐溪石上。與語，了無驚猜，亦不作態，楚楚可人。釵釧之色，耀入煙雲，雅有仙意。霞裳悦蔣校書[3]，爲留一宿。次日，天未明，披衣而至，云：“被四面灘聲驚醒。”余賦詩云：“茅屋背山起，山峰枕上看。飯香人弛擔，夢醒客聞瀾。花野得真意，竹多生暮寒。青溪蔣家妹，歡喜遇劉安[4]。”

【箋注】

[1]斑竹：村名。 [2]天台：天台山，浙江天台縣境内的一座名山。 [3]霞裳：劉霞裳，見卷二・三三注[2]。校書：這裏指妓女。 [4]劉安：見卷二・七〇注[3]。這裏是以西漢劉安喻指劉霞裳。

九二

温州雖多佳麗，而言語不通。有織藤盤者，甚明媚，彼此寒暄，了不通曉。余戲贈云：“安得巫山置重譯[1]，替郎通夢到陽臺[2]？”

【箋注】

[1]巫山：借宋玉《高唐賦》典故喻指男女幽會。重譯：負責傳譯的使者。[2]陽臺：即巫山陽臺。此指男女歡會之所。

九三

温州風俗，新婚有坐筵之禮。余久聞其説。壬寅四月，到永嘉。次日，有王氏娶婦，余往觀焉。新婦南面坐，旁設四席，珠翠照耀，分已嫁、未嫁爲東西班。重門洞開，雖素不識面者，聽入平視，了無嫌猜。心羨其美，則直前勸酒。女亦答禮。飲畢，回敬來客。其時向西坐第三位者，貌最佳。余不能飲，不敢前。霞裳欣然揖而釂焉[1]。女起立俠拜[2]，飲畢，斟酒回敬霞裳，一時忘却，將酒自飲。擯相呼曰[3]："此敬客酒也！"女大慚，嫣然而笑，即手授霞裳。霞裳得沾美人餘瀝以爲榮[4]。大抵所延，皆鄉城粲者[5]，不美不請，請亦不肯來也。太守鄭公以爲非禮，將出示禁之。余曰："禮從宜[6]，事從俗，此亦亡於禮者之禮也[7]。"乃賦《竹枝詞》六章，有句云："不是月宫無界限，嫦娥原許萬人看。"太守笑曰："且留此陋俗，作先生詩料可也。"詩載集中。

【箋注】

[1]釂(jiào)：飲盡杯中酒。 [2]俠拜：古代婦女與男子爲禮，女先拜，男子答拜，女又拜，謂之俠拜。 [3]擯相：負責婚禮的迎賓贊禮者。 [4]餘瀝：指喝剩的酒。 [5]粲者：美女。 [6]從宜：採取適宜的做法，怎麽適宜便怎麽做。《禮記·曲禮上》："禮從宜，使從俗。" [7]"此亦"句：語出《禮記·檀弓上》，意謂這是不存在于常禮之中的禮節。

九　四

雁宕觀音洞最高敞[1]，可容千人，石坡共三百七十七級，余賈勇登焉[2]。相傳嘉靖三十年[3]，按察使劉允升偕二女[4]，成仙於此。塑像甚美。余低徊久之，下坡留戀，《口號》云："垂老出仙洞，一步一躊躇。自知去路有，斷然來時無。"

【箋注】

[1]雁宕：雁蕩山，在浙江樂清、平陽二縣境，屬括蒼山脉。 [2]賈(gǔ)勇：鼓足勇氣。 [3]嘉靖：明世宗朱厚熜的年號(1522—1566)。 [4]劉允升：地方志職官部查無此人，此説疑爲附會。

九　五

余遊覽久，得人佳句，必手録之。過安慶，見司獄許健庵扇上自題云[1]：“權支薄俸初成閣，自愛閑曹好種花[2]。”到黄公壚杏花村[3]，見陳省齋太守有對云[4]：“至今村釀黄公酒，依舊花開杜牧詩。”廬山開先寺見程巨山有對云[5]：“樹裹月光才露影，山中雲氣不分層。”小姑山有俞楚江對句云[6]：“入寺恍疑雨，終宵只覺寒。”巨山姓程名巖，余己巳同年，官至少宰。

【箋注】

[1]許健庵：如上，餘未詳。 [2]閑曹：清閒的官署。 [3]黄公壚：“黄公酒壚”的略稱，指賣酒家，典出晋王戎懷念嵇康、阮籍的故事。 [4]陳省齋：陳夢雷，見卷一一·二〇注[4]。 [5]程巨山：程巖（1714—1767），字巨山，號海蒼。清江西鉛山人。乾隆三年進士。官至吏部右侍郎。 [6]俞楚江：俞瀚，字楚江，號楚善、壺山漁者。清浙江山陰人。曾爲尹繼善幕客。有《壺山詩鈔》。

九　六

羅浮只華首臺、五龍潭數處[1]，景尚幽渺；其餘如梅花村、冲虛觀，平衍散漫，頗無足觀。不知何以洞天福地，負此盛名？節相李侍堯勒石云[2]：“黄土卧黑石，此外一無有。只可一回來，不堪再回首。”

【箋注】

[1]羅浮：羅浮山，位於廣東增城境内。 [2]李侍堯（？—1788）：字欽齋，一字昭信。漢軍鑲黄旗人。乾隆元年授六品蔭生。官至武英殿大學士。卒謚恭毅。

九　七

遊武夷[1]，路過蘇嶺，見關廟中公卿題句甚多。莊培因太史云[2]：“竹林初過雨，僧寺乍生涼。”朱石君侍郎《己亥過》云[3]：“山僧談舊雨[4]，使者閲流星[5]。”《癸卯再過》云：“字跡驚分雁，參居竟隔星。”

蓋第一次與其兄竹君作學使交代[6]，第二次傷竹君之已亡也。秦大士學士題云[7]："幽境愛耽禪悦永[8]，老僧閲盡使星忙[9]。"

【箋注】

[1]武夷：武夷山，位於今福建、江西界，主峰在福建武夷山市西南。[2]莊培因（1723—1759）：字本淳。清江南陽湖人。乾隆十九年狀元。官至翰林院侍讀學士。有《虚一齋集》。 [3]朱石君：朱珪，見卷三・五八注[1]。[4]舊雨：喻指老朋友。 [5]"使者"句：《後漢書・李合傳》："和帝即位，分遣使者，皆微服單行，各至州縣觀采風謡。使者二人當到益部，投合候舍。時夏夕露坐……合指星示云：'有二使星向益州分野。'" [6]竹君：朱筠，見卷六・二九注[1]。交代：指前後任相接替、移交。 [7]秦大士：見卷一・四二注[6]。 [8]禪悦：參禪開悟，心境常處於一種不爲物擾、自由自在的狀態，心情隨之愉悦，稱爲禪悦。 [9]使星：喻指奉命出使的人。

九　八

武夷勝處，以第七曲天遊一覽亭爲最[1]。寺中揭煉師字子文者[2]，頗能詩。留宿一宵。誦其《自壽》云："病能自藥容身健，道不人談免俗譏。"庭柱有對云："世間有石皆奴僕，天下無山可弟兄。"末署"毛大周題[3]"。

【箋注】

[1]天遊一覽亭：天遊峰絶頂處的一處景觀亭，登之可一覽武夷山全景。[2]揭煉師：姓揭的道士。煉師是對道士的尊稱。 [3]毛大周：四川新都（今屬成都）人。乾隆六年舉人。乾隆十五年任福建崇安知縣。

按：袁枚一生愛遊覽，直到暮年還在出遊名山大川，因而旅遊詩也特别多，可以在詩人中稱爲旅遊家。以上十數則詩話都是旅途所得。

隨園詩話箋注　卷一三

一

李穆堂侍郎云[1]：“凡拾人遺編斷句，而代爲存之者，比葬暴露之白骨、哺路棄之嬰兒，功德更大。”何言之沉痛也！余不能仿韋莊上表[2]，追贈詩人十九人，乃録近人中其有才未遇者詩，號“幽光集”，以待付梓。採取未畢，姑先摘數首及佳句，存《詩話》中。歸安姚汝金[3]，字念慈，初名世錸，性落拓，冠履欹斜，有南朝張融風味[4]。《謝吴眉庵少司馬薦鴻博啟》云：“十年老女，猶畫蛾眉；百戰將軍，空争猿臂。”一時傳其工整。《題李將軍夜逢醉尉圖》云[5]：“隴西將軍雄且武，猿臂閑來聊射虎。良宵與客飲田間，飲罷歸遭亭尉侮[6]。將軍醉矣尉未醒，宿之亭下良復苦。羸馬單車野次偕[7]，昏燈淡月殘更吐。是時將軍正失官，意豈須臾忘滅虜？暫屈龍沙熊豹姿[8]，試聽鷺堠蝦蟆鼓[9]。畫師摹寫如目睹，面帶微酣色微怒。古者門官各有司，彼候人兮實主之。夜行必禁犯必罰，由來啟閉惟其時。今將軍尚不得爾，斯言良是非醉詞。儻師文帝獎細柳[10]，此尉應得蒙恩知。或如丙相恕酒失[11]，異日可藉聞邊機。請俱一旦快私忿，將軍之量宜偏裨[12]。”《看劍》云：“齊金楚鐵擅名高[13]，碧血模糊舊戰袍。不躍不鳴兼不化[14]，問渠何處異鉛刀[15]？”念慈受知于鄂文端公[16]。公卒，念慈哭云：“未報公恩徒一慟，自憐此淚亦千秋。”在山左時，有訛傳其死者。後入都，諸桐嶼太史贈詩云[17]：“學道終朝銀闕去[18]，入都快比玉門還。”念慈答云：“欠來一事能逃否，聞到同心自愕然。”

【箋注】

[1] 李穆堂：李紱（fú），見卷四・七三注 [4]。 [2] 韋莊：見卷一〇・二〇注 [3]。上表一事參見《唐摭言》“韋莊奏請追贈不及第人近代者”條。 [3] 姚汝金：見卷一・二四注 [3]。 [4] 張融（444—497）：字思光。南朝齊吴郡吴人。入齊後累官太子中庶子、司徒左長史。 [5] 李將軍：李廣，見卷五・三一注 [2]。 [6] 亭尉侮：《史記・李將軍列傳》：“家居數歲。廣家與故潁陰侯孫屏野居藍田南山中射獵。嘗夜從一騎出，從人田間飲。還至霸陵亭，霸陵尉醉，呵止廣。廣騎曰：‘故李將軍。’尉曰：‘今將軍尚不得夜行，何乃故也！’” [7] 野次：止宿於野外。 [8] 龍沙：本指今河北喜峰口外盧龍山後的大漠，泛指塞外漠北邊塞征戰之地。 [9] 鷺堠（hòu）：《魏書・官氏志》：“以伺察者爲候官，謂之白鷺，取其延頸遠望。”後因以“鷺堠”指做伺察的人。蝦蟆鼓：《豹陳紀談》：“内樓五更絶，梆鼓交作，謂蝦蟆更。” [10] 儻（tǎng）師：假若效法。文帝：漢文帝。細柳：細柳營。漢文帝時，周亞夫爲將軍，屯軍細柳。帝自勞軍，至細柳營，因無軍令而不得入。於是使使者持節詔將軍，亞夫傳令開壁門。既入，帝按轡徐行。至營，亞夫以軍禮見，成禮而去。帝曰：“此真將軍矣！曩者霸上、棘門軍，若兒戲耳！”見《史記・絳侯世家》。 [11] 丙相：丙吉（？—前 55），字少卿。西漢魯國（今屬山東）人。漢宣帝時丞相。車夫嗜酒，曾醉後將酒吐在丞相車上，丙吉毫不計較。 [12] 偏裨（pí）：偏將。 [13] 齊金楚鐵：《國語・齊語》：“桓公問曰：‘齊國寡甲兵，爲之若何？’管子對曰：‘小罪讁以金分，宥間罪。……美金以鑄劍戟，試諸狗馬；惡金以鑄鉏、夷、斤、斸，試諸壤土。’”《史記・范雎蔡澤列傳》：“昭王曰：‘吾聞楚之鐵劍利，而倡優拙。’”後因以“楚鐵”借指利劍。 [14] 不躍不鳴：指平庸無奇。《世説新語・賞譽》：“張華見褚陶，語陸平原曰：‘君兄弟龍躍雲津，顧彦先鳳鳴朝陽，謂東南之寶已盡，不意復見褚生。’陸曰：‘公未睹不鳴不躍者耳！’” [15] 鉛刀：鉛製的刀。鉛質軟，作刀不鋭，故比喻無用的人和物。 [16] 鄂文端：鄂爾泰，見卷一・一注 [7]。 [17] 諸桐嶼：諸重光（1721—1770），字申之，一字桐嶼。浙江餘姚人。乾隆二十五年進士。曾任湖南辰州知府。有《二研齋遺稿》。 [18] 銀闕：指仙人或天帝居所。

按：袁枚收録有才而未遇者的遺篇斷句，而代爲存之，這是把收録詩作提到愛護生命與尊重人才高度上的一種舉動，可以説功莫大焉。

至於是否傳下來的都是精華，另當别論。後人自可棄取。初心應該充分肯定。

二

金陵劉春池，名芳，織造府計吏也[1]。不戒于火，將龍衣貢物，俱付焚如[2]。賠累後，既貧且老，而詩興不衰。如："貧難好客如當日，老覺逢人羨少年。""三間屋僅棲兒女，一領裘還共祖孫。""從古詩惟天籟好，萬般事讓少年爲。"皆佳句也。其《憶半野園舊居》云："半野園堪遂隱淪，山爲屏障水爲鄰。林亭已入天然畫，休息難終老去身。喬木昔曾經我種，好花今復爲誰春？傷心最是重來燕，不見堂前舊主人。"《吊香櫞樹》云："自别園林甫二旬，忽枯此樹是何因？伊如義不迎新主，我獨悲同哭故人。物與情通原有感，木經歲久豈無神？尚須留取根株在，猶望仍回舊日春。"劉以欠帑入獄，予向尹文端公誦其詩[3]，尹驚其才，即命寬限，一時傳爲佳話。其子曾[4]，字悔庵，亦好吟詩，不省家事，人目爲癡。然得一二句，便寫示余。《歲晏》云："簷以低常暖，裘因敝轉輕。"見贈云："新稿只呈蕭穎士[5]，長裾不謁鄭當時[6]。"嗚呼！胸襟如此，何得目爲癡哉？

春池尚有佳句云："道在己時惟自適，事求人處總難憑。""衰齡轉作無家客，多壽還須有福人。""異地幾忘身是客，禪門今已熟於家。"

春池富時，有窮胥倚以生活[7]，後竟負之。故咏《落葉》云："積怨堆愁委地深，西風衰草亂蟲吟。此時狼藉無人問，誰記窗前借緑陰？"《雨中海棠》云："黑雲若得明朝霽，紅雪猶餘未放枝。我獨笑花花笑我，今年俱未得逢時。"此雖仿羅隱《贈妓》詩意[8]，而運用恰新。

【箋注】

[1]劉春池：見卷三·七〇注[1]。計吏：州郡掌簿籍並負責上計的官員。

[2]焚如：謂火焰熾盛。 [3]尹文端：尹繼善，見卷一·一〇注[3]。 [4]劉曾：見卷二·二八注[1]。 [5]蕭穎士（717—768）：字茂挺。唐潁川（今河南許昌）人。開元中對策第一，補秘書正字。歷任秘書正字、集賢校理、廣陵參軍、史館待詔等職。 [6]長裾：長衣、長袖。指曳長裾出入王侯之門，依附權貴。鄭當時：見卷九·一一注[3]。 [7]窮胥：窮困小吏。 [8]羅隱：見卷八·四二注[2]。《贈妓雲英》云：“我未成名君未嫁，可能俱是不如人。”春池《雨中海棠》後二語仿此。

三

烏程淩雲[1]，字香坪，少有《吴門紀事詩》，極酒場花徑之樂。晚年就館李參戎家[2]，鬱鬱不得志而卒。《胥門感舊》云[3]：“金閶曾度五清明[4]，選勝携朋取次行。楊柳堤邊調細馬[5]，杏花村裏聽嬌鶯。春風久負青山約，舊雨難尋白鷺盟[6]。今日胥江重艤棹[7]，斜陽芳草不勝情。”《過分水龍王廟》云[8]：“汶河西注水汪洋，南北中分界兩行。從此空彈遊子淚，隨波流不到家鄉。”他如：“雨積山多瀑，煙收樹滿村。”“魚跳驚燭影，雞唱亂拏音[9]。”俱有風味。

【箋注】

[1]淩雲：字鳳超，號薌坪。清浙江烏程人。有《鵬息齋詩注》《薌坪詩草》《雨窗隨筆》。 [2]李參戎：姓李的武官參將，餘不詳。 [3]胥門：蘇州城西門。《吴郡圖經續記》卷上：“胥門者，子胥居其旁，民以稱焉。” [4]金閶：蘇州的别稱。 [5]細馬：小駿馬。 [6]白鷺盟：典出《列子》，謂人忘却機心後，鷗鷺自來相親。 [7]艤棹：划船靠岸。 [8]分水龍王廟：位於山東汶上小汶河與京杭運河交匯處，始建於明永樂九年。 [9]拏（ná）音：槳聲。

四

表弟章艭齋秀才[1]，名袁梓，性迂碎，有潔癖，好神仙吐納之術，自謂可長生，而卒不驗。《睢陽客興》云[2]：“幾度飄蓬動客嗟，况逢遲日感韶華[3]。階前杖響誰看竹，月下煙飛自煮茶。遊騎踏殘零露草，幽禽含過隔牆花。尋芳孺子知時節[4]，也著新衣到酒家。”《對雪》云：“素光燦爛映簷楹，未許疏狂歎獨清。隔夜江山都改色，連朝猿鳥並無聲。風飄墮瓦寒冰響，鼠滅殘燈外户明。晝帳香茵初睡起[5]，舉頭錯認是天晴。”其他佳句云：“有梅人坐静，踏雪鶴行徐。”“風枝挑瓦墮，石笋引藤纏。”“宵柝暗驚孤客夢[6]，寒雞時作故鄉聲。”“蜂能負子應知老[7]，燕屢升堂若賀貧[8]。”“花香夾路人歸緩，水影摇天月上遲。”“投杖驚逃穿屋鼠，圍棋引進過門人。”俱妙。

【箋注】

[1]章臒齋：見卷三・七四注[5]。 [2]睢（suī）陽：今河南商丘一帶。[3]遲日：《詩・豳風・七月》：“春日遲遲。”後以“遲日”指春日。 [4]孺子：此指清貧淡泊、隱居不仕者。 [5]香茵：美艷的坐墊。 [6]宵柝（tuò）：巡夜的梆聲。 [7]蜂能負子：《詩經・小雅・小宛》：“螟蛉有子，蜾蠃負之。教誨爾子，式穀似之。”意謂果蠃（細腰蜂）代養螟蛉（青蟲）之子，勸説人們應當教育好子孫，從而光大祖先的美德。 [8]“燕屢”句：典出《淮南子・説林訓》：“湯沐具而蟣虱相吊，大厦成而燕雀相賀，憂樂别也。”

五

高文照字東井[1]，少年韶秀，嶷嶷自立[2]。父植，宰德化[3]，有賢聲。所得俸，盡爲東井買書。年未二十，詩已千首。目空一世，于前輩中所心折者，隨園與心餘而已[4]。舉甲午鄉試，後卒于京師。詩稿不知流落何處。見贈云[5]：“萬壑千峰裏一門，仙家住老百花村。重開朱户樓臺出，未改青山面目存。執手各探新得句，驚心難定舊離魂。憐才誰似先生切，替拭襟前積淚痕。”“宏獎何人得到斯[6]，文章風義一身持[7]。眼無後起偏憐我，座有先生敢論詩？轉舵風看收舵候[8]，在山泉話出山時[9]。才名官職誰多少，未要區區世上知。”“此身幾肯受人憐，低首爲公拜榻前。不朽文章傳郭泰[10]，得聞絲竹許彭宣[11]。女嬃詈予申申日[12]，鄧禹嗤人寂寂年[13]。想到平生知己報，商量只有祖生鞭[14]。”其他佳句如《過衢州》云：“水回雙碓落，灘急一篙争。”《壽山庵》云：“一磬隔花出，片旛當殿陰。”《送人》云：“且將一點思鄉淚，灑向君衣好寄歸。”《贈方子雲》云[15]：“門外市聲三日雨，簾前風色一床書。”《過阮懷寧故宅》云[16]：“鳥語尚疑偷法曲，池波無復照明妝[17]。”

【箋注】

[1]高文照：見卷二·六七注[3]。 [2]嶷（nì）嶷：幼小聰慧貌。 [3]德化：今江西九江一帶。 [4]心餘：蔣士銓，見卷一·二三注[2]。 [5]見贈：贈送給我。 [6]斯：此。 [7]風義：風操情誼。 [8]轉舵：以轉變船舵喻轉變方向。 [9]“在山”句：用杜甫《佳人》“在山泉水清，出山泉水濁”詩意。[10]郭泰（128—169）：東漢太原介休（今屬山西）人。博通經典，品學爲時所重。性明知人，好獎訓士類。此處代指袁枚。 [11]彭宣：見卷六·三七注[9]。《漢書》卷八十一：“（張）禹成就弟子尤著者，淮陽彭宣至大司空，沛郡戴崇至少府九卿。宣爲人恭儉有法度，而崇愷弟多智，二人異行。禹心親愛崇，敬宣而疏之。崇每候禹，常責師宜置酒設樂與弟子相娱。禹將崇入後堂飲食，婦女相對，優人管弦鏗鏘極樂，昏夜乃罷。而宣之來也，禹見之於便坐，講論經義，日晏賜食，不過一肉巵酒相對．宣未嘗得至後堂。”此處反用此典。[12]女嬃（xū）：屈原的姐姐。《離騷》：“女嬃之嬋媛兮，申申其詈予。”此處指自己的性情不被親人理解。 [13]鄧禹：見卷一·一注[1]。《南史·王融傳》載南朝齊王融曾撫案而歎：“爲爾寂寂，鄧禹笑人。”鄧禹輔佐漢光武帝得天下，二十四歲封侯，官拜大司徒。後因以“鄧禹笑人”慨歎功名遲暮。[14]祖生鞭：見卷九·九注[3]。 [15]方子雲：方正澍，見卷一·四五注[6]。[16]阮懷寧：明阮大鋮，見卷八·五八注[1]。 [17]法曲：此指梨園樂曲。明妝：明麗的妝飾。

六

崑山徐柱臣[1]，字題客，健庵尚書之孫[2]，余親家也。《飲外舅張氏青山莊》云：“東風報花信，春色來南枝。輟棹風漸細，到門香已知。緑野占勝跡，青山似昔時。登樓俯林杪[3]，雪影何離離[4]。”《舟中晚眺》云：“天垂餘靄横[5]，船在鏡中行。拍手沙禽起，回頭明月生。

向南寒氣減，入夜酒懷清。不有蘭陵釀，銜杯空復情。”題客性耽詞曲，晚年落魄揚州，爲洪氏司音樂以終。惜哉！又有句云：“看慣舊書多脱綫，移來新樹少開花。”

【箋注】

[1]徐柱臣：見卷二·五五注[7]。 [2]健庵：徐乾學，見卷二·五五注[7]。[3]林杪（miǎo）：樹梢。 [4]離離：隱約貌。 [5]餘靄：日落時未散去的雲煙。

七

徐緒字徵園[1]，蘇州人，貌短小，爲李守備炯記室[2]。終日以酒一壺、杜詩一卷自娱，此外不知有人間事。余題其小像云：“吴市布衣大，杜陵詩骨尊。”卒貧死。詩稿散失。余録其《雨阻胥江》云：“擊柝嚴城閉，相依再宿舟。一天惟是雨，六月竟如秋。漸覺江湖滿，能無稼穡憂？萍蹤憐乞食，華髮早盈頭。”《移居》云：“剥啄衡門啟[3]，時過話老農。却欣環泮水[4]，不厭此萍蹤。對酒東鄰樹，催詩南寺鐘。隔城山色好，落日見芙蓉。”《歸舟至盤溪》云：“漂泊仍長鋏[5]，歸來買釣艖[6]。順流風勢緩，近岸雨聲多。小鳥銜煙起，低橋撥棹過。家人應識我，篷底遠聞歌。”《盆菊》云：“東瓦爲花盎[7]，無須金屋藏[8]。帶霜移牖下，就日列階旁。種細開尤晚，名多記輒忘。到殘應匝月，不限舉壺觴。”《寒簷》云：“寒簷短景如風馳[9]，迢迢長夜占八時。弱女刺繡補不足，一燈豆大燃殘脂。呼兒劇論千古事，老妻來聒明朝炊。掩耳疾走且相避，隔屋吾弟能吟詩。不圖轉落乃嫂笑[10]，小郎亦有兒啼飢。”《西鄰哭》云：“夜聞西鄰哭，哭聲一何悲！云是母哭兒，聲聲哭入老夫耳。老夫亦有丈夫子[11]，同日辭家分路死。死弗及見哭憑棺，三月到今淚未乾。傷心有口那能言。君不見，烏生八九子[12]，一一飛上青林端。”《新竹》云：“森森碧玉已成行，一雨長梢盡過牆。微露粉痕初解籜[13]，疑君已帶九秋霜。”

【箋注】

[1]徐緒：如上，餘未詳。卷五·三九亦收有詩句。 [2]李炯：見卷五·三九注[7]。記室：官名，掌章表書記文檄，明清時指幕僚。 [3]剥啄：象聲詞，指敲門聲。衡門：横木爲門，指簡陋的房屋。 [4]泮水：學宫前的水池，亦代指學官。 [5]長鋏：戰國時齊人馮諼貧苦不能自存，寄居孟嘗君門下。因食無魚、出無車，無以爲家，三彈其劍鋏，歌曰："長鋏歸來乎！"後人因用爲處境窘困而有所干求之典。 [6]釣艖：釣魚小船。 [7]花盎：花盆。 [8]金屋藏：用漢武帝金屋藏嬌典，指安放在華美的環境中，加以呵護。[9]短景：日影短，亦喻指時日無多的暮年。 [10]不圖：不料。 [11]丈夫子：兒子。 [12]烏：烏鴉。 [13]解籜（tuò）：謂竹笋脱殼。

按：就詩來看，此人不像"不知有人間事"。袁枚有所誇大。

八

杭州仲蘊檠[1]，字燭亭，與余同庚。雍正癸丑[2]，兩人初學爲詩，彼此吟成，便携袖中，冒雨欣賞。後余官白下，而燭亭亦就幕江南[3]，常得把晤。歲辛卯[4]，相見蘇州，怪其消瘦，不類平時壯佼，然意致尚豪，猶令小妻出拜，尚無子。亡何[5]，訃至。記其《長至日飲隨園》云："老大空憐役庫車，清樽小語過精廬[6]。二千里客易中酒，半百外人無熟書。斷雁貼雲寒雨後，歸鴉擁樹晚晴初。今朝罨畫軒西醉，覓句差貪一綫餘[7]。"《莫愁湖》云[8]："晴波嫩柳舊歌臺，一眺愁心略小開。湖影淡拖山色去，春煙冷送夕陽來。遊絲不綰金跳脱，水調空沉阿濫堆[9]。誰更風流問徐九，銷魂無那索茶杯[10]。"《郊行》云："雨霽郊圻笑語嘩，裙腰碧過四娘家[11]。遊思解渴問荒店，春尚慰人留病花。遠寺鐘隨遲日度，隔江山挾晚青斜。零星滿地榆錢好，賤買村醪敵歲華。"他如："月於低處作湖色，山漸暝時生水煙。"皆瘦硬自喜。

【箋注】

[1]仲蘊檠：見卷三·四五注[2]。 [2]癸丑：這裏指雍正十一年（1733）。

[3] 就幕：做官府參謀顧問人員，明清時亦指做地方軍政官署中協助辦理文案、刑名、錢穀等事務的人員，即幕僚、幕賓。 [4] 辛卯：這裏指乾隆三十六年（1771）。 [5] 亡（wú）何：不多久。 [6] 庫車：新疆地名，在天山中部南麓、塔里木盆地北緣。 [7] 罨（yǎn）畫：色彩鮮明的繪畫，多用以形容自然景物或建築物等的艷麗多姿。覓句：構思詩句。 [8] 莫愁湖：南京西南的一處名勝，相傳爲一名唤莫愁的女子舊居。 [9] 金跳脱：腕臂裝飾品。阿濫堆：唐玄宗所作的曲名。本爲鳥名。其鳴聲相續，至爲動人，故以其聲翻曲。[10] 徐九：明中山王徐達十一世孫徐咏。徐達（1332—1385），字天德。濠州鍾離（今安徽鳳陽）人。爲明朝開國人物。官至中書右丞相，封魏國公。無那：無可奈何。 [11] 郊圻（qí）：郊野。四娘家：指農家。杜甫《江畔獨步尋花》："黄四娘家花滿蹊，千朵萬朵壓枝低。"

九

余甲子分校南闈[1]，題"樂則韶舞"[2]。有一卷云："一人奏琯[3]，而八伯歌風[4]。"愛其文有賦心，薦而未售[5]。出榜後，遇外監試商寶意先生[6]，曰："我收卷，見一文絶麗，問之，乃吴梅村先生孫也[7]。我告之曰：'此文若遇袁太史，必能賞識。'"因誦此二句。予告以果力薦矣，彼此大喜，覺論文有心心相印之奇。未幾，吴到沭來謁[8]，貌如美女，年纔弱冠，益器重之。癸酉，余從秦中歸隨園，而吴已中經魁[9]，來見，則嘔血失音，非復曩時玉貌。予心憂之。赴都會試，竟死場中，年二十七。其時同薦者，有松江廩生陳邁晴[10]，亦奇才也。場後賦百韻詩來謁，惜未存其稿，先吴卒。吴在席上題盆中飛白竹云[11]："渭水清風譜[12]，流傳有别支。出藍誇逸品，飛白擅奇姿。名以中郎重，根從子敬移[13]。森然一筆起，曖若八分披[14]。捲葉輕於穀，抽枝弱比絲。映花風獨轉，拂草露俱垂。細細分龍節，輕輕洗玉肌。生來鳳尾貴，不怕雀頭癡[15]。影落屏風小，香傳棐几遲[16]。恰添承旨石，同上伯英池[17]。專室居何愧，登床賞自奇[18]。地依蕭寺好[19]，人在晚晴宜。擢彼東南秀，珍逾十二時。品題無與可，篤好有羲之[20]。北館承家學，南宫得畫師[21]。緑窗窺窈窕，紅燭照參差。蘭墨傳新樣，魚箋寫折枝[22]。好將端獻筆，追取順陵碑[23]。”吴諱維鶚，太倉人。佳句尚多，僅録其吉光片羽者，不料其即赴玉樓也[24]。陳生五策，博引群書，兩主試愕然不知來歷[25]。余爾時年少氣盛，語侵主司，以故愈不得售，亦其命運使然耶？有《哀兩生》詩存集中。

【箋注】

[1] 甲子：這裏指乾隆九年（1744）。分校：科舉時校閲試卷的各房官。南闈：明清科舉考試，稱江南鄉試爲南闈，順天鄉試爲北闈。 [2] 樂則韶舞：《論語·衛靈公》中的一句。意謂樂則效法《韶舞》。 [3] 琯：玉管。古樂器。相傳吹奏時可觀測推算歷象氣候。 [4] 八伯：堯舜時指四方八州諸侯。 [5] 未售：此指應試未中。 [6] 商寶意：商盤，見卷一·二七注[7]。 [7] 吴梅村：吴偉業，見卷四·三四注[4]。 [8] 吴：指吴維鶚。清江蘇太倉人。舉人。實爲吴偉業重孫。沭：江蘇沭陽。袁枚此時任縣令。 [9] 癸酉：這裏指乾隆十八年（1753）。經魁：明清科舉考試分五經取士，每科鄉試及會試的前五名即分别於五經中各取其第一名，稱爲經魁。 [10] 陳邁晴：字春宇。清江蘇婁縣人。 [11] 飛白竹：一種觀賞竹，又稱觀音竹。因葉有白紋似飛白書而得名。 [12] 渭水清風：典出《史記·貨殖列傳》：“渭川千畝竹。”這裏泛指産竹之鄉。 [13] 中郎：指漢蔡邕。相傳東漢靈帝時修飾鴻都門，匠人用刷白粉的帚寫字，蔡邕見後，歸作“飛白書”。這種書法，筆劃中絲絲露白，像枯筆所寫。漢魏宫闕題字，曾廣泛採用。子敬：王獻之（344—386），字子敬。晋琅琊（今山東臨沂）人。王羲之子。官至中書令，時稱王大令。書法與父並稱二王。他有愛竹之名。 [14] 曖：温潤。八分：漢字書體名。此指竹葉似漢隸的波折，向左右分開。 [15] 鳳尾：既指竹葉形狀，又指鳳尾書，一種書法，始於南北朝。雀頭癡：也指一種書法。明楊慎《升庵集》卷六三“飛白”：“唐人好奇，或作禽鳥花竹之像，順陵碑畧有數字，今絶無作之者。惟方外道流書酒肆壁，作竹節雀頭形，俗可憎矣。” [16] 棐几：用棐木做的几桌。亦泛指几桌。《晋書·王羲之傳》：“嘗詣門生家，見棐几滑净，因書之，真草相半。” [17] 承旨石：趙孟頫所畫石。趙孟頫（1254—1322），字子昂，號松雪道人。元吴興（今浙江湖州）人。宋宗室，官至翰林學士承旨。有《松雪齋文集》。其《蘭竹石圖》用草書筆法畫岩石，用行書筆法畫蘭葉和小草，勾勒中留飛白，體現出新境界。伯英池：《晋書·衛瓘張華傳》：“弘農張伯英者，因而轉精甚巧。凡家之衣帛必書而後練之。臨池學書，池水盡黑。下筆必

爲楷則，號匆匆不暇草書。寸紙不見遺，至今世尤寶其書，韋仲將謂之草聖。”[18]登床：《唐會要》卷三十五：“上賜宴于元武門，太宗操筆作飛白書。群臣乘酒，就太宗手中相競。散騎常侍劉洎，登御床引手，然後得之。其不得者，咸稱洎登床罪當死，請付於法。太宗笑曰：‘昔聞婕妤辭輦，今見常侍登床。’” [19]蕭寺：見卷四·六六注[5]。 [20]與可：文同（1018—1079），字與可。北宋梓州永泰（今四川鹽亭）人。畫家、詩人。以畫竹著名，主張畫竹必先“胸有成竹”。羲之：王羲之，見卷三·三六注[4]。 [21]北館：南朝劉宋虞龢《論書表》：“子敬出戲，見北館新泥堊壁白凈，子敬取帚沾泥汁書方丈一字，觀者如市。羲之見歎美，問所作，答云七郎。羲之作書與親故云：‘子敬飛白大有意。’”南宫：米芾（1051—1107），初名黻，字元章。宋襄陽（今屬湖北）人。以工書善畫著名。曾官禮部員外郎，世稱米南宫。 [22]蘭墨：書畫精品。魚箋：古紙名，因紙面呈霜粒如魚子而得名。 [23]端獻筆：宋端獻王趙頵作篆籀、飛白之書，而大小字筆力雄俊。以墨寫竹，曲盡其妙。順陵碑：武則天之母順陵碑，爲唐睿宗李旦所書，其中有數字爲飛白書，作禽鳥花竹之象。 [24]玉樓：唐李商隱《李長吉小傳》：“長吉將死時，忽晝見一緋衣人……笑曰：‘帝成白玉樓，立召君爲記。’”後因以爲文士早死的典實。 [25]兩主試：據《批本隨園詩話》説，兩人一爲禮部侍郎鄧鍾岳，一爲詹事府詹事葉一槐。

一〇

常熟王陸禔，字介祉[1]，瘦長骨立，兩眸熒然。家貧母老，又遭馮敬通之厄[2]，客死長沙，年三十二。其詩清麗。《蘇臺紀事序》云[3]：“僕本恨人[4]，尤希好事。趁蘭膏之餘焰，述花月之新聞[5]。則有參佐名流，弘農妙裔[6]。王昌居處，跡近金堂[7]；韓壽來時，香通青瑣[8]。牆頭一笑，秋風客鑽穴相窺[9]；枕畔五更，夜度娘鑿坏而遁[10]。不須青鳥[11]，爲約佳期；何必玄駒[12]，始諧歡夢。手提金縷，逾沓冒以聲希[13]；懷落鈿釵，罥流蘇而影亂[14]。輕攏屈戌，潛由顧愷之厨[15]；反合倉琅，永匿梁清之洞[16]。遂致空閨大索，徒勞阿母闖門[17]；鄰壁旁求，共訝彼姝履閾[18]。倘屬無妻之牧犢，或易牽絲[19]；偏爲有婿之羅敷[20]，難收覆水。霧生三里，葉不翳蟬；風掛一帆，花終戀蝶。可憐月姊，隨蟾魄以俱奔；詎耐冰人，賦鼠牙而作訟[21]。謀成秘計，大都鸜鵒之禪[22]；下得官符，不是鴛鴦之牒[23]。悵三生兮永别，未消圓澤之煙[24]；縱九死以無辭，難覓茅山之藥[25]。是則煉媧皇之石，莫補離天[26]；彎后羿之弓[27]，長仇怨日者矣。嗚呼！人生行樂，難禁贈芍遺椒[28]；我輩鍾情，未免焚芝歎蕙[29]。觸哀弦於舊軫[30]，儂亦情狂；戒覆轍於前車，卿休放誕。不逢白傅，誰裁長恨之歌[31]？爲語雙文，我作會真之記[32]。”詩云：“東風如夢春如畫，蘿蔓須扶薇待架。黄雀飛飛鏡檻邊，斑騅得得樓欄下[33]。緑楊門巷是兒家，青粉牆高隔亂鴉。惜艷羞窺留影鏡，耽閑懶逐鬭風車。柔懷脉脉慘幽獨，少小紅絲曾繫足[34]。蕭史遲吹引鳳簫，馬卿忽奏求凰曲[35]。尋常聲息互知聞，促漏遥鐘兩斷魂。側帽望殘窗竹影，抽釵劃遍砌苔痕。蓬萊咫尺休嗟遠，綷縩輕裙便往返[36]。曉把豪犀故剔梳，宵捫了鳥還加鍵[37]。懷中轉側掌中檠，般倩難描婐妮形[38]。蛤帳霞光猶恍忽，蜃窗日彩更晶熒[39]。刻骨恩同膠漆洽，迷藏秘戲貪嬉狎。連天夢雨罨陽臺，平地風波生楚峽[40]。無端阿母唤匆匆，卷幔披帷室是空。鸜鵒攪翻脂盝粉，狸奴搔亂繡床絨[41]。侍兒尋覓争牽惹，瞥見微光抽替閒[42]。間道斜通鳥鼠山，頹垣近接鴛鴦社[43]。防閑始悔未周遭，直待亡羊與補牢。瓜字分明慚碧玉[44]，藕絲宛轉怨金刀。多生久作雙飛侣，豈忍禁持别離苦？携手潛登范蠡舟，齊眉共寄梁鴻廡[45]。夭桃已放出牆枝，元稹從題决絶詞[46]。無奈鴆媒偏作惡，不容雁婿永追隨[47]。訴牒倥偬控花縣，狐城兔窟徵求遍[48]。里胥排日計郵籤，亭長分程馳驛傳[49]。替戾岡旋劬禿當，可憐屈體受鋃鐺[50]。淋鈴雨泣紅顔婦，貫索星臨白面郎[51]。鍘誓從今消舊寵，刀環約在要離冢[52]。馱金縱許贖文姬，化玉何時見韓重[53]？君不見雪絮漫空揚作塵，沾衣拂幌總前因。柳枝逸去樊娘嫁[54]，我亦情傷潦倒人。”《留鬚》云：“漸看鬱鬱復離離，忍遣芟除累剃師[55]？潘鬢見來增老態，飛胡學得憶兒嬉[56]。依稀草活抽芽日，仿佛花殘露蒂時。猶自堪摩未堪捋，免教人把彦回嗤[57]。”“屬體風懷夢裏春，鬑鬑羞憶齧妃唇[58]。好陪覓句拈髭客，休對熏香薙面人[59]。青縷細含微見影，紫珍才展便傷神[60]。從渠長到星星日，敢向中涓戲效顰[61]？”《咏題名録》云[62]：“倚棹向通津，紅箋哄市塵。買時慚啟齒，展處暗傷神。千佛名經録，三生慧業因[63]。未看先鄭重，回視更逡巡。幾輩曾盟笠，伊誰是積薪[64]？名場驚絶跡，號舍記比鄰[65]。藥銚相依切，風簷問訊頻[66]。獨憐叉手客[67]，未遇點頭人。何敢輕餘子，徒教怨不辰[68]！窮通知有命，俯仰總嫌身。”《孫園剪牡丹歸》云：“尋春閑訪野人家，扶醉歸來日未斜。買得扁舟小于葉，半容人坐半容花。”其他如：《落梅》云：“驛使再來休問信，美人已嫁莫相思。”《杏花》云：“開當落日憐微倦，嫁與東風恐不甘。”《偶成》云：“誤書因想得，微倦覺眠佳。”介祉好作無題詩[69]，如：“衣上石華新唾迹，帳中霞采舊丰神[70]。”“登牆不惜三年望，展畫誰甘百日呼。”人誚其輕薄，則云：“畢竟閒情累何德？不言惟有息夫人[71]！”

【箋注】

[1]王陸禔（zhī）：見卷五・五二注[5]。 [2]馮敬通：馮衍，字敬通。東漢京兆杜陵（今西安一帶）人。博通群書，尤善辭賦。曾任曲陽令、司隸從事。失意潦倒而死。 [3]蘇臺：即姑蘇臺。在蘇州西南姑蘇山上。相傳爲春秋時吴王夫差所築。 [4]僕：自稱的謙詞。恨人：失意抱恨之人。 [5]蘭膏：用澤蘭子煉製的點燈油脂。花月：指才子佳人的花前月下。 [6]參佐：部下、僚屬。弘農：地名，在今河南靈寶一帶，是楊氏郡望之一。 [7]王昌：唐崔顥《王家少婦》：“十五嫁王昌，盈盈入畫堂。”爲夫君的代稱。金堂：華麗宏偉之堂。 [8]韓壽（？—300）：字德真。西晋南陽堵陽（今河南方城一帶）人。美姿容。賈充辟爲司空掾。充女見而悦之，呼壽夕入。壽逾垣而至，充女密盗武帝所賜西域奇香送壽。充覺，遂以女妻之。青瑣：借指宫廷。青瑣偷香爲韓壽與充女私通故事。 [9]牆頭一笑：宋玉《登徒子好色賦》：“嫣然一笑，惑陽城，迷下蔡，然此女登牆窺臣三年，至今未許也。”秋風客：這裏指宋玉，因其有《風》賦，故稱。 [10]夜度娘：《樂府詩集・西曲歌》有《夜度娘》篇，詞爲：“夜來冒霜雪，晨去履風波。雖得叙微情，奈儂身苦何！”鑿坏（péi）：在屋後的牆上鑿洞。鑿坏而遁，指隱居不仕。 [11]青鳥：代指傳信的使者。 [12]玄駒：良馬名。 [13]金縷：指鞋。沓冒：代指臺階。沓，通“鍣”。《漢書・外戚傳下・孝成趙皇后》：“（皇后）居昭陽舍，其

中庭彤朱，而殿上髹漆，切皆銅沓黄金塗。”顔師古注：“切，門限也……沓，冒其頭也。” [14] 罥（juàn）：纏繞。流蘇：穗狀垂飾物。亦指飾有流蘇的帷帳。 [15] 屈戌（xū）：門窗、屏風、橱櫃等的環紐、搭扣。顧愷之（348—409）：字長康，小字虎頭。東晋晋陵無錫（今屬江蘇）人。畫家，有“才絶”“畫絶”“癡絶”三絶之稱。珍品有《洛神賦圖》《女史箴圖》。 [16] 倉琅：裝置在大門上的青銅鋪首及銅環，亦代稱門。梁清：《獨異志》引《東方朔内傳》云：“秦並六國，太白星竊織女侍兒梁玉清、衛承莊，逃入衛城少仙洞，四十六日不出。” [17] 闞（kuā）門：謂斜開門。 [18] 履闥（tà）：踩踏門户。《詩經・齊風・東方之日》：“彼姝者子，在我闥兮。”闥，内門。 [19] 牧犢：古人名，即牧犢子，謂老而無妻。牽絲：選婿或擇妻。 [20] 羅敷：古美女名。秦氏，傳爲戰國時趙國邯鄲（今屬河北）人。爲邑人千乘王仁妻。羅敷出采桑於陌上，趙王登臺見而悦之，因飲酒欲奪焉。 [21] 冰人：用《晋書・藝術傳・索紞》典，後稱媒人爲冰人。鼠牙：《詩・召南・行露》：“誰謂雀無角，何以穿我屋？誰謂女無家，何以速我獄。……誰謂鼠無牙，何以穿我墉？誰謂女無家，何以速我訟？”原謂强暴侵淩引起争訟。後因以“鼠牙雀角”比喻强暴勢力。 [22] 鸚鵡禪：即人云亦云，口頭禪。 [23] 官符：官府下行的文書。鴛鴦牒：舊謂夙緣冥數注定做夫妻的册籍。 [24] 圓澤：高僧名。蘇東坡有《僧圓澤傳》，記載三生石的傳説。 [25] 茅山：山名。在江蘇句容。原名句曲山。相傳有漢茅盈、茅衷兄弟采藥修道於此，因改名茅山。 [26] 離天：即離恨天。佛經謂須彌山正中有一天，四方各有八天，共三十三天。民間傳説三十三天中，最高者是離恨天。後比喻男女生離而抱恨終身的境地。 [27] 后羿：神話中的人物。謂堯時十日並出，植物枯死，羿射去九日，民賴以安。見《淮南子・本經訓》《淮南子・覽冥訓》。 [28] 贈芍遺椒：表示男女之情。《詩經・鄭風・溱洧》：“維士與女，伊其相謔，贈之以芍藥。”《詩經・陳風・東門之枌》：“視爾如荍，貽我握椒。” [29] 焚芝歎蕙：表示哀悼賢良的死者。 [30] 舊軫（zhěn）：隱痛、惆惜。 [31] 白傅：白居易。曾作《長恨歌》。 [32] 雙文：指唐傳奇小説人物崔鶯鶯，字雙文。唐元稹曾作《鶯鶯傳》，又名“會真記”。此處用來比擬。 [33] 鏡檻：水邊欄杆。斑騅（zhuī）：毛色青白相間的駿馬。 [34] 紅絲：婚姻媒妁的代稱。 [35] 蕭史：傳説爲春秋秦穆公時人，善吹簫，穆公以女弄玉妻之。數年後夫婦隨鳳凰飛去。馬卿：漢司馬相如字長卿，後人遂稱之爲馬卿。 [36] 綷（cuì）縩（cài）：象聲詞，衣服摩擦聲。 [37] 豪犀：古時刷鬢的器具。了鳥：門窗上的金屬搭扣。 [38] 殷蒨（qiàn）：南齊陳郡（今河南南陽一帶）人。善畫，尤工肖像。婐（wǒ）姬（nuǒ）：柔媚之貌。

俗作“婀娜”。 [39]蛤（gé）帳：像蛤一樣潔白晶瑩的帳子。蛤，一種生活在淺海底有介殻的動物。蜃（shèn）窗：大蛤殻磨薄後鑲嵌以透明的窗子。 [40]罨（yǎn）：覆蓋。陽臺、楚峽：指男女歡會之所。用戰國楚宋玉《高唐賦》典。 [41]脂盝（lù）：化妝用的盒子。狸奴：貓的别名。 [42]抽替閜（xiǎ）：抽屜開。閜，大開。 [43]鳥鼠山：古山名。在甘肅省渭源縣西。《尚書·禹貢》：“導渭自鳥鼠同穴。”鴛鴦社：男女歡會之所。 [44]瓜字：舊稱女子十六歲爲“破瓜”。“瓜”字拆開爲兩個“八”字，謂“二八之年”，故稱。晋孫綽《情人碧玉歌》之二：“碧玉破瓜時，相爲情顛倒。” [45]范蠡舟：用范蠡與西施泛舟五湖比喻私奔。梁鴻：東漢扶風平陵（今陜西咸陽一帶）人。娶孟光爲妻，相敬相愛，舉案齊眉。廡（wǔ）：廊屋。 [46]元稹：見卷一·二〇注[11]。此處所引詩題一作“古决絶詞”，見《全唐詩》卷四二二。 [47]鴆（zhèn）媒：壞媒人。喻指善用讒言害人的人。雁婿：李白《山鷓鴣詞》：“嫁得燕山胡雁婿，欲銜我向雁門歸。” [48]花縣：晋潘岳爲河陽令，滿縣遍種桃花，人稱“河陽一縣花”。後遂以“花縣”爲縣治的美稱。狐城兔窟：喻指所有藏身之處。 [49]里胥：街巷之長。亭長：指掌城門開閉、治安和通郵等事務的長官。 [50]“替戾岡”句：古代羯族語言中的隱語。替戾岡，意謂“出”。劬（qú）秃當，意謂“捉”。全句謂逃出隨即被捉。見《晋書·藝術傳·佛圖澄》。 [51]淋鈴：指雨聲。貫索星：星座名，此喻牢獄。 [52]鰂（zéi）誓：《説郛》卷八十引《南越志》云：“烏鰂懷墨，江東人取墨書契，以紿人物，逾年墨消，空紙耳。”鰂，烏賊魚。要離冢：傳説在蘇州舊城專諸巷一帶。要離，春秋末吴國人，著名刺客。 [53]文姬：蔡琰，見卷一二·八七注[7]。韓重：《搜神記》中有《紫玉韓重》，記吴王夫差小女紫玉與童子韓重生死相戀的故事。 [54]樊娘：白居易家妓小蠻腰似柳枝，樊素善歌《楊柳枝》。此泛指歌妓。 [55]鬱鬱：繁茂貌。離離：飄動貌。芟（shān）除：割除、剷除。 [56]潘鬢：謂中年鬢髮初白，見卷一〇·二四注[4]。飛胡：張飛鬍鬚。 [57]彦回：褚淵（435—482），字彦回。南朝宋、齊時河南陽翟（今河南禹州一帶）人。官吏部尚書。時人恥其無節操。《南史》卷二十八：“山陰公主淫恣，窺見彦回悦之……彦回整身而立，從夕至曉，不爲移志。公主謂曰：‘君須髯如戟，何無丈夫意？’彦回曰：‘回雖不敏，何敢首爲亂階。’” [58]風懷：男女相愛的情懷。鬑（lián）鬑：鬚髮長貌。 [59]薙（tì）面：刮臉。北齊顔之推《顔氏家訓·勉學》：“梁朝全盛之時，貴遊子弟，多無學術……無不熏衣薙面，傅粉施朱。” [60]紫珍：俗傳爲北魏王度家的寶鏡。持照病者，可愈。見《太平廣記》等。 [61]星星：鬚髮花白貌。中涓：宦官。 [62]題名録：古人爲紀念科場登録，在石碑或壁柱上題記姓名。 [63] 慧業：佛教語，指智慧的業緣。 [64] 盟笠：車笠之盟，比喻不因爲富貴而改變貧賤之交。《太平御覽》卷四〇六引周處《風土記》：“卿雖乘車我戴笠，後日相逢下車揖；我雖步行卿乘馬，後日相逢卿當下。”積薪：比喻選用人才後來居上。 [65] 號舍：科舉考場中生員答卷和食宿之所。 [66] 藥銚（diào）：藥鍋。風簷：指科舉時代的考試場所。 [67] 叉手客：指文思敏捷的人。用温庭筠八叉手而八韻成典。點頭人：唐時科舉中選者，主考于其姓名上用紅筆點一下，謂之“點頭”。[68] 餘子：其餘的人。不辰：不得其時。 [69] 無題詩：以“無題”爲標題的詩，常指寫男女情愛的詩。 [70] 石華：石華娥緑。古代婦女畫眉用的青黑色顔料。[71] 閒情：此指寫男女之情的詩篇。息夫人：見卷一一・一八注 [5]。

一一

常州李檢討英[1]，字芋圃，余甲子科所得士。爲人醇古淡泊，一望而知爲君子。年老乞歸，掌教六安州，過隨園，宿十日去，竟永訣矣！卒無子。《歸雁》云：“清秋雁聲落屋簷，春早急去程期嚴。此邦之人非汝嫌，高飛冥冥去且僉[2]。稻粱雖謀退亦恬，江湖暑濕難久淹[3]。吁嗟物性尚避炎！”《春深》云：“春深淹久客，門掩即山家。悶遣攤書坐，吟耽倚杖斜。晚風敲徑竹，微雨潤窗花。不覺蒼苔暗，深林已暮鴉。”《僻處》云：“僻處無喧囂，閑中耐寂寞。一卷味可耽，雙屐懶不著。荏苒春將殘，東風捲羅幕。庭前碧桃花，遲開亦遲落。”

【箋注】

[1] 李英：字御佐，一字芋圃，晚號蠡塘。清江蘇武進（今常州）人。乾隆十年進士。官檢討。有《蠡塘詩鈔》《吟餘》《吟剩》。 [2] 僉：共同。[3] 淹：逗留。

一二

丙辰在都[1]，詩人大會。有常州儲君師軾字學坡者[2]，年最長，爲坐中祭酒[3]。後三十年，會試出余門生李英名下，選作校官[4]，監鍾山書院。久不來見。余與莊君念農先往[5]，大呼而入，曰："太老師來捉小門生矣！"彼此大笑。招飲隨園。見贈云："廿年名姓達安昌[6]，應許彭宣到後堂[7]。問字久辭松徑杳[8]，傳觴重嗅竹林香。樓臺近水千層曲，草木連山一帶長。只恐徵書來北郭，未容老住白雲鄉[9]。""高築天風百尺樓，憑欄懷古意悠悠。聲詩不墮開元後[10]，法物還從宣政收[11]。借箸風生磨盾鼻[12]讀與某將軍書，登山雲起遂菟裘[13]。中林猿鶴無猜忌，繞樹銀燈蠟屐遊[14]。"卒無子。詩多散失。

【箋注】

[1]丙辰：這裏指乾隆元年(1736)。 [2]儲師軾：字學坡。清江蘇宜興人。乾隆十九年明通榜。官泗州學正。 [3]祭酒：此指年長者。 [4]校官：掌管學校的官員。 [5]莊念農：莊經畬，見卷三・五二注[3]。 [6]安昌：張禹，見卷六・三七注[9]。此處借稱袁枚是自己的老師。 [7]彭宣：見卷六・三七注[9]。 [8]問字：據《漢書・揚雄傳》載，揚雄多識古文奇字，劉棻曾向揚雄學奇字。後來稱從人受學或向人請教爲"問字"。 [9]白雲鄉：仙鄉，此處喻指隨園。 [10]開元：唐玄宗年號(713—741)，代指盛唐。 [11]法物：這裏指技藝製作之物。宣政：宋徽宗年號政和(1111—1118)、宣和(1119—1125)的並稱。 [12]借箸：指爲人謀劃。磨盾鼻：指在盾牌的把手上磨墨寫字。唐韓翃《寄哥舒僕射》詩："郡公盾鼻好磨墨，走馬爲君飛羽書。" [13]菟裘：指告老退隱的居處。 [14]蠟屐：以蠟塗木屐。指悠閒、無所作爲的生活。

一三

杭州潘涵[1]，字宇情。宰六合，以循吏稱[2]。兩子早卒，家竟絶嗣，甚矣天道之難知也！僅録其《隨園小集》云："安住林亭遠放舟，境隨人轉水隨鷗。好山剛近長江口，老屋深藏大樹頭。叱馭原同招隱別[3]，買園先爲種花愁。解還墨綬銅章貴[4]，换得繁英與素秋。""香名弱冠飲都城，壯志空山踽踽行。陶令獲田償酒債，敬姜操績伴書聲[5]。漁童歌好垂絲聽，長者車來拂袖迎。一片倉山梅影水，回頭還比玉堂清[6]。""西亭北榭鬬闌干，閣引天風獵獵寒。舊約飛魚傳去杳，新詩走馬借來看。風生咳吐追唐調，禮失威儀謝漢官[7]。笑我熱中心未死，偷閒來弄釣魚竿。”

【箋注】

[1]潘涵：見卷一·一二注[3]。 [2]循吏：守法循理的官吏。 [3]叱馭：指報效國家、不畏艱險。招隱：指徵召隱居者出仕。 [4]墨綬：印紐上的黑色絲帶，爲縣官及其職權的象徵。銅章：銅製的官印，用來稱郡縣長官或指相應的官職。 [5]陶令：晋陶淵明。敬姜：即公父文伯母。春秋時魯國人。文伯退朝，見其母績麻，以爲居官之家，不當如此。母遂告以應爲官勤勞的道理。[6]玉堂：華美的殿堂，常指翰林院。 [7]謝漢官：指辭去官職，用嚴子陵典。

一　四

同年許朝[1]，字光庭，常熟人。詩似放翁[2]，歿後，家無繼起者。録其佳句云：“泉礙石流無意曲，草經霜隕不須芟。”“倚床愛就肱邊枕，攬鏡貪看背後山[3]。”“得月便佳還值望，是山都好不須名。”“預思煮雪爐先辦，不會栽花譜借抄。”五言如《病騾》云：“眠沙深有印，齧草懶無聲。”《山村》云：“峰亂向人湧，泉分界石流。”又，“舟隔堤撑半露篙”七字亦佳。

【箋注】

[1]許朝（1703—？）：字光庭，號紅橋。清江蘇常熟人。乾隆四年與袁枚同榜進士。歷官廣西懷遠知縣、山東濟南府通判。有《紅橋詩集》。 [2]放翁：宋詩人陸游。 [3]攬，嘉慶本作“照”。

一　五

蘇州周鈺[1]，字其相。相遇于江雨峰家[2]，蒙一見傾心。每過蘇州，必主其家。家道甚豐，而性嗇且傲，卒無子。以葬親故，墜水死。見贈云：“零亂花飛又一年，思君時問北來船。隨園清夜三更月，應照幽人獨自眠[3]。”“空吟場藿白駒詩[4]，往事傷心不可思。南國至今悲賈誼[5]，爲他偏值聖明時。”咏落花云：“鶯從此日空啼樹，人到明朝懶上樓。”

【箋注】

[1]周鈺：生平未詳。 [2]江雨峰：生平未詳。 [3]幽人：幽居之士。[4]場藿：《詩·小雅·白駒》：“皎皎白駒，食我場藿。”後用爲延攬賢才或思念賢者之典。 [5]賈誼：見卷二·五〇注[2]。

一 六

張長民秉政[1]，予表侄也。父灝，官侍讀學士。長民十五舉京兆，三十夭亡。送余出都云：“芙蓉雙闕致君身[2]，誤逐飄風落九旻[3]。丹穴有天翔鳳鳥[4]，金羈何術擾麒麟[5]？關前候吏覘青犢[6]，江介行舟蕩白蘋[7]。此去未須憐左授[8]，下方欲識謫仙人[9]。”

【箋注】

[1]張長民：張秉政，字天民，又字長民。浙江仁和人。雍正十三年舉人。其父張灝，雍正五年進士。 [2]芙蓉雙闕：代指皇宫。 [3]九旻：九天。 [4]丹穴：傳説中的山名。《山海經·南山經》：“丹穴之山……有鳥焉，其狀如雞，五采而文，名曰鳳皇。” [5]金羈：金飾的馬絡頭。借指馬。 [6]青犢：青牛。《史記》司馬貞索隱引漢劉向《列仙傳》：“老子西游，關令尹喜望見有紫氣浮關，而老子果乘青牛而過也。” [7]江介：江岸。[8]左授：降職。 [9]謫仙人：謫居世間的仙人，常用以稱譽才學優異的人。

一 七

史梧岡進士，名震林[1]，湛深禪理[2]，半世長齋[3]。知余不喜佛，而愛與余談，以爲頗得佛家奥旨。余亦終不解也。記其《觀荷》云：“露折朱霞裹旭開，凄凉心付蓼花猜[4]。銀河正曬天孫錦[5]，風雨欺香禁早來。”“蕊綻華峰鬬錦年，序班宜在牡丹先[6]。携琴笑坐如船藕，去訪蓬萊海外天。”梧岡言：“修行無他慕，只求免入輪回[7]，少認世間無數爺娘耳！”

【箋注】

[1]史梧岡：史震林（1692—1778），字公度，號梧岡。清江蘇金壇人。乾隆二年進士。官淮安府教授。有《華陽散稿》《西青散記》。 [2]禪理：佛學義理。 [3]長齋：長期素食。 [4]蓼花：水蓼。一年生草本植物，開紅花，生淺水中。 [5]天孫錦：神話中所織錦。 [6]序班：官員的班行位次，此喻花期的先後次序。 [7]輪回：佛教認爲衆生在六道中生死交替，旋轉不停。

一 八

閩人劉南廬，名芳[1]。貌若枯僧，以布衣雲遊，所到必棲深山古剎，受群僧供養。問何不還鄉，笑而不答。晚年卒於通州之狼山[2]。群僧爲葬于駱右丞墓側[3]，置石碣焉[4]。丁丑九月，宿隨園，見贈七律，僅記中二聯云："安仁尚有栽花興[5]，孟博全無攬轡心[6]。水影到窗知月上，松風攬枕信秋深。"《焦山避暑》云[7]："千丈洪濤一小舠[8]，乘危逃暑到僧寮[9]。衣沾濕翠晴猶滴，榻拂涼雲午不消。壓檻有天連水閣，開門無路入塵囂。濁醪我欲酬高隱，千古幽魂未可招。"《瓦官寺》云[10]："瓦官瓦破佛廬荒，三絶空懷舊講堂。曲徑雲深僧笠重，閑門花落客鞋香。行經河畔聞簫鼓，坐近臺邊想鳳凰。吊古一尊沽未至，煙鐘風磬立斜陽。"《軍山夜坐》云："星辰夜影窗間落，江海秋潮枕上生。"

【箋注】

[1]劉南廬：劉芳，字南廬。閩人。乾隆初寓居南通州軍山。有《五山志》《寶華山志》《金山志》。 [2]通州：此指今江蘇南通。 [3]駱右丞：駱賓王，見卷一二·五六注[3]。 [4]石碣：圓頂石碑。 [5]安仁：潘岳，見卷一〇·二四注[4]。 [6]孟博：范滂（137—169），字孟博。東漢汝南征羌（今漯河一帶）人。官光禄勳主事，因與太學生結交，反對宦官，延熹年間死於獄中。[7]焦山：今江蘇鎮江東北江中的一座名山。 [8]小舠：小船。 [9]僧寮：僧舍。[10]瓦官寺：位於江蘇南京鳳凰臺。始建於東晋興寧二年。

一九

湯西崖少宰[1]，幼有美人之稱。其幼子名學顯[2]，戊寅見訪[3]，長身玉立，想見少宰風儀。有《慧山》二首云[4]："九峰鬱雲根，蜿蜒羅青蒼。夤緣入幽磴，長史舊草堂[5]。只今法象空，寶旛馴鴿翔[6]。葉落拂床塵，花放見佛光。癯僧不談禪，哦詩草木香。孤意與俱永，隨在如坐忘[8]。""颯灑林風生，寒空弄清樾[8]。山禽隔葉鳴，好音聞不絕。訪碣剔煙蘿，釵脚半磨滅。蝶老抱秋花，松疏漏涼月。際此孰含毫[9]，秀采芙蓉發。"

【箋注】

[1]湯西崖：湯右曾，見卷三・一〇注[10]。少宰：吏部侍郎的别稱。[2]湯學顯：字孔茹，號宜齋。清浙江仁和人。貢生。有《蒓鄉葉居集》。[3]戊寅：這裏指乾隆二十三年（1758）。 [4]慧山：即今江蘇無錫市西惠山。[5]夤（yín）緣：攀援。長史舊草堂：惠山上舊有南朝劉宋司徒右長史湛茂之所建歷山草堂。 [6]法象：指帝王、聖賢之像。寶旛：佛寺中懸掛的旗幡。[7]隨在：隨處。坐忘：道家所謂物我兩忘、與道合一的精神境界。 [8]颯灑：象聲詞，多用以狀風聲。清樾（yuè）：清涼的樹蔭。 [9]含毫：含筆於口中，比喻構思爲文或作畫。

二〇

李嘯村最長絶句[1]，人有薄其尖新者[2]，不知温子昇云[3]："文章易作，逋峭難爲[4]。"若嘯村者，不愧逋峭矣！其《泰州舟次》云："煙汀月暈影微微[5]，辨得宵衣草上飛。垂髮女兒知蕩槳，不辭風露送人歸。"《夜泛紅橋》云："天高月上玉繩低[6]，酒碧燈紅夾兩堤。一串歌喉風動水，輕舟圍住畫橋西。"《廢園》云："誰家亭院自成春，窗有莓苔案有塵。偏是關心鄰舍犬，隔牆猶吠折花人。"《青溪》云："粉牆經掃落花塵，一帶樓臺樹影昏。雨細風斜簾未捲，縱無人在亦消魂。"《却人寫真》云[7]："有影正嫌無處匿，不才尚覺此身多。"

此是嘯村最佳詩。而歸愚《别裁集》只選《上巳憶白門》一首[8]，云："楊柳晚風深巷酒，桃花春水隔簾人。"不過排湊好看字面，最爲下乘。捨性靈而講風格者，往往捨彼取此。

【箋注】

[1]李嘯村：李葂，見卷五・四七注[1]。[2]尖新：新穎、新奇。[3]温子昇(495—547)：字鵬舉。濟陰冤句(今山東菏澤一帶)人。北魏文學家。[4]逋(bū)峭：謂詩文曲折多姿。[5]煙汀：煙霧籠罩的水邊平地。[6]玉繩：星名，常泛指群星。[7]却人：謝絶他人。[8]歸愚：沈德潛，見卷一・三一注[3]。

按：袁枚與沈德潛詩觀不同，但各有所長，各有所短，而且異中有同。重格調與重性靈，並不是完全對立的。在此，袁枚只以兩句詩的取捨來下結論，有攻其一點，不及其餘之嫌。

二一

白太傅云[1]，有唐衢者愛其詩[2]，亡何唐死；有鄧訪者愛其詩[3]，亡何鄧死。吾于金陵，得二人焉，一金光國[4]，一高步瀛[5]。詩筆超雋，受業未及三年，俱死。金之詩，惟存《祝壽》數章。高有《未灰稿》二編。《晚春》云："百花開落草芊芊，傑閣層樓白石邊[6]。埋没春光全是雨，初長天氣却如年。客來未慣驚雛燕，人到無愁愛杜鵑。棐几一燈三徑晚[7]，垂簾影裏是茶煙。"七絶云："風刀瘦剪緑楊絲，一路芳菲落日時。山曲不妨隨徑轉，隔雲早見酒家旗。""静裏消磨墨數升，封書遠問作詩僧。尋君曾到聞鐘後，流水村橋照蟹燈。"佳句云："不是近霜偏愛菊，要需時日始看梅。""燈非報喜花争結，人慣離家夢轉無。""同人催上馬，臨水廢觀魚。""名每輸王后，嫌終避闒前[8]。"皆有精心結撰，不入平淺一流。

【箋注】

[1]白太傅：即白居易，見卷一・二〇注[6]。 [2]唐衢：唐人，世稱善哭。[3]鄧紡：應爲鄧魴。白居易《與元九書》："不我非者，舉世不過三兩人。有鄧魴者，見僕詩而喜，無何魴死。有唐衢者，見僕詩而泣，未幾而衢死。"[4]金光國：字利賓，一字荔賓。清江蘇江寧人。 [5]高步瀛：生平未詳。[6]傑閣：高閣。 [7]棐（fěi）几：用棐木做的几桌，亦泛指几桌。 [8]王：指唐王勃。《舊唐書・文苑傳》："（楊）炯與王勃、盧照鄰、駱賓王以文詞齊名，海内稱爲王楊盧駱，亦號爲四傑。炯聞之，謂人曰：'吾愧在盧前，恥居王后。'"斶（chù）：指顔斶。齊國的名士。《戰國策・齊策》：齊宣王見顔斶，曰：'斶前！'斶亦曰：'王前！'宣王不悦。……斶對曰：'夫斶前爲慕勢，王前爲趨士；與使斶爲趨勢，不如使王爲趨士。'"

二二

紹興布衣俞楚江，名瀚[1]。久客京師。金少司農輝[2]，薦與望山相公[3]。公稱其詩有新意，卒無所遇，賣藥虎邱而亡。《登九龍山遇雨》云："浮生徒碌碌，冒雨渡寒津。策馬山頭過，雲横不讓人。"《偶成》云："安貧求自寡，書劍漫相從。且築數椽屋，將爲一老農。亭空雲可貯，院小樹還容。居近開元寺，卧聽清夜鐘。""戒飲原因病，村旗莫浪招[4]。忙酬花事畢，閑養睡魔驕。霜色歸蓬鬢，秋聲上柳條。竹爐茶未熟，一縷細煙飄。"他如："誰與吾來往？西山一片雲。""柳倦欲眠風勸舞，鳥歌未和雨催歸。"俱有意趣。

【箋注】

[1]俞瀚，見卷一二・九五注[6]。 [2]金輝：生平未詳。少司農：清代倉場侍郎的别稱。 [3]望山：尹繼善，見卷一・一〇注[3]。 [4]村旗：鄉村酒店懸掛的酒旗。

二三

儀真諸生張曰恒[1]，受知梁瑶峰學使[2]。寫詩一册，屬尤貢父先容[3]，將來見余。呼舟未行，以暴疾亡，年未三十。册書《山中早春》云：“不知芳信轉，但覺鳥聲和。倚檻聽溪水，紆行繞竹坡。池香生草細，樹暖着花多。雅意春風愜，還應倒白醝[4]。”《青山守風》云：“野戍依沙岸，孤帆守客塗。勞心虚悵望，終夜戀菰蘆。江影時明滅，星光乍有無。曉風狂不定，神女弄波珠。”《江令宅》云[5]：“南都多舊第，江令最知名。長板雙橋合，青溪一水迎。仙臺回騎杳，高樹晚鳩鳴。悵望城東路，年年春草生。”

【箋注】

[1] 張曰恒：字南坪，號寶山。清江蘇儀徵人。乾隆三十年拔貢。有《南坪詩稿》。 [2] 梁瑶峰：梁國治，見卷一・三〇注[9]。 [3] 尤貢父：尤蔭，見卷九・五八注[2]。先容：本謂先加修飾，後引申爲事先爲人介紹、推薦。[4] 白醝（cuó）：白酒。 [5] 江令：江總（519—594），字總持。南朝陳濟陽考城（今河南蘭考）人。官尚書令。陳亡入隋，爲上開府。有《江令君集》輯本。

二　四

杭州宋笠田明府，名樹穀[1]，宰蕪湖，有賢聲。罷官再起，補陝西兩當縣。過隨園，一宿而別。聞爲甘肅案謫戍黑龍江，年近七旬，恐今生未必再見。幸抄存其詩。《立秋柬顧孝廉》云：“前宵白雨昨清風，爍石炎威轉眼空。萬竅商聲先蟋蟀[2]，一年落葉又梧桐。花開凉夜香偏久，吟入秋來句易工。爲報湖頭二三子，好修遊屐理詩筒。”《獨步净業湖》云[3]：“風吹堤柳緑斜斜，净業湖波亂似麻。京國清明初斷雪，故園二月已飛花。青簾易買三升酒，白乳空思七碗茶[4]。日暮一行飛雁落，知渠曾否過吾家？”《山村小步》云：“如此春光不自持，寬鞋短策步來遲。得時花柳有矜色，入畫雲山無定姿。佳節放閑村學散，豐年預兆老農知。日斜碧水橋頭坐，何處餳簫向客吹[5]？”《出京留别》云：“六年燕市聚遊蹤[6]，酒席歌場處處同。一夕西風人去遠，便從天上望諸公。”《對月》云：“桂花庭院晚風輕，簾捲西窗看月生。只費一鈎懸樹杪，已教秋思滿江城。”《盆梅》云：“數枝也復影横斜，惹得羈人鄉夢賒[7]。抛却西溪千樹雪，瓦盆三尺看梅花。”《山塘閒步》云：“疏狂猶記少年時，幾處歌場鬬雪詩。今日舊遊零落盡，酒痕只有故衫知。”“似此風光絶可憐，相携朋好踏春煙。怪他楊柳舒青眼，只向長街看少年。”《紅花埠題壁》云[8]：“六年京國夢江城，此是江南第一程。爲算還家多少事，昨宵枕上聽三更。”《林處士墓》云[9]：“巖居尚恨雲常出，世事惟餘詩未删。”《僧舍》云：“新花倚石儼相待，古佛候門如欲迎。”《近郊小飲》云：“風吹池水干何事？人映桃花憶此門[10]。”笠田詩甚多，子又年幼，慮其散失，故再録其咏《屋上草》云：“秋雨積我簷，秋草繁我屋。分行隨瓦溝，踞勝等山麓。得天雖有餘，資地苦不足。踐踏倖免加，滋蔓遂逞欲。率爾占萬間，偶然餘一角。下止駭飛鳥，仰望饞奔犢。垂垂映垣衣[11]，密密成翠幄。高先偃疾風，柔能格譽雹[12]。慣被炊煙遮，不受樵采辱。鴟吻日以藏，龍鱗日以駁[13]。省牽蘿補苴，代索綯約束[14]。寧肯事剪除，留作百花褥。”

【箋注】

[1]宋樹穀：見卷四・三〇注[1]。 [2]萬竅：指大地上大大小小的孔穴。商聲：此指秋聲。 [3]净業湖：即今北京什刹海西海。 [4]白乳：名茶的一種。七碗茶：用唐盧仝《走筆謝孟諫議寄新茶》詩典，極贊茶之妙用。 [5]餳（xíng）簫：賣飴糖人所吹的簫。 [6]燕市：指今北京。 [7]賒：情緒殷切。 [8]紅花埠：在山東與江蘇交界處，當陸路要衝，清置驛於此。 [9]林處士：林逋，見卷一・五四注[9]。 [10]“風吹”句：宋馬令《南唐書・馮延巳傳》：“延巳有‘風乍起，吹皺一池春水’之句，元宗嘗戲延巳曰：‘吹皺一池春水，干卿何事？’”“人映”句：用唐崔護《題都城南莊》“人面桃花相映紅”典。 [11]垣衣：牆上背陰處所生的苔蘚植物。 [12]格：限制。 [13]鴟（chī）吻：古代宫殿屋脊正脊兩端的一種飾物，其吻如鴟鳶，故名。龍鱗：指排列如龍鱗狀的屋瓦。 [14]補苴（jū）：補綴、縫補。索綯（táo）：繩索。

二　五

孤甥陸建與香亭弟同受詩于余[1]，而建早亡，余已梓《湄君集》行世矣。其弟炘，年未及冠而夭[2]。咏小滄浪云[3]："十里横塘路，船摇明月春。鴛鴦相識否，前度採蓮人。"《春暮》云："吟窗晝静獨徘徊，緑上疏簾認翠苔。忽見飛花三兩片，回風舞過小溪來。"《落花》云："傷春無奈落花紅，夾在離騷一卷中。葬汝自憐非玉匣[4]，開書到底見春風。"

【箋注】

[1]陸建：見卷四·五五注[2]。　[2]陸炘：字翠圃。袁枚之甥、陸建之弟。餘不詳。及冠：指男子年滿二十。　[3]小滄浪：此指蘇州南一條小河流。[4]玉匣：泛指華美的葬飾。

二　六

湖州進士沈瀾[1]，字惟湄。詩近皮陸[2]，人多輕之，然典雅處，不可磨滅。《寄懷杭堇浦》云[3]："休向江潭悵獨醒，青山偃蹇稱閒庭。枕函自秘鄉嬛記[4]，農社還修耒耜經[5]。小艇瓜皮乘月泛[6]，清歌菱角隔簾聽。朝衫抛却饒幽興，好伴維摩著素屏[7]。""步屧經過屢結趺[8]，同床各夢一悲吁。謂舉陽馬事。篷窗聽雨都元敬[9]，酒郡移官張藐姑[10]。琴作家貲空送别，鶴分俸料耐償逋[11]。偶耕他日期相訪，穩卧瓜牛號野夫[12]。"

【箋注】

[1]沈瀾：字維湄，號泊村，又號法華山人。清浙江烏程人。雍正十一年進士。官江西瑞州知府。有《雙清草堂詩》。　[2]皮陸：指晚唐詩人皮日休、陸龜蒙。　[3]杭堇浦：杭世駿，見卷三·六四注[1]。　[4]枕函：中間可以藏物的枕頭。亦謂珍藏。鄉嬛記：此指秘不示人的著述。　[5]農社：古代農村中的互助組織。耒耜經：唐陸龜蒙撰古農具專志。　[6]瓜皮：形容簡陋小船。

[7]維摩：維摩詰，泛指修大乘佛法的居士，亦泛指佛經。[8]結趺(fū)："結跏趺坐"的略稱，指佛教徒盤足静坐。[9]都元敬：都穆（1458—1525），字元敬。明南直隸吴縣人。弘治十二年進士。官至吏部主客郎中。有《南濠詩略》《聽雨紀談》等。[10]張藐姑：張慎言（1577—1645），字金銘，號藐姑。明山西陽城人。萬曆三十八年進士。有《泊水齋文鈔》。天啟中以忤魏閹遣戍甘肅。[11]償逋：償還拖欠。[12]偶耕：兩人並耕。瓜牛：瓜牛廬，形似蝸牛殼的小圓舍，泛指簡陋的居處。

二七

丹徒朱竹樓《懷人》云[1]："何處飛來殘笛聲，西窗月落鳥争鳴。誰言夏夜夜偏短，萬里夢回天未明。"

【箋注】

[1]朱竹樓：朱鑣（biāo），號竹樓。清江蘇丹徒人。布衣。

二八

蘇州汪縉[1]，詩學七子[2]。《遊穹隆》云[3]："星滿天壇河瀉影，月離海嶠樹生煙[4]。"《棲霞》云[5]："雲埋大壑封秦樹，雷劈陰厓見禹碑。"乙酉秋闈[6]，遺才不録，遽登舟歸。余聞之，急往見學使彭公芸楣[7]。公謙云："某在此衡文三年，得毋有人怨我乎？"答曰："有。"彭駭然變色。余笑曰："公毋驚也。詩人汪大紳，公不許其入場，何也？"彭更駭云："此某所拔歲考案首也[8]，豈有遺才不取之理？"余云："渠已買舟歸矣。"乃手書其名，補付提調，而遣人追之。時已八月初七日矣。傍晚，汪到。見謝詩云："業已湛盧歸越國，忽蒙追騎喚王孫[9]。"

【箋注】

[1]汪縉：見卷八·六九注[1]。[2]七子：見卷一·三注[3]。[3]穹隆：穹窿山，位于蘇州西南方向，因其形狀像穹窿而得名。[4]海嶠（qiáo）：海邊山嶺。[5]棲霞：棲霞山，位于今江蘇南京東北。[6]乙酉：這裏指

乾隆三十年（1765）。秋闈：此指明清爲選拔舉人而進行的省試。因於秋季舉行，故稱。 [7]彭芸楣：彭元瑞，見卷二・二六注[2]。 [8]歲考：明清兩代每年對府、州、縣生員舉行的考試。 [9]湛盧：寶劍名，春秋時歐冶子所造。王孫：舊時對人的尊稱。

二 九

考據家不可與論詩。或訾余《馬嵬》詩曰："'石壕村裏夫妻别，淚比長生殿上多[1]。'當日貴妃不死于長生殿。"余笑曰："白香山《長恨歌》'峨嵋山下少人行'，明皇幸蜀[2]，何曾路過峨嵋耶？"其人語塞。然太不知考據者，亦不可與論詩。余《錢塘江懷古》云："勸王妙選三千弩，不射江潮射汴河[3]。"或訾之曰："宋室都汴，不可射也。"余笑曰："錢鏐射潮時[4]，宋太祖未知生否。其時都汴者何人，何不一考？"

【箋注】

[1]石壕村：位于今河南三門峽一帶。杜甫有《石壕吏》詩。長生殿：在長安華清宫内。相傳李、楊曾在此對天盟誓。 [2]明皇：唐玄宗李隆基。 [3]汴河：亦曰汴渠，流經汴州，五代與北宋建都於此。 [4]錢鏐（liú）（852—932）：字具美，小字婆留。杭州臨安（今屬浙江）人。五代時吴越國王。建都杭州，興修水利，築捍海塘。傳説他"連射五潮，潮退避錢塘，東趨對岸西陵"。

三 〇

唐相陸扆云[1]："士不飲酒，已成半士[2]。"余謂：詩題潔，用韻響，便是半個詩人。

【箋注】

[1]陸扆（yǐ）（847—905）：字祥文。唐蘇州人，徙居陝州。僖宗光啟二年進士。官户部侍郎同中書門下平章事。 [2]半士：半個士人。

三一

蕪湖洪進士鑾[1]，以“江山好處渾如夢，一塔秋燈影六朝”句馳名[2]。沈歸愚愛其“夕陽無近色，飛鳥有高心”二句[3]。余道不如“窗邊落微雪，竹外有斜陽”之自然也。七言云：“人居客館眠常早，家寄空書寫最難。”

【箋注】

[1] 洪鑾：字步宸，一字輅門，號阮溪。清安徽蕪湖人。乾隆二十八年進士。任山東博山令、東平知州。有《悔綺堂詩集》。 [2] 六朝：三國吴，東晋和南朝的宋、齊、梁、陳。 [3] 沈歸愚：沈德潛，見卷一・三一注[3]。

三二

壬戌秋，余補官江寧[1]，涂逢豫長卿以弟子禮見[2]。其人修潔自好，以咏簾波爲戴雪村先生所賞[3]。詩宗温李[4]。其《秦淮曲》云：“燈船歌吹酒船遲，天鼓聲閑唱柘枝[5]。石上暗潮嗚咽語，無人解拜侍中祠[6]。”可謂曲終奏雅矣[7]。咏竹床云：“微吟留枕席，殘夢入瀟湘。”

【箋注】

[1] 壬戌：此指乾隆七年（1742）。 [2] 涂逢豫：見卷九・六注[1]。 [3] 戴雪村：戴瀚，見卷一・六四注[6]。 [4] 温李：指唐詩人温庭筠和李商隱。 [5] 柘枝：柘枝舞的省稱。唐宋流行的一種帶有西域情調的樂舞，泛指歌舞。 [6] 侍中祠：黄侍中祠，在南京三山門外。祠主黄觀（1364—1402），字瀾伯。明南直隸貴池（今安徽池州）人。官至右侍中。建文四年死於靖難之役，後人即其葬地爲侍中立祠。 [7] 曲終奏雅：《史記・司馬相如列傳論》：“相如雖多虛辭濫説，然其要歸引之節儉，此與《詩》之風諫何異。揚雄以爲靡麗之賦，勸百風一，猶馳騁鄭衛之聲，曲終而奏雅，不已虧乎？”本謂相如的辭賦不够完美，到了結尾纔轉好，後多指結局的精彩。

三三

癸未四月，京口程君夢湘同游焦山[1]，一路論詩。渠最心折于吾鄉樊榭先生[2]，心摹手追，幾可抗手[3]。有絶句云："昨宵忘記下簾鈎，吹得梅花滿竹樓。五夜蘭衾清似水，夢涼酒醒雪盈頭。"《在隨園賞海棠》云："隔著紫玻璃一片，夕陽紅得可憐生。"又曰："朦朧月色温馨酒，錯認釵鈿列兩行[4]。"嗚呼！有才如此。宰湘陰未二年，以事罷官。《口號》云："舌在猶生路[5]，詩多即宦囊。"甫四十歲而死，惜哉！然《松寥山房集》四卷，頗足不朽。君字荆南，天資絶高，好吟詩，畏作時文。壬午鄉試，向家人詭云入闈[6]，乃私匿隨園數日，爲余斟酌詩集，頗受其益。

【箋注】

[1]癸未：這裏指乾隆二十八年（1763）。程夢湘：見卷七・四六注[3]。[2]樊榭：厲鶚，見卷三・六一注[1]。[3]抗手：匹敵，彼此相當。[4]温馨（nún）：温潤的香氣。釵鈿：金花、金釵等首飾，借指女性。[5]舌在：《史記・張儀列傳》："楚相亡璧，門下意張儀，共執張儀，掠笞數百。其妻曰：'嘻！子毋讀書遊説，安得此辱乎？'張儀謂其妻曰：'視吾舌尚在不？'其妻笑曰：'舌在也。'儀曰：'足矣。'" [6]壬午：這裏指乾隆二十七年（1763）。

三 四

尹似村詩[1]，雖經付梓，而非其全集也。集外佳句云："鵲非報喜何妨少，雨縱澆花也怕多。""欲穿竹笋泥先破，才放春花蝶便忙。""水去硯池防夜凍，春生布被藉爐温。""買將花種分兒女，試驗誰栽出最多。"《接尚方伯書》云："惹得妻孥來笑我，柴門那説没人敲。"數聯可謂專寫性情，獨近劍南矣[2]。

【箋注】

[1]尹似村：慶蘭，見卷二・三七注[1]。[2]劍南：指陸游，見卷一・二〇注[1]。

按：讀此可知袁枚推崇陸游詩寫性情。

三　五

甲午二月，予過真州[1]，南監掣張東臯招觀並頭牡丹[2]。一時作詩者，無不以二喬爲比[3]，獨楊鯤舉二句云[4]："似承周召桃夭化[5]，絶勝漁陽麥兩歧[6]。"

【箋注】

[1] 甲午：這裏指乾隆三十九年（1774）。 [2] 南監掣（chè）：即淮南監掣同知，管理鹽斤之盤驗掣巡之事。張東臯：張景宗。清漢軍鑲黄旗人。監生。乾隆三十六年始任淮南監掣同知。 [3] 二喬：指三國吴喬公二女大喬、小喬。[4] 楊鯤舉：生平未詳。 [5] 周召：周成王時共同輔政的周公旦和召公奭的並稱。兩人分陝而治，皆有美政。《詩經·國風·周南·桃夭》："桃之夭夭，灼灼其華。"《詩經·國風·召南·何彼襛矣》："何彼襛矣，華如桃李？"[6] 漁陽：東漢漁陽太守張堪有政績，百姓作歌頌揚："桑無附枝，麥穗兩歧。"

三　六

古名士半從幕府出[1]，而今則讀書不成，始習幕，此道漸衰。猶之古稱秀才，楊素以爲惟周孔可以當之[2]。非若今之讀時文諸生也。康熙、雍正間，督撫俱以千金重禮，厚聘名流，一時如張西清、范履淵、潘荊山、岳水軒等[3]，皆名重一時。范詩最清，無從訪覓，只記西清《過潯陽》云[4]："潯陽江上客，一歲兩經過。去日梅花好，歸時楓葉多。櫓聲摇夜月，帆影落晴波。爲向山僧問，塵容添幾何[5]？"

【箋注】

[1] 幕府：指在官衙署中充任參謀顧問及協助辦理公務的私聘人員。[2] 楊素（？—606）：字處道。隋弘農華陰（今屬陝西）人。拜太子太師，封楚國公。卒謚景武。周孔：周公和孔子。 [3] 張西清：張有瀾，字西清。清江蘇武進人。貢生。曾入尹繼善幕。有《泛槎吟》，專記乾隆初年西北名勝及史地。范履淵：生平未詳。潘荊山：潘兆。清浙江人。曾入浙閩總督滿保幕。岳水軒：岳夢淵，見卷一〇·一八注[1]。 [4] 潯陽：今江西九江。 [5] 塵容：塵俗的容態。

三 七

楊蓉裳金陵鄉試[1]，偕舅氏顧公斗光來[2]。顧長不滿四尺，而詩筆特佳。仿鐵崖咏史樂府[3]，《伏生女》云[4]：“坑不得閫内儒[5]，燒不得腹中書。伏生父女皆口授，典謨訓誥如其初[6]。吁嗟伏生女！强記人不如。”《漂母》云[7]：“哀王孫，在淮陰，一飯之恩如海深。哀王孫，不求報，千金之贈不可少。千金容易一飯難，沛公家有轢釜嫂[8]。”

【箋注】

[1]楊蓉裳：楊芳燦，見卷一·二八注[17]。 [2]顧斗光（1724—1786）：字曜七，號諤齋。江蘇無錫人。乾隆四十五年貢生。有《翠茗軒詩》《列女樂府》。 [3]鐵崖：楊維楨，見卷八·八〇注[3]。 [4]伏生：伏勝（前260—前161），字子賤。漢濟南（今山東鄒平一帶）人。原爲秦博士，世稱伏生。始皇焚書，伏生藏書於牆壁間。漢朝建立後，年已老邁，令其女代言口傳，教《尚書》于齊魯諸生。 [5]閫（kǔn）内：古代婦女居住的内室。 [6]典謨訓誥：《尚書》中的四種文體，代指《尚書》。 [7]漂母：漂洗衣物的老婦。《史記·淮陰侯列傳》：“信（韓信）釣於城下，諸母漂，有一母見信饑，飯信，竟漂數十日。信喜，謂漂母曰：‘吾必有以重報母。’母怒曰：‘大丈夫不能自食，吾哀王孫而進食，豈望報乎！’” [8]沛公：指漢高祖劉邦。轢（lì）釜嫂：用勺刮鍋的嫂子。《漢書·楚元王劉交傳》：“初，高祖微時，常避事，時時與賓客過其丘嫂食。嫂厭叔與客來，陽爲羹盡，轢釜，客以故去。已而視釜中有羹，繇是怨嫂。”

三 八

吾鄉王麟徵秀才，名曾祥[1]。工古文，不甚作詩，而五言獨工。如：“星芒林際大，雪滴晚來疏。”《慰某落第》云：“曾説捐金能市馬，俄聞買櫝竟還珠[2]。”

【箋注】

[1]王麟徵：見卷六·二四注[3]。 [2]“曾説”句：用《戰國策》所載“以千金求千里馬”典。“俄聞”句：《韓非子·外儲説左上》：“楚人有賣其珠于鄭。……鄭人買其櫝而還其珠，此可謂善賣櫝矣，未可謂善鬻珠也。”後以“買櫝還珠”喻捨本逐末、取捨不當。

三　九

山右王峩園先生、名師[1]。爲江蘇方伯[2]，爲巡撫安公所劾[3]，奪職歸。余時宰江寧，賦詩送行云：“他日終爲黄閣老[4]，此時權作白雲夫[5]。”公見答云：“期君遠作中流柱，愧我曾爲上大夫。”嘗題書舍云：“曲院回廊留月久，中庭老樹閲人多。”

【箋注】

[1]王峩園：王師（1690—1751），字貞甫，號莪園。清山西臨汾人。雍正八年進士。官至江蘇巡撫。 [2]方伯：明清時指布政使。 [3]安公：指安寧，乾隆十一年署江蘇巡撫。 [4]黄閣老：中書、門下省的官員，泛指中央樞府官員。 [5]白雲夫：仙人，也指隱逸之士。《莊子·天地》：“乘彼白雲，游於帝鄉。”

四　〇

蘇州劉潢[1]，字企山。有清才，與顧景岳齊名[2]。嘗因召試，來隨園。貌瘦而弱，旋以瘵亡[3]。僅記其《晚步》云：“缺月依橋斷，孤雲背郭流。”

【箋注】

[1]劉潢（？—1765）：字岐三，一作企山，號西濤。清江蘇吴縣人。乾隆三十年拔貢生。有《月纓山房集》。 [2]顧景岳：顧宗泰，見卷九·一一注[1]。 [3]瘵（zhài）：多指癆病。

四一

明鐵崖孝廉，性骯髒不羈[1]，年四十早亡。其兄竹岩爲誦其《落花》云[2]："薄命誰憐傾國色，受風偏是最高枝。"《贈友》云："空腸得酒生芒角[3]，交友因人判淺深。"

【箋注】

[1]明鐵崖：明亮，見卷二·六一注[2]。骯(kǎng)髒(zǎng)：剛直倔强貌。[2]竹岩：明新，見卷二·六一注[1]。[3]芒角：棱角，指人的鋒芒或鋭氣。

四二

己未年[1]，余乞假歸娶，見吕觀察守曾于完顔臬使署中[2]。讀其《松坪集》，樂府最佳。如云："雨雪思見晛，歡去淚如霰[3]。來時笑相迎，啼時歡不見。夏日冬之夜，猶有旦暮時。與郎情難滿，如酺釃漏巵[4]。"《登雲山》云："石徑巉巖花氣紛，偶乘餘興送斜曛。不知絶壑何人嘯，遥帶鐘聲入暮雲。"未二年，署布政使，以盧案受内臣周内[5]，憤而雉經[6]，非其罪也。

【箋注】

[1]己未年：這裏指乾隆四年(1739)。[2]吕守曾(1702—1741)：字待孫，號松坪。清河南新安人。雍正二年進士。官山西布政使。有《松坪詩草》。完顔臬使：指完顔偉(?—1748)，清滿洲鑲黄旗人。官至浙江按察使。臬使：即按察使。[3]晛(xiàn)：看。歡：相愛男女的互稱。[4]酺：酒。釃：過濾。漏巵：底部有孔的酒器。[5]盧案：盧焯案。盧焯，見卷五·四五注[2]。周内：亦作周納。彌補漏洞，使之周密。引申爲羅織罪狀，陷人於罪。[6]雉經：自縊而死。

四三

洞庭山人蔣愚谷喜吟詩[1]，致貧其家，以瘵疾亡。其《成仁庵》云："心安静看閑雲過，地僻渾忘夏日長。”《虎邱》云：“鳥棲深樹斜陽影，風過虛堂貝葉聲[2]。”愚谷每來隨園，往往有匆遽之色。死後，予挽聯云：“生爲誰忙，學業未成家已破；死虧君忍，高堂垂老子初啼。”

【箋注】

[1] 蔣愚谷：生平未詳。 [2] 貝葉：古代印度人用以寫經的樹葉，亦借指佛經。

四 四

余知江寧，過觀象臺[1]，見有題壁者云：“草色荒臺過雨遲，短牆古柏暮雲垂。桃花紅引遊人去，獨自斜陽讀斷碑。”問之僧人，乃嘉興夏培叔名復森者所題[2]。因聘修志書。耳聾興豪。一日，從嘉興還金陵，告余曰：“家中手植老梅一本，去冬爲僮所伐，乃吊之云：‘老梅移種廿餘載，客裏歸看已作薪。無復橫斜舊時影，負他多少後來春。’”《秦淮夏集》云：“傍晚紛紛載酒卮，有箏琶處過船遲。一河風月無人管，都付橋南楊柳枝。”亡何歸里，卒。相隔三十餘年，聞其子鼎中庚子副車[3]。余感詩人有後，爲之狂喜。

【箋注】

[1] 觀象臺：在今南京雞籠山上。 [2] 夏復森：字培叔。清浙江嘉興人。[3] 庚子：這裏指乾隆四十五年（1780）。副車：清代稱鄉試的副榜貢生。

四 五

沈歸愚選本朝詩[1]，不知杭州王百朋[2]，幾有遺珠之歎。余告之曰：“百朋，諸生，名錫。毛西河高弟子也[3]。有《嘯竹軒集》。”《無題》云：“燈暗頻疑虛室響[4]，衾多不敵半床寒。”“金針入處心俱痛，素綫添時恨共牽。”皆余幼時所熟誦句。其子厚齋與余鄰居交好[5]，和余《落花》云：“乍驚彼美從天降，直覺斯文掃地來[6]。”余覺不祥，果一第而卒。

厚齋名風淳。

【箋注】

[1]沈歸愚：沈德潛，見卷一・三一注[3]。 [2]王百朋：王錫，見卷一二・六八注[1]。 [3]毛西河：毛奇齡，見卷二・三六注[4]。 [4]虛室：空室。 [5]王厚齋：王風淳，字厚齋。清杭州仁和人。乾隆九年舉人。[6]斯文掃地：原謂文化或文化人不受尊重，亦謂文人自甘墮落。這裏以落花寓義雙關。

按：袁枚多篇詩話對早亡詩人的不幸抱以深摯的同情，特録其詩作，足見袁枚的一種博大胸襟。

四六

人但知商寶意先生以詩名海内[1]，而不知其弟名書字響意者[2]，亦詩人也。作貴州吏目[3]，有《消夏吟》云："雨後壑全響，日中崖半陰。壞簷蛛網結，嘉樹雀巢深。永日無公事，閒居有道心[4]。短衣隨意著，凉意滿衣襟。"又："六月無三伏，一朝有四時。""蜂巢當午鬧，蚓壤趁凉歌。"真能寫黔中風景。

【箋注】

[1]商寶意：商盤，見卷一・二七注[7]。 [2]商書：字響意、華伯。諸生。清浙江嵊縣人。官定番州吏目。有《畫圖山房詩鈔》。 [3]吏目：低品級的雜官，這裏指明清西南土州約束土官的外派官吏。 [4]永日：整天。道心：悟道之心。

四七

唐人詩中，往往用方言。杜詩："一昨陪錫杖[1]。""一昨"者，猶言昨日也。王逸少帖[2]："一昨得安西六日書。"晋人已用之矣。太白詩："遮莫枝根長百尺。""遮莫"者，猶言盡教也。干寶《搜神記》[3]："張華以獵犬試狐。狐曰：'遮莫千試萬慮，其能爲患乎？'"

晋人亦用之矣。孟浩然詩[4]:"更道明朝不當作,相期共鬭管弦來。""不當作"者,猶言先道個不該也。元稹詩[5]:"隔是身如夢,頻來不爲名。""隔是"者,猶云已如此也。杜牧詩[6]:"至竟薛亡爲底事?""至竟"者,猶云究竟也。

【箋注】

[1]錫杖:僧人所持的禪杖。 [2]王逸少:王羲之,見卷三・三六注[4]。 [3]干寶(?—336):字令升。東晋汝陰新蔡(今屬河南)人。曾任著作郎、散騎常侍。著《晋紀》《搜神記》。 [4]孟浩然:見卷一〇・二一注[4]。 [5]元稹:見卷一・二〇注[11]。 [6]杜牧:見卷一・三一注[4]。

四　八

《古樂府》:"碧玉破瓜時。"或解以爲月事初來,如瓜破則見紅潮者,非也。蓋將瓜縱横破之,成二"八"字,作十六歲解也。段成式詩[1]:"猶憐最小分瓜日。"李群玉詩[2]:"碧玉初分瓜字年。"此其證矣。又詩中用"所由"者,蓋本《南史・沈炯傳》。文帝留炯曰:"當敕所由,相迎尊累。"一解以爲州縣官,一解以爲里保。又和凝詩[3]:"蝤蠐領上訶梨子。"人多不解。朱竹垞曰[4]:"訶梨,婦女之雲肩也[5]。"吕種玉《言鯖》云[6]:"禄山爪傷楊妃乳,乃爲金訶子以掩之。或云即今之抹胸。"

【箋注】

[1]段成式(803—863):字柯古。唐齊州鄒平(今屬山東)人。官至太常少卿。著筆記小説《酉陽雜俎》。 [2]李群玉:見卷九・一九注[5]。 [3]和凝(898—955):字成績。五代時鄆州須昌(今山東東平一帶)人。後梁貞明二年進士。歷仕後唐、後晋、後漢。有《宫詞》百首。 [4]朱竹垞:朱彝尊,見卷一・二〇注[14]。 [5]雲肩:婦女披在肩上的裝飾物。以護衣領,不使沾油。 [6]吕種玉:字藍衍。清江蘇長洲人。著《言鯖》。

四　九

偶讀馮益都相公集[1]，有《吊明季楊左二公》詩[2]，云："忠魂莫再傷冤抑，今日猶能廑聖衷[3]。"下注："面奉聖祖云[4]：'二臣死於廷杖，非死於獄也。'"

【箋注】

[1]馮益都：馮溥（1609—1692），字孔博，一字易齋。明末清初山東益都（今青州）人。順治三年進士。官至文華殿大學士。謚文毅。有《佳山堂集》。[2]楊左：指楊漣與左光斗。楊漣（1572—1625），字文孺，號大洪。明湖廣應山（今湖北廣水）人。萬曆三十五年進士。東林黨人。有《楊大洪集》。左光斗（1575—1625），字遺直。明南直隸桐城（今屬安徽）人。萬曆三十五年進士。東林黨人。二人因彈劾魏忠賢，遭酷法廷杖，慘死獄中。[3]廑（jǐn）：蒙受。[4]面奉：當面呈獻。聖祖：康熙。

五　〇

相傳世有空青[1]，人無瞽目[2]。其真者，余未之見也。惟南蘭張天池家藏一顆石[3]，巔趾僅寸許，面帶波痕，光彩空靈，中伏一兔。兔腹下藏銀母漿[4]，摇盪有聲。據云其先人得自海上，傳家已三世矣。同年儲梅夫太史題七古云[5]："白雲縹渺太素含[6]，波光隱現細浪蹙。入水能教霞彩生，舟行怕有饞龍逐。"《博物志》："龍嗜空青燕肉。"

【箋注】

[1]空青：孔雀石的一種，又名楊梅青。産於川贛等地。相傳病目者以水拭之即愈。[2]瞽目：瞎眼。[3]南蘭：南蘭陵，今江蘇常州。張天池：如上，餘未詳。[4]銀母：白色雲母。[5]儲梅夫：儲麟趾，見卷二·五七注[1]。[6]太素：古人謂最原始的物質。

五　一

海鹽馬世榮[1]，字焕如。墨林觀察之祖[2]。與陸稼書先生交好[3]。

所著詩集，有《白生歌》云："白生者，蛇精也，化美男子，爲錢千秋孝廉所狎[4]。孝廉謫戍出塞，白與偕行，情好綢繆。後遇赦歸。錢官司李[5]，白以手帕托錢求張真人用印[6]，事破受誅。乃乞錢以玉瓶裝其骨，道百年後，可仍還原身。"事甚詭誕。而馬乃理學人，非誑語者。惜詩有百韻，不能備録。

【箋注】

[1] 馬世榮：字焕如，號倘浦。清浙江海鹽人。好與方外遊。有《倘浦詩鈔》。 [2] 馬墨林：馬維翰，見卷三·六三注[3]。 [3] 陸稼書：陸隴其（1630—1692），字稼書。清浙江平湖人。康熙九年進士。官至監察御史。學術專宗朱熹。有《三魚堂文集》《困勉録》。 [4] 錢千秋：字真長。浙江海鹽人。明天啟間舉人。有《青崖集》。 [5] 司李：掌刑法斷案的官職。 [6] 張真人：傳説中的修煉得道者。

五二

蘇州老紅豆惠周迪先生有句云[1]："花浮小盞三投酒，乳撥深爐七品茶[2]。"人疑"七品"當是"七碗"之誤。余曰：非也。金人七品官，才許飲茶，事見《金史》。惟"三投酒"未詳所出，或是"三辰酒"之訛[3]。先生有《香城驛》一絶云[4]："縵田乘雨破春耕[5]，落日柴車帶犢行。繞屋馬通高一尺[6]，地名還自號香城。"

【箋注】

[1] 惠周迪（？—1694）：一作惠周惕，原名恕，字元龍，號硯溪、紅豆主人。清江蘇吴縣人。康熙三十年進士。官密雲知縣。有《硯溪先生全集》。家有紅豆樹，詩有《紅豆詞》。鄉人稱其爲老紅豆先生，稱其孫惠棟爲小紅豆。 [2] 三投酒：即蒙古所謂波爾打拉酥，以羊胎和高粱釀造。七品茶：梅堯臣《李仲求寄建溪洪井茶七品云愈少愈佳未知嘗何如耳因條而答之》："忽有西山使，始遺七品茶。末品無水暈，六品無沉柤。五品散雲脚，四品浮粟花。三品若瓊乳，二品罕所加。絶品不可議，甘香焉等差。" [3] 三辰酒：唐玄宗時酒名。後唐馮贄《雲仙雜記》引《史諱録》："玄宗置曲清潭，砌以銀磚，泥以石粉，

貯三辰酒一萬車，以賜當制學士等。”　[4] 香城驛：古驛站名，在陝西朝邑縣東。　[5] 縵田：不作壟溝耕作的土地。　[6] 馬通：馬糞。

五　三

桐城二詩人，方扶南與方南塘齊名[1]。魚門愛扶南[2]，余獨愛南塘。何也？以其詩骨清故也。扶南苦學玉溪、少陵兩家[3]，反爲所累，夭閼性靈[4]。南塘如：“風定孤煙直，天遥獨鳥沉。”“因潮通估客[5]，隔葦見漁燈。”“閏年入夏花猶在，積雨逢晴草怒生。”皆扶南所不能。至於“無意懷人偏入夢，未報恩門羞再入”，其妙在真。又：“清風時一來，悠然復徐歇。”真陶詩之佳者[6]。

【箋注】

[1] 方扶南：方世舉，見卷三・三五注 [4]。方南塘：方貞觀，見卷八・九〇注 [1]。　[2] 魚門：程晋芳，見卷一・五注 [1]。　[3] 玉溪、少陵：唐詩人李商隱、杜甫。　[4] 夭閼（è）：摧折、遏止。　[5] 估客：指行商。[6] 陶詩：陶淵明詩。

按：讀此則詩話，可知學詩即使學名家大家，也能夭閼性靈。何故？大約是因爲生搬硬套，一味模仿，失去個人的真性情。

五　四

顧俠君先生選《元百家詩》[1]，夢有古衣冠者數百人，拜而謝焉。杭州嚴曙聲焬贈云[2]：“但見三吴書板盛[3]，不知十載選樓忙[4]。”王介眉撰《通鑒》[5]，成而未梓。儲梅夫贈云[6]：“二十一史加前明，王郎鏤板胸中行。”

【箋注】

[1] 顧俠君：顧嗣立（1665—1722），字俠君，號閭丘，别號醉愚居士。清江蘇長洲人。康熙五十一年進士。有《秀野集》《閭丘集》等。　[2] 嚴曙聲：

嚴烺（1774—1840），字小農，一字曙升，亦作曙聲，號琅岩。清浙江仁和人。諸生。官至東河河道總督。有《晚晴軒詩選》。 [3]書板：以雕板印刷術印書的底板。 [4]選樓：原指南朝梁昭明太子蕭統所建的文選樓，後泛指編選文章的地方。 [5]王介眉：王延年，見卷二・五六注[1]。《通鑒》：指增補《通鑒紀事本末》。 [6]儲梅夫：儲麟趾，見卷二・五七注[1]。

五 五

凡咏險峻山川，不宜近體[1]。余游黄山，携曹震亭、江鶴亭兩詩本作印證[2]。以爲江乃鉅賈，曹故宿學[3]，以故置江而觀曹[4]。讀之，不甚慊意[5]，乃擷江詩，大爲歎賞。如《雨行許村》云："昨朝方戒途[6]，雨阻欲無路。今晨思啟行，開門滿晴煦。雨若拒客來，晴若招客赴。山靈本無心，招拒詎有故？"又曰："非是山行剛遇雨，實因自入雨中來。"皆有妙境。《雲海》云："白雲倒海忽平鋪，三十六峰遭吞屠。風帆煙艇雖不見，點點螺髻時有無[7]。一笑看塵中[8]，局縮轅下駒。曷不來此登斯須[9]，垣遮瓦壓胡爲乎？"《雲谷》云："領妙如悟禪，搜秘等居讎[10]。看山得是法，善刃無全牛[11]。"其心胸筆力，迥異尋常。宜其隱於禺筴[12]，而能勢傾公侯，晋爵方伯也[13]。卒無子，年逾六十而終。嗚呼！非余與交四十年，又誰知其能詩哉？

【箋注】

[1]近體：見卷五・四〇注[2]。 [2]曹震亭：曹學詩（1697—1773），字震亭，又字以南，號香雪。清安徽歙縣人。乾隆十三年進士。官麻城、崇陽知縣。有《香雪詩鈔》。江鶴亭：江春，見卷八・五注[10]。 [3]宿學：學識淵博、修養有素的學者。 [4]置：擱置。 [5]慊（qiè）意：滿意。 [6]戒途：出發，準備上路。 [7]螺髻：比喻聳起如髻的峰巒。 [8]看：原缺此字，據民國本加。[9]斯須：須臾、片刻。 [10]居讎：宋陳造《次韻徐秀才十首》（其七）前四句："鈎妙如悟禪，去瑕等居讎。學詩得是法，善刀無全牛。" [11]無全牛：《莊子・養生主》："臣之所好者道也，進乎技矣。始臣之解牛之時，所見無非牛者，三年之後，未嘗見全牛也。"後用以喻技藝精純，到了得心應手的境界。 [12]禺（ǒu）筴：合算、合計，此指經商。 [13]晋爵：提升官職。

五　六

正喻夾寫之詩[1]，前已載數條矣。兹又得黄莘田《驟冷》云[2]："今日蒙茸昨絺綌[3]，炎凉只在一宵中。"闈乘僧《園上》云[4]："縱教吹出桃花去，自有山風吹送回。"王雲上《山行》云[5]："敢云閲歷多艱苦，最好峰巒最不平。"

【箋注】

[1] 正喻夾寫：見卷一二・四六注[1]。 [2] 黄莘田：黄任，見卷四・四九注[1]。 [3] 蒙茸：蓬亂的樣子。絺綌：葛布的統稱，泛指夏日所穿的衣服。[4] 闈乘僧：生平未詳。 [5] 王雲上：見卷六・一一。

五　七

閩中鄭蘭州太守《無題》云[1]："此身願化催歸鳥，到處逢人苦勸歸。"余仿其意，賀人致仕云[2]："我是嘉賓慕高隱，喜人歸勝自家歸。"鄭有駢體自序云："羊叔子不如銅雀妓[3]，雖近於諧；卓文君得嫁馬相如[4]，尚嫌其晚。"

【箋注】

[1] 鄭蘭州：鄭王臣，見卷六・九注[1]。 [2] 致仕：辭去官職。 [3] 羊叔子：羊祜（221—278），字叔子。泰山南城（今山東費縣一帶）人。西晋征南大將軍。銅雀妓：曹操修建銅雀臺，要求死後把侍妾和歌舞妓安置在此臺上，定期爲他表演歌舞。《世説新語・言語第二》：王子敬語王孝伯曰："羊叔子自復佳耳，然亦何與人事，故不如銅雀臺上妓。" [4] 卓文君：西漢蜀郡臨邛人。卓王孫女。嫁司馬相如。後司馬相如喜新厭舊，欲納妾，文君憤作《白頭吟》。馬相如：司馬相如，見卷一・二二注[5]。

五　八

合肥才女許燕珍《元夜竹枝》云[1]："鰲山煙火照樓臺[2]，都把臨街格子開。椒眼竹籃呼賣藕[3]，金錢抛出繡簾來。"題余三妹素文遺稿云[4]："采鳳隨鴉已自慚，終風且暴更何堪[5]？不須更道參軍好[6]，得嫁王郎死亦甘[7]。"嗚呼！班氏《人物表》[8]，原有九等，王凝之不過庸才中下之資，若妹所適高某者，真下下也。燕珍此詩，可謂"實獲我心"。

【箋注】

[1] 許燕珍：字儼瓊，一字静含。清安徽合肥人。武田知縣齊卓女。有《鶴語軒詩集》《澌餘小草》。 [2] 鰲山：指紮成神話中巨龜負載仙山的彩燈。 [3] 椒眼：如椒實大小的洞孔。 [4] 素文：袁機，見卷一〇・三六注[2]。 [5] 終風且暴：《詩經・邶風・終風》語，形容丈夫性情如大風般狂暴。 [6] 參軍：指南朝宋參軍鮑照那樣的人。鮑照，見卷四・二九注[1]。 [7] 王郎：指王凝之（334—399），字叔平。晋人。王羲之次子。歷江州刺史、左將軍、會稽内史。《世説新語・賢媛》："王凝之謝夫人既往王氏，大薄凝之。既還謝家，意大不説。"此處以晋代才女謝道韞比袁機，就是説像袁機這樣的淑女既然嫁不了鮑照那樣的人，即使許配給中庸之才的王凝之這類人，也算死而無憾。 [8] 班氏：《漢書》作者班固。《漢書》中有《古今人表》。

五　九

同年錢文敏公維城[1]，在都時所居緑雲書屋，陳乾齋相國之故宅也[2]。公女浣青[3]，有詩才，與婿崔君龍見，弟維喬，戚里莊君炘、管君世銘五人倡和[4]。宅有古桑，緑陰毵毵，映一畝許，視其影將逾屋，則公必退朝，各呈詩請政[5]，公欣然爲甲乙之[6]，有《鳴秋合籟集》兩卷，真公卿佳話也。余嘗戲之曰："唐虞之際，于斯爲盛。有婦人焉，四人而已[7]。"諸君詩不能備録，惟摘浣青《通天臺》云[8]："當塗代漢逾百年[9]，銅人之淚流作鉛[10]。移經灞水亦傷别[11]，回頭立盡東關煙。"《華清宫故址》云[12]："新臺之水古所恥[13]，老奴遂爲良娣死[14]。盛衰轉眼五十年，始知李嶠真才子[15]。"

【箋注】

[1] 錢文敏：錢維城，見卷五・五五注 [1]。 [2] 陳乾齋：陳元龍，見卷四・二六注 [1]。 [3] 浣青：錢孟鈿，見卷五・五五注 [1]。 [4] 崔龍見：見卷五・五五注 [2]。維喬：錢維喬，見卷九・八一注 [3]。莊炘（1735—1818）：字景炎，一字似撰，號虔庵。清江蘇武進人。乾隆三十三年副貢。官至興安知府。有《師尚齋詩集》《寶繪堂集》。管世銘（1738—1798）：字緘若，號韞山。清江蘇武進人。乾隆四十三年進士。官户部郎中，充軍機章京。有《韞山堂集》。 [5] 請政：請改正、糾正。 [6] 甲乙：評定優劣。 [7]"唐虞"數語：《論語・泰伯》："才難，不其然乎？唐虞之際，于斯爲盛。有婦人焉，九人而已。" [8] 通天臺：漢武帝祭泰乙處，在今陝西淳化一帶。 [9] 當塗代漢：《三國志》："代漢者，當塗高也。"這是東漢末年流行的一句讖語。曹丕的太史丞許芝强解爲："當塗高者，魏也。象魏者，兩觀闕是也。當道而高大者魏，魏當代漢。" [10] 銅人：即通天臺上所鑄金銅仙人。東漢亡，遂爲魏明帝曹叡所拆。《緗素雜記》引《漢晋春秋》："帝徙盤，盤折，聲聞數十里，金狄或泣，因留霸城。" [11] 灞水：發源藍田縣東秦嶺北麓，流經長安城東的一條河流。 [12] 華清宫：唐代宫殿名，在今陝西臨潼驪山西北麓。 [13] 新臺：故址在今河南濮陽境。春秋時，衛宣公爲兒子伋娶齊女，聞其貌美，欲自娶，遂于河邊築新臺，將齊女截留。後用以喻不正當的翁媳關係。此指唐明皇與楊貴妃。 [14] 老奴：這裏指唐玄宗時期宦官高力士。良娣：這裏指唐肅宗皇后張良娣。張良娣出於對已退位的玄宗的忌憚之心，放逐了高力士，使其悲憤而死。 [15] 李嶠（645—714）：字巨山。唐趙州贊皇（今屬河北）人。擢進士第。官至鳳閣鸞臺平章事。玄宗時貶廬州别駕。與蘇味道齊名，並稱蘇李。《唐才子傳》載："明皇將幸蜀，登花萼樓，使樓前善《水調》者奏歌，歌曰：'山川滿目淚沾衣，富貴榮華能幾時。不見只今汾水上，惟有年年秋雁飛。'帝慘愴，移時，顧侍者曰：'誰爲此？'對曰：'故宰相李嶠之詞也。'帝曰：'真才子！'不待終曲而去。"

六〇

余甲子科從沭陽就聘南闈[1]，過燕子磯，見秦秀才大士題詩壁上[2]，有"漁火真疑星倒出，鐘聲欲共水争流"之句，心甚異之。次年，奉調江寧，秦以弟子禮見。見贈一律，中二聯云："門生半爲論文至，大吏都邀作賦還。玉麈清談時善謔[3]，烏紗習氣已全删。”予月課多士，拔其尤者，如車研、甯楷、沈石麟、龔孫枝、朱本楫、陳製錦及秦君等[4]，共二十人，徵歌選勝，大會于徐園[5]。有伶人康某爲余所賞，秦即席賦詩云：“秋雲冪歷午陰長[6]，舞袖風回桂蕊香。忘是將軍門下客，公然子細看康郎。”一坐爲之解頤。余尤愛其《游秦淮》云：“金粉飄零野草新，女牆日夜枕寒津。興亡莫漫悲前事，淮水而今尚姓秦。”後中狀元，官學士。

【箋注】

[1]甲子：這裏指乾隆九年（1744）。南闈：明清時期的江南鄉試。[2]秦大士：見卷一・四二注[6]。 [3]玉麈（zhǔ）：玉柄的拂塵。東晉士大夫清談時常執之。後人相沿成習，爲名流雅器。 [4]車研：見卷九・六注[2]。甯楷（1712—1801）：字端文，號櫟山。清江蘇江寧人。乾隆十八年鄉試中舉，翌年授涇縣教諭。有《修潔堂全集》。沈石麟：見卷九・六注[2]。龔孫枝：見卷四・五九注[2]。朱本楫（1721—1776）：字舟次。清江蘇上元人。乾隆三十六年進士。官知縣。陳製錦：見卷一・三五注[1]。 [5]徐園：原爲明中山王徐達後裔的别業，位於南京城内東南。 [6]冪歷：彌漫籠罩貌。

六　一

徐園高會時，余首唱一絶，諸生和者十九人。龔孫枝繪圖以記其勝[1]。掛冠後，詩畫俱遺失，園亦荒圮[2]。越四十年，有邢秀才作主人，葺而新之，求亭上對聯。余題曰：“舊地怕重經，記當年絲竹宴諸生，回頭似夢；名園須得主，看此日樓臺逢哲匠，著手成春。”

【箋注】

[1]龔孫枝：見卷四・五九注[2]。 [2]掛冠：辭官，棄官。荒圮（pǐ）：荒蕪坍塌。

六　二

庚申在京，余與裘叔度同年同車遇雨[1]，裘誦其師梁仙來太史一聯云[2]：“飛雨不到地，輕煙吹若塵。”太史名機，雍正癸卯翰林，外出爲令。高安相公薦鴻博[3]，入都，與余相遇於琉璃廠書肆中。咏桃花云：“渾疑人面隱，下馬誤題門[4]。”《贈妓》云：“欲作歌聲畏花落，選詞先唱鎖南枝[5]。”《觱篥》云[6]：“老去還嗟耳力退，自吹羌管不聞聲。”《沙邱》云[7]：“荆卿匕首漸離筑，可惜不逢祖龍三十六[8]。”

【箋注】

[1]庚申：這裏指乾隆五年（1740）。裘叔度：裘曰修，見卷一·六五注[17]。[2]梁仙來：梁機（1678—？），字仙來。清江西泰和人。康熙六十年進士。由庶吉士改補教授。有《三華集》《北遊草》。[3]高安相公：指朱軾（1665—1736），字若贍，號可亭。清江西高安人。康熙三十三年進士。官奉天府尹、浙江巡撫、左都御史，雍正三年擢爲大學士。[4]題門：唐崔護《題都城南莊》：“去年今日此門中，人面桃花相映紅。”[5]鎖南枝：古代民歌，後爲曲牌名。[6]觱（bì）篥（lì）：古簧管樂器名。其聲悲。出於西域龜茲。[7]沙邱：指博浪沙。在今河南原陽一帶。張良與力士狙擊秦始皇于此。[8]祖龍：指秦始皇。

六　三

揚州江賓谷白首名場[1]。余每過邗江，賓谷必呼子侄出見，曰：“余少時得見前輩某某，至今誇説於人。汝等不可與隨園先生當面錯過。”余感其意，録其《與弟蔗畦夜坐》云[2]：“宵中更警嚴城柝[3]，暑退人親小室燈。”《冬晴》云：“剩菊尚支苔徑賞，凍蠅微觸紙窗聞。”《咏古梅》云：“乍見根疑石，旋驚雪作香。”

蔗畦名恂。咏《穹廬雪》云[4]：“穹廬雪，嚼復咽。氈毛已盡雪不歇。雪能冷骨不冷心，十九年來覺長熱。風沙大地慘無春，只有手中之節凍不折[5]。君節臣執臣不辭，臣節君薨君不知[6]。淚零紅雪吞不得，灑在茂陵松柏枝[7]。”蔗畦刺亳州，守徽州，俱有善政。所藏金石文字最多。

【箋注】

[1] 江賓谷：江昱，見卷三・二一注[1]。名場：指進科舉考場。 [2] 蔗畦：江恂，見卷八・三〇注[2]。 [3] 柝（tuò）：古代巡夜報更所敲的木梆。[4] 穹廬：古代遊牧民族住的氈帳。此處所咏實爲蘇武故事。 [5] 節：符節，古代使臣所持之外交憑證。 [6] 薨：諸侯帝王死亡之稱。 [7] 茂陵：漢武帝劉徹的陵墓，在今陝西興平一帶。

六　四

余作《春寒》詩，黄星岩和云[1]：“寒深疑歷誤，春久没花知。”何士顒和云[2]：“流細水初活，花遲春轉寬。”

【箋注】

[1] 黄星岩：黄之紀，見卷三・四六注[1]。 [2] 何士顒：見卷一・三七注[1]。

六　五

常州徐太史昂發[1]，《上韓慕廬尚書》云[2]：“佳士姓名常在口，好官階級不關心[3]。”孔雩谷《贈龍明府雨樵》云[4]：“有意憐寒士，無心媚長官。”嗚呼！古之人歟！

【箋注】

[1] 徐昂發（？—1740）：字大臨。清江蘇崑山人。康熙三十九年進士。提督江西學政。有《畏壘山人詩集》《畏壘筆記》。 [2] 韓慕廬：韓菼，見卷五・五〇注[4]。 [3] 階級：官的品位、等級。 [4] 孔雩（yú）谷：孔繼榦（gàn）（1745—？），字蔭泗，號雲谷，一作雩谷。清山東曲阜人。乾隆舉人。歷任江都知縣、松江知府。龍雨樵：龍鐸，字震升，號雨樵。清直隸宛平（今北京）人。乾隆二十四年舉人。官吴江令。

六　六

丙戌三月，余過京口，宿茅耕亭秀才家[1]。庭宇幽邃，膳飲精妙。燈下出詩稿見示，余爲加墨。記其佳句云："鄰船通客語，虚枕納潮聲。""千里月明天不夜，五更風急海初潮。"《官亭道上》一絶云："細道繞平疇，時聽農歌起。回頭不見人，聲在禾麻裏。"未數年，秀才入詞林[2]。丁酉鄉試[3]，作吾鄉副主考。

【箋注】

[1]丙戌：這裏指乾隆三十一年(1766)。茅耕亭：茅元銘，字耕亭，號栗園。清江蘇丹徒人。乾隆三十七年進士。官内閣學士，兼禮部侍郎。有《耕亭詩鈔》。[2]詞林：即翰林院。　[3]丁酉：這裏指乾隆四十二年(1777)。

按：袁枚傳此《官亭道上》一首，真生機妙趣，自然天籟，如在眼前耳畔，只可吟咏品味，不必多加贊詞贅語。

六　七

淮寧詩人黄浩浩《秋柳》云[1]："小驛孤城風一笛[2]，斷橋流水路三叉。"余曰："佳則佳矣，惜其似梅花詩。"有某公咏梅云："五尺短牆低有月，一村流水寂無人。"或笑曰："此似偷兒詩。"

【箋注】

[1]黄浩浩：字嘯江。清安徽懷寧人。輯有《緑蘿館遺詩》。此處"淮寧"爲"懷寧"之誤。　[2]驛：旅店。

六　八

許竹人侍御《題路上去思碑》云[1]："君看去思官道石，深鎸鎸不到人心。"足補白太傅咏碑之所未及[2]。

【箋注】

[1]許竹人：許道基，見卷三・二四注[3]。去思碑：紀念離任地方官的碑。[2]白太傅咏碑：唐白居易咏碑詩有《立碑》《青石》等。

六　九

壬寅春[1]，余遊西湖，寓漱石居。閒步斷橋，遇一少年問路，愁容可掬，扣其故，曰："我平湖秀才，來遊湖上，進錢塘門，行李被竊，無處投宿。"予疑不實，問："既是秀才，可能詩乎？"曰："能。"命咏落花，操筆立就，有句云："入宫自訝連城價，失路偏多絕代人。"余大驚，留宿贈金而别。但記姓郁，忘其名。

【箋注】

[1]壬寅：這裏指乾隆四十七年（1782）。

七　〇

余苦春寒不已。中州吕柏岩詩云[1]："朔風烈烈知何意，不許江春入得來。"張自南云[2]："春寒不逐早已去，今日又從何處來？"兩押"來"字，俱妙。

【箋注】

[1]吕柏岩：吕宣曾，見卷九・二七注[2]。　[2]張自南：生平未詳，是袁枚業師史玉瓚的朋友，參見卷六・五七。

七　一

王中丞恕[1]，四川人，號樓山。《過潮州感舊》詩曰："金山遥對鳳凰洲[2]，策馬崆峒憶舊遊[3]。二十七年如昨日，八千里外是并州[4]。空餘大樹翻斜日[5]，尚有遺丁説故侯[6]。路過西州秋欲老，舊參軍也雪盈頭。"通首唐音[7]。許竹素先生爲余誦之[8]。

【箋注】

[1]王昶（1622—1682）：字中安，一字瑟齋。清山西太原人。康熙六十年進士。官至福建巡撫。有《樓山集》。 [2]金山：此指廣東潮州金城山。鳳凰洲：潮州城南韓江中的一處沙洲。 [3]戎馬崆峒：此指回憶中的從軍經歷。 [4]并州：今山西太原一帶，爲作者的故鄉。賈島《渡桑乾》："客舍并州已十霜，歸心日夜憶咸陽。無端更渡桑乾水，却望并州是故鄉。" [5]大樹：范曄《後漢書·馮異傳》："諸將並坐論功，異常獨屏樹下，軍中號曰'大樹將軍'。"常用爲謙遜而不居功之典。 [6]故侯：這裏指曾經的長官。[7]唐音：指唐詩的總體風格特徵。 [8]許竹素：許廷鑅，見卷三·二九注[5]。

七二

余嘗謂魚門云[1]："世人所以不如古人者，爲其胸中書太少。我輩所以不如古人者，爲其胸中書太多。昌黎云[2]：'非三代、兩漢之書不敢觀[3]。'亦即此意。東坡云[4]：'孟襄陽詩非不佳[5]，可惜作料少[6]。'施愚山駁之云[7]：'東坡詩非不佳，可惜作料多。詩如人之眸子，一道靈光，此中著不得金屑，作料豈可在詩中求乎？'予頗是其言。或問：'詩不貴典，何以少陵有讀破萬卷之説[8]？'不知'破'字與'有神'三字，全是教人讀書作文之法。蓋破其卷，取其神，非囫圇用其糟粕也。蠶食桑而所吐者絲，非桑也；蜂采花而所釀者蜜，非花也。讀書如吃飯，善吃者長精神，不善吃者生痰瘤。"

【箋注】

[1]魚門：程晋芳，見卷一·五注[1]。 [2]昌黎：韓愈，見卷一·一三注[1]。 [3]三代：此指夏、商、周。 [4]東坡：蘇軾，見卷一·二五注[4]。 [5]孟襄陽：孟浩然，見卷一〇·二一注[4]。 [6]作料：材料、佐料。[7]施愚山：施閏章，見卷二·七八注[2]。 [8]少陵：杜甫，見卷一·一三注[4]。

按：此處爲袁枚非常重要和著名的一段詩論，值得細加體味，雖多爲比喻，言及眸子、金屑、蠶、蜂、吃飯等等，没有説到具體的操作方法，但也正因爲如此，顯得生動有趣，告訴我們必須開發悟性，詩不是作用於手足，而是作用于心靈的東西。

七　三

嚴冬友曰[1]："凡詩文妙處，全在於空。譬如一室内，人之所遊焉息焉者，皆空處也。若窒而塞之，雖金玉滿堂，而無安放此身處，又安見富貴之樂耶？鐘不空則啞矣，耳不空則聾矣。"范景文《對床録》云[2]："李義山《人日》詩[3]，填砌太多，嚼蠟無味。若其他懷古諸作，排空融化，自出精神。一可以爲戒，一可以爲法。"

【箋注】

[1] 嚴冬友：嚴長明，見卷一・二二注[6]。 [2] 范景文（1587—1644）：范晞文，字景文，號葯莊。宋錢塘人。太學生。有《葯莊廢稿》《對床夜語》。此處所引非原文。可參讀《對床夜語》。 [3] 李義山：李商隱，見卷一・二〇注[12]。

按：這是借旁人之口，達自我之意。詩貴空靈。這是詩人需要時時努力以至畢生追求的妙諦。

七　四

保勵堂侍郎《送人納妾》七律[1]，後四句云："席上偶然教進酒，燈前何敢遽呼郎？只因未識夫人性，試問明朝那樣妝？"

【箋注】

[1] 保勵堂：保成，字勵堂，佟佳氏。清滿洲鑲紅旗人。由義學生考取中書。官至吏部右侍郎。

按：這就是袁枚，上面剛讓人飲了好茶名酒，品味不盡，這裏就羼入了酸味，陷入無聊。

七　五

明季用兵時[1]，有女子劉素素者[2]，被掠，題詩店壁云："天明吹角數聲殘，將士傳呼上玉鞍。恰憶當時閨閣裏，曉妝猶怯露桃寒[3]。"

【箋注】

[1]明季：明朝末年。　[2]劉素素：生平未詳。　[3]露桃：語本《樂府詩集·相和歌辭三·雞鳴》："桃生露井上，李樹生桃旁。"

七　六

宛平袁明府增[1]，字保侯。宰江寧時，與余通譜[2]。有句云："天遠望窮飛去鳥，春寒誤盡早開花。"咏瓶云："飲水自知胸最冷，銜花應覺口常香。"

【箋注】

[1]袁增（約1719—？）：字保侯。順天府大興人。乾隆十三年進士。江寧知縣。　[2]通譜：同姓的人互認爲同族。

七　七

先慈九十生日[1]，祝壽詩無慮百餘首；予獨愛龔旭開秀才五律一結云[2]："爲有稱觴客[3]，今朝户不扃[4]。"淡而有味。

【箋注】

[1]先慈：稱亡母。　[2]龔旭開：龔元超，見卷三·一五注[3]。　[3]稱觴：舉杯祝酒上壽。　[4]不扃（jiōng）：不關閉門户，指來客衆多。

七　八

杭州風俗，人家作醬，甕上鎮壓，必書"姜太公在此"五字[1]。余嘗疑之。孫文和秀才笑曰[2]："君豈不知太公不能將兵，而善將將乎？”又過張息侯家[3]，見其奴携燈籠來，上題“賴有此耳”四字[4]。兩用史書語，令人莞然。

【箋注】

[1]姜太公：吕尚，或作姜尚。姜姓，吕氏，名尚，字子牙，又稱太公望。西周東海人。佐周武王滅紂。封于齊營丘。民間多尊稱爲姜太公。 [2]孫文和：生平未詳。此處所引，是套用史書語。《史記・淮陰侯列傳》：“上問曰：‘如我能將幾何？’信曰：‘陛下不過能將十萬。’上曰：‘於君何如？’曰：‘臣多多而益善耳。’上笑曰：‘多多益善，何爲爲我禽？’信曰：‘陛下不能將兵，而善將將，此乃言之所以爲陛下禽也。’” [3]張息侯：生平未詳。[4]賴有此耳：語出《晋書・石勒載記》：“嘗使人讀《漢書》，聞酈食其勸立六國後，大驚曰：‘此法當失，何得遂成天下！’至留侯諫，乃曰：‘賴有此耳。’”

七　九

蔣戟門觀察招飲[1]，珍饈羅列。忽問余：“曾吃我手製豆腐乎？”曰：“未也。”公即着犢鼻裙，親赴厨下。良久擎出，果一切盤餐盡廢。因求公賜烹飪法。公命向上三揖，如其言，始口授方。歸家試作，賓客咸誇。毛俟園廣文調余云[2]：“珍味群推郇令庖[3]，黎祈尤似易牙調[4]。誰知解組陶元亮[5]，爲此曾經三折腰[6]。”

【箋注】

[1]蔣戟門：蔣賜棨（1734—1802），字戟門。清江蘇常熟人。文淵閣大學士蔣廷錫之孫。授户部右侍郎。 [2]毛俟園：毛藻，見卷二・二六注[1]。[3]郇（xún）令庖：唐韋陟襲封郇國公，厨中飲食精美，人稱郇公厨。 [4]黎祁：豆腐的别稱。易牙：春秋時齊桓公臣子，以善調百味而著名。 [5]陶元亮：陶淵明，見卷一・二七注[2]。 [6]折腰：原指屈身事人爲官，此喻指袁枚躬身求教。

八　〇

南宋末年，士大夫簠簋不飭[1]。有鄭熏者[2]，素作賊，以軍功得主簿，衆不禮焉。鄭乃獻詩云："鄭熏素行本非端，熏有狂言上衆官。衆官作官還作賊，鄭熏作賊還作官。"

【箋注】

[1] 簠（fǔ）簋（guǐ）不飭：對做官不廉正者的一種婉轉的説法。簠簋，兩種盛黍稷稻粱之禮器。飭，通飾，整齊有序。 [2] 鄭熏：生平未詳。

八　一

方亨咸《論畫》云[1]："神品如孫吴[2]，能品是刁斗森嚴之程不識[3]，逸品則解鞍縱卧之李將軍[4]。"又曰："厚不因多，薄不因少。"余愛其言可通於詩，故録之。

【箋注】

[1] 方亨咸：一作方咸亨，字吉偶，號邵村。清安徽桐城人。順治丁亥進士。官至御史。 [2] 孫吴：孫，指孫武，著《孫子兵法》；吴，指吴起，著《吴子》。二書是戰國時期著名軍事著作。 [3] 程不識：西漢長樂衛尉，後爲車騎將軍。治軍嚴整而規範。 [4] 李將軍：指李廣，見卷五・三一注 [2]。

按：所録詩法，又是妙喻。此種言傳，不可拘執，只求意會。

八　二

唐太宗云："泥龍竹馬，兒童之樂也；翠羽明珠，婦女之樂也。"余亦云："急流勇退、後起有人，士大夫之樂也。"今之人，惟揚州秦西巖先生以觀察致仕[1]，子又繼入翰林，宜其詩之自然駘宕也[2]。《南莊題壁》云："郭繞村煙水繞堤，數椽屋可托卑棲。百年老樹留花塢，二頃荒田雜菜畦。庾信小園枝下上[3]，王珣别墅澗東西[4]。誰云巢許買山隱[5]，家在城南認舊溪。”“策杖登樓眼界寬，邗溝一水迅奔湍[6]。天邊漕運梯雲上，江外山光帶霧看。南北塔高雙鵠立，東西橋鎖九龍蟠。往來多少風帆急，孤棹何如斗室安？”

【箋注】

[1]秦西巖：秦黌（hóng）（1722—1794），字序堂，號西巖、石翁等。清江蘇江都人。乾隆十七年進士。歷任山東鄉試正考官。其子秦恩復，字敦夫。乾隆五十二年進士，官編修。有《廣陵詩存》。 [2]駘（dài）宕（dàng）：無所局限、拘束。 [3]庾信：見卷三・七一注[5]。其《小園賦》寫庾信宅，首句云：“若夫一枝之上，巢父得安巢之所。” [4]王珣（xún）（349—400）：字元琳。東晉琅邪臨沂人。官至散騎常侍。在蘇州虎邱山建有别墅。稱舍山宅。 [5]巢許：巢父與許由的並稱。均爲堯時人，隱居不仕。後因以爲隱士的代稱。 [6]邗（hán）溝：春秋時吴王夫差爲争霸中原，引江水入淮以通糧道而開鑿的古運河。

隨園詩話箋注　卷一四

一

嘉興江浩然幕遊江西[1]，於市上得一銀光箋楷書云："妾年十五許嫁君，聞説君情若不聞。十七于歸見君面[2]，春風乍拂心長戀。爲歡半載奈離何，千里江山渺緑波。未成錦字腸先斷[3]，零落胭脂淚更多。西江浙江隔一水，天上銀河亦如此。銀河猶有渡橋時，奈妾奄奄病將死。傷心未見寧馨育[4]，仰負高堂愆莫贖。倘蒙垂念舊時情，有妹長成弦可續。君年喜得正英英[5]，莫更蹉跎無所成。無成豈特違親意，泉下亡人亦不平。要知世事皆前定，明珠一粒遥相贈。非求見物便思人，結縭來世於今定[6]。"後書："政可夫君。康熙癸酉仲夏，垂死妾顔玉斂衽[7]。"玩此詩，蓋有才女子也。第所謂政可者，不知何人。

【箋注】

[1]江浩然（1690—1750）：字萬原，號孟亭。清浙江嘉興人。康熙時諸生。與沈補愚等結詩社。有《北田集》。　[2]于歸：出嫁。　[3]錦字：指前秦蘇蕙寄給丈夫的織錦回文詩。後多用以指妻子給丈夫的表達思念之情的書信。[4]寧馨：指寧馨兒，對小孩子的美稱。《晋書・列傳第十三》："衍字夷甫，神情明秀，風姿詳雅。總角嘗造山濤，濤嗟歎良久，既去，目而送之曰：'何物老嫗，生寧馨兒！'"　[5]英英：年華茂美。　[6]結縭（lí）：指結婚。[7]斂衽：指女子的拜禮。

二

選家選近人之詩，有七病焉，其借此射利通聲氣者[1]，無論矣。凡人全集，各有精神，必通觀之，方可定去取；倘捃摭一二[2]，並非其人應選之詩，管窺蠡測[3]：一病也。《三百篇》中，貞淫正變，無所不包；今就一人見解之小，而欲該群才之大[4]，於各家門户源流，並未探討，以己履爲式，而削他人之足以就之：二病也。分唐界宋[5]，抱杜尊韓[6]，附會大家門面，而不能判别真僞，採擷精華：三病也。動稱綱常名教，箴刺褒譏[7]，以爲非有關係者不録；不知贈芍采蘭[8]，有何關係，而聖人不删。宋儒責蔡文姬不應登《列女傳》[9]，然則十七史列傳，盡皆龍逢、比干乎[10]？學究條規，令人欲嘔：四病也。貪選部頭之大，以爲每省每郡，必選數人，遂至勉强搜尋，從寬濫録：五病也。或其人才力與作者相隔甚遠，而妄爲改竄，遂至點金成鐵：六病也。徇一己之交情，聽他人之求請：七病也。末一條，余作《詩話》，亦不能免。

【箋注】

[1] 射利：謀取財利。 [2] 捃（jùn）摭（zhí）：採取、採集。 [3] 管窺蠡（lí）測：以管窺天，以蠡殼測海。比喻眼界狹小、見識短淺。 [4] 該：包容、概括。 [5] 分唐界宋：此指生硬劃分唐宋界限。 [6] 抱杜尊韓：只推崇杜甫和韓愈。 [7] 箴（zhēn）刺：指斥、規戒。 [8] 贈芍：表示男女相悦之情。《詩·鄭風·溱洧》："維士與女，伊其相謔，贈之以勺藥。"采蘭：謂供養父母之事。《文選·束皙〈補亡詩·南陔〉》："循彼南陔，言采其蘭。眷戀庭闈，心不遑安。" [9] 蔡文姬：蔡琰，見卷一二·八七注[7]。[10] 龍逢：即關龍逢。夏之賢人，因諫而被桀所殺。比干：商紂王的叔父，官少師。因屢次勸諫紂王，被剖心而死。此處以龍逢、比干代稱忠臣。

按：袁枚也承認這部詩話有弊病，這是坦誠的一點。但其弊病並非只有這一點，尚有待我們甄别、研究。

三

冬友侍讀暱伶人登元[1]，將之陝西，未能携去。路上見籠中賣相思鳥者，戲題云："同眠復同食，何處號相思？"

【箋注】

[1]冬友：嚴長明，見卷一・二二注[6]。伶人：歌舞藝人。登元：生平未詳。

四

山右馮康齋觀察，名廷丞[1]。學頗淵博，居官以廉聞。其夫人爲吾鄉周叔大太史之女[2]，亦好客。觀察詩云："談經客過頻搜字，脱珥妻賢解治厨[3]。"

【箋注】

[1]馮廷丞（1729—1785）：字均弼，號康齋。清山西代州（今代縣）人。乾隆十七年舉人，二十一年由蔭生授光禄寺署正，後歷任江南道員、江寧鹽法道、湖北按察使。 [2]周叔大：周玉章，字琡大、叔大，號葯闌。清浙江仁和人。乾隆二年進士。官至侍讀學士。 [3]脱珥（ěr）：脱去珠玉做的耳飾，借指婦女具有懿德賢行。

五

丙辰召試，有康熙癸巳編修雲南張月槎先生，名漢[1]，年七十餘，重入詞館。先生以前輩自居，而丙辰翰林欲以同年視之，彼此抵牾。後五十年，余遊粤東，飲封川邑宰彭公竹林署中[2]。西席張旭出見[3]，詢知爲先生嫡孫，急問先生遺稿，渠僅記《秋夜回文》一首云："煙深卧閣草凝愁，冷夢驚回幾樹秋。懸壁四山雲上下，隔簾一水月沉浮。翩翩影落飛鴻雁，皎皎光寒静斗牛。前路客歸螢點點，邊城夜火似星流。"余按：回文詩相傳始于蘇若蘭[4]，其實非也。《文心雕龍》云："回文所興，道原爲始[5]。"傅咸有回文反復詩[6]，温太真亦有回文詩[7]，俱在竇滔之前[8]。

【箋注】

[1]張漢（1680—1759）：字月槎。清雲南石屏人。康熙五十年進士。乾

隆元年舉鴻博。授檢討，改監察御史。有《留硯堂集》《月槎集》。 [2]彭竹林：彭翥，見卷一〇·六四注[1]。 [3]西席：古人席次尚右，右爲賓師之位，居西而面東。後尊稱受業之師或幕友爲“西席”。張旭：生平未詳。 [4]蘇若蘭：蘇蕙，字若蘭。十六國時前秦始平人。秦州刺史竇滔妻。滔因罪被徙流沙，蘇氏思念感傷，織錦爲回文《璇璣圖》詩以贈滔，辭甚悽楚。 [5]道原：無可考。明梅慶生《文心雕龍義注》以爲指南朝宋賀道慶。 [6]傅咸：見卷五·一八注[7]。 [7]温太真：温嶠(288—329)，字太真。東晋太原祁縣(今屬山西)人。官驃騎將軍、開府儀同三司。有《回文虚言詩》。 [8]竇滔：蘇若蘭的丈夫。

六

真州張嘯門遊鳩江[1]，遇鄰舟一女子，倚篷窗而哦。與語，淒絶不言。但見其《題青羅帶寄人》云：“扁舟一夜燈如雪，無限深情羞不説。東風何苦又天明，抵死催人江上别[2]。”

【箋注】

[1]張嘯門：清江蘇儀徵人，餘未詳。鳩江：今安徽蕪湖。 [2]抵死：急急。

七

咏史有三體：一借古人往事，抒自己之懷抱，左太冲之《咏史》是也[1]。一爲隱括其事，而以咏歎出之，張景陽之《咏二疏》、盧子諒之《咏藺生》是也[2]。一取對仗之巧，義山之“牽牛”對“駐馬”、韋莊之“無忌”對“莫愁”是也[3]。

【箋注】

[1]左太冲：左思，見卷一·一五注[3]。 [2]張景陽：張協（？—約307），字景陽。西晋安平（今屬河北）人。官中書侍郎、河間内史。有《張景陽集》。所引詩題一作“咏史”，咏西漢名臣疏廣與疏受叔侄二人。盧子諒：盧諶（284—351），字子諒。西晋范陽涿（今河北涿州一帶）人。官參軍、司空從事中郎。所引詩題多作“覽古詩一首”，咏藺相如。 [3]義山：李商隱，見卷一·二〇注[12]。《馬嵬二首》：“此日六軍同駐馬，當時七夕笑牽牛。”

韋莊：見卷一〇·二〇注[3]。《憶昔》："西園公子名無忌，南國佳人號莫愁。"

八

周月東遊海潮庵[1]，得謝文節公小方硯[2]，額鎸"橋亭卜卦硯"五字，背有元人程文海銘[3]。周珍重之，抱硯以寢。臨死，乃贈查恂叔[4]。一時題者如雲。錢辛楣云[5]："眼中只有石丈人[6]，江南更無厮養卒[7]。"紀心齋云[8]："遠過一片韓陵石[9]，留伴千秋玉帶生[10]。"

尤貢甫在真州市得東坡石銚[11]，容水升許，以銅爲提，鑄茨菰葉一瓣，上篆"元祐"二字，蓋即周穜所饋東坡物也[12]。鄭炳也題云[13]："煉石天留雲氣古，煎茶人去水雲乾。"謝登雋云[14]："毋矜酒户大[15]，獨許石文深[16]。"未幾，有人買獻上方矣[17]。一硯一銚，主人俱繪形作册，傳播藝林。余在揚州汪魯佩家[18]，見桓圭[19]，長七寸，葵首垂繅[20]，質粹沁紅，真三代物也。惜無人題咏，終年藴櫝而藏。物亦有幸有不幸焉。

【箋注】

[1]周月東：周焯（zhuō）（？—1750），字月東，號七峰。清直隸天津人。雍正十三年拔貢生。有《卜硯山房集》。　[2]謝文節：謝枋得，見卷八·七二注[8]。　[3]程文海：程鉅夫（1249—1318），名文海，以字行，號雪樓、遠齋。宋末郢州京山（今屬湖北）人。降元後官集賢直學士。有《雪樓集》。　[4]查恂叔：查禮，見卷四·五一注[3]。　[5]錢辛楣：錢大昕，見卷二·四四注[4]。　[6]石丈人：指硯。宋史彌寧《懶不作詩覺文房四友俱有愠色謾賦》："一毛不拔管城子，冷眼相看石丈人。急性陳玄楮居士，未分皂白也生嗔。"　[7]厮養卒：指劈柴養馬的僕人。《宋史·謝枋得傳》："枋得遺書夢炎曰：'江南無人材，求一瑕呂飴甥、程嬰、杵臼厮養卒，不可得也。'"　[8]紀心齋：紀復亨，字元穉，號心齋、心庵、杼亭。清浙江烏程人。乾隆十七年進士。官至鴻臚寺少卿。有《心齋集》。　[9]韓陵石：嘉慶刻本原作"寒陵石"，據民國本改。唐張鷟《朝野僉載》卷六："梁庾信從南朝初至北方，文士多輕之。信將《枯樹賦》以示之，於後無敢言者。時温子升作《韓陵山寺碑》，信讀而寫其本，南人問信曰：'北方文士何如？'信曰：'唯有韓陵山一片石

堪共語。’”後因以“韓陵石”借指好文章。 [10]玉帶生：宋文天祥所用硯名。 [11]尤貢甫：尤蔭，見卷九・五八注[2]。 [12]周穜（chōng）：字仁熟。宋泰州（今屬江蘇）人。神宗熙寧九年進士。蘇東坡曾舉爲鄆州教授。歷知揚、桂、廣等州。 [13]鄭炳也：鄭虎文，見卷八・八七注[4]。 [14]謝登雋（1745—？）：字才叔，號易堂、梅農。安徽祁門人。居蕪湖。乾隆三十六年舉人。官至宜昌知府。有《退滋堂詩抄》。 [15]酒户：酒量。 [16]石文：東周初秦國刻石文字。在十塊鼓形石上，用籀文分刻十首四言韻文，記述秦國國君的遊獵情況。 [17]上方：同“尚方”，指帝王物品。 [18]汪魯佩：汪廷瑄（1718—1783），字魯佩，號樸園。清安徽歙縣人。 [19]桓圭：古代公爵所執玉圭。 [20]葵首：終葵首，即椎首。指圭上尖，首作椎形。

九

前明萬曆五年，常熟趙文毅公劾張江陵[1]，廷杖謫戍。其友庶子許國銘兕觥爲贈[2]，蓋取神羊一角觸邪之義[3]。後流傳數易其主。五世孫王槐探知在山左顔衡齋家[4]，乃製玉觥銀船，托宫詹翁覃溪先生作詩[5]，請易之，竟得返璧。一時題咏如雲。覃溪作七古一篇，後八句云：“顔公奉觥向君笑，趙叟傾心誓相報。觥喜多年逢故人，叟泣還鄉告家廟。昔人贈觥事偶然，今日還觥世更傳。譜出兕觥新樂府，壓倒米家虹玉船[6]。”

【箋注】

[1]趙文毅：趙用賢（1535—1596），字汝師，號定宇。明南直隸常熟人。隆慶五年進士。萬曆初授檢討。疏論張居正父喪奪情，與吴中行同杖除名。官至吏部侍郎。謚文毅。有《國朝典章》《松石齋集》等。張江陵：張居正（1525—1582），字叔大，號太岳。明湖廣江陵（今湖北荆州）人。嘉靖二十六年進士，官至首輔。父喪不肯解職，以“奪情”留任，頗遭時議。卒謚文忠。有《張太岳集》。 [2]庶子：清詹事府左春坊左庶子、右春坊右庶子省稱。許國（1527—1596）：字維楨。明安徽歙縣人。嘉靖四十四年進士。累官至禮部尚書兼東閣大學士。有《文穆公集》。兕（sì）觥（gōng）：古酒器。一般爲帶角獸頭形。 [3]神羊：《後漢書・志第三十》：“獬豸神羊，能别曲直。”《異物志》：“東北荒中有獸名獬豸，一角，性忠。見人鬥則觸不直者，聞人

論則咋不正者。”[4]王槐：趙王槐（1719—1798），原名璟，字器梅，號耆庭。乾隆十年登明通榜。歷任山東冠縣、汶上知縣。有《歸觥集》。顔衡齋：顔崇椝，字運生，號心齋。清山東曲阜人。乾隆三十五年舉人。官江蘇知縣。[5]翁覃溪：翁方綱（1733—1818），字正三，號覃溪。清順天大興（今北京）人。乾隆十七年進士。授編修。官至内閣大學士。有《粤東金石略》《復初齋詩文集》。[6]米家：米芾（1051—1107），初名黻，字元章，號鹿門居士。宋太原（今屬山西）人。官至禮部員外郎。宋代書畫家。

一〇

安慶徐蘭坡[1]，少年好學，得余斷章零句，必手抄之。余游黄山，來舟中誦所作。《夏夜》云：“螢火繞籬飛，風輕荷氣微。幾竿斜竹影，隨月上人衣。”《偶成》云：“屋邊松樹經春長，棲鳥不知巢漸高。”《大觀亭宴集》云[2]：“新舊痕留衣上酒，往來影亂席前船。”又“緑楊深護倚樓人”七字亦佳。

【箋注】

[1]徐蘭坡：如上，餘未詳。[2]大觀亭：安徽安慶的一處名勝，明嘉靖年間爲紀念元末郡守余闕而建，現不存。

一一

平湖張香谷[1]，與其兄敦坡最友愛[2]。敦坡殁後，香谷逾年亦病，臨終，有“清魂同到梅花下”之句。敦坡之子熙河孝廉[3]，繼先人之志，墓旁種梅三百樹，題云：“卜兆經營親負土[4]，栽花愛護當承歡。”可謂孝矣。熙河愛遊山，作《梅花詩話》一百卷。至隨園一宿，去登峨嵋絶頂，見懷云：“峨嵋高絶天，八月雪浩浩。我持謫仙笻，飄然上秋昊。衆星向簷低，群峰入望小。佛光日中明，聖燈夜半皎。五色兜羅綿[5]，疊疊岩前繞。蒼茫四顧間，忽憶隨園老。奇景不共賞，何以愜幽抱？焉得縮地方，與公立雲表？”熙河在峨嵋，見神燈佛光，又到净土山下，觀小龍在池中，長四寸，五爪，携過雷洞坪便死。佛光飛至臺上，掬之，乃木葉一片。

【箋注】

[1] 張香谷：張世仁（1732—1772），字元若，一作園若，號香谷。清浙江平湖人。與其兄世昌詩合刻《對床吟》，另有《香谷詩鈔》。 [2] 斅（xiào）坡：張世昌，字振西，號斅坡。清浙江平湖人。諸生。有《斅坡詩鈔》。[3] 熙河：張誠（1749—1814），字希和，號熙河。清浙江平湖人。世昌子。乾隆四十二年舉人。有《梅花詩話》《嬰山小園集》。 [4] 卜兆：這裏指根據風水選定墓穴。 [5] 兜羅綿：即兜羅樹（一名吉貝樹）子内的絮茸，可紡織爲布。常用來喻雲。

一二

余知江寧時，胡秀才某招飲，席間出乃祖《甲戌臚唱圖》屬題[1]，係邗江王雲所畫[2]。卷首何義門云[3]："鴻臚三唱名姓香，一龍驤首群龍翔。金吾仗引從天下[4]，長安門外人如堵。方山神秀信有鍾[5]，焦夫子後生胡公[6]。江左周星推首冠[7]，意氣肯輸渴睡漢[8]？"胡公名任輿，字芝山。康熙甲戌狀元，未十年而卒。同年高章之哭云[9]："十年不分君終此，累月猶疑死未真。"卷中題者如彭定求、陳恂、楊仲訥[10]，大半追挽之章。余題云："九闕天門蕩蕩開[11]，先皇親手策群才。南宫莫訝祥雲見，臣自白門江上來。""我亦曾追香案蹤，卅科前輩企高風。人間春夢醒何速，未了浮雲一夢中。""名園晚到夕陽斜，老樹無聲覆落花。贏得兒童齊拍手，縣官還醉狀元家。"此乙丑冬月事也。詩不留稿。丙午閏七夕，重展此卷，爲之憮然。

【箋注】

[1] 臚唱：科舉時代，進士殿試後，皇帝召見，按甲第唱名傳呼，稱臚唱。[2] 王雲：見卷一三・五六注[5]。 [3] 何義門：何焯，見卷五・八一注[2]。[4] 金吾：古武職官名，負責皇帝大臣警衛、儀仗以及徼循京師、掌管治安。[5] 方山：在今江蘇南京東南。傳説爲秦始皇鑿斷金陵山以疏淮水處，其地四方而峭絶，故名。 [6] 焦夫子：焦竑，見卷六・一四注[2]。胡公：胡任輿（？—

1704），字孟行，號芝山。清江南上元人。康熙三十三年狀元。官至翰林院侍講。[7]周星：即歲星。歲星十二年在天空循環一周，因又借指十二年。[8]渴睡漢：宋歐陽修《六一詩話》載，宋吕蒙正未第時，胡旦遇之甚薄，客有譽吕曰：“吕君工於詩，宜少加禮。”胡問詩之警句，客舉一篇，其卒章云：“挑盡寒燈夢不成。”胡笑曰：“乃是一渴睡漢耳。”後吕蒙正中狀元，使人告知胡曰：“渴睡漢狀元及第矣。”[9]高章之：高其倬，見卷一・三三注[1]。[10]彭定求（1645—1719）：字勤止，又字南昀，號訪濂，學人稱南畇先生。清江蘇長洲人。康熙二十五年進士。有《陽明釋毁録》《儒門語法》《南畇文集》等。陳恂：字相宜，又字餘昌，號緘庵。清浙江錢塘人。康熙三十三年進士。官翰林院侍讀學士。有《清照堂集》。楊仲訥：楊中訥（1649—1719），字端木，號拙宜主人。清浙江海寧人。康熙三十年進士。有《蕪城校理集》《春帆别集》。[11]九闕：指皇城。

一　三

葉書山侍講[1]，常爲余誇陶京山同年之孫名涣悦者[2]，英異不群，時纔八九歲。稍長，好吟詩，尤好余詩，大半成誦。《偶成》云：“午課初完卧短床，立春節過晝微長。高簷向日難留雪，小室藏花易貯香。階下緑初浮遠草，路旁青未上垂楊。呼僮添貯爐中火，午後温馨薄暮凉。”又：“人因待月窗常啟，書是傳詩口不封。”賀余生子云：“公有未全天必補，老猶得見子非遲。”俱有劍南風味[3]。惜侍講先亡，未之見也！

【箋注】

[1]葉書山：葉酉，見卷五・四〇注[4]。[2]陶京山：陶紹景，見卷一二・七一注[2]。涣悦：見卷一二・七一注[5]。[3]劍南：指陸游。

一　四

中州吕公滋[1]，字樹村。宰介休歸，因從子仲篤宰上元[2]，來游白下。見贈云：“地兼白下三山勝，詩比黄初七子工[3]。”讀三妹集云：“鴛鳥飛來因繡好，蠹魚仙去爲香多[4]。”年未老而乞病。有勸其再出者，乃作《老女嫁》云：“自製羅紈五色裳，晶簾低捲繡鴛鴦。不如小妹于歸日[5]，阿母殷勤爲理妝。”“檢點新妝轉自思，於今花様不相宜。嫁衣肥瘦憑誰剪，羞問鄰家小女兒。”《戲仲篤》云：“憐余增馬齒[6]，看爾奏牛刀[7]。”《潼關》云：“三峰天外立，一騎雨中行。”

【箋注】

[1]吕公滋（1737—？）：字樹村。清河南新安人。乾隆三十七年進士。山西介休知縣。有《碩亭本草》《春秋本義》。 [2]仲篤：吕燕昭，字仲篤，號玉照、福堂。清河南新安人。乾隆三十六年舉人。官江蘇上元知縣、江寧知府。 [3]黄初七子：即建安七子。黄初（220—226），魏文帝曹丕年號，與建安（196—220）相接。 [4]蠹魚：俗名書蟲，嗜蛀書籍。又喻稱鑽研詩書的人。 [5]于歸：出嫁。 [6]馬齒：謙詞，借指自己的年齡。 [7]牛刀：語出《論語·陽貨》：“子之武城，聞弦歌之聲。夫子莞爾而笑曰：‘割雞焉用牛刀？’”後常以喻大材器。

一　五

唐李揆自負才望[1]，嘲人云：“龍章鳳姿士不見用[2]，獐頭鼠目乃欲求官耶[3]？”或反其意，贈相士云[4]：“相法于今大不倫，我將秘訣告諸君。要看世上公侯相，先取獐頭鼠目人。”

【箋注】

[1]李揆（kuí）（711—784）：字端卿。唐隴西成紀（今甘肅秦安一帶）人。玄宗開元末進士。官中書侍郎同中書門下平章事、尚書左僕射。《舊唐書·李揆傳》：“初，揆秉政，侍中苗晋卿累薦元載爲重官。揆自恃門望，以載地寒，意甚輕易，不納，而謂晋卿曰：‘龍章鳳姿之士不見用，獐頭鼠目之子乃求官。’載銜恨頗深。” [2]龍章鳳姿：喻風采不凡。 [3]獐頭鼠目：本形容人的寒賤相，後多用以形容人的面目猥瑣、心術不正。 [4]相士：舊時以談命相爲職業的人。

一　六

余游武夷，過浦城，遇鈕明府之弟閬圃[1]，有詩三册求閲。《七夕》云：

“黄昏無伴説牽牛，獨對江山半壁愁。今夕盧家樓上月[2]，莫愁未必不知愁。”又句云：“星沉殘水魚吞餌，月上空廊犬吠花。”皆可誦也。余按宋曾三異云[3]：“莫愁乃古男子，神仙隱逸者流，非女子也。楚石城有莫愁石像，男子衣冠。見劉向《列仙傳》[4]。”語雖不經[5]，亦可存此一説。猶之龍陽君、鄭櫻桃[6]，古皆以爲女妃，一見《國策》鮑注[7]，一見《十六國春秋》[8]。

【箋注】

[1] 鈕明府：鈕琨。清順天府大興舉人。乾隆四十七年任浦城知縣。鈕閬圃：未詳。 [2] 盧家：古樂府中相傳有洛陽女子莫愁，嫁於豪富盧氏夫家。 [3] 曾三異（1146—1236）：字無疑，號雲巢。宋臨江軍新淦（今江西新干）人。孝宗淳熙中三舉鄉貢。官承務郎、秘閣校勘、太社令。著《新舊官制通考》《通釋》。 [4] 劉向：見卷七・四三注[2]。 [5] 不經：謂不見於經典，没有根據。 [6] 龍陽君：戰國時魏王的男寵，傳説像美女一樣婉轉媚人。鄭櫻桃：十六國時期後趙石季龍所寵愛的優僮。 [7]《國策》鮑注：指宋紹興年間鮑彪注。書名爲《鮑氏戰國策注》。 [8]《十六國春秋》：記載十六國（304—439）歷史的紀傳體史書，託名爲北魏崔鴻撰。

一七

錫山錢秀才泳[1]，字立群，居梅里。丙午臘月七日，張止原居士招遊靈岩[2]，與秀才兩宿舟中，談古文金石之學，極淵博。《遊西湖》云：“十年不識錢塘路，今到翻疑是夢中。巒翠難分南北寺，舟輕易颺往來風。數灣碧水通仙宅，一帶蒼煙没宋宫。何處吾家表忠觀[3]？幾回搔首問漁翁。”“躍馬登山松四圍，梵王宫殿鬱崔巍[4]。老僧迎客來幽徑，少女焚香上翠微。鷲嶺樓高滄海闊[5]，冷泉水急濕雲飛。何當端坐三生石[6]，説破遊人去路非！”是日，舟泊木瀆鷺飛橋，秀才往訪其友孫鏡川[7]。俄而同至舟中，見余即拜，背小倉山房古文，琅琅上口，亦奇士也。

【箋注】

[1] 錢泳（1759—1844）：字立群，號梅溪。清江蘇金匱人（今無錫）。諸生。官候選府經歷。有《梅花溪詩鈔》《蘭林集》。 [2] 丙午：這裏指乾隆五十一年（1786）。張止原：張復純，見卷一一·四〇注[1]。 [3] 表忠觀：宋熙寧十年，詔以杭州龍山廢佛祠妙音院爲表忠觀，旌錢氏功德。蘇軾撰《表忠觀碑》，立于錢塘錢氏墳。 [4] 梵王：指色界初禪天的大梵天王，亦泛指此界諸天之王。 [5] 鷲嶺：靈鷲山，相傳爲釋迦牟尼講經處。此指西湖靈隱寺前的飛來峰。 [6] 三生石：杭州天竺寺中的一塊石頭，相傳爲唐李源與僧圓觀的後身相會之處，常用作來世相會的典故。 [7] 孫鏡川：生平未詳。

一　八

新安王氏[1]，一家能詩。葑亭《李夫人歌》曰[2]："生能一顧留君心，死不肯一顧留君憶。乃知結君自有術，擅寵非徒在顔色。君不見，生長門，死鉤弋[3]！"其兄于庭比部[4]，不輕作詩，而多佳句，《病起》云："修竹似憐人病起，青青垂葉不摇風。"《示兒》云："寸陰勸汝須知惜，到底秋花總讓春。"其子名養中者[5]，《醉歸》云："不是老奴扶住好，模糊幾打别人門。"《咏蝦》云："鬚髯似戟雙睛瞪，失水蛟龍見亦驚。"其弟孔祥[6]，年十七，亦有句云："見月忙將蒲扇掩，怕教花影上身來。"

【箋注】

[1] 新安：此指明清時期的徽州府，今安徽黄山一帶。 [2] 葑亭：王友亮，見卷六·六六注[3]。李夫人：此指漢武帝夫人，妙麗歌舞。早卒，帝圖其形于甘泉宫。 [3] 長門：漢宫名。漢武帝陳皇后，以惑于巫祝，廢居長門宫。後指失寵女子居住的冷宫。鉤弋：指鉤弋夫人，漢武帝寵妃趙氏的稱號。武帝晚年，將立昭帝爲太子，恐其生母鉤戈夫人專恣亂國，將其囚禁致死。 [4] 于庭：王廷享（1732—1787），字于庭，一字星源，號約齋。清安徽婺源人。乾隆五十年選授工部虞衡司員外郎。有《約齋詩集》。 [5] 養中：王煊，字養中。清安徽婺源人。廷享長子。候選巡道。 [6] 孔祥：王麟生，字孔翔，號香圃。清安徽婺源人。乾隆間諸生。友亮仲子。有《補梅書屋詩草》。

一九

《荆楚歲時記》以七月八日雨爲“洒淚雨”，説本荒唐，然賦詩非失之笨，便失之迂，將錯就錯，以僞爲真，方有風味，一説煞味又索然。余與香亭同作[1]，忽王甥健庵有句云[2]：“不解女牛分别意，一年有淚一年無。”兩人歎其超絶。

【箋注】

[1]香亭：袁樹，見卷一・五注[3]。 [2]王健庵：見卷八・一一注[2]。

二〇

馬相如有《漁父》詩[1]，云：“自把長竿後，生涯即水涯。尺鱗堪易酒[2]，一葉便爲家[3]。晒網炊煙起，停舟月影斜。不争魚得失，只愛傍桃花[4]。”真王孟也[5]。有人傳其“月影分别三李白，水光蕩漾百東坡[6]”，則弄巧而反拙矣。

【箋注】

[1]馬相如：馬樸臣，見卷一〇・八一注[1]。 [2]尺鱗：一尺來長的魚。 [3]一葉：喻指小船。 [4]“不争”句：暗寓桃花源文意。陶淵明《桃花源記》：“武陵人捕魚爲業。” [5]王孟：指唐詩人王維、孟浩然。 [6]“月影”句：用李白《月下獨酌》詩“舉杯邀明月，對影成三人”典。“水光”句：用蘇東坡《泛潁》詩“散爲百東坡，頃刻復在兹”句意。

二一

福建布政使張廷枚[1]，有《瓶花絶句》云：“垂簾莫放西風入，留取寒香在草堂。”吾鄉詩人沈方舟主於其家[2]，遺稿在焉。張三使高麗[3]，杭堇浦贈云[4]：“一參羽獵長楊乘[5]，三繪宣和奉使圖[6]。”

【箋注】

[1]張廷枚：字卜臣。清錦州（今屬遼寧）人，隸漢軍旗。累官福建布政使。曾三次出使朝鮮。有《春暉堂詩鈔》。 [2]沈方舟：沈用濟，見卷六·九六注[1]。主：寓居。 [3]高麗：即朝鮮。 [4]杭堇浦：杭世駿，見卷三·六四注[1]。[5]羽獵：帝王出獵，士卒負羽箭隨從。長楊：長楊宫，此處是以秦漢宫殿名代稱清朝皇宫。古代乘車，尊者在左，御者在中，一人在右陪坐，稱"參乘"。[6]宣和奉使圖：宋代徐兢曾奉使高麗，並著《宣和奉使高麗圖經》。此以喻奉旨出使。

二二

咏始皇者，朱排山先生云[1]："詩書何苦遭焚劫，劉項都非識字人[2]。"崔念陵進士云[3]："劉項生長長城裏，枉用民膏築萬里。"

【箋注】

[1]朱排山：朱楓（1695—？），字近漪，一字排山，號柑園、青岑。清浙江錢塘人。有《排山小集》。 [2]劉項：劉邦、項羽。 [3]崔念陵：崔謨，見卷二·六四注[1]。

二三

劉介石請仙[1]，忽乩盤大書云[2]："眼如魚目徹宵懸，心似柳條終日掛。月明風緊十三樓[3]，獨自上來獨自下。"衆人驚曰："此縊鬼詩也！"至夜，果有紅妝女子犯之。乃急毁其盤而還寓焉。

【箋注】

[1]劉介石：劉涵，字舒黄，别號介石。清河北遷安人。康熙五十一年任藍山知縣。 [2]乩（jī）盤：一種迷信活動。扶乩時依法請神，在沙盤上畫字，以示神意。 [3]十三樓：泛指供遊樂的名樓。

二　四

寫懷，假託閨情最藴藉。仲燭亭在杭州[1]，余屢爲薦館，最後將薦往蕪湖，札問需脩金若干，仲不答，但寄《古樂府》云："托買吴綾束，何須問短長？妾身君慣抱，尺寸細思量。"宋笠田宰鳩江[2]，官罷，想捐復，余勸其不必再出山，已而宰兩當，以事謫戍，悔不聽余言，亦札外寄前人《别妓》詩云："昨日笙歌宴畫樓，今宵揮淚送行舟。當時嫁作商人婦，無此天涯一段愁。"某明府欲聘陳楚南[3]，以路遠不决，陳寄《商婦怨》云："淚滴門前江水滿，眼穿天際孤帆斷。只在郎心歸不歸，不在郎行遠不遠。"

【箋注】

[1] 仲燭亭：仲藴檠（qíng），見卷三・四五注 [2]。　[2] 宋笠田：宋樹穀，見卷四・三〇注 [1]。　[3] 陳楚南：見卷三・一七注 [5]。

二　五

鮑步江《有贈》云[1]："雙煙已换博山香，正對金荷卸晚妝[2]。手剔蘭煤須仔細[3]，好留半燄解衣裳。"

【箋注】

[1] 鮑步江：鮑皋，見卷一・四〇注 [5]。　[2] 博山：指博山爐，因爐蓋上的造型似傳聞中的海上名山博山而得名。樂府《楊叛兒》："歡作沉水香，儂作博山爐。"李白《楊叛兒》："博山爐中沉香火，雙煙一氣淩紫霞。"金荷：燭臺上承燭淚的器皿，形如蓮葉，用金、銀或銅製成，亦借指燭。　[3] 蘭煤：蘭燭燈花。

二　六

安慶魯鳳藻《有贈》云[1]："携得芳枝返故村，悔將玉貌共花論。低聲還向小姑囑，阿母跟前莫要言。"陳夢湘《嘲某》云[2]："畫鸞衫子褪輕紅，料峭春寒豆蔻風[3]。雙鬢亂雲堆未穩，日高猶是背人攏。"商寶意《喜環娘到》云[4]："藥餌急須調病後，佩環親自解燈前。"金台衡《贈妓》云[5]："春葱欲送玫瑰酒，冷暖先教櫻口嘗。"皆善言兒女之情。

【箋注】

[1] 魯鳳藻：應指魯琢，字研山。清安徽懷寧（今安慶）人。乾隆二十一年舉人。曾任雲南浪穹知縣。有《南莊詩鈔》《如圃詩話》《林下清談》。[2] 陳夢湘：生平未詳。 [3] 豆蔻：多年生草本植物。詩文中常用以比喻少女。[4] 商寶意：商盤，見卷一・二七注[7]。 [5] 金台衡：號石樓。清儀徵諸生。輯有《清華閣遺草》。

二 七

寫景有句同而意不同者，元人云："石壓筍斜出[1]。"宋人云："斷橋斜取路[2]。"近人劉春池云[3]："鳥喧晴樹樂于人。"魯星村云[4]："炎天几席熱于人。"嘯村云[5]："雪中無陋巷。"星村云："遠岸無高樹。"皆句同而意不同也。亦有句不同而意同者，如"岸闊樹難高""遠樹浪頭生"，與"遠岸無高樹"意思相同，皆不害其爲佳也。

【箋注】

[1]"石壓"句：疑非元人句，宋羅大經《鶴林玉露》即載此語。 [2]"斷橋"句：出自宋陳起《旅次》。 [3] 劉春池：劉夢芳，見卷三・七〇注[1]。[4] 魯星村：魯璸，見卷三・三七注[2]。 [5] 嘯村：李葂，見卷五・四七注[1]。

二 八

余有句云："人無風趣官多貴。"一時不得對。周青原對[1]："案有琴書家必貧。"吴元禮對[2]："花太嬌紅子必稀。"

【箋注】

[1]周青原：周發春，見卷四・七四注[1]。 [2]吴元禮：字經伯，清江蘇蕭縣（今屬安徽）人。雍正十三年舉人。

二 九

雍正乙卯春，余年二十，與周蘭坡先生同試博學鴻詞於杭州制府[1]。其時主試者，總督程公元章[2]、學使帥公念祖[3]。詩題是“春雪十二韻”，因試日下雪故也。先生有句云：“堆從梨蕊銷難辨，迸入梅花認亦稀。”今乾隆戊申矣，其孫雲翮爲上海令[4]，招余入署，謀刻先生詩集，因得重讀一過。追憶五十四年前同試光景，宛然在目。

【箋注】

[1]乙卯：這裏指雍正十三年（1735）。周蘭坡：周長發，見卷五・二五注[6]。本則詩話所提及的這次考試，是爲選拔浙江才俊以應清廷博學鴻詞科而舉行的，袁枚與試而落選。 [2]程元章（1683—1767）：字冠文，號坦齋。清河南上蔡人。康熙六十年進士。官至吏部侍郎。有《師洛堂詩集》。 [3]帥念祖：見卷一二・四五注[1]。 [4]戊申：這裏指乾隆五十三年（1788）。周雲翮（hé）：清浙江山陰人。監生。曾官上海知縣。

三 〇

余方送魯星村出門[1]，而雨勢將下。魯吟云：“雨聲猶在雲，風色已到樹。”余爲擊節，命司閽者録登門簿中[2]。魯曰：“我不料公之愛詩若此也。”大笑去。

【箋注】

[1]魯星村：見卷三・三七注[2]。 [2]擊節：形容十分贊賞。司閽（hūn）：看門、守門。

按：人有這種詩情，有這種愛詩録詩的興趣，是積極而高雅的生活態度，值得一贊。

三　一

余泊舟滕王閣下，有揚州孫生名湘者見訪[1]，自言相慕垂三十年。見示《蕉窗八咏》，《蠅》云："飛揚莫入幽人室，一種芬芳不稱君。"《蝶》云："偶因誤墮金錢劫，恥逐青蚨一處飛[2]。"孫故庠生[3]，工吟咏，爲人司啚筴事[4]，既而悔之，故寄託如此。

【箋注】

[1]孫湘：生平未詳。 [2]青蚨：傳説中的蟲名，可以化錢，後因用以指錢。[3]庠生：明清時秀才的别稱。 [4]啚筴：合計，指會計一類的事務。

三　二

余在南昌，謝藴山太守招飲[1]，以詩見示。題其妾姚秀英小照云："宜男花小最宜春[2]，故故相偎意態真。併作一身形與影，不應僅號比肩人。"太守有《升官圖》五排最佳，警句云："森森羅衆宿[3]，粲粲列周廬[4]。考制遵三百，登賢占一隅。憑陵争入局[5]，將相遂分途。唾手功名得，推班氣象殊[6]。握拳矜後獲，制勝在中樞。偶爾觀成敗，從何論智愚？雲泥區尺幅，升降在須臾。"

【箋注】

[1]謝藴山：謝啟昆（1737—1802），字藴山，號蘇潭。清江西南康（今贛州）人。乾隆二十五年進士。官至兵部侍郎，署廣西巡撫。有《樹經堂集》《西魏書小學考》《粤西金石志》等。 [2]宜男：指多子的婦人。 [3]衆宿：衆星。喻群官。 [4]周廬：古代皇宫周圍所設警衛廬舍。 [5]憑陵：淩駕、超越。[6]推班：由推選而入朝班的行列。

三　三

余七十以後，遇宴飲太飽，夜輒不適。讀黃莘田詩曰[1]："老似嬰兒防飲食，貧如禁體作文章[2]。"歎其立言之妙。然不老亦不能知。古漁有句云[3]："老似名山到始知。"

【箋注】

[1]黃莘田：黃任，見卷四・四九注[1]。 [2]禁體：一種遵守特定禁例寫作的詩。 [3]古漁：陳毅，見卷一・五二注[3]。

三　四

譏刺語用比興體[1]，便不露。英夢堂云[2]："桃花嗜笑非無故，燕子矜飛太自輕。"陳古漁云[3]："無名草長非關雨，得暖蟲飛不待春。"皆有所指也。

【箋注】

[1]比興體：《詩》六義中"比"體和"興"體的並稱。比，以彼物比此物；興，先言他物，以引起所咏之辭。 [2]英夢堂：英廉，見卷三・一五注[1]。此所録詩句，出自《戟門招集北臺看花二首》其二，全詩："柳底春波照眼明，堤邊春草緑初平。桃花嗜笑原非病，燕子矜飛太恃輕。垂老歡場還有分，上心陳迹一關情。臨風岸幘斜陽外，煙靄蒼茫半壓城。" [3]陳古漁：陳毅，見卷一・五二注[3]。

三　五

余遊天台[1]，詩人張雨村外出[2]，其子秀墀，極盡東道之誼。雨村寄詩，有"千山結翠延詞客，一杖挑雲過石梁"之句。余讀其《天台遊稿》，一路訪求，如得導師焉。

【箋注】

[1]天台：位于今浙江的一座名山，綿延寧海、東陽、新昌、奉化等縣市界。

[2] 張雨村：張廷俊，字彦超，號雨村。清浙江仁和人。考授州同知。有《天台遊草》《雁宕遊草》《涵遠山房詩集》。

三 六

李竹溪守廣東惠州[1]，《歸贈》云："此行曾向貪泉過[2]，留得冰心見故人[3]。"嗚呼！竹溪真能不愧此言，故記之。

【箋注】

[1] 李竹溪：李棠，見卷八・三〇注[7]。 [2] 貪泉：泉名，在今廣東佛山一帶。東晋吴隱之爲廣州刺史，取之獨酌，以廉潔稱。 [3] 冰心：純净高潔的心。唐王昌齡《芙蓉樓送辛漸》："洛陽親友如相問，一片冰心在玉壺。"

三 七

嚴冬友嘗誦厲太鴻《感舊》云[1]："'朱欄今已朽，何况倚欄人？'可謂情深。"余曰："此有所本也。歐陽詹《懷妓》云[2]：'高城不可見，何况城中人？'"或稱東坡"凍合玉樓寒起粟，光摇銀海炫生花[3]"，余曰："此亦有所本也。晚唐裴説詩[4]：'瘦肌寒起粟，病眼餧生花。'"

【箋注】

[1] 嚴冬友：嚴長明，見卷一・二二注[6]。厲太鴻：厲鶚，見卷三・六一注[1]。 [2] 歐陽詹（755—800）：字行周。唐泉州晋江（今屬福建）人。德宗貞元八年進士，與韓愈、李觀等聯第，時稱"龍虎榜"。官終國子監四門助教。有《四門文集》。所引詩句出自《初發太原途中寄所思》，原詩曰："驅馬覺漸遠，回頭長路塵。高城已不見，况復城中人。" [3] 玉樓：道家、醫家稱人的肩膀。粟：皮膚觸寒而收縮起粒。銀海：道家、醫家稱人的眼睛。 [4] 裴説：五代時桂州（今廣西桂林）人。哀帝天祐三年狀元。後梁時，官至禮部員外郎。

三 八

錢竹初題豫讓橋云[1]："愛士須愛徹，畜馬盡馬力。長芻數束豆數升[2]，縱有驊騮氣先塞[3]。”余亦題《養馬圖》云：“一挑芻草三升豆，莫想神龍輕死生。”

【箋注】

[1] 錢竹初：錢維喬，見卷九・八一注[3]。豫讓橋：在河北邢臺北。春秋時晋國人豫讓欲刺趙襄子爲智伯報仇，伏於橋下，未成，被獲，自刎而死。見《史記・刺客列傳》。 [2] 長芻：長草稈。 [3] 驊騮：周穆王八駿之一，泛指駿馬。

三 九

近人懷古詩，有絶佳者，不能全録，如光禄沈子大《赤壁》云[1]：“漫訝東風燒北岸，可知赤帝在南軍[2]？”太史杜紫綸《戲馬臺》云[3]：“盡教宿土歸劉氏[4]，剩有斯臺與項王[5]。”王麟照侍郎《平原村》云[6]：“八王兵甲無臣主[7]，兩晋文章有弟兄。晚節不堪思鶴唳，舊交聞已賦蒓羹[8]。”姜西溟《烏江詩》云[9]：“虞歌曲盡怨天亡，潮落沙平舊戰場。千里江東羞不渡，六朝曾此作金湯。”

【箋注】

[1] 沈子大：沈起元，見卷六・九〇注[1]。赤壁：指東漢建安十三年孫權與劉備聯軍大敗曹操之赤壁。一説即今湖北武昌縣西赤磯山。一説即今湖北蒲圻市西北赤壁鎮北赤壁山。 [2] 赤帝：即祝融氏。後世以爲火神。《淮南子・時則訓》：“南方之極……赤帝祝融之所司者，萬二千里。” [3] 杜紫綸：見卷七・六五注[1]。戲馬臺：在今江蘇徐州，爲項羽定都之處。 [4] 宿土：以前所有的土地。 [5] 項王：秦末農民起義軍首領項羽。 [6] 王麟照：王圖炳（1668—1743），字麟照，號澄川。清江蘇華亭人。康熙五十一年進士。官禮部侍郎。有《椶香書屋詩》。平原村：在今江蘇崑山一帶，爲陸機故里，因其曾爲平原内史，故名。西晋文學家張翰亦曾居於此。 [7] 八王：西晋宗室，有汝南王亮、楚王瑋、趙王倫、齊王冏、長沙王乂、成都王穎、河間王顒、東海王越。八王爲争奪皇權而變亂，史稱“八王之亂”。 [8] 蒓羹：用蒓菜烹製的羹。《晋書・陸機傳》：“嘗詣侍中王濟，濟指羊酪謂機曰：‘卿吴中

何以敵此？’答云：‘千里蒓羹，末下鹽豉。’時人以爲名對。”張翰曾被八王之一的齊王召爲大司馬東曹掾，因秋風起而思吴中蒓羹鱸魚，棄官歸鄉。後以此喻思鄉或歸隱之念。 [9]姜西溟：姜宸英，見卷九・八六注[3]。烏江：指楚漢争霸時項羽自刎之處，即長江流經今安徽和縣東北的一段。

四　〇

漢軍劉觀察廷璣[1]，號葛莊，康熙間詩人。或嫌其詩過輕俏，然一片性靈，不可磨滅。《漁家》云：“一家一個打魚舟，結得姻盟水上浮。有女十三郎十五，朝朝相見只低頭。”《偶成》云：“閑花只好閑中看，一折歸來便不鮮。”

【箋注】

[1]劉廷璣（1653—1716）：字玉衡，號在園。先世居河南開封，後遷遼陽（今屬遼寧），編入漢軍旗。官至浙江觀察副使。有《葛莊分類詩鈔》。

四　一

沈椒園太史所居爛麵胡同[1]，接葉亭湯西厓少宰之故居也[2]。丁巳，余主其家[3]，記其《秋夜》云：“薄病閑身坐小廳，鄉心三度見流螢。水雲凉到庭前樹，一夜秋聲帶雨聽。”

【箋注】

[1]沈椒園：沈廷芳，見卷一・六五注[11]。 [2]湯西厓：湯右曾，見卷三・一〇注[10]。 [3]丁巳：這裏指乾隆二年（1737）。

四　二

布衣史青溪詩云[1]：“多情自古空餘恨，好夢由來最易醒。”余反其意云：“只求無好夢，轉覺醒時安。”唐人咏夢云[2]：“乍覺猶言是，沉思始覺空。”

【箋注】

[1]史青溪：生平未詳。 [2]唐人：唐沈佺期《驩州南亭夜望》："忽覺猶言是，沉思始悟空。"

四　三

宋牧仲撫蘇州[1]，爲唐六如修墓[2]，韓宗伯慕廬題云[3]："在昔唐衢常慟哭[4]，只今宋玉與招魂[5]。"俗傳太白捉月而死，李孚青《題太白樓》云[6]："脱身依舊歸仙去，撒手還將月放回。"余按：《宋史》有唐寅，名伯虎，亦在《文苑傳》[7]。

【箋注】

[1]宋牧仲：宋犖，見卷一一·一三注[5]。 [2]唐六如：唐寅，見卷一二·一六注[2]。 [3]韓慕廬：韓菼，見卷五·五〇注[4]。 [4]唐衢：見一三·二一注[2]。此處代指唐寅。 [5]宋玉（前298—前222）：戰國時楚國鄢（今湖北宜城一帶）人。楚頃襄王時爲大夫。以賦見稱，作《九辯》，述屈原志以悲之。另有《招魂》。此處代指爲唐寅修墓的宋犖。 [6]李孚青（1664—1719）：字丹壑。清河南永城人。康熙十八年進士。有《野香亭集》。太白樓：今安徽馬鞍山西南的一座歷史文化名樓，爲紀念李白而建。 [7]《宋史·文苑·唐庚傳》附"唐伯虎"："庚兄弟五人，長兄瞻，字望之，後名伯虎，字長孺。治《易》《春秋》，皆有家法。"

四　四

蒲城雷國楫[1]，字松舟，撰《龍山詩話》二卷，官松江丞。有"雲行花蕩水，風動草浮山"之句。彭芝亭先生贈以詩云[2]："官閣哦詩思不群，一編風雅抗吾軍。情親吴會山間友[3]，身帶函關馬上雲[4]。吊古頻懷楊伯起[5]，論詩應繼杜司勳[6]。篋中劍氣雙龍躍，那向江頭看夕曛。"

【箋注】

[1]雷國楫：字松舟，號龍山。清陝西蒲城人。候補州佐。有《龍山詩話》。[2]彭芝亭：彭啟豐，見卷七・一一注[2]。 [3]吴會：本爲東漢吴、會稽二郡的合稱。唐以後又專指今江蘇蘇州市。 [4]函關：函谷關，位於豫陝晋三省交界處。 [5]楊伯起：楊震（？—124），字伯起。東漢弘農華陰（今屬陝西）人。官至太尉。因上書切諫，被中常侍樊豐所誣而罷官，憤而自殺。 [6]杜司勳：杜牧，見卷一・三一注[4]。

四五

凡詩帶桀驁之氣[1]，其人必非良士。張元咏雪云[2]：“戰罷玉龍三百萬，敗鱗殘甲滿天飛。”咏鷹云：“有心待捉月中兔，更向白雲高處飛。”韓、范爲經略[3]，嫌其投詩自媒，棄而不用。張乃投元昊[4]，爲中國患。後岳武穆駐兵之所[5]，江禁甚嚴，有毛國英者投詩云[6]：“鐵鎖沉沉截碧江，風旗獵獵駐危檣。禹門縱使高千尺，放過蛟龍也不妨。”岳公笑曰：“此張元輩也。”速召見，以禮接之。

【箋注】

[1]桀驁：兇悍倔强。 [2]張元（？—1044）：宋華州（今陝西華陰一帶）人。因失意遁入西夏，以抗宋廷。 [3]韓、范：韓琦、范仲淹。宋代名臣，曾爲經略安撫使。 [4]元昊：李元昊（1003—1048），西夏皇帝。 [5]岳武穆：岳飛（1103—1142），宋名將，武穆爲其謚號。 [6]毛國英：宋衢州江山人。毛滂從子。事見宋趙與虤《娱書堂詩話》。

四六

咏雪佳句，繆雪莊云[1]：“捲簾半樹帶花落，吹燭一窗如月明。”章智千云[2]：“伏枕旅人驚看月，掃階童子學爲山。”陳明卿云[3]：“填平世上嶔崎路，冷到人間富貴家。”皆昔人所未有。

【箋注】

[1]繆雪莊：繆謨（1667—？），字丕文，一字虞皋，號雪莊。清江蘇華亭人。諸生。以薦入律吕館，不久即歸。有《繆雪莊詩集》《著簪集》。 [2]章智千：生平未詳。 [3]陳明卿：陳仁錫（1581—1636），字明卿，號芝臺。明末南直隸長洲人。天啟二年進士。有《無夢園集》《古文奇賞》《史品》等。

四七

遊山詩貴寫得出。陶庭珍《盤豆驛》云[1]："叢山如破衣，人似虱緣縫。盤旋一綫中，欲速不得縱。"沈石田《天平山》云[2]："登臨風扶身，談笑雲入口。直上忽左旋，方塞復旁剖。"洪稚存《林屋洞》云[3]："盤渦既深入，覆釜不獲仰。微白怵來蹤，捫黑撼虛象。憑湍同矢注，轉徑識虵枉。不惜口耳濡，驚此腹背響。"梅岑《極樂峰》云[4]："碎石隨足動，危徑不容步。支筇愁孤撐，捫葛等懸度。欲止勢難留，將前意終怖。"萬柘坡《盤山》云[5]："青山喜客來，馬首相拱揖。中峰極雲深，旁嶺儼魚立。行人踏樹梢，飛鳥觸屐齒。後來用尾銜，先到試足揣。"宗介颿《磨盤山》云[6]："分明尋丈恰隔里，指點平夷偏落陡。東西俄轉望若失，呼應已逼待還久。中央簇簇攢牛宮[7]，四角層層布魚笱[8]。更疑去路即來處，幾訝迷途欲退走。入世敢云肱折三，立峰頓覺腸回九。"沈樹本《磨盤山》云[9]："回顧不見入山處，此身已在盤中住。百千旋折眼生花，三五回環神失據。才思左往復右行，正欲仰登先俯注。坡平幸獲尋丈寬，徑仄只留分寸度。鞭絲帽影蟻懸窗，馬足車輪蛇繞樹。乍陰乍陽日向背，在前在後風來去。山遠不逾三十里，山高不越萬餘步。從卯到酉歷未窮，自壯至老陟猶誤。"

【箋注】

[1]陶庭珍：字效川，號午莊。清浙江會稽人。乾隆三十六年舉人。官肅州州同。有《天目遠遊》《雞肋》《仇池》《關河》等集。盤豆驛：古驛站，在潼關外。 [2]沈石田：沈周，見卷三・一七注[1]。 [3]洪稚存：洪亮吉，

見卷七·二一注[4]。林屋洞：蘇州洞庭湖中的一處名勝。 [4]梅岑：陳熙，見卷一·五注[2]。極樂峰：今北京宛平西南的一座名山。 [5]萬柘坡：萬光泰，見卷一·五二注[1]。盤山：山名，在天津薊縣城西北。 [6]宗介颿：宗聖垣，見卷一〇·八二注[9]。磨盤山：山名，在吉林磐石東北。 [7]牛宫：古代國家飼養禽畜的處所，亦專指牛欄。 [8]魚笱：漁具，編竹成簍，口有向内翻的竹片，魚入簍即不易出。 [9]沈樹本：見卷四·三四注[2]。

四　八

余常勸作詩者，莫輕作七古[1]。何也？恐力小而任重，如秦武王舉鼎[2]，有絶臏之患故也。七古中，長短句尤不可輕作。何也？古樂府音節無定而恰有定，恐康昆侖彈琴[3]，三分琵琶，七分箏弦，全無琴韻故也。初學詩，當先學古風[4]，次學近體[5]，則其勢易。倘先學近體，再學古風，則其勢難。猶之學字者，先學楷書，後學行草，亦是一定之法。杭堇浦先生教人多作五排[6]，曰："五排要對仗，不得不用心思。要典雅，不得不觀書史。但專作五言八韻之賦得體[7]，則終身無進境矣。"

【箋注】

[1]七古：七言古體詩。 [2]秦武王：嬴蕩（前329—前307），戰國時秦國國君。有力好戲，與力士孟説舉鼎，絶臏而死。在位四年。 [3]康昆侖：唐時西域康國人。善彈琵琶。德宗貞元間，有長安"第一手"之稱。 [4]古風：見卷五·四〇注[1]。 [5]近體：見卷五·四〇注[2]。 [6]杭堇浦：杭世駿，見卷三·六四注[1]。五排：爲五言律詩的鋪排延長。南朝宋時已出現，盛行於唐，元代始確立此詩體名稱。每首至少十句。除首尾兩聯外，中間各聯都要求對仗。亦稱"五言長律"。 [7]五言八韻：科舉考試採用的詩體。稱試帖詩，也叫"賦得體"，以題前常冠以"賦得"二字得名。乾隆期間於鄉會試加試五言八韻詩。格式限制比前代更嚴，出題用經、史、子、集語，或用前人詩句、成語；韻脚在平聲各韻中出一字，故應試者須能背誦平聲各韻之字；詩内不許重字；語氣必須莊重；題目之字，須在首次兩聯點出，又多用歌頌皇帝功德之語。

四　九

湯擴祖《春雨》云[1]：“一夜聲喧客夢摇，春風送雨夜瀟瀟。不知新水添多少，漁艇都撑進板橋。”莊廷延《聽雨》云[2]：“梅花風裏雨霏霏，人卧空堂静掩扉。一夜滄浪亭畔水[3]，料應陡没釣魚磯。”二詩相似，均有天趣。

【箋注】

[1]湯擴祖：見卷五・二四注[3]。 [2]莊廷延：生平未詳。 [3]滄浪亭：在今江蘇蘇州城内，北宋建。

按：人生樂趣，隨處而有。聽雨、看雨，一片自然天趣。杜甫“春夜喜雨”，陸游“小樓一夜聽春雨”，加上這裏的詩情，都是美的享受。

五　〇

有中丞某，自稱平生不好名，余戲之曰：“人之所以異於禽獸者，以其好名也。孔子曰：‘君子去仁，惡乎成名？’又曰：‘君子疾没世而名不稱焉。’大聖人尚且重名如此！後世人不好名而别有所好，則鄙夫事君，無所不至矣。”屈悔翁云[1]：“才子多貪色，神仙不好名！”不如司空表聖曰[2]：“名能不朽輕仙骨，理到忘機近佛心[3]。”高東井《贈方子雲》曰[4]：“從來貧士貪留客，未有庸人解好名。”

【箋注】

[1]屈悔翁：屈復，見卷一・二九注[2]。 [2]司空表聖：司空圖，見卷五・三三注[4]。 [3]忘機：消除機巧之心。常用以指甘於淡泊、與世無争。[4]高東井：高文照，見卷二・六七注[3]。

按：這樣理直氣壯地主張好名，直率、坦然，一片真性情，不像僞君子，開口必稱不好名，而一心爲名。人想在世上落個好名，有什麽不好？有好行，必有好名。不求有好行，便不知名爲何物。世人厭惡的是爲求虚名而虚偽矯情者。

五　一

王次回詩[1]，往往入人心脾。余年衰無子，賓朋來者，動以此事相詢，貌爲關切，余深厭之，有詩云："厭聽人詢得子無，些些小事不關渠。逍遥公有兒孫累[2]，未必雲煙得自如。"後見次回句云："最是厭人當面問，鳳凰何日却將雛。"余評女以膚如凝脂爲主，次回亦有句曰："從來國色玉光寒，晝視常疑月下看。"

【箋注】

[1]王次回：王彦泓，見卷一・三一注[1]。　[2]逍遥公：指韋夐（502—578），字敬遠。北周京兆杜陵（今陝西西安一帶）人。曾召拜雍州中從事。據《周書・韋夐傳》，夐志尚夷簡，淡于榮利，明帝賜其號曰逍遥公。

五　二

《愛日齋叢談》云[1]："《琵琶記》爲明初王四棄妻而作[2]。太祖惡之，謫戍海外，致伯喈賢者[3]，蒙此惡聲。"不知南宋時，有詩刺高宗云："陌頭盲女無愁恨，猶抱琵琶説趙家[4]。"放翁亦云[5]："身後是非誰管得，沿村聽唱蔡中郎。"似乎《琵琶記》宋時已作。

【箋注】

[1]《愛日齋叢談》：未詳。有《愛日齋叢鈔》，爲宋末人所撰。此當爲袁枚誤記。　[2]《琵琶記》：元末南戲，高明撰。寫漢代書生蔡伯喈與趙五娘悲歡離合的故事，被譽爲傳奇之祖。　[3]伯喈（jiē）：蔡邕（133—192），字伯喈。東漢陳留圉人。董卓專權時，曾任左中郎將。卓誅，死獄中。後世輯有《蔡中郎集》。　[4]"陌頭"二語：爲明瞿祐《汴梁懷古》中詩句。[5]放翁：陸游。所引詩句出自《小舟遊近村捨舟步歸四首》其四。

五　三

厲太鴻《宋詩紀事》[1]，採取最博。余閱《北盟會編》[2]，爲補所未採者，如徽宗在五國城詩曰[3]："噬臍有愧平燕日[4]，嘗膽無忘在莒時[5]。"李若水曰[6]："五鼓可回千里夢，一官妨盡百年身。"宇文虛中云[7]："傳聞已築西河館[8]，自許能肥北地羊。"皆佳句也。金主亮"中秋無月"詞云[9]："（惟）恨劍鋒不快，一一揮斷紫雲根，要見嫦娥體態。"亦頗豪氣逼人。

【箋注】

[1]厲太鴻：厲鶚，見卷三・六一注[1]。　[2]《北盟會編》：宋徐夢莘撰《三朝北盟會編》，所紀史實自政和七年海上之盟，迄紹興三十一年。[3]五國城：遼代剖阿裏、盆奴裏、奥裏米、越那篤、越裏吉五城的總稱。宋徽宗被金人俘後，囚死於此。此處所引並非徽宗詩，而是孫覿詩。《三朝北盟會編》卷七四引吕本中《痛定録》曰："前此上在青城齋宫，無聊，何㮚奏宜賦詩以遣興。乃以孫覿、汪藻應制，上命用時字韻。覿詩曰：'噬臍有愧平燕日，嘗膽無忘在莒時。'……"　[4]噬臍：自齧腹臍。喻後悔不及。　[5]在莒時：唐吴兢《貞觀政要》卷三："昔齊桓公與管仲、鮑叔牙、甯戚四人飲，桓公謂叔牙曰：'盍起爲寡人壽乎？'叔牙奉觴而起曰：'願公無忘出在莒時，使管仲無忘束縛于魯時，使甯戚無忘飯牛車下時。'"莒，春秋時邑名。原爲莒國領地，後屬魯，又屬齊。在今山東省莒縣。齊桓公早年曾漂泊於此地。[6]李若水（1093—1127）：字清卿。宋洺州曲周（今屬河北）人。官太學博士、吏部侍郎。京師陷，從欽宗赴金營，遇害。所引爲《奉使太原途中呈王坦翁副使》中詩句。　[7]宇文虛中（1079—1146）：字叔通。宋成都華陽（今四川成都）人。徽宗大觀三年進士。官中書舍人。使金被留。後又欲謀反，遭滅族。所引爲《虜中作三首》中詩句。　[8]西河館：《春秋左傳・昭公十三年》載叔魚言於季孫："歸子而不歸，鮒也聞諸吏，將爲子除館於西河，其若之何？"[9]金主亮：完顔亮（1122—1161），字元功，本名迪古乃。金朝第四位皇帝，弑熙宗而自立。後大舉伐宋，兵敗，爲下所殺。史稱海陵王。

五　四

作詩能速不能遲，亦是才人一病。心餘《賀熊滌齋重赴瓊林》云[1]：“昔着官袍誇美秀，今披鶴氅見精神[2]。”余曰：“熊公美秀時，君未生，何由知之？赴瓊林不披鶴氅也。”心餘曰：“我明知率筆，然不能再構思。先生何不作以示我？”余唯唯[3]。遲半月，成七絶句，心餘以爲佳。余乃出簏中廢紙示之[4]，曰：“已七易稿矣。”心餘歎曰：“吾今日方知先生吟詩刻苦如是，果然第七回稿勝五六次之稿也。”余因有句云：“事從知悔方徵學[5]，詩到能遲轉是才。”

【箋注】

[1]心餘：蔣士銓，見卷一・二三注[2]。重赴瓊林：見卷四・一五注[6]。[2]鶴氅：鳥羽製成的裘，用作外套。[3]唯唯：恭敬的應答聲。[4]簏（lù）：竹編的盛器。[5]徵：證明。

按：經驗之談。《小倉山房詩集》卷二十三《箴作詩者》：“倚馬休誇速藻佳，相如終竟壓鄒枚。物須見少方爲貴，詩到能遲轉是才。清角聲高非易奏，優曇花好不輕開。須知極樂神仙境，修煉多從苦處來。”

五　五

黄莘田《重赴鹿鳴》云[1]：“得染新香本舊栽[2]，桂花重爲故人開。月宫不是玄都觀[3]，也學劉郎去又來。”“雲階月地事如何[4]，誰共霓裳咏大羅[5]？未免被他猿鶴怨[6]，小山連日有笙歌[7]。”

【箋注】

[1]黄莘田：黄任，見卷四・四九注[1]。重赴鹿鳴：見卷四・一五注[3]。[2]舊栽：喻指以前栽培的官員。[3]月宫：喻宫殿。玄都觀：北周、隋、唐道觀名。唐劉禹錫《戲贈看花諸君子》詩：“玄都觀裏桃千樹，盡是劉郎去後栽。”[4]雲階：高階，指宫殿的臺階。[5]霓裳：指《霓裳羽衣舞》。大羅：大羅天，道教所稱三十六天中最高一重天。[6]猿鶴：借指隱逸之士。

[7] 小山：一種辭賦文體。

五　六

《全唐詩》凡和尚道士仙人，都無好詩。不如才鬼山魈[1]，却有佳句。

【箋注】

[1] 才鬼山魈（xiāo）：指《全唐詩》中被歸入“鬼”“怪”等門類的作者。

五　七

詩人筆太豪健，往往短於言情；好徵典者[1]，病亦相同。即如悼亡詩，必纏綿婉轉，方稱合作。東坡之哭朝雲[2]，味同嚼蠟，筆能剛而不能柔故也。阮亭之《悼亡妻》[3]，浮言滿紙，詞太文而意轉隱故也。近時杭堇浦太史《悼亡妾》詩[4]，遠不如樊榭先生[5]。今摘數首爲比例，厲《哭月上》云[6]：“一場短夢七年過，往事分明觸緒多。搦管自稱詩弟子，散花相伴病維摩[7]。半屏涼影頹低髻，三徑春風曳薄羅。今日書堂覓行迹，不禁雙鬢爲伊皤。”“無端風信到梅邊，誰道蛾眉不復全？雙槳來時人似玉，一奩去後月如煙[8]。第三自比清溪妹[9]，最小相逢白石仙[10]。十二碧欄重倚遍，那堪腸斷數華年！”“病來倚枕坐秋宵，聽徹江城漏點遥。薄命已知因藥誤，殘妝不惜帶愁描。悶憑盲女彈詞話，危托尼姑祝夢妖[11]。幾度氣絲先訣别，淚痕兼雨灑芭蕉。”“郎主年年耐薄遊，片帆望盡海西頭。將歸預想迎門笑，欲别俄成滿鏡愁。消渴頻煩供茗椀，怕寒重與理熏篝。春來憔悴看如此，一卧楓根尚憶否？”廖古檀《悼亡》云[12]：“合歡花瓣委輕塵，風雨邊城不見春。苦憶小窗扶病起，脂殘粉褪寫遺真。”商寶意《哭環娘》云[13]：“待年略住娉婷市，却聘曾嫌富貴家。”“還余清凈三生體，欠汝滂沱淚數行。”寶山黄燮鼎《悼亡》云[14]：“無多奠酒諳卿量，未就埋香諒我貧。”皆言情絶調。堇浦先生詩，以《嶺南集》爲生平極盛之作，《題陳元孝遺像》云[15]：“南村晋處士，汐社宋遺民[16]。湖海歸來客，乾坤定後身。竹堂吟暮雨，山鬼哭蕭晨[17]。莫向厓門去[18]，霜風正撲人。”“秋井苔花漬，荒爐蜃氣蒸。飛潛兩難問，憂患况相仍[19]。拄策非關老[20]，裁衣只學僧。凄凉懷古意，豈是屈梁能[21]？”“巢覆仍完卵，皇天本至公。蓼莪篇久廢，薇蕨採應空[22]。劫已歸龍漢[23]，家猶祭鬼雄。等身遺著在，泉下告而翁。”“袁粲能無傳，嵇康亦有兒[24]。古人誰汝匹，信史豈吾欺！寂寞徒看畫，蒼凉祗益詩。懷賢兼論世，凄絶卷還時。”此種詩，悲凉雄壯，恐又非樊榭、寶意所能矣。

【箋注】

[1]徵典：徵引典故。 [2]朝雲：王朝雲，字子霞。宋浙江錢塘人。蘇東坡侍妾，卒于惠州西湖。 [3]阮亭：王士禛，見卷一・五四注[1]。 [4]杭堇浦：杭世駿，見卷三・六四注[1]。 [5]樊榭：厲鶚，見卷三・六一注[1]。[6]月上：朱滿娘，字月上。清浙江烏程人。錢塘厲鶚側室。 [7]散花：《維摩經》記載，天女散花以試菩薩與聲聞弟子道行。病維摩：《維摩經》記載，維摩居士饒益衆生，以身疾廣爲説法，曰：“從癡有愛則我病生。以一切衆生病，是故我病。若一切衆生病滅，則我病滅。” [8]奩：古代盛梳妝用品的器具。 [9]清溪妹：即清溪小姑，傳説爲漢秣陵尉蔣子文的三妹。 [10]白石仙：傳説中的神仙，見於《神仙傳》。 [11]尼姏（mán）：尼僧姏母一類老年婦女。 [12]廖古檀：廖景文（1726—？），字琴學，一字覲揚，號檀園、古檀氏。清江蘇婁縣人。乾隆十二年舉人。官合肥知縣。有《清綺集》《吟香集》《古檀詩草》《罨畫樓詩話》等。 [13]商寶意：商盤，見卷一・二七注[7]。 [14]黄燮鼎：黄臣燮，原名燮鼎，字蕙芬。羅田縣人，嘉慶二十一年歲貢生。 [15]陳元孝：陳恭尹，見卷三・六三注[1]。 [16]南村：即栗里，在今江西九江南。晋陶潛《移居》詩之一：“昔欲居南村，非爲卜其宅。聞多素心人，樂與數晨夕。”此以陶淵明比陳元孝。汐社：宋遺民謝翱創立的文社。此以謝翱比陳元孝。 [17]蕭晨：凄清的秋晨。 [18]厓門：在廣東新會海邊，宋朝軍隊曾與蒙古軍隊大戰于此，兵敗後丞相陸秀夫携帝昺投海，標誌宋亡。 [19]飛潛：指鳥和魚，喻人事升沉。相仍：相繼。 [20]拄策：拄手杖。[21]屈梁：指屈大均和梁佩蘭。二人均爲著名明遺民、詩人。 [22]蓼莪：指《詩經・小雅・蓼莪》，寫孝子深感長大無成，愧對父母，不得報答養育之恩。“薇蕨”

句：用伯夷、叔齊不食周粟、首陽采薇的典故。 [23]龍漢：道教觀念中的五劫之始劫。 [24]袁粲（420—477）：南朝宋陳郡陽夏（今河南太康一帶）人。官尚書吏部郎。後討蕭道成不克，與子最俱死於石頭城。《南史》卷七十二："武帝使太子家令沈約撰《宋書》，疑立袁粲傳，以審武帝。帝曰：'袁粲自是宋家忠臣。'"嵇康：見卷八·七五注[2]。嵇康死後，兒子嵇紹由山濤照顧。

五　八

金陵何南園、陳古漁俱能詩而貧[1]，余不能資助，嘗誦唐人句云[2]："相知惟我獨，無補與人同。"又《自訟》云："蘭草同心多半弱，海棠自恨不能香。"

【箋注】

[1]何南園：何士顒，見卷一·三七注[1]。陳古漁：陳毅，見卷一·五二注[3]。 [2]唐人句：應爲元李存《别黄俊昭》詩："深知疑我獨，無補與人同。"

五　九

詩者，人之精神也。人老則精神衰葸[1]，往往多頹唐浮泛之詞。香山、放翁尚且不免[2]，而況後人乎？故余有句云："鶯老莫調舌[3]，人老莫作詩。"

【箋注】

[1]衰葸（xǐ）：懈怠畏懼。 [2]香山、放翁：唐白居易和宋陸游。[3]調舌：啼鳴。

六　〇

勸人知足者，杭州汪積山先生有句云[1]："盈虚物理都如許，那有東餐宿又西[2]。"楚中戴喻讓孝廉有句云[3]："天地猶憾堯舜病[4]，人生何必爲其盡？"二意相同，而俱足以醒世。戴屢赴禮闈[5]，不第，歸顔其室曰"佳士軒"[6]。人問："君自命爲佳士乎？"曰："非也。

‘佳’字不成‘進’字，爲欠一‘走’耳。”

【箋注】

[1] 汪積山：汪惟憲（1681—1742），字子直，一字積山，號水蓮。清浙江仁和人。雍正七年拔貢生。有《尊聞録》《積山詩文集》。 [2] 東餐西宿：説見《藝文類聚》引《風俗通》：“俗説齊人有女，二人求之，東家子醜而富，西家子好而貧。父母疑不能决，問其女定所欲適：‘難指斥言者，偏袒，令我知之。’女便兩袒。怪問其故。云：‘欲東家食，西家宿。’此爲兩袒者也。” [3] 戴喻讓：見卷七・二〇注[4]。 [4] 病：憂，以爲不足。《論語・雍也第六》：“子貢曰：‘如有博施於民而能濟衆，何如？可謂仁乎？’子曰：‘何事於仁！必也聖乎！堯舜其猶病諸！……’” [5] 禮闈：指古代科舉考試之會試，因其爲禮部主辦，故稱禮闈。 [6] 顔：指題字於匾額或書籍封面上。

六 一

本朝高文良公[1]，詩爲勳業所掩，不知一代作手，直駕新城而上[2]。如《值夜》云：“一蕎新寒雨後生，宫槐黄葉下重城[3]。意中故國偏無夢，風裏銀河似有聲。萬馬夜嘶秋待獵，一封宵奏遠論兵。杞人孤坐聽殘角[4]，落月光中太白明[5]。”其他佳句，雄壯則“宴罷白沉千帳月，獵回紅上六街燈”“自在騎牛今竪子，苦辛逐鹿昔英雄[6]”，奇警則“風鐸閑同山魅語[7]，鬼燈紅出寺門遊[8]”“萬點城烏驚曙鼓，一壚村酒閃風燈”，綿麗則“白蘋風細魚苗長，紅杏花深燕子低”“老樹無花三月半，舊遊如夢六年餘”，委婉則“白月無聲秋漏永，紅燈有影夜樓深”“天涯日日思歸日，覺有歸期日倍長”，淡宕則“長河暫伏潛仍出，高嶺遥看到恰平”“纔穿雲過捫衣潤，欲覓詩行任馬遲”，至於“東南生意偕誰計，數仰江雲掉白頭”，則又大臣報國憂民，深情若揭矣。本朝賞花翎、黄馬褂[9]，最難着筆。公詩云：“冠飄孔翠天風細[10]，衣染鵝黄御氣濃[11]。”莊雅獨絶。

【箋注】

[1]高文良：高其倬，見卷一·三三注[1]。 [2]新城：王士禛，見卷一·五四注[1]。 [3]一驀：突然。重城：指宫城。 [4]杞人：借指無端憂慮的人。 [5]太白：星名，即金星。古星象家以爲太白星主殺伐，故多以喻兵戎。[6]竪子：此指小孩子。逐鹿：比喻群雄並起，争奪天下。《史記·淮陰侯列傳》："秦失其鹿，天下共逐之，於是高材疾足者先得焉。" [7]風鐸：殿閣塔簷的懸鈴，風吹發出響聲。山魅：傳説中的山中精怪。 [8]鬼燈：磷火。[9]花翎：清代官吏禮帽上裝飾的孔雀翎或鶡尾翎，皇帝常將其賞賜與臣下，以示恩寵。黄馬褂：清代官員制服的一種，皇帝近身的侍衛或者獲皇帝特别賞賜者所穿。 [10]孔翠：孔雀、翠鳥的羽毛。 [11]御氣：帝王氣象。

六二

望海詩，朱草衣云[1]："地影全無着，天形轉不高。"沈子大云[2]："天水無邊孤月在，魚龍欲起大風生。"王次岳云[3]："曉傳鼉吼占風起[4]，夕閃魚睛訝日生。"江舟次云[5]："萬里全憑針作路[6]，六時只見浪摇天。"

【箋注】

[1]朱草衣：朱卉，見卷三·一一注[4]。 [2]沈子大：沈起元，見卷六·九〇注[1]。 [3]王次岳：王岱，見卷六·一一注[1]。 [4]鼉（tuó）：揚子鰐。[5]江舟次：疑應爲汪舟次，見卷三·四八注[1]。 [6]針：指南針。

六三

詩文之道，全關天分。聰穎之人，一指便悟。霞裳初見余時[1]，呈詩十餘首。余不忍拂其意[2]，盡粘壁上，渠亦色喜。遂同遊天台，一路唱和，恰無一言及其前所呈詩也。往反兩月，霞裳歸家，急奔園中，取壁上詩，撕毁摧燒之，對余大笑。余亦戲作桓宣武語[3]，曰："可兒！可兒[4]！"

【箋注】

[1]霞裳：劉霞裳，見卷二·三三注[2]。 [2]拂：違背。 [3]桓宣武：桓温(312—373)，字元子。東晋譙國龍亢(今安徽懷遠一帶)人。官琅琊太守、荆州刺史、大司馬、平北將軍。卒謚宣武，追贈丞相。 [4]可兒：可愛的人、能人。此爲桓温稱讚王敦語。南朝宋劉義慶《世説新語·賞譽》："桓温行經王敦墓邊過，望之云：'可兒！可兒！'"

按：詩文之道，確實與天分有關。這裏不講大道理，只是在唱和之中，便有所悟。其實不論做什麽都與天分有關，只是人與人的天分不同。

六　四

蘇州汪端揆秀才[1]，與婢小珠有情。咏秋海棠云："海棠花嫩不禁秋，小朵含煙月下愁。記得舊時庭院裏，憑人看殺只垂頭[2]。"

【箋注】

[1]汪端揆：汪廷楷（？—1831），字端揆，號籍庵，别號節安居士。清江蘇元和(今蘇州)人。廪貢生。道光元年舉制科。有《節安堂詩集》。 [2]殺：表示程度深。

六　五

陳魯齋太守夢人贈句云[1]："夢回碧落三千里[2]，筆瀉銀河十二時。"醒後，不解。後守端州，卒於亥年。"十二時"，亥也；碧落山，在端州。

【箋注】

[1]陳魯齋：陳士璠，見卷一〇·五二注[1]。 [2]碧落：天空。

六　六

余幼咏懷云："每飯不忘惟竹帛[1]，立名最小是文章。"先師嘉其有志。中年見查他山贈田間先生云[2]："語雜詼諧皆典故，老傳著述豈初心？”近見趙雲松和錢嶼沙先生云[3]：“前程雲海雙蓬鬢，末路英雄一卷書。”皆同此意。

【箋注】

[1]竹帛：指書籍、史乘。[2]查他山：查慎行，見卷三·一二注[1]。田間：錢澄之（1612—1693），字飲光，號田間。安徽桐城人。明末清初人。有《田間易學》《田間詩學》《藏山閣詩存》等。[3]趙雲松：趙翼，見卷二·三三注[4]。錢嶼沙：錢琦，見卷三·二九注[6]。

按：著述，也是人生的一大志向，不必誇大其重要性，也不可輕視。説是立名，也不必避諱或掩飾，只要不是沽名釣譽，也是應當肯定的一種人生價值。

六七

洪素人朴[1]，性冷，官京師，獨與陳梅岑最厚[2]。督學楚中，寄詩云：“三十六湖湖水清，使君鑒此自分明。琉璃硯匣生花筆，詩爲懷人倍有情。”洪在部時，某相國問：“汝向人説我剛愎自用[3]，有之乎？”曰：“然。”相國怒曰：“汝是我門生，乃謗我？”洪謝曰：“老師只有一‘愎’字，何曾有‘剛’字？門生因師生故，妄加一‘剛’字耳！”

【箋注】

[1]洪素人：洪朴（1746—？），字素人，號伯初。清安徽歙縣人。乾隆三十六年進士。官至直隸順德知府。有《伯初詩鈔》。[2]陳梅岑：陳熙，見卷一·五注[2]。[3]剛愎自用：倔强固執、自以爲是。

六八

尹氏昆季皆能詩[1]，而推三郎兩峰爲最[2]。一日文端公退朝[3]，召兩峰曰：“今日我憊矣，皇上命和《春雨》詩，我不及作，汝速擬一稿，我明早要帶去。”兩峰構成送上，公已酣寢。黎明公盛服將朝，諸公子侍立階下，兩峰惴惴，慮有嗔喝。忽見公向之拱手，曰："拜服！拜服！不料汝詩大好。"回頭呼婢曰："速煨我所吃蓮子，與三哥兒吃。"兩峰大喜過望。四公子樹齋笑曰[4]："我今日却又得一詩題。"諸公子問何題。曰："見人吃蓮子有感。"兩峰名慶玉。

【箋注】

[1]昆季：兄弟。長爲昆，幼爲季。 [2]兩峰：尹慶玉，見卷四·三二注[1]。[3]文端公：尹繼善，見卷一·一〇注[3]。 [4]樹齋：尹慶桂，見卷四·六注[5]。

六　九

如皋布衣江干[1]，字黄竹。貌陋家寒。咏疲驢云："落葉踏不碎，四蹄今可知。"咏巢云："草窮一生力，風碎五更心。圓影月中墮，凍痕霜外深。"《登大觀臺》云："殘夜海明知月上，隔江風遠送鐘來。"又："飄零何地托孤蹤，古佛門空或見容。"俱有孟郊風味[2]。

【箋注】

[1]江干（1721—？）：字片石，號黄竹。清江蘇如皋人。貢生。有《片石詩鈔》。 [2]孟郊：見卷三·六五注[3]。

七　〇

余遊天台諸寺，僧多撞鐘鼓，請余禮佛。余不奈煩，書扇示之云："逢僧我必揖，見佛我不拜。拜佛佛無知，揖僧僧現在。"王夢樓見之[1]，笑曰："君不好佛，而所言往往有佛意。"陳梅岑《贈朱竹君》云[2]："遊山靈運常携客[3]，闢佛昌黎也愛僧[4]。"

【箋注】

[1]王夢樓：王文治，見卷二·三〇注[1]。 [2]陳梅岑：陳熙，見卷一·五注[2]。朱竹君：朱筠，見卷六·二九注[1]。 [3]靈運：謝靈運，見卷四·二九注[1]。 [4]闢佛：斥佛教、駁佛理。昌黎：韓愈，見卷一·一三注[1]。韓愈《原

道》痛辟佛老，有“人其人，火其書，廬其居”之語。但他也有《送浮屠文暢師序》《送張道士序》《送高閑上人序》等篇。

七　一

杭州應仔傳秀才《過弋陽》云[1]：“沙清魚上晚，春冷燕來稀。”《郊外》云：“斷崖殘照晚將入，隔岸野風波欲秋。”

【箋注】

[1] 應仔傳：應澧，字仔傳，一字叔雅，號藕泉、潛齋。清浙江仁和人。官安吉教諭。有《闇然室詩存》。

七　二

余赴廣東，過鳩江，適梅岑官其地[1]。與之别，揚帆二十里矣，梅岑遣人追送肴烝，剪江而至[2]。余詩謝云：“遠寄荒江酒一尊，一帆穿破水雲奔。蛟龍知是先生饌，白浪如山不敢吞。”霞裳亦謝云[3]：“羹調金屋裏，香入浪花中。”

【箋注】

[1] 梅岑：陳熙，見卷一・五注[2]。　[2] 肴烝：指酒肉類食品。剪江：謂船破浪行于江面。　[3] 霞裳：劉霞裳，見卷二・三三注[2]。

七　三

唐荆川云[1]：“詩文帶富貴氣者，便不佳。”余道不然。金檜門總憲《郊西柳枝》云[2]：“西直門邊柳萬枝，含煙帶露拂旌旗。長是至尊臨幸地[3]，世間離别不曾知。”程午橋太史《菊屏》云[4]：“低枝芬馥當書幌，細蕊離披近筆床。六曲屏風花萬疊，人間何處五更霜？”兩絶句俱富貴，何嘗不佳？又記宋人富貴詩曰[5]：“踏青騎馬未還家，公主傳宣賜早茶。十二闌干春似海，隔窗閑殺碧桃花。”“畫燭燒闌暖復迷，殿帷深鎖下銀泥[6]。開門欲作侵晨散，已是明朝日向西。”“千官已醉猶教坐，百戲皆呈未放休。共看拜恩侵曉出，金吾不敢問來由[7]。”

【箋注】

[1]唐荆川：唐順之（1507—1560），字應德，一字義修，號荆川。明南直隸武進（今常州）人。嘉靖八年狀元。官右僉都御史、鳳陽巡撫。有《荆川先生文集》。 [2]金檜門：金德瑛（1702—1762），字汝白，一字慕齋，號檜門。清浙江仁和人。乾隆元年狀元。官至左都御史。有《檜門詩疑》。[3]臨幸：謂帝王親臨。 [4]程午橋：程夢星，見卷五・一九注[3]。 [5]宋人：此處有誤。所引第一首爲明孫蕡《訪某駙馬不遇題壁》，第二首爲唐薛能《吴姬十首》之一，第三首爲唐張籍《寒食内宴二首》中詩句。文字亦皆有出入。[6]銀泥：一種用銀粉調成的塗飾衣物和面部的顔料。亦借指銀飾的衣裙。[7]金吾：負責皇帝大臣警衛、儀仗以及徼循京師、掌管治安的武職官員。

七四

趙雲松觀察謂余曰[1]："我本欲占人間第一流，而無如總作第三人。"蓋雲松辛巳探花，而於詩只推服心餘與隨園故也[2]。雲松才氣，横絶一代，獨王夢樓不以爲然[3]，嘗謂余云："佛家重正法眼藏[4]，不重神通。心餘、雲松詩，專顯神通，非正法眼藏。惟隨園能兼二義，故我獨頭低，而彼二公亦心折也。"余有愧其言。然吾鄉錢璵沙前輩讀《甌北集》而奇賞之[5]，寄以詩云："忽墮文星下斗台，聲華藉藉冠蓬萊[6]。探花春看長安遍，投筆身從絶域回。風雅名誰争後世，乾坤我欲妒斯才。登壇老將推袁久[7]，不道重逢大敵來。"

【箋注】

[1]趙雲松：趙翼，見卷二・三三注[4]。 [2]心餘：蔣士銓，見卷一・二三注[2]。 [3]王夢樓：王文治，見卷二・三〇注[1]。 [4]正法眼藏：佛教語，禪宗用來指全體佛法。朗照宇宙謂眼，包含萬有謂藏。亦借指事物的訣要或精義。 [5]錢璵沙：錢琦，見卷三・二九注[6]。《甌北集》：趙翼的詩文集。[6]斗台：指北斗與三台星。蓬萊：本是傳説中的仙山，多藏寶典秘録。這裏

用來代指文章著述。 [7]袁：指袁枚。

按：性靈派三大家在此，真是“横看成嶺側成峰，遠近高低各不同”。此段詩話，可見袁枚還能站在“此山”之外，放眼一觀。

七五

常州楊青望《南澗晚歸》云[1]：“岳寺風聲起暮鐘，殘陽歸去興尤濃。停車欲認登臨處，忘却西南第幾峰。”陳郁庭《造假山》云[2]：“歷盡嶙峋興愈濃，歸來猶自憶芙蓉[3]。階前疊石呼僮問，認是曾遊第幾峰？”兩首相似，俱有“羚羊掛角”之意[4]。

【箋注】

[1]楊青望：生平未詳。 [2]陳郁庭：陳芳，見卷二·二三注[3]。[3]芙蓉：指芙蓉狀的山峰。李白《登廬山五老峰》：“廬山東南五老峰，青天削出金芙蓉。” [4]羚羊掛角：見卷二·八注[3]。

七六

癸未，聖駕南巡[1]。尹太保欲覓任書記者[2]，莊念農太守薦其族弟炘[3]，尹公甚重之。亡何，試京兆，不第。趙雲松《送行》云[4]：“科因一士關輕重，迹有群公問去留。”想見在都文名之盛。其子伯鴻[5]，有父風，咏簾鈎云：“待引春雲入檻不，高懸畫閣結青樓。心通恨隔玲瓏望，腕弱憐將窈窕收。多宛轉時能約束，未團圓處好勾留。漫言眼底除牽掛，放下依然萬縷愁。”

【箋注】

[1]癸未：這裏指乾隆二十八年(1763)。 [2]尹太保：尹繼善，見卷一·一〇注[3]。書記：掌文書案牘和記録的吏員文士。 [3]莊念農：莊經畬，見卷三·五二注[3]。莊炘：見卷一三·五九注[4]。 [4]趙雲松：趙翼，見卷二·三三注[4]。 [5]莊伯鴻：莊逵吉(1760—1813)，字伯鴻。清江蘇武進人。官潼關同知。有《吹香閣詩草》。

七　七

郭秀才麟《彭城中秋》云[1]："西風連袂鹿城秋[2]，舊侶偕行話舊遊。羅襪雙鈎人半臂，夜深誰立板橋頭？"詩非不幽艷，而覺有鬼氣。吴竹橋《法源寺》云[3]："街頭日仄漸風沙，步屧閑尋古寺花[4]。一樹緑陰兩黄鳥，春深門巷是誰家？"同一風調，恰是人間光景。

【箋注】

[1]郭麟：一作郭麐，見卷一二·八三注[2]。 [2]連袂（mèi）：衣袖相聯，喻携手偕行。 [3]吴竹橋：吴蔚光，見卷一·四一注[3]。 [4]步屧（xiè）：漫步。

七　八

名士氣習多傲兀，惟錫山之顧立方進士[1]、嘉定之李書田孝廉[2]，恂恂訥訥[3]，慮以下人[4]。顧《不雨歎》云："外河水淺今成溝，内河水涸今成邱。螺蚌紛紛雜瓦石，童稚踏歌橋下游。大船抽却舵，小船沙上過。長年袖手篙師餓，估客篷窗三月坐[5]。清晨婦子喜，濃雲在天雨至矣。雨不來，風颸颸，先訛作烏尾，後涣作魚鱗，六龍躍出光陸離。朝不雨，夕不雨，老農低頭淚如雨，浮雲閑閑自來去。安得儂家稻，多於原上草，有雨固佳晴亦好。安得儂家田，生近滄海邊，朝潮暮汐高於天。無水不可車，有稻不可割，路逢一士大笑樂，先世薄田今賣却。"李見贈云："一百八十八徵士[6]，只有先生最少年。風雅偏能兼樂壽，聰明直欲傲神仙。官如抱朴懷勾漏[7]，人指棲霞作洞天。若使懸車須此歲[8]，轉因簪笏誤林泉[9]。"

【箋注】

[1]顧立方：顧敏恒，見卷八·六四注[3]。 [2]李書田：李賡芸（1753—1817），字生甫，一字書田，號許齋、生軒。清江蘇嘉定人。乾隆五十五年進士。官至福建布政使。有《稻香吟館集》。 [3]恂（xún）恂訥（nè）訥：温順恭謹，

而且説話謹慎。 [4]慮以下人：以恭謙的態度與人交往。 [5]估客：商人。[6]徵士：指受朝廷徵召之士。 [7]抱朴：以晋抱朴子葛洪喻指袁枚。《晋書·葛洪傳》："以年老，欲煉丹以祈遐壽，聞交阯出丹，求爲勾漏令。"勾漏，古地名，在今廣西。 [8]懸車：辭去官職。 [9]簪笏（hù）：冠簪和手版，古代仕宦所用，比喻官員或官職。

七 九

某畫折蘭小照，求題七古。余曉之曰："蘭爲幽静之花，七古乃沉雄之作，考鐘鼓以享幽人[1]，與題不稱。若必以多爲貴，則須知米豆千甔[2]，不若明珠一粒也。刀槍雜弄，不如老僧之寸鐵殺人也[3]。世充萬言，何如阮咸三語[4]？成王冠[5]，周公使祝雍作祝詞曰[6]：'達而勿多也。'此貴少之證也。若夫謝艾雖繁不可删[7]，王濟雖少不能益[8]，則各極其妙，亦在相題行事耳。唐人句云：'藥靈丸不大，棋妙子無多[9]。'"或問："如先生言，簡固佳乎？"余曰："是又不可以有意爲也。宋子京修《唐書》，有意爲簡[10]，遂硬割字句，幾于文理不通。顧寧人摘出數條[11]。余摘百十餘條，載《隨筆》中。"

【箋注】

[1]幽人：隱居之人。 [2]甔（dān）：陶製罌類容器。亦用作量詞。[3]寸鐵殺人：宋羅大經《鶴林玉露》乙編卷一："宗杲論禪云：'譬如人載一車兵器，弄了一件，又取出一件來弄，便不是殺人手段。我則只有寸鐵，便可殺人。'" [4]世充：王世充（？—621），字行滿，本姓支，祖籍西域，遷新豐（今陝西臨潼一帶），父爲王姓養子，因姓王。隋煬帝時官至江都通守，後擁立楊侗，又廢楊自立，國號鄭。充每聽朝，殷勤誨諭，言詞重複，千端萬緒，侍衛之人不勝倦弊，百司奏事，疲於聽受。阮咸：字仲容。西晋陳留尉氏（今屬河南）人。阮籍侄。歷仕散騎侍郎。爲竹林七賢之一。此處似有誤，所指應爲阮修或阮瞻。南朝宋劉義慶《世説新語·文學》："阮宣子有令聞，太尉王夷甫見而問曰：'老莊與聖教同異？'對曰：'將無同。'太尉善其言，辟之爲掾。世謂'三語掾'。"《晋書·阮瞻傳》亦載此事，但王衍作王戎，阮修作阮瞻。 [5]成王冠：指周成王舉行冠禮。冠禮是古代標誌男子成年所

舉行的一種結髮戴冠的禮儀，一般人都在二十歲時舉行，天子、諸侯之子受到的教育好而早成，所以在十九歲時就舉行冠禮。 [6]周公：姬旦，見卷五·三七注[5]。祝雍：西周人。祝，官名，即太祝。名雍。引語見《大戴禮記·公符》。 [7]謝艾（？—353）：十六國時前凉名將。官主簿、酒泉太守、左長史。[8]王濟：字武子。西晋太原晋陽（今山西太原）人。官中書郎、侍中、國子祭酒。善《易》《老》《莊》。《文心雕龍·熔裁》："昔謝艾、王濟，西河文士，張駿以爲艾繁而不可删，濟略而不可益，若二子者，可謂練熔裁而曉繁略矣。" [9]"藥靈"二語：出自唐徐仲雅《贈江處士》詩。 [10]宋子京：宋祁，見卷一·四六注[13]。 [11]顧寧人：顧炎武，見卷三·七注[2]。

八〇

人言黄鶴樓無佳對，惟魯亮儕觀察一聯云"到來徑欲淩風去，吟罷還思借笛吹"差勝[1]。魯星村云[2]："'淩風'二字，改'乘雲'二字更佳。"

【箋注】

[1]魯亮儕：見卷四·一二注[2]。"到來"句：唐崔顥："昔人已乘黄鶴去……白雲千載空悠悠。""吟罷"句：李白："黄鶴樓中吹玉笛，江城五月落梅花。" [2]魯星村：魯璸，見卷三·三七注[2]。

八一

文字之交，有無端而契合者，殆佛家之所謂緣耶？乙酉秋試，四方之士，來修士相見禮者甚多[1]。予答拜章姓，誤投刺于張秀才處[2]。張大驚，次日來答。見其儀容秀整，遂招飲之。張贈詩云："僦得瀕江小屋居，敢將蹤迹混樵漁？平生不識金閨彦[3]，剥啄無端到敝廬[4]。""籃輿款款赴清凉[5]，夾路松花聞稻香。一院青山人不見，飛來嵐翠滿衣裳。""折柬招邀酌舊醅[6]，主人原是掞天才[7]。兩江月旦歸名士[8]，又報文星入座來時梁階平先生適至。""《霓裳》曲度廣寒宫[9]，鑒檻銀燈照碧空[10]。夜半酒闌星斗醉，天風吹墮小池中。"

秀才名邦弼，蘇州人。

【箋注】

[1]乙酉：這裏指乾隆三十年（1765）。士相見禮：士大夫相互謁見的禮儀。《禮記》有《士相見禮》篇。 [2]投刺：投遞名帖。張秀才：張邦弼（？—1789），字青城、青臣，號補梧。江蘇長洲人。乾隆四十五年舉人。有《補梧詩鈔》。 [3]金閨：金馬門，漢代宫門名，泛指學士待詔處，明清時期通常指翰林院。彦：賢人、才士。 [4]剥啄：象聲詞，此指敲門聲。 [5]籃輿：古代供人乘坐的交通工具，類似轎子。 [6]折柬：指書札或信箋。 [7]掞天：光芒照天。 [8]月旦：謂品評人物。 [9]廣寒宫：傳説月中宫殿名，此喻袁府。[10]鑒檻：閃光發亮的欄杆。

八二

河東君藏一唐鏡[1]，背銘云："照日菱花出[2]，臨池滿月生。官看巾帽整，妾映點妝成。"查他山《金陵雜咏》刺之云[3]："宗伯奩清世莫知[4]，菱花初照月臨池。點妝巾帽俱新樣，不用喧傳鏡背詞。"

【箋注】

[1]河東君：柳如是，見卷七·四一注[1]。 [2]菱花：古代銅鏡名，鏡多爲六角形或背面刻有菱花。 [3]查他山：查慎行，見卷三·一二注[1]。[4]奩清：鏡面清晰。宗伯：禮部尚書，這裏指錢謙益，見卷一·三注[5]。

八三

詩以進一步爲佳。杜門懸車[1]，高尚也，而張寶臣《致仕》云[2]："門爲看山甯用杜，車還駕鹿不須懸。"别離，苦事也，而黄石牧《送别册子》云[3]："一度送行傳一畫，人生那厭别離多。"《寄衣》，古曲也，而盛青嶁《出門》云[4]："檢點篋中裘葛具，早知别後寄衣難。""打起黄鶯兒"，懼驚夢也，而朱受新《春鶯》云[5]："任爾樓頭啼曉雨，美人夢已到漁陽[6]。"

【箋注】

[1]杜門：閉門、堵門。懸車：致仕。古人一般至七十歲辭官家居，廢車不用，故云。亦指隱居不仕。 [2]張寶臣：張廷璐，見卷二·六三注[1]。 [3]黄石牧：黄之雋，見卷三·一二注[2]。 [4]盛青嶁：盛錦（？—1756），字廷堅，號青嶁。清江蘇吴縣人。諸生。有《青嶁詩鈔》。 [5]朱受新：字念祖，號木鳶。清江蘇長洲人。有《木鳶詩集》《賦稿》。 [6]漁陽：古地名，今北京一帶。泛指北方古戰地。

八 四

春學士臺[1]，常言其門人謝又紹侍郎乞病養母[2]，人問："何不奏終養而奏病耶？"曰："爲人子，養可也；聞'終'字，便傷心耳。"其《憶母》詩云："兒來前，自堯經今凡幾年？兒可記，自堯經今凡幾帝？兒時應對稍逡巡[3]，母怒變色旋喝嗔。陳篋遜志學人責[4]，稽古胡不如婦人[5]？吁嗟！母言在耳，兒顔猶泚[6]，安得吾母常嗔兒常泚，於今勸學無聞矣！"嗚呼！今士大夫溺于時文之學，談及史鑒，褎如充耳[7]，讀先生詩，能無怍乎[8]？先生名道承，福建晋安人。

【箋注】

[1]春臺：見卷六·七三注[9]。 [2]謝又紹：謝道承（1691—1741），字又紹，號古梅。清福建閩縣人。康熙六十年進士。官至内閣學士。有《小蘭陔詩集》。 [3]逡巡：徘徊、拖延。 [4]陳篋：擺開書箱，意謂努力讀書。遜志：謙遜好學。 [5]稽古：考察古事。 [6]泚（cǐ）：冒汗、汗顔，表示羞愧。 [7]褎（xiù）如充耳：謂服飾尊盛而德行不能相稱。《詩·邶風·旄丘》："叔兮伯兮，褎如充耳。"褎如，服飾盛美的樣子。充耳，塞耳、無所知聞。 [8]怍（zuò）：羞慚。

按：讀來仁孝之思、爲學之志油然而生。母親在時可能覺得她嘮叨，母親去後悔之已晚，應引以爲訓。

八　五

解中發秀才[1]，館尹文端公家[2]。一日，鮑雅堂來訪，見十四公子慶保[3]，問年幾何，曰："十四歲。"鮑戲出對云："十四世兄年十四。"解應聲曰："三千弟子路三千。"杭州沈既堂在高相公署中[4]，公出對云："可能子面如吾面？"沈應聲曰："未必他心即我心。"

【箋注】

[1]解中發：見卷八·一四注[3]。 [2]尹文端：尹繼善，見卷一·一〇注[3]。 [3]鮑雅堂：鮑之鍾，見卷二·四九注[6]。慶保：實爲尹繼善十三公子。十四公子名慶禧，官至總兵。 [4]沈既堂：沈業富（1732—1807），字方穀，號既堂。清江蘇高郵人。乾隆十九年進士。官至河東鹽運使。有《味鐙齋詩文集》。高相公：高晋，見卷六·四一注[1]。

八　六

永安寺壁上有梅田女史題詩云[1]："靈妃齊駕玉龍回[2]，留得清陰滿緑苔。來歲春風一相待，囊琴便約懶仙來。"所云懶仙，不知何人。

【箋注】

[1]梅田：生平未詳。女史：本爲女官名，此爲對知識婦女的美稱。 [2]靈妃：泛指仙女。

八　七

金姬小妹鳳齡[1]，幼鬻吴門作婢，余爲贖歸，年十四矣，明眸巧笑，其姊勸留爲篷室[2]，鳳齡意亦欣然。余自傷年老，不欲爲枯楊之稊[3]，因别嫁隋氏，爲大妻所虐，雉經而亡[4]。余哭以詩，一時和者甚多。新安巴雋堂中翰云[5]："粉蛾貼幛塵沾幕，綽約佳人嗟命薄。惱鴉打鳳海難填，桃葉離根淚珠落[6]。往事泥中善説詩[7]，吴音嬌軟含春姿。因情割愛反成悔，締非其偶尤堪悲。駑材詎足親仙骨[8]，獅子何曾憐委髮[9]？風傳柑果味全殊，雨暗合歡花不發。鋤蘭門内影玲塀[10]，傷哉逝水難歸瓶！芳魂仍返倉山早[11]，虛廊簌簌鳴幽筱[12]。”楊蓉裳亦有《鳳齡曲》云[13]：“汝南太史人中傑[14]，文采風流世無敵。羊侃筵前舞袖圍[15]，馬融帳外金釵列[16]。我是彭宣到後庭[17]，隔幃絲竹許同聽。酒酣棖觸平生事[18]，向我低徊説鳳齡。鳳齡本是蘇臺女[19]，貧向豪家傍門户。牙郎那解惜娉婷[20]，竈妾由來耐辛苦。携出淤泥一瓣蓮，青衣乍脱便登仙[21]。漫拈郭璞三升豆[22]，判費初明十萬錢[23]。關情三五韶年紀，逋髮初齊試羅綺。碧玉嬌癡未有夫，桃根宛轉長依姊。愛惜盈盈掌上身，恐教辜負永豐春[24]。誰言絡秀堪同老[25]，願把西施别贈人。堂前文宴多賓從，隋郎風貌偏殊衆。照影人誇城北徐[26]，嬉春女愛牆東宋[27]。珍偶相看已目成，許將紅粉嫁書生。重重錦幔憑私語，叩叩香囊易定情。蘭期初七銀河度[28]，啼痕滿面登車去。從此茫茫萬劫塵，回頭迷却仙山路。銅街别館貯嬌姿，蹤迹難教大婦知。綃帳香濃檀枕暖，一絇絲絡幾多時。宜城郡主威名重[29]，搜牢驚破巫雲夢。浪説王家九錫文[30]，短轅長柄成何用？架上抛殘金縷衣，篋中奪去紫鸞篦。粉痕狼藉雲鬟卸，扶入車中不敢啼。檀郎隔絶無由見[31]，秋雨秋風閉空院。九轉柔腸對暗燈，千行愁淚吟團扇。絶粒非關愛細腰，典衣何計度寒宵？膚凝寒玉心還熱，口嚼紅霞怨不銷。忍苦含辛經半載，九死窮泉更何悔！只是難忘舊主恩，留將一綫殘魂待。更念同根兩地分[32]，蘭幃應亦痛離群[33]。一朝噩夢花辭樹，百種癡情泥憶雲[34]。誰知路比蓬山峻[35]，更無青鳥通芳訊[36]。繡幰頻迎那許還[37]，黄柑遥贈知無分。二句用本事。絮果蘭因去住難[38]，拚將弱息自摧殘。腰間三尺冰文練[39]，百轉千回掩淚看。黄昏人静重門閉，逡巡竟向南枝繫。紅蠟纔灰輾轉心，冰蠶永斷纏綿意。鬱鬱埋香土一坏，長干西去板橋頭。空林鵑語三生恨，幽壙螢飛獨夜愁[40]。浮花浪蕊消彈指[41]，畢竟韶顔爲誰死？殺粉親書墮淚碑，燃脂好續傷心史。只悔當初作鴆媒[42]，生將珠玉委蒿萊。縱教採盡中州鐵[43]，鑄錯無成劇可哀。”洪稚存嫌蓉裳詩多肉少骨[44]，余曰："張燕公評許景先豐肌膩理[45]，惜乏風骨；李華文詞綿麗[46]，氣少雄傑。宋子景亦云[47]：'恃華者質少，好麗者壯違。'人各有性之所近也。"蓉裳年十六，即來受業，爲余注四六文方半[48]，而出宰甘肅矣。與陳梅岑皆翰林才，而困於風塵俗吏，亦奇！

【箋注】

[1] 金姬：清江蘇蘇州人，袁枚繼室。 [2] 篷（zào）室：妾室。 [3] 枯楊之稊（tí）：比喻老翁娶少女爲妻妾。稊，植物的嫩芽。 [4] 雉經：用繩索自勒其頸而死。 [5] 巴雋堂：巴慰祖（1744—1793），字雋堂，一字予藉。清安徽歙縣人。候補中書。 [6] 惱鴉：烏鴉。舊時世人惡之，故稱。此喻大妻。桃葉：晉王獻之愛妾名，借指愛妾。 [7] 泥中：《世說新語》："鄭玄家奴婢皆讀書。嘗使一婢，不稱旨，將撻之，方自陳說，玄怒，使人曳著泥中。須臾，復有一婢來，問曰：'胡爲乎泥中？'答曰：'薄言往愬，逢彼之怒。'"[8] 駑才：平庸低劣之材。 [9] 獅子：比喻妒悍的妻子。用"河東獅子吼"典，見宋洪邁《容齋三筆・陳季常》。委髮：《世說新語・賢媛》："桓宣武平蜀，以李勢妹爲妾，甚有寵，常著齋後。主始不知，既聞，與數十婢拔白刃襲之。正值李梳頭，髮委藉地，膚色玉曜，不爲動容，徐曰：'國破家亡，無心至此，今日若能見殺，乃是本懷。'主慚而退。" [10] 竛（líng）竮（pīng）：孤單貌。 [11] 倉山：指小倉山，隨園所在。 [12] 幽筱：弱小的竹子。[13] 楊蓉裳：楊芳燦，見卷一・二八注[17]。 [14] 汝南太史：此以東漢汝陽人袁安代指袁枚。袁枚曾入翰林院，明清時俗稱翰林爲太史。 [15] 羊侃（496—549）：南朝梁泰山梁甫（今山東新泰一帶）人。官徐州刺史、都官尚書、侍中軍師將軍。姬妾侍列，窮極奢靡。 [16] 馬融（79—166）：字季長。東漢扶風茂陵（今陝西興平一帶）人。官議郎、南郡太守。才高博洽，爲世通儒，生徒千餘。常坐高堂，施絳紗帳，前授生徒，後列女樂。 [17] 彭宣：見卷六・三七注[9]。 [18] 棖（chéng）觸：感觸。 [19] 蘇臺：借姑蘇臺代指蘇州。 [20] 牙郎：即牙人。舊時居於買賣雙方之間，從中撮合，以獲取傭金。[21] 青衣：青色或黑色的衣服。漢以後，多爲地位低下者所穿。 [22] 郭璞：見卷六・一〇〇注[2]。《晉書・列傳第四十二》載："（璞）行至廬江……愛主人婢，無由而得，乃取小豆三斗，繞主人宅散之。主人晨見赤衣人數千圍其家，就視則滅，甚惡之，請璞爲卦。璞曰：'君家不宜畜此婢，可于東南二十里賣之，慎勿爭價，則此妖可除也。'"主人從之。璞陰令人賤買此婢。"

[23]初明：沈炯（502—560），字初明。南朝陳吴興武康（今浙江德清）人。《南史·列傳第五十九》："炯少有俊才，爲當時所重。仕梁爲尚書左户侍郎、吴令。……子仙愛其才，終逼之令掌書記。及子仙敗，王僧辯素聞其名，軍中購得之，酬所獲者錢十萬。自是羽檄軍書，皆出於炯。" [24]永豐：唐孟棨《本事詩·事感》載，白居易年既高邁，而姬人小蠻方豐艷，因作《楊柳枝詞》以託意："一樹春風千萬枝，嫩如金色軟如絲。永豐西角荒園裏，盡日無人屬阿誰？" [25]絡秀：晋周顗母李氏，名絡秀，汝南人。自許周浚爲妾。後因以指有才識之女子。此處比鳳齡。 [26]城北徐：即城北徐公，齊國美男子。見《戰國策·齊策·鄒忌諷齊王納諫》。 [27]牆東宋：用宋玉《登徒子好色賦》典："此女登牆窺臣三年，至今未許也。"喻美麗女子傾心於男子。 [28]蘭期：相約的佳期。 [29]宜城郡主：《新唐書》卷八十三："宜城公主，始封義安郡主。下嫁裴巽。巽有嬖姝，主恚，刵耳劓鼻，且斷巽髮。帝怒，斥爲縣主，巽左遷。"此喻指隋家大妻。 [30]九錫文：古代天子賜給諸侯、大臣九種器物，是一種最高禮遇。其詔書稱九錫文。《晋書·王導傳》："曹氏性妒，導甚憚之，乃密營别館，以處衆妾。曹氏知，將往焉。導恐妾被辱，遽令命駕，猶恐遲之，以所執麈尾柄驅牛而進。司徒蔡謨聞之，戲導曰：'朝廷欲加公九錫。'導弗之覺，但謙退而已。謨曰：'不聞餘物，惟有短轅犢車、長柄麈尾。'" [31]檀郎：婦女對夫婿或所愛慕的男子的美稱，見卷八·六八注[7]。 [32]同根：喻兄弟。 [33]蘭幃：指女子居處，喻姊妹。 [34]泥憶雲："雲"爲尊稱他人，"泥"爲謙稱自己。亦指有所思憶而如雲泥相隔。 [35]蓬山：即蓬萊山。相傳爲仙人所居，喻路遠難以到達之地。 [36]青鳥：信使的代稱。 [37]繡幰（xiǎn）：有繡簾的車子。 [38]絮果蘭因：比喻男女婚事初時美滿，最終離散。以蘭花之馨香喻美好之前因，以飛絮之飄泊喻離散之後果。 [39]冰文練：指有人字形傘蓋狀花紋的白布帶子。 [40]幽壙（kuàng）：墓穴。 [41]浮花浪蕊：比喻漂泊無依。 [42]鴆媒：指善於言辭的媒人。 [43]中州鐵：《資治通鑒·唐昭宣帝天祐三年》載："全忠留魏半歲，羅紹威供億，所殺牛羊豕近七十萬，貲糧稱是，所賂遺又近百萬，比去，蓄積爲之一空。紹威雖去其逼，而魏兵自是衰弱。紹威悔之，謂人曰：'合六州四十三縣鐵，不能爲此錯也！'"指鑄成重大而無可挽回的錯誤。 [44]洪稚存：洪亮吉，見卷七·二一注[4]。 [45]張燕公：指張説，見卷二·六注[1]。許景先（677—730）：唐代義興（今江蘇宜興）人。官虢州刺史、岐州刺史、吏部侍郎等。有《訓誥集》。 [46]李華（715—766）：字遐叔。唐趙州贊皇（今屬河北）人。玄宗天寶間官監察御史、侍御史、禮吏二部員外郎。有《李遐叔文集》。

[47]宋子景：應作宋子京，即宋祁，見卷一・四六注[13]。 [48]四六文：駢文的一體，因以四字六字爲對偶，故名。

八八

斷句入耳[1]，有終身不能忘者。言情，則周蘭坡《送別》云[2]："臨行一把相思淚，當作珍珠贈故人。"寫景，則周起渭《西湖》云[3]："若把西湖比明月，湖心亭是廣寒宫。"寄託，則朱贊皇《咏牡丹》云[4]："漫道此花真富貴，有誰來看未開時？"感慨，則徐方虎《贈冒辟疆》云[5]："人逢滄海遺民少，語聽開元舊事多[6]。"

【箋注】

[1]斷句：此指片段的詩句。 [2]周蘭坡：周長發，見卷五・二五注[6]。[3]周起渭(1662—1714)：字漁璜，號桐野。清貴州貴陽人。康熙三十三年進士。累官詹事府詹事。有《桐野詩鈔》。 [4]朱贊皇：朱襄，字贊皇。清江蘇無錫人。諸生。有《續碧山吟》《一亭雲集》。 [5]徐方虎：徐倬（1624—1713），字方虎，號蘋村。清浙江德清人。康熙十二年進士。官侍讀。有《蘋村集》。冒辟疆：冒襄，見卷一二・六六注[1]。 [6]滄海：滄海桑田，喻社會動盪。開元：唐玄宗時期的年號，此代指盛世。

八九

人必先有芬芳悱惻之懷，而後有沉鬱頓挫之作。人但知杜少陵每飯不忘君，而不知其於友朋、弟妹、夫妻、兒女間，何在不一往情深耶？觀其冒不韙以救房公[1]，感一宿而頌孫宰[2]，要鄭虔于泉路[3]，招李白于匡山[4]，此種風義，可以興，可以觀矣。後人無杜之性情，學杜之風格，抑末也！蔣心餘讀陳梅岑詩[5]，贈云："一代高才有情者，繼袁夫子是陳君。"

【箋注】

[1]房公：房琯（697—763），字次律。唐河南（治今河南洛陽）人。玄

宗時，官文部尚書、同中書門下平章事。肅宗時，官至刑部尚書。房曾爲肅宗所貶，杜甫上疏力諫，得罪肅宗，幾遭刑戮。 [2]孫宰：見卷一・二七注[4]。[3]鄭虔（691—759）：唐河南滎陽人。官協律郎、廣文館博士，時號鄭廣文。以罪被貶謫爲台州司户參軍，杜甫聽説老友暮年獲罪，遂作《送鄭十八虔貶台州司户傷其臨老陷賊之故闕爲面别情見於詩》詩，云："便與先生應永訣，九重泉路盡交期！" [4]匡山：匡廬，今江西省廬山。杜甫《不見》："匡山讀書處，頭白好歸來。" [5]蔣心餘：蔣士銓，見卷一・二三注[2]。陳梅岑：陳熙，見卷一・五注[2]。

按：此處評老杜，也是著眼於性情，頗爲精深，但獨未能舉出"三吏三别"之作。其實痛人民之所痛，纔是老杜最核心的情思。

九〇

何義門曰[1]："馮定遠謂[2]：'熟觀義山詩[3]，可免江西粗俗槎枒之病[4]。'余謂熟觀義山詩，兼悟西崑之失[5]。西崑只是雕飾字句，無義山之高情遠識，即文從字順，猶有間也[6]。"

【箋注】

[1]何義門：何焯，見卷五・八一注[2]。 [2]馮定遠：馮班，見卷七・五八注[1]。 [3]義山：唐李商隱，見卷一・二〇注[12]。 [4]江西：指江西詩派，見卷八・六一注[2]。 [5]西崑：宋初詩歌流派，見卷一・一三注[6]。[6]間：差别、距離。

按：此評精當。一正一反，明辨得失。

九一

彭尺木進士[1]，爲大司馬芝亭先生之子，生長華腴，而湛深禪理，中年即茹素[2]，與夫人别屋而居。每朔望[3]，即相勖曰[4]："大家努力修行。"彼此一見而已。後閉關西湖[5]，恰不廢吟咏。嘗作《錢塘旅舍雜句》云："處士當年百不營[6]，偏于梅鶴劇多情。梅枯鶴去人何在，冷徹孤亭月四更。”“結趺終夕復終朝[7]，眼底空華瞥地消。尚有閒情消不得，起尋松子當香燒。”“酸虀薄粥少人陪[8]，雪霽南窗晝懶開。不是一枝梅破萼，阿誰與我報春回？”《病起》云：“簾深蠅自進，花盡蝶無營。”皆見道之言，不著人間煙火。

【箋注】

[1] 彭尺木：彭紹升，見卷一〇・八九注[2]。 [2] 茹素：吃素食。 [3] 朔望：朔日和望日。舊曆每月初一日和十五日。 [4] 相勖（xù）：互相勉勵。 [5] 閉關：謂佛教徒閉居一室，静修佛法，泛指閉門不出。 [6] 處士：指有才德而隱居不仕的人。此指宋代林逋，他隱居杭州西湖孤山，無妻無子，種梅養鶴以自娱。 [7] 結趺（fū）：佛教徒坐禪法，即交疊左右足背於左右股上而坐。 [8] 酸虀（jī）：切成細末的鹹菜。

九 二

龍鐸[1]，字震升，號雨樵，宛平己卯舉人。十二歲時，杭州老宿朱桂亭先生命即席賦瓜子皮[2]，應聲曰：“玉芽已褪空餘殼，纖手初抛乍有聲。莫道東陵無託意[3]，中間黑白盡分明。”朱歎曰：“此子將來必以詩名。”《觀魚》云：“子不知魚樂，君其問水濱。”《題畫》云：“亂泉尋石竇，歸霧斷山腰。”《贈友》云：“篷轉三年雨，蘭言一夕秋[4]。”皆少作也。後宰吴江，余掃墓杭州，必過其署。美膳横列，如入護世城中[5]；豪氣飛騰，勝坐元龍床上[6]。洵風塵中一奇士也。

【箋注】

[1] 龍鐸：見卷一三・六五注[4]。 [2] 朱桂亭：生平未詳。 [3] 東陵：見卷一三・七一注[7]。 [4] 蘭言：情投意合之言。 [5] 護世：佛教稱四天王爲“護世”。《法苑珠林》云：“護世城雨美膳。”雨者，被其惠，猶言賜也。 [6] 元龍：《三國志》卷七：“陳登者，字元龍，在廣陵有威名。……許汜與劉備並在荆州牧劉表坐，表與備共論天下人，汜曰：‘陳元龍湖海之士，豪氣不除。’……備問汜：‘君言豪，寧有事邪？’汜曰：‘昔遭亂過下邳，見元龍。元龍無客主之意，久不相與語，自上大床卧，使客卧下床。’”

按：瓜子之咏，本爲遊戲之作，却咏出了世道人生。

九　三

小伶鳳珠，善歌，能解人意。雨樵即席賦《浣溪沙》[1]，以“鳳珠可兒”爲韻。詞云：“彩雲幺夢[2]，何處飛來紅玉鳳。笑倩人扶，一曲梁州一斛珠[3]。眉歡目妥[4]，教人坐立如何可？偏解相思，學語雛鶯小意兒[5]。”

【箋注】

[1]雨樵：即龍鐸，見卷一三・六五注[4]。浣溪沙：詞牌名。此處有誤，應爲“減字木蘭花”。 [2]幺：小、微。 [3]梁州：唐教坊曲名。 [4]目妥：垂視。 [5]小意兒：小心、小殷勤。

九　四

康熙間，汪東山先生繹[1]，精星學。桐城吴貢生某以女命與算，汪云：“此一品夫人命也，但必須作妾。”吴愕然怒，以爲輕己。汪曰：“我早知君之必怒也。然君不信我言，請待我某科中狀元時，君方信我。”及期，果中狀元。吴再問汪，汪曰：“勿急，待我再算郎君命中有一品者，而後許之。”半年後，走告吴曰：“桐城張相國之子名廷玉者[2]，將來官一品。現在覓妾，君何不以女歸之？”吴從之。遂生若靄、若澄[3]，受兩重誥封。汪題其燈籠曰“候中狀元某”，人多笑之。在京師與方靈皋、蔣南沙、湯西厓齊名[4]。三人皆疏放，而方獨迂謹，時相抵牾。堂上掛沈石田芭蕉一幅[5]，所狎二美伶來，錯呼白菜，人因以“雙白菜”呼之。方大加規諫。先生厭之，乃署其門曰：“候中狀元汪，諭靈皋，免賜光。庶幾南蔣，或者西湯。晦明風雨時來往，又何妨？雙雙白菜，終日到書堂。”先生自知不壽，《自贈》云：“生計未謀千畝竹，浮生只辦十年官。”又嘗望岱云[6]：“閑雲莫戀山頭住，四海蒼生正望君。”

【箋注】

[1] 汪繹（1671—1706）：字玉輪，號東山。清江蘇常熟人。康熙三十九年狀元。有《秋影樓集》。 [2] 張廷玉：見卷一・一注[12]。 [3] 若靄：字萬泉，號晴嵐。清江南桐城人。雍正十一年進士。官至内閣學士。若澄：張若澄（1722—1770），字鏡壑，號款花廬主人。清江南桐城人。張廷玉次子。乾隆十年進士。官至内閣學士。 [4] 方靈皋：方苞，見卷一・二九注[1]。蔣南沙：蔣廷錫，見卷二・四七注[1]。湯西厓：湯右曾，見卷三・一〇注[10]。[5] 沈石田：沈周，見卷三・一七注[1]。 [6] 岱：泰山。

按：《望岱》全詩爲："矯首原從萬仞論，千年漢時上公尊。峥嶸直上疑無路，呼吸通天尚有門。獨立巖巖真氣象，滿前袞袞盡兒孫。閑雲莫戀山頭住，四海蒼生正望恩。"最後一字之改，可能是袁枚代爲。好！

九　五

錢塘令曹江廬明府，有子名一熊[1]，乳名順生，聰穎異常，有李鄴侯、晏元獻之風[2]。對客揮毫，賦《秋聲》云："西風颯颯日相催，桐葉飄摇滿緑苔。最愛秋霜添逸韻，樹中傳出一聲來。"其時，曹公方逐土娼，客問："娼應逐否？"笑曰："好事者爲之也。"客又問："汝想作官否？"曰："要作，又不要作。"問："何也？"曰："學而優則仕，學而不優則不仕。"問："作官可要錢否？"曰："要錢，又不要錢。"問："何也？"曰："取之而燕民悦[3]，則取之；取之而燕民不悦，則不取。"

【箋注】

[1] 曹江廬：曹庠業（1751—1799），字孝倫。清江西新建（今南昌）人。乾隆四十二年拔貢。乾隆五十六年任錢塘縣令。後知瀘州，署夔州事。曹一熊：又名曹熊，字占吉。庠業子。江西新建人。嘉慶十四年進士。授内閣中書，擢御史，掌江南道。 [2] 李鄴侯：李泌（722—789），字長源。唐遼東襄平（今遼寧遼陽一帶）人。天寶間待詔翰林，後曾任中書侍中、同平章事。封鄴侯。晏元獻：晏殊，見卷一・四六注[15]。 [3] 燕民：春秋時燕國國民。此處用

孟子答齊宣王語。

九　六

宋元俊作四川提督[1]，有恩威，苗人畏而愛之。王師征金川，頗立功。以性剛犯上，被劾。臨訊時，苗民護從者千餘人，揮之不散。宋公怒，取其頭目杖四十，終不忍去。有參戎哈某[2]，宋素輕之。哈畫牡丹花於扇，宋戲題曰：“已綰征西節，新吹幕府笳。如何貪富貴，又畫牡丹花？”哈銜之刺骨，卒爲所構[3]。

【箋注】

[1]宋元俊（？—1772）：字甸芳。清安徽懷遠人。乾隆元年武進士。乾隆三十六年從征大小金川，擢松潘鎮總兵。後被制府所劾革職。　[2]參戎：明清武官參將，俗稱參戎。　[3]銜：懷恨。構：誣陷。

九　七

揚州洪錫豫[1]，字建侯。年甫弱冠，姿貌如玉。生長于華腴之家，而性耽風雅，以詩書爲鼓吹，與名流相過從。昔人稱謝覽芳蘭竟體[2]，知其得於天者異矣。爲余梓尺牘六卷，寄詩請益[3]。其《暮雨》云：“衰柳拂西風，蟲鳴亂葉中。片雲將暮雨，吹送小樓東。螢火生寒碧，簷花墜小紅。那堪終夜裏，蕭瑟傍梧桐。”《春日》云：“青蓑白袷了春耕[4]，上冢人歸月二更。燈影半殘眠未穩，碧空吹落紙鳶聲。”意思蕭散，真清絶也。

【箋注】

[1]洪錫豫：字建侯。清江蘇江都人。曾任廣西鹽法道事候補道，改廣東。[2]謝覽（470—510）：字景滌。南朝梁陳郡陽夏（今河南太康）人。官駙馬都尉、太子舍人、中書侍郎、吏部尚書。美風神，善辭令。芳蘭竟體：香氣滿身，比喻舉止閒雅。《南史·謝覽傳》：“意氣閒雅，視瞻聰明，武帝目送良久，謂徐勉曰：‘覺此生芳蘭竟體。’”　[3]請益：請加以指教。　[4]白袷（jiá）：

白色夾衣，舊時平民的服裝。

九　八

蘇州閨秀江銘玉有《堂上視膳》詩云[1]："明知温清時時缺，隱懼春秋漸漸高[2]。"真能道人子之心。余讀之，爲泣下。

【箋注】

[1]江銘玉：號愫齋。清江蘇元和人。諸生汪蘭芳室。年十九而寡。有《愫齋組餘》。堂上：正廳上，指父母居室。 [2]温凊（qìng）：冬温夏凊，冬天使父母温暖，夏天使父母凉爽。指人子循行孝道。春秋：年齡。

按：性情中人，讀此二語，就能泣下，可見觸動了肺腑，情不自禁。也可惜此詩只傳此二語。江銘玉其人詩集不知如今流落何處。

九　九

如皋張乾夫有《南坪集》八卷[1]，其子竹軒太守，託其宗人荷塘明府索序于余[2]。余適撰《詩話》，爲摘一二，以志吉光片羽之珍。其《荆溪》云："離墨山前路[3]，千林望鬱蒼。人煙聚茶市，沙鳥繞漁梁。白雨江聲急，孤舟水氣凉。今宵高枕夢，不減在瀟湘。"《不寢》云："春更隱隱夜迢迢，愁不能袪酒易消。斷送落花窗外雨，生憎一半在芭蕉。"《夜出南郊》云："霜華散白滿長堤，堤柳蕭蕭帶月低。樹上凍鴉棲不定，屢驚人影過橋西。"《慕園即事》云："松影平分半窗月，漏聲散作滿城霜。"《癸酉除夕》云："要問春從何處到，開元寺裏一聲鐘。"皆可愛也。

【箋注】

[1]張乾夫：張學舉，字南坪，號乾夫、雪舫。清江蘇如皋人。雍正十三年順天舉人。官至福建鹽法道。有《南坪詩鈔》。 [2]張竹軒：張朝樂，字子長，號竹軒。乾隆五十六年官江西廣信知府。荷塘：張五典，見卷三・七八

注[1]。 [3]離墨山：在今江蘇宜興市西南，又名離里山、國山。相傳仙人鍾離墨在此修煉得道，故名。

一〇〇

仁和高氏女，與其鄰何某私通。女已許配某家，迎娶有日，乃誘何外出，而自懸于梁。何歸，見之大慟，即以其繩自縊。兩家父母惡其子女之不肖，不肯收殮。邑宰唐公柘田[1]，風雅士也，爲捐貲買棺而雙瘞之，作四六判詞，哀其越禮之無知，取其從一之可憫。城中紳士，均爲賦詩。余按此題著筆，褒貶兩難。獨女弟子孫云鶴詩最佳[2]，詞曰："由來情種是情癡，匪石堅心兩不移[3]。倘使化魚應比目，就令成樹也連枝。紅綃已結千秋恨，青史難教後代知。賴有神君解憐惜，爲營鴛冢播風詩。"後四句，八面俱到，尤爲得體。錢謝萮枚[4]，璵沙方伯第五子也，亦有句云："解識巫山雲雨意[5]，始知唐勒是騷人[6]。"亦佳。

【箋注】

[1]唐柘田：唐仁植，一作仁埴，字凝厚，號柘田。清江蘇江都人。乾隆五十二年進士。官至開歸陳許道，賜按察使銜。 [2]孫雲鶴：見卷一〇·二三注[12]。 [3]匪石：非石，不像石頭那樣可以轉動，形容堅定不移。 [4]錢謝萮：錢枚（1761—1803），字枚叔，又字謝盦。清浙江仁和人。嘉慶四年進士。官吏部主事。有《齋心草堂詩鈔》《微波亭詞》。 [5]巫山雲雨：指男女幽會。用楚襄王夢遇神女典。詳宋玉《高唐賦》序。 [6]唐勒：戰國時楚國人。任大夫。好爲辭賦，以屈原爲楷模，與宋玉、景差並稱。作品已佚。

一〇一

近見作詩者好作拗語以爲古[1]，好填浮詞以爲富，孟子所謂"終身由之而不知其道"者也。朱竹君學士督學皖江[2]，來山中論詩，與余意合。因自述其序池州太守張芝亭之詩[3]，曰："《三百篇》專主性情。性情有厚薄之分，則詩亦有淺深之別。性情薄者，詞深而轉淺；

性情厚者，詞淺而轉深。”余道：“學士腹笥最富[4]，而何以論詩之清妙若此？”竹君曰：“某所論，即詩家唐宋之所由分也。”因誦芝亭《過望華亭》云：“昨夜望華亭，未睹九峰面。肩輿復匆匆，流光如掣電。當境不及探，過後心逾戀。”“九疊芙蓉萬壑深，登臨不到幾沉吟。何當直上東峰宿，海月天風夜鼓琴。”又，《江行》云：“犬吠人歸處，燈移岸轉時。”《端陽》云：“看人懸艾虎[5]，到處戲龍舟。”《太白樓》云：“何時江上無明月，千古人間一謫仙。”《同人自齊山泛舟》云：“聊以公餘偕舊友，須知興到即新吾。”皆極淺語，而讀之有餘味。昔人稱陸遜意思深長[6]，信然。芝亭字仲謨，名士範，陝西人，今觀察蕪湖。其長君汝驤亦能繼聲繼志[7]，《題署中小園》云：“風吹花氣香歸硯，月過松心凉到書。”《將往邳州》云：“此去正過桃葉渡，歸來不負菊花期。”又，《華蓋寺》云：“曲徑松遮洞，岩深寺隱山。”皆清雅可傳。

【箋注】

[1]拗語：格律詩中不合常規平仄格律的句子。 [2]朱竹君：朱筠，見卷六·二九注[1]。 [3]張芝亭：張士範，見卷六·三二注[1]。 [4]腹笥：腹藏詩書學問。 [5]艾虎：古俗，端午日采艾製成虎形的飾物，佩戴之謂能辟邪祛穢。 [6]陸遜(183—245)：三國吴吴郡吴人。孫策婿。官至丞相。《三國志·吴志·陸遜傳》載，吕蒙曾對孫權説：“陸遜意思深長，才堪負重，觀其規慮，終可大任。” [7]長君：這裏指大兒子。張汝驤(？—1816)：字堯山。陝西蒲城人。乾隆五十七年舉人。歷官福建延建邵道。

按：關於性情的厚薄、詞語的淺深之論，應深長思之。性靈派偏重於主張語淺而意深，應爲人們重視。

隨園詩話箋注　卷一五

一

元相《連昌宫詞》[1]："夜半月高弦索鳴，賀老琵琶定場屋[2]。"因《隋書·音樂志》，每歲正月十五日"於端門外、建國門内，綿亘八里，列爲戲場，百官起棚夾路，從昏達旦以縱觀之"，謂之"場屋"故也。今誤稱場屋爲試士之處。

【箋注】

[1]元相：元稹，見卷一·二〇注[11]。 [2]賀老：賀懷智，一作賀申智，唐玄宗時以彈琵琶著名。場屋：戲場，亦稱科場。

二

今人動稱"勾欄"爲教坊[1]。《甘澤謡》辨云[2]："漢有顧成廟，設勾欄以扶老人。非教坊也。"教坊之稱，始於明皇，因女伎不可隸太常[3]，故别立教坊。王建《宫詞》、李長吉《館娃歌》[4]，俱用"勾欄"爲宫禁華飾。自義山倡家詩有"簾輕幕重金勾欄"之詞[5]，而"勾欄"遂混入妓家。

【箋注】

[1]教坊：古時管理宫廷音樂的官署。專管雅樂以外的音樂、舞蹈、百戲的教習、排練、演出等事務。 [2]《甘澤謡》：唐袁郊撰。自序謂春雨澤應，甘澤成謡，故以名書。 [3]太常：爲專掌祭祀禮樂之官。 [4]王建：見卷一·二〇注[5]。李長吉：李賀，見卷一·一六注[6]。 [5]義山：李商隱，見卷一·二〇注[12]。倡家：歌舞妓女。

三

今人以荷包爲荷囊，蓋取劉偉明詩曰“西清寓直荷爲橐，左蜀宣風繡作衣”之句[1]。按：紫荷者[2]，以紫爲夾囊，服外，加于左肩，是周公負成王之服，一名“契囊”，見張晏注《丙吉傳》[3]。《宋書·禮志》：“朝服肩上有紫生袷囊，綴之朝服外，俗呼曰‘紫荷’，以盛奏章。”是紫荷非今之荷包明矣。惟《三國志》云：“曹操好佩小鞶囊[4]。”似今之荷包。

【箋注】

[1] 劉偉明：劉弇（1048—1102），字偉明。宋吉州安福（今屬江西）人。神宗元豐二年進士。官至實録院檢討。有《龍雲集》。所引爲《上熊待制生辰二首》中句。西清：指帝王宫内遊宴之處。清代亦指宫廷内南書房。橐（tuó）：囊、袋子。左蜀：蜀地的東部。宣風：宣揚教化的美好風俗。 [2] 紫荷：古時尚書令、僕射、尚書等高官朝服外負于左肩上的紫色囊。 [3] 張晏：字子博。三國魏中山（今河北唐縣一帶）人。有《漢書音釋》。 [4] 鞶（pán）囊：革製的囊，用以盛手巾細物。

四

柴欽之年少貌美[1]，賦詩自誇云：“即今叔寶神清少，敢坐羊車有幾人[2]？”余按：《漢書》注：“羊車，定張車也，非羊所牽之車也。”然晋武帝在宫中乘羊車遊[3]，宫人以竹葉灑鹽以引羊，是牽車者羊也。猶之如淳注[4]：“《楚歌》，《雞鳴歌》也，非楚人所歌也。”然高帝謂戚夫人曰[5]：“若爲吾楚歌，吾爲若楚舞。”又明是楚人之歌。

【箋注】

[1] 柴欽之：生平未詳。 [2] 叔寶：衛玠，見卷二·三三注[6]。羊車：漢代小車名，宫中所用。《周禮·考工記·車人》“羊車二軻”，漢鄭玄注：“羊，善也。善車，若今定張車。”《晋書·列傳第六》：“玠字叔寶……總角乘羊車入市，見者皆以爲玉人，觀之者傾都。” [3] 晋武帝：司馬炎（236—

290），晋開國君主，司馬昭之子。[4] 如淳：三國魏馮翊（今陝西大荔一帶）人。仕魏陳郡丞。注《漢書》。[5] 戚夫人：即戚姬（？—前 194）。西漢濟陰定陶（今山東菏澤一帶）人。漢高祖劉邦寵姬，善歌舞。

五

《魏書·禮志》曰："徒歌曰謡[1]，徒吹曰和[2]，比音而樂之，及干戚、羽毛，謂之樂[3]。"然則素琴以示終[4]，笙歌以告哀[5]，不可謂之樂也。宋《王黼傳》[6]，遭欽聖之喪[7]，猶召樂妓，舞而不歌，號曰"啞樂"。余故題《息夫人廟》有"簫鼓還須啞樂迎"之句[8]。

【箋注】

[1] 徒歌：指無樂器伴奏的歌。[2] 徒吹：指單獨用吹奏樂器演奏。[3] 比音：配合各種聲音，使其諧和。干戚：盾與斧。原爲古代的兩種兵器，後亦用作武舞所執的舞具。羽毛：這裏指樂舞時所執的雉羽和旄牛尾。[4] 素琴：不加裝飾的琴。《禮記·喪服》："喪不過三年，苴衰不補，墳墓不培。祥之日，鼓素琴，告民有終也。以節制者也。"[5] 笙歌：合笙之歌。亦謂吹笙唱歌。《禮記·檀弓》："孔子既祥，五日彈琴而不成聲，十日而成笙歌。"[6] 王黼（fǔ）（1079—1126）：宋開封祥符（今河南開封）人。崇寧進士。此處有誤，應爲王繼先。開封人。建炎初以醫得幸，世號王醫師。官開州團練使、武功大夫。《宋史·列傳第二百二十九》："淵聖成喪，舉家燕飲，令妓女舞而不歌，謂之'啞樂'。"[7] 欽聖：指宋欽宗趙桓。[8] 息夫人：見卷一一·一八注 [5]。

六

人疑東坡詩云"龍鍾三十九，勞生已强半"[1]，三十九不得稱"龍鍾"。按：蘇鶚《演義》[2]："龍鍾，謂不昌熾、不翹舉之貌。"《廣韻》："龍鍾，竹名。老人如竹摇曳，不能自持。"唐人《談録》載："裴晋公未第時[3]，過洛中，有二老人言：'蔡州未平，須待此人爲相。'僕聞，以告。公笑曰：'見我龍鍾，故相戲耳。'"王忠嗣以女嫁元載[4]，歲久，見輕[5]，遊學于秦，爲詩曰："年來誰不厭龍鍾，雖在侯門似不容。”二人皆于少年未第時，自言龍鍾。

【箋注】

[1]龍鍾：多指衰老貌，此謂潦倒失意的樣子。 [2]蘇鶚：字德祥。唐京兆武功（今屬陝西）人。僖宗光啟進士。仕履無考。有《杜陽雜編》《蘇氏演義》。 [3]裴晋公：裴度，見卷五·四六注[3]。 [4]王忠嗣（705—749）：原名王訓。唐太原祁縣（今屬山西）人。唐開元、天寶年間著名軍事將領。元載（？—777）：字公輔。唐鳳翔岐山人。歷玄宗、肅宗、代宗三朝。官户部侍郎、同中書門下平章事。後擅權不法，賜自盡。所引詩句，題爲“别妻王韞秀”。 [5]見輕：被看輕。

七

張平子《歸田賦》[1]：“仲春令月，時和氣清。”蓋指二月也。小謝詩因之[2]，故曰：“首夏猶清和，芳草亦未歇。”今人删去“猶”字，而竟以四月爲“清和”。

【箋注】

[1]張平子：張衡，見卷一二·五七注[2]。 [2]小謝：謝惠連，見卷七·九注[2]。此處有誤。所引詩句應爲謝靈運詩，題爲“遊赤石進帆海”。

八

今動以“苜宿”“廣文”稱校官[1]。余按非也。唐開元中，東宫官僚清淡，薛令之爲左庶子[2]，以詩自悼曰：“朝日上團團，照見先生盤。盤中何所有，苜蓿上闌干[3]。”蓋是東宫詹事等官，非今之學博也[4]。説見宋林洪《山家清供》[5]。杜詩曰：“諸公衮衮登華省，廣文先生官獨冷。”按《唐書》：“明皇愛鄭虔之才[6]，欲置左右，以不事事，更爲置廣文館，以虔爲博士。虔聞命，不知廣文曹司何在[7]，訴之宰相。宰相曰：‘上增國學，置廣文館以居賢者。令後世言廣文博士自君始，不亦美乎？’虔始就職。”是“廣文”者，乃明皇爲虔特設之館，非今之學官也。

【箋注】

[1]校官：古代的學官。 [2]薛令之（683—756）：字珍君，號明月先生。唐福建長溪（今霞浦一帶）人。中宗神龍進士。官右補闕兼侍讀。有《明月先生集》《補闕集》。左庶子：太子官署中官名。 [3]上：《全唐詩》爲“長”。闌干：縱横。 [4]詹事：官名，職掌皇后、太子家事。學博：即學官。[5]林洪：字龍發，號可山。宋福建泉州人。有《茹草紀事》《山家清供》《西湖衣缽》等。 [6]鄭虔：見卷一四・九〇注[3]。 [7]曹司：官署。

九

今人動以“金馬玉堂”稱翰林[1]。余按：宋玉《風賦》[2]：“徜徉中庭，比上玉堂。”《古樂府》：“黄金爲君門，白玉爲君堂。”泛稱富貴之家，非翰林也。漢武帝命文學之士[3]，待詔金馬門。“金馬”二字，與文臣微有干涉。至於谷永對成帝曰[4]：“抑損椒房玉堂之盛寵。”顔師古注[5]：“玉堂，嬖幸之舍也[6]。《三輔黄圖》曰：‘未央宫有殿閣三十二，椒房、玉堂在其中。’”是“玉堂”乃宫闈妃嬪之所，與翰林無干。宋太宗淳化中賜翰林“玉堂之署”四字[7]，想從此遂專屬翰林耶？

【箋注】

[1]翰林：指官署翰林院。明清時爲外翰官署，掌編修國史及草擬制誥等，其長官爲掌院學士。 [2]宋玉：見一四・四三注[5]。 [3]漢武帝：劉徹（前156—前87），西漢皇帝。 [4]谷永：見卷二・六一注[7]。 [5]顔師古：見卷五・七五注[1]。 [6]嬖（bì）幸：寵愛，多指帝王寵愛嬪妃。 [7]宋太宗：趙炅（939—997），原名匡義、光義。太祖弟，開寶九年即位，改元太平興國。

一〇

今稱人遷官曰“鶯遷”[1]，本《詩經》“遷于喬木”之義。按《伐木》

章："鳥鳴嚶嚶，出自幽谷，遷于喬木。"是"嚶"字不是"鶯"字。"嚶"乃鳥之鳴聲耳。"綿蠻黄鳥"[2]，當是鶯，而又無"遷喬"字樣。然唐人有"鶯出谷"詩題，《盧正道碑》有"鴻漸於磐，鶯遷於木"之文[3]，則以"嚶"爲"鶯"，自唐已然。

【箋注】

[1]遷官：改變官爵，可指陞遷，亦可指貶官。[2]綿蠻：指小鳥或鳥鳴聲。[3]鴻漸：語出《易經》，謂鴻鵠飛翔從低到高，循序漸進。後比喻仕宦升遷。磐：指紆回層疊的山石。

一一

《生民》之詩曰[1]："誕彌厥月[2]。"《毛箋》："誕，大也。彌，終也。"此詩下有八"誕"字："誕置之隘巷""誕置之平林"……朱子以"誕"字爲發語詞。今以生日爲"誕日"，可嗤也[3]！余又按：古人以宴享爲禮，而以介壽爲節文[4]。故《詩》《書》所稱，逐日可以爲壽[5]。今人以生日爲禮，而以宴飲爲節文，故介壽必生日。

【箋注】

[1]《生民》：《詩經·大雅》中的一篇。[2]誕彌厥月：意謂懷胎十月已滿産期。[3]可嗤：可笑。[4]介壽：祝壽。節文：禮節、儀式。[5]逐日：任何一天。

一二

《珍珠船》言[1]："萱草，妓女也。人以比母，誤矣。"此説蓋本魏人吴普《本草》[2]。按：《毛詩》："焉得萱草，言樹之背。"注云："背，北堂也。"人蓋因"北堂"而傅會於母也[3]。《風土記》云[4]："婦人有妊，佩萱則生男。故謂之宜男草。"《西溪叢語》言[5]："今人多用'北堂萱堂'于鰥居之人，以其花未嘗雙開故也。"似與比母之義尚遠。

【箋注】

[1]《珍珠船》：明陳繼儒撰。雜采小説家言，湊集成編。 [2]吴普：三國魏廣陵（今江蘇淮安一帶）人。曾從華佗學醫。 [3]傅會：牽强附會。[4]《風土記》：晋周處撰。 [5]《西溪叢語》：南宋姚寬著。

一三

戴氏《鼠璞》云[1]："《魯頌》所稱'泮宫'者[2]，泮，魯水也，非學宫也。若以'泮水'爲半水，則下文'泮林'，豈是半林乎？况《魯頌·泮宫》詩，乃是僖公獻馘演武之所[3]，非尚文之地。《王制》[4]：'天子曰辟雍[5]，諸侯曰泮宫[6]。'是漢儒誤解《魯頌》，而至今因之。"

【箋注】

[1]戴氏：戴埴，字仲培。宋慶元府鄞縣（今浙江寧波一帶）人。理宗嘉熙二年進士。所著《鼠璞》持論多精審。 [2]《魯頌》：指《詩經·魯頌·泮水》。 [3]獻馘（guó）：古時出戰殺敵，割取左耳，以獻上論功。馘，被殺者之左耳，亦泛指奏凱報捷。 [4]《王制》：據説爲西漢文帝令博士們所撰。[5]辟雍：此指天子所設大學。 [6]泮（pàn）宫：此指諸侯所設大學。

一四

杜詩有"起居八座太夫人"之句[1]，今遂以八人扛輿者爲八座[2]。按宋、齊所云"八座"者：五尚書、二僕射、一令。《唐六典》曰："後漢以令、僕射、六曹尚書爲八座。今以二丞相、六尚書爲八座。唐不置令。"考《宋書》《六典》之言，是"八座"者，八省之官，非八人舁之而行之謂也[3]。南齊王融曰[4]："車前無八騶[5]，何得稱丈夫？"是則有類今所稱"八座"之説矣。

【箋注】

[1]杜詩：杜甫詩，所引詩句出自《奉送蜀州柏二别駕將中丞命赴江陵起居衛尚書太夫人因示從弟行軍司馬位》。八座：官名合稱。歷代所指不同，隋

唐以六尚書、左右僕射及令爲“八座”。 [2] 扛輿：抬轎子。 [3] 舁（yú）：抬、扛。 [4] 王融（467—493）：字元長。南朝齊琅邪臨沂（今屬山東）人。曾官太子舍人、寧朔將軍。富文才，爲永明體代表作家。有《王寧朔集》。[5] 騶（zōu）：古時掌管養馬並管駕車的人。此指騎馬前導之卒。

一五

“老泉”者，眉山蘇氏塋有老人泉，子瞻取以自號[1]，故子由《祭子瞻文》云[2]：“老泉之山，歸骨其旁。”而今人多指爲其父明允之稱[3]，蓋誤于梅都官有《老泉》詩故也[4]。

【箋注】

[1] 子瞻：蘇軾，見卷一·二五注[4]。 [2] 子由：蘇轍（1039—1112），字子由，一字同叔，號潁濱遺老。北宋眉州眉山（今屬四川）人。蘇軾弟。嘉祐進士，復舉制科。官至大中大夫致仕。有《欒城集》《詩集傳》《春秋集傳》等。 [3] 明允：蘇洵（1009—1066），字明允。北宋眉州眉山人。蘇軾、蘇轍的父親。除試秘書省校書郎。有《嘉祐集》。 [4] 梅都官：梅堯臣，見卷四·一七注[2]。因做都官員外郎，世稱“梅都官”。這裏所提及之詩爲梅堯臣《宛陵集》卷五十九《題老人泉寄蘇明允》。

一六

今人稱伶人女妝者爲“花旦”[1]，誤也。黄雪槎《青樓集》曰[2]：“凡妓以墨點面者號花旦。”蓋是女妓之名，非今之伶人也。《鹽鐵論》有“胡蟲奇妲”之語[3]。方密之以“奇妲”爲小旦[4]。余按：《漢郊祀志》：“樂人有飾女妓者。”此乃今之小旦、花旦。“奇妲”二字，亦未必作小旦解。

【箋注】

[1] 伶人：舊稱戲曲演員。 [2] 黄雪槎：此誤。元末陶宗儀輯《説郛》，收有《青樓集》一書，因卷首朱（邾）經序文内用到“商顔黄公”一典，便有人誤認署名“雪蓑”的是一個姓黄的人。此處又誤將“雪蓑”寫作“雪槎”。《青樓集》應爲元夏庭芝撰。夏庭芝，字伯和，號雪蓑，别署雪蓑釣隱。江蘇

華亭人。約生於元泰定末年至順初年間，明朝初年仍在世間。 [3]《鹽鐵論》：西漢桓寬著。胡蟲奇妲：此處有誤，應爲“奇蟲胡妲”。奇蟲：指魚龍之類的遊戲。胡妲：漢代歌舞百戲中的女伎。 [4]方密之：方以智，見卷一・四六注[23]。

一 七

程綿莊云[1]：“孔子廟有欞星門[2]，其誤已久，不可不知。《詩經》小序云：‘《絲衣》，繹賓尸也[3]。’高子曰[4]：‘靈星之尸也[5]。’漢高祖始令天下祀靈星。《後漢書》注云：‘靈星，天田星也。欲祭天者，先祭靈星。’《風俗通》：‘縣令問主簿：靈星在城東南，何法？曰：惟靈星所以在東南者，亦不知也。’《宋史・禮志》云：‘仁宗天聖六年，築南郊壇，外壝周以短垣[6]，置靈星門。’夫以郊壇外垣爲靈星門者，所以象天之體，用之于聖廟，蓋以尊天者尊聖也。其移用之始，始于宋。《景定建康志》《金陵新志》並言：‘聖廟立靈星門。’惟《元志》誤以‘靈’作‘欞’，後人承而用之，則不知義之所在矣。《晉史・天文志》云：‘東方角二星爲天闕，其間天門也。’與《後漢書》注正相印證。俗儒解‘欞星’，以爲養先於教，猶知‘欞’之爲‘靈’也。今竟解作疏通之義，則大謬矣！”余戲題云：“繹祭靈星有樂章[7]，故將聖廟比天閶[8]。如何解作疏通義，鑽入窗欞上講堂。”

【箋注】

[1]程綿莊：程廷祚，見卷五・一一注[2]。 [2]欞星門：舊時學宫孔廟的外門。原名靈星門。 [3]繹賓尸：周代貴族在祭祀祖先的次日，爲了酬謝尸（代表死者受祭的人）的辛勞，設酒食請尸來吃，叫做賓尸。一説爲祭祀名，指卿大夫于祭祀的次日再祭。 [4]高子：戰國時齊國人。曾學於孟子。學未成，半道而去。 [5]靈星：星名。又稱天田星、龍星。主農事。古代以壬辰日祀于東南，取祈年報功之義。祭靈星時，以人爲尸。 [6]外壝（wéi）：圍繞祭壇的矮土牆。亦泛指祭壇。 [7]繹祭：古代祭祀的一種儀式。正祭之次日續祭稱“繹祭”。 [8]天閶（chāng）：傳説中的天門。

一　八

劉孝威《結客少年場》云[1]："少年李六郡。"李，使也。故《左氏》[2]："不使一介行李告於寡君[3]。"杜注[4]："李，使人也。"凡言信者，亦使人也。《古樂府》："有信數寄書，無信長相憶。"今誤以"行李"爲作客之衣裝。

【箋注】

[1]劉孝威(？—548)：南朝梁彭城(今江蘇徐州)人。爲蕭綱的文學侍從。[2]左氏：指春秋末期史官左丘明著《左傳》。亦稱《左氏春秋》《春秋左氏傳》。[3]行李：受命出使的人。　[4]杜注：即杜預注。杜預(222—285)，字元凱。西晉京兆杜陵(今陝西西安一帶)人。著《春秋左傳注疏》。

一　九

今稱夫妻爲"結髮"，女拜曰"斂衽"[1]，皆誤也。按《李廣傳》[2]："廣自結髮與匈奴戰。"蘇武詩[3]："結髮爲夫妻。"泛稱自幼束髮之意，非指稱結兩人之髮也。成婚之夕，男左女右，合其髻曰"結髮"，始于劉岳《書儀》[4]。《戰國策》："江乙謂安陵君曰[5]：'國人見君，莫不斂衽而拜。'"《留侯世家》曰[6]："陛下南面稱霸，楚君必斂衽而朝。"皆指男子也。今稱女拜爲"斂衽"，不知始於何時。

【箋注】

[1]斂衽：整飭衣襟，表示恭敬。元以後多指女子的拜禮。　[2]李廣：見卷五・三一注[2]。　[3]蘇武：見卷三・四一注[3]。　[4]劉岳(877—932)：字昭輔。五代時洛陽(今屬河南)人。舉進士。官翰林學士、吏部侍郎、太常卿。撰《新書儀》。　[5]江乙：戰國時魏國人。事楚宣王，善計謀。安陵君：名壇。戰國時楚國封君。楚貴族後裔。江乙爲之出謀獻策，因諂王，得封爲安陵君。　[6]《留侯世家》：見《史記》。留侯，即張良，見卷五・五九注[5]。

二〇

今人稱詩題爲“題目”。按：二字始見於《世説》[1]：“山司徒前後選百官[2]，舉無失才，凡所題目，皆如其言。”又：“時人欲題目高坐上人而未能[3]。桓公曰[4]：‘精神淵箸[5]。’”是“題目”者，品題之意，非今之詩題、文題也。

【箋注】

[1]《世説》：指南朝宋劉義慶《世説新語》。[2]山司徒：山濤（205—283），字巨源。西晋河内懷縣（今河南武陟一帶）人。竹林七賢之一。在魏代曾任尚書吏部郎，到晋武帝時又任吏部尚書，後來升司徒。[3]高坐上人：和尚名號。[4]桓公：桓温，見卷九·八三注[8]。[5]淵箸：深沉而明澈。

二一

余到南海，閱《粤嶠志》[1]：“景炎二年，端宗航海[2]，有香山人馬南寶獻粟助餉[3]，拜工部侍郎。帝幸沙涌，與丞相陳宜中、少傅張世傑即主其家。居數日，廣州陷。南寶募鄉兵千人，扈送至香山島。元兵追至碙州，陳宜中走占城求救。帝崩。衛王昺立，走厓山，以曾子淵充山陵使，奉梓宫[4]，殯于南寶家。宋亡，南寶泣不食。作詩曰：‘目擊厓門天地改，寸心不與夜潮消。’又曰：‘衆星耿耿滄波底，恨不同歸一少微[5]。’後卒殉節。”其詩其事，正史不傳，故志之。

【箋注】

[1]《粤嶠志》：亦作《越嶠書》《粤嶠書》。明李文鳳撰。文鳳字廷儀，廣西宜山人。嘉靖壬辰進士，官至雲南按察司僉事。粤嶠，指五嶺以南地區，包括華南沿海諸島。[2]端宗：趙昰（1269—1278），南宋端宗。即位于福州，改元景炎。元軍入福建，逃至海上。欲往占城不果，病死碙州。[3]馬南寶（1244—1280）：宋香山（今廣東中山）人。恭帝德祐二年端宗過邑時，獻粟千石供軍，拜權工部侍郎。帝昺祥興二年與元兵戰，被執，不屈死。[4]梓宫：皇帝、皇后的棺材。曾子淵：此處誤，應作“曾淵子”。其人爲南宋末年

大臣。 [5]少微：星座名，共四星，代表士大夫，亦喻指處士、隱士。

二二

李太守棠《喜晤故人》云[1]："問年人是舊，見面老驚新。"儲宗丞麟趾《落齒》云[2]："失輔悲新别[3]，觀頤念舊勳[4]。"

【箋注】

[1]李棠：見卷八·三〇注[7]。 [2]儲麟趾：見卷二·五七注[1]。[3]輔：指頰骨，與牙相倚。 [4]頤：下頷，俗稱下巴。

二三

江南俗例，登科報捷者，例用紅綾書喜帖。方近雯方伯家本寒素[1]，舉京兆，報到，夫人倉猝無力買綾，不得已，截衫袖付之。家婢戲云："留取一半，待明年中進士作賞。"先生聞之，在長安寄詩云："朔風寒到柔荑手[2]，憶殺麟衫兩袖紅[3]。"次年，果宴瓊林[4]。先生又寄詩云："榜下憶來常欲泣，朝中説去半能知。"

【箋注】

[1]方近雯：方覲，見卷八·二五注[2]。 [2]柔荑：喻指女子柔嫩的手。[3]麟衫：繡有麒麟的官服。 [4]宴瓊林：指賜宴新進士。

二四

詩人能武藝，自命英雄，晚年有王處仲擊唾壺之意[1]。許子遜《咏飛將》云[2]："垂老猶横槊，窮愁未廢詩。薦章終日上，不到傅修期[3]。"沈子大《咏懷》云[4]："落筆一身膽，結交寸心血。"薛生白《咏馬》云[5]："爾不嘶風吾老矣，可知俱享太平時。"

【箋注】

[1]王處仲：王敦，見卷一・五六注[4]。王敦酒後常咏曹操詩句："老驥伏櫪，志在千里。烈士暮年，壯心不已。"以如意擊唾壺，壺口盡缺。 [2]許子遜：許廷鑅，見卷三・二九注[5]。飛將：李廣。《史記・李將軍列傳》："廣居右北平，匈奴聞之，號曰'漢之飛將軍'。" [3]傅修期：傅永，字修期。北魏清河人。時人贊之曰："上馬能擊賊，下馬作露布。"官至左將軍、南兗州刺史。 [4]沈子大：沈起元，見卷六・九〇注[1]。 [5]薛生白：薛雪，見卷二・一九注[1]。

二　五

西林相公勳業巍巍[1]，而賦詩時有感慨。《石橋掃墓》云："石橋西下白楊堆[2]，宿草初從暖氣回。一陌紙錢三滴酒，幾家墳上子孫來？"

【箋注】

[1]西林相公：鄂爾泰，見卷一・一注[7]。 [2]堆：丘阜、高地。

二　六

詩有無意相同者。徐太夫人咏蝶云[1]："試向青陵臺上望[2]，可曾飛上别家枝？"王次岳咏蝶云[3]："果是青陵舊魂魄，不應到處宿花房。"

【箋注】

[1]徐太夫人：徐德音，見卷二・五三注[5]。 [2]青陵臺：在今河南封丘一帶。傳説中爲戰國時宋人韓憑與其妻的葬地。二人感情忠貞，不懼宋王之威。事見《搜神記》。唐李商隱有《青陵臺》詩。 [3]王次岳：王岱，見卷六・一一注[1]。

二　七

《封氏聞見録》曰[1]："切字始于周顒[2]。顒好爲體語[3]，因此切字皆有紐[4]，紐有平上去入之分。沈約遂因之[5]，而撰《四聲譜》。"沈括、曾慥俱以切字始於西域佛家[6]，漢人訓字，止曰讀如某字而已，無反切也。吴獬以爲始于後魏校書令李啟撰《聲韻》十卷[7]、夏侯咏撰《聲韻略》十二卷[8]。李涪《刊誤》亦主其説[9]。至於叶韻之説，古人所無，顧亭林以爲始于顔師古、章懷太子二人[10]，王伯厚以爲始于隋陸法言撰《切韻》五卷[11]。余按：漢末涿郡高誘解《淮南子》《吕氏春秋》[12]，有"急氣""緩氣""閉口""籠口"之法。蓋反切之學，實始於此，而孫叔然炎猶在其後[13]。

【箋注】

[1]《封氏聞見録》：唐代筆記小説集，封演撰。　[2]切字：即反切。用兩個字拼切出另一字的讀音。周顒：見卷六・一五注[2]。　[3]體語：指魏晋南北朝時的一種反切隱語。即以兩個字先正切，再倒切，成爲另外兩個字。又稱反語。　[4]紐：漢語音韻學術語。漢字音節開頭部分的輔音，相當於後世所稱"聲母"。又稱聲紐。　[5]沈約：見卷三・四三注[6]。　[6]沈括：見卷九・三六注[2]。曾慥（？—1155）：字端伯，號至游居士。宋泉州晋江（今屬福建）人。博學能詩。有《類説》《高齋漫録》《樂府雅詞》等。　[7]吴獬：見卷一・四六注[9]。李啟：一作李登。三國魏人，官至左校令，撰有《聲類》。　[8]夏侯咏：一作夏侯該。南朝梁人，撰《四聲韻略》。　[9]李涪：唐人，昭宗時官至詹事府丞，撰《刊誤》。　[10]顧亭林：顧炎武，見卷三・七注[2]。顔師古：見卷五・七五注[1]。章懷太子：李賢（655—684），字明允。唐高宗第六子。上元二年，立爲皇太子。曾招諸儒注《後漢書》。後被廢爲庶人。武則天立，迫令自殺。睿宗時，追謚章懷，世稱章懷太子。　[11]王伯厚：王應麟（1223—1296），字伯厚，號深亭居士。宋慶元鄞縣（今浙江寧波）人。理宗淳祐元年進士。官至禮部尚書兼給事中。有《玉海》《困學紀聞》《玉堂類稿》《漢藝文志考》《深寧集》等。陸法言（562—？）：隋魏郡臨漳（今屬河北）人。音韻學家。撰《切韻》。　[12]高誘：東漢涿郡涿縣（今河北涿州一帶）人。任司空掾、東郡濮陽令。有《吕氏春秋注》《淮南子注》《戰國

策注》等。 [13] 孫炎：字叔然。三國魏樂安（今山東博興一帶）人。有《周易春秋例》《爾雅音義》。

二 八

詩賦爲文人興到之作，不可爲典要[1]。上林不産盧橘[2]，而相如賦有之[3]；甘泉不産玉樹[4]，而揚雄賦有之[5]。簡文《雁門太守行》而云“日逐康居與月氏”[6]，蕭子暉《隴頭水》而云“北注黄河，東流白馬”[7]，皆非題中所有之地。蘇武詩有“俯看江漢流”之句[8]，其時武在長安，安得有江漢？《爾雅》：“山有穴爲岫。”謝玄暉詩[9]：“窗中列遠岫。”徐浩文[10]：“孤岫龜形。”皆誤指爲山巒。劉琨《答盧諶》詩[11]：“宣尼悲獲麟，西狩涕孔丘。”宣尼即孔丘也。謝朓《秋懷》詩[12]：“雖好相如色，不同長卿慢。”長卿即相如也。康樂[13]：“揚帆采石華，掛席拾海月。”“揚帆”即“掛席”也。孟浩然：“竹間殘照入，池上夕陽微。”“夕陽”即“殘照”也。使後人爲之，必有“關門閉户掩柴扉”之誚矣！杜少陵《寄賈司馬》詩：“諸生老伏虔。”東漢服虔並不老，所云伏虔者，伏生也，伏生不名虔。《示僚奴阿奴》云：“曾驚陶侃胡奴異。”胡奴，侃之子，非奴僕也。“不聞夏殷興，中自誅褒妲。”褒、妲是殷周人，與夏無干。杜詩：“乘槎消息近，無處問張騫。”此即世俗所傳張騫乘槎事也，然宋之問詩云：“還將織女支機石，重訪成都賣卜人。”是明用《荆楚歲時記》織女教問嚴君平事，獨不知君平爲王莽時人，張騫乃武帝時人，相去遠矣！汪韓門云[14]：“《檀弓》：‘齊莊公襲杞，杞梁死焉，其妻迎其柩于路而哭之哀。’《孟子》：‘杞梁妻善哭其夫而變國俗。’《左傳》但言杞妻辭齊侯之吊，而不言哭；《檀弓》《孟子》雖言哭，未言崩城事也。《説苑·立節篇》云：‘其妻聞夫亡而哭，城爲之阤。’《列女傳》云：‘枕其夫之屍於城下，哭十日而城崩。’亦未言長城也。長城築于齊威王時[15]，去莊公百有餘年[16]；而齊之長城，又非秦始皇所築長城。唐釋貫休乃爲詩曰[17]：

‘秦人築土一萬里，杞梁貞婦啼嗚嗚。’則竟以杞梁爲秦時築城之人，而其妻所哭崩，乃即秦之長城矣。”俗傳梁灝八十登科[18]，有“龍頭屬老成”七言詩一首，《黄氏日抄》《朝野雜記》俱駁正之，以爲灝中狀元時，年纔二十六耳。余按《宋史》灝本傳：雍熙二年舉進士，賜進士甲科，解褐[19]，大名府觀察推官。景德元年卒，年九十二。雍熙至景德相隔只十餘年，而灝壽已九十二，則八十登科之説，未爲無因。

【箋注】

[1]典要：可靠的根據。 [2]上林：古宫苑名。秦舊苑，漢初荒廢，至漢武帝時重新擴建。故址在今西安西。 [3]相如：司馬相如，見卷一·二二注[5]。寫有《上林賦》。 [4]甘泉：宫名，故址在今陝西淳化西北甘泉山。本秦宫，漢武帝增築擴建，在此朝諸侯王、饗外國客，夏日亦作避暑之處。 [5]揚雄：見卷三·五八注[4]。 [6]簡文：梁簡文帝，即蕭綱（503—551），字世纘。南朝梁武帝第三子。在位二年，廟號太宗。以輕艷文辭描述宫廷生活，時稱宫體詩。明人輯有《梁簡文帝集》。日逐：匈奴日逐王，統領西域諸國。康居：漢時西域國名。月氏：漢時西域國名。 [7]蕭子暉：字景光。南朝梁南蘭陵人。官終驃騎長史。白馬：白馬河，在今河北饒陽一帶。 [8]蘇武：見卷三·四一注[3]。 [9]謝玄暉：謝朓，見卷一·二二注[4]。 [10]徐浩（703—782）：字季海。唐越州會稽（今浙江紹興）人。玄宗開元五年，擢明經第。官集賢校理、國子祭酒、工部吏部侍郎。所引句見《寶林寺作》詩。 [11]劉琨（270—318）：字越石。西晋中山魏昌（今河北無極）人。官司隸從事、并州刺史、大將軍、太尉。有《劉越石集》輯本。 [12]謝朓：此處有誤，應爲謝惠連。謝惠連（407—433），南朝宋陳郡陽夏（今河南太康）人，謝靈運族弟，與謝靈運亦並稱“大小謝”。曾在彭城王府任法曹參軍。所作《祭古冢文》《雪賦》爲傳世名篇。有明人輯《謝法曹集》。所引詩句，“色”應爲“達”。 [13]康樂：謝靈運，見卷四·二九注[1]。 [14]汪韓門：汪師韓，見卷四·三注[7]。 [15]齊威王：田因齊（前378—前320），戰國時齊國國君。 [16]莊公：齊莊公，即吕光（？—前227），春秋時齊國國君。 [17]貫休（832—912）：五代時僧人。婺州蘭溪（今屬浙江）人。著《禪月集》。 [18]梁灝（963—1004）：多作梁顥，字太素。宋鄆州須城（今山東東平一帶）人。雍熙二年狀元。曾任開封知府等職。世傳梁顥八十二歲及第，《宋史》本傳謂其卒年九十二，皆誤。宋洪邁《容齋隨筆》卷十四、清俞正燮《癸巳存稿》卷八等辨之甚詳。

[19] 解褐：謂脱去布衣，擔任官職。

按：詩人興到時的舛誤，終究不算正常。可原諒，也不可原諒。還是以準確爲好。

二 九

班史稱霍光不學無術[1]，故不知伊尹放太甲之事[2]。乃《西京雜記》載光《答孿生兄弟書》，先引殷王祖甲[3]，再引許釐公一産二女[4]，楚唐勒一産二子[5]，事甚博雅。《蜀志》，劉巴輕張飛云[6]："大丈夫何暇與兵子語？"似飛椎魯無文[7]。乃涪陵有飛所作《刁斗銘》[8]，流江縣有飛所書題名石。前明張士環有詩云[9]："江上祠堂横劍珮，人間刁斗重銀鈎[10]。"

【箋注】

[1] 班史：指《漢書》，爲班固所作，故稱。霍光：見卷一・一六注[2]。[2] 伊尹：商代人，名伊。湯時大臣。佐商滅夏，綜理國政。太甲立，不遵湯法，不理國政，爲伊尹放逐於桐。太甲：商代帝王。成湯孫，太丁子。被伊尹放逐後復位，稱太宗。 [3] 祖甲：商朝國王，姓子名載。商王武丁子、商王祖庚弟，祖庚死後繼位。 [4] 許釐公：漢劉歆撰《西京雜記》卷三載爲"許釐莊公"。據盧本"莊"爲衍文。《容齋隨筆・五筆》卷一載爲"許莊公"。莊公、釐公皆爲春秋諸侯國許國君主。釐公爲莊公子。許爲周時諸侯國名，姜姓。 [5] 唐勒：見卷一四・一〇一注[6]。 [6] 劉巴（？—222）：字子初。三國蜀零陵烝陽（今湖南衡陽一帶）人。歸劉備，辟爲左將軍西曹掾。累遷尚書、尚書令。與諸葛亮共造《蜀科》。張飛（？—221），字益德，俗作"翼德"。三國蜀漢名將。涿郡（今河北涿州一帶）人。爲巴西太守、車騎將軍，封西鄉侯。[7] 椎魯：愚鈍、魯鈍。 [8] 涪陵：地名，今屬重慶。刁斗：古代行軍用具。斗形有柄，銅質，白天用作炊具，晚上擊以巡更。 [9] 張士環：疑誤。宋王象之《輿地紀勝》卷一七四"夔州路・涪州"載此，題作"魏國張士褱《和白君》詩"，曰："天下英雄只豫州，阿瞞不共戴天仇。山河割據三分國，宇宙威名丈八矛。江上祠堂嚴劍佩，人間刁斗見銀鈎。空餘諸葛秦州表，左袒何人復爲劉。" [10] 銀鈎：比喻遒媚剛勁的書法。

三〇

宋人多稱曾子固不能詩[1]。乃《上元祥符寺宴集》云："紅雲燈火浮滄海，碧水瑶臺浸遠空。"又，《享祀軍山廟歌》："土膏起兮，流泉駛兮。"凡二百餘言，俱不減作者[2]。

【箋注】

[1]曾子固：曾鞏（1019—1083），字子固。宋建昌軍南豐（今屬江西）人。仁宗嘉祐二年進士。官至中書舍人。爲唐宋八大家之一。追謚文定。有《元豐類稿》。 [2]作者：稱在藝業上有卓越成就的人。

按：宋惠洪《冷齋夜話》卷九，載彭淵材説："第一恨鰣魚多骨，第二恨金橘太酸，第三恨蒓菜性冷，第四恨海棠無香，第五恨曾子固不能作詩。"宋費衮《梁溪漫志》卷七："後山謂曾子固不能詩、秦少游詩如詞者，亦皆以其才爲之也。故雖有華言巧語，要非本色。"宋陳師道《後山詩話》："世語云：'蘇明允不能詩，歐陽永叔不能賦。曾子固短于韻語，黄魯直短於散語。蘇子瞻詞如詩，秦少游詩如詞。'"認爲曾鞏不能詩，未免言過其實。袁枚是有眼光的。

三一

或問唐沈佺期詩云[1]："不如黄雀語，能免冶長災[2]。"余按皇侃《論語義疏》云[3]："冶長從衛還魯，見老嫗當道哭，問：'何爲哭？'云：'兒出未歸。'冶長曰：'頃聞鳥相呼，往某村食肉，得毋兒已死耶[4]？'嫗往視，得兒尸，告村官。官曰：'冶長不殺人，何由知兒尸？'遂囚冶長。且曰：'汝言能通鳥言，試果驗，裁放汝。'冶長在獄六十日，聞雀鳴而大笑。獄主問何笑，冶長曰：'雀鳴嘖嘖喈喈[5]，白蓮水邊，有車翻黍粟，牡牛折角[6]，收斂不盡，相呼往啄。'獄主往視，果然。乃白村官而釋之。"余愛雀言音節天然，有類古樂府。

【箋注】

[1] 沈佺期（656—715）：字雲卿。唐相州内黄（今屬河南）人。高宗上元二年進士。官至太子少詹事。詩與宋之問齊名，時號沈宋。 [2] 冶長：公冶長（前 519—前 470），字子長。春秋時齊國人。孔子以女妻之。 [3] 皇侃（488—545）：南朝梁吴郡人。任國子助教、員外散騎侍郎。有《論語義疏》《禮記義疏》等。 [4] 得毋：莫非。 [5] 嘖（zé）嘖唶（jí）唶：象聲詞，鳥鳴聲。 [6] 牡牛：公牛。

三　二

蕭子榮《日出東南隅》云[1]：“三五前年暮，四五今年朝。”梁元帝《法寶聯璧序》云[2]：“相兼二八，將兼四七。”此等算博士語[3]，最爲可笑。其濫觴蓋起于東漢《唐君頌》[4]，曰：“五六六七，訓道若神。”用曾點“冠者五六人，童子六七人”也[5]。《棠邑費鳳碑》曰[6]：“菲五五。”言居喪菲食二十五月也[7]。皆割裂太過，不成文理。

【箋注】

[1] 蕭子榮（487—537）：一作“蕭子顯”。字景陽。南朝梁南蘭陵（今常州一帶）人。官終吴興太守。有《南齊書》。引詩中“三五”應作“三六”。 [2] 梁元帝：即蕭繹，見卷七・四五注 [7]。 [3] 算博士：算學博士，用以譏嘲詩文中濫用數目字的人。 [4] 濫觴：比喻事物的起源、發端。 [5] 曾點：見卷五・三六注 [5]。 [6] 費鳳：字伯蕭。東漢吴郡吴興人。官棠邑宰，卒于任。此碑于東漢靈帝熹平六年立。棠邑，古地名，在今江蘇南京六合一帶。 [7] 菲食：粗劣的飲食。

三　三

或問：“梅定九先生詩云[1]：‘乾道炎三伏[2]，坤靈樂四遊[3]。’作何解？”余按《史記》秦德公二年“初伏”注：“三伏始于秦，周無伏也。”劉熙《釋名》云[4]：“金氣伏藏也[5]，故三伏皆庚。”王大可云[6]：“三伏者，庚金伏于夏火之下。金畏火，故曰伏。”惟“四遊”不得其解。後見《尚書考靈曜》曰[7]：“地體雖静，而終日旋轉，如人坐舟中，舟自行動，人不能知。春星西游，夏星北遊，秋星東遊，冬星南遊。一年之中，地有四遊。”此定九先生之所本也。

【箋注】

[1] 梅定九：梅文鼎，見卷一・六四注[1]。 [2] 乾道：天道，陽剛之道。[3] 坤靈：對大地的美稱。 [4] 劉熙：字成國。東漢北海（今山東青州一帶）人。有《釋名》，用音訓推求事物所命名之由來，爲探求語源、辨證古音之重要著作。 [5] 金氣：秋天的氣息。 [6] 王大可：一作“王可大”。字元簡。明南直隸吴江人，祖籍應天。嘉靖三十二年進士。官至台州知府。有《國憲家猷》《三山匯稿》。 [7]《尚書考靈曜》：漢代緯書。明孫轂輯。此處所引非原文。

三　四

毛西河以詩賦爲試帖[1]。按唐“明經”[2]：先帖文，然後試帖經之法，以所習經，帖其兩端，中留一行試之，非指詩賦也。然“明經”亦有試詩者：王貞白有《帖經日試宮中瑞蓮詩》[3]。

【箋注】

[1] 毛西河：毛奇齡，見卷二・三六注[4]。試帖：源于唐代，受“帖經”影響而産生，爲科舉考試所採用。其詩大都爲五言六韻或八韻的排律，以古人詩句或成語爲題，冠以“賦得”二字，並限韻脚。清代試帖詩，格式限制尤嚴，内容大多直接或間接歌頌皇帝功德，並須切題。 [2] 明經：科舉科目之一，以經義、策問取士。 [3] 王貞白（875—958）：字有道，號靈溪。信州永豐（今江西廣豐）人。唐乾寧二年進士。官校書郎。《全唐詩》存詩一卷。

三　五

今舉子於場前揣主司所命題而預作之，號曰“擬題”。按：宋何承天私造《鐃歌》十五篇[1]，不沿舊曲，而以己意咏之，號曰“擬題”，此二字之始。今遂以爲士子揣摩之稱。

【箋注】

[1]何承天（370—447）：南朝劉宋東海郯（今山東郯城一帶）人。官至廷尉、國子學博士。有《達性論》《與宗居士書》《答顔光禄》《報應問》等。鐃歌：軍中樂歌。漢樂府中屬鼓吹曲。馬上奏之，用以激勵士氣。也用於大駕出行、宴享功臣以及奏凱班師。

三　六

俗傳黄崇嘏爲女狀元[1]。按《十國春秋》："崇嘏好男裝，以失火繫獄，邛州刺史周庠愛其丰采[2]，欲妻以女。乃獻詩云：'幕府若容爲坦腹[3]，願天速變作男兒。'庠驚，召問，乃黄使君女也。幼失父母，與老嫗同居。命攝司户參軍，已而乞罷歸，不知所終。"今世俗訛稱女狀元者，以其獻詩時，自稱"鄉貢進士"故也。嚴冬友曰[4]："徐文長《四聲猿》劇[5]，末一折爲《女狀元》，即崇嘏事。此俗稱所始。"

【箋注】

[1]黄崇嘏（gǔ）：五代時前蜀女子。嘗扮男裝，遊歷兩川。 [2]周庠（855—920）：字博雅。唐末五代潁川（今河南登封）人。初仕唐，後佐王建，官終武平軍節度使。 [3]坦腹：南朝宋劉義慶《世説新語·雅量》："郗太傅在京口，遣門生與王丞相書，求女婿。……門生歸，白郗曰：'王家諸郎，亦皆可嘉，聞來覓壻，咸自矜持。唯有一郎在東床上坦腹卧，如不聞。'郗公云：'正此好！'訪之，乃是逸少，因嫁女與焉。" [4]嚴冬友：見卷一·二二注[6]。[5]徐文長：徐渭，見卷六·三〇注[1]。

三　七

孔毅夫《雜説》稱退之晚年服金石藥致死[1]，引香山詩"退之服硫黄，一病訖不痊"爲證[2]。吕汲公辨之云[3]："衛中立字退之[4]，餌金石，求不死反死。中立與香山交好，非韓退之也。韓公之痛詆金石，已見李虚中諸人墓誌矣[5]，豈有身反服之之理？"

【箋注】

[1]孔毅夫：孔平仲（1044—1111），字義甫、毅父。宋臨江新淦（今江西新干）人。英宗治平二年進士。官秘書丞、集賢校理、户部金部郎中。有《孔氏談苑》《續世説》《朝散集》等。退之：指韓愈，見卷一・一三注[1]。 [2]香山：白居易，見卷一・二〇注[6]。 [3]吕汲公：吕大防（1027—1097），字微仲。宋京兆藍田（今屬陝西）人。仁宗皇祐進士。哲宗時爲吏部尚書、尚書右丞、中書侍郎，封汲郡公。元祐三年，爲尚書左僕射兼門下侍郎。有《吕汲公文録》《韓吏部文公集年譜》等。 [4]衛中立：字退之。衛中行兄。唐河東安邑（今山西夏縣一帶）人。曾任監察御史。韓愈有《唐故監察御史衛府君墓誌銘》文。 [5]李虛中（762—821）：字常容。唐進士及第。官至殿中侍御史。世傳《李虛中命書》，署名"鬼谷子撰，虛中注"。

三　八

近人新婚，賀者作催妝詩[1]，其風頗古。按：《毛詩》"間關車之舝兮"一章[2]，申豐曰[3]："宣王中興，士得行親迎之禮，其友賀之而作是詩。"北齊婚禮，設青廬[4]，夫家領百餘人，挾車子，呼新婦，催出來。唐因之，有催妝詩。中宗守歲[5]，以皇后乳媪配竇從一[6]，誦《却扇詩》數首[7]。天祐中[8]，南平王鍾女適江夏杜洪子，時已昏暝，令人走乞《障車文》于湯篔[9]。篔命小吏四人執紙，倚馬而成，即催妝也。《芥隱筆記》《輟耕録》俱云[10]，今新婦至門，則傳席以入，弗令履地，唐人已然，白樂天《春深娶婦》詩云[11]："青衣捧氈褥，錦繡一條斜。"兩新人宅堂參拜，謂之拜堂。唐人王建《失釵怨》[12]："雙杯行酒六親喜，我家新婦宜拜堂。"

【箋注】

[1]催妝詩：舊俗，成婚前夕，賀者賦詩以催新婦梳妝，稱催妝詩。 [2]"間關"句：見《詩經・小雅・車舝》。間關，車行時發出的聲響。舝，同"轄"，車軸頭的鐵鍵。 [3]申豐：春秋時魯國人。季武子家臣。 [4]青廬：青布搭成的篷帳。古代北方民族舉行婚禮交拜時用。 [5]中宗：李顯（656—

710），原名李哲，唐高宗與武則天之子。兩度在位，後爲妻女韋皇后與安樂公主謀害。[6]竇從一：竇懷貞（？—713），字從一。唐京兆始平（今陝西興平）人。中宗神龍時官左御史大夫，續娶韋皇后乳母王氏。性諂詐，善結權貴。[7]却扇：古代行婚禮時新婦用扇遮臉，交拜後去之。後用以指完婚。[8]天祐：唐昭宗年號（904—907）。[9]障車：唐人婚嫁，候新婦至，衆人擁門塞巷，至車不得行，稱爲障車。湯篔：唐潤州丹陽（今屬江蘇）人。善章表書記。[10]《芥隱筆記》：宋龔頤正撰。龔頤正（1140—1201），字養正。處州遂昌（今屬浙江）人。爲國史院檢討官。《輟耕録》：元末明初人陶宗儀著的一部有關元朝史事的筆記。陶宗儀（1329—1412），字九成，號南村。浙江黄巖人。[11]白樂天：白居易，見卷一·二〇注[6]。[12]王建：見卷一·二〇注[5]。

三　九

詩能令人笑者必佳。雲松《咏眼鏡》云[1]：“長繩雙目繫，横橋一鼻跨。”古漁《客邸》云[2]：“近來翻厭夢，夜夜到家鄉。”張文端公云[3]：“姑作欺人語，報國在文章。”尹似村《咏貧》云[4]：“笥能有幾衣頻典[5]，錢值無多畫幸存。”劉春池《立春》云[6]：“門前久已無車馬，尚有人來送土牛[7]。”古漁《哭陳楚筠》云：“才可閉門身便死[8]，書生强健要飢寒。”蔣心餘《咏京師雞毛炕》云[9]：“天明出街寒蟲號，自恨不如雞有毛。”香亭和余《咏帳》云[10]：“垂處便宜人語細。”余乍讀便笑。香亭問故。余曰：“縱粗豪客，斷無在帳中喊叫之理。”又《咏杖》曰：“隔户聲先步履來。”皆真得妙。

【箋注】

[1]雲松：趙翼，見卷二·三三注[4]。[2]古漁：陳毅，見卷一·五二注[3]。[3]張文端：張英，見卷二·五五注[4]。[4]尹似村：慶蘭，見卷二·三七注[1]。[5]笥：盛衣物或飯食等的方形竹器。典：抵押、典當。[6]劉春池：劉夢芳，見卷三·七〇注[1]。[7]土牛：用泥土制的牛。古代在農曆十二月出土牛以除陰氣。後來，立春時造土牛以勸農耕，象徵春耕開始。[8]才可閉門：宋徐度《却掃編》卷中：“（陳師道）與諸生徜徉林下，或愀

然而歸，徑登榻，引被自覆，呻吟久之，矍然而興，取筆疾書，則一詩成矣。”黄庭堅《病起荆江亭即事》有“閉門覓句陳無己”之語。 [9]蔣心餘：蔣士銓，見卷一・二三注[2]。雞毛炕：一作雞毛坑，專爲乞丐而設，冬夜無火，以雞毛圍身，相依而眠。 [10]香亭：袁樹，見卷一・五注[3]。

按：詩能令人笑者必佳，令人傷心和流淚者亦必佳。

四〇

曹震亭與史梧岡潛心仙佛[1]，好爲幽冷之詩。曹云：“肅肅秋乾風，蕭曠野無已。橋孤朽柱摇，落日動野水。”史云：“一峰兩峰陰，三更五更雨。冷月破雲來，白衣坐幽女[2]。”皆陰氣襲人。曹又有句云：“秋陰連朔望[3]，黯黯白雲平。似聽前村裏，呼雞有婦聲。”此首便冷而不陰。

【箋注】

[1]曹震亭：曹學詩，見卷一三・五五注[2]。史梧岡：史震林，見卷一三・一七注[1]。 [2]幽女：幽居無偶的女子。此處有誤，據《西青散記》卷四，史與曹遊西山戒壇時，見石上有五言絶句“一峰兩峰陰”云云，並非史作。[3]朔望：朔日和望日，舊曆每月初一日和十五日。此處引詩，作者亦誤記。《西青散記》卷一、卷三皆載此詩，題作趙闇叔《秋日》詩，非曹震亭作。趙闇叔，見卷一・七注[1]。

四一

詩有聽來甚雅，恰行不得者。金壽門云[1]：“消受白蓮花世界，風來四面卧中央。”詩佳矣，果有其人，必患痎瘧[2]。雪庵僧云[3]：“半生客裏無窮恨，告訴梅花説到明。”詩佳矣，果有其事，必染寒疾。

【箋注】

[1]金壽門：金農，見卷三・七二注[2]。 [2]痎（jiē）瘧（nüè）：瘧疾的通稱。亦指經年不愈的老瘧。 [3]雪庵僧：釋惟謹，號雪庵。宋永嘉（今浙江温州）人。宋孝宗乾道、淳熙間僧。《全宋詩》録詩五首。

四二

今人稱曲之高者，曰“郢曲”[1]，此誤也。宋玉曰[2]：“客有歌於郢中者。”則歌者非郢人也。又曰：“《下里》《巴人》[3]，國中屬和者數千人。《陽春》《白雪》[4]，和者不過數十人。引商刻羽[5]，雜以流徵[6]，則和者不過數人。”是郢之人能和下曲，而不能和妙曲也。以其所不能者名其俗，不亦訛乎？

【箋注】

[1] 郢（yǐng）曲：郢地的歌曲，後世通常指高雅的樂曲。郢，古邑名。春秋戰國時楚國都城，在今湖北荆州一帶。 [2] 宋玉：見卷一四·四三注[5]。引文見宋玉《對楚王問》。 [3]《下里》《巴人》：古代民間通俗歌曲。 [4]《陽春》《白雪》：戰國時楚國的高雅歌曲名。 [5] 商羽：五音中的商聲和羽聲，商音高昂，羽音慷慨。 [6] 流徵（zhǐ）：徵音的流轉變化。

四三

《毛詩》：“流離之子[1]。”《鄭箋》[2]：“流離，鳥名。”今訛以爲離散之詞。猶之“狼狽”，獸名也，今訛以爲困頓之詞。“瑣尾”二字，《箋》：“美好也。”今亦訛爲瑣碎之詞。

【箋注】

[1] 流離：一説爲梟的别名。此句見《詩經·邶風·旄丘》。 [2]《鄭箋》：漢鄭玄所作《毛詩傳箋》的簡稱。鄭玄，見卷一·四六注[24]。

四四

謝位聯《賀進士》云[1]：“赴宴瓊林早，題名雁塔高[2]。”余有舊搨《雁塔題名記》十餘張，皆縉紳大夫、僧流羽士之名[3]，非止新進士也。唐進士于曲江宴賞之餘[4]，多有各題名姓者，今人遂以“雁塔題名”爲稱賀進士之言。

【箋注】

[1]謝位聯：生平未詳。 [2]雁塔：即今陝西西安市大雁塔，位于城南慈恩寺内。又稱慈恩寺塔。李肇《唐國史補》："既捷，列書其姓名於慈恩寺塔，謂之題名會。" [3]縉紳：指官吏或較有聲望、地位的讀書人。羽士：道士的别稱。 [4]曲江：此指曲江池，也稱曲水。在今陝西西安東南。唐時考中的進士，放榜後大宴于曲江亭，謂之曲江會。

四　五

世傳蘇小妹之説，按《墨莊漫録》云[1]："延安夫人蘇氏，有詞行世，或以爲東坡女弟適柳子玉者所作。"《菊坡叢話》云[2]："老蘇之女幼而好學，嫁其母兄程濬之子之才。先生作詩曰：'汝母之兄汝伯舅，求以厥子來結姻[3]。鄉人婚嫁重母族，雖我不肯將安云。'"考二書所言，東坡止有二妹，一適柳，一適程也。今俗傳爲秦少游之妻，誤矣！或云今所傳蘇小妹之詩句對語，見宋林坤《誠齋雜記》[4]，原屬不根之論，猶之世傳甘羅爲秦相[5]。按《國策》[6]："甘羅年十二，爲少庶子，請張卿相燕[7]。又事吕不韋[8]，以説趙功[9]，封上卿[10]。"並無爲秦相之説。然《儀禮疏》亦云："甘羅十二相秦。"則以訛傳訛久矣。

【箋注】

[1]《墨莊漫録》：宋張邦基著。張邦基，字子賢。宋高郵（今屬江蘇）人。此處引文應爲："延安夫人蘇氏，丞相子容妹，曾子宣内也，有詞行於世。或以爲東坡女弟適柳子玉者所作，非也。" [2]《菊坡叢話》：明單宇撰。單宇（1414—？），字時泰，號菊坡。臨川（今江西撫州）人。正統四年進士，官侯官縣知縣。 [3]厥：其。代詞，表示領屬關係。 [4]《誠齋雜記》：元林坤撰。林坤，字載卿，自號誠齋。會稽（今浙江紹興）人。曾官翰林。 [5]甘羅：戰國時楚國下蔡（今安徽鳳臺一帶）人。秦相甘茂孫。 [6]《國策》：即《戰國策》，西漢末劉向根據皇家藏書編訂，内容多爲記録戰國時縱横家的政治主張和外交策略。 [7]張卿：張唐，秦昭王時爲將軍，曾率兵攻魏、趙等地。相燕：爲燕相。 [8]吕不韋（前292—前235）：戰國末衛國濮陽（今河南滑縣一帶）人。原爲大商人，設策使秦公子異人嗣位。後任秦相，封文信侯。 [9]説（shuì）：

勸説别人聽從自己的意見。 [10] 上卿：古官名。周制天子及諸侯皆有卿，分上中下三等，最尊貴者謂“上卿”。

四　六

張翰詩[1]：“黄花若散金。”菜花也。通首皆言春景。宋真宗出此題[2]，舉子誤以爲菊，乃被放黜[3]。

【箋注】

[1] 張翰：見卷六・九注 [7]。此處所録，見《雜詩三首》。句一作“黄華如散金”。 [2] 宋真宗：北宋皇帝趙恒。《能改齋漫録》載此事，將其歸於宋仁宗趙禎。 [3] 放黜（chù）：放逐黜免。

四　七

外祖章師鹿詩云[1]：“高足多金紫，先生已白頭。”人問“高足”出處。按《世説新語》：“鄭康成在馬融門下，三年不得相見，高足弟子傳授而已。”言融不能親教，使高弟子傳授之耳。然顔師古注《高祖本紀》云[2]：“凡乘傳者[3]，四馬高足爲置傳，四馬中足爲馳傳，四馬下足爲乘傳。”是“高足”二字，在漢時以之名馬。而《世説》竟以之稱弟子，何也？師鹿先生年八十四，猶冒雨著屐，赴康熙庚子鄉試[4]。使遇今上，必受殊恩無疑也。《與及門遊西湖》云：“師弟同遊興不孤，呼僮挈榼更提壺[5]。分明柳暗花明處，年少叢中一老夫。”

【箋注】

[1] 章師鹿：一作“章師禄”。浙江錢塘人。諸生。袁枚的外祖父。 [2] 顔師古：見卷五・七五注 [1]。 [3] 乘傳：乘坐驛車。傳，驛站的馬車。 [4] 庚子：這裏指康熙五十九年（1720）。 [5] 挈榼：携帶盛酒或貯水的器具。

四　八

今人稱女子加笄爲“上頭”[1]。按《南史・孝義傳》：“華寶八歲，父成往長安[2]，臨別曰：‘須我還，爲汝上頭。’長安陷，父不歸。寶年至七十，猶不冠。”是“上頭”者，男子之事。今專稱女子，心頗疑之。讀《晋樂府》云：“窈窕上頭歡，那得及破瓜？”則主女説亦可。

【箋注】

[1]加笄(jī)：謂以簪束髮。古時女子十五歲始加笄，表示成年。 [2]父成：父名成。此誤。“成”應爲“戍”之誤。《南史》原文爲：“華寶，晋陵無錫人也。父豪，晋義熙末戍長安。寶年八歲，臨別謂寶曰：‘須我還，當爲汝上頭。’長安陷，寶年至七十不婚冠。或問之，寶輒號慟彌日，不忍答也。”

四　九

唐耿緯《長門怨》云[1]：“聞道昭陽宴[2]。”楊衡云[3]：“望斷昭陽信不來。”劉媛云[4]：“愁心和雨到昭陽。”按：昭陽爲成帝時趙氏姊妹所居[5]，與武帝之陳后長門無涉[6]。

【箋注】

[1]耿緯：多作耿湋，字洪源。唐河東(今山西一帶)人。代宗寶應二年進士。官右拾遺。爲大曆十才子之一。 [2]昭陽：漢宫殿名。後泛指后妃所住的宫殿。[3]楊衡（760—822）：字中師。唐鳳翔陳倉（今陝西寶鷄一帶）人。德宗貞元年間進士。官至試大理評事。 [4]劉媛：唐女詩人。生活年代在光化前，餘無考。所引句一作劉皂詩。 [5]趙氏姊妹：指西漢成帝皇后趙飛燕與其妹趙合德。 [6]陳后：漢武帝時陳皇后，名阿嬌。因失寵退居長門宫。

五　〇

章槐墅觀察曰[1]：“泰山從古迄今，皆言自中幹發脉[2]。聖祖遣人從長白山[3]，蹤至旅順山口，龍脉入海，從諸島直接登州[4]，起福山而達泰山[5]，鑿鑿可據。”余雖未至旅順、福山，然山左往來，不惟岱岳位震而兑[6]，即觀汶、泗二水源流[7]，亦皆自東而西，則泰山不從中幹發脉，又一確證也。因紀以詩云："兩條汶泗朝西去，一座泰山渡海來。笑殺古今談地脉，分明是夢未曾猜。"

【箋注】

[1]章槐墅：生平未詳。 [2]中幹：傳統輿地學概念，指中部地區的山系。 [3]聖祖：指康熙。 [4]登州：指山東牟平一帶。 [5]福山：今山東煙臺市西的福山，爲從海路登陸山東半島之處。 [6]位震而兑：位於東而向西。震，指東方；兑，指西方。 [7]汶泗：汶水，即今山東西部大汶河。泗水，源自今山東泗水縣東蒙山南麓，西流經泗水、曲阜、兖州等縣市。

五　一

《樂府》云："五馬立躊躕。"香山詩云[1]："五匹鳴珂馬，雙輪畫戟車。"注："五馬者，不一其説。按《漢官儀》：四馬載車，惟太守出，則增一馬。故稱太守曰五馬。"此一説也。程氏《演繁露》以爲始于《毛詩》[2]："良馬五之。"亦一説也。《南史·柳元筴傳》："兄弟五人，同爲太守，各乘一馬出入。時人榮之，號柳氏門庭，五馬委蛇[3]。"則又一説矣。

【箋注】

[1]香山：白居易。所引詩句見《和春深二十首》。"戟"一作"軾"。 [2]程氏：程大昌（1123—1195），字泰之。宋徽州休寧（今屬安徽）人。高宗紹興二十一年進士。官至龍圖閣學士。有《禹貢論》《易原》《演繁露》等。 [3]委蛇（yí）：雍容自得貌。

五　二

《古樂府》："十五府小史[1]，三十侍中郎。"似令史之年輕者名小史，即今之小書辦也。張翰有《周小史詩》[2]，曰："翩翩周生，婉孌幼童[3]。年甫十五，如日在東。"謝惠連有《贈小史杜德靈》詩[4]，似乎褻狎[5]。然吴佑舉孝廉[6]，乃越道，共雍邱小史黄真歡語移時[7]，人以爲榮。則小史又以人重矣。高俅爲東坡小史[8]，後見蘇氏子孫執禮猶恭。

【箋注】

[1] 小史：官名。此指漢代及魏晋郡縣屬吏中最卑微的職吏，處理雜務。[2] 張翰：見卷六・九注 [7]。 [3] 婉孌（luán）：年輕貌美。 [4] 謝惠連：見本卷二八注 [12]。 [5] 褻（xiè）狎（xiá）：輕慢、不莊重。 [6] 吴佑：字季英。東漢陳留長垣（今屬河南）人。舉孝廉，遷膠東侯相、齊相。後出爲河間相，自請免歸。 [7] 黄真：字夏甫。東漢陳留雍邱（今河南杞縣一帶）人。爲郡小史，後舉孝廉爲新蔡長。 [8] 高俅（？—1126）：宋人，初爲蘇軾小史，後事樞密都承旨王晋卿。以善蹴鞠，爲徽宗所寵信，官至殿前都指揮使。

五　三

唐人争取新進士衣裳以爲吉利。張文昌詩曰[1]：“歸去惟將新誥命[2]，後來争取舊衣裳。”唐宣宗自稱“鄉貢進士李道隆”[3]。進士之榮，至於天子慕之。宋時尤重出身，無出身者，不得入相。故欲相此人，必先賜同進士出身，而後許其入相。其重如此。然亦有時而賤。李贊皇不中進士[4]，故不喜科目，曰：“好騾馬不入行。”金衛紹王喜吏員[5]，不喜進士，曰：“高廷玉人才非不佳[6]，可惜出身不正。”嫌其中進士故也。

【箋注】

[1] 張文昌：張籍，見卷九・八六注 [4]。所引詩句見《送李餘及第後歸蜀》。 [2] 誥命：《全唐詩》作“誥牒”，指皇帝新頒發的科考及第的憑證。[3] 唐宣宗：即李忱（810—859）。即位後，罷斥李德裕党，重用牛僧孺黨。李道隆：《天中記》載此事，作“李道龍”。 [4] 李贊皇：李德裕，見卷一・一九注 [2]。 [5] 衛紹王：即完顔永濟（？—1213）。初名允濟，小字興勝。金世宗子、金章宗叔。 [6] 高廷玉：字獻臣。恩州（今河北清河一帶）人。金大定末進士。貞祐中自左右司郎官出爲河南府治中。後被陷害，殞於獄。

五　四

宋咸淳辛未[1]，正言陳伯大議[2]：考試士子，諸路運司牒州縣[3]，先置士籍，編排保伍[4]，取各人户貫三代年甲[5]，書明所習經書。年十五以上能文者，許其鄉之貢士結狀保送。一様四本，分送縣、州、漕、部。臨唱名時，重行編排保伍，各人親書家狀，以驗筆跡。士人苦之，賦詩云："劉整驚天動地來[6]，襄陽城下哭聲哀。廟堂束手全無策[7]，只把科場鬧秀才。"

【箋注】

[1]咸淳：宋度宗趙禥的年號（1265—1274）。 [2]陳伯大：江西新淦（今新干）人。南宋理宗開慶元年進士。曾官右正言兼侍講、禮部侍郎。爲賈似道黨。 [3]運司：古代官名。轉運使司轉運使、鹽運使司鹽運使的省稱。牒：官府公文的一種。此指發文、行文。 [4]保伍：泛稱基層名籍編制。 [5]年甲：年齡。 [6]劉整（1212—1275）：字武仲。宋元間鄧州穰城（今河南鄧州一帶）人。降元後入朝，進言滅宋當先攻襄陽。授任爲都元帥，與阿术圍襄陽。 [7]廟堂：指朝廷。所引詩見《癸辛雜識·别集卷下》。

五　五

邵又房《贈友》云[1]："廣陵散裏求知己[2]，不特彈無聽亦無。"余歎其意包括甚廣。按《文苑英華》顧况序[3]：彈琴者王女繼之，名"日宫""月宫"，有《歸雲引》《華嶽引》諸曲，皆《廣陵散》之遺音。是叔夜所彈，未嘗絶也。《唐書·韓皋傳》，解《廣陵散》爲嵇康思魏之意。因毋邱儉、諸葛誕俱起兵於廣陵[4]，思興復魏室，而兵皆散亡，故曰從此絶矣。非專指琴也。

【箋注】

[1]邵又房：邵元齡，字右房。清江蘇長洲人。乾隆三年舉人。官大荔知縣。 [2]廣陵散：琴曲名。三國魏嵇康善彈此曲，秘不授人。後遭讒被害，臨刑索琴彈之，曰："《廣陵散》於今絶矣！" [3]顧况（？—820）：字

逋翁。唐蘇州（今屬江蘇）人。肅宗至德二載進士。官著作郎。有《華陽集》。[4]毋邱儉（？—255）：字仲恭。三國魏河東聞喜（今屬山西）人。父毋邱興，魏文帝時爲武威太守，官至將作大匠，封鄉侯。毋邱儉襲父爵，先後任文學教授、羽林監、州刺史、將軍等職。起兵反對司馬氏集團，兵敗而死。諸葛誕（？—258）：字公休。三國魏琅邪陽都（今山東沂南一帶）人。官滎陽令、御史中丞、尚書、征東大將軍。後據壽春反，稱臣于吴，爲司馬昭擊敗，被殺。

五　六

或問："楊升庵有句云[1]：'一桶水傾如佛語，兩重紗夾起江波。'應作何解？"余按：徐騎省不喜佛經[2]，常云："《楞嚴》《法華》[3]，不過以此一桶水，傾入彼一桶中。傾來倒去，還是此一桶水。識破毫無餘味。"此升庵所本也。方空紗用一層糊窗，原無波紋；夾以兩層，必有閃爍不定之波。恐升庵即事成詩，未必有本。余亦有句云："水痕瀉地方圓少，雪片經風厚薄多[4]。"一用《世説》，一用《東坡志林》。

【箋注】

[1]楊升庵：楊慎，見卷二・四二注[5]。　[2]徐騎省：徐鉉，見卷一・二〇注[2]。　[3]《楞嚴》《法華》：兩部佛經名。　[4]"水痕"聯：上句見《世説新語・文學》："譬如寫水著地，正自縱横流漫，略無正方圓者。"（劉尹語）下句據《東坡志林・雪堂問潘邠老》文意。

五　七

熊蔗泉觀察《聽雪》云[1]："一夜朔風急，重衾尚覺寒。料應階下白，及早起來看。"童二樹《盼月》云[2]："佳絶娟娟月，秋窗逼曉開。卧看桐竹影，漸上卧床來。"兩首格調相同。商寶意《顧曲》云[3]："一曲明光三十段，自彈先要聽人彈。"趙雲松《論詩》云[4]："背人恰向菱花照[5]，還把看人眼自看。"兩首用意相反。

【箋注】

[1]熊蔗泉：熊學驥，見卷七·七七注[1]。 [2]童二樹：童鈺，見卷二·七八注[1]。 [3]商寶意：商盤，見卷一·二七注[7]。 [4]趙雲松：趙翼，見卷二·三三注[4]。 [5]菱花：指菱花鏡，亦泛指鏡。

五八

詩文自須學力，然用筆構思，全憑天分。往往古今人持論，不謀而合。李太白《懷素草書歌》云[1]："古來萬事貴天生，何必公孫大娘渾脱舞[2]？"趙雲松《論詩》云："到老始知非力取，三分人事七分天。"

【箋注】

[1]懷素（737—799）：唐朝僧人。字藏真，俗姓錢。長沙（今屬湖南）人。以善狂草出名。承張旭而有發展，並稱"顛張醉素"。 [2]公孫大娘：唐舞蹈家。教坊妓。善舞劍器，技冠一時。吴人張旭善草書，曾於鄴縣屢觀大娘舞西河劍器，自此草書大進。渾脱：舞曲名。

按：此卷詩話，以上多談典故，可以長些知識。到此又談及詩學正題。爲詩必須承認天分、天性、天機，有的人適合寫詩，有的人不適合。做任何事都一樣，有適合有不適合。但天分也不會憑空而來，"力取"也是必要的。

五九

士大夫熱中貪仕，原無足諱[1]，而往往滿口説歸[2]，竟成習氣，可厭。黄莘田詩云[3]："常參班裏説歸休[4]，都作寒暄好話頭。恰似朱門歌舞地，屏風偏畫白蘋洲[5]。"

【箋注】

[1]諱：隱諱、回避。 [2]歸：指歸鄉、歸隱。 [3]黄莘田：黄任，見卷四·四九注[1]。 [4]常參：群臣每日於前殿朝見皇帝稱常參，屬員依一

定時間謁見上官亦稱常參。[5]白蘋洲：長滿白色蘋花的沙洲，泛指送别之地。唐李益《柳楊送客》詩："青楓江畔白蘋洲，楚客傷離不待秋。"

六〇

近人佳句，常摘録之，以教子弟，過時一觀，亦有吹竹彈絲之樂。明知收拾不盡，然捃摭一二[1]，亦聖人"舉爾所知"意也[2]。毛琬云[3]："乍寒童子怯，將雨野人知。"童鈺云[4]："病聞新事少，老别故人難。"張節云[5]："行善最爲樂，觀書動畜疑。"孔東堂云[6]："縴低時掠水，帆飽不依桅。"廖古檀云[7]："山風枯硯水，花雨慢琴弦。"王卿華云[8]："斷香浮缺月，古佛守昏燈。"汪可舟云[9]："客久人多識，年高衆病歸。"吴飛池云[10]："凉風不管征衣薄，落日方知行路難。"李穆堂云[11]："雲在岫無争出意，石當流有不平鳴。"何南園云[12]："閒愁早釋非關酒，舊學重温爲課孫。"楊次也云[13]："淺水戲魚如可拾，密林藏鳥只聞聲。"周青原云[14]："鳥自下山人自上，一齊穿破白雲過。"劉果云[15]："花間看竹嫌逢主，夢裏聞雞似到家。"章智千《送春》云[16]："青山駐景如留客[17]，緑樹成陰已改妝。"姚念慈《哭孫虚船》云[18]："有淚直從知己落，無文可共别人論。"尹似村《送南園出京》云[19]："乍親丰采歸偏速，不慣風塵住自難。"袁蕙纕云[20]："功名何物催人老，車馬無情送客多。"寶意《哭環娘》云[21]："乍分煙島情猶戀，略享春風死未甘。"香亭《渡淮》云[22]："田家飯麥風仍北，遊女拖裙俗漸南。"春池《順風》云[23]："天上鳥争帆影速，岸邊人恨馬行遲。"又有五七字單句亦妙者，魯星村之"老怕送春歸"[24]，楊守知之"隨身只有影同來"[25]，王家駿之"園不栽梅覺負春"[26]，嘯村之"諱老偏逢人叙齒"[27]，飛池之"孤鴻與客争沙宿"[28]，皆是也。

【箋注】

[1]捃（jùn）摭（zhí）：採取、採集。[2]舉爾所知：孔子語。原意爲"選拔你所知道的（賢才）"。[3]毛琬：生平未詳。[4]童鈺：見卷二・七八

注[1]。 [5]張節：見卷一二・七六注[1]。 [6]孔東堂：孔尚仁，見卷一・七注[3]。 [7]廖古檀：廖景文，見卷一四・五七注[13]。 [8]王卿華：見卷四・七注[5]。 [9]汪可舟：汪舸，見卷五・四注[2]。 [10]吴飛池：吴龍光，見卷九・五四注[2]。 [11]李穆堂：李紱，見卷四・七三注[4]。 [12]何南園：何士顒，見卷一・三七注[1]。 [13]楊次也：楊守知，見卷一・一一注[2]。 [14]周青原：周發春，見卷四・七四注[1]。 [15]劉果（1627—1699）：字毅卿，號蕪園、木齋、十柳堂。清山東諸城人。順治十六年進士。官至江南提學道僉事。有《十柳堂詩集》《蕪園集鈔》。 [16]章智千：袁枚表弟，曾過繼于袁母膝下，餘未詳。 [17]駐景：駐顔，使容顔不衰老。 [18]姚念慈：姚汝金，見卷一・二四注[3]。 [19]尹似村：慶蘭，見卷二・三七注[1]。 [20]袁蕙纕（xiāng）：袁穀芳，字慧相、蕙纕，號實堂。清安徽宣城人。乾隆十七年恩科舉人。授蘇州震澤儒學訓導。有《秋草文隨》《歸莽詩稿》等。[21]寶意：商盤，見卷一・二七注[7]。 [22]香亭：袁樹，見卷一・五注[3]。所引詩中"風"與"俗"互文。 [23]春池：劉夢芳，見卷三・七〇注[1]。 [24]魯星村：魯璸，見卷三・三七注[2]。 [25]楊守知：即前楊次也。[26]王家駿：見卷八・一一注[2]。 [27]嘯村：李葂，見卷五・四七注[1]。叙齒：按年齡的長幼而定席次。 [28]飛池：即前吴飛池。

六一

孔子曰："剛毅木訥近仁[1]。"余謂人可以木，詩不可以木也。人學杜詩，不學其剛毅，而專學其木，則成不可雕之朽木矣。潘稼堂詩[2]，不如黄堂[3]，以一木而一靈也。余選錢文敏公詩甚少[4]，家人誤抄十餘章，余讀之，生氣勃勃，悔知公未盡。居亡何，有人云："此孫淵如詩也[5]。"余自喜老眼之未昏。

【箋注】

[1]木訥：指人質樸而不善辭令。木，質樸、拙直、呆笨。訥，出言遲鈍、口齒笨拙、言語質直。 [2]潘稼堂：潘耒，見卷八・四五注[4]。 [3]黄堂：黄之雋，見卷三・一二注[2]。 [4]錢文敏：錢維城，見卷五・五五注[1]。[5]孫淵如：孫星衍，見卷五・六〇注[2]。

六　二

余嘗極賞健庵甥咏《落花》云[1]：“看他已逐東流去，却又因風倒轉來。”或大不服，曰：“此孩童能説之話，公何以如此奇賞？”余曰：“子不見張燕公争魏元忠事乎[2]？燕公已受二張囑託矣[3]，因宋璟一言而止[4]。一生名節，從此大定。在甥作詩時，未必果有此意；而讀詩者，不可不會心獨遠也。不然，《詩》稱‘如切如磋’，與‘貧而無諂’何干[5]？《詩》稱‘巧笑倩兮’，與‘繪事後素’何干[6]？而聖人許子夏、子貢‘可與言詩’，正謂此也。”

【箋注】

[1]健庵：王健庵，見卷八・一一注[2]。　[2]張燕公：張説，見卷二・六注[1]。魏元忠（？—707）：本名真宰。唐宋州宋城（今河南商丘）人。官至中書令，封齊國公。　[3]二張：武則天的寵臣張易之、張昌宗。　[4]宋璟：見卷八・八七注[5]。《舊唐書・姚崇宋璟傳》：“幸臣張易之誣構御史大夫魏元忠有不順之言，引鳳閣舍人張説令證之。説將入於御前對覆，惶惑迫懼，璟謂曰：‘名義至重，神道難欺，必不可黨邪陷正，以求苟免。若緣犯顔流貶，芬芳多矣。或至不測，吾必叩閤救子，將與子同死。努力，萬代瞻仰，在此舉也。’説感其言。及入，乃保明元忠，竟得免死。”　[5]貧而無諂：語見《論語・學而》。子貢説：“貧而無諂，富而無驕。”孔子説：“未若貧而樂，富而好禮。”於是子貢悟出《詩經》“如切如磋，如琢如磨”的重要性，即明理要精益求精。　[6]繪事後素：語見《論語・八佾》。子夏問曰：“‘巧笑倩兮，美目盼兮，素以爲絢兮。’何謂也？”子曰：“繪事後素。”意謂先以粉地爲質，而後施五色，猶人有美質，然後可加文飾。於是子夏悟出“禮後於素”的重要性，即禮必以忠信爲質，猶繪事必以粉素爲先。子貢因論學而知詩，子夏因論詩而知學，故皆可與言詩。

六　三

高文良公巡撫江蘇[1]，爲制府某所淩[2]，勢岌岌乎殆矣，而公聲色不動，咏《天平山》云：“倚天峭壁無塵玉，墮地孤留不動雲。”

其時沈子大先生在幕府[3]，和云："白浪静教翻石下，碧雲高不受風移。"

【箋注】

[1]高文良：高其倬，見卷一·三三注[1]。[2]制府：明清兩代總督的尊稱。[3]沈子大：沈起元，見卷六·九〇注[1]。

六 四

闡乘上人《對月吊以中》云[1]："共玩君何往，江頭獨愴神。難將一片月，分照九泉人。"余在小市，買一古鏡，背有詩云："寶匣初離水，寒光不染塵。光如一輪月，分照兩邊人。"毛西河咏鏡云[2]："與余同下淚，惟有鏡中人。"三押"人"字，俱佳。

【箋注】

[1]闡乘上人：生平未詳，卷一三·五六也收有其詩句。[2]毛西河：毛奇齡，見卷二·三六注[4]。

六 五

高翰起司馬《路上喜晴》云[1]："聲傳乾鵲喜[2]，步覺蹇驢輕[3]。"喬慕韓《舟中》云[4]："雨聲篷背重，鷗影浪頭輕。"

【箋注】

[1]高翰起：高瀛洲，見卷五·二一注[1]。[2]乾鵲：即喜鵲。其性好晴，其聲清亮，故名。[3]蹇（jiǎn）驢：跛蹇駑弱的驢子。[4]喬慕韓：喬億，見卷四·七四注[5]。

六 六

有人過劉智廟[1]，見壁上題云："明時如此拔幽淪[2]，薦禰須看士貢身[3]。敢擬石渠容散木[4]，竟教塵海作勞薪[5]。變名梅尉非無地[6]，捧檄毛生尚有親[7]。異日儒林與循吏，一編位置聽他人。"詩尾署"竹初”二字。自命如此，可想見其不凡。

【箋注】

[1] 劉智廟：鎮名，在今山東德州境内。 [2] 幽淪：沉淪、隱蔽。 [3] 薦禰（mí）：漢末孔融有《薦禰衡表》。禰衡，字正平。東漢平原般（今山東樂陵一帶）人。少有才辯，爲孔融所器重。士貢：即貢士，指所薦舉之人。[4] 石渠：石渠閣，西漢皇室藏書之處，在長安未央宫殿北。散木：原指因無用而享天年的樹木。後多喻全真養性、不爲世用之人。 [5] 勞薪：舊時木輪車的車脚吃力最大，使用數年後，析以爲燒柴，稱勞薪。 [6] 梅尉：梅福，字子真。西漢九江壽春（今安徽壽縣）人。曾爲南昌尉，敢正言切諫。王莽專政時，别妻子，離九江。有人見之於會稽，變姓名，爲吴市門卒。 [7] 毛生：用後漢廬江人毛義“家貧親老，不擇官而仕”的典故。見《後漢書·列傳第二十九》。

六　七

王夢樓作雲南太守[1]，有納樓夷民李鶴齡獻詩云[2]：“玉堂老鳳留衣缽[3]，滄海長虹卷釣絲。”夢樓喜，即用其二句爲起句，續六句以贈别云：“舊事都隨雲變滅，新詩喜見錦紛披。殊方那易逢佳士[4]，識面無如是别時[5]。自負平生能説項[6]，珊瑚幾失網中枝。”

【箋注】

[1] 王夢樓：王文治，見卷二·三〇注[1]。 [2] 納樓：地名，在今雲南建水境内。夷民：指彝族人。李鶴齡：爲“李鸖齡”之誤。清王文治《夢樓詩集》卷一〇：“納樓夷民李鸖齡工爲歌詩，予守郡三年，未之知也。解郡後，李以詩來謁，清韶婉麗，有西崑之風，予既惜相識之晚，尤深愧採訪之疏矣！余遄歸有日，李賦詩四章贈行，其警句云：‘玉堂老鳳留衣缽，滄海長虹卷釣絲。’才力博大，尤爲難得。予輒效漁洋《贈費密》詩體，爲長句以答。猶將携其卷帙遍示京華鄉里諸同學，不欲使之泯没無傳焉。” [3] 玉堂：明清時多指翰林院。衣缽：喻指傳承的思想、學問、作風。 [4] 殊方：遠方、異域。[5] 無如：無奈。 [6] 説項：唐會昌三年，浙江台州仙居詩人項斯，携詩拜謁國子祭酒楊敬之，楊苦愛之，並贈詩：“平生不解藏人善，到處逢人説項斯。”

後來，人們將讚美他人稱爲“逢人説項”。

六　八

昌黎云[1]：“横空盤硬語[2]。”硬語能佳，在古人亦少。只愛杜牧之云[3]：“安得東召龍伯公[4]，車乾海水見底空。”又云：“鯨魚横脊卧滄溟，海波分作兩處生。”宋人句云：“金翅動身摩日月，銀河翻浪洗乾坤[5]。”本朝方問亭《卜魁雜詩》云[6]：“龍來陰嶺作遊戲，雷電光中舞雪花。”趙秋谷《秋雨》云[7]：“油雲潑濃墨，天額持廣帕。風過日欲來，艱難走雲罅。”《大雨》云：“日月皆歸海，蛟龍亂上天。”趙雲松《從李相國征臺灣》云[8]：“人膏作炬燃宵黑[9]，魚眼如星射水紅。”趙魯瞻云[10]：“江星動魚脊，山果落猿懷。”

【箋注】

[1]昌黎：韓愈，見卷一·一三注[1]。 [2]硬語：剛勁的語言、生硬的詞句，此處特指剛勁新奇之語。 [3]杜牧之：杜牧，見卷一·三一注[4]。 [4]龍伯：傳説中的龍伯國巨人。 [5]“金翅”二語：沈彬詩句。沈彬（853—957），字子文。五代時洪州高安（今屬江西）人。南唐校書郎，以吏部郎中致仕。[6]方問亭：方觀承，見卷一·三〇注[8]。卜魁：地名，今黑龍江齊齊哈爾一帶。[7]趙秋谷：趙執信，見卷五·二九注[2]。 [8]趙雲松：趙翼，見卷二·三三注[4]。 [9]人膏：人魚膏，鯢魚的脂膏，可以點火照明。 [10]趙魯瞻：見卷一一·二一注[2]。

六　九

丙辰召試鴻詞，到丙申四十餘年矣[1]。申笏山在都中[2]，與錢籜石、曹地山小集[3]，賦詩云：“尺五城南逐散仙[4]，歡場一散似飛煙。多生那得離文字，後死何容卸仔肩[5]？醉後吟聲驚户外，雨餘山色入窗前。百人尚有三人在，似得天憐亦自憐。”嗚呼！笏山歿又十餘年矣！今海内召試者，只余與籜石二人尚在。而近聞其年過八十，亦已中風。然則“天憐自憐”，能無再三誦之乎？

【箋注】

[1]丙辰：這裏指乾隆元年（1736）。鴻詞：科舉名目“博學鴻詞科”的省稱。丙申：這裏指乾隆四十一年（1776）。 [2]申笏山：見卷一・六六注[11]。[3]錢籜石：錢載，見卷八・二九注[1]。曹地山：曹秀先（1708—1784），字恒所，一字冰持，號地山。清江西新建（今南昌）人。乾隆元年進士。官至禮部尚書。卒謚文恪。有《賜書堂稿》《依光集》《使星集》《地山初稿》等。 [4]尺五：一尺五寸。極言離高處距離近。散仙：比喻放曠不羈、自由閒散的人。 [5]仔肩：擔負、承擔。

七　〇

周青原咏楊妃云[1]：“綵輿花下禄兒狂[2]，此説終疑是渺茫。惟小劉郎曾愛惜[3]，坐懷親爲畫眉長。”用史事，補前人未有。將録寄秋帆中丞[4]，鎸楊妃墓上。

【箋注】

[1]周青原：周發春，見卷四・七四注[1]。 [2]禄兒：指安禄山。《資治通鑒》卷二百一十六載：“召禄山入禁中，貴妃以錦繡爲大繦褓，裹禄山，使宫人以綵輿舁之。上聞後宫喧笑，問其故，左右以貴妃三日洗禄兒對。”[3]小劉郎：唐鄭綮撰《開天傳信記》載：劉晏年八歲，獻《東封書》。唐明皇命宰相出題，就中書試驗。並引晏於内殿六宫觀看，楊貴妃讓晏坐於膝上親爲畫眉。 [4]秋帆：畢沅，見卷二・一三注[4]。

七　一

水仙花詩無佳者，惟楊次也先生七律[1]，前半首云：“汀蘅洲草伴無多[2]，以水爲家奈冷何？生意不須沾寸土，通詞直欲托微波[3]。”余按：《焦氏易林》云[4]：“鳧雁啞啞，以水爲家。”楊暗用之，而使人不覺，可爲用典者法。

【箋注】

[1]楊次也：楊守知，見卷一・一一注[2]。 [2]汀蘅：水邊平地上的杜蘅。

杜蘅，香草，常用以比喻君子、賢人。 [3]通詞：傳話。 [4]《焦氏易林》：西漢焦延壽著的一部《易》學著作。

七二

趙雲松太史入闈分校[1]，作《雜咏》十餘章，足以解頤。《封門》云："官封恰似懸符禁，人望居然入海深。"《聘牌》云："金熔應識披沙苦[2]，禮重真同納采虔[3]。"《供給單》云："日有雙雞公膳半，夜無斗酒客談孤。"《分經》云[4]："多士未遑談虎觀[5]，考官恰似劃鴻溝[6]。"《薦條》云："品題未便無雙士[7]，遇合先成得半功。佛海漸登超渡筏，神山猶怕引回風。"《落卷》云："落花退筆全無艷[8]，食葉春蠶尚有聲。沉命法嚴難自訴，返魂香到或重生。"《撥房》云[9]："未妨蜾蠃螟生子[10]，笑比琵琶別過船。"

【箋注】

[1]趙雲松：趙翼，見卷二·三三注[4]。入闈：指科舉考試時考生或監考人員等進入考場。分校：此指科舉時校閱試卷的房官。 [2]披沙：淘去泥沙。比喻閱卷。 [3]納采：古婚禮六禮之一。男方向女方送求婚禮物，這裏比喻發給的"聘牌"。 [4]分經：按考試經學門類分開閱卷。 [5]多士：衆多的賢士。虎觀：白虎觀的簡稱，爲漢宫中講論經學之所，後泛指宫廷中講學處。 [6]鴻溝：楚漢相争時曾劃鴻溝爲界，比喻教官的隔離。 [7]無雙：獨一無二、没有可比。 [8]退筆：用舊的筆、秃筆。 [9]撥房：科舉時代鄉試，試卷分房審閲，由房官推薦給主考决定取捨。因每房録取名額各有定數，而每房試卷好壞不一，往往多寡不均。將超額房内的試卷，撥入合格試卷少的房内，通過該房推薦録取，謂撥房。 [10]蜾（guǒ）蠃（luǒ）：寄生蜂的一種。以泥土築巢於樹枝或壁上，捕捉螟蛉等害蟲，爲其幼蟲的食物，古人誤以爲收養幼蟲。

七三

余自幼聞"月華"之説[1]，終未見也。同年王大司農秋瑞夢月華而生[2]，故小字華官。後見平湖陸陸堂先生云[3]："康熙辛酉八月十四夜，曾見月當正午，輪之西南角，忽吐白光一道。已而紅黄紺碧，約有二十餘條，下垂至地。良久結輪三匝，見月不見天矣。”先生賦云：“今宵纔見月華圓，織女張機也失妍。五色流蘇齊著地，三重輪廓欲彌天。”先生名奎勳，掌教桂林，作《禮經解義》，請序于金中丞[4]。中丞命余代作，先生誇不已。中丞以實告之。先生曰：“此古文老手，不似少年人所作也。”記先生有句云：“簷低絲網蛛常斷，沼淺蓮房子半空。”先生祖名棻[5]，字義山。當國初鼎革時，馬將軍兵破平湖，掠其父，將殺之。棻纔九歲，伏草中，跳出，抱將軍膝求代。將軍愛其貌韶秀，取手扇示之曰：“兒能讀扇上詩，即赦汝父。”棻朗誦曰：“‘收兵四解降王縛，教子三登上將臺。’此宋人贈曹武惠王詩也[6]。將軍不殺人，即今之武惠王矣。”將軍大喜，抱懷中，辟咡曰[7]：“汝能隨我去，爲我子乎？”曰：“將軍赦吾父，即吾父也。”遂哭别其父而行。將軍爲之淚下。已而將軍身故，棻得脱歸。康熙己未，舉鴻博，入詞林。聖祖愛其才，一日七遷，從編修、贊善、庶子，授内閣學士。纔一年，先生引疾歸。又十年，卒。自題華表云：“一日七遷千古少，周年致政寸心安。”有病不治，吟曰：“無藥能延炎帝壽，有人曾哭老聃來[8]。”

【箋注】

[1]月華：月亮周圍的五彩光環，由月亮光綫通過雲層内小水滴或細小冰晶，經衍射所致。 [2]王秋瑞：王際華（1717—1776），字秋瑞。清浙江錢塘人。乾隆十年進士。官至户部尚書。卒謚文莊。 [3]陸陸堂：陸奎勳，見卷四·四六注[1]。 [4]金中丞：金鉷，見卷一·九注[2]。 [5]陸棻（1630—1699）：原名世枋，字次友，一字義山，號雅坪。清浙江平湖人。康熙六年進士。官至内閣學士。有《雅坪詩文稿》。 [6]曹武惠王：曹彬（931—999），字國華。宋真定靈壽（今屬河北）人。由後周入宋，任左神武將軍，兼樞密承旨。征南唐，克金陵，不妄殺一人。官至檢校太師、同平章事、樞密使。卒謚武惠。所引爲宋陶弼《觀曹武惠畫像》中詩句。 [7]辟咡（èr）：指耳語。 [8]炎帝：一説炎帝即神農氏，始嘗百草，始有醫藥。老聃：李耳，世稱老子。春秋時期

陳國人，出生在苦縣（今河南鹿邑一帶）。早年擔任東周守藏史。老聃死，生前的友人秦佚弔之，三號而出。此處所吟藉以傳達破除對生死執著的意念。

七　四

相傳“天開眼”，余亦未之見也。平湖張斆坡[1]，曉步於庭，天無片雲，忽聞有聲劃然[2]，天開一縫，當中寬，兩頭狹，狀類大船。寬處有圓睛閃閃，光芒照耀，似電非電。眼旁碎芒，如人之有睫毛。良久乃閉。斆坡賦詩曰：“霹靂年年響，何曾殛惡來[3]？今朝纔省悟，天眼不輕開。”

【箋注】

[1] 張斆（xiào）坡：見卷一四・一一注[2]。　[2] 劃（huò）然：象聲詞。[3] 殛惡：懲罰罪惡。

七　五

詩含兩層意，不求其佳而自佳。或咏太行山云：“但有路可上，再高人也行[1]。”咏燭云：“只緣心尚在，不免淚長流。”咏相見坡云：“勸君行路存餘步，山水還留相見坡。”

【箋注】

[1]“但有”二語：龔霖詩句。霖爲五代時人，進士及第。

七　六

余十二歲入學，廩生程鄜渠云[1]，渠甥吴冠山[2]，名華孫，亦以髫年入學[3]，今已賦《鹿鳴》[4]，年纔十五。袖文一册示余。余讀之，望若天人[5]。及余登詞館[6]，先生督學閩中，無由相見。五十年後，先生致仕在家，年八十矣。余遊黄山，新安何素峰秀才招游仇樹汪園[7]，離先生所居，僅十里餘，竟未走謁。别後，心悁悁如有所失，乃作詩寄之。先生見和云："英才碩望是吾師，咫尺相逢願又違。自昔直廬欣識面[8]，己未科，收掌試卷，公所相識。於今花徑少摳衣[9]。屢想訪隨園未果。無人不挹神仙度[10]，獨我偏教遇合稀。猶憶神交年尚幼，兩株弱柳共依依。"

【箋注】

[1] 廩生：由公家給以膳食的生員。程鄘渠：程川，見卷五・一一注[1]。[2] 渠甥：大外甥。吴冠山：吴華孫，見卷一二・六一注[1]。[3] 髫年：幼年。[4] 賦《鹿鳴》：指參加科舉考試被取中。[5] 天人：仙人、不同凡俗的人。[6] 登詞館：入翰林院。[7] 何素峰：一作何數峰。清徽州新安（今安徽歙縣）人。諸生。汪園：即修園，歙縣汪氏所築別業。[8] 直廬：侍臣值宿之處。[9] 摳衣：提起衣服前襟。古人迎趨時的動作，表示恭敬。[10] 挹：推崇。

七七

張儀封觀察謂余曰[1]："李白《清平調》三章，非咏牡丹也。其時武惠妃薨[2]，楊妃初寵，帝對花感舊，召李白賦詩。白知帝意，故有'巫山斷腸''雲想衣裳'之語，蓋正喻夾寫也[3]。至於'名花傾國'，則指貴妃矣。"余按《唐書・李白傳》稱："帝坐沉香亭，意有所感，乃召李白。"則觀察此説，未爲無因。張名裕穀，字詒庭。

【箋注】

[1] 張儀封：張裕穀，字詒庭，號適園。清河南儀封（今蘭考）人。以官蔭仕至雲南分巡道。有《退圃消日集》《後食堂詩存》。[2] 武惠妃：武氏（699—738），并州文水（今屬山西）人。唐玄宗的寵妃。死後，玄宗追贈爲貞順皇后。葬于敬陵，並立廟祭祀。[3] 正喻夾寫：見卷一二・四六注[1]。

七八

曹子建《美女篇》押二"難"字[1]。謝康樂《述祖德》詩押二"人"字[2]。阮公《咏懷》押二"歸"字[3]。以故，杜甫《飲中八仙歌》、香山《渭村退居》、昌黎《寄孟郊》詩，皆沿襲之。

【箋注】

[1]曹子建：曹植，見卷二·四七注[9]。 [2]謝康樂：謝靈運，見卷四·二九注[1]。 [3]阮公：阮籍，見卷七·四五注[5]。

七　九

田實發云[1]："我偶一展卷，頗似穿窬入金谷[2]，珍寶林立，眩奪目精。時既無多，力復有限，不知當取何物，而雞聲已唱矣。"此語甚雋。魚門《曬書》詩云[3]："老饕對長筵，未啖空頤朵[4]。"

【箋注】

[1]田實發：見卷三·一六注[1]。 [2]穿窬（yú）：挖牆洞和爬牆頭。金谷：晋石崇築金谷園。代指豪華館所。 [3]魚門：程晋芳，見卷一·五注[1]。 [4]老饕（tāo）：指貪食的人。頤朵：即朵頤。鼓腮嚼食。亦謂嚮往、羡饞。

八　〇

如皋布衣林鐵簫有"老至識秋心"五字[1]，余頗賞之。《與吴松崖看海棠》云[2]："萬朵仙雲輕欲滴，多情紅向白頭人。"松崖云："嬌來渾欲睡，愁殺倚欄人。"兩押"人"字，俱妙。林名李，買得古鐵簫，能吹變徵之音[3]，因字鐵簫，蓋取王子淵"願得謚爲洞簫"之意云[4]。

【箋注】

[1]林鐵簫：林李，字九標，號鐵簫。清江蘇如皋人。布衣。 [2]吴松崖：吴寶書（1793—？），字松崖，號籜仙。清江蘇無錫人。有《桐華樓詩詞稿》。[3]變徵（zhǐ）：我國古代七聲聲階中的第四個音級，比徵低半音。 [4]王子淵：王褒，字子淵。西漢犍爲資中（今四川資陽一帶）人。官諫大夫。以辭賦著稱。其《洞簫賦》云："幸得謚爲洞簫兮，蒙聖主之渥恩。"

八一

乩仙詩[1]，都無佳者，惟盱眙許家有仙降壇，咏燕云：“燕子銜泥認舊巢，飛來飛去暮連朝。哺兒不耐秋風老，回首空梁月正高。”讀者云：“詩雖佳，恐非吉兆。”果未十年，許零落殆盡。當許與仙倡和時，分咏薛濤箋[2]，限“陵”字。諸客擱筆。仙云：“便宜節度高千里[3]，錯過詩人杜少陵[4]。”

【箋注】

[1] 乩（jī）仙：一種迷信活動，指扶乩時請託的神靈。 [2] 薛濤箋：唐女詩人薛濤，晚年寓居成都浣花溪，自製深紅小彩箋寫詩，時人稱爲“薛濤箋”。 [3] 高千里：高駢（821—887），字千里。唐幽州（今北京一帶）人。歷天平、劍南、鎮海、淮南節度使，加諸道行營都統、鹽鐵轉運使。薛濤曾陪酒作詩，經常來往。 [4] 杜少陵：杜甫。薛濤時代晚於杜甫。

八二

余不解詞曲。蔣心餘强余觀所撰曲本[1]，且曰：“先生只算小病一場，寵賜披覽。”余不得已，爲覽數闋。次日，心餘來問：“其中可有得意語否？”余曰：“只愛二句，云：‘任汝忒聰明，猜不出天情性。’”心餘笑曰：“先生畢竟是詩人，非曲客也。”余問何故。曰：“商寶意《聞雷》詩云[2]：‘造物豈憑翻覆手，窺天難用揣摹心。’此我十一個字之藍本也[3]。”

【箋注】

[1] 蔣心餘：蔣士銓，見卷一·二三注[2]。 [2] 商寶意：商盤，見卷一·二七注[7]。 [3] 藍本：著作所根據的底本。

八三

余梓詩集十餘年矣，偶爾翻擷[1]，誤字尚多，因記椒園先生咏《落葉》云[2]：“看月可知遮漸少，校書真覺掃猶多。”

【箋注】

[1]翻擷（xié）：翻檢。 [2]椒園：沈廷芳，見卷一・六五注[11]。

八 四

王載揚接家信[1]，知兩子孿生，喜賦詩以寄云：“可無致語來清照[2]，會有明妝避伯喈[3]。”用典切而雅。

【箋注】

[1]王載揚：王藻，見卷四・三四注[1]。 [2]清照：女詩人李清照（1084—約1151），號易安居士。宋齊州章丘人。南宋婉約派宗主。後人輯有《漱玉集》。據《瑯嬛記》，李清照有《賀人孿生啟》云：“無午未二時之分，有伯仲兩喈之似。” [3]伯喈：《太平御覽》卷三百九十六引《風俗通》曰：“陳國張伯喈弟仲喈婦炊於灶下，至井上，謂喈曰：‘我今日妝好不？’伯喈曰：‘我伯喈也。’婦大慚愧。其夕時，伯喈到，更衣，婦復逐牽其背曰：‘今旦大誤，謂伯喈爲卿。’答曰：‘我故伯喈也。’”

八 五

崑山城隍祠四宜軒有積土，道士將築亭其上，階石甫甃[1]，雷擊之，三甃三擊，掘地，乃是黄子澄墓[2]。邑志載，公被戮，其門下士拾骨葬此。錢溉亭進士詩云[3]：“昔時誅戮無遺嬰，此日風雷護殘骨。”

【箋注】

[1]甫甃（zhòu）：剛剛壘砌。 [2]黄子澄（1350—1402）：名湜，字子澄。明江西分宜人。洪武十八年會試第一。官修撰、翰林學士。與齊泰同參國政，主張削諸藩王。燕王朱棣起兵，攻破京師，子澄被捕，抗詞不屈，磔死。遺骨葬崑山馬鞍山下。 [3]錢溉亭：錢塘（1735—1790），字學淵，一字禹美，號溉亭。清江蘇嘉定人。乾隆四十五年進士。官江寧府學教授。有《律吕古義》《溉亭述古録》等。

隨園詩話箋注　卷一六

一

徐朗齋嵩曰[1]："有數人論詩，争唐宋爲優劣者，幾至攘臂[2]，乃授嵩以定其説。嵩乃仰天而歎，良久不言。衆問何歎，曰：'吾恨李氏不及姬家耳！倘唐朝亦如周家八百年，則宋、元、明三朝詩，俱號稱唐詩，諸公何用争哉？須知論詩只論工拙，不論朝代。譬如金玉，出於今之土中，不可謂非寶也。敗石瓦礫，傳自洪荒，不可謂之寶也。'衆人聞之，乃閉口散。"余謂詩稱唐，猶稱宋之斤、魯之削也[3]，取其極工者而言，非謂宋外無斤、魯外無削也。朗齋，癸卯科爲主考謝金圃所賞[4]，已定元矣，因三場策不到而罷。謝刊其薦卷，流傳京師。故朗齋咏《唐寅畫像》云[5]："錦瑟華年廿五春，虎頭金粟是前身[6]。虚名麗六流傳遍，下第江南第一人。""麗六"者，其場中坐號也。次科亦即登第。

【箋注】

[1]徐朗齋：徐鏴慶，見卷七・一〇三注[1]。　[2]攘臂：捋起衣袖，伸出胳膊。常形容激奮貌。　[3]宋斤魯削：宋國産的斧頭和魯國産的曲刀，比喻當地特産的精良工具。語出《周禮・冬官考工記序》："鄭之刀、宋之斤、魯之削、吴粤之劍，遷乎其地而弗能爲良，地氣然也。"　[4]謝金圃：謝墉（1719—1795），字崑城，號金圃，又號東墅。清浙江嘉善人。乾隆十七年進士。官至吏部左侍郎。有《安雅堂詩文集》《四書義》《六書正説》。　[5]唐寅：見卷一二・一六注[2]。　[6]虎頭：東晋畫家顧愷之，小字虎頭。金粟：指金粟如來，即維摩詰大士。詩句明咏唐寅，實喻自己。

二

明季士大夫，學問空疏，見解迂淺，而好名特甚。今所傳三大案，惟“移宫”略有關係[1]，然擁護天啟[2]，童昏瞀亂[3]，遂致亡國，殊覺無謂。楊慎“大禮”一議[4]，本朝毛西河、程綿莊兩先生引經據古[5]，駁之甚詳。“梃擊”一事[6]，則漢晋《五行志》中，此類狂人，不一而足，焉有一妄男子，白日持棍，便可打殺一太子之理？蘄州顧黄公詩云[7]：“天倫關至性，張桂未全非[8]。”又曰：“深文論宫闈[9]，習氣惱書生。”議論深得大體。黄公與杜茶村齊名[10]，而今人知有茶村不知有黄公。因《白茅堂詩集》貪多，稍近於雜，閲者寥寥，然較《變雅堂集》，已高倍蓰矣[11]。黄蒙聖祖召見，寵問優渥，以老病乞歸，再舉鴻詞，亦不赴試，有楊鐵崖“白衣宣至白衣還”之風[12]。《憶内》云：“静夜停金剪，含情對玉釭。數聲風起處，花雨上紗窗。”《觀姬人睡》云：“玉腕明香簟，羅帷奈汝何？不知夢何事，微笑啟腮窩。”風韻獨絶。余嘗見小兒睡中，往往啟顔而笑，訝其不知緣何事而喜。今讀先生詩，方知眼前事總被才人説過也。

【箋注】

[1] 明三大案：《明史》上曾提到“梃擊”“紅丸”“移宫”三大案。此處下文未提“紅丸案”，而以“大禮議案”代之。移宫：明光宗時，太子朱由校由李選侍撫養。光宗死後，李氏欲居乾清宫，以把持朝政。吏部尚書周嘉謨、都給事中楊漣、御史左光斗等，爲防其干預朝事，迫其移居噦鸞宫。此案成爲官僚派系鬥争的題目之一。 [2] 天啟：明熹宗朱由校年號（1621—1627）。[3] 童昏瞀亂：愚昧昏亂。指朱由校當政時好聲色犬馬，寵信乳母客氏和太監魏忠賢，屢興大獄，迫害東林黨人。遼東屢敗，白蓮教揭竿于山東，陝西爆發流民起義。 [4] 楊慎：見卷二・四二注[5]。明武宗崩，無子，世宗入嗣，詔議追崇所生，改稱孝宗曰皇伯考，稱興獻王曰皇考。楊慎等三十六臣上疏争議，因違背世宗意願受廷杖，楊慎謫戍雲南永昌衛。史稱大禮議案。 [5] 毛西河：毛奇齡，見卷二・三六注[3]。程綿莊：程廷祚，見卷五・一一注[2]。[6] 梃擊：萬曆四十三年五月，一男子名張差，手持木棍，闖進太子朱常洛居

住的慈慶宫，擊傷守門太監，至前殿時被執。經審訊，供係鄭貴妃手下太監龐保、劉成指使。神宗與太子不願深究，以瘋顛奸徒罪殺張差，斃龐保、劉成於内廷。 [7] 顧黄公：顧景星，見卷一〇・五四注 [2]。 [8] 張桂：指明嘉靖時的張璁、桂萼，在“梃擊案”發生之前，嘉靖皇帝召張璁、桂萼由南京遷升北都，二人支持嘉靖爲父母力争尊號。 [9] 宫閫（kǔn）：指宫中軍政事務。 [10] 杜茶村：杜濬，見卷九・七六注 [1]。 [11] 倍蓰（xǐ）：謂數倍。倍，一倍；蓰，五倍。 [12] 楊鐵崖：楊維楨，見卷八・八〇注 [3]。史稱明太祖召諸儒纂《禮樂書》，維楨再三推辭，不得已而詣闕廷，留百有一十日，所纂叙便例定，即謝病遷還。宋濂贈之詩曰：“不受君王五色詔，白衣宣至白衣還。”

三

同年楊大琛太史 [1]，在部以聾告歸，專心攻詩。見示一册，有句云：“金釧手摇春水影 [2]，玉樓簾捲賣花聲。”風致嫣然。惜未録其全稿。今太史已亡，詩稿不知散落何處。太史字寶岩，蘇州人。

【箋注】

[1] 楊大琛（1718—？）：字寶岩，號兼山。清江蘇吴縣人。乾隆四年進士。官至户部員外郎。有《古香堂詩稿》。 [2] 金釧：金屬臂鐲。

四

古人詩集之多，以香山、放翁爲最。本朝則未有多如吾鄉吴慶伯先生者 [1]。所著古今體詩一百三十四卷，他文稱是，現藏吴氏瓶花齋。先生乳哺時，啞啞私語，皆建文遜國之事 [2]。年過十歲，方閉口不言。初爲前朝馬文忠公世奇所知 [3]，晚爲本朝李文襄公之芳所知 [4]。康熙戊午，薦鴻詞科，不遇而歸。少時，在陳公函暉家作詩會 [5]，以“芙蓉露下落”爲題 [6]，操筆立就。贈陳云：“一輩少年争跋扈 [7]，明公從此願躬耕 [8]。”陳大奇之。惜其集浩如煙海，不能細閱。欲梓而存之，非二千金不可。著述太多，轉自累也。

【箋注】

[1] 吴慶伯：吴農祥（1632—1708），字慶百，號星叟。清浙江錢塘人。諸生。康熙十八年舉鴻博，未中。與毛奇齡等館大學士馮溥邸第，稱“佳山堂六子”。有《金陵集》《心蘇集》《秋鈐集》《南歸集》《雪鴻集》《未忘集》《京江集》《綺霞集》《梧園集》《蕭臺集》《澄觀堂詩鈔》《唐詩辨疑》等。[2] 建文遜國：建文，明惠帝年號（1399—1402）。遜國，謂把國家的統治地位讓給别人。指燕王朱棣推翻其父朱元璋親手傳承的建文皇帝朱允炆而自立爲帝的史事。 [3] 馬文忠：馬世奇（1584—1644），字君常。明南直隸無錫人。崇禎四年進士。官至左庶子。李自成破京師時自縊死。 [4] 李文襄：李之芳（1622—1694），號鄴園。清山東武定（今濱州）人。順治四年進士。官至吏部尚書，授文華殿大學士。卒謚文襄。有《棘聽集》等。 [5] 陳函暉（1590—1646）：原名煒，字木叔，號寒椒道人。明浙江臨海人。崇禎七年進士。官靖江知縣。有《寒山集》。 [6] 芙蓉露下落：北朝齊隋間文人蕭慤《秋思》中句，下句爲“楊柳月中疏”，因而吴詩又用到“張緒柳”之典和諸葛亮躬耕的典故，此即“陳大奇之”的原因。《南史·列傳第二十一》：“緒吐納風流，聽者皆忘飢疲，見者肅然如在宗廟。……劉悛之爲益州，獻蜀柳數株，枝條甚長，狀若絲縷。時舊宫芳林苑始成，武帝以植於太昌靈和殿前，常賞玩咨嗟，曰：‘此楊柳風流可愛，似張緒當年時。’其見賞愛如此。” [7] 跋扈：飛揚貌。[8] 明公：對有名位者的尊稱。

五

余在廣東新會縣，見憨山大師塔院[1]。聞其弟子道恒[2]，爲人作佛事，誦詩不誦經。和王修微女子《樂府》云[3]：“剥去蓮房蓮子冷，一顆打過鴛鴦頸。鴛鴦頸是睡時交，一顆留待鴛鴦醒。”殊有古趣。圓寂後，顧赤方徵士哭之云[4]：“已沉千日磬，猶滿一床書。”

【箋注】

[1] 憨山大師（1546—1623）：明僧。法名德清，字澄印，號憨山。俗姓蔡。明南直隸全椒（今屬安徽）人。曾被誣入獄，以私造寺罪，流放廣東雷州。遇赦，入匡廬。後又應粤人請，再住曹溪。有《楞伽筆記》《夢遊集》等。塔院：建有佛塔的院子。 [2] 道恒：應指道衡，字平方，號西吾，俗姓李。明

南直隸常熟（今屬江蘇）人。薙染于武林。與名士交好，遊於浙西。見《列朝詩集·閏集第三》。 [3] 王修微：王微（1600—1647），字修微，自號草衣道人。明末廣陵詩妓。 [4] 顧赤方：顧景星，見卷一〇·五四注 [2]。

六

丹陽鮑氏女自稱聞一道人[1]，遭難流離，嫁竟陵陸蓑雲，年二十四而夭。咏溪鐘云：“溪外聲徐疾，心中意斷連。是聲來枕畔，抑耳到聲邊？”頗近禪理。昔朱子在南安聞鐘聲[2]，矍然曰：“便覺此心把握不住。”即此意也。

【箋注】

[1] 鮑氏：自號聞一道人。清江蘇丹徒人。丈夫遭家難，不知何往。孤身流離，習禪寂以終。 [2] 朱子：指宋理學家朱熹。錢鍾書在《談藝録》中說：“《楞嚴經》卷三云：‘汝更聽此祇陀園中，食辦擊鼓，衆集撞鐘。鐘鼓音聲，前後相續。此等爲是聲來耳邊，耳往聲處？’鮑女之句，蓋全襲此。”又說：“朱子《語類》卷一百四記少時同安聞鐘鼓，一聲未絶，而此心已自走作；乃指人心之出入無時，飄迅不測，鐘鼓動而有聲，然心之動更疾於鐘鼓之動。”這與鮑女詩所云不是一回事。

七

康熙時，吾鄉女子卞夢玨有句云[1]：“夕陽交代笙歌月，曙色輕移燈火樓。”又曰：“花謝六橋春色暗，雨來三竺遠山無[2]。”

【箋注】

[1] 卞夢玨：一作“卞夢鈺”，字玄文，號篆生。清江蘇江寧人。太平縣丞江寧卞琳長女、江都舉人劉峻度繼室。有《繡閣集》。 [2] 三竺：浙江杭州靈隱山飛來峰東南的天竺山，有上天竺、中天竺、下天竺三座寺院，合稱“三天竺”，簡稱“三竺”。

八

吴文溥咏月云[1]："清暉半邊缺，似妾獨眠時。"顧赤方咏月云[2]："不分月宫人耐老[3]，蛾眉一月一回新。"

【箋注】

[1] 吴文溥：見卷四·三注[3]。 [2] 顧赤方：顧景星，見卷一〇·五四注[2]。 [3] 不分：不服。

九

國初説書人柳敬亭[1]、歌者王紫稼[2]，皆見名人歌咏。王以黯昧事，爲李御史杖死[3]，有燒琴煮鶴之慘。顧赤方哭之云[4]："崑山腔管三弦鼓[5]，誰唱新翻赤鳳兒[6]？説着蘇州王紫稼，勾欄紅粉淚齊垂[7]。"王送公卿出塞，必唱驪歌[8]，聽者不忍即上馬去。故又云："廣柳紛紛出盛京[9]，一聲嗚咽最傷情。行人怕聽陽關曲[10]，先拍冰輪上馬行。"悼王郎詩，只宜如此，便與題相稱。乃龔尚書竟用"墜樓""賦鵩"之典[11]，擬人不倫，悖矣！御史名森先，字琳枝，性雖伉直，詩恰清婉。《過雲間亭》云："空亭積水松陰亂，小閣張燈夜氣清。"卒以忤衆罷官。

【箋注】

[1] 柳敬亭：名逢春，本姓曹。明末清初江南泰州（今屬江蘇）人。擅長説書，傾動松江、揚州、杭州、南京一帶。曾入左良玉幕府。 [2] 王紫稼（1625—1656）：名稼，以字行，又作子嘉、子玠。明末清初江南蘇州人。伶人。曾遊京師，後歸里，縱恣不法。御史李森先巡按江南，以黯昧罪名枷死蘇州。 [3] 李御史：李森先（1616—1660），字琳枝，或作琳芝。明末清初山東掖縣（今萊州）人。明崇禎進士。入清，爲監察御史。 [4] 顧赤方：見卷一〇·五四注[2]。 [5] 崑山腔管：指明代以來南戲聲腔的一大流派，初流行於江蘇崑山一帶，名崑山腔。 [6] 赤鳳兒：樂曲名。赤鳳，漢成帝皇后趙飛燕所通宫奴名。後喻指情夫。此處即喻男女情事。 [7] 勾欄：指各種伎藝演出場所。 [8] 驪歌：告别的歌。 [9] 廣柳：廣柳車，載運棺柩的大車。柳爲棺車之飾。 [10] 陽

關曲：指送别曲。 [11] 龔尚書：龔鼎孳，見卷七・四一注 [2]。墜樓：指晋石崇歌妓緑珠跳樓自殺事。賦鵩（fú）：漢賈誼《鵩鳥賦》序："誼爲長沙王傅。三年，有鵩鳥飛入誼舍，止於坐隅。鵩似鴞，不祥鳥也。誼既以謫居長沙，長沙卑濕，誼自傷悼，以爲壽不得長，乃爲賦以自廣。"後遂用"賦鵩"指才士不壽。

一〇

龔芝麓尚書失節本朝[1]，又娶顧横波夫人[2]，物論輕之。顧黄公爲昭雪云[3]："天壽還陵寢[4]，龍輀葬大行[5]。義聲歸御史，疏稿出先生。浮議千秋白[6]，餘生七尺輕。當年溝瀆死，苦志竟誰明？""憐才到紅粉，此意不難知。禮法憎多口，君恩許畫眉。王戎終死孝[7]，江令苦先衰[8]。名教原瀟灑，迂儒莫浪訾。"文士筆墨，能爲人補過飾非，往往如是。

【箋注】

[1] 龔芝麓：見卷七・四一注 [2]。 [2] 顧横波：顧媚，見卷七・四一注 [1]。 [3] 顧黄公：顧景星，見卷一〇・五四注 [2]。 [4] 天壽：山名。明自成祖以下諸帝陵建於此。在昌平東北。 [5] 龍輀（ér）：帝王的喪車。大行：古代稱剛死而尚未定謚號的皇帝、皇后。 [6] 浮議：没有根據的議論。[7] 王戎（234—305）：字濬冲。西晋琅邪臨沂（今屬山東）人。竹林七賢之一。襲父爵。任河東太守、荆州刺史、豫州刺史。封安豐縣侯。王戎和和嶠同時喪母，和嶠極盡禮數，但不傷身體，王戎則過分悲哀，幾近於死。時人稱和嶠生孝、王戎死孝。 [8] 江令：指江總，見卷一三・二三注 [6]。

一一

余過于忠肅公墓[1]，題詩甚多，惟山陽阮中翰紫坪五排最佳[2]，警句云："漢統愁中絶，周京喜再昌[3]。股肱知已竭[4]，日月得重光。天意還思禍，星纏又告祥[5]。遯荒非太伯[6]，守節異曹臧[7]。未睹遺弓劍，先聞缺斧斨[8]。三章憑翕訿[9]，一劍答忠良。象少祁連冢[10]，歌憐石子岡[11]。誰憐十世宥[12]，難贖百夫防[13]？"

【箋注】

[1] 于忠肅：于謙，見卷二・六二注 [4]。墓在杭州西湖邊三台山麓。 [2] 阮紫坪：阮芝生（1734—？），號紫坪。清江蘇山陽（今淮安）人。乾隆二十二年進士。歷官永定河同知。有《聽潮集》。 [3] 周京：代指周代業績。 [4] 股肱：大腿與臂膀。比喻輔佐之臣。 [5] 星纏：列星環繞。 [6] 遯荒：隱居荒野。太伯：泰伯，姬姓。周太王古公亶父長子，季歷之長兄。爲讓王位，與弟仲雍避至江南，自號句吴。後建立吴國。此處指明英宗親征瓦剌時兵敗被俘，弟郕王即位，後英王復辟，史稱"奪門之變"。絶不像太伯一樣三讓其位。故在郕王監國時任兵部尚書的于謙亦被治罪處死。 [7] 曹臧：春秋時曹宣公陣亡後，公子負芻殺太子而自立。二年後，諸侯伐曹，俘虜曹成公負芻，欲立負芻庶兄曹臧，曹臧爲保守節義，離開曹國，逃到宋國。諸侯無法，放回曹成公負芻。事詳《左傳》。 [8] 斧斨（qiāng）：各種斧頭。《詩經・豳風・破斧》："既破我斧，又缺我斨。周公東征，四國是皇。"咏周公東征管叔、蔡叔事。 [9] 三章：法律規章。翕訿：謂小人相互勾結、朋比爲奸。 [10] 象：古代歌頌武功的舞蹈。祁連冢：西漢霍去病征匈奴建大功，死後葬長安茂陵園，爲冢狀如祁連山。唐薛逢詩《君不見》："碑文半缺碑堂摧，祁連冢象狐兔開。" [11] 石子岡：在今南京城南，三國孫吴時爲亂葬之地。《三國志》卷六十四："先是，童謠曰：'諸葛恪，蘆葦單衣篾鉤落，于何相求成子閣。'成子閣者，反語石子岡也。" [12] 宥：寬仁、厚待。 [13] 百夫防：一人能當百夫的傑出人才。

一二

庚午春，蘇州韓立方先生掌教鍾山[1]，以其姑名韞玉者《寸草軒詩集》見示[2]，慕廬宗伯之季女也[3]。詩只十一首，而風秀可誦。《病中》云："月落霜寒葉滿墀[4]，卧痾正及晚秋時。風簷網結長垂幌，硯匣塵封久廢詩。瘦影怕從明鏡見，淚痕空有枕函知[5]。何因乞得青囊術[6]，擬向南華叩静師[7]。"又有顧頡亭之妻黄汝蕙字仙佩者[8]，有《送春絶句》云："九十春光暗裏催，花飛紅雨變芳埃。流鶯日日枝頭唤，底事東皇駕不回[9]？""柳絮穿簾燕撲衣，林園紅瘦緑偏肥。可憐花底多情蝶，猶戀殘香繞樹飛。"

【箋注】

[1] 庚午：這裏指乾隆十五年（1751）。韓立方：韓彦曾，字瀝芳、立方。清江蘇長洲人。雍正八年進士。官至洗馬。 [2] 韓韞玉：清江蘇長洲人。尚書韓菼女，知縣顧渭熊室。有《寸草軒詩》。 [3] 韓慕廬：韓菼，見卷五・五〇注[4]。 [4] 墀：臺階上面的空地，亦指臺階。 [5] 枕函：中間可以藏物的枕頭。 [6] 青囊術：指醫術。 [7] 南華：《南華經》，即《莊子》，是戰國早期莊子及其門徒所著，到了漢代道教出現以後，便尊之爲《南華經》，且封莊子爲南華真人。静師：静主，道觀五主之一，爲修行静坐的高師。[8] 黄汝蕙：字仙佩。清江蘇元和人。監生顧日壆（bó）室。有《延緑閣遺稿》。[9] 東皇：指司春之神。

一　三

萬華亭云[1]："孔子'興於詩'三字[2]，抉詩之精蘊。無論貞淫正變，讀之而令人不能興者，非佳詩也。"華亭，進士，名應馨。

【箋注】

[1] 萬華亭：萬應馨（1742—？），字華亭。清江蘇宜興人。乾隆五十四年進士。官仁化知縣。有《雞肋編》。 [2] 興於詩：指由詩受到感化，而興起好善惡惡的純正情志。

一　四

毗陵黄仲則有《歲暮懷人》詩[1]，懷隨園云："近來詞賦諧兼則[2]，老去心情宦作家[3]。建業臨安通一水[4]，年年來往看梅花。"

【箋注】

[1] 毗（pí）陵：今江蘇常州。黄仲則：黄景仁，見卷七・二一注[2]。[2] 近來：一作興來。諧兼則：詼諧而又有法度，莊諧並重。 [3] 宦作家：把仕宦之處作爲家園。袁枚在江寧爲令，辭官後築隨園於城西，以爲久居之地。[4] 建業：南京的代稱。臨安：杭州的代稱。

一　五

“小姑嫁彭郎”[1]，東坡諧語也。然坐實説，亦趣。胡書巢《過小姑山》云[2]：“小姑眉黛映秋空，衫影靴紋碧一弓。不識彭郎緣底事，憑他抛擲浪花中。”

【箋注】

[1] 小姑：指小孤山，又名海門山、髻山，俗名小姑山，原在今江西彭澤縣北長江北岸，明成化中陷入江中，南與澎浪磯相對。彭郎：對彭浪磯的戲稱。[2] 胡書巢：胡德琳，見卷二・一六注 [2]。

一　六

義山譏漢文[1]，召賈生“問鬼神”“不問蒼生”[2]。此言是也。然鬼神之禮不明，亦是蒼生之累。嗣後武帝巫蠱禍起[3]，父子不保，其時無前席之問故耳。余故反其意題云：“不問蒼生問鬼神，玉溪生笑漢文君。請看宣室無才子[4]，巫蠱紛紛死萬人。”

【箋注】

[1] 漢文：劉恒（前 203—前 157），西漢皇帝，謚號孝文。高祖中子。輕徭薄賦，提倡農耕，經濟恢復，社會安定，景帝因之，史稱文景之治。在位二十三年。但漢文帝迷信，夜半召見有治國之才的賈誼，却不問國計民生之策，只問鬼神之事。李商隱作《賈生》詩予以諷刺：“可憐夜半虛前席，不問蒼生問鬼神。”　[2] 賈生：賈誼，見卷二・五〇注 [2]。　[3] 巫蠱禍：漢武帝征和元年（前 92），因宫中有刺客，疑爲奸鬼爲祟，從此巫蠱禍起，牽連死者有戾太子，衛皇后，公孫賀、劉屈氂二丞相，諸邑、陽石二公主和三皇孫，還牽涉到許多公卿大臣。　[4] 宣室：指漢代未央宫中之宣室殿，爲帝王所居的正室。

一　七

丁未八月[1]，余答客之便，見秦淮壁上題云：“一溪煙水露華凝，别院笙歌轉玉繩[2]。爲待夜涼新月上，曲欄深處撤銀燈。”“飛盞香含豆蔻梢，冰桃雪藕緑荷包。榜人能唱湘江浪[3]，畫槳臨風當板敲。”“早潮退後晚潮催，潮去潮來日幾回。潮去不能將妾去，潮來可肯送郎來？”三首深得《竹枝》風趣。尾署“翠雲道人”。訪之，乃織造成公之子嘯厓所作，名延福[4]。有才如此，可與雪芹公子前後輝映[5]。雪芹者，曹練亭織造之嗣君也[6]。相隔已百年矣。

【箋注】

[1]丁未：這裏指乾隆五十二年（1787）。 [2]玉繩：星名，常泛指群星。 [3]榜人：船夫。 [4]成延福：號嘯厓。江寧織造成善之子。與袁枚有交遊、唱和。 [5]雪芹：所指當即《紅樓夢》的作者曹雪芹。 [6]曹練亭：當作“曹楝亭”，即曹寅（1658—1712）。字子清，號楝亭，又號雪樵。内務府正白旗包衣。曾官通政使、江寧織造。有《楝亭詩鈔》《楝亭詞鈔》等。今一般認爲曹雪芹爲曹寅之孫。

一八

吴門張瘦銅中翰[1]，少與蔣心餘齊名[2]。蔣以排奡勝[3]，張以清峭勝[4]，家數絶不相同，而二人相得。心餘贈云：“道人有鄰道不孤，友君無異黄友蘇[5]。”其心折可想。《過比干墓》云[6]：“只因血脉同先祖，真以心肝奉獨夫[7]。”《新豐》云[8]：“運至能爲天下養，時衰拚作一杯羹[9]。”讀之，令人解頤[10]。瘦銅自言，吟時刻苦，爲鍾譚家數所累[11]，又工於詞，故詩境瑣碎，不入大家。然其新穎處，不可磨滅。《咏風箏美人》云：“只想爲雲應怕雨，不教到地便升天。”《借書》云：“事無可奈仍歸趙[12]，人恐相沿又發棠[13]。”真巧絶也。至於“酒瓶在手六國印[14]，花露上身一品衣[15]”，則失之雕刻，無遊行自在之意。

【箋注】

[1]張瘦銅：張塤（xūn）（1640—1695），字商言，號瘦桐。江蘇吴縣

人。乾隆三十四年進士。官内閣中書。有《竹葉庵集》。 [2]蔣心餘：蔣士銓，見卷一·二三注[2]。 [3]排奡（ào）：剛勁有力、豪宕。 [4]清峭：清麗挺拔。 [5]黄、蘇：指黄庭堅與蘇軾。 [6]比干：見卷一四·二注[10]。[7]獨夫：指殘暴無道、衆叛親離的統治者。此指殷紂王。 [8]新豐：鎮名，在今臨潼東北。劉邦定都關中後，其父太公思念故里，劉邦命令在秦國故地驪邑仿家鄉豐邑布局重築新城，並將太公故舊遷居于此。後將驪邑改名爲新豐。[9]一杯羹：《史記·項羽本紀》："彭越數反梁地，絶楚糧食。項王患之，爲高俎，置太公其上，告漢王曰：'今不急下，吾烹太公。'漢王曰：'吾與項羽俱北面受命懷王，曰約爲兄弟，吾翁即若翁。必欲烹而翁，則幸分我一杯羹。'" [10]解頤：開顔一笑。 [11]鍾譚：鍾惺和譚元春，見卷一·三注[4]。 [12]歸趙：謂原物歸還本人。用藺相如完璧歸趙典。 [13]發棠：《孟子·盡心下》："齊饑。陳臻曰：'國人皆以夫子將復爲發棠，殆不可復。'"棠，齊地名。孟軻爲推行仁政，曾就齊饑勸齊宣王發放棠城積谷賑濟貧民。後因謂開倉賑濟爲"發棠"。 [14]六國印：戰國時蘇秦遊説燕、韓、趙、魏、齊、楚六國，合縱盟約，共拒强秦，慶典宴會上，蘇秦佩起六國相印。[15]一品衣：唐肅宗李亨夜坐地爐，自燒二梨賜給鄴侯李泌，與諸王聯句。其中信王一聯曰："夜抱九仙骨，朝披一品衣。"

一九

近日十三省詩人佳句[1]，余多采録《詩話》中。惟甘肅一省，路遠朋稀，無從搜輯。戊申春，忽江寧典史王柏厓光晟見訪[2]，貽五律四首，一氣呵成，中無雜句。余洒然異之，問所由來。云："幼講詩于吴信辰進士[3]。"吴詩奇警。《咏蠟梅》云："陽春如開闢，盤古即梅花。牡丹僭稱王，富貴何足誇？群芳訴天帝，鵝雁紛喧嘩。乃呼羅浮仙[4]，冒雪詣殿衙。帝曰咨爾梅[5]，首出冠群葩。白袷與絳襦[6]，何以懲奇邪。梅花未及對，黄袍已身加。"《榆錢曲》云："桃花笑老榆，汝是摇錢樹。不解濟王孫[7]，飛來復飛去。"《午夢》云："竹徑凉飆入，芸窗午夢遲[8]。偶然高枕處，便是到家時。"《木蘭女》云[9]："絶塞春深草不青，女郎經久戍龍庭。軍中萬馬如撾鼓，只當當窗促織聽[10]。"或訾其存詩太多，乃答云："詩自心源出，妍媸惑愛憎。譬如不才子，擸殺竟誰能？”或訾其存詩太少，又答云：“詩似朱門宴，誰甘草具餐？三千隨趙勝[11]，選俊一毛難。”吴名鎮，甘肅臨洮人。唐高駢節度西川[12]，又調廣陵。《咏風箏》云：“依稀似曲才堪聽，又被風移别調中。”吴官山左，又調楚江。《咏懷》云：“阿婆經歲撫嬰孩，飢飽寒暄總費猜。纔識呱呱真痛癢，家人又報乳娘來。”兩意相同。余雅不喜陳元禮逼死楊妃[13]。《過馬嵬》云：“將軍手把黄金鉞，不管三軍管六宫。”吴《過馬嵬》云：“桓桓枉説陳元禮[14]，一矢何曾向禄山？”亦兩意相同。吴又有《韓城行》云：“良人遠賈妾心哀[15]，秋月春花眼倦開。忍死待郎三十載，歸鞍馱得小妻來。”《咏虞美人花》云：“怨粉愁香繞砌多，大風一起奈卿何？烏江夜雨天涯滿[16]，休向花前唱楚歌。”柏厓《送客》云：“握手纔經歲，含情復送君。不堪秋色老，重使雁行分。嶽麓山前月，崇臺嶺外雲。都添孤客恨，回首念同群。”詩甚清老，不料衙官中乃有此人[17]。

【箋注】

[1]十三省：明代全國除直屬京師的南北兩直隸外，共分十三省。後用以代指全國。清代一般説是二十三個省，其中内地十八省。 [2]戊申：這裏指乾隆五十三年（1788）。王柏厓：王光晟，字立夫，號柏厓。清皋蘭（今甘肅蘭州）人。康熙間舉人王綬之之孫。廪貢生。官江寧典史。 [3]吴信辰：吴鎮（1721—1797），字信辰，號松崖，别號松花道人。甘肅狄道（今臨洮）人。乾隆十五年舉人。歷官沅州知府。有《松花庵全集》。 [4]羅浮：羅浮山，在今廣東博羅西北。 [5]咨爾：表示讚歎或祈使。 [6]白袷：白色夾衣。绛繻：深紅色繒帛做的衣服。 [7]王孫：舊時對人的尊稱。 [8]芸窗：指書齋。[9]木蘭女：民間傳説人物。曾女扮男裝，替父從軍。故事最早見於北朝民歌《木蘭詩》。 [10]促織：蟋蟀的别名。 [11]趙勝（？—前251）：戰國時趙國平原君。他養士三千，其中毛遂歷來不受器重，毛不得不自薦，按劍而上，説服楚王與趙合縱，從此脱穎而出，被平原君待爲上賓。 [12]高駢：見卷一五·八一注[3]。 [13]陳元禮（？—760）：即“陳玄禮”。唐玄宗時宿衛宫禁，爲右龍武將軍。《舊唐書·后妃上》：“及潼關失守，從幸至馬嵬，禁軍大將陳玄禮密啟太子誅國忠父子。既而四軍不散，玄宗遣力士宣問，對曰

‘賊本尚在’，蓋指貴妃也。力士復奏，帝不獲已，與妃詔，遂縊死於佛室。”[14]桓桓：威武貌。 [15]賈：經商。 [16]烏江：指楚霸王項羽兵敗烏江，四面楚歌，死别虞姬。 [17]衙官：下屬小官。

二〇

李義山詩云：“願得化爲紅綬帶，許教雙鳳一齊銜[1]。”黄甘泉秀才《途中》詩云[2]：“惘惘行百里，多情毋乃太[3]。安得籠鵝生，全家口中帶[4]？”風趣殊佳。甘泉名世塏，徽州人。

【箋注】

[1]“願得”二語：見李商隱《飲席代官妓贈兩從事》詩。紅綬帶，唐代官服上青鳥銜綬帶的圖案。雙鳳，喻兩從事。 [2]黄甘泉：黄世塏，字甘泉，號惕齋。清安徽徽州人，居金陵。常與袁枚詩文唱和。 [3]惘惘：遑遽而無所適從。毋乃：無可奈何。太：極大。 [4]“安得”二語：借用陽羨書生典，詳見南朝梁吴均《續齊諧記》。

二一

廬江孫嘯壑工琴[1]，有《琴餘集》。《咏薔薇》云：“半紅半白裊風條[2]，雨後春光未寂寥。自笑看花人漸老，讓他一歲一回嬌。”《夜吟》云：“有燈相對好吟詩，準擬今宵睡更遲。不道興長油已没，從今打點未乾時[3]。”余愛其結句頗近禪悟，故録之。又：“得意水流壑，無心雲出山。”亦佳。

【箋注】

[1]孫嘯壑：孫取匯，號嘯壑。清安徽廬江人。有《邇言録》《琴草二集》。[2]風條：風中的枝條。 [3]打點：早作安排、考慮。

二二

杭州秋闈榜發[1]，仁、錢兩縣，往往中者五六十人，赴鹿鳴宴時[2]，傾城士女，垂簾而觀，見美少年，則嘖嘖嘆羨。戊午科，年少尤多。有周孝廉名鼎者[3]，年纔三十，而滿面于顋[4]，嘗謂余曰："人以赴鹿鳴爲樂，我以赴鹿鳴爲慘。"余問："何也？"曰："余在路上揭簾坐，則兒童婦女嚄唶曰[5]：'大鬍子，何必赴鹿鳴？'余下轎簾，則又簇簇然笑指曰[6]：'此人不敢揭簾，定坐一白髮翁矣。'豈非教我進退兩難乎？"徐朗齋有句云[7]："有酒休辭連夜飲，好花須及少年看。"真閱歷語。又句云："幽榻琴書偏愛夜，異鄉風月不宜秋。""新涼半床月，殘醉一簾花[8]。"皆可愛也。

【箋注】

[1]秋闈：指各省爲選拔舉人所進行的考試。因於秋季舉行，故稱。 [2]鹿鳴宴：鄉舉考試後，州縣長官宴請得中舉子，或放榜次日宴主考、執事人員及新舉人，歌《詩・小雅・鹿鳴》，作魁星舞，故名。 [3]周鼎：浙江仁和人。乾隆二十五年舉人。官上蔡知縣。 [4]于顋（sāi）：俗稱絡腮鬍。 [5]嚄（huò）唶（jiè）：大聲談論。 [6]簇簇然：紛紛。 [7]徐朗齋：徐鏷慶，見卷七・一〇三注[1]。 [8]殘醉：酒後殘存的醉意。

二 三

山左李呈祥少詹謫戍時[1]，有李現田者贈云[2]："洗耳自同高士潔[3]，披襟不讓大王雄。"及到遼東，押解者姓高名士潔。抵戍所，後至者爲侍郎王舜，舜初名雄。歸後偶話其事，尤展成曰[4]："二句是余戲作《浴乎沂風乎舞雩》詩也[5]。"

【箋注】

[1]李呈祥（1484—1554）：字吉津。明末清初山東沾化（今濱州）人。明崇禎十六年進士。入清爲官，順治初至少詹事。因言事流徙盛京。居八年，釋還。有《東村集》。 [2]李現田：生平未詳。 [3]洗耳：表示厭聞污濁之聲。《孟子・盡心上》："古之賢士，何獨不然。"漢趙岐注："樂道守志，若許由洗耳，可謂忘人之勢矣。" [4]尤展成：尤侗，見卷一・六二注[3]。[5]沂：水名，在魯城南，有溫泉。風：乘涼。舞雩（yú）：祭天禱雨之處。

此語爲《論語·先進》中曾點回答孔子的話。

按：尤侗《論語詩·浴乎沂風乎舞雩》："去去東山東復東，登臨賴有酒徒同。白鷗暖泛桃花水，紫燕輕摇楊柳風。洗耳自餘高士潔，披襟不讓大王雄。人生適志須行樂，懶束衣冠拜帝宫。"此所取而有贈，或爲有意附會，或爲巧合，與本詩無涉。

二　四

膠州李世錫進士[1]，字霞裳，咏甘草云[2]："歷事五朝長樂老[3]，未曾獨將漢留侯[4]。"借人咏藥，真甘草身份。又有人咏菊枕云："野人枕此增顔色，似有床頭未盡金。"亦酷是菊枕。

【箋注】

[1]李世錫（1638—1714）：字帝侯，號霞裳，晚號溪南老衲。清山東膠州人。順治十八年進士。官嘉魚知縣。有《綺存集》。 [2]甘草：多年生草本植物，根有甜味，可以入藥。性平無毒，能隨諸藥之性，解金石草木之毒，俗稱"國老"。 [3]長樂老：馮道（882—954），字可道。瀛州景城（今河北滄州）人。五代時宰相。一生仕後梁、後唐、後晋、後漢、後周五朝，相六帝，因自號"長樂老"。 [4]漢留侯：張良，見卷五·五九注[5]。

二　五

馮益都相國溥[1]，訪高念東侍郎于松雲僧舍[2]，竟日留連。高賦絶句云："户倚雙扉禪宇開，無人知是相公來。相看一笑忘塵市，風味依然兩秀才。"馮答曰："隱几僧寮户不開[3]，天親無著憶從來[4]。而今相對渾忘却，但識維摩是辯才[5]。"相傳公二十一歲，鄉舉報到，而公酣眠不醒，太夫人大驚，以水噀面，乃張目，曰："夢登泰山，雲氣擁身而行，至一殿上，碧霞元君迎之[6]，置錦幔，張樂飲酒，未終，見海日如車輪，大驚而醒。"醒時猶帶酒氣。

【箋注】

[1]馮益都：馮溥，見卷一三・四九注[1]。 [2]高念東：高珩（1611—1696），字葱佩，別字念東，晚號紫霞道人。明末清初山東淄川（今淄博）人。崇禎十六年進士。入清授檢討，官至刑部侍郎。有《棲雲閣集》。 [3]僧寮：僧舍。 [4]天親無著：二兄弟名。無著，古印度大乘佛教瑜伽宗開創者，爲兄；天親，即世親，古印度佛教哲學家，爲弟。 [5]維摩：見卷四・三三注[2]。辯才：佛教術語，謂善於宣講佛法之才。 [6]碧霞元君：道教女神名。女子成仙者美稱爲元君。

二 六

李杜字雲帆[1]，山陰人，貧不能自存，流轉燕、趙、吴、楚間，依僧而居。年三十餘，卒于京師。性耽吟咏，嘗有"黄河水闊秋飛雁，銀漢風疏夜墮星"之句。友人某書之扇頭，過查樓[2]，有江南顧姓者，見而愛之，詢姓名，往訪，知其寒困，爲贈金置裘而去，殊難得也。雲帆又有《題伍大夫廟》詩云[3]："入吴雖是成兄志，破楚終非望子心。"《客懷》云："一江凉月呼同載，到處名山恨獨看。"皆有逸氣。

【箋注】

[1]李杜：如上，餘未詳。 [2]查樓：坐落於北京前門肉市。原爲明巨室查氏所建戲樓。 [3]伍大夫：伍子胥，見卷七・二一注[12]。

按：這又是一介布衣，似乎什麼都没有留下來，只在這裏留下六句詩，不見整篇作品存世。

二 七

元遺山惜義山詩無人箋注[1]，漁洋先生亦有"一篇錦瑟解人難"之句[2]。近時，馮養吾太史注《玉溪集》[3]，斷定以爲此悼亡之詩。"思華年"，原擬偕老也；"莊生曉夢"，用鼓盆事[4]；"藍田日暖"，用吴宫事[5]。皆指夫婦而言。曰"無端"、曰"不憶"者，云從何得此佳婦。曰“惘然”者，早知好物不堅牢。《湘素雜記》以“錦瑟”爲令狐家青衣者[6]，非也。又注《漫成》五章，專爲李衛公雪冤而作[7]。“代北”二句，爲石雄發[8]；“韓公”“郭令”[9]，推尊德裕也[10]。以史證之，殊爲確切。

【箋注】

[1]元遺山：元好問，見卷二・三八注[4]。其《論詩絶句》云：“詩家總愛西崑好，只是無人作鄭箋。” [2]漁洋：王士禛，見卷一・五四注[1]。[3]馮養吾：馮浩（1719—1801），字養吾，號孟亭。浙江桐鄉人。乾隆十三年進士。由編修官御史。丁憂後不復出，家居四十年。注李商隱詩文有成績。有《孟亭居士詩文稿》。 [4]鼓盆：敲瓦罐子。《莊子・至樂》：“莊子妻死，惠子吊之，莊子則方箕踞鼓盆而歌。” [5]吴宫事：馮浩注以：“吴王夫差小女曰玉，悦童子韓重，許爲之妻。王怒不與，玉結氣而死。後，玉梳妝忽見……夫人聞之，出而抱之，玉如煙然。” [6]令狐家：指唐令狐楚家。[7]李衛公：李靖（571—649），字藥師。唐雍州三原（今屬陝西）人。官刑部尚書、兵部尚書、西海道行軍大總管。封衛國公。後人録《李衛公兵法》。[8]石雄：唐徐州（今屬江蘇）人。擊回鶻有功，官至檢校兵部尚書。李靖、石雄曾遭排斥，清人馮班認爲李商隱《漫成五章》是借爲二人鳴冤而自叙一生淪落之感。 [9]韓公：指張仁愿，唐朔方總管，封韓國公。郭令：指郭子儀，見卷一一・四注[3]。 [10]德裕：李德裕，見卷一・一九注[2]。馮班認爲李商隱借咏韓公、郭令二語稱揚李德裕爲相時並非窮兵黷武。

二八

壽光安致遠詩曰[1]：“試罷三雅與五經[2]，密雲小酌付樵青[3]。”“雅”字讀平聲，人以爲疑。按劉表“三雅”之説[4]，出於《典論》。一作“盉”，《方言》曰：“盉、杯也。秦晋三郊謂之盉。”《周禮》“大胥”“小胥”，即《詩》之《大雅》《小雅》也。《詩》曰：“邊豆有且，侯氏宴胥[5]。”《太玄》曰：“不宴不雅。”“宴胥”猶“宴雅”也。

【箋注】

[1] 安致遠（1628—1701）：字静子，别號拙石老人。清山東壽光人。順治十一年拔貢。有《紀城文稿》《紀城詩稿》《玉磑集》。 [2] 三雅：《太平御覽》卷八四五引《典論》："劉表有酒爵三，大曰伯雅，次曰仲雅，小曰季雅。伯雅容七升，仲雅六升，季雅五升。"後以"三雅"泛指酒器。五經：這裏指酒器，見補遺卷六・六注 [5]。 [3] 密雲："哭而無淚"的歇後隱語。意思是故作悲凄之態，實則並不悲傷。語本《易・小畜》："密雲不雨。"樵青：唐顔真卿《浪跡先生玄真子張志和碑》："肅宗嘗錫奴婢各一，玄真配爲夫妻，名夫曰漁僮，妻曰樵青。"後因以指女婢。 [4] 劉表（142—208）：字景升。東漢末山陽高平（今山東微山一帶）人。任荆州刺史、鎮南將軍、荆州牧，封成武侯。 [5]"邊豆"二語：《詩經・大雅・韓奕》中句。"邊"通"籩"。籩豆：竹木食器。且：衆多的樣子。侯氏：指韓侯。宴胥：安樂。

二　九

孫子未先生襄幼孤貧[1]，鬻某家爲青衣[2]。聰穎非凡，伴主人之子讀書，代其作文。塾師大奇之，告知主人，養爲己子。遂中康熙乙丑進士，官至通政司參議。以時文名重天下，詩亦清超。有《鶴侶齋集》。《次漁洋謝公村》云："荒凉九龍口，寂寞謝公村。溪水空浮岸，風帆不到門。"馬墨麟維翰與盧抱孫見曾未第時[3]，出公門。公贈云："盧仝馬異總能詩[4]，韓孟雲龍意可師[5]。交比芝蘭投臭味[6]，韻將絲竹迭參差。古人不作原無恨，此日齊名更勿疑。老去自憐才力盡，恰欣二妙正同時[7]。"

【箋注】

[1] 孫子未：孫勷（1657—1740），字子未，號莪山，又號誠齋。清山東德州人。康熙二十四年進士。官大理寺少卿，終通政司參議。有《鶴侶齋文稿》《鶴侶齋詩稿》。 [2] 青衣：此指穿青衣的侍童。 [3] 馬墨麟：馬維翰，見卷三・六三注 [3]。盧抱孫：盧見曾，見卷二・九注 [1]。 [4] 盧仝：見卷三・一七注 [2]。馬異：唐河南（今河南洛陽）人。一説睦州（今浙江建德一帶）人。德宗興元元年進士。與盧仝友善，常以詩贈答。 [5] 韓孟：指唐韓愈、

孟郊，文學主張相近，詩風亦相似，均好用硬語，追求奇險。雲龍：喻朋友相得。[6]芝蘭：香草名，喻才質之美。　[7]二妙：稱同時以才藝著名的二人。《晋書·衛瓘傳》："瓘學問深博，明習文藝，與尚書郎敦煌索靖俱善草書，時人號爲'一臺二妙'。"

三〇

余幼時聞吾鄉督學何公世瑾之賢[1]，和若春風，廉如秋月。世宗時，總督直隸，贈尚書，謚端簡。漁洋先生之高弟子也[2]。有《暢春苑詩》云[3]："出郭逢新霽，垂鞭信馬蹄。松林微見日，沙路净無泥。鳥語含風軟，楊花撲水低。不妨隨意歇，流水小橋西。"《咏史》云："丞相安知獄吏尊[4]，將軍争似外家親[5]。七諸侯破亞夫死[6]，社稷臣非少主臣。"

【箋注】

[1]何世瑾（1666—1729）：字澹庵，一字坦園，號鐵山。清山東新城人。康熙四十八年進士。雍正間官至直隸總督。卒謚端簡。　[2]漁洋：王士禛，見卷一·五四注[1]。　[3]暢春苑：康熙中建皇家林園。在今北京海澱。[4]"丞相"句：當年周勃出獄後曾説："吾嘗將百萬軍，然安知獄吏之貴乎！"周亞夫因其子買兵器作葬器而入獄後，獄吏喝斥道："君侯縱不反地上，即欲反地下耳。"　[5]"將軍"句：指竇太后要景帝封皇后之兄王信爲侯，亞夫勸阻，結下禍胎。　[6]亞夫：周亞夫（？—前143），西漢沛（今江蘇沛縣一帶）人。周勃子。文帝時，以河内太守爲將軍，駐軍細柳，軍紀嚴明，拜爲中尉。景帝時，吴楚反，以太尉平七國之亂。拜丞相。後因諫廢戾太子和王信封侯等事觸犯景帝，梁孝王又言其短，致遭猜忌。後其子爲人告發盗買官器，受牽連入獄，不食，嘔血死。

三一

余幼時府試，見杭州太守李慎修[1]，長不滿三尺，而判事明決，膽大於身，吏民畏之。與盧雅雨同年[2]，一時有"兩短人"之號。李喜步韻[3]，盧道："非古也。"規以詩云："每以歌行矜短李[4]，笑將月旦詡前盧[5]。”李初不以爲然，後和“盧”字，屢押不妥，乃喟然服曰：“君言是也。”引見時，嘗勸上勿以吟咏勞聖躬，上嘉納之。出外，不言。後恭讀《御製初集》[6]，始知有此奏，其慎密如此。

【箋注】

[1] 李慎修（1685—1754）：字思永。清山東章丘人。康熙五十一年進士。官至江西道監察御史。 [2] 盧雅雨：盧見曾，見卷二・九注[1]。 [3] 步韻：用他人詩之韻脚的原字及其先後次第來寫詩唱和。 [4] 短李：原指唐代詩人李紳。《新唐書・李紳傳》：“李紳，字公垂。……爲人短小精悍，于詩最有名，時號短李。”此兼指李慎修。 [5] 前盧：指盧仝，見卷三・一七注[2]。 [6]《御製初集》：指《御製詩初集》，清高宗弘曆撰，蔣溥等編，清乾隆十四年武英殿刻本。

三二

徐公士林[1]，巡撫蘇州，凡讞決[2]，先摘定案大略，牌示於外，而後發繕文册，所以杜書吏之影射也[3]。世宗諭曰[4]：“爾風格凝重，當爲名臣。”程中丞元章薦三人[5]，一公、一盧雅雨、一陳文恭公也[6]，後皆稱職。盧贈云：“賢名久訝龍圖近[7]，異相應從麟閣看[8]。”

【箋注】

[1] 徐士林：見卷三・三八注[1]。 [2] 讞（yàn）決：判決。 [3] 杜：斷絶、禁止。影射：這裏指蒙混、假冒。 [4] 世宗：愛新覺羅胤禛（1678—1735），清朝入關後的第三位皇帝，年號雍正，廟號世宗，在位十三年（1723—1735）。 [5] 程元章：見卷一四・二九注[2]。 [6] 陳文恭：陳宏謀，見卷八・七八注[1]。 [7] 龍圖：龍圖閣，北宋閣名，這裏代指清代内閣，泛稱高層權力機構。[8] 麟閣：麒麟閣，漢代閣名，供奉功臣，這裏代指卓越功勳和最高榮譽。

三三

李遠敬太史以剛直將被劾[1]，惠半農先生救之[2]，得免。或謂曰：“何不勸以和柔？”曰：“渠尚不肯爲朱考亭折腰，何能降心當道耶[3]？”

其《咏懷》云："臨風一杯酒，對水一曲琴。嵇生禽鹿性[4]，莊叟濠魚心[5]。"自成冲淡一家。注書與朱子不合。

【箋注】

[1]李遠敬：生平未詳。太史：清代指翰林院屬官。 [2]惠半農：惠士奇，見卷四・四六注[8]。 [3]朱考亭：朱熹，見卷二・四四注[3]。 [4]嵇生：嵇康，見卷八・七五注[2]。嵇康《與山巨源絶交書》："此由禽鹿少見馴育，則服從教制，長而見羈，則狂顧頓纓、赴蹈湯火，雖飾以金鑣、饗以嘉肴，逾思長林，而志在豐草也。" [5]莊叟：用《莊子・秋水》"莊子與惠子游于濠梁"典。

三 四

王清範太守觀察浙江[1]，月課諸生，余以童子受知。後落職再起，來守江寧，到園文宴，自誦其《海塘》詩云："滄桑直似争三島[2]，捍禦時防潰六州[3]。"公名斂福，與盧抱孫辛丑同年[4]，時相過從。盧贈云："席當散後猶呼坐，馬到門前總不行。"

【箋注】

[1]王清範：王斂福（1689—1753），字清範，號鳳山、凝箕。山東諸城人。康熙六十年進士。官至海寧兵備道等。有《鳳山詩集》。 [2]三島：指傳説中的蓬萊、方丈、瀛洲三座海上仙山，亦泛指仙境。 [3]六州：典出《逸周書・程典》："維三月既生魄，文王合六州之侯，奉勤于商。" [4]盧抱孫：盧見曾，見卷二・九注[1]。辛丑：這裏指康熙六十年（1721）。

三 五

余在李晴洲家[1]，見高南阜山人小像[2]，鬚眉奇偉，頗似先大夫。晴洲爲言：山人宰歙縣時，人誣以贓。盧抱孫轉運兩淮，營救甚力，有指爲黨者，並盧謫戍。故山人詩云："幾曾連茹茅同拔[3]，却爲鋤蘭蕙並傷。"盧和云："不妨李固終成黨[4]，到底曾參未殺人[5]。"山人詩才敏捷，制府尹文端公試以"雁"字[6]，操筆立就，警句云："無意回波風錯落，有時潑墨雨模糊。”又曰：“落霞點出簪花格[7]，驟雨催成急就章[8]。”尹公喜，將欲薦拔之，而公調雲貴矣。在獄中詩云：“敢道案無三字定[9]，終期心有一人知。”

山人《泰州題壁》曰：“鳶墮無端逢腐鼠[10]，角觸那信有神羊[11]。”按：“觸”字韻本無平聲，惟毛西河引《西京賦》[12]：“百獸淩遽，騤瞿奔觸。喪精忘魄，失歸妄趨。”作平聲押。其博覽如此。《遊孤山》云：“寒香飛盡不成花，何處清風問水涯？石罅竹根殘雪裏，還留數點認林家[13]。”山人落魄揚州，適盧守永平[14]，貧不自聊，乃以書告急，盧尚未答，而山人化去矣。盧哭云：“巫咸不爲劉蕡下[15]，邑宰誰迎杜甫來[16]？”

【箋注】

[1]李晴洲：李朗，見卷一〇・一注[4]。 [2]高南阜：高鳳翰，見卷二・一〇注[3]。 [3]連茹：語本《易・泰》：“拔茅茹，以其彙，徵吉。”王弼注：“茅之爲物，拔其根而相牽引者也。茹，相牽引之貌也。”後因以“連茹”表示擢用一人而連帶起用其他人。 [4]李固（94—147）：字子堅。東漢漢中南鄭（今陝西城固）人。官至太尉，參録尚書事。因反對梁冀立桓帝，被梁冀所誣，下獄死。 [5]曾參（前505—前435）：曾子，名參，字子輿。春秋末魯國南武城（今山東嘉祥）人。孔子弟子。以孝行見稱。主張慎終追遠，民德歸厚。相傳著《大學》。當時有一同名者殺人。人或告曾子母曰“曾參殺人”。母信非己子，織自若。有頃再告，母猶自若。再頃復告，曾子母懼，以爲果己子，投杼逾牆而走。事見《史記・仲尼弟子列傳》。 [6]尹文端：尹繼善，見卷一・一〇注[3]。 [7]簪花格：一種由東晋書法家衛夫人發明的字體，這裏指書法娟秀工整。 [8]急就章：這裏指匆促完成的文章。 [9]三字：宋秦檜以“莫須有”誣陷岳飛。後以“三字獄”爲冤獄的代稱。 [10]腐鼠：喻指對自己無價值的賤物。 [11]神羊：獬豸的别稱。傳説是一種能以其獨角辨别邪佞的神獸。 [12]毛西河：毛奇齡，見卷二・三六注[3]。 [13]林家：用宋林逋典，見卷一・五四注[9]。 [14]永平：古地名，在今河北盧龍一帶。[15]巫咸：傳説中遠古神人，能用祝咒法延人之福，癒人之病。劉蕡：見卷五・七四注[3]。劉蕡後來終被宦官誣以罪，貶柳州司户參軍，卒。李商隱《哭劉蕡》：“上帝深宫閉九閽，巫咸不下問銜冤。”反用宋玉《招魂》中的故事，

説上帝高居深宫，重門緊閉，巫咸也不下到人間爲含冤負屈的人伸冤。此處喻高南阜之死。 [16]“邑宰”句：杜甫在安史之亂中帶着全家逃難到彭衙（今陝西白水一帶）時，曾得到孫宰的熱情接待。

三 六

牛進士運震[1]，字階平，號真谷，學問淵雅，年五十有三，無疾而終。未死前一月，屢夢遊金碧樓臺，光華照耀。一日謂家人曰：“昨夜我又遊前庭，殆將復位[2]。臨去時，汝輩慎毋驚我。”次日，無疾而終。余得公文集，未得其詩，但見《題畫》一絶云：“潑墨似雲林[3]，秋意森滿幅。石氣翻空青，古樹寒如束。樵徑寂無人，西風下叢竹。”

【箋注】

[1]牛運震（1706—1758）：字階平，號空山，又號真谷。清山東滋陽（今兖州）人。雍正十一年進士。乾隆間任甘肅秦安、平番知縣。有《空山堂易解》《春秋傳》《金石圖》《空山堂文集》等。 [2]復位：恢復職位。 [3]雲林：指倪瓚（1301—1374），字元鎮，號雲林。元江蘇無錫人。元代畫壇四家之一。

三 七

孫子未先生嘗于其師秀水徐華隱坐中[1]，見一貧客，乃徐年家子也[2]。先生仰體師意，留養家中，待之甚厚。忽謂孫公曰：“受恩未報，明年當生公家。”未幾卒，公果生女。六歲時，戲抱之謂家人曰：“此華隱師客也，説來報恩。乃是女兒，恐報恩之説虚矣。”女勃然曰：“爺憎我女耶？當再生爲男。”逾十日，以痘殤。明年，公果舉子，頂有痘瘢。名于盡，字莊天，雍正乙卯舉人。有《織錦詞》一首，載《山左詩鈔》，詩不佳，故不録。

【箋注】

[1]孫子未：孫勷，見本卷二九注[1]。徐華隱：徐嘉炎（1631—1703），字勝力，號華隱。清浙江秀水人。康熙十八年試鴻博。官至内閣學士兼禮部侍

郎。有《抱經齋集》。 [2]年家子：科舉時代稱同年登科者兩家的晚輩。

三 八

功臣子孫封蔭多襲武職，其中頗多文學之士，用違其才。然唐以前，文武原無分途，具韜略者，未嘗不雅歌投壺也[1]。吾所交好者，如威信公岳公之三子瀞、昭武將軍楊公之玄孫大壯[2]，皆官參戎，賓賓好學。現任贛州總鎮王午堂先生[3]，世襲冠軍侯，尤好吟詩。《登雞母澳演炮》云："小隊來秋閲，窮崖出石陘。沙喧山雨白，龍過海天青。遠舶千帆掛，蒼溟一氣停。自慚非鎖鑰，烽静仰皇靈。"又《黄岡即事》云："賈航風是路，蛋户水爲家[4]。"俱有唐音。公諱集，正紅旗人。楊《巡海》云："欲回刁悍俗，將吏先和衷。多謝良守令，君子之德風。"其胸次可想。

【箋注】

[1]雅歌投壺：《後漢書·祭遵傳》："遵爲將軍，取士皆用儒術，對酒設樂，必雅歌投壺。" [2]岳公：岳鍾琪，見卷二·四九注[3]。岳瀞：見卷二·四九注[3]。楊公：楊捷，見卷一二·二六注[2]。楊大壯：字貞吉，一字竹廬。清江蘇甘泉（今揚州）人。以世襲起家，官至安徽參將。 [3]王午堂：王集，見卷八·九六注[1]。 [4]蛋户：南方沿海從事漁業的水上居民。蛋，同"蜑"。

三 九

吾鄉高翰起司馬[1]，髫年入學，會稽王瞻山廣文命賦《琢玉亭聽雨詩》[2]，有"未見草逾碧，先看花減紅"之句。王大奇之，許以少女。未婚而卒，方知詩已成讖也。高同余舉戊午鄉試，而入學則後余一年。和余《重赴泮宫詩》云："難老依然在泮身[3]，飛騰逸樂兩奇人。璵沙方伯與子才同入學。我嗟遲暮呼庚癸[4]，歲到明年又戊申。蒲柳滋生空度日[5]，鷺鳩決起不離塵[6]。只餘往事堪追想，琢玉亭邊雨後春。"

【箋注】

[1]高翰起：高瀛洲，見卷五・二一注[1]。 [2]王瞻山：生平未詳。[3]難老：猶長壽。在泮：在學宫，爲生員。 [4]庚癸：原爲古代軍中隱語，謂告貸糧食。後稱向人告貸爲"庚癸之呼"。 [5]蒲柳：即水楊，一種入秋就凋零的樹木。因以比喻未老先衰，或體質衰弱。 [6]鷽（xué）鳩：即斑鳩，多用以比喻小人。此用《莊子・逍遥遊》中典以自嘲。

四〇

余向讀孫淵如詩[1]，歎爲奇才。後見近作，鋒鋩小頹。詢其故，緣逃入考據之學故也。孫知余意，乃見贈云："等身書卷著初成，絶地通天寫性靈。我覺千秋難第一，避公才筆去研經。"

【箋注】

[1]孫淵如：孫星衍，見卷五・六〇注[2]。

四一

投贈佳句，余摘録甚多，今又得常州鈕牧村云[1]："一語慣申寒士氣，五雲常護老人星[2]。"年家子管粤秀云[3]："刻鵠每爲童稚喜，登龍還仗祖宗緣[4]。"孫鍵云[5]："比紅得句尋花笑，飛白揮毫對雪書[6]。"郭麐云[7]："生尚見公休恨晚，天留此老亦多情。"

【箋注】

[1]鈕牧村：鈕思孝，字牧村。清江蘇武進人。有選評《漢魏詩鈔》。[2]五雲：五色瑞雲，多作吉祥的徵兆。 [3]管粤秀：字南英，號甌山。清江蘇甘泉人。乾隆五十七年舉人。選奉賢縣訓導。有《易認舉要》《春秋釋例辨》《甌山詩集》。 [4]刻鵠：喻仿效前賢。登龍：比喻得到有名望者的接待和援引而提高身價。 [5]孫鍵：生平未詳。 [6]比紅：唐羅虬有《比紅兒詩》。後以此稱尊題格詩，即用"强此弱彼"的寫法。飛白：一種特殊的書法，筆劃中絲絲露白，像枯筆所寫。 [7]郭麐（lín）：見卷一二・八三注[2]。

按：這些“投贈”與“見贈”的詩篇與詩句，都是寫給袁枚本人的，録於詩話中，未免有自我誇耀之嫌，但這也是銘謝的一種方式，應予以諒解，同時證明袁枚爲人爲詩在當時社會上的影響之巨。郭麐此詩標題爲“呈隨園先生袁枚”，原句爲“生尚識公猶恨晚，天留此老亦情多”。

四 二

杭州錢進士圯[1]，號北庭。過隨園，余晨卧未起，乃題壁而去。亡何，患奇疾，一日夜飲三石水[2]，猶道渴甚，遂卒。其詩云：“三徑亭臺水一隈[3]，蕭蕭落葉點莓苔。小舟隔岸穿花出，怪樹當門揖客來。看竹何妨人竟入，題詩好是雨先催。袁安穩卧雲深處[4]，怕引西風户未開。”北庭乃璵沙方伯之族弟[5]，在隨園賞梅，一見陳梅岑[6]，即妻以女。梅岑大父省齋，向作江寧司馬，余舊長官也。梅岑年十五，即携至山中，命受業門下，曰：“此兒聰明跳蕩，非隨園不能爲之師。”果一見相得。爲取名曰熙，其梅岑則渠所自號也。性愛吟詩，不愛時文。余每見其詩必喜，見其文必嗔。嘗規之曰：“此事無關學問，而有係科名，奈何勿習耶？”卒以此屢困場屋[7]。後受知于李香林河督[8]，得官河廳司馬，亦以詩也。

【箋注】

[1] 錢圯（1729—？）：一作錢玘，號北庭。清浙江錢塘人。乾隆二十二年進士。 [2] 三石：三十斗。 [3] 三徑：指歸隱者的家園。 [4] 袁安：見卷一一・二〇注 [3]。此代指袁枚。 [5] 璵沙：錢琦，見卷三・二九注 [6]。[6] 陳梅岑：陳熙，見卷一・五注 [2]。 [7] 場屋：科舉考試。 [8] 李香林：李奉翰，見卷二・三五注 [1]。

四 三

吴涵齋太史女惠姬[1]，善琴工詩，嫁錢公子東[2]，字袖海。伉儷篤甚。

錢善丹青，爲畫探梅小照。亡何，錢入都應試，而惠姬亡，像亦遺失。錢歸家，想像爲之，終於不肖。忽得之於破簏中，喜不自勝，遂加潢治，遍求題咏。且載其《鴛鴦吟社箋詩稿》。《贈夫子》云："白雲紅葉青山裏，雙隱人間讀道書[3]。"後入夢云："已托生吴門趙氏。郎可以玉魚爲聘。"錢因自號玉魚生，賦詩云："可憐女士已成塵，翻使蕭郎近得名[4]。聽説只今吴下路，歌場人説玉魚生。"

【箋注】

[1]吴涵齋：吴以鎮，字瑾舍，號涵齋。清安徽歙縣人。乾隆十七年進士。授編修。吴惠姬：吴申，字蕙姬。歙縣人。有《雙梧閣小草》。 [2]錢東（1752—1817）：字東皋，一字杲桑，號袖海、玉魚生。清浙江仁和人。僑寓揚州。[3]道書：道家或佛家的典籍。 [4]蕭郎：本爲對姓蕭男子的敬稱，後轉指女子愛戀的男子。

四 四

龔端毅公《定山堂集》[1]，有《觀袁鳧公水部演西樓傳奇》一首[2]。所云"虞叔夜"者，即鳧公之託名，蓋康熙初年事也。王子堅先生曾親見鳧公[3]，短身赤鼻，長於詞曲。莫素輝亦中人之姿[4]，面微麻，貌不美，而性耽筆墨。故兩人交好。爲趙某所忌，故假趙伯將以刺之[5]。龔詩云："詞客幸隨明月在，新聲應逐彩雲飛。"

【箋注】

[1]龔端毅：龔鼎孳，見卷七·四一注[2]。 [2]袁鳧公：袁于令（1592—1672），原名晋，字令昭，號籜庵、幔亭歌者、鳧公。明末清初江南吴縣人。諸生。官湖北荆州知府。有《西樓記》《金鎖記》《長生樂》等傳奇。 [3]王子堅：當指王鉽，字子俊。清浙江仁和人。例貢。康熙四十五年任瀘溪知縣。[4]莫素輝：此指戲曲《西樓記》中人物穆素徽。 [5]趙伯將：戲曲《西樓記》中人物。

四 五

常州鈕牧村[1]，天才縱逸，倜儻不羈。壬申歲，在蘇州福仁山邑宰幕中，與余元旦登妓樓，遍召諸姬，評花張飲。今三十六年矣，歷幕楚、粵、中州，爲督撫上客，忽來見訪。見贈云："才子神仙且莫論，襟期當代有誰倫[2]？驚人眉宇光先照，傳世文章筆有神。天下已無書可讀，意中惟有物同春。香山蘊藉東坡達[3]，知是前身是後身？""昔年吴下許從遊，元日尋春上酒樓。桃葉嬌持名士筆，梅花親插美人頭。板橋歌舞輕雲散莊令農席上[4]，鈴閣壺觴逝水流謂望山相公署中。忽漫相逢懷舊侶，空餘江上幾沙鷗。"牧村名孝思，受業于李芋圃檢討[5]。李故余本房弟子[6]，牧村亦自稱弟子。或訾之，牧村曰："曾晳、曾參同事孔子[7]，未聞有太老師之稱。"人莫能難。余亦鄂文端公之小門生也[8]，公命稱師，曰："太老師尊而不親，不必從俗。"

【箋注】

[1] 鈕牧村：見本卷四一注[1]。 [2] 襟期：襟懷、志趣。 [3] 蘊藉：寬和有涵容。這裏指袁枚蘊藉如白居易。達：放達。這裏指袁枚放達如蘇東坡。[4] 莊令農：當作"莊念農"，見卷三・五二注[3]。 [5] 李芋圃：李英，見卷一三・一一注[1]。 [6] 本房：鄉、會試考官分房批閲考卷，稱考官所在的那一房爲本房。 [7] 曾晳、曾參：父子二人，見卷五・三六注[5]及本卷三五注[5]。 [8] 鄂文端：鄂爾泰，見卷一・一注[7]。

四 六

余嘗謂：美人之光，可以養目；詩人之詩，可以養心。自格律嚴而境界狹矣[1]，議論多而性情漓矣[2]。

【箋注】

[1] 狹：狹隘窄小。 [2] 漓：背離、喪失。

四 七

吾鄉王文莊公際華[1]，與余有總角之好[2]。余遊粵西，借其手抄《韓昌黎集》，久假不歸，詩學因之大進。同舉戊午科，與羅在郊三人爲車笠之會[3]。後三十年，余乞養隨園，而公官司農，典試江南，班荆道故[4]。今公委化已久[5]，次子朝揚選江寧司馬[6]，來修通家之禮[7]，與談竟日，清遠絶塵，真《孟子》所謂“無獻子之家者也”[8]。見贈云：“夢想名園二十年，今朝花裏識神仙。款門行處真如畫[9]，入勝渾疑别有天。檻外煙雲饒供奉，榻前圖史任丹鉛[10]。久知福慧雙修到，贏得聲名海内傳。”“先生風味愛林泉，循吏詞林總偶然[11]。杖履晚遊天下半，文章早列古人前。三層樓閣居宏景[12]，一卷嫏嬛記茂先[13]。公著《子不語》。我勸上清姑少待，緩迎公返四禪天[14]。今年二月八日，公夢有僧道二人，來請公復位。”

【箋注】

[1]王文莊：王際華，見卷一五·七三注[2]。 [2]總角：借指童年。 [3]羅在郊：生平未詳。車笠：乘車者與戴笠者，喻地位高下不同的人之間的友誼。 [4]班荆道故：形容好友相逢，用荆鋪在地上坐談别後情景。班，鋪開。《左傳·襄公二十六年》：“伍舉奔鄭，將遂奔晋。聲子將如晋，遇之于鄭郊，班荆相與食，而言復故。” [5]委化：謂隨任自然的變化。爲“死”的婉辭。 [6]王朝揚：清浙江錢塘人。監生。曾任江寧管糧同知。 [7]通家：猶世交。 [8]“無獻子”句：意謂孟獻子是有百輛車的大夫，同五位朋友相交，心目中並不存有自己是大夫的身份意識。 [9]款門：敲門。 [10]丹鉛：指點勘書籍用的朱砂和鉛粉，亦借指校訂之事。 [11]循吏：守法循理的官吏。 [12]宏景：陶弘景，見卷一·四六注[22]。此處以陶比袁。 [13]嫏嬛：神話中天帝藏書處，張華曾夢遊之。茂先：張華，字茂先。西晋范陽方城人。官至司空，封壯武郡公。有《博物志》。此以張茂先著《博物志》記怪異之事比袁枚著《子不語》。 [14]四禪天：即佛教觀念中的色究竟天，爲三界中的色界之極處。此處爲亡故的美稱。

四　八

余讀《錢注杜詩》[1]，而知錢之爲小人也。少陵“鄜州月”一首[2]，所云“兒女”者，自己之兒女也。錢以爲指肅宗與張后而言，則不特心術不端，而且與下文“雙照淚痕乾”之句，亦不連貫。善乎黄山谷之言曰[3]：“少陵之詩，所以獨絶千古者，爲其即景言情，存心忠厚故也。若寸寸節節，皆以爲有所刺，則少陵之詩掃地矣！”

【箋注】

[1]《錢注杜詩》：錢謙益注杜甫詩。錢謙益，見卷一・三注[6]。　[2]鄜州月：見杜甫《月夜》詩。天寶十五年六月，安史叛軍破潼關，玄宗奔蜀，杜甫只得携眷北行，至鄜州暫住。七月，肅宗李亨即位靈武，杜甫隻身前去投奔，途中被叛軍擄至長安。這首詩就是身陷賊營的杜甫八月在長安想念家人而作。[3]黄山谷：黄庭堅，見卷一・一三注[6]。

四　九

余幼時賦《古别離》云[1]：“無情生山川，無情造舟車。今日君與妾，遂至淚盈裾。”後五十年，見陳楚南有句云[2]：“天不欲人别，星辰分方隅[3]。地不欲人别，山河界道塗。吁嗟古聖賢，乃造舟與車！”

【箋注】

[1]《古别離》：樂府篇名。内容多寫離情别意。後人據古詩意擬作。[2]陳楚南：陳浦，見卷三・一七注[5]。　[3]方隅：四方和四隅，方位。

五　〇

余每作詩，將草稿交阿通謄正[1]。通不識草書，往往誤寫。劉悔庵句云[2]：“詩稿兒童猜草字，書聲病婦笑華顛[3]。”歎其真實情實事。

【箋注】

[1]阿通：袁通，見卷八・四三注[5]。　[2]劉悔庵：劉曾，見卷二・二八

注[1]。[3]華顛：白頭。

五一

沭陽吕觀察名昌際[1]，字嶧亭。出身非科目，而詩似香山，字寫東坡，好談史鑒，真豪傑之士也。乾隆癸亥，余宰沭陽，觀察尊人又祥爲功曹[2]，有異才，相得甚歡，官至常德太守。其時觀察纔四歲，今作冀寧道，養母家居，書來見招，余欣然命駕，則鬚已斑白，相對憮然。主於其家，園亭軒敞，膳飲甘鮮，致足感也。因賦詩云："黄河水照白頭顱，重到潼陽認故吾[3]。竹馬兒童三世换，琴堂書吏一人無[4]。笑非丁令身爲鶴[5]，喜是王喬舄化凫[6]。四十六年如頃刻，滄桑何處問麻姑[7]？""此邦賴有吕公賢[8]，肯讀淮南招隱篇[9]。舊雨不忘雲外客[10]，官聲久付晋陽煙[11]。蕭齋論史燈花落[12]，子舍承歡彩服鮮。我奉慈雲三十載[13]，喜君追步到林泉[14]。"一時和者如雲。錢接三文學云[15]："百姓謳歌隨路有，使君城府一分無[16]。"吴南畇中翰云[17]："胸中武庫誰能測[18]，天下名山歷盡無？"余因近體易招人和，故草草賦此二章，而别作五古四首，存集中。嶧亭聞余到，以詩迎云："使回捧讀五雲箋，如獲珍珠滿百船。引領南天非一日[19]，者番望月月纔圓[20]。""膏澤流傳五十年，甘棠蔽芾已參天[21]。忽聞召伯重來信[22]，父老兒童喜欲顛。"又和余《留别》云："半月追陪興正豪，平生飢渴一時消。相逢不敵相思久，忍聽驪歌過野橋？""河橋送别滿城悲，駐馬臨風怨落暉。人影却輸原上草，江南江北傍征衣。"

【箋注】

[1]吕昌際（1735—1807）：字嶧亭，號萊園。清江蘇沭陽人。官中憲大夫、山西按察使，分守冀寧道。著有《易守》。[2]吕又祥：字鳳圖。清沭陽人。受袁枚舉薦，曾任曹州府同知、常德知府。[3]潼陽：沭陽的古稱。故吾：過去的我。袁枚曾任沭陽知縣。[4]竹馬兒童：《後漢書》卷三十一："（郭）伋前在并州，素結恩德，及後入界，所到縣邑，老幼相携，逢迎道路。……始

至行部，到西河美稷，有童兒數百，各騎竹馬，道次迎拜。”琴堂：《呂氏春秋·察賢》：“宓子賤治單父，彈鳴琴，身不下堂而單父治。”後遂稱州、府、縣署爲琴堂。［5］丁令：即丁令威，傳説是漢遼東人，學道於靈虚山，成仙化鶴歸來。後用以比喻人世的變遷。［6］王喬舃（xì）：傳説東漢明帝時葉縣令王喬有神術，嘗化兩舃（鞋）爲雙鳧，乘之至京師。後因用爲縣令的故實。［7］麻姑：神話中仙女名。［8］吕公：指吕又祥。［9］招隱：漢淮南王劉安所作《招隱》。言山中不可以久留。［10］舊雨：老友的代稱。［11］晋陽：今山西太原，代指山西。［12］蕭齋：此指書齋。［13］慈雲：佛教語，比喻慈悲心懷如雲之廣被世界、衆生。［14］林泉：幽居之地，指隨園。［15］錢接三：生平未詳。［16］使君：指州郡長官。城府：城池和府庫，比喻人的心機。［17］吴南昀：吴甸華（？—1834），字南昀。沭陽人。乾隆四十五年進士。任内閣中書、歙縣知縣。［18］武庫：稱譽人的學識淵博、幹練多能。［19］引領：伸頸遠望，多以形容期望殷切。［20］者番：這番、這次。［21］甘棠蔽芾：稱頌循吏的美政和遺愛，見卷九·三三注［15］。［22］召伯：姬奭，爲周武王的族弟，封召公，爲著名賢人。通常代指賢能的地方官，這裏指袁枚。

五　二

沭陽教諭朱黻[1]，字竹江，江陰詩人也。聞余至，朝夕過從，間一日不至，余與吕公必遣人促之。咏《落花》云：“名園酒散春何處，剩有歸來屐齒香[2]。”《春草》云：“萋萋那得不關情，畫裙拂遍花時節[3]。”皆清麗可愛。爲余送别云：“世間皆小住，詩卷已長留。”和五古四章尤佳，因太長，載《續同人集》中。

【箋注】

［1］朱黻（fú）：指朱黼（1729—1822），初名芾，字大米，改名後字與持，號畫亭。清江蘇江陰人。乾隆三十年拔貢。以沭陽教諭歷官四川蘆山知縣。有《畫亭詩鈔》。［2］屐齒：木製鞋，底大多有二齒，以行泥地。［3］畫裙：繡飾華麗的裙子。

五　三

有禮房吏張朝魁者[1]，年八十三矣，甲子科[2]，因其工書，携入秋闈[3]。此番獻詩云："南天旭日光同翥[4]，靈鵲驚飛噪高樹。恍似青牛紫氣來[5]，那知舊尹幨帷駐。三門初見城四圍[6]，黄童白叟未全非[7]。漢南依依柳將落，東籬團團菊正肥。憶昔瀛洲推獨步[8]，殿前曾作摩空賦[9]。讓他老鳳蹲池邊，著我雙鳧下雲路。蓬萊頂上飛朱霞，散作河陽一縣花[10]。仁風不負東山扇[11]，甘雨真隨百里車[12]。爾時給役有小吏，簿書堆裏常陪侍。眼看剖決速如流[13]，直疑手口同遊戲。藥籠參苓得士賒[14]，探珠幾輩握靈蛇[15]。争褰夫子扶風帳[16]，不睞歐陽貢舉紗[17]。出宰郎官移列宿[18]，歎息當年難借寇[19]。豈料暌違五十年，尚教胥吏瞻依就[20]。喜見商山採藥行[21]，敢隨杖履話平生。仙人不棄凡雞犬，許向雲中作吠鳴。"

【箋注】

[1]禮房：清代爲中央和地方官署中書吏的辦事機構，協助長官經管春秋祭祀及考試等事。張朝魁：生平未詳。　[2]甲子：這裏指乾隆九年（1744）。[3]秋闈：指各省爲選拔舉人所進行的考試。因於秋季舉行，故稱。　[4]翥：飛舉。[5]青牛紫氣：漢劉向《列仙傳》："老子西游，關令尹喜望見有紫氣浮關，而老子果乘青牛而過也。"　[6]三門：泛指大門或外門。　[7]黄童白叟：孩子和老人。　[8]瀛洲：唐太宗爲網羅人才，設置文學館，任命十八名文官爲學士，訪以政事，討論典籍。時人慕之，謂"登瀛洲"。後人常用"登瀛洲""瀛洲"比喻士人獲得殊榮，如入仙境。　[9]摩空賦：才氣過人的賦作。唐李賀《高軒過》："殿前作賦聲摩空，筆補造化天無功。"　[10]河陽一縣花：見卷二·三一注[6]。　[11]東山：《孟子·盡心上》："孔子登東山而小魯。"後以東山代指魯地或孔子學説。　[12]百里：借指縣令。　[13]剖決：剖斷、決斷。[14]藥籠：盛藥的器具。比喻儲備人才之所。《新唐書·儒學傳下·元行冲》："仁傑笑曰：'君正吾藥籠中物，不可一日無也。'"　[15]探珠：即"探驪得珠"，喻應試得第或吟詩作文能抓住關鍵。靈蛇：指靈蛇之珠，珍奇的寶物。比喻胸中藏有錦繡文才的人。　[16]褰：張開。扶風帳：見卷二·六〇注[2]。

[17]歐陽：宋歐陽修多年知貢舉，以非凡的眼光、涵養，舉薦人才，不遺餘力。此處以歐陽比袁枚。[18]列宿：衆星宿，此喻官位。[19]借寇：《後漢書·寇恂傳》載恂曾爲潁川太守，頗著政績，後離任。百姓遮道謂光武曰："願從陛下復借寇君一年。"後因以"借寇"爲地方上挽留官吏的典故。[20]睽違：離别。瞻依：瞻仰依恃。表示對尊長的敬意。[21]商山：在今陝西商洛東。地形險阻，景色幽勝。秦末漢初四皓曾在此隱居。

五四

又有吴廷貢秀才者[1]，贈詩云："五十年來跡已陳，新侯不及故侯親[2]。追思竹馬歡迎日[3]，一世人如兩世人。"

【箋注】

[1]吴廷貢：生平未詳。[2]侯：對士大夫的尊稱。[3]竹馬：見本卷五一注[4]。

五五

《金陵懷古》詩，最難出色。皖江潘蘭如瑛云[1]："玉樹庭花唱已遥[2]，金陵王氣又重消。龍蟠不去懷雙闕[3]，牛首空回望六朝[4]。故壘雲低天漠漠，荒林秋盡雨瀟瀟。石頭城畔多情月，夜夜來看江上潮。"通首音節清蒼。又《宛轉歌》云："宛轉松上蘿，松枯蘿色喜。同體不同心，安望同生死？"殊堪風世。又"船頭山月落，人指海雲生"，活對亦佳。

【箋注】

[1]潘蘭如：潘瑛（？—1805），字蘭如，别號十四洞天人。清江蘇江都人。乾隆間貢生。有《晋希堂詩集》。[2]玉樹庭花：即《玉樹後庭花》，宫體詩，南朝最後一個皇帝陳後主陳叔寶作。後稱爲亡國之音。[3]龍蟠：南京鍾山如龍蟠，形容地勢雄壯險要，宜作帝王之都。雙闕：借指京都宫門。[4]牛首：即牛首山，在今南京南。

五 六

新安方如川秀才[1]，來金陵鄉試，贈墨百螺，上鎸“隨園先生著書之墨”。余不覺驚喜，覺弟子束脩[2]，未有雅如秀才者。録其《席間有贈》云：“煙籠明月月籠煙，十里湘簾捲畫船[3]。阿翠不知秋已老，調箏猶唱杏花天。”

【箋注】

[1] 方如川：字鴻錫。清安徽歙縣人。嘉慶貢生。候選訓導。 [2] 束脩：古代敬師的禮物。 [3] 湘簾：用湘妃竹做的簾子。

五 七

曹劍亭侍御《胥江》云[1]：“市近人聲雜，船多夜火明。”王廷取太守《沙河》云[2]：“危巢雙燕宿，破屋一驢鳴。”汪守亨秀才《佛寺》云[3]：“塔影銜霄直，亭陰向午圓。”王麓臺司農《題畫》云[4]：“蛟龍疑有窟，風雨若聞聲。”此數聯皆聞人傳誦，而余愛之，故摘記者也。曹又有《送梁階平司農隨駕木蘭》云：“獵獵旌旗擁玉珂[5]，森森帳殿碧嵯峨。三秋月色臨邊早，萬馬風聲出塞多。晨捧金泥隨輦草[6]，暮翻玉靶落天鵝[7]。知君奏罷長楊賦[8]，合有新詩寄薜蘿[9]。”通首唐音。

【箋注】

[1] 曹劍亭：曹錫寶（1719—1792），字鴻書，號劍亭，晚號容圃。清江蘇上海人。乾隆二十二年進士。歷官刑部主事、國子監司業、陝西道監察御史。 [2] 王廷取：字又介，一字濯亭。文光長子，贈承德郎。清安徽婺源（今屬江西）人。任鹽源、雅安知縣，馬邊、嘉定、順慶通判。有《抱冬齋俳語》《行路吟》。 [3] 汪守亨：生平未詳。 [4] 王麓臺：王原祁，見卷六・八九注[1]。 [5] 玉珂：代指高官顯貴。 [6] 金泥：以水銀和金粉爲泥，作封印之用。 [7] 玉靶：鑲玉的劍柄，借指寶劍。 [8] 長楊賦：漢揚雄《長楊賦》：“振師五柞，習馬長楊。” [9] 薜蘿：借指隱者或高士的住所。

五 八

宋荔裳《贈犬》云[1]："榻邊飽飯垂頭睡，也似英雄髀肉生[2]。"高念東《過邯鄲》云[3]："願作盧生不願寤[4]，飽食黄粱追夢去。"皆讀之令人欲笑。

【箋注】

[1]宋荔裳：宋琬，見卷三・二九注[3]。 [2]髀（bì）肉：用劉備"髀肉復生"典。謂因久不騎馬，大腿上肉又長起來了。 [3]高念東：高珩，見本卷二五注[2]。 [4]盧生：爲典實"黄粱夢"中人物。盧生在邯鄲客店遇道士吕翁，生自歎窮困，翁探囊中枕授之曰："枕此當令子榮適如意。"時主人正蒸黄粱，生夢入枕中，享盡富貴榮華。及醒，黄粱尚未熟。

五 九

余常謂收帆須在順風時，急流勇退，是古今佳話，然必須嘿而不言[1]，趁適意之際，毅然引疾[2]，則人不相疑。若時時形諸口角，轉覺落套。而上游聞之[3]，以爲飽則思颺，翻致掛礙矣。錢竹初擅"鄭虔三絶"之才[4]，抱梁敬叔州郡之歎[5]，屢次書來，欲賦《遂初》[6]。余寄聲規其濡滯[7]。今秋才得解組[8]，余賀以詩。渠答云："海上秋風江上蒓[9]，塵顔久已悵迷津。竊公故智裁今日[10]，勸我抽身有幾人？世事楸枰留黑白[11]，老懷虀臼雜酸辛[12]。退閑自此陪裙屐，長作田間識字民。""勞生那復計年華，歸識吾生本有涯。未定新巢同燕子，早營孤冢付梅花。千秋欲借先生筆，十畝從添處士家[13]。他日並登皇甫傳[14]，始知真契在煙霞。"

【箋注】

[1]嘿：同"默"，不説話、不出聲。 [2]引疾：託病辭官。 [3]上游：上司、上級。 [4]錢竹初：錢維喬，見卷九・八一注[3]。鄭虔三絶：唐鄭虔善圖山水，好書，嘗自寫其詩並畫以獻，唐玄宗大署其尾曰"鄭虔三絶"。

見《新唐書·鄭虔傳》。[5]梁敬叔：梁竦（23—83），實字叔敬。東漢安定烏氏人。著《七序》。梁叔敬自負其才，鬱鬱不得意，登山遠望，輒歎息言曰："大丈夫居世，生當封侯，死當廟食。如其不然，閒居可以養志，《詩》《書》足以自娱，州郡之職，徒勞人耳。"[6]賦《遂初》：晋代孫綽作《遂初賦》，反映作者樂於隱居生活，後因以"賦《遂初》"借指辭官隱居。[7]寄聲：托人傳話。[8]解組：解下印綬，謂辭免官職。[9]"海上"句：用晋代張翰于秋風中思念家鄉蒓羹、鱸膾、蒓菜而辭官歸隱典。[10]故智：曾經用過的計謀、老辦法。[11]楸枰：棋盤。古時多用楸木製作，故名。[12]虀臼：即裝五種辛辣調味品的食器。[13]處士家：用宋代林逋植梅杭州孤山典，見卷一·五四注[9]。處士，指有才德而隱居不仕的人。[14]皇甫傳：皇甫濂（1508—1564），明南直隸長洲人。嘉靖二十三年進士。有《逸民傳》。此書編采歷代逸民事蹟，人各爲傳。起晋孫登，迄宋林逋，凡百人。

六〇

詩餘之佳者[1]，余已附載數首入《詩話》矣。兹檢舊册，又得蔣用庵侍御送余出都《沁園春》二首[2]，時侍御尚作秀才也。其詞云："聊作粗官，蕭然一琴，五月治裝[3]。正中朝元老，聞而扼腕西林、鐵崖兩相公，一時學者，望輒沾裳。僕竊有言，先生此去，厚意還須識彼蒼[4]。江南好，舍驚才絶代，管領誰當。　江山東晋南唐，便雨打風吹未就荒。更畫船七里，燈烘虎阜[5]，珠簾二月，花繡雷塘[6]。洗馬愁乎，阿龍超矣[7]，人物由來數過江。憑君到，把斜陽草樹，收入春光。""一代詞場，誰則如君，歷落多姿。每奮衣而起，詞都滚滚，酒酣以往，語更霏霏。隨意判花[8]，閒情顧曲[9]，贏得三生杜牧之[10]。今行矣，剩東塗西抹，付并州兒[11]。城南頻歲棲遲[12]，笑末坐偏容平子知[13]。記絳紗剪燭[14]，縱横商略，平臺啜茗，次第敲推。儂本阿蒙[15]，君將南去，肯向緇塵戀染衣[16]？須記取，待杏花春雨[17]，予亦遄歸。"又周之桂作《金縷曲·送同劉郎遊天台》云[18]："春是先生主，怎頻年尋春不倦，又摇柔櫓？家有梅花愁輕別，一半嬌波不語。看瘦減雲英如許[19]，只有多情新桃李，逐春風、還共尋南浦[20]。楊柳餞[21]，柘枝舞[22]。　誰知密意留行苦，似花神從天暗乞，者回風雨。煙水殢人應難出，况是江流寒阻。喚不到吳娘六柱[23]。我本衝泥遥相送，乍聞言、也覺寬離緒。歌水調，且延佇。”及余返棹，周喜，又贈《沁園春》云：“如此先生，老更清豪，行歌采芝[24]。正西湖妝靚，重牽鄉夢，天台花笑，易惹遊思。足任生雲，懷堪貯月，萬壑千巖一杖携。掀髯處，每逢人詩健，涉險忘疲。文章流播天涯，聽處處推袁事更奇。恁瓣香争奉[25]，人間香祖[26]，一經難質，曠代經師。忽拜靈光，都疑絳歲[27]，苦向三生認鬢絲。歸來笑，似還鄉羽客，出夢希夷[28]。”

【箋注】

[1]詩餘：詞的别稱。 [2]蔣用庵：蔣和寧，見卷一・六五注[15]。 [3]治裝：整理行裝。指袁枚於乾隆七年由翰林改官溧水縣令。 [4]彼蒼：《詩經・秦風・黄鳥》：“彼蒼者天，殲我良人。”後因以代稱天。 [5]虎阜：山名，即虎邱，在今江蘇蘇州西北，亦名海湧山。 [6]雷塘：地名，在今江蘇揚州城北，隋唐時爲風景勝地，隋煬帝葬此。 [7]洗馬：指衛玠，見卷二・三三注[4]。南朝宋劉義慶《世説新語・言語》：“衛洗馬初欲渡江，形神慘悴，語左右云：‘見此茫茫，不覺百端交集。苟未免有情，亦復誰能遣此！’”阿龍：王導，見卷六・一〇〇注[3]。《世説新語・企羨》：“王丞相拜司空，桓廷尉作兩髻葛帬，策杖路邊窺之，歎曰：‘人言阿龍超，阿龍故自超。’” [8]判花：在文書上簽花押。 [9]顧曲：見卷九・九三注[9]。 [10]杜牧之：唐詩人杜牧，喻指袁枚。 [11]并州兒：指北方邊地并州的豪俠少年。 [12]棲遲：遊息。 [13]末坐：座次的末位，指作者自己。平子：王澄（269—312），字平子。西晋琅邪臨沂人王澄，字平子。《世説新語・賞譽》載王夷甫語樂令：“名士無多人，故當容平子知。”意謂四海人士一經王平子品評過，王夷甫便不再置評。 [14]絳紗：猶絳帳，爲對師門、講席之敬稱。 [15]阿蒙：吕蒙（178—219），字子明。汝南富陂（今安徽阜陽一帶）人。東漢末年孫權割據政權的謀士與將領。孫權勸吕蒙“宜學問以自開益”。吕蒙苦學，篤志不倦，學識大進。後用以謙稱自己爲没有學識的一介武夫。 [16]緇塵：黑色灰塵，常喻世俗污垢。 [17]杏花春雨：元代詩人虞集《風入松・寄柯敬仲》結句：“報導先生歸也，杏花春雨江南。”畫家柯敬仲要回江南，虞集寫詞相送，篇中流露出厭倦官場生活、亟望歸老田園的心情。 [18]周之桂：

見卷一二·四六注[4]。［19］雲英：泛指歌女或成年未嫁的女子。［20］南浦：南面的水邊。《楚辭·九歌·河伯》："子交手兮東行，送美人兮南浦。"後常用稱送别之地。［21］楊柳餞：指侍妾具酒食果品爲之餞行。［22］柘枝舞：唐大典名，泛指舞蹈。［23］六柱：即吴地六柱船。［24］采芝：指《采芝操》，歌名。古以芝草爲神草，服之長生，故常以"采芝"指求仙或隱居。［25］瓣香：喻崇敬的心意。［26］香祖：蘭花的别稱。［27］絳歲：古傳絳縣老人高壽，後以絳歲稱高壽之人。［28］羽客：指仙人道家。希夷：陳摶，見補遺卷四·七注[4]。陳摶隱居華山雲臺觀，又止少華石室，每寢處，多百餘日不起。太平興國中來朝，太宗待之甚厚。賜號希夷先生。數月放還山。

六　一

先君子幕游楚南[1]，舊主人高公名清者[2]，在衡陽九年，亡後，以虧帑故，妻子下獄。先君子出全力援之，竟得歸殯。有楊朗溪太史贈詩云[3]："袁夫子，當今真義士。一雙冷眼看世人，滿腔熱血酬知己。恨我相見今猶遲，湘江傾蓋締蘭芝[4]。"余時尚幼，讀而記之，今忘其全首矣。太史名緒，武陵人，權奇倜儻，詩宗少陵，字寫《争坐位》[5]。雍正間，苗民蠢動，王師征之，未捷。公學酈生[6]，單身入洞説之，群苗羅拜乞降。亦奇士也。

【箋注】

［1］先君子：去世的父親。［2］高清：字漣漪。清江南如皋（今屬江蘇）人。監生。康熙三十六年隨白將軍西征，論功授北直内黄知縣，後任衡陽知縣。［3］楊朗溪：楊緒（1673—？），字朗溪。湖南武陵（今常德一帶）人。康熙四十二年進士。［4］傾蓋：指相逢訂交。［5］《争坐位》：唐顔真卿行草書墨蹟。蒼秀流利，舒卷有度。［6］酈生：酈食（yì）其（jī）（？—前203），號廣野君。西漢陳留高陽（今河南杞縣一帶）人。爲劉邦定計下陳留。楚漢戰争中，曾奉使説齊王田廣歸漢。

六　二

康熙間，山左名臣最多，如相國李文襄公之芳之功勳[1]，湖廣總督郭瑞卿琇之剛正[2]，兩江總督董公訥之經濟[3]，皆赫赫在人耳目。而皆能詩，世人不知者，爲其名位所掩也。李《與施愚山陪祀郊壇》云："太乙瑶壇接露臺[4]，龍旌遥拂翠華來[5]。仙韶細度雲門奏[6]，玉殿初明泰時開。千尺爐煙天外轉，九重環佩月中回。祠官解有登封意[7]，獨愧甘泉作賦才[8]。"董《興化道中》云："村從煙際出，草逼浪頭生。"《沅州道中》云："雲裏諸峰堪入畫，雨中無樹不含秋。"郭撰《太皇太后挽詞》云[9]："撫孤三十載，兩世際和豐。渭水開姬曆[10]，塗山助禹功。雞鳴問曙切，烏哺報劉同[11]。遥想含飴日[12]，徽音宛在躬[13]。"又《偶成》云："去官人易懶，無累病常輕。"皆可誦也。相傳郭公之劾納蘭太傅也[14]，趁其慶壽日，列款奏之。旋帶疏草，登門求見。太傅疑此人崛强，何以忽來稱祝。延之入，長揖不拜，而屢引其袖。太傅喜曰："御史公亦有壽詩見贈乎？"曰："非也，彈章也。"太傅讀未畢，公從容曰："郭琇無禮，應罰！"自飲一巨觥，趨而出。滿座愕然。少頃，太傅廷訊之旨下矣。一説郭初宰吴江，簠簋不飭[15]，聞湯潛庵來撫蘇州[16]，自陳改悔之意，請另擇日到任，果聲名大震，湯遂薦之。後湯爲太傅所傾，郭故劾之報師恩，亦以申公論也。

【箋注】

[1]李文襄：李之芳，見本卷四注[4]。 [2]郭瑞卿：郭琇（1638—1715），字瑞甫，號華野。清山東即墨人。康熙九年進士。官至湖廣總督。劾明珠、余國柱，直聲震天下。 [3]董訥（1639—1701）：字默庵，號俟翁。清山東平原人。康熙六年進士。官至漕運總督。有《柳村詩集》《督漕疏草》。 [4]太乙：天神名。古稱太乙神居於北極星。瑶壇：對祭壇的美稱。 [5]翠華：御車或帝王的代稱。 [6]雲門：周六樂舞之一，用於祭祀天神，相傳爲黄帝時所作。 [7]登封：登山封禪，指古帝王登泰山祭天祭地。 [8]甘泉：漢揚雄奏《甘泉賦》。後因以喻指進獻主上而受到賞識的文章。 [9]太皇太后：指孝莊文皇后。先後扶助其子福臨、其孫康熙均在幼年登上皇位並執掌朝政。被康熙尊稱爲太皇太后。 [10]姬曆：指周代。這裏喻指清朝。 [11]報劉：西晋李密父早亡母改嫁，祖母劉氏把李密從四歲撫養成人，李密在《陳情表》

中說："臣密今年四十有四，祖母劉今年九十有六，是臣盡節于陛下之日長，報劉之日短也。烏鳥私情，願乞終養。" [12]含飴：含着飴糖逗小孫子，指祖孫和樂的樣子。 [13]徽音：仁德慈祥的音容笑貌。 [14]納蘭太傅：納蘭明珠（1635—1708），字端範。滿洲正黄旗人。康熙朝權臣。晚年遭劾失勢。 [15]簠（fǔ）簋（guǐ）不飭：對做官不廉正者的一種婉轉的説法。簠與簋，兩種盛黍稷稻粱之禮器。 [16]湯潛庵：湯斌，見卷三・三八注[2]。

六　三

久聞廣東珠娘之麗。余至廣州，諸戚友招飲花船，所見絶無佳者，故有"青唇吹火拖鞋出，難近多如鬼手馨"之句[1]。相傳潮州六篷船人物殊勝，猶未信也。後見毘陵太守李寧圃《程江竹枝詞》云[2]："程江幾曲接韓江，水膩風微蕩小艭[3]。爲恐晨曦驚曉夢，四圍黄篾悄無窗[4]。""江上蕭蕭暮雨時，家家篷底理哀絲[5]。怪他楚調兼潮調，半唱消魂絶妙詞。"讀之，方悔潮陽之未到也。太守尤多佳句，《潞河舟行》云[6]："遠能招客汀洲樹[7]，艷不求名野徑花。"《姑蘇懷古》云："松柏才封埋劍地[8]，河山已付浣紗人[9]。"皆古人所未有也。又《弋陽苦雨》云："水驛蕭騷百感生，維舟野戍聽雞鳴。愁時最怯芭蕉雨，夜夜孤篷作此聲。"《珠梅閘竹枝詞》云："野花和露上釵頭，貧女臨風亦識愁。欲向舵樓行復止，似聞夫婿在鄰舟。"

【箋注】

[1]鬼手馨：南朝宋劉義慶《世説新語・忿狷》："冷如鬼手馨，强來捉人臂。"馨，語助詞，猶今言"般""樣"。 [2]李寧圃：李廷敬（？—1806），字景叔，號寧圃。清直隸滄州（今屬河北）人。乾隆四十年進士。官至江蘇按察使。有《平遠山房詩鈔》。程江：廣東境内的一條河流，源出今廣東平遠縣西北，流至梅州匯入梅溪，再匯入韓江，東入於海。 [3]小艭（shuāng）：小船。 [4]篾：薄竹片。 [5]哀絲：指哀婉的弦樂聲。[6]潞河：一作"潞水"，即今北京市通州以下白河。 [7]汀洲：水中小洲。[8]埋劍地：指蘇州虎邱劍池。 [9]浣紗人：指西施。

隨園詩話箋注

下　册

〔清〕袁　枚　著
李洪程　箋注

浙江古籍出版社
Zhejiang Ancient Books Publishing House

隨園詩話箋注　補遺卷一

一

《詩》始於虞舜，編於孔子。吾儒不奉兩聖人之教，而遠引佛老，何耶？阮亭好以禪悟比詩[1]，人奉爲至論。余駁之曰："《毛詩》三百篇，豈非絶調？不知爾時，禪在何處，佛在何方？"人不能答。因告之曰："詩者，人之性情也。近取諸身而足矣[2]。其言動心，其色奪目，其味適口，其音悦耳，便是佳詩。孔子曰：'不學詩，無以言。'又曰：'詩可以興。'兩句相應。惟其言之工妙，所以能使人感發而興起；倘直率庸腐之言，能興者其誰耶？"

【箋注】

[1] 阮亭：王士禛，見卷一・五四注[1]。禪悟：以悟性洞達禪意、禪理。

[2] 近取諸身：《周易・繫辭下》："近取諸身，遠取諸物，於是始作八卦，以通神明之德，以類萬物之情。"用到詩歌理論上，意謂從近處來説，取材於自身；從遠處來説，取材於外物。表示隨處可以取材。

按：袁枚多次强調"詩可以興"，使人感發而興起。既關乎詩的内容，即人之性情，又關乎詩的功能。他不是完全否定以禪悟論詩，而是不主張誇大此論。

二

李玉洲先生曰[1]："凡多讀書，爲詩家最要事。所以必須胸有萬卷者，欲其助我神氣耳。其隸事、不隸事[2]，作詩者不自知，讀詩者亦不知，方可謂之真詩。若有心矜炫淹博[3]，便落下乘。"

又有人問先生曰："大題目用全力了却，固見力量；倘些小題，亦用長篇，豈不更見才人手段？"先生笑曰："獅子搏兔，必用全力，終是獅子之愚。"

【箋注】

[1]李玉洲：李重華，見卷四·三九注[2]。 [2]隸事：運用典故。[3]淹博：精深廣博。

三

同一樂器，瑟曰鼓，琴曰操。同一著述，文曰作，詩曰吟。可知音節之不可不講[1]。然音節一事，難以言傳。少陵"群山萬壑赴荆門"[2]，使改"群"字爲"千"字，便不入調[3]。王昌齡"不斬樓蘭更不還"[4]，使改"更"字爲"終"字，又不入調。字義一也，而差之毫釐，失以千里。其他可以類推。

【箋注】

[1]音節：音韻節奏。 [2]"群山"句：是杜甫《詠懷古跡五首》（其三）中句，寫昭君村的地理形勢。用一"群"字，便增强了形象性與實感。 [3]入調：符合某種聲腔韻調。 [4]"不斬"句：是唐王昌齡《從軍行》中句，用一"更"字，增强了音節力度。正如本則詩話所説，此中韻味，只可意會，難以言傳。

四

沈雲椒侍郎未遇時[1]，館于陳梅岑家[2]，其時梅岑尚髫也。然梅岑詩筆清新，實爲先生傳授。諺云："開口乳要吃得好。"此之謂也。梅岑嘗誦先生《午日秦淮》云："菖蒲緑映石榴紅，罌盎東西放幾叢[3]。不辨誰家妝閣底，遠山多在畫屏中。""闌干影裏綺疏横，艾酒齊酣笑語迎[4]。樓上衣風樓下水，一簾香霧不分明。""丹符風颭佛幡如，扇影參差漾碧虛[5]。一片湖光星萬點，家家水閣上燈初。""柳陰檻外泊船頭，都向尊前聽短謳[6]。却到中流清景好，蔣王山上月如鈎[7]。”《晚過楓橋》云[8]：“雨不成絲柳帶煙，暮天遠水正無邊。客愁最怕鐘聲攪，不向楓橋夜泊船。”《泛舟城北》云：“最是長條柳，依依一愴情。蘆花猶未白，已解作秋聲。”

【箋注】

[1]沈雲椒：沈初，見卷一・二八注[11]。 [2]陳梅岑：陳熙，見卷一・五注[2]。 [3]罍盎：泛指盛酒器。 [4]艾酒：古俗，端午日采艾浸酒，飲之以袪邪。 [5]丹符：帝王的符信。颭（zhǎn）：摇動。佛幡：佛寺所用的幡幢、華蓋之類。如：隨。碧虛：指緑水。 [6]尊：酒樽。 [7]蔣王山：即鍾山。在南京東北。漢末秣陵尉蔣子文逐盜死于此，後人立蔣王廟。 [8]楓橋：在蘇州閶門外寒山寺附近。本稱封橋，因唐張繼《楓橋夜泊》詩而相沿作楓橋。

五

鄭璣尺先生詠鏡云[1]：“朱顔誰不惜，白髮爾先知。”可謂佳矣。後聞俞鶴齡秀才詠鏡有“白髮朱顔管一生”七字尤佳[2]。其妙處在一“管”字。

【箋注】

[1]鄭璣尺：鄭江，見卷四・四六注[8]。 [2]俞鶴齡：生平未詳。

六

趙雲松《過蘇小墳》云[1]：“蘇小墳鄰岳王墓，英雄兒女各千秋。”孫九成《過琵琶亭》云[2]：“爲有琵琶數行字，荻花楓葉也千秋。”句法相似。

【箋注】

[1]趙雲松：趙翼，見卷二・三三注[4]。蘇小墳：蘇小小，錢塘名妓，南朝齊人。後人在杭州西湖西泠橋北、岳飛墓附近築墳。 [2]孫九成：孫韶，

見卷二·二四注[1]。琵琶亭：在今江西九江長江東南岸。唐白居易《琵琶行》："潯陽江頭夜送客，楓葉荻花秋瑟瑟。"元稹《琵琶亭》詩："夜泊潯陽宿酒樓，琵琶亭畔荻花秋。"

七

近日有鉅公教人作詩[1]，必須窮經讀注疏，然後落筆，詩乃可傳。余聞之，笑曰：且勿論建安、大歷[2]，開府、參軍[3]，其經學何如，只問"關關雎鳩""采采卷耳"，是窮何經、何注疏，得此不朽之作？陶詩獨絶千古，而"讀書不求甚解"，何不讀此疏以解之？梁昭明太子《與湘東王書》云[4]："夫六典、三禮[5]，所施有地，所用有宜。未聞吟詠情性，反擬《内則》之篇[6]；操筆寫志，更摹《酒誥》之作[7]。'遲遲春日'[8]，翻學《歸藏》[9]；'湛湛江水'[10]，竟同《大誥》[11]。"此數言振聾發聵。想當時必有迂儒曲士，以經學談詩者，故爲此語以曉之。

【箋注】

[1]鉅公：大人物。 [2]建安：漢末年號(196—220)。建安時期産生以"三曹""建安七子"爲代表的詩歌。其風格悲凉慷慨、剛健清新。大歷(766—779)：中唐年號，通常作"大曆"。大曆年間，産生以大曆十才子爲代表的大曆體詩歌。温秀蘊藉，清空流暢，情味濃郁，名作迭出。 [3]開府：庾信，見卷三·七一注[5]。其詩被杜甫贊爲"清新庾開府"。參軍：鮑照，見卷四·二九注[1]。其詩慷慨任氣，樸茂深秀，被杜甫稱爲"俊逸鮑參軍"。 [4]昭明太子：蕭統(501—531)。南朝梁南蘭陵人。梁武帝天監初，立爲太子。未即帝位而卒，謚昭明。曾招聚文學之士編《文選》，以"事出於沉思，義歸乎翰藻"爲標準，選録各體詩文，爲現存最早詩文總集。此所引《與湘東王書》應爲梁簡文帝蕭綱寫給湘東王蕭繹的一封書信，非昭明太子寫。 [5]六典：指古代建邦治國之治典、教典、禮典、政典、刑典、事典。三禮：儒家經典《周禮》《儀禮》《禮記》的合稱。 [6]《内則》：《禮記》篇名。 [7]《酒誥》：《尚書》篇名。 [8]遲遲春日：語出《詩經·豳風·七月》，意謂日長而和暖。 [9]《歸藏》：三《易》之一，相傳爲黄帝所作。 [10]湛湛江水：楚辭《招魂》："湛

湛江水兮上有楓。” [11]《大誥》:《尚書》篇名。

按:袁枚反對以經學論詩,此引昭明太子語,確可振聾發聵。但袁枚並非主張不讀經,而是説不可囿於經,不可被書束縛。前面剛録過李玉洲的話,讀書有助於神氣的勃發,這是對的。

八

人問:“杜陵不喜陶詩[1],歐公不喜杜詩[2],何耶?”余曰:“人各有性情。陶詩甘[3],杜詩苦;歐詩多因[4],杜詩多創。此其所以不合也。元微之云[5]:‘鳥不走,馬不飛。不相能,胡相譏?’”

【箋注】

[1]杜陵:杜甫,見卷一·一三注[4]。 [2]歐公:歐陽修,見卷四·四七注[1]。 [3]甘:指陶淵明詩韻味恬美。 [4]因:因襲、繼承。 [5]元微之:元稹,見卷一·二〇注[11]。所引應爲元稹《君莫非》:“鳥不解走,獸不解飛。兩不相解,那得相譏?”

九

宋人《漁父》詞云:“歸來月下漁舟暗,認得山妻結網燈[1]。”又云:“不愁日暮還家錯,認得芭蕉出槿籬[2]。”二語相似。余寓西湖德生庵,夜深斷橋獨步,常恐迷路,緊望僧庵燈影而歸,方覺二詩之妙。

【箋注】

[1]“歸來”二語:唐陸龜蒙《和襲美釣侶二章》中句。 [2]“不愁”二語:唐于鵠《巴女謡》中句。

一〇

凡菱筍魚蝦,從水中采得,過半個時辰,則色味俱變;其爲菱筍魚蝦之形質,依然尚在,而其天則已失矣[1]。諺云:“死蛟龍不若活老鼠。”

可悟作詩文之旨。然人莫不飲食也，鮮能知味也。作者難，知者尤難。

【箋注】

[1] 天：天性，生命本性。

一一

尹文端公出將入相垂四十年[1]，常謙謙然不自喜。惟小妻張氏以所生女入宮爲皇子妃[2]，誥封一品夫人，逢人必誇。故《紀恩》詩曰：“瑞日曈曨展翠屏，環階拜舞祝慈寧[3]。争傳王母瑶池會，竟見仙班列小星。”

【箋注】

[1] 尹文端：尹繼善，見卷一・一〇注[3]。 [2] 皇子妃：尹繼善女爲皇八子儀親王正妃。 [3] 曈曨：日初出貌。慈寧：母親安寧。

一二

余屢覓同年楊兼山大琛詩不得[1]，今年到蘇州，得其《古香堂詩稿》。《秦宫》云：“五丈旗飄複道寬[2]，曉妝人試緑雲盤。虚懸照膽秦宫鏡，不見長城白骨寒。”《舟中》云：“斷雲作意横遥嶺，明月多情送短篷。最愛風標兩公子[3]，一生消受緑蘆風。”又：“春衣典盡還賒酒，鶴俸分來又買花[4]。”皆駘蕩可喜。

【箋注】

[1] 楊兼山：楊大琛，見卷一六・三注[1]。 [2] 複道：樓閣間有上下兩重通道，稱複道。 [3] 風標：形容優美的姿容神態。 [4] 鶴俸：官吏的俸禄、薪水。

一三

庚申初春[1]，余與兼山及諸同年在京師遊陶然亭。兼山《次壁間田退齋少宰韻》云[2]：“欲雨不雨春晝陰，城南亭子同登臨。雪痕消盡葦根出，磬響斷時禽語深。且喜僧寮無俗韻，漫將宦跡托沉吟。丁香幾樹纔含蕚，記取花時策杖尋。”兼山晚年寵妾，與夫人反目[3]。余戲之曰：“君可記四十年前《贈内》詩乎？”兼山請誦之。曰：“‘百杵午窗頻搗藥，一燈子夜尚縫衣’，此與唐明皇、王夫人脱阿忠半臂作生日何殊[4]？讀之可作回心院矣[5]。”兼山笑而不答。田少宰諱懋，山西相公從典之子，立朝有聲。

【箋注】

[1]庚申：這裏指乾隆五年（1740）。 [2]田退齋：田懋（？—1770），字德符，號退齋、依園。清山西陽城人。田從典之子。乾隆時官至吏部侍郎。[3]反目：謂夫妻不和。 [4]阿忠半臂：指阿忠（王皇后對其父的稱呼）的短袖上衣。唐玄宗處藩邸時，其丈人王仁皎曾經用一件短袖上衣换一斗麵粉給他做生日湯麵。見《新唐書·后妃傳上》。 [5]回心院：唐宫院名。高宗王皇后及蕭良娣與武昭儀争寵被廢所囚之處。高宗來看二人，皇后以爲陛下幸念疇日，乞署此爲回心院。見《舊唐書·后妃傳上》。

一　四

杭堇浦論七律[1]，不喜拗體[2]。余道詩境甚寬，實有因拗轉峭者。因誦倪紫珍先生《客中憶西湖》云[3]：“江水不如湖水澄，南峰涼暖時堪登。入雲但問采樵客，踏葉偶隨歸寺僧。一掬泉因瘦蛟活，滿山桂與青霞蒸。白波渺渺未可渡，空倚葛陂三尺藤。”似此八句，一調平仄，便索然無味矣。杭亦以爲然。先生官御史，古貌清標，識余于未第時。余學寫殿試卷，先生教以偏旁點畫，致足感也。記其《渡江遇風》云：“越陰已夙戒[4]，涉波復新懦。忽然馮夷怒[5]，葉舟竟掀播。命祇比毛輕，心已拚甑破[6]。且守柁檣立，獨抱忠信卧。須臾洪濤平，白鷗浮一個。”《在試院中答厲衣園侍郎》云：“文入彀中須賞識[7]，棋于局外易分明。”《贈丹桂》云：“老幹十年看獨立，丹心一點早平分。”其存心之公正可想。《宿瀘溪》云：“避風先泊岸，過雨更觀瀾。”皆妙。先生名國璉。

【箋注】

[1]杭堇浦：杭世駿，見卷三·六四注[1]。[2]拗體：格律詩的一種變體，指詩人刻意求奇，特地變更詩格用平仄不合常規的句子寫成的詩。這類詩的特點是生澀瘦硬、崛奇古拙、富於氣勢。[3]倪紫珍：倪國璉（？—1743），字紫珍，號稼疇。浙江仁和人。雍正八年進士。由翰林歷官吏科給事中，遷湖南學政。有《春及堂詩集》。[4]陰：水。[5]馮夷：指水神。[6]甑（zèng）：蒸食炊器。《後漢書·孟敏傳》：“孟敏字叔達，巨鹿楊氏人也。客居太原。荷甑墮地，不顧而去。林宗見而問其意。對曰：‘甑已破矣，視之何益？’”[7]彀中：指箭射出去所能達到的有效範圍，比喻文章中選。

一五

李謹墀芝遊靈隱寺[1]，雲林大師出示右軍《感懷札》[2]，紙墨殘缺，如裂春冰。又出山谷、襄陽二札[3]。李題云：“玉印何時勒，貞觀十五年[4]。不多完筆墨，一半補雲煙。稀世無人信，名山有佛憐。我來長跪讀，深幸見殘箋。”《觀梅》云：“步步梅花裏，遲遲過石梁。兩山清澗合，一路白雲香。偶約探春侶，同登選佛場[5]。羨他修得到，愧我半生忙。”又，“顧我忽無影，前峰落照微”十字亦超。

【箋注】

[1]李芝：字謹墀（chí），號竹友。清浙江錢塘人。有《淺山園詩集》。[2]右軍：王羲之，見卷三·三六注[4]。[3]山谷：黃庭堅，見卷一·一三注[6]。襄陽：米芾，見卷一四·九注[6]。[4]貞觀：唐太宗李世民年號（627—649）。[5]選佛場：唐代天然禪師初習儒，將入長安應舉，途逢禪僧，謂“選官”不如“選佛”，天然改變初衷，出家習禪。後因以“選佛場”指開堂、設戒、度僧之地，亦泛指佛寺。

一六

余游武夷，至大藏峰，望半字山，穴中有橋板梁柱，大小百千根，參差堆架，灰墨色，長短不齊，既不朽爛，又不傾落。其下湍急，舟難停泊。有某官，擊以鳥槍，落木梯數片。朱子云[1]："是堯時民，避洪水居此。水平時，人下而木存。"想亦有理。余還杭州後，與孫景高世講談及之[2]。孫出所藏虹橋板一片[3]，長尺許，薄三分，云得自張芑堂[4]，張又得于吴達夫[5]。梁山舟題云[6]："虹橋之板長徑尺，付與幽人鎮玉格[7]。延陵家藏東海題[8]，題處天然一角白。書不可信字可傳，非松非柏無人識。即今散落市廛中，君獨何緣收拾得。當年吹墮武夷峰，仙凡惝恍將毋同。須防一夜風霜起，飛上青天化斷虹。"主人題云："虹橋遺跡倩誰搜，千載猶看片板留。莫道仙蹤渺難問，有人曾向武夷遊。""九曲環溪鎖翠煙，仙風吹墮幾何年？題來好句尤珍重，慰我平生嗜古緣。"

【箋注】

[1]朱子：朱熹，見卷二·四四注[3]。朱熹曾在福建武夷山中隱居多年。[2]孫景高：孫仰曾（1751—？），字虛白，號景高。清浙江仁和人。世講：友人的後輩。[3]虹橋板：即前文所説橋板。傳爲仙物。今人認爲是船棺附屬物。[4]張芑（qǐ）堂：張燕昌（1738—1814），字文漁，號芑堂，一號金粟山人。清浙江海鹽人。嘉慶元年舉人。嗜金石，搜羅甚富。[5]吴達夫：吴介寶，字達夫。清江蘇上元人。嘉慶二十四年舉人。官休寧訓導。[6]梁山舟：梁同書，見卷三·三二注[3]。[7]玉格：指道書。[8]延陵：代指吴達夫。吴氏郡望爲江蘇常州延陵。東海：代指張芑堂。

一七

人饋得心大師雞子四十[1]，師大吞咽。人笑之。師作偈云[2]："混沌乾坤一口包，也無皮血也無毛。老僧帶爾西天去，免在人間受一刀。"

【箋注】

[1]得心：明代著名僧人。巴東（今屬湖北）人。住蘄州三角山。[2]偈：指含有佛教義理的短詩。

一　八

金陵山川之氣，散而不聚，以故土著者絶少傳人[1]。王、謝渡江[2]，多作寄公[3]，亦復門户不久，此其證也。然街衢宏闊，民氣淳静，至今士大夫外來者，猶喜家焉。桐城姚姬傳太史掌教鍾山[4]，有移居之志。賦詩云："又向金陵十日留，依然雙闕望牛頭[5]。交遊聚處思移宅，衰病行時愛棹舟。蕭寺風多疑作雨[6]，後湖煙淡總如秋。僧書擬共舒王讀[7]，不弔興亡惹淚流。"余謂第四句尤合余意。余當未衰時，亦喜舟行，畏陸行也。

太史七古雄厚，惜篇長難録。録其《岳陽樓見月》云："高樓深夜静秋空，蕩蕩江湖積氣通。萬頃波平天四面，九霄風定月當中。雲間朱鳥峰何處[8]，水上蒼龍瑟未終[9]。便欲拂衣瓊島外，止留清嘯落湘東。"《弔王彦章》云："亂世鳥飛難擇木，男兒豹死自留皮[10]。"《哭劉耕南》云："别來書到長安少，死去才教天下空。"《淮上》云："只愁天上桃花水，浸失淮南桂樹山[11]。"《釣臺》云："可憐高鳥盡，回憶釣魚磯。"皆絶妙也。己巳歲，余《中秋夜渡江》云："世上夜深秋正半，江心風定月當中。"亦與先生《岳陽》三四聯相似。先生從父南青諱範，在長安與余有車笠之好[12]，學問淹博，而不喜吟詩。余改官江南，送行詩麻集，而南青無有也。余調之云："南青愛人如老嫗[13]，初入翰林殊栩栩[14]。平時著述千萬言，臨别贈我無一語。"

【箋注】

[1] 土著：世代居住本地之人。　[2] 王、謝：指東晋時王導和謝安兩姓豪門望族。　[3] 寄公：泛稱失位而流亡者。　[4] 姚姬傳：姚鼐，見卷一〇・九三注[1]。　[5] 牛頭：指南京西南方向的牛首山。　[6] 蕭寺：見卷四・六六注[5]。　[7] 舒王：指北宋王安石。他罷相後還居江寧（今江蘇南京）。宋徽宗政和三年，追封王安石爲舒王，配饗文宣王廟。　[8] 朱鳥：紅色鳳凰，是衡山的象徵。代指衡山的最高峰祝融峰。祝融峰形如飛翔着的天鳳。　[9] 蒼龍：指湘靈，古代傳説中的湘水之神。《楚辭・遠遊》："使湘靈鼓瑟兮，令海若

舞馮夷。” [10]豹死留皮：比喻人將好名聲留傳於後世。五代時梁將王彦章，武人不知書，常爲俚語謂人曰：“豹死留皮，人死留名。”唐兵攻兗州，彦章兵敗被擒，不屈見害。事見《新五代史·王彦章傳》。 [11]桂樹：喻忠貞之士。淮南小山《招隱士》：“桂樹叢生兮山之幽。”王逸注：“桂樹芳香，以興屈原之忠貞也。” [12]姚範（1702—1771）：字南青，號薑塢。清安徽桐城人。乾隆七年進士。官翰林院編修，充三禮館纂修。有《援鶉堂詩集》、《援鶉堂文集》。車笠：喻貴賤貧富不移的深厚友誼。 [13]愛人：友愛他人。[14]栩栩：活潑的樣子。

一　九

閨秀，吾浙爲盛。庚戌春，掃墓杭州，女弟子孫碧梧邀女士十三人[1]，大會于湖樓，各以詩畫爲贄[2]。余設二席以待之。徐裕馨，相國文穆公之孫女也[3]，畫法南田[4]，詩吟中晚[5]。《即景》云：“讀罷黄庭卷懶開[6]，静中消息費推裁。吹燈欲禁花留影，剛捲珠簾月又來。”《暮秋》云：“寒蝶低飛月滿枝，海棠紅冷桂凋時。笑儂竟比黄花瘦，青女多情知未知？”《畫眉》云：“柳梢枝上曉風柔，夢醒雕欄語未休。莫向碧紗窗畔唤，美人猶是未梳頭。”《暮春》云：“殘紅片片卸簷前，樹有餘香蝶尚憐。士女不來芳草外，鞦韆猶繫緑楊邊。中庭風静遊絲落，繡户簾垂紫燕穿。恰好送春詩未就，瑶臺有妹贈雲箋[7]。”《夜雨》云：“夜雨小窗多少，春唤子規去了。起來收拾餘花，又把五更風惱。”

【箋注】

[1]庚戌：這裏指乾隆五十五年（1790）。孫碧梧：孫雲鳳，見卷二·三一注[2]。 [2]贄：初次見人時所執的禮物。 [3]徐裕馨（1765—1791）：字蘭韞。清浙江錢塘人。徐本曾孫女。同里諸生程焕妻。有《蘭韞詩草》。文穆公：徐本，見卷八·四五注[2]。 [4]南田：惲格，見卷四·二注[1]。 [5]中、晚：指中晚唐。 [6]黄庭：指晋王羲之書寫的道教經典著作《黄庭經》法帖。[7]瑶臺：形容所居之處如美玉砌成，極其華麗。雲箋：有雲狀花紋的紙。

二〇

汪妽[1]，字巽爲，號順哉。秋御先生之女也。《春日山居》云：“山居無事起常遲，不斷溪聲雨過時。最愛學飛新燕子，簾鈎低拂影差池[2]。”《聞蟲》云：“四壁亂蟲鳴，聞聲暗自驚。獨憐秋一色，可奈月三更。歎息余如助，丁寧夢未成。可知爲客者，緣爾倍關情。”《秋月》云：“古戍鳴寒柝，孤城急暮砧[3]。”俱饒有唐音。

【箋注】

[1]汪妽：見卷一二·二五注[2]。 [2]差池：猶參差，不齊貌。 [3]寒柝：寒夜打更的木梆聲。暮砧：傍晚擣衣的砧聲。砧，擣衣石。

二一

孫春巖觀察滇南[1]，娶姬人王氏，名玉如[2]，善畫工詩，與女公子雲鳳、雲鶴閨房唱和，有林下風[3]。《喜弟自滇至》云：“既見翻疑誤，凝眸各審詳。九年雲出岫，一夕雁成行。别後滄桑换，途中歲月長。舊容驚半改，鄉語歎全忘。對月秋垂淚，聽猿夜斷腸。逢人問消息，覓便寄衣裳。剪燭心方慰，回頭意轉傷。自余離故土，賴爾奉高堂[4]。感逝餐應減，思兒鬢恐霜。弟能支菽水[5]，妹可護温凉。聞已調琴瑟[6]，曾無弄瓦璋[7]。當年送我處，今日遇君場。彼此皆如夢，依依兩渺茫。”此詩置白太傅集中[8]，幾不可辨。

【箋注】

[1]孫春巖：孫嘉樂，見卷二·三一注[1]。 [2]姬人：妾、小妻。王玉如：清雲南人。孫嘉樂任雲南按察使時所納之側室。與女兒孫雲鳳、孫雲鶴皆善畫工詩。 [3]林下風：稱美婦女閒雅飄逸的風采。南朝宋劉義慶《世説新語·賢媛》：“王夫人神情散朗，故有林下風氣。” [4]高堂：指父母。 [5]菽水：豆與水，指晚輩對長輩的供養。 [6]調琴瑟：指成婚。 [7]弄瓦璋：生兒女。[8]白太傅：指白居易。

二 二

錢塘陸飛[1]，字筱飲。乾隆乙酉解元[2]。性高曠，善畫工詩。慕張志和之爲人[3]，自造一舟，妻孥茶竈，悉載其中，遨遊西湖，以水爲家。《揚州遇雪》云："雨隨微霰集[4]，船與斷冰争。"《渡錢江》云："萬弩尚餘沉鐵在，群山渾欲勒潮回。"《爆竹》云："緼袍易裂拋宜遠，濁酒能醒近未妨。"

近來習尚，丈夫多臂纏金鐲[5]，手弄椰珠。余頗以爲嫌。而謹厚者，亦復爲之。陸作詩刺之云："我聞遠賈多艱虞[6]，纏金或以資窮途。途窮未必非懷寶，懷藏亦足來萑苻[7]。世人金多揮不足，舉袖滿堂黄映肉。指環臂釧乃女子，男化女兒何日始？南方草木椰最久，實大如瓜漿作酒。何年落子比元珠[8]，一串摩尼時在手[9]。有手不弄琴與書，有手不把犁與鋤。可惜白日空摩挲，不有博弈猶賢乎[10]？"

【箋注】

[1]陸飛（1719—？）：字起潛，號筱飲。清浙江仁和人。乾隆三十年解元。有《筱飲齋稿》。 [2]解元：科舉鄉試第一名。 [3]張志和（732—774）：字子同。唐婺州金華（今屬浙江）人。肅宗時待詔翰林，後坐事貶南浦尉。赦還，隱居江湖，自號煙波釣徒，又號玄真子。顏真卿做湖州刺史時，見其舟敝漏，請更之，志和曰："願爲浮家泛宅，往來苕霅（zhá）間。"善歌詞。今存《漁父》五首。 [4]微霰：細小雪珠。 [5]金鐲：用黄金製成的戴在手脖或脚脖上的環形裝飾品。 [6]遠賈：遠路來往經商的人。艱虞：艱難憂患。 [7]萑（huán）苻：盜賊。 [8]元珠：即玄珠。黑色明珠，佛教徒常用以比喻教義真諦。元，同"玄"，避康熙帝諱改。 [9]摩尼：指佛珠。[10]博弈：棋類遊戲的總稱，指賭博。

二 三

余嘗求陳望之先生詩而不得[1]，《詩話》中所載甚少。近日王夢樓從楚中歸[2]，誦其《月夜登黄鶴樓》云："丹樓天外峙，皓月空中行。

銀濤與玉魄，相迸出光明。樹暗漢陽渡，雲低鄂渚城[3]。不知何處笛，解作落梅聲[4]。”《泛舟登伯牙臺》云[5]：“伯牙臺畔曉鶯飛，梅子山前緑漸肥。舟共鳬鷖聊泛泛[6]，柳遮樓閣似依依。人琴千古知誰在，江漢殘春照鬢稀。我欲臨風彈一曲，落紅成陣亂斜暉。”

【箋注】

[1]陳望之：陳淮，見卷三・四三注[2]。 [2]王夢樓：王文治，見卷二・三〇注[1]。 [3]鄂渚城：即古鄂州城。相傳在今湖北武昌黄鶴山上游三百步長江中有渚，因而得名。 [4]落梅：李白《與史郎中欽聽黄鶴樓上吹笛》：“黄鶴樓中吹玉笛，江城五月落梅花。” [5]伯牙臺：位於漢陽龜山西麓、月湖東畔。伯牙，春秋時晋國大夫，楚郢都（今湖北江陵）人。于漢陽江口得遇知音鍾子期，曾在此彈琴。 [6]鳬（fú）：野鴨。鷖（yī）：鷗的别名。

二　四

丙辰召試者二百餘人[1]，今五十五年矣，存者惟錢籜石閣學與余兩人耳[2]。庚戌五月，相訪嘉禾[3]，則已中風，半身不遂。年八十有三，猶能譚譚清談[4]。家徒壁立，賣畫爲生。官至二品，屢掌文衡，而清貧如此，真古人哉！刻《籜石齋詩集》四十九卷，最後，題春圃弟《茶舫圖》云：“清凉山後阿兄題，大令名看小令齊[5]。三月柳遮江路永，十年人隔夕陽低。”拳拳念舊，蓋物稀爲貴，理應然也。先生吟詩，多率真任意，有夫子自道之樂[6]。其《村居》云：“村居誰爲閉門高，夜雨頻添水半篙。楊柳初絲亞文杏，木蘭如玉照櫻桃。王官谷小雲同住，華子岡深犬夜嗥[7]。短杖一枝扶便出，西軒北陌又東皋。”《先人别業》云：“屋于高處非忘世，志欲終焉此讀書。”皆有駘宕之致。先生名載，嘉興人。

【箋注】

[1]丙辰：這裏指乾隆元年（1736）。此指召試博學鴻詞科。 [2]錢籜（tuò）石：錢載，見卷八・二九注[1]。 [3]嘉禾：浙江嘉興的别稱。 [4]譚（tán）

醰：醇濃、醇厚。 [5]大令：晋王獻之與其族弟王珉，先後爲中書令，世稱獻之爲大令，王珉爲小令。這裏代指兄長。 [6]夫子自道：《論語·憲問》："子曰：'君子道者三，我無能焉：仁者不憂，知者不惑，勇者不懼。'子貢曰：'夫子自道也。'" [7]王官谷：位於山西永濟南的中條山中，與五老峰相距不過十餘公里。唐司空圖曾於此隱居。韓愈、柳宗元、盧綸等，也都曾於此遊歷。華子岡：在今江西南城縣西南麻姑山。南朝宋謝靈運嘗遊於此，唐時王維、裴迪亦曾相遊於此。此以田園名勝讚美村居。

二 五

家常語入詩最妙。陳古漁布衣詠牡丹云[1]："樓高自有紅雲護，花好何須緑葉扶。"國初，徐貫時寄妾云[2]："善保玉容休怨别，可憐無益又傷身。"

【箋注】

[1]陳古漁：陳毅，見卷一·五二注[3]。 [2]徐貫時：徐柯，見卷一·六二注[2]。

二 六

秋霜初下，木葉未凋，而浮萍先悴。松江張夢喈之女玉珍有句云[1]："梧陰尚覆階前草，秋信先殘水面花。"雖眼前景，無人道過。又《贈歸燕》云："空巢爲汝殷勤護，重到休迷故主樓。"真仁人之言。玉珍嫁太倉秀才金瑚，有孝子之稱。

【箋注】

[1]張夢喈：見卷四·六九注[1]。張玉珍：字藍生，號清珂。清江蘇華亭人。太倉孝子金瑚妻。有《得樹樓稿》《晚香居詞》。

二 七

凡攻經學者，詩多晦滯，獨蘇州江鄭堂藩詩能清拔[1]，王蘭泉司寇之高弟子也[2]。《登齊雲山》云："危梯高百步，曲折徑通幽。人與鳥争路，僧邀雲住樓。山收千里翠，石放衆溪流。空際聞鐘磬，聲從何處求？"《寓樓》云："東風料峭覺衣單，樓閣虚空夢未殘。病裏已教花事去，愁來肯放酒杯寬？畫圖勸客看山色，書卷留人忍夜寒。去歲家書今歲達，老親爲我定加餐。"《送蘭泉從方伯升司寇入都》云[3]："民情愛冬日，朝命轉秋官[4]。"抑何工切！

【箋注】

[1]江鄭堂：江藩（1761—1831），字子屏，號鄭堂。清江蘇甘泉人，文中言"蘇州"，誤。監生。著名學者。有《伴月樓詩集》。 [2]王蘭泉：王昶，見卷二·五二注[2]。 [3]方伯：明清時期習稱布政使爲"方伯"。掌一省財賦、民政。司寇：明清時期習稱刑部尚書爲大司寇，侍郎爲少司寇。 [4]秋官：明清時期習稱刑部官員爲秋官。

二　八

余十二歲，受王交河先生蘭生知[1]，入學。十五歲，受李安溪先生清植知[2]，補增[3]。十九歲，受帥蘭皋先生念祖知[4]，食餼[5]。感知己之恩，求王、李二公詩，不可得。近在汪松蘿《清詩大雅》中[6]，得帥公《春園》，云："群香多撲鼻，空翠總沾衣。良以得春趣，因之忘世機。徑幽當曉寂，禽小見人飛。我意適如此，看雲何處歸。"又《秋信》云："柳殘池受月，花落徑添泥。"《彈琴》云："耳邊猶有韻，空外絶無聲。"

【箋注】

[1]王交河：王蘭生，見卷一二·二七注[3]。 [2]李安溪：李清植（1690—1744），字立侯，號穆亭。清福建安溪人。雍正二年進士。曾任浙江學政、三禮館副總裁、武英殿總裁。有《文貞公年譜》《儀禮纂録》。 [3]補增：補入增生。明清制，學中生員于正額外增廣的名額叫增廣生員，簡稱增生。[4]帥蘭皋：帥念祖，見卷一二·四五注[1]。 [5]食餼（xì）：經考試取得

廪生資格的生員享受廪膳補貼，亦即成爲廪生。 [6] 汪松蘿：汪觀（1665—1750），字瞻侯，號松蘿。清安徽休寧人。僑居蘇、揚等地，編刻《清詩大雅》。

二 九

彭湘南布衣[1]，與陳滄洲先生同鄉交好[2]。陳殁後，無所依歸，以選詩爲生。癸酉來金陵[3]，年七十餘矣，杖頭掛古錢數枚，朱履白髮，招摇過市。爲余言，滄洲詩宗少陵，誦其《石峽看月》云："薄暮村難辨，依微古渡旁[4]。空江懸網罟[5]，落日下牛羊。水落灘聲緩，山高樹影涼。開篷看月色，夜久漸爲霜。"他如："夜雨鄰燈舟似市[6]，經年旅泊水爲家。""竹榻耳隨天籟寂，紙窗雲共佛香飄。"皆佳。

【箋注】

[1] 彭湘南：彭廷梅，見卷九・九〇注 [1]。 [2] 陳滄洲：陳鵬年，見卷二・二二注 [2]。 [3] 癸酉：這裏指乾隆十八年（1753）。 [4] 依微：隱約、不清晰貌。 [5] 網罟（gǔ）：捕魚及捕鳥獸的工具。 [6] 市：貿易場所。

三 〇

松江提督張雲翼[1]，以公侯世職[2]，而《嚴灘》一首[3]，獨出新裁，其詞云："漫整荷衣拜逸民[4]，灘聲猶自動星辰。富春近日誰漁父，天子當年有故人[5]。名到先生纔是隱，賢如光武不稱臣。只因曾作梅家婿[6]，外氏家風愛隱淪。"嚴先生爲梅福之婿，事見《逸史》。又："明月到樓忘是夜，桃花無水不成春。"俱有意思，不似貴人筆墨。

【箋注】

[1] 張雲翼（？—1709）：字又南，又字望堂，號鵬扶。清陝西咸寧人，居江寧。以父勇蔭襲靖逆侯。官至福建總督。謚恪定。有《式古堂集》。此處所稱張雲翼《嚴灘》，一作潘問奇詩，只末二語不同。潘問奇（1632—1695），字雲程，又字雲客，號雪帆。清錢塘人。有《拜鵑堂詩集》。《雪橋詩話》卷四説："雲翼公侯世家，或云客代作，以成其名。" [2] 公侯：

公爵與侯爵，泛指高官。世職：世代承襲的職位。 [3] 嚴灘：在浙江桐廬南，相傳爲東漢嚴光隱居垂釣處。《後漢書・逸民傳・嚴光》："除爲諫議大夫，不屈，乃耕于富春山，後人名其釣處爲嚴陵瀨焉。" [4] 荷衣：傳説中用荷葉製成的衣裳。亦指高人、隱士之服。逸民：指遁世隱居的人。 [5] 天子：這裏指東漢光武帝劉秀。 [6] 梅家婿：傳説嚴光爲梅福之婿，不見於正史。梅福，見卷六・五〇注 [3]。

三一

康熙末年，布衣能詩者，金陵有屈思齊景賢[1]，蘇州有李客山果[2]。二人俱落落孤高，與朱草衣別一風格[3]。客山詩，余見甚少。屈長於五古，工夫勝草衣，而性靈不如。在僧壁見《與馬秋田沈方舟姚玉亭觀秋色》云："香閣層巒上，登臨落照邊。鐘聲傳下界，人語近諸天。紅葉齊争艷，秋花静可憐。蕭然林壑外，歸鳥度寒煙。"《莫愁湖》云："一自美人去，至今芳草生。"詩境冷淡，可以想見其人。余宰江寧，從不來一見。

【箋注】

[1] 屈思齊：屈景賢，字思齊。清江蘇江寧人。袁枚聞其詩名，投刺訪之，辭以疾。有《滋蘭草堂詩鈔》。 [2] 李客山：李果，見卷三・五九注 [3]。 [3] 朱草衣：朱卉，見卷三・一一注 [4]。

按：袁枚對布衣詩人青睞有加，這裏又見一斑。

三二

天長陳燭門以剛壬辰進士[1]，與王孟亭同年[2]，論詩兩不相合，以王好險拗，而陳平和故也。陳長於投贈，《贈顧俠君》云[3]："心厭承明戀釣槎[4]，題名江上有籠紗[5]。鼓鐘清廟元和筆[6]，簫管揚州大業花[7]。重碧千卮傾北道[8]，軟紅十丈憶東華[9]。相看淮海詩人盡，携手平山日又斜[10]。"

【箋注】

[1]陳燭門：陳以剛，見卷八·三注[1]。 [2]王孟亭：王箴輿，見卷二·七六注[1]。 [3]顧俠君：顧嗣立，見卷一三·五四注[1]。 [4]承明：古代天子左右路寢稱承明，因承接明堂之後，故稱。此代指在朝做官。 [5]籠紗：見卷一·三〇注[13]。 [6]清廟：指帝王的宗廟，亦指古帝王祭祀祖先的樂章。元和筆：唐憲宗元和年間流行以元稹、白居易爲代表的新體詩。此用來喻指顧之才華。 [7]"簫管"句：典出唐杜牧《寄揚州韓綽判官》："二十四橋明月夜，玉人何處教吹簫。"大業：隋煬帝年號（605—616）。傳説隋煬帝鑿運河到揚州看瓊花。 [8]"重碧"句：重碧，酒名。卮，飲酒器。北道，泛指向北方的道路。此句寫顧豪于酒，顧被稱爲酒王。 [9]軟紅：猶言"軟紅塵"，謂繁華熱鬧。東華：借指宫城。 [10]平山：指平山堂，在今江蘇揚州西北蜀岡上。宋歐陽修在揚州任太守時始建，歐陽修、劉敞、梅堯臣、王安石、秦觀、蘇軾等各有詩。此以平山堂比顧嗣立的小秀野草堂。

三　三

瀋陽唐俊公英司關九江[1]，四方詩人遊者，必有唱和。余於《詩話》中已詳言其壇坫之盛[2]。先生詩，尚未見也。近始得其《歸舟即景》云："逸興忙中減，玆遊片刻清。岸蟲隨櫓急，漁火貼波明。山暗殘陽滅，江寒夜氣生。莫教驚野浦，恐散白鷗盟[3]。"《環翠亭納凉》云："古亭雅集趁新凉，明月依人照異鄉。老樹静風鴉睡穩，山衙報漏鼓聲忙。向平心事誰知己[4]，庾亮襟期自笑狂[5]。白雪陽春歌滿座[6]，不堪回首少年場。"讀之，想見盛世升平、官領閑曹之樂。其子名寅保[7]，貌如冠玉，早入翰林，出錫山嵇公之門[8]，人以爲先生禮士尊賢之報也。

【箋注】

[1]唐俊公：唐英，見卷三·六〇注[9]。 [2]壇坫：指文人集會或集會之所。[3]鷗盟：謂與鷗鳥爲友。典出《列子》。 [4]向平：向長，見卷八·八四注[4]。[5]庾亮（289—340）：字元規。東晋潁川鄢陵（今屬河南）人。美姿容，善談論，性好莊老，風格峻整。官中書郎、護軍將軍、中書令、鎮西將軍等。[6]白雪陽春：原指戰國時期楚國的兩支高雅歌曲《白雪》與《陽春》，後泛

指高雅的詩歌和其他文學藝術。 [7] 寅保（？—1772）：字虎侯，號芝圃。漢軍正白旗人。唐英次子。乾隆十三年進士。曾任杭州織造。有《秀鍾堂詩集》。[8] 嵇公：嵇璜（1711—1794），字尚佐，自號拙修。清江蘇長洲人，本籍無錫。雍正八年進士。官至文淵閣大學士。

三 四

杜紫綸先生選《唐人叩彈集》[1]，專尚中晚。學者從兹入手，可免粗硬槎枒之病。而宗法少陵、山谷者[2]，意頗輕之。先生《虎邱雨後》云[3]："六宫花老淚胭脂，點點殘紅墜晚枝。自是東風無著處，本來西子有歸時。錦帆冷落青簾舫，玉管闌珊白紵詞[4]。雙槳緑波留不住，半塘煙柳雨如絲。"先生翰林前輩，與余同試光明殿，恰未一握手。

【箋注】

[1] 杜紫綸：杜詔，見卷七・六五注[1]。 [2] 少陵、山谷：杜甫和黄庭堅。 [3] 虎邱：虎邱山，又名海湧山。在今江蘇蘇州西北。《越絶書・吴地傳》：闔閭塚在閶門外，名虎邱。 [4] 白紵：樂府舊題，泛指江南一帶的舞曲。

三 五

沈歸愚言沈方舟詩[1]，藏少弋家[2]。少弋已亡，求之不得。杭堇浦言方舟詩在福建布政使張廷枚家[3]。或少弋即方伯之宗人，未可知也。沈詩音節沉雄，得明七子梗概，而新穎過之。足跡所到，足以助其豪宕之氣。如《下朝陽》云[4]："似聞風雨作，前有大灘來。一氣雙江合[5]，孤城百粵開[6]。鰲身移島嶼，蜃口出樓臺[7]。倚棹懷湘子[8]，橋成力大哉。"余每過灘，先聞聲響，讀此方知其妙。他如《小泊》云："竹喧歸鳥後，村静飼蠶時。"《天啟德陵》云[9]："内豎一朝祠宇遍，爰書三案士林空[10]。"《懷宗思陵》云[11]："一劍割將公主愛[12]，九門報導寺人開[13]。"《泰山》云："四嶽共推青帝長[14]，一峰還古丈人尊[15]。"皆膾炙人口。有長安陶友蘭者[16]，愛其詩，臨卒，命以方舟詩集置棺中爲殮。亦異人哉!

【箋注】

[1] 沈歸愚：沈德潛，見卷一・三一注[3]。沈方舟：沈用濟，見卷六・九六注[1]。 [2] 張少弋：張鈛（yì）（1672—1754），字少弋。清江蘇華亭人。布衣。有《鶴沙詩草》。 [3] 杭堇浦：杭世駿，見卷三・六四注[1]。張廷枚：見卷一四・二一注[1]。 [4] 朝陽：即朝陽巖，在今湖南永州瀟水西岸。唐元結于永泰元年途經永州時，見此巖口東向，特爲之取名“朝陽”，且有《朝陽巖銘》《朝陽巖歌》。柳宗元在此題有《漁翁》《江雪》等詩。 [5] 雙江：指湘江與瀟水。 [6] 百粵：古稱兩廣爲百粵之地。 [7] 蜃口：指巖口。蜃，傳説中的動物，能吐氣成海市蜃樓。 [8] 湘子：指傳説中的八仙人物韓湘子。曾修建了廣東潮州湘子橋。 [9] 天啟德陵：位於昌平雙鎖山潭峪嶺西麓，是明朝第十五位皇帝熹宗朱由校和皇后張氏的合葬陵寢。天啟爲年號。 [10] 内豎：宦官。《明史・熹宗本紀》：“巡撫浙江僉都御史潘汝楨請建魏忠賢生祠，許之。嗣是建祠幾遍天下。”爰書：古代記録囚犯供辭的文書。三案：明末的“紅丸”“梃擊”“移宫”等大案，泛指政治風波。 [11] 懷宗思陵：明思宗崇禎皇帝朱由檢陵墓。清改謚爲莊烈愍皇帝。廟號懷宗。葬北京昌平思陵。 [12] “一劍”句：李自成攻入北京，崇禎劍擊長公主，逼迫皇后自盡。登煤山，書衣襟爲遺詔，以帛自縊於山亭，遂崩。 [13] 寺人：宫中的近侍小臣，多以閹人充任。太監曹淳化打開彰儀門獻城，起義軍進城，城陷。 [14] 青帝：我國古代神話中的五天帝之一，是位於東方的司春之神。此代指東嶽泰山。 [15] 丈人：泰山祭壇旁有丈人峰，代稱泰山。 [16] 陶友蘭：生平未詳。

三 六

虎邱山塘有白傅舊堤[1]，其碑爲居民埋匿，汪松蘿掘得之[2]。沈賦詩云：“片石苔封閱歲華，憑君磨洗認龍蛇[3]。從今覓得春風路，送與吴娘踏落花。”王昊廬宗伯捐貲贖甲寅難婦百餘口[4]。沈贈云：“紅淚千行濺鐵衣，傾家不惜拔重圍。揮金欲笑曹瞞吝[5]，只贖文姬一個歸[6]。”

【箋注】

[1] 白傅：即白居易。他在任蘇州刺史時修築了閶門至虎邱的河堤，後成爲山塘街。 [2] 汪松蘿：汪觀，見本卷二八注[6]。 [3] 龍蛇：指文字。 [4] 王昊廬：王澤宏（1623—1705），字涓來，號昊廬。清湖北黄岡人。順治十二年進士。歷官禮部尚書。工詩。有《鶴嶺山人集》。甲寅：這裏指康熙十三年（1674）。甲寅之變，見卷八・五九注[1]。 [5] 曹瞞：指曹操。 [6] 文姬：蔡琰，見卷一二・八七注[7]。

三七

雍正間，宣城有布衣葛鶴字雲衢者[1]，詩筆頗清，年未四十而亡。陳古漁誦其佳句云[2]："巢傾争宿鳥，鞭響過橋驢。""夜雨屢遷孤客館[3]，秋風先瘦異鄉人。"

【箋注】

[1] 葛鶴：如上，餘未詳。 [2] 陳古漁：陳毅，見卷一・五二注[3]。 [3] 夜雨：原作"衣雨"，據民國本改。

三八

詩用眼前之典，能貼切便佳。陳燭門《贈李天山》云[1]："老人吹火窺劉向[2]，天子臨軒問長卿[3]。"楊兼山《在户部歲暮》云[4]："孫簿當年猶祭竈[5]，崔丞近日只哦松[6]。"姚姬傳《贈陶生》云[7]："貧無素業彈長鋏，行入朱門著小冠[8]。"語俱妙。而姚詩似有所諷。

【箋注】

[1] 陳燭門：陳以剛，見卷八・三注[1]。李天山：李文爍，字興韜，號韞庵、天山。明末清初廣東順德（今佛山一帶）人。崇禎恩貢生。有《天山草堂集》。[2] 劉向：見卷七・四三注[2]。晉王嘉《拾遺記・後漢》："劉向于成帝之末，校書天禄閣，專精覃思。夜，有老人著黄衣，植青藜杖，登閣而進，見向暗中獨坐誦書。老父乃吹杖端，煙燃，因以見向，説開闢已前。向因受《洪範五行》

之文，恐辭説繁廣忘之，乃裂裳及紳，以記其言。”後因以“燃藜”指夜讀或勤學。 [3] 問長卿：漢司馬相如字長卿。漢武帝讀所作賦，遂召問，任爲郎。 [4] 楊兼山：楊大琛，見卷一六・三注 [1]。 [5] 孫簿：指孫寶，字子嚴。西漢潁川鄢陵人。以明經爲郡吏。御史大夫張忠命他代理主簿，俗謂高士不爲主簿，孫寶却還感到高興，照常祭祀竈神，邀請鄰居。詳《漢書・孫寶傳》。 [6] 哦松：唐博陵崔斯立爲藍田縣丞，常在二松千竹間吟哦詩文，事見唐韓愈《藍田縣丞廳壁記》。後因以“哦松”謂擔任縣丞。 [7] 姚姬傳：姚鼐，見卷一〇・九三注 [1]。 [8] 素業：先世所遺之業。長鋏：戰國齊人馮諼寄食孟嘗君門下，屢倚柱彈其劍，歌“長鋏歸來”。後因以“彈鋏”謂處境窘困而又欲有所干求。小冠：高度廣度皆遜於一般的冠。《漢書・五行志下之上》：“鄭通里男子王褒，衣絳衣小冠，帶劍入北司馬門殿東門。”《宋書・五行志一》：“晋末皆冠小冠，而衣裳博大，風流相仿，輿臺成俗。”亦稱閒時所服的便帽。

按：眼前之典，是説典故切合所詠人或物的特點。當時當地讀之，很易於知其用意所在。但是，對後人來説，並不一定好理解。

三　九

詩有無心而相同者。陶篁村《偶成》云[1]：“閉户渾如坐佛幢[2]，彈琴作伴影成雙。多情只有蕭蕭竹，時帶斜陽緑到窗。”姚姬傳亦有《凉階》一首云[3]：“凉階今夕又飛螢，倚檻風前已涕零[4]。人跡不如修竹影，每隨明月到中庭。”陶《題閲江樓》云：“木落天空闊，鼉鳴岸動摇。”亦奇偉可喜。

沈方舟《出峽》云[5]：“舟擲波心去，人穿石罅來。”王蘭泉《舟至玉屏》云[6]：“人從激箭流中坐，船在崩崖罅裏行。”

【箋注】

[1] 陶篁村：陶元藻，見卷一・三〇注 [10]。 [2] 佛幢：佛像前懸掛的飾品，代指佛殿。 [3] 姚姬傳：姚鼐，見卷一〇・九三注 [1]。 [4] 涕零：落淚。 [5] 沈方舟：沈用濟，見卷六・九六注 [1]。 [6] 王蘭泉：王昶，見卷二・五二注 [2]。

四　〇

丙子，年家子陶時行以胡氏《一房山詩集》見示[1]，作者六七人。壬寅秋[2]，余過蕪湖，主人漱泉淳邀遊其處[3]，屋不甚多，而窗對赭山，門臨湖水，洵鳩江一勝景也。集中管松厓太史幹珍云[4]："日夕山水碧，泠然秋更清。微風湖面至，初月竹稍生。排雁銀箏柱，跳魚玉尺聲。不愁歸路晚，村火似星明。"淡霞山明府如水云[5]："入室菊排三徑秀，開窗風送一山秋。"仲燭亭蘊檠秀才云[6]："小閣乍開雙白板，秋山剛借一屏風。"宋笠田明府樹穀云[7]："沙外鷗眠閑勝客，竹間禽語妙於詩。"主人《曉起》云："殘月林中掛，晴雲空際生。北窗幽夢覺，天色欲微明。露浥蕉花重，煙凝竹葉清。迎風傾兩耳，恰好一蟬鳴。"

【箋注】

[1]丙子：這裏指乾隆二十一年（1756）。陶時行：見卷一二・三二。[2]壬寅：這裏指乾隆四十七年（1182）。[3]漱泉：胡淳，見卷三・四九注[1]。[4]管松厓：管幹珍（1734—1798），一作幹貞，字陽復，號松厓。清江蘇陽湖人。乾隆三十一年進士。官至漕運總督。有《松崖詩文鈔》。[5]淡霞山：淡如水，見卷三・四九注[1]。[6]仲燭亭：仲蘊檠，見卷三・四五注[2]。[7]宋笠田：宋樹穀，見卷四・三〇注[1]，參卷一三・二四。

四　一

出入權貴人家，能履朱門如蓬户，則炎凉之意，自無所動於中。宋人詠松云[1]："白雲功成謝龍去，歸來自掛千年松。"汪易堂蒼霖詠菊云[2]："不蒙春風榮，詎畏秋氣肅？"可謂見道之言。汪又有《白桃花》云："褪盡鉛華露一叢，輕陰漠漠淡煙籠。漁郎錯認仙源路[3]，洞口春深雪未融。"《七夕呈冰玉主人》云："神光靉靆有無中[4]，靈駕雲衢一水通。欲乞天孫爲補拙[5]，明朝移巧到城東。"皆言外有意。

【箋注】

[1]宋人：所指未詳。 [2]汪易堂：汪蒼霖，字易堂。清浙江錢塘人。監生。曾任江寧知縣。工詩善書。 [3]仙源：桃花源。 [4]靉（ài）靆（dài）：飄拂、繚繞。 [5]天孫：織女星。舊俗農曆七月七日夜，婦女陳瓜果于庭院中向織女星乞求智巧，稱爲“乞巧”。

四二

寶山徐水鄉，名崧，不事舉業，專攻詩[1]，年三十三而卒。卒前十日，病卧床，語其父云：“兒往謁洞庭陰君矣。惟一生心血在詩，可以遺稿付吾友浦翔春藏之[2]。”其時浦猶未知其死也，夢與水鄉談甚樂，自言已死四日矣，今遊趙秋谷先生門下[3]，講詩工夫大進，一笑而去。浦爲刻其詩，號《百删小草》。《海上秋興》云：“魚鱗千户縣初成，高築回塘似帶横。天任孤城淪碧海，帝争尺土與蒼生。扶桑日射帆檣出[4]，碣石雲開島嶼明[5]。極目滔滔煙水闊，秋風無浪總堪驚。”《弔韓蘄王》云[6]：“宋家猶有西湖在，且自騎驢遣暮年。”《此夕》云：“明知惜玉須完璞，無那看花想折枝。”皆有性靈。

孔北海云[7]：“今之後生，喜謗前輩。”水鄉《詠鸚鵡》刺之云：“怪儂巧弄無多舌，纔解人言便駡人。”又刺元稹云[8]：“君臣兒女情無二，報國曾無薄行流。”

【箋注】

[1]徐崧（1739—1772）：字岳瞻，號水鄉。清江蘇寶山（今屬上海）人。有《百删小草》，又名“徐岳瞻遺稿”。舉業：爲應科舉考試而準備的學業。 [2]浦翔春：見卷五·一五注[4]。 [3]趙秋谷：趙執信，見卷五·二九注[2]。 [4]扶桑：傳説日出於扶桑之下，拂其樹杪而升，因謂爲日出處。亦代指太陽。 [5]碣石：山名。在河北省昌黎縣北。碣石山餘脈的柱狀石亦稱碣石，該石自漢末起已逐漸沉没海中。 [6]韓蘄王：韓世忠，見卷一·一注[6]。 [7]孔北海：孔融，見卷二·四二注[3]。 [8]元稹：見卷一·二〇注[11]。此處認爲元稹《鶯鶯傳》是寫自己的經歷。

四　三

水鄉有友吕步瀛[1]，字仙客。亦工詩而早亡。《贈馮雲九》云："名士門生羽士師[2]，仙壇步上少年時。男兒只道封侯易，誤到頭顱白未知。"馮棄儒入道，故吕羡之。亡何，二人俱亡。

【箋注】

[1] 吕步瀛：如上，餘未詳。　[2] 羽士：道士的别稱。

四　四

余嘗謂陸放翁、康對山俱一入權門[1]，名爲小損。然士大夫寧爲權門之草木，勿爲權門之鷹犬。何也？草木不過供其賞玩，可以免禍，恰無害於人；爲其鷹犬，則有害於人，而己亦終難免禍。東坡詠馬季長云[2]："不礙依梁冀，何須害李公！"雖是落第二層身份而言之，亦可悲也。

【箋注】

[1] 陸放翁：南宋詩人陸游。《宋史》卷三九五《陸游傳》："游才氣超逸，尤長於詩。晚年再出，爲韓侂胄撰《南園》《閱古泉記》，見譏清議。"爽良《野棠軒摭言》卷三："陸放翁爲《南園記》《閱古泉記》，皆寓策勵之意。"陸游用心在於促進北伐，並未變節。康對山：康海，見卷八・五注[8]。明前七子之一。正德間，因救李夢陽，往見太監劉瑾，夢陽因此得免。瑾敗，竟坐其黨落職。　[2] 馬季長：馬融，見卷一四・八八注[16]。馬融得罪免官後，不敢忤權勢，爲梁冀起草劾李固章奏，又作《西第頌》頌之，頗爲正直者所恥。

四　五

王蘭泉方伯詩[1]，多清微平遠之音，擬古樂府及初唐人體，最擅長。自隨阿將軍征金川[2]，在路間寄《南斗集》一册，讀之，俶詭奇險[3]，大得江山之助，方信古人云"讀萬卷書，行萬里路"，缺一不可也。《過甕子洞》二首云："急溜從東來，鋭石忽西拒。水爲石所搏，奔流竟回注。豈知限坡陁[4]，欲走不得去。迴旋蹴浪花，蓄勢作馳騖[5]。何爲一葉舟，竟往殺其怒？舟水相撞舂，進退屢猶豫。乘間突而前，奇絶詫徑度。""大石如覆舟，小石如斷臼。其色侔豬肝，其狀肖熊首。其積累重甗[6]，其裂豁破缶[7]。譎詭非一形，争出扼溪口。三石更頎然，似結煙霞友[8]。臨空出竅穴，大小靡不有。俾受篙師篙，真宰信非偶。"《舁輿短歌》云[9]："下山走阪丸，上山逆水船。下用四人夾，上用四人牽。長繩繫板當胸穿，舁者二耦趨而前[10]。二十四足相後先，如魚逐隊蟻附羶。如羊倒掛禽齊騫[11]，我身托輿輿托肩。肩上尺木絙以緣[12]，莫怪侁侁走不前[13]，脚底千峰方刺天。"

【箋注】

[1]王蘭泉：王昶，見卷二·五二注[2]。 [2]金川：在今四川康定、天全一帶。乾隆三十一年，詔令川陝總督阿勒泰，組織金川地區土司合攻大金川。 [3]俶(chù)詭(guǐ)：奇異。 [4]坡陁(tuó)：不平坦。 [5]馳騖(wù)：疾馳、奔騰。 [6]甗(yǎn)：古代一種炊器，外形上大下小。 [7]缶(fǒu)：瓦盆一類的器皿。 [8]煙霞友：遊山玩水的伴侣。 [9]舁(yú)輿：抬轎子。舁，抬。 [10]耦：指二人一組。 [11]騫(qiān)：仰頭貌。 [12]絙(gēng)：粗繩索。緣：盤繞。 [13]侁(shēn)侁：行進貌，亦謂行進的聲音。

按：最早把讀書與行路聯繫在一起，不知從何時開始。宋王質《詩總聞》卷七："世傳杜詩，不讀萬卷書，不行一萬里，不可以觀。"宋王楙《野客叢書》卷二十二："《王直方詩話》云：……信乎不行一萬里，不讀萬卷書，不可看老杜詩也。"王直方比王質略早一些，最明確地把二者聯繫在一起，是指非此不足以讀懂杜詩，還不是直接談創作。明董其昌《畫禪室隨筆》卷二："畫家六法，一氣韻生動，氣韻不可學，此生而知之，自有天授。然亦有學得處，讀萬卷書，行萬里路，胸中脱去塵濁，自然丘壑内營，立成鄄鄂，隨手寫出，皆爲山水傳神矣。"清錢陳群撰彭孫遹《松桂堂全集》原序："隨先王父詣先生，因得親先生議論風旨。請學爲詩，則曰：‘讀萬卷書，行萬里路，下筆便有奇氣。’蓋先生自道閱歷也。”似乎到這時“讀萬卷書，行萬里路”之語纔正式形成。袁枚在這裏强調的是寫詩最好能得江山之助，並舉出了生動的例證。

四六

人問：懼内之説[1]，始自何時？余戲云：始于專諸[2]。《越絶書》稱專諸與人鬥，有萬夫莫當之氣；聞妻一呼，即還。豈非懼内之濫觴乎？五代時，朱温雖兇暴[3]，亦有專諸之風。其他文學之士，如王、謝兩公[4]，張稷、李陽諸典故[5]，固無論矣。人又問：懼内可見於詩歌否？余只記唐中宗寵韋后[6]，優人因裴談與宴[7]，知君臣同病，唱《回波詞》曰：“回波爾似栲栳[8]，怕婦也是大好。外邊只有裴談，内裏無如李老。”后喜，以束帛賜之。

【箋注】

[1]懼内：怕老婆。舊稱妻爲内或内子。 [2]專諸（？—前515）：春秋時吴國棠邑（今江蘇南京一帶）人。吴公子欲殺吴王僚，伍子胥薦專諸於光，光設宴請僚，專諸藏匕首於魚腹中進獻，刺殺僚，專諸亦爲僚左右所殺。此處所説聞其妻一呼即還，見《吴越春秋》。 [3]朱温（852—912）：宋州碭山（今屬安徽）人。五代後梁太祖。初從黄巢，降唐後賜名全忠，封梁王，後代唐稱帝，建國號梁，史稱後梁。更名晃。在位六年，爲子友珪所殺。 [4]王、謝：指東晋王導和謝安石。 [5]張稷（451—513）：南朝梁吴郡吴（今江蘇蘇州一帶）人。梁建後，爲散騎常侍、中書令，累遷尚書左僕射。《南史》卷三十八載：“（柳）惔度量寬博，家人未嘗見其喜愠。甚重其婦，頗成畏憚。性愛音樂，女伎精麗，略不敢視。僕射張稷與惔狎密，而爲惔妻賞敬。稷每詣惔，必先相問夫人。惔每欲見妓，恒因稷請奏。其妻隔幔坐，妓然後出。惔因得留目。”李陽：西晋高平（今屬山西）人。晋武帝時爲幽州刺史。王衍妻郭氏貪財聚斂，干預人事，衍不能禁，乃曰：“非但我言卿不可，李陽亦謂不可。”郭氏憚陽，爲之稍斂。 [6]唐中宗：李顯，見卷一五·三八注[5]。 [7]裴談：唐河中解縣（今屬山西）人。累官懷州刺史、御史大夫。常逢人説“妻有可畏者三”。人稱“懼内御史”。

[8] 栲（kǎo）栳（lǎo）：用柳條編成的盛物器具。亦稱笆斗。

四　七

"哥"字最俗，不入詩文。惟唐時張元一主司郎中《詠静樂縣公主》云[1]："馬帶桃花錦，裙拖綠草羅。定知幃帽底[2]，儀容似大哥。"其時，武懿宗短醜，而其妹甚長，人呼妹爲"大哥"。公主與則天並行，則天命元一嘲之，故云爾也。此外，白香山詩有"何似沙哥領崔嫂，碧油幢引向東川"[3]。沙哥者，楊汝士小名。居易，則楊之妹婿也。元世祖稱其臣董文炳爲"董大哥"[4]，亦奇。

【箋注】

[1] 張元一：唐人。武則天時，歷官司封員外郎、郎中、司勳郎中、左司郎中等職。喜作嘲謔詩。 [2] 幃帽：周圍垂網的帽子，唐時婦女常用。 [3]"何似"二語：白居易《楊六尚書新授東川節度使代妻戲賀兄嫂二絶》中句。 [4] 董文炳（1217—1278）：元真定路藁城（今河北石家莊一帶）人。世祖即位後，授侍衛親軍都指揮使。官至中書左丞。

四　八

儀真石大年有《漁父》詞云[1]："橛頭艇子送生涯[2]，來往苕溪與若耶[3]。手把一竿春又老，釣絲牽上野桃花。"浦翔春《漁父》詞云[4]："水之涯，山之麓。蓼花行，蘆花宿。不脱蓑衣酣睡足。得魚换酒笑向天，月落空江自歌曲。"二詩俱妙。石又有句云："手劈芭蕉充繭紙，眼看蝌蚪學蟲書[5]。"

【箋注】

[1] 石大年：石椿，字大年，號野堂。清江蘇儀徵人。有《叢蘭山館集》《清華堂集》《古今集事》。 [2] 橛（jué）頭：尖頭小船。 [3] 苕溪：水名。有二源，出浙江天目山之南者爲東苕，出天目山之北者爲西苕。兩溪合流，由小梅、大淺兩湖口注入太湖。夾岸多苕，秋後花飄水上如飛雪，故名。若耶：

溪名，出若耶山，北流入運河。相傳西施浣紗於此，故一名浣紗溪。[4]浦翔春：見卷五·一五注[4]。[5]蟲書：秦八體書之一，又名鳥蟲書。

四 九

路途行役之詩，明將軍瑞有句云[1]："沿途聽爆竹，逐驛讀春聯。"邵元直孝廉有句云[2]："行旌最喜晴[3]，畏熱轉思雨。"皆行路之實情實景也。邵又有句云："馬蹄易礙非芳草，鴉背難留是夕陽。""浮生若寄誰非夢，到處能安即是家。""劇憐車馬馳驅苦，幸喜山川應接忙。"皆妙。又，"車前細雨織成簾"七字，亦頗是路中雨景。

【箋注】

[1]明瑞：見卷五·四九注[1]。[2]邵元直：邵培德，見卷八·八九注[1]。[3]行旌：指官員出行時的旗幟。亦泛指出行時的儀仗。

五 〇

楊升庵曰[1]："詩至杜而極盛，然詩教之衰自杜始。理學至程、朱而極明[2]，然理學之暗自程、朱始。非杜與程、朱之過也，是尊杜與程、朱者之過也。"《客座贅語》曰[3]："李于鱗詩律細而調高[4]，然似吳中暴富兒局面，止是華美精緻。若杜少陵，便如累世老財主，家中百物具足，即偶然陳朽間錯，愈見其爲富有也。"兩段議論甚佳，故録之。

【箋注】

[1]楊升庵：楊慎，見卷二·四二注[5]。明楊慎《升庵集》卷六《答重慶太守劉嵩陽書》："然竊有狂談，異於俗論。謂詩歌至杜陵而暢然，詩之衰颯實自杜始；經學至朱子而明，然經之拘晦實自朱始。是非杜、朱之罪也。玩瓶中之牡丹，看擔上之桃李，效之者之罪也。"[2]程、朱：程，指二程，即程顥、程頤兄弟，開闢了宋明理學中的重要學派洛學；朱，指朱熹，集後期儒學之大成，發展了二程理學，建立了一個中國古代最龐大、最完整的唯心主義哲學體系。世稱"程朱理學"。[3]《客座贅語》：明代顧起元撰的一部

史料筆記。 [4] 李于鱗：李攀龍，見卷八・七〇注 [1]。

五　一

余丁巳流落長安，館高怡園先生家三月[1]。後四十餘年，先生亡矣，余感其德，爲撰墓誌以報。不料又隔數年，張蒙泉果寄《夢中緣》一册來[2]，云：先生亡時，貧甚，家有九棺未葬，夜見夢于童君二樹[3]，以箋紙索畫梅十幅。童素不相識，驚醒，則案上有余所作墓誌存焉。所謂"短而癯者"，即其貌也。以告蒙泉。蒙泉曰："得毋高公欲假君畫以歸土耶？"蓋其時二人同客中州，而童畫甚貴重故也。童欣然握筆，及畫成，買者無人。適河南施我真太守來[4]，見之歎曰："畫梅助葬，真盛德事。"乃取其畫，而助葬資二百金。題詩曰："十幅梅花十萬錢，詩中之伯畫中仙。耶溪太守捐清俸[5]，了却幽人夢裏緣。"張招同人和其詩，號"夢中緣"云。高公名景藩，官至觀察。

【箋注】

[1] 丁巳：這裏指乾隆二年（1737）。高怡園：高景藩（1696—1773），字嵩瞻，一字怡園，號景詩。清浙江仁和人。雍正二年進士。歷官至禮部郎中、提督四譯館兼鴻臚寺少卿。有《六經疑義録》《馱徵集》《愛日軒詩餘》。[2] 張蒙泉：張果，字誠然，號蓋翁、蒙泉。清浙江仁和人。乾隆六年舉人。有《蓋翁詩集》。 [3] 童二樹：童鈺，見卷二・七八注 [1]。 [4] 施我真：施誠，字君實，號我真。清浙江會稽人。監生。官至河南知府。 [5] 清俸：舊稱清廉官吏的薪金。

五　二

余親家徐題客畫《穿雲沽酒圖》[1]。余題云："玉貌仙人衣帶斜，腰間瓶插緑梅花。穿雲何事頻來往，天上嫌無賣酒家。"後讀王荆公集[2]，有句云："花前若遇餘杭姥[3]，爲道仙人憶酒家。"與余意似不謀而合。

【箋注】

[1]徐題客：徐柱臣，見卷二・五五注[7]。 [2]王荆公：宋王安石。所引詩句出自《送僧惠思歸錢塘》。 [3]餘杭姥：傳説人物，西湖農家婦，善采百花釀酒。

五 三

某太史詩集四十餘卷，余與交好，欲采數言入《詩話》，苦其太多，託門下士周午塘代勘之[1]。周戲題見覆云："何苦老詞壇，篇篇别調彈。披沙三萬斛[2]，檢得寸金難。"余不覺大笑，戲和云："消夏閑無事，將人詩卷看。選詩如選色，總覺動心難。"

【箋注】

[1]周午塘：生平未詳。 [2]斛（hú）：量詞。古代一斛爲十斗。

五 四

黄煊[1]，號補山，泰州别駕也[2]。有昏夜獻金者，題其函云："感君厚意還君贈，不畏人知畏己知。"余仿其意，題鏡云："從無好醜向人説，只等君看自己知。"

【箋注】

[1]黄煊：生平未詳。所引詩應爲葉存仁詩。葉存仁（1710—1764），字心一，號墨村。清湖北咸寧人。監生。由知縣仕至刑部侍郎、河南巡撫、河東河道總督加兵部尚書。有《補拙詩集》。所引詩以"却饋金詩"爲題，全詩："月白風清夜半時，扁舟相送故遲遲。感君情重還君贈，不畏人知畏己知。" [2]别駕：明清時期爲通判的别稱。

五 五

涇縣趙星閣先生青藜[1]，乾隆元年春闈第一人也[2]。後官侍御，以耳聾去官。爲人古淡樸質，有詩集高尺許。記其祝某云："退食常隨鶴[3]，閑行不杖鳩[4]。”《夜行》云：“高樹引凉生腋下，遠山銜月掛輿前。”又，《阻風》云“客舟牢繫客心飛”，七字尤妙。

【箋注】

[1]趙星閣：趙青藜（1701—1782），字然乙，號星閣。清安徽涇縣人。乾隆元年進士，官至山東道監察御史。有《讀左管窺》《漱芳居士詩文集》。[2]春闈：唐宋禮部試士和明清京城會試，均在春季舉行，故稱春闈。[3]退食：這裏指退休。[4]杖鳩：拄鳩杖，一種杖頭刻有鳩形的拐杖。漢應劭《風俗通》："俗説高祖與項羽戰，敗于京索間，遁叢薄中，羽追求之，時鳩正鳴其上，追者以爲必無人，遂得脱。及即位，異此鳥，故作鳩杖以賜老人。"

五 六

余買小倉山廢園，舊爲康熙間織造隋公之園，故仍其姓，易“隋”爲“隨”，取“隨之時義大矣哉”之意[1]。居四十餘年矣，忽於小市上購得前朝顧尚書東橋先生手書詩幅[2]，題云：“茂慈詞丈就北山之麓構園[3]，名隨園，索余賦詩。因贈云：‘霜松雪竹憶歸初，千載猶堪借客居。雨過泉聲飛卷幔，雲生嵐翠擁行裾。金尊座對賢人酒[4]，石室山藏太史書[5]。共説高情邱壑在，蒼生凝望意何如？’”又曰：“誰向山居同揆詠[6]，主人原是謝公才[7]。”讀其詩，想見主人亦是詞館文學之士而歸隱者。北山之麓，當即在小倉山左右。末署“天啟五年，友弟顧起元書”[8]。事隔二百年，而園名與余先後相同，事亦奇矣。惜“茂慈”二字，是字非名，終不知其爲誰也。後考邑志，茂慈名潤生，焦弱侯之長子，守雲南殉節。

【箋注】

[1]隨之時義大矣哉：隨從于適宜時機的意義多麼弘大啊！語見《周易》“隨卦”之彖傳。[2]顧東橋：顧璘（1476—1545），字華玉，號東橋居士。明南直隸吴縣（今江蘇蘇州）人。弘治九年進士。官至南京刑部尚書。有《息園詩文稿》《國寶新編》《近言》等。[3]茂慈：焦潤生，字茂慈。明南直

隸江寧人，祖籍山東日照。著名文人焦竑之子。官至曲靖知府。詞丈：對前輩詩人的敬稱。[4]賢人酒：指濁酒。[5]太史書：《史記・太史公自序》言太史公著《史記》，“藏之名山，副在京師”。[6]掞（shàn）：鋪張。[7]謝公：指南朝宋謝靈運。[8]顧起元（1565—1628）：字太初，一作璘初。明南直隸江寧人。萬曆二十六年進士。官至吏部左侍郎。謚文莊。有《金陵古今石考》《懶真草堂集》等。

五　七

余丙辰年過廣西全州[1]，見江上山凹有匣，非石非木，頗類棺狀。甲辰再過觀之[2]，其匣如故，絲毫無損，相傳武侯藏兵書處[3]。或用千里鏡睨之，的係是木匣，非石也，但其上似無蓋耳。庚戌夏間，偶閱朱國禎《湧幢小品》云[4]：“嘉靖時，上遣南昌姜御史訪求奇書，入全州，張雲梯，募健卒探取。乃一棺，中函頭顱甚巨，兩牙長尺許，垂口外，如虎豹狀。卒取其骨下山。卒暴死，姜埋其骨，而覆奏焉。”余曾戲題石壁云：“萬疊驚濤百尺崖，山凹石匣有誰開？此中畢竟藏何物，枉費行人萬古猜。”爾時未見《湧幢》所載，故用疑猜；若見此書，亦無可猜矣。惜武夷山之虹橋板[5]，不得姜御史搭雲梯而一探之！

【箋注】

[1]丙辰：這裏指乾隆元年（1736）。[2]甲辰：這裏指乾隆四十九年（1784）。[3]武侯：指諸葛亮。[4]朱國禎（1558—1632）：字文寧。明浙江烏程人。萬曆十七年進士。官至首輔。卒謚文肅。引文見《湧幢小品》卷二十八，文字有出入。[5]虹橋板：見本卷一六注[3]。

五　八

康熙辛亥，趙斗瞻從晉入都[1]，道經定州清風店[2]，宿逆旅[3]。主人家姓陳，號繼鳴。壁上有絶句一首云：“馬足飛塵到鬢邊，傷心羞整舊花鈿。回頭難憶宮中事，衰柳空垂起暮煙。”後跋云：“妾，廣陵人也。從事西宮[4]，曾不一年，被虜旗下，出守秦中，馬上琵琶，逐塵而去，逆旅過此，語不成章，非敢言文，惟幸我梓里同人見之，知妾浮萍之所歸耳。時庚寅秋杪也[5]，廣陵葉眉娘題[6]。”

【箋注】

[1]辛亥：這裏指康熙十年（1671）。趙斗瞻：趙文魁，字斗瞻，號衡廬。清貴州修文人。[2]清風店：明清時期著名驛站，在今河北定州。[3]逆旅：旅館。[4]西宫：這裏指南明朝廷的後宫。[5]庚寅：這裏指順治七年（1650）。[6]葉眉娘：葉子眉，一名眉娘。清江南揚州人。南明弘光時西宫才人。

五　九

桐城張映沙若瀛倜儻負氣[1]，作熱河巡檢。鑾輿駕臨，有太監某，横索金帛，其勢洶洶。知縣遁矣。張以理諭之，太監大罵，張命役擒下，重杖二十。總督方公大驚，以爲顛，據實參奏。上嘉其官卑而能執法，將太監登時充發，而擢張爲河北同知。余按：唐敬宗五坊小兒[2]，騷擾百姓。長安令崔發遣人拘之[3]，尚未訊也，中官率百餘人[4]，持棒直入，毆崔幾薨。敬宗猶怒其擅拘中人，下崔於獄。以今較昔，聖主之聖、庸主之庸，豈不相懸萬萬哉？映沙恃聖明在上，得行其志。在北路時，有上公莊頭，强贖民田，戴花翎來説情者數輩。映沙盡行揮去，拘强贖者杖之，衆爲讋伏[5]。映沙雖剛正，而喜詼諧。桐城土俗呼叔叔爲“椒椒”。其時族弟曾敞編修[6]，鄉試分房[7]，有叔某爲大興縣丞，遵例迎送。榜後，門生有獻狐裘二襲者。映沙賦詩嘲之云：“恩旨分房第一遭，馬前迎送有椒椒。鹿鳴宴罷懷銀器，虎榜人來捏紙包[8]。白髪門生雙膝屈，藍圈文字七篇高。莫言分校無他樂，夫婦同時着大毛[9]。”

【箋注】

[1]張映沙：張若瀛，字映沙，號逸園。清安徽桐城人。官熱河巡檢、順天府南路同知。倜儻：卓異、不同尋常。負氣：憑恃意氣，不肯屈居人下。[2]唐敬宗：李湛（809—827）。唐朝皇帝。唐穆宗長子。即位後，親近群小，怠於政事，數遊宴失德。後爲宦官所殺。五坊小兒：對五坊人員的蔑稱。因其

仗勢虐人，百姓惡之，故稱。五坊，唐代爲皇帝飼養獵鷹獵犬的官署。 [3]崔發：生平未詳。 [4]中官：此指宦官。 [5]讋（zhé）伏：因恐懼而不敢動彈。[6]曾敞：張曾敞（1731—1777），字塏似，號橿庭。清安徽桐城人。乾隆十六年進士。改庶吉士，授檢討，歷官少詹事。 [7]分房：清代科舉考試，南闈和北闈的同考官都分爲十八房，分住東西經房，負有分房閱卷之責，故稱。[8]虎榜：龍虎榜的簡稱，即進士榜。 [9]大毛：指長毛的皮裘。

六 〇

人有以詩重者，亦有詩以人重者。古李、杜、韓、蘇，俱以詩名千古。然李、杜無功業，不得不以詩傳。韓、蘇有功業，雖無詩，其人亦傳也，而況其有詩乎？金陵方伯康茂園先生[1]，清風惠政，人所共知。在睢寧治河，落水中，神扶以起。余記其事，載文集中。公豈藉詩以傳者哉？然重其人，則其詩亦因人而重。今春三月，詩弟子陳熙爲抄一册見寄[2]。録其《繁峙學署有懷》云："吾懷仲夫子[3]，負米欣然歸。吾愛楚老萊[4]，翩躚舞斑衣。人生離膝下，忽忽欲何之？憶我少年時，井里從兒嬉[5]。甫壯營薄禄[6]，出門意遲遲。一官爲親喜，山城復羈縻。官冷飯不足，嗟哉無鲊遺[7]！感此傷客心，晨昏忍暫違。寒風生四壁，瑟瑟砭人肌。以我念母日，知母憶兒時。憶兒憐其少，憶母慮其衰。人生願爲兒，結念常在兹。"《登焦山》云："浮玉摇天碧[8]，回瀾障海門。人從初地入，峰到上方尊。吴楚當軒合，雲山遠水吞。我尋高士宅，三詔石猶存[9]。"此兩首，一徵仁孝之思，一存清妙之旨，讀者如食綏山桃[10]，雖不得仙，亦足以豪矣。公諱基田，丁丑科進士，山西興縣人。

【箋注】

[1]康茂園：康基田（1728—1813），字茂園。清山西興縣人。乾隆二十二年進士。治河有聲，官至河東河道總督。 [2]陳熙：見卷一・五注[2]。[3]仲夫子：即仲由（前542—前480），字子路，一字季路。春秋時魯國人。孔子弟子。《説苑》載，因家境貧寒，子路曾到百里外背米孝敬父母。 [4]老萊：春秋末年楚國隱士老萊子。年七十而著五綵衣，作小兒戲，使雙親得以娱樂身心。

[5] 井里：街巷。 [6] 薄禄：微薄的薪金。 [7] 鮓（zhǎ）：用醃、糟等方法加工的魚類食品。 [8] 浮玉：焦山的别稱。 [9] 三詔石：焦山西麓有三詔洞，相傳東漢末年河東人焦先棄官隱居在此，三詔不起，乃名其洞。洞旁有峭壁爲摩崖石刻。 [10] 綏山桃：古代傳説的仙桃。諺曰："得綏山一桃，雖不得仙，亦足以豪。"事見《列仙傳》。

按：有人以詩重，有詩以人重。真正立志爲詩者，應人以詩重爲好。但詩以人重，不應看官職大小，而應看其業績風操。當然詩與人並重爲最好。

六一

鰲滄來明府有妹名潔[1]，爲紫庭太史之女[2]。性愛吟詩。年十六，適四品宗室魁明，年二十而寡，守志撫孤。嘗寄滄來云："織盡人間寡女絲[3]，三更涕淚一燈知。近來焚却從前稿，不爲懷兄不作詩。""兒女乾啼濕哭餘，偷閒纔得寄家書。望兄好繼襄勤業[4]，莫使官聲竟不如。"滄來，襄勤公成龍之曾孫也，歷宰吴下，清慎勤敏，綽有祖風。

【箋注】

[1] 鰲滄來：于鰲圖，見卷一・五五注[4]。于潔：漢軍鑲黄旗人。名臣于成龍之曾孫女，四品宗室魁明妻。 [2] 紫庭：見卷一・五五注[2]。[3] 寡女絲：元陶宗儀《説郛》卷三十一録《賈氏説林》："蠶最巧，作繭往往遇物成形。有寡女獨宿，倚枕不寐，私傍壁孔中視鄰家蠶離箔。明日，繭都類之，雖眉目不甚悉，而望去隱然似愁女。蔡邕見之，厚價市歸，繅絲制琴弦，彈之有憂愁哀動之聲。問女琰，琰曰：'此寡女絲也。'聞者莫不墮淚。"[4] 襄勤：于成龍，見卷一・五五注[1]。

六二

俗稱女子不宜爲詩，陋哉言乎！聖人以《關雎》《葛覃》《卷耳》冠《三百篇》之首，皆女子之詩。第恐針黹之餘，不暇弄筆墨，而又無人唱和而表章之，則淹没而不宣者多矣。家龍文弟婦黄氏雅宜、香亭簉室吴氏香宜[1]，俱有窈窕之容，同居一室，互相切磋。黄詠燈花云："銀釭奪月吐光華[2]，影入窗櫺透碧紗。未忍輕挑私問汝，不知何喜報吾家？"吴詠梅云："爲愛春寒花放遲，遊人偏採未開時。儂心恰愛天然好，不忍臨風折一枝。"《春晴》云："細雨連宵濕軟塵[3]，今朝晴放一窗春。柳絲低舞花添笑，都似風前得意人。"皆清妙可誦。又有淑端内史者[4]，見二人詩而愛之，贈一絶云："誦君佳句愛君才，未對菱花卷已開。想是瑶池曾結伴，詩仙逃下一雙來。"余按：荀奉倩云[5]："女子以色爲主，而才次之。"李笠翁則云[6]："有色無才，斷乎不可。"有句云："蓬心不稱如花貌[7]，金屋難藏没字碑[8]。"

龍文候補粤西，家無擔石[9]，而家信來，詭云娶妾。雅宜答以詩云："郎君新得意，志氣入雲驕。未置黄金屋，先謀貯阿嬌。"蓋揶揄之也。香宜知余采其詩入《詩話》，以詩謝云："有志紅窗學詠詩，絳帷深幸侍良師[10]。微名也許登詩話，榮似兒夫及第時。"戲香亭也。雅宜名楨，香宜名蕙，淑端姓孟，名楷。

【箋注】

[1] 龍文：袁枚堂弟，官廣西州同，餘未詳。黄雅宜：黄楨，字雅宜。清浙江仁和人。袁龍文之妻。吴香宜：吴蕙，字香宜。清江蘇上元人。袁樹側室。簉（zào）室：妾室。 [2] 銀釭（gāng）：銀白色的燈盞、燭臺。 [3] 軟塵：飛揚的塵土，喻指都市的繁華熱鬧。 [4] 淑端：孟楷，號淑端内史。清山東鄒縣人。 [5] 荀奉倩：荀粲（210—238），字奉倩。三國魏潁川潁陰（今河南許昌一帶）人。好道家之言，名重一時。 [6] 李笠翁：李漁，見卷九·六一注[1]。 [7] 蓬心：比喻知識淺薄，不能通達事理。蓬，草名。 [8] 金屋：用漢武帝要用金屋接納阿嬌作婦典。没字碑：《新五代史》："天下皆知崔協不識文字，而虚有儀表，號爲'没字碑'。" [9] 擔石（dàn）：一擔一石之糧。石，此處爲計算容量的單位。十斗爲一石。 [10] 絳帷：猶絳帳。對師門、講席的敬稱。

六　三

梁山舟侍講南山掃墓[1]，見方姓人家張壁一幀，乃康熙二十六年丁卯科《題名録》一紙，即市賣之。物完好如故，且刻板精潔，比近日百倍。正榜僅五十名，副榜十名，同考十二房，並主司官爵、表字、鄉貫，一一詳載於尺幅。又監臨提調三場題目皆全。解元於潛伍涵芬[2]，第七名即查聲山先生也[3]，榜姓邱。百餘年故紙，居然不毀，亦一奇也。梁中乾隆丁卯舉人，是科有重預鹿鳴之周名天相者[4]，因題其後云："我年二十五，卯歲領鄉薦。再上六十年，此榜實羔雁[5]。憶余鄉賦時，群集隨諸彦[6]。領袖鶴髪翁謂中《録》第四十二名周翁天相，錢塘人[7]，巍然靈光殿[8]。風貌既甚古，章服亦不賤。私竊問姓名，愛蓮分一瓣[9]。少年曾筮仕，秩視諸侯半。歸卧田里間，後生蔑由見。恭逢盛典舉，重預嘉賓宴。今後卅年餘，翁久隨物變。即余同年生，八九已露電[10]。乃於山人廬，忽睹紙半片。上鎸千佛名，一佛曾識面。當年取士嚴，額解才大衍[11]。主司及同考，一一載鄉貫。字跡頗工整，首尾無漫漶。想見詅賣時[12]，狼藉坊市遍。此紙逾百年，獨再優曇現[13]。賢哉方山子[14]，拾得常自玩。藏弆比吟箋[15]，裝背作畫卷。某也後進人，彰美在所先。率書五字詩，留下一重案。"余道此與康熙年間吴鱗潭祭酒在啟聖祠掘得元人題名三碑[16]，一蒙古，一色目，一漢人，皆有正副，余買得紹興十八年《朱子題名碑》相仿。

【箋注】

[1]梁山舟：梁同書，見卷三・三二注[3]。　[2]伍涵芬：字芝軒。清浙江於潛人。康熙二十六年舉人。有《讀書樂趣》。　[3]查聲山：查升，見卷六・八四注[3]。　[4]重預鹿鳴：見卷四・一五注[3]。周天相：清浙江錢塘人。康熙二十六年丁卯舉人。官永興知縣。　[5]羔雁：指士人晋謁的禮物。[6]諸彦：諸位俊才。　[7]領袖：比喻同類人物中突出者。　[8]靈光殿：漢官殿名，後用來比喻碩果僅存的人或事物。　[9]"愛蓮"句：用宋周敦頤《愛蓮説》典，這裏指周姓，並以蓮喻人品。　[10]露電：朝露易乾，閃電瞬逝。

比喻迅速逝去或消失。［11］額解：謂放寬定額。大衍：爲五十的代稱。［12］詅賣：誇炫貨物以求出售。［13］優曇：優曇缽花，佛教以爲祥瑞花。［14］方山子：宋代光州和黄州之間的一位隱士。蘇軾有《方山子傳》。此處喻指方姓人家。［15］藏弆（jǔ）：收藏。［16］吴鱗潭：吴苑（1638—1700），字楞香，號鱗潭，晚號北黟山人。清安徽歙縣人。康熙二十一年進士。官檢討，累官祭酒。有《北黟山人集》《大好山水録》。

隨園詩話箋注　補遺卷二

一

福建高南疇觀察[1]，官江南時，與余交好。遭患難後，三十年不通音問。庚戌秋，其子竹筠袖詩相訪[2]。《壽陽》云："陟險攀藤上，岧嶢勢百尋[3]。路危遲馬步，峰峻怯人心。殘夢扶鞍續，愁懷對月深。前程都莫辨，雲霧濕衣襟。"《青玉峽》云："人隨飛鳥渡，僧帶斷雲來。"《平山堂》云："紫蝶緩隨人影去，綠楊低護畫船行。"皆佳句也。嗚呼！余見公子時，年纔六七，方疑流落何所，而竟能清詞麗句，卓然成家，可謂佳公子矣！

【箋注】

[1]高南疇：高積。清福建閩縣人，寓居蘇州。由捐貢任江蘇驛鹽道、貴州按察使。後因營私枉法，革職治罪。　[2]庚戌：這裏指乾隆五十五年（1790）。竹筠：高世煥，字承軒，號竹筠。清福建閩縣人。　[3]百尋：形容極高或極長。尋，八尺。

二

吾鄉金江聲觀察有句云[1]："蕭寺秋聲流夕磬[2]，酒樓紅影上春燈。"陽湖楊宇昭有句云[3]："滿林黃葉通樵徑，繞郭紅燈半酒家。"

【箋注】

[1]金江聲：金志章，見卷三・六四注[2]。　[2]蕭寺：見卷四・六六注[5]。磬：寺院中召集衆僧用的雲板形鳴器或誦經用的缽形打擊樂器。　[3]楊宇昭：生平未詳。

三

余丙辰入都，胡稚威引見徐壇長先生[1]，已丑翰林，年登大耋[2]，少遊安溪李文貞公之門[3]，所學一以安溪爲歸。詩不求工，而間有性靈流露處。《贈何義門》云[4]：“通籍不求仕，作文能滿家。坐環耽酒客，門擁賣書車。”真義門實録也。《幽情》云：“酒伴强人先自醉，棋兵舍己只貪贏。”《安居》云：“入坐半爲求字客，敲門都是送花人。”亦《圭美集》中出色之句。

【箋注】

[1]丙辰：這裏指乾隆元年（1736）。胡稚威：胡天游，見卷一·二八注[1]。徐壇長：徐用錫（1657—1736），字壇長，一字魯南。清江南宿遷（今屬江蘇）人。康熙四十八年進士。官編修，後罷歸。乾隆初起授翰林院侍讀。有《圭美堂集》。 [2]已丑：這裏指康熙四十八年（1709）。大耋（dié）：古稱八十歲爲耋。 [3]李文貞：李光地，見卷五·五二注[7]。 [4]何義門：何焯，見卷五·八一注[2]。

四

溧陽彭賁園先生[1]，素無一面，寄《雲溪詩集》見示。有筆有書[2]，亦唐亦宋，不愧作者。佳句如《雨阻淮上》云：“春氣勒堤柳，水光團野煙。”《舟中》云：“長河欹枕過[3]，片月貼帆飛。”《劍津》云[4]：“早知神物終當化，何似豐城便永埋[5]？”《無題》云：“月展璧輪宜唤姊，風吹池水最干卿[6]。”皆妙。又《接家書》云：“有客來故鄉，貽我鄉里札。心怪書來遲，反復看年月。”只此二十字，寫盡家書遲接之苦。先生名光斗，出仕閩中。

【箋注】

[1]彭賁園：彭光斗，字賁園，一字文樞，號退庵。清江蘇溧陽人。乾隆二十四年舉人。官福建永定知縣。有《雲溪草堂文鈔》《雲溪詩集》等。

[2] 有筆有書：通常作"有文有筆"，謂既擅長叙事又長於抒情，富有文采。[3] 攲：斜倚。 [4] 劍津：劍潭、龍津，即閩江流過今福建南平的一段。[5] 豐城：今屬江西。《晋書·張華傳》謂吴滅晋興之際，天空斗牛之間常有紫氣。張華邀雷焕共觀天文，焕説有寶劍在豫章豐城。華即補焕爲豐城令，焕到縣，掘地得雙劍。其夕斗牛間氣不復見。後世詩文用"豐城劍"讚美傑出人才，或謂傑出人才有待識者發現。 [6] 卿：古代對男子的敬稱，亦可作爲君王對臣子的稱呼。南唐詞人馮延巳有"風乍起，吹皺一池春水"句，中主李璟有一次戲問馮説："吹皺一池春水，干卿何事？"馮答道："未如陛下'小樓吹徹玉笙寒'。"

五

某有句云："落月鋪滿地，秋聲尋到門。"余愛其中一"尋"字。因憶厲太鴻有"明月出樹如相尋"七字[1]，亦復相同。

【箋注】

[1] 厲太鴻：厲鶚，見卷三・六一注[1]。此處所引，出《入秋酷暑七月十二日晚風月甚清遂有凉意》詩，曰："新凉有情助獨吟 螢影熠熠照堂陰。秋聲滿簾那可覓，明月出樹如相尋。今我不樂歲云暮，古人已往誰嗣音？扁舟後夜泛湖去，驚起老鶴横西林。"

六

武陵胡少霞蔚老於蓮幕[1]，死後，雲南彭竹林明府鐫其《吹萬樓遺稿》付余曰[2]："此少霞一生心血，先生爲存其人，可乎？"余録其《渡口》五絶云："渡口秋來樹，迎風葉葉黄。懷人相望久，猶道是斜陽。"《和史梧岡》云："蓬萊回首隔山河，王子吹笙帝子歌[3]。聞説長春在天上，春愁應比世間多。"

【箋注】

[1] 胡少霞：胡蔚，字少霞，一字羡門。清湖南武陵（今常德）人。乾隆十八年拔貢。曾官河南候補同知。雲南巡撫孫士毅聘主昆明書院，居數年，卒

於滇。有《吹萬樓集》。蓮幕：對幕府的美稱。典出《南史·庾杲之傳》："（王儉）用杲之爲衛將軍長史。安陸侯蕭緬與儉書曰：'盛府元僚，實難其選。庾景行泛渌水，依芙蓉，何其麗也。'時人以入儉府爲蓮花池，故緬書美之。" [2]彭竹林：彭翥，見卷一〇·六四注[1]。 [3]王子吹笙：王子喬，一作王喬。傳爲春秋周靈王太子，名晋。相傳好吹笙作鳳凰鳴，後成仙。帝子歌：天帝之女的歌聲。 《山海經》："洞庭之山，帝之二女居之……以其爲天帝之女，故曰帝子。"

七

蘇州汪山樵明府[1]，獻《聖祖南巡》詩[2]，蒙召入南書房。一日，聖祖坐内廷，取榻上册顧諸臣曰："卿等試看此册是何人筆墨？"皆奏曰："似翰林陳邦彦[3]。"上笑曰："非也。此是邦彦内弟汪俊所書，詩字俱佳。"其受知如此。旋出宰醴泉，以詩酒罷官。余在薛生白家[4]，與同宴集，來往甚歡，欲覓其遺稿，竟不可得。近見少霞有懷汪一絶云[5]："幾年著作直承明[6]，萬壽詩章御榻横。曾説九重親賞識，是何年少有韓翃[7]！"

【箋注】

[1]汪山樵：汪俊，見卷三·五九注[3]。 [2]聖祖：指康熙帝玄燁。[3]陳邦彦（1603—1647）：字世南，號春暉。清浙江海寧人。康熙四十二年進士。官至禮部侍郎。有《烏衣香牒》《春駒小譜》等。 [4]薛生白：薛雪，見卷二·一九注[1]。 [5]少霞：見本卷六注[1]。 [6]承明：漢宫殿名，其旁屋爲侍臣值宿所居，稱承明廬。此代指在朝爲官。 [7]韓翃：字君平。唐鄧州南陽（今屬河南）人。天寶十三載進士。爲大曆十才子之一。官至中書舍人。此以韓比汪。

八

宜興儲玉函太守[1]，同年梅夫之從子也[2]。詩筆與其弟玉琴相似[3]，而尤長於五言。《過舅氏别業》云："乞墅歡遊地[4]，重來舊業存。敲冰進孤艇，曝日聚閑門。林影深藏屋，湖光冷逼村。廿年人事改，昔夢向誰論？”佳句如“竹陰清石磴，花色淡秋衣”“遠鐘清過水，深竹暮連山”，又“春煙浮緑野，夜火滿丹陽”，對仗亦巧。

【箋注】

[1]儲玉函：儲秘書（1718—1780），字玉函，號華嶼。清江蘇宜興人。乾隆二十六年進士。官至黄州知府。有《緘石齋詩稿》。 [2]梅夫：儲麟趾，見卷二・五七注[1]。從子：侄兒。 [3]玉琴：儲潤書（1745—1811），字玉琴。清江蘇宜興人。乾隆五十四年優貢生。候選教諭。有《秋蘭館燼餘剩稿》。[4]乞墅：給予别墅。《晋書・謝安傳》載，安與謝玄圍棋，以别墅爲賭注。玄輸，安顧謂其甥羊曇：“以墅乞汝。”後爲指代舅之情的典故。

九

桐城李仙芝自稱抱犢山人[1]，館方氏一梅齋，夜半闢門，宿鳥驚噪，因得“推窗驚鳥夢”五字，以爲似賈浪仙[2]，然終未成篇也。又隔五年，爲山館蟲聲棖觸[3]，方足成一律云：“宵深寒氣重，山館劇淒清。夜月猿僵卧，秋螢鬼擁行。推窗驚鳥夢，就枕聽蟲聲。寂寂孤燈燼，匡床已二更[4]。”又《客金陵見新燕有感》云：“尋巢擇室幾經春，故國烏衣夢想頻[5]。上苑喬林還不到[6]，生成薄命是依人。”其寓意亦可悲矣！

【箋注】

[1]李仙芝（1733—1796）：一作仙枝，字寶樹，號天種，别號抱犢山人。清安徽桐城人。諸生。有《抱犢山人詩集》。 [2]賈浪仙：賈島，見卷九・九四注[2]。島初赴舉京師，曾於驢上得句：“鳥宿池邊樹，僧敲月下門。”[3]棖（chéng）觸：感觸、觸動。 [4]匡床：安適的床，一説指方正的床。[5]烏衣：烏衣巷，東晋王、謝等大族的居住地。唐劉禹錫《烏衣巷》詩：“舊時王謝堂前燕，飛入尋常百姓家。” [6]上苑：皇家園林。

按：得一佳句，經五年足成一律，可謂難矣。但似乎還不如後面寫燕與人的一首絶句。靈感襲來，天然巧成。

一〇

對聯之佳者，趙雲松見贈云[1]：“野王之地有二老[2]，北斗以南止一人[3]。”龍雨蒼見贈云[4]：“羲皇以上懷陶令[5]，山水之間樂醉翁[6]。”余自題云：“讀書已過五千卷，此墨足支三十年。”黄浩浩嘯江有句云[7]：“花怯曉寒思就日，柳摇春夢欲依人。”胡蛟齡蔚人有句云[8]：“前山暖日如修好[9]，昨夜狂風尚賈餘[10]。”俱新。

【箋注】

[1]趙雲松：趙翼，見卷二·三三注[4]。 [2]“野王”句：野王，春秋晋地。戰國初衛國徙都於此，後入于秦。在今河南沁陽一帶。《後漢書·逸民傳》載，光武帝在野王路上遇到兩位老者，所談之話富含深義，想是兩位隱士，欲加以任用，他們卻告辭遠去。 [3]“北斗”句：典出《新唐書·列傳第四十》：“狄公之賢，北斗以南，一人而已。” [4]龍雨蒼：龍爲霖，見卷七·八三注[6]。[5]“羲皇”句：羲皇，指伏羲氏。古人想象羲皇之世其民皆恬静閒適，故晋陶潛《與子儼等疏》説：“五六月中，北窗下卧，遇凉風暫至，自謂是羲皇上人。”[6]“山水”句：宋歐陽修《醉翁亭記》：“醉翁之意不在酒，在乎山水之間也。”[7]黄浩浩：見卷一三·六七注[1]。 [8]胡蛟齡（1682—？）：字淩九，號起亭。清安徽涇縣人。雍正元年進士。官户科給事中、協理江南道事監察御史。有《起亭詩鈔》。 [9]修好：表示友好。 [10]賈餘：炫示餘勇。

一一

諸襄七檢討性情迂傲[1]，有弟子求題圖，先生開卷，見齊次風侍郎、周蘭坡學士先題矣[2]，心有所忮[3]，大書曰：“齊大非吾偶，周衰尚有髭[4]。兩人都已寫，何必我題詩！”

【箋注】

[1]諸襄七：諸錦，見卷四·四六注[1]。迂傲：迂闊而高傲。 [2]齊次風：齊召南，見卷一·六六注[5]。周蘭坡：周長發，見卷五·二五注[6]。[3]忮（zhì）：忌恨、不滿。 [4]“齊大”句：典出《春秋左傳·桓公六年》：“大子曰：‘人各有耦，齊大，非吾耦也。’”“周衰”句：典出《春秋左傳·昭

公二十六年》："秦人降妖，曰：'周其有髭王（靈王），亦克能修其職。諸侯服享，二世共職。'"

一　二

凡藥之登上品者，其味必不苦，人參、枸杞是也。凡詩之稱絶調者[1]，其詞必不拗[2]，《國風》、盛唐是也。大抵物以柔爲貴，綾絹柔則絲細熟，金鐵柔則質精良。詩文之道，何獨不然？余有句云："良藥味不苦，聖人言不腐。"

【箋注】

[1] 絶調：絶妙的曲調，借指絶妙的詩文。 [2] 拗（ào）：不順。

一　三

常州吕映薇秀才[1]，邀人作《簾鉤》詩。首唱云："棨戟深深鉤影微[2]，玉竿又上綺窗衣[3]。呢喃燕語窺巢入，溶漾絲牽入户飛。十里釵鐶攀絡索[4]，一廳燈燭落珠璣。嚴公幕下憐才甚[5]，三掛冠巾是也非[6]？"吴穀人太史云[7]："縱殊畫向鴉叉展[8]，宛似書摹蠆尾成[9]。"秦端崖太史云[10]："遊空半學魚抽乙[11]，倒掛真疑鳳是幺[12]。"吴古然云[13]："眼於檻外看幺鳳，手出樓頭見美人。"又，穀人云："分明賭酒曾籠袖，仔細抬頭怕礙冠。"皆可謂工矣！

【箋注】

[1] 吕映薇：吕星垣，見卷一二・三二注[10]。 [2] 棨戟：有繒衣或油漆的木戟。古代官吏用爲儀仗，出行時以之前導，後亦列於門庭。 [3] 玉竿：青竹。窗衣：窗格扇下沿用平板飾以細膩的雕刻，在窗户三分之一的下部往往配有窗欄板，俗稱"檻窗衣"。 [4] 釵鐶：釵簪與耳環。鐶，通"環"。 [5] 嚴公：指嚴武（726—765）。字季鷹。華州華陰（今屬陝西）人。唐朝中期名將、詩人。 [6] 掛冠：典出《新唐書・杜甫傳》："（嚴武）一日欲殺甫及梓州刺史章彝，集吏於門，武將出，冠鉤於簾三，左右白其母，奔救得止，

獨殺彝。”謂嚴武是否真能憐才尚有疑問。 [7]吴穀人：吴錫麒，見卷九·六二注[1]。 [8]鴉叉：即丫叉，叉物用的工具。 [9]蠆（chài）尾：比喻書法上的“趯”筆，亦泛指書法遒勁。 [10]秦端崖：秦潮（1743—1798），字步皋，號端崖。清江蘇無錫人。乾隆三十年欽賜舉人，次年進士。官至安徽學政。有《竹外山房詩文集》《詩韻辨字略》。 [11]乙：以“乙”字形比簾鉤狀。 [12]鳳是幺（yāo）：即幺鳳，又稱桐花鳳。羽毛五色，體型比燕子小。 [13]吴古然：吴峻基，字邁堂，號阜伯、古然。清江蘇常熟人。有《虞琴草堂詩文集》。

一　四

乾隆庚戌五月二十六日，直隸完縣有一産四男者，大吏奏聞。秦西岩觀察賦詩云[1]：“一胎不數三丁異，八士何難兩乳成[2]。”

【箋注】

[1]秦西岩：秦黌，見卷一三·八二注[1]。 [2]三丁異：《元史·五行志》：“中統二年九月，河南民王四妻靳氏一産三男。《唐志》云：‘物反常爲妖，陰氣盛則母道壯也。’”八士：《論語·微子》説“周有八士”，即八位賢士。朱熹《集注》認爲“八士”可能是周宣王或周成王時候的人，“蓋一母四乳而生八子也”。

一　五

丙戌，方比部坳堂昂見訪隨園[1]，留詩一册而去。其《感懷》云：“蓑衣蒻笠愧坡仙[2]，放浪慵營洛下田[3]。過眼功名花在鏡，驚心歲月箭離弦。鬢毛短處人應笑，髀肉生時我自憐[4]。多謝長征識途馬，也如名將歷幽燕。”通首氣格雄渾。與高東井交好[5]，贈云：“貧多遊覽懷應壯，少不窮愁句自工。”

【箋注】

[1]丙戌：這裏指乾隆三十一年（1766）。方坳堂：方昂（1740—1800），字叔駒，號訒庵，又號坳堂。清山東歷城（今濟南）人。乾隆三十六

年進士。官至江蘇布政使。有《坳堂詩集》。 [2] 蒻笠：用香蒲葉編製的寬邊帽。宋蘇軾《又書王晉卿畫西塞風雨》詩："仰看雲天真蒻笠，旋收江海入蓑衣。"坡仙：指蘇軾。 [3] 洛下：指洛陽。 [4] 髀肉：大腿上的肉。髀肉復生，爲自歎壯志未酬，虛度光陰之辭，典出《三國志·蜀書·先主傳》。[5] 高東井：高文照，見卷二·六七注 [3]。

一六

真州張湖字愚谷[1]，詠落葉云："曾爲上古衣裳用，莫道闌珊是棄材[2]。"此意古人未道。

【箋注】

[1] 張湖：字蛟亭，號愚谷。清江蘇儀徵人。有《存質集》。 [2] 闌珊：零落。

按：未見有人如此吟詠落葉，可謂詩思超絶。即使只傳此二語，也好。

一七

雲南離中國七千餘里[1]，而近日文章之士甚多，以彭氏一門爲最。香山令彭少鵬名翥者[2]，在肇慶受業于余，曾載其佳句入《詩話》矣。今秋以獲海盜，保薦入都，過金陵，宿山中三日，購書一船而行。其人弱不勝衣，而擒盗入洋，乃有餘勇。余爲驚喜，贈七古一章，載入集中。彭《獅子洋》云[3]："到此疑無岸，飄然天際行。珠光隨月滿，水氣與雲平。猛虎原名鎮，蓮花別有城。一聲秋夜笛，吹動故鄉情。"《澳門》云："天上風雲全護水，海中村落總依山。"他如"濤聲歸壑急，海艇擱沙多""無雲天水合，有月海山清""舟行未雨前，日落無人處"，皆奇境也。見訪云："升堂由也果[4]，今日到隨園。"用《論語》，甚趣。其族人彭印古亦有句云[5]："雲深都失路，葉落不藏村。""竹裏敲詩隨鶴步，花間鼓瑟與魚聽。""窗橫野色雲千里，松帶濤聲水一樓。"

俱妙。

少鵬同舟有蘇君名棖者[6]，亦詩人也。《昆明旅次》云："山光臨坐暗，湖氣入門凉。"《冬夕》云："舉步霜月中，人寒影亦濕。"又有昆明翰林錢君名澧者[7],《留宿李氏小飲》云:"二麥將枯老卻春[8]，南郊遍訪葛天民[9]。九年不共尊前飲，再宿猶疑夢裹身。門接山光來異縣，牆分花氣與芳鄰。蓬瀛故事休誇説[10]，看取風前兩鬢新。"

【箋注】

[1] 中國：指中原地區。 [2] 彭少鵬：彭翥，見卷一〇・六四注[1]。[3] 獅子洋：廣州珠江口虎門後面，水面開闊，風浪聲如獅吼，俗稱獅子洋。[4]"升堂"句：《論語・先進》："由也升堂，未入于室。"《論語・雍也》："由也果，賜也達，求也藝。"此句雜糅二典。 [5] 彭印古：字心符，號棲霞。清雲南蒙化（今巍山）人。原籍江西吉安。諸生。有《松溪詩集》。[6] 蘇棖（chéng）：生平未詳。 [7] 錢澧（1740—1795）：字東注，號南園。清雲南昆明人。乾隆三十六年進士。官至湖南學政。有《錢南園選集》。[8] 二麥：大麥、小麥。 [9] 葛天民：傳説中遠古時期的部落人民，此處喻指避世隱居者。 [10] 蓬瀛：蓬萊和瀛洲。神山名，相傳爲仙人所居之處，亦泛指仙境。

按：彭翥，捕獲海盜立功，吟詠詩篇妙絶，可謂傳奇人物。也可見袁枚交遊之廣、影響之大。

一 八

趙州龔簪岩名錫瑞者[1]，工古樂府及七言長句。《龍尾關》云[2]："龍尾關前水，年年帶雪流。如聞天寶卒，永恨國忠謀[3]。蜀道倉皇幸，冰山頃刻休。餘兵二十萬，白骨竟誰收？"自注云："唐時高仙芝攻大食國[4]，安禄山討奚契丹[5]，楊思勖討叛蠻[6]，各喪師數萬，故及之。"又《遊飛來寺》云："孤月晴翻江影動，亂松寒送雨聲來。"《悼亡》云："鬼燈如見通宵績[7]，故突猶疑帶病炊[8]。""淚下憐余如隔世，掛遺驚汝尚持家。”贈某云：“從戎二十執戈殳[9]，百戰餘生膽氣粗。飲馬長江休照影，恐驚霜雪上頭顱。”

【箋注】

[1] 龔簪岩：龔錫瑞（1733—1781），字信臣，號簪岩。清雲南趙州（今大理一帶）人。乾隆五十四年拔貢。有《簪岩詩集》。 [2] 龍尾關：又稱龍尾城。南詔王皮羅閣築，在今雲南大理。 [3] 國忠：楊國忠，見卷八・七二注[3]。 [4] 高仙芝（？—756）：唐時高麗人。唐玄宗天寶十載，高仙芝作爲安西四鎮節度使出征西行至西域大食國。大食國：唐時對阿拉伯帝國的稱呼。 [5] 安禄山（703—757）：本姓康，原名軋犖山。營州柳城（今遼寧朝陽）人。粟特族。唐朝叛臣，安史之亂的禍首。奚契丹：奚與契丹原爲北方兩個古族，後二者同化。 [6] 楊思勖（654—740）：唐羅州石城（今廣東廉江一帶）人。宦官。玄宗時任右監門衛將軍。開元中，以鎮壓安南首領梅玄成、五溪首領覃行璋功，遷驃騎大將軍。 [7] 績：紡織。 [8] 故突：煙囱。 [9] 戈殳：戈和殳，泛指兵器。

一　九

周中翰青原娶沈氏[1]，爲蓮花廳沈司馬之長女[2]，常來隨園看花，貌明秀而性和婉，不愧名家女，不知其能詩也。殁後，其子之桂從故簏中檢得其《思歸》云[3]：“東風吹恨幾時消，春水連天又長潮。自歎不如梁上燕，一年一度也歸巢。”《初晴》云：“晚霞紅映碧窗開，雁字摇空入鏡臺[4]。漸遠不知何處去，化爲雲氣過山來。”

【箋注】

[1] 周青原：周發春，見卷四・七四注[1]。中翰：明清時内閣中書的别稱。沈氏：據姚鼐所撰周發春墓誌，沈氏賢而早殁，生二子，之桂、之桐，餘未詳。 [2] 蓮花廳：乾隆八年分永新、安福二縣地置，治所在今江西蓮花。 [3] 之桂：見卷一二・四六注[4]。簏（lù）：竹編的盛器。 [4] 雁字：成列而飛的雁群。群雁飛行時常排成“一”或“人”字，故稱。

二〇

每過池上見楊柳向人低折，遊山見紅牆必是僧寺，皆眼前事也。真州李秀才濂有句云[1]："往來恰怪沿堤柳，低舞成行欲拜人。"又曰："約略招提前面是[2]，淡金塔影淺紅牆。"

【箋注】

[1] 李濂：如上，餘未詳。 [2] 招提：寺院的别稱。

二一

錢辛楣少詹序馮晼廬之詩曰[1]："古之君子，以詩名者，大都自抒所得，而非有意於求名，故一篇一句，傳誦于士大夫之口。後人會萃成書，而集始名焉。南齊張融自題其集[2]，有'玉海金波'之名。五代和凝鐫集行世[3]，人多笑之。近世士人，未窺六甲[4]，便製五言，又多求名公爲之標榜，遂梓集送人，宜於詩學入之不深，而可傳者少。"

【箋注】

[1] 錢辛楣：錢大昕，見卷二·四四注[4]。馮晼廬：馮懷樸，字晼廬。清江蘇太倉人。布衣。有《晼廬遺稿》。 [2] 張融：見卷一三·一注[4]。[3] 和凝：見卷一三·四八注[3]。 [4] 六甲：詩體名。南朝陳沈炯有《六甲詩》。此泛指作詩之法。

二二

晼廬者，姓馮，名懷樸。躬耕於太倉之璜徑[1]。殁後，其詩始出。《舟中書所見》云："進鮮河裹布帆飛[2]，秋水清漣鱸鱖肥。掠鬢漁娃都帶濕，太湖風雨打漁歸。"五言云："遠水籠煙闊，江天壓樹低。""饑年憎閏月，病叟厭餘生。""懶僧遲見客，冷寺早鳴蟲。"《題韓文公集》云[3]："一檄投溪旋徙窟，聽言猶覺鱷魚賢。"托詞冷雋。又，"客與寒潮共到門"七字亦佳。

【箋注】

[1] 璜徑：一座古鎮，在今江蘇太倉。 [2] 進鮮：謂封建時代官僚貴族向皇帝進獻水果魚蝦等時鮮物品。 [3] 韓文公：韓愈，見卷一・一三注[1]。韓愈任潮州刺史時，因當地居民受鱷魚之患，撰《祭鱷魚文》，傳説鱷魚從此遠徙。

二 三

太倉又有許培秀者[1]，《題畫》云："垂柳罨晴煙[2]，微風揚飛絮。一帶緑陰濃，鶯啼不知處。"末二句，是聞鶯真境界，非身歷者不知。又，《望月》云："但覺溪光白，不知新月生。"《得友人信》云："曉起聞啼鳥，書來正落花。"

【箋注】

[1] 許培秀（1742—1787）：字毓良，號洗瓢。清江蘇太倉人。有《韻竹軒詩草》。 [2] 罨（yǎn）：覆蓋。

二 四

七夕詩最多[1]。家四妹棠云[2]："匆匆下顧塵寰處，如此夫妻有幾家？"近見休寧陳蕙畹湘有句云[3]："天孫莫尚嫌歡短[4]，儂自離家已五年。"俱有情致。陳又有句云："蛛網蒙飛絮，蜂須掛落紅。""隔岸炊煙起，柴門牧笛歸。"《楊花》云："無賴喜遮遊客面，多情時入酒人家。"

【箋注】

[1] 七夕：農曆七月初七之夕。民間傳説，牛郎織女每年此夜在天河相會。[2] 袁棠：見卷一〇・三八注[1]。 [3] 陳湘：字蕙畹，清安徽休寧人，餘未詳。[4] 天孫：織女星。

二　五

蕪湖有鍾姓女子，名睿姑[1]，字文貞。能詩，能畫，能琴，兼工時文，受業于寧孝廉楷[2]。陪其師游冶父山云[3]：“筍輿重去訪名山[4]，楓葉纔紅緑未斑。自把瑶琴傍溪樹[5]，乘風一奏白雲間。”“無梁殿冷石門秋，鑄劍池空水不流。苔蘚照人心自古，滿天晴雪落峰頭[6]。”“樹裏湖光一鏡開，水精宫外有樓臺。散花不到維摩室[7]，親捧雲珠供佛來。”寧故宿學之士，余宰江寧時，與秦大士、朱本楫諸公[8]，受業門下。五十年來，群賢亡盡，而寧年八十，巍然獨存，又得女弟子以衍河汾一脈[9]，亦衰年聞之而心喜者也。

【箋注】

[1] 鍾睿姑：字文貞。一説名文貞，字睿姑。清安徽蕪湖人。桐城貢生吴絅室。 [2] 寧楷：見卷一三・六〇注 [4]。 [3] 冶父山：在今安徽廬江東北。山上有鑄劍池，相傳爲春秋末戰國初越國人歐冶子鑄劍處。 [4] 筍輿：竹編的轎子。 [5] 瑶琴：古人認爲琴所奏出的音樂乃天上瑶池之樂，所以把琴稱作“瑶琴”。 [6] 晴雪：喻白色天光。 [7] 維摩：泛指修大乘佛法的居士。佛經載維摩室有天女散花。 [8] 秦大士：見卷一・四二注 [6]。朱本楫：見卷一三・六〇注 [3]。 [9] 河汾：隋代王通設教河汾之間，受業者達千餘人，多有至將相者。後以“河汾”指稱王通及其學術流派。這裏是借用。

二　六

海鹽崔應榴秋谷《吴江夜泊》云[1]：“小驛柝初起[2]，孤篷月已上[3]。漸息人語喧，微聞水聲響。”《真州客夜》云：“凍雨欲歇聲漸微，窺窗殘月揚清輝。此時有酒不成醉，明日無風那得歸。江水翻翻自北上，秋鴻一一皆南飛。矢歌未闋雞報曉[4]，滿庭白露沾我衣。”

【箋注】

[1] 崔應榴（1749—1815）：字星洲，號秋谷。清浙江海鹽人。諸生。有《吾亦廬稿》。 [2] 柝（tuò）：巡夜人敲以報更的木梆。 [3] 孤篷：孤舟的篷，

常用以指孤舟。 [4] 矢歌：詠歌。闋：終了。嘉慶本作“闕”，據光緒本改。

二 七

壬寅春，余游黄山，路過貴池昭明太子廟[1]，有新撰碑文甚佳，末署名者爲邑宰林夢鯉[2]。其文古雅，似出六朝高手。乃搨其文以歸，遍問何人秉筆，絶無知者。庚戌夏間在蘇州，門生顧立方敏恒作府學廣文[3]，來見，出示古文四篇，其首篇即《昭明太子碑》。余不覺狂喜，自詫老眼之非花。

【箋注】

[1] 壬寅：這裏指乾隆四十七年（1782）。昭明太子：南朝梁蕭統，見補遺卷一・七注[4]。 [2] 林夢鯉：字禹門。清山東掖縣（今萊州）人。乾隆九年舉人。任陽穀縣教諭、天長知縣、貴池知縣。 [3] 顧立方：顧敏恒，見卷八・六四注[3]。廣文：泛指清苦閒散的儒學教官。

二 八

尹文端公病重時[1]，有人以《秋雨殘荷圖》求題。公題云：“秋雨滿池塘，殘荷委流水。可憐君子花，衰來亦如此！”題畢，嘘唏再三，未五日而卒。公諸子皆能詩。四公子樹齋以蔭得官[2]，有句云：“三代簪纓承雨露[3]，一家機杼織文章[4]。”三公子兩峰以科名起家[5]，詠獨秀峰云[6]：“千丈芙蓉拔空起，爲山原不藉邱陵。”文端公見而笑曰：“三兒以我爲邱陵乎？”

【箋注】

[1] 尹文端：尹繼善，見卷一・一〇注[3]。 [2] 樹齋：慶桂，見卷四・六注[5]。 [3] 簪纓：古代官吏的冠飾，比喻顯貴。 [4] 機杼：比喻詩文創作中的新巧構思和布局。 [5] 兩峰：慶玉，見卷四・三二注[1]。科名：科舉功名。[6] 獨秀峰：廣西桂林城内的一座山峰，平地孤標突起，頂平如蒼玉。

二 九

徐上舍濤[1]，吴江人。號江庵。少倜儻不羈。長於近體。《贈龍雨樵明府》云："客來風簟尋琴譜[2]，人到公庭乞法書[3]。"龍頗重之。又《題清霧瑶臺》云："石闌屈曲路横斜，流水空山見落花。貪逐胎仙過橋去[4]，不知凉露滿輕紗。"《病中與郭頻伽秀才鄧尉探梅》云[5]："今朝尋花將命乞，呼童荷鍤隨我行[6]。死便埋我梅花下，君爲立石題我名。後之遊者考歲年，手摸其文笑且顛。咄哉此子本多病，不死牖下死花前。"果以是年不起。

【箋注】

[1]徐上舍：徐濤（1769—1801），字聽松，號江庵。清江蘇吴江人。監生。有《碎金集》《話雨樓詩稿》。上舍，監生的别稱。 [2]風簟（diàn）：清風簟竹，此代指官署，用春秋時宓子賤彈琴治縣典。 [3]法書：法令、律科。 [4]胎仙：鶴的别稱，亦爲道教神名。 [5]郭頻伽：見卷一二・八三注[2]。鄧尉：山名，在今江蘇蘇州西南。漢有鄧尉隱居於此，故名。以産梅著稱。 [6]荷鍤（chā）：扛著鐵鍬。典出《晋書・劉伶傳》。

三 〇

謝康樂詩[1]："千岩盛阻積[2]，萬壑勢縈回。"李白詩："千岩泉灑落，萬壑樹縈回。"二句不但襲其意，兼襲其詞。以太白之才，豈肯蹈襲前人？因其生平最喜謝詩，故不覺習而不察。杜少陵平生最愛庾子山[3]，故詩亦往往襲其調，如"風塵三尺劍，社稷一戎衣"之類[4]，不一而足。

【箋注】

[1]謝康樂：謝靈運。此處有誤，所引爲南朝宋鮑照《登廬山》詩句。李白句見《送友人尋越中山水》詩。 [2]阻積：謂險阻累積。 [3]庾子山：庾信，見卷三・七一注[5]。庾詩原句爲"終封三尺劍，長卷一戎衣"，出《周宗廟歌十二首・皇夏》。 [4]"風塵"聯：杜甫《重經昭陵》中句。

三　一

余每出門，或遠行數千里之外，撒手便行[1]，無繫戀之意。及在客邊住久，到歸家時，賓朋相送，反覺難堪。興化任進士大椿有句云[2]："放船歸思減，久客别人難。"

【箋注】

[1]撒手：分别。　[2]任大椿：見卷二・六五注[1]。

三　二

新安王勳[1]，字於聖，精於醫理。章淮樹觀察因其長子病重[2]，延之診視。夫人吴氏順便請其按脈。王曰："長郎胎瘧[3]，無妨也。夫人脈已空矣，明年三月，恐不能過。"時夫人方强健，聞其言，以爲詛咒，群笑而駡之。到期，竟如其言。余患腹疾，訪之揚州，蒙其以師禮相事，秤藥量水，有劉真長之風[4]。出乃父槐亭森詩見示[5]，録其《新年到家》云："水陸因由臘及春，到家重慶履端辰[6]。漫談别後風霜苦，且放尊前歲月新。昨日尚爲羈旅客，今宵纔屬自由身。梅花不是因寒勒[7]，有意含香待主人。"《遣興》云："野花村酒堪娱性，山月溪風亦解懷。莫使寒梅和露菊，年年含怨望青鞋[8]。"二詩頗見性情，他作未能稱是。初，於聖之意，欲梓乃父全稿。余止之曰："槐亭集非不清妥，但無甚出色處。雖付棗梨[9]，無人耐看。不如提取佳者入《詩話》中，使人讀而慕思，轉可不朽。"

【箋注】

[1]王勳：字於聖。清安徽歙縣人。自幼習醫。有《慈航集》。　[2]章淮樹：章攀桂，見卷九・三三注[17]。　[3]胎瘧：即妊娠瘧，多因孕婦脾胃虚弱、飲食停滯，或夏傷於暑及感受瘧邪而生。　[4]劉真長：劉惔，見卷二・二九注[2]。　[5]王槐亭：王森，字槐亭。清安徽歙縣人。有《呼緑軒詩草》。[6]履端：此指正月初一。　[7]勒：約束、抑制。　[8]青鞋：代指賞會之人

的影蹤。杜甫《奉先劉少府新畫山水障歌》："吾獨胡爲在泥滓，青鞋布襪從此始。"楊萬里《庚子正月五日曉過大皋渡》詩："渡船滿板霜如雪，印我青鞋第一痕。"嘉慶本此處誤爲"書鞋"，據民國本改。 [9] 棗梨：謂雕版印刷。舊時多用棗木或梨木雕刻書版，故稱。

三　三

盧江胡夢湘孝廉，沈本陛秀才之甥也，名光棨[1]。早歲能吟，《歸雁》云："雲淡影相失，月明聲更稀。"《秋夜》云："雁來月夜關河冷，秋到江城枕簟知[2]。"《懷人》云："繞徑蛩聲人跡少[3]，一庭煙散月明多。"可謂何無忌酷似其舅[4]。

【箋注】

[1] 胡夢湘：胡稷，原名光棨，字公望，號夢湘。清安徽盧江人。乾隆五十四年舉人。官四川川東道、江西鹽法道。沈本陛：見卷一一・三一注 [1]。 [2] 枕簟：枕席，泛指卧具。 [3] 蛩（qióng）聲：蟋蟀的鳴聲。 [4] 何無忌：見卷二・一三注 [3]。

三　四

顔古翁詩[1]，對仗最工，有不可磨滅者，如"天哀孝婦三年旱，山畏愚公一夕移"[2]"門羅將相文中子，例變春秋太史公"之類[3]。

【箋注】

[1] 顔古翁：應爲閻古翁，即閻爾梅，見卷七・四一注 [3]。所引"門羅"一聯，題爲"河津諸友以公席見招志之"。 [2] 孝婦：即《竇娥冤》故事之原型，謂東海太守枉殺孝婦，天爲亢旱三年。詳《漢書》卷七十一《于定國傳》。愚公："愚公移山"傳説中的人物，見《列子・湯問》。 [3] 文中子：王通，見卷七・六八注 [4]。薛收、房玄齡、李靖、魏徵等皆出其門下。太史公：司馬遷，見卷三・七七注 [2]。

三五

吾鄉鮑以文廷博[1]，博學多聞，廣鐫書籍，名動九重[2]，不知其能詩也。余偶見其《夕陽》二十首，清妙可喜。録其一云："一匝人間夕又朝，晚來依舊滿閑寮[3]。疎分霜葉秋容淡，細點征帆别思遥。淡淡欲隨城角盡，明明還帶酒旗摇。迷藏慣匿西樓影，不似春愁不肯消。"其他佳句，如"馬上看山多倦客，溪邊掃葉有閑僧""問誰閑袖遮西手[4]，老我空懷再少心""遠引鐘來雲外寺，漸分燈上酒家樓""願得少留牆一角，悔教高卧竹三竿[5]""不愁一去蹤難覓，卻恐重來事轉生""山外有山看未足，幾回倚杖立衡門[6]"，皆妙絶也。可稱古有"鮑孤雁"[7]，今有"鮑夕陽"矣。

【箋注】

[1]鮑以文：鮑廷博（1738—1814），字以文，號渌飲。清浙江錢塘人。嘉慶八年賜舉人。有《花韻軒詠物詩存》。 [2]九重：指朝廷。 [3]閑寮：空窗。 [4]遮西手：唐杜牧《途中一絶》："惆悵江湖釣竿手，卻遮西日向長安。"宋張舜民《謝諫議大夫表》："敢望桑榆之晚景，獲依日月之末光。……手遮西日，口誦《離騷》。" [5]三竿：猶言日上三竿，謂時間已不早。 [6]衡門：指隱者所居屋舍之門。 [7]鮑孤雁：鮑當（？—1039），字平之。北宋杭州人。真宗景德二年進士。累官職方郎中。有《清風集》。爲河南府法曹時，賦《孤雁》詩勸諫薛知府。詩云："天寒稻糧少，萬里孤難進。不惜充君庖，爲帶邊城信。"時人謂之"鮑孤雁"。

三六

異域方言，采之入詩，足補輿地志之缺。古人如"娵隅躍清池"[1]"誤我一生路裹采"之類[2]，不一而足。近見梁孝廉處素履繩《題汪亦滄日本國神海編》云[3]："貢院繁華繫客情，朝朝應辦幾番更。筵前只愛紅裙醉，拽盞何緣號撒羹。""貢院"者，館唐人處也。佐酒者號"撒羹"。"蠟油拭鬢膩雅鬟，妾住花街任往還。那管吴兒心木石，我邦卻有换心山。”妓所居處山名“换心山”。“十幅輕綃不用勾，倩圍夜玉短屏幽。通宵學枕麻姑刺，好向床前聽鬬牛。”其俗以木爲枕，號“麻姑刺”，直竪而不貼耳，故至老不聾。李寧圃太守《潮州竹枝》云[4]：“銷魂種子阿儂佳，開襆千金莫浪誇。高捲篷窗陳午宴，争誇老衍貌如花。”六篷船幼女呼“阿儂佳”，梳籠謂之“開襆”。幼女梳籠，以得美少年爲貴，不計財帛，呼婿曰“老衍”。

李公《竹枝》，亦有都知録事之不可不記者[5]，以其人皆有可取故也。其一云：“金盡床頭眼尚青，天涯斷梗寄浮萍。紅顔俠骨今誰是，好把黄金鑄阿星。”幕客某，流落潮陽，魏阿星時邀至舟中，供給備至，五年不衰，病瘉，復資之赴省。又十年，攜重貲復遊于潮，時星已色衰，載客他往。某居潮半載，俟星歸，酬以千金，爲脱蜑籍[6]。其二云：“豔説金姑品絶倫，阿珠含笑復含顰。道儂也有冰霜志，要待蓬萊第二人。”金姑，即“狀元嫂”。阿珠，亦一時尤物[7]。有數貴官，豔稱“狀元嫂”卓識堅操，人所不及。阿珠笑曰：“妾貌雖遜金姑，而志頗向之，惜未遇榜眼、探花耳。”其三云：“日向船頭祝逆風，青溪三宿藥爐空。星軺不許騎雙鳳[8]，卻悔腰間綬帶紅[9]。”某學使惑於大鳳、小鳳，自潮至青溪六百里，緩其程至十餘日，抵岸，又託病，在船三宿而後去。二鳳亦爲之卧病經年。其四云：“除卻蕭郎盡路人[10]，寶兒憨態最情真。新詩便是三生約，炯炯胸前月一輪。”湖州某與寶娘交好，特爲鑄鏡一枚，鐫其定情詩於背。寶娘日夜佩之。

【箋注】

[1]“娵（jū）隅”句：魚兒在清池中跳躍。娵隅，古時南方民族對魚的稱謂。 [2]路裹采：蒙語，一種錦被的名字，比喻出身高貴。 [3]梁處素：梁履繩（1748—1793），字處素。清浙江錢塘人。乾隆五十三年舉人。有《左傳補釋》。 [4]李寧圃：李廷敬，見卷一六・六三注[2]。 [5]都知録事：都知，謂舊時妓院中的班頭，分管諸妓。録事，謂妓女。 [6]蜑（dàn）籍：水上居民的户籍。 [7]尤物：指絶色美女。 [8]星軺（yáo）：使者所乘的車，

亦借指使者。 [9] 綬帶：古代用以繫官印等物的絲帶，此指爲官。 [10] 蕭郎：指女子愛戀的男子。

三　七

吕耜堂客分宜[1]，見《嚴氏家譜》載：世蕃有兄名世藍者[2]，家居不仕，睦鄰敦族，後不罹於禍。今之子孫，皆其苗裔也。梁孝廉過而吊之云[3]：“兄豈難爲非競爽[4]，子能不肖始稱賢[5]。”

【箋注】

[1] 吕耜堂：吕伊，字稼莘，號耜堂。清浙江錢塘人。諸生。梁詩正妹婿。 [2] 世蕃：嚴世蕃（1513—1565），號東樓。明江西分宜人。嚴嵩子。官至工部左侍郎。後以陰謀叛逆罪逮治，斬於市，籍其家。有《壽春堂集》。 [3] 梁孝廉：梁履繩，見本卷三六注 [3]。 [4] 競爽：争勝。 [5] 不肖：謂子不似父。

三　八

考據之學，本朝最盛，然能兼詞章者，西河、竹垞二人之外，無餘子也[1]。近日處素、諫庵兩昆弟[2]，頗能兼之。處素將至長沙，遇順風，云：“江天如拭晚成晴，帆飽舟輕浪不驚。斜日漸从鸦背落[3]，殘霞猶映樹邊明。飯丸烏接神應助，沙嘴風回草有聲[4]。頻向篙工問前路，煙中指點武安城[5]。”其他，五言如“怪松連石長，歸鳥雜雲飛”“星低疑在岸，月近總隨船”“談淡蟲語續，人静鼠聲來”“浪花入船窗，添我硯池水”，七言如“星光墮水白於月，樹色粘雲暗似山”“荒寺鳴鐘驚鷺起，孤村唤渡少人應”，皆妙。

【箋注】

[1] 西河：毛奇齡，見卷二·三六注 [4]。竹垞：朱彝尊，見卷一·二〇注 [14]。 [2] 處素：梁履繩，見本卷三六注 [3]。諫庵：梁玉繩（1745—1819），字曜北，號諫庵。清浙江錢塘人。梁同書嗣子。乾隆增貢生。有《史記志疑》《清白士

集》等。［3］漸從鴉：此三字嘉慶本作“風回草”，據光緒本改。［4］飯丸：小飯團。烏接：指烏鴉且飛且啖。古認爲烏鴉是神鳥。沙嘴：一端連陸地一端突出水中的帶狀沙灘，常見於低海岸和河口附近。［5］武安：指長沙。

三　九

泰州宫霜橋善畫能詩[1]。余在李明府屏上，見其《秋夜寄友》云：“新凉如水撲簾勾，唧唧蟲聲動旅愁。人到饑寒纔作客，樹無風雨不成秋。静聽砧杵催長夜[2]，誤煞關河説壯遊。正是相思無着處，一聲征雁下西樓。”又，《新柳》云：“青未能牽花市鳥，緑將扶出酒家簾。”

【箋注】

［1］宫霜橋：宫國苞（1732—1800），字松如，一字渭川，號霜橋。清江蘇泰州人。諸生。有《半紅樓集》。［2］砧杵：擣衣石和棒槌，亦指擣衣。

四　〇

己酉二月十一日，余平晝無事[1]，翻閱近人詩集。正看青陽沈正侯詩未三頁，閽者來報，正侯與僧亦葦到矣[2]。余爲驚喜，信文章之真有神也。沈呈新作，余愛其《貴池道中》云：“雲遮山入夢，風急鳥移家。”“貪睡每教兒應客，好吟且聽婦持家。”《登攝山》云：“誰云攝山高，我道不如客。我立最高峰，比山高一尺[3]。”《聽琴》云：“花含簾外笑，鳥歇樹頭音。”不料别來七年，詩之進境如此。

【箋注】

［1］己酉：这裏指乾隆五十四年（1789）。平晝：正午。［2］沈正侯：見卷八・二〇注［1］。閽（hūn）者：守門人。亦葦：俗姓李，名超岸，字亦葦。清江西吉州（今吉安）人。住瑞州黄檗寺。［3］一尺：郭沫若認爲是“七尺”之誤，見其《讀隨園詩話札記・四九》。

四一

戊申冬，余訪明竹岩新于武佑場[1]，盤桓三日，極唱酬之樂。追思二十年前，其尊人作江寧方伯，彼此置酒看花，忽忽如夢。惜其弟鐵崖亨中年徂謝[2]，余將作哀詞以挽之，惜無事實，故匆匆尚未暇也。録其《青冢驛夜行》云[3]："空山夜静悄無聲，皓月霜天分外清。習慣渾忘身萬里，途長不覺漏三更。寒星天際時時换道中竟日所行多"之"字路，積雪懸崖處處明。歷盡高寒清到骨，人生幾個隴西行？"竹岩尤長於言情，《寄内》云："料得深閨應有夢，計程先我到遼西[4]。""細字含情臨洛浦[5]，新詩掩卷愛周南[6]。"俱秀雅可誦。

【箋注】

[1]戊申：這裏指乾隆五十三年（1788）。明竹岩：明新，見卷二·六一注[1]。武佑場：古時重要鹽場，位於今江蘇鹽城，今作"伍佑"。 [2]鐵崖：明亨，見卷二·六一注[2]。徂謝：去世。 [3]青冢驛：應爲青家驛，明置，在今甘肅會寧。 [4]遼西：唐金昌緒《春怨》："啼時驚妾夢，不得到遼西。"謂閨怨女子之丈夫的征戰之地。 [5]洛浦：洛水之濱。 [6]周南：《詩經·國風》之一。第一篇即《關雎》。後人認爲《周南》所收大抵爲今陝西、河南、湖北之交的民歌，頌揚周德化及南方。漢以後被當作詩教的典範。

四二

湖州姜秀才宸熙[1]，號笠堂。《浮萍》詩云："春水方三月，楊花又一生[2]。"《晚眺》詩云："晚煙都在樹，春雨不離山。"《歲暮》詩云："睡重知春近，人忙覺歲殘。"贛州太守張公，爲余誦之。

【箋注】

[1]姜宸熙：字檢芝，一作簡之，號笠堂。清浙江歸安人。諸生。有《陵陽山人詩鈔》。 [2]"楊花"句：古人相傳楊花入水化爲浮萍。

四　三

“扶桑影裏看金輪”[1]，宋文丞相詩也。如皋范秀才昂千賦得此句云[2]：“極目萬山猶拱宋，蹉跎一霎恐移陰。”頗寫得出忠臣心事。

【箋注】

[1]扶桑：東方神樹。金輪：太陽。句出宋文天祥《懷揚通州》。 [2]范昂千：范駒（1757—1789），字昂千，號藿田。曾輝子。清江蘇如皋人。乾隆五十四年拔貢。有《藿田集》。

四　四

蘇州桃花塢有女子姓金名兑字湘芷者[1]，諸生金鳳翔女也，年甫十三。有人録其《秋日雜興》云：“無事柴門識静機[2]，初晴樹上掛蓑衣。花間小燕隨風去，也向雲霄漸學飛。”“秋來只有睡工夫，水檻風凉近石湖。卻笑溪邊老漁父，垂竿終日一魚無。”

【箋注】

[1]金兑：字湘芷。清江蘇長洲人。父爲金鳳翔，母爲毛穀。 [2]静機：静謐的天趣。

四　五

婺源洪丹采朝陽詠長干塔云[1]：“渾疑天柱從空降，欲信雲梯可上行。”二句殊雄偉。倪司馬春岩詠裹湖云[2]：“段橋合是兒家住[3]，湖水當門作鏡奩[4]。”二句殊清麗。

【箋注】

[1]洪丹采：洪朝陽，字丹采。清安徽婺源（今屬江西）人。邑庠生。有《梧岡詩文鈔》。長干塔：一座著名古塔，在今南京中華門外。 [2]倪春岩：倪廷謨，字春岩。清浙江錢塘人。乾隆二十五年進士。官安徽安慶同知。裹湖：杭州西湖之白堤以西北的部分。 [3]段橋：即斷橋，白堤的東起點。 [4]鏡奩（lián）：

帶匣的梳妝鏡。

四　六

揚州諸生張本[1]，字友堂，爲山長趙雲松所賞[2]。張《贈山長》云："可能當得逢人説[3]，從此專爲悦己容[4]。"蘇州詩人方大章因劉霞裳而來受業[5]，《贈霞裳》云："扶持玉局尋花杖[6]，接引龍華會上人[7]。"

【箋注】

[1]張本：字立堂，一作友堂。江蘇儀徵人。乾隆五十七年舉人。有《松穀山堂詩抄》《友棠詩稿》。 [2]趙雲松：趙翼，見卷二・三三注[4]。山長：爲地方書院講學者，兼領院務。 [3]逢人説：用唐楊敬之"平生不解藏人善，到處逢人説項斯"典。 [4]悦己容：用《戰國策・趙策一》"士爲知己者死，女爲悦己者容"典。 [5]方大章：見卷一〇・六〇注[1]。劉霞裳：見卷二・三三注[2]。 [6]玉局：指蘇軾，因其曾任玉局觀提舉。此句與上句皆是贊譽劉霞裳接引後學。 [7]龍華會：佛教語，傳説彌勒菩薩在龍華樹下開法會度人出世。

四　七

上海曹錫辰眉毫盡落[1]，曹贈眉以詩云："汝能速反乎？吾將報汝以揚伸卓竪[2]，誓不與汝以顰蹙低攢[3]。汝來否乎？吾將遲汝於天台雁宕之間[4]。"

【箋注】

[1]曹錫辰：見卷九・六六注[5]。眉毫：眉毛。 [2]卓竪：直立高竪。[3]顰（pín）蹙（cù）：皺眉蹙額，形容憂愁不樂。 [4]遲（zhì）：等待。天台雁宕：位於浙江省的兩座名山。

四　八

詩能入人心脾，便是佳詩，不必名家老手也。金陵弟子岳樹德滋園[1]，初學爲詩，《銅陵夜泊》云："櫓聲乍住月初明，散步江臯宿雁驚[2]。忽聽鄰舟故鄉語，縱非相識也關情。"《古寺》云："寺荒僧去鐘猶在，碑老苔生字半存。"《小艇》云："滿載誰知都是月，輕飛始信不關風。"其弟樹仁[3]，字樂山，亦能詩，《題隨園》云："依山偶蓋看花樓，樓上看花五十秋。到此任爲門外客，匆匆行過也回頭。"《曉步》云："黄鸝啼破緑楊煙，喚醒東風二月天。宿露欲晞雲氣散，斬新山色到人前[4]。""日日循途自往還，胸中繪得好溪山。今朝貪看沿堤柳，走過平橋錯轉彎。"《春閨》云："吟罷伊誰共唱酬[5]，金爐香燼漏聲稠。侍兒俯仰偷眠態，似向燈旁暗點頭。"

【箋注】

[1]岳樹德：見上，餘未詳。 [2]江臯：江岸。 [3]樹仁：岳樹德弟。字樂山。清乾隆嘉慶年間在世。《莫愁湖風雅集》收其詩《和李松雲公祖棹歌七首》。 [4]斬新：嶄新、全新。 [5]伊誰：何人。

四九

白下余秀才旻[1]，吟詩肯刻意，不入平庸一路。余道從此加功，便能加人一等。《徙榻》云[2]："得月又愁多受露，迎風還恨不當花。"《洗硯》云："願將剩得涓涓滴，灑遍人間没字碑[3]。"《詠風》云："欲吹山作地，能送海升天。"《種花》云："垂頭不語還遮面，新種花如新嫁娘。"

【箋注】

[1]余旻：余敏，字秋農。清江蘇上元人。嘉慶元年歲貢生。有《群玉山房集》。[2]徙榻：移動坐卧用具。 [3]没字碑：喻指徒有其表而無真才實學的人。

五〇

吾鄉倪春岩司馬廷謨有吏才[1]，兩宰桐城，謳歌載道。詩亦清新拔俗。尹文端公督兩江時[2]，最爲賞識。尹公晚年，好平章肴饌之事[3]，封篆餘閒[4]，命余遍嘗諸當事羹湯，開單密薦[5]。余因得終日醉飽，頗有所稱引，惟於春岩治具之日[6]，攢眉不薦。蓋春岩但知靡費金錢，而平素不曾訓迪庖人故也[7]。春岩知之，作書與余，末署"菜榜劉蕡"四字[8]，余爲大笑。今年來金陵，讀《隨園詩話》，唶曰[9]："何獨無我？豈詩榜亦作劉蕡乎？"余因索其從前呈獻尹公之詩。云："都已遺失。"惟抄近作數首見寄。余讀之，歎曰："此護世城中美膳也[10]，加人一等矣。"《辛丑元旦》云："斗柄纔回欲曙天，歲朝風物喜澄鮮。閏隨萱莢推重午[11]，人共梅花老一年。椒酒莫辭元日醉，爐香猶篆昨宵煙。江城柳色看初動，已覺春光到眼前。"《上元觀燈》云[12]："羅綺香風拂面來，星橋燈火滿樓臺。十分桂魄如春曉[13]，萬朵蓮花不水開。寶馬傾城金作絡，彩虹匝地錦成堆。縱難一閏元宵夜，玉漏何須故故催？"《紅梅》云："東風爲汝洗鉛華，又點胭脂學畫家。似笑絳桃無骨格，卻憐紅杏少橫斜。新妝照水窺明鏡，薄醉當春鬬綺霞。蜂蝶未知芳信早，清高到底是梅花。"余年過六十，屢次戒詩，而屢有吟詠，因自號"詩中馮婦"[14]，正可對"菜榜劉蕡"。聞者囅然。

【箋注】

[1]倪春岩：倪廷謨，見本卷四五注[2]。 [2]尹文端：尹繼善，見卷一・一〇注[3]。 [3]平章：品評。 [4]封篆：舊時官署于歲暮年初停止辦公之稱。 [5]密薦：秘密推薦。 [6]治具：備辦酒食。 [7]訓迪：教誨啟迪。[8]劉蕡：見卷五・七四注[3]。 [9]唶（jiè）：嘆惜。 [10]護世城：佛教四天王所居之處，相傳護世城中雨美膳。 [11]萱莢：唐王勔《百合花賦》："比萱莢之能連，引芝芳而自擬。"此處喻閏月。重午：端午。句意指閏五月。[12]上元：元宵節。 [13]桂魄：月亮。 [14]馮婦：古壯士名，善搏虎。《孟子・盡心下》："晋人有馮婦者，善搏虎，卒爲善士。則之野，有衆逐虎。虎負嵎，莫之敢攖。望見馮婦，趨而迎之。馮婦攘臂下車。衆皆悦之，其爲士者笑之。"後用以指重操舊業的人。

五　一

余門生談羽儀之孫名晋者[1]，年少工詩，而累於病，遂潛心岐黄之術[2]。其《送友》云："登程偏遇還鄉客，拈筆愁吟賦别詩。"《聞笛》云："未向江頭尋驛使，先聽玉笛落梅花[3]。"《三十自壽》云："蕭曹勳貴由刀筆，李杜功名非甲科[4]。"皆有風致，而身份亦高。

【箋注】

[1] 談羽儀：見卷五・六八注[1]。談晋：如上，餘不詳。 [2] 岐黄：爲岐伯與黄帝二人的合稱，相傳爲醫家之祖。此代指醫術。 [3] 驛使：傳遞公文、書信的人。《太平御覽》卷九七〇引南朝宋盛弘之《荆州記》："陸凱與范曄相善，自江南寄梅花一枝，詣長安與曄，並贈詩曰：'折花逢驛使，寄與隴頭人。江南無所有，聊寄一枝春。'"後因以"驛使梅花"表示對親友的問候及思念。落梅花：指《梅花落》，古笛曲名。唐李白《與史郎中欽聽黄鶴樓上吹笛》詩："黄鶴樓中吹玉笛，江城五月落梅花。" [4] 蕭曹：西漢蕭何和曹參。早年都是沛縣的官吏，後來成爲相國。刀筆：指掌文案的官吏。甲科：指進士。李白、杜甫均非進士。

五　二

史梧岡好禪[1]，不甚作詩，而往往有新意。《遊仙》云："佛函佛笈記曾談[2]，大地如球繞看三。天外有天君到否，梅花都不異江南。""水雲淒冷到初冬，避盡春來蝶與蜂。最是花神不安處，海棠無福見芙蓉。"他如"弱水到今如有力[3]，好浮花片海西來""且放蟾蜍光一個[4]，與他蝴蝶破黄昏"，俱可誦。

【箋注】

[1] 史梧岡：史震林，見卷一三・一七注[1]。禪：指修持佛學。 [2] 佛函佛笈：佛家書函典籍。 [3] 弱水：古水名。古人認爲水弱不能載舟，故名。 [4] 蟾蜍：月亮的代稱。

五　三

紀曉嵐先生在烏魯木齊數年[1]，辛卯賜環東歸[2]。畜一黑犬，名曰四兒，戀戀隨行，揮之不去，竟同至京師。途中，守行篋甚嚴，非主人至前，雖僮僕不能取一物。一日，過七達坂，車四輛，半在嶺北，半在嶺南，日已曛黑，不能全度。犬乃獨卧嶺巔，左右望而護視之。先生爲賦詩曰："歸路無煩汝寄書，風餐露宿且隨予。夜深奴子酣眠後，爲守東行數輛車。""空山日日忍飢行，冰雪崎嶇百廿程。我已無官何所戀，可憐汝亦太癡生！"後被人毒死，先生爲冢祀之，題曰"義犬四兒之墓"。

【箋注】

[1]紀曉嵐：紀昀（1724—1805），字曉嵐，號石雲，又號春帆。清直隸獻縣（今屬河北）人。乾隆十九年進士。自編修累官侍讀學士。獲罪戍烏魯木齊，後釋還。後爲四庫全書館總纂。官至協辦大學士。謚文達。有《紀文達公集》《閱微草堂筆記》。 [2]賜環：指放逐之臣遇赦召還。

五　四

余幼時，曾見人抄女子趙飛鸞《怨詩》十九首[1]。其人家本姑蘇，賣與某參領家作妾[2]，正妻不容，發配家奴，故悲傷而作。首章云："誰憐青鬢亂飄蓬，馬上琵琶曲又終。嫁得傖夫雙足健[3]，漫言夫婿善乘龍[4]。"味其詞，蓋旗厮之走差者也。餘詩不甚記憶。其最詼諧者，如云："炕頭不是尋常火，馬糞如香細細添。""俗子不知人意懶，挨肩故意唱秧歌。"

【箋注】

[1]趙飛鸞：生平未詳。 [2]參領：清武官名。滿、蒙、漢八旗及護軍營、前鋒營等皆置有參領，位在都統之下、佐領之上。 [3]傖夫：指貧賤的粗漢。[4]乘龍：比喻得佳婿。

五　五

關中史舒堂褒官雲南[1]，有句云："掬露連衣濕，奔泉雜驥鳴。"《山行》云："斜照垂鞭影，輕陰襯馬蹄。"頗能寫行役之意。因運銅過白下，投詩一册而去。

【箋注】

[1] 史舒堂：史褒，字善揚，號舒堂。清陝西朝邑（今大荔一帶）人。乾隆三十五年舉人。五十六年任雲南恩樂縣知縣。

五　六

余十二歲，與張星指應辰侍郎同受知于王交河先生[1]，入泮。張後爲翰林前輩。今六十四年矣，其子雲璈孝廉[2]，以遺稿索序。録其《督學江西夜坐》云："丁冬遞響到簾櫳，何處嗚號萬竅風？夜色似年難得曉，燈光如豆不成紅。沉憂觸撥千端集，舊事雲煙一笑空。飢鼠繞床揮不去，睡鄉未許夢魂通。"其他佳句，如"簾影日移直，樹枝風撼鳴""緑樹鳥棲連影動，好花風送隔林香""樹外青山才一角，屋頭明月恰當中""最貪早起通宵月，先看黄河隔岸山"，皆集中精華也。

【箋注】

[1] 張星指：張應辰（1712—1763），字星指，號藻川、香樂居士。清浙江仁和人。雍正十一年進士。乾隆間官終副都御史。有《露香書屋詩集》。王交河：王蘭生，見卷一二・二七注[3]。　[2] 雲璈：張雲璈（1747—1829），字仲雅，號簡松居士。乾隆三十五年舉人。官湘潭知縣。有《簡松草堂集》。

五　七

余與吾鄉柴行之同庚[1]。十八歲時，柴與其表兄張静山見訪[2]，珊珊玉貌，彼此酣嬉，致相得也。逾年，張侍其尊人官平陸署中，離桂林二百里。余雖到廣西，竟不得見。從此永訣。今年在西湖，静山之女因余係父執[3]，與女弟子孫碧梧姊妹到湖樓相訪[4]。談論之餘，方知故一詩人也。有《病起》一首云：“風逼簾櫳睡起遲，春寒無計可支持。雙眉慵掃因新病，一卷叢殘剩舊詩。雪霽庭梅初破凍，日長堤柳暗抽絲。年來憂思憑誰訴，獨有妝臺明鏡知。”

【箋注】

[1] 柴行之：柴景高，見卷九・五一注[3]。 [2] 張静山：清杭州諸生。其女張秉彝、張鈺爲袁枚的女弟子。 [3] 父執：父親的朋友。 [4] 孫碧梧：孫雲鳳，見卷二・三一注[2]。妹爲孫雲鶴，見卷一〇・二三注[12]。湖樓：指孫嘉樂的杭州西湖寶石山莊，是袁枚晚年主持湖樓詩會的場所。

五　八

杭州汪秋御秀才繩祖性倜儻好客[1]，其室程慰良[2]，女婶女妕[3]，一家能詩。屢次書來，招余遊西湖，而中年抱病，遽卒。僅傳其《雪彌勒》云：“摶雪居然塐佛誇[4]，白毫現處絶纖瑕。雲中瑩徹鬘穿雹[5]，掌上玲瓏塔聚沙。顯相別開嚴净界，笑拈還有霧凇花[6]。日光應照琉璃室，隔盡諸塵寂衆嘩[7]。”又，《題聽秋圖》云：“月窟高於絳樹庭[8]，桂叢誰占一枝馨。年來我是傷秋客，每遇秋風最怕聽。”

【箋注】

[1] 汪秋御：汪繩祖，見卷一二・二五注[1]。 [2] 程慰良：見卷一二・二五注[1]。 [3] 女婶：汪婶，見卷一二・二五注[2]。女妕：見卷一二・二五注[3]。此處各標點本作“其室程慰良女婶，女妕一家能詩”，誤，據嘉慶本改。 [4] 塐：同“塑”，塑造。 [5] 鬘（mán）：纓絡之類裝飾品。[6] 霧凇：寒冷天，霧滴碰到在零攝氏度以下的樹枝等物時，再次凝成白色鬆散的冰晶，叫“霧凇”，通稱樹掛。 [7] 諸塵：佛教語，指色、聲、香、味、觸五塵。 [8] 絳樹：神話傳説中的仙樹。

五 九

張星指先生《弔韓蘄王》云[1]："卧虎早能知俊傑[2]，跨驢誰復識王公[3]？"或詠淮陰侯云[4]："早知結局終烹狗[5]，悔不功成再釣魚[6]。"兩用典作對，其巧相似。

【箋注】

[1]張星指：張應辰，見本卷五六注[1]。韓蘄（qí）王：韓世忠，見卷一・一注[6]。 [2]卧虎：傳説梁紅玉當初在廟柱下見一虎蹲卧，後往復視之，乃一兵卒，問其姓名，爲韓世忠。事見宋羅大經《鶴林玉露》。 [3]跨驢：韓世忠晚年因反對秦檜誤國被奪去要職，杜門謝客，跨驢攜酒，從一二小童漫遊西湖。 [4]淮陰侯：韓信，見卷五・五九注[5]。 [5]烹狗：韓信被害時曰："果若人言，'狡兔死，良狗烹；高鳥盡，良弓藏；敵國破，謀臣亡'，天下已定，我固當烹。"見《史記・淮陰侯列傳》。 [6]釣魚：韓信早年曾在淮陰城下垂釣，有一位漂母見韓信飢餓，便供給他飯食，一連數十天。

六 〇

考據之學，離詩最遠，然詩中恰有考據題目，如石鼓歌、鐵券行之類[1]，不得不徵文考典[2]，以侈侈隆富爲貴[3]，但須一氣呵成，有議論、波瀾方妙，不可銖積寸累，徒作算博士也[4]。其詩大概用七古方稱，亦必置之於各卷中諸詩之後，以備一格。若放在卷首以撑門面，則是張屏風床榻於儀門之外，有貧兒驟富光景，轉覺陋矣。聖人編詩，先《國風》而後《雅》《頌》，何也？以《國風》近性情故也。余編詩三十二卷，以七言絶冠首，蓋亦衣錦尚絅[5]，惡此而逃之之意。

【箋注】

[1]石鼓歌：指以石鼓爲題材的詩歌。石鼓，東周初秦國刻石。形略像鼓，共有十個，上刻籀文四言詩。唐韓愈、宋蘇軾皆有此題。鐵券行：以古鐵券丹書爲題材的詩歌。鐵券，是封建帝王頒發給功臣、重臣的一種帶有獎賞和盟約性質的憑證。最早見於漢初。金章宗完顔璟曾有《鐵券行》詩，已佚。 [2]考典：

考證典實。 [3] 侈（chǐ）侈：繁多貌。 [4] 算博士：此指詩文中好使用數目字的人。《朝野僉載》卷六："駱賓王文好以數對，如'秦地重關一百二，漢家離宫三十六'，號爲算博士。" [5] 絅（jiǒng）：罩在外面的單衣。《禮記·中庸》："《詩》曰'衣錦尚絅'，惡其文之著也。"意謂穿着錦服時外面罩着一件單衣，因爲討厭彩色太鮮明。

六一

丹徒女子王碧雲瓊年未笄而能詩[1]，與其兄賦《掃徑》云："菊殘三徑懶徘徊[2]，楓葉飄丹積滿苔。正欲有心呼婢掃，那知風過替吹開。"頗有天趣。又"鳥語亂殘夢，雞聲送曉風""夕陽不在山，春煙生木末[3]"，俱佳。夢樓侍講之女孫也[4]。

【箋注】

[1] 王碧雲：王瓊，字碧雲，晚號愛蘭老人。清江蘇丹徒人。有《愛蘭軒集》《愛蘭詩話》。未笄（jī）：指女子未成年。 [2] 三徑：晋趙岐《三輔决録》："蔣詡歸鄉里，荆棘塞門，舍中有三徑，不出，唯求仲、羊仲從之遊。"後因以"三徑"指歸隱者的家園。 [3] 木末：樹梢。 [4] 夢樓：王文治，見卷二·三〇注 [1]。

六二

余少時詠落花云："此去竟成千古恨，好春還待一年看。"弟子湯敬輿和云[1]："落去盡憑童子掃，飛來還望主人看。"余大歎賞，以爲青出於藍[2]。

【箋注】

[1] 湯敬輿：生平未詳。 [2] 青出於藍：青從藍草中提煉出來，顔色比藍草更深。語出《荀子·勸學》："青取之于藍而青于藍，冰水爲之而寒于水。"後用以比喻學生勝過老師，或後人勝過前人。

六　三

廣信太守張竹軒朝樂見訪[1]，自誦其《無題》云："小院落花初過雨，空樓歸燕又斜暉。""若非鸞鏡應無匹[2]，或對芙蓉竟有雙[3]。"《閩中雜詠》云："紅了桃花緑了水，春光不管未歸人。"俱妙。江西有疑獄控部者[4]，奉旨交制府審辦，迭訊不服。其囚云："得見張某官來，囚死無怨。"已而公果從都中來，爲平其事。方知循吏故是詩人[5]。

【箋注】

[1]張竹軒：張朝樂，見卷一四·一〇〇注[2]。 [2]鸞鏡：南朝宋范泰《鸞鳥詩》序："昔罽賓王結罝峻卯之山，獲一鸞鳥。……三年不鳴。其夫人曰：'嘗聞鳥見其類而後鳴，何不懸鏡以映之！'王從其意。鸞睹形悲鳴，哀響衝霄，一奮而絶。" [3]芙蓉：喻美貌。 [4]疑獄：疑難案件。 [5]循吏：守法循理的官吏。

六　四

曹星湖明府詩[1]，清新可喜，近蒙寄示。録其佳句云："竹聲隨雨至，花影送晴來。""霜濃皴地面[2]，樹禿減風聲。""花是當窗宜密種，草非礙道莫輕芟[3]。"皆可存也。余性伉爽[4]，坐車中最怕下簾。曹有句云："平生眼界嫌遮蔽，風雪何妨一面當。"與鄙懷恰合。

【箋注】

[1]曹星湖：曹龍樹（1739—1804），字松齡，號星湖。清江西星子人。乾隆三十六年舉人。官如臯知縣、江寧江防同知、蘇州督糧同知。有《星湖詩集》。 [2]皴（cūn）：皺縮、凍裂。 [3]芟（shān）：除去。 [4]伉（Kàng）爽：剛直豪爽。

六　五

嘉興吴澹川卧病揚州[1]，其族弟魯𡺸橋親爲稱藥量水[2]。澹川贈詩，有“生我父母知我子，骨肉待我救我死”之句。亡何，來金陵，誦暮橋佳句，如“愁多甜酒苦，客久故鄉生”“花影殿春色[3]，雨聲生夏寒”“雲影溪留住，秋聲雁送來”，皆倩秀可喜。又見贈云：“詞臣循吏老煙蘿，天遣湖山付嘯歌。官似樂天辭政早，仙如列子出遊多[4]。千年蠹飽神仙字，四季花開安樂窩[5]。想見日餐雲母粉[6]，不知江上有風波。”

【箋注】

[1]吴澹川：吴文溥，見卷四·三注[3]。 [2]吴魯：字暮橋。清浙江嘉興人。有《秋筠館詩鈔》。 [3]殿：居後而出衆。 [4]樂天：白居易，見卷一·二〇注[6]。列子：即列禦寇，戰國時鄭國人。主張清静無爲，被道家尊爲前輩。此處皆以前人喻指袁枚生活性情。 [5]蠹：蠹魚。唐段成式《酉陽雜俎》續集卷二：“諷嘗言於道者，吁曰：‘君固俗骨，遇此不能羽化，命也。據《仙經》曰，蠹魚三食神仙字，則化爲此物，名曰脈望。’”此指讀書之樂。安樂窩：宋邵雍自號安樂先生，隱居蘇門山，名其居爲“安樂窩”。遷洛陽天津橋南後仍用此名。後用以代指安静舒適的住處。 [6]雲母：礦石名，據傳仙人以此爲食。此喻指美食。

六六

程藹人孝廉元吉[1]，晴嵐太史之子[2]，年少工詩。詠蝴蝶云：“小雨苔痕新掠過，午晴花氣亂飛來。”《即事》云：“滿院秋聲催落日，一庭黄葉聚詩人。”

【箋注】

[1]程藹人：程元吉，字藹人。清江南安東（今江蘇漣水）人。嘉慶十年進士。官中書舍人。 [2]晴嵐太史：程沆，字瀣亭、少泉，號琴南、晴嵐。程元吉子。居山陽。乾隆二十八年進士。翰林庶吉士，散館授編修。

六七

壬子春，余在杭州，錢塘曹江廬明府以小照屬題[1]。卷中詩甚多，余獨愛吴嵩梁一首[2]。詢之，云是西江高才生也。癸丑春，王葑亭給諫書來[3]，云："有詩人吴某南來，索書爲介。"余大喜，掃榻以待。又遲半年，始從揚州來，人果倜儻。讀所著作，以未窺全豹爲恨。忽於除夕前七日五鼓，夢蘭雪來，誦其舊句，數聯俱超妙，而以《不寐》一聯爲稍遜。言未終，惺惺欲醒，而佳句亦沉沉漸忘。余亦驚怖，如健步捕亡人，苦相捉留，而竟冥然逝矣。僅記《不寐》云："不倒喜傳丹訣好[4]，將衰愁見聖人難。"晨起録出，覺二句未嘗不佳，而終不如前所誦之超超元箸也[5]，爲悶悶者久之。因思入海尋針，針非不在海底也，然而不可尋矣；探湯求雪，雪非不在湯中也，然而不可求矣。天仙化人之句，未嘗不在人心也，然而蘭雪不能知，我亦不能再夢矣。文字之奇，一至於此。

【箋注】

[1]壬子：這裏指乾隆五十七年（1718）。曹江廬：見卷一四・九六注[1]。[2]吴嵩梁（1766—1834）：字蘭雪，一字子山，號石溪老漁。清江西東鄉（今撫州一帶）人。嘉慶五年舉人。官至貴州黔西知州。有《香蘇山館詩鈔》《香蘇山館文集》《石溪舫詩話》《東鄉風土記》《廣陵小草》《再生小草》等。[3]癸丑：這裏指乾隆五十八年（1719）。王葑亭：王友亮，見卷六・六六注[3]。 [4]丹訣：煉丹術。 [5]超超元箸：謂言辭高妙，不同凡俗，超然出塵。元，應爲"玄"，避康熙帝諱改。

六八

吾鄉孫誦芬舍人傳曾[1]，性耽吟詠，余久采其佳句入《詩話》矣。今春寄其詩來，屬爲評定。再録其《秋夜》云："滿林空翠淡煙遮，秋入深宵爽氣加。人静莎蟲悲砌月[2]，燭殘點鼠齧瓶花[3]。洗心只合依三竺[4]，開卷殊難遍五車[5]。光範一書原不上[6]，未須哀怨感琵琶[7]。"《初夏》云："粉蝶時依草，蛛絲慣戀花。"俱妙。

【箋注】

[1]孫誦芬：孫傳曾，見卷一二・七五注[1]。 [2]莎蟲：又名絡緯。俗稱紡織娘、絡絲娘。 [3]黠鼠：小黑鼠。 [4]三竺：浙江杭州靈隱山飛來峰東南的天竺山，有上天竺、中天竺、下天竺三座寺院，合稱“三天竺”，簡稱“三竺”。 [5]五車：《莊子・天下》：“惠施多方，其書五車。”後用以形容讀書多、學問淵博。 [6]光範：光範門，唐中書省門。朝臣上書可在此處等候。 [7]感琵琶：唐憲宗元和十年，白居易因上書請嚴緝刺殺宰相武元衡的兇手，得罪權貴，貶爲江州司馬。次年秋夜，詩人送客湓浦口，遇琵琶歌女，有感於琵琶女的天涯淪落及自身的坎坷遭遇，揮筆寫下了著名長詩《琵琶行》。

六九

口頭話，説得出便是天籟[1]。誦芬《冬暖》云[2]：“草痕回碧柳舒芽，眼底翻嫌歲序差。可惜輕寒重勒住，不然開遍小桃花。”黄蛟門《竹枝》云[3]：“自揀良辰去踏青，相邀女伴盡娉婷。關心生怕朝來雨，一夜東風側耳聽。”范瘦生有句云[4]：“高手不從時尚體，好詩只説眼邊情。”又某有句云：“階前不種梧桐樹，何處飛來一葉風？”“貪著夜凉窗不掩，秋蟲飛上讀書燈。”

【箋注】

[1]天籟：指詩文天然渾成，得自然之趣。 [2]誦芬：孫傳曾，見卷一二・七五注[1]。 [3]黄蛟門：黄以旗（1762—1826），字蛟門。嘉慶朝江寧府學增生。家貧，爲童子師以自給。有《憶書軒稿》。 [4]范瘦生：范起鳳，見卷六・二三注[1]。

按：“高手”聯確爲佳聯。詩的創造性爲第一，而創造性就來自於自己所熟悉的現實生活，此即爲眼邊情。即使是歷史題材，也必須結合自己生活中的感受。

七〇

杭州胡滄來濤隱于橋桃、師史之術[1]，詩筆甚清。余每到杭州，必相款洽。不幸年未五十而亡。録其《車遥遥》云："別酒初行第一尊，征夫結束車在門。別酒匆匆三酌過，征夫出門車上坐。天涯萬里車遥遥，山程驛店柳花飄。向暮停車侵曉發，人在車中長白髮。依依相伴不相離，唯有車前故鄉月。勿恨當時造轂人[2]，行與不行由君身。門前芳草年年長，幾時草上歸輪響？"其他佳句，如《雲共庵》云："夕陽明似畫，僧貌古於松。"《雪霽》云："山容帶粉消難盡，簷淚如珠滴未乾。"《湖上》云："湖波驟長連宵雨，山霧徐收過午風。"《落葉》云："辭柯早帶新霜色[3]，委砌空含舊雨情[4]。"俱極清妙，置之樊榭集中[5]，幾不可辨。

【箋注】

[1]胡滄來：胡濤（1734—1789），字滄來，號葑唐。清浙江仁和人。有《古歡堂詩集》。橋桃：漢代魯地人，居塞上，善畜牧。這裏指代畜牧業。師史：漢代周地人，經商致富。這裏指代從商。 [2]轂：車輪的中心部位，借指車。[3]柯：枝條。 [4]委砌：落在臺階上。 [5]樊榭：厲鶚，見卷三·六一注[1]。

七一

孫碧梧女子有句云[1]："簷前緑墮鶯偷果，簾外紅翻燕掠花。"張瑶瑛女子有句云[2]："蟲飛成陣知新暖，花瓣穿櫺識暮春。"二人風調相似。

張嫁王甥健莽[3]。甥來隨園，張《在家聞子規》云："小院春深緑樹肥，閨人任爾自高飛。渡江休去歌新曲，尚有秦淮客未歸。"又有句云："野店未過先見旆，茅庵將近便聞鐘。""守貧似病醫無益，習静如禪悟卻難。"《九月桂》云："瞥見有花疑八月，遲開故意近重陽。"俱可傳也。

【箋注】

[1]孫碧梧：孫雲鳳，見卷二·三一注[2]。 [2]張瑶瑛：見卷一〇·二五注[1]。 [3]王健葊：見卷八·一一注[2]。

七　二

有人以某巨公之詩[1]，求選入《詩話》。余覽之倦而思卧，因告之曰："詩甚清老，頗有工夫，然而非之無可非也，刺之無可刺也，選之無可選也，摘之無可摘也，孫興公笑曹光禄'輔佐文如白地明光錦裁爲負版袴，非無文采，絶少剪裁'是也[2]。"或曰："其題皆莊語故耳[3]。"余曰："不然。筆性靈，則寫忠孝節義，俱有生氣；筆性笨，雖詠閨房兒女，亦少風情。"

【箋注】

[1]巨公：大人物。 [2]孫興公：孫綽。曹光禄：曹毗。二人均見卷一二·五四注[1]。《世説新語·文學第四》："孫興公道：'曹輔佐才如白地明光錦，裁爲負版絝，非無文采，酷無裁製。'"負版袴（kù）：差役、勞動者的套褲。 [3]莊語：莊重語言。

按：真能拒巨公於《詩話》門外，也是一種風骨。詩清老，有工夫，不見得是好詩；有文采而少剪裁，也不爲好詩。筆性靈，有生氣，在悟性，不在雕鑿。

七　三

康熙間，叔父健磐公訪戚鎮江[1]，寓某鐵匠家，與其妻張淑儀有文字之知[2]，彼此暗投箋札[3]，唱和甚歡，而終不及於亂。微言挑之，則正色曰："妾故老秀才某之女，幼嗜文墨，父亡，爲媒者所誑，誤嫁賤工，一字不識。彼方熾炭，我自吟詩，爲此鬱鬱。得遇君子，聆音識曲，使我幾句荒言，得傳播于士大夫之口，足矣。至於情欲之感，

‘發乎情止乎禮義’可也[4]。”再三言，則涕泣立誓，以來生爲訂。健盤公心敬之，不忍强也。歸家後，誦其佳句云：“懶妝撩鬢易，私泣拭痕難。”送健盤公歸云：“三月桃花憐妾命，六橋煙柳夢君家。”逾兩年，再過京口，訪之，則鐵鋪不開，全家不知何往矣。後二十年，在粵中，又遇一劉鐵匠者，不能作字，而能吟詩。每得句，教人代寫。《月夜聞歌》云：“朱欄幾曲人何處，銀漢一泓秋更清。笑我寄懷仍寄跡，與人同聽不同情。”健盤公嘗笑謂余曰：“同一鐵匠也，使張女當初得嫁劉某，便稱嘉偶矣。”

【箋注】

[1]健磐公：袁鴻，見卷一・九注[1]。 [2]張淑儀：如上，餘未詳。[3]箋札：書信。 [4]“發乎情”句：謂男女之間產生感情，應以禮儀加以約束。語出《詩大序》。

七　四

客冬[1]，香亭在杭州歸[2]，得詩一册，示余。《湖樓觀雪》云：“壓白萬山巔，襯黑一湖水。”余以爲首句人人能道，次句古人所無，非親歷者不知。又“樹隱放湖寬”五字亦妙。

【箋注】

[1]客冬：去年冬天。 [2]香亭：袁樹，見卷一・五注[3]。

七　五

錢塘陳文水孝廉洄設帳於香亭家[1]。性愛苦吟，詩境高潔。爲録其《吴山西爽閣》云：“傑閣憑虚起，登臨好是閑。凉秋半城樹，殘雨一湖山。道侣淡相對[2]，詩人去不還。江聲、樊榭俱有西爽閣詩。兹遊太寂寞，覓徑返柴關[3]。”《湖村晚步》云：“幾折湖村路，身閑興自幽。蟲聲多在草，野色半依樓。樹有瓜棚倚，池惟菱葉浮。農人荷鋤返，三五話涼秋。”《題天竺寺》云：“求心不可得，慧日正東升[4]。澗道百泉響，山光一路清。偶因松篁轉，忽見宫殿生。入拜觀音像[5]，無言恰有情。”又“殘雨飛遥甸[6]，晴雷走斷雲”“我持一筇逸[7]，山爲六朝忙[8]”，皆佳句也。或云：“‘爲’字改‘笑’字，更有味。”

【箋注】

[1] 陳文水：陳洄，字文水。清浙江錢塘人。乾隆五十四年舉人。有《晚香齋吟草》。設帳：設館授徒。 [2] 道侣：道士僧侣。 [3] 柴關：柴門。 [4] 慧日：佛教語，指普照一切的法慧、佛慧。 [5] 觀音：佛教菩薩名，爲慈悲的化身、救苦救難之神。 [6] 遥甸：遥遠的原野。 [7] 筇（qióng）：筇竹手杖。 [8] 六朝：三國吴、東晋和南朝的宋、齊、梁、陳，相繼建都建康（吴時名建業，今南京），史稱爲六朝。

七 六

金陵張香岩秀才培[1]，以《秋雨齋詩》見示。年甫弱冠，而詩筆甚清。《晚過通濟寺》云：“半壁殘秋月，藤蘿繞寺斜。鼯鼪驚客至[2]，踏落數枝花。”《懷秦楞香》云：“皓月人千里，清風酒一樽。無端下林葉，深夜暗敲門。”《夜夢游秦淮》云：“雨餘山色浮天遠，月下潮聲泊岸多。醉後不知身是夢，半橋疏柳聽漁歌。”其人玉貌珊珊，殆亦風情不薄者耶[3]？

【箋注】

[1] 張香岩：張培，見卷一二・七四注[1]。 [2] 鼯（wú）鼪（shēng）：指鼯鼠與鼬鼠一類動物。 [3] 殆：大概。

七 七

周青原舍人[1]，一家能詩。余已録其室沈氏[2]、其子之桂之詩矣[3]。今春，其幼子之桐亦以詩來[4]，殆不減謝家昆玉也[5]。《和鈕牧村元夕招飲即送赴皖上》云：“移賓作主是今朝，緑酒行珍折柬邀[6]。

江館雪泥傳彩筆[7]，桃花紅雨送春潮。笛吹驪唱成三弄[8]，月滿瓊樓第一宵。笑指煙江襟帶水，皖公山色正相招[9]。”余愛其音節清蒼。其他如“江空風任來三面，舟小人如聚一床”，真能寫坐小船光景。《立秋》云：“日斜殘暑催應去，人瘦新凉得更多。”《明妃怨》云[10]：“妾未承恩想報恩，女兒身願犯邊塵。只憐照影黃河水，恰比君王照妾真。”就館邗江，其主人非解文墨者，又有句云：“百卷書堆繡閣寬，故園花事未闌珊。如何苦抱湘靈瑟[11]，來向齊王殿上彈[12]？”莊穆堂有押“床”字句云：“岸平山似排千笠，波穩人如卧一床。”與周語意相同。

【箋注】

[1]周青原：周發春，見卷四・七四注[1]。 [2]沈氏：生平未詳，本卷一九録詩二首。 [3]周之桂：見卷一二・四六注[4]。 [4]周之桐：字琴材。清江蘇上元人。乾隆五十四年拔貢。有《延青閣詩鈔》《鏡璣詞鈔》。 [5]昆玉：稱人兄弟的敬詞。《南史・謝晦傳》：“時謝琨風華爲江左第一，嘗與晦俱在武帝前，帝目之曰：‘一時頓有兩玉人耳！’” [6]折柬：謂裁紙寫信。[7]雪泥：雪泥鴻爪，比喻事情過後遺留下的痕跡。 [8]驪唱：告别的歌。三弄：古曲名，即《梅花三弄》。 [9]皖公：山名，又名潛山、天柱山。在今安徽省潛山西北。漢武帝曾封爲南岳。 [10]明妃：王昭君，見卷二・三六注[6]。 [11]湘靈瑟：此指高雅樂器。湘靈，湘水女神。一説爲舜妃，即湘夫人。[12]齊王殿：指戰國時齊威王殿。用《戰國策・鄒忌説琴諫齊王》典。

七八

偶過僧寺，見山水一幅，上題云：“鴛鴦湖上惜無山，煙雨樓頭獨倚欄。兩眼放開無着處，不如自己畫來看。”其人姓陳，名情[1]，不知何許人也。

【箋注】

[1]陳情：生平未詳。

按：眼前有水無山，但詩中畫中可山水俱備，此即無中生有，此“有”

即"未必不應有""未必不可有"之"有",此處無而未必彼處無,由此及彼,化無爲有,或化有爲無,此即所謂藝術重組,爲藝術構思法之一。

七　九

長洲女孟文輝[1],適震澤秀才王慕瀾[2],詩思清妙。今録其《秋日》云:"遠樹蟬聲秋意濃,捲簾拂拂度金風。繡餘無事消長夜,獨數秋花深淺紅。"《秋夜》云:"秋夜月明風細,淡淡碧雲天際。此時無限愁心,那更莎蟲鳴砌[3]!""北榻羲皇夢醒[4],南山雨過雲停。一派洞庭秋色,滿窗月透疎櫺。"俱妙。

【箋注】

[1]孟文輝:字浩軒。清江蘇長洲人。諸生王慕瀾室。有《晚香樓小草》。[2]王慕瀾:如上,餘未詳。 [3]莎蟲:又名絡緯。俗稱紡織娘、絡絲娘。[4]羲皇:指伏羲氏。古人想象羲皇之世其民皆恬静閒適,故隱逸之士自稱羲皇上人。

八　〇

甲辰春,余過南昌,讀謝太史藴山《題姬人小影》詩而愛之[1],已采入《詩話》矣。忽忽八九年,先生觀察南河,余寄聲問安,並訊佳人消息。先生答書云:"姬姓姚,名秀英[2],字雲卿。吴縣人。生而婉孌賢淑[3],持家之餘,兼通書史。"《維揚郡齋看桃花》云:"何須種核海邊求,錦浪掀空豔欲流。緑綻枝頭風乍暖,紅看簾外雨初收。仙源只許劉郎問[4],佳實寧容曼倩偷[5]?頮面他年作光悦[6],花前暗囑一樽酬。"《遊百花洲》云:"小苑牆低弱柳長,綺羅香散緑池塘。花洲一曲吴江夢,仿佛風迴響屧廊[7]。"《姑蘇上塚》云:"不到山塘十五年,舊時女伴話依然。雙親奠酹悲泉路,一弟零丁又各天。"《清江即事》云:"碧雲暮合望儂來,官舫銀燈驛路催。底事多愁兼善病,探春懶上禹王臺？”“不信前身是月華，浮雲夫婿宦爲家。廿年行遍江南路，又看淮壖雪作花[8]。”夫人無子，爲先生納簉室盧氏[9]，生一子，而躬自撫養之。故先生掌教白鹿書院，以詩寄云：“米鹽淩雜必躬親，那得偷閒寫洛神[10]？小婦持家如大婦，故人織素勝新人。十年出入肩常並，百里雲山夢更真。屈指歸期槐夏過，雲香屋名看擁桂輪新[11]。”余按莊姜因無子而美愈彰[12]，馬后因無子而賢愈顯[13]，有子無子，何須掉罄[14]？余幼有句云：“花如有子非真色，詩到無題是化工。”又云：“脈望成仙因食字[15]，牡丹無子始稱王。”

【箋注】

[1] 謝藴山：謝啟昆，見卷一四・三二注[1]。 [2] 姚秀英：字雲卿。清江蘇吴縣人。謝啟昆側室。 [3] 姽（guǐ）嫿（huà）：嫻静美好貌。 [4] 劉郎：指劉晨，東漢會稽人。曾與阮肇同入天台遇仙。事見劉義慶《幽冥録》。[5] 曼倩：東方朔，見卷八・九〇注[5]。舊題班固撰《漢武故事》一書説，東方朔是太白金星下凡，“下遊人中，以觀天下”。王母娘娘的蟠桃三千年一結果，東方朔就曾偷了三次。 [6] 頮（huì）面：洗臉。 [7] 響屧（xiè）廊：春秋時吴王宫中的廊名。遺址在今江蘇蘇州靈巖山。相傳吴王建廊，虚其下。令西施步屧繞之，則有聲。 [8] 淮壖（ruán）：淮水邊的空地。 [9] 簉（zào）室：妾室。 [10] 洛神：趙孟頫所書《洛神賦》，爲書法名品。泛指精美的書法作品。[11] 桂輪：月亮。 [12] 莊姜：春秋時齊國公主，嫁衛莊公，美而無子。[13] 馬后：漢明帝劉莊的皇后，爲伏波將軍馬援的三女兒，無子，謚號明德。[14] 掉罄：急躁厭煩。 [15] 脈望：見本卷六五注[5]。

隨園詩話箋注　補遺卷三

一

辛亥端陽後二日，廣西劉明府大觀袖詩來見[1]。方知官桂林十餘年，與比部李松圃、岑溪令李少鶴諸詩人[2]，皆至好也。席間談及廣西官況清苦，獨宰天保三年[3]，爲極樂世界。其地離桂林二千餘里，乾隆四年，改土歸流[4]，方設府、縣。歲有三秋，獄無一犯。每月收公牒一二紙，胥吏辰來聽役，午即歸耕。縣中無乞丐、倡優、盜賊，亦不知有樗蒱、海菜、綢緞等物。養廉八百金[5]，而每歲薪、米、雞、豚，皆父老兒童背負以供。月下秧歌四起，方知桃源風景，尚在人間。劉《率郡人種花》云："鋤雲植嘉卉，人力助天工。此樂真吾有，分春與衆同。暮煙生遠水，樵唱散遥空。領得山中趣，横琴坐遠風[6]。"《甘棠渡》云："渡頭溪水繫漁船，細雨濛濛叫杜鵑。花片打門春已暮，牧童猶枕老牛眠。"

【箋注】

[1]辛亥：這裏指乾隆五十六年（1791）。劉大觀（1753—1834）：字正孚，號松嵐。清直隸丘縣（今屬河北）人。僑居揚州。官至山西布政使。有《玉磬山房集》。　[2]李松圃：李秉禮，見卷六・七五注[5]。李少鶴：李憲喬，見卷六・五九注[2]。　[3]天保：縣名，今廣西德保。　[4]改土歸流：取消土司世襲制度，設立府廳州縣，由中央政府派遣有一定任期的流官進行管理。[5]養廉：清制，官吏于常俸之外，規定按職務等級每年另給銀錢，曰"養廉銀"。[6]横琴：用春秋時宓子賤彈琴而治典，見卷七・一五注[2]。

按：未料清代邊遠地區有此桃源。縣令率郡人種花，亦又一個花縣佳話。

二

吾鄉安樂山樵著《燕蘭小譜》[1]，皆南北伶人之有色藝者[2]。蓋在古人《南部煙花録》《北里志》之外[3]，别創一格。余采一二，以備佳話。其節義可風者，如張柯亭爲某明府所暱[4]，某以罪被誅，柯亭在戲場，奔赴市曹，一慟幾絶。詩美之云："樹覆巢傾事可哀，感恩相伴逐輿臺[5]。不知金鳳分飛後，曾爲東樓一慟來[6]。"徐雙喜身長[7]，嘲之云："阿那多姿柳帶牽，臨風摇颺玉樓前。若教嫁作曹交婦[8]，縱不齊眉也及肩。"《嘲留鬚而復剃者》云："兒童瞥見多相笑，西子麻胡兩失真[9]。"贈最佳者云："如意館中春萬樹，一時都讓鄭櫻桃[10]。"

【箋注】

[1]安樂山樵：吴長元，字太初，號西湖安樂山樵。清浙江仁和人。有《燕蘭小譜》《宸垣識餘》《斜川集訂誤》。 [2]伶人：歌舞戲曲演員。 [3]《南部煙花録》：一名"大業拾遺記"，舊本題唐顔師古撰。屬流俗僞作之書。《北里志》：唐筆記小説。作者孫棨爲僖宗時人，曾官侍御史及中書舍人。[4]張柯亭：張鳴玉，字柯亭。清江蘇長洲人。乾隆四十六年入都。曾演《療妒羹·題曲》。 [5]輿臺：泛指操賤役者，奴僕。 [6]"不知"二語：《燕蘭小譜》原注："優童金鳳，爲嚴世蕃所愛。" [7]徐雙喜：清江蘇長洲人。名伶，曾演《楊妃醉酒》。 [8]曹交：《孟子》中所提到的人物，身長九尺四寸。[9]西子：美女西施。麻胡：謂貌醜而多鬚者。 [10]鄭櫻桃：十六國時後趙人，爲石虎孌童，後用爲男寵之典。

三

趙秋谷有《海漚小譜》[1]，半載天津妓名。《贈仙姬》八首最佳，摘其尤者，云："晚凉新點麯塵紗[2]，半月微明絳縷霞。不忘當筵强索飲，春腮初放小桃花。""新蟬嘒嘒送斜陽[3]，小蝶翩翩過短牆。記得臨行還卻坐，滿頭花映讀書床。"

【箋注】

[1]趙秋谷：趙執信，見卷五·二九注[2]。 [2]麯塵：酒麯上所生菌群，因色淡黄如塵而得名。亦用以指淡黄色。 [3]嘒（huì）嘒：象聲詞，蟬鳴聲。

四

孔子論詩，但云"興觀群怨"[1]，又云"温柔敦厚"[2]，足矣！孟子論詩，但云"以意逆志"[3]，又云"言近而指遠"[4]，足矣！不料今之詩流，有三病焉：其一填書塞典，滿紙死氣，自矜淹博。其一全無藴藉，矢口而道，自誇真率。近又有講聲調而圈平點仄以爲譜者，戒蜂腰、鶴膝、疊韻、雙聲以爲嚴者[5]，栩栩然矜獨得之秘。不知少陵所謂"老去漸於詩律細"[6]，其何以謂之律？何以謂之細？少陵不言。元微之云[7]："欲得人人服，須教面面全。"其作何全法，微之亦不言。蓋詩境甚寬，詩情甚活，總在乎好學深思，心知其意，以不失孔、孟論詩之旨而已。必欲繁其例，狹其徑，苛其條規，桎梏其性靈，使無生人之樂，不已傎乎[8]！唐齊己有《風騷旨格》[9]，宋吴潛溪有《詩眼》[10]，皆非大家真知詩者。

【箋注】

[1]興觀群怨：《論語·陽貨》："子曰：'小子何莫學夫詩？詩可以興，可以觀，可以群，可以怨。'"這是孔子提出的詩歌功用觀。興，指感發志意。觀，指考見得失。群，指和合群居。怨，指利於諷諫。 [2]温柔敦厚：《禮記·經解》篇托言孔子曰："其爲人也，温柔敦厚，詩教也。……温柔敦厚而不愚，則深於詩者也。"這是孔子對詩歌言志抒情的一種特定的道德規範。 [3]以意逆志：《孟子·萬章上》："故説詩者，不以文害辭，不以辭害志。以意逆志，是爲得之。"逆，即"迎"的意思。這是孟子提出的閲讀和理解詩歌作品的原則。[4]言近而指遠：《孟子·盡心下》："言近而旨遠者，善言也。"這是談君子的修養，後被移用爲對詩歌語言與思想感情關係的一種規範。指，同"旨"。[5]蜂腰：謂五言詩一句之中，第二字不得與第五字同聲，否則兩頭粗，中央細，猶如蜂腰。鶴膝：指五言詩第一句末字，不得與第三句末字同聲，否則兩

頭細，中央粗，好像鶴膝。疊韻：指兩字韻母相同。雙聲：指兩字聲母相同。清李重華《貞一齋詩説》："疊韻如兩玉相扣，取其鏗鏘；雙聲如貫珠相聯，取其宛轉。" [6]少陵：杜甫。 [7]元微之：元稹，見卷一・二〇注[11]。所引詩句，出自《見人詠韓舍人新律詩因有戲贈》。服：原爲"伏"。須：原爲"能"。 [8]傎（diān）：荒唐、荒謬。 [9]齊己：見卷一二・二〇注[2]。[10]吴潛溪：此處有誤，《潛溪詩眼》的作者爲北宋范温。范温，字元實，號潛溪。

按：這是袁枚的一段重要詩論，引經據典，又切中時弊。他主張詩境寬、詩情活，反對苛其條規，桎梏性靈。

五

乾隆辛未，余送黄文襄公至浦口[1]，見隨行一員，疑爲把總，與之談，方知戊午同年，姓福，名安，字仁山[2]。品端而性爽，遂成莫逆。累官至贛南道。率其幼子來隨園作别，余止而觴之，嗣後不通消息矣。庚戌春間，余掃墓杭州，歸見几上有詩扇一柄，云是祭陵欽差圖大人留贈。初不知爲誰，閲札，方知即當年福公之子圖敏[3]，字時泉，官禮部侍郎。事隔四十餘年，尚能念舊。欲修書作謝，而公竟卒于路，爲凄然者久之。扇上詩云："憶昔兒時此地過，卌年重到鬢雙皤[4]。先生歸日應驚笑，來唱皇華即是他[5]。"

【箋注】

[1]辛未：這裏指乾隆十六年（1751）。黄文襄：黄廷桂（1691—1759），字丹崖。漢軍鑲紅旗人。乾隆時，官至陝甘總督。卒謚文襄。 [2]福安：字仁山。鑲黄旗滿洲人。乾隆三年舉人。任江南淮安府知府、江西廣信府知府、河南河陝汝道。 [3]圖敏（？—1790）：字時泉。滿洲鑲黄旗人。乾隆三十七年進士。歷官内閣學士。有《時泉百一草》。 [4]卌（xì）：四十。 [5]皇華：《詩經・小雅》中的篇名。後爲奉命出使的典故。

六

乾隆庚戌[1]，金陵風雅，于斯爲盛。吾鄉孫補山宫保爲總督[2]，滄州李寧圃翰林爲知府[3]，涇陽張荷塘孝廉宰上元[4]，遼州王柏崖廪生爲典史[5]，西江陶瑩明經爲茶引所大使[6]，盱眙毛俟園孝廉爲上元廣文[7]，隨園唱和，殆無虚日。諸公詩，《詩話》中已采入矣。近又得俟園《游邗園》一絶云："一溪春水一橋横，寵柳嬌花夾岸迎。儂自過橋閑處立，放開來路讓人行。"此所謂詩外有詩也。俟園因余愛誦其詩，故見贈云："水惟善下能成海，山不矜高自極天。"又云："誰云智慧能消福？不信窮愁始著書。"

【箋注】

[1] 庚戌：乾隆五十五年（1790）。 [2] 孫補山：孫士毅，見卷八・三六注[1]。 [3] 李寧圃：李廷敬，見卷一六・六三注[2]。 [4] 張荷塘：張五典，見卷三・七八注[1]。 [5] 王柏崖：王光晟，見卷一六・一九注[2]。 [6] 陶瑩：如上，餘未詳。 [7] 毛俟園：毛藻，見卷二・二六注[1]。

按：這裏提出詩外有詩，可以與陸游的"汝果欲學詩，功夫在詩外"相互參照來理解。詩人的行爲在日常生活中要富於詩意，即具有真意、善意、美意。

七

王春溪明府在濟南[1]，三月三日與李子喬諸人[2]，夜泛大明湖，分得"南"字。王吟云："久客風塵倦，今宵酒意酣。相隨賢有七，剛值日重三。新月如鈎上，明湖似鏡涵。濛濛煙水裏，幽夢到江南。"子喬讀而笑曰："君得毋將官江南乎？"已而榮選新陽，人驚爲詩讖[3]。戊申入闈齒痛[4]，有句云："易牙思妙術[5]，鑿齒鮮良方[6]。"一時主司簾官[7]，俱稱其典雅。

【箋注】

[1] 王春溪：王應奎，字春溪。清山東諸城人。乾隆五十二年進士。官至刑部河南司員外郎。 [2] 李子喬：李憲喬，見卷六・五九注[2]。 [3] 詩

讖（chèn）：謂所作詩無意中預示了後來發生的事。 [4]戊申：這裏指乾隆五十三年（1788）。入闈：此指科舉考試時作爲監考人員進入考場。 [5]易牙：人名。又稱狄牙、雍巫。春秋時齊桓公寵臣，長於調味。 [6]鑿齒：習鑿齒（317—384），字彦威。襄陽（今屬湖北）人。東晋時期著名學者。此處用字面義。 [7]簾官：科舉時代，鄉試會試時的考官，分内簾官與外簾官。在外提調、監試者謂之外簾官，主考官、同考官謂之内簾官。

八

近時，兄弟怡怡者[1]，多不概見。休寧戴友衡孝廉詠黄山連理松云[2]：“獅子峰前連理松，柯交葉互碧重重。爲憐同氣難分剖，縱使風來不化龍[3]。”殊有寄託。又，《江上竹枝》云：“欲雨不雨江上霞，青簾茅屋酒人家。長年閣槳不歸去[4]，淡月一叢蘆葦花。”亦頗清妙。惜未中年，遽亡。其師吴竹橋太史爲余誦之[5]。

【箋注】

[1]怡怡：兄弟和睦的樣子。 [2]戴友衡：戴寅光，字右衡。清安徽休寧人。乾隆五十三年順天榜舉人。 [3]化龍：《岱覽》卷十一載：相傳泰山小天門有秦時五大夫松。萬曆三十年泰山起蛟，其中二株遂失所在。以爲化龍去。此處反用。 [4]閣：安放、擱置。 [5]吴竹橋：吴蔚光，見卷一・四一注[3]。

九

蕪湖令陳岸亭湛深禪理[1]，詩故清曠。録其《憶梅》云：“春心忽忽在花先，盼到花時倍惘然。一夜梨雲空有夢[2]，二分明月已如煙。傳來芳訊知何日，别後嬋娟近一年。愁絶西溪三百樹，冷香飛不到窗前。”“巡遍簷牙十二時，紅羅白紵渺難知。相思雪海應同漲，一笛江城忍便吹？何遜官忙開閣少[3]，陸郎路遠寄書遲[4]。斷煙細雨相思苦，擬作逋仙寄内詩[5]。”

【箋注】

[1] 陳岸亭：陳聖修（1733—1793），字念祖，號岸亭。清浙江山陰人。乾隆二十五年舉人。官雲南通判、蕪湖知府。 [2] 梨雲：《墨莊漫録》卷六引唐王建《夢看梨花雲歌》："薄薄落落霧不分，夢中喚作梨花雲。"後用爲狀雪景之典。 [3] 何遜：見卷三・四三注[6]。何遜好詠梅。曾在揚州參與梅閣聯吟。 [4] 陸郎：陸凱（198—269），字敬風。三國時吴郡吴人。與范曄相友善，曾折梅相送："江南無所有，聊寄一枝春。" [5] 逋仙：林逋，見卷一・五四注[9]。

一〇

詩家百體，嚴滄浪《詩話》臚列最詳[1]，謂東坡、山谷詩如子路見夫子，終有行行之氣[2]。此語解頤。即我規蔣心餘能剛而不能柔之説也[3]。然李、杜、韓、蘇四大家，惟李、杜剛柔參半，韓、蘇純剛，白香山則純乎柔矣。

【箋注】

[1] 嚴滄浪：嚴羽，見卷二・八注[3]。 [2] 行行：剛强負氣貌。《論語・先進》："子路，行行如也。冉有、子貢，侃侃如也。子樂。"此處所引嚴羽語，爲《答出繼叔臨安吴景仙書》中語意。 [3] 蔣心餘：蔣士銓，見卷一・二三注[2]。

一一

陳去非云[1]："揚子雲好奇[2]，惟其好奇，所以不能奇。"陸放翁云："後人不知杜詩所以妙處，但以有出處爲工，其去杜也愈遠。"余愛二人之言，故摘録之。

【箋注】

[1] 陳去非：陳與義（1090—1139），字去非，號簡齋。宋洛陽（今屬河南）人。爲江西詩派三宗之一。有《簡齋集》。此處所引有誤，應爲陳師道語意。陳師道，見卷三・六六注[6]。 [2] 揚子雲：揚雄，見卷三・五八注[4]。

按：宋陳師道《後山詩話》卷二三："揚子雲之文，好奇而卒不能奇也，故思苦而詞艱。善爲文者，因事以出奇，江河之行，順下而已。至其觸山赴谷，風摶物激，然後盡天下之變。子雲惟好奇，故不能奇也。"由此可見，思苦詞艱、不易理解，就無所謂奇了。

一　二

東坡詩云："惆悵東闌一枝雪[1]，人生能得幾清明？"此偷杜牧之"砌下梨花一堆雪，明年誰倚此闌干"句也[2]。然風調自别。有人説歐公好偷韓文者[3]，劉貢父笑曰[4]："永叔雖偷，恰不傷事主[5]。"亦妙語也。

【箋注】

[1] 闌：欄杆。　[2]"砌下"句：出唐杜牧《初冬夜飲》。　[3] 歐公：歐陽修。韓：韓愈。歐陽修推崇韓愈，以韓爲模仿對象。　[4] 劉貢父：劉攽，見卷五・三四注[5]。　[5] 事主：指原作者。

一　三

晁以道問邵博[1]："梅二詩，何如黄九[2]？"邵曰："魯直詩到人愛處，聖俞詩到人不愛處。"其意似尊梅而抑黄。余道兩人詩俱無可愛，一粗硬，一平淺。

【箋注】

[1] 晁以道（1059—1129）：晁説之，字以道，一字伯以。宋濟州巨野（今屬山東）人。官無極知縣、徽猷閣待制兼侍讀。有《儒言》《晁氏客語》《景迂生集》。邵博：字公濟。宋洛陽（今屬河南）人。高宗紹興八年賜同進士出身。官至左朝散大夫知眉州。有《西山集》《邵氏聞見後録》。《聞見後録》卷一九："晁以道問予：梅二詩何如黄九？予曰：魯直詩到人愛處，聖俞詩到人不愛處。以道爲一笑。"此處所引，爲邵博所記蘇東坡語意。葉夢得《石林燕語》卷八記東坡語云："凡詩須做到衆人不愛可惡處，方爲工。"不愛處，指不知其好在何處。　[2] 梅二：梅堯臣，見卷四・一七注[2]。黄九：黄庭堅，

見卷一·一三注 [6]。

一　四

盧仝《月蝕詩》[1]，有"官爵及董秦"之句[2]。人疑藩將董秦來降，賜名李忠臣，現在貴官，盧仝不應譏之。姚寬《西溪叢話》以爲"董秦"者[3]，漢之幸臣董賢、秦宫也。此説似有理。

【箋注】

[1] 盧仝：見卷三·一七注 [2]。　[2] 董秦：一説指李忠臣（716—784）。幽州薊人。唐朝中期蕃鎮將領。後謀反伏誅。一説指董賢、秦宫。董賢（前23—前 1），漢雲陽人。以貌美得哀帝寵倖。秦宫，東漢大將軍梁冀嬖奴，官至太倉令。　[3] 姚寬：字令威，號西溪。宋越州嵊縣（今屬浙江）人。任尚書户部員外郎、樞密院編修官。有《西溪集》《史記注》《西溪叢語》等。《西溪叢語》，詩話中引作"西溪叢話"，不確。

一　五

癸卯春，余游黄山，見絶壁之上刻"江麗田先生彈琴處"[1]。疑是古之仙家者流，不復相訪。今辛亥三月間，宣州參戎楊公大壯同一琴客江某來[2]，道其姓氏，蓋即麗田先生。余驚喜，往訪。見骨格清整、白鬚飄然，隱天都峰下五十餘年，終身不娶。有貴客過者，必逾垣而避。洵異人哉！楊誦其《詠古梅》云："托根幽谷不知年，霧鎖雲封得自全。"蓋自況也。楊與之過陵陽，作絶句云："山城重駐有前緣，再到陵陽二月天。笑指宦囊無别物，一船書畫一神仙。"

【箋注】

[1] 癸卯：這裏指乾隆四十八年（1783）。江麗田：江嗣珏（jué），字兼如，號麗田。清安徽歙縣人。雍正、乾隆年間隱士。有《麗田琴譜》《龍峰剩稿》等。　[2] 楊公：楊大壯，見卷一六·三八注 [2]。

一　六

余刻《詩話》《尺牘》二種，被人翻板，以一時風行，賣者得價故也。近聞又有翻刻《隨園全集》者。劉霞裳在九江寄懷云[1]："年來詩價春潮長，一日春深一日高。"余戲答云："左思悔作三都賦[2]，枉是便宜賣紙人。"

【箋注】

[1]劉霞裳：袁枚弟子，見卷二·三三注[2]。 [2]左思：見卷一·一五注[3]。此用洛陽紙貴典。

一　七

今州縣大堂有《戒石箴》，曰："爾俸爾禄，民膏民脂。下民易虐，上天難欺。"人但知爲宋高宗語也[1]。後讀張端義《貴耳集》[2]，方知是蜀王孟昶語[3]。本二十四句，而高宗摘取之。猶云"清慎勤"三字，今奉爲聖經賢傳，而不知司馬昭訓長史之言[4]，見《三國志》。

【箋注】

[1]宋高宗：即趙構（1107—1187），字德基。徽宗第九子。靖康二年即位于南京（今河南商丘）。後渡江南奔，建行都于臨安，史稱南宋。在位三十六年。 [2]張端義（1179—1246）：字正夫，晚號荃翁。宋鄭州人。工詩賦小詞。 [3]孟昶：見卷二·五九注[3]。 [4]司馬昭（211—265）：三國魏河内温縣（今屬河南）人。官至相國，專擅國政。後晋爵晋王。死後數月，子炎代魏稱帝，建晋朝，追尊爲文帝。

一　八

余在沭陽署中，賦《落花》詩，已五十四年矣。今秋，門人方甫參攜其尊甫碧溽居士詩來[1]，蓋當時和余之作。中一首云："獨對園林感不支，殘紅零落滿階墀。明妃曲唱離鄉日[2]，金谷魂消墮地時[3]。

一夜雨偏添別恨，數聲鶯尚戀空枝。殷勤好向風前約，莫負春來隔歲期。”又，“玉漏愁聽三月雨，金鈴誰護五更風”“山鳥解人憐惜意，故含花片往來飛”，皆佳句也。讀之，想見其爲人。在當時不急急以詩來見，其高雅可知。甫參在余門二十餘年，亦遲至今年七月，方袖詩來。豈非風騷顯晦，亦有一定之時耶？先是，碧潯弱弟子雲[4]，以詩受業余門，尚在甫參之前，亦未言及乃兄之能詩。余《詩話》中載子雲詩甚多，今裁知其淵源有自云。碧潯，諱正溶，新安人。

【箋注】

[1]方甫參：如上，餘未詳。尊甫：對他人父親的敬稱。碧潯居士：方正溶，字碧潯。清安徽歙縣人。工詩。有《落花》詩三十韻，膾炙人口。 [2]明妃曲：明妃，漢元帝宫人王嬙，字昭君。宋王安石有《明妃曲》。 [3]金谷：指西晋石崇所築的金谷園。在今河南洛陽西北。石崇愛妾緑珠美而豔，善吹笛。趙王司馬倫專權，欲奪緑珠，崇堅拒不許，緑珠墜樓自殺。 [4]弱弟：幼弟。子雲：方正澍，見卷一・四五注[6]。

一　九

香奩詩[1]，至本朝王次回[2]，可稱絶調。惟吾家香亭可與抗手[3]。録其《無題》云：“回廊百折轉堂坳，阿閣三層鎖鳳巢[4]。金扇暗遮人影至，玉扉輕借指聲敲。脂含垂熟櫻桃顆，香解重襟豆蔻梢。倚燭笑看屏背上，角巾釵索影先交。”“一簾花影拂輕塵，路認仙源未隔津。密約夜深能待我，吃虚心細善防人。喜無鸚鵡偷傳語，剩有流鶯解惜春。形跡怕教同伴妒，囑郎見面莫相親。”“碧桃花下訪臨邛[5]，含笑開門有病容。帶一分愁情更好，不多時别興尤濃。枕衾先自留虚席，衣扣遲郎解内重。親舉纖纖偎頰看，分明不是夢中逢。”“惺惺最是惜惺惺[6]，擁翠偎紅雨乍停。念我驚魂防姊覺，教郎安睡待奴醒。香寒被角傾身讓，風過窗櫺側耳聽。天曉餘温留不得，隔宵密約重叮嚀。”其他佳句，如“他日悲歡憑妾命，此身輕重恃郎心”“常防過處留燈影，偏易行來觸瑟聲”“勸君莫結同心結，一結同心解不開”，皆妙。余戲謂：“詩中境界，非親歷者不知。然阿兄雖親歷，亦不能如此之細膩風光也。”

近又見詒庭張觀察亦工此體[7]。《無題》云：“真珠樓翠倚香帷，赤玉闌干白玉墀。人與桃花争一面，春將柳葉鬥雙眉。畫裾繡鳳晨風舉，寶鏡盤龍夜月移。珍重瀛壺無限好[8]，文鸞端合占瓊枝[9]。”“每從夢裏説相思，夢好翻嫌入夢遲。去後情懷憑酒遣，來時歡喜有燈知。羊權縮地真無術[10]，張碩逢仙更有期[11]。一樹夭桃濃著色，梳妝樓上繡簾垂。”其他佳句，如“常啟鏡奩如對月，應知蝶夢不離花”“不敢當庭愁月掩，未曾卻扇怕花羞”“水摇鬟影疑釵墜，身比花香惹蝶親”。

觀察又有《山窗》一絶云：“空階入夜雨蕭蕭，剔盡銀燈漏轉遥。爲怕客中聽不得，小窗先日剪芭蕉。”亦七絶中之姜白石也[12]。觀察名裕穀，中州名臣儀封先生之曾孫。

【箋注】

[1]香奩詩：又稱豔體詩，見卷一・三一注[2]。 [2]王次回：王彦泓，見卷一・三一注[1]。 [3]香亭：袁樹，見卷一・五注[3]。 [4]阿閣：四面都有簷溜的樓閣。 [5]臨邛：漢司馬相如早年投奔臨邛縣令王吉，在卓王孫家遇到卓文君，後二人成婚。此處以臨邛代指意中人。 [6]“惺惺”句：聰明人愛惜聰明人。意謂性格、才能或境遇相同的人相互愛惜、同情。 [7]張詒庭：張裕穀，見卷一五・七七注[1]。 [8]瀛壺：即瀛洲，傳説中的仙山。[9]文鸞：鳳凰之類的神鳥。瓊枝：喻指美女。 [10]羊權：字道輿。泰山（今山東新泰一帶）人。梁簡文帝時黄門侍郎。傳説九嶷山仙女萼緑華夜降于羊權丹室，贈浣布巾和金玉條脱各一，從此一月六過其家。 [11]張碩：仙女杜蘭香于洞庭包山降張碩家，三年後授以舉形飛化之道，碩亦得仙。 [12]姜白石：姜夔，見卷四・一六注[1]。

按：推崇香奩詩，是袁枚詩觀的一大特點。但它只能作爲一個品種存在。作爲詩人個體，可以有此傾向。但對詩壇整體而言，不可使其成爲主流。

二〇

梁山舟侍講以書名重海内[1]。余過其家，見箋絹塞滿兩屋[2]。余笑云：“君須有彭祖八百年之壽[3]，纔還清此債。”梁爲一笑，賦詩自懺云：“誓墓歸來王右軍[4]，暮年都付代書人。小生那敢希前哲，只合從人役苦辛。”“可笑塗鴉逾四紀[5]，半生白日此中頹。書家縱有淩煙閣[6]，恥把千秋托麝煤[7]。”“我自無心結蛇蚓[8]，錯傳韋陟五雲如[9]。世間到底無真賞，認煞題名一字書[10]。”“從來得失寸心知，無佛稱尊或有之。未必西家勝東宅，卻教屈了效顰施[11]。”“手未支離眼未昏，業緣欲斷竟何因？從今誓齧工倕指，懶作供官設客人[12]。”語似謙而實傲。

【箋注】

[1]梁山舟：梁同書，見卷三·三二注[3]。[2]箋絹：專作書畫的絲織品。[3]彭祖：傳説中的人物。姓籛，名鏗，陸終氏之子。自堯時舉用，歷夏至殷末，八百餘年。因封于彭，故稱。[4]誓墓：《晉書·王羲之傳》：“時驃騎將軍王述少有名譽，與羲之齊名，而羲之甚輕之，由是情好不協。……述後檢察會稽郡，辯其刑政，主者疲于簡對。羲之深恥之，遂稱病去郡，于父母墓前自誓曰：‘……自今之後，敢渝此心，貪冒苟進，是有無尊之心而不子也。’”[5]塗鴉：唐盧仝《示添丁》詩：“忽來案上翻墨汁，塗抹詩書如老鴉。”後因以“塗鴉”比喻書畫或文字稚劣。多用作謙詞。紀：十二年爲一紀。[6]淩煙閣：唐貞觀年間爲表彰功臣而建築的繪有功臣圖像的高閣。[7]麝煤：即麝墨，泛指名貴香墨。[8]蛇蚓：比喻書寫的文字。[9]韋陟（697—761）：字殷卿。唐京兆萬年（今陝西西安一帶）人。宰相韋安石子。襲封郇國公。官至吏部尚書。陟在書牘上所署“陟”字如五朵雲。時人慕仿之，稱爲五雲體。[10]一字書：謂短札。[11]“未必”二語：用東施效颦典。爲模仿别人的謙語。[12]工倕（chuí）：倕，古巧匠名。相傳堯時被召，主理百工，故稱工倕。《莊子·外篇·胠篋》：“攦工倕之指，而天下始人有其巧矣。”設客：宴請賓客。

二一

吾鄉多閨秀，而莫盛于葉方伯佩蓀家[1]。其前後兩夫人、兩女公子、一兒婦，皆詩壇飛將也。先娶周夫人暎清[2]，《甲戌聞捷》云：“雙眉欲展意猶驚，起聽銅鉦屋外聲。不惜雕梁驅乳燕，泥金帖子掛題名[3]。”“秦家上計動經年[4]，閨夢何由向日邊？今日離情暫拋卻，知君身到大羅天[5]。”《春蠶詞》云：“蠶生戢戢滿庭隅[6]，但願蠅無鼠也無。大婦裹鹽呼小婦，前村趁早聘狸奴[7]。”“典衣買葉不論錢，要趁晴明乍暖天。卻似靈和殿前柳[8]，春來三起又三眠[9]。”《令阿緗入學》云：“低鬟憐阿姊，與汝亦齊肩。且令拋針綫，相隨共簡編[10]。雙行知宛轉，坐詠愛清圓。試看俱成誦，今朝若個先？”其他佳句，如《都門即景》云：“搗杏新添調酪碗，嘗瓜不惜買冰錢。”《首夏》云：“花因辭樹偏多態，鳥爲催春已變聲。”《夏日卧病》云：“小倦何心燒白朮，薄陰有信近黄梅。”《柳綿》云：“乍從野水官橋見，只傍鞭絲帽影飛。”

繼娶李夫人含章[11]，《刺繡詞》云：“朝繡長短橋，暮繡東西嶺。生不識西湖，道是西湖景。羅稀不受針[12]，縑密不容綫[13]。繡好有人知，繡苦無人見。”《夏晝》云：“午樓風暖試輕紗，語燕聲中日未斜。滿地緑陰簾不捲，遊絲飛上蜀葵花。”《長沙節署感賦》云：“廿年詠絮鳴環地[14]，今日隨君幕府開時外攝中丞事。畫閣乍迎新使節，春風猶憶舊妝臺。殊恩象服慚難稱[15]，遺愛棠陰待補裁[16]。聞道江城輿頌美[17]，如冰樂令又重來[18]。”夫人爲吾同年李鶴峰之女。鶴峰曾撫湖北，故有感而作也。《萬固寺》云：“山寺不知路，忽聞流水聲。溪隨巖石轉，塔與白雲平。古木上無際，幽禽時一鳴。松根堪小憩，試汲碧泉清。”《題李白詩後》云：“千仞翔孤鳳，高歌一代中。在天猶被謫，入世豈能容？膽落高驃騎[19]，恩深郭令公[20]。再回唐社稷，諸將莫言功。”《望槿兒不至》云：“濟南秋八月，接汝數行書。報説重陽日，能回上谷車[21]。已驚楓落後，又到雪飛初。何事歸期誤，臨風一倚閭[22]。”二篇皆一氣呵成，真唐人高手也。其佳句如《詠始皇》云：“車載轀輬山有鬼[23]，舟行縹渺海無仙。”《望岱》云：“海外天光明野馬，寰中人影動蜉蝣。”《並頭蕙蘭》云：“風静謝庭群從集[24]，月明湘浦二妃歸[25]。”《重至都門》云：“每歷舊遊疑隔世，暫休征旆當還家[26]。”《常州道中》云：“路已近家翻覺遠，人因垂老漸知秋。”又《兩兒下第》云：“得失由來露電如，老人爲爾重踟蹰。不辭羽鎩三年翮[27]，可有光分十乘車。四海幾人雲得路，諸生多半壑潛魚。當年蓬矢桑弧意[28]，豈爲科名始讀書？”見解高超，可與《三百篇》並傳矣。

其女公子令儀《春陰》云[29]：“碧窗人起怯春寒，小立閒庭露未乾。牆外杏花階下草，引人長倚碧闌干。”《舟夜》云：“小艇低昂睡不成，夜深猶自促歸程。滿窗凉月白於雪，船底忽聞魚齘聲[30]。”《初夏偶成》云：“躑躅花開暮雨餘，送春天氣此幽居。棋枰半取殘箋補，詩草時尋退筆書[31]。節序關心殊苦樂，韶華過眼有乘除。年來怕上蘇堤望，愁見垂楊緑映裾。”其佳句，如《村景》云：“帆影多從窗隙過，溪光合向鏡中看。”《偶成》云：“多病階前時曬藥，畏寒窗外亦垂簾。”

其長媳長生[32]，吾鄉陳句山先生之女孫也[33]。《春曉》云：“翠幕沉沉不上鈎，曉來怕看落花稠。紙窗一綫横斜裂，又放春風入畫樓。”《太真春睡圖》云[34]：“秘殿春寒倚繡茵，君前底事效横陳？馬嵬更有長眠處，也傍梨花一樹春。”《寄外》云：“弱歲成名志已違，看花人又阻春闈[35]。兩上春官，以回避不得與試。縱教裘敝黄金盡，敢道君來不下機[36]？”“頻年心事托冰紈[37]，絮語煩君仔細看。莫道閨中兒女小，燈前也解憶長安[38]。”《春日信筆》云：“軟紅無數欲成泥，庭草催春緑漸齊。窗外忽聞鸚鵡説，風箏吹落畫簷西。”《春園偶賦》云：“賣餳聲裏日初長，春滿閒庭花事忙。樓外軟風鶯夢暖，籬邊疎雨蝶衣凉。碧桃重似垂頭睡，紅藥殘如半面妝。看盡韶光應不倦，題詩長倚小回廊。”

其佳句，如《硤石道中》云："樹遠作人立，山深疑雨來。"《春夜》云："濕雲壓樹暝煙重，淡月入簾花氣幽。"《聞家大人旋里》云："去郡定多遮道吏[39]，還山已是杖鄉人[40]。"

余舊詠西施有云："妾自承恩人報怨，捧心常覺不分明。"自道得題之間，載入集中。今讀陳夫人《題捧心圖》云："眉鎖春山斂黛痕，君王猶是解温存。捧心别有傷心處，只恐承恩卻負恩。"與余意不謀而合。

方伯次媳周星薇[41]，亦工吟詠，少年早夭，以故詩多失傳。僅録其《悼鸚鵡》云："羽毛纔就慘奇霜，敲斷銀環恨渺茫。連日誦經知有意，昨宵説夢已非祥。緑衣原自藏金屋，丹詔何年下玉皇？應伴飛瓊充鳥使[42]，彩霞深處任回翔。"

陳夫人之妹淡宜[43]，亦工詩。《都中寄姊》云："鴒原分手隔天涯[44]，風雨聯床願尚賒[45]。兩地空煩詩代簡，三春祗有夢還家。病多漸識君臣藥[46]，别久愁看姊妹花。他日相思勞遠望，五雲深處是京華。"

【箋注】

[1] 葉佩蓀（1731—1784）：字丹穎，號聞沚，又號辛麓。清浙江歸安人。乾隆十九年進士。官至湖南布政使。有《易守》《慎餘齋詩鈔》。 [2] 周暎清：字皖湄。清浙江歸安人。有《梅笑集》《織雲樓詩合刻》。 [3] 泥金帖子：用泥金塗飾的箋帖。唐以來用於報新進士登科之喜。 [4] 上計：地方官於年終將境内户口、賦税、盗賊、獄訟等項編造計簿，遣吏逐級上報，奏呈朝廷，借資考績，謂之上計。 [5] 大羅天：道教所稱三十六天中最高一重天。此處喻極高的官位。 [6] 戢（jí）戢：密集貌。 [7] 狸奴：貓的别稱。 [8] 靈和殿：南朝齊武帝時所建殿名。五代李存勖《歌頭》詞："靈和殿，禁柳千行，斜金絲絡。" [9] 三眠：指檉柳的柔弱枝條在風中時時伏倒。《三輔故事》："漢苑中有柳狀如人形，號曰人柳，一日三眠三起。" [10] 簡編：指書籍。[11] 李含章：字蘭貞。清雲南晋寧人。湖南巡撫因培女。有《蘩香詩草》。[12] 羅：稀疏而輕軟的絲織品。 [13] 縑：雙絲織的淺黄色細絹。 [14] 詠絮：見卷二・五三注[8]。此處指隨父吟詩。鳴環：指身上佩帶的環佩碰擊有聲。 [15] 象服：古代后妃、貴夫人所穿的禮服，上面繪有各種物象作爲裝飾。[16] 棠陰：喻惠政或良吏的惠行。 [17] 輿頌：民衆的議論。 [18] 樂

令：樂廣（？—304），字彦輔。三國魏末西晋初南陽淯陽（今河南南陽一帶）人。官至尚書令。有“冰清之姿”，語見《世説新語》。[19]高驃騎：高力士，見卷一二・六八注[2]。[20]郭令公：郭子儀，見卷一一・四注[3]。[21]上谷：古郡名，在今河北境内。[22]倚閭：倚門而望，謂父母望子歸來之心殷切。[23]轀（wēn）輬（liáng）：古代的卧車，亦用作喪車。[24]謝庭：晋太傅謝安門庭。世人以“謝庭蘭玉”比喻能光耀門庭的子侄。[25]二妃：指傳説中舜之妻娥皇女英，死後成爲湘水之神。[26]征旆：指官吏遠行所持的旗幟。[27]羽鎩（shā）：鎩羽，摧落羽毛。比喻不得志。翮（hé）：鳥的翅膀。此喻人的才能。[28]蓬矢桑弧：古時男子出生，以桑木作弓，蓬草爲矢，射天地四方，象徵男兒應有志于四方。後用作勉勵人應有大志之辭。[29]葉令儀：字淑君。清歸安人。佩蓀女，錢慎室。有《花南吟榭遺草》。[30]魚簖（duàn）：插在水裏阻擋魚類以便捕捉的竹栅欄。[31]退筆：用舊的筆。[32]陳長生：字嫦笙，一字秋穀。清錢塘人。太僕寺卿兆崙孫女。廣西巡撫歸安葉紹楏室。有《繪聲閣詩稿》。[33]陳句山：陳兆崙，見卷一・五〇注[1]。[34]太真：楊玉環（719—756），賜號太真。唐蒲州永樂（今山西永濟）人。天寶四載進册貴妃。堂兄楊國忠操縱朝政。安史之亂起，隨玄宗西逃蜀中至馬嵬驛，禁軍迫玄宗與妃訣，遂縊死於佛室。[35]春闈：明清京城會試，均在春季舉行，故稱春闈。[36]“縱教”二語：《戰國策・秦策一》：“（蘇秦）説秦王書十上而説不行。黑貂之裘弊，黄金百斤盡，資用乏絶，去秦而歸……歸至家，妻不下紝，嫂不爲炊，父母不與言。”這裏反用此典。[37]冰紈：潔白的細絹，此指絹上文字。[38]“莫道”二語：反用杜甫“遥憐小兒女，未解憶長安”語意。[39]遮道：猶攔路，指送行。[40]杖鄉：《禮記・王制》：“六十杖於鄉。”謂六十歲可拄杖行於鄉里。古代一種尊老禮制。後作爲六十歲的代稱。[41]周星薇：清浙江烏程人。同知葉紹棻室。[42]飛瓊：指仙女。[43]淡宜：葉淡宜，名令嘉。葉佩蓀次女、舉人沈昌培室、陳長生的小姑，袁枚誤以爲“妹”。[44]鴒原：《詩・小雅・常棣》：“脊令在原，兄弟急難。”脊令，即鶺鴒。後即以“鶺鴒在原”比喻兄弟友愛之情。[45]賒：指情緒殷切。[46]君臣藥：中醫術語。《神農本草經》説：“藥有君、臣、佐、使，以相宣攝。”

二二

聞芷方伯精研《易》理[1]，不屑爲詞章之學，然偶爾揮毫，皆超雋不凡。有《雁字》二十首[2]，爲尹文端公所賞[3]。録三首，云："緑章可待乞天公[4]，箋奏遥傳碧落中。不斷數行如曳白[5]，有何羈怨慣書空[6]？斜陽閃背金泥燦[7]，霽雪梳翎玉筯工[8]。最是關山飛欲倦，數行小草最匆匆。""來憑月勅去風支[9]，紀録春秋特筆垂。鵉闕聯班曾視草[10]，龍湫絶頂好臨池[11]。揮成欲獻淩雲賦[12]，過去難摹没字碑[13]。最後失群餘片影，西風吹散碎金詞[14]。""點染天池付雁王，祇今真種更飄揚。將斜復整回波秀，漸遠如無削牘忙[15]。體變八分猶鳥跡[16]，天開一畫本鴻荒。銀河秋老稀烏鵲，錦字重勞訊報章[17]。"

【箋注】

[1] 聞芷：葉佩蓀，見本卷二一注[1]。 [2] 雁字：成列而飛的雁群。群雁飛行時常排成"一"或"人"字，故稱。 [3] 尹文端：尹繼善，見卷一・一〇注[3]。 [4] 緑章：即青詞。舊時道士祭天時所寫的奏章表文，用朱筆寫在青藤紙上，故名。此喻雁字。 [5] 曳白：空白。 [6] 書空：雁在空中成列而飛，其行如字。又，《世説新語・黜免》載，殷浩在信安時"恒書空作字"。此句雜糅二義。 [7] 金泥：以水銀和金粉爲泥，作封印之用。 [8] 玉筯：書體名，指秦李斯所創之小篆。 [9] 月勅：月娥的勅令。風支：風神的支使。[10] 鵉闕：疑應爲"鸞闕"，指宫闕。視草：指詞臣奉旨修正詔諭一類公文。[11] 龍湫：上有懸瀑下有深潭謂之龍湫。 [12] 淩雲賦：漢武帝好神仙，司馬相如奏《大人賦》，帝大悦，"飄飄有淩雲之氣，似遊天地之間意"。見《史記・司馬相如傳》。 [13] 過去：指某個時間、某種狀態已經消逝。 [14] 碎金：比喻精美簡短的詩文。 [15] 削牘：古時削薄竹木成片，用以書寫。有誤則刮去重寫，謂之"削牘"。後用以泛稱書寫、撰述。 [16] 八分：漢字書體名，字體似隸而體勢多波磔。 [17] 錦字：指前秦蘇蕙寄給丈夫的織錦回文詩。

二三

琴柯公子見贈四律[1]，余已梓入《續同人集》矣。兹又録其《寒山即事》云："山寺不知路，微聞清磬音。松崖春寂寂，石屋晝陰陰。幽坐見空色，寒流無古今。披襟成小住，只愧俗緣深。"又填《金縷曲》寫懷云："挨過酴醿節[2]，怪春來畫樓燈影，幾番輕别。孤館愔愔簾不捲[3]，怕放楊花飛入，定添了安仁鬢雪[4]。憔悴天涯人一個，料青衫不爲琵琶濕[5]。思往事，計何拙！　　尋春偶傍欄干立，又侵階茸茸細草，染成愁碧。沾盡落紅三月雨，不見去年蝴蝶。定怪我遊蹤未歇。幾度問春春不應，遣深更杜宇低低説[6]。羈枕畔，正愁絶。"

【箋注】

[1] 琴柯：葉紹楏（1755—1821），字琴柯，號謹墨、振湘。清浙江歸安人。葉佩蓀子。乾隆五十八年進士。官至廣西巡撫。有《謹墨齋詩鈔》《觀象權輿》。[2] 酴（tú）醾（mí）：本是酒名，後作花名，因爲顏色相似。《全唐詩》卷八六六載《題壁》詩："禁煙佳節同遊此，正值酴醾夾岸香。" [3] 愔愔：幽深、悄寂。 [4] 安仁：潘岳，見卷一〇・二四注[4]。 [5]"憔悴"二語：用唐白居易《琵琶行》"同是天涯淪落人"和"江州司馬青衫濕"語意。 [6] 杜宇：鳥名，又名杜鵑、子規。相傳爲古蜀王杜宇之魂所化，春末夏初，常晝夜啼鳴，其聲哀切。

二　四

支公云[1]："北人學問，如顯處觀月。"言其博而寡要[2]，今之考據家也。"南人學問，如牖中窺日[3]，約而能明。"今之著作家也。《世説》稱："王平北相對使人不厭[4]，去後亦不見思。"我道是梅聖俞詩[5]。"王夷甫太鮮明[6]。"我道是東坡詩[7]。"張茂先我所不解[8]。"我道是魯直詩[9]。

【箋注】

[1] 支公：支遁，見卷三・五一注[7]。 [2] 寡要：不得要領。 [3] 牖中：窗間。 [4] 王平北：王乂，字叔元。西晋琅邪臨沂（今屬山東）人。曾任平北將軍。 [5] 梅聖俞：梅堯臣，見卷四・一七注[2]。 [6] 王夷甫：王衍（256—311），字夷甫。王乂子。西晋琅邪臨沂人。玄學清談領袖。官至尚書令、司空、太尉。太鮮明：特點過於明顯。 [7] 東坡：蘇軾。 [8] 張茂先：張華，見卷一六・四七注[13]。 [9] 魯直：黄庭堅，見卷一・一三注[6]。

二　五

宋太祖曰[1]：“李煜好個翰林學士[2]，可惜無才作人主耳！”秀才郭麐《南唐雜詠》云[3]：“我思昧昧最神傷[4]，予季歸來更斷腸[5]。作個才人真絶代，可憐薄命作君王！”

【箋注】

[1]宋太祖：趙匡胤（927—976）。世爲涿州（今屬河北）人，生於洛陽。仕後周，恭帝顯德七年，發動陳橋兵變，建立宋朝。先後攻滅荆湖、後蜀、南漢、南唐諸割據政權。在位十七年。 [2]李煜（937—978）：字重光，號鍾隱。五代時南唐後主。在位十五年。國亡後被俘至汴京，封違命侯。後爲宋太宗鴆殺。善屬文，工書畫，能音樂，尤以詞名。 [3]郭麐：見卷一二・八三注[2]。[4]昧昧：沉思貌。 [5]予季：我的小兒。《詩經・魏風・陟岵》：“予季行役，夙夜無寐。”

按：一個朝代的衰亡，不一定是一個帝王的過錯。李煜如果不是末代帝王，也許寫不出那樣動人的詞章。但歷史不可以假設。

二　六

余好詩如好色，得人佳句，心不能忘。近又得王孝廉芑《偶過行宫賦詩》云[1]：“街子似嫌春不去[2]，平明催掃繡球花。”方扶南《過周公瑾墓》云[3]：“一事不如張子布[4]，墓前飛過白頭翁[5]。”汪易堂賦《野樹》云[6]：“散才幸免搜林斧[7]，留得清陰與路人。”劉悔庵《偶成》云[8]：“小蝶過牆如使至[9]，短笻在手當孫扶。”又曰：“通宵玩月寧知旦，排日聞歌直到秋。”吾鄉王星望先生有句云[10]：“蕭綱斷酒二百日[11]，王奐長齋十一年[12]。”

【箋注】

[1]王芑：疑指王芑孫（1755—1817），字念豐，號惕甫、鐵夫。清江蘇長洲人。乾隆五十三年召試舉人。官華亭教諭。有《淵雅堂集》。 [2]街

子：街卒。 [3]方扶南：方世舉，見卷三・三五注[3]。周公瑾：周瑜（175—210），字公瑾。三國吴廬江舒（今安徽廬江）人。助孫策在江東建立孫氏政權。曾率軍與劉備合力破曹軍於赤壁。拜偏將軍，領南郡太守。擬取蜀，病卒。[4]張子布：張昭，見卷四・四四注[2]。 [5]白頭翁：《江表傳》載，曾有白頭鳥集殿前，孫權曰："此何鳥也？"諸葛恪曰："白頭翁也。"張昭自以坐中最老，疑恪以鳥戲之，因曰："恪欺陛下，未嘗聞鳥名白頭翁者，試使恪復求白頭母。"見《三國志・吴書十九》裴松之注。 [6]汪易堂：汪蒼霖，見補遺卷一・四一注[2]。 [7]散才：平庸之才。 [8]劉悔庵：劉曾，見卷二・二八注[1]。 [9]使：使者。 [10]王星望：見卷一二・四八注[3]。 [11]蕭綱：梁簡文帝，見卷一五・二八注[6]。其《答湘東王書》曰："吾自至都以來，意志忽怳，雖開口而笑，不得真樂，不復飲酒垂二十旬。" [12]王奂（435—493）：字道明。南朝齊琅邪臨沂（今屬山東）人。曾任尚書右僕射，出爲雍州刺史。征蠻失利，後爲寧蠻長史裴叔業所殺。李商隱《上河東公第二啟》："二百日斷酒，有謝蕭綱；十一年長齋，多慚王奂。"

按：自己承認好詩如好色的人不多，袁枚也够坦率了。但這裏所録，只有《野望》《偶成》兩聯爲好。

二　七

孟子曰："盡信書，不如無書。"此是晚年悟道之言。若早見及於此，則捐階焚廩[1]，舜不告而娶之説，俱付之齊東野語而已矣[2]。即如葛伯以七十里諸侯[3]，而奪童子之黍肉，此是惡丐行徑，湯遣一小卒擒之足矣[4]，安用起兵以征之哉？余嘗謂書中最可信者，莫如《尚書》《論語》，然《尚書》開口便稱"粤若稽古帝堯"[5]，則其相隔必有千百年，若相離不遠，史官必不稱"粤若稽古康熙""稽古順治"也。《論語》稱陳成子、魯哀公，都是孔子亡後二人之謚法[6]，可見《論語》之傳述，亦去聖人亡後百十年，後追述其言。能無所見異詞、所聞異詞之慮哉？一管仲也[7]，而忽貶忽褒，若出兩口。子路往見丈人[8]，至則行矣，子路"不仕無義"一節説話，是向何人饒舌？亦猶趙盾假寐[9]，鉏麑觸槐死矣[10]，所歎"不忘恭敬"等語，是何人聽得？師曠瞽矣[11]，何以見王子晋火色不壽[12]。此種疑竇，不一而足。故嘗有句云："雙眼自將秋水洗，一生不受古人欺。"

【箋注】

[1] 捐階焚廩：捐階，除去階梯。焚廩，燒糧倉。《孟子·萬章上》："父母使舜完廩，捐階，瞽瞍焚廩。"意謂舜的父母叫舜去整修穀倉，抽去了梯子，父親瞽瞍放火焚燒穀倉。 [2] 齊東野語：《孟子·萬章上》載孟子弟子咸丘蒙問及舜爲天子，堯率諸侯北面稱臣之説是否屬實，孟子答道："此非君子之言，齊東野人之語也。"後以"齊東野語"比喻道聽途説、不足爲憑之言。 [3] 葛伯：葛國諸侯。葛是夏末的諸侯國，其故地在今河南寧陵。所謂奪童子黍肉，見《孟子·滕文公下》。 [4] 湯：成湯，殷商開國君主。契的後代，子姓，名履，又稱天乙。 [5] 粤若：發語詞，用於句首以起下文。稽古：考察古事。 [6] 謚法：爲君上、臣子擬定謚號的方法，通常具有道德、能力評判的意義。 [7] 管仲：見卷三·七六注[2]。 [8] 子路：見補遺卷一·六〇注[3]。此處所述，見《論語·微子第十八》。 [9] 趙盾（前655—前601）：即趙宣子，謚號宣孟。春秋時晋國執政。《左傳·宣公二年》："（晋靈公）猶不改，宣子驟諫，公患之，使鉏麑賊之。晨往，寢門辟矣，盛服將朝，尚早，坐而假寐。麑退，歎而言曰：'不忘恭敬，民之主也。賊民之主，不忠。棄君之命，不信。有一於此，不如死也。'觸槐而死。" [10] 鉏麑：春秋時晋國力士。 [11] 師曠：字子野。春秋時晋國人，晋平公時樂師，傳説生而盲，善辨音律，以聲音辨吉凶。 [12] 王子晋（約前567—約前546）：一稱王子喬，傳爲春秋周靈王太子。以直諫被廢。相傳好吹笙作鳳凰鳴。後成仙。火色不壽：面呈紅色，不長壽。《逸周書》卷九："王子曰：'……吾聞汝知人年之長短，告吾。'師曠對曰：'汝聲清汗，汝色赤白，火色不壽。'"

二八

海虞女子吴静定生氏[1]，嫁項生肇基而寡。婦扃户自經，姑救之曰："我在，汝不得死。"婦泣而志之。越二年，姑亡，婦又自經，叔母救之曰："姑與夫未葬，汝不得死。"婦乃復生。遂析家財爲三，分其叔、季，葬舅姑與夫，而不食死，年二十六。婦生時，好觀《綱鑒》。吴竹橋太史爲之立傳[2]，録其《詠史》云："不學何須詆霍光[3]，托孤寄命報先王。

匡張孔馬多經術[4]，青史於今若個芳？”“更有名儒莽大夫[5]，紫陽書法勝南狐[6]。當年奇字人争問[7]，曾識綱常二字無[8]？”

【箋注】

[1]吴静：字定生。清江蘇昭文人。吴棟才女。項肇基室。有《飲冰集》。[2]吴竹橋：吴蔚光，見卷一・四一注[3]。 [3]霍光：見卷一・一六注[2]。[4]匡張孔馬：即匡衡、張禹、孔光、馬宫。《漢書》卷八十一有《匡張孔馬傳》，班固最後評論説：“咸以儒宗居宰相位，服儒衣冠，傳先王語，其醞藉可也，然皆持禄保位，被阿諛之譏。” [5]莽大夫：指揚雄，見卷三・五八注[4]。揚雄本仕漢朝，王莽稱帝時，仕莽爲大夫。 [6]紫陽書法：指宋朱熹的史筆。朱熹與其門人撰《通鑒綱目》，用春秋筆法辨名分正綱常。朱熹曾貶斥揚雄“是一腐儒”。見《朱子語類》。南狐：春秋時代齊史官南史、晋史官董狐的合稱。皆以直筆不諱、忠於史實著稱。 [7]“當年”句：《漢字・揚雄傳》載，揚雄多識古文奇字，劉棻曾向揚雄學奇字。 [8]綱常：“三綱五常”的簡稱。封建時代以君爲臣綱、父爲子綱、夫爲妻綱爲三綱，仁、義、禮、智、信爲五常。

二 九

蔣心餘太史自稱“詩仙”[1]，而稱余爲“詩佛”，想亦廣大教主之義[2]。弟子梅冲爲作《詩佛歌》云[3]：“心餘太史不世情[4]，獨以詩佛稱先生。先生平生不好佛，攢眉入社辭不得。佛之慈悲罔不包，先生見解同其超。佛之所到無不化，先生法力如其大。一聲忽作獅子吼，喝破炎摩下方走[5]。天上地下我獨尊，雙管兔毫一隻手[6]。人間遊戲撒金蓮[7]，急流勇退全其天。小倉山居大自在，一吟一詠生雲烟。有時披出紅袈裟[8]，南天門邊縛夜叉[9]。八萬四千寶塔造，天魔龍象争紛挐。有時斂坐如善女[10]，低眉微笑寂無語。天外心從何處歸，鵲巢于頂相爾汝[11]。眼前指點説因由，千山頑石皆點頭。三唐兩宋攝其總，四大海水八毛孔[12]。一心之外無他師，六合以内皆布施。先生即佛佛即詩，佛與先生兩不知。我是如來大弟子[13]，夜半傳衣得微旨[14]。放膽爲作詩佛歌，願學佛者從隗始[15]。”

【箋注】

[1]蔣心餘：蔣士銓，見卷一・二三注[2]。 [2]教主：原指某一宗教的創始人，或教中地位最高的人。此喻在詩歌界所處地位。唐張爲撰《詩人主客圖》，以白居易爲廣大教化主。 [3]梅冲：字抱村、抱蓀，號培翌、培翼。梅轂成孫。清江蘇上元人。嘉慶五年舉人。有《然後知齋問答》《莊子本義》諸集。 [4]不世：罕有、非凡。 [5]獅子吼：喻佛教聲威。《景德傳燈録》載，佛初生，"分手指天地，作獅子吼聲：'上下及四維，無能尊我者。'"炎摩：佛教語，指欲界六天之第三天，亦稱夜摩天。爲充滿歡樂之光明世界，亦爲亡者所欲往生之所。 [6]兔毫：用兔毛製成的筆，泛指毛筆。 [7]金蓮：佛教的聖花，象徵精微的佛理。 [8]袈裟：佛教僧尼的法衣。 [9]夜叉：佛經中一種形象醜惡的鬼，勇健暴惡，能食人，後受佛之教化而成爲護法之神，列爲天龍八部衆之一。 [10]善女：指信佛的女子。 [11]頂：頭頂。《景德傳燈録》："昔如來在雪山修道，芻尼巢於頂上，佛既成道，芻尼受報。"爾汝：彼此親暱的稱呼，表示不拘形跡、親密相處。 [12]"四大"句：佛法修煉的一種境界。 [13]如來：佛的别名，梵語意譯。 [14]傳衣：謂傳授師法或繼承師業。[15]隗始：《史記・燕召公世家》："燕昭王……卑身厚幣以招賢者……郭隗曰：'王必欲致士，先從隗始。況賢於隗者，豈遠千里哉！'於是昭王爲隗改築宫而師事之。樂毅自魏往，鄒衍自齊往，劇辛自趙往，士争趨燕。"後因以"隗始"用作以禮招賢的典故。

三〇

金陵小市，買得水精方印[1]，從横二寸七分[2]，上鎸十六字云："好學忘老，存心對天。行樂一世，傳名千年。"印質不甚瑩徹，而陽文篆書甚蒼勁[3]，語句亦可愛。

【箋注】

[1]水精：水晶，無色透明的結晶石英，是一種貴重礦石。 [2]從横：即縱横。 [3]陽文：器物或印章上凸起的花紋或文字。

三一

洞庭山人徐堅[1]，字友竹。工丹青篆刻，兼能詩。與余交三十餘年矣。

今春相遇姑蘇，以《園詩》見示。《紅橋暮泛》云：“春風一棹渚煙開，雨洗平皋净碧苔[2]。薄暝花光辭松竹，夕陽人影散樓臺。鄰船歌吹移燈去，野店魚蝦入饌來。轉眼寒梅便零落，共拚酩酊莫催回。”《東行》云：“驅人名利路何窮，歎息勞勞來往同。取次相逢不相識，鞭絲帽影各匆匆。”《抵家》云：“換得輕舠越滸關[3]，此身真個到家山。家山畢竟風光好，久住人偏看等閒。”其他佳句，如“秋風不顧征衣薄，夜雨還同别淚多”“此際柴門深夜火，幾人團坐望歸人”。

【箋注】

[1]徐堅：見卷四·五注[4]。 [2]平皋：水邊平展之地。 [3]輕舠：輕快的小舟。滸關：江蘇蘇州西北之滸墅關，地當運河交通要衝。

三二

友竹與秋帆尚書至好[1]。又嘗小住揚州汪令聞家[2]。汪故余戚也。爾時宴飲酣嬉，髮無二色；而今則彼此皤然，年垂八十矣。班荆道故[3]，不覺淒然。其族侄龍飲尤聰俊[4]，賞鑒書畫，一時無兩，不幸中年化去。其詩亦散失，但記其《無子》警句云：“空費醫錢九千萬，阿嬌金屋總無兒。”

【箋注】

[1]秋帆：畢沅，見卷二·一三注[4]。 [2]汪令聞：汪廷璋，字令聞，號敬亭。清揚州鹽商。袁枚堂妹袁棠嫁揚州汪家。 [3]班荆道故：用荆鋪在地上，坐下來談説别後情景。 [4]汪龍飲：生平未詳。

三三

白下秀才司馬章[1]，字石圃。風神瀟灑，年少多情。與周麟官校書有三生之約[2]，而格于家範，乃撰《雙星會》曲本，以舒結轖[3]。余録其辛亥記遊《浪淘沙》云：“春到鳳城中，遊運方通。閑來指點過橋東。記得當時心醉處，蛛網塵封。　　人去翠樓空，聚散匆匆。今年花似舊時容。可惜如花人已去，欲折誰同？”又《南柯子》云：“渡口傳桃葉[4]，溪頭説范雲[5]。笑他街市語紛紛，都把文郎情事作新聞。

心結愁千縷，人歸瘦幾分。内人不解問殷勤，今日眉頭真個爲誰顰？”又，《臨江仙》云：“午睡昏沉偏戀枕，夢魂尋到天涯。幾回夢得到卿家。知郎新病渴，親試六班茶[6]。　　斂笑問儂何好事，將人譜入琵琶，噥噥低語怨郎差。覺來嫌夢短，紅日已西斜。”

【箋注】

[1] 司馬章：字石圃。清江蘇江寧人。諸生。有《雙曲會》《花間樂》，合刻爲《種石山房二種曲》。[2] 周麟官：生平未詳。校書：妓女的雅稱。三生：佛教語，指前生、今生、來生。[3] 結轖：將轖連結起來，比喻心中鬱結不暢。轖，用皮革纏疊而成的車旁障蔽物。[4] 桃葉：晋人王獻之妾，借指所愛戀的女子。[5] 范雲（451—503）：字彦龍。南朝梁南鄉舞陰（今河南泌陽）人。梁武帝時官至尚書右僕射。與沈約、王融、謝朓等相友善。詩被評爲“清便宛轉，如流風回雪”。[6] 六班茶：茶名。唐馮贄《雲仙雜記·换茶醒酒》：“樂天方入關齋，禹錫正病酒。禹錫乃饋菊苗齏、蘆菔鮓，换取樂天六班茶二囊以醒酒。”

三　四

老友何獻葵刺史[1]，喜談詩，而不輕作。常云：“詩無生趣，如木馬泥龍，徒增人厭。”嘗住隨園，得“梅子肥時落地輕”七字，卒亦懶于成章也。其長子春巢工填詞[2]，余已載入《詩話》矣。今年獻葵亡，春巢乞余志墓，袖近作見示。《秦淮感舊》云：“十年不作白門遊[3]，忽把孤帆卸石頭[4]。聞説舊人都不在，春風愁上十三樓[5]。”“迢迢一水遠通江，郎去潮來妾倚窗。羡煞載郎船上槳，隨波來去總雙雙。”《千金亭》云[6]：“空亭千古對平波，野渡斜陽猶客過。莫怪無人留一飯，報恩人少受恩多。”《贈釣叟》云：“萍開風起水生紋，一葉飄然泛夕曛。魚在緑波竿在手，船頭閒坐看秋雲。”他如“湖邊客到花先笑，樹裏僧歸路半陰”“閑雲未必忘舒卷，流水何曾管是非”“雨足田車開架樹，日斜耕犢穩馱人”，皆佳句也。其次子蘭庭《懷兄》云[7]：“遠漏聲聲滴，寒宵故故長。遥思千里客，不覺九回腸。月白鴉翻樹，燈昏鼠墜梁。布衾頻轉側，有夢到錢塘。”《重到》云：“門巷重來認未差，昏黄月色淡雲遮。生憎一幅湘簾影，不隔鶯聲只隔花。”《放舟》云：“茅屋疎籬緑水灣，泉聲入澗響潺湲。篙師莫怪蒲帆滿，有客推篷愛看山。”其佳句，如“插新花似延佳客，讀舊書如遇故人”“百歲開懷能幾日，一生知己不多人”“煙平疑積水，燈遠若孤星”，俱妙。

春巢在金陵得端硯，背有劉慈絶句云[8]：“一寸干將切紫泥[9]，專諸門巷日初西[10]。如何軋軋鳴機手，割遍端州十里溪。”跋云：“吴門顧二娘爲製斯硯[11]，贈之以詩。顧家于專諸舊里。時康熙戊戌秋日。”後晤顧竹亭[12]，云：“顧二娘製硯，能以鞋尖試石之好醜，人故以‘顧小足’稱之。”春巢因調《一剪梅》云：“玉指金蓮爲底忙？昔贈劉郎[13]，今遇何郎[14]。墨花猶帶粉花香，製自蘭房，佐我文房。　片石摩挲古色蒼，顧也茫茫[15]，劉也茫茫[16]。何時攜取過吴閶[17]？唤起情郎，吊爾秋娘[18]。”

【箋注】

[1]何獻葵：何廷模，見卷一一・二六注[1]。　[2]何春巢：何承燕，見卷一一・二六注[1]。　[3]白門：南京的别名。其正南門爲宣陽門，俗稱白門，故名。　[4]石頭：即石頭城，又名石首城。故址在今南京清凉山。　[5]十三樓：泛指供遊樂的名樓。　[6]千金亭：在江蘇淮安。韓信被封爲楚王後，爲報當年漂母一飯之恩，欲送漂母千金。留下“一飯千金”佳話。　[7]何蘭庭：何承勳，字蘭庭。清浙江錢塘人。何廷模次子。官陝西長安縣知縣、陝西漢中府知府、陝西按察使。　[8]劉慈：字康成。清四川巴縣（今重慶）人。雍正十年舉人。官將樂縣令。此處所引詩句實出自黄任《贈顧二娘》詩。黄任，見卷四・四九注[1]。　[9]干將：古劍名。相傳春秋吴有干將、莫邪夫婦善鑄劍。後泛稱利劍。　[10]專諸：春秋時吴国刺客。　[11]顧二娘：本姓鄒，適顧啟明。俗稱顧親娘，亦稱顧二娘。清初江蘇吴縣人。丈夫早逝，隨公爹顧德麟

學藝，成爲端硯的一代名匠。［12］顧竹亭：生平未詳。［13］劉郎：指劉慈。［14］何郎：爲春巢自指。［15］顧：指顧二娘。［16］劉：指劉慈。［17］吴閶：吴地，今江蘇蘇州一帶。［18］秋娘：代指顧二娘。

三　五

如皋女子石氏學仙，戊辰進士石公爲崧之女也[1]。適彰德太守沙公次子又文[2]。善書畫，工琴棋。皋邑剪綵貼絨花鳥，自學仙始。著有《冰蓮繡閣詩抄》。《過故居》云："風回玉笛夕陽斜，誰傍山陽譜落花[3]？喜得春回梁上燕，不曾飛到别人家。"《答吴門女子感懷》云："蘭思蕙怨惺惺語，柳絮春風字字新。自古傷心同此病，深愁多付有才人。"又有熊澹仙者[4]，幼穎悟，妙解聲律，適陳氏，配非其偶，鬱鬱不樂之意，時形諸吟詠。《見蝶》云："曉露零香粉，春風拂畫衣。輕紈原在手[5]，未忍撲雙飛。"《村女》云："柔桑枝上聽鳴鳩，曉起提筐過翠疇。借問誰家春夢好，半窗紅日未梳頭。"《紅樹》云："老樹經霜色更鮮，半竿斜日影前川。漁郎指點煙波外，錯認桃源二月天。"《感舊》云："刺繡餘閒就塾時，也從花裏謁名師。貪看夜月憎眠早，倦挽春雲上學遲。琴案屢吟秋柳句，錦箋頻寫落花詩。而今回憶皆塵夢，悵望當年舊董帷[6]。"《調蝶戀花·詠刺繡美人》云："二八紅閨春似水，幾日金針，抛卻奩箱裏。貪睡朦朧慵不理，簾前鸚鵡頻催起。　手展鮫綃重着意[7]，鴛譜拈來，幾朵花争麗。繡到雙飛私自喜，背人笑向紅窗倚。"

【箋注】

［1］石學仙：清江蘇如皋人。進士爲崧女。諸生沙又文室。有《冰蓮繡閣詩抄》。石爲崧：字五中。清江蘇如皋人。康熙二十七年進士。曾官户部貴州司員外郎。［2］沙公：沙漢鼇，字亦夔，號東海。清如皋人。康熙五十九年任徐州訓導。歷官杭州府同知、彰德知府。沙又文：如上，餘未詳。［3］山陽：此用向秀"山陽聞笛"典故。［4］熊澹仙：熊璉，字商珍，號澹仙，又號茹雪山人。清江蘇如皋人。有《澹仙詩文詞鈔》。［5］輕紈：指紈扇。［6］董帷：《漢書·董

仲舒傳》："下帷講誦，弟子傳以久次相授業，或莫見其面，蓋三年不窺園，其精如此。"後因以"董帷"指授課之處。 [7] 鮫綃：指手帕。

三　六

句容駱氏，相傳爲右丞之後[1]，故大家也。有秋亭女子名綺蘭者[2]，嫁于金陵龔氏，詩才清妙。余《詩話》中録閨秀詩甚多，竟未采及，可謂國中有顔子而不知[3]。辛亥冬，從京口執訊來[4]，自稱女弟子，以詩受業。《遊西湖》云："渺渺平湖漠漠煙，酒樓斜倚緑楊前。南屏五百西方佛[5]，散盡天花總是蓮。"《春閨》云："春寒料峭乍晴時，睡起紗窗日影移。何處風箏吹斷綫？飄來落在杏花枝。"《雲根山館題壁》云："寂寂園林日未斜，一庭紅影上窗紗。主人難免花枝笑，如此開時不在家。"《對雪》云："登樓對雪懶吟詩，閑倚闌干有所思。莫怪世人容易老，青山也有白頭時。"四首一氣卷舒，清機徐引[6]，今館閣諸公能此者[7]，問有幾人？

【箋注】

[1] 右丞：指駱賓王，見卷一二・五六注[3]。 [2] 駱綺蘭（1756—？）：字佩香，號秋亭。清江蘇句容人。龔世治室。早寡無子。有《聽秋軒詩集》。 [3] 顔子：顔回，見卷五・七九注[3]。《後漢書・黄憲傳》："子國有顔子，寧識之乎？" [4] 辛亥：這裏指乾隆五十六年（1791）。執訊：通訊、接談。 [5] 南屏：杭州南屏山，横亘于西湖南岸。有净慈寺、興教寺等形成的佛寺群落。 [6] 清機：清净的心思。 [7] 館閣：指翰林院，其官員掌編修國史及草擬制誥等事務。

三　七

山左任城東關外有泉，相傳李白浣筆處也。上有祠堂，祀太白及賀監[1]、少陵三賢[2]。乾隆辛亥，沈清齊觀察啟震葺而新之[3]，土中得詩碣，署"木蘭山人劉浦題"，不知何時人。其詞曰："蘚蝕殘碑枕廢池，開元吟客剩荒祠[4]。空庭古柏吹風處，秋草寒泉落日時。誰采澗毛修冷寺[5]，我沽村酒讀遺詩。唐宫漢寢無人記，獨有才名到處知。”未幾，巡漕使者和希齋琳閣學入都[6]，河帥李香林尚書祖餞于祠中[7]。希齋和云：“太白樓臨杜老池，此間合祀有專祠。林泉竟屬先生地，風雅剛逢我輩時。梁繞驪歌將進酒，壁留鴻爪共題詩。他年重過應相訪，直與三公作舊知。”香林云：“當年浣筆有清池，此日名泉葺舊祠。花竹新栽遊賞地，歌筵初敞餞行時。標題不亞羲之序[8]重修浣筆泉，和希齋作記，賡韻如吟白也詩。文水堂前風月好，幾人惆悵爲心知。”漕帥管公幹珍云[9]：“謫仙人去剩空池，剔蘚疏泉認古祠。宦跡已沉靈武后[10]，筆花猶及盛唐時。入門合進臨波酒，立石重摹出土詩。拊景漫增興廢感，好將觴詠記新知。”中丞惠公齡云[11]：“女牆東處甃方池，上有雲煙罨古祠。誰向寒泉談舊跡，空餘文藻憶當時。低徊不少飛觴飲，感慨争留過客詩。拍檻欲狂呼太白，要從曠世結心知。”進士顧禮琥云[12]：“仙在高樓月在池，池光千載抱遺祠。幸逢元老重開宴，轉惜先生不並時。緑水瀾洄沉彩筆，舊碑林立待新詩。吴都狂客今初到[13]，未要尋常賀令知。”轉運阿公林保云[14]：“謫仙遺跡剩荒池，合祀於今拜古祠。蓋世才名猶在耳，斯人重聚復何時？難尋縹緲神仙路，誰補蒼茫客恨詩？愧我毫端塵未浣，空憑流水寄心知。”陳公蘭森云[15]：“泗水源流故有池[16]，泉開浣筆辟叢祠。風雲餘墨人千古，仙聖同龕祀一時。勝地從今頻集燕，殘碑自昔紀題詩。漫言興寄形骸外，大雅欣逢盡舊知。”觀察沈公啟震云：“源分泗水辟方池，座列三賢葺舊祠。人地廢興原有數，主賓今古宛同時。新移竹影亭前畫，細辨苔痕壁上詩。樽酒落成兼送别，高情留與後來知。”諸詩俱各清妙，輯而存之，後世想見聖世昇平、公卿風雅矣。

【箋注】

[1] 賀監：唐賀知章嘗官秘書監，晚年自號秘書外監，故稱。 [2] 少陵：指唐詩人杜甫。杜甫常以“杜陵”表示其祖籍郡望，自號少陵野老，世稱杜少陵。 [3] 辛亥：這裏指乾隆五十六年（1791）。沈清齋：沈啟震，字位東，

號清齊。清浙江嘉興府桐鄉人。乾隆三十四年進士。官至運河道。有《慎一齋詩集》。 [4] 開元：唐玄宗年號（713—741）。 [5] 澗毛：《左傳・隱公三年》："澗溪沼沚之毛。"杜預注："毛，草也。"後因以"澗溪毛"指山澗中的草。 [6] 和希齋：和琳（1754—1796），鈕祜禄氏，字希齋。滿洲正紅旗人。和珅弟。乾隆時由筆帖式官至四川總督。謚忠壯。有《芸香堂詩集》。[7] 李香林：李奉翰，見卷二・三五注 [1]。祖餞：設酒宴送行。 [8] 羲之序：指《蘭亭序》。東晋穆帝永和九年三月三日，王羲之與謝安、孫綽等四十一人，在山陰蘭亭修禊，會上各人作詩，並由羲之作序。 [9] 管幹珍：見補遺卷一・四〇注 [3]。 [10] 靈武：地名，在今甘肅。至德元年七月，杜甫得知肅宗在靈武即帝位，便隻身投奔，途中爲安史叛軍所俘，次年春天脱險後赴靈武，被任爲左拾遺。 [11] 惠齡：見卷一一・五注 [5]。 [12] 顧禮琥（1748—1803）：字西金。清江蘇吴縣人。乾隆四十九年進士。官至河南開封上北河同知。卒年五十六。 [13] 狂客：賀知章晚年狂放縱誕，自號"四明狂客"。此處爲作者自稱。 [14] 阿林保（？—1809）：舒穆禄氏，字雨窗，號適園。滿洲正白旗人。乾隆三十一年考中筆帖式。官至兩江總督。謚敬敏。有《適園詩録》。 [15] 陳蘭森（1734—1804）：字長筠，號松山。廣西臨桂（今桂林）人。東閣大學士陳宏謀長孫。乾隆二十二年進士。曾官江西建昌府學使。[16] 泗水：春秋時孔子在泗上講學授徒，此以"泗水"指儒學傳統。

三八

桐城汪稼門先生云[1]："歐陽公《醉翁亭》連用'也'字[2]，仿唐人杜牧《阿房宫賦》'開妝鏡也''棄脂水也'[3]，杜牧又仿漢人邊孝先《博塞賦》'分陰陽也''象日月也'[4]。不知《詩》亦有之，《牆有茨》三章均用'也'字，《桑扈》三章均用'矣'字，《樛木》三章均用'之'字，《緇衣》三章均用'兮'字。又如《螽斯》三章，首句不易一字，《桃夭》《兔罝》皆然；《漢廣》三章，末句不易一字，《麟趾》《騶虞》皆然。"此論，古人所未有。先生守蘇州，廉聲爲一時冠。然公餘不廢吟詠。《游棲霞山成六韻》云："探幽臨勝地，慰我廿年思。高節明僧紹[5]，鴻文江總持[6]。寒雲封舊宅，古蘚覆殘碑。佛法青松護，泉源白鹿知。春催花信早，僧訝客來遲。欲採長生藥，靈崖有紫芝。"《詠敝帶》云[7]：“人情交久情愈真，肯輕舍舊復圖新？凡物關心亦類此，低徊臨别尤酸辛。憶我初年通仕籍，帶下雙雙垂彯帛[8]。左垂刀佩共堅貞，右拂玉環同潔白。學制慚無奪錦才[9]，戔戔拘束準繩來[10]。但期順下如流水，豈肯隨風著點埃。無那星霜歷顛頮，神采漸與當時異。綢繆莫擷繭騰花[11]，闇淡徒存雞肋意[12]。爲憑染人施力覃[13]，濃於河畔草拖藍。翻舊從新費裁剪，化兩爲一懲奢貪。重加矜惜風塵外，相依仍作脛衣帶[14]。裙履風流我自慚，腰肢瘦損君應怪。個中伸縮有誰知，蘇州猶似霍州時。慚愧香山恩意厚[15]，搜腸難續故衫詩。香灺光銷伴岑寂[16]，俯視帶垂增閱歷。物理從來有菀枯[17]，人心底事勞欣戚？温凉異態春復春，惟我與汝臭味親。慇懃什襲藏諸笥[18]，留作衰年老故人。”

【箋注】

[1]汪稼門：汪志伊（1743—1818），字稼門。清安徽桐城人。乾隆三十六年舉人。官至湖廣總督。有《近腐齋集》。 [2]歐陽公：歐陽修。[3]杜牧：見卷一·三一注[4]。 [4]邊孝先：邊韶，字孝先。東漢陳留浚儀（今河南開封）人。桓帝時官太中大夫、北地太守、尚書令，後爲陳相，卒於官。[5]明僧紹（？—483）：字休烈，一字承烈。南北朝平原郡鬲縣（今山東德州一帶）人。先祖爲百里奚之子孟明，遂以明爲姓。有儒術，舉秀才。後隱居金陵攝山二十餘年。南朝齊永明初徵聘爲國子監博士，不就。 [6]江總持：江總，見卷一三·二三注[6]。 [7]敝帶：破舊腰帶，特指與公服配用的腰帶。[8]彯（piāo）帛：飄動的絲帶。 [9]奪錦：《新唐書·文藝傳中·宋之問》：“武后游洛南龍門，詔從臣賦詩，左史東方虬詩先成，后賜錦袍，之問俄頃獻，后覽之嗟賞，更奪袍以賜。” [10]戔（jiān）戔：淺狹。 [11]綢繆：情意殷切。繭騰花：梁沈約《謝齊竟陵王賚母赫國雲氣黄綾裙襦啟》曰：“竊以積絲成綵，散繭騰花，巧擅易水之間……”意謂女工巧妙。 [12]雞肋：雞的肋骨，比喻無多大意味，但又不忍捨棄之事物。 [13]染人：指從事染布帛的工匠。覃：長、深。 [14]脛（jìng）衣：罩在褲子外面用以禦寒或保護褲子的無腰褲。[15]香山：白居易。有《故衫》詩。 [16]香灺（xiè）：指香燭燈芯的餘燼。[17]菀（yù）枯：指榮枯，亦喻指榮辱、優劣等。 [18]慇懃：情意懇切。什襲：重重包裹，謂鄭重珍藏。

按：讀此可知在行文中連用某字，從《詩經》始。語句尾字連用“也”字之法，歐陽修仿自杜牧，杜牧仿自邊韶。這應列爲一種修辭格。

三　九

鮑步江之女茝香居士，名之蕙[1]，適丹徒張翊和[2]，合刻《清娱閣集》，丐余爲序。舸齋游廣陵，鮑寄云：“秣陵僧院廣陵船，幾日遊蹤附彩箋。懷渴得梅濃較酒，詩狂乘興樂於仙。二分新月扶殘醉，四美佳辰媚少年。珍重宵深風露冷，征衫多半未裝綿。”張和云：“卅載休言歲月虚，縹緗差擬茂先車[3]。鬢絲理爲茶煙濕，眉嫵成從墨瀋餘[4]。到處勝游常背汝[5]，得來佳句轉先余。何年始踐誅茅願[6]？同向湖山賦遂初[7]。”又，《即事》云：“夜雨催歸直到明，草痕新與漲痕平。朝曦十里空濛路，雙櫓飛如小燕輕。”二人才調相匹，故知秦嘉、徐淑[8]，不得擅美於前。

【箋注】

[1]鮑步江：鮑皋，見卷一・四〇注[5]。鮑之蕙（1757—1810）：字茝（zhǐ）香。清江蘇丹徒人。同知張鉉室。有《清娱閣吟稿》。　[2]張翊和：張鉉（1756—？），字翊和，號舸齋。清丹徒人。貢生。官理問。　[3]縹緗：指書卷。縹，淡青色；緗，淺黄色。古時常用淡青、淺黄色的絲帛作書囊書衣，因以指代書卷。茂先車：西晋文學家張華的載書車。《晋書・張華傳》：“（張華）雅愛書籍，身死之日，家無餘財，惟有文史溢於機篋。嘗徙居，載書三十乘。”張華，見卷一六・四七注[13]。　[4]眉嫵：謂眉樣嫵媚可愛。墨瀋：墨汁。　[5]背汝：離開你。　[6]誅茅：芟除茅草，引申爲結廬安居。　[7]賦遂初：晋代孫綽作《遂初賦》，反映作者樂於隱居生活，後因以“賦遂初”借指辭官隱居。　[8]秦嘉、徐淑：東漢隴西的一對恩愛夫婦。《玉臺新詠》有嘉《贈婦詩》三首、嘉妻徐淑答詩一首，叙夫婦惜别互矢忠誠之情，爲歷代所傳誦。

四　〇

滿洲伊小尹湯安[1]，相國永公之從子[2]，幼即工詩，來作江防司馬。

《春郊即事》云："春郊攬轡值新晴，騎馬悠悠自在行。雪滿溝塍占歲稔[3]，煙浮村落覺寒輕。清風似剪能裁柳，黄犢初肥好勸耕。猶有村氓知禮數[4]，春醪肯爲使君傾[5]。"謝余饋肉云："捧來西子顰俱美，製自東坡肉亦尊[6]。"

【箋注】

[1] 伊小尹：伊湯安，拜都氏，字小尹，號耐圃。滿洲正白旗人。乾隆三十六年舉人。官處州知府、嘉興知府，累擢至内閣學士。 [2] 從子：侄兒。[3] 歲稔（rěn）：年成豐熟。 [4] 村氓：泛指鄉民、農人。 [5] 春醪（láo）：春酒。 [6] 東坡肉：宋蘇軾貶黄州時，曾戲作《豬肉頌》詩。後肴饌中有所謂"東坡肉"，本此。

四 一

西江曹星湖龍樹[1]，大宗伯地山同年之侄也[2]。出知如臯，與余未識面，而時時以詩往來。《勸農》云："九陌千疇繡錯開[3]，停輿蔭借緑雲槐。羨渠扶杖迎官者，白髮飄蕭領隊來。""農忙翻爲看官閑，戴白垂髫喜動顔[4]。莫道使君耕未曉[5]，使君來也自田間。""鴉鬟小女學當家[6]，阿母教同坐績麻。觸目新紅春似海，抽身偷戴滿頭花。"《桃葉渡》云："小艇盈盈隔[7]，紅樓處處家。昔時花映水，今日水流花。"數首皆有芬芳悱惻之情[8]。

【箋注】

[1] 曹星湖：曹龍樹，見補遺卷二・六四注[1]。 [2] 大宗伯：清代稱禮部尚書。地山：曹秀先，見卷一五・六九注[3]。 [3] 繡錯：色彩錯雜如繡。[4] 戴白：頭戴白髮，形容人老，亦代稱老人。垂髫：指兒童。髫，兒童垂下的頭髮。 [5] 使君：州郡長官。 [6] 鴉鬟：色黑如鴉的丫形髮髻。 [7] 隔：分開。 [8] 芬芳悱惻：見卷六・四三注[1]。

四二

乾隆戊午科，余與阿廣庭相公[1]，同出四川鄧遜齋先生之門[2]。榜下一别，於今五十四年矣。公出將入相，以忠勳爵至上公，而余乞養還山，賣文爲活。先生常向人云："我門生不多，而一文一武，足勝人千百。"余聞之赧然[3]。哭先生有句云："共説師門原不忝[4]，敢云文武竟平分？"詩載集中。後公在杭州，勾當公事，托今觀察方次耘馳檄見招[5]，而余適游武夷，無由進謁。今年冬，奇麗川撫軍陛見[6]，公在宫門，垂問余甚殷。奇公於路上吟一絶見寄云："中侍傳宣遞膳牌[7]，平明待詔立金階。白頭宰相關心甚，問了黄河問簡齋。"

【箋注】

[1]戊午：這裏指乾隆三年(1738)。阿廣庭：阿桂(1717—1797)，字廣庭，號雲崖，章佳氏。滿洲正藍旗人。乾隆三年中舉。官至協辦大學士兼吏部尚書。[2]鄧遜齋：鄧時敏（1710—1775），字遜齋，號夢巖。清四川廣安人。乾隆元年進士。官至大理寺正卿。[3]赧（nǎn）然：慚愧臉紅貌。[4]不忝：不辱、不愧。[5]方次耘：方受疇（？—1822），字來青，號次耘。一説字次耘，號來青。清江蘇上元人。方觀承之侄。官至直隸總督。[6]奇麗川：奇豐額，見卷一·五四注[2]。陛見：謂臣下謁見皇帝。[7]中侍：指宫中的侍從官。

隨園詩話箋注　補遺卷四

一

余不信孔子删《詩》之説，而又不料茅鹿門之選八大家[1]，至今奉爲定例也。嘗有句云："詩亡原只存三百，文古何曾止八家？"

【箋注】

[1]茅鹿門：茅坤（1512—1601），字順甫，號鹿門。明湖州府歸安人。嘉靖十七年進士。歷任青陽、丹徒知縣，廣西兵備僉事、大名兵備副使。編《唐宋八大家文鈔》。有《白華樓藏稿》《玉芝山房集》。

二

張古香太守之詩[1]，余已摘入《詩話》矣。其子玉階孝廉詩筆清于乃翁[2]。《花殘》云："花殘一樹繫愁思，斷送春光是雨絲。我是主人花是客，縱留他住不多時。"《過趙北口》云："連天春水晚煙浮，一曲紅欄映碧流。絶似江南好風景，跨驢人去又回頭。"

【箋注】

[1]張古香：張照，見卷一・二四注[5]。　[2]張玉階：張應田，字伯耕。清江南婁縣人。張照子。乾隆三十三年蔭户部員外郎，歷湖南衡永郴桂道。

三

金陵嚴翰鴻雖行賈嶺南[1]，而性篤風義[2]。余孤甥汪蘭圃將之肇慶[3]，缺于路資，余托嚴挈之以行，一路彼此倡和。《晚泊》云："酒旗挑出屋簷斜，古木蕭疏掛落霞。吹笛牧童歸競渡，滿頭多插野山花。"

【箋注】

[1]嚴翰鴻：如上，餘未詳。行賈：經商。 [2]風義：猶情誼。 [3]汪蘭圃：汪庭萱，見卷一〇・六三注[1]。

四

姚姬傳太史言[1]，國初有懷寧逸老汪梅湖先生[2]，隱居不仕，詩格甚高，而本朝諸採詩者，竟未收録，殊可惜也！其《田家雜詠》云："戴勝鳴中園[3]，社燕棲故巢。田田壟水白，秧針日以高。即事欣有賴，襟顔舒鬱陶[4]。余其理閑策，步過林塘坳。""艓子小如葉[5]，沿溪泛藻蘋。繫纜甫植杖，柴門見主賓。主賓匪異人[6]，左右一二鄰。科跣各真率[7]，貌簡情乃親。須臾挈酒榼，肴核亦具陳。共言禾苗好，瞥眼當食新。""風日美襟度，釣溪理綸竿。芳餌投文漪[8]，修鱗逝駛湍。衆山一色碧，獨鳥孤光寒。夕陽冥水村，新月上林端。暢好詠而歸，無魚何所歎？""寒月挾秋氣，孤燈耿清影。寥寥天宇曠，迢迢夜漏永。魚罾響轆轤，雞窗啄笭箵[9]。遥聞犬吠聲，行人楓葉冷。"《秋懷》云："村静日當午，雞鳴三兩聲。籬花催野菊，鄰釜熟香秔[10]。讀史數行淚，看天萬種情。浮雲爾何意，只傍隴頭生[11]？"《晚步》云："春雨晚來歇，殘陽湖上峰。人家煙漠漠，田壟水淙淙。小步林塘路，時聞山寺鐘。幽情屬何許，古道牛羊蹤。"詩境清遠，是陶、韋家數[12]。又有《寄周櫟園侍郎》三首[13]，因櫟園往訪不值故也。想見當時亦名動公卿云。

【箋注】

[1]姚姬傳：姚鼐，見卷一〇・九三注[1]。 [2]汪梅湖：汪之順（1621—1677），字禹行，號平子。明末清初安徽懷寧人。隱于梅湖。有《梅湖詩鈔》《梅湖草堂近詩删》輯本。 [3]戴勝：鳥名。狀似雀，頭有冠，五色如方勝，故稱。 [4]鬱陶：憂思積聚貌。 [5]艓（dié）子：小船。 [6]異人：他人。匪，同"非"。 [7]科跣：露著頭，赤著足。 [8]文漪：多變的波紋。 [9]雞窗：書齋。笭（líng）箵（xǐng）：漁具總稱，亦指貯魚的竹籠。

[10]秔（jīng）：同“粳”，一種黏性較大的稻米。 [11]隴頭：隴山，借指邊塞。 [12]陶、韋：晋陶淵明和唐韋應物。皆爲田園詩代表人物。 [13]周櫟園：周亮工，見卷三・一四注[1]。

按：人們大多喜愛田園詩，袁枚也不例外。這裏的田園詩比較正宗，因爲出自真正的田園隱居生活，而且看來是真正地參加田園勞動。袁枚雖然也説自己是隱居，實際上是居而不隱，與官府人士來往頻繁。

五

人常言：某才高，可惜太狂。余道：非也。從古高才，有過顔子與孔明者乎[1]？然而顔子則有若無，實若虚矣[2]。孔明則勤求啟誨，孜孜不倦矣。曾贈德厚庵云[3]：“不數袁羊與范汪[4]，更從何處放真長[5]？驥雖力好終須德，人果才高斷不狂。”又有人言：某天分高，可惜不讀書；某精明，可惜太刻。余又道：非也。天分果高，必知書中滋味，自然篤嗜。精明者，知其事之徹始徹終，當可而止，必不過於搜求；搜求太苦，必致自累其身。故嘗云：“不讀書，便是低天分；行刻薄，真乃大糊塗。”

【箋注】

[1]顔子：顔回，見卷五・七九注[3]。孔明：諸葛亮（181—234），字孔明。漢末瑯邪（今山東沂南一帶）人。避亂隆中，躬耕讀書。出而爲劉備主要謀士，任軍師將軍、丞相。後輔佐劉禪，封武鄉侯。曾東和孫權，最後病卒于北伐軍中。 [2]虚：謙虚。 [3]德厚庵：生平未詳。 [4]袁羊：袁喬，字彦升，一作彦叔，小字羊。東晋陳郡陽夏（今河南太康一帶）人。初拜佐著作郎。桓温引爲司馬、江夏相。晋明帝女兒廬陵公主曾説袁羊是“古之遺狂”。范汪（308—372）：字玄平。東晋南陽順陽（今湖北老河口一帶）人。曾任吏部尚書，徐、兖二州刺史。後從桓温北伐，以失期免爲庶人。屏居吴郡，從容講肆，不言枉直。 [5]真長：即劉惔。事見《晋書・卷七十五》：“劉惔，字真長，沛國相人也。……惔少清遠，有標奇，與母任氏寓居京口，家貧，織芒屩以爲養，雖蓽門陋巷，晏如也。人未之識，惟王導深器之。後稍知名，論者比之袁羊。惔喜，還告其母。其母，聰明婦人也，謂之曰：‘此非汝比，勿受之。’又有方之范汪者。惔復喜，母又不聽。及惔年德轉升，論者遂比之荀粲。尚明帝女廬陵公主。”

六

唐待士大夫[1]，失之太厚。選官有小選者，凡流外官，兵部、禮部舉人，得自主之。又念嶺南、黔中人離長安太遠，遣御史郎官就其近地，設爲南選、東選以選官[2]。是移粟以就民也。見《選舉志》。凡使外國者，許其舉州縣十員，爲遠行之費，以便其私，謂之"私覿官"。白居易作學士，自稱家貧，求兼領户曹[3]，上許之。守杭州時，餘俸太多，存貯庫中，後官亦不便領用，直至黄巢之亂[4]，裁用爲兵餉。家居後，郡僚太守猶爲之造橋栽樹，不已過乎？余嘗讀《長慶集》而嘲之曰："滿口説歸歸不肯[5]，想緣官樂是唐朝。"

【箋注】

[1] 士大夫：指官員或有功名、聲望的讀書人。 [2] 南選：唐高宗時，因桂廣交黔等地可選任土人爲官，但有時所選不當，於是就派郎官御史爲選補使，去選取適當人才，稱爲南選。東選：唐太宗貞觀元年，因歲旱穀貴，命潼關以東應選者集於洛陽，就近銓選，謂"東選"。 [3] 户曹：地方官府屬曹。 [4] 黄巢（？—884）：唐曹州冤句（今山東曹縣一帶）人。乾符二年率衆起義。轉戰中原及江南、嶺南，攻克洛陽、長安後，即皇帝位，國號大齊。後兵敗自殺。 [5] 歸：歸隱。

七

士各有志，邴原與鄭康成同里[1]，而不肯師康成。人尤之[2]，原曰："人有登山而采玉者，有入海而求珠者，各寶其寶，不必同也。"余故有詩云："丁少微[3]，陳希夷[4]，兩個神仙有是非。蘇子瞻[5]，程伊川[6]，兩賢胸中各不然。可惜不見尼山老[7]，狂狷中行盡和好[8]。"

【箋注】

[1] 邴原：字根矩。東漢末北海朱虚（今山東臨朐一帶）人。以操尚稱，孔融爲北海相，舉爲賢良。後歸依曹操，累遷五官將長史。鄭康成：鄭玄，見卷一・四六注 [24]。 [2] 尤：責備。 [3] 丁少微：宋道士。亳州真源（今安徽亳州）人。

隱華山潼谷，與陳摶齊名。太宗召赴闕，留數月，遣還山。 [4]陳希夷：陳摶（871—989），宋道士。字圖南，號扶摇子。亳州真源人。舉進士不第，遂絶意仕途，隱于武當山、華山。宋太宗太平興國中兩至京師，爲帝所重，賜號“希夷先生”。其學説爲理學發端。 [5]蘇子瞻：蘇軾，見卷一·二五注[4]。 [6]程伊川：程頤（1033—1107），字正叔。北宋洛陽伊川（今河南洛陽）人。世稱伊川先生。理學家、教育家。與其胞兄程顥共創“洛學”，爲理學奠定基礎。 [7]尼山老：指孔子。尼山，在山東曲阜，爲孔子誕生地。 [8]狂狷中行：《論語·子路》：“子曰：‘不得中行而與之，必也狂狷乎！狂者進取，狷者有所不爲也。’”狂狷，指志向高遠的人與拘謹自守的人。中行，指行爲合乎中庸之道的人。

八

偶理舊書，得尹似村斷句云[1]：“有月燈常緩，多餐睡偶遲。愁添雙鬢雪，怕憶少年時。”蓋是似村在京師寄詩囑批，余就其五律一首，摘而存之者也。又摘其《贖出典裘》斷句云：“老妻見故衣，開箱色先喜。姬人持熱升，殷勤熨袖底。無奈縐痕深，熨之不肯起。”獨寫性靈，清妙乃爾。嗚呼！似村爲尹文端公第六子[2]，祖、父宰相，兄、弟皆侍郎、尚書，而似村自號“殿試秀才”，不就官職，賦詩種竹，以林泉終，豈非漢之張長公一流人乎[3]？“殿試秀才”者，以丁卯科試，諸生鬧場，上惡之，親自監試，似村獨蒙欽取故也。熨斗名“熱升”，見《庶物異名疏》[4]。

【箋注】

[1]尹似村：慶蘭，見卷二·三七注[1]。 [2]尹文端：尹繼善，見卷一·一〇注[3]。 [3]張長公：張摯，字長公。西漢南陽堵陽（今河南方城）人。張釋之子。官至大夫。 [4]《庶物異名疏》：明陳懋仁撰，匯輯物名之異者，爲之箋疏。

九

閩中楊鏡村太守[1]，歷任三吴，判獄如神，人亦風流儒雅。中年得狂易之疾[2]。余常鬱鬱，閔天道之無知[3]。今秋，其子學基以詩來[4]，風格雋永，方信善人之有後也。《吴門雜詠》云："岩桂香飄艷素秋，石湖風静水悠悠。洞簫吹出山頭月，兩岸輕煙半未收。""回塘夜火刺船行[5]，銀燭高燒水榭明[6]。兩岸采菱歌不絶，木蘭舟上又吹笙。""行春橋畔水雲凉，萬頃琉璃映夕陽。霧縠衫輕紈扇薄[7]，捲簾低唤賣花郎。"見贈云："獨占詞壇五十秋，坡仙老去尚風流[8]。滄桑幾見歸來鶴，花柳常停不繫舟。到處逢迎多士女[9]，半生疏懶薄公侯[10]。天教享盡才人福，飽看溪山至白頭。"

【箋注】

[1] 楊鏡村：楊燦，字鏡村，號質亭。清福建邵武人。乾隆二十一年舉人。官至蘇州知府。 [2] 狂易：精神失常。 [3] 閔：憂慮。 [4] 楊學基：清福建邵武人。候選布政司理問。以弟兆璜貤贈朝議大夫、廣平知府。 [5] 刺船：撑船。 [6] 水榭：建築在水邊或水上，供人們遊憩眺望的亭閣。 [7] 霧縠（hú）：薄霧般的輕紗。 [8] 坡仙：宋蘇軾號東坡居士，文才蓋世，仰慕者稱之爲"坡仙"。此比袁枚。 [9] 士女：青年男女才俊。 [10] 公侯：泛指有爵位的貴族和官高位顯的人。

一〇

諸升之文思繁富[1]，三赴北闈[2]，不售[3]。高翰起司馬贈以詩云[4]："中原非爾力，患或在才多。"諸旋中庚辰榜眼。辛亥十月，胡少司馬希吕督學金陵[5]，爲予誦之。諸名重光。

【箋注】

[1] 諸升之：諸重光（1720—1769），字申之，號桐嶼。清浙江餘姚人。乾隆二十五年榜眼。官至辰州知府。有《二如亭詩集》。 [2] 北闈：明清科舉制對順天鄉試的通稱。 [3] 不售：考試不中。 [4] 高翰起：高瀛洲，見卷五・二一注[1]。 [5] 辛亥：這裏指乾隆五十六年（1791）。胡希吕：胡高望（1730—1798），字希吕，號崑圃，又號豫堂。清浙江仁和人。乾隆二十六年榜眼。官至都察院左都御史。謚文恪。

一一

杭州多閨秀，有張夫人者，美而賢。郎主喜狎邪，張不能禁，而慮其染惡疾也，規以詩云："此去湖山汗漫遊[1]，紅橋白社更青樓[2]。攀花折柳尋常事[3]，只管風流莫下流。"

【箋注】

[1] 汗漫：形容漫遊之遠。 [2] 紅橋白社：紅橋，橋名，在江蘇揚州。白社，地名，在河南洛陽。此泛指各游覽地。青樓：指妓院。 [3] 攀花折柳：喻狎妓。

一二

有某公課士[1]，以"賦得蜻蜓立釣絲"，限"蜻"字，七排四十韻[2]。人以爲難。余笑曰："此之謂鼠穴尋羊，蜂窠唱戲，非以詩學教人之道也。若以多爲貴，則豈不知徐樂傳名[3]，一書已足；阮咸作掾，三語猶多乎[4]？"

【箋注】

[1] 課士：考核士子的學業。 [2] 七排：七言排律。 [3] 徐樂：西漢右北平無終（今天津一帶）人。辨知達理，善爲文辭。漢武帝時，上書言世務，拜郎中。 [4] 阮咸：見卷一四・八〇注[4]。"三語據"之典實出阮咸之子阮瞻。《晋書・阮瞻傳》載，阮瞻見王戎，"戎問曰：'聖人貴名教，老莊明自然，其旨同異？'瞻曰：'將無同。'戎咨嗟良久，即命辟之。時人謂之'三語掾'"。掾，即掾吏，官府中佐助官吏的通稱。

一三

浦柳愚山長云[1]："詩生於心，而成於手，然以心運手則可，以手代心則不可。今之描詩者，東拉西扯，左支右吾，都從故紙堆來，不從性情流出，是以手代心也。"吴西林處士云[2]："詩以意爲主人，以詞爲奴婢。若意少詞多，便是主弱奴强，呼喚不動矣。"二説皆妙。

【箋注】

[1]浦柳愚：浦銑，見卷一〇・六七注[3]。 [2]吴西林：吴穎芳，見卷五・五七注[1]。

一 四

金陵莊秀才元燮[1]，弱不勝衣，少年旖旎[2]。作《無題》云："鬟雲撩亂不曾梳，先向池邊飼碧魚。露滴翠荷擎不定，戲分小妹當珍珠[3]。"可謂詩如其人。

【箋注】

[1]莊元燮(？—1826)：字穆堂。清江蘇江寧人。庠生。工詩。 [2]旖旎：温存柔美。 [3]分：分給。

一 五

李香林尚書愛才如命[1]。督南河時，詩弟子陳熙從州倅薦用至銅沛同知[2]。而公移督河東矣，猶書扇寄之，云："握手河梁別緒縈[3]，忍驚月管已頻更[4]。語憑尺素書難盡[5]，意似層波去又生。風静珠湖應有夢[6]，雲横岱岳總關情[7]。水窗此夕君何處[8]，重展鸞箋對短檠[9]。"又，尚書在蘭陽行館，《題竹》云："干霄修竹自漪漪，十載相違每繫思。笑我塵勞鬚鬢改，羡君青翠尚如斯。"亦復有纏綿之旨。昔人云："不俗即仙骨，多情乃佛心。"其公之謂歟！

【箋注】

[1]李香林：李奉翰，見卷二・三五注[1]。 [2]陳熙：見卷一・五注[2]。州倅：知州的輔佐官。同知：府、州以及鹽運使的副職。 [3]河梁：用漢李陵、蘇武于河梁分別之典，借指送別之地。 [4]月管：古代用來預測節氣變化的玉管。《晋書・律曆志上》："黄帝作律，以玉爲管，長尺，六孔，爲十二月音。" [5]尺素：小幅的絹帛，古人多用以寫信或文章。 [6]珠湖：即高郵湖。[7]岱岳：指山東泰山。 [8]水窗：臨水的窗户。 [9]鸞箋：小幅彩色紙張，

常供題詠或書信之用。短檠：小燈。

一　六

涇縣，古宣州所屬，故多詩人，梅宛陵之後[1]，本朝愚山先生[2]，其最著者也。近日涇邑孝廉趙元一帥與其弟琴士[3]，俱工吟詠。丁未秋，在丹徒廣文署中[4]，以詩集見示，余爲加墨而去，今五年矣。今冬寄《偉堂詩鈔》來，凡余所甲乙者、商榷者，無不降心相從，虚懷若谷，宜其造詣之進而彌上也。録其《宿焦山寺》云："海國秋初到，山堂氣更清。林昏星有影，江定夜無聲。設席臨嘉樹，論詩對短檠。依然留卧榻，一枕百蟲鳴。"《焦山頂觀月出》云："爲看月上海門東，洞口盤紆石磴崇。行到雙峰多竹樹，不知身在大江中。"《青山晚泊》云："倒捲長江白浪飛，幽巖鐘磬静禪扉。秋風極浦雁初下[5]，暮雨空山僧未歸。漢上估檣千樹密[6]，洲前漁火一星微。明朝更約齊安過[7]，載酒題詩赤壁磯[8]。"他如"夕陽低野樹，秋水斷河橋""秋深海國梧桐老，夜静關山鼓角清"，俱不愧唐人音節。

【箋注】

[1] 梅宛陵：梅堯臣，見卷四・一七注 [2]。　[2] 愚山先生：施閏章，見卷二・七八注 [2]。　[3] 趙元一：趙帥（1740—？），字元一，號偉堂。清安徽涇縣人。乾隆三十年舉人。官安肅知縣。有《偉堂詩鈔》。趙琴士：趙紹祖（1752—1833），字繩伯，號琴士。清安徽涇縣人。廪生。有《通鑒注商》《新舊唐書互證》《琴士詩文鈔》等。　[4] 丁未：這裏指乾隆五十二年（1787）。廣文：儒學教官。　[5] 極浦：遥遠的水濱。　[6] 估檣：指商船。　[7] 齊安：古地名，今湖北武漢一帶。　[8] 赤壁磯：在黄岡古城漢川門外，屹立江干，截然如壁，山石盡成紅色。

一　七

蔡侍郎觀瀾守江寧時[1]，私宰之禁甚嚴。余不以爲然。一日，余在府署，蔡公坐堂收呈，有回民之黠者[2]，具呈請釋牛犯[3]。其狀首云："爲恩足以及禽獸，而功不至於百姓事。”蔡遣家人謂余曰：“君原勸我貴人賤畜，今果惹回民之嗔。然其狀詞，文理甚佳，須君替我强詞奪理。”余書五絶於紙尾云：“太守非牛愛，心原愛老農。耕牛耕滿野，百姓豈無功？”黠回無詞而退。太守牛禁，亦因之稍寬。

【箋注】

[1]蔡觀瀾：字瞻亭。清福建漳浦人。禮部侍郎蔡世遠第三子。賜舉人出身。歷江西道御史、刑部員外郎。此處有誤，文中所述之事實屬蔡長澐。蔡長澐（1710—1764），字巨源，號克齋。爲蔡世遠次子。廪生。以優行薦授江南太倉知州、江寧知府，升至兵部侍郎。 [2]黠：聰慧、狡猾。 [3]牛犯：私宰耕牛的犯人。

一八

余宰江寧時，門下士談毓奇爲刻《雙柳軒詩文集》二册[1]。罷官後，悔其少作[2]，將板焚毁。後《小倉山房集》中，僅存十分之三。辛丑清明，遊雨花臺，謁方正學祠[3]，夜夢有古衣冠者，揖余而言曰：“子詩人也，《懷古》有：‘燕王北下金川日[4]，行到周官第幾章？’此詩删之可也。又有句云：‘江山忽見開燕闕[5]，風雨原難對孝陵[6]。’此二句甚佳，如何可删？”余唯唯。其人言畢，有儀從呼唱而去。余次日語人，或曰：“此莫非正學先生乎？”

人有訾余《詩話》收取太濫者。余告之曰：“余嘗受教于方正學先生矣。嘗見先生手書《贈俞子嚴溪喻》一篇云：‘學者之病，最忌自高與自狹。自高者，如峭壁巍然，時雨過之，須臾溜散，不能分潤。自狹者，如甕盎受水，容擔容斗，過其量則溢矣。善學者，其如海乎！旱九年而不枯，受八州水而不滿。無他，善爲之下而已矣。’書法《争坐位》[7]，筆力蒼堅。余道：先生精忠貫日，身騎箕尾[8]，何妨高以自待，狹以拒人哉？然而以此二字，諄諄示戒，則其平日之虚懷樂善可知。余與先生，無能爲役，然自少至老，恰惡此二字，竟與先生有暗合者。

然則《詩話》之作，集思廣益，顯微闡幽，寧濫毋遺，不亦可乎？”

【箋注】

[1] 談毓奇：談羽儀，見卷五・六八注[1]。 [2] 少作：年輕時的作品。[3] 辛丑：這裏指乾隆四十六年（1781）。方正學：方孝孺（1357—1402），字希直，一字希古。明浙江寧海人。建文帝時，召爲侍講學士。燕王朱棣兵入南京，召使起草詔書。孝孺堅不奉命，遂被殺害。 [4] 金川：金川門位於南京城北，因金川河由此出城，故名。明惠帝四年六月，燕王朱棣兵犯金川門，谷王橞及李景隆叛，開門納燕兵，都城遂陷。 [5] 燕闕：燕京，此指燕王朱棣封地。 [6] 孝陵：明太祖陵，在今南京東北鍾山之南。 [7]《争坐位》：唐顔真卿書法名品，此指方孝孺手書效法此帖。 [8] 騎箕尾：此指地位迅速上升，到極高境界。箕尾，二星名。

按：借夢與古人暗合戒“高”“狹”二字，爲此《詩話》的寧濫毋遺張目，其實都是自己的想法。

一九

近學郊、島詩者最少[1]，獨葑亭給諫[2]，于無意中往往似之。《秋蟲》云：“直使孤燈死，常催白髮生。”又“瘦篁腰刻字[3]，古樹腹藏人”“風多螢貼樹，月出鷺巡堤”，皆孟、賈集中佳句。《在閘河水淺》云：“不勞畫地還成獄，且喜窺天尚有窗。”何其苦也！及《渡江得順風》云：“大江東去月西走，獨客南歸風北來。”又何其樂也！詩人善體物情，往往如是。

【箋注】

[1] 郊、島：孟郊與賈島。孟郊，見卷三・六五注[3]。賈島，見卷九・九四注[2]。 [2] 葑亭：王友亮，見卷六・六六注[3]。 [3] 瘦篁：瘦竹。

二〇

余性通脱[1]，遇繁禮飾貌之人[2]，輒以爲苦。嘗詠桐花云：“桐花恰也清香甚，瑣碎無人肯耐看。”

【箋注】

[1] 通脱：通達灑脱。 [2] 繁禮飾貌：禮節繁雜，外貌過分修飾。

二 一

程蓴江晚甘園[1]，屋甚少，而春間遊女甚多。主人請余作對聯，余提筆云：“好花美女有來時[2]，明月清風没逃處。”主人喜其貼切。

【箋注】

[1] 程蓴江：程茂（1694—1762），字蓴江。清江蘇安東（今漣水）籍，世居山陽（今江蘇淮安）。附貢生。在淮安珠湖曲江樓之南建晚甘園。有《吟暉樓遺文》《晚甘園詩》《曲江樓制藝》。 [2] 好花：嘉慶本作“時花”，此據民國本改。

二 二

香亭以余年衰[1]，勸勿遠出遊山。余書六言絶句與之云：“看書多擷一部[2]，遊山多走幾步。倘非廣見博聞，總覺光陰虛度。”

【箋注】

[1] 香亭：袁樹，見卷一 · 五注[3]。 [2] 擷（xié）：摘取。

二 三

新陽明府王春溪向余云[1]：“歲丁酉，課徒山中[2]，夏日偶以陶詩‘中夏貯清陰’命題[3]。有族弟名如山者，結句云：‘夜深微雨過，積翠滴成音。’余賞其作意，而嫌有鬼氣。不逾月，病卒。因哭之曰：‘難忘翠滴成音句，是我尋簷腹痛時。’益歎詩讖之説[4]，非漫然也。”余因記壬申入都，遇雪途中，有句云：“僕夫與主人，麻衣無短長。”

後五月而丁先君憂[5]。己酉秋，余與金姬同患病[6]，先一月得句云："好夢醒難尋枕上，落花扶不上枝頭。"已而自嫌不祥。劉霞裳曰[7]："先生非花也，其應在金夫人乎？"已而果然。

【箋注】

[1]王春溪：見補遺卷三・七注[1]。 [2]課徒：教育學生。 [3]中夏：指農曆五月，後亦指盛夏。所引此句見陶淵明《和郭主簿詩二首》。 [4]詩讖：謂作詩無意中應驗。 [5]丁先君憂：遭逢父親喪事。 [6]金姬：袁枚的妾室。蘇州人。與袁枚相依約三十年。 [7]劉霞裳：見卷二・三三注[2]。

二　四

金陵吴思忠字孝侯[1]，善畫工詩，受知于錢南浦觀察[2]。《宿別峰庵》云："别峰庵結焦山西，庵外諸峰無與齊。雙眼攝盡大江色，入門頓覺青天低。月光欲上水氣白，送鬮鬭酒傾玻璃[3]。不辭酩酊歡清夜，好與楹前松鶴棲。"《檢黃鹿岩遺稿》云："愴無兒祭荒凉墓，幸有人抄失散詩。"又《偶興》云："床頭剩有宣和紙[4]，寫我當時看過山。"

【箋注】

[1]吴思忠：字靖陳，一字藎臣，號孝侯。清江蘇江寧人。貢生。工書善畫。有《青溪草堂詩集》。 [2]錢南浦：錢金殿，字鵠雲，號南浦。清浙江嘉善人。監生。官江安糧道、徐州知府、盧鳳道等。有《自信紀言》《静寧室詩鈔》。 [3]送鬮（jiū）：拈鬮。任取事先做好記號的紙片或紙團，以决定得什麽或做什麽。 [4]宣和：宋徽宗趙佶年號（1119—1125）。

二　五

尹文端公公子大半徂謝[1]，去年尹太夫人亡百日，而十二公子又亡。五郎晴村作青州都統[2]，《哭弟》云："吾家駿足望騰驤[3]，底事青年竟夭亡？百日從親歸地府[4]，九原先我侍高堂。枯荆每見花枝折[5]，倦鳥何堪羽翼傷！才隔一程成永别余出京之次日，阿兄能不淚千行？"

可謂情文雙至。文端公在九泉，亦必歎賞。

【箋注】

[1] 尹文端：尹繼善，見卷一・一〇注[3]。徂謝：死亡的婉稱。 [2] 晴村：慶霖，見卷四・五八注[1]。 [3] 駿足：喻賢才。騰驤（xiāng）：奔騰。[4] 地府：傳統觀念中的陰間。 [5] 荆：荆枝，喻兄弟骨肉同氣連枝。

二 六

何春巢向余云[1]："沙竹嶼[2]，如皋寒士，性孤傲不群，應試不售，遂棄書遠遊，足跡遍天下。其所推重者，惟先生一人。"誦其《秋齋》云："小庭人寂猗蘭開[3]，獨對幽香一舉杯。薄暮閑雲不成雨，冷風吹月上簾來。"《山居》云："飯罷鐘聲已斷煙，偶來閑倚寺門前。夕陽暝色行人絶，空見群峰亂插天。"又，《讀隨園詩話》云："瓣香好下隨園拜[4]，安得黄金鑄此人[5]？"

【箋注】

[1] 何春巢：何承燕，見卷一一・二六注[1]。 [2] 沙竹嶼：如上，餘未詳。[3] 猗蘭：茂美的蘭草，亦喻情操高潔之士。 [4] 瓣香：喻崇敬的心意。 [5]"安得"句：唐詩人貫休《古意六首》之四："幾擬以黄金，鑄作鍾子期。"金人元好問《論詩絶句》云："論功若準平吴例，合著黄金鑄子昂。"

二 七

余老矣，最喜人説少年舊事。何蘭庭句云[1]："回思慈母悲今日，最愛山僧説幼時。"爲之擊節[2]。何又有《江樓看雨》云："狂風驟雨逼蕭晨[3]，萬里煙波失遠津。穩坐西窗憑几望，幾多浪裏着忙人？"詩外有詩，深得風人之旨[4]。《遊理安寺》云："不信客從山外入，恰疑僧在樹頭歸。"亦真境也。蘭庭幼時，其父西舫許我爲婿，後以路遥不果，惜哉！

【箋注】

[1] 何蘭庭：見補遺卷三・三四注[7]。 [2] 擊節：形容十分讚賞。[3] 蕭晨：淒清的秋晨。 [4] 風人：即詩人。

按：這裏又談到“詩外有詩”，可與補遺卷三・六所論相互參讀。

二八

熊澹仙女子[1]，不止能詩，詞賦俱佳。以所天非解事者[2]，故詠螢火云：“水面光初亂，風前影更輕。背燈兼背月，原不向人明。”作《廣怨賦》云：“文采遭傷，久矣人皆欲殺；蛾眉致妒，何能我見猶憐？”《聞笛賦》云：“三更不寐，遥知思婦情深；十指俱寒，想見高樓獨倚。”

【箋注】

[1] 熊澹仙：熊璉，見補遺卷三・三五文及注[4]。 [2] 所天：舊稱所依靠的人，指丈夫。非解事：不通曉事理。

二九

《周易》曰：“同聲相應，同氣相求。”《毛詩》曰：“求其友聲。”杜少陵曰：“文章有神交有道。”皆不期其然而然者也。故余嘗謂文字之交，比骨肉妻孥猶爲真摯，非雲泥所能判[1]，關山所能隔者。如惠制府瑤圃、法學士時帆諸公[2]，都已載入《詩話》。近又得何水部道生、劉舍人錫五二賢焉[3]，抱英絶之才，而獨惓惓於隨園[4]，各贈長律數首，以篇幅稍長，故另刻《續同人集》中。而其所心醉之句，有不忍不標而出之者。如劉云：“閑來志怪都根理，語必驚人總近情。”余道第二句，直指心源[5]，包括小倉山六十四卷《全集》，較勝他人作序萬語千言矣。何云：“願署隨園詩弟子，此生端不羨封侯。”矜寵一至於斯，使我顔汗！擬作《山右二賢歌》以美之，而年衰才盡，未敢落筆也。

【箋注】

[1] 雲泥：雲在天，泥在地。比喻兩物相去甚遠，差異很大。 [2] 惠瑶圃：惠齡，見卷一一·五注 [5]。法時帆：法式善，見卷一一·一五注 [7]。 [3] 何道生（1766—1806）：字立之，一字蘭士。山西靈石人。乾隆五十二年進士。官至寧夏知府。有《雙藤書屋詩集》。劉錫五（1758—1816）：字受兹，又字澄齋。清山西介休人。乾隆四十六年進士。官至武昌知府。有《隨俟書屋詩集》。[4] 惓（quán）惓：念念不忘。 [5] 心源：猶心性。佛教視心爲萬法之源，故稱。

三　〇

余行路喜水而惡陸，聞明日站遠，則夜眠不安。偶見楊次也先生有句云[1]：“車平終日卧，路遠隔宵愁。”可謂先得我心。昔人《罵蚊》云：“滿腹經營飽膏血，可知通夜不眠人[2]？”又，“山在鄰家樹上青”[3]，皆能道人意中事。

【箋注】

[1] 楊次也：楊守知，見卷一·一一注 [2]。 [2]“滿腹”句：實出宋徐端崇《爲蚊所擾得一絶句》詩。 [3]“山在”句：出趙師鐸《移居謝友人見過》。

三　一

吴江朱坤隱於市廛[1]，有詩，號“琴思集”。中可採者，如《哭弟》詩一絶云：“尋飴索哺淚雙流[2]，隨少隨多與即休。剩有半盤梨栗在，可憐攜去祭墳頭。”《旅中送春》云：“旅人從此賦歸兮，落絮飛花襯馬蹄。鶯到今朝聲不惜，垂楊陰裏盡情啼。”五言絶云：“極憐春意好，隨月入花陰。上有雙棲蝀，行來亦小心。”又“花霧着人微似濕，柳風吹面不生寒”，皆可誦也。

【箋注】

[1] 朱坤：字載平。清江蘇吴江人。寒士。有《琴思集》。市廛：指店鋪集中的市區。　[2] 飴（yí）：飴糖或甘美的食品。

按：又是一布衣之詩。《哭弟》令人心痛，《旅中送春》令人心熱，三首皆以情動人。

三　二

仁和俞作梅[1]，號天羹，有《潮州竹枝詞》云："榕樹如郎妾女蘿，朝朝牽掛在枝柯。根鬚著處成連理，只是怪他頭腦多。"又《即事》一絶云："竻竹園林朱槿笆，銀環穿耳小蠻娃[2]。見人躲入牆陰去，觸墮簪頭金鳳花。"

【箋注】

[1] 俞作梅：字天羹。清浙江仁和人。諸生。有《筧東草廬吟稿》。　[2] 竻（lè）竹：一種有刺而堅硬的竹，俗稱刺竹、勒竹。蠻娃：指南方少數民族的年輕女子。

三　三

吴江女史汪玉軫[1]，有詩才，《偶成》云："夜静更闌猶未眠，熏爐香燼不生煙。且推窗看中庭月，影過東牆第幾磚？""風飄柳絮雨飄花，多少新愁上碧紗。借問過牆雙蛺蝶，春光今在阿誰家？"

【箋注】

[1] 女史：對知識婦女的美稱。汪玉軫：字宜秋，號小院主人。清江蘇吴江人。陳昌言室。有《宜秋小院詩詞鈔》。

三　四

王葑亭《夜行》云[1]："殘星雞口落，初日馬頭高。"鄭德基《夜行》云[2]：“蝶夢來驢背，雞聲隔隴頭。”

【箋注】

[1]王蔚亭：王友亮，見卷六・六六注[3]。 [2]鄭德基：見下則詩話。

三　五

詩家紅袖多，青衣少[1]。然鮑亨、殷胄作楊素家奴[2]，未嘗非名士。白下有鄭德基者[3]，穆太守僕也。《梅雨》云：“窗前一夜聽梅雨，曉看堂前生碧苔。正惜滿城花落盡，偏教殘蕊燕銜來。”《馬嵬》云[4]：“馬嵬坡下草萋萋，過客停車望欲迷。知是太真身死處，馬蹄何忍踏香泥？”《朝天寺》云：“朝天山下川流急，短艇孤篷趁順風。絶頂不知還有寺，白雲深處一聲鐘。”《上元無月》云：“星橋火樹滿街紅，微雨踈風過碧空。想是嫦娥開夜宴，雲簾深鎖廣寒宫。”《除夕》云：“今夜不眠非守歲，防他有夢到家鄉。”《棧道》云：“馬盤絶頂青霄近，人到中天萬壑低。”“澗水勢催群石走，浮雲如擁亂山行。”《與友黄鶴樓分袂》云[5]：“我如黄鶴去，君似白雲留。”《贈隱者》云：“讀書豈必皆觀國，學佛何須定出家？”

【箋注】

[1]青衣：此指僕傭。 [2]鮑亨、殷胄：二人生平事蹟見《隋書・楊素傳》：“時素貴寵日隆。……有鮑亨者，善屬文，殷胄者，工草隸，並江南士人，因高智慧没爲家奴。”楊素（？—606）：字處道。隋弘農華陰（今屬陝西）人。以功高封越國公，掌朝政。煬帝立，拜太子太師，封楚國公。 [3]白下：南京的别稱。 [4]馬嵬：地名，在陝西興平。唐安史之亂，玄宗奔蜀，在馬嵬驛被迫賜楊貴妃死，葬于馬嵬坡。 [5]分袂：離别。

三　六

從來閨秀及方外詩之佳者[1]，最易流傳。余編《隨園詩話》，閨秀多而方外少，心頗缺然。方坳塘觀察過訪山中[2]，談及禪僧智朗[3]，號漁陸，上元人，性至孝，母歿出家，住持理安。《歸省母墓》云："風木驚心二十年，偷生只爲學金仙。誰知杖錫歸來日[4]，荒草叢中化紙錢。""蓬鬢荊釵苧布裙，夕陽影裏淚紛紛。趨前欲訊重泉恨，吹過西風一片雲。"《改葬》云："别後匆匆掩一棺，多年淺土忍重看？故衣斷綫痕猶在，静樹摇風骨已寒。西崦可憐通夜夢[5]，南陔空説潔晨餐[6]。慈恩欲報終難報，徒向平原意少安。"又，泰州光寺僧西林有句云[7]："黄花野徑僧歸寺，紅樹村莊人倚樓。"亦有畫意。

【箋注】

[1]方外：世俗之外，此指僧道。 [2]方坳塘：方昂，見補遺卷二・一五注[1]。 [3]智朗：見上，餘不詳。 [4]杖錫：拄着錫杖，謂僧人出行。 [5]西崦：指崦嵫山，傳説中的日落處。 [6]南陔：《詩・小雅》篇名，六笙詩之一，有目無詩。《詩・小雅・南陔序》："《南陔》，孝子相戒以養也。"後用爲孝敬雙親的典實。 [7]僧西林：圓能（1740—1803），俗姓張，字西林，一字墨庵，晚號香雨道人。清江蘇興化人。年十七至泰州，依光孝炳一師。後爲總持。有《香雨樓詩鈔》。

三七

吾鄉金秀才霖[1]，眼旁青色，自號青眼山人。幕游金陵，執贄隨園[2]，搨漢印百方而去。詩古峭可喜。《西塞山》云[3]："志和揮手去[4]，冷落少微星[5]。蓑笠高風遠，魚龍夜氣腥。江雲走虚白[6]，石壁斷空青[7]。獨有金湖月，年年照翠屏。"《江浪餘生歌贈萬别駕》云[8]："海莊别駕量如海，生死關頭氣不改。飆風促浪高百尺，别駕氣穩如鼎鼐[9]。風狂浪急船不支，舵工水師無所爲。排風挾浪未頃刻，磅礴一聲桅下垂。從人狂叫齊涕泣，船尾向天如壁立。别駕遲徊步慢移，顧謂諸君莫惶急。以手指浪浪即摧，江上風回水倒開。斯須江水幾及膝，艇子恍從天上來。嗟哉海莊性篤厚，先唤從人上岸走。筍輿無恙亦相隨，有如嫂溺能援手[10]。回眸獨剩檣梢動，片舫低昂浪輕送。歸來歌嘯月滿樓，蛟龍影滅秋江空。”他如《郊外》云：“宿雲平接地，新漲遠浮天。”《畫鷹》云：“風邊秋影静，堂下鳥聲空。”《夜坐》云：“花影一庭蟲四壁，江聲千里月三更。”《春冷》云：“鳥聲着意試空谷，雲影有心低漢江。”皆妙。

【箋注】

[1] 金霖：號青眼山人。清浙江錢塘人。諸生。 [2] 執贄：謁見人時攜禮物相贈。 [3] 西塞山：浙江湖州西的一座名山，相傳爲唐張志和垂釣處。 [4] 志和：張志和，見補遺卷一・二二注[3]。 [5] 少微星：喻指處士，即有才德而隱居不仕的人。 [6] 虚白：虚空潔白。 [7] 空青：指青色的天空。 [8] 萬别駕：名海莊，餘不詳。别駕，爲府通判的别稱。 [9] 鼎鼐：鼎和鼐，古代兩種烹飪器具。 [10] “嫂溺”句：語出《孟子・離婁上》：“嫂溺不援，是豺狼也。男女授受不親，禮也；嫂溺，援之以手者，權也。”溺，沉于水。意謂事關重大時禮法可以變通。

三 八

番人最重銅鼓[1]，即剥蝕而聲硿硿者，可易牛千頭。相傳爲諸葛亮征蠻所鑄，不知《後漢書・馬援傳》已載之矣。余丙辰至粤，金中丞得鼓二面[2]，命余作賦，大加稱賞，即命刻廣西志書中。甲辰歲，余重游桂林，閲《省志・藝文》一門，“國朝”首載此賦。且驚且感，題一絶云：“五十年前銅鼓賦，自家披覽自家憐。不圖漓水崇文目[3]，竟冠熙朝第一篇[4]。”

【箋注】

[1] 番人：指少數民族人民。 [2] 金中丞：金鉷，見卷一・九注[2]。 [3] 崇文目：即《崇文總目》，是宋代第一部有解題的官修藏書目録，也是我國現存最早的一部國家藏書目録。 [4] 熙朝：興盛的朝代，多指當代，此指清朝。

三　九

劉掞字文白[1]，湖北沔陽州人。少穎悟，過目成誦。比長，剛正不阿，能驅鬼怪。有某氏女爲怪所迷，自稱丁相公。劉訪知是野廟木偶，執而枷之，怪遂絶。詩亦清老。録其《新堤》云："鼓枻晨光裏[2]，灣環一港通。林鳩猶喚雨，檣燕欲淩風[3]。帆影江煙外，人家水氣中。誰憐穠李樹[4]，如雪吐晴空。"他如《過白湖》云："微波不動處，新月自然生。"《詠月》云："宿樹鴉聲定，侵窗花影移。"俱妙。

【箋注】

[1] 劉掞（yàn）（858—921）：字文白，號蟄庵。清湖北沔陽（今仙桃一帶）人。乾隆三十年拔貢。有《春秋蒙求》《禮記存疑》《玩草園詩集》等。[2] 鼓枻（yì）：劃槳，謂泛舟。　[3] 檣燕：船桅杆間飛翔的燕子。　[4] 穠李：華美的李花。

四　〇

余今歲約女弟子駱綺蘭同遊西湖[1]。余須看過梅花方出行，而綺蘭約女伴先往，及余到湖樓，則已先一日歸矣。見壁上題詩，詠秋燈云："獨坐影爲伴，閑窗對短檠。照人雖冷淡，覿我自分明。焰小知風急，光寒避月盈。欲挑還住手，無語聽殘更。"《秋扇》云："暑消新雨後，人困晚涼天。"余愛其清妙，即手録以歸。

【箋注】

[1] 駱綺蘭：見補遺卷三・三六注[2]。

四　一

方藕堂維翰與程魚門因詩交好[1]，遂結婚姻。後藕堂補官杭州，年四十無子。其夫人爲置一妾，而藕堂于役吴興[2]，竟未知也。歸後驚喜，賦詩謝内云[3]："中年華髮漸成絲，羞對紅妝入繡帷。冀我免爲今伯道[4]，知君曾讀古螽斯[5]。剛逢燈月交輝夜，乍見衾裯與抱時[6]。良願早符燕姞夢[7]，春蘭花發正盈墀[8]。”又《芍藥》云：“豐臺十里春如夢，風軟沙平感舊遊。悔自南來消息斷，一年春盡一回頭。”

【箋注】

[1]方藕堂：方維翰，字藕堂，一字南屏，號種園、藕船主人。清順天大興（今北京）人。官浙江石門知縣。程魚門：程晋芳，見卷一·五注[1]。 [2]于役：行役。謂因兵役、勞役或公務奔走在外。 [3]内：稱自己的妻子。 [4]伯道：鄧攸，見卷九·一六注[2]。有德行而終無子嗣。 [5]螽斯：《詩經》篇名。《詩·周南·螽斯序》：“螽斯，后妃子孫衆多也，言若螽斯不妬忌，則子孫衆多也。”後用爲多子之典實。 [6]衾裯：被褥床帳，借指侍奉寢卧等事的婢妾。[7]燕姞：春秋時鄭文公妾。嘗夢天使賜蘭，後生穆公，名之曰蘭。事見《左傳·宣公三年》。 [8]盈墀：滿階、衆多。

四　二

武臣能文，皆太平盛事。“公侯干城”[1]，見于《周南》；“郤縠悦禮樂而敦《詩》《書》[2]”，見于《左傳》。余游貴池齊山，見壁上鎸岳武穆詩云[3]：“年來塵土滿征衣，偶得閒吟上翠微。好水好山看不盡，馬蹄催趁月明歸。”想見名臣落筆，自然超妙，不止曹景宗之能諧“競病”也[4]。近余又得二人焉：鎮江都統陽公儉齋春保[5]，《登北固山用唐人孫魴韻》云：“古屋倚蒼冥，岧嶢聳地形[6]。波連湘浦闊[7]，山抱潤城青[8]。遠樹迷江驛，寒煙淡晚汀。故人不可見，嵐翠滿空庭。”《詠敝裘》云：“自是一腔春意滿，故教兩袖盡開花。”可稱趣絶。松江提督陳公樹齋大用[9]，《閱兵皖江登大觀亭》云：“浩浩長江天際横，地連吴楚一波平。蒼茫草樹迷遥浦，歷落帆檣趁晚征。斜日墮城千堞迴，漁燈點水亂星生。不知多少英雄事，都付潮聲徹夜鳴！”《寄懷程也園》云：“今宵夜氣劇清寒，底事逡巡欲睡難。明月滿庭花樹静，料應詞客也憑欄。”兩公位登極品，而風貌秀整，謙若書生，皆蒙其先來見訪。《毛詩》曰：“惟其有之，是以似之[10]。”其斯之謂歟？

【箋注】

[1] 干城：比喻捍衛或捍衛者。《詩·周南·兔罝》："赳赳武夫，公侯干城。" [2] 郤（xì）穀（hú）：春秋時晋國人。晋文公時大夫。以其悦禮樂而敦《詩》《書》，被趙衰薦爲中軍之將。見《左傳·僖公二十七年》。[3] 岳武穆：岳飛（1103—1142），字鵬舉。宋相州湯陰（今屬河南）人。抗金名將。後因高宗與秦檜力主和議，被以"莫須有"罪名殺害。孝宗時追謚武穆，寧宗時追封鄂王。 [4] 曹景宗（457—508）：字子震。新野（今屬河南）人。南北朝時期梁朝名將。一次勞軍宴上，韻字只剩"競""病"二字，曹景宗揮筆而就："去時兒女悲，歸來笳鼓競。借問行路人，何如霍去病？"事見《南史·曹景宗列傳》。 [5] 陽儉齋：陽春，原名陽春保，號儉齋，庫雅拉氏。清滿洲正白旗人。官至内閣侍讀學士。 [6] 岧嶢：山勢高峻貌。[7] 湘浦：洞庭湖水入長江處，在今湖南岳陽。 [8] 潤城：潤州城，即江蘇鎮江。[9] 陳樹齋：陳大用，字樹齋。清江蘇華亭人。一作甘肅寧夏人。世襲一等子爵。官松江提督。 [10]"惟其"二語：出自《詩經·小雅·裳裳者華》。意謂只因好人有德行，所以後人能繼承。

四 三

余年十八，受知于浙督程公元章[1]，送入萬松書院肄業。離家二十里，夜不能歸，輒借榻湖州沈謙之、永之寓所[2]。後永之同舉戊午鄉榜，官至糧道，晚年結兒女姻親。而謙之以一孝廉，中年捐館[3]，深可悲也！今春，其子東橋寄《竹翠溪堂詩集》來[4]，讀之，想見當年謦咳[5]。《即席贈嚴崧瞻進士》云："萍浮梗泛得相親，酒賦琴歌不厭頻。君莫傷時悲不遇，世間多少布衣人！"《釣臺》云："王氣終應在茂陵[6]，菟肩麥飯記飄零[7]。故交貧賤如相忘，帝座何由犯客星[8]？"二詩皆有寄託，足以風世。又《謝僧餉茶》云："幽絶精藍莫記名[9]，到門惟有老僧迎。烹茶不是在山水，那得一杯如許清？"五言如"雕隨遠山没，帆帶夕陽飛""離情花落後，春病雨聲中""水闊疑無岸，雲昏不辨山"，皆佳句也。東橋，名鼎生。

【箋注】

[1]程元章：見卷一四・二九注[2]。 [2]沈謙之：沈榮儁（1707—1746），字謙之，號欃師。清浙江歸安人。乾隆元年舉人。有《宗經集》《竹翠溪館詩集》。沈永之：沈榮昌，見卷九・一二注[1]。 [3]捐館：拋棄館舍，死亡的婉辭。 [4]沈東橋：沈鼎生，字承風，號東橋。清浙江歸安人。隱居竹墩，志行高潔。 [5]謦（qǐng）咳：借指談笑、談吐。 [6]茂陵：漢武帝劉徹的陵墓，在今陝西興平東北。 [7]菟（tù）肩：植物名。屬葵類，可食。《後漢書・馮異傳》："及至南宫，遇大風雨，光武引車入道傍空舍，異抱薪，鄧禹爇火，光武對竈燎衣。異復進麥飯菟肩。" [8]客星：指東漢隱士嚴光。《後漢書・嚴光傳》："（光武帝）復引光入，論道舊故……因共偃卧，光以足加帝腹上，明日太史奏，客星犯御座甚急。帝笑曰：'朕故人嚴子陵共卧耳。'" [9]精藍：僧舍。

四　四

東橋設帳永之家[1]，教其幼女全寶[2]，即許配阿遲者，年纔十五，娟好閒静，即已能詩。《寄侄女音保》云："與君分手忽經年，長自關心望日邊。幾欲寄書魚雁少，今朝纔得擘雲箋[3]。""净几明窗喜不支，曾同硯席日親師。而今遠隔三千里，憶否春風並坐時？"《即事》云："首夏天光照眼明[4]，緑楊芳草雨初晴。清陰繞徑渾如畫，閑面窗前聽鳥聲。"嘻！三首一氣卷舒。阿遲與之同年，尚不能作一韻語。豈吾家詩事，將來不傳于兒，要傳兒婦耶？

【箋注】

[1]設帳：指設館授徒。 [2]沈全寶：如上，餘未詳。 [3]雲箋：有雲狀花紋的紙。此指裁紙寫信。 [4]首夏：初夏，指農曆四月。

四　五

壬子三月，余與吴門陳斗泉秀才[1]，同遊天台。斗泉與余步月云："作合在山水[2]，南橋風景清。灘聲亂人語，岩月隱江城。共有煙霞癖[3]，誰憐覊旅情？來朝理笻屐[4]，華頂撥雲行。”又《雜詠》云：“一行紆回渡翠厓，杳無人跡落蒼苔。白雲抹斷丹臺路，知是前峰雨欲來。”斗泉善畫，雅得二王神韻，故詩中亦含畫意。

【箋注】

[1] 壬子：這裏指乾隆五十七年（1792）。陳斗泉：陳栻，字涇南，一作景南，號斗泉。清江蘇吴縣人。有文名。 [2] 作合：作媒介。 [3] 煙霞癖：謂酷愛山水。 [4] 笻（qióng）屐（jī）：竹杖和木鞋，指旅遊器具。

四六

余每下蘇杭，必采詩歸，以壯行色，性之所耽，老而愈篤。近有聞風而來，且受業者。蔣莘[1]，字于野，年纔十九。《游古寺》云：“山外野僧家，孤龕半落霞[2]。磬聲流樹杪，鈴語繞簷牙。波静魚近鏡，香消佛散花。我來無别事，應許問楞伽[3]。”《山行》云：“村古藤爲瓦，溪幽樹作橋。”《佛手》云：“天下援非易，楊枝灑未忘[4]。有心擎法界[5]，彈指過秋光。”《表忠觀》云：“鐵券已分唐土地[6]，璽書曾奉宋春秋[7]。”皆妙。其弟名蔚[8]，字起霞，年纔十六。《落梅曲》云：“一樹幽花世外姿，依依水淺月斜時。無端玉骨飄零甚，不怨東風恰怨誰？”“神山昨夢夜逡巡，花底聞吹紫玉聲。三叩素扉人不見，滿庭殘雪落無聲。”《詠王半山》云[9]：“竟使紅羊成小劫[10]，幾同白馬害群賢[11]。”《偶成》云：“細雨一簾飛燕子，春寒幾日又花朝。”兩昆季皆未易才也[12]。起霞愛趙雲松詩[13]，題七古一章，奇横譎詭，惜篇長，不能備録，爲録稿寄與雲松。

【箋注】

[1] 蔣莘：字覺夫，號于野。清江蘇長洲人。諸生。有《水竹居詩集》。 [2] 龕：供奉神佛或神主的石室或小閣子。 [3] 楞伽：指《楞伽經》。南朝宋時天竺僧求那跋陀羅譯。 [4] 楊枝：指楊枝水，佛教喻稱能使萬物復蘇的甘露。 [5] 法界：佛教語，泛稱各種事物的現象及其本質。 [6] 鐵券：古代皇帝頒

賜功臣授以世代享受某種特權的憑證。［7］璽書：指皇帝的詔書。［8］蔣蔚：一作蔣徵蔚，字起霞，一字應質，號蔣山。清江蘇長洲人。國子生。有《經學齋詩集》。［9］王半山：王安石，見卷一・四六注［2］。罷相後辭官定居江寧，在城東燕雀湖畔建園林，去城七里，去蔣山亦七里，故名爲半山園。晚號半山。［10］紅羊劫：指國難。古人以爲丙午、丁未是國家發生災禍的年份。丙丁爲火，色紅，未屬羊，故稱。［11］白馬：唐末，朱全忠殺宰相裴樞等三十餘人于滑州白馬驛，令投尸於河。此處用“紅羊白馬”詠王安石變法，爲當時人的一種看法。［12］昆季：兄弟。［13］趙雲松：趙翼，見卷二・三三注［4］。

四　七

吴門戈小蓮培[1]，吾家侄婿也。詩筆清矯[2]。《天平山》云：“不辨翠微色，蒼茫夕照濃。澗喧争一水，寺近鎖千峰。煙隔雲間月，聲傳花外鐘。近人歸去後，只有白雲封。”《無題》云：“可奈相逢處，翻生落漠愁[3]。人前渾不語，留意在雙眸。”《繡球》云：“團團微雨濕，片片春風冷。蝴蝶窗外來，飄摇亂花影。”

【箋注】

［1］戈小蓮：戈襄（1765—1827），字小蓮。《詩話》言其名“培”，似誤。清江蘇元和人。袁枚的同族袁廷檮之婿。有《半樹齋文集》。［2］清矯：謂詩文風格清峻。［3］落漠：冷落、潦倒。

四　八

少年之詩，往往有句無篇，能通體完密者最少。京口左墉[1]，字蘭城。年纔弱冠[2]，而風格清穩[3]。《舟過無錫》云：“梁溪山色好，向晚放舟行。名酒分泉味，吴歌雜櫓聲。人家多近水，楊柳半遮城。遥見斜陽裏，長堤一綫平。”《湖樓》云：“夜静披衣坐，湖光浸滿身。遠山微有月，近岸寂無人。舟小漁成市，村孤樹作鄰。碧天涼似水，鐘鼓報清晨。”《秦淮》云：“客中無酒醉花朝，騎馬閑行過板橋。蝶影亂飛芳草路，歌聲争送白門潮。重尋舊院人何在，空對斜陽恨未消。

惟有春來堤上柳，年年煙雨换長條。”通首音節清蒼。

【箋注】

[1] 左墉：字蘭城。清江蘇丹徒人。王文治弟子，駱綺蘭的表弟。有《雲根山館詩集》。 [2] 弱冠：舊稱男子二十歲的年齡爲弱冠。 [3] 清穩：清新穩健。

四　九

徐心梅秀才備經住洞庭西山[1]。辛丑，余遊石公、飄渺二峰，宿其家凡七日。徐手録隨園詩成帙。己雖不多作，而落筆甚超。《題一輪上人禪定圖》云：“我來看薔薇，高僧正清課[2]。相對寂無言，相看惟對坐。不見天花飛[3]，但見金輪墮[4]。月出三生來，鐘殘一世過。即此是禪機，如來不説破。”

【箋注】

[1] 徐心梅：徐備經，字心梅。清江蘇吴縣人。諸生。洞庭西山：蘇州西南太湖中的一個島嶼，古稱林屋山、夫椒山。 [2] 清課：指佛教日修之課。 [3] 天花：佛教語。天界仙花。 [4] 金輪：佛教語，原指佛塔上的相輪，此喻太陽。

五　〇

虞山陳葉宫聲和[1]，少年才思艷發，余嘗謂可與楊蓉裳抗手[2]。惜年未三十，兩耳不聰，想亦學力苦思之故耶。《賀沈芷生領解》云[3]：“沈郎才調領群仙，手種秋香到月邊。未必重來無我分，已將此著讓君先。榜頭喜得真名士，吴下喧傳最少年。莫到旗亭誇畫壁，霓裳留奏大羅天[4]。”沈善歌，故調之。《聞景秋浦訃》云：“知否相思不暫停，兩番詩句重叮嚀。苦無人寄封仍在，還想君歸讀與聽。”二詩可謂不著一字，自得風流。佳句如《長干塔》云：“人影長空落，風聲絶頂驕。”《送弟就婚黄平》云：“遠遊憐汝小，出贅苦家貧[5]。”《韓侯釣臺》

云[6]："王楚王齊無寸土，微時翻有釣魚臺[7]。"

【箋注】

[1]陳葉官：陳聲和，見卷一一・二五注[5]。 [2]楊蓉裳：楊芳燦。見卷一・二八注[17]。 [3]領解：謂鄉試中舉。 [4]"莫到"句：用唐王昌齡、高適、王之焕"旗亭畫壁"聽歌典。大羅天：道教所稱三十六天中最高一重天。喻殿試得中。 [5]出贅：男子到女家就婚，成爲女家的一員。 [6]韓侯：韓信，見卷五・五九注[5]。 [7]微時：未顯達的時候。韓信早年曾在淮陰城下釣魚，見卷一三・三七注[7]。

五 一

余過太倉，秋帆尚書之從子曉山孝廉裕曾苦留小住[1]，至藏匿行李，不許上船。甚矣！主人之尊賢禮士，綽有家風也！示我《春詞》四首，云："細雨空庭長緑苔，梅花零落杏花開。叮嚀侍女逢春社[2]，高捲珠簾待燕來。""春光淡蕩愛新晴，高樹鶯啼曉夢驚。紅日滿窗人未起，隔牆風送賣花聲。""自把雙眉桂葉描，曉妝成後最無聊。春來女伴多相問，繡閣新添綫幾條？""滿目山川似畫屏，緑楊芳草水邊亭。花時獨愛熏香坐，懶逐鄰姬去踏青。"

【箋注】

[1]秋帆：畢沅，見卷二・一三注[4]。曉山：畢裕曾，字曉山。清江蘇鎮洋人。畢沅侄兒。乾隆五十四年舉人。官直隸豐潤知縣。 [2]春社：古時於春耕前祭祀土神，以祈豐收，謂之春社。

五 二

近日閨秀能詩者，往往嫁無佳偶，有天壤王郎之歎[1]。惟吾鄉吴小谷明府之女柔之適狄小同居士[2]，紹興潘石舟刺史之女素心[3]，適汪潤之解元，皆彼此唱和，如笙磬之調。小同幕遊在外，吴寄云："伊人蹤跡又天涯，小别無端感歲華。千里迢遥此寒夜，一般清瘦共梅花。

孤桐入爨聲難辨[4]，美玉求沽價久賒。不爲封侯緣底事，紀遊詩卷向誰誇？”小同答之，有“幾行新句機中錦[5]，一瓣幽香雪後花”之句。潘《寄外》云：“瘦影新痕楊柳枝，杏花十里送春時。須知吟詠無閒筆，那向妝臺更畫眉。”《哭姊》云：“采筆長辭詠絮人[6]，硯池妝閣久生塵。瑶階明月空如水，更有何人立滿身？”俱一時傳誦。

【箋注】

[1] 天壤王郎：南朝宋劉義慶《世説新語·賢媛》：“（謝道韞）答曰：‘一門叔父，則有阿大、中郎；群從兄弟，則有封、胡、遏、末。不意天壤之中，乃有王郎！’”王郎：指晋人王凝之。這原是謝道韞埋怨其丈夫王凝之的話，後比喻對丈夫不滿意。 [2] 吴柔之：字小裴。清浙江錢塘人。吴焯孫女、吴玉墀女、狄小同妻。狄小同：清錢塘人。一生未仕，常作幕賓在外。 [3] 潘素心（1764—？）：字虚白、佩蘭，號若耶女史。清浙江山陰人。知州潘汝炯女、詹事汪潤之妻。有《不櫛吟稿》。 [4] 孤桐：琴的代稱。爨：竈。此句用蔡邕典，事見《後漢書》。 [5] 機中錦：指晋竇滔妻蘇蕙所作織錦回文《璿璣圖》，見卷一四·五注[4]。 [6] 詠絮：見卷一〇·三六注[5]。

五　三

吾鄉詩多浙派，專趨宋人生僻一路。惟小同以明七子風格救之[1]。《温州感舊》云：“十載曾遊地，三秋悵别時。郗生仍入幕[2]，謝客舊題詩[3]。潮落沙痕在，舟輕塔影移。霜華今夜白，偏惹鬢邊絲。”

【箋注】

[1] 小同：指狄小同，見補遺卷四·五二。明七子：見卷一·三注[3]。 [2] 郗生：郗超。事見《晋書·郗超傳》：“謝安與王坦之嘗詣（桓）温論事，温令超帳中卧聽之。風動帳開，安笑曰：‘郗生可謂入幕之賓矣。’”此處作者自比。 [3] 謝客：謝靈運，見卷四·二九注[1]。

五　四

余過山陰，宿徐小汀秉鑒家七日[1]。小汀，乃貴州方伯紫亭同年之子也。抄詩見示。録其《陪劉石帆昆季西園雅集》云："名園高會啟郇厨[2]，詩興還隨酒興俱。人雅不關居有竹，鳥鳴疑唤客提壺[3]。分争旗鼓憑三雅[4]，領袖詞壇有二蘇[5]。惆悵柴桑陶處士[6]，秋風匹馬獨馳驅。"其他佳句，如"萬山迎暮靄，一雁下斜陽""杏花欲破春將半，竹影初圓月正中""但使故人長聚首，不妨十日石尤風[7]"，皆可愛也。其友人施漢一政亦耽吟詠[8]，蔣心餘弟子也[9]。《在僧院懷蔣》云："雲煙飄忽此生浮，去住無端我欲愁。鎮日蕭蕭僧院雨，輕風瑟瑟竹床秋。射師示的弓猶在[10]，戰馬聞鉦旆未收。三十年來生老病，不堪回首識荆州[11]。"五言佳句如"月明孤棹遠，波動小橋移""驚電招雷至，殘更帶雨移"，七言如"殘照有餘留水面，淡煙無際到山腰"。

【箋注】

[1]徐小汀：徐秉鑒，字小汀。清浙江山陰人。湖北布政使徐垣子。諸生。有《秋蕙軒吟草》。 [2]郇厨：唐代韋陟，襲封郇國公。性侈縱，窮治饌饈，厨中多美味佳餚。見《新唐書·韋陟傳》。後因以"郇公厨"稱膳食精美的人家。 [3]提壺：鳥名，即鵜鶘。 [4]三雅：泛指酒器，見卷一六·二八注[2]。[5]二蘇：指宋蘇軾與蘇轍兄弟，此喻劉石帆兄弟。 [6]陶處士：指陶淵明。[7]石尤風：傳説古代有商人尤某娶石氏女，情好甚篤。尤遠行不歸，石思念成疾，臨死歎曰："吾恨不能阻其行，以至於此。今凡有商旅遠行，吾當作大風爲天下婦人阻之。"後爲逆風、頂頭風之别稱。 [8]施漢一：施政，字漢一。清浙江山陰人。諸生。 [9]蔣心餘：蔣士銓，見卷一·二三注[2]。 [10]射師：主射的官。 [11]識荆州：李白《與韓荆州書》："白聞天下談士相聚而言曰：'生不用封萬户侯，但願一識韓荆州。'何令人之景慕一至於此耶！"韓荆州即韓朝宗，曾爲荆州長史，喜識拔後進，爲時人所重。後因以"識荆"爲初次識面的敬詞。

五　五

沈石田畫蠶一筐[1]，題云："題詩勸爾多餐葉，二月吴氓要賣絲[2]。"徐文長畫葡萄[3]，題云："滿腹珠璣無處賣[4]，閑抛閑擲亂藤中。"

【箋注】

[1]沈石田：沈周，見卷三・一七注[1]。 [2]吴氓：吴地百姓。唐聶夷中《田家》首句爲“二月賣新絲”。 [3]徐文長：徐渭，見卷六・三〇注[1]。[4]珠璣：珠玉，喻美好的詩文繪畫，此處兼喻葡萄和文采。

五 六

余編《詩話》，爲助刻資者，畢弇山尚書、孫稆田慰祖司馬也[1]。畢公詩採録甚多。而孫君不幸早卒，余向其家昆仲搜得遺稿二卷[2]，《歲暮感懷》云：“雪積千重鎖翠霞，寒宵戢影悵摶沙[3]。雲中怕聽回峰雁，風裏驚聞過市車。慣趁慵身勤剗草[4]，强扶凍足去尋花。捲簾小閣熏香坐，更向晴窗晒畫叉。”《杏花》云：“十里輕紅罨畫樓，柳絲牽雨作春愁。催花一片東風起，村裏人歸壓滿頭。”《調寄意難忘·贈人》云：“日暮雲遮，聽聲聲孤雁，點點棲鴉。添香燒馝馞[5]，拈韻鬬尖叉[6]。風蕭索，月横斜。臨别轉含嗟。憶舊遊不如歸去，我亦久離家。　湘江未許乘槎。漫挑燈夜坐，同話桑麻。輕盈低竹葉，屈曲小梅花。三盞酒，一杯茶。這清味堪誇。恨殺了片帆早掛，腸斷天涯。”

【箋注】

[1]畢弇山：畢沅，見卷二・一三注[4]。孫稆（lǚ）田：孫慰祖，字稆田。清浙江杭州錢塘人。監生。官四川叙州府筠連縣知縣。司馬：指府同知。[2]昆仲：稱人兄弟。 [3]戢（jí）影：匿跡、隱居。摶沙：捏沙成團，比喻聚而易散。 [4]剗（chǎn）草：鋤草。 [5]馝（bì）馞（bó）：香氣濃郁。[6]尖叉：詩中險韻的代稱。

五 七

華亭吴鈞詩云[1]：“藤梢橘刺罥煙鬟[2]，芍藥捎裙露未乾[3]。昨夜剪刀尋不着，曉來横在竹欄杆。”思致幽雋，於艷體中[4]，獨辟一境。吴蓋吴松四布衣之一也。

【箋注】

[1] 吴鈞：字陶宰，號玉田生。清江蘇華亭人。乾隆間在世。有《鼠璞詞》《獨樹園詩》。 [2] 罥（juàn）：掛、繞。 [3] 捎裙：拂裙，喻花枝。[4] 艷體：又稱香奩體，見卷一·三一注[2]。

五八

汪研香司馬攝上海縣篆[1]，臨去，同官餞别江滸[2]，村童以馬攔頭獻。某守備賦詩云："欲識黎民攀戀意[3]，村童争獻馬攔頭。""馬攔頭"者，野菜名，京師所謂"十家香"也。用之贈行篇，便爾有情。

【箋注】

[1] 汪研香：汪廷昉，改名汪廷鉞，字曉山。清安徽休寧人。乾隆四十二年拔貢。乾隆五十六年以蘇州府同知攝上海知縣。攝：兼職。篆：代指做官任職。[2] 江滸：江邊。 [3] 攀戀：攀住車馬，不勝依戀，常用於表示對良吏的眷戀。

五九

余蕭客詠病馬云[1]："旋毛腹下一千里[2]，死骨人間五百金[3]。"汪墨莊詠老馬云[4]："末路料難逢伯樂[5]，壯心猶想出邯鄲[6]。"

【箋注】

[1] 余蕭客（1732—1778）：字仲林，號古農。清江蘇吴縣人。有《文選紀聞》《雜題》《選音樓詩拾》。 [2]"旋毛"句：《齊民要術》："兩邊生逆毛入腹帶者，行千里。" [3]"死骨"句：戰國時，燕昭王欲求賢才，郭隗以買千里馬爲喻，説古代有君王懸賞千金買千里馬，三年後得一死馬，用五百金買下馬骨，於是不到一年，得到三匹千里馬。見《戰國策·燕策一》。[4] 汪墨莊：疑指汪宣禮，字蓉塢，號節庵。清安徽歙縣人。經營墨業，爲清代四大墨莊之一。 [5] 伯樂：春秋秦穆公時人。姓孫，名陽。以善相馬著稱。《莊子·馬蹄》："及至伯樂，曰：'我善治馬。'"後喻指有眼力，善於發現、選拔、使用出色人才者。 [6] 邯鄲：東漢末年，曹操攻克邯鄲，占領鄴城。這個時期興起建安文學。曹操吟出了名句"老驥伏櫪，志在千里"。

六〇

詩寫雛姬情態易[1]，寫雛伶情態難[2]。吴玉松進士客河南學使幕[3]，《席上贈顧伶》云："舞隊大垂手[4]，歌曹小比肩[5]。問年羞不語，笑指十三弦[6]。""吴苑折垂楊[7]，驅車向大梁[8]。恐傷孤客意，只道不思鄉。"讀之，覺是兒可愛。

【箋注】

[1]雛姬：未成年的侍妾、歌妓。[2]雛伶：未成年的戲曲藝人。[3]吴玉松：吴雲(1746—1837)，字玉松，號潤之。清江蘇長洲人。乾隆五十八年進士。官至彰德知府。有《醉石山房詩文鈔》。[4]大垂手：古舞名。[5]小比肩：《海録碎事》記載了一個夫婦相愛、寸步不離的故事，時人號爲"比肩人"。死後塚上生雙梓，常宿雙鴻。後來他們的兒子與兒媳亦很恩愛，吴人呼爲"小比肩"。這裏指詠歌此類恩愛故事的戲曲。[6]十三弦：唐宋時教坊用的箏均爲十三根弦，因代指箏。[7]吴苑：泛指蘇州一帶。[8]大梁：戰國魏都，指今開封一帶。

六一

"白水遥連郭，青山直到門。"畏壘山人詩也[1]。"野水白連郭，亂山青到門。"王子乘詩也[2]。二詩各臻其妙。然觀楊誠齋"江欲浮天去，山疑渡水來"[3]，則又瞠乎後矣[4]！

【箋注】

[1]畏壘山人：徐昂發（？—1740），榜姓管，字大臨，號絅庵。清江蘇崑山人。康熙三十九年進士。曾提督江西學政。有《畏壘筆記》《畏壘山人詩集》。[2]王子乘：生平未詳。[3]楊誠齋：楊萬里，見卷一·二注[1]。所引句出《題湘中館二首》其二，應作"江欲浮秋去，山能渡水來"。[4]瞠乎後：乾瞪著眼，落在後面趕不上。《莊子·田子方》："夫子奔逸絶塵，而回瞠若乎後矣！"

六二

虞山蔣文恪公入相後[1]，門生滿天下。而從前官至學士，尚未持文衡也[2]。己未初次分房[3]，得予與裘文達公[4]。故嘗向公戲引南漢劉鋹語云[5]："若聚飲同門，枚當執梃[6]，爲門生之長。"公爲莞然。公家子弟多貴顯，無以詩名者。今年過常熟，見公孫旭亭居士詩才倜儻[7]，録其《閨怨》云："花朝又屆好良時，病骨蕭疎强自支。鸚鵡不知人去後，窗前猶自背郎詩。""獸火金盆仔細添[8]，繽紛瑞雪壓斜簷。江梅又送春消息，只管沉沉下繡簾。"佳句如"風透疎窗燈易盡，涼生薄被脚先知""銀漢遠涵秋水淡，小樓斜受夕陽多"，俱妙。

【箋注】

[1]蔣文恪：蔣溥，見卷一・六五注[24]。 [2]文衡：判定文章高下以取士的權力。 [3]己未：這裏指乾隆四年（1739）。分房：清代科舉考試，南闈和北闈的同考官都分爲十八房，分住東西經房，負有分房閲卷之責，故稱。 [4]裘文達：裘曰修，見卷一・六五注[17]。 [5]劉鋹（chǎng）（942—980）：五代時南漢國君。在位十三年，史稱後主。後降宋，封恩赦侯、衛國公。此處所戲引出自《宋史》，原文謂太宗將討晋陽，召近臣宴，鋹預之，自言："朝廷威靈及遠，四方僭竊之主，今日盡在坐中……臣率先來朝，願得執梃爲諸國降王長。"太宗大笑，賞賜甚厚。 [6]執梃：手執梃杖，指持梃作儀衛前導。[7]旭亭：如上，餘未詳。 [8]獸火：做成獸形的炭，亦泛指炭或炭火。

六　三

蔣于野莘《初夏》云[1]："小山如畫仿眉青，已潤莓苔雨乍晴。滿户風來潮未退，捲簾飛入兩蜻蜓。"詠殘柳云："無物可爲長壽客，多情難作後凋身。"陳春華暉見贈云[2]："花無可戀香難舍，書有何讎校不休？"余謂校讎二字，能如此分開用，可稱妙手。又，詠春信云："天上若無雙鯉至[3]，人間那有萬花知？"亦善做信字。與蔣生皆少年，詩筆如此，他時何可限量？

【箋注】

[1]蔣于野：蔣莘，見本卷四六注[1]。 [2]陳春華：陳暉。清江蘇江寧人。

乾隆五十一年舉人。［3］雙鯉：代指書信。

六　四

心梅又有《秋山》一首[1]，云："秋山静自古，空翠滿衣裳。矯首看雲岫[2]，支筇過草堂[3]。風清松子落，水動藕花香。中有岩阿樂[4]，欲言意已忘。"《田家》云："今年春雨足，歡聲動茅屋。新婦助插秧，小兒拾桑落。烏鬼船頭忙[5]，團桑籬下緑。""老翁沽酒猶未來，門前野花笑自開。"俱有王、孟逸趣[6]。

【箋注】

［1］心梅：徐備經，見本卷四九注［1］。［2］雲岫：雲霧繚繞的峰巒。［3］支筇：拄竹杖。［4］岩阿：山的曲折處，指幽居。［5］烏鬼：鸕鷀的别名。繩縶其頸，可使之捕魚。［6］王、孟：指唐詩人王維和孟浩然。

六　五

宋軼才中丞[1]，爲丁巳翰林前輩。在京中，與予比鄰而居，兩家眷屬往返，如姻婭然[2]。後内遷少司農而卒。其公子思仁、思敬[3]，俱與予交好。今年在蘇，有持其女孫詩來者，讀之清妙。《焚香》云："一剪清香午夜焚，都梁迷迭静中分[4]。爲憐紫玉成煙去[5]，約住簾鈎護篆雲[6]。"佳句如"緑濃新雨後，紅墮晚風初""風聲到樹葉初墮，月色窺窗漏正長"，皆可愛。女名静娟，字守一[7]，好觀《史》《鑒》，住蘇州平橋。

【箋注】

［1］宋軼才：宋邦綏（？—1770），字逸才，號況梅、曉巖。清江蘇長洲人。乾隆二年進士。官至户部侍郎。［2］姻婭：有婚姻關係的親戚。［3］宋思仁（1730—1807）：字藹若，號汝和。清江蘇長洲人。邦綏子。官至濟南督糧道。有《有方詩草》《廣輿吟稿》《泰山述記》《橐餘存稿》。宋思敬：字儼若，號秋崖。清江蘇長洲人。思仁弟。少嘗與其兄問業于崑山夏大易。［4］都梁：

澤蘭的别名，此指香氣。迷迭：常緑小灌木，有香氣，佩之可以香衣，燃之可以驅蚊蚋、避邪氣，莖、葉和花都可提取芳香油。 [5]紫玉：相傳爲吴王夫差之女，因婚姻事不諧化煙而去。事見《搜神記》。這裏也喻指燃盡的名貴香料。 [6]篆雲：指盤香的如雲煙縷。 [7]宋静娟：字守一。宋邦綏孫女。蘇州人。袁枚女弟子。曾參加湖樓詩會。

六　六

陽儉齋先生詩[1]，已采入《詩話》矣。近又見麗川中丞贈陽一律[2]，奇偉可愛。非中丞不能作，非陽公不能當也。詩云："玉關雙啟動風雷，儒將新從瀚海回。座上舉杯軍令肅，馬前得句陣雲開。劍留回紇人煙外[3]，筆帶單于地影來[4]。公駐回部，多紀其事。移節江南春正好，太平風景供詩才。"

【箋注】

[1]陽儉齋：見本卷四二注[5]。 [2]麗川：奇豐額，見卷一・五四注[2]。 [3]回紇（hé）：西北少數民族，明清時期多指維吾爾族。 [4]單于：指少數民族首領。

六　七

青陽兩詩弟子，一陳蔚[1]，一沈正侯也[2]。二人有五絶句，皆天籟而不自知其佳，余爲表而出之。陳《春閨》云："春來花滿枝，春去花散飛。幾度花開落，栽花人未歸。"沈《村晚即事》云："身安萬事閑，日落一村静。攜兒向月明，壁上看人影。"皆絶妙天籟，非粗心者所知。

【箋注】

[1]陳蔚：見卷二・二三注[1]。 [2]沈正侯：見卷八・二〇注[1]。

按：何謂天籟？平時似知非知，可以從這裏稍加領略。所謂天籟，必是由生活尋常情景所觸發的詩意，得來似很容易，粗心者往往失去。

六　八

方明府於禮從京師來[1]，説高麗國史臣樸齊家以重價購《小倉山房集》及劉霞裳詩[2]，竟不可得，怏怏而去。亡何，金畹香秀才來[3]，又説此事，與前年方公維翰所云相同，但使者姓名不同耳。余按：史稱新羅國請馮定撰《黑水碑》[4]，吐谷渾有《温子昇文集》[5]。外夷慕化，往往有之，況高麗原有箕子之餘風乎[6]？霞裳聞之，喜賦詩曰："劉邠何幸侍歐公[7]，姓氏居然海外通。蟬附高枝聲易遠，鶯初調舌語難工。毛萇詩自傳門下[8]，闞澤名疑在月中[9]。多謝蠻姬能識曲，弓衣繡勝碧紗籠[10]。"

【箋注】

[1]方於禮：方維翰，見補遺卷四・四一注[1]。　[2]高麗國：本爲朝鮮歷史上的一個王朝，這裏代指朝鮮。劉霞裳：見卷二・三三注[2]。　[3]金畹香：金輅，又名埕，字壽峰、式度，號耐雲、畹香、壽封。清江蘇常熟人。有《耐雲遺稿》。　[4]新羅國：朝鮮半島上的一個古代王國。馮定（785—846）：字介夫。唐婺州東陽人。官至左散騎常侍。所著《黑水碑》《畫鶴記》傳入新羅和西蕃。　[5]吐谷渾：古鮮卑族的一支，詳見卷一一・五注[10]。温子昇（495—547）：字鵬舉。北魏濟陰冤句（今山東菏澤一帶）人。官至諮議參軍。博學善文章。文筆傳于江南，爲梁武帝所稱，又遠傳至吐谷渾。今有《温侍讀集》明輯本。　[6]箕子：名胥餘。商紂王的叔父。紂暴虐，箕子諫而不聽，佯狂爲奴，爲紂所囚。周武王滅商，釋放箕子。《史記・世家八》："武王既克殷，訪問箕子。……於是武王乃封箕子於朝鮮而不臣也。"　[7]劉邠：劉攽，見卷五・三四注[5]。歐公：歐陽修，見卷四・四七注[1]。　[8]毛萇：西漢趙人。毛亨授以《詩詁訓傳》。世稱小毛公。曾任河間獻王博士。時言《詩》有齊、魯、韓三家。平帝元始五年，《毛詩》置博士，列于學官。魏晋以後，三家詩均亡，唯《毛詩》獨盛。　[9]闞澤（？—243）：三國吴會稽山陰人。貧而好學，博覽群籍，兼通曆數。官至中書令、太子太傅。《太平御覽》引《會稽先賢傳》，稱闞澤年十三，夢見名字炳然在月中。　[10]弓衣：裝弓的袋。歐陽修《六一詩話》："蘇子瞻學士，蜀人也。嘗于淯井監得西南夷人所賣蠻布弓衣，其文織成梅聖俞《春雪》詩。"碧紗籠：見卷一・三〇注[13]。

隨園詩話箋注　補遺卷五

一

如皋汪楚白之子爲霖[1]，字春田。家故富饒，而性愛風雅。作部郎時，曾隨駕射箭，得中二枝。上喜，賜以花翎。出守思恩府[2]。平生喜讀余詩，有“先生宗白我推袁[3]，萬古心香共此源”之句。《登獨秀峰》云：“拔地超天起一峰，當空高插碧芙蓉。絶無依倚成孤立，細繹磨厓識舊封[4]。躡級數登三百六，群山遥列幾千重。我來頂上憑欄望，萬户炊煙暮靄濃。”《遊棲霞》云：“乘興尋秋日日來，提壺攜硯上高臺。有官到底難捐俗，畢竟斜陽喝道回。”《厭雨》云：“竟同惡客驅還至，却共閒愁滅復生。”

【箋注】

[1]汪楚白：汪之珩（1718——1766），字楚白，號璞莊。清江蘇如皋人。詩見於《甲戌春吟文園六子詩》。輯有《東皋詩存》。汪爲霖（1763—1822）：字傅三，號春田。清江蘇如皋人。貢生。官至山東督糧道。有《小山泉閣詩存》《春田簡翰》。　[2]思恩府：唐置州，明升爲府，清屬廣西省。[3]白：白居易。　[4]依倚：依靠、依傍。繹：尋繹、理出頭緒。磨厓：山崖石壁上鐫刻的文字。舊封：以往的疆域分界或領地。

二

庚辰，余就醫薛生白家[1]，遇趙君曾益[2]，談論甚洽，忽忽三十餘年。今年，趙官湖北，忽寄詩來，且云故是尹文端公弟子[3]。尹三公子秉臬楚南時[4]，曾寄詩云：“相國江南開府日，栽培桃李卅餘年。只今老去叨三釜[5]，敢忘文成割半氈[6]。廉使愛才垂下問，書生薄命負前緣。

囊中一卷風簷草[7]，手澤於今尚宛然[8]。”其詩一氣呵成，允推老手。其他佳句，如“小閣飛花春欲去，幼時熟境夢常來”“茅掀屋角添虛白，土缺牆頭見遠青[9]”，皆妙。

【箋注】

[1]庚辰：這裏指乾隆二十五年（1760）。薛生白：薛雪，見卷二·一九注[1]。 [2]趙曾益：字魯庵。江蘇吴縣人。監生。曾任長沙縣縣丞。[3]尹文端：尹繼善，見卷一·一〇注[3]。 [4]尹三公子：慶玉，見卷四·三二注[1]。秉臬：執掌刑法。 [5]三釜：喻指菲薄的俸禄。釜，古量器，六斗四升爲一釜。《莊子·雜篇·寓言第二十七》：“曾子再仕而心再化，曰：‘吾及親仕，三釜而心樂；後仕，三千鍾而不洎親，吾心悲。’” [6]半氈：《南史·江革傳》：“（謝）朓嘗行還過候革，時大寒雪，見革弊絮單席，而耽學不倦，嗟歎久之，乃脱其所著襦，並手割半氈與革充卧具而去。”後用爲顧惜寒士之典。 [7]風簷：指科舉時代的考試場所。 [8]手澤：前輩的遺墨。[9]虛白：《莊子·人間世》：“虛室生白，吉祥止止。”謂心中純淨無欲。遠青：指遠處的山色。

三

何蘭庭、張香岩同余遊天台[1]，何有句云：“燈前笑向妻孥别，遇著桃花便不歸。”張在斑竹贈妓云：“勸儂莫向天台去，恐被桃花留住君。”香岩之兄月樓寄弟云[2]：“故園亦有桃千樹，莫戀天台久不回。”三人共用桃花事[3]，而皆有風趣。狄小同亦有句云[4]：“天台山下征人路，不爲求仙也再來。”

【箋注】

[1]何蘭庭：見補遺卷三·三四注[7]。張香岩：張培，見卷一二·七四注[1]。[2]張月樓：張士堂，字月樓。清江蘇上元人。詩人張培兄。布衣。 [3]桃花事：南朝劉義慶《幽明録》載，漢明帝時，劉晨、阮肇上天台山采藥，在大桃樹下結識兩個妙齡女子，樂而忘返，一住半年。後歸鄉知已歷七世。 [4]狄小同：見補遺卷四·五二文及注[2]。

四

錢林，字曇如[1]，吾鄉璵沙先生之幼女也，年未及笄[2]。《偶成》云："獨坐西窗下，蕭蕭雨不成。芭蕉三兩葉，多半作秋聲。"《落花》云："覓路乍迷三里霧，含情如怨五更風。"皆佳句也。曇如生時，家中夢有嚴大將軍來，及墜地，娟好妍静，兆乃大奇。其五兄名枚者[3]，戊申孝廉，生於鎮江觀察署中。是日，適余到署，觀察即以我名賜之，長有父風。《題孟廟》云："楊墨風交煽[4]，儀秦辨復騰[5]。斯文天未喪，夫子道相承。浩氣中能養，微言絶更興。齊梁無地主[6]，周孔有雲仍[7]。功業尊同禹，經綸小試滕[8]。介應班柳下[9]，醇目過蘭陵[10]。七國知矜式[11]，千秋肅豆登[12]。秩宗昭祀典[13]，廟貌仰觚棱[14]。畫壁前朝古，豐碑歷代增。巖巖泰山色[15]，相對各崚嶒[16]。"又，《無題》云："蕩漾愁心已倦排，明明月又入空齋。寄將眼淚惟清簟[17]，付與針箱有舊釵。腸到九回偏未斷，人難再得始爲佳。無端十一年間事，次第隨風入酒懷。"

【箋注】

[1]錢林：字曇如。清浙江錢塘人。福建布政使錢琦女，巡檢汪瑚室。[2]及笄（jī）：稱女子年滿十五。笄，髮簪。 [3]錢枚：見卷一四・一〇一注[4]。[4]楊墨：楊朱、墨翟，先秦時期諸子百家中的代表人物。生活在孟子之前，其學説與儒家鼎峙而立。孟子批判楊墨，維護了孔子的學説。 [5]儀秦：戰國時著名縱横家蘇秦與張儀。蘇秦（？—前317），字季子。戰國時東周洛陽（今屬河南）人。遊説六國合縱禦秦，所謂合縱。張儀（？—前309），魏國安邑（今山西萬榮）人。主張六國分别與秦國結盟，所謂連横。 [6]地主：謂當地的主人對來客接待的禮節和飲食饋贈等情誼。孟子見齊宣王、梁惠王，困于齊梁之間，受到冷落。 [7]雲仍：遠孫。《爾雅・釋親》："昆孫之子爲仍孫，仍孫之子爲雲孫。"此指後繼者。 [8]小試滕：指孟子的學説小加試驗于滕國。滕，西周分封的諸侯國名，在今山東滕州一帶。 [9]班：排列。柳下：柳下惠（前720—前621），姬姓，展氏，名獲。魯國人。先於孔子。孟子稱他爲"聖之和者也"。後世譽稱他"和聖"。 [10]蘭陵：荀子，見卷二・一五注[2]。

[11] 七國：指戰國時秦、楚、燕、齊、韓、趙、魏七國。矜式：敬重和取法。[12] 豆登：古代盛器，亦用作祭器。 [13] 秩宗：古代掌宗廟祭祀的官。[14] 觚（gū）棱：比喻言行方正剛烈。 [15] 巖巖：高大。 [16] 崚嶒：高聳突兀。 [17] 清簟（diàn）：竹編凉席。

五

吴興幼女嚴静，甫九齡，善書，兼工墨竹。莆田吴荔娘題云[1]："繡閣遥鄰墨妙亭[2]，開簾煤麝動芳馨[3]。晴窗書破洪兒紙[4]，誰識金鑾未十齡[5]。""琅玕嫋嫋影縱横[6]，千尺寒梢一筆成。我看丹青先比較，此君風韻却輸卿。""賦茗才華總角年[7]，揮毫風致自翩翩。他時理棹苕溪上，好結香閨翰墨緣。"荔娘，年亦十有四。

【箋注】

[1] 吴荔娘：字絳卿。清福建莆田人。拔貢陳蔚側室。有《蘭陂剩稿》。[2] 墨妙亭：在浙江湖州府署内。宋熙寧五年，孫覺任吴興太守時，築亭收藏境内自漢以來古文遺刻，故名墨妙亭。 [3] 煤麝：即麝煤、麝墨，含有麝香的墨。後泛指名貴的香墨。 [4] 洪兒紙：《童子通神録》載，姜澄十歲時，父苦無紙，澄乃燒糠熁竹爲之，以供父。澄小字洪兒，鄉人號"洪兒紙"。 [5] 金鑾：《雲仙雜記》卷三："樂天女金鑾，十歲，忽書《北山移文》示家人。"後借指幼女。 [6] 琅玕：形容竹之青翠，亦指竹。 [7] 賦茗：南朝宋文學家鮑照的妹妹鮑令暉有文才，撰《香茗賦》。總角：指童年。

六

余中年以後，遇妓席無歡，人疑遁入理學，而不知看花當意之難也[1]。偶讀祝芷塘一絶[2]，爲之莞然。詞云："自笑眉愁遞酒波，厭厭長夜奈卿何[3]？摩登伽自無神咒[4]，不是阿難定力多[5]。"

【箋注】

[1] 當意：稱意、合意。 [2] 祝芷塘：祝德麟，見卷五·三〇注[1]。[3] 厭厭：無聊。 [4] 摩登伽：摩登伽女，古印度摩登伽種的淫女。梵語指遊民，

此指妓女。 [5]阿難：阿難陀，釋迦十大弟子之一。佛經説他二十五歲出家，隨侍釋迦二十五年。定力：佛教語，五力之一，爲止息散亂之心以斷除情欲煩惱的禪定之力。

七

柳依依者，乩仙也[1]。自言維揚女子[2]，歸方氏，年纔十八，遇亂被虜，絶水漿七日，誓死全貞，竟得脱免。書《黄金縷》一闋云："身裏絮棉難着枕，淡月補窗，亂寫飛花影。莫怪青春歸步緊，枝頭杜宇聲聲請。"又書一絶云："歸去虚空踏月行，五銖衣重白雲輕[3]。自從飲得銀河水，吐向毫端一色清。"

【箋注】

[1]柳依依：字靈和。明末清初江南揚州人。歸方氏。隨夫侍翁官浙東，夫死守貞，時年十八。越三載城破被虜，絶食七日，傳聞仙去。時爲順治二年。乩（jī）仙：傳統信仰活動中扶乩時請托的神靈。 [2]維揚：揚州的别稱。[3]五銖：亦稱"五銖服""五銖衣"，傳説古代神仙穿的一種衣服，輕而薄。

八

張若瀛詩[1]，好遊戲。詠眼鏡云："終日耳邊拉短縴[2]，何時鼻上卸長枷？"聞者皆笑。贈兄竹杖云："珍重提攜竹一枝，枯笻也有化龍時[3]。須知手足關心切，不待顛危始助持。"恰有意義。《眼鏡》結句云："天涯莫道無同調，磨面驢兒是一家。"

【箋注】

[1]張若瀛：字映沙。清安徽桐城人。乾隆年間任直隸撫寧知縣、順天南路府同知。 [2]縴（qiàn）：拉船或車的縴繩。 [3]枯笻（qióng）：枯竹，亦指竹手杖。

九

真州方又暉《春詞》云[1]：“鬢含蟬翼影依微，酒暈紅潮落翠衣。妬殺梁間新燕子，向人只管學雙飛。”又暉少時絶美，今鬑鬑矣[2]，《以所歡讓人》云[3]：“老大啼春真强舌，甘將喬木讓新鶯。”

【箋注】

[1] 方又暉：方仕煌，字又暉，號晴巖。清安徽歙縣人。嘉慶三年舉人。[2] 鬑（lián）鬑：鬚髮稀疏貌。[3] 所歡：情人。

一〇

湘潭張紫峴九鉞年十三[1]，登采石太白樓作歌[2]，人呼“太白後身”。中有數聯云：“乾坤浩蕩日月白，中有斯人容不得[3]。空攜駿馬五花裘，調笑風塵二千石[4]。自從大雅久沉淪[5]，獨立寥寥今古春。待公不來我亦去，樓影蕭蕭愁殺人。”果有青蓮風味。《將發蓼城寄蔡芷衫》云[6]：“寒雲隨落葉，渺渺上征衣[7]。淮水正東下，離鴻猶北飛。逢人得消息，入夢見依稀。尺素聊憑寄，梁園亦倦歸[8]。”《弔西征戰士》云：“裹來馬革心原壯，熏作檀香骨未枯[9]。昨夜魂隨驃騎出，過河還殺五單于[10]。”

【箋注】

[1] 張紫峴（xiàn）：張九鉞（1721—1803），字度西，號紫峴、陶園。清湖南湘潭人。乾隆二十七年舉人。歷官江西南豐、峽江、南昌，廣東始興、保昌、海陽等縣知縣。有《陶園詩集》《陶園文集》等。[2] 采石：指采石磯。在安徽省馬鞍山市長江東岸，爲牛渚山北部突出江中而成。相傳爲李白醉酒捉月溺死之處。有太白樓、捉月亭等古跡。[3] 斯人：指李白。[4] 二千石：漢代郡守的别稱。此處作爲地方行政長官的泛稱。[5] 大雅：指《詩經·大雅》一類題材正大、風格典雅的詩篇。唐李白《古風》之一：“大雅久不作，吾衰竟誰陳？”[6] 蓼城：古縣名，西漢置，治今山東利津一帶。蔡芷衫：見卷三·一二注[9]。[7] 渺渺：悠遠貌。[8] 梁園：西漢梁孝王所建的東苑，

故址在今河南商邱。園林規模宏大，方三百餘里，宫室相連屬，供遊賞馳獵。此借指遊賞勝地。［9］馬革：即馬革裹尸，用馬皮把尸體包裹起來，帶回故土。謂英勇作戰，奮不顧身。檀香：香木名，寺廟中用以燃燒祀佛。［10］單于：漢時匈奴君長的稱號，泛指敵軍首領。

一一

陳豹章有别業在廬江[1]，曰小礫山莊。依山結屋，吟嘯其中。作一聯云："王伯輿終當爲情死[2]，孟東野始以其詩鳴[3]。"《山莊》云："薙草誅茅鳳嶺東[4]，幾灣流水小橋通。慈菇葉潤簷牙雨[5]，粳稻花香屋角風。不斷情根連理木，暫羈行脚寄居蟲。比鄰晨夕時相過，桑柘陰間載酒筒。"

【箋注】

［1］陳豹章：陳蔚，見卷二·二三注［1］。别業：即别墅。本宅外另建的園林住宅。［2］王伯輿：王廞，字伯輿。東晋琅琊臨沂人。官司徒左長史。應兖州刺史王恭之命起兵三吴，後王恭罷兵中止，王廞大怒，率兵伐恭而敗。《世説新語·任誕》："王長史登茅山，大慟哭曰：'琅琊王伯輿，終當爲情死！'"［3］孟東野：孟郊，見卷三·六五注［3］。韓愈《送孟東野序》："唐之有天下，陳子昂、蘇源明、元結、李白、杜甫、李觀，皆以其所能鳴。其存而在下者，孟郊東野始以其詩鳴。"［4］薙（tì）草：除草。［5］慈姑：亦稱"茨菰"，一種水生植物，可食用。

一二

將軍魁林[1]，提兵塞外，别其兄傅公云："君去松林莫回首，夕陽天外有孤鴻。"同年成城謫戍塞外[2]，寄詩家人云："令威縱有歸來日[3]，只恐人民半已非。"讀者皆爲愴然。

【箋注】

［1］魁林：即奎林（？—1792），字直方，一字瑶圃，號雲麓，富察氏。清滿洲鑲黄旗人。忠勇公傅恒從子。官至成都將軍，封一等武勇公，兼一等男。謚武毅。有《幽棲堂吟稿》。［2］成城：見卷一二·四二注［1］。［3］令威：

即丁令威，傳説中的神仙名。晋陶潛《搜神後記·丁令威》："丁令威，本遼東人，學道於靈虛山。後化鶴歸遼，集城門華表柱。……徘徊空中而言曰：'有鳥有鳥丁令威，去家千年今始歸。城郭如故人民非，何不學仙塚壘壘。'遂高上衝天。"

一三

山東道上，妓女最多，佳者絶少。過客題詩壁上者亦多，佳者亦少。獨有無名氏末二句云："最是低眉可憐處，在山泉水本來清[1]。"用心慈厚，深得風人意旨[2]。

【箋注】

[1]"在山"句：化用自杜甫《佳人》："在山泉水清，出山泉水濁。" [2]風人：詩人。

一四

前朝山陰祁忠憫公彪佳[1]，少年美姿容，夫人亦有國色，一時稱爲"金童玉女"。後殉國難，赴池而死。余遊寓山，爲公讀書之地，遺像猶存。園中竹上或題詩云："孤忠願逐水波清，聞説降幡竪石城。龍種已潛寧惜死，豸冠端坐儼如生[2]。一拳石聳含雲氣[3]，四負堂開照月明[4]。今日豐碑傍古岸，苔斑猶似舊縱横。"末書"嶽峰"二字[5]，不知何人所作。旁又有無名氏在竹上刻三字云："此人通。"

【箋注】

[1]祁忠憫：祁彪佳(1602—1645)，字弘吉，號虎子。明末清初浙江山陰人。天啟二年進士。官興化府推官、右僉都御史。清兵陷杭州，絶食死。謚忠敏。有《祁彪佳集》。 [2]豸冠：古代御史等執法官吏戴的帽子，此代指御史。[3]一拳石：祁彪佳在山陰縣所建寓園中所藏名石。 [4]四負堂：祁彪佳殉節處。[5]嶽峰：疑爲羅醇仁，字濟英，號嶽峰。清四川合州（今重慶一帶）人。乾隆十年進士。有《嶽峰集》。

一　五

壬子三月，余遊石梁上方廣寺[1]，壁上有詩云："萬山圍處泉聲急，竹樹森森碧漢齊。兩寺雲分峰上下，一橋水並澗東西。潭深白日雷霆起，秋老蒼松鸛鶴棲。欲向洞天尋舊跡，未離塵網路多迷。"又五古一首，太長不能備録，摘其尤佳者，如："人從澗底行，步步踏泉脈。岩同狻猊蹲[2]，怒欲攫人食。幸憑腰脚健，渾忘衣履濕。雖非深冬時，仿佛飛殘雪。"末署"沃洲外史陸以諴題"[3]。余歸後訪之，方知新昌教官也。悔過新昌，竟未一訪。

【箋注】

[1]壬子：這裏指乾隆五十七年（1792）。上方廣寺：爲浙江天台山上的一座古寺，東晋始建。 [2]狻（suān）猊（ní）：即獅子。 [3]陸以諴（xián）：字和仲，號小酉。清浙江海鹽人。乾隆四十二年拔貢。官新昌縣訓導。有《毛詩草木鳥魚本旨》《沃洲剡溪草》《和仲詩集》等。

一　六

有醫者扇上畫李鐵拐[1]，求劉霞裳題[2]。劉調之曰："星冠霞佩踏雲行，足跛猶嫌路不平。修到神仙無妙藥，世間何處覓醫生？"

【箋注】

[1]李鐵拐：又稱鐵拐李，道教八仙之一。 [2]劉霞裳：見卷二·三三注[2]。

一　七

同年徐芷亭方伯《荆州懷古》云[1]："英雄争戰幾時休，巨鎮天開楚上游。月夜與誰遊赤壁，江山從古重荆州。帆檣影帶巫陽雨[2]，草樹聲含鄂渚愁[3]。憑弔興亡已陳跡，嚴城畫角動人愁。"此詩通首雄偉，而選《越風》者[4]，改第四句爲"伯圖何處問孫劉[5]"，是點金成鐵矣。余嘗謂：一切詩文，總須字立紙上，不可字卧紙上。人活則立，人死則卧。用筆亦然。徐之原句是立，改句是卧，識者辨之。

【箋注】

[1]徐芷亭：徐垣，字紫庭，號芷亭。順天大興籍，浙江山陰人。乾隆四年進士。官至湖北布政使。荆州：古地名，在三國時包括南陽、南郡、江夏、零陵、武陵、桂陽、長沙七郡，約相當於今天湖北、湖南兩省，廣西、貴州、河南的一部分。 [2]巫陽：即巫山。 [3]鄂渚：相傳在今湖北武昌黄鶴山上游三百步長江中。隋置鄂州，即因渚得名。世稱鄂州爲鄂渚。 [4]《越風》：商盤選順治至乾隆年間紹興地區詩人作品編成的一部詩選，計二編三十卷。 [5]伯圖：稱霸的雄圖。伯，通“霸”。孫劉：三國吴主孫權和蜀主劉備的並稱。荆州是孫劉争奪的戰略重地。

按：何謂字立紙上，何謂字卧紙上？中國的詩學，是一種渾沌詩學、比興詩學，好處在於啟人興會、引發靈悟，缺點在於不易捉摸。從實例看，這裏的妄改之句，語意不明，且造語瑣碎，便是所謂字卧紙上。而“江山從古重荆州”，概括性强，且時空磅礴激蕩之感鮮明，便是所謂字立紙上。

一八

青陽吴文簡公名襄，字七雲《錫老堂詩集》[1]，半多應制之作。其佳者，如《雨花庵》云：“黄花應笑客，白髮未還家。”《送徐澄齋出使琉球》云：“嗣王册命今三錫[2]，使者才名第一流。”《金山》云：“海氣籠天横北固[3]，江濤捲雪走東洋。”

【箋注】

[1]吴襄（1661—1735）：字七雲，號懸水。清安徽青陽人。康熙五十二年進士。官至禮部尚書。謚文簡。有《錫老堂詩集》。 [2]嗣王：繼位之王。三錫：古代帝王尊禮大臣所賜予的三種禮器。 [3]北固：山名，在今江蘇鎮江東北。北峰三面臨江，形勢險要，故稱“北固”。

一 九

陳明經捷字露書[1]，文簡公高弟也[2]。《五溪》云："幾家簾影人沽月，一路鈴聲馬踏冰。"頗能得其師承。

【箋注】

[1] 陳捷：字露書。清安徽青陽人。康熙五十五年府貢。著《九華山志》。[2] 文簡公：即吴襄，見本卷一八注[1]。高弟：高才弟子。

二 〇

子臣弟友，做得到便是聖人；行止坐卧，説得著便是好詩。余嘗過橋下，則船篷便有須臾之黑，上山轉幾個彎，則路便峻。徐詵若秀才有句云[1]："犬吠知逢市，篷陰識過橋。"又云："但覺路幾曲，不知身漸高。""只因新水緑，愈覺夕陽紅。"徐《阻風燕子磯》云："隔澗歸來踏淺沙，森森古木亂啼鴉。野人問我居何處，笑指孤篷即是家。"劉曾《詠雪》云[2]："塔頂松尖消也未，呼童先爲出門看。"皆眼前實事，而何以人不能道耶？

【箋注】

[1] 徐詵（shēn）若：生平未詳。 [2] 劉曾：見卷二・二八注[1]。

二 一

真州太常卿施朝幹[1]，字鐵如，與余有世誼。自幼吟詩，熟精《文選》，于漢魏源流，最爲淹貫[2]。《聞曲》云："琵琶弦急對秋清，彈出關山離别情。借問黄河東去水，幾時流盡斷腸聲？"真唐人高調也。余尤愛其《倚枕》詩，有"平世受凡才"五字[3]，真乃包括十七史。試觀三國、南北朝人才，略差一籌，立形優拙，何也？用人之際，那容濫竽[4]？不比太平時，尸位者多也[5]。又有句云："山水清音自幽獨，英雄末路即文章[6]。”

【箋注】

[1]施朝幹（？—1797）：字培叔，號鐵如。清江蘇儀徵人。乾隆二十八年進士。官太僕寺卿、宗人府丞。有《陵陽集》。 [2]淹貫：深通廣曉。[3]平世：太平之世，與“亂世”相對。凡才：平庸的才能。所引句出《不寐》詩。[4]濫竽：比喻没有真才實學的人。典出《韓非子·内儲説上》。 [5]尸位：謂居位而無所作爲。 [6]末路：失意潦倒的境地。所引句出《舟中感秋》詩。

二 二

姜西溟老而未遇[1]，揆叙《送行》云[2]：“青衫難作還鄉客[3]，白髮偏欺下第人。”姚啟聖尚書《述懷》云[4]：“千里波濤孤枕上，萬家饑溺夢魂中。”一悲一壯。

【箋注】

[1]姜西溟：姜宸英，見卷九·八六注[3]。 [2]揆叙（1674—1717）：字愷功，號惟實居士，葉赫那拉氏。滿洲正黄旗人。大學士明珠子。成德弟。康熙三十五年由二等侍衛授侍讀，官至左都御史。謚文端。雍正二年，追奪其官，削謚。有《隙光亭雜識》《益戒堂詩集》等。此處多種標點本誤點作“姜西溟老而未遇揆叙”，即把“揆叙”當作一般詞彙，但此“揆叙”實爲人名。此詩見揆叙《益戒堂自訂詩集》卷二，詩題是“慰姜西溟南宫下第兼以贈别”，全詩：“文錦曾聞羨丙申，誰教失路走踆踆。青衫難逐趨時輩，白髮偏欺下第人。窮托煙霞爲痼疾，老從筆墨見精神。只愁無賴楊花雪，亂撲歸鞍作暮春。” [3]青衫：低級官員所穿的衣服，借指失意的官員。 [4]姚啟聖（1624—1683）：字熙止，號憂庵。清浙江會稽人。康熙二年八旗鄉試第一。官至兵部尚書。有《憂畏軒集》。

二 三

麗川方伯《和高青丘梅花詩》九首[1]，《詩話》第二卷中，僅載數聯。今見全璧，爲再録二首，云：“枝頭何處認輕痕，霜亦精神雪亦温。一徑曉風尋舊夢，半林寒月失孤村。吟情欲鏤冰爲句[2]，離恨應敲玉作魂。寄語溪橋橋上客，莫從香裏誤柴門。”“點額誰教入漢宮[3]，凍雲合處路難通。朧朧斜照月疑路，瓣瓣擎來雪又空。無夢不隨流水去，有香只在此山中。松間竹外誰知己，地老天荒玉一叢。”謝蘊山觀察《種梅》詩風調[4]，亦與奇公相埒[5]。詞云：“修得多生到此花，不分山墅與官衙。惜春如命恒支俸[6]，種樹成圍便是家。香色都空寒徹骨，栽培要厚玉生芽。他年留作甘棠愛[7]，何用詩籠壁上紗[8]？”

【箋注】

[1]麗川：奇豐額，見卷一·五四注[2]。 [2]鏤冰：雕刻冰塊，喻指徒勞無功。 [3]點額：《太平御覽》卷三十引《雜五行書》：“宋武帝女壽陽公主人日卧于含章殿簷下，梅花落公主額上，成五出花，拂之不去。皇后留之，看得幾時。經三日，洗之乃落。宫女奇其異，競效之，今梅花妝是也。” [4]謝蘊山：謝啟昆，見卷一四·三二注[1]。 [5]相埒：相等。 [6]俸：薪金供給。 [7]甘棠：代指循吏的美政和遺愛，見卷九·三三注[15]。 [8]“何用”句：用唐代王播“碧紗籠”詩以人重的典故，見卷一·三〇注[13]。

二 四

紅粉能詩者多[1]，青衣能詩者最少[2]。近江寧陳方伯有侍者陳鵬[3]，投詩求見。《端午》云：“羈遊當令節[4]，隨俗采蘭芽。鑄盡平生錯，飄零何處家？吟看松雨細，醉倚竹風斜。插艾兒時事[5]，而今兩鬢華。”又：“殘蟬過雨急，疎磬度風遲。”亦五言佳句。詢其蹤跡，故是舊家子弟[6]，字儀庭，號賓來，武昌人也。

【箋注】

[1]紅粉：借指美女。 [2]青衣：此指地位低下的人。侍從差役一類。[3]陳方伯：陳奉兹（1726—1799），字時若，號東浦。清江西德化（今九江）人。乾隆二十五年進士。曾爲江寧布政使。陳鵬：字儀庭，號賓來。清江西德

化人。據《批本隨園詩話》，其人實爲陳奉兹之侄，《詩話》中言其爲武昌人，是一種曲筆。 [4]羈遊：羈旅無定。 [5]插艾：古代端午節的一種風俗。《歲時廣記·端午·插艾花》引宋吕原明《歲時雜記》："端五京都士女簪戴，皆剪繒楮之類爲艾，或以真艾，其上裝以蜈蚣、蚰蜒、蛇蠍、草蟲之類。" [6]舊家：猶世家，指上代有勳勞和社會地位的家族。

二　五

金載羹、聚升昆季[1]，俱有清才。載羹《燕子》云："呢喃似説緑楊晴，雙剪參差拂水輕。銜得海棠花入壘[2]，畫梁紅雨落無聲。"聚升《水煙》云："舟向小溪浮，橫空練不收[3]。人喧知近岸，櫓響辨行舟。鳥去棲何處，螢飛入遠流。須臾煙滅後，明鏡一輪秋[4]。"《晚起》云："菜市聲喧眠最穩，餅師叫過日將西。小童已報黄粱熟，倦倚藜床聽鳥啼[5]。"一名忠鼎，一名忠萃。

【箋注】

[1]金載羹：金忠鼎，字載羹。金聚升：金忠萃，字聚升。餘未詳。昆季：兄弟。 [2]壘：巢、窩。 [3]練：白絲織品，這裏形容水煙之樣態。 [4]明鏡：喻指月亮。 [5]藜床：藜莖編的床榻，泛指簡陋的坐榻。

二　六

余幼作《無題》詩云："淚珠洗面將毫染[1]，詩句焚灰和酒吞。"胡稚威見而賞之曰[2]："此少年頗有詩膽。"余自笑二句皆鑿空，首句用李後主事[3]，尚可拉扯；至次句，則全是杜撰矣。不料今年偶翻張泌《妝樓記》[4]，載姚月華女子慕楊達之詩[5]，讀數過，便燒灰和酒吞之，謂之"款中散"。又，牛應貞女夢裂書而食之[6]，每食一部，則文體一變。楊巨源序其集曰"遺芳"[7]。方知用典，竟有無心而暗合者。

【箋注】

[1]毫：毛筆。 [2]胡稚威：胡天游，見卷一·二八注[1]。 [3]李後

主：李煜，見補遺卷三・二五注[2]。此指李後主填詞抒亡國之痛。 [4]張泌：字子澄。五代時期常州（今屬江蘇）人。仕南唐，李煜時任監察御史、内史舍人等。歸宋後，仍入史館。 [5]姚月華：唐女詩人。少失母，隨父寓揚子江，見鄰舟書生楊達詩，命侍兒乞其稿。達立綴艷詩致情，自後屢相酬和。《全唐詩》收其詩六首。楊達：生平未詳。所謂"和酒吞"，亦見《琅嬛記》。[6]牛應貞：唐代牛肅長女、弘農人楊唐源妻。生活于唐貞元、元和年間。十三歲時，能誦佛經二百餘卷、儒經子史數百卷。年二十四卒。 [7]楊巨源（755—833）：字景山。唐河中（今山西永濟一帶）人。貞元年間進士。官太常博士、禮部員外郎、國子司業。《全唐詩》收其詩一卷。

二　七

鐵冶亭侍郎選《長白山詩》[1]，皆滿洲已故之人，命余校勘。余摘其句之佳者，如國柱《伊犁》云[2]："舉頭惟有日，過此便無關。"觀補亭保《路行》云[3]："雲氣常隨馬，秋聲半在山。""冥心契道妙，謝客養苔痕。"福增格云[4]："陰厓春色減，廢寺夕陽多。"伊福訥云[5]："落葉聚空巷，饑烏投遠林。"寨音布云[6]："風定樹猶怒，日高霜尚飛。"鄂文端云[7]："山果隨風墜，秋花出葉開。""一杖立斜日，滿園飛落花。"皆妙。

冶亭侍郎典試江南，先有人抄其兩絶句來，云："鎮日丹鉛笑未遑[8]，書生習氣總荒唐。文魔字債輪番應，客到時閑客去忙。""不信煙霞癖已成[9]，閒遊到處結鷗盟[10]。同行盡道山中好，多少山人喜入城[11]。"後冶亭入場[12]，于開門放水菜時，即托監臨以詩幅見寄[13]。佳句如"水落魚龍依岸近，天高星斗上船紅""秋懸野色明沙嘴，天縱江聲到石頭。""愁裏逢春驚老至，中年得女當兒看"，俱妙。

【箋注】

[1]鐵冶亭：鐵保（1752—1824），姓覺羅氏。後改棟鄂，字冶亭，號梅庵。清滿洲正黄旗人。乾隆三十七年進士。官至兩江總督。有《梅庵詩鈔》《應制詩》《玉門詩鈔》。 [2]國柱（？—1767）：博爾濟吉特氏。清滿洲鑲黄旗人。

雍正八年襲一等子爵，乾隆十三年調前鋒侍衛。隨協辦大學士傅恒攻大金川，剿准噶爾，隨兆惠收喀什噶爾等地。奉派築伊犁城。升馬蘭總兵。繼調雲南楚雄鎮總兵。卒於軍。 [3]觀保：見卷一〇・八四注[4]。 [4]福增格：字贊侯，一字松巖，姓伊爾根覺羅氏。隸滿洲正黄旗。累官盛京兵部侍郎，廣州將軍。有《酌雅齋詩集》。 [5]伊福訥：字兼五，一字肩吾，號抑堂。清滿洲鑲紅旗人。雍正八年進士。歷官御史。輯《白山詩選》。 [6]寨音布：生平未詳。[7]鄂文端：鄂爾泰，見卷一・一注[7]。 [8]丹鉛：指點勘書籍用的朱砂和鉛粉，亦借指校訂之事。 [9]煙霞癖：謂酷愛山水成癖。 [10]鷗盟：謂與鷗鳥爲友，比喻隱退、閑静的生活。 [11]山人：住在山裏的人，多指標榜隱居的人。[12]入場：進入考場。 [13]監臨：指科舉制度中鄉試的監考官。

二　八

夢謝山侍郎詩亦奇偉[1]，惜多累句[2]，由中年殂謝[3]，未盡其才故也。惟《廣武原》一首最佳[4]，詞云："秋高廣武原，日落斷雲奔。天地一龍鬬，風塵千里昏。平沙生朔氣，殘壘駐征魂。撥馬尋遺跡，荒郊戰骨存。"

【箋注】

[1]夢謝山：夢麟(1728—1758)，西魯特氏，字文子，號謝山、瑞占、午堂、柳塘等。蒙古正白旗人。乾隆十年進士。官至户部侍郎。有《太谷山堂集》。[2]累句：連累全篇的句子。 [3]殂（cú）謝：去世。 [4]廣武原：地名，在今河南滎陽東北。秦末楚、漢相争，戰于滎陽，廣武山東西兩頭分别爲楚、漢王城舊地。

二　九

余與鰲滄來交好[1]，常許寄其曾祖于襄勤公詩來[2]，而至今未到。余于《白山詩選》中，得其《登萬壽閣》云："古寺荒凉草木平，十年人到倍傷情。滿城黄葉飛秋色，虚閣寒濤夾雨聲。賦税何勞頻仰屋[3]，關山行看會休兵。依然故國音書絶，潦倒風塵白雁横。"《聞笛》云："繚繞飛空短笛聲，高天露下共淒清。愁來江漢人何處，望裏關山月倍明。

萬里孤雲隨絶漠，十年羸馬更長征。誰知一曲終宵怨，霜雪無端兩鬢生。”二首皆唐音。

【箋注】

[1]鰲滄來：鰲圖，見卷一·五五注[4]。 [2]于襄勤：于成龍，見卷一·五五注[1]。 [3]仰屋：《梁書·南平王偉傳》：“恭每從容謂人曰：‘下官歷觀世人，多有不好歡樂，乃仰眠床上，看屋梁而著書，千秋萬歲，誰傳此者？’”後用來形容苦思冥想的樣子。

三〇

英夢堂相公[1]，生有詩骨，吐屬不同。《除夕》云：“老趣隨時異，流光過眼非。善忘心轉暇，遲聽語因稀[2]。臘酒催拈管[3]，春燈照掩扉。不干兒輩事，鞍馬六街飛。”《出郊》云：“隔宵意先樂，今日出郊行。風定有禽語，雪消添雨聲。當春山氣重，入夜客身輕。預擬重來日，垂楊聽早鶯。”

【箋注】

[1]英夢堂：英廉，見卷三·一五注[1]。 [2]遲聽：聽覺遲頓。 [3]拈管：捏筆、取筆，指題詩。

三一

德少司空齡在京師[1]，每見余詩，必加稱許。托張宏勳棟時時致意[2]。因隔内外城，終不得一見。近見其詩，不在夢堂相公之下。《劍州道中》云：“武連坡下亂煙生，劍閣峰頭夕照明。一鳥不喧寒瀨寂[3]，滿山黄葉馬蹄聲。”《琉璃河口占》云：“白髮蒼顔老侍臣，又隨豹尾踏芳塵[4]。琉璃河畔毿毿柳[5]，應識三朝扈蹕人[6]。”

【箋注】

[1]德齡（？—1770）：字松如，姓鈕祜録。清滿洲鑲黄旗人。康熙

五十四年進士。雍正間歷任内閣學士、湖北巡撫等，乾隆間官盛京工部侍郎、盛京禮部侍郎等。少司空：工部左右侍郎别稱。 [2] 張宏勳：張棟，見卷一〇・六二注 [1]。 [3] 寒瀨（lài）：寒凉湍急的水。 [4] 豹尾：借指天子屬車，即豹尾車。 [5] 毿（sān）毿：垂拂紛披貌。 [6] 扈蹕：隨侍皇帝出行至某處。蹕，指帝王的車駕或行幸之處。

三二

余與香岩遊天台[1]，小别湖樓，已一月矣，歸來几上堆滿客中來信，花事都殘[2]。香岩有句云："案前堆滿新來札，牆角開殘去後花。"又，《别西湖》云："看來直似難忘友，想去還多未了詩。"一片性靈，筆能曲達[3]。

【箋注】

[1] 香岩：張培，見卷一二・七四注 [1]。 [2] 花事：遊春看花等事。 [3] 曲達：婉曲表達。

按：所謂一片性靈，筆能曲達。可以從這裏體悟。所謂性靈，離不了人情、物情，一個情字含在其中。字面上看似未涉及情，却含情於内，即所謂曲達。

三三

詩有寄託便佳。管松年秀才落第[1]，詠梳妝云："聞説梳妝要入時，不嫌傅粉更塗脂。寄聲虢國夫人道[2]，淡掃蛾眉恐不宜。"祝芷塘太史在長安[3]，詠燕云："野店江村少是非，芹泥春暖試烏衣[4]。如何楚楚紅襟燕，但向雕梁高處飛。"小門生汪秀峰詠蚊云[5]："乍停紈扇便成團，隱隱雷聲夜未闌。漫道紗櫥凉似水，明中易避暗中難。"

【箋注】

[1] 管松年：見卷一一・三三注 [7]。 [2] 虢（guó）國夫人：唐楊貴妃

三姐的封號。杜甫《虢國夫人》詩云："却嫌脂粉污顔色，淡掃蛾眉朝至尊。" [3]祝芷塘：祝德麟，見卷五・三〇注[1]。 [4]芹泥：燕子築巢所用的草泥。 [5]汪秀峰：原空"秀峰"二字，據民國本加。其人生平不詳。

三　四

有人抄吴江三女詩來。一王素芬夢蘭《宫詞》云[1]："寂寞空庭鎖緑苔，長門何日爲君開[2]？淚珠滴地成鹽汁，底事羊車引不來[3]？""宴罷臨春悵落暉[4]，名花無主自芳菲。穿簾怕見尋香蝶，故向愁人作對飛。"袁湘佩蘭貞《春閨》云[5]："數竿修竹傍溪栽，零落殘紅帶雨開。正是春愁無奈處，賣花聲過小橋來。"陸蘭垞素心《即事》云[6]："曲折籬牆傍水開，落紅一雨點蒼苔。芹泥滿地日初暖，燕子一雙花外來。"更有姚棲霞者[7]，幼即能詩，年十七而卒。其父岱摘其詩中"燕剪剪春愁不剪，翻含愁入小窗來"之句，抄存一册，名曰"剪春集"。《晚涼》云："影移深樹亂鴉啼，目送殘陽漸漸低。江有意流涼月去，雲無心托暮山棲。"《寄懷鄰姊》云："秋老江關落木初，登樓凝望渺愁余。遥山雨洗螺痕淡[8]，只恐愁眉更不如。"《臨終》云："永夜沉沉更漏遲，無眠起坐强支持。意中多少難言事，盡在低聲唤母時。""浮生修短總虚花，幻跡拚歸夢裏家。試問窗前今夜月，照人還得幾回斜？"他如《黄梅》云："晴還疑雨昏昏過，天亦如人黯黯愁。"皆係不祥之言。

【箋注】

[1]王夢蘭：字素芬。太倉諸生吴德彝妻，吴偉業孫媳。清江蘇吴江人。有《三十六鴛鴦吟舫存稿》。 [2]長門：漢宫名，曾爲漢武帝廢后陳阿嬌所居。後以"長門"借指失寵女子居住的寂寥淒清的宫院。 [3]羊車：宫中用羊牽引的小車。《晋書・后妃傳上・胡貴嬪》："（晋武帝）常乘羊車，恣其所之，至便宴寢。宫人乃取竹葉插户，以鹽汁灑地，而引帝車。"後常用爲宫人得寵或失寵的典故。 [4]臨春：閣名，南朝陳後主時建，此爲泛指。 [5]袁蘭貞：字湘佩。清江蘇吴江人。 [6]陸素心：字蘭垞。清浙江平湖人。武康舉人徐

熊飛妻。有《碧雲軒詩鈔》。 [7] 姚棲霞：清江蘇吴江人。布衣姚岱女。年十七，以瘵疾殞。有《剪愁吟》，或作“剪春集”。 [8] 螺痕：喻青山影跡。

三 五

詩有天籟最妙。尹似村《偶成》云[1]：“嬌兒呼阿爺，樹上捉蝴蝶。老眼看分明，霜粘一黄葉。”陳竹士《山中口占》云[2]：“酌酒松樹陰，醉卧雲深處。人閑雲不閑，松邊自來去。”

【箋注】

[1] 尹似村：尹慶蘭，見卷二·三七注[1]。 [2] 陳竹士：陳基（1771—1845），字竹士。清江蘇長洲人。諸生。遊袁枚之門。有詩數千首，蔣棨渭輯爲《味清堂詩鈔》。

三 六

松江李硯會刻其亡姊一銘心敬及子婦歸懋儀佩珊二人詩[1]，號《二餘集》，曹劍亭給諫爲之作序[2]。一銘嫁常熟歸氏，早卒；懋儀乃一銘所生，仍歸李氏。集中《晚眺》云：“垂柳斜陽外，如眉媚態生。因憐雙黛薄[3]，羞對遠山横。”懋儀《贈玉亭四姑于歸》云[4]：“聞道雲英下九天[5]，翠蛾新掃倍生妍[6]。定知茂苑無雙士[7]，始配瑶華第一仙。玉鏡曉妝花並笑，金樽夜泛月同圓。徵蘭他日符佳夢[8]，應見雲芝茁玉田[9]。”“詠絮清才擬謝家[10]，神争秋水貌争花。雞晨問寢常攜手，雨夜聯詩共品茶。君在瀟湘吟水月，我歸江海玩煙霞。萍蹤重聚知何日？回首鄉關感歲華。”《夜泊》云：“曠野秋清夜寂寥，明星幾點望迢遥。雙輪歷碌才停響[11]，又向江頭聽暮潮。”《送糧艘出海》云：“無事量沙成萬斛[12]，但聞挾纊遍三軍[13]。”雄偉絶不似閨閣語。劍亭有女洪珍，詠月中桂云：“萬古此秋色，一天生異香。”亦有奇氣，惜不永年。

【箋注】

[1] 李硯會：李心耕，字春圃，號研畬。清江蘇松江人。李宗袁次子。官刑部郎中，終湖南岳州知府。李一銘：李心敬（1738—1765），字一銘。清江蘇松江人。梧州知府李宗袁女、浙江布政使常熟歸朝煦妻。有《蠹餘草》。歸懋儀：字佩珊。清江蘇常熟人。巡道歸朝煦女、上海監生李學璜妻。有《繡餘吟》。 [2] 曹劍亭：曹錫寶，見卷一六・五七注[1]。 [3] 雙黛：女子雙眉。[4] 于歸：出嫁。 [5] 雲英：傳説中的仙女，借指佳偶。 [6] 翠蛾：女子細而長曲的黛眉。 [7] 茂苑：古苑名，又名長洲苑，故址在今江蘇蘇州西南，後亦作蘇州的代稱。 [8] 徵蘭：謂取驗于蘭，以稱人有貴子。 [9] 雲芝：靈芝。玉田：傳説中産玉之田。楊伯雍于無終山汲水作義漿，有一人就飲，送石子一斗，云種之可産美玉，後當得佳婦。事見晋干寶《搜神記》。 [10] 詠絮：見卷二・五三注[8]。 [11] 歷碌：車輪聲。 [12] 量沙：《南史・檀道濟傳》："道濟時與魏軍三十餘戰多捷，軍至歷城，以資運竭乃還。時人降魏者具説糧食已罄，於是士卒憂懼，莫有固志。道濟夜唱籌量沙，以所餘少米散其上。及旦，魏軍謂資糧有餘，故不復追，以降者妄，斬以徇。"後以"量沙"爲安定軍心、迷惑敵人之典。 [13] 挾纊（kuàng）：披著綿衣。亦以喻受人撫慰而感到温暖。典出《春秋左傳・宣公十二年》："冬，楚子伐蕭。……申公巫臣曰：'師人多寒。'王巡三軍，拊而勉之。三軍之士，皆如挾纊。"

三　七

余第五女嫁六合汪氏[1]，家信來云，松江廖織雲女史[2]，汪氏戚也，索余《詩話》，願來受業。余問其門楣，方知是合肥令廖古檀之女[3]，素以詩畫擅長，嫁馬氏而寡。古檀有《盥香軒詩話》。故是風雅門風。以畫册見貽，《題白桃花》云："五更風雨惜穠春[4]，曉起看花爲寫真[5]。雙頰斷紅渾不語[6]，可憐最是息夫人[7]。"《杏花》云："社後春將鬧[8]，風吹蕊欲肥。美人簾外立，初試水紅衣。"織雲札來云，其表姊徐磬山莊燾亦工詩畫[9]，愛隨園詩，有私淑之心[10]。何松江閨秀之多，而老人佛緣之廣耶？

【箋注】

[1] 六合：今屬江蘇南京。 [2] 松江：今屬上海。廖織雲：廖雲錦，字蕊珠，一字織雲，號錦香居士。江蘇青浦（今屬上海）人。合肥知縣景文次女、華亭馬姬本妻。有《織雲樓稿》《仙霞閣詩草》。 [3] 廖古檀：廖景文，見卷一四・五七注[13]。 [4] 穠春：穠芳的春天。 [5] 寫真：指對事物的真實反映，猶寫照。 [6] 斷紅：謂稍抹胭脂，婦女的一種淡妝。 [7] 息夫人：見卷一一・一八注[5]。 [8] 社：此指春社。古時於春耕前祭祀土神，以祈豐收，謂之春社。 [9] 徐磬山：徐莊熹，字磬山。江蘇奉賢（今屬上海）人。王夢樓女弟子、婁縣訓導徐祖鋆繼室。有《剪水山房詩鈔》。 [10] 私淑：私自敬仰學習而未得到直接的傳授。

三 八

自余作《詩話》，而四方以詩來求入者，如雲而至。殊不知詩話非選詩也。選則詩之佳者，選之而已；詩話必先有話，而後有詩。以詩來者千人萬人，而加話者，惟我一人。搜索枯腸，不太苦耶？松江太守李寧圃先生寄三友人詩來[1]，余以此言復之。而過後擷看，見其佳者，又不能自已。録張鳳揚翽《夜泊》云[2]：“榜歌聲起欲黄昏[3]，初月微茫漏白痕。小泊夜深燈火暗，一叢林影數家村。”《過商州》云[4]：“重關已過數峰西，繞盡羊腸踏盡梯。滿耳水聲千澗曲，四圍山色一城低。”李振聲東臯《早發》云[5]：“宵征雞未唱，夢醒客猶慵。殘月留高樹，深山隱曙鐘。煙團鴉背重，雪襯馬蹄松。漸覺晨光動，郵亭過幾重。”《舟中》云：“暮煙入城郭，燈火乍依稀。遠水銜天盡，孤雲抱月飛。簟凉知露重，酒醒覺風微。坐待東方白，輕橈破浪歸。”

【箋注】

[1] 李寧圃：李廷敬，見卷一六・六三注[2]。 [2] 張鳳揚：張翽（huì）（1750—？），字鳳揚，號桐圃。清甘肅武威人。乾隆三十四年進士。歷官江西廬陵知府、湖北荆宜道。充貴州鄉試副考官。有《念初堂詩集》。 [3] 榜歌：船夫所唱的歌。 [4] 商州：古地名，今陝西商洛。 [5] 李振聲：李東臯，

字振聲。餘未詳。

三　九

同年許紅橋朝謂余曰[1]："余在粵東有句云：'天低冬日猶堪畏，梅早春風不待催。'頗覺真切。《過儀真》云：'蘆飛兩岸白，雁叫一天秋。'自謂佳矣。偶見僧玉峰有句云[2]：'蘆花兩岸白，江水一天秋。'自愧不如僧之高渾。"又云："有友呼僮烹茶，僮酣睡。厲聲喝之，僮驚撲地。因得句云：'跌碎夢滿地。'五字奇險，酷類長吉[3]。"

【箋注】

[1]許紅橋：見卷一三・一四注[1]。 [2]僧玉峰：源瀚，字覺海，號玉峰。清江蘇昆山人。住持海鹽天寧寺。有《水雲集》。 [3]長吉：李賀，見卷一・一六注[6]。

四　〇

京口張石帆工詩[1]，尤善歌詩，每詩成，必拍板高吟，聽者神移。嘗與鮑步江論生平得意詩[2]。鮑以《宿焦山》對，云："水光終夜曉，海氣不成秋。"張亦以《宿焦山》對，云："煙鳥去無盡，風潮來不知。"

【箋注】

[1]張石帆：張曾，字殿武。清江蘇丹徒人。乾隆十三年前後在世。布衣。曾館大學士英廉家。 [2]鮑步江：鮑皐，見卷一・四〇注[5]。

四　一

荆溪任繡懷錦者[1]，《看紅葉》云："放棹西湖發浩歌[2]，詩情畫意兩如何？莫嫌秋老山容淡，山到秋深紅更多。"結二句，爲老年人吐氣。

【箋注】

[1]任繡懷：任錦，字岫懷、繡懷，號懶真。清江蘇荆溪（今宜興）人。有《懶真集》。 [2]放棹：行船。

按：此詩確爲老年人吐氣。看似得來容易，而且有點似曾相識，“霜葉紅於二月花”，但在平常處又翻新一層。

四二

端陽水嬉，姑蘇最盛，千船鱗列，歌吹喧闐，然嬉遊者意不在龍舟也。汪比部秀峰詩云[1]：“暖日烘雲景物新，衣香鬢影漾芳津[2]。少年綺扇篷窗下，不看龍舟只看人。”又，《夜午》云：“半規明月印窗紗，酒醒鄉思更覺賒[3]。堪笑西風無賴甚，吹人殘夢落誰家？”秀峰，婺州人，生長杭州，家素饒裕，慕顧阿瑛、徐良夫之爲人[4]，愛交名士，少即與吾鄉杭、厲諸公交往[5]，晚刻本朝《閨秀詩》一百卷。趙雲松贈詩云[6]：“論交及見諸前輩，刻集能傳衆美人。”

【箋注】

[1]汪秀峰：汪啟淑（1728—1800），字慎儀，號秀峰，又號訒庵，一號悔堂。清安徽歙縣人。官工部都水司郎中、兵部職方司郎中。有《訒庵詩存》《于役新吟》《酒簾唱和詩》《販書偶記》《水曹消暇録》《粹掌録》等。 [2]芳津：這裏是對渡口的美稱。 [3]賒：指情緒的殷切、高漲。 [4]顧阿瑛：顧瑛，見卷三・六〇注[1]。徐良夫：徐達佐，見卷三・六〇注[1]。此處所謂慕顧、徐之爲人，是指向往他們作爲商人而蓄積書史、資助文事。 [5]杭、厲：杭世駿與厲鶚。杭世駿，見卷三・六四注[1]。厲鶚，見卷三・六一注[1]。[6]趙雲松：趙翼，見卷二・三三注[4]。

四三

壬子春，余在西湖，徐謹庵大槱以詩來謁[1]。有佳句云：“燕語只因尋舊壘，鶯啼却爲别春風。”“自能免俗方知樂，總不關心便是仙。”“世間亦有閑于我，江上輕雲水上鷗。”俱可愛也。又有陳春噓昶明府[2]，誦其《寶石湖樓與明太守夜飲》云[3]：“畫樓窈窕鏡波清，良會無多趁晚晴。北海有容天下量[4]，西湖端爲我曹生。梅花香泛杯中酒，楊柳絲牽醉裏情。飲罷不須燒燭照，捲簾春月萬山明。”

【箋注】

[1]壬子：這裏指乾隆五十七年(1792)。徐謹庵：徐大榞(yún)，號謹庵。清浙江錢塘人。官浙江布政司理問。 [2]陳春噓：陳昶，字春噓。清江蘇常州人。官浙江桐鄉、秀水、餘姚知縣。有《挹秋軒遺稿》。 [3]寶石：寶石山位於西湖北里湖北岸，“寶石流霞”爲西湖十景之一。明太守：明保，字希哲。清滿洲正紅旗人。和珅繼母的堂弟、漕督嘉謨之子。曾官杭州知府。 [4]北海：《後漢書·孔融傳》載，漢末孔融爲北海相，世稱孔北海，“性寬容少忌，好士，喜誘益後進”。此代指明保。

四 四

近得鄂筠亭敏守杭州《修禊西湖詩》[1]，首唱云：“修禊三春好，風花二月天。黄堂無底事[2]，白髮有諸賢。筆濯西湖水，花摇鷲嶺煙。風光徵往事，不減永和年[3]。”一時作者如雲。四十年來，風流歇絶。今年，余在湖樓，招女弟子七人作詩會。太守明希哲先生保從清波門打槳見訪[4]，與諸女士茶話良久，知是大家閨秀，與公皆有世誼，乃留所坐玻璨畫船、繡褥珠簾，爲群女遊山之用，而獨自騎馬還衙。少頃，遣人送華筵二席、玉如意七枝[5]，及紙筆香珠等物，分贈香閨爲潤筆[6]。一時紳士艷傳韻事，以爲昔日筠亭太守所未有也。汪解元潤之夫人潘素心賦排律三十韻[7]，其略曰：“欲話天台勝，西湖折簡忙[8]。傳經來繡谷[9]，設帳指山莊。雲母先生座[10]，金釵弟子行[11]。詞宗新染翰，郡伯遠貽筐[12]。白璧光如許，紅裙禮未將。天當桐葉閏閏四月，人豈竹林狂來者七人？畫舫玻璨嵌，輕簪翡翠妝。逍遥孤嶼外，容與斷橋旁[13]。送别憑圓月，催歸帶夕陽。千秋傳韻事，佳話在錢塘。”孫臬使女雲鳳[14]，亦有“羲之虚左推前輩，坡老留船泛夕暉”之句[15]。

太守有十二金釵，能琴者名悟桐，能詩者名袖香，最小者名月心，會前一日，皆執贄余門[16]。

【箋注】

[1]鄂筠亭：鄂敏，見卷三・六〇注[10]。修禊：古代民俗於農曆三月上旬的巳日到水邊嬉戲，以祓除不祥，稱爲修禊。 [2]黄堂：古代太守衙中的正堂，借指太守。 [3]永和：東晋穆帝司馬聃的年號（345—356）。此指王羲之爲會稽山陰蘭亭修禊而書寫《蘭亭序》的永和九年。 [4]明希哲：明保，見本卷四三注[3]。 [5]玉如意：玉石器物，供玩賞。 [6]潤筆：指送給作詩文書畫之人的報酬。 [7]汪潤之：字雨園。清浙江錢塘人。嘉慶六年進士。官少詹事。潘素心：見補遺卷四・五二注[3]。 [8]折簡：裁紙寫信。 [9]繡谷：花木似錦的山谷。 [10]雲母：這裏指雲母竹做的坐具。 [11]金釵：指女弟子。 [12]貽筐：指送食品。《詩經・周頌・良耜》："或來瞻女，載筐及筥。"元楊仲弘《橘中篇》："上充國家賦，下貽筐筥謀。" [13]容與：從容閑舒貌。 [14]臬使：即按察使。孫雲鳳：見卷二・三一注[2]。 [15]虚左：尊敬地空出左邊的座位，古代以左爲尊。坡老：蘇軾，這裏喻稱明保。 [16]執贄：古代禮制，謁見人時攜禮物相贈。

四五

潘石舟明府[1]，素心女子之父也，作官有惠政，詩亦清逸。摘其《市居》云："人聲春社散，月色夜航開。"《鎮遠》云："頭纏白布苗人語，馬踏黄花使者來。"《貴陽》云："十五洞蠻依阿畫[2]，八千里路召奢香[3]。"《吴山》云："江上風帆湖上酒，總輸高頂坐觀人。"

【箋注】

[1]潘石舟：潘汝炯（1737—？），字石舟。清浙江紹興人。乾隆三十年拔貢。官至廣西上思州知州。有《石舟文剩》。 [2]阿畫：元順元宣撫使，以征伐功加龍虎大將軍，封順元羅甸侯，卒追封濟國公。 [3]奢香：見卷四・二〇注[4]。

四　六

吴下女子葛秀英[1]，字玉貞。秦澹園鏊之箆室。母夢吞梅花而生。幼時有老尼見而驚曰："此青玄宫道貞女也。"勸其出家，父母不許。及長，適秦秀才，二年而卒，年纔十九。秦爲刻其《澹雲樓詩》。《春夜》云："碧羅衫子怯餘寒，花向閑階帶月看。我與嫦娥原約定，不教辜負好闌干。"又有句曰："人間儘是埋憂地，除却蓬萊莫寄身。"味其詞，其超凡而去宜也。尤長於詞，《詠楊花·减字木蘭花》云："柳棉如許，攪碎春魂飄泊去。風約萍開，一半相逢在水涯。漫天飛舞，簾外斜陽黏忽住。詠絮無才，孤負東風爲送來。"《聽雨·桂殿秋》云："衣袂冷，上高樓，繁雲遮斷碧山頭。小窗獨坐聽秋雨，荷葉芭蕉各自愁。"

【箋注】

[1]葛秀英：字玉貞。清江蘇句容人。無錫秦鏊側室。有《澹香樓集》。

四　七

顔鑒堂希源有《百美新詠圖》[1]，邵無恙颿亦有《歷代宫闈雜詠圖》[2]，皆乞余爲序。余衰老才盡，作散駢兩體文以應之。録卷中詩之有意趣者，總題，則吕燕昭云[3]："娉婷玉貌是耶非，絶代風姿見亦稀。我欲呼來談往事，春風盡化彩雲飛。"孫方僅云[4]："天生佳麗盡堪傳，遺臭流芳本較然。漫説貞淫編失次，新臺猶列柏舟前[5]。"分題，則鑒堂題《楚蓮香》云[6]："高捲湘簾出艷妝，不關花氣自聞香。蝶蜂也似纏頭客，亂逐遊蹤上下狂。"《薛瑶英》云[7]："衣著龍綃穩稱身[8]，鳳鸞吟作滿堂春。可知憔悴西秦道，曾有當時握手人？"無恙題《啟母》云[9]："候野歡歌謝未遑[10]，八年三過感台桑[11]。宫闈欲换唐虞局[12]，生得佳兒嗣夏王。"《妲己》云[13]："百尺璇臺帝寵新[14]，牝雞莫漫怨司晨[15]。宫中也愛歌樛木[16]，曾許宜生進美人[17]。"又，詠《朱希真》云[18]："袖中空有生花筆，嘉偶常稀怨偶多[19]。"詠《魯仲子》云[20]："倘教掌上文都有，世上應無誤嫁人。"用意皆翻空出新。又，詠《齊姜》云[21]："伯業全開一醉中，美人殺妾遣英雄。如何盡迓嬴隗返[22]，不見齊姜入晋宫？"余嘗疑晋文不迎齊姜，猶漢高之不封紀信也[23]。恐姜竟先亡，信或無子耶？鑒堂官鹽大使，蓋隱於下位者也。《與王甥天津分舟》云："甥舅欣同一葉舟，渭陽往事記悠悠。想因載得離情重，故使分開兩處愁。"《山塘驛》云："竹屋夜燈青，山窗秋月白。驛夫多故人，笑認曾來客。"

【箋注】

[1]顔鑒堂：顔希源，字鑒堂，號問渠。清廣東連平人。嘉慶三年任江蘇儀徵知縣。有《百美新詠》。[2]邵無恙：邵颿，見卷八・五六注[3]。[3]吕燕昭：字仲篤。清河南新安人。乾隆三十六年舉人。歷官江寧知府。有《福堂文集》《福堂詩集》。[4]孫方僅：生平未詳。[5]新臺：《詩經・邶風》篇目，諷刺衛宣公爲兒子聘娶齊女，據爲己有。柏舟：《詩經・鄘風》篇目，舊説是共姜守節不嫁自誓之作。[6]楚蓮香：唐天寶年間都中名妓。《開元天寶遺事》載："蓮香每出處之間，則蜂蝶相隨，蓋慕其香也。"[7]薛瑶英：唐鳳翔岐山（今屬陝西）人。中書侍郎元載寵姬。[8]龍綃：衣名。一襲無一二兩，元載以寵姬薛瑶英不勝重衣，故求之外國。[9]啟母：即夏禹的妻子塗山氏長女，因兒子名啟，故稱。[10]未遑：没有時間顧及。[11]台桑：傳説禹娶塗山氏之女處。此句詠大禹治水三過家門而不入事蹟。[12]唐虞：唐堯與虞舜的並稱。亦指堯與舜的時代，古人以爲太平盛世。[13]妲己：有蘇氏女，己姓。商王紂伐有蘇氏，得有蘇氏獻女。女獲紂寵，助紂爲虐。武王滅商，殺之。[14]璇臺：飾以美玉的高臺。本爲夏天子的臺名。[15]牝雞司晨：母雞報曉。舊時貶喻女性掌權。[16]樛木：指《詩經・周南・樛木》。樛木，枝向下彎曲的樹。此篇以樛木受葛藟纏繞，比君子常得福禄相隨，爲婚禮祝福之歌。[17]宜生：散宜生，商周之際人。西伯姬昌被紂囚禁，散宜生與閎夭等獻美女、名馬給紂，營救西伯。後佐武王滅商。[18]朱希真：馮夢龍《情史》："朱希真，小字秋娘，建康府朱將仕女也。年十六，適同邑商人徐必用。徐頗解文義，商久不歸，希真作閨怨詞，調寄【鷓鴣天】。"[19]嘉偶：美好姻緣。怨偶：謂不和睦的夫妻。[20]魯仲子：《左傳・隱公》："宋武公生仲子，仲子生而有文在其手，曰'爲魯夫人'，故仲子歸於我。"

[21] 齊姜：春秋時齊國人。齊桓公之宗女。晋文公重耳爲公子時，出亡齊國，桓公以齊姜妻之。重耳安于齊，趙襄等欲行，謀於桑樹下，蠶妾在樹上，聞其謀，以告齊姜，齊姜殺之，並勸重耳出行。重耳不肯，齊姜與舅犯謀，灌醉重耳，載之離齊返晋。後公子悟，鼎力治國，自立爲晋文公。 [22] 嬴隗：懷嬴與季隗。懷嬴，春秋時秦穆公女，先爲晋惠公太子圉妻，後晋文公重耳入秦，穆公又使重耳納之。季隗，春秋時狄國人，赤狄，隗姓。嫁重耳，生伯鯈、叔劉。[23] 紀信：見卷一・四七注 [5]。

四　八

女弟子金纖纖《病起》詩云[1]："碧梧移影上林扉[2]，西院無人曉日微。病起名香聞不得，花間小立當熏衣。"

【箋注】

[1] 金纖纖：金逸（1770—1794），字纖纖。清江蘇長洲人。諸生陳基妻。有《瘦吟樓集》。 [2] 林扉：指山林中的屋舍。

四　九

芷塘太史攜夫人及女公子[1]，掃外舅李鶴峰中丞之墓[2]，五律後四句曰："女小隨娘拜，爺言要汝聞。生前多酌我，莫把酒澆墳。"《望雨》云："曉傍霞窗度綺朝[3]，夜搴月幌候清宵[4]。無端聽得蕭蕭響，却是桐花滿院飄。"此二詩，經許多詩流看過[5]，忽而不取。余獨手録之，取其真而有味。

【箋注】

[1] 芷塘：祝德麟，見卷五・三〇注 [1]。 [2] 李鶴峰：李因培，見卷二・四九注 [2]。 [3] 綺朝：光色絢麗的早晨。 [4] 月幌：月光照耀的帷薄。 [5] 詩流：各種品類的詩人。

按：《望雨》一詩，幾近天籟。盼雨盼到夜深，只能憑耳來聽，喜悦中聽到像下雨的聲音，仔細分辨，却是桐葉飄落之聲。

五〇

洪稚存在史館[1]，得一詩人，必通書相告。今春，盛稱蜀中翰林張船山問陶之才[2]，仿青田《二鬼詩》[3]，作《兩生行》送張還蜀云："一生居坊南，一生住坊北。車聲馬聲不得停，十里路中常若織。我馬見君馬，鳴聲一何高。君僮與我僮[4]，望著手即招。我來時多子來少，馬繫寺門僮醉倒。青天如磨旋不休，醉裏有時來壓頭。心癡直欲走天外，下瞰日月方開眸。朝沽三升暮盈斗，吸盡東西兩坊酒。朝衣典盡百不憂[5]，尚有身上青羔裘。一生皇然開笑口，那著酒錢街上走？一生無聊想更奇，酒盡伏舐壚邊泥。有時忽下床，有時忽出門。人來雪裏衣盡白，疑是送酒柴桑人[6]。幕天席地原無礙，十萬人中兩人醉。醉中分手亦不辭，淚墮黃公酒壚内[7]。君不見長安莫復輕酒人[8]，酒人腹裏饒經綸[9]。容卿百輩等閒事，爛醉尚復噓陽春[10]。一篇我作臨行曲，馬帶離聲僮欲哭。從此長安少一生，酒星只照南頭屋。"船山答云："讀君兩生行，涕笑一時作。黑夜關門讀不休，打窗奇鬼争來攫。懷詩急走心茫然，遠登雲棧如登天。人言彼上即吾上，藏詩可以經千年。莫驚鬼奪詩，我爲公呵護。且復立斯須[11]，和此好詩去。是時下界冬已殘，風狂雪虐天漫漫。一生牽衣愁欲絶，一生和詩嘔出血。城南萬柳禿無枝，天詔酒星綰離别。重讀兩生行，如見兩生情。句句若吾語，大痛難爲賡。翩然一躍入杯底，繞地萬人呼不起。雙丁兩陸偏同時[12]，萬古聲名今日始。酒星抱月來，擲入兩生杯。兩生驚起糟邱臺[13]，歡呼轟作隆冬雷。忽聞門外征馬語，兩僮泣下紛如雨。馬聲高朗童聲低，似訴兩生離别苦。一生聞之悲，一生聞之喜。兩生悲喜人不知，天外浮雲地中水。君不見開天盤古氏，其情最可憐。九州莽莽無人煙，獨坐獨行一萬年。又不見上帝生平亦孤寂，舉酒招人人不得。九天費盡百神謀，僅奪唐朝一長吉[14]。兩生把盞同軒眉[15]，居然日日相追隨。一生偶送一生去，臨岐何必吞聲悲？我馬莫憐君馬獨，君僮莫向我僮哭。雲天萬里好聯吟，共把長空當詩屋。”

【箋注】

[1]洪稚存：洪亮吉，見卷七·二一注[4]。 [2]張船山：張問陶（1764—1814），字仲冶，號船山、藥庵退守。清四川遂寧人。乾隆五十五年進士。官至山東萊州知府。詩稱一代名家，有《船山詩草》。 [3]青田：劉基（1311—1375），字伯温。元明間浙江青田人。助朱元璋北定中原，建立明朝。以弘文館學士致仕。有《郁離子》《覆瓿集》《犁眉公集》等。 [4]僮：年輕的男僕。 [5]朝衣：上朝時穿的禮服。 [6]柴桑：地名，在今江西九江一帶，爲晋陶潛故里。《藝文類聚》引《續晋陽秋》曰："陶潛嘗九月九日無酒，宅邊菊叢中摘菊盈把，坐其側，久，望見白衣至，乃王弘送酒也。即便就酌，醉而後歸。" [7]黄公酒壚：魏晋時王戎與阮籍、嵇康等竹林七賢會飲之處。南朝宋劉義慶《世説新語·傷逝》："王濬衝爲尚書令，著公服，乘軺車，經黄公酒壚下過。顧謂後車客：'……今日視此雖近，邈若山河。'"後用爲朋友聚會、傷逝憶舊之辭。 [8]長安：以唐舊都代稱當朝京城。 [9]經綸：指治理國家的抱負和才能。 [10]陽春：泛指高雅曲調。 [11]斯須：片刻。 [12]雙丁兩陸：雙丁，指三國魏丁儀、丁廙兄弟兩人。兩陸，指晋陸機、陸雲兄弟。所謂"魏世重雙丁，晋朝稱二陸"，此處用來比洪、張二友。[13]糟邱臺：指釀酒之處。 [14]長吉：李賀，見卷一·一六注[6]。傳説李賀將死時，有緋衣人來，謂"帝成白玉樓，立召君作記"。 [15]軒眉：猶揚眉，形容得意。

五 一

閨秀金兑詩[1]，已采入《詩話》矣。今又寄其母毛仲瑛瑴詩來[2]，風格清老，足見淵源有自。《新晴》云："雨歇千林後，晴開二月天。斷霞明極浦[3]，新緑上平田。野水失溪岸，遠山横暮煙。忽聞高閣外，幾樹已鳴蟬。"又，《春深》云："山窗殘夢破，滿樹落花飄。"

【箋注】

[1]金兑：見補遺卷二·四四注[1]。 [2]毛仲瑛：毛瑴（jué），字仲瑛。清江蘇長洲人。諸生金鳳翔室。有《蔬影居遺稿》。 [3]極浦：遥遠的水濱。

五　二

余與吴門蔣元葵進士爲己未同年[1]。家業甚富，而中道零落。其子升吉[2]，人尤瀟灑，長於填詞。余到蘇州，必主其家。其第三女猶孩也。後三十年，族侄孫鴻魁寄其詩來，讀之，不愧謝家風味[3]。《落花》云："春夢無憑泠夕陽，萬花飄落最堪傷。馬嵬坡遠空垂淚[4]，金谷樓高枉斷腸[5]。吹去未能忘故態，飛來猶自帶餘香。東皇早去鉛華盡[6]，蜂蝶徒勞過粉牆。"《寄蘭如姊》云："水國重陽近，蒼涼院宇空。千林飄落葉，一雁下西風。念遠書難寄，登高目易窮。遥思故園菊，香滿小樓東。"《送妹・調賣花聲》云："剩得幾多春，十二時辰。滿庭飛絮糝花茵。添陣潺潺簾外雨，深院黄昏。　獨坐掩重門，愁倒芳樽，便無離别也銷魂。明日那堪南浦去[7]，又送行人。"

【箋注】

[1] 蔣元葵：蔣應焻（1699—1754），原名燾，字元揆、元葵。清江蘇吴縣人。乾隆七年進士。官内閣中書。有《元揆詞集》。 [2] 蔣升吉：生平未詳。 [3] 謝家：用晋謝安雪天與子侄集會論文賦詩事，見卷二・五三注[8]。此處用典以喻蔣應焻家，且特指蔣第三女。 [4] 馬嵬坡：唐楊貴妃自縊處。[5] 金谷樓：西晋石崇愛妾緑珠在金谷園墜樓自殺。 [6] 鉛華：比喻落花。[7] 南浦：南面的水邊。常用稱送别之地。典出江淹《别賦》中"送君南浦"語。

五　三

戊戌仲春，西泠女子小卿同妹右卿將之楚[1]，再遇皖江，泊大觀亭下[2]。小卿登亭賦詩，右卿病，不克偕，倚枕而和，録稿於亭壁。至今十餘年，不知何家閨秀。小卿云："人楚才逢此壯觀，春雲樹杪見朱欄。空亭啼鳥山花早，古殿無人暮雨寒。正苦浮家弔湘水，那能分淚寄長安時兄官關中？小喬況復愁欹枕[3]，每到登臨放眼難。"右卿云："晚泊蓬萊江上寒[4]，高亭煙樹雨初殘。今朝萬壑雲中見，昨日孤舟天際看。小病支離空悵望，何時風月倚闌干？片帆西去重回首，寄語青山興未闌。”魯星村過而和云[5]：“空亭遊覽尋常事，不意香閨有二難[6]。”

【箋注】

[1]戊戌：這裏指乾隆四十三年（1778）。小卿、右卿：生平未詳。[2]大觀亭：安慶名勝，爲紀念元末忠臣余闕而建，始建于明嘉靖年間，今不存。 [3]小喬：三國吴周瑜之妻。後用以泛指美人。此處喻作者的妹妹右卿。[4]蓬萊：以仙境喻指大觀亭。 [5]魯星村：魯璸，見卷三・三七注[2]。[6]二難：謂兄弟皆佳，難分高低。典出《世説新語・德行》。

五　四

胡小霞者[1]，會稽女子，名雲英。嫁趙連城[2]，夫婦能詩。《誡婢》云：“寶鴨篆煙消[3]，呼奴理茶具。泥飲人未歸[4]，陣陣紗窗雨。”二十字中，深情無限。殁後，趙郎仿元相《雜憶》詩云[5]：“孤燈破壁照黄昏，白雨瀟瀟擾夢魂。憶得夜深同倚檻，花梢一撚尚留痕。”

【箋注】

[1]胡小霞：胡雲英，字小霞。清浙江會稽人。趙連城室。有《環梅小住遺草》。[2]趙連城：生平未詳。 [3]寶鴨：即香爐。因作鴨形，故稱。 [4]泥飲：强留飲酒。 [5]元相：元稹，見卷一・二〇注[11]。

五　五

余少時遊吴山[1]，見道士纔八九歲，踞案上，與五六十翁下棋，輒勝。心怪而問之。或曰：“此天生次國手也。”姓錢，名選[2]，字仲舉。此後，余官京師，與道士别六十餘年矣。今年遊吴山，道士亦白髮蒼蒼，出詩見示。《寄張處士》云：“聞説先生負郭居，小橋曲巷路何如？稻花蟹大客常滿，竹葉酒香詩有餘。九月山中秋水落，三年海上雁聲疎。知君自是神仙裔，何日來看玉局書[3]？”有陳道士名真濂者[4]，來訪之，贈句云：“花影不愁雙履破，江光都被一窗收。”《詠棋》云：“始交猶兩立，既接不俱生。”余謂此二道人俱善弈，又工詩，亦奇。

【箋注】

[1] 吴山：杭州人俗稱城隍山。位於錢塘江北岸、西湖東南面。相傳在春秋時期，這裏是吴國的南界。 [2] 錢選（1239—1299）：字仲擧，一字一清，號枕山。清浙江海寧人。爲吴山重陽庵道士。 [3] 玉局書：玉局觀中鎸刻蘇東坡手書的碑文。玉局，玉局觀，宋代著名道觀，在今四川成都。蘇氏晚年曾官玉局觀提擧。 [4] 陳真濂：字清遠，號丹泉。清浙江海寧人。道士。住吴山清修道院。

五 六

西泠詩會，有女弟子某，國色也。香岩必欲見之[1]，著家奴衣，隨余轎步往。值其病，廢然而返。後信來，招我談詩。香岩喜，仍易服跟轎，冒大雨走五里許。值其家座上有識香岩者，香岩望見大驚奔還，衣服盡濕，身陷坎窞[2]。乃賦詩自嘲云：“聽説淩波有洛神[3]，思量覿面喚真真[4]。誰知兩次成虚往，始信三生少夙因。紅粉得知應笑我，青衣着盡不如人。襄王那有陽臺夢[5]，空惹巫山雨一身。”

【箋注】

[1] 香岩：張培，見卷一二・七四注[1]。 [2] 坎窞（dàn）：坑穴，喻險境。 [3] 洛神：傳説中的洛水女神，即宓妃。後詩文中常用以指代美女。曹植《洛神賦》：“體迅飛鳧，飄忽若神。淩波微步，羅襪生塵。” [4] 真真：唐杜荀鶴《松窗雜記》：“唐進士趙顔于畫工處得一軟障，圖一婦人甚麗，顔謂畫工曰：‘世無其人也，如可令生，余願納爲妻。’畫工曰：‘余神畫也，此亦有名曰真真，呼其名百日，晝夜不歇，即必應之，應則以百家彩灰酒灌之，必活。’顔如其言。……遂呼之活，下步，言笑如常。”後以“真真”泛指美人。 [5] 襄王：宋玉《高唐賦》記載，楚襄王遊雲夢之臺時，夢見巫山神女，神女離去前對襄王説：“妾在巫山之陽，高丘之阻。旦爲朝雲，暮爲行雨，朝朝暮暮，陽臺之下。”後用此神人相愛故事，常在古詩文中代稱男女相愛。

五　七

余丙辰入都，猶及見中州少司農吕公耀曾[1]，長髯鶴立，望而知爲正人。後五十餘年，公曾孫仲篤來宰上元[2]。未幾，其叔樹村亦從介休來[3]，與余交好。已采其詩入《詩話》矣。近又得仲篤《登金山》云[4]：“山自中央出，江從萬里來。秋生揚子渡，人上妙高臺[5]。鐵甕潮聲落[6]，金陵霽色開。中泠泉莫辨[7]，汲取試螺杯。”《泛舟城南》云：“野水蒹葭外[8]，飄然一泛舟。波光淩日動，人影帶煙流。自得莊周意[9]，能消宋玉愁[10]。快談忘夜短，長嘯入高秋。”二首皆不落宋、元以後。其他佳句，如《和樹村》云：“三徑已荒虚北望[11]，片帆無恙喜南來[12]。”《寓齋即事》云：“汾水南來能到海[13]，華山西去欲齊天[14]。”仲篤，名燕昭。

仲篤又有《夜坐》云：“秋入暮天碧，衣沾白露冷。不知山月高，先見梧桐影。”筆意高超，有“羚羊掛角”之意[15]。

【箋注】

[1] 丙辰：這裏指乾隆元年（1736）。吕耀曾（1679—1743）：字宗華，號樸巖。清河南新安人。康熙四十五年進士。官終户部倉場侍郎。有《横山詩草》《使黔草》《白燕詩集》。　[2] 吕仲篤：吕燕昭，見本卷四七注[3]。此處有誤。吕燕昭應爲吕耀曾之孫，而非其曾孫。其父吕肅高，爲吕耀曾長子。　[3] 吕樹村：吕公滋（1737—？），字樹村，號碩亭。清河南新安人。乾隆三十七年進士。曾官山西介休、臨縣知縣。有《碩亭詩草》《春秋本義》。[4] 金山：又名金鰲山、浮玉山。原在鎮江西北長江中，清道光中始與南岸陸地相連。　[5] 妙高臺：金山妙高峰的平臺，又名曬經臺。　[6] 鐵甕：指鐵甕城，鎮江北固山前的一座古城，爲三國時孫權所築。　[7] 中泠：泉名，在今鎮江金山下的長江中。相傳其水烹茶最佳，有“天下第一泉”之稱。今江岸沙漲，泉已没沙中。　[8] 蒹葭：兩種水草名。　[9] 莊周：即莊子，戰國時思想家，宋國蒙（今河南商邱一帶）人。嘗爲蒙漆園吏。今存《莊子》。　[10] 宋玉：見卷一四・四三注[5]。　[11] 三徑：見補遺卷二・六一注[2]。　[12] 無恙：没有憂患，多作問候語。　[13] 汾水：即今山西汾河。　[14] 華山：五岳之一。

在陝西華陰南，北臨渭河平原，屬秦嶺東段。又稱太華山。 [15]羚羊掛角：見卷二・八注[3]。

按：《夜坐》一詩，可謂意境超脱、綽有餘味。從這裏可以體味什麽是羚羊掛角，無跡可求。

五　八

“恩怨”二字，聖人不諱，故曰：“以直報怨，以德報德。”是怨未嘗不報也。漢蓋勳怨蘇正和[1]，後蘇受誣，勳救之，蘇因此來謝。勳拒不見，曰：“我爲國家，非爲君也。”怨之如故。使正和有當殺之罪，勳必殺之。不然，如蘇模棱[2]、劉仁軌[3]，匿怨沽名，豈正人哉！偶讀奇麗川方伯《題盧湘艖美人寶劍圖》一絶[4]，不覺心花怒開。詩云：“美人如玉劍如虹，平等相看理亦同。筆上眉痕刀上血，用來不錯是英雄。”

【箋注】

[1]蓋勳（140—191）：東漢敦煌廣至（今甘肅安西一帶）人。曾任漢陽長史、討虜校尉、京兆尹。反對宦官專權、董卓亂政，强直不屈。蘇正和：東漢甘肅武都（今隴南一帶）人。任凉州從事。曾審查武威太守並治其罪。 [2]蘇模棱：蘇味道（648—705），唐趙州欒城（今河北石家莊一帶）人。高宗乾封進士。武周聖曆初以鳳閣舍人、檢校侍郎同鳳閣鸞臺平章事。《舊唐書・蘇味道傳》：“味道善敷奏，多識臺閣故事，然而前後居相位數載……嘗謂人曰：‘處事不欲决斷明白，若有錯誤，必貽咎譴，但摸棱以持兩端可矣。’時人由是號爲‘蘇摸棱’。” [3]劉仁軌（601—685）：唐汴州尉氏（今屬河南）人。官至左相。劉仁軌主持政事後，當初陷害過他的袁異式却被他兩次提拔，御史評説此爲“矯枉過正”。後來對壓制過他的李敬玄又公報私仇。 [4]奇麗川：奇豐額，見卷一・五四注[2]。盧湘艖：盧元琰，號湘艖。拔貢。餘未詳。

五　九

凡地必須親歷，方知書史之訛。相傳禹王《岣嶁碑》在衡岳者爲真[1]。

余甲辰十月，親至衡山之巔，見山有粗石一塊，長四尺許，篆刻此文，並非碑也，且有斧鑿新痕，轉不如山下李邕所書《岳麓寺碑》之古[2]。李碑雖斷，背有邕跋語百餘字，如“庭前無訟，堂上有琴”之句，極古雅。被明人以醜劣行書，羼鎸其上[3]，殊可惡也！相傳江西南昌城隍廟有吴王孫權銅鼎。余親至鼎下觀之，乃後五代楊氏太和年民間所鑄[4]，記姓名而已。字陽文歪斜，非孫權所鑄。《廣輿記》載廣西桂林府開元寺有褚遂良《金剛經碑》[5]。余到寺相尋，僅存焦土，中屹然一碑，乃後五代楚王馬殷之弟馬賓所書[6]，非褚公也。字小楷，亦不甚工。又載天台石梁長數十丈，人不能過。余往觀，石梁長不滿三丈，闊二尺，厚二丈有餘，山頂瀑布三條，衝梁而下。初行者或未免目眩，山僧及輿夫過往如飛。橋尾有前明鄭妃小銅殿一座，高不滿七尺，平平無奇。石上鎸云：“冰雪三千丈，風雷十二時。”二語殊切。少陵詩稱[7]：“若耶溪，雲門寺，布襪青鞋從此始。”似是一大名勝。壬子三月，余慕而往遊，山在平地，數峰高丈許，溪流不及鏡湖。深悔爲少陵詩所誤。蓋少陵亦係耳聞，並未親到也。

【箋注】

[1] 岣（gǒu）嶁（lǒu）碑：即禹碑。原在南岳衡山，早佚。昆明、成都、紹興及西安碑林等處皆有摹刻。字似繆篆，又似符籙。相傳爲夏禹所寫，實爲後世僞託。 [2] 李邕：見卷三・三六注[4]。岳麓寺：湖南長沙岳麓山上的一座古寺。 [3] 羼鎸：混雜鎸刻。 [4] 楊氏：指楊堅（541—604），弘農華陰（今屬陝西）人。北周時任丞相，總攬朝政。後自立爲帝，建立隋朝。此處五代指梁、陳、齊、周、隋五個朝代。 [5] 褚遂良（596—658）：字登善。唐杭州錢塘人。太宗時官至中書令。高宗時封河南郡公，任尚書右僕射，世稱“褚河南”。工書法，爲唐初四大書法家之一。 [6] 馬殷（852—930）：字霸圖。許州鄢陵（今屬河南）人。後梁時封楚王，後唐時封楚國王。馬賓：應爲“馬賨（cóng）”之誤。唐末五代時許州鄢陵人，馬殷弟。後從楊行密，數建戰功。仕終静江軍節度使。 [7] 少陵：杜甫。所引句出《奉先劉少府新畫山水障歌》詩。

六〇

和韻詩[1]，有因難而見巧者。張止原居士在蘇州作《白桃花》詩[2]，第八句用“今”字韻。一時和者數十人，押“今”字無一佳者，余亦知難而退。不料劉霞裳和云[3]：“劉郎去後情懷減[4]，不肯紅妝直到今。”余誇爲獨絶。使作者不姓劉亦妙，而况其姓劉乎？使不押“今”字，恐反無此巧妙也。顧伴縈孝廉澍有句云[5]：“化去蝶魂終帶粉，重來人面竟消紅。”亦妙。

【箋注】

[1]和韻：謂依照别人詩的原韻作詩。 [2]張止原：張復純，見卷一一·四〇注[1]。 [3]劉霞裳：見卷二·三三注[2]。 [4]劉郎：典出劉禹錫《玄都觀桃花》：“盡是劉郎去後栽。” [5]顧伴縈：顧澍，字伴縈。清浙江錢塘人。乾隆五十一年舉人。官至湖北蘄州知州。有《金粟影庵存稿》《隨山書屋詩存》《玉山堂詩課》。

六一

沈謙之在蔣樹存先生家文燕[1]，坐客王虚舟、杜雪川、沈艑翁、徐葆光等共七人[2]。沈有句云：“松老固應三徑在[3]，竹深只合七賢來[4]。”申笏山在都中[5]，立春後三日，與胡稚威、周元木、姚念兹等共十人小集[6]。申有句云：“春風簾外剛三日，舊雨樽前恰十人[7]。”

【箋注】

[1]沈謙之：沈榮儁，見補遺卷四·四三注[2]。蔣樹存：蔣深，見卷六·一一一注[2]。文燕：賦詩論文的宴會。燕，通“宴”。 [2]王虚舟：王澍，見卷三·六八注[4]。杜雪川：“雪川”疑爲“雲川”之誤。杜雲川，即杜詔，見卷七·六五注[1]。沈艑翁：沈樹本，見卷四·三四注[2]。徐葆光：見卷六·三七注[5]。 [3]三徑：見卷二·三一注[4]。 [4]七賢：以魏晋間竹林七賢喻指七位賢人。《晋書·嵇康傳》：“所與神交者，惟陳留阮籍、河内山濤，豫其流者，河内向秀、沛國劉伶、籍兄子咸、琅邪王戎，遂爲竹林之遊，世所謂竹林七賢也。”

[5] 申笏山：見卷一・六六注[11]。 [6] 胡稚威：胡天游，見卷一・二八注[1]。周元木：周大樞，見卷七・一四注[2]。姚念兹：姚汝金。見卷一・二四注[3]。[7] 舊雨：見卷五・一注[2]。

六 二

金陵有二詩人，一蔡芷衫元春[1]，一燕山南以筠[2]。蔡專主風格渾古，燕專尚心思雕刻，兩家不可偏廢也。余偶作《消夏十二題》，和者甚多，而讀山南詩，爲之叫絶。《補竹》云："小樓西畔曲欄東，新舊琅玕補幾叢[3]。天向牆頭加倍緑，日從窗上不教紅。有林便入真高士，乍到還欹是醉翁。畢竟心空能解事，進門先帶一身風。"《采蓮》云："兒女也知香解暑，不争蓮子只争花。"《辭客》云："就是嫦娥辭不去[4]，囑他來也要黄昏。"能句句不脱"消夏"二字，如此構思，李長吉真欲嘔出心頭血矣[5]！

一時同作者，曹言路《辭客》云[6]："非關隱者逃名久，惟恐郎官帶熱來。"《把釣》云："胸無得失渾忘我，影有浮沉一任他。"《曝書》云："恰羨便便人曬腹，郝隆比我善收藏[7]。"金紹鵬《辭客》云[8]："竹儘許看休問主，座毋遽集致揮蠅。"陳文富《補竹》云[9]："忽看林外窗全隱，似覺籬邊徑轉深。"羅春霆《試香》云[10]："風怕不來煙怕出，湘簾捲處兩躊躕。"王光晟《待月》云[11]："莫怪嫦娥遲出海，從來怕見早眠人。"俱妙。

毛俟園詠《臨帖》云[12]："窗開濃緑裏，紙展硬黄時[13]。"《把釣》云："爲貪臨水去，不羨得魚歸。"陶怡雲《待月》云[14]："疑有樹遮簾預捲，要迎風坐榻頻移。"《曝書》云："開函忽見乾蝴蝶，藏自何年記得無？"王孔翔《待月》云[15]："松徑日斜移榻早，水亭燈上放簾遲。"岳樹仁尤長於結句[16]，《待月》云："徘徊不見姮娥面，樹密牆高最惱人。"《把釣》云："忽見水中添一影，始知客到把頭回。"《避蚊》云："營緣有隙争先入[17]，鑽刺無功更亂嘩。還是青蠅知去就[18]，不來水竹野人家。”

凡學琴者，先和絃必彈“仙”“翁”二音。山南有句云：“有缺未能成雅樂，不修那得到仙翁。”正喻夾寫[19]，一巧至此。又有《消寒》九首，余録其《袖手》云：“嚴寒無事不蹉跎，有手難伸唤奈何。伏案書頻將口揭，吟詩墨亦倩人磨。雖然善舞情都减，未免旁觀事太多。欲折梅花還忍俊，空從樹下一婆娑。”《糊窗》云：“驚飄小雪沙沙響，醜替寒家事事遮。小女戲將針刺破，要從隙裏嗅梅花。”《曝背》云[20]：“曬倦坐幾頭近膝[21]，生寒愁把面朝天。衰年自笑難擔荷，梅影松痕壓一肩。”余幼時畏冷，以口揭書，被先生呵責。剛糊一窗，被小妹以針刺破之。山南詩真，所以可愛。

芷衫有少陵之風，詠古道云：“九折原通蜀，千盤復向秦。可憐嘶老馬，長此怨離人。冰雪關河氣，風塵閱歷身。年年楊柳發，猶自傍前津[22]。”又《古臺》云：“項王空戲馬[23]，劉表但呼鷹[24]。”《古松》云：“鶴巢知幾换，龍氣欲盤空。”

【箋注】

[1]蔡芷衫：蔡元春，見卷三・一二注[9]。 [2]燕山南：燕以均，見卷三・一二注[8]。 [3]琅玕：指翠竹。 [4]嫦娥：指月亮。 [5]李長吉：李賀。《新唐書》：“母使婢探囊中，見所書多，即怒曰：‘是兒要嘔出心乃已耳！’” [6]曹言路：見卷六・八注[3]。 [7]郝隆：字佐治。雁門雲中（今山西原平）人。東晋名士。官至南蠻府參軍。據《世説新語・排調》，郝隆七月七日出日中仰卧。人問其故，答曰：“我曬書。”蓋自謂滿腹詩書也。 [8]金紹鵬：字雉山。清江蘇江寧人。諸生。 [9]陳文富：字子彰。清江蘇江寧人。嘉慶九年舉人。官東河知縣。 [10]羅春霆：清江蘇江寧人，諸生，餘不詳。 [11]王光晟：見卷一六・一九注[2]。 [12]毛俟園：毛藻，見卷二・二六注[1]。 [13]硬黄：紙名。以黄檗和蠟塗染，質堅韌而瑩徹透明，便於法帖墨蹟的響搨雙鈎。 [14]陶怡雲：陶涣悦，見卷一二・七一注[5]。 [15]王孔翔：王麟生，見卷一四・一八注[6]。 [16]岳樹仁：見補遺卷二・四八注[3]。 [17]督緣：鑽營。 [18]青蠅：蒼蠅，亦喻指讒佞。 [19]正喻夾寫：見卷一二・四六注[1]。 [20]曝背：以背向日取暖。 [21]幾：幾乎。 [22]津：

渡口。 [23]“項王”句：項羽滅秦後，自立爲西楚霸王，定都彭城，于南山上，構築崇臺，以觀戲馬，名戲馬臺。 [24]“劉表”句：三國劉表喜歡玩鷹，在襄陽城東漢水東岸築呼鷹臺，高數層，又名景升臺。

六 三

丙辰，余薦鴻詞入都，宣州同徵士梅華溪兆頤最爲交好[1]。時先生年六旬，而余纔弱冠。因先生授館于文穆公家[2]，以詩獻公，蒙公獎許。至今五十七年矣，詩不省記。其時所教文穆公子數人，皆孩也，其第八子鏐有兒名衡者[3]，以詩文受業于余。才氣横溢，常嫌其鴻文無範。半年，從新安歸，以詩來，學力大進。《蕪湖遇順風》云：“江行已三日，不遲亦不快。知我將他行，乃示神通大。一聲天樂鳴波中，高浪挾我淩長空。不知兩岸孰鞭叱，一齊倒走如飛龍。洲渚玲瓏樹疏密，層層遮抱如相恤[4]。好峰十里早揖迎，轉瞬已嗟交臂失[5]。中流撫掌同笑歌[6]，天公今日賜太多。我謝天公賜不領，誤我好景當如何？”《題畫》云：“青峰如野人，常愛擁蓑笠。蒼然翠滿身，雲開影猶濕。”又，佳句如“心逐野僧依寺定，夢如芳草入春多”“書聲出寺清於梵[7]，松影來窗信似潮”，俱佳。

【箋注】

[1]丙辰：這裏指乾隆元年（1736）。梅華溪：梅兆頤，字淑伊，號華溪。清安徽宣城人。庠生。乾隆元年召試博學鴻詞。有《春秋紀事本末》《花溪詩文集》。 [2]文穆公：梅瑴成（1682—1764），字玉汝，號循齋。清安徽宣城人。官至左都御史。謚文穆。有《增删算法統宗》《赤水遺珍》等。 [3]梅鏐：字既美，號石居、青溪。清安徽宣城人。諸生。梅衡：見補遺卷三・二九注[3]。[4]相恤：體恤、憐憫。 [5]交臂：表示相距很近。 [6]撫掌：拍手。多表示高興、得意。 [7]梵：指誦唱佛經。

六 四

癸巳年，余與蔣心餘、金棕亭遊揚州建隆寺[1]，與老僧夢因分韻[2]，賦《送春》詩，忽忽二十年矣。猶記其《探梅》云："扶笻踏遍千峰秀[3]，忽見溪梅横數枝。却怪天寒開未足，想逢月閏故還遲。深棲岩壑塵應遠，歷盡冰霜氣不衰。花落漫隨流水去，出山只恐世人知。"《登金山》云："一葉乘風白浪堆，維舟獨上妙高臺[4]。亂雲時復生虛壁，疑有蒼龍聽法來。"今年，渡江與趙偉堂學博遊焦山[5]，見其徒孫巨超以詩見示[6]，追憶疇昔[7]，不覺悽愴。蓋儒釋三人都已化去，而巨超詩筆清超，想見宗風。見贈云："廿年前遇古邗溝[8]，復見雙峰雪滿頭。天下騷壇名獨占[9]，越中山水屐重遊。詩成只恐蛟龍聽，事往空驚歲月流。相約黄梅時雨節，攜笻還上竹間樓。"《山居》云："簾捲西風雨乍晴，閑憑小閣聽流鶯。白雲無事長來往，莫怪山僧不送迎。"其他斷句，則"一條簾捲窗前月，幾點星摇樹裏天""露濃疑是雨，花墮不因風"。

【箋注】

[1]癸巳：這裏指乾隆三十八年（1773）。蔣心餘：蔣士銓，見卷一・二三注[2]。金棕亭：金兆燕，見卷五・一七注[3]。 [2]夢因：復顯，字夢因，號雪廬。俗姓張。清浙江海鹽人。乾隆時主揚州建隆寺。有《雪廬詩草》。[3]扶笻：拄杖。 [4]妙高臺：見本卷五七注[5]。 [5]趙偉堂：趙士英，字鼎望，號偉堂。清雲南昆明人。學博：即學官，府郡置經學博士各一人，掌以五經教授學生。 [6]巨超：清恒，俗姓陸，字巨超，號借庵。清浙江桐鄉人。主焦山定慧寺。有《借庵詩鈔》。 [7]疇昔：往日、從前。 [8]邗（hán）溝：也稱邗水、邗江、邗溟溝等。春秋時吴王夫差爲争霸中原，引江水入淮以通糧道而開鑿的古運河。 [9]騷壇：詩壇。

六　五

巨超之外，又有僧碧岩、悟霈者[1]。《柳枝詞》云："春風遊子唱離歌，楊柳其如送别何。畢竟不知攀折苦，長條更比去年多。"《海雲樓坐雨》云："曉來細雨落潮初，閑客江城興豈孤？隔院漏聽蓮葉轉，壓欄花倩竹枝扶。山亭銘碣殘餘晋，海國風濤怒入吴。不是陰霾阻歸棹，何能信宿此蓬壺！"

【箋注】

[1]碧岩：祥瀿，字碧岩。清安徽休寧人。主焦山十年，移錫湖州弁山。其作品收入《國朝詩選》。悟霈：俗姓黎，字古岩。清江蘇丹徒人。主乳山萬壽寺，後遷紹興雲門寺。有《擊竹山房集》。

六　六

焦山釋擔雲[1]，海鹽人，能詩。初至焦山，謂人曰："此我舊居之地。"人不之信，後遊五州山[2]，見壁間《宋故宫》詩云[3]："玉殿塵埋王氣終，鳳凰已去鳳林空。西湖歌舞浮雲外，南渡江山落照中。古寺有僧吟夜月，野花無主泣春風。劫灰五百餘年後，暮草荒煙思不窮。"曰："我之舊作也。"山僧驚異。告曰："此焦山僧朗月之詩，寂去已三十三年矣，其風度語言，與君相似。"後示寂焦山枯木堂[4]。詩稿散失。

【箋注】

[1]釋擔雲：如上，餘未詳。　[2]五州山：在江蘇鎮江西。《鎮江府志》："相傳登山絶頂，望見五州，故名，梁武帝幸此，輦道尚存。"　[3]宋故宫：此指宋徽宗時在杭州鳳凰山所建華陽宫。　[4]示寂：佛教語，稱佛菩薩及高僧身死。枯木堂：鎮江焦山定慧寺西有海雲堂，又名枯木堂，法成禪師所造。

六　七

圓津庵在河南内邱縣南官道旁。康熙間，吕光禄謙恒曾過其庵[1]，題詩云："花界濃陰日影微，倦途偶憩發清機[2]。長松匝院僧初飰，曲磴環亭鳥自飛。廿載重來如有悟，百年强半漸知非。路旁車馬勞勞者，磅礴誰能一解衣[3]？"後其子耀曾奉命使黔[4]，又題詩云："昔侍嚴親此地過，重來風木恨如何？隨行人憶當年少，相去時驚廿載多。户外松陰仍羃歷[5]，籬邊菊影自婆娑。追思往事渾如夢，敢以皇華續蓼莪[6]？"乾隆甲申，其孫燕昭赴河南[7]，過其庵，見壁上墨蹟猶新。和云："驛柳參差曉翠匀，尋幽蕭寺不辭頻。非關此地林泉勝，猶見先人手澤新[8]。風木興懷追往事，鶯花如舊正陽春[9]。他年重過長安道，取次紗籠拂壁塵[10]。”事隔百年，詩題三代，亦德門佳話也。

【箋注】

[1]吕謙恒（1653—1728）：字天益，號澗樵。清河南新安人。康熙四十八年進士。官至光禄寺卿。有《青要山房詩選》。 [2]清機：清净的心機。[3]磅礴：箕坐。兩腿張開坐著，形如簸箕。 [4]吕耀曾：見本卷五七注[1]。[5]羃（mì）䍦（lì）：濃深籠罩貌。 [6]皇華：《詩經·小雅·皇皇者華》，寫使臣在奉使途中秉承國君之明命，重任在身，充滿忠貞自守的心情。蓼莪：《詩經·小雅·蓼莪》，抒發不能終養父母的痛極之情。 [7]吕燕昭：見本卷四七注[3]。燕昭應爲吕謙恒曾孫。 [8]手澤：指先人或前輩的遺墨、遺物等。 [9]鶯花：鶯啼花開，泛指春日景色。 [10]紗籠：見卷一·三〇注[13]。

六八

香亭癸未同年太常寺少卿戴璐[1]，字菔塘，《送徐溉餘夏渠莊赴伊犁》云：“朝衫乍脱理征軺[2]，惜别無端折柳條。廊望方期偕出谷[3]，壯遊何意遠題橋[4]？路逾葱嶺書憑雁[5]，人到榆關學射雕[6]。回首槐陰同調盛[7]，晨星細數最魂消。”香亭稱其音節近唐人，爲余誦之。

【箋注】

[1]香亭：袁樹，見卷一·五注[3]。戴璐（1739—1806）：字敏夫，號菔塘，一號吟梅居士。清浙江歸安（今湖州）人。乾隆二十八年進士。官太常寺少卿。有《秋樹山房集》《吴興詩話》。 [2]征軺：遠行的車。 [3]廊望：遠望。出谷：從幽谷出來，常喻指境遇好轉或職位升遷。典出《詩經·伐木》。[4]題橋：漢司馬相如初離蜀赴長安，曾于成都城北升仙橋題句于橋柱，自述致身通顯之志。後以“題橋柱”比喻對功名有所抱負。 [5]葱嶺：即今帕米爾高原與喀喇崑崙山脈的總稱。 [6]榆關：山海關，泛指北方邊塞。 [7]槐陰：《舊唐書·吴湊傳》：“官街樹缺，所司植榆以補之，湊曰：‘榆非九衢之玩。’亟命易之以槐。及槐陰成而湊卒，人指樹而懷之。”《周禮·秋官》注云：“槐之言懷也。懷來人於此。”同調：志趣或主張一致的人。

六　九

觀補亭總憲保[1]，與弟德定圃尚書保[2]，昆季皆丁巳翰林[3]，前余一科。觀督學皖江，適余宰江寧，每秋闈到省[4]，必長夜深談。余服其明達，有古大臣風，勖以尹文端公[5]，而先生意猶未愜，其胸襟可想。德公少余一歲，風采奕奕。都門别後十餘年，丁丑天子南巡，余以迎駕故，握手宫門，遂成永訣。今抄得觀公《送人守杭州》云："當年使節小勾留，惜别時時作夢遊。何日移家鄰葛嶺[6]，幾人出守得杭州？文忠遺跡詩千卷[7]，武穆精靈土一坵[8]。惟有孤山林處士，梅花開落不曾休。"德公《春曉燕郊》云："初日出嶺晨霞明，一鞭款段春郊行[9]。煮茶野店試新汲，叱犢隔林聞曉耕。前溪浩淼新漲滿，遠塢斷續荒雞鳴。盤山尺咫望不到，浮嵐暖翠生遥情。"

壬戌，余與曾南村尚增、黄笠潭樹綸[10]，同以翰林外用。補亭戲品題云："黄如鹿，只宜野放，不宜鞍轡，非百里才[11]。曾如象，宜馱寶瓶[12]，排班午門，官不離身。君有治才，肯受驅駕，遇孫陽伯樂[13]，頗堪千里，而其心終在深山大澤間。"後果如其言。

【箋注】

[1] 觀補亭：觀保，見卷一〇・八四注[4]。　[2] 德定圃：德保（1719—1789），字仲容，一字懷玉，又字潤亭，號定圃，又號龐村。姓索綽絡氏。清滿洲正白旗人。居吉林。乾隆二年進士。官至禮部尚書。有《樂賢堂詩鈔》。[3] 昆季：兄弟。　[4] 秋闈：指科舉秋試。　[5] 勖（xù）：勉勵。尹文端：尹繼善，見卷一・一〇注[3]。　[6] 葛嶺：杭州名勝，相傳爲晋代葛洪煉丹處，位於寶石山和棲霞嶺之間，登此可俯瞰西湖。　[7] 文忠：蘇軾，謚文忠。曾任杭州知州，疏浚西湖，建築蘇堤。　[8] 武穆：岳飛，謚武穆。墓在杭州西湖棲霞嶺下。　[9] 款段：馬行遲緩貌。　[10] 壬戌：這裏指乾隆七年（1742）。曾南村：曾尚增，見卷五・六注[1]。黄笠潭：黄樹綸，字沛宇，號笠潭，一作竺潭。清湖南善化（今長沙）人。乾隆四年進士。官安徽繁昌知縣。[11] 百里：指管轄百里的範圍，通常指縣令。　[12] 寶瓶：佛教語，尊稱盛佛具法具的瓶器。　[13] 孫陽伯樂：見補遺卷四・五九注[5]。

七〇

白下布衣張士堂[1]，字月樓，詠七夕云："聞説今宵會女牛，多情我代數更籌[2]。不知自嫁天孫後[3]，此是千秋第幾秋？""銀漢迢迢月影横，人間天上不分明。如何際此團圓樂，不聽雲中笑語聲？"張道渥司馬亦有句云[4]："待無天地緣方盡，修到神仙會也難。"

【箋注】

[1] 張士堂：見本卷三注[2]。 [2] 更籌：古代夜間報更用的計時竹簽。借指時間。 [3] 天孫：即織女星。 [4] 張道渥（1757—1829）：字水屋，一字封紫，號竹畦。清山西浮山人。官至蔚州知州。有《水屋剩稿》。

七一

京口詩人，皆奉夢樓先生之教[1]，詩多清雅，有世子申生小心清潔之意[2]。高君青士風雅妍静[3]，耽於道教，而性愛吟詩，近亦出余門下。《過蘭若看菊》云："秋事在僧房，詩人覓晚香。沉沉三徑月，淡淡一庭霜。地僻宜花瘦，僧閑笑蝶忙。東籬莫漫采，留取作重陽。"《净慈寺訪超塵上人》云[4]："湖灣凡幾曲，幽折到南屏[5]。蘿暗欲無路，松陰落滿庭。自縫雲水衲[6]，手寫妙蓮經。一笑相逢處，前山煙靄青。"又："濤寒響逼歌喉細，茶暖香分酒色濃。""竹影暗移僧舍午，水聲凉送客衣秋。"亦佳句也。

【箋注】

[1] 夢樓：王文治，見卷二・三〇注[1]。 [2] 世子：太子，帝王和諸侯的嫡長子。申生：春秋時晋國人，獻公太子。獻公之女寵驪姬誣其下毒謀害獻公，乃自殺。《國語・晋語一》："優施曰：'必于申生。其爲人也，小心精潔，而大志重，又不忍人。'" [3] 高青士：高雲（1759—？），字青士。清江蘇丹徒人。與妻王素襟皆工吟詠，時相唱和。有《雲笈山房合集》。 [4] 净慈寺：位於杭州西湖南岸，初名慧日永明院，始建於後周顯德元年。 [5] 南屏：南屏山，綿延横亘于西湖南岸。 [6] 雲水衲：一種僧衣。

七二

壬子，余因相士之言不驗[1]，重遊天台。舟泊燕子磯，遇唐柘田明府仁植[2]，談詩竟日。將坐船讓我，而己換小舟，尾予而行。別後見寄云："神仙劫後百無憂，風雨橫江放膽遊。公借儂船儂借福，大家安穩到瓜洲[3]。""支筇重到女仙家[4]，笑殺桃源洞口花。劉阮有知應艷羨[5]，輸公兩度吃胡麻。"

【箋注】

[1]壬子：這裏指乾隆五十七年（1792）。此年袁枚七十七歲，有傳聞其已身故。相士：舊時以談命相爲職業的人。 [2]唐柘田：唐仁植，見卷一四・一〇一注[1]。 [3]瓜洲：古沙洲，在揚州城以南，與鎮江隔江斜對，向爲長江南北水運交通要衝。 [4]筇：竹杖。 [5]劉阮：見卷三・三二注[9]。

七三

"生面果能開一代[1]，古人原不占千秋"，此余贈趙雲松詩也[2]。"作宦不曾逾十載，及身早自定千秋"，此雲松見贈詩也。近至揚州書院，見壁上有秀才吴楷集余第一句[3]，配趙之第二句，作對聯贈掌教雲松，天然雅切。聞吴君亦美少年，惜其病，未得一見。

【箋注】

[1]生面：新的境界或形式。 [2]趙雲松：趙翼，見卷二・三三注[4]。[3]吴楷（1703—？）：字一山，號秋竹。清江蘇儀徵人。諸生。乾隆三十年召試，欽賜舉人。官内閣中書。有《含熏詩》《丹橘林詩》。

七四

近日山西多詩人，余已將何、劉兩公詩[1]，載入《續同人集》矣。今又有胥明府諱繩武者[2]，讀《小倉山房文集》，見寄云："不爲韓柳不歐蘇[3]，真氣行間辟萬夫[4]。所説盡如人意有，此才豈但近時無？

掃除理障言皆物[5]，遊戲文心唾亦珠。喜是名山藏未得，傳抄今已遍寰區[6]。”“聲名在世任推排，自擅千秋著述才。天爲斯文留此老[7]，我思親炙待將來[8]。風回海上波争立，春到人間花怒開。比擬先生一枝筆，迂儒禿管枉成堆[9]。”

【箋注】

[1]何、劉：何道生與劉錫五，見補遺卷四·二九注[3]。 [2]胥繩武（1757—1808）：字燕亭。清山西鳳臺（今澤州一帶）人。乾隆四十二年拔貢。任江西萍鄉縣知縣。 [3]“不爲”句：言袁枚詩文不拘泥于模仿韓愈、柳宗元，歐陽修、蘇軾等前代文人，而有自己的風格。 [4]辟：抵擋。 [5]理障：佛教語。謂由煩惱、邪見等理惑，障礙真知真見。後指詩作中陷於説理而少情趣的現象。 [6]寰區：天下、人世間。 [7]斯文：指文學、文化事業。[8]親炙：謂親受教育熏陶。 [9]迂儒：迂腐的儒生。

七　五

署江寧令汪君蒼霖[1]，常爲枚道某藩瑶華主人之賢[2]，能詩工畫，愛士憐才，惜枚路遠年衰，不及見天人眉宇[3]，爲今生恨事。忽慶大司馬桂以《聽泉圖》屬題[4]，展卷，見其畫筆高妙，直逼雲林[5]，詩亦唐人高調。其詞曰：“主人愛幽僻，坐石聽鳴泉。入耳宛寂若[6]，會心應泠然[7]。屬余爲寫照，結想羲皇前[8]。衣緌静以古，骨相清且妍。胸襟澹秋水，氣宇和春煙。寫來奈筆拙，布置慚周全。拈花眼前理[9]，指月空中禪。似聞空際音，朱琴彈古弦。臨流發深省，聽響通真詮[10]。何必奏絲竹，即景真雲仙。嘗聞謝幼輿[11]，合置邱壑間。君兼知仁樂，而藉圖畫宣。我性本疎曠，山水思静便。安得常賡歌[12]，同樂堯時天[13]？”

【箋注】

[1]汪蒼霖：見補遺卷一·四一注[2]。 [2]瑶華主人：弘旿（wù）（1743—1811），字卓亭，號恕齋、醉迂、瑶華道人、一如居士。清宗室。滿洲人。有《恕齋集》《瑶華道人詩鈔》。 [3]天人：仙人。 [4]慶桂：見卷四·六注[5]。

[5] 雲林：指倪瓚，見卷一六・三六注[3]。 [6] 寂若：寂靜。 [7] 泠然：清越激揚。 [8] 羲皇：即伏羲氏，指上古。 [9] 拈花：佛教語。喻心心相印，會心。 [10] 真詮：禪理真諦，亦泛指最真實的意義或道理。 [11] 謝幼輿：謝鯤（281—324），字幼輿。西晋陳郡陽夏（今河南太康一帶）人。好老莊，善奏琴，寄跡山林。晋顧愷之曾繪謝鯤像，將其畫在石巖裏，云"此子宜置在邱壑中"。 [12] 賡歌：酬唱和詩。 [13] 堯天：指帝王盛德和太平盛世。

隨園詩話箋注　補遺卷六

一

余在山陰，徐小汀秀才交十五金買《全集》三部[1]，余歸如數寄之。未幾，信來，説信面改“三”作“二”，有揠補痕，方知寄書人竊去一部矣。林遠峰云[2]：“新建吴某夜被盗[3]，七人明火執仗，捆縛事主，甚鬧。最後有美少年，盛服而至，翻撷架上，見宋板《文選》《小倉山房詩集》各一部。笑曰：‘此富兒能讀隨園先生文，頗不俗，可釋之。’手兩書而去。”余按唐人載李涉遇盗一事[4]，仿佛似之。至於竊書者，則又古人所無。方藕船明府云[5]，高麗進士李承熏、孝廉李喜明、秀才洪大榮等[6]，俱在都中購《隨園集》，問余起居、年齒甚殷。嘻，余愧矣！

【箋注】

[1]徐小汀：徐秉鑒，見補遺卷四·五四注[1]。 [2]林遠峰：林鎬，字遠峰，自號雙樹生。清福建龍巖人。國子監生。有《雙樹生詩草》。 [3]新建：縣名，治所在今江西南昌。 [4]李涉：唐洛陽（今屬河南）人。自號清溪子。官太子通事舍人、峽州司倉參軍、太學博士。曾夜過九江皖口遇盗，聞説是李涉博士，盗請他題詩，李遂題：“暮雨蕭蕭江上村，綠林豪客夜知聞。他時不用逃名姓，世上如今半是君。”盗喜，厚贈拜别。事見《雲溪友議》。 [5]方藕船：方維翰，見補遺卷四·四一注[1]。 [6]高麗：朝鮮歷史上的王朝（918—1392）。我國習慣上多沿用以指稱朝鮮。李承熏（1756—1801）：字子述，號蔓川。朝鮮王朝時期學者。乾隆四十二年首次來華，四十七年再次來華，隨父進貢北京，入天主教。後因回國秘密傳教被當政者處死。李喜明：生平未詳。洪大榮：一作“洪大容”。字德保，號湛軒、洪之。朝鮮王朝時期哲學家、自然科學家。乾隆年間曾隨朝貢使團來到中國。著有《湛軒書》。

二

那鑒堂澄爲常中丞鈞之第四子[1]，牧通州時，入山見訪。長身玉立，書氣迎人[2]。入都後，寄近作來，讀之，如接謦咳[3]。《步耕堂韻》云：“縱步高崗望禁城[4]，襟懷豁處念俱清。樹排盤磴野花滿[5]，水瀉深溝新漲平。追想風塵爲俗吏，何如耕鑿謝浮名。尋幽莫恨無同調，且喜心知共此行。”《悼亡》云：“謝家風味最難忘[6]，不愛濃妝愛淡妝。惜福如何偏減算，生憎檢點舊衣箱[7]。”“尋常小别尚依依，況復長眠竟不歸。杯酒墓門空一奠，白楊風冷紙錢飛。”

【箋注】

[1]那鑒堂：那澄，字鑒堂。清滿洲鑲紅旗人。監生。官至浙江寧紹道。常鈞（？—1789）：葉赫那拉氏。清滿洲鑲紅旗人。雍正四年由翻譯舉人授内閣中書。官至湖南巡撫。 [2]書氣：儒雅風度。 [3]謦（qǐng）咳：借指談笑、談吐。 [4]禁城：指宫城。 [5]盤磴：盤曲而上的石級。 [6]謝家：見補遺卷五・五二注[3]。 [7]生憎：最恨。

三

毛大瀛海客妻某氏[1]，能詩。初婚時，毛贈云：“他日香閨傳盛事，鏡臺先拜女門生。”妻笑曰：“要改一字。”毛問何字。曰：“‘門’字改‘先’字方妥。”毛大笑。後寄毛家信云：“出門七年，寄銀八兩。兒要衣穿，女要首飾。‘巧婦不能爲無米之炊’，此之謂也。至於年年被放，妾面增羞[2]；此皆妾命不齊，累卿如此。夫復何言？”

【箋注】

[1]毛大瀛（1735—1800）：初名思正，字又萇，一字又長，號海客。清江蘇寶山（今屬上海）人。諸生。官四川簡州知州。有《醉嘯軒吟稿》《戲鷗居詩鈔》。 [2]被放：捨棄。妾面增羞：宋錢易《南部新書・丁卷》：“杜羔妻劉氏善爲詩。羔累舉不第，將至家，妻先寄詩與之曰：‘良人的的有奇才，何事年年被放回？如今妾面羞君面，君若來時近夜來。’”

四

吾鄉陳叔毅先生名曾蓺[1]，阮亭高弟子也[2]。與湯西厓、姜西溟同時[3]，而至今無人知者。嚴司馬守田寄抄稿來[4]。《東阿道上》云[5]："嵐光到眼忽清虚，不負吟情兀短驢[6]。石井泉澆行客飯，水田衣掛老僧廬。兩頭雲幄張無數[7]，四面煙鬟畫不如[8]。盡日小車行百里，坐看山色卧看書。"先生尤長於言情。《好風》云："輕軀細馬獨徘徊，自把絲鞭不敢催。足鐙巧將新月隱，面羅剛被好風開。花如欲折心還怯，路到分歧意屢猜。夫婿不教相伴去，阿誰扶下繡鞍來？"《哭妾》云："水晶簾下玉蘢葱[9]，十樣新蛾畫未工[10]。留得青銅三尺鏡，更無人影在當中。""半枝樺燭夜熒熒，記得歸遲掩曲屏。比玉能溫比花活，最難忘是夢初醒。""避人洗手作羹湯，不遣郎知試教嘗。直到加餐方笑問，阿儂果否勝厨娘？"

【箋注】

[1]陳曾蓺（yì）：字叔毅。清浙江仁和人。諸生。有《斲冰集》。 [2]阮亭：王士禛，見卷一・五四注[1]。 [3]湯西厓：湯右曾，見卷三・一〇注[10]。姜西溟：姜宸英，見卷九・八六注[3]。 [4]嚴守田（1748—1799）：字歷亭，號穀園。清浙江仁和人。乾隆三十六年舉人。官至江南候補府同知。有《待松軒詩存》《歷亭詩鈔》。 [5]東阿：縣名，今屬山東。 [6]兀：獨。 [7]雲幄：狀如帳幔的雲。 [8]煙鬟：喻雲霧繚繞的峰巒。 [9]玉蘢葱：髮飾，即玉簪。 [10]新蛾：婦女新畫的細眉。

五

太常卿伊雲林先生朝棟[1]，素未識面，托王葑亭給諫寄稿商榷[2]，詩多雋逸。《喜葑亭移居相近》云："借得輕車載具遷，宣南坊地雁秋天[3]。桑林我已淹三宿[4]，花徑君初拓一廛[5]。雲抹樓頭宵共月，煙銷井口曉分泉。素心晨夕經過數，佳事應圖主客傳。"《歸舟》云："殘月銜帆影，長江一葦回。煙寒瓜步樹[6]，潮走海門雷[7]。六代銷波底[8]，三山落酒杯[9]。儒生仗忠信，涉險興悠哉。”其子秉綬進士[10]，見寄云：“魯靈光殿蜀峨嵋[11]，猶在寰中見未期。早歲誦詩同尚友[12]，逢人問訊當親師。名園藏得三山勝[13]，妙筆兼將五色持。聞道朱顏映梅萼，幾時來訪鄭當時[14]？”

【箋注】

[1]伊雲林：伊朝棟（1729—1807），原名桓瓚，字用侯，號雲林。清福建寧化人。乾隆三十四年進士。官刑部主事、浙江道監察御史、光禄寺卿。有《雲林詩鈔》《賜硯廟詩鈔》《南窗叢記》。 [2]王葑亭：王友亮，見卷六·六六注[3]。 [3]宣南坊：地名，在今北京宣武門外騾馬市大街以南，東至潘家河沿，西至教子胡同一帶。 [4]淹：逗留。三宿：《後漢書·襄楷傳》：“浮屠不三宿桑下，不欲久生恩愛，精之至也。” [5]一廛（chán）：泛指一塊土地、一處居宅。 [6]瓜步：山名，在江蘇南京六合東南。 [7]海門：海口，内河通海之處。 [8]六代：指三國吴、東晋和南朝之宋、齊、梁、陳。 [9]三山：地名，在今江蘇南京西南。一名護國山。晋王濬伐吴時至此處。 [10]伊秉綬（1754—1815）：字組似，號墨卿。清福建寧化人。乾隆五十四年進士。官刑部主事、廣東惠州知府、揚州知府。有《留春草堂詩草》。 [11]魯靈光殿：漢景帝子魯恭王所建的宫殿，故址在今山東曲阜。後用來比喻碩果僅存的人或事物。 [12]尚友：上與古人爲友。 [13]名園：所指即袁枚的隨園。 [14]鄭當時：見卷九·一一注[3]。此處比袁枚。

六

彭太守賫酒饋葛筠亭[1]，路上爲僕人所覆，葛調以詩云：“食指而今笑不靈[2]，黄堂佳釀剩空瓶[3]。分甘特教貽三雅[4]，束帶忙傳接五經[5]。徐氏聖賢來有信[6]，阮家兄弟去無形[7]。路傍破甑公休問，對菊依然我獨醒。”余爲其友何南園刻詩[8]，葛又謝云：“搜得遺編帶淚刊，憐才出自大賢難。鑒空遇物無逃影[9]，花好逢春立改觀。恩到九原知己少[10]，名留千載夜臺安[11]。從今不羨方三拜[12]，賞識應同及第看[13]。”余尤愛其《弔馬湘蘭》云[14]：“天教命薄爲官妓，人實誰堪作丈夫？”

【箋注】

[1] 賫（jī）：帶、送。葛筠亭：葛國玢，字筠亭。清江蘇上元人。貢生。[2] 食指：用“食指動”之典。預兆將有口福。語出《左傳·宣公四年》：“楚人獻黿于鄭靈公。公子宋與子家將見。子公之食指動，以示子家，曰：‘他日我如此，必嘗異味。’及入，宰夫將解黿，相視而笑。公問之，子家以告。及食大夫黿，召子公而弗與也。子公怒，染指於鼎，嘗之而出。” [3] 黄堂：指知府、太守。 [4] 分甘：謂分享甘美之味，亦以喻慈愛、友好、關切等。三雅：見卷一六·二八注[2]。 [5] 束帶：整飾衣服，表示端莊。五經：這裏指酒器。《侯鯖録·酒經》：“陶人之爲器，有酒經焉。……書云酒一經或二經，至五經焉。他境人有遊於是邦，不達其義，聞五經至，束帶迎於門，乃知是酒五瓶爲五經焉。” [6] 徐氏聖賢：指美酒。《三國志·魏書·徐邈傳》：“徐邈字景山，燕國薊人也。……魏國初建，爲尚書郎。時科禁酒，而邈私飲至於沈醉。校事趙達問以曹事，邈曰：‘中聖人。’達白之太祖，太祖甚怒。度遼將軍鮮于輔進曰：‘平日醉客謂酒清者爲聖人，濁者爲賢人，邈性修慎，偶醉言耳。’” [7] 阮家兄弟：《太平御覽》引《後魏書》曰：“阮孚性機辯，好酒，貌短而秃。周文帝偏所眷顧，常於室内置酒十瓶，餘一斛，上皆加帽，欲戲孚。孚適入室，見即驚喜曰：‘吾兄弟輩甚無禮，何爲竊入王家，匡坐相對？宜早還宅也！’因持酒歸，周文撫手大笑。” [8] 何南園：何士顒，見卷一·三七注[1]。 [9] 鑒：明鏡。 [10] 九原：傳統信仰中謂人死後的去處。[11] 夜臺：指陰間，謂人死後靈魂所到的地方。 [12] 方三拜：《北夢瑣言》卷六：“詩人方干，亦吴人也。王龜大夫重之，既延入内，乃連下兩拜，亞相安詳以答之，未起間，方又致一拜，時號‘方三拜’也。” [13] 及第：科舉應試中選。因榜上題名有甲乙次第，故名。 [14] 馬湘蘭：馬守真，見卷九·二一注[1]。

七

對聯之佳者，或題禪堂云[1]：“無法向人説，將心替汝安。”佛座云[2]：“大護法不見僧過[3]，善知識能調物情。”題春册云[4]：“一陰一陽之謂道，此時此際難爲情。”題戲臺云：“做戲何如看戲樂，下場更比上場難。”題書齋云：“無求便是安心法，不飽真爲却病方。”或見贈云：“天上何曾有山水，人間樂得做神仙。”

【箋注】

[1] 禪堂：猶禪房、僧堂。佛徒打坐習靜之所。 [2] 佛座：安置佛像之臺。 [3] 護法：護持佛法者。 [4] 春册：有關性生活的畫册。

八

李青蓮《嘲魯儒》[1]，有"未行先起塵"之句。余少時詠霧云[2]："張眸始識青盲苦[3]，對面如同學究談[4]。"有童子某嘲其師云："褒衣大袑方矩步[5]，腐氣衝天天亦懼。"有太白《嘲魯儒》之意。

【箋注】

[1] 李青蓮：李白。 [2] 詠霧：二字嘉慶本無，據光緒本補。 [3] 青盲：俗稱青光眼。症狀爲視力逐漸減退，漸至失明，但眼的外觀没有異常。 [4] 學究：指迂腐淺陋的讀書人。 [5] 褒衣大袑（shào）：寬上衣，大褲襠。爲古代儒者的裝束。

九

劉知幾云[1]："有才無學，如巧匠無木，不能運斤[2]；有學無才，如愚賈操金[3]，不能屯貨。"余以爲詩文之作意用筆，如美人之髮膚巧笑，先天也；詩文之徵文用典[4]，如美人之衣裳首飾，後天也。至於腔調塗澤[5]，則又是美人之裹足穿耳，其功更後矣！

【箋注】

[1] 劉知幾（661—721）：字子玄。唐徐州彭城（今江蘇徐州）人。高宗永隆進士。前後修史近三十年，主張秉筆直書，以爲史家須具才、學、識三長。著《史通》。 [2] 運斤：揮動斧頭砍削。喻施展技藝。 [3] 愚賈：愚笨的商人。 [4] 徵文：引證成文。 [5] 塗澤：修飾容貌。

一〇

武林女士王樨影姮[1]，嫁虹橋居士麟徵，詩才清麗。詠懶貓云："山齋空豢小狸奴，性懶應慚守敝廬。深夜持齋聲寂寂，寒天媚竈睡蘧蘧[2]。花陰滿地閑追蝶，溪水當門食有魚。賴是鼠嫌貧不至，不然誰護五車書？”《曉色》云：“殘星天上淡將落，冷露花間滴未晞[3]。”《落花》云：“正值鶯啼春樹曉，那堪雨歇緑陰生！”

【箋注】

[1] 武林：杭州的别稱。王樨影：王姮（héng），字樨影，號月函。清浙江仁和人。王西瀍女、諸生顧虹橋妻。有《繡餘詠稿》。 [2] 蘧（qú）蘧：悠然自得貌。 [3] 晞：乾。

一一

唐時汪倫者，涇川豪士也[1]，聞李白將至，修書迎之，詭云：“先生好遊乎？此地有十里桃花。先生好飲乎？此地有萬家酒店。”李欣然至。乃告云：“‘桃花’者，潭水名也，並無桃花。‘萬家’者，店主人姓萬也，並無萬家酒店。”李大笑，款留數日，贈名馬八匹、官錦十端，而親送之。李感其意，作《桃花潭》絶句一首。今潭已壅塞。張惺齋炯題云[2]：“蟬翻一葉墜空林，路指桃花尚可尋。莫怪世人交誼淺，此潭非復舊時深。”惺齋乃詩人栢園汝霖司馬之子[3]，落筆綽有家風。

【箋注】

[1] 汪倫：唐涇縣人。李白游涇縣桃花潭，常醖美酒以待。白贈其詩：“桃花潭水深千尺，不及汪倫送我情。”涇川：一作涇溪，又名賞溪。此代指涇川流經的涇縣。 [2] 張惺齋：張炯，字季和，號惺齋。清安徽宣城人。[3] 張栢（tāo）園：張汝霖，見卷六・八五注[1]。

一二

滿洲嵩孝廉，别字雨韭[1]，聞其玉樹臨風[2]，爲長安才子之冠。陶怡雲歸[3]，誦其《懷隨園》云：“名從五十年前盛，交在三千里外論。”余從未通書，而蒙其推挹如此，以未見其人爲恨，賦詩報謝云：“蒹葭倚玉知何日[4]，風雨懷人各一天。”

【箋注】

[1]嵩雨韭：嵩齡，字雨韭。清滿洲鑲黄旗人。舉人。官工部郎中、禮部員外郎。 [2]玉樹臨風：南朝宋劉義慶《世説新語·言語》：“謝太傅問諸子侄：‘子弟亦何預人事，而正欲使其佳？’諸人莫有言者。車騎答曰：‘譬如芝蘭玉樹，欲使其生於階庭耳。’”後以“玉樹”稱美佳子弟。杜甫《飲中八仙歌》：“宗之蕭灑美少年，舉觴白眼望青天，皎如玉樹臨風前。” [3]陶怡雲：陶涣悦，見卷一二·七一注[5]。 [4]蒹葭倚玉：《世説新語·容止》：“魏明帝使后弟毛曾與夏侯玄共坐，時人謂蒹葭倚玉樹。”蒹葭，荻與蘆葦，喻微賤、貌醜。玉樹，喻品貌之美。此處用爲自謙借别人光的意思。

一三

余冬月渡江過永濟寺[1]，有人題壁云：“梵宇沉沉裊篆煙[2]，人能到此即爲仙。犬心尚且閑如許，鎮日如來殿外眠[3]。”末署云：“倘隨園老人過此見之，不以爲野狐禪否[4]？”末署“松嵐”二字，不知何許人。

【箋注】

[1]永濟寺：南京燕子磯上的一座古寺，面臨大江，緣崖結構。 [2]梵宇：佛寺。 [3]如來：佛的别名。 [4]野狐禪：禪宗對一些妄稱開悟而流入邪僻者的譏刺語。

一四

葑亭給諫之次子王鳳書[1]，年十七，孔翔之弟也[2]。《無題》云：“倚舟春思正徘徊，恰值仙郎覿面來[3]。待要郎看還似怯，半窗斜掩半窗開。”《北渡》云：“北過黄河不見山，誰知此地有峰巒？抬頭絶似人離久，分外搴簾要細看[4]。”又，“村僻犬驚車轍響，地高鳥近屋簷飛”句亦佳。

【箋注】

[1] 葤亭：王友亮，見卷六・六六注[3]。王鳳書：王鳳生（1776—1834），字竹嶼。清安徽婺源人。王友亮第三子。官至河南河北兵備道。有《江聲帆影閣集》《滄江感舊集》。 [2] 王孔翔：王麟生，見卷一四・一八注[6]。[3] 覿面：迎面。 [4] 搴：撩起。

一　五

詠折花者，潘蘭如云[1]：“風枝露蕊夜初開，金剪商量密處裁[2]。爲贈美人纔折汝，也應笑入手中來。”揚州汪坤云[3]：“手折花枝翠黛顰，殷勤欲寄遠征人。明知到日應憔悴，即此梅花見妾身。”

【箋注】

[1] 潘蘭如：潘瑛，見卷一六・五五注[1]。 [2] 商量：估量。 [3] 汪坤：字至元，號玉屏。清江蘇甘泉人。嘗在揚州結吟香詩社。有《忍冬盦詩集》。

一　六

畫家有讀畫之説。余謂畫無可讀者，讀其詩也。偶過書鋪，懸楊椒山詩一幅[1]，云：“飲酒看書四十年，烏紗頭上即青天。男兒欲畫凌煙閣[2]，第一功名不愛錢。”又見薄仲文竹筆筒上雕一詩云[3]：“山外清江江外沙，白雲深處有人家。船頭不是仙源近，那得飛來數片花？”又，笪江上題畫云[4]：“雲歸忽帶雨幾點，木落又添山一峰。”

【箋注】

[1] 楊椒山：楊繼盛（1516—1555），字仲芳，號椒山。明保定府容城（今屬河北）人。嘉靖二十六年進士。官南京吏部主事、兵部員外郎、刑部員外郎。因上疏劾仇鸞，被貶狄道典史，又上疏劾嚴嵩十大罪，下獄被害。有《楊椒山集》。 [2] 凌煙閣：唐代爲表彰功臣而建築的繪有功臣圖像的高閣。這裏泛指功業爲世人銘記。 [3] 薄仲文：生平未詳。 [4] 笪江上：笪重光（1623—1692），字在辛，號江上外史。清江寧府句容人。順治九年進士。官御史。

一　七

近今夫婦能詩者，《詩話》中已載數人。兹又得孫子瀟妻席佩蘭、字韻芬者[1]，《南歸題上黨官署》云[2]：“一回頭處一淒然，弱質曾經住兩年。呼婢留心檢妝合，莫教人拾舊花鈿[3]。”“雨後棠梨片片殘，飛來和淚濕闌干。一花一草尋常見，到得離時却耐看。”《春遊》云：“放槳如飛落日遲，並船想見好花枝。春遊學得新興髻，明日梳頭更入時。”《惜春》云：“十樹花開九樹空，一番疎雨一番風。蜘蛛也解留春住，宛轉抽絲網落紅。”《陸行》云：“脱却風波踏地平，穿將珠顆數郵程。明明馬鐸車前響，錯認閨中鐵馬聲[4]。”《酸酒》云：“個中滋味誰嘗遍，下第才人被放官[5]。”《哭安兒》云：“一杯凉醞奠靈床，滴向泉臺哭斷腸。誰是酒漿誰是淚，教兒酸苦自家嘗。”安兒年五歲，能誦唐詩。翁出對云：“水如碧玉山如黛[6]。”應聲曰：“雲想衣裳花想容[7]。”亦奇兒也。

【箋注】

[1]孫子瀟：孫原湘，見卷一一·二五注[3]。席佩蘭（1766—？）：字韻芬，一字道華，又字浣雲。清江蘇昭文（今常熟）人。孫原湘妻。有《長真閣集》。[2]上黨：縣名，治所即今山西長治。[3]花鈿：用金翠珠寶製成的花形首飾。[4]鐵馬：簷鈴。懸於簷間的鈴，風吹發聲。[5]下第：科舉時代考試不中者曰下第，又稱落第。[6]“水如”句：明薛蕙《江南曲》句。[7]“雲想”句：唐李白《清平調》句。

一　八

吾杭高怡園景藩觀察之季女澹仙韞珍[1]，詩才清妙，不愧家風。《詠小青》云[2]：“朱門黄土恨年年，草掩孤山墓可憐。消盡紅香如逝水，生來薄命敢違天？梨花春夢瀟瀟雨，柳色秋風漠漠煙。多謝檀郎能瘞玉[3]，芳魂流落聖湖邊[4]。”《除夕與澹人郎君同作》云[5]：“殘年已過春三日，一歲猶餘話半宵。”淡人《湖上晚歸》云：“荒村犬吠路冥冥，移上天邊幾個星。山月未高湖面黑，漁燈一點浦煙青。歸來遠樹低飛鳥，遮住橫橋半截亭。隔水人家看不見，但聞笑語出寒汀[6]。”《客中》云：“病後吟詩多感舊，醉中無夢不還家。”與澹仙琴瑟甚調，而澹仙早卒，可悲也！高公甲辰進士，余丁巳年主其家三月[7]。後爲銘墓，以報其德。

【箋注】

[1] 高怡園：高景藩，見補遺卷一・五一注[1]。高澹仙：高韞珍，字澹仙。清杭州錢塘人。有《孤山弔小青詩》。 [2] 小青：馮小青，名玄。傳爲晚明揚州人，嫁爲杭州馮生妾。爲大婦所妒，徙居孤山别業。淒怨成疾，命畫師畫像自奠而卒。 [3] 檀郎：見卷八・六八注[7]。瘞（yì）玉：喻指埋葬已故的美女。 [4] 聖湖：即杭州西湖。漢時，金牛見湖中，人言明聖之瑞，遂稱明聖湖。 [5] 澹人：王金英，見卷一・五注[4]。 [6] 寒汀：清寒冷落的小洲。[7] 丁巳：這裏指乾隆二年（1637）。主：寓居。

一 九

士風卑諂，太史某惡而刺以詩，中有“吮癰舐痔”字樣[1]。余規之云：“下愚所爲，賢者非特不爲，亦不能知。譬如鳳凰翔於千仞，下界有蛣蜣轉糞之蟲[2]，鳳凰未必知也。王公貴人，辱詈其僕從[3]，在僕從未必辱，而自己反損威重矣。原壤[4]，狂士也，故孔子以杖叩之。蔡經[5]，半仙也，故麻姑以鞭笞之。其他庸惡之徒，其能受聖人之杖、仙人之鞭也哉？所謂‘孔子家兒不知罵，曾子家兒不知怒’[6]，即此意也。”

【箋注】

[1] 吮癰（yōng）：《漢書・佞幸傳》：“文帝嘗病癰，鄧通常爲上嗽吮之。”舐（shì）痔：《莊子・列禦寇》：“秦王有病召醫，破癰潰痤者得車一乘，舐痔者得車五乘。所治愈下，得車愈多。”此處用以形容卑屈媚上的齷齪行爲。 [2] 蛣（jié）蜣（qiāng）：屎殼郎。常把糞滾成球形，產卵其中。[3] 辱詈（lì）：辱駡。 [4] 原壤：春秋時魯國人。孔子之故舊。其母死，孔子助其治喪，原壤登柩而歌。又曾踞坐以待孔子。孔子責其無行。《論語・憲

問》："原壤夷俟。子曰：'幼而不孫弟，長而無述焉，老而不死，是爲賊！'以杖叩其脛。" [5]蔡經：東漢吴郡吴（今江蘇蘇州一帶）人。從王方平習道，得道離家。一次見麻姑時，意念中想讓麻姑以手撓背，王方平察知其意，便使人牽經鞭之。 [6]曾子：曾參，見卷一六・三五注[5]。漢劉向《説苑・雜言》："孔子家兒不知駡，曾子家兒不知怒，所以然者，生而善教也。"

二 〇

凡古人用雙字者，如依依、潺潺、悠悠、匆匆之類，指不勝屈。唐、宋名家，從無單用一字者。近今詩人貪押韻，又貪疊韻[1]，遂不得已而往往單用之，此大謬也！作者當以爲戒。

【箋注】

[1]疊韻：此指賦詩多篇用相同韻脚。

二 一

吴太史竹橋寄鮑銘山詩來[1]。其人幕遊客死[2]，屬余采數語入《詩話》中。《秋夕》云："颯颯長廊落葉聲，霞光黯淡照簾旌[3]。芙蓉泣露秋塘晚，絡緯吟風小院清[4]。好夢似雲回首散，新愁如水逐潮生。無端觸眼驚陳跡，洗馬茫茫此際情[5]。"他如"人間不夜皆因月，天上無情豈是仙""網欹屋角漁人散，犬吠橋邊野棹還[6]""滿苑落花剛客到，小樓聽雨又春深"，俱佳。

【箋注】

[1]吴竹橋：吴蔚光，見卷一・四一注[3]。鮑銘山：鮑捷勳，字元侶，號銘山、司竹吏。清江蘇常熟人。有《養木居詩集》《安雅居吟稿》。 [2]幕遊：指離鄉當幕僚，在地方軍政官署中協助辦理文案、刑名、錢穀等事務。 [3]簾旌：簾端所綴之布帛。亦泛指簾幕。 [4]絡緯：即莎雞，俗稱絡絲娘、紡織娘。夏秋夜間振羽作聲，聲如紡綫，故名。 [5]洗馬：官名。本作"先馬"。爲東宫官屬，職如謁者，太子出則爲前導。 [6]野棹：指鄉村小船。

二　二

雍正間，孫文定公作總憲[1]，李元直作御史[2]，陳法作部郎[3]，三人嶷嶷自立[4]，以古賢相期，京師號曰“三怪”。余出孫公門下，采其行略[5]，爲作神道碑[6]。後與李公子憲喬交好[7]，爲撰墓誌。惟陳公觀察淮揚時，余宰沭陽，隸其屬下，親承風采，平易可親。及河帥白公被罪[8]，公獨以一疏保之，致革職戍邊。信異人哉！僅記其《卧病》詩云：“高卧新秋及暮秋，酒場文社廢交遊。蕭疏鬢髮愁潘令[9]，清瘦形骸笑隱侯[10]。盡日閒書留枕畔，經時殘藥貯床頭。世情肯信吾真懶？奈是維摩疾未瘳[11]。”公字世垂，貴州人，癸巳進士。

【箋注】

[1]孫文定：孫嘉淦，見卷四·九注[3]。　[2]李元直（1686—1758）：字象山，號愚村。清山東高密人。康熙五十二年進士。歷官御史。　[3]陳法（1692—1766）：字世垂，號定齋、聖泉。清貴州安平（今平壩）人。康熙五十二年進士。官至直隸大名道。有《明辨録》《易箋》《内心齋稿》等。[4]嶷（nì）嶷：形容道德高尚。　[5]行略：生平事蹟的梗概。　[6]神道碑：指墓碑上記載死者事蹟的文字，爲文體的一種。　[7]李憲喬：見卷六·五九注[2]。　[8]白公：白鍾山（？—1761），字毓秀，號玉峰。清漢軍正藍旗人。官河東、江南河道總督。卒謚莊恪。　[9]潘令：潘岳，見卷一〇·二四注[4]。[10]隱侯：沈約，見卷三·四三注[6]。沈約《與徐勉書》描述自己的老態：“百日數旬，革帶常應移孔；以手握臂，率計月小半分。”後孳生出成語“沈郎腰瘦”。　[11]維摩：維摩詰，見卷四·三三注[2]。瘳（chōu）：病癒。

二　三

金孝廉有句云[1]：“病身對妾莊如客。”黄野翁有句云[2]：“老眼看燈大似輪。”此二句，正可作對。

【箋注】

[1]金孝廉：金虞，見卷六·九二注[1]。　[2]黄野翁：黄野鴻，見卷三·六八注[1]。

二　四

黄蛟門《寄張香岩》云[1]：“接到手書偏不發，先從函外看平安。”又有句云：“浣衣池淺春無雨，糴米人歸屋有煙[2]。”金陵有此詩人，而予不知。

【箋注】

[1] 黄蛟門：黄以旗，見補遺卷二・六九注[3]。張香岩：見卷一二・七四注[1]。　[2] 糴（dí）：買進穀物。

二　五

余園中種芭蕉三十餘株，每早采花百朵，吸其露，甘鮮可愛。恐漢武所謂金莖仙掌[1]，未必有此味也。以一盤飛送香亭[2]。渠謝詩云：“初日曈曈燦曉霞[3]，敲門驚起樹棲鴉。平頭奴子飛箋送[4]，一盒芭蕉帶露花。”“叮嚀開盒便須餐，略緩須臾露已乾。從古成仙在頃刻，莫教福薄走金丹。”“莊周何必賦逍遥[5]，一飲醍醐萬念消[6]。分與全家兒女吃，也呼雞犬上煙霄[7]。”“不是神仙已是仙，兄鋤明月弟耕煙。更期三萬六千日，再乞瓊漿共上天。”

【箋注】

[1] 金莖仙掌：相傳漢武帝使人塑金人承露盤，以求取天降玉露，而獲長生。班固《西都賦》云：“抗仙掌以承露，擢雙立之金莖。”　[2] 香亭：袁樹，見卷一・五注[3]。　[3] 曈曈：日初出漸明貌。　[4] 平頭奴子：不戴冠巾的奴僕。　[5] 莊周：即莊子，見補遺卷五・五七注[9]。莊子寫有《逍遥遊》。　[6] 醍（tí）醐（hú）：原指從牛乳中提煉的酥油，比喻甘美的飲品。　[7] 雞犬：相傳漢淮南王劉安與八公服丹後升天，餘下丹藥被雞犬所食，也成仙上天。

二　六

乾隆庚寅，余在杭州，訪蔣苕生太史[1]，聞寓湖州太守張公處[2]，即具名紙往投。蔣未見，乃有一峨冠者，拱手出。心知是太守，素無交，而其意甚親，未免愕然。太守笑曰："先生不識我耶？我早識先生，並識先生之夫人！"貌作何狀，令姊貌作何狀，歷歷如繪。余益驚，問故。太守曰："當年公作翰林，住前門外橫街。我年九歲，與公陸氏二甥同在蒙館讀書。塾師放學後，嬉遊公家。公姊及夫人梳頭，常在旁，手進梳篦。公過，猶呼餅餌啖我。公竟忘耶？"余謝曰："事實未忘，不料昔日聖童[3]，今爲公祖也[4]。惜二甥早亡矣！"相與唏噓者久之。從此遂別，更二十年，公子惠堂孝廉來[5]，權知溧水，又是余改官江南第一次捧檄之所[6]，重重春夢，思之憮然！其前事蹟，已作七古一篇贈蔣，梓入集中矣。今年衰，不能再贅，乃作一聯贈惠堂云："後我卌年[7]，同爲南國親民宰；通家兩代[8]，曾見而翁上學時。"蓋實叙平生佳話，非敢挾長也。

【箋注】

[1] 庚寅：這裏指乾隆三十五年（1770）。蔣苕生：蔣士銓，見卷一・二三注[2]。 [2] 張公：生平未詳。 [3] 聖童：指特别聰明、才能非凡的兒童。 [4] 公祖：對知府以上地方官的尊稱。 [5] 惠堂：張惠堂。乾隆年間舉人。曾代理江蘇溧水知縣。 [6] 捧檄（xí）：用東漢人毛義爲奉養母親而出任官職的典故。見《後漢書・劉平等傳序》。 [7] 卌（xì）年：四十年。 [8] 通家：猶世交。

二　七

張毅齋琰[1]，香岩秀才之兄也[2]，有絶句云："板橋一望雨初晴，映水紅欄分外明。底事簾前香不散？晚風吹過賣花聲。"《聞鶯》云[3]："高士有情頻側耳，香閨無夢亦關心[4]。"

【箋注】

[1] 張毅齋：張琰，號毅齋。清江蘇上元人。 [2] 張香岩：張培，見卷一二・七四注[1]。 [3]"高士"句：《詩・小雅・伐木》："伐木丁丁，鳥

鳴嚶嚶。出自幽谷，遷于喬木。”後以“鶯遷”爲居處、地位、境界改善和提升的頌詞。 [4]“香閨”句：唐金昌緒《春怨》：“啼時驚妾夢，不得到遼西。”

二 八

庚戌冬，余有感于相士壽終七六之言[1]，戲作生挽詩，招同人和之。不料壬子春，竟有傳余已故者。信至蘇州，徐朗齋孝廉邀王西林、林遠峰諸人[2]，爲位以哭，見挽云：“名滿人間六十年，忽聞騎鶴上青天。騷壇痛失袁臨汝[3]，仙界争迎葛稚川[4]。著作自垂青史後，彭殤早悟黑頭先[5]。望風不敢吞聲哭，但祝遲郎繼後賢[6]。”余讀之，笑曰：“昔范蜀公誤哭東坡[7]，有淚無詩。今諸君誤哭隨園，有詩無淚。然而淚盡數行，詩留千古矣。”

【箋注】

[1]庚戌：這裏指乾隆五十五年（1790）。相士：舊時以談命相爲職業的人。[2]徐朗齋：徐鑅慶，見卷七・一〇三注[1]。王西林：王汝翰，字西林。清江蘇江寧人。諸生。林遠峰：林鎬，後改名寶，字乾生，號遠峰、雙樹生。清福建龍巖人。有《雙樹生詩草》。 [3]袁臨汝：晋袁宏的父親袁勖曾任臨汝縣令，人稱袁臨汝，袁宏則被稱爲袁臨汝郎。袁宏（約328—約376），字彦伯。有逸才。此處以袁臨汝代稱袁枚。 [4]葛稚川：葛洪（約283—約363），字稚川，號抱朴子。東晋丹陽句容（今屬江蘇）人。曾爲勾漏令。有《抱朴子》《神仙傳》等書。 [5]彭殤：猶言壽夭。彭，彭祖，指高壽；殤，未成年而死。[6]遲郎：指袁枚之子阿遲，名袁文瀾。 [7]范蜀公：范鎮（1007—1088），字景仁。宋成都華陽（今四川成都）人。累封蜀郡公。蘇軾被貶黄州時，曾因春夏間多瘡患及赤目，數月閉門不出，傳者遂云物故。范鎮得聞，傷心痛哭。

二 九

金紹鵬秀才病跛[1]，而詩才清妙。居南門外，甚遠。余作詩會，輒肩輿迎之[2]。《炙硯》云：“凍合端溪冷倩烘[3]，炙來欣趁暖爐紅。煙雲氣吐陽春外，鐵石心回方寸中。冰釋恰如蘇地脈，筆耕纔得展田功。

更誇文陣通兵法，即墨城堅仗火攻[4]。”《糊窗》云：“素楮晶瑩賽越綾[5]，書窗面面霽輝凝。不教故紙遮雙眼，自有清光透一層。弄影待看梅襯月，敲詩好映雪挑燈。白生虛室神先爽[6]，篇展南華几試憑[7]。”《呵筆》云[8]：“中書也感吹噓力[9]，崛强全消聽指揮。”

【箋注】

[1]金紹鵬：見補遺卷五・六二注[8]。 [2]肩輿：抬著轎子。 [3]凍合：猶言冰封。端溪：溪名，在廣東高要一帶，産硯石，故可爲硯臺的雅稱。倩：請别人做某事。 [4]即墨：即墨侯，硯的别名。據宋蘇易簡《文房四譜・硯譜》載，唐人文嵩曾以硯擬人作《即墨侯石虚中傳》，曰：“上利其器用，嘉其謹默，詔命常侍御案之右，以備濡染，因累勳績，封之即墨侯。”後因用以稱硯。[5]素楮（chǔ）：指白紙。楮皮可制皮紙，故以楮代紙稱。 [6]白生虛室：即虛室生白。謂人能清虛無欲，則道心自生。《莊子・人間世》：“瞻彼闋者，虛室生白，吉祥止止。” [7]南華：《南華真經》的省稱，爲《莊子》的别名。[8]呵筆：天寒筆凍，嘘氣使解。 [9]中書：毛筆的别稱。見唐韓愈《毛穎傳》。

三 〇

林竹溪皖《柳絮》云[1]：“一春從未見渠開[2]，只見紛紛點翠苔。忙殺嬌癡小兒女，閒庭捧手待飛來。”懷寧勞崇煦云[3]：“笑指半鈎飛破鏡，戲抛雙釧疊連環[4]。”“好夢易離歡喜地，春晴難到兩三天。”俱眼前語，而拈出便新。

【箋注】

[1]林竹溪：林皖，號竹溪。餘未詳。 [2]渠：它。 [3]勞崇煦：字竹如。清安徽懷寧人。有《壽樗堂詩稿》。 [4]釧：臂鐲。喻月。

三 一

壬子冬過淮，嚴司馬歷亭守田[1]，席間誦孫相國士毅《領兵赴臺灣》云[2]：“自笑陳琳檄未工[3]，也曾磨盾學從戎。夢驚猛拱濤頭白[4]，渴飲官屯戰血紅[5]。元請一丸封已足[6]，頗遺三矢盼猶雄[7]。感恩何處酬豪末[8]，願得浮江比阿童[9]。”《南征》云：“欒城襟帶接重洋[10]，上下思文景物荒[11]。寅霧蛟涎工搶日[12]，丁男鴉嘴慣耕霜[13]。入雲阪洞盤千折，夾道翁茶網四張。土人呼“官”爲“翁茶”，出入結網爲轎。最是馬前煩慰勞，檳榔滿榼當壺漿。”“裘帶居然遍百蠻[14]，洱河恩許唱刀環[15]。文淵跡已埋銅柱[16]，定遠心原戀玉關[17]。二月花濃黄木渡[18]，三年香染紫宸班[19]。只因妖鳥巢猶在，夢繞羅平未肯還[20]。”

【箋注】

[1]壬子：這裏指乾隆五十七年（1792）。嚴歷亭：嚴守田，見本卷四注[4]。[2]孫士毅：見卷八・三六注[1]。乾隆五十二年，臺灣林爽文反，孫士毅以閩省海道相接，備兵潮州。王師渡海，欲派粵兵前赴。次年，臺灣平。事見《清史列傳》。 [3]陳琳檄：《三國志・魏志・王粲傳》：“軍國書檄，多琳瑀所作也。”裴松之注引三國魏魚豢《典略》：“琳作諸書及檄，草成呈太祖。太祖先苦頭風，是日疾發，卧讀琳所作，翕然而起曰：‘此愈我病。’數加厚賜。”後因以“陳琳檄”泛指檄文。陳琳（？—217），字孔璋。東漢末廣陵（今江蘇淮安一帶）人。曾依袁紹，後歸曹操。拜司空軍謀祭酒，管記室。軍國檄書，多出其手。官至門下督。 [4]猛拱：指乾隆三十四年，派清軍赴雲南，循戛鳩江而進，取道猛拱、猛養，水師沿江順流而下，與緬甸軍大戰，收復猛拱。此年，孫士毅曾隨大學士傅恒督師雲南。 [5]官屯：乾隆三十三年（1768），清軍曾同犯邊的緬甸軍在老官屯一帶進行過血戰，損失慘重。 [6]一丸封：漢王元説隗囂以兵守函谷關東拒劉秀：“今天水完富，士馬最强。……元請以一丸泥爲大王東封函谷關，此萬世一時也。”見《後漢書・隗囂傳》。後用爲守險拒敵的典實。 [7]三矢：指戰國趙廉頗一飯三遺矢事。此以廉頗自比。[8]毫末：毫毛的末端。比喻極其細微。 [9]阿童：王濬（206—286），字士治，小字阿童。西晋弘農（今陝西華陰一帶）人。曾大造舟船，率軍攻吴，燒斷吴人所置横江鐵鎖，直取建康。官至撫軍大將軍。卒謚武。此以王濬軍功激勵自己赴臺平叛。 [10]欒城：地名，今屬河北。 [11]“上下”句：《尚書・虞書・堯典》：“昔在帝堯，聰明文思，光宅天下。”《詩經・周頌・思文》：“思文后稷，克配彼天。立我烝民，莫匪爾極。”《書》以文思稱堯，《詩》以思文歌后稷，皆言其表裏。以文德治天下，以農事開國。景物荒：指風物荒

遠之地。 [12] 寅霧：寅時（指淩晨三點至五點鐘）之霧。蛟涎：蛟龍的口液，形容霧。揜：遮蔽。 [13] 丁男：成年男子。鴉嘴：鴉嘴鋤。 [14] 裘帶：輕裘博帶。古代達官貴人的服飾。百蠻：古代南方少數民族的總稱。 [15] 洱（ěr）河：即今雲南省的西洱河。刀環：《漢書·李陵傳》："立政等見陵，未得私語，即目視陵，而數數自循其刀環，握其足，陰諭之，言可歸還也。"環、還同音，後因以"刀環"爲"還歸"的隱語。 [16] 文淵：馬援，見卷二·一九注 [2]。銅柱：此指銅製的作爲邊界的柱形標誌。《後漢書·馬援傳》："嶠南悉平。"李賢注引晉顧微《廣州記》："援到交址，立銅柱，爲漢之極界也。" [17] 定遠：班超（32—102），字仲升。東漢扶風安陵（今咸陽一帶）人。投筆從戎，橫行異域。擊匈奴，退月氏。任西域都護，後封定遠侯。玉關：漢武帝置。因西域輸入玉石時取道於此而得名。漢時爲通往西域各地的門户。故址在今甘肅敦煌西北小方盤城。 [18] 黄木渡：古渡口，今稱黄木灣，在廣東廣州東南。 [19] 紫宸班：宫廷朝班。 [20] 羅平：地名，在今雲南。

三二

汪汝弼夢岩《送春》云[1]："子規啼急客情牽，婪尾花中罷綺筵[2]。飛到楊花春似夢，立殘斜日草如煙。消愁心緒憑杯酒，看好韶光待來年[3]。我亦欲歸歸未得，數聲長笛暮江天。"又："夕陽在樹蟬聲遠，凉月墜簾花影生。"皆妙句。其見贈詩，已入《同人集》。

【箋注】

[1] 汪汝弼：字夢岩。清河南夏邑人。嘉慶十年進士。官臨清知府。 [2] 婪（lán）尾花：春天最後開的花，指芍藥花。 [3] 韶光：美好的時光，常指春光。

三三

余遊天台，離家半載，歸後見几上有書一封，署名杜情海[1]，不知何許人也。其略云："惟才人能慕才人，而或關山間隔，貧無以聚糧；駒隙流光，命有如朝露。至於題碑揮涕，抱書嗚咽，詞客有靈，實增遺憾。竊每念及，耿耿終宵。海於海内才人，留意多矣。惟公則才大如天，惟僕則情深如海。自聞名以來，不知何以低徊思慕，朝夕不置[2]。豈三生之説[3]，原有可徵；而一代之才，自應作合耶[4]？僕常有句云[5]：‘除狂幾欲死，不殺定相憐。’倘或相見有阻，而小杜清魂一縷，蕩天入地，有不與劫灰俱滅者。所憑青眼[6]，鑒此丹誠。”余因其詩有奇氣，姑録之，待訪其人。

【箋注】

[1] 杜情海：生平未詳。 [2] 不置：不止。 [3] 三生：即三生石，本爲佛教輪回宿命之説，後作爲因緣前定的典故。 [4] 作合：《詩·大雅·大明》："文王初載，天作之合。" [5] 僕：謙詞，自稱。 [6] 青眼：指對知心朋友的看重。

三　四

余作令六年，曾作《俗吏篇》數首，存集中。今讀錢竹初明府《吏不可爲》六章[1]，覺從前吏治，尚不至此，特録之，以俟采風者。其詞曰："雞初鳴，俟大府[2]。鼓聲隆隆，銜尾疾進如群鼠。坐左箱[3]，日亭午[4]。饑不得餐輪轉肚，口燥唇乾噤無語。須臾手版如葉飛[5]，曰公不遑詰旦來[6]。如是者再四，乃得側身入謁升其階。無恒暘雨乎[7]，民不疾苦乎？口之所咨非所圖[8]，以色示退傴而趨[9]。歸告其賓朋，今日上官遇我殊。"（《參謁》）"若者縣緊望[10]，若者賦上中[11]，肥瘠揣而知，窶數藏其胸[12]。問吏何所有，一絲一粟民膏脂。交親緼袍來[13]，白著顔忸怩[14]。所愛權錙銖[15]，所畏揮沙泥。山中麋鹿川中魚，竟陵四盡古有徒[16]。取彼以與此，海波之瀾乃自濡[17]。令公喜，令公怒，朱提有神作人語[18]。"（《餽遺》）"官如大魚吏小魚，完糧之民其沮洳[19]。官如虎，吏如貓，具體而微舐人膏。二月絲，八月穀。婦出門，雞登屋。五刑之屬郵麗事[20]，役情追呼罪其罪。心所不怒强威之，投簽鏗然厭且憊。坐堂皇，鞭其尻[21]，役以皮肉更錢刀。彼縱不苦我則勞，署上上考何足高[22]。"（《催科[23]》）"强者盗，懦者賊。明者劫，暗者竊。盗不易捕賊易得，豺狼伏莽鼠跳壁。此輩民之蠹，五毒宜懲凶。及觀號呼慘，肢體與我同。所起由饑寒，刑之不可止。單辭鞫徒煩[24]，得情無足喜。穿窬内荏而色厲[25]，取非其有賢充類[26]。乃知天下之賊難盡求，竊鉤者誅竊國侯[27]。”（《鞫賊》）“晨起罷盥潄，僮來促官書。官書日幾何，堆案二尺餘。刊章匡以花[28]，急遞插以羽[29]。歲月加封檢，字句乏黜黜[30]。披之兩眸眊[31]，朱墨手倦舉。算事耶，算丁耶？甲乙丙者著令耶[32]，決事之比紛如麻。需頭辭卑累而上[33]，得一大諾自天降[34]。宣底駢[35]，緘其狀[36]。符火速，竿作櫝[37]。尾加恫喝視已熟，大胥之叱守令如叱僕[38]。”（《判牘[39]》）“樂莫樂兮見故人，苦莫苦兮對惡賓。胸隔千里萬里貌强親，唯唯諾諾不敢嗔。銜杯引手，視蔭不走[40]。使骰核下嚥不得腐[41]，嬈腦填腸泄且嘔[42]。何如還鄉獨處扃門庭[43]，所不願見者叩不應[44]。”（《酬賓》）

【箋注】

[1]錢竹初：錢維喬，見卷九・八一注[3]。 [2]大府：公府、官府。[3]箱：廂房。 [4]亭午：正午。 [5]手版：即笏。古時大臣朝見時，用以指畫或記事的狹長板子。 [6]不遑："不遑暇食"的略語，謂没有時間吃飯，形容工作緊張、辛勤。詰旦：清晨。 [7]暘雨：《尚書・洪範》："曰雨，曰暘。"唐孔穎達疏："雨足則思暘，暘久則思雨。"又："曰狂，恒雨若；曰僭，恒暘若。"意謂行爲狂妄，就像淫雨不停；做事錯亂，就像久晴不雨。 [8]咨：讚歎。 [9]僂：使身體彎曲，表示恭敬。 [10]若者：或者。緊望：重要、險要，指縣的等級。古時往往根據一縣户口的多寡、經濟開發程度劃分等級。[11]上中：這裏指田賦的等級。 [12]寠（jù）數：《釋名・釋姿容》曰："寠數猶局縮，皆小意也。" [13]交親：親戚朋友。緼袍：以亂麻爲絮的袍子。古爲貧者所服。 [14]白著：元陳世隆《北軒筆記》："受者非惠，與者如棄，謂之白著。" [15]錙銖：錙和銖。比喻微小的數量。 [16]竟陵四盡：《梁書・魚弘傳》："魚弘……歷南譙、盱眙、竟陵太守。常語人曰：'我爲郡，所謂四盡：水中魚鱉盡，山中麞鹿盡，田中米穀盡，村裏民庶盡……'"[17]自濡：自我沾潤。 [18]朱提：借用爲白銀的代稱。因産於今雲南昭通境内之朱提山，故稱。 [19]沮（jù）洳（rù）：低濕之地。 [20]五刑：指五種治理百姓的法律。郵麗事：謂依法、按事實施加刑罰。《禮記・王制》："凡制五刑，必即天論，郵罰麗於事。" [21]尻（kāo）：臀部。 [22]上考：謂官吏考績列爲上等。 [23]催科：催收租稅。租稅有科條法規，故稱。

[24]單辭：指訴訟中無對質無證據的單方面言辭。鞫（jū）：審訊。 [25]穿窬（yú）：挖牆洞和爬牆頭。指偷竊行爲。 [26]充類：謂用同類事物比照類推。《孟子·萬章下》："夫謂非其有而取之者，盗也。充類至義之盡也。" [27]侯：爲諸侯。 [28]匡：邊框。 [29]羽：插羽毛以示迅急。 [30]黹（zhǐ）黈（zhǔ）：草書的筆勢。 [31]眊：眼睛失神，視物不清。 [32]著令：書面寫定的規章制度。 [33]需頭：指章奏空出首幅，以供詔旨批答之用。累：連續、屢次。[34]大諾：指公文的核批畫行。諾，表示同意。 [35]宣底：詔書的底本。駢：羅列。 [36]緘：閉口不言。 [37]竿作櫝：作書札。 [38]大胥：大官、長官。[39]判牘：批閱公文。 [40]視蔭：觀察日影，意謂時間的流逝。 [41]殽核：肉類和果類食品。 [42]嬈腦：煩擾。 [43]扃：關閉。 [44]不應：不應聲。

三　五

乾隆己丑，今亞相劉崇如先生出守江寧[1]，風聲甚峻，人望而畏之。相傳有見逐之信[2]，鄰里都來送行。余故有世誼[3]，聞此言，偏不走謁，相安逾年。公托廣文劉某要余代撰《江南恩科謝表》，備申宛款[4]，方知前説都無風影也。旋遷湖南觀察，余送行有一聯云："月無芒角星先避[5]，樹有包容鳥亦知。"不存稿，久已忘矣。今年公充會試總裁，猶向内監試王葑亭誦此二句[6]。王寄信來云，故感而志之。

【箋注】

[1]乾隆己丑：這裏指乾隆三十四年（1769）。劉崇如：劉墉（1720—1805），字崇如，號石庵。清山東諸城人。乾隆十六年進士。歷官陝西按察使、湖南巡撫、内閣學士、禮部尚書、體仁閣大學士，加太子太保。有《石庵詩集》。[2]見逐：驅逐自己。 [3]世誼：世代交往之情。 [4]宛款：委宛誠懇。[5]芒角：謂放射光芒，喻人的鋒芒。 [6]内監試：官名，掌糾察閲卷事。會試以御史充任。王葑亭：王友亮，見卷六·六六注[3]。

三　六

新安王太守顧亭先生[1]，看《隨園詩話》有得，頓改從前之作。《養生潭觀魚》詩云："客亦知魚樂，相將坐小舟[2]。水深清見底，沙净白疑浮。得食依行棹，成群戲涉流。夕陽横斷岸，紅蓼幾枝秋[3]。"恰有唐人風味。

【箋注】

[1] 王顧亭：王廷言（1725—1807），字寓之，一字顧亭。王友亮之兄。清安徽婺源人。知河曲州，升順德知府，候補巡道，授中憲大夫。有《自娱草》。[2] 相將：相共。 [3] 紅蓼：蓼的一種。多生水邊，花呈淡紅色。

三七

人問："詩要耐想。如何而耐人想？"余應之曰："'八尺匡床方錦褥，已凉天氣未寒時[1]''狎客淪亡麗華死，他年江令獨來時[2]''燭花漸暗人初睡，金鴨無煙恰有香[3]''夢裹不知凉是雨，醒來微濕在荷花[4]''僧館月明花一樹，酒樓人散雨千絲[5]'，五言如'夜凉知有雨，庵静若無僧[6]''問寒僧接杖，辨語犬銜衣[7]'，皆耐想也。"

【箋注】

[1]"八尺"二句：出唐韓偓《已凉》詩。"匡床"一作"龍鬚"，指龍鬚草席墊。 [2]"狎客"二句：出五代王涣《惆悵詩》之九。狎客，陪伴權貴遊樂的人。麗華，張麗華，見卷六・一一一注[7]。江令，江總，見卷一三・二三注[6]。 [3]"燭花"二句：出宋秦觀《和王直方夜坐》詩。金鴨，一種鍍金的鴨形銅香爐。 [4]"夢裹"二句：出宋陳與義《雨過》詩。 [5]"僧館"二句：疑爲集句。宋錢昭度《酒樓》詩："長憶錢塘江上望，酒樓人散雨千絲。" [6]"夜凉"二句：出宋潘閬《夏日宿西禪院》詩。 [7]"問寒"二句：出唐唐求《山東蘭若遇静公夜歸》詩。

按：詩要耐想，怎樣纔能耐想？袁枚不加分析和説理，只舉了些例句讓人來意會。

三八

唐薛能笑杜少陵不敢作荔支詩[1]，香山有之而不佳[2]，自作一首，誇云："不愧不負。"而不知庸淺已甚，可笑也！能詩最佳者[3]，詠蜀柳云："高出軍臺遠映橋[4]，賊兵曾斫火曾燒。風流性在終難改，依舊春來萬萬條。"

【箋注】

[1] 薛能（約817—約880）：字太拙。唐汾州（今山西汾陽）人。武宗會昌六年進士。官嘉州刺史、工部尚書。有《江山集》《許昌集》。杜少陵：杜甫。其實杜甫在《解悶十二首》中詠過荔枝。 [2] 香山：指白居易。 [3] 能：指薛能。 [4] 軍臺：傳遞軍報和文書的郵驛。

三　九

余九歲時，偕人遊杭州吴山，學作五律，得句云："眼前三兩級，足下萬千家。"至今重遊此山，覺童語終是真語。又，《偶成》云："月因司夜終嫌冷[1]，山到成名畢竟高。"亦似有先知之意[2]。

【箋注】

[1] 司夜：主管夜間的報時。 [2] 先知：認識事物在衆人之前。

四　〇

詩如射也，一題到手，如射之有鵠[1]，能者一箭中，不能者千百箭不能中。能之精者，正中其心；次者中其心之半；再其次者，與鵠相離不遠；其下焉者，則旁穿雜出，而無可捉摸焉。其中不中，不離"天分學力"四字。孟子曰："其至爾力，其中非爾力[2]。"至是學力，中是天分。

【箋注】

[1] 鵠（gǔ）：箭靶的中心，泛指靶子。 [2] "其至"二句：意謂是否射得到靠力氣，是否射得中就不只是靠力氣了。

四一

康節先生有三不出之戒[1]，謂風不出、雨不出、大寒暑不出也。余七十後，惟暑不出，過中秋裁出，此定例也。今年八月八日，太守松雲李公新修莫愁湖成[2]，招余往飲，且云："能爲莫愁破例否？"余答云："老僧入定，聞釵釧聲便要破戒[3]，況莫愁乎？"即往赴之。適王顧亭太守見訪[4]，不值[5]，追至湖上，口號以贈云[6]："似鏡湖光一葉橫，白頭遥認是先生。盧家尚具神通力[7]，竟把閑雲引出城。"

【箋注】

[1] 康節：邵雍，見卷九·五二注[9]。 [2] 李公：李堯棟（1753—1821），字東采，號松雲、伯和。清浙江山陰人。乾隆三十七年進士。莫愁湖：位於南京水西門外，相傳南齊時洛陽少女莫愁曾居湖濱，因而得名。 [3] 釵釧：釵簪與臂鐲，泛指婦人的飾物。 [4] 王顧亭：王廷言，見本卷三六注[1]。 [5] 不值：没遇到。 [6] 口號：即隨口吟詩。 [7] 盧家：指莫愁女家。南朝梁武帝《河中之水歌》："河中之水向東流，洛陽女兒名莫愁。……十五嫁爲盧家婦，十六生兒字阿侯。"

四二

新安胡葆亭有句曰[1]："千里雄心空似驥[2]，百年衰族可無鳩[3]？"余愛其典雅。後其子雪蕉比部《聞鶯》云[4]："細雨乍移江上舫，好春又放故園花。"方知胡氏詩學傳家，淵源有自。雪蕉有弟岳見贈云[5]："隨口篇章皆絶調，及門弟子總傳人。"郭頻伽秀才見贈云[6]："生不佞人何況佛，事惟欠死恐成仙。"吕仲篤讀《隨園詩話》[7]，贈云："大海自能含萬派，名山真不負千秋。"范瘦生讀《隨園集》[8]，贈云："有筆有書有音節，一朝兼者一先生。"

【箋注】

[1] 胡葆亭：清安徽婺源人，餘未詳。 [2] 驥：駿馬。曹操《步出夏門行·龜

雖壽》：“老驥伏櫪，志在千里。烈士暮年，壯心不已。” [3] 無鳩：不得安寧。鳩，鳥名，借來與上句“驥”對偶。《左傳·襄公十六年》，宣子曰：“匄在此，敢使魯無鳩乎？” [4] 胡雪蕉：胡永焕，字奎耀，號雪蕉。清安徽婺源人。乾隆五十二年進士。工部誉繕司兼都水司主事。 [5] 胡岳：生平未詳。[6] 郭頻伽：郭麐，見卷一二·八三注 [2]。 [7] 吕仲篤：吕燕昭，見補遺卷五·四七注 [3]。 [8] 范瘦生：范起鳳，見卷六·二三注 [1]。

四　三

余不信風水之説。人言：“黄巢、李闖[1]，俱因毁墓而敗，非風水之驗否？”余道：“此等逆賊，雖不毁其墳，亦必敗也。”因口號一詩，以曉世人云：“寄語形家莫浪驕[2]，葬經一部可全燒。汾陽祖墓朝恩掘[3]，依舊榮華歷四朝。”

【箋注】

[1] 黄巢：見補遺卷四·六注 [4]。李闖：李自成（1606—1645），原名鴻基。明陝西米脂人。農民起義軍首領，稱號闖王，建國號大順。後攻入北京，旋爲清軍所敗。退至湖北九宫山遇害。 [2] 形家：舊時以相度地形吉凶，爲人選擇宅基、墓地爲業的人。也稱堪輿家。 [3] 汾陽：郭子儀，見卷一一·四注 [3]。朝恩：魚朝恩（722—770）。唐瀘州瀘川（今四川瀘州）人。大宦官，屢監軍事。曾暗中派人挖掉郭子儀父親的墓穴。

四　四

余訪京中詩人于洪稚存[1]。洪首薦四川張船山太史[2]，爲遂寧相國之後[3]，寄《二生歌》見示，余已愛而録之矣。追憶乾隆丙辰，薦鴻博入都，在趙横山閣學處[4]，見美少年張君名顧鑒者[5]，彼此訂杵臼之交[6]，疑與船山有瓜葛，寄信問之，不料即其尊人也[7]。垂六十年，忽通芳訊，知故人官至太守，尚無恙，且有子不凡，爲之狂喜。蒙以詩稿見寄，名曰“推袁集”，尤足感也。聞亦玉樹臨風，兼仲容之姣[8]。有秀水金筠泉孝繼[9]、無錫馬雲題燦[10]，俱願與來生作妾。船山調之曰：

“飛來綺語太纏綿，不獨嫦娥愛少年。人盡願爲夫子妾，天教多結再生緣。累他名士皆求死，引我癡情欲放顛。爲告山妻須料理，典衣早蓄買花錢。”“名流争現女郎身，一笑殘冬四座春。擊壁此時無妒婦[11]，傾城他日盡詩人。只愁隔世紅裙小，未免先生白髮新。宋玉年來傷積毀[12]，登牆何事苦窺臣？”余聞而神王[13]，亦戲調之曰：“夫妻喻友從蘇李[14]，賢者憐才每過情。但學房星兼二體[15]，心期何必待來生？”

【箋注】

[1]洪稚存：洪亮吉，見卷七·二一注[4]。 [2]張船山：張問陶，見補遺卷五·五〇注[2]。 [3]遂寧相國：張鵬翮（1649—1725），字運青，號寬宇。清四川遂寧人。康熙九年進士。官刑、户、吏各部尚書，加太子太傅銜，拜文華殿大學士。卒謚文端。 [4]趙横山：趙大鯨，見卷四·七注[1]。曾任侍講學士，故稱閣學。 [5]張顧鑒（1721—1797）：字鏡千，號冰亭。係張鵬翮之曾孫、張船山之父。 [6]杵臼之交：杵，舂米的木棒；臼，石臼。比喻交朋友不計較貧富和身份。《後漢書·吴祐傳》：“時，公沙穆來遊太學，無資糧，乃變服客傭，爲祐賃舂。祐與語，大驚，遂共定交於杵臼之間。” [7]尊人：此指父親。 [8]仲容之姣：見卷二·三三注[2]。 [9]金筠泉：金孝繼，一作孝楫，字筠泉。清浙江仁和人，家于秀水。布衣。早卒。曾“告其所親，願化作絶代麗姝，爲船山執箕帚”。 [10]馬雲題：馬燦，清江蘇無錫人，曾贈詩云：“我願來生作君婦，只愁清不到梅花。”因船山夫人有“修到人間才子婦，不辭清瘦似梅花”之句。 [11]擊壁：蘇軾的好友陳慥，字季常，好賓客，其妻柳氏以兇悍嫉妒聞名。每當陳季常宴客，如有歌伎在場，柳氏則以杖擊壁，客皆散去。 [12]宋玉：見卷一四·四三注[5]。宋玉《登徒子好色賦》：“東家之子，增之一分則太長，减之一分則太短，著粉則太白，施朱則太赤……然此女登牆窺臣三年，至今未許也。” [13]神王：謂精神旺盛。王，通“旺”。 [14]蘇李：漢蘇武與李陵的並稱。二人友誼篤厚，以屬和贈答詩見稱。 [15]房星：星宿名。南二星君位，北二星夫人位。

四 五

王濯亭廷取别駕[1]，顧亭太守之弟也[2]。有《瓶花》一首，云：“一枝濃豔膽瓶中，習習春生几席風。莫怪無根易凋謝，人情只愛眼前紅。”

余道此詩與翁承贊《詠僧寺牡丹》相同[3]。其詞云："爛漫香風引貴游，高僧閒步亦遲留。可憐殿角長松色，不得王孫一舉頭[4]。"均有寄託可喜。别駕又有《文殊臺》詩[5]，云："文殊臺上日初曛，翠影嵐光看不分。片石尚堪容獨坐，坐寒三十六峰雲。"《東溪山莊》有句云："剩有好山供望眼，自來勝事屬閒身。"俱可愛也。

【箋注】

[1]王濯亭：王廷取，見卷一六・五七注[2]。 [2]顧亭：王廷言，見本卷三六注[1]。 [3]翁承贊（859—932）：字文堯，一作文饒，晚年號狎鷗翁，又號螺江釣翁。唐福建福唐（今福清）人。乾寧三年進士。累官秘書郎、右拾遺。有《晝錦堂詩集》。 [4]王孫：王的子孫，後泛指貴族子弟。 [5]文殊臺：在黄山文殊院前，相傳曾爲文殊菩薩坐息之處。

按：詠物詩有寄託爲好，可從這裏得到啟發。《瓶花》一首，放在無論何朝何代，都有警世作用。

四　六

法時帆學士造詩龕[1]，題云："情有不容已，語有不自知。天籟與人籟[2]，感召而成詩。"又曰："見佛佛在心，説詩詩在口。何如兩相忘，不置可與否？"余讀之，以爲深得詩家上乘之旨。旋讀其《净業湖待月》云[3]："緩步出柴門，天光隔橋滃[4]。溪雲没酒樓，林露滴茶籠。秋水忽無煙，紅蓼一枝動。"又："摳衣踏蘚花，滿頭壓星斗。溪行忽有阻，偃蹇來醉叟[5]。攘臂欲扶持，枕湖一僵柳。"此真天籟也。又，《讀稚存詩奉柬》云[6]："盗賊掠人財，尚且有刑辟[7]。何況爲通儒，靦顔攘載籍[8]。兩大景常新[9]，四時境屢易。膠柱與刻舟[10]，一生勤無益。"此笑人知人籟而不知天籟者。先生于詩教，功真大矣。《詠荷》云："出水香自存，臨風影弗亂。"可以想其身份。又曰："野雲荒店誰沽酒，疎雨小樓人賣花。"可以想其胸襟。

【箋注】

[1] 法時帆：法式善，見卷一一・一五注 [7]。詩龕（kān）：存放詩書的小閣。法式善家築詩龕三間，積聚己作及人所投贈，皆懸龕中，人稱“詩龕先生”。 [2] 天籟：指詩文天然渾成得自然之趣。人籟：指人力精工製作的作品。 [3] 凈業湖：位於北京北城凈業寺旁，北通玉泉，南達三海，源頭活潑，湖水常年澄凈。 [4] 渰：雲氣騰湧貌。 [5] 偃蹇（jiǎn）：困頓貌。 [6] 稚存：洪亮吉，見卷七・二一注 [4]。 [7] 刑辟：刑法。 [8] 覥顏：面容羞愧。攘：掠取。載籍：典籍。 [9] 兩大：兩者並大，此處似指天和地。 [10] 膠柱：用膠粘住瑟上的弦柱，以致不能調節音的高低。比喻固執拘泥、不知變通。刻舟：指刻舟求劍，喻拘泥成法，固執不知變通。

按：這則詩話，分量特重。詩也好，論也好，詩中有論，論與詩相得益彰。天然巧成，別有異趣。《凈業湖待月》二首特妙。讀此可知“天籟與人籟，感召而成詩”。

四七

余與和希齋大司空[1]，全無介紹，而蒙其矜寵特隆。在軍中與福敬齋、孫補山兩相國[2]，惠瑤圃制府[3]，各有寄懷之作，已刻《倉山集》中。兹又從黃小松司馬處[4]，得其《西招春詠》，云：“莫訝春來後，寒容轉似添。小窗欣日色，大漠渺人煙。風怒沙能語，山危雪弄權。花稀名不識，何處聽啼鵑？藏中入春，風雪轉盛。”《中秋德慶道中》云：“山峻肩輿緩，征人夜未休。久忘家萬里，驚見月中秋。去歲姜肱被[5]，今宵王粲樓[6]。喜成充國計，含笑解吳鈎[7]。”《春夜》云：“銀釭閃閃漏迢迢[8]，風送邊聲助寂寥。殘月印窗天似曉，寒雞叫月夢偏遥。頻年客況當春好，一味鄉心易鬢雕。莫以沐猴譏項氏[9]，夜行衣錦笑班超[10]。”三詩雖吉光片羽，而思超筆健，音節清蒼，方知皋、夔、周、召[11]，本是詩人，非真有才者，不能憐才也。《寄隨園》詩自注云：“當在弟子之列。”與小松札中，又有“久思立雪”之語。虞仲翔得此知己[12]，真可死而無憾。但未知八十衰年，今生尚能一見否？思之黯然！

【箋注】

[1]和希齋：和琳，見補遺卷三·三七注[6]。 [2]福敬齋：福康安（1754—1796），富察氏，字瑶林，號敬齋。清滿洲鑲黄旗人。清高宗孝賢皇后侄。歷閩浙、兩廣、雲貴總督。後卒於軍中。孫補山：孫士毅，見卷八·三六注[1]。 [3]惠瑶圃：惠齡，見卷一一·五注[5]。 [4]黄小松：黄易（1744—1802），字小松，號秋盦。清浙江錢塘人。官山東運河同知。有《小蓬萊剩稿》《秋盦遺稿》等。 [5]姜肱被：《後漢書·姜肱傳》："肱與二弟仲海、季江，俱以孝行著聞。其友愛天至，常共卧起。"後因以"姜被"指兄弟之情。[6]王粲樓：東漢末，王粲多年避戰亂流寓荆州，在襄陽居住期間，常愛登襄城東南角的角樓，難抑思鄉之情，寫下《登樓賦》。襄陽人將此樓稱爲王粲樓或仲宣樓。後以此代指奔走他鄉、懷念故土。 [7]充國計：漢宣帝時，西羌叛，趙充國受詔至金城，圖上方略，因上屯田十二策。事見《漢書·趙充國傳》。吴鈎：兵器，形似劍而曲。春秋吴人善鑄鈎，故稱。後也泛指利劍。 [8]銀釭（gāng）：銀白色的燈盞、燭臺。漏：古代計時器，即漏壺。 [9]項氏：指項籍，見卷五·六四注[2]。《史記·項羽本紀》："人言楚人沐猴而冠耳，果然。" [10]班超：見本卷三一注[17]。 [11]臯夔：臯陶和夔的並稱。傳説臯陶是虞舜時刑官，夔是虞舜時樂官。後常借指賢臣。周召：周成王時共同輔政的周公旦和召公奭的並稱。兩人分陝而治，皆有美政。 [12]虞仲翔：虞翻，見卷二·四二注[3]。他因觸犯孫權，被謫戍交州，後孫悔悟，邀虞還都，虞此時已逝。《藝文類聚》卷四十引《虞翻别傳》曰："死以青蠅爲弔客，天下一人知己者，足以不恨。"

四八

余春間返故鄉掃墓，洞庭朱礀東成入山見訪[1]，不值，題壁云："五十年前父母官，於今八十享清閒。斯民不放袁公去，留得青天在此間。""四壁琳琅少女辭，山陰應接頗如之。那堪更讀童君畫[2]？絶筆梅花絶筆詩。童二樹素未識面，畫梅贈先生，題詩未竟而卒。先生加跋，懸諸壁間。"追余至吴門，於山塘相見，又見贈云："叨作蒹葭倚[3]，名園紀勝遊。笙歌今北海，圖畫古營丘[4]。健合扶紅袖，閒宜伴白鷗。公應是萱草[5]，相對日忘憂。"詠物詩難在不脱不粘，自然奇雅。礀東詠玉簪花云[6]："瑶池昨夜開芳宴，月姊天孫喜相見[7]。醉裏遺簪直等閒，香風吹落墮人間。醒來笑向阿母索，起跨青天白羽鶴。移時搜到野人家，乃知狡獪幻作花。煙中便欲搔頭去，翠袖紛披寶髻斜。”

【箋注】

[1]朱磵東：朱成，字聖和，號磵東。清江蘇吴縣人。監生。官廣西縣尉。有《一百四十四峰山房集》。 [2]童君：童鈺，見卷二·七八注[1]。[3]蒹葭倚：見本卷一二注[4]。 [4]“笙歌”二語：以宋李營丘畫比喻隨園山水。李成，字咸熙。宋北海營丘人。人稱李營丘。所畫山水極工，時稱古今第一。[5]萱草：俗稱金針菜、黄花菜。古人以爲種植此草，可以使人忘憂，因稱忘憂草。[6]玉簪花：多年生草本植物。花色白如玉，未開時如簪頭。常借指美人。[7]月姊：月中仙子，嫦娥。天孫：傳説中的織錦仙女，織女星。

四　九

湘潭張紫峴[1]，老詩人也，于磵東爲前輩，仿其體，題渠所畫墨蘭云：“公孫大娘舞劍器[2]，顛旭得之爲草書[3]。磵東兼二妙，寫作幽蘭圖。縱横豈有形與模，天工人巧相與俱。湘妃愁春隔煙水[4]，古雲含雨一千里[5]。霓裳玉佩慵斜倚[6]，來降紙窗素瓷裏[7]。對之微笑忽通靈，澹無言説天純青。心苞意蕚謝俗墨，九畹闢盡畦與町[8]。我欲置之九嶷峰巔四千丈[9]，不可采兮但遥望。”

【箋注】

[1]張紫峴：張九鉞，見補遺卷五·一〇注[1]。 [2]公孫大娘：盛唐舞蹈家，見卷一五·五八注[2]。 [3]顛旭：指張旭，見卷一〇·二九注[2]。以上二句喻畫蘭的高妙技藝。 [4]湘妃：見卷一·二一注[5]。此以喻所畫蘭的神韻。[5]含雨：嘉慶十四年刊《隨園詩話》隨園藏版及此後各版本均錯爲“念雨”，後面的“千里”也錯爲“十里”，此據張九鉞《紫峴山人全集》詩集卷二六《題朱磵東畫蘭》一詩校改。 [6]霓裳：飄拂輕柔的舞衣。 [7]素瓷：白色瓷器。[8]九畹：《楚辭·離騷》：“余既滋蘭之九畹兮，又樹蕙之百畝。”王逸注：“十二畝曰畹。”一説，田三十畝曰畹。見《説文》。後即以“九畹”爲蘭花

的典實。 [9]九嶷：南方的九座山峰，在今湖南寧遠南。《山海經·海內經》："南方蒼梧之丘，蒼梧之淵，其中有九嶷山，舜之所葬，在長沙零陵界中。"

五〇

詠桃源詩，古來最多，意義俱被説過，作者往往有疊床架屋之病[1]，最難出色。朱碉東來誦黄岱洲其仁《過桃源》一絶云[2]："桃源盤曲小山河，一洞深深鎖薜蘿[3]。行過溪橋雲密處，但聞花外有漁歌。"淡而有味。《滄浪詩話》所謂作詩不貴用力[4]，而貴有神韻，即此是也。

【箋注】

[1]疊床架屋：比喻重複累贅。語出《顔氏家訓·序致》。 [2]朱碉東：朱成，見本卷四八注[1]。黄岱洲：黄其仁，字岱洲。餘未詳。 [3]薜蘿：薜荔和女蘿。兩者皆野生植物，常攀緣于山野林木或屋壁之上。此處借指隱者住所。 [4]《滄浪詩話》：南宋嚴羽著的一部詩話，論詩提倡神韻。

按：作詩不貴用力，而貴有神韻。此謂用力而並不顯得用力，雕鑿而不顯雕鑿痕跡。全以神韻動人，纔是作詩的真功夫。

隨園詩話箋注　補遺卷七

一

余九日登紫蔭山[1]，見人題句云："巾子峰前木葉稀[2]，登高望遠思依依。天寒海氣連雲白，風緊城烏作陣飛。紅豆裁書難寄遠[3]，黄花插帽事多違[4]。年來浪跡東西道，慚愧天涯老布衣。"末題"陳濂"二字[5]。訪之，乃余甥婿陳文水孝廉之三弟也[6]。又，《游石門樓》云："山風吹松雲，岩石明齒齒[7]。猿啼兩三聲，行人盡東視。娟娟山上月，照見山下寺。洞門猶未關，待我遊屐至。"他若"秋聲江甸雨[8]，寒色海門煙[9]""月冷初浮水，星稀欲近人"，皆清絶也。

【箋注】

[1]紫蔭山：未詳，疑即杭州紫陽山，在西湖東，近清波門。 [2]巾子峰：此指杭州城外的一座小山峰，在梵天院後，形如巾幘。 [3]紅豆：紅豆樹、海紅豆及相思子等植物種子的統稱。其色鮮紅，文學作品中常用以象徵愛情或相思。 [4]黄花：菊花。 [5]陳濂：生平未詳，與卷一〇・三〇陳濂非一人。疑爲陳希濂，錢塘人。嘉慶三年舉人。有《瀫水草堂詩集》。 [6]陳文水：陳洄，字文水，號螺峰。清浙江錢塘人。乾隆五十四年舉人。有《螺峰草堂集》。[7]齒齒：排列如齒狀。 [8]江甸：江邊之地。 [9]海門：海口，内河通海之處。

二

峽江飛來峰寺僧澄波[1]，告何數峰云[2]："丙寅，有閨秀戴藴玉偕郎君某詣潯州府署省父[3]，坐飛來亭題詩[4]，詩成泣下。有句云：'白猿自悟當年事，見説持環返上宫。'人多不解。比至潯州而亡。疑其前身或猿女耶[5]？"

【箋注】

[1]飛來峰寺：此指峽江寺，在廣東清遠峽山上。僧澄波：即一涵禪師，字澄波。懷遠高足。 [2]何數峰：何青（1747—？），字數峰，號覺翁。清安徽歙縣人。乾隆間附監生。嘉慶初以軍勞官廣東清遠、香山、西寧、饒平、澄海知縣。有《遂初堂詩集》《黄山同遊詩草》。 [3]丙寅：這裏指乾隆十一年（1746）。戴蘊玉：一作韞玉，字西齋。清浙江歸安人。廣西思恩知府永椿女、錢塘同知陳淞妻。有《西齋遺稿》。潯州：治所在今廣西桂平東南。 [4]飛來亭：指峽江寺飛泉亭。 [5]猿女：傳説洛中有美女袁氏，與秀才孫恪結爲夫妻，鞠育二子。後見舊日門徒僧惠幽，遂將訶陵胡人所施碧玉環子獻僧，與孫恪及二子訣别，裂衣化爲老猿，追嘯者躍樹而去。見《太平廣記》卷四百四十五引《傳奇·孫恪》。

三

二童子放風箏。一童得風，大喜。一童謂之曰："勸君莫訝東風好，吹上還能吹下來。"我深喜之。蓋即孟子所謂"趙孟之所貴，趙孟能賤之"之意[1]。

【箋注】

[1]趙孟：趙盾（前655—前601），字孟。春秋時晋國的執政大臣。引語見《孟子·告子上》。意謂趙孟能把爵禄給人而讓他尊貴，也能把爵禄奪回而讓他卑賤。也即别人所給予的尊貴，不是真正的尊貴，真正的尊貴在於自己的仁義修養。

四

余至吴門，四方之士送詩求批者，每逢佳句，必向人稱説，非要譽於後進也。掌科許穆堂嫌太邱道廣[1]，見贈一律云："先生天下望，眉宇照人清。老至通姻婭[2]，兒時識姓名。風流蘇玉局[3]，書卷鄭康成[4]。可惜憐才過，揄揚誤後生[5]。"余道史稱龐士元稱許人才[6]，往往有過其分，老人竟犯士元之病，行將改之。

【箋注】

[1] 許穆堂：許寶善，見卷一〇・六〇注[1]。太邱道廣：陳寔（104—187），字仲弓。東漢潁川許（今河南長葛一帶）人。曾爲太丘長，世稱陳太丘。《後漢書・許劭傳》："太丘道廣，廣則難周。" [2] 姻婭：有婚姻關係的親戚。 [3] 蘇玉局：蘇軾，曾任玉局觀提舉，後人遂以"玉局"相稱。 [4] 鄭康成：鄭玄，見卷一・四六注[24]。 [5] 揄揚：稱引、讚揚。 [6] 龐士元：龐統（179—214），字士元，號鳳雛。漢末襄陽（今屬湖北）人。劉備謀士，與諸葛亮並爲軍師中郎將。

五

遊南明寺[1]，見歸愚先生有對聯云[2]："瓶添澗水盛將月，衲掛松梢惹得雲[3]。"未知是成語[4]，或先生所撰耶？是夕，風雨暴作，樓柱盡摇。余有句云："樓摇松樹頂，人卧海潮中。"

【箋注】

[1] 南明寺：通稱大佛寺，位於浙江新昌西南的南明山，始建於東晋永和年間。 [2] 歸愚：沈德潛，見卷一・三一注[3]。 [3] 衲：僧衣，因其常用許多碎布拼綴而成，故稱。 [4] 成語：指集現成詩文語。此處所引即取自唐韓偓《贈僧》詩。

六

京口尼能詩[1]，王碧雲女子贈云[2]："仙子傳來古雪篇，步虚聲裏絳雲仙[3]。遥知静對梅花月，鶴聽禪經立晚煙。"

【箋注】

[1] 京口：今江蘇鎮江。 [2] 王碧雲：生平未詳。 [3] 步虚：道家傳説中神仙的淩空步行，亦指唱經禮贊。絳雲仙：泛指天上的仙人。

七

直隸遷安縣定例[1]，入學八名，而應試者不過六七人。知縣胡公作宰[2]，忽有馬夫，著紅布履來告假。問何事，曰：“明日要赴縣考。”胡公大笑，口號以贈云[3]：“紅鞋著脚煤磨硯，馬糞熏衣筆换鞭。”

【箋注】

[1]遷安縣：今屬河北。 [2]胡公：胡淳，清貴州修文人。乾隆七年舉人。任盧龍、遷安知縣。 [3]口號：隨口吟詩。

八

金賢村太守潢[1]，性倜儻[2]，通音律，有四姬人，俱善歌，常偕至隨園度曲吹簫，太守親爲按板，殆古所云風流人豪者耶！籍係宛平，臨入都時，年逾六十。《留别》云：“何因執手涕淒然[3]，只爲分攜各暮年。歎我已辭歡喜地，多君還上孝廉船[4]。關山滿目新行李，兒女隨身舊管弦。此後隨園花滿日，夢魂還到小倉巔。”

【箋注】

[1]金賢村：如上，餘未詳。疑爲金璜，清漢軍正白旗人。監生。曾任杭州駐防協領、貴州安順府通判、貴陽府通判。 [2]倜儻：豪爽灑脱而不受世俗禮法拘束。 [3]執手：握手。 [4]多：稱讚。孝廉船：用晋代吴郡人張憑典。丹陽尹劉惔派人從船上找到他，舉薦爲太常博士。事見《世説新語》。意謂褒美才士。

九

程魚門入翰林後[1]，寄詩云：“四十年纔爲後輩，交遊若此古來稀。頭銜入手誠清絶，書局羈身未易歸[2]。老景真如冬景淡，梅花又共雪花飛。輸他居士山窗鶴[3]，鎮日從容立釣磯。”嗚呼！魚門家本富商，交結文人，家資蕩盡，直至晚年成進士，作部郎，四庫館議叙，纔得翰林，分校春闈[4]，可謂有志者事竟成。然而遽卒於秋帆中丞署中[5]，可悲也！

【箋注】

[1]程魚門：程晉芳，見卷一・五注[1]。 [2]書局：官府編書的機構。[3]居士：稱有德才而未仕的人。 [4]春闈：唐宋禮部試士和明清京城會試，均在春季舉行，故稱春闈。 [5]秋帆：畢沅，見卷二・一三注[4]。

一〇

懷寧諸生勞竹如[1]，詩人也。少年喪偶。里中有陳氏女，美，亦能詩，遣媒説之。女窺見竹如，欣然願嫁。兩人已目成矣[2]，爲里中富人强聘去。女臨行，寄勞生云："聞説乘鸞許上天[3]，幾番臨鏡自疑仙。不知淪謫緣何事，便隔蓬山路幾千[4]。""夢見文簫私語時[5]，想花心事要花知。分明匣底雙珠在，不忍還君祇淚垂。"

【箋注】

[1]勞竹如：勞崇煦，見補遺卷六・三〇注[3]。 [2]目成：通過眉目傳情來結成親好。 [3]乘鸞：比喻求得佳偶。 [4]蓬山：即蓬萊山，相傳爲仙人所居。 [5]文簫：唐太和末，書生文簫寓紫極宫，一日遊西山，與吴彩鸞相遇，因約俱歸。

一一

余幼時同赴童子試者，有申君南屏發祥[1]，權奇倜儻[2]，有温庭筠之風[3]。代人赴考，致遭斥革，而終成進士，外出爲令。見寄云："隨園居士今方朔[4]，遊戲人間作歲星。落筆便同天馬下[5]，無人不踞竈觚聽[6]。略施鴻爪覘爲政[7]，妙用詼嘲當説經。答鳳鞭鸞三十載[8]，又叨剪拂到頽齡[9]。"寄此詩時，官已報罷，掌教清江。余未及答，而君已卒。

【箋注】

[1]申南屏：申發祥，字南屏。清浙江錢塘人。諸生。永寧縣試用知縣。有《蘧廬生詩稿》《秀峰集》。 [2]權奇倜儻：奇譎非凡，豪爽灑脱。 [3]温庭筠：見卷二・六注[4]。 [4]方朔：東方朔，見卷八・九〇注[5]。 [5]天馬：天馬行空。比喻才氣横逸，不受拘束。 [6]竈觚：《太平御覽》卷一八六引《莊子》："仲尼讀《春秋》，老聃踞竈觚而聽。"觚，指竈臺的邊角。 [7]鴻爪：指行蹤，見卷八・五二注[4]。覘（chān）：觀看。 [8]笞鳳鞭鸞：比喻處世奇特不凡。 [9]剪拂：修整擦拭。比喻推崇、讚譽。頹齡：衰老之年。

一二

壬子春，與趙偉堂廣文遊焦山[1]，遇詩僧巨超[2]，茶話良久，采其詩入《詩話》。今春，慶大司馬奉旨到江南[3]，勾當公事，渡江之便，拉同遊焦山。别後，巨超寄詩云："曾向金鰲汗漫遊[4]，西風久已别荆州[5]。忽陪天使臨香界[6]，卻怪神仙也白頭。海内山川蒙一盼，人間聲價重千秋。須知未滿山靈願[7]，不把琴尊作小留[8]。"

【箋注】

[1]壬子：這裏指乾隆十年（1745）。趙偉堂：趙士英，見補遺卷五・六四注[5]。廣文：指清苦閒散的儒學教官。 [2]巨超：清恒，見補遺卷五・六四注[6]。 [3]慶大司馬：慶桂，見卷四・六注[5]。 [4]金鰲：比喻臨水山丘，此指焦山。汗漫：形容漫遊之遠。 [5]荆州：用"識荆"典，見補遺卷四・五四注[11]。 [6]香界：指佛寺。 [7]山靈：山間出産的珍異食物。 [8]琴尊：琴與酒樽，爲文士悠閒生活用具。

一三

山陰胡稚威天游曠代奇才[1]，丙辰同舉鴻博[2]，終身紆鬱而亡[3]。余初抄其駢體文三十篇，爲楊蓉裳簒取去[4]。乃于别處搜得《烈女李三行》一篇，初嫌太長，難入《詩話》，然一序一詩，俱古妙，不忍聽其煬没[5]，今刻續集，不妨載之。其序曰："女李三者，河南鹿邑縣人。父某業田，嘗以隱事與邑大豪相恨疾。豪陰謀殺之，使客陽與親，召之酒而藥以飲，遂發病。心知豪所爲，將死，女從母泣於前，某齘齒切叱[6]，曰：‘何泣？若非我子也[7]！且吾爲人殺，幸有兒，俟壯，或行能復仇，若渺孑煢稚[8]，無望也，恨終不吐矣！’女時年十餘，聞父言，晝夕憤傷，時時蓄報豪志。更數歲，益長，日誓鬼神，往祝某墓，願魂魄相助。挾利刃，候道上，期乘便刺豪。豪出入乘馬，從僮奴彪彪然[9]，勢不得逞。去，丐人爲詞[10]，屢訴有司、大吏咸遍[11]，列於官者三年矣，一人無肯白其事者[12]。女甚恨，曰：‘此曹雖官人[13]，實盜隸耳！徒知探金錢，取醉飽，何能爲直冤痛者乎？’遂辭其母，當奔往京師。鹿邑到京師二千里，女孤弱無相攜挈，暮托逆旅[14]，主人或怪其獨來，疑有他，固不内[15]，往往伏草間。既至，將擊登聞鼓自訟，數爲吏所闌[16]。以陳于刑部、都察院，交格之[17]，一如有司、大吏在河南者。久之，會有新任令于鹿邑者，頗强直任事。女聞，乃走還。令方升車出，遮前大呼，且涕且陳，伍伯棰驅不能動[18]。令以某死久歲月，且無驗，意其未信。更詰將死時語，及奔京師狀，乃受牒[19]，縛鞫客與豪[20]，皆自窮服。令已論正豪罪，未即决，豪死牢户中。豪家滋憎女甚，謗爲嘗受污。有邑公子獨心知女賢，請聘之。其母與長老媒媪皆勸之行，矢不許[21]。及母卒殯埋，悉召宗族、親戚、里鄰，告之曰：‘吾痛父見害，楚毒幾十年[22]，幸得雪仇。而名爲人垢，忍不早就死者，傷無兄弟終奉老母。今吾事大已，其將有所自明。’室而掩之，遂自絞也。於是豪子暮拍之笑，視其面，倜猶生然。將舉刀斷之，有血激諸口，類噴怒者。豪子駭僕不能動，左右亟扶負歸，亦竟得疾以死。女死康熙中，至今且五十載。歲戊午，予居長安，始聞。感當世無能文章揚洗昭暴之[23]，使家説户唱，相與勉勸。乃撰述其事，歌而繫之。”曰：

大海何漫漫，千年不能移。太山自言高，精衛銜石飛[24]。朝見精衛飛，暮見精衛飛。吐血填作塸[25]，一旦成路蹊。豈惟成路蹊，崔嵬復崔嵬。女面潔如玉，女身濯如脂。十四頗有餘，十五十六時。婀娜環春風，明月初徘徊。門中姊與姑，鄰舍雜姥婆[26]。人笑女無聲，人歡女長啼。昔昔重昔昔[27]，破痛不得治。有似食大鯁[28]，禍喉連脅臍。阿母喚不應，步出中閭闈[29]。女身亦非狂，女心亦非癡。向母問阿爺，阿爺誰所尸[30]？昨者門前望，裂眼寧忍窺？爺仇意妍妍，走馬東西街。我無白揚刃，斷作雙虹霓。磨我削葵刀，三寸久在懷。一心願與仇，血肉相齏糲[31]。仇人何陸梁[32]，挾隊健如犛[33]。前者爲飢狼，後者爲怒豺。小雀抵黃鷂，徒恐哺作糜。大聲呼縣官，縣官正聾蚩。宛轉太守府，再三中丞司。堂皇信威嚴，隸卒森柴崖。安知坐中間，一一梗與泥。何由腐地骨，鬼笑回牙欸[34]？孤小不識事，聞人説京師。京師多貴官，列坐省輿臺。頭上鐵柱冠，獬廌當胸棲[35]。獬廌角嶽嶽[36]，多望能矜哀[37]。局我頭上髪，縫我當射衣。手中何所將，血帛斑斕絲。帛上何所書，繁霜慘蒙埋。細軀誠艱難，要當自防支。女弱母所憐，請母毋攀持。今便辭母去，出門去如遺。是月仲冬節，殺氣争驕排。層冰塞黃河，急霰穿矛錐。大風簸天翻，行人色成灰。夜黑不見掌，深林抱枯枝。三更叫鶹鵅[38]，四更嗥狐狸。五更道上行，躑躅增羸飢。舉頭望長安，盤盤鳳凰陴[39]。下著十二門，通洞縱横開。持我帛上書，鬻我囊中袿[40]。跪伏御史府，廷尉三重墀[41]。尚書更峨峨，峨峨唱騶歸[42]。頭上鐵柱冠，獬廌當胸棲。獬廌即無角，豈與群羊齊？李女倚柱嘯，白日凋精輝。結怨彌中宵，中宵盛辛悲。有地何博博，有天何垂垂。高城不爲崩，高陵不爲阤[43]。爲遣明府來，明府來何遲！長跪向明府，淚落江東馳。女今千里還，女憂終身罹[44]，女誠不敢紿[45]，願官無見疑。父冤信沉沉，沉沉痛無期。一日但能爾[46]，井底生朝曦。死父地下笑，生仇市中刲[47]。顧此弱賤軀，甘從釜爨炊。語終難成聲，聲如繫庖糜。明府大嗟歎，嗟歎仍歔欷。翻翻洞庭波，洞庭非淵洄。嶄嶄邛崍阪[48]，九折無險巇。我今爲汝尸[49]，汝去行得知。爺仇意妍妍[50]，舉家忽驚摧。勢似宿疹發，驟劇無由醫。同時惡少年，驅至如連雞[51]。銀鐺押領頭[52]，畢命填牢陛。有馬空馬鞍，永别街西馗[53]。叩頭謝明府，搦骨難相貽[54]。昔爲甁乳兒[55]，今爲箭還鞁[56]。遥遥望我里[57]，我屋荒萆萊[58]。寡母倚門唏[59]，唏于杞梁妻[60]。女去母啖柏，啖柏今成飴[61]。雖則今成飴，母悲轉難裁[62]。女顔昔如玉，女鬟何祁祁[63]，女口含朱丹，女手垂春荑[64]。哭泣親塵沙，面目餘瘢劙[65]。宛宛閨中存，黧瘠疑病羆[66]。姑姊看女來，簪笄不及施。鄰姥看女來，左右相呼攜。各各自流涕，一尺紛漣洏。鄰姥少别去，媒媪從容來。三請得見女，殷勤致言辭。公子縣南居，端正無匹儕[67]。金銀列兩箱，纖紈不勝披。身當作官人，華榮灼房幃。頗欲得賢女，賢女勝姜姬[68]。回面答媒媪，身實寒且微。無弟無長兄，老母心偎依。所願事力作，澀指縫裙襬。安得隨他人，乖違母恩慈？母年風中燈，女命霜中葵。須臾母大病，死父相尋追。棺槨安當中，起墳遂成堆。一一營事托，姑姊可前來。爲我唤長老，長老升堂階。爲我召鄉鄰，鄉鄰麇如圍。十歲隨爺娘，幼小惟癡孩。十五銜沉冤，灌鼻承醇醨[69]。二十行報仇，報仇苦且危。三年走大梁[70]，趙北燕南陲[71]。女行本無伴，女止亦有規。皎皎月光明，不墮濁水湄。斑斑錦翼兒，耿死安能翳[72]？自此旋入房，重闔雙雙扉。朱繩八九尺，掛向梁間頽[73]。鮮鮮桂華樹，華好葉何奇。葳蕤揚芳馨[74]，生在空山隈。烈火燒崑岡[75]，三日夜未衰。大石屋言言[76]，小石當連簣[77]。蕭芝泣蕙草，萬族合一煤。燒出白玉姿，皎雪光皚皚。玉以爲女墳，將桂墳上栽。夜有大星辰，其光何離離[78]。錯落桂樹間，千年照容徽[79]。

【箋注】

[1] 胡稚威：胡天游，見卷一・二八注[1]。 [2] 丙辰：這裏指乾隆元年（1736）。鴻博：科舉考試博學鴻詞科的省稱。 [3] 紆鬱：屈抑、憂愁、氣憤等在心裏積聚不得發洩。 [4] 楊蓉裳：楊芳燦，見卷一・二八注[17]。[5] 煬没：湮没、消失。 [6] 齘（xiè）齒：咬緊牙齒。切叱：急切斥責。[7] 若：你。 [8] 渺孑煢稚：藐小、孤單、幼弱。 [9] 彪彪然：威猛貌。[10] 丐人：乞求人。 [11] 有司：官吏。古代設官分職，各有專司，故稱。

[12]白：申白冤屈。 [13]此曹：這類人。 [14]逆旅：旅店。 [15]不内：不接納。 [16]闌：阻攔。 [17]交格：拒絕。 [18]伍伯：亦作“伍百”。役卒，多從事輿衛前導或執杖行刑。棰驅：捶打驅趕。棰，通“捶”。 [19]牒：指訟辭。 [20]縛鞠（jū）：拘捕審訊。 [21]矢：發誓。 [22]楚毒：痛苦。[23]昭暴：顯揚、披露。 [24]精衛：古代神話中鳥名。《山海經·北山經》：“發鳩之山，其上多柘木。有鳥焉，其狀如烏。……名曰精衛，其鳴自詨。是炎帝之少女，名曰女娃。女娃游於東海，溺而不返，故爲精衛，常銜西山之木石，以堙於東海。” [25]塸（ōu）：墳墓。 [26]姥婆：老婦。 [27]昔昔：夜夜。[28]大鯁：堵塞。 [29]閶闔：指閨房。 [30]所尸：猶所害死。 [31]齏（jī）韲（ní）：粉身碎骨。 [32]陸梁：囂張、猖獗。 [33]犛（máo）：野牛。[34]牙欸（cǎi）：謂切齒而怒。 [35]獬（xiè）廌（zhì）：傳説中的異獸。一角，能辨曲直，見人相鬭，則以角觸邪惡無理者。此指古代御史大夫等執法官戴的獬豸冠。 [36]嶽嶽：挺立貌。 [37]矜哀：哀憐。 [38]鴚（gē）鵝：即天鵝。 [39]陴（pí）：借指城牆。 [40]袿：婦女的上服。 [41]墀（chí）：臺階。 [42]唱騶：舊時顯貴出行，隨從的騎卒在前面吆喝開道，令行人回避。 [43]阤（yǐ）：崩塌。 [44]罹：遭遇禍難。 [45]紿（dài）：欺誑。[46]能爾：如此、這樣。指昭雪。 [47]刲（kuī）：殺，指執行死刑。[48]邛崍：邛崍山，在四川滎經西。 [49]尸：主持。 [50]妍妍：抗辯貌。[51]連雞：縛在一起的雞。 [52]銀鐺：應爲“鋃鐺”。鐵鎖鏈，拘繫罪犯的刑具。[53]馗（kuí）：四通八達的大路。 [54]貽：贈送。 [55]羝（dī）乳：公羊産乳。喻不可能發生之事。 [56]靫（chá）：箭袋。 [57]里：故里、家鄉。[58]葹（pí）萊：指野草。 [59]唏：哀歎。 [60]杞梁妻：春秋齊大夫杞梁之妻。或云即孟姜。齊莊公四年，齊襲莒，杞梁戰死，其妻迎喪于郊，哭甚哀，遇者揮涕，城爲之崩。後演爲孟姜女哭長城的傳説故事。 [61]飴：甘美食品。 [62]裁：削減。 [63]祁祁：盛貌。 [64]春荑：春茅的嫩芽，白嫩柔潤。[65]瘢劙（lí）：刀割的疤痕。 [66]黧瘠：又黑又瘦。病羆：帶病的羆熊。[67]匹儕（chái）：同伴。 [68]姜姬：指齊姜，見補遺卷五·四七注[21]。《詩·陳風·衡門》：“豈其取妻，必齊之姜？”後因以借指名門官宦人家的女兒。[69]醇醯（xī）：醇厚的醋，此處指如用酷刑般痛苦難堪。 [70]大梁：古地名，今開封一帶。 [71]趙北燕南：泛指今河北、北京一帶，爲李三奔走申訴的地方。 [72]翳：遮蓋。 [73]頽：墜。 [74]葳（wēi）蕤（ruí）：華美貌。[75]崑岡：崑崙山的别稱。 [76]言言：高大貌。 [77]連輂（chái）：車相牽而行。 [78]離離：明亮貌。 [79]容徽：美好的容顔。

一 四

句曲女史[1]，孔静亭退庵太僕之幼女[2]，王孔翔公子之室也[3]。敷腴窈窕[4]，有大家風。辛亥春[5]，隨其姑潘夫人來園看花，家人交口譽之。性尤愛静，工詩。記其《寄外》云：“一别看看數月期，孤燈獨坐淚如絲。多情最是天邊月，兩地離愁總得知。”“欲寫相思寄錦箋，徘徊無語倚窗前。勸君莫失芙蓉約[6]，辜負香衾獨自眠。”皆性靈獨出。今年六月，忽詠殘荷云：“丰姿昨夜尚堪誇，開落無端恨轉加。早識今番摧太急，不如前日不開花。”孔翔訝爲不祥。七月間，竟以産難亡。古人所云詩讖，其信然耶？孔翔哭以詩云：“怕見秋塵點鏡臺，深閨依舊綺窗開。有時忘卻人長往，疑是歸寧尚未回[7]。”

【箋注】

[1]句曲女史：孔氏，清江蘇句容人。餘未詳。句曲，句容的别稱。女史，對知識婦女的美稱。 [2]孔静亭：疑指孔毓文，字肩吾。清江蘇句容人。乾隆十九年進士。官至太僕寺少卿。 [3]王孔翔：王麟生，見卷一四·一八注[6]。[4]敷腴：喜悦貌。窈窕：嫻静、美好。 [5]辛亥：這裏指乾隆九年（1744）。[6]芙蓉約：指美好的約會。 [7]歸寧：已嫁女子回娘家看望父母。

一 五

婺源施蘭皋少有清才[1]，惜弱冠即棄儒就賈[2]。然性頗愛詩，因王孔翔秀才以詩來見[3]。記其《新凉》云：“纔聽梧桐一葉聲，瀟瀟秋氣滿江城。羅衣著體初驚薄，羽扇摇時便覺輕。繞榻清風侵簟冷[4]，當階皓月照窗明。詩吟長夜誰爲伴，啾唧寒蛩四壁鳴[5]。”《冬夜晚步》句云：“柳疎宜月上，水淺覺橋高。”又，《秋懷》云：“高梧帶雨緑侵窗。”七字亦佳。

【箋注】

[1]施蘭皋：如上，餘未詳。 [2]就賈：從商。 [3]王孔翔：王麟生，

見卷一四・一八注[6]。 [4]簟：供坐卧鋪墊用的葦席或竹席。 [5]寒蛩：秋天的蟋蟀。

一　六

蔣于野受業師邵晴巖曉《題美人春睡圖》云[1]："幾分春色上花枝，雲鬟慵梳睡起遲。鸚鵡簾前空學語，夢中情事自家知。"閨情詩，古人最多，易於重複，余愛其結句七字藴藉，得古人所未有。又，《樓中》佳句云："但得讀書原是福，也能藏酒不爲貧。"亦妙。

【箋注】

[1]蔣于野：蔣莘，見補遺卷四・四六注[1]。邵晴巖：邵曉，字晴巖。餘未詳。

一　七

甲寅花朝前一日[1]，余赴友人三遊天台之約，買棹渡江。在舟中接到福敬齋、孫補山兩公相[2]，和希齋大司空[3]，惠瑶圃中丞見懷詩札[4]，情文雙至。竊念四貴人中，惟孫公同鄉，惠公曾通芳訊，若福、和二公，則雲泥迴隔矣，而何以略分憐才，一至於此。因將來札、來詩潢治一册，題曰"四賢合璧"，以爲光耀。裝成後，又接貝勒瑶華主人寄懷二律[5]，俱爲讀《小倉山房詩集》，愛而矜寵之也。因枚有答和之作，故將原唱俱載入《全集》中。兹但録奇麗川中丞題册後云[6]："飛騎急於風，詩筒逐驛筒。遥從三藏外[7]，傳入萬花中。落筆成仙句，開函見上公[8]。從知諸大將，同日憶山翁。"阿雨窗轉運題云[9]："白髮隨園老，詩名鮑謝如[10]。寸心千古事，萬里四函書。文采層霄上，交親舊雨餘[11]。虹裝歸棹穩，珍重此璠璵[12]。"太湖司馬德卧雲福題云[13]："天下龍門啟，摳衣人恐遲。上公争仰鏡，萬里各裁詩。翰墨連環重[14]，聲名絶域知[15]。即看留合璧，文采盛於斯。"

【箋注】

[1]甲寅：這裏指乾隆十二年(1747)。花朝：舊俗以農曆二月十五日爲"百花生日"，故稱此日爲"花朝節"。 [2]福敬齋：福康安，見補遺卷六·四七注[2]。孫補山：孫士毅，見卷八·三六注[1]。 [3]和希齋：和琳，見補遺卷三·三七注[6]。 [4]惠瑶圃：惠齡，見卷一一·五注[5]。 [5]瑶華主人：弘旿，見補遺卷五·七五注[2]。貝勒：滿洲、蒙古貴族的爵號，位在郡王下、貝子上。 [6]奇麗川：奇豐額，見卷一·五四注[2]。 [7]三藏：佛教經典的總稱，分經、律、論三部分。 [8]上公：太白星，喻指袁枚。 [9]阿雨窗：阿林保，見補遺卷三·三七注[14]。 [10]鮑謝：南朝詩人鮑照和謝靈運的並稱。 [11]舊雨：老友的代稱。 [12]璠璵：美玉，比喻美德賢才。 [13]德卧雲：德福（？—1781），字卧雲。清滿洲旗人。任蘇州府太湖水利同知。 [14]連環：連結成串的玉環。 [15]絶域：極遠之地。

一　八

近日滿洲風雅，遠勝漢人，雖司軍旅，無不能詩。福建將軍魁叙齋倫以指畫墨菊[1]，題云："淡中滋味意偏長，每愛秋英引巨觴[2]。興到指頭塗抹際，墨香還道是花香？"

【箋注】

[1]魁叙齋：魁倫（？—1800），字叙齋，完顔氏。清滿洲正黄旗人。官四川建昌鎮總兵、福州將軍、福建巡撫等。 [2]巨觴：大酒器，指暢飲。

一　九

揚州張椿齡先生[1]，字鏡莊。立堂孝廉之父也[2]。《詠桐》云："春去花始開，秋來葉早落。何日作瑶琴[3]，自訴妾命薄？"此二十字，覺詠桐者古未有也。

【箋注】

[1]張椿齡：字鏡莊，清江蘇儀徵人，餘未詳。 [2]張立堂：見補遺卷二·四六注[1]。 [3]瑶琴：華美的琴。

二〇

上海女士朱文毓于歸王氏[1]，《撫孤甥》云："母死誰憐汝，相攜更痛心。呱呱啼不止，猶是姊聲音。"此即元遺山"阿姨懷袖阿娘香"之意[2]。吴蘭雪《到家祝母壽》云[3]："母曰兒歸好，連朝鵲噪頻。還將生日酒，醉汝到家人。"周琬《到家見母》云[4]："要見慈親急步行，隔牆先已識兒聲。升堂姊妹一齊問，幾日扁舟出石城[5]？"吴夫人《調蘭雪》云[6]："滿身蝴蝶粉，知是看花回。"四詩皆天籟也。

【箋注】

[1]朱文毓：字秀甫，號旦華。清江蘇上海人。水部副郎朱朝源季女、琅琊諸生王鉦室。有《旦華樓草》。于歸：出嫁。 [2]元遺山：元好問，見卷二·三八注[4]。所引詩句見《姨母隴西君諱日作》。 [3]吴蘭雪：吴嵩梁，見補遺卷二·六七注[2]。 [4]周琬：魏周琬，字旭棠，一字竹君。清江蘇興化人。雍正元年應京試成進士。官至湖北巡撫。乾隆二十六年革職。有《充射堂集》。 [5]石城：代指南京。 [6]吴夫人：吴蘭雪的夫人。

二一

江右多宗山谷[1]，而揚州轉運曾賓谷先生獨喜唐音[2]。素未識面，蒙以詩就正。《曉行》云："白雲滃在地[3]，遠望一川水。行入水雲中，霏霏收不起。"《秋夜宿萬壽寺》云："旛動微風來[4]，虛堂一鐘悄。階前瘦蛟影[5]，斜月在松杪[6]。"《長生殿》云[7]："夕殿螢飛星漢流，芙蓉香冷鴛鴦愁。嬌姿侍夜玉階立，月下相看淚痕濕。世緣安得如牛女[8]，萬古今宵會河渚。生生世世比肩人，牛女在天聞此語。可憐私語人不知，臨邛道士爲傳之[9]。"結句尤蘊藉。

【箋注】

[1]山谷：黄庭堅，見卷一·一三注[6]。 [2]曾賓谷：曾燠（1759—1830），字庶蕃，號賓谷。清江西南城人。乾隆四十六年進士。官至貴州巡撫。

有《賞雨茅屋詩集》。 [3] 滃：彌漫。 [4] 旛：指供佛的幢幡。 [5] 瘦蛟：指松影。 [6] 杪（miǎo）：樹梢。 [7] 長生殿：唐華清宫殿名，即集靈台。相傳唐玄宗與寵妃楊玉環曾于殿中起誓“生生世世共爲夫婦”。唐白居易《長恨歌》：“七月七日長生殿，夜半無人私語時。” [8] 牛女：牛郎織女。[9] 臨邛道士：白居易《長恨歌》：“臨邛道士鴻都客，能以精誠致魂魄。”謂臨邛道士有仙術，曾爲唐玄宗與已成仙的楊貴妃傳語。臨邛，今四川邛崍。

二 二

謝藴山觀察公子學墉[1]，年纔十二。《送竈》云：“忽聞爆竹亂書聲，香黍盛盤酒正盈。莫向玉皇言善惡，勸君多食膠牙餳[2]。”

【箋注】

[1] 謝藴山：謝啟昆，見卷一四・三二注 [1]。學墉：謝啟昆子，餘未詳。[2] 餳（xíng）：用麥芽熬成的飴糖。傳説竈王一年返回天庭一次，祭竈時用糖黏住其口，便不能向玉皇説壞話。

二 三

《荀子》云[1]：“善爲《易》者不占，善爲《詩》者不説。”唐賢相楊綰能詩[2]，終身不以示人，即此意也。杭州太守李曉園先生[3]，政聲卓越，而于文翰之事，謙讓不遑[4]。偶見方藕堂明府處對聯[5]，瘦挺可愛，而不署姓名。其友姚秋槎誦其《詠裙帶魚》云[6]：“瀟湘六幅已成塵[7]，尺練誰教棄水濱？試較瘦肥量帶孔，蛟宫應有細腰人。”

【箋注】

[1] 荀子：見卷二・一五注 [2]。此處所引二語，意謂善於研治《詩》的人不作解説，善於研治《易》的人不占卜。 [2] 楊綰：見卷六・一〇〇注 [5]。[3] 李曉園：李日普，字曉園，號南園。清漢軍正藍旗人。歷任會稽知府、杭州知府等。 [4] 不遑：没有閒暇，顧不上。 [5] 方藕堂：方維翰，見補遺卷四・四一注 [1]。 [6] 姚秋槎：姚興潔（1756—1819），字香南，號秋槎。清安徽桐城人。乾隆六十年從軍。後任鳳凰廳同知，授辰沅永靖兵備道。裙帶

魚：海産魚的一種，即帶魚。 [7]瀟湘六幅：化用唐李群玉《贈美人》中句："裙拖六幅瀟湘水，髻染巫山一段雲。"

二　四

李滄雲給諫棨與余爲三十年前之交[1]。今年信來，叙舊論詩，情文雙至。見贈七古一章，已采入《同人集》矣。兹録其《曉發信陽》云："朝暾隱隱逗晴霞，秋色微茫路正賒[2]。渡口馬如鳧浴起，入山人共鳥行斜。療飢但欲新嘗麵子野前輩喜食麵，故及之，解渴何須浪削瓜？最喜郵程纖翳净[3]，風光佳處便停車。"《岳陽樓》云："高樓峭起枕寒流，俯瞰長天萬頃秋。雲氣遠連山影動，浪花時蹴日光浮。毫芒不辨千峰樹[4]，芥末難分一葉舟。領取晴和景正好，重陽風雨再勾留[5]。"

【箋注】

[1]李滄雲：李棨，字滄雲。清江蘇長洲人。乾隆三十七年進士。歷官順天府丞。有《惜分陰齋詩鈔》。給諫：六科給事中的别稱。 [2]賒：遠。 [3]纖翳：微小的障蔽，多指浮雲。 [4]毫芒：比喻極細微。 [5]勾留：挽留。

二　五

木元虚賦海後[1]，詠海詩佳者甚少。近日奇麗川中丞云[2]："一片魚龍氣，茫茫匯萬川。誰能量尺寸，天獨與周旋。包括如斯耳[3]，虚空本自然。舉頭人共見，何必問張騫[4]？"杭州轉運阿雨窗林保云[5]："絶頂淩滄海，雙眸萬里馳。兩潮分晝夜，一氣混華夷[6]。脚底虹梁直，樽前雨勢奇。恬波通貢道[7]，巨艦集風旗。"二公各有兩首，而余以爲孟浩然、杜少陵詠洞庭，俱只一首，故割愛而删之。

【箋注】

[1]木元虚：木華，見卷五·三〇注[6]。 [2]奇麗川：奇豐額，見卷一·五四注[2]。 [3]如斯：如此。 [4]張騫：見卷一·一二注[6]。傳説天河與海通，張騫奉命出使西域河源，乘槎經月，到一城市，見織女牽牛。見南朝梁宗懔《荆

楚歲時記》。 [5]阿雨窗：林保，見補遺卷三·三七注[14]。 [6]華夷：指中國和外國。 [7]恬波：平息波瀾。貢道：向朝廷進貢所經的道路。

二六

余過嘉興，邢魯堂璵太守遺詩箋一束[1]。讀之，知其學杜最深。《灌花》云："殘月睡鴉起，鳴蛩猶聒耳。披衣到欄前，幽花向人喜。經旬雨未沛，土脈乾無似。呼童轉轆轤，取此清泠水。繞根微微灌，侵表徐及裏。急遽少成功，俟沃方容止。澆花使花知，培植非盡美。譬如飲酒人，中自具微理。初飲漸醺然，不使傷性始。鯨吸與牛飲，豈是天全子？"《臨川道中》云[2]："十里平堤野色攢，柳條殘露尚團團。忽看白鳥雙飛起，知有漁舟下淺灘。"《醴泉客次》云[3]："短後衣衫劍佩橫，三千里外錦官城[4]。多情今夜關山月，纔照征人第一程。"《登庾樓》云[5]："巖疆曾飲當年馬[6]，繡壤閑耕此日牛[7]。"

【箋注】

[1]邢魯堂：邢璵，字魯堂。清陝西涇陽人。貢生。乾隆五十八年任浙江嘉興知府。 [2]臨川：地名，今江西撫州。 [3]醴泉：地名，今屬陝西。 [4]錦官城：四川成都的代稱。 [5]庾樓：相傳晋庾亮所建，在今江西九江。 [6]巖疆：邊遠險要之地。 [7]繡壤：指田間的土埂和水溝，因其交錯如文繡，故稱。

二七

山陰邵壽民葆祺[1]，即蘇州太守厚庵先生之孫也[2]。厚庵名大業，與余同官。而壽民從未謀面。年纔二十四，已舉孝廉。讀余《詩話》，見寄云："奇才不料人還在，妙論都如我欲言。賴有奚囊收拾盡[3]，世間多少未招魂。"

【箋注】

[1]邵壽民：邵葆祺（1771—1827），字壽民，號嶼春。順天大興（今北京）

人。嘉慶元年進士。官吏部稽勳司員外郎。有《橋東詩草》。 [2]厚庵：邵大業，見卷八・三二注[1]。 [3]奚囊：唐李商隱《李長吉小傳》："每旦日出，與諸公遊，恒從小奚奴，騎距驢，背一古破錦囊，遇有所得，即書投囊中。"後因稱詩囊爲"奚囊"。此喻《隨園詩話》。

按："賴有奚囊收拾盡，世間多少未招魂"，這兩句詩確實概括了《隨園詩話》的功勞。

二 八

松江女史莊熹[1]，廖織雲之戚也[2]。《季春歸家》云："孤帆乍卸夕陽西，青粉牆邊柳綫低。正是内街新雨過，鬱金裙上浣春泥。"《詠牡丹》云："幾番厄雨殿春開[3]，艷影招摇洛浦回。昨夜月明人静候，舞風疑有佩聲來。"

【箋注】

[1]莊熹：徐莊熹，見補遺卷五・三七注[9]。 [2]廖織雲：廖雲錦，見補遺卷五・三七注[2]。 [3]殿春：春季的末尾，指農曆三月。

二 九

文以情生，未有無情而有文者；韻因詩押，未有無詩而先有韻者。余雅不喜人以一題排挨上下平作三十首，敷衍湊拍[1]，滿紙浮詞[2]，古名家斷無此種。至於上用秋字，下用花字，如秋月秋雲、桃花桂花之類，連綿數十首，是作類書《群芳譜》，非詠詩也。

【箋注】

[1]湊拍：拼湊。 [2]浮詞：虚飾浮誇的言詞。

三 〇

余少時自負能古文，而苦無題目，娶篋室多不愜意[1]。故集中有句云："論文頗似昇平將[2]，娶妾常如下第人[3]。"不料晚年，四方索文者如麻，不勝其苦。故又有句云："徵銘索序兼題跋，忙殺人間冷應酬。"

【箋注】

[1] 簉室：妾室。 [2] 昇平：太平。 [3] 下第：指科舉時代考試不中，這裏是不够優秀的意思。

三一

三十年前，徐椒林參府在廬州[1]，與余及蔣心餘二人最交好[2]，常以船載熏蘭千本[3]，爲隨園遍栽山中，花開如雪。爲人權奇倜儻。余敘其行事，作《相逢行》贈之。後陞任貴州，竟成永訣。今春，余過嘉興，其子雙桂秋山[4]，宰秀水，述及交情，彼此悲喜。索乃翁詩稿，得其《自普洱寄兒》云[5]："萬里當闢日，葭灰報小陽[6]。三冬稱足用，一綫莫虛長。瘴癘身偏健，欃槍氣已藏[7]。上林好春色，努力看花香。"《題淮陰侯廟壁》云[8]："一飯尚思酬母德[9]，三齊寧忍背君恩[10]？"秋山有父風，《題泗亭驛》云[11]："天子功成一劍中，故鄉雞犬識新豐[12]。英雄未有無情者，老淚尊前唱大風[13]。"

【箋注】

[1] 徐椒林：徐紹，見卷八·一〇注[1]。 [2] 蔣心餘：蔣士銓，見卷一·二三注[2]。 [3] 本：指草木的一棵或一叢。 [4] 徐秋山：徐雙桂，字潤民，號秋山。清江蘇元和人。任保寧知府。 [5] 普洱：府名，治所即今雲南普洱。 [6] 葭灰：葭莩之灰。古人燒葦膜成灰，置於律管中，放密室内，以占氣候。據説某一節候到，某律管中葭灰便會飛出。小陽：小陽春，指農曆十月。[7] 欃槍：喻邪惡勢力。 [8] 淮陰侯：韓信，見卷五·五九注[5]。 [9] 一飯：《史記·淮陰侯列傳》："信釣於城下，諸母漂，有一母見信飢，飯信，竟漂數十日……漢五年正月，徙齊王信爲楚王，都下邳。信至國，召所從食漂母，賜千金。"[10] 三齊：秦亡，項羽以齊國故地分立齊、膠東、濟北三國，皆在今山東東

部，後泛稱“三齊”。韓信平定齊地後，被封爲齊王。後被劉邦吕后殺害。[11]泗亭驛：又名泗水驛，在今江蘇沛縣南。劉邦稱帝前曾爲泗水亭長。[12]新豐：漢劉邦定都關中後，因其父思念故里，便仿照家鄉豐地布局，在驪邑縣重築新城，改名新豐，治所即今陝西臨潼一帶。此處以地名代指劉邦。[13]大風：指劉邦的《大風歌》。

三二

近人薛西原《詠月》云[1]：“何處焚香下階拜，有人私語並肩行。”雖走西崑一路[2]，而幽雋獨絶，是即“月出皎兮，佼人僚兮”之餘音[3]。

【箋注】

[1]薛西原：薛蕙（1489—1541），字君采，號西原。明南直隸亳州（今屬安徽）人。 [2]西崑：宋初詩歌流派，見卷一・一三注[6]。 [3]“月出”二語：《詩經・陳風・月出》中句。佼人，美人。僚，美好的樣子。

三三

常熟縣試，詩題是“野舍時雨潤”[1]。某童有一聯云：“青沾沽酒肆，紅滴賣花籃。”吴竹橋太史拔爲第二[2]。長洲縣試童子詩，題是“緑滿窗前草不除”。陳竹士基有一聯云[3]：“秀色三分雨，春痕一抹煙。”祝芷塘給諫見之[4]，拔爲第七。二人並非看卷之人，而皆與縣官交好，故能愛才如此。否則，此詩亦被輕輕點過矣。竹士，即金纖纖之夫也[5]。結縭五年[6]，互相唱和。余到杭州一月，歸，纖纖竟死。先是，纖纖有書上我云：“此日碧雲秋雁，奉一函于明月樓中。他時絳帳春風[7]，當雙拜于海棠花下。”余到蘇，果受其一拜，遂成永訣。故弔以一聯云：“雙拜花前，已償負笈從遊願[8]；五年燈下，未了抽簪勸學心[9]。”竹士在吴江，纖纖寄詩云：“紙樣羅衣秋樣瘦，那能禁得水天凉？”其伉儷之篤可想。

【箋注】

[1]時雨：應時的雨。 [2]吴竹橋：吴蔚光，見卷一・四一注[3]。[3]陳竹士：陳基，見補遺卷五・三五注[2]。 [4]祝芷塘：祝德麟，見卷五・三〇注[1]。 [5]金纖纖：金逸，見補遺卷五・四八注[1]。 [6]結縭（lí）：結婚。 [7]絳帳：見卷二・六〇注[2]。 [8]負笈：背著書箱，指遊學求師外地。[9]抽簪：謂棄官引退。古時作官的人須束髮整冠，用簪連冠於髮，故稱引退爲“抽簪”。

三　四

余所到必有日記，因師丹之老而善忘也[1]。其耳受佳句，亦隨記帶歸。翰林前輩沈篙師先生榮仁詠墨床云[2]：“誰云貪墨無休日，到底磨人有倦時。”詠《鷺鷥》云：“豈有諸君推甲乙[3]，可憐公子最風標[4]。”周去華云[5]：“愁生肺腑登臨少，貧入衣冠慶弔疎[6]。”慶似村云[7]：“竹因風静平安久，花爲春寒富貴遲。”王雲上云[8]：“舊紗簾額寒先入，新粉牆頭月更明。”劉熙秀才聞高麗國人來索余詩[9]，並及霞裳詩[10]，故贈劉詩云：“驥尾得名雖較易[11]，人心所好本來公。”龔雲洲秀才《領落卷》云[12]：“囊底尚存無效藥，掌中慣畫不靈符。”張瑶英女子謝余索詩稿云[13]：“露沾桃柳千株樹，次第春風到女蘿。”畢慧珠女子《感事》云[14]：“一樣春風分冷暖，桃花含笑柳含愁。”

【箋注】

[1]師丹（？—3）：字仲公。西漢琅邪東武（今山東諸城一帶）人。舉五經博士，官至大司空，封關内侯。老年時善忘，見《漢書》本傳。 [2]沈篙師：沈榮仁（1697—1768），字勉之，號篙師。清浙江歸安人。雍正元年進士。翰林院編修。 [3]甲乙：等級、次第。 [4]風標：形容優美的姿容神態。[5]周去華：生平未詳。 [6]慶弔：慶賀與弔慰，指喜事與喪事。 [7]慶似村：慶蘭，見卷二・三七注[1]。 [8]王雲上：王岱，見卷六・一一注[1]。[9]劉熙：號春橋。清江蘇松江人。諸生。王文治弟子。 [10]劉霞裳：見卷二・三三注[2]。 [11]驥尾：《史記・伯夷列傳》：“顔淵雖篤學，附驥尾而行益顯。”

司馬貞索隱："蒼蠅附驥尾而致千里，以喻顔回因孔子而名彰。"後用以喻追隨先輩、名人之後。 [12] 龔雲洲：生平未詳。 [13] 張瑶英：一作張瑶媖，見卷一〇・二五注 [1]。 [14] 畢慧珠：畢慧，字智珠，號蓮汀。清江蘇鎮洋人。尚書畢沅女。

三 五

女伶虞四官拜姚秋槎居士爲師[1]，觀其演《跌霸》一齣，贈云："壯士至今休説項[2]，美人千古最憐虞[3]。"後度爲女道士，號空翠庵主人。姚又贈一《探春令》云："幾番花信暗相催，早自三春暮。杜鵑啼罷東風懶，看滿徑堆紅雨[4]。　　年年此際歸何處，驀地抛人去。裊斜陽煙外，一寸遊絲[5]，怎繫得韶光住[6]？"

【箋注】

[1] 虞四官：如上，餘未詳。姚秋槎：見本卷二三注 [6]。 [2] 項：項羽，見卷五・六四注 [2]。 [3] 虞：虞姬，見卷八・一七注 [1]。 [4] 紅雨：喻落花。[5] 遊絲：飄動著的蛛絲。 [6] 韶光：美好的時光，常指春光。

三 六

劉霞裳夢中得一聯云[1]："星摇似醉愁他墮，手舉難扶笑我低。"醒後續二句云："安得仙雲生袖底，御風飛到斗牛西[2]？"我以爲醒語終不如夢語。

【箋注】

[1] 劉霞裳：見卷二・三三注 [2]。 [2] 斗牛：星座名，二十八宿中的斗宿和牛宿。

三 七

雲貴總督楊應琚[1]，字秋水。有賢名。入相後，以緬甸僨事[2]，致晚節不終。吾嘗以南朝吴明徹相比[3]，殊不愧也。其孫女瓊華[4]，嫁江寧方伯永公泰之子明新。明受業隨園，而女之父重英號山齋者，與余有舊。山齋參贊軍務，兼侍父疾，被緬匪虜去。其子鶴圃，監禁二十餘年。余過泰州，瓊華以《寄弟》詩見示，云："否泰關天意[5]，乘除運莫争[6]。弟兄愁失散，身世感零丁。往者家逢難，潢池盜弄兵[7]。韜鈐煩上相[8]，絶域播威名。寵錫從丹禁[9]，旌旗事遠征。七擒功未就[10]，五丈病先生[11]。鳳詔吴江下先大人秉臬吴門，金鞍洱海行[12]。監軍隨虎帳，付藥聽雞聲。畫角悲風起，明星大野傾。雄師誰控馭，小醜敢縱横。孤壘知難守，彎弓竟不鳴。迷途傷李廣[13]，齧雪感蘇卿[14]。馬革餘生在，魚書萬里驚。天恩猶肆赦，疑獄幸從輕。季弟偏膺難鶴圃坐獄多年，艱危志不更。珠憐沉漢水[15]，劍恐落豐城[16]。雁影縈離思，鴒原憶舊情[17]。竚看邀雨露，頭角再崢嶸。"

【箋注】

[1]楊應琚（1696—1767）：字秋水。清漢軍正白旗人。雍正七年，由蔭生授户部員外郎。曾任閩浙、陝甘、雲貴總督，授東閣大學士。乾隆三十二年因與緬甸軍作戰失誤致敗被處死。 [2]僨（fèn）事：敗事。 [3]吴明徹（512—578）：南朝陳南兗州秦郡（今江蘇南京六合）人。曾爲陳車騎大將軍、南兗州刺史。後爲北周徐州總管梁士彦擊敗，被俘，卒于長安。 [4]楊瓊華：清漢軍正白旗人。按察使楊重英女、舉人明新妻。其父于乾隆三十三年隨將軍明瑞進剿緬甸被執，訛傳已降，實抗節不屈，緬人囚之僧寺越二十一年。瓊華素服持齋，時遣人周恤其弟，時稱孝友。 [5]否泰：《易》中的兩個卦名。天地交、萬物通謂之"泰"，不交、閉塞謂之"否"。後常以指世事的盛衰、命運的順逆。 [6]乘除：比喻人事的消長盛衰。 [7]潢池：《漢書·循吏傳·龔遂》："海瀕遐遠，不沾聖化，其民困於飢寒而吏不恤，故使陛下赤子盜弄陛下之兵于潢池中耳。"後因以"潢池弄兵"謂叛亂、造反。 [8]韜鈐：借指用兵謀略。 [9]寵錫：帝皇的恩賜。丹禁：指帝王所住的紫禁城。 [10]七擒：諸葛亮征南蠻，七縱七擒孟獲。此處以古寓今。 [11]五丈：五丈原，在秦嶺斜谷口西側、渭水南岸，今陝西岐山縣境内。相傳蜀漢諸葛亮六出祁山曾在此駐軍屯田，相持百餘日後，病卒於此。此處用來喻指祖父帶病出征。[12]洱海：湖名，古稱葉榆澤，在雲南省大理、洱源間。因其形如耳得名。

[13]李廣：見卷五·三一注[2]。元狩四年，李廣從大將軍衛青伐匈奴，因迷失道，引刀自剄。這裏用來喻指祖父之死。 [14]蘇卿：指蘇武，見卷三·四一注[3]。喻指父親被虜。 [15]“珠憐”句：比喻損失良才可哀。唐錢起《泰階六符賦》：“珠沉漢水，無巨蚌之虧盈。” [16]“劍恐”句：傳説龍泉、太阿兩寶劍沉埋豐城獄底，後常以“豐城獄”喻埋没人才的地方。 [17]鴒原：《詩·小雅·常棣》：“脊令在原，兄弟急難。”脊令，也寫作“鶺鴒”。後因以“鴒原”謂兄弟友愛。

三　八

余聞人佳句，即録入《詩話》，並不知是誰何之作。甲寅三月，余遊華亭，張夢喈先生飲余古藤花下[1]。其郎君興載耳語曰[2]：“家姊願見先生。”余爲愕然。已而搴簾出拜，執弟子之禮，方知《詩話補遺》第一卷中，曾載其所作《秋信》等詩故也。貌亦莊姝。其母夫人汪佛珍詩[3]，久采入《詩話》第四卷中。始信風雅淵源，其來有自。其姑佛繡嫁姚氏[4]，亦才女也。《不寐》云：“欹枕閑吟夢境空，殘燈閃閃影朦朧。梧桐不管人惆悵，翻盡銀塘一夜風[5]。”他如“一徑泥香飛燕子，滿甌茶熟亂松聲[6]”“何須地僻心方静，才覺身閑夢亦清”，俱妙。

【箋注】

[1]甲寅：這裏指乾隆十二年（1747）。張夢喈：見卷四·六九注[1]。 [2]張興載：見卷四·六九注[4]。其姊，即張玉珍，見補遺卷一·二六[1]。 [3]汪佛珍：見卷四·六九注[1]。 [4]張佛繡：字抱珠。清江蘇青浦人。進士張粱女、諸生姚惟邁妻。有《職思居詩鈔》。 [5]銀塘：清澈明净的池塘。 [6]甌：盆盂一類的瓦器。

三　九

人仗氣運，運去則人鬼皆欺之。每見草樹亦然。其枝葉暢茂者，蛛不敢結網；衰弱者，則塵絲灰積。偶讀皮日休詩[1]：“水痕侵病竹，蛛網上衰花。”方知古人作詩，無處不搜到也。

【箋注】

[1] 皮日休：見卷二・四注 [4]。所引句出《臨頓爲吴中偏勝之地陸魯望居之不出郛郭曠若郊墅余每相訪款然惜去因成五言十首奉題屋壁》詩。

四〇

顧寧人云[1]：“古不用銀。”余頗不以爲然。近讀張籍《送南遷客》詩云[2]：“海國戰騎象[3]，蠻州市用銀[4]。”以“用銀”與“騎象”對説，可知中國騎馬不騎象[5]，用錢不用銀矣。

【箋注】

[1] 顧寧人：顧炎武，見卷三・七注 [2]。 [2] 張籍：見卷九・八六注 [4]。 [3] 海國：近海地域。 [4] 蠻州：唐置，治所即今貴州開陽。 [5] 中國：中原地區。

四一

白太傅因李留守相公見過[1]，池上泛舟，話及翰林舊事，因贈詩云：“同時六學士，五相一漁翁[2]。”余己未翰林，亦有兩相三尚書[3]，爲之憮然[4]。

【箋注】

[1] 白太傅：白居易。李留守：李程（766—842），字表臣。唐隴西成紀（今甘肅秦安一帶）人。德宗貞元十二年進士。敬宗初，以吏部侍郎同平章事。武宗時，爲東都留守。見過：猶來訪，謙詞。原詩題爲“李留守相公見過池上泛舟舉酒話及翰林舊事因成四韻以獻之”。 [2] 五相：指李程、王涯、裴垍、李絳和崔群。元和中與白居易均爲翰林學士。漁翁，作者自謂。 [3] 己未：這裏指乾隆四年（1739）。兩相：指協辦大學士莊有恭、文淵閣大學士程景伊。三尚書：裘曰修爲禮、刑、工三部尚書，沈德潛爲禮部侍郎加尚書銜，另一尚書未詳何人。 [4] 憮（wǔ）然：悵然失意貌。

四　二

吴蘭雪《瞻園坐月》云[1]："林塘幽絶似山家[2]，坐轉欄陰月未斜。仙鶴一雙都睡著，冷香吹遍緑梅花。"徐朗齋《宿泰山》云[3]："亂石長松路不分，數聲鐘磬隔林聞。山中夜半燒殘燭，自起開窗照白雲。"二詩真清絶矣！

【箋注】

[1]吴蘭雪：吴嵩梁，見補遺卷二・六七注[2]。　[2]山家：此指道家。[3]徐朗齋：徐鏾慶，見卷七・一〇三注[1]。

四　三

陳少陽與歐陽徹救李綱而死[1]，廟在丹陽。乾隆庚申，廟爲火所焚，獨神像不動，袍笏依然。余過其地，見壁上題云："兩宫消息正茫茫[2]，廟算徒聞罷李綱[3]。不信九門司虎豹[4]，獨留三疏動風霜。衣冠白晝悲東市[5]，松柏青磷照北邙[6]。過客漫增桑梓感[7]，里居從古説丹陽。"又云："草野詎干興復計[8]，公卿無奈諫書稀。"余讀而愛之。末書"於震字一川"五字[9]，方知即二十年前負詩來謁，自稱不蒙許可，即要投江死者也。專工明七子一體[10]，未免鳴鉦擂鼓，見賞者稀。然佳處不可泯没。見贈云："聲名若不逢元晏[11]，詞賦何由重洛陽？"《圖峰秋望》云[12]："岸走濤聲吞象嶺[13]，樹浮天影出狼山[14]。"《延慶寺》云："地迥人煙浮水氣，樓高木葉下秋聲。"頗皆雄健。至若《九江》云："商女至今歌白紵，征人幾度换朱顔。"則稍和緩，且降格而爲之。其人亡已二十餘年，憐其一生苦志，爲理而存之。

【箋注】

[1]陳少陽（1086—1127）：陳東，字少陽。宋潤州丹陽（今屬江蘇）人。以貢入太學。高宗即位，被召往南京，適李綱復罷相，因上書乞留綱，因以語激怒高宗，與歐陽徹同斬於市。歐陽徹（1097—1127）：一作歐陽澈，字德

明。宋撫州崇仁（今屬江西）人。布衣。高宗時，徒步至行在，伏闕上書，指斥宰臣主和誤國，遂與太學生陳東同時被害。李綱（1083—1140）：字伯紀，號梁溪。宋福建邵武人。徽宗政和二年進士。高宗建炎元年，因力主抗金，爲相僅七十五日即罷。　[2]兩宫：指被金人押在金故都黄龍府的徽、欽二帝。[3]廟算：朝廷或帝王對戰事進行的謀劃。　[4]九門：禁城中的九種門。古宫室制度，天子設九門。後用以稱宫門。　[5]東市：漢代在長安東市處决判死刑的犯人。後以"東市"泛指刑場。　[6]北邙：即邙山，因在洛陽之北，故名。東漢、魏、晋的王侯公卿多葬於此。後亦借指墓地或墳墓。　[7]桑梓：借指鄉親父老。　[8]詎干：豈能干預。此爲反語。　[9]於震：見卷三・六九注[1]。　[10]明七子：見卷一・三注[3]。　[11]元晏：皇甫謐（215—282），見卷一・四六注[33]。左思作《三都賦》，構思十年，賦成，不爲時人所重。及皇甫謐爲作序，推薦給張華，於是豪富之家争相傳寫，洛陽紙價因之昂貴。　[12]圌（chuí）峰：即圌山，在今江蘇鎮江。形勢險要。　[13]象嶺：象山，在今江蘇鎮江東北、長江南岸。　[14]狼山：在今江蘇南通，地近長江。

按：詩作不蒙許可，則投江而死，可參看卷三・六九。古代愛詩之人中，竟有如此狂人。從這裏可以看出知音的重要。但反過來説，得失寸心知，何必一定要别人評賞。

四　四

郭頻伽秀才寄小照求詩[1]，憐余衰老，代作二首來，教余書之。余欣然從命，並札謝云："使老人握管，必不能如此之佳。"渠又以此例求姚姬傳先生[2]，姚怒其無禮，擲還其圖，移書嗔責。余道此事與岳武穆破楊幺歸[3]，送禮與韓、張二王[4]，一喜一嗔，人心不同，亦正相似。劉霞裳曰[5]："二先生皆是也：無姚公，人不知前輩之尊；無隨園，人不知前輩之大[6]。"

【箋注】

[1]郭頻伽：郭麐，見卷一二・八三注[2]。　[2]姚姬傳：姚鼐，見卷一〇・九三注[1]。　[3]岳武穆：即岳飛。楊幺（1108—1135）：本名太。宋鼎州龍陽（今湖南漢壽）人。高宗建炎四年從鍾相起事。後衆推爲首，稱大聖天王。結寨於

洞庭湖一帶，屢挫官軍。岳飛率部招捕，幺負固不服，爲牛皋擒殺。[4]韓、張二王：指韓世忠、張俊。岳飛送禮與二人事見《宋史本傳》。[5]劉霞裳：見卷二·三三注[2]。[6]大：大度量。

四五

丙辰同召試者，宣州梅兆頤先生[1]，館文穆公家[2]，年六十許，和藹樸誠，與余爲忘年交。今甲子已周[3]，訪其遺稿不可得，近纔獲其《遊敬亭山》，云[4]："春色忽云暮，蓊然萬木齊[5]。命駕越市塵[6]，扶杖尋岩棲。白雲停陰嶺，清流貫長溪。碑碣撫殘剩，臺榭憑高低。好花磴旁出，時鳥林間啼。古人不可作，勝地無荒蹊[7]。恐如桃花源，再至漁舟迷。"

【箋注】

[1]丙辰：這裏指乾隆元年（1736）。梅兆頤，見補遺卷五·六三注[1]。[2]文穆公：梅瑴成，見補遺卷五·六三注[2]。[3]周：指一個循環的時間。此指六十年。[4]敬亭山：在安徽宣州北、水陽江西岸。歷代文人謝朓、李白、白居易等均曾來此遊覽吟詠，尤以李白《獨坐敬亭山》詩著名。[5]蓊然：草木茂盛貌。[6]命駕：命人駕車馬，謂立即動身。[7]荒蹊：草蔵叢生的道路。

四六

尹似村公子[1]，亡後無子。余《詩話》中有意多存之。今又在破簏中檢得其《哭松兒》二首[2]，云："呻吟不聽有兒音，説起生前感倍深。忍病怕投良藥苦，佯歡且慰阿爺心。悠悠短夢今朝醒，小小孤魂何處尋？葬汝劉家邱墓側，添衣調食自能任。劉乃余之乳母。""東西未辨合遊嬉，天性偏生解孝思。繞膝常將梨棗奉，午眠低唤幔簾垂。看栽花竹攜鋤立，愛弄圖書學父爲。老淚拋殘作達語[3]，詩人多半見兒遲。末句諷隨園。"《和梅岑憶舊》云："一聲欸乃蕩歸艭[4]，別淚交流灑大江。乙酉北上，梅岑送至浦口。共喜人眠茅店榻，怕聽雞唱五更窗。攀楊難繫征車遠，代面全憑尺鯉雙[5]。記得分岐春二月[6]，翠濃驛路正幢幢[7]。”“偶逢花市也閑行，老去風懷總不情[8]。舊雨關心推大弟[9]，青雲得路讓諸兄。女爲兒子姬爲友，竹作屏風書作城。自笑未能除結習，與人争處是詩名。”

【箋注】

[1]尹似村：慶蘭，見卷二・三七注[1]。 [2]簏（lù）：竹編的盛器。[3]達語：達觀之語。 [4]艭（shuāng）：小船。 [5]代面：謂以書信或詩文代替面談。 [6]分岐：離别。 [7]驛路：大道。幢（chuáng）幢：形容青山緑樹籠覆之狀。 [8]不情：没有情懷。 [9]舊雨：指舊友。大弟：對朋輩中年齡小於己者的親切稱呼。

按：念其無子，如此存詩，真是盡了朋友的責任。“自笑未能除結習，與人争處是詩名”，只要争之有道，詩名還是可以争的。

四　七

四十年前，余讀鍾伯敬《慰人落第》云[1]：“似子何須論富貴，旁人未免重科名。”以爲佳絶。不料甲寅七月，偶翻唐詩，姚合《送江陵從事》云[2]：“才子何須藉富貴，男兒終竟要科名。”鍾先生如此偷詩，傷事主矣[3]。

【箋注】

[1]鍾伯敬：鍾惺（1574—1624），字伯敬，號退谷。明湖廣竟陵（今湖北天門）人。萬曆三十八年進士。官至福建提學僉事。與同鄉譚元春評選《唐詩歸》《古詩歸》，以此得名。其詩矯浮淺之風，而幽深孤峭流於鑱削。時稱“竟陵體”。另有《隱秀軒集》《名媛詩歸》等。 [2]姚合：見卷一・五注[5]。[3]事主：指原作者。

四　八

青衣鄭德基詩云[1]：“春風二月氣温和，麥草初長緑滿坡。牧豎也知閑便好[2]，橫眠牛背唱山歌。”又，《詠簾内美人》云：“到底春光遮不住，還如竹外看梅花。”此二首，皆天籟也。余命阿通代爲評點[3]，竟忽略看過，終竟詩學不深。

【箋注】

[1] 青衣：此指差役。鄭德基：見補遺卷四・三四注[2]。 [2] 牧竪：放牧的小兒。 [3] 阿通：見卷八・四三注[5]。

四　九

《學記》曰[1]：“不學博依，不能安詩。”“博依”注作“譬喻”解。此詩之所以重比興也。韋正己曰[2]：“歌不曼其聲則少情[3]，舞不長其袖則少態。”此詩之所以貴情韻也。古人東坡、山谷[4]，俱少情韻。今藏園、甌北兩才子詩[5]，鬬險争新，余望而卻步，惟於“情韻”二字，尚少弦外之音。能之者，其錢竹初乎[6]？惜近日學仙，不肯費心矣。

【箋注】

[1]《學記》:《禮記》篇名。 [2] 韋正己：生平未詳。此説亦見宋宋祁撰《宋景文筆記・雜説》：“歌者不曼其聲則少和，舞者不長其袂則寡態，左顧者不能右盼，勢不兼也。” [3] 曼：延長。 [4] 東坡、山谷：蘇軾和黄庭堅。[5] 藏園、甌北：蔣士銓與趙翼。蔣士銓，見卷一・二三注[2]。趙翼，見卷二・三三注[4]。 [6] 錢竹初：錢維喬，見卷九・八一注[3]。

五　〇

余親家蔣梅厂三子[1]，有“河東三鳳”之稱[2]。其長子莘之詩[3]，久入《詩話》。今春再過蘇州，其弟蔚、夔又以詩來[4]。蔚詠《周孝侯射虎歌》云[5]：“將軍射虎如射牛，白額横死南山頭。將軍縛賊如縛虎，枉説使君兼文武。銜命往討齊萬年[6]，忠孝之道難兩全。草中狐鼠何足盡，英雄受制嗟可憐。援兵四絶鼓不止，按劍一呼創者起。猛虎入檻何能爲，五千健兒同日死。吁嗟乎！於菟之氣能食牛[7]，烈士豈解爲身謀？不然縛虎莫縛賊，依舊射獵南山頭。”《苦雨》云：“别館深嚴作總持[8]，焚香掃地坐裁詩。朝來嵐氣衝簾入[9]，正是山樓雨過時。”夔《春陰》云：“綠波知共板橋平，香霧霏霏濕落英。寒暖難憑三月候，溟濛未定片時晴。山齋客過苔仍合，水國潮多草亂生。差喜疎疎添逸響[10]，幾回細雨和茶鐺[11]。”他如“田中乍熟狙公芧[12]，溪上低開鹿女花[13]”，亦工。

【箋注】

[1]蔣梅厂（ān）：蔣曾煊，字德融，號梅厂。清江蘇長洲人。袁枚長女成姑嫁蔣氏，故稱親家。 [2]河東三鳳：《舊唐書·薛收傳》：“元敬，隋選部侍郎邁子也。有文學，少與收及收族兄德音齊名，時人謂之‘河東三鳳’。收爲長雛，德音爲鸑鷟，元敬以年最小爲鵷雛。”此處移用于蔣氏三兄弟。 [3]蔣莘：見補遺卷四·四六注[1]。 [4]蔣蔚：見補遺卷四·四六注[8]。蔣夔：字希甫，號青荃。清江蘇長洲人。諸生。官浙江布政司理問。有《青荃集》。 [5]周孝侯：周處，見卷一·四六注[32]。 [6]齊萬年（？—299）：西晋時人。氐族首領。反晋稱帝。建威將軍周處以五千兵進擊，救兵不至，力戰而死。 [7]於（wū）菟（tú）：虎的别稱。 [8]總持：佛教語。謂持善不失，持惡不生，具備衆德。 [9]嵐氣：山中霧氣。 [10]差喜：較喜。 [11]茶鐺（chēng）：煎茶用的釜。 [12]狙公芧（xù）：《莊子·齊物論》：“狙公賦芧，曰：‘朝三而暮四。’衆狙皆怒。曰：‘然則朝四而暮三。’衆狙皆悦。”狙公，古代喜養猿猴者。芧，橡子。 [13]鹿女花：傳説鹿女足跡，皆生蓮花。鹿女，佛經中所説的仙女。

五一

丙辰冬月，余年二十一歲，初識吴江李蓴溪光運于長安小市[1]，《詩話》中曾載其見贈五律一首。今甲寅秋，六十年矣，其子會恩秋試來園[2]，讀其詩，喜蓴溪之有子。《吊韓蘄王》云[3]：“枉爲君王賦式微[4]，中原不復望旌旗。廉頗披甲心猶壯[5]，魏絳和戎事已非[6]。誰使渡江來白馬[7]，竟忘行酒有青衣[8]。千秋遺恨無人識，回首琴臺一雁飛。”《詠雪》云：“鋪平萬户白如海，只有炊煙一縷青。”《新竹》云：“秉節初終才挺幹，入林先後漸忘形。”

【箋注】

[1] 丙辰：這裏指乾隆元年（1736）。李蓴溪：李光運，見卷八・八二注[1]。長安：唐以後用作都城的通稱。[2] 甲寅：這裏指乾隆五十九年(1794)。會恩：李紫綸，字會恩，一字燮臣。清江蘇吴江人。諸生。有《萬葉堂詩鈔》。[3] 韓蘄（qí）王：韓世忠，見卷一・一注[6]。[4] 式微：《詩經・邶風》中的篇名。《毛詩序》認爲其背景是黎侯爲狄所逐，流亡于衛，其臣作此詩勸他歸國。這裏喻指被强留塞外的徽、欽二帝。[5] 廉頗：戰國時趙國人。趙惠文王時爲將，後升上卿。屢立戰功，老當益壯。此喻韓世忠。[6] 魏絳(？—552)：春秋時晋國人。任下軍主將時，力主和戎族。此處用來喻指南宋主和派。[7]“誰使”句：傳説靖康之變，徽宗第九子康王質于金，僥倖得脱，奔竄疲困，假寐于崔府君廟中，夢神人語，驚覺，白馬在側，躍馬南馳。既渡河而馬不復動，下視之，則爲泥馬。事見《大宋宣和遺事》。[8]“竟忘”句：用晋懷帝被俘受辱典。《晋書・孝懷帝紀》：“劉聰大會，使帝著青衣行酒。侍中庾珤號哭，聰惡之。”

五　二

君子不以人廢言。嚴嵩《鈐山堂集》頗有可觀[1]，如“捲幔忽驚山霧入，近村長聽水禽啼”“沙上柳松煙霽色，水邊樓閣雁歸聲”，皆可愛也。又，阮大鋮有句云[2]：“露凉集蟲語，風善定螢情。”後五字頗耐想。

【箋注】

[1] 嚴嵩：見卷七・五九注[5]。[2] 阮大鋮：見卷八・五八注[1]。

五　三

海剛峰嚴厲孤介[1]，而詩卻清和。嘗見鷲峰寺壁上有《贈竹園隱者》云[2]：“寂寂江村路，何煩命駕過[3]。羊求忘地遠[4]，松竹到門多。野外常無酒，田間别有歌。洗杯深酌處，落日在滄波。”末書“海瑞”二字，筆力蒼秀。

【箋注】

[1]海剛峰：海瑞（1514—1587），字汝賢，號剛峰。明廣東瓊山（今海南海口）人。嘉靖二十八年舉人。曾任户部主事、應天巡撫。敢言直諫，鋭意興革。官至吏部右侍郎。有《海剛峰集》。孤介：耿直方正，不隨流俗。[2]鷲峰：即鷲嶺，又名靈鷲峰、飛來峰。在今浙江杭州市西靈隱寺前。 [3]命駕：命人駕車馬，謂立即動身。 [4]羊求：漢高士羊仲、求仲的並稱。漢蔣詡歸隱後，屏絶交遊，只與鄉人羊仲、求仲二人往來。

五　四

余少時讀《會真記》[1]，嫌元九薄幸[2]，題云："疑他神女愛行雲[3]，故把鴛鴦抵死分。秋雨臨邛頭雪白[4]，相如終不棄文君。"程魚門恪守程、朱之學[5]，批云："此詩斷不可存。"余唯唯否否，而終不能割愛。後讀唐太常寺參軍秦貫所撰《鄭恒及夫人崔氏合祔墓誌》[6]，方知唐人小説，原在有無之間，不必深考。余題詩用意深厚，故可勿删。

【箋注】

[1]《會真記》：即《鶯鶯傳》，唐元稹所著傳奇。叙述張生與崔鶯鶯的愛情悲劇故事。自宋以來認爲是元稹自叙，張生即元稹化名。 [2]元九：即元稹，見卷一・二〇注[11]。 [3]神女：謂巫山神女。戰國楚宋玉《高唐賦序》："旦爲朝雲，暮爲行雨。"相傳楚懷王遊高唐，晝寢，夢與其神相遇，自稱"巫山之女"。此處指元稹疑心崔氏爲人輕浮。 [4]臨邛：今四川邛崍，漢卓文君家鄉。此處用司馬相如終未離棄卓文君故事，諷刺元稹薄情。 [5]程魚門：程晋芳，見卷一・五注[1]。程、朱：宋代理學家程顥、程頤兄弟和朱熹的合稱。[6]合祔：合葬。《唐故滎陽鄭府君夫人博陵崔氏合祔墓誌》載："府君諱遇（一作恒），字行甫。皇試太常寺協律郎，文業著於當時，禮義飾於儒行。……夫人博陵崔氏，令門清族，慶餘承善，四德兼備，六親雍和。……母儀内則，動静可師。"文見《全唐文》卷七九二。

五　五

同年許紅橋朝[1]，一字光庭。詩學放翁。歿後，其子小橋攜父詩來謁。無力付梓。摘其《柳州舟次》云："山戰火龍看野燒，水喧銅鼓渡驚灘。"《虎邱》云："渡口日斜人散影，柳梢風静鳥啼煙。"《雁字》云："殺青須仗摩天翮[2]，飛札疑追逐日人[3]。"《江上》云："敗蘆藏艇炊煙出，古樹翻鴉落葉頻。"《雜詠》云："牛後難防燒尾火，馬前還怕打頭風。""蹄輕驕馬嘶風立，聲澀荒雞撲雪啼。"《隨大府勸農》云："風翻穲稏皆垂頸[4]，人仰旌旗盡舉頭。"又有《謝孝子詩》。孝子會稽人，名振宗，以申父冤故，袖鐵椎，打碎天安門内石獅子，投冤狀，發黑龍江充軍，而父冤卒白，亦異人也！詩長，不備録。

【箋注】

[1] 許紅橋：許朝，見卷一三・一四注[1]。　[2] 殺青：古人校書，初書於刮去青皮的竹簡上，改定後再書於絹帛。後因泛稱繕成定本或校刻付印爲"殺青"。　[3] 逐日人：指古代神話人物，夸父追日，道渴而死，棄其杖，化爲鄧林。[4] 穲稏：亦作"罷亞"，稻名。

五　六

余集中有《佳兒歌》，爲同年李竹溪棠之子燧作也[1]。三十餘年，問消息不得。今年在杭州遇李婿陳鴻舉[2]，爲仙居令，誦其近日句云："體因慣病翻忘藥，人不工詩亦自窮。"嗚呼！才則猶是也，而近狀可想矣。

【箋注】

[1] 李竹溪：李棠，見卷八・三〇注[7]。李燧：見卷九・四二注[3]。[2] 陳鴻舉：清直隸獻縣（今屬河北）人。乾隆四十五年進士。官浙江仙居、金華知縣。

五　七

余在虞山[1]，竹橋太史來[2]，誦其《代松雲太守贈翩如》小詞云[3]：“野芳浜水明如鏡[4]，忽然照見驚鴻影[5]。來也抑何遲，今宵莫反而[6]。芳名纔兩字，摹盡真風致。醉眼倒還顛，疑同美少年翩如男妝。”

【箋注】

[1]虞山：指常熟。　[2]竹橋：吴蔚光，見卷一·四一注[3]。　[3]松雲：李堯棟，見補遺卷六·四一注[2]。翩如：未詳，似爲女伶。　[4]浜（bāng）水：小河水。　[5]驚鴻：形容美女輕盈優美的舞姿。　[6]反而：用《詩經·棠棣》“偏其反而”典，意謂猶豫不來。

五　八

人但知詩之新秀者難，而不知詩之奇闢者尤難[1]。鎮江張秉鈞平伯《游老人峰》云[2]：“空洞足誤踏，崩一成衆響。歷險雖十里，炫奇已百賞。”蘇州楊一鴻儀吉《過積溪》云[3]：“路轉孤村明，橋横一溪渡。雷雨晴亦驚，蛟龍凍猶怒。”嘉興戴光曾《宿净慈寺》云[4]：“月色下平地，人影上茅屋。湖上諸螺峰[5]，環拱如匍匐[6]。”又，《常山》云：“纜從山脊牽雲去，舟向波中卷雪來。”皆奇峭可喜。

【箋注】

[1]奇闢：奇特、異常。　[2]張秉鈞（1740—？）：字平伯，號峴西。清江蘇丹徒人。乾隆四十八年舉人。有《萱壽堂同懷詩集》，與其弟秉鋭詩合編。[3]楊一鴻：字儀吉。清江蘇吴縣人。乾隆四十八年舉人。有《隨安堂詩鈔》。[4]戴光曾：字松門，號水松、谷原。清浙江嘉興人。嘉慶間貢生。　[5]螺峰：山形如青螺的峰巒。　[6]匍匐：謂倒仆伏地。

按：詩的奇闢、奇峭，須得之兩方面：一爲有奇特的想象，二爲有奇特的生活經歷與感受。此所舉詩例，都不是普通生活所見。

五　九

秀州詩人吴文溥[1]，别十五年，今秋忽來，詩已付梓，讀之，轉多窒礙，不如從前之明秀。信境遇之累人，而師友之功不可少也。録其新句之可愛者，如“竹裏不知屋，水邊聞有雞”“問徑花相引，開門鳥亂啼”“風静溪逾響，雲來樹欲移”，皆佳。又一絶云：“酒後客來重酌酒，飛花留客送殘春。主人醉倒不相勸，客轉持杯勸主人。”

【箋注】

[1] 吴文溥：見卷四・三注 [3]。

六　〇

錢璵沙先生公子名枚者[1]，其初生時，適余到，故仿蔡中郎以名與顧雍故事[2]。後舉孝廉，詩才清妙。《策馬》云：“策馬關門外，蒼茫未識塗。一鞭殘照下，回首白雲孤。路險愁冰滑，身欹待樹扶。自憐儂太瘦[3]，髀肉本來無[4]。”《過常州》云：“節過白露寒猶淺[5]，岸近丹陽水漸低。”

【箋注】

[1] 錢璵沙：錢琦，見卷三・二九注 [6]。錢枚：見卷一四・一〇一注 [4]。[2] 蔡中郎：蔡邕，見卷一四・五二注 [3]。顧雍（168—243）：字元歎。三國吴人。曾任大理奉常、尚書令，官至丞相。《三國志・吴書》裴松之注引《江表傳》曰：“雍從伯喈學，專一清静，敏而易教。伯喈貴異之，謂曰：‘卿必成致，今以吾名與卿。’”　[3] 儂：我。　[4] 髀（bì）肉：大腿上的肉。“髀肉復生”，爲自歎壯志未酬、虚度光陰之辭。典出《三國志・蜀書・先主傳》。[5] 白露：二十四節氣之一，每年在陽曆九月八日前後。

六　一

太湖有東西洞庭七十二峰，奇秀可愛。官其地者，事簡民淳，最爲樂土。司馬德卧雲先生福招余往遊[1]，小住三日。適司李程前川思樂執贄門下[2]。表侄張碧川琴在幕中[3]，出《新月》《梅花》兩詩稿見示。想見僚屬多才，主賓風雅，可謂不負此湖山矣。德公詠新月云："一綫晶光上畫欄，漫疑素魄本非團[4]。微開玉女奩中鏡[5]，半吐嫦娥臼裏丸[6]。曲曲黛眉如淡掃，明明青眼似相看。愛他坐到西山晚，忘卻深閨翠袖寒。"又："漫收兔魄含全璧[7]，深隱雲鬟只半妝。"《梅花》云："瘦態每宜輕霧後，殘妝最愛晚香餘。"程前川《新月》云："剛同翠黛新描後[8]，好比秋波乍轉餘[9]。""蚌珠纔吐仍銜口[10]，寶鏡方開未出奩。"張碧川《新月》云："似竟怕爲天曉别，誰能留到夜深看？""斗宿自明如昨夕[11]，樓臺先得尚依稀。""無多時别仍相見，若太分明豈乍逢？"《梅花》云："那防觸撥香盈袖，忍掃横斜影上階。"俱佳。

【箋注】

[1]司馬：官名，即府同知。德卧雲：德福，見本卷一七注[13]。 [2]司李：官名，即司理，爲獄官。程前川：程思樂，字北野，號前川。清江蘇常熟人。有《前川詩稿》《對山堂詩稿》《詠梅詩鈔》。執贄：古代禮制，謁見人時攜禮物相贈。 [3]張碧川：名琴，餘未詳。 [4]素魄：指月光。 [5]奩：古代盛梳妝用品的器具。 [6]臼：泛稱搗物的臼狀容器。相傳月中有搗藥臼。晉傅咸《擬天問》："月中何有？玉兔搗藥。" [7]兔魄：月亮的别稱。[8]翠黛：眉的别稱。 [9]秋波：比喻美女的眼睛目光，形容其清澈明亮。[10]蚌珠：喻月光。 [11]斗宿：二十八宿之一。

六　二

蔣于野莘從余遊洞庭兩山[1]，吟興頗豪，多紀遊之作。其《登莫釐峰》云[2]："草深蒸霧濕，地曠受風多。叢樹陰猶轉，飛禽影不過。"《望太湖》云："山都包水内，浪欲拍天浮。"《宿石公山禪院》云[3]："百尺丹梯削翠屏[4]，下蟠曲磴透瓏玲[5]。峰頭礙足前無路，洞腹穿雲上有亭。天闊湖光千頃白，更深佛火一燈青。我來不敢吟高調，多恐蛟龍出水聽。"

又，《和德司馬新月》有“時剛落日半稜多”七字[6]，亦未經人道。

【箋注】

[1]蔣于野：蔣莘，見補遺卷四・四六注[1]。 [2]莫釐峰：又名胥母山，即今江蘇蘇州西南方向太湖中的洞庭東山。 [3]石公山：山名，在今江蘇蘇州西南方向太湖中。 [4]丹梯：指高入雲霄的山峰。 [5]曲磴：彎曲的石臺階。 [6]稜：物體的棱角。

六　三

提督楊愷[1]，儀徵武進士也。通識懿文[2]，康熙間受知聖祖，召入南書房[3]，與何義門、蔣南沙諸前輩[4]，同校書史。後提督兩湖。晚年歸老。具盛饌招余文燕[5]。壁掛一器，形如喇叭，長二丈許，糊以黑紗。指示余曰：“此軍中所用順風耳也。將軍與軍師有密謀則用之。相離甚遠，其語只二人聞，他人不聞也。”壁上見許登瀛觀察贈一聯云[6]：“天禄校書名進士[7]，岳陽持節老將軍。”殊切。

【箋注】

[1]楊愷：楊凱（1684—1765），字賡起，號江亭。清江蘇儀徵人。康熙四十八年武進士。官湖廣提督、河南河北鎮總兵。 [2]懿文：華美的文章。[3]南書房：在北京故宫乾清宫西南隅，本清康熙帝早年讀書處。後選調翰林或翰林出身之官員到裏面當值，除應制撰寫文字外，還遵照皇帝旨意起草詔令，一度成爲發布政令的地方。 [4]何義門：何焯，見卷五・八一注[2]。蔣南沙：蔣廷錫，見卷二・四七注[1]。 [5]文燕：賦詩論文的宴會。燕，通“宴”。[6]許登瀛：字滄亭。清安徽歙縣人。監生。官湖廣寶慶知府、衡永郴桂四郡觀察使。 [7]天禄：漢代閣名。後亦爲皇家藏書之所的通稱。

六　四

紅蘭主人有句云[1]：“西嶺生雲將作雨，東風無力不飛花。”其僕和福有句云[2]：“一雙白鳥東飛急，知是西山暮雨來。”

【箋注】

[1]紅蘭主人：岳端，見卷六・二五注[1]。 [2]和福：生平未詳。

六　五

溧陽狄夢松夢中得句云[1]："衆鳥歸來托，繁林得所天。"初不解所謂。後會試場題與前詩意相合，韻限"天"字，即用夢中句。試官以其詩暗合聖意，遂入選，旋官翰林。

【箋注】

[1]狄夢松：字文濤。清江蘇溧陽人。乾隆五十八年進士。官至貴州按察使。

六　六

顧仙根，興化人也[1]，有《買僕》詩云："我家得一僕，人家失一子。同是父母心，還當慎驅使。"可稱仁言。

【箋注】

[1]顧仙根：字藕怡，一字金香。清江蘇興化人。有《藕怡詩鈔》。

六　七

湖北蒲圻縣萬羊庵，有吴荆山尚書題壁五律[1]，内有"翻"字、"恩"字。和者如雲。褚筠心學士視學其地[2]，有"魚版空王法[3]，鶯花造物恩"，又"去路原來路，君恩是佛恩"。吴白華侍郎有"小鳥踏花翻"之句[4]，押"翻"韻極新。盧元琰湘艖過其地[5]，云："斷雲千樹暝，殘照一鴉翻。"

【箋注】

[1]吴荆山：吴士玉，見卷四・三四注[3]。 [2]褚筠心：褚廷璋（？—1797），字左莪，號筠心。清江蘇長洲人。乾隆二十八年進士。官至翰林院侍讀學士。有《筠心書屋詩鈔》。 [3]魚版：佛教法器。又稱木魚、木魚鼓、魚鼓。

空王：佛教語。佛的尊稱。 [4]吴白華：吴省欽（1730—1803），字衝之，號白華。清江蘇南匯（今屬上海）人。乾隆二十八年進士。官至左都御史。有《白華初稿》。 [5]盧元琰：見補遺卷五・五八注[4]。

六　八

奇中丞于蘇藩任内[1]，考紫陽書院[2]，“鼠鬚爲筆”題。諸生課卷三百餘本，絶少佳句。止有黄一機“揮毫驚紙罊，起草憶燈窺”二句[3]，爲一時之冠。

【箋注】

[1]奇中丞：奇豐額，見卷一・五四注[2]。藩：明清時指布政使。 [2]紫陽書院：蘇州的一所書院，其址即今蘇州中學。 [3]黄一機：清江蘇蘇州人，諸生。

六　九

盧湘艖拔貢[1]，朝考被斥[2]，捐州判，赴皖需次[3]。《自嘲》云：“不爲折腰吏，權作磕頭蟲。”

【箋注】

[1]盧湘艖：盧元琰，見補遺卷五・五八注[4]。 [2]朝考：清代科舉制度。凡新科進士引見前，由皇帝再考試一次，稱朝考。 [3]需次：舊時指官吏授職後，按照資歷依次補缺。此指捐資求得州判職位。

七　〇

吴門多閨秀，近又得袁麗卿椒芳《病起》云[1]：“月照欄杆影半斜，夜凉如水夾衣加[2]。經旬卧病紗窗裏，孤負一欄指甲花。”“猶自懨懨懶下樓，憑欄閑弄玉搔頭[3]。今朝風自來西北，東面珠簾可上鈎？”汪宜秋玉軫《中秋無月》云[4]：“擬向嫦娥訴幽恨，昏昏月又不分明。”《雪》云：“窗外竹梢三兩个，壓低漸近碧欄杆。”金纖纖逸《和同人集耘勉齋》云[5]：“緑綺攜來横膝上[6]，夜凉彈醒水仙花。”《病起》云：“鸜鵒不知人病久，朝朝樓上唤梳妝。”又，《贈某女士》云：“謝家飛絮蘇家錦[7]，如此才真未見來。”余以爲此句是纖纖自道。

【箋注】

[1] 袁麗卿：袁椒芳，字麗卿。清江蘇蘇州人。隨園私淑弟子。有《拾香樓稿》。[2] 夾衣：有面有裏，中間不襯墊絮類的衣服。[3] 玉搔頭：即玉簪。古代女子的一種首飾。[4] 汪宜秋：汪玉軫，見補遺卷四·三三注[1]。[5] 金纖纖：金逸，見補遺卷五·四八注[1]。[6] 緑綺：相傳爲漢司馬相如的一張琴，他曾操此琴彈奏《鳳求凰》曲。後成爲琴的代稱。[7] 謝家飛絮：見卷一〇·三六注[5]。蘇家錦：指前秦蘇蕙贈給丈夫的織錦回文《璇璣圖》，見卷一四·五注[4]。

七一

錢塘項墉金門在吾鄉大開壇坫[1]，一時風雅之士，歸之如雲。余到杭州，必主其家[2]。讀其《謝胡葑塘招遊湖上》云：“閑於翹足鷺，樂似聚頭魚。”《落葉》四句云：“客徑夜隨寒雨墮，僧窗晴帶白雲飄。繞坡屑窣過群鹿[3]，臨水蕭踈抱一蜩[4]。”不愧老手。

【箋注】

[1] 項墉：字金門，號秋子。清浙江錢塘人。貢生。候選同知。有《春及草堂詩集》。壇坫（diàn）：指文人集會之所。[2] 主：寓居。[3] 屑窣（sū）：象聲詞，此喻落葉聲。[4] 蜩（tiáo）：蟬。

隨園詩話箋注　補遺卷八

一

鰲滄來刺史從太倉寄近作見示[1]。《菜花》云:“繞村種菜春環屋,鋪地黄金人住家。若論生材求濟世,萬花都合讓斯花。”《偶成》云:“薄宦頻年鬢欲斑[2],平生心在水雲間。天憐衰吏無他樂,許看東南一帶山。”想見襟懷,不愧名臣之後。

【箋注】

[1]鰲滄來:于鰲圖,見卷一·五五注[4]。　[2]薄宦:卑微的官職。有時用爲謙辭。

二

雍正癸丑,余年十八,受知于吾鄉總督程公元章[1],送入萬松書院肄業[2]。其時掌教者爲楊文叔先生[3],諱繩武,癸巳翰林,豐才博學,蒙有國士之知。後掌教鍾山,而余適宰江寧,時時過從。先生歸道山後[4],音問遂絶,今五十年矣。甲寅春,其孫儀吉孝廉以詩一册見示[5]。讀之,細膩工整,不愧家風,歎德門之有後。《諸葛墓》云:“沔水東流繞定軍[6],秋風遥拜卧龍墳。大星磊落淪荒土,八陣縱横隔暮雲。共説公才真十倍,可憐天意竟三分。憑高欲下沾襟淚,籌筆樓高日又曛[7]。”《旅思》云:“十度月圓猶作客,一年秋到倍思家。”《弔劉司户》云[8]:“宦寺豈容操國柄,文章原不重科名。”《落第出都》云:“葵藿但知傾曉日[9],芙蓉何敢怨秋風[10]?”孝廉名一鴻。

【箋注】

[1]癸丑：這裏指雍正十一年（1733）。程元章：見卷一四・二九注[2]。[2]萬松書院：在杭州西湖鳳凰山萬松嶺。明清時爲浙江最高學府。[3]楊文叔：楊繩武，見卷二・六〇注[1]。[4]歸道山：對人去世的婉稱。[5]甲寅：這裏指乾隆五十九年（1794）。楊儀吉：楊一鴻，見補遺卷七・五八注[3]。[6]沔水：即今漢江及湖北武漢市以下長江。定軍：定軍山，在今陝西勉縣東南，北依沔水。山下有諸葛亮墓。[7]籌筆樓：籌筆驛樓，在今四川廣元北。相傳諸葛亮出師，嘗駐軍運籌於此。[8]劉司户：劉蕡，見卷五・七四注[3]。[9]葵藿：指葵。葵性向日。古人多用以比喻下對上赤心趨向。[10]芙蓉：荷花的别名。唐高蟾《下第後上永崇高侍郎》："芙蓉生在秋江上，不向東風怨未開。"

三

江寧李大紳[1]，號榕莊。《護蘭》詩云："似離故土非其性，纔到人家便作難。""移置幾番遭僕恚[2]，愛憐真當養兒看。"二聯殊有風趣。

【箋注】

[1]李大紳：字佩書、謦旃，號藥塘、榕莊。清江蘇上元人。乾隆四十九年貢生。有《紅薔軒集》《蟲吟集》《且存草》。[2]恚（huì）：怨恨。

四

廣西羅城縣[1]，國初爲煙瘴之地。于清端公自記《年譜》云[2]："同去僕從，死亡殆盡。余族弟秋江濤署羅城尉[3]，賦詩云：'簇簇奇峰列畫屏，萬山遥護一城青。地因太險田無税，跡可留仙石有靈。北嶺曉鐘催曙色，西江秋月冷煙汀。參軍未處邊陲慣，蠻語還須仔細聽。''屋後青山舞鳳凰，簷前奇石學鴛鴦。挈瓶沽酒向墟寺，吹角引牛歸牧場。抱社兩株榕樹古[4]，沿城一帶棗花香。誅茅蓋起三層屋[5]，珍重行人指法堂[6]。'"

【箋注】

[1]羅城縣：今屬廣西。 [2]于清端公：于成龍，見卷一·五五注[1]。[3]于秋江：于濤，字秋江。清山西永寧（今方山）人。歷官羅城尉。于成龍之族弟。 [4]社：社壇。封土爲社，各栽種其土所宜之樹，以爲祀社神之所在。[5]誅茅：芟除茅草，常指結廬安居。 [6]法堂：審理訴訟案件的公堂。

五

吴江徐君星標善弈秋之技[1]，予既爲銘墓。其子山民達源、媳吴珊珊瓊仙俱工詩[2]。山民《春曉》云："廿四番花算不清[3]，黄鶯杜宇總春聲。傷心只有芭蕉葉，愁雨愁風過一生。"珊珊詠螢火云："月黑誰攜星一點，風高吹上閣三層。蒲葵撲墮知何處[4]，笑問檀郎見未曾[5]？"《夜坐聞笛》云："妝樓風影夜蕭蕭，檢點牙籤倦欲抛[6]。何處一聲長笛起，隔簾吹月上花梢。"

【箋注】

[1]徐星標：徐璇（1724—1792），字星標。清江蘇吴江人。袁枚曾撰《徐君星標墓誌銘》。弈秋：春秋時期魯國的著名棋手。見《孟子·告子》。[2]徐山民：徐達源（1767—1846），字無際，號山民。清江蘇吴江人。翰林院待詔。有《新詠樓詩集》《紫藤花館文稿》。吴珊珊：吴瓊仙（1768—1803），字珊珊。清江蘇吴江人。監生吴義倫女、待詔徐達源妻。有《寫韻樓集》。 [3]廿四番花：即二十四番花信風。自小寒至穀雨，凡四月，共八個節氣，一百二十日，每五日一候，計二十四候，每候應以一種花的信風。[4]蒲葵：指蒲葵扇。 [5]檀郎：見卷八·六八注[7]。 [6]牙籤：象牙做的書籤，代指書籍。

六

真州鄭鴻[1]，字秋影。張南垞之侍史也[2]。能詩。偶以醉失歡，遠走京師，竟致客死，年僅二十。員帆山抄其遺詩[3]，囑張石民追寫小像[4]。詩云："閉門卻到夕陽斜，自笑茅簷小小車。偏是西風最多事，書聲偷送到鄰家。”石民寫像畢，題云：“青年誰與頰添毫[5]，惜爾生前未我遭。老去見花都懶畫，多情還寫鄭櫻桃[6]。”

【箋注】

[1]鄭鴻：字秋影，清江蘇儀徵人，餘未詳。 [2]張南垞：張錫德，字南仲、南頌，號南垞、慎庵。清江蘇華亭人。乾隆副貢生。官青陽教諭。有《慎庵詩集》。侍史：古時侍奉左右、掌管文書的人員，這裏代指書童、男寵。 [3]員帆山：員大敦，號帆山子。清江蘇儀徵人。 [4]張石民：張四教，本名源，字宣傳，號石民。清江蘇甘泉人。諸生。 [5]頰添毫：晋顧愷之爲裴楷畫像，在頰上添了三根毫毛。人問其故，顧曰：“裴楷俊朗有識具，正此是其識具。”見《世説新語·巧藝》。 [6]鄭櫻桃：十六國時期後趙石季龍所寵愛的優童，此喻鄭鴻。

七

杭州沈清任觀察[1]，余門下門生也。中年殂謝[2]。余求其詩不得，僅録其《沁園春》一闋云：“天放憨僧[3]，行脚打包，還歸故鄉。笑六十年來，電光倏忽，三生石上[4]，夢影荒唐。小住爲佳，長行不得，從此舟車不用忙。生花眼、借一編在手，字字行行。　吾家老屋頹牆，只糊壁人兒費忖量。看鄂渚書來[5]，歸舟待泊，錦官收散[6]，花事終場[7]。鶴髮朝梳，金經夜課[8]，隨分生涯自主張。閑中趣，寫梅花數點，也送清狂。”

【箋注】

[1]沈清任：字萊友，一字莘田，號澹園，又號疥憨。清浙江仁和人。乾隆十七年進士。官至川東道。 [2]殂謝：去世。 [3]憨僧：此爲自稱。[4]三生石：傳説人有前生、今生、來生。杭州天竺寺後山有三生石，爲唐李源和圓觀三生相會之處。見唐袁郊《甘澤謡·圓觀》。詩文中常用爲前因宿緣的典實。 [5]鄂渚：相傳在今湖北武昌黄鶴山上游三百步長江中。隋置鄂州，即因渚得名。世稱鄂州爲鄂渚。 [6]錦官：成都的别稱。 [7]花事：遊春看花等事。 [8]金經：指佛道經籍。

八

甲子年，余過宏濟寺[1]，見西林相公題壁詩[2]，已録登《詩話》。甲寅阻風，又至寺中，默默七代孫某抄鄂公父子詩來[3]，皆五六十年前事，余爲之愴然。再録相公一絶云："山扉石徑上人家[4]，小住清凉引妙車[5]。欲挽江聲回樹杪，可憐那岸是繁華。"其時，公子容安隨行[6]，年尚幼。後總督兩江，重遊此寺，讀先人之作，題贈默默云："少小經行處，江山感舊因。君能重會面，我是再來人。問法心無住，趨庭跡已陳[7]。燃燈覽題句，忍淚對青春。"

【箋注】

[1]甲子：這裏指乾隆九年（1744）。宏濟寺：即永濟寺，位於南京燕子磯。 [2]西林：鄂爾泰，見卷一・一注[7]。 [3]甲寅：這裏指乾隆五十九年（1794）。默默：宏濟寺僧，見卷九・六五。 [4]上人：對僧人的尊稱。[5]妙車：佛家語，指美好的車乘。 [6]容安：鄂容安，見卷一・四五注[1]。[7]趨庭：《論語・季氏》："（孔子）嘗獨立，鯉趨而過庭。曰：'學詩乎？'對曰：'未也。''不學詩，無以言。'鯉退而學詩……"後因以"趨庭"謂子承父教。

九

金陵水月庵有僧鏡澄[1]，頗能詩。閉户焚修[2]，名場竟不知有此人，殊可敬也。《惜桐》云："獨樹作僧伴，摧枯傷我情。從今茅屋下，無處聽秋聲。"《落葉》云："落葉寒生徑，冬蔬秀滿畦。要將茅舍補，試看稻堆齊。窗破宜糊紙，牆穿合補泥。春風待來歲，也有燕雙棲。"

【箋注】

[1]鏡澄：清江蘇江寧水月庵僧。能詩，每成輒焚其稿。袁枚甚賞其作，吴澹川嘗勸澄往謁，澄曰："和尚自作詩，不求先生知也。先生自愛和尚詩，非愛和尚也。"不往。事見《兩般秋雨庵隨筆》。 [2]焚修：焚香修行。

一〇

蘇州胡眉峰量見贈云[1]："青山供養忘機客[2]，紅粉消磨用世才[3]。"泰州孫虎山廷揚云[4]："名到驚人何況早，生當並世不嫌遲[5]。"松江劉春橋熙云[6]："看花興致憐才性，此是先生未了緣。"上海李林松仲熙云[7]："真才子必得其壽，謫仙人未免有情。"淮上程藹人元吉云[8]："風流何減白居士[9]，天下不名元魯山[10]。"又："有福不離花世界，無愁常喜竹平安。"皆可誦也。

【箋注】

[1]胡眉峰：胡量（1751—？），字元謹，號眉峰。清江蘇長洲人。有《海紅堂詩鈔》。 [2]忘機：消除機巧之心。常用以指甘於淡泊、與世無爭。 [3]紅粉：借指美麗女性。 [4]孫虎山：孫廷揚，字虎山，號淩滄。清江蘇泰州人。諸生。有《淩滄詩鈔》《聽秋軒詩鈔》。 [5]並世：同時代。 [6]劉春橋：劉熙，號春橋。清江蘇松江人。王文治弟子。 [7]李林松（1770—1827）：字仲熙，號心庵。清江蘇上海人。乾隆六十年進士。曾官廣東、廣西學政。有《周易述補》《通韻便覽》等。 [8]程藹人：程元吉，見補遺卷二・六六注[1]。 [9]白居士：白居易。 [10]不名：不直呼其名，表示優禮或尊重之意。元魯山：元德秀（695—754），字紫芝。唐河南人。登進士第。歷官邢州南和尉、龍武録事參軍、魯山令。後隱居。

一一

女弟子席佩蘭[1]，詩才清妙，余嘗疑是郎君孫子瀟代作[2]。今春到虞山訪之[3]，佩蘭有君姑之戚，縞衣出見，容貌娟姬[4]，克稱其才。以小照屬題，余置袖中，即拉其郎君同往吴竹橋太史家小飲[5]。日未暮，而見贈三律來。讀之，細膩風光，方知徐淑之果勝秦嘉也[6]。其詩云："慕公名字讀公詩，海内人人望見遲。青眼獨來幽閣裏，縞衣無奈澼妝時。蓬門昨夜文星照[7]，嘉客先期喜鵲知。願買杭州絲五色，絲絲親自繡袁絲[8]。""深閨柔翰學塗鴉，重荷先生借齒牙[9]。漫擬劉公知道韞[10]，直推徐淑勝秦嘉。解圍敢設青綾障，執贄遥褰絳帳紗[11]。聲價自經椽筆定，掃眉筆上也生花。”“南極文昌應一身[12]，幸瞻藜杖拜星辰[13]。一編早定千秋業，片語能生四海春。詩格要煩裁僞體，畫圖敢自秘丰神？問公參透拈花旨[14]，可是空王座下人[15]？”佩蘭小照幽艷，余老矣，不敢落筆，帶至杭州，屬王玉如夫人爲之布景[16]，孫雲鳳、雲鶴兩女士題詩詞[17]，余跋數言，以志一時三絶云。

【箋注】

[1]席佩蘭：見補遺卷六・一七注[1]。 [2]孫子瀟：孫原湘，見卷一一・二五注[3]。 [3]虞山：代指江蘇常熟。 [4]縞衣：白絹衣裳。婐（wǒ）妮（nuǒ）：柔媚之貌。 [5]吴竹橋：吴蔚光，見卷一・四一注[3]。 [6]徐淑、秦嘉：見補遺卷三・三九注[8]。 [7]蓬門：以蓬草爲門，指貧寒之家。[8]袁絲：袁盎，見卷一・六五注[12]。此處代指袁枚。唐李賀《浩歌》：“買絲繡作平原君，有酒惟澆趙州土。”後用爲對人敬仰的典故。 [9]齒牙：稱譽、説好話。 [10]劉公：指劉柳（？—416），字叔惠。東晋南陽（今屬河南）人。任會稽太守時，嘗專程與會稽王凝之寡妻謝道韞會見，對道韞風韻詞理深爲嘆服。 [11]執贄：古代禮制，謁見人時攜禮物相贈。絳帳：爲師門、講席之敬稱。[12]南極文昌：南極，指南極老人星。文昌，文曲星。喻文才蓋世之人。[13]藜杖：用藜的老莖做的手杖。 [14]拈花：佛教語，即“拈花一笑”，謂以心傳心。 [15]空王：佛的尊稱。 [16]王玉如：見補遺卷一・二一注[2]。[17]孫雲鳳：見卷二・三一注[2]。孫雲鶴：見卷一〇・二三注[12]。兩姊妹均爲袁枚女弟子。

一二

余三月間，到狄小同家[1]，柔之夫人挈女兒出見[2]，年纔十四，而詩筆清雅，字亦工秀。《贈樓氏姊》云：“巧髻梳成斂翠蛾[3]，芳姿自惜性偏和。婀娜不效楊家舞[4]，婉轉猶能薛氏歌[5]。瓊樹朝朝臨日見[6]，蓮花步步踏春過。誰家種玉人僥倖[7]，得伴新鶯附蔦蘿[8]？”

【箋注】

[1]狄小同：見補遺卷四·五二注[2]。 [2]柔之：吴柔之，見補遺卷四·五二注[2]。 [3]翠蛾：婦女細而長曲的黛眉。 [4]楊家舞：指唐楊玉環善舞。[5]薛氏：指唐蜀妓薛濤，能詩，洞曉音律。 [6]瓊樹：喻美姿。 [7]種玉：用晋干寶《搜神記》楊公徐氏典。楊公遇神人後種石生玉，得白璧五雙，以聘徐氏爲婚。後以"種玉"比喻締結良姻。 [8]蔦（niǎo）蘿：兩種蔓生植物的合稱，比喻關係親密，寓依附攀緣之意。

一三

余飲孫雲鳳家[1]，飯米粗糲，而價甚昂，知爲家奴所紿[2]。歸寓，適有送白粲者[3]，以一斛貽之[4]。雲鳳不受，札云："來意已悉。"蓋疑老人以米傲之也。余殊覺掃興，即題其札尾云："一囊脱粟遠相貽，此意分明粟也知。底事堅辭違長者，閨中竟有女原思[5]。"雲鳳悔之，寄《賀新凉》一詞以自訟云[6]："傍晚書來速，道原思抗違夫子，公然辭粟。已負先生周急意，敢又書中相瀆[7]。况贄禮未修一束。我是門牆迂弟子，覺囊中所賜非常禄。不敢受，勞往復。　　寸箋自悔怱怱肅[8]，或其間措辭下筆，思之未熟。本借湖山供笑傲，何意翻多怒觸。披讀處，難勝踖踧[9]。無賴是毫端，今以前愆[10]，仍付毫端贖。容與否，望批覆。"

【箋注】

[1]孫雲鳳：見卷二·三一注[2]。 [2]紿（dài）：欺誑。 [3]白粲：白米。 [4]貽（yí）：贈送。 [5]原思：原憲（前515—？），字子思。孔子弟子。原思擔任孔子家的總管，孔子給他小米九百斗，原思推辭不收。《論語·雍也》："原思爲之宰，與之粟九百，辭。" [6]自訟：自責。 [7]瀆：輕慢。 [8]怱怱：輕率。 [9]踖（jí）踧（cù）：恭敬而又局促不安。[10]前愆（qiān）：以前的過失。

一　四

嘗讀劉長卿《重過曲江》詩云[1]："何事最傷心，少年曾得意。"蓋唐時進士登科，多同遊曲江之故。余甲辰到廣西，蒙撫軍吴樹堂先生飲余于八桂堂[2]，是五十年前金震方中丞拜表薦余處[3]。追憶少時恩知，爲之淒絶，一坐竟不忍起。口號一律云："森森八桂翠參天，此處曾經謁大賢。知己平生人第一，白頭重到路三千。薦章海内猶存稿，往事風中已化煙。夢自難尋腸自轉，幾回欲起又留連。"當年留别中丞七排十二韻，僅記一聯云："萬里闕前修薦表，百官座上歎文章。"

【箋注】

[1]劉長卿（726—789）：字文房。唐河間（今屬河北）人。玄宗天寶進士。官終隨州刺史。世稱劉隨州。長於五言詩，自稱"五言長城"。曲江：即曲江池，在今陝西西安東南。唐開元中爲都中第一遊賞勝境。亦爲皇帝賜宴臣僚和進士登第賜宴之地。　[2]吴樹堂：吴垣，見卷一〇・六六注[2]。　[3]金震方：金鉷，見卷一・九注[2]。拜表：上奏章。

一　五

余過馬嵬[1]，前後題詩八首，自謂發揮盡矣。近見祝芷塘給諫題云[2]："元之政事廣平參[3]，誰蠱君心逸欲耽[4]？若使開元初載入，也同鐘鼓樂周南[5]。""不作河東妒女津[6]，九原粉黛有餘春[7]。美人自恨西方少，身死猶教美别人。"第一首猶是拙集"但使姚崇還作相，君王妃子共長生"之意。第二首專指土人取冢土敷面，可去瘢痕之説，可謂斬新日月[8]。

【箋注】

[1]馬嵬：在陝西省興平縣。唐安史之亂，玄宗奔蜀，途次馬嵬驛，衛兵殺楊國忠，玄宗被迫賜楊貴妃死，葬于馬嵬坡。　[2]祝芷塘：祝德麟，見卷五・三〇注[1]。　[3]元之：姚崇，見卷一一・一三注[2]。廣平：宋璟，見

卷八・八七注[5]。 [4]耽：沉湎。 [5]周南：《詩經・周南・關雎》："窈窕淑女，鐘鼓樂之。" [6]妒女津：傳説晋劉伯玉妻段氏甚妒忌，聞伯玉誦《洛神賦》，懷恨欲爲水神，投水而死。後因稱其投水處爲妒女津，婦人渡此津，必壞衣毁妝，否則風波大作。事見唐段成式《酉陽雜俎》。 [7]九原：九泉，傳説中人死後去處。 [8]嶄新：嶄新、全新。

一 六

虞山邵松阿先生爲其孫婦作傳云[1]："婦姓趙，名同曜，字洵嫻[2]。幼時學諸姑禮佛，及讀《論語》'攻乎異端'[3]，喈曰[4]：'吾初以爲西方聖人，今乃知鑄一大錯也！'其敏悟如此。愛作詩，案置王禮堂、趙雲松及隨園三人詩[5]，謂松阿曰：'兒以爲西莊學富，雲松識高，至隨園先生，則各體兼該[6]，學識雙到矣。'"余聞之，甚慚。因記茳塘給諫見贈云："我讀君詩如讀史，能兼才學識三長。"與其言相合。然祝公是老作家，而洵嫻一弱女子，竟聆音識曲，尤難得哉！年二十餘，以娩難亡。詠七夕云："拜罷雙星後[7]，穿針上畫樓。一鈎今夜月，萬古此時秋。玉露閑階濕，金風小院幽。更深人未卧，何處笛聲愁？"詠鏡云："照人空見影，是我總非真。"《菊花》云："經霜秋正老，帶月夜初長。"

【箋注】

[1]邵松阿：邵齊熊（1724—1800），初名炳，字方虎，號耐亭、松阿。清江蘇常熟人。乾隆十二年舉人。官内閣中書舍人。有《隱几山房詩鈔》。[2]趙同曜：字洵嫻，清江蘇常熟人。諸生邵廣融室。有《停雲樓稿》。 [3]攻：治、攻讀。異端：非聖人之道，而别爲一端。 [4]喈（jiè）：歎息。 [5]王禮堂：王鳴盛，見卷九・六七注[1]。趙雲松：趙翼，見卷二・三三注[4]。 [6]兼該：兼備。 [7]雙星：牛郎星、織女星，常用以指夫婦。

一 七

崑山徐孏雲雲路秀才買書無錢[1]，而書賈頻至，乃自嘲云："生成書癖更成貧，賈客徒勞過我頻。聊借讀時佯問值，知非售處已回身。乞兒眼裏來鴞炙[2]，病叟床前對美人。始歎百城難坐擁[3]，從今先要拜錢神。”余幼時，有“家貧夢買書”之句，蓋實事也。今見徐生此詩，觸起貧時心事，爲之慨然。徐又有句云：“風威兩岸荻，雪意一天雲。”

【箋注】

[1] 徐嬾雲：徐雲路（1757—1824），字起萬、企萬，號嬾雲。清江蘇崑山人。歲貢生。 [2] 鴞（xiāo）炙：謂炙鴞鳥爲食。 [3] 百城：即“百城書”，喻指豐富的藏書。《魏書·逸士傳·李謐》：“丈夫擁書萬卷，何假南面百城。”

一　八

祝芷塘《詠藥》云[1]：“嘗遍苦甘千百味，活人常少殺人多。”趙雲松《憎蚊》云[2]：“一蚊便攪人終夕，宵小由來不在多[3]。”程荊南《席上》云[4]：“名士庖厨官氣少[5]，山人冠履古風多。”吴蘭雪見贈云[6]：“三朝白髮題襟遍[7]，一代紅妝立雪多[8]。”四用“多”字，俱妙。余《春日園中》亦有句云：“晴日不愁遊女少，美人終竟大家多[9]。”

【箋注】

[1] 祝芷塘：祝德麟，見卷五·三〇注[1]。 [2] 趙雲松：趙翼，見卷二·三三注[4]。 [3] 宵小：小人。 [4] 程荊南：程夢湘，見卷七·四六注[3]。 [5] 官氣：官僚習氣。 [6] 吴蘭雪：吴嵩梁，見補遺卷二·六七注[2]。 [7] 題襟：謂詩文唱和抒懷。 [8] 立雪：北宋儒生楊時、游酢往見其師程頤，值頤瞑目久坐，二人侍立不去，頤既覺，門外雪已盈尺。事見《宋史》楊時本傳。後以“立雪”爲敬師篤學之典故。 [9] 大家：古指卿大夫之家。

一　九

虞山趙氏多才，有名同鈺字子梁者[1]，疑是洵嫻女士之兄[2]。詩善言情，《題若冰妹小照》云：“憶得深閨未嫁年，阿兄把卷妹隨肩。

小紅剛報酴醾放[3]，草草梳妝到最先。”《山塘》云：“春風油壁過山塘[4]，雙眼迷離詫艷妝。我亦多情祝飛絮，要他吹上繡衣裳。”《采菱》云：“草草盤頭便出湖，水雲深處笑相呼。儂家不是貪多得，風信明朝知有無？”《消夏》云：“掃眉深淺費工夫，雲髻高低索婢扶。插過珠蘭餘幾朵，不知還够餉人無[5]？”又，《對鏡》起句云：“憔悴竟如此，非君我莫知。”可稱超絶，惜下半首稍平，故不録。其室人屈婉仙亦能詩[6]，《七夕》云：“花自輕盈露自淒，碧闌干外玉繩低[7]。不知何處凡烏鵲，僥倖雲霄一夜棲。”

【箋注】

[1]趙同鈺：一作“趙同玨”。字良伯，號子梁。清江蘇常熟人。諸生。官教諭。有《鄰淬閣詩集》。 [2]趙洵嫻：趙同曜，見本卷一六注[2]。[3]酴醾：暮春開花。 [4]油壁：古人乘坐的一種車子。因車壁用油塗飾，故名。[5]餉人：贈送他人。 [6]屈婉仙：屈秉筠（1767—1810），字婉仙。清江蘇常熟人。趙同鈺妻。有《韞玉樓集》。 [7]玉繩：星名，常泛指群星。

二〇

纖纖亡後[1]，竹士《過婦家有感》云[2]：“愁聽花鈴語繡幃，封題如故笑言違[3]。傷心小女無知識，繞膝詢姑何日歸。”“新秋已報海棠開，可奈塵生舊鏡臺。莫怪見花拼一慟，去年曾折一枝來。”“旅窗蟲語警秋心，小病奄奄奈夜深[4]。記汝當年珍惜意，露涼不敢立花陰。”《題纖纖小照》云：“繡幕茶煙碧散絲[5]，分明桐院比肩時。千呼不下卿何忍，一一如生我尚疑。絮語曲欄邀月證，尋詩深夜怯花知。可憐病後伶俜甚[6]，莫怪珊珊玉步遲[7]。”又句云：“仙原暫謫留難住[8]，事太傷心淚轉無。”

【箋注】

[1]纖纖：金逸，見補遺卷五·四八注[1]。 [2]竹士：陳基，見補遺卷五·三五注[2]。 [3]封題：書札的代稱。 [4]奄奄：衰弱不振。 [5]繡幕：絲繡帷幕。

[6]伶俜(pīng)：孤單、凋零。 [7]珊珊：緩慢移動貌，常用以形容女子步態。[8]仙原：仙界，婉稱死後的去處。

二一

吴江閨秀汪宜秋《春夜》詩云[1]：“坐愁換過燭三條，纔向妝臺卸翠翹[2]。只恐眠遲難早起，明朝記得是花朝[3]。”《掃墓》云：“略慰九原思子意[4]，今朝弱息挈孫來。病軀只恐難重到，家事從頭訴一回。”《夜坐》云：“貪凉自啟緑窗紗，風細爐煙縷縷斜。急把殘燈遮護好，方纔結得一雙花[5]。”《病起》云：“手戰愈增書格弱[6]，目昏翻厭紙窗明。不知春是何時去，緑滿簾櫳夏景成。”《題玉函女士小照》云：“空階策策墮梧桐[7]，怨笛清砧斷續風[8]。只恐嫦娥也愁絶，良宵深閉廣寒宫[9]。”宜秋家赤貧，夫外出五年，撑拄家務，撫養五兒，俱以針黹供給[10]，而有才如此。

【箋注】

[1]汪宜秋：汪玉軫，見補遺卷四・三三注[1]。 [2]翠翹：古代婦人首飾的一種，狀似翠鳥尾上的長羽。 [3]花朝：舊俗以農曆二月十五日爲“百花生日”。 [4]九原：指人死後的去處。 [5]花：指燈花。 [6]書格：一種文具，書寫時用以支臂，使腕不著紙，以防墨污。 [7]策策：象聲詞。[8]清砧：指搥衣聲。 [9]廣寒宫：月中宫殿名。 [10]針黹(zhǐ)：做針綫活。

二二

趙子梁詠白牡丹云[1]：“斷無富貴能安素[2]，莫笑花枝愛着緋[3]。”陳秋史燮《白雁》云[4]：“平沙夜月空留影，遠水蘆花何處灘？”

【箋注】

[1]趙子梁：趙同鈺，見本卷一九注[1]。 [2]安素：安于白身。素，謂平民或無功名無官職的身份。 [3]着緋：穿紅色的官服。指中級官員。 [4]陳秋史：陳燮，字叔理，號秋史。清江蘇吴江人。監生。候補刑部司獄。

二　三

老友徐靈胎度曲嘲時文及題墓詩[1]，余已載《詩話》中。甲寅八月，其子榆村爔送其兒秋試[2]，又度曲贈我云："千山萬水，裝點了吴越規模[3]。天地又躊躇[4]，須生个奇才異質，風雅超殊。放在中間，空前絶後，著出些三教同參萬古書[5]。更不讓他才華埋没，又把月中丹桂[6]，天街紅杏[7]，閬苑瓊株[8]，一一都教攀住。略展經綸[9]，便使那萬户黎民，争稱慈父。纔許他脱卻朝衫，芒鞋竹杖[10]，歷盡了層巒疊嶂，遊遍了四海五湖。方曉得花月神仙，詩文宗主。贏得隨園才子，處處家家個個呼。端的是菩薩重來[11]，現身説法，度盡凡夫。咱也乞灑楊枝一滴[12]，洗浄塵心，跳出迷途。"

【箋注】

[1]徐靈胎：徐大椿，見卷一二・五〇注[1]。時文：時下流行的文體。舊時對科舉應試文體的通稱。　[2]徐榆村：徐爔（1732—1807），字鼎和，號榆村。清江蘇吴江人。有《寫心劇》。　[3]吴越：泛指江浙一帶。　[4]躊躇：反復思量。　[5]三教：指儒家的施教内容，包括六德、六行、六藝。佛教傳入我國後，亦稱儒、道、釋爲"三教"。　[6]月中丹桂：指及第、登科。《晋書・郤詵傳》："武帝於東堂會送，問詵曰：'卿自以爲何如？'詵對曰：'臣舉賢良對策，爲天下第一，猶桂林之一枝、崑山之片玉。'"唐周墀《賀王僕射放榜》詩："雖欣月桂居先折，更羡春蘭最後榮。"　[7]天街紅杏：指權要賞識、舉薦者。唐高蟾《下第後上永崇高侍郎》詩："天上碧桃和露種，日邊紅杏倚雲栽。"　[8]閬苑瓊珠：指翰林院任職，才華卓著。　[9]經綸：指治理國家的抱負和才能。　[10]芒鞋竹杖：代指歸居田園的生活。　[11]菩薩：佛教名詞。原爲釋迦牟尼修行而未成佛時的稱號，後泛用爲對大乘思想的實行者的稱呼。此處喻指人們崇拜的偶像。　[12]楊枝一滴：楊枝水，佛教喻稱能使萬物復甦的甘露。《晋書・佛圖澄傳》："勒（石勒）愛子斌暴病死。……乃令告澄。澄取楊枝沾水，灑而咒之，就執斌手曰：'可起矣！'因此遂甦。"

二 四

余雅不喜元遺山論詩[1]，引退之《山石》句[2]，笑秦淮海“芍藥”“薔薇”一聯爲女郎詩[3]，是何異引周公之“穆穆文王”[4]，而斥后妃之“采采卷耳”也[5]。前於《詩話》中已深非之。近見毛西河與友札云[6]：“曾遊泰山，見奇峰怪崿[7]，拔地倚天，然山澗中杜鵑紅艷、春蘭幽香，未嘗無倡條冶葉[8]，動人春思，此泰山之所以爲大也。大家之詩，何以異此？”其言有與吾意相合者，故録之。

【箋注】

[1]元遺山：元好問，見卷二・三八注[4]。此處指《論詩三十首》。 [2]退之：韓愈，見卷一・一三注[1]。 [3]秦淮海：秦觀，見卷一・五六注[7]。此處指元好問《論詩絶句》：“有情芍藥含春淚，無力薔薇卧曉枝。拈出退之山石句，始知渠是女郎詩。” [4]穆穆文王：《詩經・大雅・文王》中句。此詩描述周朝奠基者文王姬昌的美德。 [5]采采卷耳：《詩經・周南・卷耳》中句。舊説此詩寫后妃懷周文王。 [6]毛西河：毛奇齡，見卷二・三六注[3]。 [7]崿：山崖。 [8]倡條冶葉：指輕柔多姿的枝條和艷麗的樹葉。

二 五

採詩如散賑也[1]，寧濫毋遺[2]。然其詩未刻稿者，寧失之濫；已刻稿者，不妨于遺。

【箋注】

[1]散賑（zhèn）：爲賑濟災民而分發糧食、財物。 [2]濫：過度，指不妨貪多求全。遺：遺漏。

二 六

上海明經王梅嶼坤培[1]，淹雅能文[2]，秋試屢薦不售[3]，賦詩云：“蓬鬟依然絶世姿，敢將新樣畫蛾眉？鴛鴦欲繡偏難繡，腸斷回針欲刺時。”

較之唐人“苦恨年年壓金綫，爲他人作嫁衣裳”[4]，更覺深婉。

【箋注】

[1]王梅嶼：王坤培，字元載，號梅嶼。清江蘇上海人。附貢生。 [2]淹雅：猶淵博。 [3]不售：指考試不中。 [4]“苦恨”二語：見唐詩人秦韜玉《貧女》詩。

二七

乾隆乙卯春，予遊吴下，海上書生王仲堅鈺寄洛花十六株爲壽[1]，繫詩云：“不羨安期棗似瓜[2]，不須丹鼎煉黄芽[3]。稱觴何物堪同獻[4]，洛下飛來第一花。”“數叢淺碧間深紅，艷重香多薄日烘。自笑傾心同小草，也隨桃李領春風。”署名稱“私淑弟子仲堅”[5]。于余素未謀面，而傾倒若此。旦華女史朱秀甫文毓[6]，其室人也，亦工吟詠。前已采其《撫孤甥》詩，兹復録其《春暮》云：“春去分明有淚痕，絲絲微雨灑黄昏。殘紅落地無人管，蝴蝶飛來也斷魂。”《瓶中海棠》云：“酒後輕紅暈玉肌，百花誰及海棠姿？緑窗晝静嫌無伴，拗取名花當侍兒。”

【箋注】

[1]乙卯：這裏指乾隆六十年（1796）。王仲堅：王鈺，字式如，一字仲堅。清江蘇上海人。王坤培仲子。監生。洛花：洛陽花的省稱，特指牡丹。[2]安期：仙人名，即安期生，秦漢間齊人，曾賣藥海上，後成仙。《史記·封禪書》：“臣嘗遊海上，見安期生，安期生食巨棗大如瓜。” [3]黄芽：古養生名詞，指丹鼎内所生芽狀物，亦稱黄丹。 [4]稱觴：舉杯祝酒。 [5]私淑：私自敬仰而未得到直接的傳授。 [6]朱秀甫：朱文毓，見補遺卷七·二〇注[1]。

二八

平江卜蕙堦日亨《閒居》詩云[1]：“翛翛松竹絶塵喧[2]，小築青山郭外村。無數落花浮水面，盡隨鷗鳥到柴門。”《偶成》云：“一窩青箬買茶回[3]，忙煮清泉試幾杯。推户恐驚啼鳥去，捲簾喜見落花來。

鄰翁只護穿籬筍,稚子争偷拂檻梅。詩債爲愁多負却,海棠開到牡丹開。”二詩，不減放翁。

【箋注】

[1]卜蕙堦：卜日亨，字蕙堦。清湖南平江人。餘未詳。 [2]翛（xiāo）翛：高或長貌。 [3]青箬：雨具，即青箬笠，箬竹葉或篾編製的笠帽。

二　九

《如臯志》：“淳熙中，東孝里莊園有紫牡丹一本[1]，無種而生。有觀察見，欲移分一株，掘土尺許，見一石，題曰：‘此花瓊島飛來種[2]，只許人間老眼看。’遂不敢移。自後鄉老誕日，值花開時，必宴於其下。有李嵩者[3]，三月八日生，自八十看花，至一百九歲。”

【箋注】

[1]淳熙：宋孝宗年號（1131—1189）。東孝里：古地名，在今江蘇如臯。[2]瓊島：此指傳説中的仙島。 [3]李嵩（1166—1243）：宋臨安錢塘人。少爲木工。後爲李從訓養子。歷光宗、寧宗、理宗三朝畫院待詔。工畫人物，尤長於界畫。

三　〇

鄭魚門志鑰先生督學江南[1]，清廉愛士，所識拔皆一時名流，沈文慤公亦出門下[2]。偶到金陵，游莫愁湖，有句云：“我來湖上愁難了，不信當年有莫愁。”已而落職。行至西湖，别諸門生云：“此後相逢明月夜，定知相憶在西湖。”亡何，竟歸道山，停柩湖上。人皆以爲詩讖。

【箋注】

[1]鄭魚門：鄭任鑰，字惟啟，號魚門。清福建侯官（今福州）人。康熙四十五年進士。曾任翰林院侍講學士、湖南布政使、副都御史。 [2]沈文慤：沈德潛，見卷一・三一注[3]。

三一

王元章《西湖》詩云[1]："湖邊欲買三間屋，問遍人家不要詩。"近有以詩干人而索值者[2]，余戲書此以示之。

【箋注】

[1]王元章：王冕（1287—1359），字元章。元末浙江諸暨人。畫家，詩人。入明，授諮議參軍。此處所引應實爲房皞《别西湖》詩句。房皞（1199—1282），號白雲子。元臨汾（今屬山西）人。有詩名。 [2]干人：干謁人，對人有所求而請見。

按：全詩："聞説西湖可樂飢，十年勞我夢中思。湖邊欲買三間屋，問遍人家不要詩。"原爲辛酸語，此變爲譏諷。

三二

有漢西門袁某賣麵筋爲業[1]，《詠雪和東坡》云："怪底六花難繡出[2]，美人何處著針尖。"又，杭州縫人鄭某有句云[3]："竹榻生香新稻草，布衣不暖舊綿花。"二人皆賤工也，而詩頗有生趣。

【箋注】

[1]漢西門：南京古城的西城門。 [2]六花：雪花。雪花結晶六瓣，故名。[3]縫人：指製衣之人。

三三

禮親王世子檀樽主人[1]，年少多才。客春[2]，托桐城吴種芝太史索和《紅豆》詩[3]，余尚未答。今春，又托尤水村以詩索序[4]，讀之，美不勝收。姑録其《火盆》十二韻云："熔鑄因良冶，團圓製作嚴。候移暄冷易，匠巧實華兼。熾炭熔拳石，飛灰散白鹽。獸環分四角，銅耳露雙尖。箸撥金莖小[5]，箝挑玉腕纖。非鐺茶可沸，象鼎器無嫌。

刺繡依秋閣，裁衣傍錦幨[6]。暮霜凝北户，疏雪灑南簷。密室春先到，沉檀爇更添[7]。冰壺初解凍，書案漸生炎。微覺披裘燠，無煩裹手拈。蕭條人静後，試捲却寒簾。”以仄韻而能整練若此[8]，是何許才力耶！

【箋注】

[1] 檀樽主人：昭槤（1776—1830），字汲修，號檀樽主人。清宗室。嘉慶間授散秩大臣，襲禮親王爵。有《嘯亭雜録》。 [2] 客春：去年春天。[3] 吴種芝：吴貽詠（1743—？），字惠連，號種芝。清安徽桐城人。乾隆五十八年狀元。官吏部主事。有《芸暉館詩集》。 [4] 尤水村：尤蔭，見卷九・五八注[2]。曾客禮親王邸，授昭槤以畫法。 [5] 箸：此指火筷子。金莖：此喻炭火花。 [6] 幨（chān）：床帳。 [7] 沉檀：指沉香木和檀木。爇（ruò）：指燃燒。 [8] 仄韻：此處是窄韻的意思。下平十四鹽韻，可用之字較少。整練：工整而洗練。

三　四

閨秀王貞儀字德卿[1]，宣化太守王者輔之女也[2]。隨其父謫戍塞外，《過潼關》云：“重門嚴柝鑰[3]，盤嶺踞咽喉。白日千巖俯，黄河一綫流。”《登岱》云：“谷雲蒸萬岫，海日浴三宫[4]。”女嫁宣城詹枚[5]，《辰沅道中》云：“霧氣昏崖底，猿聲咽樹間。”俱有奇傑之氣，不類女流。同里余秋農秀才贈詩云[6]：“修到詹何定幾生[7]，吟紅閨裏有雙聲。六朝山色分眉翠，九折黄流沁骨清。海徽宏篇饒健氣[8]，鶯花小製亦多情[9]。自慚同住烏衣巷[10]，不識西鄰道韞名[11]。”

【箋注】

[1] 王貞儀（1768—1797）：字德卿。清江蘇江寧人。宣化知府王者輔孫女、王錫琛女、宣城詹枚妻。有《德風亭集》。 [2] 王者輔（？—1779）：字覲顔，號惺齋。清安徽天長人。因薦舉擢用，官廣東海豐知縣、宣化知府、惠州知府、嘉應知州。後因事謫戍吉林。 [3] 柝鑰：泛指防備、鎮守。 [4] 三宫：泛指道教信仰中的神仙洞府。 [5] 詹枚：清安徽宣城人，諸生，餘未詳。 [6] 余秋農：余旻，見補遺卷二・四九注[1]。 [7] 詹何：戰國時楚國人，善術數。

見《韓非子》。此代指詹枚。[8]海儌：謂近海地區。[9]鶯花：鶯啼花開，泛指春日景色。[10]烏衣巷：古地名，在今南京城南。三國吴時在此置烏衣營，以士兵著烏衣而得名。[11]道韞：謝道韞，見卷一〇・三六注[5]。此處代指王貞儀。

三五

余壬戌外用，走辭首相鄂文端公[1]，蒙公留飯。論當代名臣，公少所許可，雖以楊江陰、尹望山之賢[2]，公意未滿也。余再三問，公曰：“汝此去惟有河督顧用方琮一人耳[3]。富貴不能淫，威武不能屈，人稱爲鐵牛，我許爲鐵漢。汝往見之，但告以是我門生，渠必異目相視。”余到清江走謁，覺丰采温肅，果饒道氣，諄諄以勿好名爲戒。未幾，公移節濟寧，遂永訣矣。今五十餘年，長安趙碌亭先生寄手卷來[4]，乃公在夢中懷余座主留松裔少宰詩也[5]。原唱云：“歲晚偏多興，寒山畫不成。松披雲半嶺，人立月三更。飄渺金臺遠[6]，潺湲濟水清。扁舟風雪夜，似聽叩門聲。”吾師和云：“有夢憑誰寄，新詩畫裏成。信隨秋雁遠，魂想御風輕。飲水心常淡，觀河笑比清。陽春雖强和，終讓鳳凰聲[7]。”詩成，會稽王祺爲作畫[8]，余加跋後，仍送還。碌亭，松裔先生之戚也。

【箋注】

[1]壬戌：這裏指乾隆七年（1742）。鄂文端：鄂爾泰，見卷一・一注[7]。[2]楊江陰：楊名時（1661—1737），字賓實，號凝齋。清江蘇江陰人。康熙三十年進士。官至禮部尚書。尹望山：尹繼善，見卷一・一〇注[3]。[3]顧用方：顧琮（1685—1754），字用方，伊爾根覺羅氏。清滿洲鑲黄旗人。官至河道總督。有《静廉堂詩文集》。[4]趙碌亭：趙佩德，號碌亭。清滿洲人。官侍御。留松裔之親戚。[5]留松裔：留保（1689—1762），完顔氏，字松裔。清滿洲正白旗人。欽賜進士。官禮部、吏部、工部侍郎。[6]金臺：代指北京。[7]陽春：古歌曲名，此喻高雅詩作。鳳凰聲：《列仙傳》曰：“蕭史教弄玉吹簫，作鳳凰聲。”歐陽修《贈杜默》：“杜默東土秀，能吟鳳凰聲。”[8]王祺：字祉叔，清杭州人，善畫山水。

三　六

詩有通首平正，無可指摘，而絶不招人愛。晋人稱王安北相對不厭[1]，去後人亦不思是也。唐霍王元軌有賢名[2]。或問人："霍王何長？"其人曰："無長。"問者愕然。乃答曰："人必有所短也，而後見所長。霍王無所短，又何所見其長？"二事，皆可參悟。

【箋注】

[1]王安北：指王坦之（330—375）。晋太原晋陽（今山西太原）人。死後追贈安北將軍。《世説新語·賞譽第八》："謝太傅道安北：'見之乃不使人厭，然出户去不復使人思。'"　[2]元軌：李元軌（？—688）。唐高祖第十四子。《舊唐書》："（元軌）在徐州，唯與處士劉玄平爲布衣之交。人或問玄平王之長，玄平答曰：'無長。'問者怪而復問之，玄平曰：'夫人有短，所以見其長。至於霍王，無所不備，吾何以稱之哉？'"

按：這裏所説似乎不可思議，找不出毛病有什麽不好呢？主要在這個"平"字，四平八穩，什麽都"平"，當然就没有什麽突出之處。這樣爲詩爲人，只能説是平平。

三　七

新安王太守廷言偶過隨園[1]，見園丁斫竹補籬，因得句云："惜花須記把籬編。"苦難於對。一日，獨酌無聊，忽得"嗜酒不妨和影醉"七字，急書以示余。余覽之，擊節不已[2]。因記范味醇《旅思》云[3]："夢醒挑燈抱影眠。"亦佳。皆本於六朝"閑行影自隨"五字也。

【箋注】

[1]王廷言：見補遺卷六·三六注[1]。　[2]擊節：打拍子，形容十分讚賞。[3]范味醇：生平未詳。

按：此處兩用"影"字確爲佳句。所引六朝詩句，不知爲何人所作。唐貫休有“默坐詩常有，閑行影漸無”之句。宋王令《出門》：“出門將何從，中道忽自思。彼懷與爾殊，亦合念子歸。樂有詩與書，遊有山與陂。誰言竟無從，猶有影自隨。”

三　八

伊公子繼昌字述之[1]，小尹太守公子也[2]。年少，而詩筆甚佳。今春余過邗江[3]，出詩見示。《霜信》云：“莫道堅冰意尚遲，新寒料峭已霜期。橋頭可驗惟人跡，鏡裏難期是鬢絲。凉夜豐山鐘暗遞[4]，悲風絶塞草先知。楓林染遍如花樣，消息傳來又幾時？”

【箋注】

[1]伊繼昌：字述之，邦都氏。清滿洲正白旗人。官藩司。　[2]小尹：伊湯安，見補遺卷三·四〇注[1]。　[3]邗江：代指揚州。　[4]豐山：草木深茂之山。

三　九

大興方介亭維祺[1]，藕船主人之弟也[2]。過隨園見訪，適余已赴蘇州，蒙其題壁云：“白門繫纜月初生，欲訪隨園坐待明。若使當年戀斗米[3]，安能此地駐長庚[4]？著書久讀知風格，好句遥傳見性情。人到蓬山還隔面[5]，追公直下潤州城[6]。”

【箋注】

[1]方介亭：方維祺，字介亭，號春之。清直隸順天大興人。　[2]藕船主人：方維翰，見補遺卷四·四一注[1]。　[3]斗米：指微薄的薪資。用陶淵明不爲五斗米折腰典。　[4]長庚：即金星、太白星。喻指袁枚。　[5]蓬山：即蓬萊山，相傳爲仙人所居，喻指小倉山隨園。　[6]潤州：今江蘇鎮江。

四　〇

杭州李堂字允升[1]，不事舉業，爲人權參店事。余到杭州，以詩求見，年纔弱冠，貌亦温雅。記其《早秋即事》云："鎮日柴扉掩緑陰，久拋雙屐罷登臨。入秋病鶴惟耽睡，經雨凉蟬欲廢吟。揀墨試磨新得研，焚香閑撫舊修琴。謙師煮茗通三昧[2]，興好頻攜短策尋。"佳句如"雨聲初到樹，寒氣欲侵衣""蘋牽花片聚，水齧樹根虚""凍解空池梅有影，雪鋪幽砌月無痕"，皆清雅可誦。

【箋注】

[1]李堂（？—1831）：字允升，號西齋。清浙江錢塘人。布衣。有《蓬窗剪燭集》《冬榮草堂詩文集》。 [2]謙師：宋僧，居杭州净慈寺，爲治茶能手。三昧：奥妙、訣竅。

四一

華公子岑松[1]，秋槎明府之子也[2]。《西湖雜詩》云："人穿柳絮如衝雪，船傍梨花半入雲。""花壓玉樓春至早，月留金管夜歸遲[3]。"

【箋注】

[1]華岑松：生平未詳。 [2]秋槎：華瑞璜，字秋槎。清江蘇無錫人。監生。官至台州知府。 [3]金管：指金屬製的吹奏樂器，代指音樂。

四二

松江陳花南韶官居理問[1]，而卜居西湖梅莊，置身吏隱之間[2]。有《君山尋浮遠亭》詩云[3]："不識君山路，偏尋浮遠亭。江濤回岸白，樹色接城青。樵響來何處，禪扉静不扃[4]。娟娟修竹裏，何日讀黄庭[5]？"

【箋注】

[1]陳花南：陳韶，字九儀，號花南，一作華南。清江蘇青浦人。以四庫館學生議叙理問，後官紹興府同知。有《花南詩集》《梅莊小志》。理問：明清時爲布政使司直屬官員之一，掌勘核刑名。 [2]吏隱：謂不以利禄縈心，

雖居官而猶如隱者。 [3] 君山：此指今江蘇江陰城北之君山，山上有浮遠堂。[4] 不扃：不關閉。 [5] 黄庭：指《黄庭經》，道教上清派的重要經典。

四　三

吴門樊紹堂善隸書[1]，能畫，工篆刻，年三十而亡。詩稿散失，僅記其《别隨園》一絶云："西向倉山謁我師，離魂渺渺有誰知[2]？真空悟徹三千界[3]，待索靈根再學詩[4]。"

【箋注】

[1] 樊紹堂（1761—1794）：字硯雲。清江蘇長洲人。喜賦詩，善丹青。[2] 離魂：指遊子的思緒。 [3] 真空：佛教語，謂超出一切色相意識界限的境界。[4] 靈根：領悟至理的資質。

四　四

康熙己卯，史胄斯宫詹公典試浙江[1]。子文靖公年十八[2]，讀書京邸，宫詹令遲歲觀場[3]，不必亟亟[4]。文靖公必欲觀光，私求其母彭太夫人。彭述宫詹之意，且笑曰："無力措辦考具。"文靖公偷拔太夫人金簪去，曰："辦卷燭足矣。"太夫人佳其志，許之。遂領鄉薦[5]。次年，入翰林。宫詹公督學浙西，聞捷音，因事出意外，口占七律寄云："垂髫何意著先鞭[6]，且喜書香得再延。事業千秋今日始，聲名一夕滿城傳。登科豈足榮鄉里，稽古還須及少年[7]。律己貴嚴人欲恕，昔人明訓有遺編。"從此食禄六十四年，官至相國。家有牙牌云[8]："六部尚書，八省總督。"載余撰神道碑中[9]。

【箋注】

[1] 己卯：這裏指康熙三十八年（1699）。史胄斯：史夔（1661—1713），字胄斯，號耕巖。清江蘇溧陽人。康熙二十一年進士。官詹事府詹事。有《扈蹕集》《章臺集》《扶胥集》等。 [2] 文靖：史貽直，見卷四·四一注[3]。[3] 遲歲：過幾年。觀場：指赴鄉試。 [4] 亟亟：急迫。 [5] 鄉薦：唐宋時

應試進士，由州縣薦舉，稱“鄉薦”。後世稱鄉試中式爲領鄉薦。 [6] 垂髫（tiáo）：指童年。 [7] 稽古：考察古事。 [8] 牙牌：象牙腰牌。宋元以後爲官員身份憑證。 [9] 神道碑：指墓碑上記載死者事蹟的文字，爲文體的一種。

四五

學然後知不足。張月樓《自懺》云[1]：“自家謾詡便便腹[2]，開卷方知未讀書。最羨兩堤楊柳樹，看他越老越心虚。”

【箋注】

[1] 張月樓：見補遺卷五·三注 [2]。自懺（chàn）：指認識了錯誤或罪過而感到痛心。 [2] 漫詡（xǔ）：不要誇耀。便便：腹部肥滿貌，此指讀書多。

四六

胡進士森，字香海[1]。掌教真州[2]。西江人也，而不染西江派[3]。以詩見示，《真州城東水邊》云：“人事難謝絶，我心清且閑。開門送客去，傍水看花還。溪岸春三月，漁家屋半間。橋邊有釣石，分坐聽潺湲[4]。”《舟中》云：“新月看欲上，水程行未休。雁聲沙際起，山色暝中收。心遠偶思畫，身閒時在舟。忘情羡漁者，垂釣坐溪頭。”俱有王孟遺音[5]。

【箋注】

[1] 胡森：字香海，號三木居士。清江西南城人。乾隆五十四年進士。官廣東羅源知縣。有《三木居士集》《香海詩集》。 [2] 真州：今江蘇儀徵。 [3] 西江派：這裏指江西派。是以黄庭堅爲代表的詩歌流派，崇尚瘦硬奇拗的風格，爲宋詩之典型。 [4] 潺湲：流水聲。 [5] 王孟：王維和孟浩然。

四七

壬寅[1]，余遊天台，《留別送者琴典史齊公子》云：“七十年華千里路，勸儂還要再來遊。”自分無再來之事，而不料庚戌春[2]，又到天台矣。乙酉[3]，余年五十，題嵇二公子詩云："者番一別儂衰矣[4]，此後難禁三十年。"亦自料必無八十之壽也。及至乙卯[5]，而又見公子于錫山。屈指計之，剛三十年。

【箋注】

[1]壬寅：這裏指乾隆四十七年（1782）。[2]庚戌：這裏指乾隆五十五年（1790）。[3]乙酉：這裏指乾隆三十年（1765）。[4]者番：這次。[5]乙卯：這裏指乾隆六十年（1796）。

四　八

湖南龍陽女史趙玉畦《湖上泛舟》云[1]："魚鱗江上碧煙開[2]，月影蕭蕭度樹來。一片漁歌何處起，蘆花深處小船回。"

【箋注】

[1]女史：對知識婦女的美稱。趙玉畦：趙孝英，字玉畦。清湖南龍陽（今漢壽）人。有《春園小草》《梅花小閣詩鈔》。[2]魚鱗：形容水波。

四　九

丹徒張舸齋之父名堂[1]，字季升，號南原。生有清才。三十歲卒。舸齋以遺稿見示。録其《晚宿丁角村舍》云："夕暉將斂照，歸鳥亦依林。平野煙光合，孤村樹色深。倦投茅舍宿，醉拊瓦盆吟。一夕安眠好，來朝向碧岑[2]。"《青山莊》云："平泉草木徒誇麗[3]，金谷樓臺已作塵[4]。剩有斜陽七層塔，天風時復送鈴聲。"《春日雨霽》云："新月未生影，餘春猶作寒。"《夜過雲陽》云："秋聲夾岸荻葦動，夜氣入舟衾簟涼。"俱妙。

【箋注】

[1]張舸齋：張鉉（1756—？），字舸齋。清江蘇丹徒人。以優貢授理問。有《飲淥山堂詩集》。張堂：如上，餘未詳。[2]碧岑：青山。[3]平泉：

平泉莊，唐李德裕別墅，在今河南伊川一帶。 [4]金谷：金谷園，西晋石崇所建別廬，在今河南孟津一帶。

五　〇

長洲秀才蔣硯畬耕堂[1]，少有才名，惜不永年而卒。臨終，以詩稿三册，付其門人陳竹士[2]。中多佳句，如《欲雪》云："昨夜風高振林薄[3]，蕭蕭颯颯濤聲作。曉來饑雀啄空簷，寒雲一片松梢落。"《郭外晚眺》云："初晴攜杖去，郭外望斜暉。野曠寒山出，天清遠樹微。晚煙依水聚，歸鳥背雲飛。寂寞江村暮，人家早掩扉。"佳句如《得陳紅橋楚中書》云："江衙吏散鼉鳴鼓[4]，山閣燈寒虎叩門。"亦雋。

【箋注】

[1]蔣硯畬（yú）：蔣耕堂，字硯畬，一作硯廬。清江蘇長洲人。有《慕陶廬詩鈔》。 [2]陳竹士：陳基，見補遺卷五・三五注[2]。 [3]林薄：交錯叢生的草木。 [4]江衙：臨江官署。鼉（tuó）：揚子鰐。

五　一

前輩宋軼才司農[1]，在京師同作翰林，比鄰而居，今已仙去廿餘年矣[2]。春間，小住姑蘇，其郎君藹若觀察執子侄禮來見[3]，並以司農《紅杏齋詩集》屬余作序。因録其《灣沚道中》云："别路離懷惨不舒，四郊風物自蕭疏[4]。遠山到眼青無數，一片晴光落笥輿[5]。""炊煙如綫路如弓，水面吹來楊柳風。舞盡榆錢飛盡絮，菜花黄殺野田中[6]。"

【箋注】

[1]宋軼才：宋邦綏，見補遺卷四・六五注[1]。官至户部侍郎。司農：明清時期爲户部之别稱。 [2]仙去：死的婉辭。 [3]宋藹若：宋思仁，見補遺卷四・六五注[3]。 [4]蕭疏：稀稀落落、蕭條荒凉貌。 [5]笥輿：竹轎。[6]殺：同"煞"，表示程度極深。

五　二

近體詩有前用“花”字[1]，後用“葩”字者，皆名手所無也。初學人不可不知。凡他用韻字義之犯重者，皆可類推。

【箋注】

[1] 近體詩：見卷五・四〇注[2]。

五　三

有人好自贊其詩者，人以爲嫌。袁陶村云[1]：“勿怪也。彼自己不贊，尚有何人肯贊耶？”又有人常露官氣者，人以爲嫌。陶村云：“勿怪也。彼除官外，一身尚有何物耶？”其言頗雋，故録之。

【箋注】

[1] 袁陶村：袁文典（1726—1816），字儀雅，號陶村。清雲南保山人。乾隆二十一年舉人。官廣西學正。有《陶村詩鈔》。

五　四

田涵齋文龍宰長洲[1]，政聲廉明。其父香泉先生名玉以武職告老[2]，就養署中，終日跨驢虎邱、石湖間，賞花玩月，而民間無絲毫瓜李之嫌[3]。其清風高節，可以想見。有《附蓬小草》，涵齋屬余序而梓之。如《虎邱燕集》云：“喧喧歌吹趁時遊，雲斂天香正及秋。清客舫依沿岸樹，美人簾卷傍山樓。但看七里花成市，肯信三生石點頭[4]？自是江南佳麗地，吴儂知樂不知愁[5]。”《渡江即事》云：“不知帆席轉，祇訝市橋移。”《金山夜月》云：“風定鈴無語，江流月有聲。”《海昌塔廟思歸》云：“長魚跋浪飛寒雨[6]，宿鳥驚林墮折枝。”《暮投寒莊旅店》云：“遥從寒水孤村外，一角青旗認酒家[7]。”《樂安莊燕集》云：“林塘得雨鯈魚戲[8]，麥隴連雲布穀飛。”《春興》云：“紅杏埭長回蛺蝶[9]，緑楊牆短出鞦韆。”“寬杯酌酒愁心醉，大字抄詩笑眼花。”俱有夷猶自得之趣[10]。其《晋秩自喜》有云[11]：“少有大言身許國，老無恆産宦爲家。”更足以想見其胸次矣。

【箋注】

[1] 田涵齋：田文龍，字涵齋。清直隸大興（今北京）人。官長洲知縣。 [2] 田香泉：田玉（1703—1789），字存璞，號香泉。清直隸大興人。乾隆十九年進士。官至杭州府都司。有《附蓬小草》。 [3] 瓜李：用“瓜田李下”典，比喻容易引起嫌疑的地方。 [4] 石點頭：相傳晋末高僧竺道生曾于蘇州虎邱寺立石爲徒，講《涅盤經》。至微妙處，石皆點頭。 [5] 吴儂：吴地人。 [6] 跂（qí）：分。 [7] 青旗：酒店招攬生意的旗幟。 [8] 鯈（tiáo）魚：一種生於淡水中的小白魚。 [9] 埭（dài）：堵水的土壩。 [10] 夷猶自得：從容自得。 [11] 晋秩：進升官職或等級。

五　五

吴江周秉中尚書元理[1]，余戊午同年。宰清遠時，余過其邑，小住三日，極爲款洽。後官直隸總督，内遷大司空，而芳訊從兹杳然矣[2]。近訪得其孫名霽字朗宇者[3]，年纔弱冠，詩筆清嘉。得其《新妝》詩云：“新妝時樣髻盤鴉[4]，六幅裙拖越女紗[5]。戲罷秋千身怯怯，倩郎插好鬢邊花。”“深院重簾日影斜，當春桃李鬭芳華。小姑笑拍肩頭問，開否新栽豆蔻花[6]？”又，《以美人畫障贈屠荻莊賀其納妾》云：“綽約仙姿並藐姑[7]，丹青好手苦爲摹。他時打槳迎桃葉[8]，如此人堪作樣無？”又，《即事》云：“好詩喜自無心得，小别愁從隔夜生。”

【箋注】

[1] 周秉中：周元理（1706—1782），字秉中。清浙江仁和人。乾隆三年舉人。官至工部尚書。 [2] 芳訊：對親友音問的美稱。 [3] 周霽（1774—1799）：字朗宇，號愚谷。清浙江仁和人。有《愚谷遺詩》《半村居詩鈔》。 [4] 盤鴉：指婦女盤捲黑髮而成的頭髻。 [5] 六幅裙：用六幅布帛縫合而成的衣裙。唐詩人李群玉詩云：“裙拖六幅湘江水。” [6] 豆蔻：詩文中常用

以比喻少女。 [7]藐姑：指仙女。《莊子·逍遥遊》："藐姑射之山，有神人居焉，肌膚若冰雪，綽約若處子。" [8]桃葉：晋王獻之愛妾名，借指愛妾或所愛戀的女子。

五 六

錫山吴省曾[1]，傳神名手也[2]，爲尹文端公所推重[3]。三十年前，爲余寫《隨園雅集圖》，五人神采如生。時挈其兒松厓名寶書者來見[4]，年纔舞象[5]。别二十餘年，相遇上元署中，知已入泮[6]。詩才清雅，而尤長於詞。《山行》云："匹練横空起[7]，光從樹杪分[8]。飛來千尺水，散作萬重雲。鶴唳當風遠，琴聲隔浦聞[9]。此間堪寄傲[10]，載酒一尋君。謂邵無恙明府。"《梅花落》云："月痕初掛鏡眉新[11]，又見冰梅落砌勻。愁煞江南春雨後，梨花庭院倚欄人。"嵇曼叔誦其《詠蕉》云[12]："香階小步碧苔侵，葉葉芭蕉展緑陰。看取風前舒復卷，不知心裏又藏心。"詞如《更漏子》云："嫩寒添，香霧軟，分付畫簾休捲。花漠漠，柳陰陰，夜長閑繡衾[13]。　憐瘦影，慵開鏡[14]，又是去年春病。睡未足，酒初醒，黄鸝一兩聲。"《菩薩蠻》云："無情流水催人去，多情花瓣留人住。今夜酒初闌[15]，教人去住難。　明知成遠别，心事無憑説。欲道不相思，淚痕衣上滋[16]。"皆有柳屯田風味[17]。

【箋注】

[1]吴省曾：字身三。清江蘇無錫人。吴棅子。善畫肖像。 [2]傳神：謂畫人像。 [3]尹文端：尹繼善，見卷一·一〇注[3]。 [4]吴松厓：吴寶書，見卷一五·八〇注[2]。 [5]舞象：一種武舞，古代成童所學。此指成童之年，相當於十五歲到二十歲之間。 [6]入泮：指科舉時代學童入學爲生員。[7]匹練：白絹，這裏喻指瀑布。 [8]杪：樹梢。 [9]浦：河岸。 [10]寄傲：寄託曠放高傲的情懷。 [11]鏡眉：喻新月。 [12]嵇曼叔：嵇承豫，字曼叔。嵇璜次子。 [13]衾：被子。 [14]慵：懶。 [15]闌：將盡。 [16]滋：浸染。 [17]柳屯田：柳永（987—1053），字耆卿，原名三變，排行第七，世稱柳七。宋建州崇安（今福建武夷山一帶）人。仁宗景祐元年進士。官至屯

田員外郎，世號柳屯田。善作歌詞，以慢詞爲多，語言通俗，音律諧婉。有《樂章集》。

五 七

余老矣，年來多不識面之交[1]。今秋，山右茹綸常容齋、陝西崔仰舜悟梅是也[2]。復有京江杜童子克俊者[3]，以詩見寄，云："大雅於今孰典型，德星兼是老人星[4]。編成文字五千卷，名著乾坤一草亭。北固江聲流月去[5]，南徐山色向人青[6]。荷衣此日來趨謁，敢望高人啟性靈！"《登月華山》云："孤磬驚飛鳥，微風送落花。"《過擊竹山房》云："渡口梅花曾有信，門前松柏不知冬。"《偕聞抱蓀抑庵訪蔡芷衫師不遇》云："忽憶停雲來二妙[7]，未邀明月作三人。"童子年甫十三，而詩已清妙如此。

【箋注】

[1] 識面：見過面。 [2] 茹綸常（1724—1799）：名一作倫常，字文静，號容齋。清山西介休人。監生。有《容齋詩集》。崔仰舜：號悟梅，清陝西人，餘未詳。 [3] 杜童子：杜克俊，清江蘇鎮江人，餘未詳。 [4] 大雅：《詩經》的組成部分之一。舊訓雅爲正，謂詩歌之正聲。德星：古稱景星、歲星，喻指賢士。老人星：星名，借指高壽老人。 [5] 北固：山名，在今江蘇鎮江東北。 [6] 南徐：古州名，即今江蘇鎮江。 [7] 停雲：晋陶潛《停雲》詩："靄靄停雲，濛濛時雨。"因其自序稱"停雲，思親友也"，故後世多用作思親友之意。二妙：稱同時以才藝著名的二人。

五 八

近時閨秀之多，十倍于古，而吴門爲尤盛[1]。兹又得松陵嚴禄華蕊珠女士《春日雜詠》云[2]："簾鎖爐香盡日垂，曲欄低亞坐題詩[3]。慈親指點桃花笑，憶否當年靧面時[4]？""如煙小雨潤苔衣[5]，花塢風酣蛺蝶飛。最是無情堤畔柳，綰將春至放春歸[6]。"《新秋》云："凉披薤簟捲簾遲[7]，鸜鵒催成白雪詩[8]。怪底憑欄魚忽聚，鬟花倒影入清池。”震澤王秋卿蕙芳《病中和麗卿小姑詩》云[9]：“長日懨懨坐小樓[10]，未開奩鏡懶梳頭[11]。負他簾外初三月，眉樣教人畫一鈎。”《送兄公之淮上》云：“才唱鄰雞月尚明，夫君曉起送兄行。逍遥堂後風和雨[12]，千萬今宵莫作聲。”“八公山下柳毵毵[13]，漂母祠邊駐客驂[14]。屈指行程容易到，一千里路尚江南。”《病夜》云：“更殘又轉漏漫漫[15]，瘦骨支離未得安。夢醒時聞兒學語，香微便覺夜生寒。垂頭一穗燈花吐，隔帳頻搓倦眼看。落月半鈎清似水，今宵孤負好闌干。”吴江李鳳梧《病起探春》云[16]：“輕寒惻惻雨如麻，病裏生涯事事賒。起傍闌干探消息，春紅又到牡丹花。”其他佳句，如“青知春樹發，紅漏夕陽深”“點硯飛花初著雨，當窗高竹預迎秋”，皆楚楚可誦。鳳梧爲玉洲太史孫女[17]，足徵淵源有自也。

【箋注】

[1] 吴門：江蘇蘇州的别稱。 [2] 嚴禄華：嚴蕊珠，字禄華。清江蘇元和人。諸生家綬女。年幼工詩，未嫁而夭。有《露香閣草》。 [3] 低亞：低垂。 [4] 靧（huì）面：洗臉。 [5] 苔衣：泛指苔蘚。 [6] 綰：牽住。 [7] 薤（xiè）簟（diàn）：薤葉編織的席墊。 [8] 白雪：古曲名，喻指高雅詩詞。 [9] 王秋卿：王蕙芳，字秋卿。清江蘇吴江人。袁鴻室。有《秋卿遺稿》。 [10] 懨懨：精神委靡貌。 [11] 奩：古代盛梳妝用品的器具。 [12] 逍遥堂：蘇轍《逍遥堂會宿二首並引》：“轍幼從子瞻讀書，未嘗一日相舍。既壯，將游宦四方，讀韋蘇州詩，至‘安知風雨夜，復此對床眠’，惻然感之，乃相約早退，爲閒居之樂。” [13] 八公山：在今安徽淮南一帶。相傳漢淮南王劉安曾與八公登此山，故名。 [14] 漂母祠：在今淮安，爲紀念救濟韓信的浣紗婦女漂母而建，參見卷一三・三七注[7]。客驂：旅途車馬。 [15] 漏：古代計時器，即漏壺。此指時刻。 [16] 李鳳梧：清江蘇吴江人，李重華孫女，餘未詳。 [17] 玉洲：李重華，見卷四・三九注[2]。

五　九

南齊有才女韓蘭英[1]，獻《中興頌》者。吾家侄婦戴蘭英[2]，名與之同，而才貌雙絶。嫁從子□。□赴京兆試，卒于京師。蘭英年纔二十餘，儽然嫠也[3]，教其孤阿恩，冀他日有陶、歐兩母之望[4]。余爲題其《秋燈課子圖》。蘭英賦長句謝云："翁昔才名噪天下，惜墨南金重無價[5]。春三聞泛武林舟[6]，急命工師繪圖畫。杖朝今旦客繽紛[7]，欲乞題詞日不暇。辱承收録付侍史[8]，頓釋從前心膽怕。一回瞻拜一回幸，五月頻煩三枉駕[9]。白門歸棹甫經旬[10]，兔毫躍起珊瑚架[11]。寄來展誦琳琅句，細楷高年真奇詫[12]。九天雲影忽下垂，千里河源驚直瀉。卷中差比無鹽齊[13]，林下慚非詠絮謝[14]。九齡稚子課未成，一盞秋燈責難卸。蒙公椽筆撰長歌，儼似蓮峰聳太華[15]。濫厠弟子十三行[16]，我較名姝有憑藉[17]。夫婿君家舊竹林，一脈師門非外借。倉山山色晚逾青，道遠楓江阻親炙[18]。讀盡丹鉛萬卷書[19]，弱草也沾時雨化。深閨寂處提唱稀[20]，擬托閑吟輒興罷。從今暗裏度金針[21]，絡繹抽思晝復夜。蛩音豈作許田易[22]，鴻藻翻同鄭璧假[23]。敢附齊代韓蘭英，終愧君家袁大捨[24]。"

【箋注】

[1]韓蘭英：南朝齊吴郡人。宋孝武帝時，因獻《中興頌》受賞識。入齊後，武帝以爲博士，教六宫書學。 [2]戴蘭英：字瑶琴，一字瑶珍。清浙江嘉興人。新城袁知次子婦。後寡居蘇州。有《瑶珍吟草》。 [3]儽（lěi）然：頹喪貌。嫠：疑爲"嫠"之誤，寡婦之謂。 [4]陶、歐兩母：東晉陶侃幼年喪父，其母家教甚嚴。北宋歐陽修幼年喪父，其母鄭氏貧苦持家，曾傳"畫荻教子"佳話。見卷一・六五注[25]及卷一一・一注[1]。 [5]南金：比喻南方的優秀人才。 [6]武林：杭州的别稱。 [7]杖朝：《禮記・王制》："八十杖於朝。"謂八十歲可拄杖出入朝廷。後用作八十歲的代稱。 [8]侍史：侍奉左右、掌管文書的人員。 [9]枉駕：屈駕。稱人來訪或走訪的敬辭。 [10]白門：南京的别名。 [11]兔毫：指毛筆。珊瑚架：指筆架。 [12]細楷：小楷字。[13]無鹽：見卷四・六三注[3]。爲人貌醜而極有賢德。此專指德。 [14]詠絮謝：指謝道韞，見卷二・五三注[8]。 [15]太華：即西嶽華山，在陝西華陰。 [16]濫厠：謂混充其間。十三行：謂袁枚十三女弟子。袁枚《十三女弟子湖樓請業圖跋》："十三人外，侍老人側而攜其兒者，吾家侄婦戴蘭英也。"[17]名姝：著名的女子。 [18]親炙：謂親受教育薰陶。 [19]丹鉛：指點勘

校訂。[20]提唱：佛教禪宗説法時唱説宗要之稱。此喻吟誦詩文。[21]金針：比喻秘法、訣竅。[22]蛩音：蟋蟀聲，謙稱自己的吟詠。許田：春秋魯地，即許田邑，在今河南許昌東南。易：交換。[23]鄭璧：春秋時鄭伯的圭璧。此處用《左傳·桓西元年》“鄭伯以璧假許田”典。假：借。[24]袁大捨：南朝陳後主叔寶的宫人袁大捨，因頗通翰墨，被任爲女學士。後以此稱有才學的女子。

六〇

今人受業于師者，不過學干禄之文[1]，爲科第起見。故科第既得，而得魚忘筌者[2]，往往有之。其他勢利之交，更無論矣。獨吾門下有兩君子焉：一韓廷秀[3]，字紹真，金陵人；一吴貽詠[4]，字種芝，桐城人。二人者，與余相識已久，無師弟稱。韓中庚戌進士，吴入癸丑翰林後，都來執贄稱師[5]，其胸襟迥不凡矣。余按西漢惟于曼倩官廷尉後[6]，纔北面迎師，學《春秋》，二賢可謂有古人風。韓《題劉霞裳兩粵遊草》云：“隨園弟子半天下，提筆人人講性情。讀到君詩忽驚絶，每逢佳處見先生。經年共領江山趣，一點真傳法乳清[7]。努力更成三百首，小倉集定不單行。”余道此詩，亦隨園派。所云“三百首”者，因余許其合《毛詩》之數，爲代刻也。韓爲人温恭博學，宰廣西馬平縣，七日而亡，惜哉！吴現館禮親王家[8]。平日詩稿，尚未寄來。

【箋注】

[1]干禄：求仕進。[2]得魚忘筌：比喻已達目的，即忘其憑藉。筌，亦作荃，捕魚器。《莊子·外物》：“荃者所以在魚，得魚而忘荃；蹄者所以在兔，得兔而忘蹄。”[3]韓廷秀（1744—1792）：字紹真，號介堂。江蘇江浦（今南京一帶）人。乾隆五十五年進士。官陝西平利知縣、廣西馬平知縣。有《雙牖堂集》。[4]吴貽詠：見本卷三三注[3]。[5]執贄：古代禮制，謁見人時攜禮物相贈。[6]于曼倩：于定國（？—前40），字曼倩。西漢東海郯縣人。官至丞相，封西平侯。[7]法乳：佛教語，謂佛法如乳汁哺育衆生。[8]禮親王：昭槤，見本卷三三注[1]。

六　一

溧陽彭賁園先生[1]，因余有《詩話》之選，寄其友京江許乃揚介山詩來[2]。因録其《見燕》云："是向南飛向北飛，津亭楊柳易斜暉。此行倘過秦橋岸[3]，只恐春歸我未歸。"《冬日閒步》云："一路看山出里門，殘冬天氣比春温。隔籬犬吠生疏客，始悟吟詩過别村。"又，九十三歲沈培齡文塿《燕山寺》句云[4]："夕陽人散郵亭冷，夜月僧歸石徑孤。"《石屋山》云[5]："紫電已飛爐焰熄，青山常在霸圖休。"俱清妙可存也。

【箋注】

[1] 彭賁園：彭光斗，見補遺卷二・四注[1]。　[2] 許乃揚：字介山。清江蘇溧陽人。諸生。有《燼餘草》。　[3] 秦橋：相傳秦始皇東遊時所造的石橋。　[4] 沈培齡：字家耋，號文塿。溧陽人。乾隆甲戌歲貢。晚官涇縣訓導。[5] 石屋山：在今江蘇溧陽南，相傳春秋時期吴王闔閭曾讓歐冶子鑄劍於此。

六　二

門下士孫蓮水秀才[1]，自山左歸，爲余言學使阮芸臺閣學[2]，風雅絶俗，愛士憐才。渠深感栽培之恩[3]。並誦其《小滄浪雅集詩》云："北渚離塵鞅[4]，明湖浸翠微。濠梁宜客性[5]，山水願人歸。樂趣莊兼惠[6]，吟情孟與韋[7]。孤亭復虚榭，徙倚意無違[8]。"《萊陽試院曉寒》云："渤澥陽和猶未回[9]，曉聞昕鼓發輕雷[10]。山風入院旆初動[11]，潮氣滿城關未開。昨夜清樽思北海[12]，何人博議似東萊[13]？此時頗讓江南客[14]，官閣春深落古梅。"余爲欽遲不已[15]，惜乎未窺全豹。近復持衡兩浙[16]，吾鄉多士，得一宗工[17]，當何如抃慶耶[18]？

【箋注】

[1] 孫蓮水：孫韶，見卷二・二四注[1]。　[2] 阮芸臺：阮元（1764—1849），字伯元，號芸臺。清江蘇儀徵人。乾隆五十四年進士。歷任山東、

浙江學政，浙江、河南、江西巡撫，湖廣、兩廣、雲貴總督，官兵、禮、户、工侍郎，終體仁閣大學士。卒謚文達。有《揅經室集》《文選樓詩草》等。[3]渠：他。[4]北渚：北面的水涯。塵鞅：世俗事務的束縛。鞅，套在馬頸上的皮帶。[5]濠梁：濠水之上。《莊子·秋水》記莊子與惠子游于濠梁之上，見鯈魚出遊從容，因辯論魚知樂否。後多用“濠上”比喻别有會心、自得其樂之境地。[6]莊兼惠：莊子與惠子。[7]孟與韋：指唐詩人孟浩然與韋應物，皆善詠田園詩。[8]徙倚：猶徘徊、流連。[9]渤澥（xiè）：即渤海。陽和：和暖的氣候。[10]昕鼓：黎明鼓聲。[11]旆（pèi）：泛指旌旗。[12]北海：孔融，見卷二·四二注[3]。融性寬容少忌，好士，喜誘益後進。後常用作典實，以喻好客。[13]東萊：吕祖謙（1137—1181），字伯恭。婺州（今浙江金華）人。祖籍山東東萊（今煙臺一帶），人稱東萊先生。宋哲學家、文學家。著有《東萊博議》。[14]讓：推舉。[15]欽遲：敬仰。[16]持衡：持秤稱物，比喻公允地品評人才。[17]宗工：猶宗匠、宗師。指文章學術上有重大成就、爲衆所推崇的人。[18]抃慶：拍手慶賀。

六三

秋帆尚書家[1]，一門能詩，自太夫人以下，閨閣俱工吟詠。余已摘所著梓入《詩話》中。兹又得張恭人絢霄號霞城者《踏青詞》，云[2]：“平原芳草乍芊眠[3]，巷陌人家例禁煙。一陣風來聞笑語，緑楊樓外有秋千。”又，《剪秋羅》詩云：“半晌無言倚竹扉，繞叢蛺蝶故飛飛。秋來也有風如剪，裁出香雲作舞衣。”尚書長女智珠號蓮汀者《踏青詞》云[4]：“緑窗今日下簾鈎，女伴相邀結勝遊。一樣春光分冷暖，桃花含笑柳含愁。”又，《送春詩》云：“韶光九十太匆匆[5]，芳徑香殘蝶影空。一縷遊絲無著處，也隨飛絮過牆東。”藻思芊綿[6]，皆不愧大家風範。其他佳句甚多，因《詩話》不能多載，别刻入諸女弟子集中。但老人未接風裁[7]，而遽蹈好爲人師之戒，或未免爲掃眉才子所笑耶[8]？霞城以子鄂珠貴[9]，誥封恭人，曲阜衍聖公□□[10]，其壻也。智珠善寫生，花卉新艷。閒居，與張恭人撰《三唐詩鈔》數十卷。嫁松江陳孝泳通政家[11]。

【箋注】

[1]秋帆：畢沅，見卷二・一三注[4]。 [2]張絢霄：字霞城，號望湖。清江蘇長洲人。尚書畢沅側室。有《四福堂稿》《緑雲樓詩編》。恭人：明清四品官員之妻或母親、祖母的封號。 [3]芊眠：猶芊綿，綿延不絶貌。[4]智珠：畢慧，見補遺卷七・三四注[14]。此處所録詩與補遺卷七・三四重複，詩題不同。 [5]九十：謂一季九十日，此指春季。 [6]芊綿：綿延不絶貌。[7]風裁：風度神采。 [8]掃眉才子：稱有文才的女子。唐胡曾《寄薛濤》詩："掃眉才子知多少，管領春風總不如。" [9]鄂珠：畢沅第三子。官湖南岳州府同知。 [10]衍聖公：這裏應指第七十三代衍聖公孔慶鎔（1787—1841）。字陶甫，號冶山。清山東曲阜人。夫人爲畢沅第三女。 [11]陳孝泳（1715—1779）：字賡言。清江蘇婁縣人。乾隆十七年順天鄉試舉人。曾官通政使副使，至光禄寺卿。畢慧嫁孝泳子陳憬。

按：一門能詩，詩話中多處談及。這是中國古代的一種特殊現象，大概與兩個因素有關，一是社會文化制度與風尚，二是格律的形成。當今社會已經没有了產生這種現象的條件。

六　四

王孔翔秀才自都中歸[1]，有添香女史馬翠燕者[2]，托其帶寄手札一函、詩詞三種。不料三千里外，閨閣中猶爇隨園一瓣香[3]，尤足感也。來札云："添香家本維揚，寄居京國。性耽文史，獲事才人。雖三五年華[4]，未工染翰[5]；而四千鄉路，時切依雲[6]。蓋以女子盡識韓康[7]，黄金宜鑄賈島[8]，每恨不獲撰杖捧履[9]，列弟子班也。郎主小山，寧海查聲山之裔[10]。掃眉窗下，許捧盤匜[11]；問字燈前，得窺點畫。猶恨小倉山遠，大雅堂高，執業有心，望塵無分。謹藉雙魚之便[12]，用申積歲之忱。附以塗鴉，敢求點鐵？先生樂育爲懷，當不揮諸門牆之外。謹呈舊作《鵲橋仙・七夕》詞云：'銀灣斜掛[13]，金波徐展，天上人間今夕。黄姑渚畔路迢迢[14]，何處問支機消息？　錦屏紅燭，玉窗羅襪，剩喜鵲橋不隔[15]。青鸞休促紫雲車[16]，且良夜倍相憐惜。'"

【箋注】

[1]王孔翔：王麟生，見卷一四・一八注[6]。 [2]馬翠燕：如上，餘未詳。[3]爇（ruò）：焚燒。一瓣香：指師承或仰慕某人。 [4]三五：指十五歲的年紀。[5]染翰：指作詩文、繪畫等。 [6]依雲：靠著雲，形容極高，此處有仰求指教之意。 [7]韓康：《後漢書・逸民列傳》："韓康字伯休，一名恬休，京兆霸陵人。家世著姓。常采藥名山，賣于長安市，口不二價，三十餘年。時有女子從康買藥，康守價不移。女子怒曰：'公是韓伯休邪？乃不二價乎？'康歎曰：'我本欲避名，今小女子皆知有我，何用藥爲？'乃遁入霸陵山中。"此以借指隱逸高士。 [8]鑄賈島：見卷九・九四注[2]。 [9]撰杖捧履：持手杖、捧鞋履，指侍奉長者。 [10]郎主：妻妾對夫主的稱呼。小山：查有圻，字止千，號小山。清浙江海寧人。查升的曾孫。查聲山：即查升，見卷六・八四注[3]。 [11]盤匜（yí）：古代盥洗器皿盤與匜的並稱。盤以承水，匜以注水。[12]雙魚：指書信。 [13]銀灣：銀河。 [14]黄姑：本指牽牛星，因"姑"字從女，故訛稱織女星。 [15]喜鵲橋：民間傳説天上的織女七夕渡銀河與牛郎相會，喜鵲來搭成橋，稱鵲橋。 [16]青鸞：即青鳥，借指傳送信息的使者。

六五

夫婦能詩，古今佳話。近今如張舸齋之與鮑茝香[1]，尤其傑出者也，久載《詩話》中矣。今冬到京口，茝香出其母陳夫人逸仙詩[2]，方知爲海門居士皋之妻[3]，詩才英妙。奩具旁一日無筆硯，便索然不樂。《南歸》云："一載團圞客帝京[4]，兒孫薦酒笑相傾。春風紫陌芳塵軟[5]，秋日金門步輦輕[6]。綬帶薄沾新雨露自注：京中綬帶花極茂，郵籤重疊舊歸程[7]。朝朝盼斷南來雁，白髮何堪遠别情？"《北河舟中》云："故國京華兩路賒[8]，人從雲水泊天涯。閑尋歸夢篷窗底，小艇撑來叫賣花。""乍晴乍雨杏花天，帆帶斜陽柳帶煙。正是客心惆悵處，晚風檣尾燕翩翩[9]。"《中秋憶姑》云："丹鳳城邊轉畫輪[10]，炷香遥祝北堂春[11]。故鄉一樣今宵月，應對清光憶遠人。"夫人抱此才，宜其子女俱以詩鳴。現任部郎雅堂居士[12]，其長子也。

夫人長女之蘭、季女之芬[13]，俱耽吟詠。今録之蘭《落葉》云："金飆何意太無情[14]，處處園林似落英。踈柳飄殘溝水急[15]"

【箋注】

[1] 張舸齋：張鉉，見補遺卷三・三九注[2]。鮑茝（zhǐ）香：鮑之蕙，見補遺卷三・三九注[1]。 [2] 陳逸仙：陳蕊珠（1714—1778），字逸仙。清江蘇丹徒人。鮑皋妻。 [3] 海門居士：即鮑皋，見卷一・四〇注[5]。 [4] 團圞：團聚。 [5] 紫陌：指京師郊野的道路。芳塵：指落花。 [6] 金門：泛指宫門。步輦：一種用人抬的代步工具，類似轎子。 [7] 郵籤（qián）：驛館驛船等夜間報時的更籌。 [8] 賒：遠。 [9] 檣尾：船桅杆尖。 [10] 丹鳳城：京城。畫輪：彩飾的車輪。 [11] 炷香：燒香。北堂：母親居室。 [12] 雅堂居士：即鮑之鍾，見卷二・四九注[6]。 [13] 鮑之蘭（1751—1812）：字畹芳。清江蘇丹徒人。太學生何澧室。有《起雲閣詩鈔》。鮑之芬：見卷一二・六四注[3]。 [14] 金飆：秋季急風。 [15] "金飆"三句：此詩原不完整，檢《起雲閣詩鈔》卷三有《論山兄寄示落葉四首勉和一章卻寄》："金飆歲歲總無情，到處秋林似落英。雲嶺樵蹊難認取，霜天鴉夢太寒生。中庭地白空蟾影，古驛燈青送雨聲。宋玉此時多悵望，悲凉一卷楚騷成。"似可補缺。

六六

鎮江都統成謷齋先生策見訪隨園[1]，適余在揚州，未得一見。及余到京口，小住女弟子駱佩香家[2]，先生晨夕過從[3]，束脩之使無日不往還[4]。將其見贈諸詩，已刻入《同人集》矣。猶記其佳句，《詠風箏》云："遇雨不妨收掌握，乘風仍可至雲端。"《即景》云："深院飛花隨碧水，畫簾微雨近黄昏。"《遠望》云："紅杏花嬌堪駐馬，綠楊絲細不遮樓。"《偶成》云："醇醪飲久翻羨淡[5]，荼蓼嘗多轉覺甘[6]。"俱新妙可喜。

【箋注】

[1] 成謷齋：成策，號謷齋。曾任翰林院侍講學士、内閣學士兼禮部侍郎、正黄旗蒙古副都統、錦州副都統、盛京副都統、京口副都統等。 [2] 駱佩香：駱綺蘭，見補遺卷三・三六注[2]。 [3] 過從：往來。 [4] 束脩：這裏指日常饋贈。 [5] 醇醪（láo）：味厚的美酒。 [6] 荼蓼：荼和蓼。荼味苦，蓼味辛。

隨園詩話箋注　補遺卷九

一

班史稱河間獻王云[1]："夫惟大雅，卓爾不群。"蓋盛稱賢王之難得也。本朝文運昌明，天潢之裔[2]，皆説禮敦詩。前已載瑶華主人、檀樽世子詩矣[3]，今又接到豫親王世子思元主人詩文四册[4]，殷殷請益。其好學虚懷之意，尤可敬也。録其《從軍行》云："拔劍請長纓，從軍古北平。黄雲迷野戍，白雪澹荒城。旗捲龍蛇影，弓争霹靂聲。燕然勒銘者[5]，投筆本書生。"《詠桂》云："月裏亭亭花發時，天香不散任風吹。繁條細蕊無心折，欲折還須第一枝[6]。"其他佳句，如《觀瀑》云："氣噴青嶂雨，凉瀉碧天秋。"《秋思》云："啼螿欲和相思韻[7]，兒女偏憐薄命花。""草能蠲忿人宜佩[8]，花到將殘蝶競扶。"録見贈一章入《同人集》中，以志光寵[9]。記《答謝瑶華主人》七律，有二句云："宗子久欽龍鳳質[10]，仙才多出帝王家。"可以移贈。

【箋注】

[1]班史：指班固所著《漢書》。河間獻王：劉德（？—前130），西漢宗室。景帝第三子。修禮樂，好儒術。立爲河間王。卒謚獻。　[2]天潢：帝王後裔。[3]瑶華主人：弘旿，見補遺卷五·七五注[2]。檀樽世子：昭槤，見補遺卷八·三三注[1]。　[4]思元主人：裕瑞（1771—1838），字思元。豫良親王修齡子。封輔國公。有《思元齋集》。　[5]燕然：古山名，即今蒙古國境内的杭愛山。東漢永元元年，車騎將軍竇憲領兵出塞，大破北匈奴，登燕然山，刻石勒功，記漢威德。後用爲邊塞建立功勳典。　[6]"欲折"句：用"折桂"典，謂科舉及第，見補遺卷八·二三注[6]。　[7]螿：即寒蟬。　[8]蠲忿：消除忿怒。三國魏嵇康《養生論》："合歡蠲忿，萱草忘憂，愚智所共知也。"　[9]光寵：

榮耀。 [10]宗子：皇族子弟。

二

又記瑶華主人《賦得寒梅著花未》一律云[1]："把手問鄉關[2]，來時臘雪間。凍枝猶倔强，老鐵可彎環[3]。數點先胎玉[4]，千重對面山。只應顔色好，無那鬢毛斑[5]。此興誰堪寄，何時夢得閒？南樓明月共，東閣綺筵攀[6]。霜菊根難萎，煙蒲緑早删[7]。憑君勤懇意，消息慰孤鷴[8]。"末自跋云："此那東甫祭酒課士題也[9]。友人盧葯林請賦之[10]，因見諸人賦此題者，不過一首梅花詩而已，如《隨園詩話》中所謂'相題行事'者[11]，竟無一人，因書此以質之倉山居士。"大道無形[12]，惟在心心相印耳，詩豈易言哉？

【箋注】

[1]瑶華主人：弘旿，見補遺卷五・七五注[2]。 [2]把手：握手。鄉關：猶故鄉。 [3]老鐵：喻指梅樹幹。 [4]先胎玉：喻指先露出的花苞。 [5]無那：無可奈何。 [6]綺筵：華麗豐盛的筵席。攀：摘花。 [7]煙蒲：煙霧籠罩的蒲草。 [8]鷴：白鷴，分布于中國南部，此處喻人。 [9]那東甫：那彦成（1763—1833），章佳氏，字韶九，一字東甫。滿洲正白旗人。乾隆五十四年進士。歷乾、嘉、道三朝。謚文毅。課士：考核士子的學業。 [10]盧葯林：據清俞蛟《春明叢説》，其人工書，居京城。餘未詳。 [11]相題行事：指作詩必須審察詩題的内涵外延及其精神實質之所在，確定構思、命意，斟酌措詞、使典、布局，能放能收而切當不移。 [12]大道：自然法則、最高原則。無形：不見形體、不露形跡。

三

檀樽主人又有《遊香界寺》詩云[1]："暮天微雨歇，松子落深巖。石磴千峰逼，危橋夕照銜。秋聲驚客夢，凉意上吟衫。空際妙香發[2]，天花自不凡[3]。"《黑蝶》云："譜翻别派寫滕王[4]，蟬翼輕翾墮馬妝[5]。栩栩漆園才入夢[6]，果然身到黑甜鄉[7]。"佳句如《秋柳》云：

“夕照村墟殘萬縷，東風樓閣憶三眠[8]。”《寄人》云：“燕臺十月清霜冷[9]，江上三春細雨多。”俱能獨寫性靈，迥非凡響。

【箋注】

[1] 檀樽主人：昭槤，見補遺卷八·三三注[1]。 [2] 妙香：佛教謂殊妙的香氣。 [3] 天花：佛教語，天界仙花。 [4] 滕王：李元嬰（？—684），唐高祖第二十二子。封滕王。善畫蝶，後人稱爲滕派蝶畫祖師。 [5] 翾（xuān）：飛貌。墮馬妝：即墮馬髻，古代婦女髮髻名，爲一種偏垂在一邊的髮髻。此喻蝶翅。 [6] 漆園：指莊子，因其曾爲漆園吏，故稱。《莊子·内篇·齊物論》：“昔者莊周夢爲蝴蝶，栩栩然蝴蝶也。自喻適志與！不知周也。” [7] 黑甜鄉：夢鄉，形容酣睡。 [8] 三眠：見補遺卷三·二一注[9]。 [9] 燕臺：指冀北一帶。

四

近日金陵多少年英俊之士，年逾弱冠，而落筆清妙者，有五人焉。一嚴小秋文俊[1]，《偶成》云：“無緣飄泊少人知，寓目園林任所之。有節竹能經雪壓，無根萍總受風欺。好花易惹遊人夢，衰柳難留宿鳥枝。獨步蒼苔添逸興，月明樓上聽吟詩。”又：“好山當户青于畫，修竹盈窗緑上書。”“青山含月隱深樹，紅葉隨風飛半天。”一金桐軒德榮[2]，《春煙》云：“細草如茵捲翠簾，林陰深處裊輕煙。遠山一角人難畫，新柳千行晝欲眠。花氣小窗風定後，鶯聲兩岸雨餘天[3]。劇憐薄暮長江外，罨靄全迷渡口船[4]。”“古寺迷離望不真，晴煙漠漠罩江村。漫山樹色濃無影，隔浦嵐光淡有痕。嫩緑池塘風蕩漾，晚花庭院月黄昏。碧紗剩有熏爐伴，繚繞餘香尚滿軒。”又：“秋生桐葉怯，凉到葛衣知[5]。”一莊穆堂元燮[6]，《閨情》云：“錦幕低隨小院門，闌干深處月黄昏。醉褰翠袖拈花影[7]，笑把銀燈照酒痕。好夢醒時雲鬢亂，濃香熏罷繡衾温。更闌玉臂還同看[8]，可有蛇醫舊印存[9]？”又：“月階坐久驚花夢，病頰秋深褪粉光。”“裹山雲似絮，遠牧馬如羊。”一司馬頫莽高[10]，《閨情》云：“雲情鬖鬡畫樓西[11]，呼婢熏香翠袖低。

不識檀郎千里外[12]，可曾聽見子規啼[13]？”《訪白秋水不值》云：“秋風吹我到君家，秋色猶存野菊花。料得高人行未遠，案頭杯有帶煙茶。”又：“酒醉一枕上，船過幾渡頭。”一王西林汝翰[14]，《再宿隨園》云：“昔年身宿蕊珠宫[15]，此日重披立雪風[16]。山鳥多情如識我，騷壇有主合依公[17]。花栽潘令開應早[18]，琴對師襄鼓易工[19]。一几烏皮書萬卷[20]，分明此景舊時同。”《舟行有見》云：“霧鬢煙鬟水上頭[21]，蘭橈斜倚蓼花洲[22]。眼波欲逐川流去，眉翠如含風色愁。細雨擬教檣燕寄[23]，閒情敢望佩珠投[24]？分飛八字帆何駛，還想前途一併舟。”又，《春寒》云：“人間富貴來多晚，天上陽和轉亦難。”“山翠濕沾帽，水風涼上衣。”“獨笑對花語，捲簾迎明月。”此五人者，離隨園不過二三里。老人不負住秀才村，故録之，亦以勖其再進也[25]。

【箋注】

[1]嚴小秋：嚴駿生（1772—？），字小秋。清江蘇上元人。諸生。嘉慶年間曾與管同等結盋山詩會。有《槊花吟館詩鈔》。文中作“嚴文俊”，誤。[2]金桐軒：金德榮，字桐軒。清江蘇上元人。嘉慶二十四年舉人。官江華令。有《桐軒詩鈔》。 [3]餘：未盡。 [4]罨（yǎn）靄：煙霧覆蓋。 [5]葛衣：用葛布製成的夏衣。 [6]莊穆堂：莊元燮，見補遺卷四・一四注[1]。[7]褰（qiān）：撩起。 [8]更闌：更深夜殘。 [9]蛇醫：蠑螈的别名，狀如蜥蜴，善於樹上捕蟬。 [10]司馬頫莽：司馬高，字頫莽。清江蘇上元人。以諸生官虞城縣丞。 [11]靉(ài)靆(dài)：雲氣濃盛貌。 [12]檀郎：見卷八・六八注[7]。 [13]子規：杜鵑的别名。常夜鳴，聲音淒切。 [14]王西林：王汝翰，見補遺卷六・二八注[2]。 [15]蕊珠宫：道教經典中所説的仙宫。此指隨園。 [16]立雪：用“程門立雪”典，敬師篤學之意。 [17]騷壇：詩壇。 [18]花栽潘令：見卷二・三一注[6]。此處用潘岳代指袁枚。[19]師襄：春秋時魯國樂官，一説爲衛國人。善鼓琴。 [20]烏皮：指烏皮几，烏羔皮裹飾的小几案。古人坐時用以靠身。唐杜甫《將赴成都草堂途中有作》詩之五：“錦官城西生事微，烏皮几在還思歸。” [21]霧鬢煙鬟：形容鬢髮美麗。 [22]蘭橈：小舟的美稱。 [23]檣燕：船桅杆上的燕子。杜甫《發潭州》：“檣燕語留人。” [24]佩珠：比喻聲音婉轉圓潤，喻詩句。[25]勖（xù）：勉勵。

按：離隨園二三里之内有諸多詩人，可見金陵文風之盛。對袁枚來説，亦是幸事。

五

黄蛟門《重到張香岩家》云[1]："不到華堂廿載餘，重來還認舊樓居。牆間半漬兒時墨，架上猶存校過書。滿院枇杷陰不改，侵階萱草茂于初。木公金母多情甚[2]，音問頻頻説久疎。"此詩，情文雙至。家亦近隨園。

【箋注】

[1] 黄蛟門：黄以旗，見補遺卷二・六九注[3]。張香岩：張培，見卷一二・七四注[1]。 [2] 木公金母：仙人名。木公，又名東王公或東王父；金母，西王母。喻指友人的雙親。

六

和余八十自壽詩者多矣，余最愛程望川宗落押"愁"字韻云[1]："百事早爲他日計，一生常看别人愁。"和"朝"字韻云："八千里外常扶杖，五十年來不上朝。"將"杖朝"二字拆開一用[2]，便成妙諦。

【箋注】

[1] 程望川：程宗洛，見卷七・一〇二注[2]。文中作"程宗落"，誤。[2] 杖朝：《禮記・王制》："八十杖於朝。"謂八十歲可拄杖出入朝廷。

七

吾鄉方伯張松園朝縉先生[1]，受知於福敬齋公相、畢秋帆制府[2]，而氣局恢宏，槃槃大才[3]，亦與兩賢相似。口不談詩，而興到偶作，迥不猶人[4]。《清明後一日和旭亭韻遲隨園不至》云："天亦多情惜好春，故將春仲閏三旬[5]。花當極盛難評色，水到長流不染塵。偶泛煙波摇畫舫，每因詩酒盼才人。嫦娥忽掩今宵月，鬢影釵光看未真。"

方伯九姬，最愛者春芳葉氏。年將四旬，而風貌嫣然，似服仙家荀草者[6]。以扇索詩，余即席贈云："一朵仙雲出畫堂，劉楨平視訝神光[7]。牡丹開到三春暮，終是群花隊裏王。"八人者皆不悦，而夫人讀而喜之。適余向方伯借車，夫人以肩輿相借[8]，因再續云："偶向公孫借後車[9]，竟逢王母賜花輿。坐來似欲乘風去，想見天衣重六銖[10]。"

【箋注】

[1] 張松園：張朝縉，見卷九・四九注[1]。 [2] 福敬齋：福康安，見補遺卷六・四七注[2]。畢秋帆：畢沅，見卷二・一三注[4]。 [3] 槃（pán）槃：大貌，多指才能出衆。 [4] 猶人：謂如同别人。 [5] 春仲：農曆二月。 [6] 荀草：《山海經・中山經》："有草焉，其狀如葌，而方莖黄華赤實，其本如槁本，名曰荀草，服之美人色。" [7] 劉楨：見卷四・二九注[1]。曹丕設宴請"諸文學"，劉楨因在席上平視丕妻甄氏，以不敬之罪服勞役。這裏指面見他人女眷而不回避。在古代社會中並非常態。 [8] 肩輿：轎子。 [9] 公孫：對貴族官僚子孫的尊稱。 [10] 六銖：佛、仙之衣爲六銖衣。常借指婦女所着輕薄的紗衣。

八

溧陽王雲谷[1]，與余同寓蘇州銅局，代主人楊仁山款待甚殷[2]，誦其《詠秋月》云："八月西風夜氣寒，桂花香冷露初漙[3]。中庭地白三更後，獨鶴與人相對看。"可謂清絶，不食人間煙火。

【箋注】

[1] 王雲谷：王源，字雲谷。清江蘇溧陽人。曾館吴門菊花亭楊蓉坡齋中。 [2] 楊仁山：生平未詳。 [3] 漙（tuán）：露多貌。

九

蘇州陳竹士秀才與余同遊四明[1]，一路吟詠甚多。見贈云："神仙從古戀煙霞[2]，一首詩成萬口誇。到處探奇逢地主[3]，避人祝壽走天涯。生來不飲偏知酒先生不飲，而嚴于評酒，老去忘情尚愛花。路走二千年八十，山遊不遍不歸家。"《詠蠶》云："蠶娘辛苦説天晴，聽唱羅敷陌上行[4]。蓬底緑雲吹不斷，採桑風送剪刀聲。"《湖莊》云："曉寒臨水重，春夢近花多。"《錢塘江阻風》云："水能驅岸走，風不放潮歸。"皆妙。

【箋注】

[1]陳竹士：陳基，見補遺卷五·三五注[2]。四明：山名，在今浙江寧波西南。[2]神仙：喻指袁枚。煙霞：泛指山林。 [3]地主：當地的主人，指盡地主之誼。[4]羅敷：古代美女名。美麗而堅貞，曾採桑於陌上。《陌上行》：古樂府，專詠羅敷。

一〇

己未[1]，座主留松裔諱保先生于諸門生中[2]，待余最厚。乾隆七年，今上有保薦陽城、馬周之旨[3]，公欲薦余，疏已定矣，余以親老家貧，苦辭而出。今公去世已久，幸從趙碌亭先生處得公事略[4]，爲之立傳。又采録其《游天台國清寺》云："風定幡空月滿廊，悄然鈴鐸梵音長[5]。依依歸鳥尋巢語，淡淡閑花帶露香。籟静境隨雲共化，心空聲與色俱忘。周圍緩步饒幽趣，微妙還須叩法王[6]。"《西湖斷橋殘雪》云："湖旁積雪景堪描，點綴春寒屬斷橋。絶似錢塘蘇小小[7]，殘妝剩粉不曾消。"

【箋注】

[1]己未：這裏指乾隆四年（1739）。 [2]座主：舊時舉人、進士對本科主考官或總裁官之稱。留松裔：留保，見補遺卷八·三五注[5]。 [3]陽城（736—805）：字亢宗。唐北平（今河北保定一帶）人。家貧無書，求爲寫書吏，晝夜讀官書，經六年，無所不通。隱於中條山。遠近慕其德行，多從之學。後德宗召爲諫議大夫。詳《舊唐書》本傳。馬周（601—648）：字賓王。唐博州茌平（今山東聊城一帶）人。嗜學，善《詩》《春秋》。舍中郎將常何家，

貞觀五年，爲何條二十餘事，皆當世所切。太宗召之，拜監察御史。詳《新唐書》本傳。 [4]趙碌亭：趙佩德，見補遺卷八・三五注[4]。事略：指人的事蹟大略。[5]梵音：佛教謂作法事時的歌詠讚頌之聲。 [6]法王：佛教對釋迦牟尼的尊稱，亦借指高僧。 [7]蘇小小：南朝齊時錢塘名妓。此處代指美女。

一一

今年二月，余小住真州[1]，京江女弟子駱佩香遲余不至[2]，寄詩云："柳外江波緑潑醅[3]，高樓延倚首頻回。心憐春雨花朝過[4]，目盼先生桂楫來[5]。新作羹湯儲夕膳，舊眠吟榻掃塵埃。真州底事勾留久，不到寒閨舉酒杯。"

【箋注】

[1]真州：今江蘇儀徵。 [2]駱佩香：駱綺蘭，見補遺卷三・三六注[2]。遲：等待。 [3]醅（pēi）：指酒。 [4]花朝：舊俗農曆二月十五"百花生日"。[5]桂楫：桂木船槳，亦指華麗的船。

一二

香亭弟家居八年[1]，有終老林泉之意。今歲因家事浩繁，治生無策，復作出山之雲[2]。恐余尼其行也[3]，不以相告。引見後，方知之。離別之際，黯然神傷，蓋余年八十，弟亦六十有六矣。別後，寄詩留別云："不忍留行不送行，去留無計共傷情。明知衰朽深憐弟，怕以窮愁更累兄。未歷風波先破膽，欲言離別强吞聲。癡心五載仍尋約，還想重來事耦耕[4]。""嶺嶠分襟昔已傷[5]，此行雙鬢更蒼凉。人當垂老何堪别，花到殘枝那得香？誓及來生情可想，會期他日夢偏長。殷勤苦囑雙眶淚，不許臨岐灑一行[6]。"

【箋注】

[1]香亭：袁樹，見卷一・五注[3]。 [2]出山：比喻出仕或擔任某種職務，從事某種事情。 [3]尼：阻攔。 [4]耦耕：泛指農事或務農。 [5]嶺嶠：

泛指五嶺地區。 [6]臨岐：面臨岐路，指離别。岐，通“歧”。

一三

乙卯二月，在揚州見巡漕謝香泉先生[1]，乃程魚門所拔士也[2]，倜儻不凡[3]。《游泰山》五古數章，直追韓杜[4]，以篇長不能備載，僅録其《飛瀑崖》云：“石罅中峰劈[5]，飛淙曳練來[6]。自天張水樂[7]，平地起風雷。題詠此間遍，幽敻衆妙該[8]。封巒經七二[9]，御帳望中開。”又，《跨虹橋南見唐陶山勒石絶句欣然如見故人時唐宰荆溪詩以寄之》云[10]：“失喜陶山入望來[11]，丹崖赤字獨徘徊。吟情正憶鳴琴暇[12]，罨畫溪頭日幾回[13]。”陶山，名仲冕。余讀之，方知楚南有此詩人。方以不得一見爲恨，不料十月間，陶山宰吴江，忽以書至，云愛而不見，今秋以重價購余全集，方知天涯又得此知己也。以詩賜觀，《掃墓》云：“夢裹瞢騰色笑微[14]，九原長恨隔春暉[15]。羊腸細路通樵徑，馬鬣新阡隱石圍[16]。霧滿藤蘿侵屐濕，草枯蚱蜢傍衣飛。可憐身上拈殘綫[17]，遊子而今尚未歸。”余尤愛其五言十字云：“雲開如讓月，風定爲留花。”

【箋注】

[1]巡漕：巡漕御史，都察院派御史掌監漕運。謝香泉：謝振定（1753—1809），字一齋，號薌泉、香泉。清湖南湘鄉人。乾隆四十五年進士。官京畿道監察御史。有《知耻齋集》。 [2]程魚門：程晋芳，見卷一·五注[1]。[3]倜儻：卓異、不同尋常。 [4]韓杜：韓愈、杜甫。 [5]石罅：石縫。[6]飛淙（cóng）：飛騰的急流。 [7]張：彈奏。水樂：指流泉所發出的悦耳聲響。[8]幽敻（xiòng）：幽深、深邃。該：具備。 [9]“封巒”句：古代帝王祭天地的大典。在泰山上築土爲壇，報天之功，稱封；在泰山下的梁父山上辟場祭地，報地之德，稱禪。《史記·封禪書》：“古者封泰山禪梁父者七十二家。”[10]唐陶山：唐仲冕（1753—1827），字六枳，號陶山。清湖南善化（今長沙）人。乾隆五十八年進士。有《陶山詩文録》。 [11]失喜：喜極不能自制。[12]鳴琴：見卷七·一五注[2]。《吕氏春秋·察賢》：“宓子賤治單父，彈鳴琴，身不下堂而單父治。” [13]罨（yǎn）畫：色彩鮮明的繪畫，此處形容鮮麗

的自然景物。 [14]瞢騰：形容模模糊糊、神志不清。 [15]九原：指人死後的去處。 [16]馬鬣（liè）：馬鬃，此指墳墓封土的一種形狀，亦指墳墓。[17]殘綫：用唐孟郊《遊子吟》"慈母手中綫"典。

按："雲開如讓月，風定爲留花。"確爲警句。《雨後》全詩："驟雨難終日，晚晴得自賒。雲殘不礙月，風定爲留花。清入三更鶴，凉生兩部蛙。連朝蒸歊洗，迥似到長沙。"此聯可能經過袁枚的修改，改句比原句好，情味更深。

一 四

陶山有二友，一何君煥[1]，一胡君大觀[2]，皆有詩來。何《春望》云："池館依稀小謝家[3]，每憑朱檻玩春華。巢分院語東西燕，雨過枝添向背花。田樹短籬皆種芋，人歸村塢半收茶。漁童小結罣罶網[4]，溪畔衝風一笠斜。"《偶興》云："風愛約萍行别澗，花如扶檻睡春陰。"胡《客中》云："鄉心秋雨集，旅況夜燈知。"《登城樓》云："江浮鴨緑晴方好，山帶螺青雨後來。"二人詩，皆可入畫。

【箋注】

[1]何煥（1751—1819）：字星田，號梅莊。清湖南寧鄉人。有《梅莊詩鈔》。 [2]胡大觀：生平未詳。 [3]池館：池苑館舍。小謝：指謝惠連，見卷一五・二八注[12]。 [4]罣（tīng）罶（lǐng）：小網。

一 五

曹星湖龍樹[1]，江西孝廉，宰如皋，政尚寬和，邑多瑞應。乾隆癸丑春，有白烏集署[2]，星湖詩云："曙色遥分小院東，纔棲畫戟又簾櫳[3]。哺成巢子頭先白，銜盡桃花口未紅。可到瑶池曾浴羽[4]，還疑雛鶴學迎風。生成一種幽閒性，莫怪丰標太不同[5]。"未幾，邑中麥有一莖二穗至八穗及連理者，又賦詩云："四野農歌作美談，薦隨春韭賽隨蠶[6]。攣生也與人同孕，並種渾如玉出藍[7]。鐮趁日中陰瑣碎[8]，耞喧樹外畝東南[9]。何當寫入丹青裏，共慶民間帝澤覃[10]？”一時紳士和者千餘首。

星湖又有《崇川夜舟》云：“西風吹送一帆斜，樹杪危蹲幾個鴉。兩岸沙灘明似晝，又添霜月與蘆花。”《遊棲霞》云：“晴日樹中疑雨至，隔江風裏有雲來。”真乃天機清妙。

【箋注】

[1]曹星湖：曹龍樹，見補遺卷二・六四注[1]。 [2]癸丑：這裏指乾隆五十八年（1797）。白烏：白羽之烏，古時以爲瑞物。 [3]畫戟：古兵器名，有彩飾，常作爲儀飾之用。簾櫳：窗簾和窗牖。 [4]瑶池：古代傳説中西王母所居之地，在崑崙山上。 [5]丰標：風姿體態。 [6]薦：指祭品。賽：酬報。舊時祭祀酬神之稱。 [7]玉出藍：古傳好玉出藍田崑岡。 [8]瑣碎：瑣細、零碎。形容雲影。 [9]耞：即連枷，一種脱粒用的農具。 [10]覃（tán）：深。

一　六

揚州方立堂孝廉之父絸樓居士[1]，有《言詩》一首云：“情至不能已，氤氲化作詩[2]。屈原初放日[3]，蔡女未歸時[4]。得句鬼神泣，苦吟天地知。此中難索解，解者即吾師。”數言恰有神悟。又，《與王晴江進士集平山堂》云[5]：“每逢登眺感遺蹤，頓覺塵心似酒濃。不信但聽亭子上，迷人樓打醒人鐘。”末首云：“江左風流聚一壇，無名終恐是方干[6]。”先生困于巾褐[7]，二句殊可傷也。又，《贈朱草衣》云[8]：“才高雙眼白，吟苦一肩高。”第二句酷肖詩人窮相。

【箋注】

[1]方立堂：方本，字立堂，别字笠塘。清江蘇儀徵人。乾隆五十四年舉人。方絸（jiǎn）樓：方椿齡，字鏡莊，號繭樓、絸樓。清江蘇儀徵人。諸生。有《繭樓集》。 [2]氤（yīn）氲（yūn）：古代指陰陽二氣交會和合之狀。 [3]屈原，見卷一二・二二注[1]。 [4]蔡女：蔡琰，見卷一二・八七注[7]。 [5]王晴江：

王元蘅（1666—？），字元功，號晴江。清江蘇上元人。康熙四十八年進士。平山堂：江蘇揚州西北蜀岡上的一處名勝，宋建，有歐陽修、蘇軾等名人題詠。[6]方干：見卷七・四〇注[4]。 [7]巾褐：頭巾和褐衣，古代平民的服裝，借指不第秀才。 [8]朱草衣：朱卉，見卷三・一一注[4]。

一　七

余在觀音門阻風[1]，偕小秋訪林鐵簫[2]，晚與諸詩人小集六松山莊。棲碧僧有句云[3]：“樹密聚啼鳥，庵荒住懶僧。”“天上若無難走路，世間那個不成仙？”“有情山鳥啼深樹，無事閑僧掃落花。”董容庵有句云[4]：“麈尾盡聽前輩語[5]，春風先上酒人顏。”劉壽軒有句云[6]：“蓬門久盼高軒過[7]，蠟屐偏偕好雨來[8]。”棲碧僧夢人出對句云：“月出波微動。”僧答曰：“風生樹漸鳴。”

【箋注】

[1]觀音門：明清時期南京外郭之東北門，近燕子磯。 [2]小秋：嚴駿生，見本卷四注[1]。林鐵簫：林李，見卷一五・八〇注[1]。 [3]棲碧僧：一葉，字棲碧，號是岸。清僧。住江蘇上元永濟寺。有《花笑軒集》。 [4]董容庵：生平未詳。 [5]麈（zhǔ）尾：古人閒談時執以驅蟲、撣塵的一種工具。[6]劉壽軒：生平未詳。 [7]蓬門：以蓬草爲門，指貧寒之家。高軒：高車，貴顯者所乘，亦借指貴顯者。 [8]蠟屐：塗蠟的木屐，此指遊蹤。

一　八

京江左蘭城嘗云[1]：“凡作詩文者，寧可如野馬，不可如疲驢。凡爲士大夫者，寧可在官場有山林氣[2]，不可在山林有官場氣。”有味哉其言！

【箋注】

[1]左蘭城：左墉，見補遺卷四・四八注[1]。 [2]山林氣：指一種隱逸恬淡的風格。

一　九

崑圃外孫訪戚于吴江之梨里鎮[1]，有聞其自隨園來者，一時欣欣相告，争投以詩，屬其帶歸，采入《詩話》。佳句如邱筆峰《野泛》云[2]："棹驚歸浦鴨[3]，犬吠過橋僧。"沈雲巢《楊花》云[4]："夜月不知來去影，征衫偏點别離人。"屠荻莊《醒庵分韻》云[5]："老衲一龕依古佛[6]，斜陽半壁戀詩人。"汝階玉《即事》云[7]："寒憶衣裘春日典[8]，貧愁薪米閏年添。"

【箋注】

[1] 崑圃：陸應宿（1758—1805），字崑圃，號筱雲。袁枚二姐的長孫。諸生。曾被汪司馬子山聘爲記室。有《負瓢集》《入洛吟》。 [2] 邱筆峰：邱岡，字崑奇，號筆峰。清江蘇吴江人。附監生。有《德芬堂集》。 [3] 浦：泊船的水灣。 [4] 沈雲巢：沈璟（？—1816），字樹庭，號雲巢。清吴江黎里人。嘉慶五年舉人。有《雲巢詩鈔》《洞庭遊草》《拂塵草》。 [5] 屠荻莊：屠拱垣，原名掞，字藻庭，晚號荻莊。清吴江廩膳生。有《一粟齋詩稿》。[6] 老衲（nà）：僧人的自稱。龕（kān）：供奉神佛的石室。 [7] 汝階玉：字昆樹，號秋士。清江蘇吴江人。有《秋士詩鈔》《廡下長語》《亦我廬隨筆》。[8] 典：典押。

二　〇

處州山水清佳[1]，而樸野已甚。余壬寅春遊雁宕山，過縉雲縣，見縣官訟堂養豬[2]，爲之一笑。伊小尹太守到任後[3]，寄詩來云："彈丸十邑宰官分[4]，四野誰歌挾纊温[5]？山地畸零休論頃，人家三五便成村。清秋露冷猿啼樹，黑夜風號虎到門。利用厚生當務急[6]，就中俗吏恐難論。"又："四面青山秋意早，一城紅葉市聲稀。"皆酷是處州光景。

【箋注】

[1] 處州：今浙江麗水。 [2] 訟堂：審理訴訟案件的場所。 [3] 伊小尹：

伊湯安，見補遺卷三・四〇注[1]。 [4]彈丸：比喻地方狹小。 [5]挾（jiā）纊（kuàng）：披著綿衣，喻指受人撫慰而感到温暖。挾，同“夾”。 [6]厚生：使人民生活充裕。

二一

族弟舒亭知守大同[1]，寄詩册屬余爲序。余家有阿連[2]，而竟不知，殊自愧也！録其《施竹田丈招同泛湖訪恒上人》云：“破曉重湖一望收，段家橋畔繫扁舟[3]。山寒無處不宜酒，木落有時還帶秋。煙景落誰佳句裏，好風吹我上方遊。慈雲佛火殊清絶[4]，始信花宫勝十洲[5]。”《閑吟》云：“倦枕餘閒午夢長，蕭蕭梧葉下虚廊。六時且喜得常静，一雨便成如許涼。花鳥心情閑甲子[6]，湖山風月好家鄉。征程千里懷人處，回首旗亭又夕陽[7]。”又，《遊圓通寺》云：“路回依樹曲，屋小抱山幽。”又，《同嚴歷亭江硯香送李寧圃從江寧移守松江宴隨園聽孫嘯壑彈琴》云：“六朝風景記當時，伯氏樽開酒敢辭[8]？珂馬聲嘶芳草渡[9]，江雲影入緑波池。喜無俗客開三徑[10]，别有清風嚮七絲[11]。即此仙源欣共到，芳亭倚遍夕陽遲。”其清妙不減樊榭[12]。

【箋注】

[1]舒亭：袁知（1728—1800），字舒亭，號雪廬。清浙江錢塘人。乾隆二十七年舉人。官至山西大同府知府。有《次立齋詩文集》。 [2]阿連：指謝惠連，見卷一五・二八注[12]。《宋書・謝靈運傳》：“惠連幼有奇才，不爲父方明所知。……謂方明曰：‘阿連才悟如此，而尊作常兒遇之。’” [3]段家橋：即杭州西湖斷橋。 [4]慈雲：指西湖慈雲寺。 [5]花宫：代指佛寺。所謂“釋波東流，湧爲花宫”。十洲：泛指仙境。 [6]甲子：傳統曆法中的時間單位，爲六十年。這裏指光陰。 [7]旗亭：酒樓。 [8]伯氏：長兄。[9]珂馬：佩飾華麗的馬。 [10]三徑：指歸隱者的家園。 [11]七絲：指七弦琴。[12]樊榭：厲鶚，見卷三・六一注[1]。

二二

青衣鄭德基[1]，久選其詩入《詩話》矣。今秋從邳州歸[2]，又送詩來。再録其《濠梁題壁》云[3]："粉壁題詩半有無，好花看遍又非初。十年再到重游路，似理兒時舊日書。"《呈袁椒園先生》云[4]："奔走天涯歲又闌，孤飛聊借一枝安[5]。琴除自賞知音少，衣代人裁合體難。"吴江唐陶山明府席上[6]，出青衣吴振邦、錢聖達兩人九月同遊石湖登上方山詩[7]，吴云："短棹雙飛漾白蘋，平湖秋淡勝於春。嶺懸一綫雲邊路，客倚殘霞畫裏身。石洞黄花留夕照，佛樓清磬送遊人。重尋舊日題詩處，蘚壁模糊認不真。"錢云："策杖登山最上頭，一湖帆影去來舟。蘆花點白明如雪，楓葉烘丹畫出秋。落帽西風傳塔語，如鈎新月掛鐘樓。招邀共舉茱萸會[8]，携得雙螯酒一甌[9]。"又有"紅蓼灘邊一釣人"七字，可繪作小照。余謂詩有因貴而傳者，有因賤而傳者，如此等詩，出於士大夫之手，而不出於奴星[10]，則余反不采録矣。

【箋注】

[1]鄭德基：見補遺卷四・三四注[2]。 [2]邳州：今屬江蘇。 [3]濠梁：在今安徽鳳陽一帶。 [4]袁椒園：生平未詳。 [5]一枝：《莊子・逍遥遊》："鷦鷯巢于深林，不過一枝。"後用以比喻棲身之地。 [6]唐陶山：唐仲冕，見本卷一三注[10]。 [7]吴振邦：生平未詳。錢聖達：生平未詳。 [8]茱萸：植物名，香氣辛烈，可入藥。古俗農曆九月九日重陽節，佩茱萸能祛邪辟惡。[9]雙螯：指螃蟹。 [10]奴星：身爲奴僕的小人物。

二三

昔曹子桓以金幣購孔融文章[1]，韓昌黎以光芒誇李杜[2]，皆追慕古人，非生同時者也。四川李太史雨村先生[3]，名調元，與余路隔七千里，素無一面，而蒙其抄得隨園詩，愛入骨髓。時方督學廣東，遂代刻五卷，以教多士[4]。生前知己，古未有也。二十年來，余雖風聞其説，終不敢信。今秋，先生寄信來，與所刻《隨園詩》《童山集》。其最擅場者，以七古爲第一。《觀錢塘潮》云："八月十五錢塘潮，吴儂拍手相呼招[5]。士女雜坐列城下[6]，人聲反比潮聲高。江頭日上潮未起，漁子拏舟泊沙嘴[7]。笳鼓乍鳴人競看，一齊東向滄溟指[8]。忽聞江上聲如雷，迢迢一綫海門開。萬馬奔騰自天下，群龍踣跳隨波來[9]。潮頭十丈飛霜霰，水氣横空撲人面。天爲破碎城爲摇，百萬貔貅初罷戰[10]。迨遝不聞市聲死[11]，群兒誇强弄潮水。小舸顛簸似浮萍，一時出没煙波裏。我是人海中一粟，睹此目眩身局跼。明朝風静渡錢塘，猶恐再遇靈胥纛[12]。"即此一首，可想見先生之才豪力猛矣。又，《登峨嵋》有句云："但見雲堆平地上，始知身在半天中。"方知非有才者不能憐才。

【箋注】

[1]曹子桓：曹丕（187—226），字子桓。三國魏文帝。沛國譙（今安徽亳州一帶）人。曹操次子。在位七年。性好文學，有《魏文帝集》。孔融：見卷二・四二注[3]。所謂購孔融文，事見《後漢書》孔融本傳。 [2]韓昌黎：韓愈，見卷一・一三注[1]。韓詩《調張籍》："李杜文章在，光焰萬丈長。" [3]李雨村：李調元（1734—1803），字羹堂，又字贊庵、鶴洲，號雨村、墨莊。清四川羅江（今德陽一帶）人。乾隆二十八年進士。歷官廣東提學使、直隸通永兵備道。有《童山詩文集》《雨村詩話》等。 [4]多士：指衆多的賢士。 [5]吴儂：吴人。 [6]士女：青年男女，亦泛指百姓。 [7]拏舟：撑船。沙嘴：一端連陸地一端突出水中的帶狀沙灘，常見於低海岸和河口附近。 [8]滄溟：大海。 [9]踣（bó）跳：跳躍。 [10]貔（pí）貅（xiū）：兩種猛獸，以比喻勇猛的戰士。 [11]迨（hé）遝（tà）：紛亂聚集。 [12]靈胥：指伍子胥，見卷七・二一注[12]。相傳伍子胥死後爲濤神，故稱。纛（dào）：軍旗。

二　四

和希齋大司空[1]，爲致齋公相之弟[2]，征苗功大，皇上加封伯爵。而公位愈尊，心愈下，寄書黄小松司馬云[3]"袁簡齋聖世奇才，久思立雪。客中携《小倉山集》一部，朝夕捧誦，虔等梵經，如親儀範[4]"云云[5]。又寄隨園札云："我輩當如生龍活虎，變化不測。宋儒之爲道拘[6]，猶士大夫之爲位拘也。讀先生之文，知先生之爲人。以故願爲弟子之心，拳拳不釋[7]。”嗚呼！此丙辰五月間公親筆也。不料至八月，而公竟薨於軍中[8]。余感知己恩深，傷心一慟。除賦詩哭公外，訪求公詩，僅得《西招雜詠》十餘首。録其《中秋德慶道中》云[9]：“山峻肩輿緩，征人夜未休。久忘家萬里，驚見月中秋。去歲姜肱被[10]，今宵王粲樓[11]。喜成充國計[12]，含笑解吴鈎[13]。”《答瑶圃中丞問客況》云：“遥想歸旌繞亂山，山容新沐簇煙鬟[14]。行人雲際鬚眉露，恍駕鸞驂拾翠還[15]。”“山雲初起電光斜，山雨吹來風力加。一霎小樓雲雨過，最高峰上落梅花。”《西招四時吟》云：“莫訝春來後，寒容似轉添。小窗欣日色，大漠渺人煙。風怒沙能語，山危雪弄權。略存桃李意，塞上也争妍。”“山陽四五月，嫩緑傍溪生。草長剛盈寸，花稀不識名。開窗納扇廢，挾纊紵羅輕[16]。樹有濃陰處，都翻弦索聲。藏中婦女，無論貴賤，多於樹陰連臂踏歌。”《春夜》云：“銀釭閃閃漏迢迢[17]，風送邊聲助寂寥。殘月印窗天似曉，寒雞驚夢酒初消。頻年客況春尤甚，一片鄉心鬢易凋。莫以沐猴譏項氏[18]，夜行衣錦笑班超[19]。”

【箋注】

[1]和希齋：和琳，見補遺卷三・三七注[6]。 [2]致齋：和珅（1750—1799），字致齋，鈕祜禄氏。清滿洲正紅旗人。由護衛擢部侍郎兼軍機大臣，累官至文華殿大學士，封一等公。嘉慶中奪職下獄，責令自盡，没收家産。[3]黄小松：黄易，見補遺卷六・四七注[4]。 [4]儀範：儀容、風範。 [5]云云：爲表示有所省略之詞。 [6]道：這裏指儒學的觀念與軌範。 [7]拳拳：誠摯貌。 [8]薨（hōng）：古稱諸侯、高官之死。 [9]德慶：今屬廣東。[10]姜肱被：見補遺卷六・四七注[5]。 [11]王粲樓：見補遺卷六・四七注[6]。[12]充國：趙充國（前137—前52），字翁孫。西漢隴西上邽（今甘肅天水一帶）人。善騎射，有謀略，熟知邊情，曾用計安定了河西羌人。 [13]吴鈎：兵器。[14]煙鬟：喻雲霧繚繞的峰巒。 [15]鸞驂：仙人的車乘。拾翠：指遊春。[16]挾纊：這裏指把絲綿裝入衣衾内，製成綿袍、綿被。 [17]銀釭（gāng）：銀色的燈盞、燭臺。 [18]項氏：指項籍，見卷五・六四注[2]。 [19]班超：見補遺卷六・三一注[17]。

二　五

趙子昂云[1]："詩用虚字便不佳。"余按曹孟德亦有此論[2]。不知歌必曼其聲裁韻多[3]，舞不長其袖則態少，此《三百篇》中所以多"兮"字也。然唐人恰有詩曰[4]："險覓天難問，狂搜海亦枯。不同文易賦，爲著也之乎。"則又虚字不可多用之明證矣。

【箋注】

[1]趙子昂：趙孟頫，見卷一三・九注[17]。　[2]曹孟德：即曹操。[3]曼：延長。裁：通"纔"，方始。　[4]唐人：指盧延讓。所引詩題爲"苦吟"，字有異同。

二　六

余曾詠夏姬云[1]："國色當年出楚宫，自餐荀草泣東風[2]。誰知殺過三夫後，竟與巫臣共始終[3]。"後見宋孫奭《孟子》"伯夷目不視惡色"疏引《史記》云[4]："晋殺巫臣而娶夏姬。"遂删此詩。後考《史記》，並無此語。再按晁公武《讀書志》言[5]："孫奭《疏》兼取陸善經之説[6]，如云'子莫執中[7]'，教人不可執中也。"此解尤奇，而今本無之。蓋此《疏》乃邵武士人僞作[8]，見《朱子語録》。

【箋注】

[1]夏姬：春秋時人。鄭穆公之女。初嫁子蠻，子蠻早死。再嫁御叔，亦死。姬與陳靈公等私通，其子徵舒射殺靈公。後楚申公巫臣娶姬奔晋。　[2]荀草：傳説中的香草，見《山海經》。　[3]巫臣：屈巫，春秋時楚國人。封于申，亦稱申公巫臣。楚共王二年，使齊返，及鄭，私娶夏姬奔晋。共王怨，滅其族。[4]孫奭（shì）（962—1033）：字宗古。宋博州博平（今山東聊城一帶）人。官至兵部侍郎、龍圖閣學士，以太子少傅致仕。有《經典徽言》《五經節解》等。[5]晁公武（1105—1180）：字子止，號昭德先生。宋濟州巨野（今屬山東）人。官至吏部侍郎。編《郡齋讀書志》。　[6]陸善經：唐吴郡吴人。博通經史。官終國子司業、集賢殿學士。　[7]子莫執中：語出《孟子・盡心》，具

體含義有歧説，一般認爲“子莫”是人名，這句話的意思是“子莫執行中道”。[8] 邵武：今屬福建。

二　七

漢平勃安劉之功[1]，起兵誅諸吕[2]，不誅審食其[3]。唐五王起兵復唐室，不誅諸武[4]，而徒誅豎子無能爲之二張[5]，宜其留後患也。余幼時嘗作詩曰：“我爲五王謀，興唐欲滅周[6]。全家誅産、禄，遠謫辟陽侯[7]。”同學徐鑒元笑曰[8]：“君愛其貌似蓮花耶[9]？”

【箋注】

[1] 平勃：指陳平、周勃。陳平，西漢河南陽武（今原陽一帶）人。歸劉邦後，任護軍中尉，爲謀士。封曲逆侯。惠帝、吕后、文帝時歷任丞相。吕后死，平與太尉周勃等合謀，誅諸吕，迎立文帝。周勃，西漢泗水沛（今江蘇沛縣一帶）人。爲人質直敦厚，高祖以爲可屬以大事。惠帝時，任太尉。吕后死，與陳平定計誅諸吕，漢室以安。文帝立，拜右丞相。　[2] 諸吕：指以吕后親屬相國吕産、上將軍吕禄爲首的吕氏集團。　[3] 審食其：見卷七·八七注[2]。[4] 諸武：指以武承嗣和武三思爲代表的武氏勢力。　[5] 豎子：對人的鄙稱。二張：武則天的男寵張昌宗、張易之兄弟。　[6] 周：武則天稱帝，改國號爲周。[7] 辟陽侯：審食其的封號，此代指二張。　[8] 徐鑒元：生平未詳。　[9] 貌似蓮花：《舊唐書·楊再思傳》：“又易之弟昌宗以姿貌見寵倖，再思又諛之曰：‘人言六郎面似蓮花，再思以爲蓮花似六郎，非六郎似蓮花也。’”

二　八

陳季常作龜軒[1]。東坡詩云：“人言君畏事，欲作龜頭縮。”非譏其懼内也。坡别季常云：“家有紅頰兒，能唱緑頭鴨[2]。”是季常有妾矣。又曰：“開門弄添丁，啼笑雜呱泣。”是季常有子矣。

【箋注】

[1] 陳季常：陳慥，字季常，號龍丘居士。宋眉州青神（今屬四川）人。蘇軾的好友。傳説畏懼其妻柳氏。　[2] 緑頭鴨：宋代曾流行的詞牌名，屬長調詞。

二　九

余出門歸，必録人佳句，以壯行色。嘉慶初元[1]，小住揚州，得許祥齡《過筱園》云[2]：“樓當曲處疑無地，竹到疎時始見天。”孫光甲《紅葉》云[3]：“偷來花樣山全改，費盡秋心樹不知。”汪蘭圃《夜坐》云[4]：“半夜月明烏鵲噪，一天風急斗星摇。”程贊寧《金山》云[5]：“不知風浪連天湧，只覺樓臺盡日浮。”《江塔》云：“曉風斷渡鈴先語，落日中流影漸斜。”鄭奇樹《遣興》云[6]：“花落有人常閉閣，風來無客自開門。”林遠峰《登大觀臺》云[7]：“遥看萬户炊煙起，一個人家一朵雲。”嚴翰鴻《舟行》云[8]：“船頭水響知風順，林際鐘來識寺深。”顧雲亭《大江遇風》云[9]：“不信山頭還有岸，但看人面總無魂。”亦有七字甚佳者，如汪硯香之“開到桃花雨便多”，張紫珍之“雲壓炊煙勢不高”[10]，皆佳。

【箋注】

[1]初元：古代年號紀年法中，一個年號的元年。 [2]許祥齡（1746—？）：字蔬庵。清江蘇甘泉人。業醫。有《蔬庵詩草》。 [3]孫光甲：生平未詳。 [4]汪蘭圃：汪庭萱，見卷一〇·六三注[1]。 [5]程贊寧：程贊清（1761—1826），原名贊寧，字定甫，號静軒。清江蘇儀徵人。嘉慶七年進士。官至貴州按察使，調山西。有《藉緑軒詩集》。 [6]鄭奇樹：字麗農，一字荔莊，號寧山。清安徽歙縣人。乾隆三十五年舉人。官濟南府同知。有《寧山詩稿》。 [7]林遠峰：林鎬，見補遺卷六·一注[2]。 [8]嚴翰鴻：見補遺卷四·三[1]。 [9]顧雲亭：生平未詳。 [10]汪硯香：見卷六·一九注[1]。張紫珍：疑爲張鏐（1769—1821），字子貞，一作紫貞，號老薑。清江蘇江都人。布衣。有《求當集》。

三　〇

石門孝女聞璞以無兄弟故不嫁[1]，訓蒙養母，有齊嬰兒之風[2]。《春暮》云：“桃花落盡柳花飛，啼鳩聲中緑又肥[3]。愁絶新來雙燕子，簾前相對説春歸。”

【箋注】

[1] 聞璞：字楚璜。清浙江石門（今桐鄉一帶）人。庫大使譽彦女。有《醉鶴樓集》。 [2] 齊嬰兒：當作“齊巫兒”。史稱春秋時期齊襄公令國中民家長女不嫁以主禖，稱“巫兒”。見《漢書·地理志》。 [3] 鴂（jué）：通稱杜鵑。

三一

錢塘徐紫珊詩未刻而人死矣[1]。有人記其《過亡姬墓》詩云：“傷心人出武林城[2]，隴上松間鳥雀聲。地下想來無日月，人間愁殺是清明。一杯冷酒梨花謝，二月春寒細草生。老淚無多收拾起，赤山橋畔聽彈箏。”《贈謀吉地卜葬者》云：“踏遍千山與萬山，尋龍不見又空還。算來此去無多路，只在靈臺方寸間[3]。”

【箋注】

[1] 徐紫珊：徐逢吉（1659—？），字紫山，號紫珊老人。清浙江錢塘人。有《黄雪山房詩選》。 [2] 武林：指杭州。 [3] 靈臺方寸：指心胸。

三二

余在揚州，年家子方維璋、楊兆品兩郎舅[1]，各以詩來，皆翩翩少年。方《踏春詞》云：“一層層燦赤城霞[2]，亞字闌干曲曲遮。行過長堤忽回首，碧桃深處阿誰家？”《虹橋修禊》云：“名園此日小勾留，蕩漾春風意未休。風雨不來波不起，采蘭人上木蘭舟。”楊《詠美人梳頭》云：“低頭纔理髮鬖鬖[3]，待月臨風獨倚欄。偶墮鬟邊花點點，隔宵抹麗不曾乾[4]。”“絲絲委地怕沾塵，忙握牙梳半欠身。如鑒髮光如玉指，未成雲鬟也憐人。”“蘭膏潤後緑油油，蜿若游龍繞指柔。分付小鬟合雙鏡[5]，要從三面看梳頭。”

【箋注】

[1]年家子：科舉時代稱同年登科者的晚輩。方維璋、楊兆品：生平未詳。郎舅：男子與其妻兄弟的合稱。 [2]赤城：浙東名山，傳説爲神仙所居。[3]鬖（sān）鬖：頭髮下垂貌。 [4]抹麗：即茉莉花。 [5]小鬟：代稱小婢。

三三

伶人天然官[1]，色藝俱佳，而天性跳蕩，如野馬在御[2]，蹀躞不能自止[3]。余贈云："何必當筵舞鬢斜，但呼小字便妍華。萬般物是天然好，野卉終勝剪綵花。""我欲憐卿先自憐，春蠶老去枉纏綿。摩挲便了三生願[4]，與汝同超色界天[5]。"

【箋注】

[1]天然官：生平未詳。 [2]御：駕御。 [3]蹀（dié）躞（xiè）：馬行貌。指躁動不安。 [4]摩挲：琢磨。 [5]色界天：佛教語。三界之一，在欲界之上、無色界之下。謂有精美的物質而無男女貪欲。

三四

古無別號，所稱"五柳先生""江湖散人"者[1]，高人逸士，偶然有之，非若今之市儈村童，皆有別號也。作俑自史衛王家紈袴子弟[2]，閒居無俚[3]，創爲"雲麓""十洲"之號。此後，好事者從風而靡[4]。前朝黄東發、本朝姜西溟兩先生辨之詳矣[5]。近日士大夫凡遇歌場舞席，有所題贈，必諱姓名而書別號，尤可嗤也！伶人陳蘭芳求題小照[6]，余書名以贈云："可是當年陳子高[7]，風姿絶勝董嬌嬈[8]。自將玉貌丹青寫，鏡裏芙蓉色不凋。""叔子何如銅雀妓[9]，古人諧語最分明。老夫自有千秋在，不向花前諱姓名。"

【箋注】

[1]五柳先生：晋陶潛。宅邊有五柳樹，因以爲號。江湖散人：唐陸龜蒙

別號。 [2] 作俑：本謂製作用於殉葬的偶像，後因稱創始、首開先例爲“作俑”。多用於貶義。史衛王：史彌遠，見卷五·二六注[4]。 [3] 無俚：猶無聊。 [4] 從風而靡：謂如風之吹草，草隨風傾倒。比喻仿效、風行之迅速。[5] 黄東發：黄震（1213—1280），字東發。南宋末慈溪（今屬浙江）人。姜西溟：姜宸英（1628—1699），字西溟，號湛園，又號葦間。清浙江慈溪人。康熙二十六年探花，授編修，年已七十。 [6] 陳蘭芳：揚州戲班小旦，餘未詳。[7] 陳子高：野史中人物。南朝會稽山陰人。美男子，如美婦人。 [8] 董嬌嬈：漢代歌姬，後常用以稱美女。 [9] 叔子：羊祜，見卷一三·五七注[3]。

三　五

以詩受業隨園者，方外緇流[1]，青衣紅粉[2]，無所不備。人嫌太濫。余笑曰：“子不讀《尚書大傳》乎？東郭子思問子貢曰[3]：‘夫子之門，何其雜也？’子貢曰：‘醫門多疾，大匠之門多曲木，有教無類[4]，其斯之謂歟？’”近又有伶人邱四、計五亦來受業[5]。王夢樓見贈云[6]：“佛法門牆真廣大，傳經直到鄭櫻桃[7]。”布衣黄允修客死秦中[8]，臨危，囑其家人云：“必葬我於隨園之側。”自題一聯云：“生執一經爲弟子；死營孤冢傍先生。”

【箋注】

[1] 方外：世俗之外，指出家人。緇流：僧徒。 [2] 青衣：僕傭。紅粉：女子。 [3] 東郭子思：春秋時人名。子貢：即端木賜，見卷四·五六注[1]。[4] 有教無類：不論貴賤賢愚都給以教育。 [5] 伶人：歌舞戲曲演員。邱四：生平未詳。計五：計五官，清乾隆間崑曲名旦，常熟人，隸屬於揚州洪班。[6] 王夢樓：王文治，見卷二·三〇注[1]。 [7] 鄭櫻桃：見補遺卷三·二注[10]，喻指少年歌舞藝人。 [8] 黄允修：黄之紀，見卷三·四六注[1]。

三　六

青浦邵明經西樵玘[1]，余甲子分房之薦卷也[2]。後三十年，過隨園云：“白首再投前薦主，絳帷寧拒老門生[3]？”余讀而感焉，問其年，登八十，家有園林，在朱家角。余甲寅到松江[4]，順道訪之，擬師生再作盤桓，而西樵歿矣！所鐫出遊山居詩甚多，僅記其《病足》一聯云：“跬步疑分域[5]，同居悵各天。”《梧巢》云：“高樹送聲疑雨至，虛窗弄影怯燈孤。”

【箋注】

[1]邵西樵：邵玘，見卷七·八五注[4]。明經：即對貢生的尊稱。［2］甲子：這裏指乾隆九年（1744）。分房：清代科舉考試，南闈和北闈的同考官都分爲十八房，分住東西經房，負有分房閱卷之責，故稱。［3］絳帷：猶絳帳。對師門、講席之敬稱。［4］甲寅：這裏指乾隆五十九年（1794）。［5］跬（kuǐ）步：半步，指極近的距離。分域：指劃分界限、區域。

三　七

山陰王梅卿女子[1]，能詩，精音律。自伊父被議歿後，煢煢無依[2]。余慮名門之女，竟至流落，故認爲繼女，而教陳竹士秀才聘爲繼室[3]。合巹後[4]，子固、叔姬雙雙歸寧[5]。梅卿獻詩，情詞悱惻，並云：“俟乾阿嬭百年之後，願持三年之服。”余感其天良，爲之淚下。詩曰：“等閒扶上碧雲端，得遂依依膝下歡。風力盡催花絮墮，日光能破雪冰寒。回生法試慈悲大，入骨恩深報答難。願化銜環雙喜鵲，爲爺百歲報平安。”梅卿有詩稿百餘首，余選其尤佳者，交梓人刊入《閨秀集》中。竹士兩娶才女，先纖纖[6]，後梅卿，亦奇！梅卿初名雅三。

【箋注】

[1]王梅卿：王倩，字雅三，號梅卿。清浙江山陰人。知縣王謀文女。諸生陳基妻。有《問花樓詩鈔》《洞簫樓詞》。［2］煢（qióng）煢：孤零貌。[3]陳竹士：陳基，見補遺卷五·三五注[2]。［4］合巹（jǐn）：指舉行婚禮。[5]歸寧：指看望父母。《春秋左傳·宣公五年》：“冬，齊高固及子叔姬來。”凡諸侯之女，歸寧曰來。此爲借用。［6］纖纖：金逸，見補遺卷五·四八注[1]。

三　八

雅三父名謀文[1]，字達溪。爲交河令。《獄中寄女》詩云：“尋常小別已牽愁，況我年衰作楚囚[2]。勸飲花前何日再，課詩燈下此生休。舟傾宦海真如夢，柝攪離魂又到秋[3]。料得閨中垂髮女，也應北望淚雙流。”此詩梅卿記之，而誦與余聽者也。

【箋注】

[1] 王謀文：字達溪。清浙江山陰人。貢生。乾隆三十三年任介休知縣，四十八年任交河知縣時因侵貪案下獄。　[2] 楚囚：原指被俘的楚國人。此處借指獄囚。　[3] 柝（tuò）：巡夜人敲以報更的木梆。

三　九

兩雄相悦[1]，如變風變雅[2]，史書罕見。余在粵東，有少艾袁師晋[3]，見劉霞裳而悦之[4]，誓同衾枕，忽爲事阻，兩人涕泗漣如。余賦詩詠之。不料事隔十載，偕嚴小秋秀才遊廣陵[5]，遇計五官者[6]，風貌儒雅，亦慕嚴不已，竟得交歡盡意焉。爲嚴郎貧故，轉有所贈。余書扇贈云：“計然越國有精苗[7]，生小能吹子晋簫[8]。哺啜可觀花欲笑[9]，芳蘭竟體筆難描[10]。洛神正挾陳思至[11]，嚴助剛爲宛若招[12]。自是人天歡喜事，老夫無分也魂消。”臨別，彼此灑淚。小秋作《離别難》詞云：“花落鳥啼日暮，悲流水西東。悔從前意摯情濃。問東君仙境許儂通。爲底事玉洞桃花，才開三夕，偏遇東風？最堪憐，任有遊絲十丈，留不住飛紅。　　春去也，五更鐘。隔雲煙、十二巫峰。恨春波一色摇緑，曲江頭明日掛孤篷。偏逢著杜宇啼時，將離花放，人去帷空。斷腸處，灑盡相思紅淚，明月二分中。”

【箋注】

[1] 兩雄：兩個男子。　[2] 變風變雅：原指《詩經》國風、大雅、小雅的變調，此喻指不同尋常的狀況。　[3] 少艾：形容年輕美麗。袁師晋：生平未詳。

[4] 劉霞裳：袁枚弟子，見卷二・三三注 [2]。 [5] 嚴小秋：嚴駿生，見本卷四注 [1]。 [6] 計五官：見本卷三五注 [5]。 [7] 計然：春秋末葵丘濮上（今河南蘭考一帶）人，名研。南遊於越，范蠡師事之。 [8] 子晋：王子喬，見補遺卷三・二七注 [12]。 [9] 哺啜：吃喝。《南史・王彧傳》："景文非但風流可悦，乃哺歠亦復可觀。" [10] 芳蘭竟體：見卷一四・九八注 [2]。 [11] 陳思：指曹植，見卷二・四七注 [9]。著《洛神賦》。 [12] 嚴助（？—前 122）：西漢會稽吴人。本姓莊，避明帝諱，改嚴。漢武帝時，從嚴助議，使以節發兵會稽，救東甌。建元中，拜會稽太守。宛若：漢代女子名。《史記・孝武本紀》："神君者，長陵女子，以子死悲哀，故見神于先後宛若。宛若祠之其室，民多往祠。"

四　〇

前人弔張江陵相公云[1]："恩怨盡時方論定，封疆危日見才難。"張船山太史題其曾祖遂寧相國祠堂云[2]："功名立後田園盡，恩怨消時俎豆公[3]。"余哭西林相公云[4]："邊疆功過青天在，將相榮華碧水沉。"三詩意境，不謀而合。

【箋注】

[1] 前人：指王啟茂，字天根。明湖北石首人。崇禎末，以明經薦，不就。所引詩題爲"謁張文忠公祠"。張江陵：張居正，見卷一四・九注 [1]。 [2] 張船山：張問陶，見補遺卷五・五〇注 [2]。遂寧相國：張鵬翮，見補遺卷六・四四注 [3]。爲張問陶高祖。 [3] 俎（zǔ）豆：指祭祀、崇奉。 [4] 西林相公：鄂爾泰，見卷一・一注 [7]。

按：本卷從此則詩話起，直到卷末，嘉慶本即殘而缺。據人民文學出版社版本補。

四　一

揚州鉅商汪令聞[1]，余姻戚也。己卯、庚辰間，余及見其盛時，招致四方名士徐友竹、方南塘、曹學賓諸公[2]，有琴歌酒賦之歡，然其徽言佳句[3]，竟不傳也。今三十餘年矣，余過揚州，其孫號源波者[4]，以詩來見。有句云："高峰匿景晝如晦，野草作花秋似春。"又云："特地篷窗高捲起，不辭風露爲看山。"皆清峭可愛。問其近況，久不名一錢矣。吁！家産盡而後詩人生，異哉！

【箋注】

[1] 汪令聞：汪廷璋，見補遺卷三・三二注[2]。 [2] 己卯、庚辰：這裏指乾隆二十四年（1759）、二十五年（1760）。徐友竹：徐堅，見卷四・五注[4]。方南塘：方貞觀，見卷八・九〇注[1]。曹學賓：生平未詳。 [3] 徽言：美言、善言。 [4] 汪源波：生平未詳。

四 二

李松雲太守修莫愁湖[1]，遊者題詠甚多。有姑蘇名士朱滋年題三首云[2]："亭臺好占水雲涯，水上雕窗透碧紗。愛煞梁間雙燕子，棲來猶恐是盧家[3]。""傳神妙筆等分香，霧鬢雲鬟淺淡妝。道是洛神生劫後，題詩合寫十三行[4]。""玉勒金鞍幾輩過，看詩人比看潮多。争呼十五雙鬟女，教唱隨園水調歌。"蓋牆上見余詩而作也。

【箋注】

[1] 李松雲：李堯棟，見補遺卷六・四一注[2]。 [2] 朱滋年：字潤木，一字樹堂，號樹齋。清安徽當塗人。乾隆三十年拔貢生。官來安教諭。有《樹堂詩鈔》。 [3] 盧家：見補遺卷六・四一注[7]。 [4] 十三行：晋王獻之所書《洛神賦》真跡，至南宋時僅存十三行字，故名。

四 三

乾隆乙卯，秋闈榜發[1]，主試劉雲房、錢雲巖兩先生入山見訪[2]。余告之曰："今科第二名孫原湘[3]，余之詩弟子也。渠癸卯落第時，室人席佩蘭以詩慰之[4]，有'人間試官不敢收，讓與李杜爲弟子'之句。今孫郎出二公門下，唐錢、劉與李、杜並稱[5]，伊婦之詩，竟成讖耶？"

二公大喜。余將此語札致佩蘭。渠覆書云:"讀先生札,夫婦笑吃吃不休,因蘭賀外詩,與老人心心相印也。"其詩載《女弟子集》中。

【箋注】

[1]乙卯:這裏指乾隆六十年(1796)。 [2]劉雲房:劉權之(1739—1818),字德輿,號雲房。清湖南長沙人。乾隆二十五年進士。官至禮部尚書、體仁閣大學士。謚文恪。有《劉文恪公詩集》。錢雲巖:錢福胙(1763—1802),字爾受,一字錫嘉,號雲巖、芸館、竹房。清浙江嘉興人。乾隆五十五年進士。官文淵閣校理、詹事府詹事、右春坊右庶子,提督福建學政。有《竹房遺詩》。 [3]孫原湘:見卷一一·二五注[3]。 [4]癸卯:這裏指乾隆四十八年(1783)。席佩蘭:見補遺卷六·一七注[1]。 [5]錢、劉:指唐錢起、劉長卿。其詩均學王維,得清空之致,因以並稱。

四　四

余憎人自稱别號,前已論之詳矣。偶翻《楊升庵集》[1],有《譏别號》詩,云:"曾子名參字未傳[2],如今别號轉紛然。子規本是能言鳥,恰又教人喚杜鵑[3]。"

【箋注】

[1]楊升庵:楊慎,見卷二·四二注[5]。 [2]曾子:曾參,見卷一六·三五注[5]。 [3]子規:《爾雅翼》:"其大如鳩,以春分先鳴,至夏尤甚。……其鳴聲若'歸去'。"《説文》爲"子巂",《史記》爲"秭鳺",《禽經》爲"子規",字雖異而名同;亦曰"望帝",亦曰"杜宇",亦曰"杜鵑",名異而實同。

四　五

聖祖南巡[1],偶覓《樂府解題》一書,出千金,竟不可得。後見郭茂倩解樂府云[2]:"'藁砧'者[3],砆也。'山上山'者,出也。'大刀頭',鐶也。'破鏡飛上天',半月也。言夫在何處,'山上復有山',已出門也。'何當大刀頭',還期不過半月。蓋隱語也。"余按:

漢景帝時[4]，夏侯寬爲樂府令[5]。武帝乃立樂府采詩[6]。鄭樵云[7]：“樂府有因聲而造歌者，有因歌而造聲者，亦有聲有歌者，無聲無歌者。崔豹以義説名[8]，吴兢以事解目[9]，其失傳一也。”

【箋注】

[1]聖祖：字德粲。即康熙帝玄燁（1654—1722），廟號聖祖。 [2]郭茂倩（1041—1099）：宋鄆州須城（今山東東平）人。官河南府法曹參軍。通音律，善漢隸。輯《樂府詩集》。 [3]藁砧：原爲鍘草工具，即“砆”。諧音“夫”。後因以“藁砧”爲婦女稱丈夫的隱語。《玉臺新詠·古絶句之一》：“藁砧今何在，山上復有山。何當大刀頭，破鏡飛上天。” [4]漢景帝：漢初皇帝劉啟（前188—前141）。在位十六年，崇尚黄老之術，與其父文帝共同締造“文景之治”。其子即漢武帝劉徹。 [5]夏侯寬：應是漢惠帝時人。郭茂倩説：“樂府之名，起于漢魏。自孝惠帝時，夏侯寬爲樂府令，始以名官。至武帝，乃立樂府，采詩夜誦，有趙代秦楚之謳。”見《樂府詩集》卷九十。 [6]武帝：劉徹，見卷一五·九注[3]。 [7]鄭樵：見卷一·一六注[8]。 [8]崔豹：見卷一·一六注[9]。 [9]吴兢：見卷一·一六注[9]。

四六

丁酉二月，陳竹士秀才寓吴城碧鳳坊某氏[1]。一夕，夢有女子傍窗外立，泣且歌曰：“昨夜春風帶雨來，緑紗窗下長莓苔。傷心生怕堂前燕，日日雙飛傍硯臺。”“東風幾度語流鶯，落盡庭花鳥亦驚。最是夜闌人静後，隔窗悄聽讀書聲。”及曉，告知主人。主人泫然曰[2]：“此亡女所作。”

【箋注】

[1]丁酉：這裏指乾隆四十二年（1777）。陳竹士：陳基，見補遺卷五·三五注[2]。碧鳳坊：蘇州傳統商業坊市，即今觀前街一帶。 [2]泫然：流淚貌。

四七

余過觀音門[1]，有《題燕子磯》詩[2]，不知何人之作，雖刻畫“燕子”二字，有傷大方，然其苦心難没。詩云：“滿岸蒹葭伴侣稀[3]，金陵化石影依依。潮回似欲銜泥去，浪急還疑貼水飛。絶似謝安高第在[4]，還猜杜甫片帆歸[5]。磯邊莫怪春風冷，歲歲蒼苔换羽衣。”又：“山峻喜添龍虎勢，臺空懶傍鳳凰飛。”

【箋注】

[1] 觀音門：明洪武中所建南京十六外郭門之一，爲歷代屯戍之處。在城東北燕子磯旁。 [2] 燕子磯：見卷八・五六注 [1]。 [3] 蒹葭：指蒹和葭兩種水草。因《詩經・秦風・蒹葭》有“所謂伊人，在水一方”句，後世遂以“蒹葭”表達在水邊懷人的意思。 [4] 謝安：見卷一・五六注 [4]。此處用唐劉禹錫“舊時王謝堂前燕”詩意。 [5] 杜甫片帆歸：杜甫有《燕子來舟中作》，此處化用其意。

四　八

香亭在南安舟中書所見云[1]：“沿灘魚網列西東，十網扳來九網空。能狎風波無耐性，也難江上作漁翁。”又：“每到急流争捷處，大船讓與小船先。”俱詩外有詩。

【箋注】

[1] 香亭：袁樹，見卷一・五注 [3]。

按：江上的好漁翁都是有耐性的人，耐得風浪，耐得十網九空的辛苦。這是詩外之詩。小船的優越性在於靈巧，在急流中可以争先。這也是詩外之詩。

四　九

乙卯春，余偕陳竹士遊四明[1]，渠《路上》詩云[2]：“風外潺潺識壩來，百夫纜曳客船回[3]。波心一擲如飛弩[4]，怒把春江水劃開。”

【箋注】

[1] 乙卯：這裏指乾隆六十年（1796）。陳竹士：陳基，見補遺卷五・三五注[2]。四明：四明山，在今浙江東部，綿延寧波、紹興一帶。 [2] 渠：他。[3] 曳：牽引，指拉縴。 [4] 弩：用機械發箭的弓，此代指箭。

五　○

梅卿與竹士別後寄余詩云[1]："一春邗上侍清遊[2]，賞盡名花掃盡愁。明月招人騎白鶴，輕風先我別紅樓。""無端小病孤清興寄父原約送至蘇州，以病不果，獨唱驪歌上釣舟[3]。擬遣夢魂隨膝下，奈他潮水不西流金陵在江之東。"

【箋注】

[1] 梅卿：王倩，見本卷三七注[1]。與竹士爲夫妻。 [2] 邗（hán）上：揚州的代稱。 [3] 驪歌：離別之歌。

五　一

王符《潛夫論》曰[1]："脂蠟所以明燈，太多則晦；書史所以供筆，用滯則煩。"近今崇尚考據，吟詩犯此病者尤多。趙雲松觀察嘲之云[2]："莫道工師善聚材[3]，也須結構費心裁。如何絶艷芙蓉粉，亂抹無鹽臉上來[4]？"

【箋注】

[1] 王符（約85—約163）：字節信。東漢安定臨涇（今甘肅慶陽一帶）人。著《潛夫論》，以譏當世得失，議論治國富民之道。 [2] 趙雲松：趙翼，見卷二・三三注[4]。 [3] 工師：工匠。 [4] 無鹽：見卷四・六三注[3]。此處意謂脂粉加多了反而變醜。

五　二

詩空談格調，不主性情，楊誠齋道是"鈍根人所爲"[1]。近又有每動筆專摹古樣者。不知鑄錢有範[2]，而人之求之者買錢不買範也。遺腹子祭墓[3]，備極三牲五鼎，而終不知乃翁之聲音笑貌在何所[4]，豈不可笑！

【箋注】

[1]楊誠齋：楊萬里，見卷一·二注[1]。鈍根：佛教語，這裏指缺少靈性。[2]範：型範，俗稱模子。[3]遺腹子：指懷孕婦人于丈夫死後所生的孩子。[4]乃翁：其父。

五　三

六朝人稱，詩之多而能工者，沈約也[1]；少而能工者，謝朓也[2]。余讀二人之詩，愛謝而不愛沈。佛書性理，俱疊床架屋[3]，至數十萬言，不若《論語》《大學》數章之有味。記某有句云："聞香知夢醒，見性覺經煩。"

【箋注】

[1]沈約：見卷三·四三注[6]。[2]謝朓：見卷一·二二注[4]。[3]疊床架屋：比喻重複累贅。

五　四

初，相士胡文炳決我六十三而生子[1]，七十六而考終。六十三果生阿遲，心以爲神。故臨期自作《生挽》詩索和。不料過期不驗，乃又作《告存》詩以解嘲。奇麗川中丞撫蘇州[2]，鎸白玉印見贈，一曰"倉山叟"，一曰"乾隆壬子第一歲老人"[3]。其見愛甚篤，而落想尤奇。

【箋注】

[1]相士：舊時以談命相爲職業的人。胡文炳：清揚州相士，餘未詳。[2]奇麗川：奇豐額，見卷一·五四注[2]。[3]壬子：這裏指乾隆五十七年（1792）。

五　五

余四妹嫁揚州汪氏[1]，以娩難亡。妹夫楷亭爲梓《繡餘吟稿》。丙辰春，見女士程友鶴雲著《緑窗遺稿》[2]，有磽巖老人序云[3]："其詩不在家楷亭室人之下。"余讀之憮然[4]。詠蝴蝶云："東風爲剪五銖衣[5]，覓葉尋香伴亦稀。未必鄰家春獨好，如何偏欲過牆飛？"《冬夜》云："簾垂小閣夜生寒，睡鴨香消漏已殘[6]。獨有梅花心耐冷，一枝和月上闌干。"斷句如"柳飛三徑雪，花落一庭煙""一灣流水下孤鶩，幾點遠峰横落霞"，俱佳。

【箋注】

[1] 四妹：指袁棠，見卷一〇・三八注 [1]。　[2] 程友鶴：程雲，字友鶴，號梅衫。清安徽歙縣人。有《緑窗遺稿》。　[3] 磽巖：汪堂，字磽巖。清安徽歙縣人。有《水香村墅詩》。　[4] 憮（wǔ）然：驚愕貌。　[5] 五銖衣：傳説古代神仙穿的一種衣服，輕而薄。　[6] 睡鴨：古代一種香爐。銅製，狀如卧着的鴨，故名。

五　六

乾隆丙辰，余覓館京師[1]，蒙徵士蘧雲墀先生薦與河南張太守諱學林者司書記事[2]。聘定矣，以路遠不果行。乃書扇贈云："十年獨坐早知名，又見星軺奉使旌[3]。入謁過蒙追夙好[4]先生任粤西，與家叔有舊，攀車無那動離情[5]。寒花偶有難開色，德水長流不斷聲[6]。此日漁陽禾正好[7]，期公一笑比河清[8]。"今又嘉慶丙辰矣，在揚州遇其孫□□，出前扇見示。詩雖不佳，而音塵若夢，乃録而存之。

【箋注】

[1] 丙辰：這裏指乾隆元年（1736）。覓館：尋找做幕僚或者教私塾的機會。　[2] 蘧雲墀：蘧駿，見卷四・六六注 [2]。張學林：見卷四・六六注 [10]。[3] 星軺（yáo）：使者所乘的車，亦借指使者。　[4] 夙好：舊情。　[5] 無那：

無奈。[6]德水：佛教語，謂功德水。[7]漁陽禾：漢代張堪做漁陽太守時廣開稻田，致民殷富。這裏喻指地方官的德政。[8]一笑比河清：《宋史·卷三一六·包拯傳》："拯立朝剛毅，貴戚宦官爲之斂手，聞者皆憚之。人以包拯笑比黄河清。"指有身份者不苟言笑。

五　七

鄭夾漈詆昌黎《琴操》數篇爲兔園册子[1]，語似太妄。然《羑里操》一篇[2]，文王稱紂爲"天王聖明"，余心亦不以爲然，與《大雅》諸篇不合，不如古樂府之《琴操》曰："殷道溷溷[3]，浸濁煩兮。炎炎之虐[4]，使我愆兮[5]。"其詞質而文。要知大聖人必不反其詞以取媚而沽名。余文集中辨之也詳。

【箋注】

[1]鄭夾漈（jì）：鄭樵，見卷一·一六注[8]。昌黎：韓愈，見卷一·一三注[1]。兔園册子：唐杜嗣先奉蔣王李惲之命編《兔園策府》。借漢梁孝王"兔園"以名書。纂古今事分爲四十八門，仿應科目策，自設問對，引經史爲訓注，皆對偶駢儷之語。後世遂將通俗淺顯之書統稱爲"兔園册子"。[2]《羑（yǒu）里操》：韓愈所作琴歌。羑里，古城名，在今河南湯陰北，爲殷紂王囚禁文王的地方。[3]溷（hùn）溷：亂、混濁。[4]炎炎：權勢煊赫貌。[5]愆（qiān）：罪過。此處指受冤辱。

五　八

劉賓客詩云[1]："集中惟覺祭文多。"余按劉公本傳，七十七而薨[2]，宜其祭文之多也。今余年又過之，而平生樂道人之善，凡王侯、公卿及交厚者，不忍其湮没，《文集》中碑誌、墓銘、哀詞之類，不止二三百首。在當日諸公必不料余爲後死之人，而余亦不料天爲諸公身後事，而使我後死也。嗚呼！

【箋注】

[1]劉賓客：劉禹錫，見卷一・四二注[10]。 [2]薨（hōng）：古稱諸侯、高官之死。

五　九

余雅不喜詩壇吟社之説，大概起於前明末年鴟張門户之惡習[1]。李、杜、韓、蘇壇築何處，社結何方？惟劉文房有句云[2]："遥聞詩將會河南。"以詩稱"將"，似爲壇坫先聲[3]。

【箋注】

[1]鴟（chī）張：像鴟鳥張翼一樣，比喻囂張。門户：指派别。 [2]劉文房：劉長卿，見補遺卷八・一四注[1]。此處所引爲劉長卿《送孔巢父赴河南軍》（一作皇甫冉詩）："聞道全軍征北虜，又言詩將會南河。"與《詩話》中所引略有出入。 [3]壇坫（diàn）：本指會盟的壇台，後亦指文人集會或集會之所。

六　〇

布衣劉南廬死四十年矣[1]，墓在通州。林鐵簫來[2]，誦其佳句云："溪冷鹿馱紅葉雨，門閑犬有白雲心。"又曰："茶烹雨裹煙俱濕，笑向風前齒亦凉。"鐵簫誦畢别去，不十日而病死於觀音門僧寺中。余爲葬於瑶坊門外，題石碣云"清故詩人林鐵簫之墓"。猶記其《龍江關》云："一帶寒山入暮煙，風帆沙鳥尚依然。回思歲月如流水，再過江頭十五年。"

【箋注】

[1]劉南廬：劉芳，見卷一三・一八文及注[1]。 [2]林鐵簫：林李，見卷一五・八〇注[1]。

六一

“貌將花自許，人與影相憐[1]”，又“欲語先爲笑，將歸又轉身[2]”，此種綺語，非六朝人不能。唐人李建勳《毆妓》詩云[3]：“當時心已悔，徹夜手猶香。”只此十字，勝羅虯之《比紅》百首遠矣[4]！

【箋注】

[1]“貌將”二語：晋劉琨《胡姬年十五》：“花將面自許，人共影相憐。” [2]“欲語”二語：南朝梁王樞《至烏林村見採桑者聊以贈之》：“將去復回身，欲語先爲笑。” [3]李建勳（872—952）：字致堯。五代時廣陵（今江蘇揚州）人。官南唐中書侍郎、昭武軍節度使，以司徒致仕。 [4]羅虯：見卷一二・八七注[5]。

六二

趙雲松觀察渡江見訪[1]，曰：“一幅蒲帆兩草鞋[2]，借名送考到秦淮[3]。老夫別有西來意，半爲棲霞半簡齋[4]。”余請其小飲，以詩辭云：“靈山五百阿羅漢[5]，一個觀音請客難[6]。”

【箋注】

[1]趙雲松：趙翼，見卷二・三三注[4]。 [2]蒲帆：用蒲草編織的帆。 [3]秦淮：此借指南京。 [4]棲霞：棲霞山，在今南京東北，以棲霞寺和楓林景色著稱。簡齋：袁枚的號。 [5]靈山：佛教聖地靈鷲山的簡稱，此處喻當時文壇詩苑。阿羅漢：佛教語，指應受人天供養的尊者，此處喻文壇詩苑名人。 [6]觀音：佛教菩薩名，慈悲的化身。此處喻袁枚。

六三

《瀟湘録》[1]：“高宗患頭風[2]，宫人穿地置藥爐，有金色蝦蟆跳出，頭戴‘武’字。”此杜詩所云“王母顧之笑”是也[3]，以爲刺楊妃者[4]，誤。

【箋注】

[1]《瀟湘録》：唐人小説。作者一説李隱，一説柳祥。 [2]高宗：李治（628—683），字爲善。唐朝第三位皇帝，廟號高宗。 [3]杜詩：指杜甫《奉同郭給事湯東靈湫作》。原詩："坡陀金蝦蟆，出見蓋有由。至尊顧之笑，王母不肯收。" [4]楊妃：指楊玉環（719—756），號太真。唐玄宗李隆基的寵妃。因被認爲是引發安史之亂的禍首，被陳玄禮爲首的禁軍逼迫自盡。

六　四

余詠宋子京有句云[1]："人不風流空富貴，兩行紅燭狀元家。"家香亭襲之[2]，贈張船山云[3]："天因著作生才子，人不風流枉少年。"似青出於藍。余詠桂林山云："奇山不入中原界，走入窮邊才逞怪。桂林天小青山大，山山都立青天外。"某太史襲之，作《高黎貢山歌》云："巨靈開荒劃世界，奇峰驅出中原外。走入窮邊絶徼中[4]，掀天負地逞雄怪。"似青出於藍而不如藍。

【箋注】

[1]宋子京：宋祁，見卷一・四六注[13]。宋魏泰《東軒筆録》載："（宋子京）晚年知成都府，帶《唐書》于本任刊修。每宴罷，盥漱畢，開寢門，垂簾，燃二椽燭，媵婢夾侍，和墨伸紙，遠近觀者，皆知尚書修《唐書》矣，望之如神仙焉"。 [2]香亭：袁樹，見卷一・五注[3]。 [3]張船山：張問陶，見補遺卷五・五〇注[2]。 [4]窮邊絶徼（jiào）：極遠的邊塞。

六　五

潤筆之説[1]，始于陳皇后以黄金丐相如作《長門賦》[2]。而《北史》所載高熲笑鄭譯草上柱國制詞曰"筆乾"是也[3]。宋湯思退草劉婉仙制詞[4]，高宗賜金數萬。君之於臣，尚且如此，則劉叉所攫者[5]，何足算哉？王安石知制誥[6]，以所得潤筆錢制中書省，欲表廉也。後祖無擇代其職[7]，盡取爲公費。安石大怒，乃文致其罪而竄之。第古人以有韻者謂之文，無韻者謂之筆，見《文心雕龍》。故謝元善爲詩[8]，任隨工於筆[9]，稱“任筆沈詩”[10]，又劉孝綽“三筆六詩”[11]，皆見《南史》。

【箋注】

[1]潤筆：泛指付給作詩文書畫之人的報酬。 [2]陳皇后：阿嬌，見卷一五·四九注[6]。 [3]高熲（jiǒng）（541—607）：隋渤海蓨（今河北景縣一帶）人。北周時拜開府，功遷司馬，進位柱國。楊廣時拜太常卿，前後爲相近二十年。鄭譯（540—591）：隋滎陽開封（今屬河南）人。官至内史上大夫，封沛國公。嘗奉詔參與撰律令。上柱國：南北朝時爲高階武官之官名。制詞：詔書。筆乾：要求潤筆的戲語。 [4]湯思退（1117—1164）：宋處州青田（今屬浙江）人。高宗紹興十五年中博學宏詞科。以附秦檜，官至簽書樞密院事兼權參知政事。劉婉仙：應爲劉婉儀，爲宋高宗之寵嬪。 [5]劉乂：見卷一二·八七注[4]。 [6]王安石：見卷一·四六注[2]。 [7]祖無擇（1011—1084）：宋蔡州上蔡（今屬河南）人。仁宗寶元元年進士。英宗朝知制誥，加龍圖閣直學士、權知開封府。神宗朝入知通進銀臺司。王安石執政後，謫忠正軍節度副使。 [8]謝元：應爲謝朓，見卷一·二二注[4]。此處作“謝元”，即謝玄，誤。 [9]任隨：應爲任昉，見卷二·七六注[4]。此處作“任隨”，誤。[10]任筆沈詩：任昉善於寫無韻的文，沈約善於寫有韻的詩。一説謝朓善寫詩，任昉善寫文，沈約兼而有之。 [11]劉孝綽：見卷一〇·三六注[1]。所謂“三筆六詩”，指劉孝綽三弟劉孝儀的文與六弟劉孝威的詩。

六六

嘗讀《古詩紀》[1]，而歎六朝之末，詩教大衰。凡吟詠者，皆用古樂府舊題，而語意又全不相合。甚至二陸之仿《三百篇》[2]，傅長虞之《孝經》詩、《論語》詩、《周易》《周官》詩[3]，編抄經句，毫無意味。其他，《飲馬長城窟》而並無一字及“馬”，《秋胡行》而反稱堯、舜，尤可笑也！至於“妃呼希”“伴阿那”，則本來有音無樂矣。初唐陳子昂起而一掃空之[4]。杜少陵、白香山創爲新樂府[5]，以自寫性情。此三唐之詩之所以盛也。

【箋注】

[1]《古詩紀》：古詩總集，原名“詩紀”，明代馮惟訥編。馮惟訥（1513—1572），字汝言，號少洲。山東臨朐人。嘉靖年間進士，官至江西左布政使。[2]二陸：陸機與陸雲，見卷一〇・二〇注[1]；陸雲，見卷一〇・四六注[6]。[3]傅長虞：傅咸，見卷五・一八注[5]。[4]陳子昂：見卷九・八三注[10]。[5]新樂府：一種用新題寫時事的樂府體詩，參見卷一・一六。

六　七

駱佩香孀居後[1]，詠月云：“不是嫦娥甘獨處，有誰領袖廣寒宮？”余喜其自命不凡，大爲少婦守寡者生色。

【箋注】

[1]駱佩香：駱綺蘭，見補遺卷三・三六注[2]。孀（shuāng）居：守寡。

隨園詩話箋注　補遺卷一〇

一

六朝詩有足法者。寫景，則詠雨云："細落疑含霧，斜飛爲帶風[1]。"詠月云："山明疑有雪，岸白不關沙[2]。""雨住便生熱，雲晴時作峰[3]。"言情，則"莫嫌春繭薄，猶有萬重絲[4]""若不信儂來，請看霜上跡[5]""攡門不安横，無復相關意[6]"，又"回黄轉緑無定期，世事反覆君所知[7]""人壽百年能幾何，後來新婦變爲婆[8]"。

【箋注】

[1]"細落"二語：出北齊劉逖《對雨有懷詩》。　[2]"山明"二語：出北周庾信《舟中望月》。　[3]"雨住"二語：出北周庾信《喜晴》。　[4]"莫嫌"二語：出唐皮日休《和魯望風人詩》。　[5]"若不"二語：出南北朝無名氏《子夜四時歌·冬歌》。　[6]"攡門"二語：出南北朝無名氏《子夜歌》。攡（lí），張開。　[7]"回黄"二語：出魏晋無名氏《休洗紅》。　[8]"人壽"二語：出魏晋無名氏《休洗紅》。

二

左思之才[1]，高於潘岳[2]；謝朓之才[3]，爽於靈運[4]。何也？以其超雋能新故也。齊高祖云[5]："三日不讀謝朓詩，便覺口臭。"宜李青蓮之一生低首也[6]。

【箋注】

[1]左思：見卷一·一五注[3]。　[2]潘岳：見卷一〇·二四注[4]。[3]謝朓：見卷一·二二注[4]。　[4]爽：清朗。靈運：謝靈運，見卷四·二九注[1]。　[5]齊高祖：高歡（496—547）。東魏渤海蓨（今河北景縣）人。

執東魏政十六年。死後，其子高洋代東魏稱北齊帝，追尊爲神武帝，廟號高祖。此事應屬梁高祖蕭衍，見宋葉廷珪《海録碎事》。蕭衍（464—549），字叔達。南朝梁開國君主，在位四十八年，廟號高祖。［6］李青蓮：李白。李白《秋登宣城謝朓北樓》："誰念北樓上，臨風懷謝公。"

按：爲詩"超雋能新"四字非常重要，意即有創新且意味超絶雋永。新，包括構思新、表現手法新、語言新，但絶不是追求時髦、追求怪異，而必須超絶雋永。

三

詩家兩題，不過"寫景""言情"四字。我道景雖好，一過目而已忘；情果真時，往來於心而不釋。孔子所云"興""觀""群""怨"四字，惟言情者居其三，若寫景，則不過"可以觀"一句而已。因取閒時所録古人言情佳句，如哭某云[1]："平生不得意，泉路復何如？"贈友云："乍見還疑夢，相悲各問年[2]。"寄遠云："路長難計日，書遠每題年。無復生還想，還思未别前[3]。"七言如"相見或因中夜夢，寄來都是來年書[4]""重來未定知何日，欲别殷勤更上樓[5]""凉月不知人散盡，殷勤還下畫簾來[6]""餞雖難忍臨期淚，詩尚能傳别後情[7]""三尺焦桐七條綫，子期師曠兩沉沉[8]""最怕酒闌天欲曉，知君前路宿何村[9]""願將雙淚啼爲雨，明日留君不出城[10]""垂老相逢漸難别，大家期限各無多[11]""若比九原泉路隔，只多含淚一封書[12]"。

【箋注】

［1］哭某：嘉慶本作"吴某"，據光緒本改。所引句出唐喬知之《哭故人》詩。［2］"乍見"二語：出唐司空曙《雲陽館與韓紳宿别》。［3］"路長"四語：出唐李約《從軍行》。［4］"相見"二語：出唐羅鄴《途中寄友人》，文字略有出入。［5］"重來"二語：出唐張喬《九華樓晴望》。［6］"凉月"二語：出處未詳。唐李玖《四丈夫同賦》："春月不知人事改，閑垂光影照洿宫。"唐鹿虔扆《臨江仙》："煙月不知人事改，夜闌還照深宫。"宋劉子翬《絶

句送巨山二首》："明月不知君已去，夜深還照讀書窗。" [7]"餞雖"二語：出處未詳。 [8]"三尺"二語：出唐李山甫《贈彈琴李處士》。子期，春秋時楚國人鍾子期，善辨音律，伯牙的知音。子期死，伯牙不復鼓琴。師曠，見補遺卷三·二七注[11]。 [9]"最怕"二語：出處未詳。 [10]"願將"二語：出明齊景雲《贈别傅生》。 [11]"垂老"二語：出唐元稹《贈樂天》。 [12]"若比"二語：出處未詳，據卷七·九三言爲宋人詩。

按：此所謂詩家兩題，是廣義上的"寫景""言情"。把"興""觀""群""怨"分成言情者三、寫景者一，前人未曾道過，可供體味思考。一般論者崇尚的是情景交融，性靈派更重情，此處所録詩語，確爲言情好句，值得玩味。

四

或《瘞旅客》云[1]："半面爲君申一慟[2]，不知何處是家鄉。"無情之情，轉覺深遠。

【箋注】

[1]或：有人。瘞（yì）：埋葬。 [2]半面：指瞥見一面。

五

近時孫廷颺《送客之楚》云[1]："落日蒼苔正晚鐘，送君聊復坐從容。亦知少駐終成别，畢竟權留勝再逢。黄葉亭空聽絡緯[2]，白蘋江冷夢芙蓉[3]。倘經回雁峰頭過[4]，珍重平安信一封。"此詩亦復情深。

【箋注】

[1]孫廷颺：見補遺卷八·一〇注[4]。 [2]絡緯：蟲名，即莎雞，俗稱絡絲娘、紡織娘。夏秋夜間振羽作聲，聲如紡綫，故名。 [3]芙蓉：荷花的别名。《楚辭·離騷》："製芰荷以爲衣兮，集芙蓉以爲裳。" [4]回雁峰：在今湖南衡陽南，居南嶽七十二峰之首。據説北雁南飛越冬，至此氣暖，不再南飛。

六

詩不能作甘言[1]，便作辣語[2]、荒唐語[3]，亦復可愛。國初閻某有句云[4]：“殺我安知非賞鑒，因人决不是英雄[5]。”詠漢高云[6]：“能通關内風雲氣，不諱山東酒色名。”“英雄本不羞貧賤，歌舞何曾損帝王？”可以謂之辣矣！或贈道士云：“煉成雲母堪炊飯，收得雷公當吏兵[7]。”或自述云：“我向大羅看世界[8]，世界不過手掌大。當時衹爲上升忙，不及提向瀛洲賣[9]。”可以謂之荒唐矣！

【箋注】

[1] 甘言：好聽的話。《國語·晋語一》：“又有甘言焉，言之大甘，其中必苦。” [2] 辣語：潑辣放縱的語言。 [3] 荒唐語：荒誕離奇、不合常情的語言。 [4] 閻某：閻爾梅，見卷七·四一注[3]。 [5] 因：因襲、順應。 [6] 漢高：漢高祖劉邦。 [7] 雷公：神話中管打雷的神。 [8] 大羅：道教所稱三十六天中最高一重天。 [9] 瀛洲：傳説中的仙山。

按：讀此，可以體會什麽是辣語，什麽是荒唐語。至於甘言，其負面效應，當引起關注。甘言包括真言、善言、美言，但亦指表面好聽、内含私心假意之言。詩有多種語言，主要在於構思，次者在於修辭技巧。

七

宋人絶句有補采者，如“人老簪花不自羞，花應羞上老人頭。醉中扶過平康里，十里珠簾半上鈎[1]”“一百二十四門生，春風初長羽毛成。衰翁漸老兒孫小，他日知誰略有情[2]”“暮鼓晨鐘自擊撞，閉門欹枕有殘釭。白灰撥盡通紅火，卧聽蕭蕭雪打窗[3]”“沙軟波清山路微，手持筇杖著深衣。白鷗不信忘機久，見我猶穿岸柳飛[4]”“冢上爲亭鬼莫嗔，冢頭人是冢中人。憑欄莫問興亡事，除卻虛空總是塵[5]”“天一峰前是我家，滿床書籍舊生涯。春城戀酒不歸去，老却碧桃無限花[6]”“閑把羅衣泣鳳凰，先朝曾教舞衣裳。春來却羨庭花落，得逐晴風出苑牆[7]”。

【箋注】

[1]“人老”四語：出宋蘇軾《吉祥寺賞牡丹》。 [2]“一百”四語：出五代王仁裕《示諸門生》。共八句，前後各取二句。 [3]“暮鼓”四語：出宋蘇軾《書雙竹湛師房》。 [4]“沙軟”四語：出宋司馬光《獨步至洛濱二首》。[5]“冢上”四語：出宋無名氏《題冢上亭》。 [6]“天一”四語：出宋佚名《臨安旅邸壁間》，有異文。 [7]“閑把”四語：出唐鄭谷《長門怨》。

八

每見今人知集中詩缺某體，故晚年必補作此體，以補其數，往往吃力而不討好。不知唐人五言工，不必再工七言也；古體工，不必再工近體也。是以得情性之真，而成一家之盛。試觀李、杜、韓、蘇全集[1]，便見大概。

【箋注】

[1]李、杜、韓、蘇：李白、杜甫、韓愈、蘇軾。四位大詩人在擅長的文體上各有偏重。

九

詩有見道之言[1]，如梁元帝之“不疑行舫往，惟看遠樹來”[2]，庾肩吾之“只認己身往，翻疑彼岸移”[3]，兩意相同，俱是悟境。王梵志云[4]：“昔我未生時，冥冥無所知[5]。天公忽生我，生我復何爲？無衣使我寒，無食使我飢。還你天公我，還我未生時。”八句是禪家上乘[6]。陳後山云[7]：“美人梳洗時，滿頭間珠翠[8]。豈知兩片雲，戴著幾村稅？”四語是《小雅》正風。

【箋注】

[1]見道：洞徹真理、明白事理。 [2]梁元帝：蕭繹，見卷七·四五注[7]。

[3] 庾肩吾（487—551）：南朝梁南陽新野（今屬河南）人。庾信父。簡文帝時爲度支尚書。投元帝后，官江州刺史。爲宫體詩代表作家之一。明人輯有《庾度支集》。 [4] 王梵志：唐衛州黎陽（今河南浚縣）人。活動於唐初。家業敗落，皈信佛教。喜作詩，多用村言俚語，唐時民間流傳甚廣。 [5] 冥冥：昏暗貌。[6] 上乘：佛教語，即大乘，亦指上品、上等。 [7] 陳後山：陳師道，見卷三·六六注 [6]。此處所引，應爲唐鄭遨或杜光庭詩，題爲“富貴曲”，文字略有出入。[8] 間：夾。

一〇

胡書巢太守官罷[1]，兩次捐復[2]，家資搜括已盡，第三次再捐。余寄宋人《詠被虜女子》詩云[3]：“到底不知顏色誤[4]，馬前猶自買胭脂[5]。”胡卒不聽以行，未及補官而卒。余爲刻其《碧腴齋詩集》，而葬之于金陵瑶坊門外。

【箋注】

[1] 胡書巢：胡德琳，見卷二·一六注 [2]。 [2] 捐復：捐銀恢復受處分降革的原官。爲清代的一種弊政。 [3] 宋人詩：《詩話》中所引實爲元人聶碧窗《哀被擄婦》詩。聶碧窗，江西人。元初爲龍翔宫書記，後爲京口天慶觀主。 [4] 顏色：面容、姿色。 [5] 胭脂：一種紅色化妝顏料。

一一

有童子作《討蚊檄》云[1]：“成群結隊，渾家流賊之形[2]；鼓翅高吟，滿眼時文之鬼[3]。”蓋憎其師之督責時文故也。語雖惡，恰有風趣。

【箋注】

[1] 檄：聲討的文書。 [2] 流賊：四處流竄的盗賊。 [3] 時文：時下流行的文體，舊時對科舉應試文體的通稱。

一二

余曾兩題漂母祠[1]，後有所感，又作一首，云：“莫説英雄解報恩，也須早貴似王孫[2]。倘教漂母身先死，誰輦千金到九原[3]？”

【箋注】

[1]漂母祠：見補遺卷八·五八注[14]。 [2]王孫：王公貴族子弟。[3]輦（niǎn）：載運。九原：傳統信仰中人死後的去向。

一　三

吾鄉厲太鴻與沈歸愚[1]，同在浙江志館，而詩派不合。余道厲公七古氣弱，非其所長，然近體清妙，至今爲浙派者[2]，誰能及之？如：“身披絮帽寒猶薄，纔上籃輿趣便生[3]。”“壓枝梅子多難數，過雨楊花貼地飛。”“白日如年娛我老，緑陰似水送春歸。”《入都會試途中除夕》云：“荒村已是裁春帖[4]，茅店還聞索酒錢。”“燭爲留人遲見跋[5]，雞防失旦故争先[6]。”皆絶調也。

【箋注】

[1]厲太鴻：厲鶚，見卷三·六一注[1]。厲鶚酷愛宋詩，上承陶、謝，風格妍練幽雋，工於短章，拙於長篇，而力量不厚。沈歸愚：沈德潛，見卷一·三一注[3]。沈詩多以平正典雅爲祈向，襲盛唐面目，而乏精警、少真氣，論詩主“格調”，倡温柔敦厚之説。 [2]浙派：形成于清前期，發起人是浙西人朱彝尊。主要成員有查慎行、杭世駿、厲鶚、符曾、汪沆等人。推崇宋詩，注重學問，追求幽新境界。内容狹窄，愛用僻典。少數作品感情真摯，風格清新。[3]籃輿：古代供人乘坐的交通工具，一般以人力抬著行走，類似後世的轎子。[4]春帖：即春聯，萬曆年時張貼於門上的含有吉祥寓意的對仗語。 [5]跋：謂燭燃盡。 [6]失旦：謂雞誤報曉，常用以比喻工作失職。

一　四

唐人最重五律，所以劉長卿有“長城”之號[1]。近日吴門何豈匏錦專工此體[2]。《聽鐵師彈琴》云：“抱琴來幾年，孤寺夕陽天。往往輟殘課，泠泠調古弦[3]。未秋先落葉，無壑忽鳴泉。自覺疎慵甚[4]，來聽輸鶴先。”通首一氣呵成，殊難得也。其他佳句如“衣著舊棉重，窗糊新紙明”“呈詩多越座[5]，避酒或憑欄”，皆是作詩，不是描詩[6]。

【箋注】

[1] 劉長卿：見補遺卷八・一四注[1]。擅長五言詩，號“五言長城”，意謂他人難以勝過。後用以稱揚五言詩或善作五言詩的人。 [2] 何豈匏：何錦，字子濯，號豈匏。清江蘇吴縣人。布衣。有《篋中草》。 [3] 泠（líng）泠：形容聲音清越、悠揚。 [4] 疎慵（yōng）：疎懶、懶散。 [5] 越座：離開座位。[6] 描詩：謂寫詩無創造性，依傍、承襲古人。

一五

田實發進士詠曉鐘云[1]：“雨雲魂夢初驚後，名利心思未動前。”亦妙。

【箋注】

[1] 田實發：見卷三・一六注[1]。

一六

揚州陳又群寔孫《秋閨月》云[1]：“欲眠初卷幔，月已到床前。因怯衾裯冷[2]，依然不敢眠。”又，《遣興》云：“遠山明向斜陽後，春睡濃于細雨時。”甘肅吴承禧有句云[3]：“收心强學人端坐，改字頻忘墨倒磨。”又曰：“却笑山居人懶甚，落花不掃待風來。”

【箋注】

[1] 陳又群：陳寔孫，字又群，號師竹。清江蘇如皋人。諸生。工詩，善書法。有《春草堂集》。 [2] 衾（qīn）裯（chóu）：指被褥床帳等卧具。 [3] 吴承禧：字太鴻，號小松。清甘肅狄道（今臨洮）人。諸生。有《見山樓詩草》。

一　七

乙卯春[1]，余在揚州。巡漕謝香泉侍御移尊寓所[2]，有夢樓侍講、香岩秀才、歌者計賦琴[3]。門下士劉熙即席云[4]："謝公清興軼雲霄[5]，賓館移尊慰寂寥。地足騁懷寧厭小，客仍是主不須招。無邊煙景剛三月，蓋世才人聚一宵。定有德星占太史，千秋高會續紅橋[6]。""一枝玉樹冠群芳，入座題襟興倍長[7]。從古佳人是男子[8]見《東漢書》，於今問字有歌郎計郎學詩於隨園。酒傾長夜真如海，燈照名花别有光。細數平生遊宴處，幾回似此最難忘？"

【箋注】

[1]乙卯：這裏指乾隆六十年（1796）。　[2]巡漕：巡漕御史，都察院派御史掌監漕運。謝香泉：謝振定，見補遺卷九・一三注[1]。移尊：移樽，舉杯飲酒。　[3]夢樓：王文治，見卷二・三〇注[1]。香岩：張培，見卷一二・七四注[1]。計賦琴：計五官，見補遺卷九・三九注[6]。　[4]劉熙：見補遺卷七・三四注[9]。　[5]軼（yì）：超絶。　[6]德星：古以景星、歲星等爲德星，認爲國有道有福或有賢人出現，則德星現。太史：官名，掌管觀察天象、推算曆法。紅橋：揚州橋名，爲遊覽勝地之一，前輩詩人王士禛曾於此結詩社。　[7]玉樹：喻人的俊雅風流。題襟：抒寫胸懷。　[8]"從古"句：漢陸閎，建武中爲尚書令，閎姿容如玉，光武見而歎曰："南方固多佳人。"見謝承《後漢書》（輯本）。

一　八

離隨園數武[1]，地名小桃源，有東岳道院羽士徐景仙直青[2]，頗愛吟詠。《溪上》云："野塘深柳夕陽斜，斷岸無人噪晚鴉。風滿緑荷香不定，蜻蜓飛上水葓花[3]。"《漫興》云："藥爐丹鼎伴閑身[4]，山似屏遮樹作鄰。自得桃源爲地主[5]，不成仙也勝凡人。"他如"鶴聲帶月啼蕭寺[6]，樹裏開山對蔣山[7]"，皆佳。

【箋注】

[1] 數武：幾步。 [2] 徐景仙：徐直青，字景仙。清南京東岳道院道士。羽士：道士的别稱。 [3] 水葒（hóng）：水草名。花紅色或白色，可觀賞，花果可入藥。 [4] 丹鼎：煉丹用的鼎。 [5] 地主：當地的主人。 [6] 蕭寺：見卷四・六六注 [5]。 [7] 蔣山：即鍾山，又名紫金山，在南京東北。

一 九

枚少時雖受知于傅文忠公[1]，而與福敬齋公相從未侔面[2]。前年，蒙其在西藏軍中通書問訊，見懷四詩，情文雙美。今年五月，在楚征苗薨逝。枚不禁泣下，賦二詩哭之。後見外孫陸崑圃代作四章[3]，更覺莊重，遂加潤色，遠寄京師，而自己所撰，又不忍割舍，故留於《詩話》中。云："銅柱勳名萬口傳[4]，騎鯨人去未華顛[5]。馬援力疾猶臨陣[6]，祖逖英年早著鞭[7]。底事三軍剛洗甲[8]，忽教一柱不擎天？聖恩加到難加處，王爵追封到九泉。""塞外高吟詩四章，遠教驛使寄袁羊[9]。未曾識面成知己，纔得通書便斷腸。萬里魂歸憑馬革，九重親到奠椒漿[10]。誰知朝野銜哀外，别有閑鷗泣數行[11]！"

【箋注】

[1] 受知：受賞識、優待。傅文忠：傅恒，見卷八・三六注 [2]。 [2] 福敬齋：福康安，見補遺卷六・四七注 [2]。侔（móu）面：見面。 [3] 陸崑圃：見補遺卷九・一九注 [1]。 [4] 銅柱：銅製的作爲邊界標誌的界樁。《後漢書・馬援傳》，李賢注引晋顧微《廣州記》："援到交阯，立銅柱，爲漢之極界也。"此處指邊功。 [5] 騎鯨：比喻遊仙，此指逝去。 [6] 馬援：見卷二・一九注 [2]。馬援曾以"馬革裹尸"自誓，出征匈奴、烏桓。後將兵擊武陵五溪蠻，病卒於軍。力疾：勉强支撑病體。 [7] 祖逖：見卷九・九注 [3]。 [8] 洗甲：洗净甲兵，謂停止戰事。 [9] 袁羊：袁喬，見補遺卷四・五注 [4]。此代稱袁枚自己。 [10] 椒漿：以椒浸製的酒漿，指祭品。 [11] 閑鷗：袁枚自比。

二〇

王荆公行新法[1]，自知民怨沸騰，乃詠雪云："勢大直疑埋地盡，功成纔見放春回。村農不識仁民意，只望青天萬里開。"祖無擇笑曰[2]："待到開時，民成溝中瘠矣！"荆公初召用度支判官[3]，不就；修起居注[4]，不就。賫册吏拜而求之[5]，乃逃於厠。授知制誥[6]，方起。故有人見其雪詩而刺之，云："不知落得幾多雪，作盡北風無限聲[7]。"又，詠泉云："流到前溪無一語，在山作得許多聲[8]。"余少時讀荆公傳，云："寡識不知周禮僞[9]，好諛忘却仲尼尊[10]。"

【箋注】

[1]王荆公：王安石，見卷一・四六注[2]。神宗時拜同中書下平章事。陸續頒行農田水利、青苗、均輸、保甲、免役、市易、保馬、方田等新法，又改革科舉、學校制度。曾遭强烈反對，兩度罷相。史稱王安石變法。此處所引，爲《次韻和甫詠雪》的後半首。略有異同。 [2]祖無擇：見補遺卷九・六五注[7]。 [3]度支判官：官名，北宋三司户部以無職事朝官充任，不預司務。[4]修起居注：官名，掌皇帝起居注之修撰。 [5]賫（jī）册吏：傳送文册的官吏。[6]知制誥：掌管起草誥命的官。 [7]"不知"二語：出宋楊萬里《慶長叔招飲一杯未醑雪聲璀然即席走筆賦十詩》詩，與諷刺王安石變法無關。 [8]"流到"二語：出宋楊萬里《宿靈鷲禪寺》詩，與諷王安石無關。 [9]《周禮》：是我國古代政治制度方面的專著，儒家重要經典之一。兩漢今文學家多認爲《周禮》是僞書。 [10]好諛：好奉承。仲尼：孔子。

二一

弟香亭詩才清婉[1]，而近日從澳門寄詩來，殊雄健，信乎江山之助，不可少也！《渡海》云："萬頃碧琉璃，雙瞳忽凈洗。内洋水色碧如翡翠，至大洋則黑。數點山浮空，四面天垂水。騰身登巨航，漸入重洋裹。雨細風不生，水摇浪自起。變態出須臾，奇光閃黄紫。濺沫潑頭上，埋舟入井底。尾低頭倏昂，左仄右復欹。人若釜内魚，身作箕中米。惴惴忍顛危，頻頻問遐邇[2]。出險試凝眸，得岸已在彼。拂拭濕衣裾，檢點舊行李。回首一長吁，已渡海來矣。”《越嶺至深澳》云：“海風大於天，海山横截浪。山裹風輪中，人行山頂上。風欲拔山飛，山怒與風抗。業已路斷絶，强就天依傍。頭仰方懼壓，踵旋頓迷向[3]。細徑曲沿邊，側身與石讓。心共懸旌摇[4]，輿作紙鳶放[5]。崎嶇萬千盤，變幻頃刻狀。恥爲楊朱泣[6]，强學王尊壯[7]。五體及百骸[8]，安放難穩當。官途竟至此，嗒然神氣喪[9]。”又，《憶隨園》云：“十年杖履暢追尋[10]，花裏彈棋月下吟。過去何曾嫌日永，别來倏已及春深。畫非共賞難娱目，詩未經看不放心。萬里漫言歸路遠，夢魂常到舊山林。”

【箋注】

[1]香亭：袁樹，見卷一・五注[3]。[2]遐邇：遠近。[3]踵旋：掉轉脚跟。[4]懸旌：掛在空中隨風飄蕩的旌旗，常用來形容心神不寧。[5]輿：轎子。紙鳶（yuān）：風箏。[6]楊朱：先秦諸子之一。戰國初魏國人。其説主“重己”、“貴生”，不以物累形，拔一毫而利天下不爲。《淮南子・説林訓》：“楊子見逵路而哭之，爲其可以南，可以北。”[7]王尊：西漢涿郡高陽（今屬河北）人。少孤貧，爲人牧羊。歷任縣令、郡太守、部刺史、王國相、京兆尹。王尊爲東郡太守時，曾欲身塞金堤，義感黄河。吏民嘉壯尊之勇節。事見《漢書》本傳。[8]百骸：全身骨骼。[9]嗒然：形容沮喪悵惘的神情。[10]杖履：對尊者的敬稱。

二二

余嘗有句云：“水常易涸終緣淺，山到成名畢竟高。”偶閲《詞科掌録》載，沈歸愚詠北固山云[1]：“鐵甕日沉殘角起[2]，海門月暗夜潮收[3]。”《渡江》云：“帆轉猶龍銜岸出，水聲疑雨挾舟飛。”嚴遂成《曲谷》云[4]：“雕盤大漠寒無影[5]，冰裂長河夜有聲。”《太行山》云[6]：“孕生碧獸形何怪，壓住黄河氣不驕。”二人四詩，皆氣體沉雄，畢竟名下無虚。

【箋注】

[1]沈歸愚：沈德潛，見卷一·三一注[3]。北固山：江蘇鎮江東北的一座名山，古爲戰略要地。 [2]鐵甕：指鐵甕城，北固山前的一座古城，爲三國時孫權所築。殘角：遠處隱約的角聲。 [3]海門：這裏指長江通海之處。 [4]嚴遂成：見卷二·一三注[2]。曲谷：望曲谷，在甘肅臨洮西南，去龍桑城二百里。[5]雕盤：這裏指雕鳥盤旋。 [6]太行山：山西高原與河北平原間的一大山脉，北起拒馬河谷，南至晋豫邊境黄河沿岸。

二 三

燕以均年雖老[1]，而詩極風趣。近詠七夕云[2]："相看只隔一條河，鵲不填橋不敢過。作到神仙還怕水，算來有巧也無多。"

【箋注】

[1]燕以均：見卷三·一二注[8]。 [2]七夕：農曆七月初七之夕。民間傳説，牛郎織女每年此夜在天河渡鵲橋相會。舊俗婦女在庭院中進行乞巧活動。

二 四

人但知滿口公卿者爲俗[1]，而不知滿口不趨公卿者爲尤俗。必也素其位而行[2]，不忮不求[3]，無適無莫[4]，其斯謂之君子乎？《唐闕史》載，中書舍人路群之高淡[5]、給事中盧宏正之富貴[6]，雪中相過，所服不同，所言不同，而兩意相忘，相好特甚，時人兩美之。余嘗與亞相莊滋圃赴尹文端公小飲[7]，賦七古，有句云："赤也端章點也狂[8]，夫子難禁莞爾笑。"

【箋注】

[1]公卿：王公貴卿，泛指高官。 [2]素位：安於現在所處地位。 [3]不忮（zhì）不求：不嫉妒，不貪求。 [4]無適無莫：謂没規定該如何，也没規定不該如何。指靈活相處。 [5]路群（？—834）：唐魏州冠氏（今山東冠縣）人。登進士第。通經術，善屬文。官至中書舍人、翰林學士承旨。歷踐臺閣，

未嘗以勢位自矜。 [6] 盧宏正：即盧弘正，字子强。唐幽州范陽（今河北涿州）人。擢進士第。曾任兵部郎中、給事中、户部侍郎、鹽鐵轉運使、汴州刺史、宣武軍節度使等。此所述路與盧“雪中相過”情事，詳見《唐闕史》“路舍人友盧給事”。 [7] 亞相：指官位次於丞相的大臣，這裏指協辦大學士。莊滋圃：莊有恭，見卷一・六六注 [8]。尹文端：尹繼善，見卷一・一〇注 [3]。 [8] 赤：公西赤（前 509—？），字子華。春秋時魯國人。孔子弟子。熟悉禮儀，爲人謙虚。在孔子弟子中以長於祭祀之禮著稱，束帶立朝，嫻賓主之儀。嘗在孔子前言志，願參加宗廟盟會之事：“宗廟之事，如會同，端章甫，願爲小相焉。”點：曾點，見卷五・三六注 [5]。曾點嘗侍孔子言志，願“浴乎沂，風乎舞雩，詠而歸”，孔子贊同其志。季武子之喪，大夫往弔，而點倚門而歌，人謂之狂。

二五

宋人詩云：“梧桐直不甘凋謝，數葉迎風尚有聲[1]。”又云：“曾經玉貌君王寵，還擬人看似昔時[2]。”此四句，皆爲失時者言，恰有餘味。

【箋注】

[1]“梧桐”二語：出宋張耒《夜坐》。 [2]“曾經”二語：出唐劉得仁《悲老宫人》。

二六

余少年時，最怕早起。國初人有句云：“從來甘寢處，最是欲明天[1]。”凡種松者，初往上長，到五六十年後，便不鋭上，而枝葉平鋪。六朝人有句云：“泉高下溜急，松古上枝平[2]。”每見雀鬭，必一齊下地。李鐵君有句云[3]：“鬭禽雙墜地，交蔓各升籬。”游天台，夜聞雨，自覺敗興，不料早起，而路已乾，可遊。查他山有句云[4]：“夢裹似曾聽雨過，曉來仍不礙山行。”方知物理人情，無有不被古人説過者。

【箋注】

[1]“從來”二語：出宋楊萬里《早起》。稱“國初”詩，誤。 [2]“泉高”二語：出北齊蕭慤《和崔侍中從駕經山寺》。 [3] 李鐵君：李鍇，見卷三・二七

注[4]。 [4]查他山：查慎行。見卷三・一二注[1]。

二 七

代人悼亡[1]，最難落筆。然古人有亡於禮者之禮[2]，則自有亡於情者之情。吴蘭雪《過竹士瘦吟樓哭纖纖夫人》云[3]：“片紙吹來已斷腸，青青潘鬢乍成霜[4]。今生文字因緣重，此去人天離别長。三島舊遊雲慘緑[5]，一樓殘夢月昏黄。羅衣單薄仙風冷，鶴背先愁怯晚凉。”“書奩藥裹亂成堆[6]，日日題箋傍鏡臺。一代紅妝歸間氣[7]，九閨綵筆杖仙才。生前手草教親定，病裏心花更怒開。聞説前宵猶强坐，挑燈爲和一詩來。”“文采誰傳絳幔經[8]，寄生小鳳乍梳翎夫人繼沈散花女史女鳳珍爲女。床前詩卷抛猶滿，畫裏眉峰慘不青。蝴蝶飄來秋影瘦，水仙夢到夜凉醒。旁人只賞流傳句，不管酸心不要聽。”

【箋注】

[1]悼亡：悼念亡者。晉潘岳因妻死，作《悼亡》詩三首，後因專稱悼念亡妻爲“悼亡”。 [2]亡於禮者之禮：不存在于常禮之中的禮節。 [3]吴蘭雪：吴嵩梁，見補遺卷二・六七注[2]。纖纖：金逸，見補遺卷五・四八注[1]。[4]潘鬢：見卷一〇・二四注[4]，此指金纖纖丈夫陳竹士。 [5]三島：指傳説中的蓬萊、方丈、瀛洲三座海上仙山，亦泛指仙境。 [6]書奩藥裹：書箱藥囊。[7]間氣：本指天地英雄之氣，此指才氣。 [8]絳幔：即絳帳，爲師門敬稱。

二 八

金陵燕子磯有永濟寺，往來士大夫，往往阻風小泊，輒有題句。國朝相國張文端英[1]、鄂文端爾泰[2]，墨蹟淋漓，尚存僧舍。老僧默默[3]，曾刻一集，竟被火焚。余二十七歲遊此寺，今八十一矣。今春又爲風阻，遣家人抄存。尹少宰會一云[4]：“芙蓉幾朵領花宫[5]，鐘磬聲高遞遠風。一嶺白雲歸老衲[6]，半潭秋水住漁翁。香林鳥語天機活，古塔龍吟地勢雄。爲問攢眉陶處士[7]，可能大醉與禪通？”“收纜停舟燕子磯，穿雲拾級叩僧扉。遠公卓錫閑隨鶴[8]，惠海蓬頭自補衣[9]。欲向三乘窺妙相[10]，卻因一語悟真機。此間早識黄梅熟，何必風旛問是非？”張宗伯廷璐云[11]：“一徑秋陰蹋蘚苔，翠蘿深處寺門開。懸巖石色窗中出，繞閣江聲樹杪來。剩有禪房容徙倚[12]，尚留先澤重徘徊[13]。流光五十餘年事，又到蒲公舊講臺。康熙壬戌，先公有《贈蒲公和尚詩》。”李炯云[14]：“偶因江水阻，散步過林巔。霧隱三台洞，雲生一綫天。倚松驚戲鼠，坐石盥流泉[15]。惟愛鍾山色，朝朝作紫煙。”又：“山開榆力健，橋仄柳身支。”亦佳。

【箋注】

[1]張文端：張英，見卷二・五五注[4]。 [2]鄂文端：鄂爾泰，見卷一・一注[7]。 [3]默默：見卷九・六五。 [4]尹少宰：尹會一，見卷二・四七注[5]。少宰：明清時期指吏部侍郎。 [5]花宫：指佛寺。 [6]老衲（nà）：年老的僧人，多爲謙稱。 [7]陶處士：指陶潛。《廬阜雜記》：“遠法師結白蓮社，以書招淵明，曰：‘弟子性嗜酒，法師許飲，即往矣。’遠許之，遂造焉。因勉以入社，淵明攢眉而去。” [8]遠公：即慧遠（334—416），東晋名僧。居廬山東林寺，門徒衆多。與陶淵明爲友。卓錫：卓，豎立；錫，錫杖，僧人外出所用。因謂僧人居留爲卓錫。 [9]惠海：相傳爲南朝梁僧人，居南岳衡山方廣寺。 [10]三乘：佛教語，指小、中、大三乘，亦泛指佛法。妙相：佛教語，莊嚴的相貌。 [11]張廷璐：見卷二・六三注[1]。 [12]徙倚：猶逡巡、滯留。 [13]先澤：指祖先遺留之筆墨。 [14]李炯：見卷五・三九注[7]。 [15]盥（guàn）：洗滌。

二九

金纖纖女子詩才既佳[1]，而神解尤超[2]。或問曰：“當今詩人，推兩大家，袁、蔣並稱[3]，何以袁詩遠至海外，近至閨門，俱喜讀之，而能讀蔣詩者寥寥？”纖纖曰：“樂有八音[4]，金、石、絲、竹、匏、土、革、木，皆正聲也。然人多愛聽金、石、絲、竹，而不甚喜聽匏、土、革、木。子試操此意，以讀兩家之詩，則任、沈之是非[5]，即邢、魏之優劣矣[6]。”人以爲知言。纖纖又語其郎君竹士云：“聖人曰：‘《詩》三百，一言以蔽之，曰思無邪[7]。’余讀袁公詩，取《左傳》三字以蔽之曰：‘必以情。’古人云：情長壽亦長。其信然耶？”

【箋注】

[1]金纖纖：金逸，見補遺卷五・四八注[1]。 [2]神解：悟性過人。 [3]袁、蔣：袁枚、蔣士銓。 [4]八音：我國古代對樂器的統稱，通常爲八種不同質材所製。金，指鐘鎛；石，指磬；絲，琴瑟絃樂器；竹，管籥樂器；匏，笙竽類樂器；土，塤缶類樂器；革、木，古樂器名，鞀鼓與柷敔。 [5]任、沈：指南朝梁任昉、沈約，沈約以詩著稱，任昉以表、奏、書、啟諸體散文擅名，時人稱爲“沈詩任筆”。 [6]邢、魏：指北朝齊文學家邢邵、魏休。《顔氏家訓・文章篇》記載，“邢（邵）賞服沈約而輕任昉，魏（收）愛慕任昉而毀沈約”，邢、魏兩人之間發生的任沈優劣之爭，使得“鄴下紛紜，各有朋黨”。[7]思無邪：思無邪意、心歸純正。

按：思無邪，必以情。這對今天的詩家也有啟迪作用。情思是詩的本質要素，而情思無論如何不應有“負能量”。

三　〇

禮親王世子汲修主人能詩念舊[1]，近致書王夢樓太史[2]，以故人賈虞龍孝廉詩[3]，屬其轉寄隨園，刻入《詩話》，因夢樓與賈君本係舊交故也。其詩尤工七古，篇長不能備録，録其《夢樓齋中夜話》云：“黄葉愁風雨，青衫感歲華。年來貧到骨，久住即成家。奇數真三黜[4]，吟情尚八叉[5]。多君車笠意[6]，深夜笑言嘩。”《别内》云：“莫訝頻斟金叵羅[7]，匆匆馬首欲如何？已遲婚嫁歡情少，爲歷饑寒絮語多。聊向左家供杖屨[8]，休疑王粲滯關河[9]。他時譜就房中曲[10]，留得金徽好和歌[11]。”又句云：“夜月故人千里夢，他鄉詩思一天秋。”

【箋注】

[1]汲修主人：昭槤，見補遺卷八・三三注[1]。 [2]王夢樓：王文治，

見卷二・三〇注[1]。 [3]賈虞龍（1736—1761）：字舜臣，號雲城。漢軍旗人。乾隆十八年舉人。有《謙益堂詩鈔》。 [4]奇（jī）數：指星相卜祝之術。三黜（chù）：形容宦途不利，多次遭到免官。 [5]八叉：唐温庭筠才思敏捷，每入試，叉手構思，凡八叉手而成八韻，時號“温八叉”。後以“八叉”喻才思敏捷。 [6]多：稱贊、重視。車笠：喻貴賤貧富不移的深厚友誼，見卷一三・一〇注[77]。 [7]金叵（pǒ）羅：金製酒器。 [8]左家：左思家，見卷一・一五注[3]。左思《嬌女詩》：“左家有嬌女，皎皎頗白晰。”此似喻指岳父家。杖屨（jù）：手杖與鞋子。古禮，五十歲老人可扶杖以助步行，又古者席地而坐，户内不著屨，外出始著之，故以杖屨爲出行所需。 [9]王粲：見卷九・九一注[1]。此爲自指。 [10]房中曲：即《房中樂》，古樂府曲，以夫婦和美爲内容。 [11]金徽：琴上繫弦之繩，借指琴。

三一

方大章秀才詩[1]，初學明七子[2]，後受業門下，幡然改轍[3]，專主性靈，可謂一變至道[4]。近命其門人王鼎來謁[5]，詩頗清新。《過陳山人崖居》云：“爲有僮佟癖[6]，誅茅古洞根。山泉飛過屋，崖石巧爲門。竈冷青苔長，雲屯白晝昏。我來相揖罷[7]，晞髮淡忘言[8]。”《過野寺》云：“片片閑雲傍水隈[9]，方知香界少塵埃[10]。路於紅樹叢中出，門向青山缺處開。老衲偶然行藥去[11]，遊人都爲聽泉來。偶留鴻爪題新句[12]，一掃空廊壁上苔。”又句云：“詩思因春長，歸心在臘先[13]。”“行盡深山方見寺，參完古佛未逢僧。”俱佳。

【箋注】

[1]方大章：見卷一〇・六〇注[1]。 [2]明七子：見卷一・三注[3]。 [3]幡然：劇變貌。 [4]至道：最高的準則。 [5]王鼎（1721—？）：字祖錫，號香浦、條山。清江蘇華亭人。乾隆四十五年舉人。有《蘭綺堂詩稿》。 [6]僮佟：字孝威。東漢隱士。隱于武安山，鑿穴爲居，采藥自給。事見《後漢書・逸民傳》。 [7]相揖：拱手行禮。 [8]晞（xī）髮：曬髮使乾，常指高潔脱俗的行爲。 [9]水隈（wēi）：水彎曲隱蔽處。 [10]香界：指佛寺。 [11]老衲：年老的僧人，通常爲自稱的謙詞。行藥：此指服養生藥後散步以散發藥性。 [12]鴻爪：見卷八・五二注[4]。 [13]臘先：指臘祭之前。

三　二

余過同里，與從子湘湄、笛生談詩[1]，其二子皆髫也[2]，倚膝而聽，若領解者。余問："能詩否？"其長者陶甡[3]，呈其《詠秋海棠》云："初過凉雨拓窗紗，緑葉淒淒映晚霞。秋夜月明如水好，上階先照海棠花。"其弟陶容《舟行》云[4]："遠望青山似白雲，忽聞岸上有人聲。夜深那有人來到？却見扳罾一盞燈[5]。"

【箋注】

[1]湘湄：袁棠（1760—1810），字甘林，一字尚木，號湘湄。袁景輅長子。清江蘇吴江人。嘉慶元年舉孝廉方正。能詩，善書畫。有《秋水池堂詩集》。笛生：袁鴻（1762—？），字笛生，一字友仁，號達堂。袁景輅次子。嘉慶監生。官福建永春州知州。有《鐵如意庵詩稿》。 [2]髫（tiáo）：兒童下垂之髮，指幼小。 [3]陶甡（1783—1799）：袁陶甡，字彦群。袁棠子。有《媚學齋詩存》。 [4]陶容：袁宬（1785—1806），字仲容。袁棠子。有《獨笑軒詩稿》。 [5]扳罾（zēng）：拉罾網捕魚。

三　三

阮芸臺學士提學浙中[1]，嘗製團扇一柄，自寫折枝於上[2]，命多士詠之[3]。錢塘諸生陳文傑賦《團扇詞》一篇[4]，末句云："歌得合歡詞一曲[5]，想教留贈合歡人。"學士大加稱賞，批其旁云："不知誰是合歡人？"即以團扇贈之。

【箋注】

[1]阮芸臺：阮元，見補遺卷八·六二注[2]。 [2]折枝：花卉畫法之一，不畫全株，只畫連枝折下來的部分。 [3]多士：指衆多的賢士。 [4]陳文傑：陳文述（1771—1843），原名文傑，字雲伯，號退庵。清浙江錢塘人。嘉慶五年舉人。官繁昌、全椒知縣。有《碧城仙館詩鈔》《頤道堂集》《秣陵集》《西泠懷古集》等。 [5]合歡：這裏指合歡扇，即團扇，上有對稱圖案花紋，象徵男女歡會之意。

三　四

余過吴江梨里，愛其風俗醇美。家無司閽[1]，以路無乞丐也；夜户不閉，以鄰無盜賊也；行者不乘車，不著屐，以左右皆長廊也。士大夫互結婚姻，絲蘿不斷[2]。家製小舟，蕩摇自便，有古桃源風。詩人徐山民邀余住其家三日[3]，率其妻吴珊珊女士[4]，雙拜爲師。二人詩，天機清妙，已分刻《同人集》及《女弟子集》中矣。又見山民《寄内書》云："心隨書至，何嫌十里之遥；船載人歸，當在一更以後。"想見其唱隨風致，有劉綱夫婦之思[5]。隨放棹吴江，訪唐陶山明府[6]。同行者陳秋史[7]、徐懶雲[8]、陳竹士[9]、侄笛生[10]。行至八坼[11]，大風阻舟，四人聯句云："荒荒月色逼人寒，頭壓低篷擁被看。一夜北風吹作雪，天教于此卧袁安[12]。""如吼風聲浪欲奔，篷窗人語聽昏昏。東船西舫相依住，一夜真成水上村。"笛生《調山民》云："妝樓上有女門生，應怨先生太不情。已過一更程十里，奪人夫婿一齊行。"懶雲《調竹士》云："留人今夕且團圞[13]，明日分飛雁影單。君欲尋梅問消息，我能替竹報平安。"時懶雲先欲辭歸，竹士托寄内子梅卿書，故有此詩。時嘉慶丙辰十一月十三日。

【箋注】

[1]司閽（hūn）：看門的人。　[2]絲蘿：菟絲、女蘿均爲蔓生，纏繞於草木，不易分開，故詩文中常用以比喻結爲婚姻。　[3]徐山民：徐達源，見補遺卷八·五注[2]。　[4]吴珊珊：吴瓊仙，見補遺卷八·五注[2]。　[5]劉綱：字伯鸞。三國時下邳人。有道術。曾任上虞令。棄官後與妻樊雲翹居四明山，得仙術上升。　[6]唐陶山：唐仲冕，見補遺卷九·一三注[10]。　[7]陳秋史：陳燮，見補遺卷八·二二注[4]。　[8]徐懶雲：徐雲路，見補遺卷八·一七注[1]。　[9]陳竹士：陳基，見補遺卷五·三五注[2]。　[10]笛生：袁鴻，見本卷三二注[1]。　[11]八坼（chè）：地名。　[12]袁安：見卷一一·二〇注[3]。代稱袁枚。　[13]團圞（luán）：團聚。

三　五

吴江多閨秀。徐秀芳、彩霞[1]，山民堂姊也，俱歸李氏，以姊妹爲妯娌，唱酬無虚日。惜皆早卒。山民僅記秀芳《重九》云："滿簾秋色正重陽，懶去登高倚繡床。舊日愁懷盡拋却，近時詩思已全荒。庭梧葉落寒初動，籬菊花開晚更香。一卷殘書聊自遣，消閒此外别無方。"彩霞《讀秀芳姊遺稿》云："一卷叢殘稿，蹉跎録未成。開緘雙落淚[2]，看殺不分明。"又，陳素芳《春雨次韻》云[3]："到地初融絮點殘，灑空兼潤鵲聲乾。暗添芳草迷香徑，盡洗新花出藥闌。簾閣夜吟窮百箭[4]，池塘幽夢失三竿[5]。遥山斷浦皆生色，未怕春衫有薄寒。"《新緑》云："煙景乍驚梅實七[6]，風情多學柳眠三[7]。"素芳，即吴江茂才李會恩之聘室[8]，未嫁而卒。又，潘掌珍字湘蘋[9]，《寒食對雪》云："今年寒食雪連綿，偏遇佳辰三月天。應是司霜憐好景[10]，故將美玉種春田。難分飛絮盈階白，衹覺殘花點地鮮。却笑城南遊玩客，春衫空典買舟錢。"《哭豐兒》云："苦雨淒風暑氣微，忍寒扶病啟窗扉。偶然想到亡兒話，掩淚回身换袷衣[11]。兒病中常囑母當保重。"

【箋注】

[1]徐秀芳、彩霞：清江蘇吴江人。徐蟾女。秀芳嫁監生李大咸，彩霞嫁李大福，俱好吟詠，日相唱和。均早卒。 [2]開緘（jiān）：拆開函件。 [3]陳素芳：如上，餘未詳。 [4]百箭：喻無數憂煩痛苦。 [5]三竿：日上三竿，謂時間不早。 [6]梅實七：《詩·召南·摽有梅》："摽有梅，其實七兮。"漢鄭玄箋："梅實尚餘七未落。" [7]柳眠三：《三輔舊事》："漢武帝苑中有柳狀如人，號曰人柳，一日三眠三起。" [8]李會恩：李紫綸，見補遺卷七·五一注[2]。 [9]潘掌珍：字湘蘋。清元和人。監生嚴法曾妻。有《焚餘草》。 [10]司霜：掌管秋霜的神。 [11]袷（jiá）衣：夾衣。

三　六

又有朱文虎字荔生者[1]，慣作無題詩。《閨情》云："卍字闌干白石街[2]，自挑花虱拔金釵[3]。新晴微覺莓苔滑，獨自閨房換繡鞋。”“好風連夜小桃開，雌蝶雄蜂次第來。採得盆中紅豆子，嬌憨捉臂要人猜。”又有句云：“蘆隨小港緑三里，雲漏斜陽紅半天。”

【箋注】

[1] 朱文虎：如上，餘未詳。 [2] 卍（wàn）字：呈“卍”狀之事物。[3] 花虱（shī）：花上的一種害蟲。

三七

又有朱爾澄字春池者[1]，《冬夜客舍》云：“客舍燈殘淡月斜，夜深岑寂感年華。故園手植梅千樹，每到花開不在家。”《過孫明府潢寓齋》云：“携屐盤盤松徑回[2]，疎鐘遠渡寺門開。茶煙透處棋聲落，傲吏閒時冷客來[3]。山擁翠鬟羅卷軸[4]，湖浮明鏡倒樓臺。眼前便覺紅塵隔[5]，竹下談詩坐石苔。”

【箋注】

[1] 朱爾澄：字春池。自署松陵人。有《西窗集》。 [2] 盤盤：曲折回繞貌。[3] 傲吏：不爲禮法所屈的官吏。 [4] 翠鬟：比喻秀麗的山巒。卷軸：指裱好有軸可卷舒的書籍或字畫等，此處形容連綿山色。 [5] 紅塵：指人世繁華。

三八

詩往往有畸士賤工脱口而出者[1]，如成容若青衣某有詩云[2]：“一杯一杯又一杯，主人醉倒玉山頹[3]。主人大醉捲簾起，招入青山把客陪。”又，蘆墟縫人吴鯤有詩云[4]：“小雨陰陰點石苔，見花零落意徘徊。徘徊且自掃花去，花掃不完雨又來。”

【箋注】

[1] 畸士：這裏指不被世俗標準認可之人。 [2] 成容若：納蘭性德，見卷三・二八注[3]。青衣：僕役。 [3] 玉山頹：喻俊美的人躺卧。頹，坍塌。

[4] 吴鯤：字獨遊。清江蘇吴江蘆墟村人。縫紉工。

三　九

無錫楊某妻薛氏，有色，嘗以詩答夫之從弟[1]，夫疑之，訟於府。太守巴公焚其詩，不以奸科，而許其離異。婦有子尚幼，乃托爲子之詞，呈府求復合，太守許之。楊有族某利其財，勿許婦歸，轉訟於金匱縣尹邵無恙[2]。邵置筆札於庭，命婦賦詩見志。成絶句云："人間無路事茫茫，欲訴哀衷已斷腸。一曲琵琶千古恨，願郎留妾妾歸郎。"尹大喜，追償器用，許其復合，而令族弟他徙，以絶後悔。判云："因母子而夫婦重諧，不過體太守全倫之意[3]；遠兄弟而男女有别，亦以絶小人漁色之心[4]。"有周生者，詠其事云："忍使文君怨白頭[5]，蘼蕪許爲故夫留[6]。使君身是圓通佛[7]，消盡人間棄婦愁。""葛洪何處返仙鳧[8]，曾爲憐才護薛姝。從此雙魚仍比目，銜珠應傍賀家湖[9]。"

【箋注】

[1] 從弟：堂弟。 [2] 邵無恙：邵颿，見卷八・五六注[3]。 [3] 全倫：保全人倫道德。 [4] 漁色：獵取美女。 [5] 文君：卓文君，見卷一三・五七注[4]。司馬相如喜新厭舊，欲納妾，文君憤作《白頭吟》。 [6] 蘼蕪：草名，古傳女子食此草可多生子。用漢樂府"上山采蘼蕪，下山逢故夫"典。 [7] 圓通佛：謂悟覺法性的佛。圓，不偏倚；通，無障礙。 [8] 葛洪：見補遺卷六・二八注[4]。此喻指邵無恙。仙鳧（fú）：傳説道家所乘仙鳥。亦喻行蹤。 [9] 賀家湖：亦名賀家池，在今浙江紹興東。此以家鄉所在地代指邵無恙。

四　〇

滿洲王公耐溪敬作江寧固山府[1]，好賢禮士。金陵詩人蔡芷衫、曹淡泉、余秋農諸人[2]，俱從之遊。詩才清妙，雅有唐音。今春，袖其稿來。《秦淮泛舟》云："青鬟雅小髮垂髫[3]，戲倚雕欄學語嬌。最是繫人幽興處，絳紗窗裏篆煙飄[4]。"《贈詩會諸友》云："錦繡篇成妙入神，西園清夜絶微塵。歸遲莫慮無燈月，自有文光照見人[5]。"

【箋注】

[1] 王耐溪：王敬，號耐溪。清漢軍鑲紅旗人。江蘇江寧府上元縣副榜。任山西絳縣、江西建昌、湖北武昌知縣。 [2] 蔡芷衫：蔡元春，見卷三・一二注[9]。曹淡泉：曹言路，見卷六・八注[3]。余秋農：余旻，見補遺卷二・四九注[1]。 [3] 青鬟：黑色環形髮髻。 [4] 絳紗：紅紗，這裏指華美温馨的處所。[5] 文光：絢爛的文采。

四一

吴江嚴蕊珠女子[1]，年纔十八，而聰明絶世。典環簪爲束修[2]，受業門下。余問："曾讀倉山詩否[3]？"曰："不讀不來受業也。他人詩，或有句無篇，或有篇無句，惟先生能兼之。尤愛先生駢體文字。"因朗背《于忠肅廟碑》千余言。余問："此中典故頗多，汝能知所出處乎？"曰："能知十之四五。"隨即引據某書某史，歷歷如指掌。且曰："人但知先生之四六用典[4]，而不知先生之詩用典乎？先生之詩，專主性靈，故運化成語，驅使百家，人習而不察。譬如鹽在水中，食者但知鹽味，不見有鹽也。然非讀破萬卷，且細心者，不能指其出處。"因又歷指數聯爲證。余爲駭然。因思虞仲翔云[5]："得一知己，死可無恨。"余女弟子雖二十餘人，而如蕊珠之博雅、金纖纖之領解[6]、席佩蘭之推尊本朝第一[7]，皆閨中之三大知己也。

蕊珠扶其母夫人出見，年六十二歲矣，白髮飄蕭。呼余爲伯父，余愕然。夫人曰："伯父抱我懷中，賜果，而忘記乎？"詢之，乃李玉洲先生之女孫[8]，余嘗住其家故也。記抱時夫人纔四歲耳。方知人果壽長，便有呼彭祖爲小兒之意[9]。滿座爲之囅然[10]。

【箋注】

[1] 嚴蕊珠：見補遺卷八・五八注[2]。 [2] 典：典當。環簪：首飾。束修：指敬師的禮物。 [3] 倉山：南京小倉山，隨園所建地。袁枚晚號倉山居士。[4] 四六：文體名。駢文的一體，以四字六字爲對偶。 [5] 虞仲翔：虞翻，

見卷二·四二注[3]、補遺卷六·四七注[12]。 [6]金纖纖：金逸，見補遺卷五·四八注[1]。 [7]席佩蘭：見補遺卷六·一七注[1]。 [8]李玉洲：李重華，見卷四·三九注[2]。 [9]彭祖：傳説中的人物。因封于彭，故稱。傳説他善養生，有導引之術，活到八百高齡。此代指年老者。 [10]囅（chǎn）然：笑貌。

四二

余二十七歲，權知溧水[1]。離任時，吏民泣送，有以萬民衣披我身者，金字輝煌，皆合郡人姓名也。車中感成一律云："任延才學種甘棠[2]，不料民情如許長。一路壺漿擎父老，萬家兒女繡衣裳。早知花縣此間樂[3]，何必玉堂天上望[4]？更喜雙親同出境，白頭含笑説兒强。"此詩《全集》忘載，故載之《補遺》及《詩話》中。

【箋注】

[1]溧水：今屬江蘇。 [2]任延：東漢南陽宛人。年十九爲會稽都尉，迎官者驚其年少，到任尊賢禮士。後任九真太守，鑄作田器教民耕作。此袁枚用以自勵。甘棠：指美政，見卷九·三三注[15]。 [3]花縣：爲縣治的美稱，見卷二·三一注[6]。 [4]玉堂：指翰林院。

四三

聖祖不飲酒[1]，最惡吃煙。南巡，駐蹕德州[2]，傳旨戒煙。蔣陳錫《往水恭記》云[3]："碧碗水漿瀲灩開[4]，肆筵先已戒深杯[5]。瑶池宴罷雲屏敞[6]，不許人間煙火來。"

【箋注】

[1]聖祖：康熙皇帝玄燁，廟號聖祖。 [2]駐蹕（bì）：帝王出行，途中停留暫住。 [3]蔣陳錫（1653—1721）：字文孫，號雨亭。清江蘇常熟人。康熙二十四年進士。官至雲貴總督。有《山鵲巢於訟庭詩》《來青居詩稿》。[4]瀲（liàn）灩（yàn）：水滿而光耀貌。 [5]肆筵：設宴。 [6]瑶池：原指西王母所居崑崙山上的池名，此喻指帝王行宫。

四　四

嘲嗜煙者，董竹枝云[1]：“不惜千金買姣童[2]，口含煙奉主人翁。看他呼吸關情甚，步步相隨雲霧中。”又，《嘲女子吃煙者》云：“寶奩數得買花錢[3]，象管雕鎪估十千[4]。近日高唐增妾夢[5]，爲雲爲雨復爲煙。”

【箋注】

[1]董竹枝：董偉業，見卷九・八三注[7]。　[2]姣童：貌美的侍童。[3]寶奩：梳妝鏡匣的美稱。　[4]象管：象牙製的管。雕鎪（sōu）：雕刻。[5]高唐：戰國時楚國臺觀名，在雲夢澤中。傳説楚襄王游高唐，夢見巫山神女，在雲雨中與其歡會。此用來形容吸煙情景。

四　五

德清蔡石公先生會試[1]，有妓愛而狎之，蔡賦《羅江怨》詞以謝云：“功名念，風月情。兩般事，日營營[2]。幾番攪擾心難定。待要倚翠偎紅，捨不得黄卷青燈[3]，玉堂金馬人欽敬[4]。欲待要附鳳攀龍[5]，捨不得玉貌花容，芙蓉帳裏恩情重。怎能兩事兼成，遂功名，又遂恩情，三杯御酒嫦娥共。”後竟中康熙九年狀元。其詞正而不腐，故録之。

【箋注】

[1]蔡石公：蔡啟僔(1619—1683)，字石公，號存園、崑暘。清浙江德清人。康熙九年進士。歷官右春坊右贊善。有《游燕草》《存園集》。　[2]營營：形容内心躁急不安。　[3]黄卷青燈：謂辛勤夜讀。　[4]玉堂金馬：玉堂殿和金馬門的並稱。玉堂殿，漢宫殿名；金馬門，漢宫門名。均爲學士待詔之所。後亦沿用爲翰林院的代稱。　[5]附鳳攀龍：喻依附帝王以成就功業或揚威，亦比喻依附有聲望的人以立名。

四　六

古無自刻文集者，惟五代和凝以其文鏤板行世[1]，人多譏之。至今庸夫淺士，多有集行世，殊爲可嗤。然素無一面[2]，而爲之代刻其詩文以行世者，古未有也。近日滿洲趙碌亭佩德侍御[3]，絶無交往，而爲我鐫《自壽詩》十四首，自以隸、楷二體書之，備極精工。與李調元太史同有嗜痂之癖[4]。二人者，吾没齒不能忘也。至於書之改卷爲頁，則始于唐，見《萬物原始》。不可不知。

【箋注】

[1]和凝：見卷一三・四八注[3]。 [2]一面：一次會面。 [3]趙碌亭：趙佩德，見補遺卷八・三五注[4]。 [4]李調元：見補遺卷九・二三注[3]。嗜痂：《宋書・劉邕傳》："邕所至嗜食瘡痂，以爲味似鰒魚。嘗詣孟靈休，靈休先患灸瘡，瘡痂落床上，因取食之。靈休大驚。答曰：'性之所嗜。'"後因稱怪僻的嗜好爲"嗜痂"。此喻指愛自己的詩作，爲自謙語。

四　七

周青原侍郎未第時[1]，夢爲九天元女召去[2]，命題公主小像。周有警句云："冰雪消無質，星辰繫滿頭。"元女愛其奇麗，爲周治心疾而醒。

【箋注】

[1]周青原：見卷二・七〇注[1]。侍郎：即各部的堂官。 [2]九天元女：即"九天玄女"，爲避康熙諱"玄燁"改。道家傳説中的女神，謂爲黄帝之師、聖母元君弟子，曾助黄帝滅蚩尤。

四　八

秦松齡太史詠鶴云[1]："高鳴常向月，善舞不迎人。"世祖賞其有身份[2]，即遷學士。

【箋注】

[1]秦松齡（1637—1714）：字漢石，又字次椒，號留仙，一號封巖。清

江蘇無錫人。順治十二年進士。改庶吉士，授檢討。康熙十八年赴博學鴻詞試。官左春坊左諭德。有《蒼峴山人詩集》。 [2] 世祖：清順治皇帝廟號。

四 九

余摘近人五言可愛之句，如費榆村之“水清魚可數，樹秃鳥來稀[1]”“苔新初過雨，石古欲生雲”，岑振祖《過丹陽》云[2]“鄉心隨落雁，帆影過奔牛[3]”，可稱巧對。

【箋注】

[1] 費榆村：費辰，字斗占，號榆村。清浙江仁和人。有《榆村詩集》。 [2] 岑振祖（1754—1839）：字鏡西。清浙江餘姚人。諸生。結泊鷗吟社。有《延緑齋詩存》。 [3] 奔牛：地名，在今江蘇常州。

五 〇

榆村又有句云：“讀書不知味，不如束高閣[1]。蠹魚爾何知[2]，終日會糟粕[3]。”此四句，可爲今之崇尚考據者下一神針。

【箋注】

[1] 高閣：謂棄置。 [2] 蠹（dù）魚：蟲名，又稱衣魚，蛀蝕書籍衣服。喻指死讀書的人。爾：你。 [3] 糟粕：酒滓，喻指事物粗劣無用的部分。

五 一

余年逾八十，偶病河魚之疾[1]。醫者連用大黄[2]，人人摇手，余斗膽服之，公然無恙。又病中無事，好吟自家詩集。嚴歷亭司馬寄詩相嘲云[3]：“醫學都憑放膽爲，將軍專斷敵方摧。休論功業文章事，病也無人學得來。”“自家詩稿自長吟，元氣淋漓病敢侵[4]？從此雞林論價值[5]，少須十倍紫團參[6]。”“追算當年求挽日[7]，重生今始七齡人。不禁惹我疑心起，翹課兒童病不真。”

【箋注】

[1]河魚之疾：指腹瀉。魚爛先自腹内始，故有腹疾者，以河魚爲喻。[2]大黄：一種中草藥，味苦，性寒，具有瀉熱通便、解毒消癰功效。[3]嚴歷亭：嚴守田，見補遺卷六・四注[4]。[4]元氣：指人的精神、精氣。淋漓：充盛。[5]雞林：即雞林賈。古代對朝鮮一帶外國商人的稱呼。後亦用爲文章精美而爲人購求之典。[6]紫團參：一種名貴藥材，是黨參中的上品。[7]求挽：請求挽聯。有相士説袁枚七十六壽終，故有此舉。這時又多活了七年，所以後一句説“七齡人”。

五二

豫親王扈蹕灤河[1]，佳句已梓入前卷中矣。其時，蒲快亭孝廉從行[2]，得詩十章。兹録其《過青石梁》云[3]：“梁亘長虹起[4]，危峰駕六鼇[5]。不知牛斗近[6]，但覺馬蹄高。嵐翠沾衣袂，巖花拂佩刀。白雲渾似海，南望首頻搔。”《廣仁嶺》云[7]：“飛磴盤雲上，青天豹尾懸。五丁開不到[8]，雙峽斷何年？亭倚高霞出，山圍大漠圓。灤陽看咫尺[9]，瑞靄落吟邊[10]。”

【箋注】

[1]豫親王：第一代豫親王爲多鐸（1614—1649），愛新覺羅氏。滿族人。努爾哈赤第十五子。此應指豫親王多鐸的後人。扈蹕：隨侍皇帝出行至某處。蹕，指帝王的車駕或行幸之處。[2]蒲快亭：蒲忭（1751—1815），字快亭。清江蘇清河（今淮陰）人。祖籍四川。嘉慶七年進士。官蘇州府學教授。有《南園吏隱詩存》。孝廉：指舉人。[3]青石梁：在今河北灤平縣南。[4]亘：綿延。[5]六鼇：神話中負載五仙山的六隻大龜。[6]牛斗：指牛宿和斗宿。[7]廣仁嶺：在今河北承德西。[8]五丁：神話傳説中的五個力士。[9]灤陽：今河北承德，因在灤河之北，故名。[10]瑞靄：吉祥的雲氣。吟邊：吟詠之中。

五三

嚴小秋丁巳二月十九夜[1]，夢訪隨園，過小桃源[2]，天暗路滑，滿地葛藤，非平日所行之路。不數武[3]，見二碑，苔蘚斑然，字不可識。

時半鈎殘月，樹叢中隱約有茅屋數間，一燈如豆。急趨就之，隔窗聞一女郎吟曰："默坐不知寒，但覺春衫薄。偶起放簾鈎，梅梢纖月落。"又一女郎吟曰："瘦骨禁寒恨漏長，勾人腸斷月茫茫。傷心怕聽旁人説，依舊春風到海棠。"方欲就窗窺之，忽聞犬吠驚覺。此殆女鬼而能詩者耶？

【箋注】

[1] 嚴小秋：嚴文俊，見補遺卷九·四注[1]。 [2] 小桃源：南京城北的一處名勝。 [3] 數武：數步。

五 四

小秋妹婿張卓堂士淮[1]，弱冠，以瘵疾亡[2]。彌留時，執小秋手曰："子能代理吾詩稿，擇數句刻入隨園先生《詩話》中，吾雖死猶生也。"余憐其志而哀其命，選其《春雨》云："雨聲淅瀝響空庭，釀就輕寒洗盡春。一夜聽來眠不得，那禁愁煞惜花人。"《病中》云："病真空蓄三年艾[3]，夢醒忙温一卷書。""夜深還累妻煎藥，僕懶翻勞客請醫。"小秋哭之云："心高徒隕命，身死不忘名。"小秋妹佩秋潤蘭亦能詩[4]，贈小秋云："梅能傲雪香能永，楓不經霜色不紅。"哭夫云："身在衆中嫌贅物[5]，心期地下伴亡人。"果不一年，亦以疾亡。

【箋注】

[1] 張卓堂：張士淮，字卓堂，餘未詳。 [2] 瘵（zhài）疾：疫病，多指癆病。 [3] 蓄艾：《孟子·離婁上》："今之欲王者，猶七年之病求三年之艾也。苟爲不畜，終身不得。"本指蓄藏多年之艾以治久病，後以"蓄艾"比喻應長期積蓄以備急用。 [4] 嚴佩秋：嚴潤蘭，字佩秋。清江蘇上元人。 [5] 贅物：多餘無用之物。